2011年度国家社会科学基金项目(批准号11BZW006)

南昌大学社会科学著作出版基金项目（批准号13XCZ22）

中国传统词学重要命题与批评体式承衍研究

胡建次 邱美琼 著

中国社会科学出版社

图书在版编目（CIP）数据

中国传统词学重要命题与批评体式承衍研究／胡建次等著．
—北京：中国社会科学出版社，2016.2
ISBN 978 - 7 - 5161 - 7167 - 7

Ⅰ.①中…　Ⅱ.①胡…　Ⅲ.①词学—诗词研究—中国
Ⅳ.①I207.23

中国版本图书馆 CIP 数据核字（2015）第 283394 号

出 版 人	赵剑英
责任编辑	罗　莉
特约编辑	袁思远
责任校对	李　林
责任印制	戴　宽

出　　版	中国社会科学出版社
社　　址	北京鼓楼西大街甲 158 号
邮　　编	邮编100720
网　　址	http://www.csspw.cn
发 行 部	010 - 84083685
门 市 部	010 - 84029450
经　　销	新华书店及其他书店

印　　刷	北京君升印刷有限公司
装　　订	廊坊市广阳区广增装订厂
版　　次	2016 年 2 月第 1 版
印　　次	2016 年 2 月第 1 次印刷

开　　本	710×1000　1/16
印　　张	44
插　　页	2
字　　数	745 千字
定　　价	158.00 元

凡购买中国社会科学出版社图书，如有质量问题请与本社营销中心联系调换
电话:010 - 84083683

序

  中国古代文学界从来不缺少珠联璧合的夫妻档学者，从陆侃如和冯沅君先生、程千帆和沈祖棻先生，到陈伯海和蒋哲伦先生、张伯伟和曹虹先生，不断演绎着学术的传奇与佳话。如今新生代学者中，又涌出一对让人瞩目的比翼双飞的学者胡建次和邱美琼。胡、邱伉俪，先是分别在上海师范大学获得文学博士学位，后又双双成为所在学校文艺学学科和中国古代文学学科的教授和学术骨干。夫妻俩鹣鲽情深，志同道合，既各有专诣，又有共同的研究方向，合著有中国古典诗学、中国古典词学著作多部。据我所知，近五年两人合作出版的著作就有《日本学者中国古典诗学研究主要文献目录（1900—2007）》（百花洲文艺出版社 2009 年版）、《日本学者中国古典诗学研究 500 家简介与成果概览》（江西人民出版社 2010 年版）、《中国古代文论承传研究》（中国社会科学出版社 2012 年版）、《中国现当代主要词学研究者空间分布与著作状况》（江西人民出版社 2013 年版）等，差不多是一两年出版一部著作，十分勤奋高产。

  最近，他俩又花三年多时间合作完成了国家社会科学基金项目"中国传统词学重要理论命题与批评体式承衍研究"，洋洋 70 多万字，相当厚重扎实。历来的词学理论批评史都是以时间为序列、以词论家为中心，考察各个时期词论家的创作主张、理论建树和批评方法，很少见像本书这样以理论命题、概念范畴为中心探讨每一种词学理论命题、概念范畴和批评体式的生成、演进与变化的。词学理论批评研究的视角为之一新。著者别具只眼，拈出"承衍"作为关键词，力图探明每种理论命题和批评体式的来龙去脉、承传和展衍的过程，尤具创新性。从此，中国词学批评话语系统中，在"正变""雅俗"等概念之外又多了"承衍"这个新的术语。新概念的提出，意味着词学研究的进步。今后的词学研究，不仅要研究词史的"正变""雅俗",还可以探讨各种理论范畴、批评方法的"承衍",从而为词学研究开拓出新的面向。著者为学与其做人一样持重敦厚,每种命题和批评体式的承衍,都不作空泛的议论,而是建基于深广的文献材料之上。他们特别注意利用最新的文献资料,诸如朱崇才《词话丛编续编》和冯乾《清词序跋汇编》等来拓展理论资源,用翔实的史料支撑其创新性观点,使所得结论坚实而可信。

一本好书,不仅是视角和方法、材料和观点都要有新颖性,还要有延展性,让后来者有继续拓展的空间。本书对每种命题的来龙去脉、前因后果都有原原本本的阐述,然不同命题之间的联系与区别,有待阐释辨析。书中有词情论、词意论、词味论、词韵论、词趣论、词格论、词气论各章,每个命题,各自独立,判然分明,然词情与词意有何异同,词味与词韵是否有联系,词趣与词味有何区别,词气与词格是否有关联,古人除了单说"情""意""韵""味""趣""气""格"之外,也常说"情意""韵味""趣味""气格",复合型的概念与单称的概念在内涵和外延、能指与所指上有何异同,本书留下了好多有待开拓和深化的空间,读者可进一步探讨,相信作者今后也会有更深入的阐发。

我与建次、美琼教授交往有年,除了经常在学术会议上互动之外,电邮通信更往来不断,时常分享他们的学术信息和资源。特别是前几年我主持国家社会科学基金项目"20世纪唐五代文学研究论著检索系统与定量分析",需要全面掌握海内外的研究资料,建次教授不仅主动将他们从日本复印回来的有关目录文献资料无保留地复印寄我,还把他们辛勤搜集整理的《日本学者中国古典诗学研究主要文献目录》电子文档提供给我使用,以减少我的录入之劳,让我感念不已。我在海外讲学,途中欣闻其新著即将出版,遂略叙数语,以示祝贺。

王兆鹏

2015年5月6日于吉隆坡旅次

目　　录

下编　中国传统词学重要批评命题及批评体式的承衍

绪　　论

新时期以来，中国传统词学理论批评研究在词学文献、词学本体理论、词学批评史、词学思想家个案、词学群体与流派、词人词作批评接受及词学批评体式研究等领域都得到有效的开展，取得了很大的成绩。

在词学文献方面，所汇辑词学理论批评资料主要有：张惠民编《宋代词学资料汇编》，金启华、张惠民、王恒展、张宇声编《唐宋词集序跋汇编》，施蛰存主编《词籍序跋萃编》，邓子勉编《宋金元词话全编》《明词话全编》，刘梦芙编校《近现代词话丛编》，朱崇才编纂《词话丛编续编》，冯乾编校《清词序跋汇编》，姚柯夫《人间词话及评论汇编》，周锡山《人间词话汇编汇校汇评》，等等；所出版疏注类与考述性著作主要有：屈兴国《白雨斋词话足本校注》《蕙风词话辑注》，孙克强辑考《蕙风词话·广蕙风词话》、岳珍《〈碧鸡漫志〉校正》、谭新红《清词话考述》、彭玉平《人间词话疏证》，夏承焘、沈嵩云《词源注·乐府指迷笺释》，邓子勉《宋金元词籍文献研究》，任德魁《词文献研究》，等等。这方面工作广收史料、辑注整理、辨别真伪、考镜源流，对不断展衍词学研究范围与对象、促进其研究跨越新台阶起到重要的作用。

在词学本体理论研究方面，所出版著作主要有：吴熊和《唐宋词通论》，叶嘉莹《中国词学的现代观》，施议对《词与音乐关系研究》《词乐论》，谢桃坊《词学辨》，洛地《词乐曲唱》《词体研究》，刘庆云《词话十论》，梁荣基《词学理论综考》，朱崇才《词话学》《词话理论研究》，颜翔林《宋代词话的美学研究》，刘贵华《古代词学理论的建构》，曹艳春《词体审美特征论》，周明秀《词学审美范畴研究》，等等。此领域作为传统词学研究最重要的开掘面之一，近年来已得到更多的重视。

在词学批评史研究方面，所出版著作主要有：邱世友《词论史论稿》，谢桃坊《中国词学史》，方智范、邓乔彬、高建中、周圣伟《中国词学批评史》，张宏生《清代词学的建构》，孙克强《清代词学》《清代词学批评史论》，陈水云《清代前中期词学思想研究》《清代词学发展史论》，丁放《金元明清诗词理论史》《金元词学研究》，朱惠国《中国近世词学思想研究》，杨柏岭《晚清民初词学思想建构》，朱崇才《词话史》，皮述平《晚清词学的思想与方法》，李康化《明清之际江南词学思想研究》，徐安琪《唐五代北宋词学思想史论》，黄雅莉《宋代词学批评专题探究》，余意《明代词学之建构》，蒋哲伦、傅蓉蓉《中国诗学史·词学卷》，彭玉平《中国分体文学学史·词学卷》，张仲谋《明代词学通论》，苏利海《晚清词坛"尊体运动"研究》，傅宇斌《现代词学的传承与开拓：以〈词学季刊〉为中心》，等等。此领域研究正向断代与不同历史时期细致清理的方向拓展。

在词学思想家个案研究方面，所出版著作主要有：叶嘉莹《王国维及其文学批评》，佛雏《王国维诗学研究》，张利群《词学渊粹——况周颐〈蕙风词话〉研究》，曾大兴《词学的星空——20世纪词学名家传》《20世纪词学名家研究》，剪伯象《张炎词学研究》，苏淑芬《朱彝尊之词与词学研究》，叶程义《王国维词论研究》，林浩光《词法与词统：周济词论研究》，郭娟玉《沈谦词学与其〈沈氏词韵〉研究》，苏珊玉《人间词话之审美观》，林友良《王昶词学研究》，苏菁媛《陈子龙词学理论及其词研究》，周雯《张綖词学研究》，吴婉君《冯煦词学研究》，吴嘉慧《陈洵及其〈海绡说词〉研究》，等等。其中，大多数成果着力点都较为细致，其研究格局表现出正向中小家及多侧面考察迈进的趋势。

在词学群体与流派研究方面，所出版著作主要有：严迪昌《阳羡词派研究》，刘扬忠《唐宋词流派史》，王兆鹏《宋南渡词人群体研究》，彭国忠《元祐词坛研究》，余传棚《唐宋词流派研究》，陈振濂《宋词流派的美学研究》，萧鹏《群体的选择——唐宋人词选与词人群通论》，诸葛忆兵《徽宗词坛研究》，沙先一《清代吴中词派研究》，牛海蓉《元初宋金遗民词人研究》，朱德慈《常州词派通论》，郭峰《南宋江湖词派研究》，姚蓉《明清词派史论》，李艺《金代词人群体研究》，迟宝东《常州词派与晚清词风》，黄海《宋南渡词坛研究》，巨传友《清代临桂词派研究》，周焕卿《清初遗民词人群体研究》，黄志浩《常州词派研究》，谢永芳《广东近世词坛研究》，单芳《南宋辛派词人研究》，陈雪军《梅里词派研究》，谢穑《宋代女性词人群体研究》，张若兰《明代中后期词坛研究》，姚惠兰《宋南渡词人群与多元地域文化》，金国正《南宋孝宗词坛研究》，丁楹《南宋遗民词人研究》，王纱纱《常州词派创作研究》，万柳《清代词社研究》，刘红麟《晚清四大家词人研究》，徐枫《嘉道年间的常州词派》，侯雅文《中国文学流派学初论：以常州词派为例》，林宛瑜《清初广陵词人群体研究》，张苾芳《清常州词派寄托说研究》，陈慷玲《清代世变与常州词派之发展》，黄怀宁《五代西蜀词人群体研究》，王秋文《明代女词人群体关系研究》，徐德智《明代吴门词派研究》，张少真《清代浙江词派研究》，等等。此领域研究在传统词学中开展得较为充分，历代很多的词学群体与流派，都得到不同程度的探究。它兼跨词史与词学史两个领域，其研究正向维面不断拓宽、层度不断深化的方向伸展。

在词人词作批评接受研究方面，所出版著作主要有：程继红《辛弃疾接受史研究》，朱丽霞《清代辛稼轩接受史》，李冬红《〈花间集〉接受史论稿》，张璟《苏词接受史研究》，陈水云《唐宋词在明末清初的传播与接受》，刘双琴《六一词接受史研究》，颜文郁《韦庄接受史》，邱全成《苏轼词的接受与影响——从期待视野的角度观之》，薛乃文《冯延巳词接受史》，柯玮郁《晏几道〈小山词〉接受史》，许淑惠《秦观词接受史》，夏婉玲《张先词接受史》，等等。此领域出现很多专题论文，其研究在学位论文中占有很大的份额，成为词学研究者所热衷与致力开掘的维面之一，但目前可圈可点的成果出现还不够多。

在词学批评体式研究方面，所出版著作主要有：闵丰《清初清词选本考论》，陶子珍《明代词选研究》，谢旻琪《明代评点词集研究》，薛泉《宋人词选研究》，李睿《清代词选研究》，王晓雯《清代谭莹"论词绝句"研究》，赵福勇《清代"论词绝句"论北宋词人及其作品研究》，等等。此领域研究目前所出成果还相对较少，在对不同批评体式的考察上体现出不太平衡的特征。

在取得上述成绩的基础上，还有几方面的研究值得进一步倡导与践行。其主要有三：一是传统词学范畴与命题研究。特别是一些骨架性的，有广阔涵盖性、统摄力的范畴及关涉词学演变发展的重要命题，有待细致深入地清理。二是词学批评体式研究。像词学序跋、词话、词学评点、词作选本、论词诗、论词词、词学纪事、品说方式等，都有必要作出详实的考察。三是词学理论批评承衍研究。从分专题角度对传统词学中具有重要意义的命题，对其承纳接受与衍生发展的历史脉络进行探究。基于这种认识，本书选择中国传统词学中一些重要理论命题与批评体式的承衍进行研究，力图在以上较为薄弱的几个方面使以气力，并相互结合起来加以考察，以期将中国传统词学理论批评研究向前有所推进。

我们知道，中国古代文论承传研究是伴随"中国文学古今演变研究"思潮出现的。20世纪90年代特别是进入新世纪以来，中国文学古今演变与贯通研究成为文学研究界着力探讨的课题。与文学古今演变研究相呼应，中国文论的古今演变研究也被提上议事日程。90年代中期以来，文论研究界的一些知名学者，就古代文论研究的目的与方法，如何理解古代文论的"现代转换"，如何对古代文论进行现代阐释等发表各自的看法。讨论和反省加深了对中国古代文论研究的整体认识，为从更深和更高层次上观照古代文论及打通古今文论的壁垒产生了深远的影响。笔者有志于在中国古代文论承传研究领域耕耘与探索。前几年，已出版《中国古代文论承传研究》一书，对中国传统文论承传研究作出初步的阐释、勾画、梳理与概括。之后，便将对分体文论承传研究的考察提上议事日程，由此，传统词学理论批评的承衍便成为较早的关注对象，希冀从一个维面切实地展开与呈现对中国传统文论承纳接受与创新发展的历史认识。

中国传统词学从古到今的演变发展，是内含着千丝万缕联系的。在词学承衍观念的导引下，探讨传统词学理论批评承纳接受与创新发展的历史进程及其丰富展开，这是很有意义的事情。传统词学在上千年的历史生成中，其理论批评的构架不是一蹴而就的，它有着一个渐进的、细微的承纳接受与发展深化过程。以前不少研究往往抓取传统词学史上的某个发生点如词论家、词学思想、词论观念或几个发生点进行梳理阐说，探讨彼此之间的关联，这种研究取向无疑是很好的。但由于各方面原因，对传统词学理论批评承衍系统把握的成果还较为缺乏。正因此，我们选择传统词学的几大块内容，力图紧密依托不同历史时期各异词学家的批评材料立论，清理不同专题承纳接受与发展变化的复杂情形。以专题理论批评的历史承纳与发展为线索，以这一线索上众多的原点为支撑，揭橥传统词学承衍的复杂情形与丰富情态，这便是本书写作意义之所在。其具体体现有三：一是将传统词学接受研究由词人词作接受、创作观念与范式接受推进到词学理论批评承衍中来，这拓展了传统词学接受研究的领域，丰富了其研究的维面；二是以视点相对换位的方式对传统词学理论批评进行观照，这有利于从一个维面切入对"中国文论古今演变"的探讨，将词学家当作词论历史发展中能动的、鲜活的人看待，始终把他们视为"承纳—影响"流程中的牢固支点，这有利于切实地把系统、动态、辩证的观念贯彻到词学研究中；三是立足于对不同词学理论批评专题承衍史的勾勒分析，并将它们有机地纳入到一个系统中，形成完整的论著，这将弥补传统词学研究中的一个短板。

本书写作的基本思路是力图对中国传统词学中一些主要理论批评成果的历史承衍加以清理，对历时视域中重要词学批评体式的承衍也予以考察。在以传统词学理论批评基本内容承衍为核心的同时，在其外围也构筑一道词学批评承衍的同心圆。在内容把握上，它围绕着不同词学专题的承纳接受与演变发展，专注于从思想养料与历史生成的角度加以清理，在历史的长河中比照异同，揭橥所潜藏的词学承衍内涵。始终以"承纳"为研究的立足点，"既从前往后看，更从后往前想"，从而钩索出不同理论批评专题的历史承衍过程及其丰富面貌的形成。其着力张扬的学术理念是揭橥更合乎历史逻辑的词学承衍历程，勾勒更入情合理的词学发展轨迹。注重历史的构架和宏观意识、关注不同专题内在的细微承纳与点滴创衍是其基本特征。

在研究方法上，遵循系统联系及将历史发展与逻辑观照相结合的辩证方法；遵循由点到线、由点到面的点、线、面三结合原则。在研究构架上，以专题承衍史为纲，以其中更细部而关键性的理论批评命题为聚结点，以清晰地勾勒不同承衍维面与线索为宗旨。在具体操作路径上，以传统词学史上一些关键性或具有转关意义的词学思想家为核心，考察他们在词学史上承前启后的作用，在对不同专题线索的清理中凸现自身的看法；以传统词学理论批评专题承衍史为纲，以分析阐说为钩连手段，史论结合，提取对传统词学承纳与创衍的历史认识；从宏观历史发展着眼，从微观细部承衍入手，将词论史与单个词学家的批评观念及具体实践有机结合起来，挖掘出传统词学历史流程中的细部性与丰富性。在内容研究方面，着重对传统词学中一些本体性的创作命题、审美范畴与主要批评体式的承衍加以梳理，对一些具有超乎历史时代意义的消解性与融通性理论批评成果的承衍予以凸显，由此而揭橥不同历史时期词学发展所达到的水平。在细微处理方面，则着重从数量众多的词学思想家的不同批评言论与具体实践中，梳理出一些在词学发展史上或具有独创性，或具有转关意义的论断与举措，剖析其间的异同，挖掘其间深层次的联系与区别，彰显它们在传统词学理论批评承衍史上的价值与地位。

本书写作追求主要表现在四个方面：一是尽可能地扩大材料涉猎与收集范围，特别是那些现一时还未收集拢的词学理论批评材料；二是认真细致与全面深入地消化所收集材料，把握各种材料的本质内涵及其相互间的纠葛；三是提炼出深层次的词学承衍维面与线索，努力从词学理论批评发展的本质层面勾画出不同专题的承纳聚结与历史生成；四是将系统观照的眼光与辩证论说的态度切实贯彻到具体研究之中。书稿写作始终立足于接受学的视点，依照不同专题系统考察中国传统词学理论批评上千年的承纳接受与历史生成。它积极回应"中国文学（论）古今演变研究"学术思潮，紧密据依其学理逻辑，从一个维面切入对中国传统文论承纳与发展的研究。其企求达到如下几方面目的：一是对中国传统词学中一些重要理论批评命题的历时承纳与衍生发展的具体情况予以系统详实的梳理，立足于不同专题在历时视域中的演变与发展，对其线索中的不同支点，即不同时期词论家的词学思想、批评主张进行较为全面的勾画与论列，凸显出不同专题内在演变与发展的细致轨迹，提供出一个动态化的历时流程和展开画卷；二是对中国传统词学中一些重要批评体式的变化发展情况，也作出系统的勾勒，立足于不同批评体式内在进化与完善的视点，将其动态化发展的历时流程尽可能细致地予以例列与论说；三是从整体而言，将对词学理论批评史的叙论置入与落实到不同专题之上，进一步细化词学历史的动态发展流程，将"词学史叙述"往前有所推进，使其呈现出尽可能更接近历史真实的发展轨迹，当然，这肯定只能是一个可无限接近而难以确切还原的学术理想。

其写作特点主要有三：一是视点置换。已有传统词学研究比较注重对词学演变发展史的勾勒分析，其中，虽也涉及词学思想家作为词论史支点的前后接受与影响，但还未能将"承衍"的意义在研究中特别地加以凸显，这不利于全面深入地观照词学历史流程。二是系统观照。已有传统词学研究对不同专题前后联系的考察也不少，但大都比较零碎，在不同局部或取得很大成绩，但始终未有系统清理词学理论批评专题承衍史的成果出现。三是内容拓展。书稿在对传统词学的体制论、创作论、审美论、批评论、宗尚论承衍予以考察的同时，在其外围也构筑起一道词学承衍研究的同心圆，探究中国传统词学批评体式自身的内在承衍。

　　本书所考察的内容分为上、下两编，共二十四章。其中，上编主要对中国传统词学中一些重要理论命题包括体制论、创作论、审美论中一些专题与范畴的承衍予以考察。其所包括内容有：中国传统词源之辨的承衍，中国传统词体之辨的承衍，中国传统词情论的承衍，中国传统词兴论的承衍，中国传统词意论的承衍，中国传统词学用事论的承衍，中国传统词味论的承衍，中国传统词韵论的承衍，中国传统词趣论的承衍，中国传统词格论的承衍，中国传统词气论的承衍，中国传统词境论的承衍。下编主要对中国传统词学重要批评命题，包括批评论、宗尚论及批评体式中一些专题的承衍予以考察。其所包括内容有：中国传统词学尊体之论的承衍，中国传统词学政教之论的承衍，中国传统词学雅俗之论的承衍，中国传统词学本色之论的承衍，中国传统词学正变之论的承衍，中国传统词学体派之宗的承衍，中国传统词学南北宋之宗的承衍，中国传统词话的承衍，中国传统词学评点的承衍，中国传统论词绝句的承衍，中国传统词作选本的承衍，中国传统词学品说方式的承衍。

　　中国传统词学重要理论命题与批评体式承衍研究，作为一个有待不断展开与探讨的领域，它还有不少重要的、尚未深入研究的论题。不认真有效地开展对它们的研究，就不能切实地将中国传统词学的探究进一步细致化、立体化、鲜活化。在本书所考察的传统词学的体制论、创作论、审美论、批评论、宗尚论、批评体式几大块内容的承衍中，只是拈取上述内容中较具普遍性、典型性的论题加以了探讨，事实上，尚有不少论题并未顾及，如：传统词律论的承衍，传统词法论的承衍，"清空""骚雅""寄托""沉郁""柔厚""重、拙、大""媚""涩""圆"等范畴的承衍阐说；对"易安体""东坡体""清真体""稼轩体"、《花间》词派、格律词派等不同词体词风宗尚的承衍，传统论词词的承衍，等等，都有待深入细致地探究。即使是在已考察论题中，所涉及的承衍维面和所勾画的承衍线索也可能是较为粗略的，与中国传统词学承衍的历史原貌可能存在一定的距离，是有待继续予以拓展、深化与完善的。

　　需要说明的是，本书写作立足于"承衍"，即承纳与衍展两层次意思，而在传统词学历史发展的过程中，对前人或同时代人词学思想或理论批评主张的传承与接受，其中不少是难以坐实的，而只能从其论说本身来加以推衍。因此，我们所说的"承衍"是从广义而言的。只要在同一论题中，在不同的历史时期，出现过相似或相近的论说，均视为对前人或同时代人词学思想与批评主张的"有意"或"无意"承纳接受,由此而所作推衍则成为其开拓与创新之论。如此不断地"积淀"与"往复",便立体性、动态化地呈现出中国传统词学不同专题的历史流变与发展历程。

　　总之,中国传统词学理论批评承衍研究就像一块肥沃的土地,是一个富于生长性的学术研究领域。它对于拓展中国古代文论研究格局,对于进一步深化对中国文论古今演变与贯通的认识,都具有深远的理论与现实意义。

上　编

中国传统词学重要理论命题的承衍

第一章　中国传统词源之辨的承衍

词源之辨是中国传统词学理论批评的基本论题。这一论题主要考察词的起源与衍生，包括其孕育、产生、演变与发展等。在中国传统词学史上，有关词的起源与衍生的论说很多，形成源远流长的承衍阐说线索。不同视点与观点在其中相互比照、共构融通，为后人不断深入地认识词的渊源承纳与演变发展提供了丰富细致的辨识，也为多方面地把握词体之性及其特征提供了平台。

第一节　词为"诗余"之论的承衍

中国传统词源之辨，从起始之初便是在词体与诗体的互动关系中加以观照的。因此，从诗体之衍化与派生的视点考察词的起源和演变，便成为传统词源之辨的第一个维面。这一维面主要包括三条承衍线索：一是从总体上阐说词源于诗体的承衍，二是论说词源于风骚之体的承衍，三是论说词源于唐人近体诗的承衍。我们分别勾画与论说之。

一　从总体上阐说词源于诗体的承衍

中国古代从总体上阐说到词源于诗体之论，大致出现于明代中期。杨慎、俞彦、张东川、钱允治、张慎言、秦士奇、陈子龙等人，将词为"诗余"之论不断展衍与充实开来。

杨慎《词品序》云："诗词同工而异曲，共源而分派。在六朝，若陶弘景之《寒夜怨》、梁武帝之《江南弄》、陆琼之《饮酒乐》、隋炀帝之《望江南》，填词之体已具矣。若唐人之七言律，即填词之《瑞鹧鸪》也。七言律之仄韵，即填词之《玉楼春》也。若韦应物之《三台曲》《调笑令》，刘禹锡之《竹枝词》《浪淘沙》，新声迭出。孟蜀之《花间》，南唐之《兰畹》，则其体大备矣。岂非共源同工乎。"① 杨慎较早阐说到词源于诗体之论。他认为，自六朝至隋唐，乐府诗及近体律诗中都有类似于词体的作品存在，因此，词与诗虽然在形式体制上不同但在渊源上却无异致，词无疑是从诗体中分化与派生而来的。杨慎较为细致地对词体从诗作之体中衍化与派生的情况予以例说，认为从六朝时期陶弘景等人之作开始，发展至唐人七言律诗中，词的创作的不同音调与声律讲究已初见端倪，延展至晚唐五代，则其形式体制已基本成型。俞彦《爰园词话》云："词何以名诗余？诗亡然后词作，故曰余也。非诗亡，所以歌咏诗者亡也。词亡，然后南北曲。非词亡，所以歌咏词者亡也。谓诗余兴而乐府亡，南北曲兴而诗余亡者，否也。"② 俞彦对词为"诗余"之说予以辨析。他认为，"诗余"之意并不是概括地指词体承接诗体之后而勃兴，而是指从音乐文学的视点而言，乃因律而句的诗体走过繁盛兴旺期之后，再有词体这种文学形式接承声律表现的传统，而之后又有散曲之体进一步承扬其血脉，延展其创作因子与艺术表现传统。俞彦对"诗余"之义作出富于一定新意的阐说。张东川《草堂诗余后跋》云："诗余者，仿诗而作也，唐李太白《菩萨蛮》《忆秦娥》二词为古今绝唱，至宋名公才士往往寄兴于声调之间，而诗余始盛。大抵婉丽风色，清新隽永，被之管弦，宣之影响，可以醒人耳目而养人性情者也。夫诗足矣。"③ 张东川论断词体乃"仿诗而作"的产物。他对所传为李白所作《菩萨蛮》《忆秦娥》甚为推崇，对宋人在词的创作中托寄意兴持以称扬态度，强调词作之体在艺术表现上就是要讲究婉丽柔美、清新隽永，富于流转的音律之美，从而蓄养人之性情，正因此，词体确是对诗体创造性继承与发展的产物。

钱允治《类编笺释国朝诗余序》云："然词者，诗之余也，词兴而诗亡，诗非亡也，事理两塞、情景两伤者也；曲者，词之余也，曲盛而词泯，词非泯也，雕琢太过，旨趣反蚀者也。诗降而词，筋骨尽露，去汉魏乐府千里矣。词降而曲，略无蕴藉，即欧、晏、苏、黄所不屑为，而情至

---

① 张璋、职承让、张骅、张博宁编纂：《历代词话》，大象出版社 2002 年版，第 228—229 页。

② 同上书，第 802 页。

③ 顾从敬编：《草堂诗余》卷末，明嘉靖二十九年刻本。

之语令人一唱三叹，此无他，世变江河不可复挽者也。"① 钱允治从文学替变的角度肯定词为"诗余"之属。但他持颓变的文学承衍观念，认为从艺术表现而言，其情况是词体不如诗体、曲体又不如词体，前者由自然晓畅而流为雕饰，后者由含蓄委婉而走向直露，文学创作的蕴藉吟咏特征日见缺乏，是令人惋惜的。张慎言《万子馨填词序》云："诗之降也，流为填词。汉魏以来，乐府舞歌、子夜读曲，虽奥古去填词远甚，然已微露其声气。迫至齐梁以后，绮靡纤艳之极，不得不流为填词也。至填词而之于元之曲，盖如决水于千仞之溪矣。故填词者，在唐以后为诗之终，在元以前为曲之始。然词之至佳者，入曲则甚韵，而入诗则伤格，风会浸淫，虽作者亦不自知也。"② 张慎言大力肯定词为"诗余"之属。他论断汉魏乐府诗中便蕴含有词作之体的创作因子，延展至齐梁时期，词体便已衍生出现；之后，由词体中又衍化出散曲之体，这是甚为自然的事情。张慎言认为，词体在唐末五代时期创制成型，其发展至南宋时期而不断流于曲化，正由此，他强调要努力维护词体的内在艺术质性，在避免一味诗化或曲化中保持其本色。当然，对于词与诗、曲之界，张慎言认为，词体之曲化尚有助于其音律表现，而词体之诗化则有伤其格调与风致，此论将诗词同源而又有所异趋的特征形象地道了出来。

秦士奇《草堂诗余序》云："自三百而后，凡诗皆余也，即谓骚赋为诗之余，乐府为骚赋之余，填词为乐府之余，声歌为填词之余，递属而下，至声歌亦诗之余，转属而上，亦诗而余声歌。即以声歌、填词、乐府，谓凡余皆诗可也。"③ 秦士奇在本质上持词为"诗余"之论。他认为，"骚赋""乐府""填词""声歌"都是人们作诗之余的产物，它们递变而下，相互间不断消长与代兴。从表面上看，词体虽直接脱胎于乐府之体，但从远溯渊承而言，它归根结底是上承《诗三百》而来的。秦士奇从艺术质性上对词为"诗余"之体明确予以框定，对其"遗于诗"的内在特征予以简洁的揭橥。陈子龙《三子诗余序》云："诗与乐府同源，而其既也，每迭为盛衰。艳词丽曲，莫盛于梁、陈之季，而古诗遂亡。诗余始于

---

① 顾从敬、钱允治辑，钱允治、陈仁锡笺释：《类编笺释国朝诗余》卷首，《续修四库全书》本。

② 张慎言：《泊水斋文钞》卷一，《四库全书存目丛书》本。

③ 顾从敬编：《草堂诗余》卷首，明嘉靖二十九年刻本。

唐末，而婉畅秾逸，极于北宋。然斯时也，并律诗亦亡。是则诗余者，非独庄士之所当疾，抑亦风人之所宜戒也。"① 陈子龙持诗词同源之论。他肯定不同文学之体的发展各有盛衰，相互间亦各有消长。其中，他认为，词作之体起始于唐代末年而兴盛于北宋时期，然而，其兴盛又导致近体律诗创作的衰落。正由此，陈子龙对词的创作提出应有所讲究的原则，其宗旨便在于引导词作之道更健康的发展。

清代，从总体上承衍阐说到词源于诗体的词论家，主要有邱维屏、朱一是、陈阿平、李玉、张载华、吴宁、陈撰、李锡麟、谢堃等，他们从不同的角度进一步展开与深化了词为"诗余"之论。

清代前期，邱维屏《曾灿词序》云："诗余为诗之别派，与乐府歌曲为源流者也。诗之义，不专主于怨而非怨者不能工，其说盖莫详于六一居士之论梅圣俞也。至诗余，则作者大率多出于春花秋月，闺房怨恨之辞，如东野之寒、阆仙之瘦、梅翁之清绝，使屈而为之，或反有骨形牙聱之病，故予常欲反居士之言，谓必达者而后工也。"② 邱维屏持论词为诗体之"别派"，并论断其具体发轫于汉魏六朝乐府诗中，虽然其出现与乐府依声填字创作特征有关，但归根结底是为"诗余"之属的。他比照诗词两体之异，认为欧阳修在论说梅尧臣诗作时，曾提出过"诗穷而后工"之说，揭橥出诗歌创作更多的是据依于抒发怨闷的艺术发生机制，其论对诗歌创作发生的概括是甚为详实而准确的；而词的创作则并非如此，它更多地呈现出"达而后工"亦即主体之喜怒哀乐无不催生其创作的艺术发生机制，人们面对"春花秋月"等自然意象，思绪纷繁，是无不可言说的；而所抒写的"怨恨"，则更多地拘限于个人生活之狭小范围。总之，词体与诗体是渊源相通而某种程度上又殊途异趋的。朱一是《梅里词自序》云："诗余者，诗之余旨欤？词之近诗，不可入诗，则余之自成一体。"③ 朱一是在词体之属上亦持"诗余"论。他从创作旨向上简要归结，肯定词体与诗体确是两种不同的文学体制，它们相近相似但又并不趋合，词体在承衍诗之形式体制与意旨表现的基础上自成一家，而终至洋洋大观。陈阿平《摛花亭词稿序》云："故诗之往复流连，一唱三叹，遗音未

① 陈子龙撰，孙启治校：《安雅堂稿》卷三，辽宁教育出版社 2003 年版。

② 曾灿青黎：《六松堂集》卷十三，《豫章丛书》本。

③ 朱一是：《梅里词》卷首，《续修四库全书》本。

竟，悉于词发之。故词为诗之余，然非俯仰古今，自抒情性，实大声宏，浩然有得者不能。"① 陈阿平持词为"诗余"之属论。他从诗体之"遗音""余绪"的角度来论说词体，认为人们将在诗作中所不易与不便表现的内容都对象化于词中，其在体制上确是从诗体中衍化而来的。但虽然如此，陈阿平仍然强调词的创作要求主体具有宽广的襟怀与真实的情性，从而将其推向艺术表现之极致。

李玉《南音三籁序》云："原夫词者诗之余，曲者词之余也。自太白《忆秦娥》一阕，遂开百代诗余之祖。赵宋时黄九、秦七辈竞作新词，字戛金玉。东坡虽有'铁绰板'之诮，而豪爽之致，时溢笔端。南渡后争讲理学，间为风云月露之句，遂逊前哲。迨至金元，词变为曲。"② 李玉在词体之属上持"诗余"说。他肯定文体替变的历史规律，界断所传为李白所作《忆秦娥》开启了后世词的创作；发展到北宋的黄庭坚、秦观等人，进一步在字语运用与体制创新上做出贡献；而苏轼词作另辟一途，不甚讲究音律，风格呈现豪迈放旷，延展至南宋，词的创作更多地呈现出议论化的特征，词体的原有艺术质性日见消弭，而最终导致在金元时期，不少词体与曲体合而为一了。李玉简洁地将词体起源于诗体而又流衍于曲体的过程予以了概括性叙说。张载华《词综偶评序》云："夫词者，诗之余，固殊体而同源泉也。唐宋以来，诗词兼擅者，代不乏人。诗既有评，词独无评乎哉？公诸同好，后之作艺文志者，或以是编为词苑之嚆矢云。"③ 张载华持诗词同源异体之论。他主张词为"诗余"之属，认为唐宋以来诗词创作常常相融互渗、难分畛域，词便是在立足于诗体的基础上衍生与创变而来的。也正因此，诗词相近，两者在批评形式上亦无异致。吴宁《榕园词韵·发凡》云："词肇于唐，盛于宋，溯其体制，则梁武帝《江南弄》，沈隐侯《六忆》已开其渐。诗变为词，目为诗余，乌得议其非通论？屈子《离骚》名词，汉武帝《秋风》，陶靖节《归去来》亦名词，以词命名，从来久矣。由今言之，金元以还南北曲皆以词名，或系南北，或竟称词。词，所同也；诗余，所独也。顾世称诗余者寡，欲名不相

---

① 李继燕：《揭花亭词稿》卷首，载《清词珍本丛刊》第10册，凤凰出版社2007年版。

② 凌濛初编：《南音三籁》卷首，明刊本。

③ 张璋、职承让、张骅、张博宁编纂：《历代词话》，大象出版社2002年版，第1344页。

混，要以诗余为安。"① 吴宁针对词体的称名问题展开细致的辨说。他主张以"诗余"之称为词体正名，认为自先秦楚骚及汉魏乐府以来，不少作品都以"辞"（词）命名，但它们与宋人所作之词在艺术质性方面实际上是有所不同的。吴宁提出，还是以"诗余"之名框定唐宋时期所盛行的词之体制为佳，因为这样有助于别分唐宋之词与先秦至齐梁之辞（词）的不同。吴宁之论，在历时性比照的视野中体现出对词体艺术质性的独特认识，是甚富于启发性的。

清代中期，陈撰《秋林琴雅序》云："词于诗同源而殊体，风骚五七字之外，另有此境而精微诣极。惟南渡德祐、景炎间，斯为特绝。吾杭若姜白石、张玉田、周草窗、史梅溪、仇山村诸君所作皆是也。自是以还，正不乏人，而审音之善，二百余年来几成辍响。"② 陈撰持诗词同源的观点。他肯定这两种文学形式体制有异而渊源相通，认为词的创作较之诗体更见精微深细。陈撰推尚南宋姜夔、张炎、周密、史达祖、仇远等人词作在声调运用与音律表现上甚为讲究，评断其充分张扬出词体的音乐性表现特征，对词的发展作出重要的贡献。李锡麟《鸿爪集词序》云："词者，诗之变而赴乎时者也。诗至于唐，变态已极。太白始创为《西江月》《菩萨蛮》等词，以付伶人而叶时调，故说者以词为诗之余。然而稳顺其体，谐适其音，歌以入乐，可以协律吕而感人心，视五七之言空名乐府而不足以合丝竹，为有间矣。古诗皆乐，则谓词为诗之变而复古也亦可。"③ 李锡麟论断词体乃诗之变化及与时趋会的结果。他认为，诗歌之体发展到唐代，其变化创新已进入到一个登峰造极的阶段，此时，李白等人尝试创作新的文学样式，其一方面注重音律方面之艺术祈求，另一方面又注重在情感表现的细腻性、深致性上作文章。由此来看，则词作之体既为"诗余"亦为"诗变"，乃"复古"与创新相互融合的产物。李锡麟将词为"诗余"之义更多地转置到"诗变"的内涵上，这是体现出一定新意的。谢堃云："词之于诗，犹齿发之于身也。何则？词为诗之余，即齿为骨之余，发乃血之余也。况词与诗同发源于汉魏，诗变于六朝，成于李唐；词

---

① 吴宁：《榕园词韵》卷首，清乾隆四十九年刻本。
② 厉鹗：《秋林琴雅》卷首，光绪九年钱塘汪氏重刊本。
③ 冯乾编校：《清词序跋汇编》，凤凰出版社 2013 年版，第 740—741 页。

则创于五代，备于赵宋云云。"（《续修四库全书总目提要·春草堂词集》记）①谢堃在总体上持词源于诗体之论。他将诗词的关系比譬为人的身体与牙齿及毛发的关系，诗体如人之身体，词体则如人之牙齿及毛发，是由人的骨骼与血脉所生发而来的，因此，词体在本质上乃为"诗余"，其与诗体之间为派生关系，亦即词乃诗体衍生与创化的产物。谢堃进一步论断诗词之体都发轫于汉魏时期，诗体衍化成熟相对更早，而词体衍化成熟则较晚，但两者在渊源上确是相通的。

民国时期，蒋兆兰、周庆云、邵瑞彭、冒广生等人继续对词源于诗体之论作出阐说，进一步丰富与完善了词为"诗余"之属的内涵。蒋兆兰《词说》云："诗余一名，以《草堂诗余》为最著，而误人为最深。所以然者，诗家既已成名，而于是残鳞剩爪余之于词，浮烟涨墨余之于词，诙嘲褒诨余之于词，忿戾谩骂余之于词，即无聊酬应、排闷解酲莫不余之于词。亦既以词为秽墟，寄其余兴，宜其去风雅日远，愈久而弥左也，此有明一代词学之蔽。成此者，升庵、凤洲诸公，而致此者，实诗余二字有以误之也。今宜亟正其名曰词，万不可以诗余二字自文浅陋，希图卸责。"②蒋兆兰对一般泛泛地以"诗余"称名词体之论持以不满。他批评《草堂诗余》以"诗余"命名，误人不少，害人不浅，认为历代不少词人在创作取向上一味扩大与浅化词作表现的范围和对象，毫无拘限与节制地展衍词作所表现内容，这在很大程度上是使词学走偏的重要原因。为此，他主张为词体正名，要使词作艺术表现趋近风雅之道。蒋兆兰之论，从表面上看是反对对"诗余"之义的盲目泛化理解，其实质则是要框定词体之性，凸显对词导源于诗体的认同。其批评追求体现为主张在趋近风雅之道中昌明词学，从而发扬光大传统诗歌创作之优长，其论体现出浓厚的儒家思想文化意识。周庆云《浔溪词征序》云："词者，诗之余也。凡夫骚人墨客，有缠绵莫解之情、抑郁难言之隐，壹皆托之词。词导源于汉魏乐府，滥觞于唐五代，而畅流于南北宋。"③周庆云仍然持词为"诗余"之说。他认为，从艺术表现动力之源的角度来看，人们总是将那些缠绵细腻之情

---

① 孙克强、杨传庆、裴喆编著：《清人词话》，南开大学出版社 2012 年版，第 1231 页。

② 张璋、职承让、张骅、张博宁编纂：《历代词话续编》，大象出版社 2005 年版，第 537—538 页。

③ 冯乾编校：《清词序跋汇编》，凤凰出版社 2013 年版，第 2025 页。

致与幽微深致之意绪对象化于词中，由此而论，词确为诗体之余绪与补充。它在汉魏乐府之诗的基础上不断衍化创新，至两宋时期而蔚为繁荣兴盛。邵瑞彭《珏庵词序》云："词于文章，实惟小道，幽艳靡曼，有诗人敦厚之意焉。粤自大雅不作，诗教陵夷，宫悬改奏，铿锵失律，迁流所至，音响哀厉。学士大夫乃因其节奏，发为讴吟，词之兴，盖在诗衰乐废之会也。"①邵瑞彭在词体之属上亦持"诗余"说。他肯定词作在意致呈现上接承于诗之创作取向，讲究微婉敦厚、中和有度，但词体音律表现是在诗体"改奏""失律"的背景与情况下出现的，它因承的并不是诗的具体声调与音律，而只是音乐化表现的传统与养料而已，在"因其节奏"中歌吟而出，其"诗余"之义正是从这一点而言的。邵瑞彭与前人俞彦一样，对词为"诗余"之论作出别样的阐说。

冒广生《草间词序》云："夫词者，诗之余也。本忠爱之思，以极其缠绵之致。寻源骚辩，托体比兴，自其文字而观之，不过曰蹇修，曰兰荃耳。世无解人，而急功近利之徒盈天下，此天下所以乱，而《春秋》不得不因诗亡而作也。然则谓词之不亡，即诗之不亡可也。"②冒广生对词为"诗余"之属也予以阐说。他论断，人们在词的创作中常常将忠君爱国之思致寄托与体现于缠绵悱恻的情感抒发与意绪表现中，这有效地承扬了诗骚之体的兴会比譬之法，其创作旨向与诗体是相趋相通的，词体在创作传统与精神蕴含上与诗作之体实现了深层次的汇通。其《小三吾亭词话》云："词虽小道，主文谲谏，音内言外，上接骚辩，下承诗歌。自古风盛而乐府衰，六朝人子夜、采莲之歌，未尝不与词合也。自长调兴而小令亡，南唐人《生查子》《玉楼春》之什，未尝遽与诗分也。"③冒广生在词体属性上肯定"诗余"说。他论断汉魏六朝乐府诗中已融含有词体的因子，而五代时期的不少词作也并未与诗歌之体形成鲜明的分野。词体在创作取向上接承于先秦诗骚之体，在委婉有致中寓含讽谏劝惩之义；同时，汉魏六朝及唐人乐府诗在形式体制上，又对后世词作之体具有深刻的影响，词的长短不一的体制因素与抑扬起伏的音律之美等无不寓含其中。

---

① 冯乾编校：《清词序跋汇编》，凤凰出版社 2013 年版，第 2039 页。

② 同上书，第 2030 页。

③ 张璋、职承让、张骅、张博宁编纂：《历代词话续编》，大象出版社 2005 年版，第 232 页。

总之，词体是衍生于诗体之中的，在一定视点上，它是对传统诗作之体的创造性继承与发展。

在中国传统词学史上，从总体上阐说到词源于诗体的论说还有很多。如在明代有：顾胤光《秋水庵花影集序》、黄冕仲《诗余画谱》。在清代及民国时期有：吴绮《桐扣词序》、朱彝尊《紫云词序》、王士禛《倚声集序》、王苹《顾曲亭词序》、厉鹗《楮叶词序》、李符清《铜梁山人词叙》、邹二南《苏庵词稿序》、金孝柏《守苏词自序》、袁太华《新词正韵自序》、朱以增《鹊泉山馆诗余序》、焦继华《亦耕草堂词序》、董润《藕船醉客词草自跋》、蒋敦复《芬陀利室词话》、俞德邻《佩韦斋文集》、吴蔚光《小湖田乐府自序》、杨希闵《词轨》、汪甲《煮石山房词钞序》、张鸿卓《书零锦词卷首》、王岳崧《花信楼词存序》、俞钟诒《挹青楼词钞自序》、诸可宝《捶琴词自序》、俞樾《玉可庵词存序》、沈祥龙《论词随笔》、石盛明《帆山词稿自叙》、彭世襄《濯绛宧词序》、陈去病《笠泽词征序》、邵瑞彭《柳溪长短句序》、芮善《霜草宧词自序》，等等。上述篇什或著作，其论说相对都比较简短，一般未作过多的展开与深入，我们不详细叙论了。

二　论说词源于风骚之体的承衍

中国传统词学对词源于风骚之体的论说，大致出现于南宋初期。黄大舆《〈梅苑〉序》云："己酉之冬，余抱疾山阴，三径扫迹，所居斋前，更植梅一株，晦朔未逾，略已灿然。于是录唐以来词人才士之作，以为斋居之玩。目之曰'梅苑'者，诗人之义，托物取兴。屈原制《骚》，盛列芳草，今之所录，盖同一揆。"① 黄大舆叙说自己于病居闲淡无聊之中，因栽种梅树而想到择选唐代以来咏梅之词入于一集。他论断与先秦屈原等人创作楚骚之体一样，词人们在吟咏梅花中所表达的也主要是托寄之义与兴会之趣。黄大舆实际上较早肯定了词的创作取径与艺术旨向是通于先秦以来风骚之体的。

元代，刘敏中《江湖长短句引》云："声本于言，言本于性情，吟咏性情莫若诗，是以《诗三百》皆被之弦歌。沿袭历久，而乐府之制出焉，

---

① 张璋、职承让、张骅、张博宁编纂：《历代词话》，大象出版社 2002 年版，第 42 页。

则又诗之遗音余韵也。"① 刘敏中肯定诗作之体以情性表现为本质所在。他认为，先秦《诗三百》中的作品都是本于人之性情而又入乎歌唱的，其言为心声，声出而韵，正是循着这两方面创作要素及其艺术表现原则，后世词作之体才得以推陈出新，因此，词体渊源最初是在先秦诗骚之体中的。叶曾《东坡乐府叙》云："今之长短句，古三百篇之遗旨也。自风雅隳散流为郑卫，侈靡之音，不能复古之淳厚久矣。东坡先生以文名于世，吟咏之余，乐章数百篇，乐而不淫，哀而不伤，真得六义之体。"② 叶曾也论断词作之体渊源于先秦《诗三百》。他评说在文学历史的发展过程中，风骚之旨日见消弭，这与文学的本质功能是形成一定出入的。叶曾评断苏轼之词很好地体现出传统儒家中和化的艺术原则，微婉合度，将先秦诗骚精神创造性地发扬开来，成为后世学习的榜样。

明代，温博、俞彦等人将词源于风骚之论初步展衍与充实开来。温博《花间集补序》云："夫《三百篇》变而骚、赋，骚、赋变而古乐府，古乐府变而词，词变而曲。予初读诗至小词，尝废卷叹曰：嗟哉，靡靡乎，岂风会之使然耶？即师涓所弗道者。已而，睹范希文《苏幕遮》、司马君实《西江月》、朱晦翁《水调歌头》等篇，始知大儒故所不废。何者？众女蛾眉、芳兰杜若，骚人之意，各有所托也。"③ 温博从文体替变的角度论断词乃衍生于乐府诗之体。他叙说自己最初赏读词作时的感受，认为其大都为"靡靡"之音，于社会现实内涵少有显现，在艺术风格表现上则柔媚华美。他疑心此乃时代运会使然，及至读到范仲淹、司马光、朱熹等人之词后，才体悟到并非所有的宋人词作都是如此，它们才真正承扬了《诗三百》以来的风雅传统，是对传统诗歌创作取向的大力弘扬。温博之论，在体现出浓厚政教化色彩的同时，道出对词源论题的一己之识。俞彦《爰园词话》云："词于不朽之业，最为小乘。然溯其源流，咸自鸿濛上古而来。如亿兆黔首，固皆神圣裔矣。惟闾巷歌谣，即古歌谣。古可入乐府，而今不可入诗余者，古拙而今佻，古朴而今俚，古浑涵而今率露也。然今世之便俗耳者，止于南北曲。即以诗余比之管弦，听者端冕卧矣。其

---

① 刘敏中：《中庵先生刘文简公文集》卷十六，影印文渊阁《四库全书》本。
② 施蛰存主编：《词籍序跋萃编》，中国社会科学出版社 1994 年版，第 61 页。
③ 温博辑，陈红彦校点：《花间集补》卷首，辽宁教育出版社 1998 年版。

得与诗并存天壤，则文人学士赏识欣艳之力也。"① 俞彦论断词作之体导源于古代诗骚歌谣。他虽然持词为"小乘"之论，认为其体制相对便辟而难登大雅之堂，但仍然强调其与古代诗骚歌谣的内在相通相近。他批评不少人的词作在艺术表现上粗浅直露，在风格呈现上俚俗浅薄，未能较好地承扬先秦诗骚歌谣的优良传统，在文学历史发展中实属止步之音，是令人惋惜的。

　　清代，承衍阐说到词源于风骚之体的词论家很多，主要有毛奇龄、许昂霄、叶舒崇、查礼、王昶、高宗元、吴蔚光、许宗彦、郭麐、张维屏、吴嘉洤、贾敦艮、刘熙载、黄彭年、顾云、汪香祖、沈祥龙等，他们从不同的视点与角度对词为"诗余"之论予以了不断的展开、充实与深化。

　　清代前期，毛奇龄《峡流词序》云："而自昔才人如龙标、辋川、青莲、香山辈，犹且争倡新声，互为标的，则以诗余者，其流为曲，而其源直本于《国风》《离骚》。故《离骚》名辞，诗余亦名辞，自非沿波讨源，涤流却会，道天渊而濯下泉，孰能使涓涓细流，一归浩荡？故蓄水高唐，渐观百里，流使然也。"② 毛奇龄论断唐代诗人中，王昌龄、王维、李白、白居易等人都在诗歌创作之外另辟一途，尝试"新声"，他们对词体的创制作出重要的贡献。而寻其源流，毛奇龄认为其又在先秦诗骚之中。他归结诗骚之体与词体都名之为"辞"，其在渊源远绍中体现出内在的共通性。许昂霄《词综偶评》评姜夔《八归》云："历叙离别之情，而终以室家之乐，即《豳风·东山》诗意也。谁谓长短句不源于三百篇乎？"③ 许昂霄以具体的词作为切入点，通过评说姜夔《八归》之词的意旨，直接承传《诗三百》中的《东山》之意，表达出词导源于先秦风骚之体的观点。叶舒崇《词原序》云："原夫乐府盛于齐梁，倚声肇诸唐宋，虽遝为泛滥，难目同源，而揆厥风骚，总非异辙。是以'门前杨柳'，讵无托兴之风，'石上菖蒲'，大有相思之句；新歌《子夜》，独擅新声，旧舞前溪，还夸旧调。迨夫'月满秦楼'，倡新词于供奉，'家临长信'，叹丽制于温岐；《花间》《兰畹》，尽赏才华，绰板琵琶，别推风格；'梦回鸡塞'，难消后主之愁，'肠断人间'，惟有方回之句；柳屯田

---

①　张璋、职承让、张骅、张博宁编纂：《历代词话》，大象出版社 2002 年版，第 802 页。

②　王晫《峡流词》卷首，清刻本。

③　张璋、职承让、张骅、张博宁编纂：《历代词话》，大象出版社 2002 年版，第 1320 页。

无惭风雅，李清照实冠闺房；凡诸作者，俱隶风人。"① 叶舒崇极力反对词导源于齐梁乐府诗之论，而主张对词之源起的认识要上溯至先秦诗骚之体中。他分别例举五代至北宋的一些著名词人词作，归结其都属于"风人"之举，在创作取向、作品旨意、艺术形式与风格特征等方面与诗骚之体并无二致。叶舒崇之论，体现出从内在艺术质性上对词与乐府之体的界划，其对词源于先秦诗骚之体的论说是甚为服人的。

　　清代中期，查礼《榕巢词话》云："南风之诗，五子之歌，此长短句之所自始也。由汉魏晋宋齐梁迄初唐，多以诗被乐，如《铙歌》《鞞舞》诸章，《白纻》《关山》诸调，皆名之曰古乐府，迨乐府不作而后有词，故曰词者诗之余也。"② 查礼持词为"诗余"之论。他将词体的最初渊源上溯至先秦诗骚之中，认为由汉代一直至初唐时期，诗歌创作都讲究自然之声律，这便是古乐府诗的鲜明特征。之后，词作之体承起了这一传统，其在表现形式上长短不一，而在内在流转上注重自然声律之美，它逐渐成为相对独立的文学体制。王昶《词雅序》云："秦汉以前，文之有韵者，或称诗骚，或称赋，屈子《离骚》，后世称《楚辞》，而班固《艺文》入于赋类。唐宋间乃取诗句之长短者，强别为词，而昧其所自出。词之所以贵者，盖诗三百篇之遗也。"③ 王昶在词源论上是坚决主张其渊源于先秦诗骚之体的。他辨析秦汉以前对有韵之文的称名，认为唐宋时期人们将诗歌之体中那些长短不一的篇什，强行界别为"词"体，这必然在很大程度上模糊词体的渊源所自，也一定程度上掩盖了词体与诗骚之体的内在联系，是必须认真辨说的。其又云："词，《三百篇》之遗也，然风雅正变，王者之迹，作者多名卿大夫，庄人正士。而柳永、周邦彦辈不免杂于俳优。后惟姜、张诸人以高贤志士放迹江湖，其旨远，其词文，托物比兴，因时伤事，即酒食游戏，无不有黍离周道之感，与诗异曲而同工。"④ 王昶进一步持论词体渊源于先秦《诗三百》之中。他认为，自古以来的优秀词人是无不承衍《诗三百》以来风雅统绪的，将比兴寄托之义寓含于创作实践中，其意内言外、言近旨远，即便是一时应酬之作，也寓含寄托

---

　　① 朱彝尊：《曝书亭集》卷首，影印文渊阁《四库全书》本。
　　② 孙克强，杨传庆，裴喆编著：《清人词话》，南开大学出版社 2012 年版，第 473—474页。
　　③ 施蛰存主编：《词籍序跋萃编》，中国社会科学出版社 1994 年版，第 789—790 页。
　　④ 王昶《春融堂集》卷四十一，清嘉庆四年刻本。

之义与言说黍离之感，其与诗作之道是异途同归的。

高宗元云："每谓词虽小道，源实四诗，后之敲铁拨而赋大江，按红牙而歌残月者，流派各异，沿溯本同。"（吴锡麒《高伯阳愚亭词序》记）① 高宗元肯定词体源于先秦诗骚之中。他论断，不论词作呈现出如婉约与豪放等何种风格面貌与特征，其在本质上都为"诗余"之性，都是从诗歌之体制中脱胎与衍化而来的。吴蔚光《自怡轩词选序》云："词者，诗之余，实风之遗也。蔚光少受诗，至今以为诗法有五，而《国风》尤切。五者何？长短、轻重、疾徐、呼应、首尾是也。"② 吴蔚光界断词作渊源于先秦《诗三百》中的"风诗"之体。他将《国风》视为影响后世诗词创作的首要因素，其所提出的诗歌创作的主要原则，均体现出注重变化、追求灵动的艺术特征。许宗彦《莲子居词话序》云："文章体制，惟词溯至李唐而止，似为不古。然自周乐亡，一易而为汉之乐章，再易而为魏晋之歌行，三易而为唐之长短句。要皆随音律递变，而作者本旨，无不滥觞楚骚，导源风雅，其趣一也。"③ 许宗彦从创作旨向上论说词体之渊源。他认为，以唐人近体诗为词之导源的论断是很不准确的，实际上，它们都渊源于先秦诗骚之体。虽然不同文学之体在音律表现与运用上会随着时代嬗替而变化，但它们在创作旨向上始终都是承扬风雅之义的。正因此，词之导源便体现在先秦时期的风骚统绪中。

郭麐云："词家者流，源出于国风，其本滥于齐梁。自太白以至五季，非儿女之情不道也。宋之乐用于庆赏饮宴，于是周、秦以绮靡为宗，史、柳以华缛相尚，而体一变。苏、辛以高世之才，横绝一时，而愤末广厉之音作。姜、张祖骚人之遗，尽洗秾艳，而清空婉约之旨深。自是以后，虽有作者，欲别见其道而无由。然写其心之所欲出，而取其性所近，千曲万折，以赴声律，则体虽异，而其所以为词者无不同也。"（江顺诒《词学集成》记）④ 郭麐界定词体渊源远绍于风骚而近承于齐梁之诗。他认为，自唐代李白以来，词的表现范围不断扩展，由"儿女之情"拓展到一般的社会应酬、人际交往与"庆赏饮宴"等；词人们在创作取径与

---

① 吴锡麒：《有正味斋骈体文》卷八，清道光刊本。

② 施蛰存主编：《词籍序跋萃编》，中国社会科学出版社 1994 年版，第 765 页。

③ 张璋、职承让、张骅、张博宁编纂：《历代词话》，大象出版社 2002 年版，第 1408 页。

④ 唐圭璋编：《词话丛编》，中华书局 1986 年版，第 3273 页。

风格表现上亦丰富多样，但不论以何种风格表现什么内容，其根本点都立足在"心之所出"与"性之所近"上，这与先秦时期"风诗"之创作传统是一脉相承的。因此，从这一点而言，词在本质上确是导源于先秦诗骚之体中的。张维屏《粤东词钞序》云："词一名诗余，谈艺者多卑之。余谓词家所填之词有高有卑，而词之本体则未尝卑，何也？词与诗皆同本于《三百篇》也。说者谓诗有定体，而词之字则或多或少，词之句则或短或长，是以不能与诗并，而不知此即本于《三百篇》。"① 张维屏在词源之论上持"诗余"说。他驳斥词为"卑体"之论，认为词体与诗体间是未尝有优劣高下之分的，词作字语运用的长短不一形式正恰好表现出其源于《诗三百》之中。正确的看法应该是，诗词之体都渊源于先秦《诗三百》中，只不过在形式创制上有所异别罢了，而在创作旨向上则是一致的。

晚清，吴嘉淦《香隐庵词序》云："词之源出于楚骚，工之者大率悁恻善感之士，得夫秋之为气者。抚景触物，不得已而发之于言。而又不可以庄语出之也，于是乎托兴房闼之间，寄怀山水之窟。下至草木虫鸟之属，莫不曼声以歌、按节以咏。如三闾大夫之辞，不出乎美人香草者是已。"② 吴嘉淦论断词作之体源出于楚骚。他从创作生发与艺术表现角度加以论说，认为自古以来的多情善感之人，其见景触物都是很容易引发吟咏的，但词作艺术体性决定了其不能以庄重典则之语加以表达，由此，在兴会寄托中，创作主体便通过山水自然与外在物象等来加以艺术化传达，"美人香草"之喻的诗歌表现传统在词体中得到了有效的承扬。贾敦艮《紫藤花馆词序》云："词为诗之余，滥觞于唐，盛于宋，至我朝而名流辈出。然自西堂、竹垞、梁汾、樊榭而外，卓然成家者正不多见。近世词家必欲分词与诗而二之，啜流而弃源，是犹数典而忘其祖也，岂不固哉。夫词与诗，莫不本于三百之篇，故二南有怀春之赋，《国风》有赠芍之思。《豳》有柔桑之咏，《雅》有杨柳之歌。虽《颂》体乔皇，亦著醉舞乐胥之句，则古之长短句，即后世乐府之所祖也。"③ 贾敦艮持词源于先秦诗骚之论，肯定词作之体起始于唐代而盛行于宋代，至清代又呈现出中兴之貌。他推扬尤侗、朱彝尊、顾贞观、厉鹗等人之词，评断他们卓然成

---

①　许玉彬、沈世良编：《粤东词钞》卷首，道光二十九年艺芸斋刻本。
②　冯乾编校：《清词序跋汇编》，凤凰出版社 2013 年版，第 1251 页。
③　同上书，第 1367 页。

家，批评近世一些人将词体与诗体盲目地加以界分，认为这是源流不辨、数典忘祖的做法，是甚为片面的。贾敦艮从诗词之体的内在相通上，对词为"诗余"之属予以了有力的阐明。刘熙载《词概》云："词导源于古诗，故亦兼具六义。六义之取，各有所当，不得以一时一境尽之。"① 刘熙载从诗之"六义"运用与表现的角度，对词源于风骚之体予以肯定。他提出，词体对"风""雅""颂""赋""比""兴"的运用，不可能都"各有所当"，我们绝不应该以任何特定时空为拘限，过分地要求与评说其创作取向与思想旨意。

　　黄彭年《香草词序》云："诗亡而乐府兴，乐府衰而词作。其体小，其声慢，其义则变风、变雅之遗。自皋文张氏以意内言外之旨论词，而词之旨始显。"② 黄彭年从文体替变的角度阐说词体之源论题。他将词体视为"诗余"之属，认为其近承汉魏乐府而远绍先秦风雅之体，在创作旨向上确乎将诗骚之旨承扬了开来。顾云《瞻园词序》云："词曰诗余，非仅余于汉魏六朝唐宋，以次之《诗三百篇》亦有焉。《三百篇》所由作，大抵即所言而文之。至悒郁难言，而芬芳悱恻之怀欲吐仍茹，卒不能已于言，迂回以出，于是古昔可拟也，山川可况也，风月可喻也，鸟兽草木可取譬也。而君臣缱绻，托诸男女绸缪，惝恍无端，若离若即，非好学深思，心知其意，莫测所云云也。吁其邈哉，诗人之旨盖微矣，词之至者亦尔。故词曰诗余，虽然意内言外，词家所习称，其实缘绮语写其逸思，往往而是，非皆我所闻，有命不敢以告人者也。"③ 顾云在持词为"诗余"之论的基础上，将词体之源上溯至先秦《诗三百》中。他论断，《诗三百》的最大特点之一便是微言大义、托意委婉，其常常以自然与日常生活之意象而表现创作主体之襟怀情性，或以男女之情而托寓君臣之事，呈现出意内言外、委婉曲折的特征，而词体在创作取向与艺术表现方式上便很好地承扬了这一传统，它是对先秦诗骚之体的有效发扬。汪香祖《枯桐阁词序》云："词虽小技，于道未尊，然发而中节，言之成文，应清浊之二均，追权舆于五际，信古诗之支流，《离骚》之别派已。"④ 汪香祖对

　　① 唐圭璋编：《词话丛编》，中华书局 1986 年版，第 3687 页。
　　② 何鼎：《香草词》卷首，清乾隆刻本。
　　③ 张仲炘：《瞻园词》卷首，清光绪间刻本。
　　④ 张鸿绩：《枯桐阁词稿》卷首，1910 年自刻本。

词作之体表现出推尊的态度。他在肯定词体具有浓厚的音乐性特征及近承于五代诗歌的基础上，远溯渊源，认为其仍在先秦诗骚之体中。沈祥龙《论词随笔》云："屈、宋之作亦曰词，香草美人，惊采绝艳，后世倚声家所由祖也。故词不得楚、骚之意，非淫靡即粗浅。"① 沈祥龙从表现形式与创作旨向上界定词导源于楚骚之体。他推扬风人比兴之法与秾丽之艺术表现，倡导词作在取向平正中入乎大道，而反对词作流于绮媚与粗俗。沈祥龙之论将艺术中和化原则融入对词体之性的探讨中，体现出浓厚的儒家思想文化意识。

在中国传统词学史上，论说到词源于风骚之体的篇什大致还有：钱尔复《耒边词序》、董国琛《瑶碧词序》、蔡廷弼《苕父词钞序》、谭莹《剑光楼词序》、秦遇赓《征声集跋》、郑文焯《瘦碧词自叙》、徐沅《龙顾山房诗余序》，等等。因其论说都比较简短，我们也不详细例说了。

三　论说词源于唐人近体诗的承衍

中国传统词学对词源于唐人近体诗的论说，主要呈现于明清及民国时期。这一视域论说对词的源起作出更为直接的阐明，进一步强化了词为"诗余"之属的体性判断。

明代，杨慎《词品序》云："诗余者，《忆秦娥》、《菩萨蛮》二首为诗之余，而百代词曲之祖也。今士林多传其书，而昧其名。故于余所著《词品》首著之云。"② 杨慎持论"诗余"之名不能较好地体现出唐代以来新型文学之体的特征。他赞同以"词"名称之。在对词之导源的认识上，他将所传为李白所作《忆秦娥》《菩萨蛮》论定为词之源头，较早体现出词源于唐人近体诗的观点。李衮《花草粹编叙》云："盖自诗变而为诗余，又曰雅调，又曰填词，又变而为金、元之北曲矣。当其初变词也，彼唐末、宋初诸公竭其聪明智巧，抵于精美，所谓曹刘降格为之，未必能胜者，亦诚然矣。"③ 李衮在词体之属上肯定"诗余"说，他论断词作之体衍生于唐末五代，而宋人将其创制发展至成熟的阶段。但李衮在总体上持衰变的文学历史观念，对词的思想内涵与艺术价值表现出较为低视的态

① 张璋、职承让、张骅、张博宁编纂：《历代词话》，大象出版社 2002 年版，第 1843 页。
② 同上书，第 229 页。
③ 陈耀文编：《花草粹编》卷首，影印文渊阁《四库全书》本。

度。汤显祖《〈花间集〉序》云："自三百篇，降而骚、赋；骚、赋不便入乐，降而古乐府；古乐府不入俗，降而以绝句为乐府；绝句少宛转，则又降而为词。故宋人遂以为词者诗之余也。"① 汤显祖在词源之论上也持"诗余"说。他持论词体直接衍生于唐人绝句之中，相对于绝句之体而言，其在结构形式与内在运行上呈现出更为委婉流转的特征，从一定视点上创新与发展了唐人绝句之体制。

王骥德《曲律》云："入唐而以绝句为曲，如《清平》《郁轮》《凉州》《水调》之类；然不尽其变，而于是始创为《忆秦娥》《菩萨蛮》等曲，盖太白、飞卿辈，实其作俑。入宋而词始大振，署曰'诗余'，于今曲益近，周待制柳屯田其最也；然单词只韵，歌止一阕，又不尽其变。"② 王骥德持同词源于唐人近体诗之论。他论断，唐人以近体诗中的绝句之体作为有别于传统诗体的新形式，其缺失便在创作一途上还不够新颖与陌生化，由此，李白、温庭筠等人才开始创制出《忆秦娥》《菩萨蛮》等词作，这一类作品发展到宋代得到人们的普遍喜爱，由此而盛行开来，人们遂以"诗余"之名而称之。王骥德之论，在肯定词源于唐人绝句的同时，阐说出文学体制的运用是在不断衰变与生新中动态化运行的，其具有永久追求新变的规律与特征。钱允治《类编笺释国朝诗余序》云："词者诗之余也，曲又词之余也。李太白有《草堂集》，载《忆秦娥》《菩萨蛮》二调，为千古词家鼻祖。故宋人有《草堂诗余》云。……然词者诗之余也，词兴而诗亡。诗非亡也，事理填塞，情景两伤者也。"③ 钱允治界定词为"诗余"之体。他肯定所传为李白所作《忆秦娥》《菩萨蛮》为后世词体之滥觞，强调李白诗作与词作的内在相通性。在此基础上，他进一步认为，诗词代兴，并不是指词体就完全代替了诗作之体，而是指诗体演变发展到一定阶段之后，其在情景表现上体现出不够融合的特征，在叙事与言理上有机械硬塞之嫌，在此情况下，诗的创作相对走向衰落而有待建构出新的艺术表现范式，由此，循着传统诗体情景融合与艺术表现之路，在变

---

① 张璋、职承让、张骅、张博宁编纂：《历代词话》，大象出版社 2002 年版，第 359—360 页。

② 中国戏曲研究院编：《中国古典戏曲论著集成》（四），中国戏剧出版社 1959 年版，第 55 页。

③ 顾从敬、钱允治辑，钱允治、陈仁锡笺释：《类编笺释国朝诗余》卷首，《续修四库全书》本。

化形式及体制的情况下，词的创作逐渐得到长足的发展。钱允治之论，将诗词同源而替变与代兴的关系话题提升到一个颇具理论意义的层面，甚有益于对词源之论的多方位思考。

清代，承衍阐说到词源于唐人近体诗的词论家，主要有纪昀、王昶、宋翔凤、张德瀛等，他们从不同的方面将传统"诗余"说更为细致地展衍、充实与深化开来。

清代中期，纪昀《四库全书总目提要》论《御定历代诗余》云："诗降而为词，始于唐。若《菩萨蛮》《忆秦娥》《忆江南》《长相思》之属，本是唐人之诗，而句有长短，遂为词家权舆，故谓之诗余。为其上承于诗，下沿为曲。而体裁近雅，士人多习为之。"①纪昀持词源于唐人近体诗之论。他论断，在唐人近体绝句或律诗中，本来就有句子长短不一的作品存在，这便是后世词体的前身。纪昀界定词体在内在艺术质性上趋近雅道，由此而言，它与诗体在创作取向上是并无二致的，确为"诗余"之属。王昶《琴画楼词钞序》云："文章之变，日出不穷。诗四言变而之五言，又变而之七言古诗，继又变为五、七言律体，及于绝句。唐之末造，诗人间以其余音绮语变为填词。北宋之季，演为长调。变愈甚，遂不能复合于诗。"②王昶论断词体是从唐人近体诗中直接衍化而来的。他认为，文学之体是不断演变的，这是历史发展的必然规律。就诗体而言，它经历了由四言、五言而七言的"古诗"发展之旅程；延展到唐代，创造出包括律诗与绝句在内的近体之诗，它们不断建构、成熟与变化，在晚唐时期又衍生出长短不一、可入乎歌唱的词体。此文学体制进一步放大与凸显了近体诗中讲究音律表现与用语绮丽的因子，逐渐形成与传统诗体有异的创作路径与体制形式，而终成一代大观。宋翔凤《乐府余论》云："《草堂诗余》，宋无名氏所选，其人当与姜尧章同时。……谓之诗余者，以词起于唐人绝句，如太白之《清平调》，即以被之乐府。太白《忆秦娥》《菩萨蛮》，皆绝句之变格，为小令之权舆。旗亭画壁赌唱，皆七言断句。后至十国时，遂竞为长短句。自一字、两字至七字，以抑扬高下其声，而乐府之体一变。则词实诗之余，遂名曰诗余。其分小令、中调、长调者，以当筵作伎，以字之多少，分调之长短，以应时刻之久暂。（如今京师演

---

① 永瑢等《四库全书总目》卷一百一十四，中华书局 1965 年版。
② 冯乾编校：《清词序跋汇编》，凤凰出版社 2013 年版，第 581 页。

剧，分小出、中出、大出相似）"① 宋翔凤从对"诗余"之名的论说入手，对词的起源论题予以具体的阐说。他界定，词源于唐人绝句之体，由绝句而演变为小令，这其中，句子着字的多少与词作音律表现的抑扬高下是紧密联系的，并且，词体以小令、中调、长调相区分，这也是与词体在当下现实背景中所要发挥的作用紧密相联的。宋翔凤对由诗而词的演变过程特别是其相关因素与内在创作机制作出了阐说，其论是甚为入理的。

晚清，张德瀛《词徵》云："小令本于七言绝句夥矣，晚唐人与诗并而为一，无所判别。若皇甫子奇怨回纥，乃五言律诗一体。刘随州撰谪仙怨，窦宏余康骈又广之，乃六言律诗一体。冯正中阳春录瑞鹧鸪题为舞春风，乃七言律诗一体。词之名诗余，盖以此。"② 张德瀛从词为"诗余"之名的角度，论说其导源于唐人近体之诗。他分别例说小令之词与七言绝句相互融通，并以皇甫嵩、刘长卿、冯延巳词作为例，证明词体确是从唐人绝句与律诗之体中变化与衍生而来的。

民国时期，况周颐、陈洵等人对词源于唐人近体诗之论继续予以阐说，将词为"诗余"之属进一步张扬开来。况周颐《蕙风词话》云："诗余之'余'，作赢余之'余'解。唐人朝成一诗，夕付管弦，往往声希节促，则加入和声。凡和声皆以实字填之，遂成为词。词之情文节奏，并皆有余于诗，故曰诗余。世俗之说，若以词为诗之剩义，则误解此'余'字矣。"③ 况周颐对传统"诗余"之义予以正位与辨说。他论断，"诗余"之"余"字，不应作"余事"之义，而应作"赢余"之解。他认为，在唐人近体诗创作的基础上，世人有时为了便于俗唱，而加入一些衬声衬字，这使整齐划一的"诗"的形式演变成长短不一的"词"的样式。但这种艺术体制与唐人诗作一样，因情而发，声情并茂，在不经意中成为一种顺应时代发展的新文学形式，这才是真正的"诗余"之义。况周颐对词源于唐人近体诗内涵的论说有别于他人，是其给人以思考与启发的。陈洵《海绡说词》云："诗三百篇，皆入乐者也，汉魏以来，有徒诗，有乐府，而诗与乐分矣。唐之诗人，变五七言为长短句，制新律而系之词，盖将合徒诗、乐府而为之，以上窥国子弦歌之教。谓之为词，则与廿五代兴

---

① 张璋、职承让、张骅、张博宁编纂：《历代词话》，大象出版社 2002 年版，第 1483 页。
② 唐圭璋编：《词话丛编》，中华书局 1986 年版，第 4079 页。
③ 同上书，第 4406 页。

者也。"① 陈洵从诗体与音乐相离相合的历史演变发展角度论说词之起源命题。他持同词源于唐人近体诗之论，界定其在体制形式上变整齐划一为长短不一，在音律表现上则上溯汉魏六朝乐府之诗，在上述两方面，它都将继承与创新加以结合，因而呈现出新的艺术体貌特征。

第二节　词为"倚声"之论的承衍

中国传统词学对词为"倚声"之属的论说，主要体现在词源于乐府之论上。这一维面论说，从其侧重点不同，可大致划分出两条承衍线索：一是侧重从音调渊承上论说词源于乐府之体的承衍，二是侧重从体制渊承上论说词源于乐府之体的承衍。此两方面线索相承相生，共构出传统词源之论中"倚声"说的承衍格局。

一　侧重从音调渊承上论说词源于乐府之体的承衍

在中国传统词学中，从音调渊承上论说词源于乐府之体的言论大致出现于南宋前期。王灼《碧鸡漫志》云："今先定音节，乃制词从之，倒置甚矣。而士大夫又分诗与乐府作两科。古诗或名曰乐府，谓诗之可歌也。故乐府中有歌有谣，有吟有引，有行有曲。今人于古乐府，特指为诗之流，而以词就音，始名乐府，非古也。"② 王灼较早对古代歌谣与乐府之体展开界分。他论断时人所谓的"乐府"，其最大的特点是因律制词、"以词就音"，而这与最初的歌谣在创作上是完全相反的。王灼在这里从大范围上将词体之源框定在乐府之体中，道出了因律制词的基本创作特征。其又云："古人初不定声律，因所感发为歌，而声律从之，唐、虞禅代以来是也。余波至西汉末始绝。西汉时，今之所谓古乐府者渐兴，晋、魏为盛。隋氏取汉以来乐器歌章古调，并入清乐，余波至李唐始绝。唐中叶虽有古乐府，而播在声律，则鲜矣。士大夫作者，不过以诗一体自名耳。盖隋以来，今之所谓曲子者渐兴，至唐稍盛。今则繁声淫奏，殆不可数。古歌变为古乐府，古乐府变为今曲子，其本一也。后世风俗益不及

---

① 张璋、职承让、张骅、张博宁编纂：《历代词话续编》，大象出版社 2005 年版，第 194 页。

② 张璋、职承让、张骅、张博宁编纂：《历代词话》，大象出版社 2002 年版，第 102 页。

古，故相悬耳。而世之士大夫，亦多不知歌词之变。"① 王灼对词的起源论题进一步展开辨说。他认为，词在本质上是导源于古乐府诗之体的，但这之中有着较为复杂的演变发展情况。这便是，真正的古代歌谣是因事而感、因感而歌的，其音律表现自如不拘、随意而成；发展到西汉，则所谓的乐府之体渐兴，它一直延展至隋唐时期，但这种乐府诗，其最大的特点是先定声律而后选字造句，其在本质上是受声律拘限的，它与古代歌谣在创作路径上是截然倒置的。今天大行于世的词体便源于汉魏六朝以来所盛行的乐府之体。王灼从古代歌谣与乐府诗创作路径的变化中，对词源于乐府之体作出明确的界说，其论对后世词源于乐府之说产生不小的影响。

朱熹《朱子语类》云："古乐府只是诗，中间却添许多泛声。后来人怕失了那泛声，逐一声添个实字，遂成长短句，今曲子便是。"② 朱熹从声律表现的角度论说词源于乐府之体。他认为，为入于声律而增减字句，这使整齐划一的诗体演变成长短不一的词体，但其根源却仍在乐府诗之中，亦即词是渊源于乐府之体制的。王炎《双溪诗余自序》云："古诗自风雅以降，汉魏间乃有乐府，而曲居其一。今之长短句，盖乐府曲之苗裔也。古律诗至晚唐衰矣，而长短句尤为清脆，如幺弦孤韵，使人属耳不厌也。予于诗文，本不能工，而长短句不工尤甚。盖长短句宜歌而不宜诵，非朱唇皓齿，无以发其要妙之声。"③ 王炎明确将词体之源框定为汉魏乐府之诗。他认为，通过唐人近体诗的直接导引，词之体制便孕育其中了，但词在本质上是深受乐府文学体制影响的，确为"倚声"之属。他申说自己于词作之体不甚擅长，在习效的过程中，体会到其宜于歌唱而不宜于诵读，在本质上为音乐性文学体制，需要传播者与欣赏者具有较高的音乐素养和艺术才能，才能入乎之中而体味其妙处。

元代，从音调渊承上论说到词源于乐府之体的词论家，主要是张炎和陆文圭等人，他们将词为"倚声"之论承衍与拓展开来。张炎《词源》云："古之乐章、乐府、乐歌、乐曲，皆出于雅正。粤自隋、唐以来，声诗间为长短句。至唐人则有尊前、花间集。迄于崇宁，立大晟府，命周美成诸人讨论古音，审定古调，沦落之后，少得存者。由此八十四调之声稍

---

① 张璋、职承让、张骅、张博宁编纂：《历代词话》，大象出版社 2002 年版，第 103 页。
② 黎靖德编：《朱子语类》卷一百四十，中华书局 1986 年版。
③ 施蛰存主编：《词籍序跋萃编》，中国社会科学出版社 1994 年版，第 302 页。

传。而美成诸人又复增演慢曲、引、近，或移宫换羽，为三犯、四犯之曲，按月律为之，其曲遂繁。"① 张炎在词源之论上持"倚声"说。他论断词由隋唐乐府诗体演变而来，在《尊前集》《花间集》等之中词人创调用律的基础上，随着北宋中期专门音乐机构大晟府的设立与运行，周邦彦等人创造性地在古之声调的基础上加以发掘、整理与筛选，创制出众多的词调词律，在词体的音乐化道路上迈出跨越式的步伐，由此，词调词律更为繁多，运用更见规范，表现更显丰富，"倚声"化的特征由此也更为鲜明。陆文圭《词源·跋》云："词与辞字通用，释文云，意内而言外也。意生言，言生声，声生律，律生调，故曲生焉。花间以前无集谱，秦周以后无雅声，源远而派别也。"② 陆文圭从对词体之义的阐释入手论说到词源的命题。他持论"意内言外"为词的本质所在，在此基础上，认为词的创作过程表现为由意而言，由言而声，由声而律，由律而调，亦即从词意表现的立足点出发而择选词调与曲律。陆文圭界定在《花间集》出现之前，词的创作是没有现成音律可以套用的，但发展到秦观、周邦彦等人之后，则词之声调与音律表现之道大盛，词真正成为了音乐性文学体制。陆文圭之论，体现出将词视为"倚声"之属的观点。

清代，从音调渊承上论说到词源于乐府之体的词论家，主要有宗元鼎、李邺嗣、尤侗、宋荦、吕履恒、周在浚、田同之、林贻熊、瞿源洙、团维墉、成肇麐、郑文焯等，他们将词为"倚声"之论不断展衍、充实与深化开来。

清代前期，宗元鼎《蕊栖词跋》云："词为乐府铙歌之余，原以被之筦弦，歌金缕，唱柳枝，音取宛转流丽，欧、秦、晏、柳辈一韵出而舌香，一调成而骨腻，良有以也。"③ 宗元鼎在词体渊源上是持"倚声"之论的。他从音调渊承上论说词源于汉魏乐府之诗，认为其以自然之声律流转为内在特征。宗元鼎称扬北宋欧阳修、秦观、晏殊、柳永等人词作音律表现宛转流丽，风格呈现细腻委婉，将乐府之体优长很好地予以了发扬。李邺嗣《耕石堂诗余序》云："古今文章之事，其体数变。若夫有韵之文，源本三百篇，其言谐于八音，为用最大。自诗亡以后，三百篇遗音渐

---

① 唐圭璋编：《词话丛编》，中华书局 1986 年版，第 255 页。
② 同上书，第 269 页。
③ 郑熙绩：《蕊栖词》卷末，清康熙刻本。

失，于是汉人重为乐府，采诗夜诵，以被于金石，则乐府固三百篇之余也。至唐时，而乐府音节复失。唐人乃更立篇名，定其长短节奏，变为新声；宋人仍之，其音始盛，是词家复乐府之余也。"① 李邺嗣在词源之论上也持"倚声"说。他认为，从总体而言，凡一切讲究音律表现之文体，其渊源当然都是本于《诗三百》的。但不同时期文学体制在流传的过程中，都出现"遗音渐失"的现象，致使后世之人无以识其音律表现之美，于是，人们不断创制"新声"，以适应和延续传统文学传布的需要，词体便是在唐人重新"立篇名""为新声"的基础上衍化而来的，其表面为"新乐"之体，但实质上承继与发扬的是中国文学自古以来的音乐化传统，其在本质上乃"倚声"之属。尤侗《南耕词序》云："夫词者，古乐府之遗也。无论大晟乐章并奏教坊，即今曲出引子率用词名，登场一唱，筝琶应之。虽宫谱失传，若使老教师分刌节度，无不可按红牙对铁板者。故填词家务令阴阳开阖，字字合拍，方无鳌拗之病。然律协而语不工，打油钉铰，俚俗满纸，此伶人之词，非文人之词也。文人之词未有不情景交集，声色兼妙者。"② 尤侗在词源之论上亦持"倚声"说。他从声调运用与音律表现的角度，肯定与张扬词是从古乐府之体中衍生而出的，属于音乐性文学体制。它讲究声律的抑扬谐和及内在反差与互补等，为此，强调词作用语也要以合乎音乐性表现为旨归，务求"字字合拍"，律协语工，而避免字语运用流于一味俗化。尤侗将词作类分为"伶人之词"与"文人之词"，他推尚词的创作要"声色兼妙"，即一方面注重其音乐性本质特征，另一方面讲究字语运用与形式技巧，其对词的创作实际上提出了很高的要求。

宋荦《瑶华集序》云："诗三百篇，皆可比之乐。汉魏以来，诗别为乐府，而诸不列于乐府之诗乃不可歌。古乐府其继诗而起者乎？然乐府传千数百年，作者代有，皆仍其名，大概不异长短歌行；虽诗盛于唐，而旗亭酒家按拍能歌者，非五七言绝句无闻焉。若语以景星、斋房、青阳、西颢之曲，盖有不能举其音者矣。下此则为填词，填词之名肇于唐李供奉《忆秦娥》《菩萨蛮》二阕，而其实自雅颂《繁》《遏》《渠》等篇已具错

---

① 冯乾编校：《清词序跋汇编》，凤凰出版社2013年版，第220页。
② 尤侗：《艮斋倦稿文集》卷三，清康熙三十年刻本。

综抗坠之法，早为温、韦诸君子滥觞已。"①宋荦在词体源起上持"倚声"之论。他认为，先秦时期《诗三百》中篇什本来就都是可以合乐歌唱的；发展到汉魏时期，始分列出"可歌"与"不可歌"之类别；作为"倚声"的古乐府，其在本质上是归属于诗体的。它在上千年的承纳过程中，曲调之名虽一仍其旧，但内在声调与音律却不断变化着。唐代李白创造性地运用乐府曲调而填充以新词新意，词作之体在其手中得以初呈型制。延展至温庭筠、韦庄等人，词的创作蔚为风行，他们创造性地接续与发挥先秦《诗三百》中"雅""颂"之体音乐化传统，错综变化，抑扬声韵，将对音乐之美的追求予以了发扬光大。由此而论，词确为"倚声"化之诗体。吕履恒《香草词序》云："自乐府失传，歌行继作，虽曰词曰曲，尤存律吕之名，而为偶为排，渐失宫商之意。"②吕履恒将词体之源界定为古乐府之诗。他简要勾画由汉魏乐府之诗经唐人歌行再到宋元词曲的承衍发展线索，归结它们都是更为讲究音乐之美的文学体制，但其在延展过程中仍然存在着诸多变化，而最明显的便体现为逐渐脱却声律之讲究，这是令人惋惜的。

　　周在浚《借荆堂词话》云："宋人词调，确自乐府中来。时代既异，声调遂殊，然源流未始不同，亦各就其情之所近取法之耳。周柳之纤丽，子夜懊侬之遗也；欧苏纯正，非君马黄出东门之类欤。放而为稼轩后村，悲歌慷慨，傍若无人，则汉帝大风之歌，魏武对酒之什也。究其所以，何尝不言情，亦各自道其情耳。"（徐釚《词苑丛谈》记）③周在浚从音调渊承上肯定词源于乐府之体。他大力阐说时代不同，文学之音调声律表现便必然会形成差异，但归根结底其渊源是相似相趋的。他评说周邦彦、柳永之词源出于《子夜》《懊侬》，欧阳修、苏轼之词源出于《君马黄》《出东门》，而辛弃疾、刘克庄之词源出于刘邦《大风歌》与曹操《对酒当歌》等，它们在创作渊承上显示出一致性，词作之体确是从汉魏乐府之诗中流衍而出的。田同之《西圃词说》云："或云诗余止论平仄，不拘阴阳，若词余一道，非宫商调，阴阳协，则不可入歌固已。第唐、宋以来，原无歌曲，其梨园弟子所歌者，皆当时之诗与词也。夫诗词既已入歌，则

　　①　冯乾编校：《清词序跋汇编》，凤凰出版社 2013 年版，第 268 页。

　　②　何鼎：《香草词》卷首，清乾隆刻本。

　　③　徐釚撰，唐圭璋校注：《词苑丛谈》，上海古籍出版社 1981 年版，第 80 页。

当时之诗词大抵皆乐府耳。安有乐府而不叶律吕者哉？故古诗之与乐府，近体之与词，分镳并骋，非有先后。谓诗降为词，以词为诗之余，词变为曲，以曲为词之余，殆非通论矣。况曰填词，则音律不精，性情不考，几何不文情蹉戾，宫商俏背乎？于是知古词无不可入歌者，深明乐府之音节也。今词不可入歌者，音律未谙，不得不分此以别彼也。此词与曲之所以分也。然则词与曲判然不同乎？非也。不同者口吻，而无不同者谐声也。究之近日填词者，固属模糊，而传奇之作家，亦岂尽免于龃龉哉？"① 田同之从声律渊源上，对诗、词、曲三种抒情性文学体式的内在联系、异别与特征等作出论说。他提出，严格地说来，是不能认为词源出于唐人近体诗的，词与诗是并驾齐驱的文学体制。唐宋时，诗词入歌成为乐府，它们循声律而或增加或减少句中字语，因此，这一创作宗系的词人是要深识乐府之曲调的；同时，在另一维面，也有不入乐府曲调之宗系的词作，它们不讲究循声选字。田同之对词导源于乐府之体的具体分析，为深化对词体之源起的认识提供了更为细致的辨识。

　　清代中期，林贻熊《撷花词稿序》云："学者以词为诗余，非也。古者诗与乐合，故二南奏之房中，雅颂歌于郊庙，未有不叶之金石、被之管弦而可以为诗者也。逮风降而骚雅，颂降而五古，沿及唐人，准辞切律，回忌声病，大都不过为有韵之文已耳。……然则诗之去古似近而远，词之去古似远而近，第作者以为余事而尝试为之，只求文藻之工，不复精研声律。虽以苏玉局之才，不免铁绰板之诮而余可无讥矣。"② 林贻熊在词体之源上持"倚声"论，而反对"诗余"说。他认为，自先秦诗骚以来的古诗之体是合于自然声律的，体现出天成的音乐之美；延展至唐人诗作中则发生很大的变化，其追求人工的声韵之美，诗歌变成"有韵之文"，其声律之美由"无意"而显逐渐变化为"有意"而求。林贻熊归结与古体之诗相较，近体诗与其距离似近而实远，而词体则与其似远而实近，这之间是存在很大差异的，词体有效地承扬了自然而发的创作机制与"无意"于声律表现的艺术特征，是对古诗之体的创造性继承与发展。瞿源洙《储玉涵花屿词序》云："填词犹古之伎禄也，发源于汉之相和歌，滥觞

---

① 张璋、职承让、张骅、张博宁编纂：《历代词话》，大象出版社 2002 年版，第 1247—1248 页。

② 李继燕：《撷花亭词稿》卷首，《清词珍本丛刊》第 10 册，凤凰出版社 2007 年版。

于六朝之清商曲，扬波于唐之五七言截句。尝考汉之乐府，若《郊祀》《燕射》《鼓吹》《横吹》《雅舞》《杂舞》诸曲，其辞多佶曲难晓，而皆可被之管弦。"① 瞿源洙论断词的创作在最初时就像古代的唱词，它源于汉代乐府诗之中，而个中的相和歌辞则可能为其渊薮，它常常伴随音乐而歌；发展到唐代，由于绝句之体的出现与兴盛，词体又吸收融合了其短小精粹的特点，而最终形成与创塑出自身面目。团维埔《仿宋人五乐府词序》云："乐府之变为词，自唐李供奉始。其时十部乐中，汉相和歌、晋清商曲皆在，如《折扬柳》《乌夜啼》《团扇郎》《双行缠》《青骢白马》诸曲，句多长短，柔曼缠绵，即与后世之词无异。故供奉沉香被召，既按《清平》；他日侍宴梨园，以宫人为大士璎珞之状，特作《菩萨蛮》，协而歌之；而《忆秦娥》一调，则又贬夜郎时回望咸阳，感箫声之咽，皆乐府也。"② 团维埔也持词为"倚声"之论。他从音律承扬的角度，论断词作之体源于汉魏南北朝乐府诗。他认为，乐府诗在体制构造上早存在长短不一的形式，在审美风格上也呈现出柔媚细腻的特征，其与后世词作之体在艺术表现上是并无很大异致的。唐人李白创造性地运用乐府曲调而吟咏自己之情性志意与现实遭际等，将乐府之曲调与长短不一形式进一步予以了探索与融合，这成为后世词作之体的先声。总起来看，词体从音调渊承的角度承纳与发扬了乐府诗的创作传统，将"倚声"化的文学创作之路予以了发扬光大。

晚清，成肇麐《唐五代词选叙》云："十五国风息而乐府兴，乐府微而歌词作。其始也，皆非有一成之律以为范也。抑扬抗队之音，短修之节，运转于不自己，以蕲适歌者之吻。而终乃上跻于雅颂，下衍为文章之流别。诗余名词，盖非其朔也。唐人之诗，未能胥被弦管，而词无不可歌者也。五季以逮宋初，沿而勿变，大晟设官，宫调乃备。"③ 成肇麐持词源于乐府诗之论。他认为，诗骚之后有乐府之体代兴，乐府之后有歌词之体代兴，这当然是缘于时代运会与文体替变之内在机制的。从歌词而言，其在开初之字句抑扬顿挫，入乎声律，完全可谓自由自如、不经意为之的产物，但它自然地入乎俗唱，体现出自然的声韵之美，随着词的创作不断

---

① 冯乾编校：《清词序跋汇编》，凤凰出版社 2013 年版，第 454 页。

② 同上书，第 529 页。

③ 成肇麐编：《唐五代词选》，商务印书馆 1928 年版，第 3 页。

发展，特别是大晟府作为专门音乐机构的设立与运行，这有力地促进了词体的音乐化历程。词体由不经意中入乎俗唱到致力于声律之美的探求，其演变发展历程有力地证明了与古乐府之体的紧密联系，词确为"倚声"之属。郑文焯《瘦碧词序》云："夫词者，变风之微义，乐府之遗音也。传曰：因内而言外谓之词。言生声，声生律，古人按律制谱，声来被辞，必以可歌者为工。"① 郑文焯在词体之属上亦持"倚声"说。他虽然论说词作之体远绍先秦诗骚而近承乐府之体，但更张扬其"按律制谱"的音律化表现特征，将被之弦管、入于歌唱作为了词之体制的本质属性。

从音调渊承上阐说词源于乐府之论，在民国时期宣雨苍、吴梅等人的论说中仍然得到承扬，他们将词为"倚声"之论进一步完善开来。宣雨苍《词谰》云："词，诗余也。其源从乐府长短句递遭而来。唐人采乐府制新律，而后有词。其嚆矢于何人，无可指实。第举世之所传最首出者，李白之《菩萨蛮》《忆秦娥》，然亦不得即谓权舆于太白也。其后有唐一代，所传作者，韦应物、王建、韩翃、白居易、刘禹锡、皇甫淞、司空图、韩偓，并有著作。而温庭筠最称杰出。五季南唐，小令之工，后无能媲。北宋词引为慢声，正如初唐五七言律诗，多在古今体之间，求其通体工称之作，殊不多数。……南宋作者，究心倚声，重于诗歌，一时士夫能文章者，无不旁通音律，故能声文并茂。其最高为姜尧章。《词品》谓其高处有美成不能及者。……是知尧章之制词，固先有文而后有声，有声而后有律，深合歌以咏、律和声之道。此其所以集大成也。"② 宣雨苍对词作之体的渊源流变予以甚为细致的论说。其中，在词之源起命题上，他在总体上是持"倚声"之说的。他认为，词在最初之时是从汉魏乐府体制中承衍与递变而来的，唐人"新乐府"诗因意制曲，一般认为这一创辟是由李白所开始的，之后，作者日见增多，而创作成就以温庭筠为最。发展到北宋，逐渐衍化为慢词之体，其声调表现仍以自然天成为本，而延展至南宋，很多人在创作上究心于音律，逐渐将以意为本演变为以音为尚，这多方面地改变了词体原有的创制与特征，由此，词作为音乐性文学体制的特征日见凸显，人工制律与谱曲在姜夔手中得以集其大成。宣雨苍对词

---

① 郑文焯：《瘦碧词》卷首，清光绪十四年刻本。

② 张璋、职承让、张骅、张博宁编纂：《历代词话续编》，大象出版社 2005 年版，第 2454—2455 页。

作之体内在演变发展的论说，将词为"倚声"之属的内涵更充分地揭橥出来。吴梅《词学通论》云："词之为学，意内言外。发始于唐，滋衍于五代，而造极于两宋。调有定格，字有定音，实为乐府之遗，故曰诗余。惟齐梁以来，乐府之音节已亡，而一时君臣，尤喜别翻新调。如梁武帝之《江南弄》、陈后主之《玉树后庭花》、沈约之《六忆诗》，已为此事之滥觞。唐人以诗为乐，七言律绝，皆付乐章。至玄肃之间，词体始定。李白《忆秦娥》，张志和《渔歌子》，其最著也。或谓词破五七言绝句为之，如《菩萨蛮》是；又谓词之《瑞鹧鸪》即七律体，《玉楼春》即七古体，《杨柳枝》即七绝体，欲实诗余之名，殊非确论。"① 吴梅接承前人对词源于乐府之体予以具体的阐说。他认为，从创作旨向而言，"意内言外"乃词的本质所在；从声律运用而言，它则继承创新了齐梁以来乐府之诗的传统。人们往往在原有近体诗的基础上，为应于俗唱而破其体制，这便形成了可付于乐章歌唱的词体。吴梅以具体的词作为例，对词体与近体诗的内在转化与替变予以了细致的阐明，其论说进一步力证出词体确为"倚声"之属，在本质上乃音乐性文学体制。

二　侧重从体制渊承上论说词源于乐府之体的承衍

在中国传统词学中，从体制渊承上阐说到词源于乐府之体的言论，大致出现于南宋前期。朱弁《曲洧旧闻》云："唐词起于唐人，而六代已滥觞矣。梁武帝有《江南弄》，陈后主有《玉树后庭花》，隋炀帝有《夜饮朝眠曲》。岂独五代之主，蜀之王衍、孟昶，南唐之李璟、李煜，吴越之钱俶，以工小词为能文哉。"② 朱弁针对词作之体最初出于唐时而论。他界定，其最早是渊源于汉魏六朝的，他并将梁武帝、隋炀帝等人讲究音调运用与声律之美的乐府诗均视为后世词体之属。此论成为从体制渊源上阐说词源于乐府之体的较早例证，对后世词为"倚声"之论具有一定的导引作用。

明代，从体制渊承上阐说到词源于乐府之体的词论家，主要有周瑛、陈霆、王九思、徐师曾、顾起纶、王世贞等，他们将对词为"倚声"之属的论说不断展衍与充实开来。

---

① 吴梅：《词学通论》，上海古籍出版社 2006 年版，第 1—2 页。
② 孙克强编著：《唐宋人词话》，南开大学出版社 2012 年版，第 123 页。

　　周瑛《词学筌蹄自序》云："词家者流，出于古乐府。乐府语质而意远。词至宋，纤艳极矣。今考之词，盖皆桑间、濮上之音也。吁！可以观世矣。"① 周瑛持词源于古乐府诗之论。他评说汉魏乐府诗的特征为用语朴素平实而意致表现深远，但延展至宋代词作之体，则呈现出纤巧华美的风格特色，其与古乐府之创作取径是相背离的。周瑛认为，正所谓"诗可以观"，通过不同历史时期文学之体的表现形式，是可以观照时事的变迁与世风变化的。陈霆在《渚山堂词话序》中，首先否定"南词起于唐""以李白《菩萨蛮》为百代词曲祖"之说，接着又否定"南词起于隋"之说，而提出"南词始于南北朝，转入隋而著，至唐宋昉制耳"的观点。他在词作渊源体制之论上也是持"倚声"说的，其视南北朝乐府诗为词体之滥觞。② 王九思《碧山诗余自序》云："夫诗余者，古乐府之流也。后人谓之诗余云。汉魏以上乐府，拘题而不拘体，作者发挥题意，意尽而止，体人人殊。至于唐宋始定体格，句之长短、字之平仄，咸循定体，然后协音。乃若情之所发，随人而施，与题意漫不相涉，故亦谓之填词云。"③ 王九思持词源于乐府诗之论。他论断，汉魏时期乐府之诗在很大程度上是不拘泥于形式体制而受限于创作题材的，其时，创作者大都依据不同题材而各自发挥，因而显示出各异的面貌特征；发展到唐宋时期，才逐渐从形式表现与声律运用上形成定制，这使其"倚声"化的特征不断显著。王九思主张，词作之体的创作还是要回归到最初的渊源之中，以创作主体情感为艺术生发的根本动力，因人而异，因情而文，这才是词作的本色化体制。

　　徐师曾《文体明辨序说》云："诗余者，古乐府之流别，而后世歌曲之滥觞也。盖自乐府散亡，声律乖阙，唐李白氏始作《清平调》《忆秦娥》《菩萨蛮》诸词，时因效之。厥后行卫尉少卿赵崇祚辑为《花间集》，凡五百阕，此近代倚声填词之祖也。"④ 徐师曾将词的起源定位于乐府之体。他论道，虽然古乐府声调散佚，但从以李白为代表的少数诗人之词中仍然可见其影踪，李白等人直接影响了后世词人的声律运用之法。之后，

---

　　① 周瑛：《词学筌蹄》卷首，清初蓝丝阑钞本。

　　② 张璋、职承让、张骅、张博宁编纂：《历代词话》，大象出版社 2002 年版，第 315 页。

　　③ 王九思：《碧山诗余》卷首，明嘉靖刻本。

　　④ 吴讷著，于北山校点：《文章辨体序说》；徐师曾著，罗根泽校点：《文体明辨序说》，人民文学出版社 1962 年版，第 164 页。

《花间集》便成为后世"倚声"之道的最早范本。顾起纶《花庵词选跋》云："唐人作长短词，乃古乐府之滥觞也。李太白首倡忆秦娥，凄婉流丽，颇臻其妙，为千载词家之祖。至王仲初古调笑，融情会景，犹不失题旨。白乐天始调换头，去题渐远，揆之本来，词体稍变矣。"① 顾起纶肯定词起源于乐府之体。他评说所传为李白所作《忆秦娥》，其用语平实流转，情感表现哀婉动人，实为千古词作之祖。之后，词的创作逐渐变化，延展至白居易之词，其更为注重词牌词律等形式要素，而相对忽视词作意旨表现与词题的相互契合关系，与古乐府之创制渐行渐远，这样，词的创作便由相对注重以意为本而衍化为以声调曲律运用为尚了，词的创作取径由此发生根本性变化。王世贞《艺苑卮言》云："词者，乐府之变也。昔人谓李太白《菩萨蛮》《忆秦娥》，杨用修又传其《清平乐》二首，以为词祖。不知隋炀帝已有《望江南》词。盖六朝诸君臣，颂酒赓色，务裁艳语，默启词端，实为滥觞之始。"② 王世贞界定词作之体乃从六朝隋唐乐府之诗演变而来。他纠正前人以李白为词祖之说，论断隋炀帝《望江南》之作便已属词体，而这种体制的出现又是延续六朝君臣宴乐与大众俗唱的结果。王世贞将词体的孕育与产生时段不断往上推溯，体现出对词体发端之细致深入的认识。

清代，从体制渊承上阐说到词源于乐府之体的词论家，主要有缪泳、王士禛、江闿、许夔臣、王拯、金鸿佺、谭献、杨朝庆等，他们将词为"倚声"之论进一步充实与深化开来。

清代前期，缪泳《南枝词序》云："第倚声制词，其源出于乐府。若夫词各有调，调各异名，盖亦古人因事造题，与夫古乐府题等耳。然词有正体，而乐府无常格，是犹古诗之变流为近体，时递□而变益□，□□□□□势使然也。"③ 缪泳论断词作之体源于古乐府之诗。他认为，词体在声调音律上的诸多讲究便承衍于乐府之体，其共同的特征体现为，根据不同的题材抒写而选择或创制各异的声调与音律形式加以表现；所不同在于，词作有正变之分，而乐府之诗则不拘一格，体貌多样，个中并无正变观念显现。总之，缪泳归结词体的出现是历史发展的必然趋势，其将

---

① 施蛰存主编：《词籍序跋萃编》，中国社会科学出版社 1994 年版，第 663 页。

② 唐圭璋编：《词话丛编》，中华书局 1986 年版，第 385 页。

③ 冯乾编校：《清词序跋汇编》，凤凰出版社 2013 年版，第 377 页。

传统音乐性文学体制很好地予以了承纳与发扬。王士禛《花草蒙拾》云：
"唐无词，所歌皆诗也。宋无曲，所歌皆词也。宋诸名家，要皆妙解丝
肉，精于抑扬抗坠之间，故能意在笔先，声协字表。今人不解音律，勿论
不能创调，即按谱征词，亦格格有心手不相赴之病，欲与古人较工拙于毫
厘，难矣！"① 王士禛在实质上是持词为"倚声"之论的。他论断唐人所
歌皆为诗体之属，而宋人所唱则为词体之属。他评说宋代词人大都精通音
律表现之道，"妙解丝肉"，因此，其词作在凸显主体意致的同时而呈现
出音调抑扬、声律谐和之美，而清代当世很多词人则少通音律之道，以至
于在词的创作中难以心手相映，言随意遣而又入乎声韵之美，难以更有效
地张扬词作艺术的本质特征，这是令人遗憾的。其又云："词曲虽不同，
要亦不可尽作文字观，此词与乐府所以同源也。"② 王士禛进一步持论词
源于乐府之属。他反对仅仅从文字形式与外在体制角度观照词体，而强调
内在的音乐性特征，主张要略其表而识其里，以知见词作艺术本质之所
在。江阎《岸舫词序》云："三百十一篇而后，一再变而为乐府歌行、五
七言，最后变为词，要不离夫乐府之遗者。"③ 江阎也从文学历史发展与
文体替变的角度，肯定词源于乐府之体，认为其在创作体制上是对乐府诗
的有效承扬，音乐性文学体制至此而得到更切实的发扬。

　　清代中期，许夔臣《泼墨轩词序》云："词为诗之余，即乐府之遗意
也。诗亡而后有乐府，乐府阙而后有诗余。或以为文人小技者，殆未溯其
源流耳。杨用修以青莲《忆秦娥》《菩萨蛮》二首为开山词祖，不知陶弘
景有《寒夜怨》、梁武帝有《江南弄》、陆琼有《饮酒乐》、隋炀帝有
《望江南》，六朝时已多佳制。"④ 许夔臣持同词源于乐府之说，其论亦体
现出对文体替变规律的揭橥。他批评杨慎以所传为李白所作《忆秦娥》
《菩萨蛮》为词体之始的论断是不准确的，认为早在六朝时期一直至隋
代，陶弘景、梁武帝、陆琼、隋炀帝等人之作，便显示出浓厚的词体化痕
迹，这极大地影响到后世词的创作，词体真正是从六朝乐府诗之体中脱胎
而来的。

---

① 张璋、职承让、张骅、张博宁编纂：《历代词话》，大象出版社 2002 年版，第 1009 页。
② 同上。
③ 宋俊：《岸舫词》卷首，载《清词珍本丛刊》（第 9 册），凤凰出版社 2007 年版。
④ 戴鉴：《泼墨轩词》卷首，清道光二十三年刻本。

晚清，王拯《忏庵词稿序》云："唐之中叶，李白沿袭乐府遗音，为
《菩萨蛮》、《忆秦娥》之阕，王建、刘禹锡、温庭筠诸人复推衍之，而词
之体立。"① 王拯论断李白在汉魏乐府之诗的基础上承衍生新，创作出
《菩萨蛮》《忆秦娥》等词作，开创出有别于传统乐府之体的文学形式；
之后，晚唐人王建、刘禹锡、温庭筠等人不断探索、开拓与完善，最终使
词之体制得以真正确立起来。王拯在总体上是持词源于乐府之论的。金鸿
佺《藤香馆词跋》云："尝考唐宋倚声之制，犹有齐梁乐府之遗。其后作
者竞尚尖新，流为儇薄，以致法曲飘零而正始之源绝矣。"② 金鸿佺持词
为"倚声"之论。他认为，词体直接承衍齐梁乐府之体而来，讲究人工
的声律之美，但发展到后来，词的创作取径逐渐发生变化，以至于后人难
以穷其体制渊源与正始之貌。谭献《复堂词话》云："词为诗余，非徒诗
之余，而乐府之余也。律吕废坠，则声音衰息，声音衰息，则风俗迁改。
乐经亡而六艺不完；乐府之官废，而四始六义之遗，荡焉泯焉！夫音有抗
队，故句有长短；声有抑扬，故韵有缓促；生今日而求乐之似，不得不有
取于词矣。"③ 谭献力主词源于乐府诗之体，为"倚声"之属。他辨析道，
不同文学之体的声律表现之法可能是会随着时代运会而改变或消失的，但
追求入乎唱习、讲究声韵之美则是词体与乐府诗之体间永恒不变的牵连，
由此而言，词乃真正的音乐性文学体制，这是毫无疑问的。杨朝庆《风
篁馆玉龙词自叙》云："原夫词者，始于诗人，源乎乐府。采其遗音，以
为新律。是以平林寒山，倡清声于天宝；小山重叠，兼妙什于金荃。五代
之际，渊乎其文。"④ 杨朝庆在肯定词作者是由诗人之角色转变而来的基
础上，论断词体源于乐府之诗。他认为，前人所创制的乐府曲调会随着社
会变迁而不断散佚或失传，由此，发展到唐五代时期，人们在传承前人文
学音乐化传统的基础上，不断创制出新的声调与音律，这便成为我们所称
之为"词"的文体的形式特征之一。

在中国传统词学史上，侧重从体制渊承上论说到词源于乐府之体的，
大致还有：皇甫汸《桂州诗余跋》、徐钒《嘉庄词序》、陈维崧《金天石

---

① 王拯：《龙壁山房诗文集·文集》卷一，清光绪七年河北分守道署刊本。
② 薛时雨：《藤香馆词》卷末，清同治五年刻本。
③ 张璋、职承让、张骅、张博宁编纂：《历代词话》，大象出版社 2002 年版，第 1662 页。
④ 冯乾编校：《清词序跋汇编》，凤凰出版社 2013 年版，第 1815 页。

吴日千词稿序》、佚名《段西山遗集诗余序》、蒋重光《昭代词选序》、李枝桂《此木轩直寄词序》、张模《一月秋词自序》、张积中《题浅碧山房词选后》、谭仲仪《东鸥草堂词序》、侯绍瀛《寥山樵唱词叙》、言南金《可亭词稿自序》，等等。也有从总体上阐说到词为“倚声”之论的，如：顾贞观《澣桐词序》、陈玉璂《南耕词跋》、冯登府《小庚词跋》、颜伯焘《东陂渔父词序》、钱枍《灌花词序》、汪琭《攓云阁词序》、成本璞《湘瑟秋雅自序》，等等。上述篇什，其论说相对都比较简短，我们不详细叙论了。

第三节　词为“诗余”与“倚声”相结合之论的承衍

中国传统词源之辨承衍的第三条线索，是论说词为“诗余”与“倚声”相结合之体。这一线索主要呈现于明代后期与清代，其主要体现在王象晋、陈维岳、刘然、顾彩、汪森、沈大成、方成培、秦恩复、张惠言、徐鼒、谢章铤、俞樾、郑文焯等人的言论中。他们从不同方面对词源之论作出了综合性的界说。

明代后期，王象晋《秦张两诗余合璧序》云：“盖诗有别材，从古志之诗之一派流为诗余，其情郅，其词婉，使人诵之，浸淫渐渍而不自觉，总之不离温厚和平之旨者。近是故曰：诗之余也，此少游所独擅也。”[①] 王象晋在这里持论词为“诗余”之属。他肯定诗作之体是融含不同型制的，而词体便为其所流衍出的类型之一，其特征主要体现为情感表现真挚自然，艺术传达委婉细腻，而风格呈现温柔敦厚，其与诗作之体是同源而有所异别的。其《重刻诗余图谱序》云：“《诗》亡而后有乐府，乐府亡后有诗余，诗余者，乐府之派别而后世歌曲之开先也。李唐以诗取士，为律为古为排为绝为五七言，为长短句，非不较若列眉，然此李唐之诗非成周之诗也。”[②] 王象晋在肯定词为“诗余”之名的基础上，论断词作之体为古乐府诗的后裔之一，但其渊源却并不单纯在古诗之体，而直接脱胎于唐人之诗，因此，词体的真正导源乃在唐人诗作尤其是近体诗之中。王象晋在实质上是将词体视为“诗余”与“倚声”相结合之体制的。

① 张綖：《诗余图谱》附王象晋编《秦张两诗余合璧》卷首，《四库全书存目丛书》本。

② 张綖：《诗余图谱》卷首，《四库全书存目丛书》本。

　　清代前期，陈维岳《紫云词序》云："原夫二雅三颂之亡，沿为乐府五字七言之后，流为倚声。词者，乐府之遗，而诗歌之变也。滥觞于三唐，绮靡于五季，绚烂于赵末，荡佚于金元。有明以来，非无继响。皇清之始，亦有摛辞。"① 陈维岳在词体之名上持"倚声"论。他认为，词作之体在间接渊承上是受到诗骚之体影响的，而在直接导源上则承汉魏乐府诗而来。它起始于唐代，初成于五代，而于宋代蔚为大盛，成为一代代表性之文学体制。其在本质上乃"诗余"与"倚声"相互融合的产物。刘然《可做堂词序》云："填词，古乐府之变，而世以为诗余，有说乎？曰：汉高帝十年，过沛，乐府立，令沛中儿以四时歌舞宗庙，今所传《大风歌》是已。歌属乐府之一，而其源总出于《诗》。《鹿鸣》六诗为黄钟，词家正宫因之。《关雎》六诗为无射，词家越调因之。诗余之名，即是可想。由汉至于唐，作者蜂起。清商、白纻，西昆、香奁，屡变而益下，莫非诗也。然而声情淫艳，往往与词埒。至如李白之'秋风清'，韩翃之'章台柳'，刘禹锡、白居易之'潇湘神'、'花非花'等，借长短句以行其变化，而诗与词遂岐而为二。信乎其诗之余哉！"② 刘然在词体源起上亦持"诗余"与"倚声"相结合之说。他论断，词作之体是从古乐府之诗中直接衍化而出的，它具有"歌"的艺术质性；而世人往往以"诗余"称之，其缘由乃在于先秦《诗三百》中已融含后世词调的形式元素。远古歌诗之体在后来的演变发展过程中，逐渐分离出后世人们所界划的"诗"与"词"之体，诗体形成了摆脱"调"之讲究的特点，而词体则强化了对"调"的择选与运用，两者在形式创制上呈现出鲜明的异别，但它们在总体上都属于音乐性文学体制，追求音律表现之美。刘然对词体之源及诗词之别作出细致的阐说，进一步充实了词为"诗余"与"倚声"相结合之论。

　　顾彩《清涛词序》云："词者，诗之余。曲者，词之变体。日益近声日益靡。以词曲而上溯风雅流派远矣，然其为有韵同也。古者三百篇皆可弦歌之；汉魏乐府亦皆奏之郊庙以叶宫商；唐之盛也，旗亭诸伶人以能歌名人诗句者为高下；宋人则歌词；元人则歌曲。然则凡有韵者皆可以

---

① 丁炜：《紫云词》卷首，清康熙刻本。
② 冯乾编校：《清词序跋汇编》，凤凰出版社 2013 年版，第 334 页。

歌。"① 顾彩在词源之论上表面倡"诗余"说，而实则持"诗余"与"倚声"相结合之论。他论断，词曲之渊源都可上溯至先秦《诗三百》中的风雅之体，由《诗三百》而下，汉魏乐府、唐人歌诗、宋人歌词、元人歌曲，其共同的特点体现为都合于声律，入乎俗唱，体现出鲜明的音乐性特征。它们在体制上承诗骚之体，然在艺术表现上则趋向于入乎俗唱，确是"诗余"与"倚声"相结合的产物。汪森《词综序》云："自有诗而长短句即寓焉，《南风》之操、《五子之歌》是已。周之《颂》三十一篇，长短句居十八；汉《郊祀歌》十九篇，长短句居其五；至《短箫铙歌》十八篇，篇皆长短句，谓非词之源乎？迄于六代，《江南》《采莲》诸曲，去倚声不远，其不即变为词者，四声犹未谐畅也。自古诗变为近体，而五七言绝句传于伶官乐部，长短句无所依，则不得不更为词。当开元盛日，王之涣、高适、王昌龄诗句流播旗亭，而李白《菩萨蛮》等词亦被之歌曲。古诗之于乐府，近体之于词，分镳并骋，非有先后；谓诗降为词，以词为诗之余，殆非通论矣。"② 汪森对单纯地界定词为"诗余"之论予以驳斥。他从表现形式与声律定制两方面展开论说，认为从远古渊源而言，词的长短不一体式即从诗体中孕育而来，而从声律形式之导源而言，它则直接由唐人近体诗导引与创变而来。那种单纯地判定词为"诗余"之体的论断是甚为不妥的。总之，词作为独特的文学之体，它是"诗余"与"倚声"相结合的产物，融含了多方面文学创作的传统因子与养料，是综合性衍生与创造的结果。

清代中期，沈沃田（沈大成）云："词者古乐府之遗，原本于诗，而别自为体。夫惟思通于苍茫之中，而句得于钩索之后，如孤云淡月，如倩女离魂，如春花将堕，余香袭人，斯词之正法眼藏耳。"（冯金伯《词苑萃编》记）③ 沈大成论断词体直接导源于古乐府诗之体，而间接渊源于《诗三百》之中。他认为，其在形式上是别诗为体的，其思致与诗作一样，以悠远深微为主，而在表现形式上则柔媚细腻，这与传统诗作艺术表现确是有所异别的。方成培云："古者诗与乐合，而后世诗与乐分，古人缘诗而作乐，后人倚调以填词。古今若是其不同，而钟律宫商之理，未尝

---

① 孔传铨：《清涛词》卷首，康熙三十九年刻本。

② 张璋、职承让、张骅、张博宁编纂：《历代词话》，大象出版社 2002 年版，第 923 页。

③ 唐圭璋编：《词话丛编》，中华书局 1986 年版，第 1787 页。

有异也。自五言变为近体，乐府之学几绝。唐人所歌多五七言绝句，必杂以散声，然后可被之管弦，如阳关必至三叠而后成音，此自然之理。后来遂谱其散声以字句实之，而长短句兴焉。故词者，所以济近体之穷，而上承乐府之变也。"（江顺诒《词学集成》记）① 方成培从诗与乐的分合历程及诗词作为文学之体的衍生与替变角度，来阐说词之渊源论题。他界定，诗的创作据依于"缘事而作乐"的内在机理，词的创作基于"倚调而填词"的内在规制，它们在创作取径上是不同的。词体之兴及其在外在形式的定制上缘于唐人近体诗适于俗唱的需要，其内在的衍生机理是从形式上创新了近体诗的体制；而在声律运用方面，它则承扬了古乐府诗的诸多内在元素，词确为"诗余"与"倚声"相结合的产物。

秦恩复《词林韵释跋》云："词也者，骚之苗裔，而歌行之变体也。胚胎于唐，滥觞于五代。至南北宋而极盛，作者继踵，皆能精晓音律。故谐声定字，确有据依。"② 秦恩复持词为"诗余"与"倚声"相结合之论。他界定，从创作渊源而言，词体当然为风骚之延续；但从直接的导源而论，词则出于乐府歌行之体，音乐化的体制是最显著的艺术特征。其讲究"寄意"于内，而"倚声"于外，融合了多方面艺术表现之优长。张惠言《词选序》云："词者，盖出于唐之诗人采乐府之音，以制新律，因系其词，故曰'词'。传曰：意内而言外谓之'词'。其缘情造端兴于微言，以相感动极命。风谣里巷，男女哀乐，以道贤人君子幽约怨悱不能自言之情，低徊要眇以喻其致。盖诗之比兴变风之义，骚人之歌，则近之矣。然以其文小，其声哀，放者为之，或跌荡靡丽，杂以昌狂，俳优然。要其至者，莫不侧隐盱愉感物而发。触类条鬯，各有所旧。非苟为雕琢曼辞而已。"③ 张惠言对词为"诗余"与"倚声"相结合之体展开具体的阐说。他认为，从直接的关系而言，词是出于唐人乐府之诗的，但从词体所承传的创作宗系与意旨表现而言，其则远溯诗骚之体，这无论从所抒写题材还是所表现思想内容而言都是如此。它以短小之体制、感人之声律，艺术地与自然事物与社会现实相触相感，创造性地继承和发展了古代诗骚的优良传统。张惠言明确反对一味讲究用词与协律的创作取径，归结其是甚

---

①　唐圭璋编：《词话丛编》，中华书局 1986 年版，第 3220—3221 页。

②　龚兆吉编：《历代词论新编》，北京师范大学出版社 1984 年版，第 12 页。

③　张璋、职承让、张骅、张博宁编纂：《历代词话》，大象出版社 2002 年版，第 1269 页。

为偏颇的，也是不能全面地体现出词作艺术本质所在的。其论凸显出对词作艺术表现的返本之求。

晚清，徐灏《水云楼词序》云："原夫诗余之作，盖亦乐府之遗。孤臣孽子，劳人思妇，吁阍阖而不聪，继以歌哭；惧正容之莫悟，矢以曼音。其体卑，其思苦，其寄托幽隐，其节奏啴缓。故为之者，必中句中矩，端如贯珠；宜宫宜商，较之累黍。太白飞卿，实导先路；南唐两宋，蔚成巨观。"① 徐灏在词体之属上持"诗余"与"倚声"相结合之论。他论断词作之体虽然型制短小，长期以来并未得到大多数人的推尊，但其意旨表现深致幽远，是远绍先秦诗骚创作取向的；而在艺术表现上，它则甚为讲究音调与声律之美，以婉转流丽、入乎歌唱为创作追求。上述两方面因素相互渗透与融合，铸就了词体在唐宋时期的衍生、兴盛与成熟。

谢章铤《赌棋山庄词话》云："词本古乐府，而句法长短，则又渊源三百篇。有宋一代，名公钜卿，魁儒硕彦，无不讲偷声减字者，岂真曲手相公尽皆轻薄哉。不习其艺，置之不论可也，妄加雌黄，则有胡卢于其侧者矣。然亦因究心于此道者，太属寥寥也。"② 谢章铤论断词体在声律上渊源于古乐府之诗，而在具体型制上则渊源于《诗三百》。他批评一些人不习词艺而妄加论说，甚至轻薄前人，对声律表现与增减字句之道知之甚少，这直接导致了对词体的误识。谢章铤之论，对消解晚清时期一些人作词的诗化倾向具有重要的作用。其又云："夫所谓诗余者，非谓凡诗之余，谓唐人歌绝句之余也。盖三百篇转而汉魏，古乐府是也。汉魏转而六朝，玉树后庭、子夜、读曲等作是也。六朝转而唐人，绝句之歌是也。唐人转而宋人，长短句之词是也。其后词转为小令，小令转为北曲，北曲转为南曲，源流正变，历历相嬗。故余者声音之余，非体制之余。然则词明虽与诗异体，阴实与诗同音矣。而曰词出诗亡哉。虽然，乐府之歌法亡，后人未尝不作乐府，绝句之歌法亡，后人未尝不作绝句。且唐人绝句，宋人词，亦不尽可歌，谓必姜、张而后许按拍，何其宽于诗而严于词欤。"③ 谢章铤对词为"诗余"与"倚声"相结合之体进一步予以详细的论说。他认为，以"诗余"之名称词，其实质并不是宽泛地概说词体从诗体中

---

① 蒋春霖：《水云楼词》卷首，曼陀罗华阁刊本。
② 唐圭璋编：《词话丛编》，中华书局1986年版，第3404页。
③ 同上书，第3422—3423页。

派生而出，而是指从唐人近体诗中衍化而来。他历叙先秦至元明时期中国主体性抒情文学的演变消长情况，认为作为"诗余"的词体，是从其声律表现而言的，而非就形式体制而论，正因此，词与诗的内在关系是体式虽异而声律表现之道相续通。谢章铤肯定同一种文学体式中，有不同的创作路径与声律表现之法，由此，强调词体渊源应远溯《诗三百》及古乐府诗之中。谢章铤对词体渊源的论说是甚为融通而富于辩证识见的。其《叶辰溪我闻室词叙》云："词渊源《三百篇》，萌芽古乐府，成体于唐，盛于宋，衰于元明，复昌于国朝。温、李，正始之音也，晏、秦，当行之技也，稼轩出始用气，白石出始立格。呜乎！词虽小道，难言矣。"① 谢章铤对词作之体表现出甚为推尊的态度。他在词源论上确持综合之说，既肯定其远绍《诗三百》之旨，又张扬其从汉魏乐府诗之体中滥觞而出，而最初成型于唐代，盛衍于宋代，如此等等。在这段不长的篇幅中，谢章铤将词源论与词学正变观、本色论融合到了一起，体现出对词作之道的宏观性观照与把握特征。

俞樾《荔园词序》云："古人之诗无不可歌者，三百篇以至汉魏无论矣。至唐人而永丰杨柳之篇，禁中奏御；黄河远上之章，旗亭传唱。盖诗与乐犹未分也。其后以五言、七言限于字句，不能畅达其意，乃为长短之句，抑扬顿挫，以寄流连往复之思，而词兴焉。"② 俞樾在词体之源上明确体现出"诗余"与"倚声"相结合的观点。他肯定自先秦至唐代，古诗之体是无不可入乎歌唱的，及至唐人五、七言近体诗出现以后，因受到字句形式等的内在限制，作品之入乎歌唱的传统才短暂地被中断了。词作之体以长短不一、参差变化之形式，较好地承纳与发扬了古诗之"倚声"化的传统，其在声调、音律的抑扬顿挫中寄托主体情思与意致，将古诗之艺术表现传统予以了发扬光大。郑文焯《瘦碧词序》则云："夫词者，变风之微义，乐府之遗音也。传曰：意内而言外，谓之词。言生声，声生律，古人按律制谱，声来被辞，必以可歌者为工。近世所谓工者，雕缋符采，淫思闲声，如篴弄，如野呗。放者为之，或靡靡陵节，杂以昌狂俳优。苟谨于四声，鲜不以姜、张自况矣。而或妄议宫商，破析故律，亦何

---

① 谢章铤：《赌棋山庄全集》卷一，《续修四库全书》本。
② 冯乾编校：《清词序跋汇编》，凤凰出版社 2013 年版，第 1530 页。

异咋音之振聋俗哉。"① 郑文焯在词源论上亦持"诗余"与"倚声"相结合之说。他论断词之意旨表现上承诗骚而来，其音律运用则承乐府之体而来，因而，在艺术本质上呈现出"意内言外"的表现模式。郑文焯推尚古人以自然之音律表现为本的创作路径，批评近世词人雕琢字句，盲目追求人工的音律之美，更有甚者本末倒置，或随意敷衍音律，或不顾传统而妄置声调，这都是不得要领的，有违词作为"倚声"之体的内在艺术质性，是必须坚决反对的。

在中国传统词学史上，论说到词为"诗余"与"倚声"相结合之体的篇什，大致还有：孙超《秋棠吟榭诗余序》、凌廷堪《书孙平叔雕云词后》、张銮衡《匏笙词题词》、谭献《愿为明镜室词稿序》、高隆谔《艺云词序》、蒋如洵《绿雪馆词钞二集序》，等等。因其都未作较多的展开与深入，我们也不论说了。

值得说明的是，上述中国传统词源之辨承衍的几条线索彼此间并不是截然对立的。实际上，它们相互之间是互渗互补与彼此融通的。持"诗余"论者可能更多地关注的是词的形式体制方面特征；持"倚声"论者又可能更多地关注词的音律表现方面特征；而持"诗余"与"倚声"相结合论者则视点更为融通，他们从形式体制与音律表现的不同方面见出了词体的多元本质属性，因而，持论体现出综合性与互补性。总之，中国传统词学对词之源起的论说是甚为丰富多样的，其源承因素也一定是多元的，我们对其承衍线索的勾画因而便体现出相对性。

---

① 施蛰存主编：《词籍序跋萃编》，中国社会科学出版社 1994 年版，第 608 页。

第二章 中国传统词体之辨的承衍

体性之辨是中国传统词学的核心论题。这一论题主要从词与诗、曲两种文学形式的联系和区别角度，来观照与考察词的基本体制、审美质性及艺术表现等问题。在中国传统词学史上，有关词作体性的论说很多，形成源远流长的承衍阐说线索，从不同维面上展开了对词作体性的认识，为后人全面深入地观照与把握词作之体提供了极为丰富的辨识。

第一节 偏于辨分词与诗、曲体性之异论的承衍

一 偏于辨分诗词体性之异论的承衍

中国传统词学对诗词体性之异的辨分，大致出现于北宋中期。陈师道《后山诗话》云："退之以文为诗，子瞻以诗为词，如教坊雷大使之舞，虽极天下之工，要非本色。今代词手，惟秦七、黄九尔，唐诸人不逮也。"① 陈师道较早对苏轼"以诗为词"持以异议。他反对超乎词体本色的创作取向，评断苏词虽然工致自如，但不合乎传统词体之性。在北宋当世词人中，他更推尚秦观、黄庭坚之词，界定其在创作方面远溯唐人而又超乎其上。陈师道之论，为传统诗词体性之辨打开大门。晁补之云："黄鲁直间作小词，固高妙，然不是当行家语，自是著腔子唱好诗。"（胡仔《苕溪渔隐丛话》引）② 与陈师道批评苏轼而推尚黄庭坚有所异别，晁补之指责黄氏词作虽表面"高妙"，但脱却传统词体本色之性，体现出"以诗为词"的创作特征。北宋末年，李清照《词论》云："至晏元献、欧阳

---

① 何文焕辑：《历代诗话》，中华书局1981年版，第309页。
② 胡仔纂集，廖德明校点：《苕溪渔隐丛话（后集）》，人民文学出版社1962年版，第253页。

永叔、苏子瞻，学际天人，作为小歌词，直如酌蠡水于大海，然皆句读不
葺之诗尔。又往往不协音律者，何邪？"① 李清照对词的创作有着自己鲜
明的"当行"与"协律"原则。她批评晏殊、欧阳修、苏轼在词的创作
中驰骋才学，无视与所着力对象艺术体性的不协调，将词实际上变成长短
不一的诗体，偏离了词作的本色之道，是令人遗憾的。

　　南宋末年，沈义父《乐府指迷》云："作词与诗不同，纵是花卉之
类，亦须略用情意，或要入闺房之意。然多流淫艳之语，当自斟酌。如只
直咏花卉，而不着些艳语，又不似词家体例，所以为难。又有直为情赋曲
者，尤宜宛转回互可也。如怎字、恁字、奈字、这字、你字之类，虽是词
家语，亦不可多用。亦宜斟酌，不得已而用之。"② 沈义父从诗词两体在
题材表现与语言运用上的不同来辨分其相互间的差异。他例说道，同为咏
写花卉题材，词的创作比诗体在托物寓情上会更多地表现出儿女之情，在
风格呈现上更见秾丽妩媚，在语言运用上更见相对俗化。因此，词与诗这
两种文学形式在体性上是有着多方面差异的。沈义父提醒创作者要注意词
与诗之间的细微差异，以更好地趋近词体本色之径。元代初年，张炎
《词源》云："辛稼轩、刘改之作豪气词，非雅词也。于文章余暇，戏弄
笔墨，为长短句之诗耳。"③ 张炎之论体现出对传统词体本色之性的维护。
与陈师道等人指责苏轼"以诗为词"相似，他论断辛弃疾、刘过一味以
气脉运词，在创作态度上偏于随心所欲，其本质上是在长短不一的话语形
式中而表现出传统诗歌的意旨与趣味。

　　明代，对诗词体性之异的辨分，主要体现在徐师曾、王世贞、谢榛、
李开先、陈继儒等人的言论中，他们将对诗词分界的论说进一步拓展与衍
化开来。徐师曾《文体明辨序说》云："然诗余谓之填词，则调有定格，
字有定数，韵有定声。至于句之长短，虽可损益，然亦不当率意而为之。
譬诸医家，加减古方，不过因其方而稍更之，一或太过，则本方之意失
矣。此《太和正音》及今《图谱》之所为也。"④ 徐师曾从词调、字语及
音律表现上论说词之体性。他强调，词作为文学之体是包含着自身独特形

---

① 陈良运主编：《中国历代词学论著选》，百花洲文艺出版社 1998 年版，第 72 页。

② 唐圭璋编：《词话丛编》，中华书局 1986 年版，第 281 页。

③ 同上书，第 267 页。

④ 吴讷著，于北山校点：《文章辨体序说》；徐师曾著，罗根泽校点：《文体明辨序说》，
人民文学出版社 1962 年版，第 164 页。

式要素的，其在艺术表现上也是有着内在规范的，正由此，才会出现朱权《太和正音谱》及张綖《诗余图谱》之类的对词调运用与音律表现加以探讨的著作。徐师曾比譬词的创作如医家开药方，要拿捏得准才不至于偏离本色之性。徐师曾之论体现出对词作独特体性的张扬之意。王世贞《艺苑卮言》云："《花间》以小语致巧，世说靡也。《草堂》以丽字取妍，六朝逾也。即词号称诗余，然而诗人不为也。何者，其婉娈而近情也，足以移情而夺嗜。其柔靡而近俗也，诗嘽缓而就之，而不知其下也。之诗而词，非词也。之词而诗，非诗也。言其业，李氏、晏氏父子、耆卿、子野、美成、少游、易安至矣，词之正宗也。温、韦艳而促，黄九精而险，长公丽而壮，幼安辨而奇，又其次也，词之变体也。"① 王世贞在相互比照的视域中对词之体性予以细致的论说。他抓住"诗余"之名加以阐说，认为其艺术审美本质体现为"婉娈而近情"，亦即在艺术形式表现上委婉柔媚、细腻感人，在题材内容上侧重于抒写人的情感意绪，这两方面特征从根本上影响到其与诗体的细微差异，这也是很多诗人不能同时作词的主要原因。王世贞界定，以诗为词并不是真正的本色之词，反过来，以词为诗也不是地道的当行之诗。从传统诗词之体正变观念来看，前者属"变体"之词，后者为"变体"之诗，都脱却了传统诗词体性的内在要求。王世贞之论，立足于词作独特审美本质的基点，对词体质性作出框定，对后世词体本色之论产生不小的影响。

谢榛《四溟诗话》云："唐人歌诗，如唱曲子，可以协丝簧，谐音节。晚唐格卑，声调犹在。及宋柳耆卿周美成辈出，能为一代新声，诗与词为二物，是以宋诗不入弦歌也。"② 谢榛从唐诗与宋词的内在衍变与化转角度论说到诗词的内在关系。他肯定唐诗最初是可以协乐歌唱的，即使发展到晚唐，其仍然讲究声调的谐和；延展至宋代，词与诗逐渐分道扬镳，词体更多地承衍与发扬了音乐性文学的创制，而其时诗的创作则与音乐性文学体制渐行渐远。谢榛从是否协乐与歌唱的角度对诗词两体的别分是甚富于启发性的。李开先《西野春游词序》云："词与诗，意同而体异，诗宜悠远而有余味，词宜明白而不难知。以词为诗，诗斯劣矣；以诗

---

① 唐圭璋编：《词话丛编》，中华书局 1986 年版，第 385 页。
② 丁福保辑：《历代诗话续编》，中华书局 1983 年版，第 1146—1147 页。

为词，词斯乖矣。"① 李开先界断诗词体性有异，体现在艺术表现上，诗
宜于含蓄蕴藉而余味无穷，词宜于婉转自如而明白晓畅，"以词为诗"或
"以诗为词"之笔法，都会使其创作流于变径与小道，呈现为较低的艺术
表现层次，实际上是不得要领的。陈继儒《秋水庵花影集序》云："夫曲
者，谓其曲尽人情也。诗人人可学，而词曲非才子决不能。"② 陈继儒从
对创作主体要求的角度论说诗词之异。他认为，诗的创作更具大众性与普
遍性，是人人都可习学效仿的文学之体；相比照而言，词曲之体则对创作
者的内在素质要求较高，必须甚有才情之人方可较好地驾驭与把握，两者
对创作主体先天条件的要求确乎是有所不同的。

清代，词的创作繁荣，词学理论批评昌盛，对诗词体性之异辨分的论
说极为丰富多样。其主要体现在李渔、梁清标、刘体仁、尤侗、曹尔堪、
李东琪、魏际瑞、丁澎、魏禧、吴骐、黄心甫、万言、王岱、蒋景祁、赵
宁、先著、田同之、周大枢、沈德潜、厉鹗、徐旭旦、宋翔、杭世骏、陈
朗、郭麐、梅曾荫、包世臣、沈大成、储国钧、江春、夏秉衡、薛廷文、
李调元、吴蔚光、张云璈、汪世隽、汪甲、吴嘉洤、孙衍庆、赵函、陈
澧、钱符祚、汪元治、谢章铤、陈星涵、谭宗浚、张鸿猷、李慈铭、俞
樾、周天麟、陈廷焯、张祥龄、张百祜、李佳、胡玉缙、钟显震、王国维
等人的言论中。他们承前人之论，主要从艺术体制与内在质性、创作主体
素质要求、创作旨向与艺术功能、结构笔法与技巧运用、声调运用与音律
表现、审美风格与面貌呈现等方面对此论题予以了展开阐说，将对词作体
性的认识大大地充实与深化开来。

清代前期，李渔《窥词管见》云："盖词之段落，与诗不同。诗之结
句有定体，如五七言律诗，中四句对，末二句收，读到此处，谁不知其是
尾。词则长短无定格，单双无定体，有望其歇而不歇，不知其歇而竟歇
者，故较诗体为难。"③ 李渔对诗词之体在结构展开与笔法收束上的不同
予以比照。他论断，诗之结构展开相对更具有固定性，一般都呈现为由
"对"到"收"的样式，程式化色彩比较明显；而词在结构展开上相对少
固定性，其收束也更富于变化，常常表现为当结束时而未结束，不当结束

---

① 李中麓：《闲居集》卷十二，《四库全书存目丛书》本。
② 施绍莘撰，来云点校：《秋水庵花影集》卷首，上海古籍出版社1989年版。
③ 唐圭璋编：《词话丛编》，中华书局1986年版，第556页。

时却戛然而止，给人以多样的审美体味。正由此，他评断词的创作比诗体更难以把握。李渔之论，将对诗词之异的探讨较早予以了细化，在传统词作体性之论中显示出重要的意义。梁清标云："诗尚沉雄，忌纤靡；词贵轻婉，戒浮腻，较然分途，若枘凿然。此诗之不可类乎词，犹词之不可似乎诗也。世鲜有能辨之者。"（丁澎《菊庄词序》引）① 梁清标对诗词之体审美特征予以比照。他概括诗的创作崇尚沉着劲健之风格，而力避纤弱绮靡之面目；而词的创作喜好清丽委婉之风格，而力避浮泛腻味之面目。梁清标甚为感慨其内在细微异别是少有人所能辨识的，体现出对诗词面目之独特呈现的深度关注。刘体仁《七颂堂词绎》云："词中境界，有非诗之所能至者，体限之也。大约自古诗'开我东阁门，坐我西间床'等句来。"② 刘体仁从所表现艺术境界的角度论说诗词之异。他界定，因艺术体制与审美质性不同的原因，并不是所有的词境都能用诗的形式加以创造与表现。刘体仁这一对诗词境界之异的论说，视点是颇为独特的。

尤侗《南耕词序》云："词之异于诗者，非以其句之有长短也。盖因调之高下，音之清浊，风格之浅深浓淡，而分之其来渐矣。诗自垂拱、开元、大历、长庆更新递出，迄于光启、景福之间，日趋于纤靡柔曼，繁声促节，其不得不变为词者，势使然也。"③ 尤侗论断诗词之别并不仅仅体现在句式的一致或参差上，其也体现在音调运用的讲究及艺术风格表现的不同之中。词作之体大致是在由盛唐向中唐过渡及中唐时期由诗体中化转衍生而出的，发展到晚唐五代时期，其艺术风格表现日趋于柔媚纤巧，声调运用更讲究内在之美，这当然是缘于文学历史发展本身的规律与特点所致的。其《梅村词序》又云："词者诗之余也，乃诗人与词人有不相兼者。如李、杜皆诗人也，然太白《忆秦娥》《菩萨蛮》为词开山，而子美无之也。温、李皆诗人也，然飞卿《玉楼春》《更漏子》为词擅场，而义山无之也。欧、苏以文章大手降体为词，坡公《大江东去》，卓绝千古，而六一婉丽实妙于苏。介甫偶一涉笔，而子固无之。眉山一家，老泉、子由无之也。以辛幼安之豪气，而人谓其不当以诗名，而以词名。岂诗与词

---

① 孙克强、杨传庆、裴喆编著：《清人词话》，南开大学出版社 2012 年版，第 507 页。

② 唐圭璋编：《词话丛编》，中华书局 1986 年版，第 619 页。

③ 尤侗：《艮斋倦稿文集》卷三，清康熙三十年刻本。

若有分量，不可得而逾者乎?"① 尤侗在持论词为"诗余"的基础上，对不同作者于诗词两体的创作予以论说。他认为，李白、温庭筠、欧阳修等人既于诗体擅长，而于词的创作同样入妙；相对的，苏轼以"大手"运词，而词作少见本色；辛弃疾却更多地以词人显名而少以诗人入位；至于杜甫、李商隐、曾巩、苏洵、苏辙等人虽在诗文之体的创作上贡献良多，然却少有词之创作。尤侗最后以反问的语句归结诗词之体制应是各有所拘限的，不同的创作者是否涉足或有所贡献关键还在于自身内在艺术才情的各异。

曹尔堪云："词之为体如美人，而诗则壮士也。如春华，而诗则秋实也。如夭桃繁杏，而诗则劲松贞柏也。"（田同之《西圃词说》引）② 曹尔堪归结词体之性更偏于阴柔，艺术面貌更偏于华美与生意，审美风格更显示出丰富妩媚的特征；相比照而言，诗之体性更偏于阳刚，艺术面貌更见充实，审美风格更显庄重沉稳。曹尔堪对诗词体性的譬说，在传统诗词之异论中是甚为形象生动的。李东琪云："诗庄词媚，其体元别。然不得因媚辄写入淫亵一路。媚中仍存庄意，风雅庶几不坠。"（王又华《古今词论》记）③ 李东琪拈出"诗庄词媚"之论，强调诗词两者在体性上确具有内在的独特性，即一偏于庄重严整，一偏于委婉柔媚。他认为，对"媚"的理解不应只表现在婉媚猥俗的一面，在婉媚之体中仍应体现出庄重肃整之意，如此，才能从内在质性上使词作接通风雅之道。魏际瑞《钞所作诗余序》云："古人之有取于诗余者，以诗体严正而难于邑邃幽情，故参差其词，委蛇其致，工之以奇丽，蕴之以温柔，盖所以写妇人女子之怀，而仿佛其春花秋月、酒醒梦阑之况。其篇短，其节闲，隋唐之所为可尚矣。"④ 魏际瑞论断词作主体在情感表现上比诗体更见细致幽深，其缘由乃在于诗体艺术表现相对板滞，风貌呈现相对整饬；而词作之体语句相互参差、长短相和，更容易形成艺术共构与生发的张力结构，因而，是更适宜于人的情感表现的。

丁澎《紫云词序》云："夫诗词言性情也，而词则专于言情。枝上柳

① 吴伟业：《吴梅村词》卷首，扫叶山房民国五年石印本。
② 唐圭璋编：《词话丛编》，中华书局 1986 年版，第 1450 页。
③ 同上书，第 606 页。
④ 冯乾编校：《清词序跋汇编》，凤凰出版社 2013 年版，第 175 页。

绵，幕下朝云之泪；帘前花瓣，乍停子夜之歌。非专于言情耶？何感人之深也。"① 丁澎从题材抒写与内涵表现上对诗词之异予以论说。他论断诗的创作既可用于表现人的心性，也可用于抒写人的情感，而词的创作则专用于表现个人化生活之情感，两者在内涵表现的侧重点上是有所异别的。对于词体而言，其题材抒写更为狭窄，而艺术表现更为细腻，它是更容易从情感的深层次上打动人的。其《付雪词二集序》云："夫词之与诗同工而异尚，诗忮牵拘，词患奔放，诗以溺音为戒，词以惜志见优。故能为少陵之沉郁，必能为辛、陆之亢爽，能为太白之清俊，必能为周、柳之绵渺。"② 丁澎对诗词艺术表现之异进一步予以论说。他概括，在创作取径与风貌呈现上，诗的创作应努力避免拘忌，而词的创作则以一味宣泄奔放为患；诗作艺术表现应努力避免纤弱之音，而词作艺术表现则倡导尽量呈现出创作主体内心之情感意绪，它们在内涵表达与风貌呈现上确是有所差异的。

魏禧《漱芳词序》云："文之与诗，可恃学而成。天资朴鲁者，积其攻苦之力，恒足入古人之室。唯诗余则视夫人之才与情，才与情弗善者，虽学之而不工。"③ 魏禧从创作者所具才情与学识的角度，比照诗文与词体的创作。他认为，诗文之体的创作是可通过后天的不断习学而成就的；相对而言，词的创作则不是这样，它对主体才力与性情提出了更高的要求，只有才情兼擅之人才容易成就。因此，两者对创作主体素质的要求是有所差异与偏重的。吴骐《玉凫词题词》云："文章专论才，词兼论情，才贵广大，情贵微密。苏长公词有气势而少缠绵，才大而情疏也。柳耆卿、周美成缠绵矣而乏气势，情长而才短也。苍水可谓才情兼至矣。"④ 吴骐从对创作主体素质要求的角度比照文章与词体。他概括，文章写作对创作主体才力的要求甚高，而词的创作则不仅如此，它对主体情感涵蕴与表现亦有很高的要求。吴骐称扬董俞才情兼擅，创作出理想的词作形态。黄心甫《自课堂集·诗余》云："古世人不屑作词者，以词尚软媚，诗贵高古；词取纤佻，诗宗浑雅。不但择体不同，亦颇相妨，恐入乎词，出乎

① 冯乾编校：《清词序跋汇编》，凤凰出版社 2013 年版，第 240 页。
② 同上书，第 56 页。
③ 同上书，第 41 页。
④ 同上。

诗也。先生诗才幽窈，诗骨苍特，似具铁石心肠者，乃拈词温细摇曳，如出两人手。合古今算之，未见第二人也。"① 黄心甫论断诗词确是有所异别的，这主要体现为：词作风格呈现崇尚柔媚，而诗作风格显现推尚高古；词的创作在笔调运用与艺术取径上推尚纤巧秾丽，而诗的创作在意境创造与格调呈现上推尚浑融整一与入乎雅致。正由此，黄心甫称扬程康庄能将诗词两种体制都创作得本色自如，是甚为不易的，入乎了兼融并擅之境。

万言《可做堂词集序》云："窃谓风雅体变而兴同，古今调殊而理一。大都诗以气为主，其中之所以勃然而来，沛然而往，嘽然而钟吕鸣，凄然而风雨至，如怨如慕，欲歌欲泣，而不能自已。词有以妩媚胜者，有以悲壮胜者，往往各出其胜，而不能相兼。此造物之穷而赏鉴家之恨事也。"② 万言论说到诗词面貌呈现与艺术特征之异别。他概括，诗作之体是以气脉贯注为本的，在此基础上展开其情感表现，创塑其面貌特征，它往往以情感表现的哀怨悲伤而深刻打动于人；相对而言，词作之体面貌呈现更见多样，或妩媚婉约，或慷慨悲壮，其相互间常常并不能兼融，呈现出更为丰富的艺术体貌。王岱《蒋京少梧月词序》云："诗、词一道也，今分而为二，盖其始则合，而终则离。其合也，诗即可为词；其离也，词不能为诗。盖声音高下之节，不协律而诗徒成韵言。有填词者出，以一切雅俚成语皆可填入。由句之长短，调之单双，四声之安放，俱有一定区分。宋之诗余在梨园不可以歌，又有谱曲者出。至曲则纤浓愈甚，虽可歌可奏，而其音靡靡，无与于明堂清庙间。是以词去诗远，而曲去诗愈远，此诗、词之离合有由来也。"③ 王岱在论说诗词之体离合的论题时阐说到两者的相异。他肯定诗词之体在最初是融合在一起的，后来逐渐分开，异途并进，词体在演变发展的过程中，在以下几方面形成突出的特点：一是句式长短不一，形成一定的程式；二是声调择选与音律表现存在诸多讲究，成为一种典型的音乐性文学体制；三是在对雅俗之字语的吸收运用上，很好地将大众化与典雅化追求融合在了一起，这些都是与诗体形成一定异别的。蒋景祁《荫绿轩续集词序》云："词，诗之余。其入人之深，

---

①　孙克强、杨传庆、裴喆编著：《清人词话》，南开大学出版社 2012 年版，第 66 页。

②　冯乾编校：《清词序跋汇编》，凤凰出版社 2013 年版，第 355 页。

③　同上书，第 83 页。

移情动魄之致，则又妙于诗，故作者往往寄焉。自世之言词者率尚闺褢冶之语，以为词之本色，而词体益卑。"① 蒋景祁认为与诗之体制相比，词作艺术表现更具有移人情性、动人心神的效果，因此，人们多好尚词的创作。他批评近世不少人作词，题材抒写狭窄拘限，语言运用猥俗艳冶，这低化了词格，使词作之体日见卑鄙，是应该大力批评的。赵宁《岸舫词序》云："诗词同源而异派，分轨而齐镳者也。然说诗者每以沉雄顿挫、一往独出为奇，而啴缓靡曼之音，务欲离而去之，岂道无取乎兼谋，而艺则归于独擅也哉？亦其气机之嘿运，有不得不然者存耳。"② 赵宁之论实际上对诗词风貌呈现予以了比照，他论断诗作风貌以沉郁顿挫为妙，而词作风貌以和缓柔媚为佳，两者在气韵彰显与风格呈现上确是有所异别的。

先著《词洁序》云："诗之道广，而词之体轻。道广则穷天际地，体物状变，历古今作者而犹未穷。体轻则转喉应拍，倾耳赏心而足矣。诗自三言、四言，多至九字、十二字，一韵而止，未有数不齐、体不纯者。词则字数长短参错，比合而成之。唐以前之乐府，则诗载其词，犹与诗依类也。至宋人之词，遂能与其一代之文，同工而独绝，出于诗之余，始判然别于诗矣。"③ 先著提出"诗道广""词体轻"的论断，亦即认为诗作所涉范围、对象与表现方式相对更为广阔、多样与深入，而词作所涉范围、对象与表现方式相对更见狭窄、单一与俗化。他例举唐以前之词，认为其依诗而出，相类相通之处甚多；宋以后，词体逐渐演变发展为一代之文学，洋洋大观，更多地显示出与诗体同源而异趋的特征，其内在独特之体性亦得到更多的显现与张扬。先著之论，将对诗词之异的探讨与词作历史发展有机地联系了起来。其《劝影堂词自记》云："词虽小技，有乖有合，其浅深高下之故，殆不减于诗。诗所不能尽者，以长短句出之，名以诗余，固与诗同源而别体也。风、骚、五七字之外，乃另有此一境。当其缠绵宛转，激壮悲凉，尤觉易于感人。然有染不掩姿，雕不病骨，浓不损灵，美不伤薄者，仅以为艳情所托，则末矣。"④ 先著论断诗词两体有相

---

① 冯乾编校：《清词序跋汇编》，凤凰出版社 2013 年版，第 117 页。
② 同上书，第 117 页。
③ 唐圭璋编：《词话丛编》，中华书局 1986 年版，第 1327 页。
④ 先著：《劝影堂词》卷首，北京出版社 1998 年影印。

趋也有相离之处，他认为，词作内在可发挥的艺术空间是可与诗体相类的。他持同传统"诗余"之论，认为人们往往将在诗作中所难以表现的情感意绪对象化于词体中，通过长短不一的形式而加以艺术化的呈示。因此，词体与诗体同源而异趋，其在诗体之外又打开了一个广阔的艺术空间，它往往以情感表现的或细腻委婉，或豪放悲壮而深刻地打动于人。先著将对诗词体性之异的探讨予以了展衍。

田同之《西圃词说》云："从来诗词并称，余谓诗人之词，真多而假少，词人之词，假多而真少。如《邶风·燕燕》《日月》《终风》等篇，实有其别离，实有其摈弃，所谓文生于情也。若词，则男子而作闺音，其写景也，忽发离别之悲。咏物也，全寓弃捐之恨。无其事，有其情，令读者魂绝色飞，所谓情生于文也。此诗词之辨也。"① 田同之认为诗歌创作的生发机制在于"文生于情"，而词的创作生发机制在于"情生于文"；前者所叙之事常常表现为"确有其实"，后者所叙之事往往表现为"无有其实"。正因此，诗词之异在根本上便体现为现实真实与艺术真实的不同。田同之之论，在创作论上不一定站得住脚，但体现出其对诗词体性之异的独特思考。其又云："诗贵庄而词不嫌佻。诗贵厚而词不嫌薄。诗贵含蓄而词不嫌流露。之三者，不可不知。"② 田同之简洁地对诗词之异予以比照。他认为，词之体性决定其在情感抒写与艺术表现上可不避轻佻，可不嫌浅俗，可不避旨意直白；相比照而言，诗体在情感抒写与艺术表现上更追求庄重肃整，追求沉郁深厚，追求含蓄蕴藉。田同之对诗词风格与面貌之异是有着较为全面辨识的。

周大枢《调香词自序》云："夫诗之有余，异苔同岑，而技不两美，兼之者代可枚而数也。自稼轩以词豪一世，前后遂无劲手，顾诗即不胜，识者已自其少时决之。国朝先辈阮亭先生词工于诗，陈检讨诗工于词，而世所称或反。盖词家两派，秦、柳，苏、辛而已，秦、柳婉媚，而苏、辛以宕激慷慨变之，近于诗矣。诗以风骨为主，苏分其诗才之余者也，辛则并其诗之才、之力而专治其余。故尝谓闲澹历落之才，其人于诗宜，词则间为之可矣。"③ 周大枢从宋词的分派及创作主体才性论说到诗词之异别。

---

① 唐圭璋编：《词话丛编》，中华书局 1986 年版，第 1449 页。
② 同上书，第 1452 页。
③ 孙克强、杨传庆、裴喆编著：《清人词话》，南开大学出版社 2012 年版，第 820 页。

他持词为"诗余"之论，认为诗作艺术表现以审美风致与骨骼呈现为主，讲究情感的力量与充蕴的现实内涵。在这方面，宋代词人中，苏轼、辛弃疾之艺术才华都甚为适合于诗的创作，但他们都将独特的创作才华贯注于词作实践中，将婉约柔媚的主体词风衍化为豪放直致之风格，这使词作更多地呈现出诗化的特征。因而，诗词之面貌呈现，其在本质上是与创作主体的艺术才性紧密相联的。

沈德潜《碧箫词序》云："夫词之为道，其辞微，其旨远，诗所难于达者，假闺房儿女子之言，长短其句，而以委曲通之，准诸《离骚》二十五之义，往往相合。前人之体制不可逾也，一定之律吕不可混也。"①沈德潜肯定词的创作有补于诗体之功效。他强调一些在诗作中所难以表现的情感内涵在词体中却可以得到很好的艺术呈现，这从深层次上见出诗词之体的内在相通性，但即使如此，沈德潜仍然强调词之内在体性与规制是不可随意逾越的，其声调与音律之准则是不可随意混淆的，体现出较为传统的词作体性观念。厉鹗《樗叶词序》云："词为诗余，而词倍难工于诗。调叶宫商，有小令慢曲之不同，旨远辞文，一唱三叹，非别具骚姿雅骨，诚不能窥姜、史诸公堂奥也。"②厉鹗从创作难易度上对诗词之体予以辨分。他论断词的创作比诗更难，这主要缘于三个方面：一是声调运用甚为丰富而讲究，二是意旨传达与言辞表现特别注意委婉含蓄，三是在艺术体制上呈现出风骚之气貌与内孕之骨力并融的特征，这都不是一般创作者所易入堂奥的。厉鹗将对诗词之异的辨分从音律表现的角度凸现出来。

徐旭旦《橘叟词引》云："词与诗类乎？曰不类。诗本于三百篇，以温柔敦厚为教者也。其后虽不尽然，然上之可以征治忽，次之可以示劝惩，犹有风雅颂之遗焉。若词则不足与此矣。然则能诗与能词者有异乎？曰否。李太白，诗人之正宗也，而工于词；欧阳永叔，苏子瞻，数百年以来所推文章大家也，而工于词；至于黄鲁直、秦少游、周美成之属，亦无不诗词兼擅者。古之名公巨卿，下讫骚墨之士，既以其远且大者抒而见之于诗矣，顾又出其余绪，组织纤艳之文，流连闺房之境，倚声而发之，用以侑杯酌，佐笙箫，号为诗余，未有能诗而不能其余者也。"③徐旭旦对

---

① 张垍：《碧箫词》卷首，清乾隆刻本。

② 孙克强、杨传庆、裴喆编著：《清人词话》，南开大学出版社2012年版，第738页。

③ 冯乾编校：《清词序跋汇编》，凤凰出版社2013年版，第396—397页。

诗词之体创作旨向与风格显现予以论说。他认为，诗作之体在创作旨向上是倡导合乎儒家温柔敦厚准则的，强调有益于劝惩，有助于治政；而词作之体则不一定以此为准则，其在创作旨向上往往突破温柔敦厚之拘限，也不一定以有益于劝惩治政为准则。他论断，词的创作旨向似更体现出开放性，举凡喜乐游戏与无端意绪都可入乎词的创作之中。释拙宜《梦影词叙》记梅谷居士（宋翔）云：“词何以为诗之余哉？吾侪拈三寸弱毫，目想心游，靡所不至，有偎亵语，有琐碎语，有诞妄语，是皆不可入诗，不可入而又不忍竟弃，则有倚声在。故诗如松柏之姿，词如桃杏之色。诗贵沈著痛快，力透纸背；词贵笔不着纸，冷然风飞。温、李为诗教之靡，苏、辛为词场之变，比而同之，此其蔽也。然古来娴声韵者，其诗笔每纤弱而轻扬；高格律者，其词章每粗豪而质实。求其一手二枝，生枯俱下，非心空无物、具许大神通者，不足以语此。乃或者专心风雅，绝意浮艳，高则高矣，请但栽松柏，勿栽桃杏也。”[1] 宋翔对诗词之体语言运用、面目呈现与风格特征等方面予以比照。他论断，词作语言运用更见自由，一些不可入诗之语大都可入于词中；诗作面貌严整庄重，而词作面貌更显清新艳丽；诗之创作笔法以含孕气力、沉郁顿挫为贵，而词的创作则贵在飘逸流转，似不着纸。宋翔评断温庭筠、李商隐之诗有悖于教化之性，而苏轼、辛弃疾之作又体现出词体之变的特征，它们于诗词本色之道都有所偏离，这便是其缺欠之所在。

　　清代中期，杭世骏《吾尽吾意斋乐府叙》云：“诗道广，词道狭。自邦几以至天末，人皆可以为诗，而词则淮楚以北鲜有及者。盖其道以欢欣闲适为主，追风雅之末轨，畅人心之欲言。……吾故曰：‘非其地，非其人，不可以为词，强而为词，词亦似诗。’”[2] 杭世骏论断诗的表现范围与创作取径相对较为广泛，而词的表现范围与创作取径相对较为狭窄。从地域流布角度，他认为诗的创作在华夏大地上是广泛盛行的，而词的创作则主要流行于淮河以南，并且，词的题材抒写以表现欢愉之情与平淡闲适之生活为主。由此，杭世骏归结词的创作是不可以强人所为的，其对创作主体、抒写环境更显示出独特的要求。陈朗云：“作诗与填词迥别，诗分平仄，以气为主，体无论今古，篇无论短长，总当一气贯串，故可迅笔直

---

① 冯乾编校：《清词序跋汇编》，凤凰出版社 2013 年版，第 517 页。
② 同上书，第 438 页。

书。词则四声俱叶，非独叶韵为然，即句中之平上去入、清浊高下，必推敲精当，一归于律。若信口吟成，虽字句清新，未尝不绚人耳目，然句调舛错，平仄迁就，是遗后人误，而为方家笑耳。"（陈循古《青柯馆词跋》记）① 陈朗从艺术表现的角度比照诗词之体。他概括诗歌艺术表现大都以气为本，亦即以气势的流转为其创作之关键所在，而词的创作则首先讲究守声叶律，其与一般的近体诗创作相比，更为注重押韵与和声，对字句的推敲更见精审。陈朗批评那些字语清新而不合声调之作，归之为不见本色当行，是贻笑于大方之家的。

郭麐《灵芬馆词话》云："词之为体，盖有诗所难言者，委曲倚之于声，竹垞之论如此。真能道词人之能事者也。又言世之言词者，动曰南唐、北宋，词实至南宋而始极其能。此亦不易之论也。"② 郭麐在词之体性上表现出对词与诗体的辨分态度。他归结词体比诗体更为丰富复杂，其与声律之道联系更见紧密。他持同朱彝尊之论，认为南宋词在艺术形式上更为多样，更多方面地呈现出独特之体性，是值得大力推尚的。梅曾荫《餐花吟馆词序》云："夫诗陈小己，必兼家国之流；词有别裁，惟以性情为至。俯仰身世，斯最优乎？"③ 梅曾荫论说诗歌创作取向常常由"小"而"大"，往往由创作者一己之遇而泛及家国之事；而词的创作取向则显得更为纯粹，它往往以表现创作主体情性意绪为宗旨，很多时候并不涉及更多的风骚之旨，两者在艺术向度的泛化上是有所不同的。包世臣《金筴伯竹所词序》云："诗自汉氏分五七杂言，迄唐代季世，温柔敦厚之教荡然，已而倚声乃出。其体异楚俗，袭词名者，盖意内言外之遗声也。然其时流传之章，委约微婉，得骚人之意为多，与其诗大殊。盖其引声也细，其取义也切，细故幺而善感，切故近而善入。"④ 包世臣肯定词作之体接承诗骚表现传统，以"意内言外"为其本质所在。他归结词作音律表现更为细微密致，意致呈现更见切实鲜明，因而，它是更容易入乎与感动人心的。

沈大成《江橙里〈练溪渔唱〉序》云："词乃诗之余，而与诗异。论

---

①　冯乾编校：《清词序跋汇编》，凤凰出版社 2013 年版，第 438 页。

②　唐圭璋编：《词话丛编》，中华书局 1986 年版，第 438 页。

③　冯乾编校：《清词序跋汇编》，凤凰出版社 2013 年版，第 438 页。

④　同上书，第 438 页。

诗者曰'曲而有直体'，又曰'廉而不刿'，词则无取乎'直'与'廉'也。其为体也闲静，其为境也幽远，其为辞也清婉，其为思也杳渺，篇无滞句，句无累字，乍阴乍阳，不背不触，若弱线之贯珠，若幽花之独笑，若倩女之离魂，若秋坟之鬼哭，取之于有无恍忽之中，辨之于微芒疑似之际，如是而后为得也，此异之不可见者也。是故即事留题，触景写物，凡欢愉愁苦、哀伤惨悼，与夫闺房儿女、邂逅别离、驰驱行役，有动于中而发乎言，味之而愈深，即之而若近，彼夫南渡以后之为词者，有一不出于此者乎？其不出于此者，亢厉噍杀，郑卫下里之音耳，吾恶乎取之？"①沈大成在持论词为"诗余"之属的基础上，对诗词体性之异别予以甚为细致的阐说。他认为，诗词之体在根本上是呈现出多方面差异的，其具体表现如：词体在艺术质性上体现出闲淡宁静的特征，在意境表现上追求幽远深致，在言辞运用上讲究清丽委婉，在意旨表现上追求富于张力性与深长之吟味；其下字用语与结构篇什讲究上下串联，内在以气脉贯通，刚柔结合，张弛有度，前后呼应，甚为注重艺术表现的内在整体性与情感逻辑性；其追求意象运用的鲜明生动，讲究情感抒写的真实感人，注重艺术表现的细部特征，等等。不仅如此，其题材也并非拘泥于个人生活之狭小范围，举凡社会历史与现实生活都可以入乎词的创作之中，其艺术表现讲究即事而作、遇物而咏、触景生情、喜怒自然，是没有什么固定不变套路的。沈大成之论，所比照维面丰富、容量甚大，在传统词学对诗词体性之异的界分中具有十分重要的价值。

储国钧《小眠斋词序》云："余少喜填词，窃谓诗词歌曲，各有体制。风流婉约，情致缠绵，此词之体制也，则小山、少游、美成诸君子其人矣。降自南宋，虽不乏名家，要以梅溪为最。"②储国钧持传统的以婉约风格与面貌呈现为本色之论。他论断，词之体制特征表现为主体情致氤氲，面目呈现风流华美而委婉蕴藉。储国钧强调词作艺术表现要以晏几道、秦观、周邦彦、史达祖等人为宗尚，在对宋代优秀词人的学习效仿中入乎创作之道。江春《序陆钟辉白石词刊本》云："荀卿子有言，艺之至者，不能两而工。王良、韩哀善御而不能为车，奚仲天下之善为车者也；甘蝇、养由基善射而不能为弓，倕天下之善为弓者也。是故工于诗者不必

① 江昉：《练溪渔唱》卷首，康山草堂清嘉庆九年刻本。
② 史承谦：《小眠斋词》卷首，清乾隆元年刻本。

兼于词，工于词者或不能长于诗，比比然矣。"① 江春之论以比譬的形式对诗词两体在艺术表现上的差异予以张扬。他枚举"善御"与"为车"及"善射"与"为弓"不能兼善之例，形象地道出不同艺术之体各有其内在质的规定性，确是难以兼善为之的。夏秉衡《清绮轩词选发凡》云："词与诗不同，诗有五言，有七言，读者易知，词则句调有参差，短长不一，骤观难于辨识，故妄加圈点，使阅者触目洞然。"② 夏秉衡认为，诗作之体内在的差异相对而言是更容易辨析的，而词作之体内在的差异更为复杂，其句调运用与声律表现更体现出细微的不同，故而其努力评点以导引之。薛廷文《梅里词绪》云："诗贵沉著，词尚翩翩，柘南作词如作诗，须是草草读他不得。"③ 薛廷文论断诗的创作贵在沉郁深致，而词的创作贵在轻柔飘逸，两者在文体质性上确是有所差异的。他评断徐怀仁以诗歌创作路径作词，其与一般词作之体形成异别。李调元《雨村词话》云："词非诗比，诗忌尖刻，词则不然。魏承班诉衷情云：'皓月泻寒光，割人肠。'尖刻而不伤巧。词至唐末初盛，已有此体。"④ 李调元论断诗作艺术表现要尽量避却直白浅露，追求含蓄蕴藉，余味无穷；而词体则并非如此，它常常在恰当之处尤其是结尾点明旨意或情感取向，从而对整个词作起到画龙点睛或凸显题旨的作用。这种"说破"的创作之法成为词体艺术表现的主要特征之一。

吴蔚光《小湖田乐府自序》云："文者，经国之大业，诗者所以厚人伦、美风俗也，未可以巧施也。词为诗之余，托物写情，聊自抒其郁结，以巧归之，既不至委弃闭塞，吾心同于冥顽而不灵，而文与诗亦可以不敝。且夫巧者，非必舍正即邪而后为巧也。同一意也。所以用之者不同，直者婉之，显者含之，连者间之，毕者申之，断续开合，抑扬吞吐，使人几不知意之所在，斯巧之至矣。"⑤ 吴蔚光从艺术表现与创作技巧上论说诗词之别。他认为，诗之创作以敦厚人伦、移风易俗为己任，其在艺术表现上是不宜过多地运用技巧的；相对地，词的创作则宜于张扬艺术技巧，其情感表现与思致蕴含都要通过丰富的技巧来加以审美呈现。吴蔚光归结

①　姜夔：《白石道人歌曲四卷别集一卷》卷首，陆钟辉乾隆二年刊本。
②　施蛰存主编：《词籍序跋萃编》，中国社会科学出版社1994年版，第764页。
③　朱一是《梅里词》卷首，清康熙刻本。
④　唐圭璋编：《词话丛编》，中华书局1986年版，第1390页。
⑤　吴蔚光：《小湖田乐府》卷首，清嘉庆二年素修堂刻本。

"巧"并非"舍正即邪"之义，而是蕴含丰富的辩证法精神于具体创作之中，将对立的艺术元素融合为一体，将相近的因素衍化或离合开来，使其呈现出丰富多样的审美面貌。张云璈《沈秋卿梦绿山庄词序》云："词名诗余，实有以补诗所不足，岂云余而已哉？然而性情虽同，思致或异，容有工于诗而不能词者，即为之而不如诗之工者，非词与诗歧途，格律不同而才力有所限也。"[1] 张云璈在反驳词为"诗余"之名的基础上，论说到诗词之体的细微差异。他认为，其主要体现在两个方面：一是所表现意旨与思致有所分别，一些更为细腻幽深的情感意绪与人生体验之内涵，通过词这一形式是更有利于得到充分表现的；二是两者在声调择取与格律运用上也有差异，其对主体才性与艺术表现功力的要求是不同的。张云璈将对诗词两体音律表现之异的论说进一步展衍开来。汪世隽《凭隐诗余序》云："诗主性情，词则专讲音律。诗至五七言，止矣。其或古风大篇，长短变化，可以纵笔为之，亦总以五七言为准。词则不然，自一言以至八九言，题各一调，调各一名，一阕之中，一句不可妄易也，一句之中，一字不可假借也。其中移宫换羽、转韵谐声，如制锦然；错综成色，如吹竽然。参差协响，其律不紊，严矣哉！"[2] 汪世隽也从艺术表现的角度比照诗词之体。他认为，诗歌以情感表现为本位，而词作更注重声调运用与音律表现；在形式体制上，诗歌创作以五言与七言为主体形式，其面貌呈现相对严整庄重，而词的创作长短变化不一，声调变化甚多，其在创作中更为讲究运调守律，是丝毫都马虎不得的，其创作运思过程体现出更为拘限与逼仄的特征。总之，诗词艺术表现各有侧重、互有优劣，创作中应细致地对待之。

汪甲《煮石山房词钞叙》云："词，诗之苗裔也。词之异于诗，人知之矣，而人不尽知也。诗本天籁以出之，以意为程，而辞之多寡赴焉。《记》曰言之不足，则长言之。长言之不足，则嗟叹之。乐之谓诗之谓也。至于词则有律、有调、有谱，如穴斯在，投之而实，以臆见增损焉不能。而又必命意远，用字便，造语新，炼句响，清气溢乎其中，余味包乎其外，此词之所以难也。"[3] 汪甲在持论词的创作源于诗体的基础上，论

---

① 孙克强、杨传庆、裴喆编著：《清人词话》，南开大学出版社 2012 年版，第 903 页。
② 冯乾编校：《清词序跋汇编》，凤凰出版社 2013 年版，第 752 页。
③ 孙克强、杨传庆、裴喆编著：《清人词话》，南开大学出版社 2012 年版，第 1140 页。

断诗在创作上相对更见自由，其艺术表现自然，以意致呈现为本，言随意遣，律由辞生，音律表现在其中并不是根本性的因素；而词的创作则不然，其在本质上属于音乐性文学体制，讲究音律、声调与谱式，其创作过程好比将实物投掷于事先挖好的洞穴之中，艺术表现之拘限是显而易见的。并且，词的创作讲究命意的深致悠远，下字用语的流便新颖，字语锤炼的朗畅以及清丽之气脉的贯注洋溢和余味的缭绕其中，这些都是词的创作难于诗体之处。汪甲之论，将传统诗词音律表现之异论进一步予以了充实与张扬。吴嘉洤《紫藤花馆诗余跋》云："作词与作诗异。诗可以矜才使气，词则镂迹虫鸟，织辞鱼网，非静细其心，缜密其意，未有不失之粗豪者。故虽以东坡之才，稼轩之学，而按谱填词，辄有铜琶铁板之诮。以是知斯道之具有别裁也。"① 吴嘉洤论断诗的创作可以驰骋主体才情，张扬艺术个性，相对而言更不受拘束，具有更大的发挥空间；而词的创作在结构安排与言辞运用上更见细密，更强调创作主体之用心，其声律表现讲究"按谱填词"，如"戴着镣铐跳舞"，其张弛之度与发挥空间相对是有限的。因此，即使像苏轼、辛弃疾这样的词人之作，也仍然被人讥诮为非本色当行之属。吴嘉洤概括词的创作乃须"别裁"为之，是需要特别才学与情致的，其与诗作之道确乎存在异别。吴嘉洤从具体创作展开角度将诗词两体进一步界分开来。

晚清，孙衍庆《横经堂诗余评语》云："诗有六义，而词近于比兴；诗有四可，而词近于兴与怨。骚、七、乐府，词之源。南宋以后，南北曲，词之流。"② 孙衍庆简略地比照诗词两体在艺术表现与审美功能上的差异。他归结，诗歌艺术表现之法有"风""雅""颂""赋""比""兴"，而词作之体则多用比譬与兴会之法；诗歌审美功能有"兴""观""群""怨"，而词作更多地呈现出审美兴会与情性发抒的功能。总之，无论从艺术表现途径还是审美功能的实现上，词体都比诗体显得要狭窄一些，但也由此而体现得或更为集中与浓缩。赵函《纳兰词序》云："诗之为道，非具湛深通博之学，雄骏绝特之才，不足以神明其事。词则不然，发乎性情，合乎骚雅，刻画乎律吕分寸，一毫矜才使气不得。故有诗才凌轹一代，而词则瞠乎莫陟藩篱者，山谷、放翁且贻口实，况其下此者乎？

---

① 刘履芬、刘观藻：《古红梅阁集（附紫藤花馆诗余）》卷末，清光绪六年苏州刻本。
② 冯乾编校：《清词序跋汇编》，凤凰出版社 2013 年版，第 981 页。

国朝诗人而兼擅倚声者，首推竹垞、迦陵，后此则樊榭而已。"① 赵函从对创作主体素质要求的角度比照诗词两体。他认为，在诗的创作中，主体之才气与学力是甚为重要的因素，无之则不能成就其事；而词的创作则更为强调主体情性与声律表现，相比较而言，它反对骋才使气，反对以学力为词，这也是黄庭坚、陆游等人诗词创作成就存在较大出入的内在缘由。

陈澧《忆江南馆词序》云："盖词之体与诗异，诗尚雅健，词则靡矣。方余学为诗，故词少婉约。"② 陈澧界断诗的创作在内涵表现与风格呈现上崇尚雅致、刚健与雄放，而词的创作则与其有异，它呈现出柔媚的艺术特征。陈澧叙说自己平时更多地注重学习诗歌创作，而于词作之道少见有得，故所作词少见婉媚之本色面目。钱符祚《凤箫词序》云："窃谓诗之道大，词之理微，苟未折肱，不能著手。"③ 钱符祚论断诗歌创作取径较宽，举凡人生遭际之情与社会历史之思都可以对象于其中；而词的创作取径则相对较窄，范围较小，但其内涵表现细致幽微，感人至深，两者是各有其妙的。汪元治《香隐庵词跋语》云："诗穷而后工，词则病而后工。为词之道，必研究音律，讲求韵学。词句又复百炼而出，移宫换羽，掐肾搜肝，词工而鲜有不病者。"④ 汪元治对诗词之体创作准备予以比照。他概括，对诗歌创作而言，主体之人生困厄或所处境遇的艰难是成就其创作的最好馈赠，正所谓忧患出诗人；相比照而言，词的创作甚为讲究音律表现之道，创作者往往搜尽肝肠以求巧构，因而是需要花费相当精力与心神的，这导致"病而后工"的现象产生。诗词两者对创作主体的要求是有着显著差异的。

谢章铤《眠琴小筑词序》云："诗以道性情，尚矣。顾余谓言情之作，诗不如词，参差其句读，抑扬其音调，诗所不能达者，宛转而寄之于词，读者如幽香密味，沁入心脾焉。诗不宜尽，词虽不必务尽，而尽亦不妨焉。诗不宜巧，词虽不在争巧，而巧亦无碍焉。其设辞愈近，其感人愈深。"⑤ 谢章铤从情感表现与技巧运用的角度论说诗词之异。他认为，词的创作的突出特点是语句长短不一、相互参差，声调运用讲究抑扬顿挫，

---

① 冯乾编校：《清词序跋汇编》，凤凰出版社 2013 年版，第 197 页。
② 同上书，第 1084 页。
③ 同上书，第 1141 页。
④ 同上书，第 1254 页。
⑤ 谢章铤：《赌棋山庄全集》卷二，《续修四库全书》本。

这两方面特征使其甚有利于主体情感表现，其突出地具有扣人心弦、细致入微的特点。谢章铤进一步论说在表现方式与技巧运用上，诗词之体也是有所区别的，这便是诗不宜说尽，以含而不露为极致；而词则"尽亦不妨"，亦即可以在适当之时、之处将所表现主旨和盘托出。诗的创作不宜过于追求艺术技巧，但词的创作却"巧亦无碍"，其对技巧的运用更具有涵容性与张力性，这使词体更具有感动人心的艺术效果。其又云："故工诗者，余于性；工词者，余于情。"① 谢章铤从情性表现的偏胜上继续论及诗词之异。他认为，诗是较利于表现人之心性的文学体制，而词则是更利于表现人之情感的文学体制，两者在对创作主体的审美表现上确乎是有所侧重的。

陈星涵《洞仙词钞自序》云："盖词之抒写性情，则较诗易，四声协拍，则较诗难也。"② 陈星涵简洁地归结词作情性表现于诗体为易，而其音律运用则于诗体为难，两者在艺术传达上是有着不同难易之偏重点的。谭宗浚《梅窝词钞序》云："诗词之道，异曲同工。或乃弹压三才，牢笼九有。极挨张之诡制，穷幽突之精思。旬洪音以振鲸，蔚高采而翘凤。若是者，则诗为宜。又若托意微茫，选声幼眇。淡永以深其味，妍丽以写其姿。曳孤响而茧悲，振清吭而珠串。若是者，则词为宜。"③ 谭宗浚在肯定诗词之道内在深层次上相通的同时，以骈文的形式对其异别予以感性化叙说。他论断，在更大程度地发挥与张扬主体创作才能，表现人们对外在事物与社会现实的认识、体会与思考，以及在追求言辞的高华、情采的飘逸流动等方面，诗作之体显然有其长处；而在对人之情感抒写与意绪表现的深致细腻，以及在对音律之美的追求、风格呈现的柔媚清丽与神味蕴含的隽永无垠等方面，词作之体又具有巨大的优势。两者确是各有其妙的。张鸿猷《竹榭草堂词草序》云："词者，诗之余。顾诗之用意含蓄，措语蕴藉，则与词同。诗之笔力恣肆，文气雄直，则与词异。盖诗可直，而词必曲。诗可刚，而词必柔。诗可纵，而词必敛也。且有同一佳句，而在词家为妙语，在诗家则为常言；同一艳体，入词中觉生新，入诗中则嫌琐碎

---

① 谢章铤：《赌棋山庄全集》卷二，《续修四库全书》本。
② 冯乾编校：《清词序跋汇编》，凤凰出版社 2013 年版，第 1254 页。
③ 同上书，第 1209 页。

者，毫厘千里之别，尤须剖析微芒。"① 张鸿猷从多方面对诗词之异予以
比照。他概括，在笔法运用与艺术表现等方面，诗作之体是相对更为自由
的，其笔法运用可直可曲，风格表现可刚可柔，意致表达可微婉可直接，
语言运用可放达可收敛，等等；而词的创作则呈现出后一方面的单一化选
择向度。张鸿猷进一步论断，诗词语言运用是一件甚为细致讲究的事情，
其间看似细微之处却往往呈现出很大的差异，是需要认真辨析与体悟的。
张鸿猷的这段论说对比点甚多，容量很大，体现出高密度化的特征，在中
国传统词学理论批评中甚具典型性。

　　李慈铭《越缦堂读书记》云："大约词与诗之别，诗必意余于言，词
则言余于意，往往申衍□□□□□□以盛气包举之，词则不得游移一字，
故异曲同工。"② 李慈铭从两个方面对诗词之异予以辨说。他认为，一是
在言意关系上，诗的创作追求言不尽意，讲究含不尽之意见于言外，而词
的创作则讲究"言余于意"，亦即将所表现情感意绪充分地对象在言辞之
中；二是诗的创作追求内在气脉的贯注与流转而一定程度上替代字句的跳
跃，而词的创作相对更讲究下字用语的细密与内在艺术逻辑性，其相互间
是异曲而同工的。俞樾《眉绿楼词序》云："词之体，大率婉媚深窈，虽
或言及出处大节，以至君臣朋友遇合之间，亦必以微言托意，借美人香草
寄其缠绵悱恻之思，非如诗家之有时放笔为直斡也。"③ 俞樾论说词作之
体艺术表现婉曲深致，即使表现风骚之意，也十分讲究在艺术意象的灵动
流转中加以托寄与显现，其笔法运用与创作表达是十分细腻的；而诗作之
体有时则相对更为直接，其在表现的细致性、委婉性等方面与词体还是有
所异别的。周天麟《水流云在馆词钞自序》云："词与诗，体异而律同，
而词律视诗为尤严。只字偶乖，全调为累。《虞书》'声依永，律和声'
二语可深长思也。"④ 周天麟从声律表现的角度界分诗词之异。他论断词
作声律表现比诗体严格得多，其下字用语甚为讲究依调而和、依声而吟，
是一点都马虎不得的。总之，词作为音乐性文学体制，具有别于诗体的鲜
明音律化特征。

---

① 冯乾编校：《清词序跋汇编》，凤凰出版社 2013 年版，第 1623—1624 页。
② 李慈铭著，由云龙辑：《越缦堂读书记》，上海书店出版社 2000 年版，第 1230 页。
③ 冯乾编校：《清词序跋汇编》，凤凰出版社 2013 年版，第 1373 页。
④ 周天麟：《水流云在馆词钞》卷首，清光绪二十一年刊本。

陈廷焯《白雨斋词话》云："温厚和平，诗词一本也。然为诗者，既得其本，而措语则以平远雍穆为正，沉郁顿挫为变，特变而不失其正，即于平远雍穆中，亦不可无沉郁顿挫也。词则以温厚和平为本，而措语即以沉郁顿挫为正，更不必以平远雍穆为贵。诗与词同体异用者在此。"① 陈廷焯从创作取向与风格特征上，论说"诗词同体异用"之理。他认为，诗词之体在创作取向与风格特征上都以"温厚和平"为本，在这点上，两者是一致的。但它们在语言运用的正变取向上是有所不同甚至相反的。诗作用语"以平远雍穆为正"，而词作用语"以沉郁顿挫为正"；诗作用语以"沉郁顿挫为变"，而词作用语"不必以平远雍穆为贵"。陈廷焯之论，具体细致地对诗词用语之审美取向予以比照，显示出对诗词之异的独特理解。张祥龄《词论》云："词，诗家之贼，差以毫厘，失之千里。作诗，则词意词字不容出入。片玉人称善融唐诗，稼轩或用《楚辞》，此亦偶然，长处固不在是。如谓诗佳，何不诵唐诗。非谓诗之道大，词之道小，体格然也。"② 张祥龄界定词的创作是从诗体中融炼与化转而出的，两者在表面上虽相差不大，但在实质上却区别明显。他论断，诗歌创作一般是不应融入词体之字语与意旨的，而词的创作中融入前人诗作之语，也并不能很好地有助于其艺术表现。他归结诗歌创作路途较宽，体制容量较大；而词作之径相对较窄，体制容量也相对较小。张祥龄之论进一步丰富了对诗词体性之异的辨分。

张百禝《重刻词选序》云："诗者，持也，厥体丽而有节。词者，意内而言外也，厥体婉而多讽。"③ 张百禝从艺术表现的角度对诗词之体予以比照。他论说诗体艺术表现的关键点在合乎中和化的准则，而词体艺术表现讲究意内言外，以追求含蓄委婉而又具有多维面比兴之义为旨归，两者在创作之立足点上是有着细微不同的。李佳《左庵词话》云："诗词之界，迥乎不同。意有词所应有而不宜用之诗。词所应用而亦不可用之诗。渔洋山人诗，用'雨丝风片'，为人所疵，即是此义。故有能诗而不能词者，且有能词犹是诗人之词，非词人之词，其间固自有辨。"④ 李佳论断

① 陈廷焯著，杜未末校点：《白雨斋词话》，人民文学出版社1959年版，第211页。
② 唐圭璋编：《词话丛编》，中华书局1986年版，第4212页。
③ 施蛰存主编：《词籍序跋萃编》，中国社会科学出版社1994年版，第797—798页。
④ 唐圭璋编：《词话丛编》，中华书局1986年版，第3104页。

词作表意有诗体所难以传达的东西，词作字语也有诗体所不能运用的范围。词的创作大致可划分为两类，即"诗人之词"与"词人之词"，前者体现为以作诗之取向与路径作词，后者体现为在用语与表意上均有别于诗体的独特之词。李佳认为后者才是词的本色体制。其又云："文有体裁，诗词亦有体裁，不容少紊，而笔致固自不同。清奇浓淡，各视性情所近。为学诣所造，正不必强不同以为同，亦惟求其是而已。"① 李佳论断诗、文、词各有艺术体性。他认为，不同的创作主体应根据自己的真实性情，就所喜欢与擅长的文学体制进行创作；而在具体的创作过程中，也不必强与人同，应将创作的立足点建基在主体情性真实的基础之上，如此，才能更好地显示出创作主体与文学体制的现实契合。李佳之论，从一个独特的视点将传统诗词之异论进一步予以了充实与深化。

胡玉缙《四库未收书目提要续编》评杨基《眉庵集》云："诗、词之界甚严。北宋人词，类皆清新雅正，可以入诗；南宋人诗，类皆流艳巧侧，可以入词；至元，而诗与词几更无别。"② 胡玉缙对诗词两种文学形式强调内在界限之分。他评断北宋之词更多地体现出诗化的特征，而南宋之诗更多地呈现出词化的面目，延展到元代，诗词这两种文学形式更多地体现出相融难分的趋向，这在实际上都是不得要领的，也是词体至元明时期而衰落的内在原因之一。胡玉缙对词作审美风格与面貌呈现有着独特的本色之求。钟显震《梅隐词序》云："文有韵曰诗，诗余曰词，似善诗者，词无弗工，犹能文。则必工诗也。然体制各别，古鲜兼长。求兼长于古人，吾得东坡焉，文、诗、词、书、画皆足名家，为李、杜、韩、柳、欧阳所不及。论者犹谓其词如教坊雷大使舞，虽极天下之工，要非本色，他人可知。魏勺庭曰人积攻苦之力，文与诗皆足窥古作者堂奥，词则才情弗善，虽学之而难工，故古今擅场者鲜。"③ 钟显震在肯定词名之为"诗余"的同时，强调不同文体内在体制的差异。他在推崇苏轼对各种文学之体兼融擅长的同时，仍然论断其词的创作不见本色当行，认为其体现出浓厚的诗化色彩。钟显震通过引述魏禧之言，强调词的创作与诗体确乎有所异别，这便是它更要求具有充蕴的才华与情性，其通过一般的习效之功

---

① 唐圭璋编：《词话丛编》，中华书局 1986 年版，第 3161 页。

② 孙克强，岳淑珍编著：《金元明人词话》，南开大学出版社 2012 年版，第 341 页。

③ 万立籛：《梅隐词》卷首，载《清词珍本丛刊》，凤凰出版社 2007 年影印。

是难以入妙的。钟显震将词的创作更多地视为主体先天质素的艺术对象化，对词的创作要求作出了有别于他人的阐说。王国维《人间词话删稿》云："词之为体，要眇宜修。能言诗之所不能言，而不能尽言诗之所能言。诗之境阔，词之言长。"① 王国维概括词之审美本质在含蓄典雅，其与诗作艺术表现相比更见幽微深细，但它在表现范围与对象上不如诗作广阔丰富，词体与诗体在创作取向与艺术特征上确乎是有所异别的。

民国时期，陈荣昌、李澄宇、《续修四库全书总目提要》作者、卓挼、严既澄、配生、邵瑞彭、庞俊等人，对诗词体性之异仍然予以了辨分，他们将诗词之异论进一步完善与张扬开来。

陈荣昌《虚斋词自加圈评记》云："词既调之长短，声之平仄皆有一定。非若古文古诗，伸缩在已，舒卷自如也。多用实字硬句，则失之板滞，故必善用虚字以运动之，乃能灵活。虚字多，又失之软弱。此柳耆卿、吴梦窗两家各得一病，谓吴板而柳软耳，故两家皆不宜学。惟以白石、玉田为宗，自无此二病。"② 陈荣昌归结词体突出的特征有二：一是体制相对拘限，不如诗文之体自如便辟；二是下字用语讲究虚实结合，强调要注意把握内在之度，以避免或呆滞不灵，或软媚虚化。他主张，学词之道应以姜夔、张炎为宗尚，虚实结合，将一定之规制与自如之表现有机地结合起来。陈荣昌将对词作声律表现的要求具体落实到了字语运用之中。李澄宇《珏庵词序》云："虽然，文字之狱，诗文易蹈，词则罕焉。诚以词之为物，显者晦之，直者曲之，即有时姓氏事迹，刻画靡遗，而阅者熟视无睹。芳草美人，祖诗而父骚，其效乃竟至此也。此则词所擅长，虽诗文比兴，文号寓言，未可同年而语也。"③ 李澄宇就词体与诗文之体艺术表现予以比照。他以文字狱往往牵出于诗文之体的创作中为例，论说词体在艺术表现上是甚为委婉含蓄的，甚为讲究运用曲折之笔致，甚为注重通过摇曳多姿的意象来加以表现与托寄，其与社会历史及现实之事在直切性上拉出有一段距离，因而，在这方面，它有着更大的艺术张力性与生发性，其将比譬与兴会之法运用到了极致。《续修四库全书总目提要》评

①　况周颐著，王幼安校订：《蕙风词话》；王国维著，徐调孚注，王幼安校订：《人间词话》，人民文学出版社1960年版，第226页。

②　孙克强、杨传庆、裴喆编著：《清人词话》，南开大学出版社2012年版，第2016页。

③　冯乾编校：《清词序跋汇编》，凤凰出版社2013年版，第2040—2041页。

王倩《洞箫楼词》云："惟词本声音之妙，故声调格律皆与诗不同，而王倩之词，虽亦能守律，然勉成之体，终嫌其格格不入，不是当行家语，其佳者亦所谓著腔子唱好诗而已。"①《提要》作者从声调运用与格律表现的角度对诗词之异予以论说。他认为，词的创作更突出地体现出音乐性的特征，更注重内在自然的声调与音律之美。他批评王倩之词虽然表面上也合乎音律，但并不见当行本色，其声律表现并不见自然流转，仍然体现出诗体化的特点，是令人遗憾的。

卓揆《水西轩词话》云："夫词与诗异者，词可幽不可涩，可疲不可削，尽有诗名动海内，而观所为词，实未敢附和尊崇也。一花一草，一风一月，要妙（笔者按：有误，应为'眇'）悠扬，引人无尽，词能之，诗不能也。"② 卓揆界断词作为独特的文学之体，其趋尚细微幽深而力避滞塞不灵，趋尚柔婉俗化而力避刻削孤峭，正因此，不少诗名远播之人却不能创作出好词，其关键便在于此。词的创作追求在细微的意象运用与渲染及腔调与声律的悠扬婉转中尽显艺术魅力，它与诗的创作确是有所异别的。严既澄《驻梦词自序》云："昔人有言：'韩退之以文为诗，苏子瞻以诗为词，虽极天下之工，要非本色。'余亦向持此论，以为一切文体，胥各自有其特征，岂可比而齐之，乱其畛域？词之气骨略逊于诗，至其缠绵幽咽，疏状入微，若姚姬传所谓得阴柔之美者，求诸古近体诗中，惟七言绝句庶几得其一二，斯吾所谓词之特质，论词者所当依为圭臬者也。"③ 严既澄在诗词体性之论上体现出严分畛域的观念。他持同前人对苏轼以诗为词创作路径的判评，认为其词作虽然极见才情与工致，然却呈现出非本色当行的面貌。严既澄强调为文之体一定要有内在的艺术质性，而不应随意趋入其他文体之域。他认为，词的创作在气脉贯穿与骨骼呈现上虽然比不上诗体，但其情感表现深细入微、含蓄委婉，极显阴柔之美，这是一般诗体所难以比拟的。为此，严既澄强调词的创作一定要立定准则，在与诗体的拉开距离中凸显其独特的艺术质性，从而更有效地弘扬词的创作之道。

醅生《醉月楼词话》云："词句最忌似诗，东坡山谷时蹈此弊，'龙

①　孙克强、杨传庆、裴喆编著：《清人词话》，南开大学出版社 2012 年版，第 1018 页。

②　卓揆：《水西轩词话》乙稿，福建图书馆藏抄本。

③　严既澄：《初日楼诗 驻梦词》卷首，北平人文书店民国二十一年线装版。

山落帽千年事，我对西风欲整冠'，'顾我已无当世望，似君需向古人求'，'上党从来天下脊，先生原是古之儒'，'无波真古井，有节是霜筠'，皆诗也。至少游之'自在飞花轻似梦，无边丝雨细如愁'，耆卿之'渔市孤烟袅寒碧，水村残叶舞愁红'，并为七言对句，细玩之，却不是诗，此所谓当家语也。"① 配生强调诗词用语之差异，反对两者过于相趋与杂糅。他批评苏轼、黄庭坚在词的创作中时常阑入诗句，以至于模糊了文体分界，有失当行；而称扬秦观、柳永下字用语甚显本色，将词体艺术表现的本真之美发挥开来。配生通过对词人词作的具体例析，将对诗词体性之异的辨分予以了坐实，是具有说服力的。邵瑞彭《红树白云山馆词草序》云："夫成孝敬，厚人伦，美教化，移风俗，则词不如诗。发摅性情，俯印治乱，登高临远，流连景物，则诗不如词。五季以来，盖有一志倚声而诗名无闻者。至于诗人为词，断无弗工，更无弗传。"② 邵瑞彭对诗词题材抒写艺术功能予以比照。他概括，在有益于教化方面，词作之体是难以与诗体相提并论的；但在抒写人的性情及对人与自然事物交融感发的表现方面，词体又有着独特的优势。邵瑞彭归结能词之人必定能诗，而能诗之人则不一定能词，见出了词的创作更体现出独特性。总之，诗体的优长在于其艺术社会功能更容易得到发挥与实现；相对而言，词体则更适宜于表现主体思想情感与生活趣味，两种文学之体在艺术表现上确是各有所长的。庞俊《清寂词录叙》云："词之别行，日辟百里。其体宛约，其指要眇，遂有诗之所无以为者。"③ 庞俊之言亦体现出对诗词体性之异别的辨说。他归结词之体性委婉精致，意致呈现幽远深细，在一定程度上，对诗体艺术表现有着补充之功效。

二 偏于辨分词曲体性之异论的承衍

中国传统词学对词曲体性之异的辨分，主要呈现于清代与民国时期。其主要体现在李渔、胡应宸、贺裳、宋翔凤、陈廷焯、《续修四库全书总目提要》作者等人的言论中。他们从不同视点对此论题展开多样的论说，

---

① 张璋、职承让、张骅、张博宁编纂：《历代词话续编》，大象出版社 2005 年版，第 1370 页。

② 冯乾编校：《清词序跋汇编》，凤凰出版社 2013 年版，第 2136 页。

③ 同上书，第 2159—2160 页。

将词曲之异论较为清晰地予以了廓清。

清代前期，李渔《窥词管见》云："词既求别于诗，又务肖曲中腔调，是曲不招我，而我自往就，求为不类，其可得乎。曰，不然，当其摹腔炼吻之时，原未尝撇却词字，求其相似，又防其太似，所谓存稍雅，而去甚俗，正谓此也。有同一字义，而可词可曲者。有止宜在曲，断断不可混用于词者。……一字一句之微，即是词曲分歧之界，此就浅者而言。至论神情气度，则纸上之忧乐笑啼，与场上之悲欢离合，亦有似同而实别，可意会而不可言诠者。慧业之人，自能默探其秘。"① 李渔对词曲体性之异别较早予以论说。他主张词的声腔表现与曲体在本质上是一致的，认为词调只有在趋近曲调的过程中才能体现出其与诗体的区别，但他同时也强调词作声腔表现要在俗中显雅上体现出自身的独特性。在字语运用上，李渔则界断俗字不可过多地入乎词的创作中，尤其是那些过于俚俗而不吻合具体艺术面貌与氛围之字语，是必须坚决摒弃的。他归结词曲之别，更高层次上体现在所表现的艺术氛围及所创造的审美境界上，这方面是更需要细心体悟与领会的。李渔之论，将对词曲声腔、用语及意旨表现的区别细致的阐说出来，在词曲体性之辨中具有突出的价值。胡应宸在《兰皋明词汇选》中评施绍莘《扫地》一词云："宋梅尝与余言：词以艳冶为正则，宁作大雅罪人，弗学老成，带出经生气。词至《花影》，旖旎极矣，吾辈独痛删之。所存皆定情一种者，良以词之视曲，其道甚远，词之去曲，其界甚微，又不能不为词坛守壁耳。"② 胡应宸通过评说顾宋梅的词作本色观念而论及词曲体性之异命题。他强调，词曲之体虽然表面看来相似相趋、界线甚微，然在内在创作取径与外在风格呈现上仍然相距甚远，这是词作者要特别注意与持守的。胡应宸之论也体现出比较传统的词作体性观念。贺裳《皱水轩词筌》云："小词须风流蕴藉，作者当知三忌，一不可入渔鼓中语言，二不可涉演义家腔调，三不可像优伶开场时叙述。偶类一端，即成俗劣。顾时贤犯此极多，其作俑者，白石山樵也。"③ 贺裳从内在体性要求的角度，对词的创作提出三个方面所应注意的问题：一是

---

① 唐圭璋编：《词话丛编》，中华书局1986年版，第550页。

② 顾璟芳、李葵生、胡应宸编选，曾昭岷审订，王兆鹏校点：《兰皋明词汇选》，辽宁教育出版社1998年版，第9页。

③ 唐圭璋编：《词话丛编》，中华书局1986年版，第711页。

其用语不可完全流于市井之境地与意味中，二是其声腔与格调不可完全入乎小说演义等所表现的意味与程式中，三是其抒写不能如戏子开场念白般单刀直入。他归结，这是避免词作俗化的三个最重要方面。贺裳之论多方面地体现出对词体本色之质性的维护。

清代中期，宋翔凤《乐府余论》云："宋元之间，词与曲一也。以文写之则为词，以声度之则为曲……于是度曲者，但寻其声，制词者，独求于意。"① 宋翔凤论断宋元时期词曲之体是渗透融合在一起的，它们作为创作构成乃同一事物的两个不同方面，但发展到后来，词曲之体逐渐分途异趋，其表现为：词的创作更注重意致表现，而曲的创作更讲究声调运用，两者呈现出不同的创作取向与艺术追求。晚清，陈廷焯《白雨斋词话》云："诗词同体而异用，曲与词则用不同，而体亦渐异，此不可不辨。"② 陈廷焯从"体"与"用"的角度观照诗、词、曲三种文学形式。他论断，词曲之体不仅在具体艺术表现上体现出鲜明的差异性，在内在体制与本质特征上也显示出不同。陈廷焯将词曲之异论题进一步予以了凸显，体现出对词作独特体性的更坚定维护。

民国时期，《续修四库全书总目提要》评葛筠《名山藏词》云："《贺新郎·寄内》一首，诉妻教子，家常琐屑，皆有真趣，故不觉其粗俗。令曲时有可取，惜全集不相称也。《钗头凤》题注，谓此调世传陆放翁作，然押尾三字必得成语方佳，不尔，尽属牵强支离矣，杂剧载赵礼让肥故事，有'杀、杀、杀'语，见而壮之，实难其偶，忽忆《萤芝集》中有'贼、贼、贼'句，天然凑合，云云。不知此种字句，用之于曲，则恰如其分；用之于词，则文未允惬。分寸之间，不可不辨。而筠自以为得意，可谓不知词矣。筠为明末清初之人，染于旧习，词曲不分，明词敝陋，固有多端，此其一也。"③ 《提要》作者通过评说葛筠《名山藏词》中存在不少用语俗化的现象，认为其有表面粗俗然却体现本真意趣的，也有在字语运用上牵强附会、一味俗化的，由此，对词曲用语分界予以论说。他认为，散曲的创作中更多俗字俗语，其能较好地体现出文体的大众化传播与接受特征；相比照而言，词的创作则有所讲究、有所择取，其区

① 唐圭璋编：《词话丛编》，中华书局 1986 年版，第 2498 页。

② 陈廷焯著，杜未末校点：《白雨斋词话》，人民文学出版社 1959 年版，第 2498 页。

③ 孙克强、岳淑珍编著：《金元明人词话》，南开大学出版社 2012 年版，第 743 页。

别便在细微之间。明人词作衰敝的原因之一，便可归结为词曲不分、以曲入词所致。《提要》作者以具体的语词为例，对词曲之体应有所异别作出详实的阐明，其从语言运用的角度将词曲体性之异论进一步予以了充实与完善。

三　综合性地辨分词与诗、曲体性之异论的承衍

中国传统词学中综合性地辨分词与诗、曲体性之异论的承衍线索，出现于明代后期，主要呈现于清代而流衍于民国时期。其主要体现在谭元春、董以宁、沈谦、李渔、曹溶、朱锦、江闿、顾彩、毛际可、吴启昆、方学成、吴展成、谢元淮、孙麟趾、杜文澜、王增祺、《续修四库全书总目提要》作者等人的论说中。他们将对词体艺术质性的比照视域进一步放大，对词作体性之辨作出了更具有说服力的阐析。

明代后期，谭元春《辛稼轩长短句序》云："诗不可如词，词不可如曲，唐、宋、元所以分。予又谓：曲如词，词如诗，亦非当行，要皆有清冽无欲之品，肃括弘深之才，潇洒出尘之韵，始可以擅绝技而名后世。"①谭元春对词与诗、曲体性之异较早予以论说。他在前人所论不同历史时期都有各异主流文学之体的基础上，进一步强调诗、词、曲之间的界限性，判评它们如果在艺术表现上相互掺杂，则必然呈现出非本色当行的面貌特征。谭元春主张维护不同文体内在艺术质性，其论对后世综合性地对词与诗、曲体性之异的辨分具有一定的导引作用。

清代前期，董以宁《蓉渡词话》云："词与诗曲，界限甚分，似曲不可，而似诗仍复不佳，譬如拟六朝文，落唐音固卑，侵汉调亦觉伧父。"（田同之《西圃词说》引）②董以宁认为词的创作不能过于如诗，也不能过于似曲，这就好比效仿六朝诗文，虽然它承汉启唐，但却不能入乎"唐音"与"汉调"之中。董以宁以六朝诗文在承汉启唐历程中的过渡性类比词作体性之界限是甚为恰当的。沈谦《填词杂说》云："承诗启曲者，词也，上不可似诗，下不可似曲。然诗曲又俱可入词，贵人自运。"③沈谦也将词的创作置于诗曲两体的位置之间，强调其既不可入乎诗道，也

① 孙克强编著：《唐宋人词话》，南开大学出版社2012年版，第776页。
② 唐圭璋编：《词话丛编》，中华书局1986年版，第1464页。
③ 同上书，第629页。

不可流于曲化。他进一步道出诗曲之体艺术表现因素都可入乎词体的主张，认为其关键便在于如何运用与把握的问题。

李渔《窥词管见》云："作词之难，难于上不似诗，下不类曲，不淄不磷，立于二者之中。大约空疏者作词，无意肖曲，而不觉彷佛乎曲。有学问人作词，尽力避诗，而究竟不离于诗。一则苦于习久难变，一则迫于舍此实无也。欲为天下词人去此二弊，当令浅者深之，高者下之，一俯一仰，而处于才不才之间，词之三昧得矣。"① 李渔从词与诗、曲之体的相互区别与联系中论说其体性及创作，将对词体之性辨分的参照维面进一步拓展开来。他认为，词的创作要在诗体与曲体之间把握好分寸，与两者都保持适当的弹性与张力，既要避免因空疏俗化而流于曲体的层面，又要避免创作主体在融含学力于词的过程中不自觉地入乎诗道。李渔提出，词之本位的创作途径应该是在驰骋才华与融含学力、含蓄深致与浅俗直白之间，处理好艺术表现的"度"的问题，如此，才能入乎词之正道，真正体会到词的创作的内在之理。其又云："诗有诗之腔调，曲有曲之腔调，诗之腔调宜古雅，曲之腔调宜近俗，词之腔调，则在雅俗相和之间。如畏摹腔炼吻之法难，请从字句入手。取曲中常用之字，习见之句，去其甚俗，而存其稍雅，又不数见于诗者，入于诸调之中，则是俨然一词，而非诗矣。"② 李渔肯定词与诗、曲之体各有自身独特的音律规范与形式表现。他界定，体现在雅俗质性上，诗之音律表现以古朴典雅为尚，曲之音律表现以入乎俗唱为尚，而词之音律表现则处于雅俗之间，其理想的形态应该是雅中有俗、俗中寓雅、雅俗相融相生。进一步，李渔又提出，具体字句的运用是词作艺术表现的基础。为此，他主张词的创作应该更多地取径于俗曲中之字语，尽量去除其过于俚俗的一面而凸显雅致的一面；同时，也可以择取诗中一些不太常用的俗字俗句，将它们有机地组织融合起来，如此，才能在创作层面较好地体现出词的内在体性。

曹溶云："诗余起于唐人而盛于北宋，诸名家皆以春容大雅出之，故方幅不入于诗，轻俗不流于曲，此填词之祖也。"（聂先、曾王孙编《百名家词钞》引）③ 曹溶从词的源起及其大都以雅致面目出现而论及词与

---

① 唐圭璋编：《词话丛编》，中华书局 1986 年版，第 549 页。

② 同上书，第 549—550 页。

③ 孙克强、杨传庆、裴喆编著：《清人词话》，南开大学出版社 2012 年版，第 639 页。

诗、曲之体的相异。他概括词体比诗体篇幅体制更见精粹短小，而其面目
呈现也不像曲体那样相对更显俗化，词确是既异于诗也别于曲的一种文学
体制。朱锦云："诗余虽云绮语，而倚声属事，视他体为微难。宋元名
家，能遗世独立，脍炙千古者，若周、秦、辛、陆而下，亦不多见。"
（聂先、曾王孙编《百名家词钞》引）① 朱锦从词的创作上道出其有别于
他种文学之体的主要特征，这便是：一为更讲究声调运用与音律表现，二
为在寓事用典上更体现出一定的难度。他推崇周邦彦、秦观、辛弃疾等人
作词富于独特的面貌，体现出永久的艺术魅力。江闿《孙无言十家诗余
序》云："诗余者，昉于唐，盛于宋；本于诗，而与曲通，固非诗与曲。
倘非解人，非板则涩，非怪则陋，以是作者难，选者亦难。《花间》《草
堂》以来，指不多屈。《词统》而后，备于《倚声》。"② 江闿肯定词体与
诗、曲之体内在相通，但它既非诗作之体亦非曲作之体。他强调对词体艺
术质性的把握是需要细心体悟的，应努力避免过于板滞呆顿或过于怪奇鄙
陋之面貌。

　　顾彩《清涛词序》云："夫词之为体也，风华悲壮，吞吐含蓄，警策
缠绵，各极其致。然而诗中之句语不可以入词，入词则太文；曲中之句语
不可以入词，入词则太俗。求其无美不备者，必曰宋人；继之者，今人
也。"③ 顾彩对词体与诗、曲之体的异别也予以论说。他论断词体风貌呈
现丰富多样，认为诗中所常用字语一般不可以用之于词体中，因为其容易
使词作风貌太过雅致；曲中所常用字语一般也不可以用之于词体中，因为
其又容易使词作风貌太过俗化，过雅与过俗，都是与词之体性有所出入
的。顾彩称扬宋人与今人词作雅俗合度，无美不备。毛际可《付雪词三
集序》云："曲者，词之余，词者，诗之余，若祖孙之递嬗也。而诗之与
曲，常判然而不能入，词则中处其间，犹可以上下征逐焉。乃昔之评秦少
游诗如时女步春，终伤婉弱，是讥其以词为诗。而王实甫之嫩绿池塘、淡
黄杨柳，说者谓其沿袭宋词，不若纯任本色之为佳。则此中分界，亦有微
茫之当辨者。"④ 毛际可论断诗、词、曲之体是存在单向度转替关系的，

---

① 孙克强、杨传庆、裴喆编著：《清人词话》，南开大学出版社 2012 年版，第 70 页。
② 冯乾编校：《清词序跋汇编》，凤凰出版社 2013 年版，第 40 页。
③ 同上书，第 391 页。
④ 同上书，第 58 页。

但相互间不能一味趋近。相对而言，词作之体可以在诗体与曲体之间游移，保持有更多的艺术弹性与审美张力，然即便如此，仍需注意其本色表现的问题。毛际可例举秦观以词为诗，风格呈现终嫌纤弱；而王安石运诗于词，也有违当行本色之体性。因此，创作者应细心辨析，以求全面把握。吴启昆《花草余音序》云："然词与曲自二种，词之调与曲之词自二派，虽皆可以按板而歌，而引商刻羽、含宫嚼征之间，其节拍原有不同。今曲专肆于梨园，词则文人学士间为之，以词之未远于诗也。故谓之诗余。如太白之《白鸠拂舞词》及《幽涧泉》等作非诗乎？而体制纯乎词。第诗则贵老，词则贵新，新则不得不趋纤秾尖颖一路，乃其间亦有雅郑之别，以前人之词论之，窃以为苏、辛雅也，周、柳郑也，调停于二者之间，庶几隽而不浅，浓而不俗，持此以覈词人，而见者卒少也。"① 吴启昆论断词曲之体虽然都讲究音律表现，但在细致运用方面是存在诸多差异的。他叙说当世词的创作大都由文人学士为之，这导致容易混淆诗词体制之异别的现象出现。吴启昆认为，诗歌创作追求笔法老到、境界凝练的审美效果，而词的创作则以新颖独到为宗尚，这种不同的艺术追求容易导致词作趋入偏途，因此，恰当地处理好艺术表现的浅深之度与雅俗之性，是词作艺术表现入乎新颖别致的关键。

清代中期，方学成《青玉阁词自序》云："往爱老友王铁立尝言：诗如才子，词似美人。词近于雅，曲近于风。夫诗词与曲，固各有体，然而气韵之升降，其高下殊绝，有不可以道里计者。如或问诗词、词曲分界，王阮亭司寇曰：'无可奈何花落去，似曾相识燕归来'，定非《香奁》诗；'良辰美景奈何天，赏心乐事谁家院'，定非《草堂》词也。此中微妙，当是其气韵相隔别处。"② 方学成对词与诗、曲之异别予以综合性的界说。他比譬在面貌呈现上，诗作之体如才子一样，玉树临风；而词作之体似美人一般，婀娜多姿。词作之笔致多用"雅体"，而曲作之表达多用"风体"，它们给人的审美体味是很不相同的。方学成归结诗、词、曲之体各有艺术质性，其气韵面貌呈现也各有不同，但相互间是没有高下之分的。吴展成《兰言萃腋》云："填词虽小道，而界限极严，必上不侵诗，下不

---

① 冯乾编校：《清词序跋汇编》，凤凰出版社 2013 年版，第 435 页。

② 同上书，第 446 页。

混曲，斯为尽善。"① 吴展成主张词体中不能随意渗入诗歌与戏曲创作的因素，而应保持各种文学体制相互间的界限。吴展成之言也体现出比较传统的词作体性观念。

晚清，谢元淮《填词浅说》云："是知词之为体，上不可入诗，下不可入曲。要于诗与曲之间，自成一境。守定词场疆界，方称本色当行。至其宫调、格律、平仄、阴阳，尤当逐一讲求，以期完美。"② 谢元淮主张对传统词体本色之性加以维护与坚守，他认为，词的创作要在诗体与曲体之间游移，但又与诗、曲之体保持适当的距离。他强调，只有从宫调、格律、平仄、阴阳等各方面都注意讲究，才能"守定词场疆界"，创作出本色当行之作。谢元淮将对词与诗、曲体性之异的辨说在创作论维面上进一步予以了充实。孙麟趾《词径》云："近人作词，尚端庄者如诗，尚流利者如曲。不知词自有界限，越其界限，即非词。"③ 孙麟趾认为词的创作确乎要注意艺术体制的界限问题，在具体创作中，游移于庄重严整与自如流便之间。孙麟趾之论，将词与诗、曲分界说予以了重申，但无疑也体现出一定的机械性。杜文澜《憩园词话》云："近人每以诗词词曲连类而言，实则各有蹊径。《古今词话》载：周永年曰：'词与诗曲界限甚分明，惟上不摹香奁，下不落元曲，方称作手。'又曹秋岳司农云：'上不牵累唐诗，下不滥侵元曲，此词之正位也。'二说诗、曲并论，皆以不可犯曲为重。余谓诗、词分际，在疾徐收纵轻重肥瘦之间，娴于两途，自能体认。至词之与曲，则同源别派，清浊判然。自元以来，院本传奇原有佳句可入词林，但曲之径太宽，易涉粗鄙油滑，何可混羼入词？"④ 杜文澜肯定词的创作与诗、曲之体虽表面相似，而实则各有艺术路径。他引用周永年、曹溶之言，力证词体确乎是处在诗体与曲体之间的，其创作的艺术张力就体现为诗体与曲体之间的游移。杜文澜主张词人对诗体与曲体都要有一定的认识体会，如此，才能避免模糊界限。他并且认为曲体创作路径太宽，其用辞、表意与风格呈现都容易流于"粗鄙油滑"，正因此，杜文澜反对以曲入词，以便维护词体本色之性，其论将词、曲用语之界限进一步

---

① 吴展成：《兰言萃腋》卷四，复旦大学图书馆藏清抄本。
② 唐圭璋编：《词话丛编》，中华书局1986年版，第2509页。
③ 同上书，第2554页。
④ 同上书，第2859页。

予以了凸显。王增祺《琼笙吟馆诗词序》云："词曰诗余，权舆初唐，而盛极于宋。论者终以苏辛为别调，秦柳为正宗，盖其为体，非诗非曲，始可名之为词，非按谱填写，不神明其音节旨趣，即希厕于《花间》《尊前》之列也。"①王增祺将词作之源界定为诗体，但又强调词体与诗体之间的区别。他概括委婉柔媚的风格表现为词的创作之正道，其艺术质性是介于诗与曲两种文学体制之间的，其突出的特征是"按谱填词"，讲究下字用语的合乎曲调与声律。王增祺之论，将综合性地辨分词与诗、曲体性之异论往前予以了推进。

民国时期，《续修四库全书总目提要》作者对词与诗、曲体性之异仍然有所辨分，从某种程度上进一步补充了传统词作体性之论。《续修四库全书总目提要》评马朴《阆风馆诗余》云："凡七十六首，期间杂以《黄莺儿》《玉芙蓉》《清江引》等南北小令，原本如此，今亦未□□□。所撰非浅即陋，非粗即俗，盖词与诗文曲诸体虽有相通之处，而各具其本质，今任意牵合，不伦不类，全不知词者也。"②《提要》作者通过评说马朴《阆风馆诗余》中掺杂有一些类于曲体的小令之词，认为这些词作相对体现出过于浅切与俚俗的特征，由此而论断词体在与诗、文、曲之体具有相似相通属性的基础上，还有其内在的本质属性。他强调切不可消泯词体内在的艺术质性，以致面目全非。《提要》之论，将对词体独特质性的维护又一次明确地体现了出来。

第二节　偏于辨说词与诗、曲体性之通论的承衍

一　偏于辨说诗词体性之通论的承衍

中国传统词学对诗词体性之通的辨说，大致出现于南宋前期。胡仔《苕溪渔隐丛话》云："《后山诗话》谓：'退之以文为诗，子瞻以诗为词，如教坊雷大使之舞，虽极天下之工，要非本色。'余谓后山之言过矣，子瞻佳词最多，其间杰出者……凡此十余词，皆绝去笔墨畦径间，直造古人不到处，真可使人一唱而三叹。若谓以诗为词，是大不然。子瞻自言，平生不善唱曲，故间有不入腔处，非尽如此，后山乃比之教坊司雷大

---

①　孙克强、杨传庆、裴喆编著：《清人词话》，南开大学出版社 2012 年版，第 1889 页。
②　孙克强、岳淑珍编著：《金元明人词话》，南开大学出版社 2012 年版，第 570 页。

使舞，是何每况愈下？盖其谬耳。"① 胡仔针对陈师道对苏轼"以诗为词"的批评加以论说。他认为，陈氏之论并没有真正识见到苏词的本质精神与价值所在，苏轼词作的特色便体现在敢于并善于脱却传统词体创作的路径，独自创辟，而不喜追步于人。胡仔认为，苏轼在词作取径上有效地接通了诗体，他对词作音律表现之道是不甚在乎的，其所致力与快意的是驰骋才情、惟意所之。胡仔通过对苏词创作取向与艺术路径的大力肯定和推扬，体现出其对诗词体性相通的持论。王灼《碧鸡漫志》云："东坡先生以文章余事作诗，溢而作词曲，高处出神入天，平处尚临镜笑春，不顾侪辈。或曰，长短句中诗也。为此论者，乃是遭柳永野狐涎之毒。诗与乐府同出，岂当分异。若从柳氏家法，正自不分异耳。"② 王灼对苏轼以诗为词创作取向持以大力肯定。他认为，其虽然以"余事"写诗作词，但其词作超拔于流俗，在艺术表现上出神入化、充蕴生机。正因此，他论断有人指责苏词为"词诗"之论，实际上是受到柳永等人创作取向与艺术路径影响所致的。王灼明确持论诗词同源，认为不应过分地将两者别分开来。其又云："长短句虽至本朝盛，而前人自立，与真情衰矣。东坡先生非心醉于音律者，偶尔作歌，指出向上一路，新天下耳目，弄笔者始知自振。今少年妄谓东坡移诗律作长短句，十有八九，不学柳耆卿，则学曹元宠，虽可笑，亦毋用笑也。"③ 王灼对苏轼以诗为词创作特征进一步予以辨说。他从历时角度努力接通词体与诗体的联系，论断它们在本质上都据依于人的情感而生发。他又高度称扬苏轼不受限于词律之道，而以性情表现为旨归，独辟蹊径，创新词道，给词的发展展示出一条别样的路径。他认为，这从力道上振起词坛，在创作实践上接通了其与诗体的内在联系，在传统词作发展史上具有重要的意义。王灼之论，通过对苏轼之词的剖析，实际上对词体与诗体的内在相承相通作出甚富于说服力的阐说。

金代，对诗词体性之通的辨说，主要体现在王若虚的《滹南诗话》中。其云："陈后山云：'子瞻以诗为词，虽工非本色。今代词手，唯秦七、黄九耳。'予谓后山以子瞻词如诗，似矣；而以山谷为得体，复不可

---

① 胡仔纂集，廖德明校点：《苕溪渔隐丛话（后集）》，人民文学出版社 1962 年版，第192—193 页。

② 唐圭璋编：《词话丛编》，中华书局 1986 年版，第 83 页。

③ 同上书，第 85 页。

晓。晁无咎云：'东坡小词，多不谐律吕；盖横放杰出，曲子中缚不住者。'其评山谷则曰：'词固高妙，然不是当行家语，乃著腔子唱好诗耳。'此言得之。"① 王若虚承陈师道与晁补之之论加以辨说。他反对陈氏贬抑苏轼而推扬黄庭坚之论，认为其内在理据是难以理解的。他持同晁补之之言，肯定苏轼词作不拘限于外在形式与音律束缚，纵横自如，体现出不守一格与变化创新的特征。王若虚对陈、晁之论的判评，体现出从内在接通诗词之体的祈向。其又云："陈后山谓'子瞻以诗为词'，大是妄论。而世皆信之，独茆荆产辨其不然，谓公词为古今第一。今翰林赵公亦云：'此与人意暗同。'盖诗词只是一理，不容异观。自世之末作，习为纤艳柔脆，以投流俗之好；高人胜士，亦或以是相胜，而日趋于委靡，遂谓其体当然，而不知流弊之至此也。文伯起曰：'先生虑其不幸而溺于彼，故援而止之，特立新意，寓以诗人句法。'是亦不然。公雄文大手，乐府乃其游戏，顾岂与流俗争胜哉！盖其天资不凡，辞气迈往，故落笔皆绝尘耳。"② 王若虚对苏轼以诗为词创作特征进一步展开辨说。他评断陈师道拘于传统词体本色观念，其论贻误后人不浅；称扬茆璞、赵秉文等人对苏词的推尚，认为其论吻合自己之心意。王若虚提出"诗词一理"的主张，强调其内在的相通相融性。他界定，词作流于纤艳媚俗，这是一些词人盲目投世人之所好的结果，不正确地导引了当世词的创作路径与审美取向。苏轼作词并不在于"与流俗争胜"，他天资超拔，"大手"运词，创造性地将"诗人句法"运用到词的创作实践中，表现出迥拔于时人的意旨与境界，是甚为值得称道的。

明代，对诗词体性之通的辨说，主要体现在周永年、任良干等人的言论中，他们将此论题进一步展衍开来。周永年《艳雪集原序》云："从来诗与诗余，亦时离时合。供奉之《清平》，助教之《金荃》，皆词传于诗者也。玉局之以快爽致胜，屯田之以柔婉取妍，皆词夺其诗者也。大都唐之词则诗之裔，而宋之词则曲之祖。"③ 周永年之论道出词体与诗体之间的渗透与离合，见出两种文学之体的内在相趋性。他论断，李白、温庭筠之词更多地呈现从诗歌创作中脱胎而出的特征；而苏轼、柳永之词更多地

---

① 王若虚著，霍松林校点：《滹南诗话》，人民文学出版社 1962 年版，第 70 页。
② 同上书，第 70—71 页。
③ 陈良运主编：《中国历代词学论著选》，百花洲文艺出版社 1998 年版，第 260 页。

显示出超越与拓展其诗歌创作的特征。因此，唐五代人词作更多地呈现出"诗之余"的特点，而宋人词作更多地显示出曲化的面貌，这有力地显示出诗、词、曲三种文学形式之间的互渗与因变。任良干《词林万选序》云："古之诗，今之词也。二雅二颂，有义理之词也。填词小令，无义理之词也。在古曰诗，在今曰词，其分以此。故曰：诗人之赋丽以则，词人之赋丽以淫。盖自汉已然，况唐以降乎！然其比于律吕，叶于乐府，则无古今一也。虽然，邪正在人，不在世代；于心，不于诗词。若诗之《溱洧》《桑中》《鹑奔》《鸡鸣》，虽谓之今之淫曲可也；张于湖、李冠之《六州歌头》，辛稼轩之《永遇乐》，岳忠武之《小重山》，虽谓之古之雅诗可也。填词之不可废者以此。"① 任良干认为诗词之名是从不同历时视点而称的，它们在本质上并没有什么显著的差异。如，先秦"雅""颂"之诗便可视为"有义理之词"，亦即在创作旨向上追求有所寓含与寄托的词作；而今之词体则可视为"无义理之词"，亦即在创作旨向上不太追求有深刻寓含与寄托的词作。它们只不过在创作旨向上稍有所不同罢了。任良干例举《诗三百》中一些诗作及宋代张孝祥、李冠之、辛弃疾、岳飞之词，归结它们在艺术形式上亦可互换称名，分别以词体与诗体相称。他并界定，这也是词体不断得到推尊的内在缘由。任良干之论，将诗词体性之通的论题进一步拈取出来并予以更深入的探讨，是甚为启人的。

清代，对诗词体性之通的辨说，主要体现在张芳、朱彝尊、张惣、方桑者、陆培、田同之、吴骞、沈尧咨、沈大成、纪迈宜、赵维熊、汪端光、张维屏、朱绶、谢章铤、高隆谔、蒋师辙、李鸿裔、陈廷焯、沈祥龙、陈锐等人的言论中。他们从不同的角度，继续对诗词作为抒情性文学形式相趋相通的一面展开论说，进一步深化与完善了传统诗词体性相通之辨说。

清代前期，张芳云："诗有别肠，词有别才。所谓别者，不同于流俗人寻章斗采之所为，而别有一段缥缈云霞、潆洞江山之致。"（聂先、曾王孙编《百名家词钞》引）② 张芳从一个独特的方面道出诗词两体的内在相通。他认为，诗词之体都要求创作主体具有"别肠""别才"，亦即其有别于一般的在言辞章句上做文章，而强调其创作主体要表现出独特的情

---

① 张璋、职承让、张骅、张博宁编纂：《历代词话》，大象出版社 2002 年版，第 340 页。
② 孙克强、杨传庆、裴喆编著：《清人词话》，南开大学出版社 2012 年版，第 24 页。

韵与思致，呈现出独特的艺术审美化特征。朱彝尊《艺香词题词》云："诗降而词，取则未远。一自'词以香艳为主，宁为风雅罪人'之说兴，而诗人忠厚之义微矣。窃谓词之与诗，体格虽别，而兴会所发，庸讵有异乎？奈之何歧之为二也。"① 朱彝尊从创作生发的角度肯定词体与诗体的内在相通。他论断，诗词内在替变而创作取径实则相通，一些人一味张扬词的创作要脱却风雅统绪，致使词作所表现忠荩之义日益式微。朱彝尊大力强调诗词之体都生发于艺术兴会，是创作主体面对外在物象审美感发的产物，它们虽在外在体制形式上有别，然在内在深层次上却是甚为相通的。张惣《付雪词三集序》云："大抵诗之与词异派而同源，其异者不过音调格法之间，而其本之敦厚，出以温柔，约其旨归，正未尝不同也。"② 张惣论断词体与诗体异途而同源。他认为，其"异"主要在音律声调及结构、技巧等形式要素方面；而其"同"则在创作旨向都要求合乎温柔敦厚之审美准则，它们都是深受儒家传统审美观念影响的。

　　方桑者《桑者新词自叙》云："诗词一道，原以泄胸中之愤，吐不平之鸣，借山川花鸟月露风云以写其歌哭。故一言之发，光怪百出，变化离奇，能令阅者心醉而神舞。"③ 方桑者肯定诗词创作以情感表现为本，以人的喜怒哀乐为现实生发之源，其抒忧愤，鸣不平，通过丰富多彩的艺术意象而加以传达出来。方桑者在此更为强调的是情感表现之非中和化的一面。陆培《书诗余近笺后》云："诗以游进，词何为独不然？要惟胸有丘壑者，始能入妙尔。"④ 陆培强调诗词创作都要以丰富的人生经历与识见为基础，主体胸中始终存有"丘壑"，亦即能催使艺术生发的生活积累与情性蕴含，如此才可能使创作入乎其妙。田同之《西圃词说》云："词与诗体格不同，其为摅写性情，标举景物，一也。若夫性情不露，景物不真，而徒然缀枯树以新花，被偶人以衮服，饰淫靡为周、柳，假豪放为苏、辛，号曰诗余，生趣尽矣，亦何异诗家之活剥工部，生吞义山也哉。"⑤ 田同之论断诗词之体在表现人的情感与描写外在景物上是完全一致的，这便是它们都要以情感表现作为艺术生发的本质所在，在描写外在

---

① 冯乾编校：《清词序跋汇编》，凤凰出版社 2013 年版，第 102 页。
② 同上书，第 57 页。
③ 同上书，第 412 页。
④ 同上书，第 421 页。
⑤ 唐圭璋编：《词话丛编》，中华书局 1986 年版，第 1450 页。

景物上追求真实自然。他反对诗词创作以虚假替代真实，以呆板替代鲜活，在艺术审美上推尚生趣勃勃、意味盎然。田同之对诗词体性相趋相通的揭橥，体现出甚为辩证的论说特征。

清代中期，吴骞《莲子居词钞序》云："昌黎韩子尝言：'欢愉之言难工，危苦之词易好。'谈艺者谓此特为诗人而发，若倚声之调，胥出于燕怡欣适，而无取乎愁苦。予窃以为未然。凡著作之道，其初也，未始不由苦思力索；逮思之既得，则欢愉愁苦，随其所发而集吾笔端，故诗亦有欢愉而工者，愁苦而不工者；词亦有欢愉而不工者，愁苦而工者。大抵诗与词初无二致，顾视其用心之何如耳。昔人谓良工心苦，要非虚语。"①吴骞对传统"欢愉之辞难工"之论予以有力的辨说与消解。他认为，诗词之体在本质上是相近相通的，其工致与否和创作主体的或欢愉或愁苦之创作态度相互间是不存在必然联系的，其关键在创作主体之用心如何。他归结创作者用心细致深微，则词作自然工致，主体创作态度从内在影响和决定着文学作品层次的高低。沈尧咨《翠羽词序》云："词与诗异响而同工，昔人于诗所难言者，往往倚声为词。其托想益微而远甚，或假香奁绣幕，虫鸣草长以见意，亦犹离骚之寄情兰芷也。"②沈尧咨概括词体与诗体在内在本质上是相异而相通的，其体现为：词的创作接承于诗体，人们往往将在诗作中所难以表现的情感意绪对象于词中加以抒写；只不过，词作情感表现与意旨呈现更为细腻幽深，其更强调通过艺术意象加以审美化导引、烘托与呈现。总之，词体很好地承扬了《楚辞》以来的抒情表意传统，是对诗歌创作取向的创造性继承与弘扬。

沈大成《幻花庵词序》云："世之论者，每曰词与诗不两能，岂以词之笔贵柔，词之调易弱，词之语侧艳而近淫，凡此皆足为诗病耶？是大不然。太白，唐大家也，《菩萨蛮》《忆秦娥》为填词之祖。他若韦左司、戴幼公、王仲初、白香山、刘梦得，词与诗并传，而温飞卿尤称流丽，为《花间》之冠。词果何害于诗邪？下逮赵宋，而晏同叔、欧阳永叔、秦七、黄九之徒，先以诗鸣；南渡后，白石生词苑老仙，老学庵诗林名宿，其诗其词未尝偏废。词果何害于诗邪？盖词者，古乐府之遗，原本于诗，而别自为体。夫惟思通于苍茫之中，而句得于钩索之后，如孤云澹月，如

---

① 冯乾编校：《清词序跋汇编》，凤凰出版社2013年版，第719页。
② 曹士劻：《翠羽词》卷首，卧云书局清康熙五十八年刻本。

倩女离魂，如春花将堕，余香袭人，斯词之正法眼藏耳。彼为目睫之论者，不知词，并不知诗者也。故夫竹屋、梅溪、蒉洲、碧山、玉田、蜕岩，及近时之竹垞、耕客，实传鄱阳之法乳者，今观诸家之作，神清骨峻，翛然出尘，皆有当于风雅，词果何害于诗邪？"① 沈大成纠偏传统观念所持词体与诗体不能互渗互融之论。他认为，在词体渊源之初的唐代及繁衍兴盛的宋代，词的创作或本就寓于诗体之中，或与诗的创作并行不悖，词的创作中的很多因子均为诗歌创作所蕴含或吸收，这实际上从不同视点上创新了诗歌之道，拓展了其艺术表现路径，是有益于诗作之道的。沈大成同时论说词体源于乐府，强调其与诗体间的本质区别，具体体现为思致幽远深细，而字语运用更注重寻绎，讲究将字语运用中的柔媚、纤弱与秾丽一面尽力地挖掘与彰显出来。他推尚姜夔词作一脉，认为其神清骨峻、超然出世而又含寓风雅之意。沈大成之论，将词体与诗体置放到同等重要的地位，对其内在艺术质性的相异相通予以了详实的论说，是甚为服人的。

纪迈宜《俭重堂诗余序》云："无论诗与词，莫不有章法焉、句法焉、字法焉。锤炼之至，臻乎自然，圆美谐畅，如花之有根有蒂有须有瓣，炫烂而成文。耽思旁询，泉涌飙发，如蕉之层层剥出，扶疏而直上，若其神韵盎然，揽之而不穷，味之而弥旨。妙不离字句之中，而实超乎字句之外，则如花之映月，清辉荡漾，益增其妍。蕉之带雨，浓绿欲滴，凄声戛玉，琤琤错落，益增其幽。然则操觚者第患炉锤之功未至，而神韵未远耳。词何异于诗？诗何异于文？"② 纪迈宜从创作之法角度论说到诗词之通的论题。他大力肯定词体与诗文之体都是由"炼"而至于"不炼"的，通过不断地锤炼字句，由"人工"而逐渐入于"化工"，最终进入自然圆美之创作境界。因而，高层次的创作之法，其妙便在于不离乎字句而又超乎具体字句之上，在艺术意象的摇曳生动中极致地生发神韵。赵维熊《曙彩楼词钞序》云："古之言诗者云：'在心为志，发言为诗。'其言词则曰：'词者，意内而言外也。'然则诗与词固异流而同源，大抵情以真而弥永，音以雅而益和，诗如是，词亦如是，古今来诗人即词人也。"③

---

①　冯乾编校：《清词序跋汇编》，凤凰出版社 2013 年版，第 423 页。

②　同上书，第 495—496 页。

③　同上书，第 655 页。

赵维熊大力肯定诗词之体异流而同源，认为其艺术生发与创作旨向是相趋相通的。他由"诗言志"命题顺势拈出"意内言外"之论，强调两者在情感表现与意致呈现上确是一致的，即从总体而言，诗词之体原是一家的。赵维熊对诗词之体的内在共通性进一步予以了阐明。

汪端光《梦玉词序》云："长短句，古乐府之遗意。觇风化而含讽誉，言近旨远，有至道焉。故风人之外，即重词人。不徒夸裁云镂月、滴粉搓酥也。自后代联称曰词曲，曲无乐府之正声，词有俳优之佻习，则词曲淆矣。"① 汪端光论断词作之体源于古乐府之诗，其在创作旨向上是与诗体相趋近的，追求风人之意，其题材抒写也甚为广阔。但后世不少人合言词曲，这容易导致词曲之体内在界限的模糊，词体更多地呈现出如曲体之轻佻谐戏的特征，在很大程度上脱却了本色之质性，是必须警醒的。张维屏《粤东词钞序》云："词一名诗余，谈艺者多卑之。余谓词家所填之词有高有卑，而词之本体则未尝卑，何也？词与诗皆同本于《三百篇》也。说者谓诗有定体，而词之字则或多或少，词之句则或短或长，是以不能与诗并，而不知此即本于《三百篇》。"② 张维屏针对贬抑词体之论予以驳斥。他认为，词的创作确乎是有高下之别的，但词作为文学之体却没有卑下之论。它与诗体一样，一同渊源于先秦《诗三百》之体，有人依据诗有定制而词在字句运用上无定制而贬抑词作之体，这是毫无道理的，殊不知《诗三百》最初便是参差之体。张维屏之论，体现出对词体的努力推尊，有力地阐说出诗词之体内在相通的观点。朱绶《沈芷桥词序》云："窃尝谓文章之家，词为末技，而要眇恍忽，实为风雅之变声。非有孤结之性，独往之情，文外不尽之旨，流连反复，一唱三叹，而徒矜罄悦之工，无当也。"③ 朱绶将词体与诗文之体加以联系论说。他界定，词体虽常常被人视为"末技"，未得到充分的重视与推尊，但其在实际上接承风雅统绪，是对《诗三百》以来优秀文学传统的继承与弘扬。创作者只有在具备丰富艺术才情与独特表现手段的基础上才可以成就，而并非仅是嘲风弄月、雕饰悦人的行当。朱绶从创作内涵与艺术表现角度将诗词两体的相近相通加以了论说，体现出很强的现实针砭性。

---

① 冯乾编校：《清词序跋汇编》，凤凰出版社 2013 年版，第 881 页。
② 许玉彬、沈世良辑：《粤东词钞》卷首，清道光二十九年艺芸斋刻本。
③ 朱绶：《知止堂全集》卷二，清道光刻本。

　　晚清，谢章铤《赌棋山庄词话》云："王述庵昶云：'南宋词多黍离麦秀之悲，北宋词多北风雨雪之感。世以填词为小道者，此扣槃扪籥之说。'诚哉是言也。词虽与诗异体，其源则一，漫无寄托，夸多斗靡，无当也。"① 谢章铤持同王昶之言，反对"词为小道"之论。他虽然认识到诗词之体作为文学形式有异，但界定两者在审美表现上仍具有深层次的相通性，这便是都要以比兴寄托为艺术旨趣。谢章铤反对词的创作一味流于表现主体情感意绪，"漫无寄托"，在对形式美的过分追求中掩盖了词体与诗体内在深层次相通，他判评其为无当之举，体现出对轻视词体的极端不满。高隆谔《艺云词序》云："诗言志，歌永言。词者，歌之遗、诗之余也。自唐宋以来，遂代有专家。大抵迁客骚人，登临思古，感喟托兴，假文辞以道性情。故歌也有思，哭也有怀。实所以通诗之变而极诗之能事也。夫诗之与词异者，以其谱有定则，调有长短，而又范之以音律节奏。最易束缚心思，困人才智，不若诗之陶写性灵、可以无往而不自得。然而五音相生，宫商迭奏，悉本天地之元气。元气者，天籁也，诗与词，二而一者也。"② 高隆谔对诗词之体的相通相异予以甚为细致的论说。他概括，词体承诗体而来，其在抒发人之情性，托寄人之意绪等方面是与诗体甚为相近相通的，由此而言，词体很好地张扬了诗体的艺术表现功能。两者之异主要体现在声调运用与音律表现方面，词的创作有腔调的不同，其间又有音律表现的细微差异，这些都是容易影响与束缚创作者心思表达与性灵显现的。但高隆谔认为，高层次的音律表现是体现出无往而自得特点的，其与自然大化是一致的，因此，从更本质的层面而言，诗词两体又显示出内在的相通性。总之，高隆谔强调对诗词之体的辨析既要知其异，更要识其同，他的论说是甚为全面与辩证的。蒋师辙《青溪词钞自序》云："词者，诗之余。诗根于性情，性情所近，不能强左阮为鲍庾，韩杜为温李。词亦犹是。"③ 蒋师辙论断诗词之体在艺术生发上都根源于人之性情，而人之性情又都各有独特性，正因此，创作者的个性是难以相互替代的。蒋师辙之论从创作生发本质因素的角度道出了其内在的共通性。李鸿裔《眉绿楼词序》云："诗词之界甚严，张皋文、戈顺卿论之详矣。吾观南

　　① 唐圭璋编：《词话丛编》，中华书局 1986 年版，第 3321 页。

　　② 冯乾编校：《清词序跋汇编》，凤凰出版社 2013 年版，第 1157 页。

　　③ 同上书，第 1558 页。

北宋名家之词，清丽典则，类可入诗。元人之诗，流艳浓郁，类可入词。盖词与诗本同源耳。"① 李鸿裔在张惠言、戈载严分诗词之异别的基础上，认为北宋不少名家之词显示出类趋于诗体的特征，而元代不少人的诗作又显示出类趋于词体的特色，由此，他持同诗词同源的观点。李鸿裔之论，在肯定诗词相异的基础上承认其内在相通性，体现出辩证把握的特征。

　　陈廷焯《白雨斋词话》云："昔人谓诗中不可著一词语，词中亦不可著一诗语，其间界若鸿沟。余谓诗中不可作词语，信然；若词中偶作诗语，亦何害其为大雅？且如'似曾相识燕归来'等句，诗词互见，各有佳处。彼执一而论者，真井蛙之见。"② 陈廷焯针对诗词用语之别予以辨说。他肯定诗词用语确有内在区别与偏重之分，主张诗歌创作中不可用词体之语，而词的创作中却可以适当地运用诗体之语，并认为这并不有损于词作入乎雅致。他例举晏殊《浣溪沙》（一曲新词酒一杯），认为其便很好地将诗语融入词作中，在"诗词互见"中恰到好处地拓展与深化了所表现内容。陈廷焯对词作用语的分析例说，对严分诗词之界限有所消解与纠正。其又云："诗中不可作词语，词中不妨有诗语，而断不可作一曲语。温韦姜史复起，不能易吾言也。"③ 陈廷焯进一步论断诗的创作中不可涉入词作之语，而词的创作却不妨涉入诗作之语，他从字语运用的角度将词体通于诗体予以了切中的论说。其又云："诗词一理。然不工词者可以工诗，不工诗者断不能工词。故学词贵在能诗之后，若于诗未有立足处，遽欲学词，吾未见有合者。"④ 陈廷焯从具体写作角度论说词的创作。他论断，作词要立足在能诗的基础之上，对诗歌创作之道的谙熟与自如把握是词的创作走向成功的前提；反之，如果不能为诗而欲学词，则是不可能成功的。陈廷焯之论，道出诗词同理而其在艺术层次上仍然有所区别的特点。

　　沈祥龙《论词随笔》云："词之体格如诗，小令，诗之五言也，长调，诗之七言也。小令贵工整，贵超脱。长调贵动宕，贵沉郁。然亦贵相通相济。"⑤ 沈祥龙将词之小令与长调分别类比为诗之五言绝句与七言律

----

① 顾文彬：《眉绿楼词》卷首，清光绪十年刻本。
② 陈廷焯著，杜未末校点：《白雨斋词话》，人民文学出版社 1959 年版，第 143—144 页。
③ 同上书，第 144 页。
④ 同上。
⑤ 唐圭璋编：《词话丛编》，中华书局 1986 年版，第 4048 页

诗。他归结，小令之体的创作贵在工致警拔，长调之体的创作则贵在起伏变化中凸显沉郁深致之意。在艺术审美质性有所偏重的基础上，他又主张两者要相通相融、相生相济。沈祥龙之论将不同词体与诗体的创作特征予以了贯通。陈锐《映庵词序》云："尝谓诗人多穷，词则尤甚。凡人不得行其志而寄声于诗词，其心弥苦，故境自造其幽奇；其义弥彰，而言必引于荒忽。如以诗词为穷人之具，非本论也。宋之稼轩最称达宦，其词宏放，自又一家。官虽不穷，心则穷矣。"① 陈锐从人生之道与现实境遇角度比照诗词之体的创作。他论断，词的创作更体现出"生于忧患"的特点，人们往往将那些难以化解的内心意绪与理想情愫，通过艺术的形式加以表现出来，人生遭际的丰富与否与艺术表现之间形成正比关系。其《褒碧斋词话》云："词如诗，可模拟得也。南唐诸家，回肠荡气，绝类建安。柳屯田不着笔墨，似古乐府。辛稼轩俊逸似鲍明远。周美成浑厚拟陆士衡。白石得渊明之性情。梦窗有康乐之标轨。皆苦心孤造，是以被弦管而格幽明，学者但于面貌求之，抑末矣。"② 陈锐论断词与诗在体制上具有内在相似相通之处。他分别例举南唐词人、柳永、辛弃疾、周邦彦、姜夔、吴文英所似诗人诗作，归结他们在创作上都体现出苦心经营而又匠心独运的特征，在弦歌之声中极表内心之情意。陈锐之论，以例说的方式有力地论证诗词体性的内在相通，在传统词学对诗词体性之通的阐说中画上了有力的一笔。

民国时期，姚孟振、芮善、潘飞声、冒广生等人，对诗词体性之通论题继续予以了阐扬。姚孟振《梦罗浮馆诗余跋》云："夫三百篇一变而为古风，再变而为近体，三变而为词与曲。其体制虽殊，而其为诗之旨则一。"③ 姚孟振从中国传统抒情性文体的变化发展出发，论说到诗、词、曲之体的共通，他肯定三者之间虽然体制形式有异，但在创作旨向上却是一致的，这便是都要合乎风骚之义与雅颂之求。芮善《霜草宦词自序》云："词为诗之余，亦即古诗之苗裔也。诗以言志，而词以宣意。意有所感，托之于声，如鸟鸣春而蚤号秋。气至而发，不自知其所以然也。"④

---

① 冯乾编校：《清词序跋汇编》，凤凰出版社 2013 年版，第 1926 页。

② 唐圭璋编：《词话丛编》，中华书局 1986 年版，第 4196 页。

③ 冯乾编校：《清词序跋汇编》，凤凰出版社 2013 年版，第 2020 页。

④ 同上书，第 2131 页。

芮善论断词体源于古诗之体。他大力肯定两者在内涵表现上的相通性，认为其都以思想情感表现为本，艺术表现极致地呈现出自然性。潘飞声《阕伽坛词序》云："大凡清辞丽句，慷慨高歌，必有意思以运之，性灵以出之，雅而不俚，真而不伪，方成其为一己之诗，即词又何独不然？"①潘飞声从艺术表现角度论说到诗词之体的相通。他强调两者在艺术表现上的突出特点都体现为立足于意致呈现与性灵发抒，都以崇尚雅致为理想追求，也都以自然真挚为创作展开的必然情态。冒广生云："词虽小道，主文谲谏，意内言外，上接骚辨，下承诗歌，自古风盛而乐府衰，六朝人《子夜》《采莲》之歌，未尝不与词合也。自长调兴而短令亡，南唐人《生查子》《玉楼春》之什，未尝遽与诗分也。"（叶衍兰《小三吾亭词序》记）②冒广生概括词作在意旨表现方面上接诗骚统绪，"主文谲谏"，其对社会历史与现实人生是有着深入细致传达的。而在艺术形式上，南唐五代词也并未与诗作之体有多大分野。总之，诗词异体而同源，其在内在本质上是相趋相通的。冒广生从诗词外在替变而内在相承的角度，对传统诗词体性之通论进一步予以了张扬。

二 偏于辨说词曲体性之通论的承衍

中国传统词学对词曲体性之通的辨说，主要呈现于晚清与民国时期，其主要体现在沈曾植、况周颐、吴梅等人的论说中。他们在前人及同时代人着力辨分词曲之异的基础上，道出两者的内在深层次相通之处，从而将词曲体性之辨进一步融合与贯通起来。

晚清，沈曾植《海日楼丛钞》云："词曲相沿，其始固未尝有鸿沟之划。愚意'字少声多难过去'七字，乃当为词变为曲一大关键。南方沿美成一派，字句格律甚严。北方于韵，平仄既通，于字少声多之难过去者，往往加字以济之。字少之词，乃遂变为字多之曲。哩啰在词为虚声，而在曲为实字。最显证也。此端自柳耆卿已萌芽，《乐章集》同一调而不同字数者剧多。彼盖深谙歌者甘苦，又其时去五代未远，了知诗变为词，即缘字少声多之故。"③沈曾植论断词曲之间本来是没有截然分界的，其

---

① 冯乾编校：《清词序跋汇编》，凤凰出版社 2013 年版，第 2121 页。
② 冒广生：《小三吾亭词》卷首，清刻本。
③ 唐圭璋编：《词话丛编》，中华书局 1986 年版，第 3618 页。

内在衍变的关键点就在于下字与谐声之上。词之用字相对更见凝练，而曲之用字更追求谐和，下字用语更显凑乎；词之声调与格律运用相对更为讲究，而曲之声律表现平仄顺遂即可。曲的创作是在词体的基础上对其下字用语与谐声之法两方面内在因子或放大或变异的结果，其相互间是没有本质区别的。沈曾植论断自柳永开始便在"字少声多"方面不断下功夫，其最终成功地将诗体衍化为词体，这开创了后世"便于歌唱"的诗→词→曲相沿之路径。沈曾植对词曲相衍相通的论说是甚为本色而入理的。况周颐《蕙风词话》云："自昔诗、词、曲之递变，大都随风会为转移。词曲之为体，诚迥乎不同。董为北曲初祖，而其所为词，于屯田有沆瀣之合。曲由词出，渊源斯在。"① 况周颐在肯定词曲之体作为不同文学形式其艺术质性有异的基础上，以董解元散曲创作为例，界定其深受柳永词作的影响，由此，他进一步强调散曲的创作乃从词体中衍化而来，词体确乎为曲体之渊薮。

民国时期，吴梅《鄮峰真隐大曲跋》云："夫词之与曲，判然为二。及究其变迁蝉蜕之迹，辄不能得其端倪。今读此曲，则江山滥觞，河出昆仑，源流递嬗之所自，昭若发蒙。锡惠来学，岂有既哉。"② 吴梅在词曲两体关系之论上体现出辩证观照的特点。他一方面肯定词曲相互间的界限之别，另一方面又通过评说鄮峰真隐大曲，认为两者实际上存在趋变的关系，其内在本质是相通的。吴梅之论张扬了曲之创作确乎是从词体中逐渐衍化而出的命题。

三　综合性地辨说词与诗、曲体性之通论的承衍

中国传统词学中综合性地辨说词与诗、曲体性之通论的承衍线索，大致出现于明代后期而主要呈现于清代。其主要体现在孟称舜、顾彩、焦循、袁学澜等人的论说中，他们在多维面比照视域中将对词之体性的论说进一步阐扬开来。

明代后期，孟称舜《古今词统序》云："盖词与诗曲，体格虽异，而

① 况周颐著，王幼安校订：《蕙风词话》；王国维著，徐调孚注，王幼安校订：《人间词话》，人民文学出版社1960年版，第61页。

② 史浩、朱祖谋撰：《鄮峰真隐大曲》卷末，载《鄮峰真隐大曲二卷　词曲二卷　校记一卷》，民国六年归安朱氏刻本。

同本于作者之情。古来才人豪客，淑姝名媛，悲者喜者，怨者慕者，怀者想者，寄兴不一：或言之而低徊焉，宛恋焉；或言之而缠绵焉，凄怆焉；又或言之而嘲笑焉，愤怅焉，淋漓痛快焉。如是者皆为当行，皆为本色。宁必姝姝媛媛，学儿女之语而后为词哉？"① 孟称舜在大力肯定词与诗、曲之体各有所异别的基础上，着力阐说其相趋相通。他认为，词与诗、曲之通便在都本于创作主体之情，这之中，虽然不同文学形式所表现出的情感意绪及其所呈现出的艺术风格各异，但从对人的情感表现的整体观照而言，它们都是合乎本色当行之体性的。孟称舜对狭隘地将词体之性框定为抒写儿女之情，风格呈现局囿为委婉细腻之论予以了否定，其论是甚见融通的。

清代前期，顾彩《清涛词序》云："词者，诗之余。曲者，词之变体。日益近声日益靡。以词曲而上溯风雅流派远矣，然其为有韵同也。古者三百篇皆可弦歌之；汉魏乐府亦皆奏之郊庙以叶宫商；唐之盛也，旗亭诸伶人以能歌名人诗句者为高下；宋人则歌词；元人则歌曲。然则凡有韵者皆可以歌。"② 顾彩在持论诗、词、曲单向替变的基础上，对三种文学体制的内在相通也予以阐说。他认为，三种文学体制的相近相通，便在于都为"有韵者"，"皆可以歌"，它们在本质上都属于音乐性文学体制，都远绍先秦《诗三百》及汉魏乐府传统，均为"倚声"而歌的产物，是可以吟咏与歌唱的抒情性文学之体。

清代中期，焦循《董晋卿𬤖雅词跋》云："词之有《花间》《尊前》，犹诗之有汉魏六朝也；其北宋则初、盛也；其南宋则中、晚也。盖乐府之义，至唐季而绝，遂循而归于词。南宋之词渐远于词矣，又遁而归于曲，故元、明有曲而无词。盖诗亡而词作，词亡而曲作，诗无性情，既亡之诗也；词无性情，既亡之词也；曲无性情，既亡之曲也。"③ 焦循从词与诗、曲之体的内在联系论说到其相互间的消长与替变。他论断词作之道以两宋为兴盛，它乃由诗体过渡为曲体的中介，是联系诗曲之体的桥梁。之后，焦循归结诗、词、曲的共通之处都体现为以情感表现为本，他将情感表现视为三者的最本质所在，从创作生发角度道出了三者的深层次共通性。焦

---

① 卓人月编：《古今词统》卷首，明崇祯刻本。

② 孔传铤：《清涛词》卷首，康熙丙戌刊本。

③ 焦循：《雕菰集》卷十八，载《丛书集成初编》本。

循之论在对诗、词、曲之通的论说中显示出探本的意义。

　　晚清，袁学澜《适园论词》云："论词家言，词上不侵诗。然词中《小秦王》《杨柳枝》明是七言诗；又云下不侵曲，如词律中《玉抱肚》明明是曲。且如唐人之'黄河远上'、'奉帚平明'等诗，皆付歌伶传唱，则合诗词曲为一矣。总之，词之俗者，即近乎曲，如尤悔庵之《新嫁娘》词云：'昨宵犹是女孩儿，今日居然娘子'。则俗而似曲矣。如汤临川之'原来姹紫嫣红开遍，都付与断井颓垣。良辰美景奈何天，赏心乐事谁家院'则雅而近词矣。大抵诗词曲原是一流文字，其中各分境界。今作者宁可为临川之雅，而弗为悔庵之俗可也。"① 袁学澜大力肯定词的创作上承于诗体，下启于曲体，认为它们在本质上是"合一"的，不少被称为"词"之作往往属于诗体，而一些被称为"曲"之作又往往属于词体，如此等等。但在另一方面，袁学澜又强调应从雅俗呈现上对词与诗、曲之体加以界分。他论断，诗是更为讲究入乎雅致的文体，曲是相对更见俗化的文体，而词的艺术质性则界乎诗曲之间，在对雅俗之张力的适度把握中尽显其艺术魅力，它们所表现出的审美境界是有所分别的。袁学澜推尚词作呈现出雅致之性而避却一味俗化，体现出对词作艺术表现的本色当行之求。袁学澜之论，对拘守传统词与诗、曲体性之异论予以了消解；同时又从雅俗呈现上界分开三者，确乎体现出对诗、词、曲三种文学形式相通相异的多维面观照与辩证性把握，是甚富于理论价值的。

　　总结中国传统词学对词之体性的辨说，可以看出，其主要体现在两大维面：一是偏于辨分词与诗、曲体性之异论的承衍，二是偏于辨说词与诗、曲体性之通论的承衍。其中，在第一个维面，包括三条线索：其一，偏于辨分诗词体性之异论的承衍，其二，偏于辨分词曲体性之异论的承衍，其三，综合性地辨分词与诗、曲体性之异论的承衍。在第二个维面，也包括三条线索：其一，偏于辨说诗词体性之通论的承衍，其二，偏于辨说词曲体性之通论的承衍，其三，综合性地辨说词与诗、曲体性之通论的承衍。上述两大维面所包含的六条线索，是相互联系、相互补充与相互融通的，它们从不同理论视点与批评立场上展开、充实与深化、完善了传统词作体性之论，为全面深入地认识与把握词体之性提供了极为丰富的辨识。

---

　　① 孙克强、杨传庆、裴喆编著：《清人词话》，南开大学出版社 2012 年版，第 115 页。

第三章　中国传统词情论的承衍

"情"是中国传统词学创作论的重要范畴，它与"兴""意""理"等一起，被用来概括词的创作的本质所在，标示词的创作所涉不同因素。在中国传统词学史上，对"情"的论说源远流长、甚为丰富，一些内容被历代词论家反复论及，形成前后相续相成的承衍线索，从一个视点将对词的创作与艺术表现的探讨呈现了出来。

第一节　"情"作为词作生发之本标树论的承衍

中国传统词情论承衍的第一个维面，是对"情"作为词作生发之本的标树。这一维面论说大致出现于南宋时期。尹觉《题坦庵词》云："词，古诗流也，吟咏情性，莫工于词。临淄、六一，当代文伯，其乐府犹有怜景泥情之偏，岂情之所钟，不能自已于言耶？"① 尹觉在持论词源于诗体的基础上，大力张扬词作艺术表现以情感为本，他论断欧阳修等人词的创作犹有一味沉溺于情感表现之偏失，见出了其词作乃"不能自已"之艺术化表现的产物。王灼《碧鸡漫志》云："或曰，古人因事作歌，抒写一时之意，意尽则止，故歌无定句。因其喜怒哀乐，声则不同，故句无定声。今音节皆有辖束，而一字一拍，不敢辄增损，何与古相戾欤？予曰：皆是也。今人固不及古，而本之性情，稽之度数，古今所尚，各因其所重。"② 王灼较早论及词的创作本质之所在。他比照古代歌行之体与当世词体在质性上的不同，认为歌行之体缘于因事而作，以意致表现为本，其情感与声律的流动甚为自然，故显示出"歌无定句""句无定声"之情

---

① 赵师侠：《坦庵词》卷首，影印文渊阁《四库全书》本。
② 唐圭璋编：《词话丛编》，中华书局1986年版，第80页。

状；而词体则不同，它讲究曲调的运用与字句的内在秩序，故其在艺术表现上不如歌行之体自如便辟。王灼归结词体与歌行之体一样，都生发于人的性情，是对人之情感的艺术化传达，只不过两者所据依的艺术表现方式有所不同而已，其在内在质性上并没有根本的差异。王灼明确将"情"标树为词作生发的本质所在。

元代，刘敏中、吴澄等人对"情"作为词作生发之本继续予以标树。刘敏中《江湖长短句引》云："声本于言，言本于性情，吟咏性情莫若诗，是以《诗三百》皆被之弦歌。沿袭历久，而乐府之制出焉，则又诗之遗音余韵也。"① 刘敏中从诗体以性情表现为本论说到词作之体的本质所在。他大力肯定词体由乐府之体而出，认为诗体创作质性之流风余韵尽见于词作之体中，由此，吟咏性情亦成为词体的本质属性之一。吴澄《张仲美乐府序》云："风者，民俗之谣；雅者，士大夫之作，故风葩而雅正。后世诗人之诗，往往雅体在而风体亡。道人情思，使听者悠然而感发，犹有风人遗意者，其惟乐府乎？宋诸人所工尚矣。"② 吴澄从诗歌创作对"风""雅"表现方式的运用，论说到其道人情思、感发人心的特征。他认为，词的艺术质性便在于此，它更多的是利用"风"来传达创作主体的情思，在这点上，宋代词人作出了很好的探索与实践。

明代，对"情"作为词作生发之本的标树，主要体现在王博文、张綖、周逊、唐铸、王世贞、沈际飞、周永年、孟称舜、陈子龙等人的论说中。他们将对以"情"为本的标树进一步拓展与充实开来。

王博文《天籁集序》云："乐府始于汉，著于唐，盛于宋。大概以情致为主，秦、晁、贺、晏虽得其体，然哇淫靡曼之声胜。东坡、稼轩矫之以雄词英气，天下之趋向始明。"③ 王博文论说词的创作源流与本质所在。他界定词是以表现情致为主的，评断秦观、晁补之、贺铸、晏殊词作流于绮媚之声气，称扬苏轼、辛弃疾词作以阳刚之气振起词道。王博文将人的情性志趣界定为词作生发的本质所在。张綖《草堂诗余别录》云："词以写情，情之所注，尤在初昏时。故词家多言黄昏。"又云："盖晚唐人最

---

① 刘敏中：《中庵先生刘文简公文集》卷十六，影印文渊阁《四库全书》本。
② 吴澄：《吴文正公集》卷十一，影印文渊阁《四库全书》本。
③ 白朴：《天籁集》卷首，影印文渊阁《四库全书》本。

长于咏情，诗则末流而失其真，词乃初变而存其义，此所以非后人所及也。"① 张綖肯定情感表现乃词作之本，他论断词人表现内心深处细腻的愁怨之情，往往通过黄昏这一时令来加以体现与烘托，含蓄隽永而意味深长。张綖并称扬晚唐词人善于言情，词作精工高雅，甚见本真。周逊《刻词品序》云："故夫词成而读之，使人恍若身遇其事，怃然兴感者，神品也。意思流通无所乖逆者，妙品也。能品不与焉。宛丽成章，非辞也。是故山林之词清以激，感遇之词凄以哀，闺阁之词悦以解，登览之词悲以壮，讽谕之词宛以切。之数者，人之情也。属辞者，皆当有以体之。夫然后足以得人之性情，而起人之咏叹。不然则补织牵合，以求伦其辞、成其数，风斯乎下矣。然何以知之？诗之有风，犹今之有词也。语曰：动物谓之风。由是以知。不动物，非风也；不感人，非词也。"② 周逊将词的创作界分为"神品"与"妙品"等层次，主张词作要以兴人之情、感人之怀为旨归。他具体例列出不同题材与内涵的词作所给人的各异情感陶冶与宣泄，归结词的创作在本质上是表现人之情感的，而其最终的目的则要给人以感动，这也是诗词作为抒情性艺术所具有的本质特征。

唐锜《升庵长短句序》云："夫人情动于中而有言，言发于外而为声，声比乎节而成音，孰非心也。心之感物，情有七焉；言之宣情，声有五焉；音之和声，律有六焉。虽其舒惨廉厉憔悴正变之感不同，然皆性也，皆出于自然也。"③ 唐锜重申"情→言→声→音"的创作与传达之径。他也将情感表现界定为词的创作之本，肯定人们的情感内涵多种多样，这从本质上影响和决定着词作的艺术生成与面貌特征。王世贞《艺苑卮言》云："《花间》以小语致巧，世说靡也。《草堂》以丽字取妍，六朝逾也。即词号称诗余，然而诗人不为也。何者？其婉娈而近情也，足以移情而夺嗜。其柔靡而近俗也，诗噉缓而就之，而不知其下也。之诗而词，非词也。之词而诗，非诗也。"④ 王世贞从《花间集》与《草堂诗余》所择选词作的审美特征角度，论说词与诗作为文学体制的不同。他论断，词的本质特征在于委婉曲折地表现人的情感意绪，通过情感的抒发而产生强烈的

---

① 朱崇才编纂：《词话丛编续编》，人民文学出版社 2010 年版，第 84 页。
② 张璋、职承让、张骅、张博宁编纂：《历代词话》，大象出版社 2002 年版，第 313 页。
③ 杨慎：《升庵长短句》卷首，明嘉靖刻本。
④ 唐圭璋编：《词话丛编》，中华书局 1986 年版，第 385 页。

艺术魅力，其与传统意义上的诗体是有所差异的。诗作用语更见典则雅正，词作用语则显婉媚绮丽；诗作风格更见庄重深细，词作风格则显柔美近俗。总之，入乎诗体之词并非本色，近乎词体之诗也不地道，两者本质的不同便主要体现在言情与用语的差异。王世贞将情感表现论定为辨分诗词之体的本质所在之一。

　　沈际飞《〈草堂诗余四集〉序》云："故说者又曰：通乎词者，言诗则真诗，言曲则真曲。斯为平等观欤！而又有似文者焉，有似论者焉，有似序记者焉，有似箴颂者焉，呜呼，文章殆莫备于是矣。非体备也，情至也。情生文，文生情，何文非情？而以参差不齐之句，写郁勃难状之情，则尤至也。"① 沈际飞在词的创作上是以"情"为本的积极倡导者。他大力肯定词体与诗、曲、散文甚至杂文之体在内在质性上是相通的，认为它们这种相通并非体现在外在形式上，而显示在情感表现的真实自然与丰沛充蕴上，不同的文学体制本质上都是情感的艺术化传达。沈际飞进一步论断，人的情感表现艺术化生成文学之体，文学之体又进一步陶养人的性情，这之中，词作为文学形式之一，便以"参差不齐"的长短之句来表现主体内心真实自然与丰沛充蕴之情感，它是艺术化表现人之情感的一种极好形式。沈际飞亦将情感表现界定为词的创作生发的本质所在。其又云："故诗余之传，非传诗也，传情也。传其纵古横今，体莫备于斯也。余之津津焉评之而订之，释且广之，情所不自已也。嵇康曰：著书妨人作乐耳，其然？岂其然？"② 沈际飞将词这一文学之体的艺术本质界定为传达人的情感，而并不在接续诗体之正途上。他申言自己不遗余力地校订与评点《草堂诗余四集》，便缘于被其词作所吸引而不能自已之故。沈际飞进一步将情感视为词作艺术表现的本质所在。

　　周永年《艳雪集原序》云："《文赋》有之曰：'诗缘情而绮靡。'夫情则上溯《风》《雅》，下沿词曲，莫不缘以为准。若'绮靡'两字，用以为诗法，则其病必至巧累于理；僭以为诗余法，则其妙更在情生于文。故诗余之为物，本缘情之旨，而极绮靡之变者也。"③ 周永年论说"缘情绮靡"为诗、词、曲之体创作的普遍准则。他在曹丕之言的基础上加以

① 张璋、职承让、张骅、张博宁编纂：《历代词话》，大象出版社 2002 年版，第 496 页。

② 同上书，第 496 页。

③ 陈良运主编：《中国历代词学论著选》，百花洲文艺出版社 1998 年版，第 260 页。

论说，比照诗词两体艺术质性，认为在以情感表现为本上，两者是根本一致的；然在形式呈现上，两者则体现出差异，这便是诗作之体不以绮丽华美为尚，而词作之体则以柔媚绮丽为美。周永年大力肯定情感表现为文学审美之本质所在，强调其对于词体艺术表现而言更是如此。"缘情"与"绮靡"在词作艺术表现中更富于相生性，它们在词作艺术表现中体现得更为充分，更合乎词体的内在艺术质性。总之一句话，词体是更偏于"缘情"与"绮靡"的。孟称舜《古今词统序》云："盖词与诗、曲，体格虽异，而同本于作者之情。……作者极情尽态，而听者洞心骇耳，如是者皆为当行，皆为本色"。① 孟称舜将词与诗、曲之体最重要的相通之处，归结为皆生发于创作者之情感。他认为，只要充分表现出创作者的情感，而接受者亦为主体情感所熏陶感染，则其词作便为当行与本色之作，是极见本真的。

　　陈子龙《槐堂词存序》云："宋人不知诗而强作诗，其为诗也，言理而不言情，故终宋之世无诗焉。然宋人亦不免于有情也，故凡其欢愉愁怨之致动于中而不能抑者，类发于诗余。故其所造独工，非后世可及。"② 陈子龙从文体艺术表现功能有所类分的角度比照诗词之体。他批评宋人作诗多以理致为本，在情感表现方面不免缺乏，与此对应，宋人将情感表现的功能大致都对象到词体中，举凡人的喜怒哀乐之情都在其中得到充分的艺术化呈现。陈子龙之论虽不免武断与偏颇，但它将情感表现界定为词作生发之本，是甚富于识见的。陈子龙又云："吾等方少年，绮罗香泽之态，绸缪婉娈之情，当不能免。若芳心花梦不于斗词游戏时发露而倾泻之，则短长诸调与近体相混，才人之致不得尽展，必至滥觞于格律之间，西昆之渐流为靡荡，势使然也。故少年有才，宜大作词。"（彭燕又《二宋倡和春词序》记）③ 陈子龙对词作表现人的情感予以大力的张扬。他肯定人之年少，情性丰盈，喜尚婉约绮丽之美，而这些，通过词的形式加以表现是最恰当不过的。他强调，诸如"芳心花梦"之类的情感，如果人们不付诸词作而对象于诗作，则才人之情致便不容易极致发挥，所以西昆体诗作流于靡丽放荡，这是文学历史发展的规律使然。陈子龙通过倡导人

---

① 卓人月编：《古今词统》卷首，明崇祯刻本。
② 冯乾编校：《清词序跋汇编》，凤凰出版社 2013 年版，第 6 页。
③ 彭宾：《彭燕又先生文集》卷二，《四库全书存目丛书》本。

们倾力于词作，充分表现出自己的社会现实情怀。

　　清代，对"情"作为词作生发之本予以过标树的词论家很多，主要有邹式金、钱之鼎、方孝标、尤侗、沈谦、丁澎、邹祗谟、王士禛、徐釚、顾彩、吴启元、许田、田同之、杜诏、李应机、蒋重光、陈廷献、薛廷文、汪惟寅、吴锡麒、杨藦、张惠言、任兆麟、焦循、梅曾亮、陈元鼎、汪璨、吴廷燮、徐其志、陈克家、吴嘉洤、谢章铤、刘熙载、潘曾玮、王闿运、诸可宝、王耕心、陈廷焯、沈祥龙、蒋师辙、许孙荁等，他们将对以"情"为本的标树不断地拓展、深化与推扬开来。

　　清代前期，邹式金《杂剧三集小引》云："诗亡而后有骚，骚亡而后有乐府，乐府亡而后有词，词亡而后有曲，其体虽变，其音则一也。声音之道，本诸性情。"① 邹式金从不同文学之体形式的替变论说到其共通的本质所在。他归结由诗骚到乐府、再由词到曲，其艺术生发的关键都在人之情性。邹式金将情性界定为一切文学形式创造的共通本质之所在。钱之鼎《洒边人语弁言》云："文生于情，情者，文之质也。有唐而降，诗嬗为词，崇卑不同，其能感人一也。仆素不谙此，然于古人之佳作窃好之，而钞之，咏歌而三复之。偶有所触，即按其律以抒吾心之所欲言。虽与古人工拙不同，其写吾情一也。"② 钱之鼎大力肯定情感为文学作品的生发之本。他虽然留有诗尊词卑的传统观念，但又大力倡扬两者在情感表现上是共通的。钱之鼎并结合自身的创作体会，对情感作为艺术生发的共通性予以了强调。方孝标《巢青阁诗余悼亡词题词》云："文生于情，定论也。情何生于文？盖情生文，为作者言；文生情，为观者言也。故古人气慕悲歌，率情略语，千百世观者，辄为可泣可歌。既生一时之文，又生千载之文，情至故也。"③ 方孝标从文学创作与欣赏的角度论说到情感命题。他大力肯定文学创作生发于人的情感，认为人们将源于生活的不同情感内涵对象化于文学作品中，而读者通过阅读体验，因文生情，为作品所感染，情感勾连成为创作者与欣赏者之间的最重要内容，也是使作品"不朽"的最重要因素。

　　尤侗《苍梧词序》云："文生于情，情生于境。哀乐者，情之至也。

---

① 邹式金辑：《杂剧三集》卷首，1941 年武进董氏诵芬室刻本。
② 冯乾编校：《清词序跋汇编》，凤凰出版社 2013 年版，第 686 页。
③ 同上书，第 48 页。

莫哀于湘累《九歌》《天问》，江潭之放为之也；莫乐于蒙庄《逍遥》《秋水》，濠上之游为之也。推而龙门之史，茂陵之赋，青莲、浣花之诗，右军、长史之书，虎头、龙眠之画，无不由哀乐而出者，何况乎词！每念李后主'小楼昨夜又东风'，辄欲以眼泪洗面，及咏周美成'低鬟蝉影动，私语口脂香'，则泪痕犹在，笑靥自开矣。词之能感人如此。"① 尤侗大力肯定情感为一切文艺的生发之本。他从人事感荡的角度，肯定人的情感来源于具体的自然事象与历史现实，认为自古以来的一切文艺作品是无不由人的喜怒哀乐牵引而出的。他例举李煜《虞美人》和周邦彦《意难忘》中词句，认为词的情感表现和艺术感染力确是十分细腻而强大的。沈谦《填词杂说》云："词不在大小浅深，贵于移情。'晓风残月'、'大江东去'，体制虽殊，读之皆若身历其境，惝恍迷离，不能自主，文之至也。"② 沈谦将"情"界定为词作生发的本质所在。他论断，词的创作在更本质意义上并不在乎其所表现艺术境界的或大或小，或浅或深，而关键在于创作主体情感的贯注与艺术化表现。他例举柳永《雨铃霖》与苏轼《水调歌头》，认为它们所彰显出的词作体制迥异，但都给人以身临其境之感，让人审美化地沉醉于其中，难以自制，而这完全是以情感人的结果。沈谦从审美欣赏的角度将情感标树为了词的创作生发的本质所在。丁澎《紫云词序》云："夫诗词言性情也，而词则专于言情。枝上柳绵，幕下朝云之泪；帘前花瓣，乍停子夜之歌。非专于言情耶？何感人之深也。"③ 丁澎将情感表现论断为词的本质所在。他区分诗词两体对人之性情的表现界面，强调对词体而言，其表现的是更为私人化、个性化、闺阁化的情感生活与意绪体验，正因此，它也更容易感动人心，显示出动人的艺术魅力。

邹祗谟《溪南词序》云："嗟呼！词虽小道，本乎性情，中乎音节，固有系乎时与遇者焉。"④ 邹祗谟从创作生发的角度肯定情感表现为词作之本，他并将人的情感大致划分为两类：一是"系于时"而产生的宏观历史之情，一是"因于遇"而出现的不同个人之情，两者都是推动创作

---

① 冯乾编校：《清词序跋汇编》，凤凰出版社 2013 年版，第 298 页。
② 唐圭璋编：《词话丛编》，中华书局 1986 年版，第 298 页。
③ 冯乾编校：《清词序跋汇编》，凤凰出版社 2013 年版，第 240 页。
④ 同上书，第 72 页。

发生的内在动力，并成为作品的重要内容。王士禛《衍波词自序》云："夫诗之必有余，与经之必有骚，骚之必有古诗、乐府，古诗乐府之必有歌行、近体、绝句，其致一也。凡人有所感于中，而不可得达，则思言之，言之不足，则长言之，长言之不足，则反复流连，咏叹淫佚，以尽其悲郁愉快之致，亦人情也。"① 王士禛从文体衍生与替变的角度，论说到情感表现为词作生发之本。他肯定，词体衍生于诗体之中，人的喜怒哀乐之情通过长短不一的字句加以艺术化传达，这是极为自然的事情。王士禛之论，对诗词之体在艺术生发上的共通性予以了强调。徐釚《横江词序》云："或曰：昌黎子云'欢愉之言难工，愁苦之言易好'，大抵为诗言之也。至于词，则闺帏之绮语，婉丽芊绵，方始擅长。古人于宴嬉逸乐之时，往往假借声律，被诸弦管。此屯田、待制诸君或命双鬟女伎，按调于花下酒边，至今旗亭乐部之所流传，犹足令人开颜破涕，未有幽忧凄戾之音可以采入乐章者。词固非愁苦之所能言矣。余独以为不然。夫诗与词，亦道人之性情耳。人当欢愉，则所言皆欢愉之语；人直愁苦，则所言皆愁苦之句。是虽不失为性情之正，然犹匹夫匹妇所能言耳。唯见道深者，则虽愁苦之时，而犹得欢愉之旨。此即颜氏子箪食瓢饮之乐，而子舆氏所谓不动心者也。不然，彼灵均之憔悴放逐，而犹寄兴于美人香草，亦何以哉？"② 徐釚针对韩愈之言加以论说，大力肯定情感表现为诗词之体共通的本质所在。但他极意破解传统之论，认为从人的情感表现而言，实际上是不存在何种情感宜于表现，何种情感不宜于抒发的差异。从一般的艺术表现而言，"欢愉"与"愁苦"都是人们正常的情感存在状态，理应都得到同样的抒发与表现，也同样能够感人至深。徐釚推扬像颜回、屈原这样的"道深者"，认为他们修为高超、品性卓越，情感取向不易为外物所动，而能够于愁中见乐，乐中显忧，融合其独特的情感体验与表现之篇什，便成为不朽的经典，是值得后人学习的典范。徐釚之论，从甚为辩证与融通的角度，将以情为本论进一步向前予以了推进与深化。

顾彩《红蕚词序》云："天下有韵之文，皆所以写情，而往往欢愉难工、愁苦易好者何也？盖情之抒写，必其有所不能已于中，而后发为文，始不自知其缠绵而深永、激楚而动人也。若是则贫贱有文，富者必无文

---

① 冯乾编校：《清词序跋汇编》，凤凰出版社 2013 年版，第 18 页。

② 同上书，第 306—307 页。

也；逆境有文，顺境必无文也；忧愁流离、羁旅迁播者有文，履盛藉丰、高居安处者必无文也；山林草茅、风雨飘摇者有文，广厦金闺、宴衎笑语者必无文也。噫！是亦浅之乎言情者而已。"① 顾彩肯定以情为本的创作发生论。他极力破解"欢愉之言难工，愁苦之言易好"的传统情感表现命题，认为情感是孕蓄于人心中而不得不述说出来的生活体验与人生收获，它蕴于内而必然发乎外，是任何东西都难以阻碍的，不会因个人遭际的变化而不加以表现，也不会因言说者的境遇差异而影响欣赏者的感受与体验。总之，情为文之本，情无任而可言说，情无任而可感人，其乃文学活动得以开展的根本所在。吴启元《万石山房词自序》云："余垂髫学为诗，不识诗余。及长而读汉魏乐府，亦不甚解。其后乃读唐诗及诗余，诗余甚不类唐诗，然其情有溢乎辞，亦甚类唐诗也；亦如唐诗甚不类汉魏乐府，然其情有溢乎辞，亦甚类汉魏乐府也。然汉魏乐府以骨胜，唐诗以风度胜，诗余以态胜，体固不同，而其用皆以情为归。"② 吴启元以自己赏读汉魏乐府诗、唐诗及词作为话题，归结它们虽然在创作路径与形式体制等方面各有不同，但都体现出"情溢乎辞"的特征。就形式体制方面而言，他认为，汉魏乐府诗以所蕴含骨力为胜，唐诗以所显风度气质为胜，而词作则以摇曳多姿之面貌为胜，它们的共通之处都体现为以情感表现为艺术本质之所在。

许田《屏山词话》云："词以言情为宗，贵在绸缪宛转。情余于文，令歌者销魂夺魄，乃为当行。否则极堆垛排偶，终是三家村里人，不足以语斯事也。"③ 许田从词作情感表现为本的角度论说到词的本色当行论题。他界定，词作艺术表现重在以情感人，要让主体情感从词作文本中汩汩流出，这与只注重字语排偶之创作是有着天壤之别的。许田将以情感表现为本之论进一步予以了凸显。田同之《西圃词说》云："词与诗体格不同，其为摅写性情，标举景物，一也。若夫性情不露，景物不真，而徒然缀枯树以新花，被偶人以衮服，饰淫靡为周、柳，假豪放为苏、辛，号曰诗余，生趣尽矣，亦何异诗家之活剥工部、生吞义山也哉。"④ 田同之论断

① 冯乾编校：《清词序跋汇编》，凤凰出版社 2013 年版，第 383 页。
② 同上书，第 266 页。
③ 许田：《屏山春梦词》卷首，墨瀚楼旧藏原刻本。
④ 唐圭璋编：《词话丛编》，中华书局 1986 年版，第 1450 页。

词的创作虽然在体制上与诗作有异，但它们在抒写主体情性、摹写外在景物上是完全一致的。他认为，如果词的创作不能表现主体之真情实性，不能摹写真切之景致，其便如枯树饰花、木偶被衣，是毫无鲜活生动之意趣的。田同之在肯定"情"为词作生发之本的同时，将性情的真实论断为词的创作的本质要求。杜诏《弹指词序》云："缘情绮靡，诗体尚然，何况乎词。彼学姜、史者，辄屏弃秦、柳诸家，一扫绮靡之习，品则超矣，或不足于情。"① 杜诏论断词体与诗体一样，都要以情感表现为本，同时又追求字语运用与形式表现的动人，他批评一些人学习格律词派，只知道一味习效姜夔、史达祖，而完全无视秦观、柳永等人词作情致氤氲之优长，其词作虽格调不俗，但多少脱却人间的烟火之气，是相对缺少情味的。杜诏也将"情"标树为了词作艺术生发的本质所在。

清代中期，李应机《圃隐词自叙》云："余于词不甚解。少读《草堂》诸集，最艳清真、淮海；而家夫子甚爱东坡、稼轩，别舒性灵，则又为之神往。间有所作，不能多，寄情而已。"② 李应机通过叙说自己的阅读与创作体验，也道出其以情为本的创作发生机制，他将情感寄托作为自身创作的主要旨向。蒋重光《昭代词选序》云："文载道，诗达情，惟词亦然。而作词者赋资殊，取法异，则有豪放者、奥衍者、清新者、幽秀者，亦度有香艳者。艳固不可以该词也。即艳矣，而绮丽芊绵，骚人本色，苟不亵狎以伤于雅，不可谓之淫也。"③ 蒋重光对诗、文、词三种文学之体的审美本质予以比照。他认为，散文之体应以言说与表达事理为本，而诗词之体则以情感表现为尚，其创作旨向是有所异别的。不同的词作者艺术秉赋各异，因此，创作之法与风格呈现亦便不同。这之中，有的词作呈现出软媚香艳、绮丽柔美的风格特征，但只要内涵表现不有伤雅致之性，我们便不应将其归入淫秽一途。蒋重光在这里所表达的意思是很明确的，即对词作情感表现应有更宽泛的理解与把握。陈廷献《玉雨词序》云："夫情之所在，在天为风月，在地为花鸟，在人为歌咏，舍是则不成三才。然风月天之余，花鸟地之余，歌咏乃人之余也。词称诗余，其异于诗乎？虽然，李太白诗大家也，而为词祖；欧阳永叔、苏子瞻文章大家

---

① 顾贞观：《弹指词》卷首，《清名家词》本，上海书店 1982 年版。
② 冯乾编校：《清词序跋汇编》，凤凰出版社 2013 年版，第 372 页。
③ 蒋重光辑：《昭代词选》卷首，经钮堂清乾隆三十二年刻本。

也，而词绝妙；他若秦少游、陆务观辈，莫不诗词兼擅。盖情有宛转难达，倚之于声，其辞愈曲，其旨益远。善言词者，假闺房儿女之情，托宠柳娇花之态，达风雅正变之义。与诗同乎？异乎？"① 陈廷献界定天地之间是无不充盈人之情感的，风月花鸟、山川人事，都是人们情感投射的艺术化对象，是无不可入文学之体的。他认为，诗词两体间有异有同，体现为：一是善于作诗之人无不长于作词，如李白、苏轼、秦观、陆游；二是一些不便于以诗的形式加以表现的情感内涵都可于词体中得到很好的艺术呈现，但它们在审美表现上又合于风雅之义，与诗教暗合。故从情感表现而言，诗词之体确是异中有同、同中有异的。陈廷献之论，进一步拓展与深化了对情感表现的标树，丰富了人们对词作情感的观照与认识。

薛廷文《梅里词绪》云："古人云：诗以道性情，非谓作诗要依我性情，要道得自己性情出也。词不然乎？"② 薛廷文论断词体与诗体一样，要以情感作为艺术表现的本质所在。不仅如此，他对词作情感表现进一步作出论说，强调其情感表现关键在"要道得自己性情出也"，亦即要表现出创作主体自身独特的情感内涵，这才是真正的要义所在。汪惟寅《落纸轩诗余跋》云："诗词总发乎性情者也，然诗之与词犹情之与性，理虽同，而其臻则有不同者。我夫子之词，情之所至，每一往而深，殆所谓歌以当哭者。"③ 汪惟演也将人之性情归结为诗词创作之本。但他将人之"情"与"性"加以别分，认为词作之体是更宜于表现人之情感的。他称扬江昉之词一往情深，具有动人的艺术魅力。吴锡麒《仝月楼分类词选自序》云："古今体物之工，词之为最，才子言情之作，词人乎微。"④ 吴锡麒将词这一文学之体界断为最具有体物与抒情的艺术功能。他论析词作情感表现细致幽深，在这方面，是其他文学之体所难以相比的。杨蘷《秋影山房词序》云："词者，诗之余。其为体虽殊，而言情则一。情寄所托，有诗之所不能尽者，往往寓之于词。谐丽婉曲，比音而出之，使读者为之情移意动而不能自止，虽工于诗者之诗无以过也。"⑤ 杨蘷论断词体与诗体在情感表现上是共通的，只不过，两者在情感表现内容上有所侧

---

① 冯乾编校：《清词序跋汇编》，凤凰出版社 2013 年版，第 547—548 页。

② 朱一是：《梅里词》卷首，《续修四库全书》本。

③ 冯乾编校：《清词序跋汇编》，凤凰出版社 2013 年版，第 465 页。

④ 陈良运主编：《中国历代词学论著选》，百花洲文艺出版社 1998 年版，第 500 页。

⑤ 冯乾编校：《清词序跋汇编》，凤凰出版社 2013 年版，第 500 页。

重而已，人们往往将在诗中所不便表现与不易表现的内容对象化于词中，通过婉丽曲折的艺术形式加以传达出来，因而，在情感表现方面，词体实有超过与优于诗作之体的地方。

张惠言《词选序》云："词者，盖出于唐之诗人，采乐府之音以制新律，因系其词，故曰词。传曰：意内而言外谓之词。其缘情造端，兴于微言，以相感。极命风谣里巷男女哀乐，以道贤人君子幽约怨悱不能自言之情。低徊要眇以喻其致。"① 张惠言从词的起源上论说其创作发生及本质所在。他将缘情而歌视为词作生发之源，将"意内言外"归结为词作之本。他界定，词是用来言说人之情性的，它抒写的便是主体之幽情，喜怒哀乐无所不在。张惠言将情感表现标树为了词作生发的本质所在。任兆麟《书浣纱词后》云："盖情至之作，自能感人。春女秋士，情一而已。读蕙孙词，不觉倾吐及此。想作者亦别有会心，第不可为不知者道耳。"② 任兆麟归结作品感动人心的关键在于情感表现真挚自然，他将情感视为打动人心的妙方所在。正由此，他推扬沈纕之词言情自然真实，别有会心，乃富于艺术魅力之作。

焦循《雕菰楼词话》云："谈者多谓词不可学，以其妨诗、古文，尤非说经尚古者所宜。余谓非也。人禀阴阳之气以生，性情中所寓之柔气，有时感发，每不可遏。有词曲一途分泄之，则使清纯之气，长流行于诗古文。且经学须深思默会，或至抑塞沉困，机不可转。诗词是以移其情而豁其趣，则有益于经学者正不浅。"③ 焦循对轻视词体之论予以驳斥。他论断词与诗文之体一样，缘于人之性情，是人们对自然社会有感而发的产物，更是艺术化地表现主体性情与气蕴的有效形式。他进一步提出，诗词创作有着自身独特的社会功用与现实价值，它旨在动人性情、引人意趣，是有益于社会人生的东西。焦循从长于表情与呈趣的角度对词体予以推尊，对其社会现实价值予以大力的肯定与张扬。其《董晋卿䌹雅词跋》云："诗无性情，既亡之诗也。词无性情，既亡之词也。曲无性情，既亡之曲也。"④ 焦循接连以三个判断句的排比论说形式，对情感表现作为文

①　唐圭璋编：《词话丛编》，中华书局1986年版，第1617页。
②　冯乾编校：《清词序跋汇编》，凤凰出版社2013年版，第568页。
③　唐圭璋编：《词话丛编》，中华书局1986年版，第568页。
④　焦循：《雕菰集》卷十八，《丛书集成初编》本。

学创作之本予以强调。他界断诗、词、曲三种文学之体，都必须以创作主体情感表现为旨归，如此，作品才富于艺术生命力，否则，便是僵死之文学。梅曾亮《严小秋词序》云："夫诗陈小已，必兼家国之流；词有别裁，惟以性情为主。"① 梅曾亮也将情感表现论断为词的本质所在，强调词的创作要以情性为本而加以艺术生发，其在创作取向上与诗体是有所异别的。

晚清，陈元鼎《鸳鸯宜福馆吹月词自序》云："杨子云有言：'雕虫篆刻，壮夫不为。'词云乎哉？顾二十五《离骚》，为千古词人哀怨之祖。人当幽忧抑郁，姑托之美人香草，以稍泄无聊之思而遣有涯之生，亦明知作为无益，其情盖愈可悲矣。"② 陈元鼎从扬雄之言论说到词源于诗骚之体。他于扬雄之言深有契焉，认为人们明明知道即使言说出来也不见得有益，但还是要将自己的哀怨之情通过艺术化的形式加以表现出来，由此而"遣有涯之生"，这确是一件甚为"可悲"的事情。陈元鼎将情感表现作为创作发生的内在动力机制进一步予以了阐明。陈良玉《随山馆词稿序》记汪瑔论词云："芙生以谓词者，诗之余也。诗缘情而绮靡，惟词亦然。必先有缠绵婉挚之情，而后有悱恻芬芳之作。情之所至，文自生焉。清空可也，涩亦可也。非然者，镂冰剪彩，真意不存，独区区求工于字句间，庸有当乎？其持论如此。"③ 汪瑔从词体源于诗体的角度，将"缘情绮靡"论断为词体艺术表现的本质属性。他强调，词的创作要以主体具有真挚缠绵之情作为基础，如此，才可能创作出婉转华美之作。汪瑔将情感蕴含的自然真实界定为词作艺术生发的本质因素，对情感在词作艺术生发中的本体地位又一次予以了阐明。吴廷燮《小梅花馆词集自序》云："夫情不触则不生，情不感则不妙，人之于言也亦然。情动于中，发于自然，故言之不足则长言之，长言之不足，则有音响节簸以顺导之。其言之所至，而情至焉。其言之所不至，而情亦至焉。如蒸成菌，如乐出虚。其然也，吾恶乎知之？其不然也，吾恶乎知之？情固生于触而妙于感耶？余辨昧宫角，少多隐忧。稍长，历吴楚，涉江汉，览山川之奇丽，时物之变迁，与夫人事之悲愉离合，有感于中，辄寄于词。呜呼！其将移我情乎？抑移我情以

---

① 孙克强、杨传庆、裴喆编著：《清人词话》，南开大学出版社 2012 年版，第 568 页。
② 冯乾编校：《清词序跋汇编》，凤凰出版社 2013 年版，第 1425 页。
③ 同上书，第 1499 页。

移人之情乎？不可得而知也。然而成连往矣，则我自移我情耳。"① 吴廷燮大力肯定人的情感是在与自然大化及社会历史的接触互动中而生发的。他述说自己于词作声律表现之道甚不擅长，但生活中的自然之游历与人事之变迁，常常使自己感于中而不能自已，他便将这些都对象于词作中以求寄托。吴廷燮申言，词作中的情感内涵能否感动他人，其不得而知，但确能时时感动自己，这是毫无怀疑的。吴廷燮将对"情"作为创作本质因素的标树进一步拓展与丰富开来。

　　徐其志《瑞云词自序》云："夫天生人而便以生者为性，人既生而率以用者为情。故无情者，非特不可谓之人，并不得谓是天地间之物，盖诸物尚有有情者也。而能宣夫情者，非此抑扬抗坠之文乎？至于填词，则又善宣夫情者也，而可忽乎？"② 徐其志大力肯定情感乃人类与生俱来的本质属性，由此，他高扬人是情感的动物，并强调要以具体的现实生活作为情感表现的主要内容。徐其志肯定，诗、词、曲之体这些讲究声律抑扬的文字，是最能泄导人情的，而之中，又以词体最为适宜，它天然地与情感表现至为亲近。徐其志将情感论说为了词作艺术表现的本质要素。陈克家《玉淬词序》云："古今文章殊绝之境，一发于情乎？仁爱之言、忠孝之气、忧愁拂郁之音，皆情所不能自已者也。是故贤者之与众人，其为文虽同，而为情则异。夫词固文章余事矣，然流宕奢绮，苟为炫耀而卒不能自达于古人者，非独辞之失也。温深徐婉，感人独至，则其情必有大过人者焉。"③ 陈克家肯定文学创作生发于人之性情。他认为，自古以来的贤能圣者与一般普通之人，他们在文学创作中虽然表象相似，但所表现的情感还是有所差异的。由此，陈克家进一步认为，词作为"文章余事"，其艺术魅力并不在语言形式与风格特征的呈现中，而在其所蕴含的情感丰富多样、感人至深。吴嘉洤《晓梦春红词序》云："词者，所以抒写性灵，而非弋取科名之物，亦各得乎其情而已。且如范文正、欧阳文忠勋业烂然，而所为小词托兴闲远，缠绵尽致，固不害其为名臣，亦不害其为遭际之隆也。"④ 吴嘉洤将情感表现论断为词体艺术质性之所在。他界定词"非弋

----

① 冯乾编校：《清词序跋汇编》，凤凰出版社2013年版，第1042—1043页。
② 同上书，第1042—1043页。
③ 同上书，第818页。
④ 同上书，第1316页。

取科名之物"，亦即从表面上看是无实际之用的，但其价值乃在于抒发人之性情，托寄人之灵心，缠绵悱恻成为其突出的艺术面貌特征。吴嘉洤例举范仲淹、欧阳修事功卓著，然都从事词的创作，于闲散平淡中托寄性情与兴会之意，而对其为人与"立功"并不见有何损害。吴嘉洤将主体情性抒发与词体功能之论紧密联系在了一起。

　　谢章铤《抱山楼词叙》云："夫词者，性情事也。劳人思妇，忽歌忽泣，方不自知其意之所属，其声调之为何体也。而岂以铺张靡丽为哉？"① 谢章铤明确将词作之道界定为性情之事。他论断人们作词乃源于现实生活之中，其有感而发，因情而为，其在创作之初是根本无意于思致归属与声调运用的。因此，有人以"铺张靡丽"批评词之创作，这与词的创作发生是截然不同的两回事。谢章铤论断在真正以情为本的艺术表现过程中，意致呈现与音律讲究实际上都是无须"有意"为之的，也是根本无须特别"提点"的事情。总之，相对于"意""体""辞"而言，"情"无疑是最为根本的。刘熙载《词概》云："词家先要辨得情字，《诗序》言发乎情，《文赋》言诗缘情，所贵于情者，为得其正也。忠臣、孝子、义夫、节妇，皆世间极有情之人，流俗误以欲为情。欲长情消，患在世道。倚声一事，其小焉者也。"② 刘熙载极力将人的情感标树为词的创作之本。他张扬词与诗文之体一样，是以"缘情"为体制本色的。他大力肯定自古以来不同身份与类型之人都有其情性，对万事万物也都有其感动。而这与世俗所津津乐道的"欲"之内涵是完全不同的，"情"与"欲"，实是确有联系但更有区别的两码事，相互间是此消彼长的。刘熙载之论，将对"情"的标树提升到一个很高的平台；同时也从情感表现为本的角度，对词体予以了切实的推尊。潘曾玮《玉泩词自序》云："夫词虽文章余事，必本诸性情，归于风雅。六书以意内言外谓之词，盖作者缘情造意，有感斯通，因物寓言，虽微必中，故使读者于此反复流连，有兴观群怨之思，而不能自已焉，斯为工矣。"③ 潘曾玮大力肯定词作之体是以情感表现为本的。他认为，创作主体在与自然及社会事象的感通互往过程中引发情感蕴含，其因情而意，情感蕴含成为意致呈现的内在根基，通过托寓于外在

---

①　施蛰存主编：《词籍序跋萃编》，中国社会科学出版社1994年版，第604页。

②　唐圭璋编：《词话丛编》，中华书局1986年版，第3711页。

③　冯乾编校：《清词序跋汇编》，凤凰出版社2013年版，第821页。

物象，最终体现在言语之中。总之，词作之体虽然艺术体性细小幽微，然创作旨向通于风雅之道，其在情感表现的缠绵往复与意致呈现的丰富多样中尽现艺术魅力。

王闿运《论词宗派》云："然词自足荡人，由情之所感，因文而发，即犹声有雅郑，不必有词。如琴能使人静，笛能使人怨，非以词也。百兽率舞，只为声感，此乐之本原，无关文理。文人之词，具于前说，超逸幽曲，不能言传，人各有性情，自得所近而已。"① 王闿运从情感表现的角度推尊词体。他论断词作容易感动人心，乃因其本身为性情之生发的产物，词与诗一样，因情而发，见于言辞，其在本质上都是情感的艺术对象化。王闿运大力肯定人们对词作的深层次欣赏是在情性的感通与共鸣的基础上展开的，"自得所近"，情性蕴含成为有效沟通词作者与接受者的最关键所在。王闿运将"情"从深层次上标树为了词的创作与审美的本质所在。诸可宝《摔琴词自序》云："诗余为词，颇惑妍唱。规矩乐府，经营意匠。譬诸好乔，或者胜谤。陶写哀乐，雅音无当。蚓脰之笛，铛腹之笙。过而录之，以传吾情。"② 诸可宝以骈文的形式将情感表现标树为词作艺术的本质所在。他概括词导源于乐府之体，其在本质上乃音乐性文学体制。它善于抒发与表现人的喜怒哀乐，是主体情感表现的有效艺术形式。王耕心《白雨斋词话序》云："文心之源，亦存乎学者性情之际而已。为文苟不以性情为质，貌虽工，人犹得以抉其柢，不工者可知。所谓词者，意内而言外，格浅而韵深，其发擿性情之微，尤不可掩；而世乃欲以锼薄求之，藻绘揉之，抑末已。"③ 王耕心将人之性情论断为一切文学体制的质性所在，界定其为文学最本质的东西。他认为，词作艺术创造就是要抒发主体细微深致之性情，在意内言外、格浅韵深中求取艺术魅力，而切忌过于追求雕饰藻绘，本末倒置。王耕心也将"情"作为了词作艺术表现的本质所在。

陈廷焯《白雨斋词话》云："李后主、晏叔原皆非词中正声，而其词则无人不爱，以其情胜也。情不深而为词，虽雅不韵，何足感人？"④ 陈

---

① 张璋、职承让、张骅、张博宁编纂：《历代词话续编》，大象出版社2005年版，第1页。
② 诸可宝、邓瑜：《璞斋集诗 摔琴词》，《摔琴词》卷首，玉峰官舍清光绪二十二年刻本。
③ 陈廷焯著，杜未末校点：《白雨斋词话》，人民文学出版社1959年版，第224页。
④ 同上书，第196页。

廷焯通过论评李煜与晏殊之词，将情感的真挚深致标树为词的创作的本质所在。他论断，如果情感不深挚，则所作词即便雅致亦缺乏韵味，是难以感人的。陈廷焯将情感表现作为了词的创作的首要前提。沈祥龙《论词随笔》云："词有三要，曰情、曰韵、曰气。情，欲其缠绵，其失也靡。韵，欲其飘逸，其失也轻。气，欲其动宕，其失也放。"① 沈祥龙将情感、韵致与气脉界定为词的创作的三个质性要素。他分别对其艺术表现提出要求，其中，主张词作情感表现要缠绵悱恻、细致深切，反对情感表现入于淫靡俗媚之中。其又云："咏物之作，在借物以寓性情。凡身世之感，君国之忧，隐然蕴于其内，斯寄托遥深，非沾沾焉咏一物矣。如王碧山咏新月之《眉妩》，咏梅之《高阳台》，咏榴之《庆清朝》，皆别有所指，故其词郁伊善感。"② 沈祥龙论断咏物词的创作贵在有主体性情寄托于其中。他对性情寄托的理解甚为宽泛而深沉，强调人的身世之感、家国之忧等无论大小轻重的社会历史与人生内涵都可寓托于词作之中。在这方面，他例举王沂孙的咏物词具有代表性，其所咏对象广泛、寄托遥深、自然感人，富于艺术魅力。沈祥龙对咏物词审美本质的界定及对性情寄托之义的解说，丰富了词作情感表现的内涵，是甚具理论意义的。蒋师辙《青溪词钞自序》云："词者，诗之余。诗根于性情，性情所近，不能强左阮为鲍庾，韩杜为温李。词亦犹是。"③ 蒋师辙对诗词中情感表现进一步加以言说。他发挥曹丕以来的"虽在父兄，不能以移子弟"④ 之论，强调人的性情是有着鲜明个性特点的，不同创作者之间，其情感表现的风格是不能盲目效仿与移入的，这是不能改变的客观规律。许孙荄《芳草词序》云："古今以词传者，何啻数十百家，而得此中三昧者，断以周、秦为最，彼二子盖深于情者也。试读二家之词，每觉字必色飞，语皆魂绝，无怪乎其南面词坛也。"⑤ 许孙荄也将词作的艺术魅力归结为善于并深于情感表现的结果。他推扬周邦彦、秦观二人作词善于言情，易于感动人心，这使他们成为词坛的宗主。

民国时期，对"情"作为词作生发之本的标树，在□灏孙、康有为、

① 唐圭璋编：《词话丛编》，中华书局 1986 年版，第 4050 页。
② 同上书，第 4058 页。
③ 冯乾编校：《清词序跋汇编》，凤凰出版社 2013 年版，第 4058 页。
④ 郁沅、张明高编选：《魏晋南北朝文论选》，人民文学出版社 1999 年版，第 14 页。
⑤ 冯乾编校：《清词序跋汇编》，凤凰出版社 2013 年版，第 379 页。

邵章、碧痕、配生、王易等人的论说中仍然得到承衍，他们在新的时代背景下，对词的创作以情为本之论仍然予以了大力的张扬。

□灏孙《红藕词跋》云："天地间，音从情处生，音之道，有感斯妙。……吾尝谓诗古文词虽造自笔、墨、纸、手，而文之音多怨，诗之音多忧，词之音多喜乐。造乎词之诣极，则喜乐之音为宗。古之长于词者虽未必尽然，盖由喜乐之极而哀怒生，其哀怒也而犹未忘乎喜乐焉。且夫天地间可喜可乐之情，男女为大，发乎情，止乎礼义，情所以正，止其情，音之所以正也，正而喜乐则已妙矣。"①□灏孙肯定音声之道是由人之情感催生而出的。他归结，情感寓于音声之中，有声之道表可言之情，无声之道表无言之情，情感表现始终是与音声发抒相互联系、相互共构的。□灏孙辨分诗、词、文所表现人之情感，归结词体多表现人的喜乐之情，他进一步提出，男女之情应该是词作所表现的首要内容，但他强调，男女之情的表现要入乎正道、合乎礼义，如此，则其所表现的喜怒哀乐之情则无不入妙。□灏孙在标树以情为本的基础上，将对词作情感表现的探讨进一步言说开来并予以了规范。康有为《江山万里楼词钞序》云："明人于词不足道，国朝最盛，然朱、厉以来，皆组越甲以为工，夸晋郊以炫富。夫词以纾情，非与波斯胡竞贾也，奚取于斯？"②康有为在论说明清时期词作之缺失的基础上，将情感表现标树为词作的本质所在。他批评清代浙西词派中很多人的创作喜好炫弄题材、夸饰辞句，流于一味在艺术表现方面曲折摆弄，将词作情感表现的本质功能予以了淡化，是本末倒置的。邵章《渌水余音序》云："词者，诗之余。意内而言外，本诸性情，而托于咏叹。曰赋，曰比，曰兴，有三百篇之遗则焉。世谓欢愉之音难好，牢愁之音易工，理所必然，特未足以概词之大全。要之，词必以诚立，犹之乐不可以伪为。"③邵章在肯定词源于诗骚之体、以抒情表意为本的基础上，对传统情感表现之论持以认同与张扬。但他认为，传统情感表现论又有所欠缺，由此，其特别强调情感表现以真实诚挚为第一要义，归结此乃词的创作得以成就与感动人心的关键所在，是放之四海而皆准的普遍艺术要求。

---

① 冯乾编校：《清词序跋汇编》，凤凰出版社 2013 年版，第 1356—1357 页。
② 孙克强、杨传庆、裴喆编著：《清人词话》，南开大学出版社 2012 年版，第 339 页。
③ 冯乾编校：《清词序跋汇编》，凤凰出版社 2013 年版，第 2106 页。

碧痕《竹雨绿窗词话》云："词有教人读之破颜、读之伤心、读之而慷慨激昂、读之而悔惧慑缩者，此无他，性情使然耳。我之性情，发乎声而见于词，人孰无性情，读有所触，则形随矣。词之足以感人，是词之功用，褒声哀音，不可以入世，此其故也。"① 碧痕将情感表现论断为词作艺术的本质所在。他将词作对人的触动例列和描述为欣然"破颜"与"伤心"，或"慷慨激昂"与"悔惧慑缩"，见出了词作感动人心的丰富内涵与多维面性特征。进一步，碧痕又将接受者与创作者的共鸣界定为立足于情性的相通相契，这赋予了词作以不朽的艺术生命力。配生《酢月楼词话》云："盖文词之道，唯基于性情，然后可以动人。冯公之词，性情也，元献则故作休详语耳。"② 配生将词的艺术魅力界定为创作主体之情感表现，体现出以情为主的创作本质论。他评断冯延巳词作之妙便尽在真实情性的呈现，而晏殊词作在情感表现上则有矫揉造作之嫌。配生将对以情为本的倡导进一步张扬开来。王易《学词目论》云："一曰植本。何谓植本？正情是也。自《三百篇》而楚辞，而汉赋，而五七言诗歌乐府，以底于词曲，其本一也。一者何？情而已矣。"③ 王易将情感表现论断为中国传统文学创作之本质所在。他评说从《诗经》一直到词曲之体，其共通点都体现为立足于情感表现而加以艺术生发与审美创造。

中国传统词学中，对"情"作为词作生发之本予以过标树的大致还有：成城《晚香词序》、史炳《湘颂楼词序》、董俞《湘瑟词序》、俞乃庚《双红豆阁词题辞》、吴大淳《香隐庵词题辞》、许宗彦《衍波词序》、张道《渔浦草堂诗余序》、钱柏《灌花词序》、高炳凤《西厢词集跋》、龚镇湘《静园词钞自跋》、周庆云《浔溪词征序》、冒广生《疢斋词论》，等等。上述有关论说都甚为简洁或过于简单，我们就不作论述了。

第二节　词情表现特征与要求之论的承衍

一　词情表现合乎中和审美原则论的承衍

中国传统词学中词情表现特征与要求论承衍的第一条线索，是对词情

---

① 朱崇才编纂：《词话丛编续编》，人民文学出版社 2010 年版，第 2276 页。

② 张璋、职承让、张骅、张博宁编纂：《历代词话续编》，大象出版社 2005 年版，第 1370 页。

③ 同上书，第 677 页。

表现合乎中和审美原则的探讨。这一方面论说大致出现于南宋后期。黄升《中兴词话》云："闺词牵于情，易至诲淫。马古洲有一曲云：'睡鸭徘徊烟缕长，日长春困不成妆。步欺草色金莲润，捻断花须玉笋香。　轻洛浦，笑巫阳，锦纹亲织寄檀郎。儿家门户藏春色，戏蝶游蜂不敢狂。'前数语不过纤艳之词耳，断章凛然，有以礼自防之意。所谓发乎情，止乎礼义，近世乐府，未有能道此者。"（魏庆之《诗人玉屑》附录）① 黄升对词作情感表现较早提出要求。他认为，闺秀题材词的创作是最容易为情所累的，其过度的情感表现很可能使词作流于绮靡之中。他例举马子严"睡鸭徘徊"一词，标树其"发乎情"而"止乎礼义"，词作用语由纤巧秾艳逐渐转替为雅致庄重，情感表现含而不露、点到为止，合乎儒家中和化的审美表现准则。黄升对词作情感表现实际上提出了合乎中和原则的要求。沈义父《乐府指迷》云："作词与诗不同，纵是花卉之类，亦须略用情意，或要入闺房之意。然多流淫艳之语，当自斟酌。如只直咏花卉，而不着些艳语，又不似词家体例，所以为难。又有直为情赋曲者，尤宜宛转回互可也。"② 沈义父对词体之性予以阐说。他认为，词与诗在内在质性上是有所差异的，如同以吟咏花卉为题材，咏花词比咏花诗便更多地体现出主体之色彩，更多地表现出人的情感意绪；同时，词作用语在表现人的情感意绪时也更为绮丽。沈义父强调要把握好词作用语与表情的尺度，以便能更好地凸显词的内在艺术质性。

元代，张炎《词源》云："词欲雅而正，志之所之，一为情所役，则失其雅正之音。耆卿、伯可不必论，虽美成亦有所不免。"③ 张炎提倡词作艺术表现要雅致庄正。他肯定词作是言说人之情志的，但认为如果过于为情所累，一味地渲染个人之私情，那么，其词作便很可能失却雅正面貌。他例举柳永、康与之及周邦彦词作，认为它们流于一味言情、有失雅正。张炎对词作情感表现提出了适度把握的要求。林景熙《胡汲古乐府序》云："乐府，诗之变也。诗发乎情，止乎礼义，美化厚俗，胥此焉寄。岂一变为乐府，乃遽与诗异哉？"④ 林景熙从诗词同源的角度肯定词

① 唐圭璋编：《词话丛编》，中华书局1986年版，第213—214页。
② 同上书，第281页。
③ 同上书，第266页。
④ 林景熙：《霁山文集》卷五，影印文渊阁《四库全书》本。

作艺术表现必须合乎政教审美原则，发乎情而止乎礼义，有助于社会人伦风俗的淳化。明代，梁桥《冰川诗式》云："诗余，即香奁、玉台之遗体，言闺阁之情，乃艳词也。作者虽多，要之贵发乎性情，止乎礼义。"①梁桥从词体之源的角度论说到情感表现。他肯定词作以情为本，以情感表现为词的创作发生的艺术动力，这从词体产生以来便是如此，同时词作情感表现又要合乎儒家中和审美原则，温婉有度，情寓旨中。

　　清代，对词情表现合乎中和审美原则的探讨，主要体现在朱彝尊、蒋景祁、许田、卓长龄、黄承吉、谢章铤、钱斐仲、沈祥龙等人的论说中，他们将词情表现的中和化原则不断倡扬开来。

　　清代前期，朱彝尊《词综·发凡》云："言情之作，易流于秽。此宋人选词多以雅为目。法秀道人语涪翁曰：'作艳词当堕犁舌地狱。'正指涪翁一等体制而言耳。填词最雅无过石帚，《草堂诗余》不登其只字……可谓无目者也。"②朱彝尊认为词作情感表现容易流于媚俗，正因此，在崇雅观念的驱使下，宋人择选词作往往以雅正为宗旨，去除词作中的过于媚俗之作。他引述法秀道人对黄庭坚之言，认为其艳词堕于"犁舌地狱"之境地，偏离了情感表现的雅致与中和原则，是不值得提倡的。朱彝尊将姜夔之词标树为抒情雅致的典范，对《草堂诗余》中所收词作不以为然。蒋景祁《刻〈瑶华集〉述》云："艳情冶思，贵以典雅出之，方不落黄莺挂枝声口。"③蒋景祁对词作提出以典则雅致之风格加以表现的要求，他认为此可有效地避免俗化，在避俗中趋入正道。许田《屏山词话》云："言情绮丽，原本风骚，然雅俗要须有辨，若阑入秽亵之语，宣欲导淫，则如禅家魔外，终无证人。犁舌之设，应为是人。"④许田在词作情感表现与面目呈现上主张推本风骚、上溯《诗三百》，他提倡避俗入雅，反对在词作中出现过于俗媚之语，认为其只在宣泄人的私欲，创作之途终流于变径，是不为人们所普遍接受的。许田主张词作情感表现在入雅趋正中呈现出艺术魅力。卓长龄《羡门臆说》云："情词亦有大佳处。劳人思妇，缠绵宛转，寄托自深。即至闺襜喁喁，何伤大雅？但勿涉淫亵。宋人有偶

---

①　周维德集校：《全明诗话》，齐鲁书社 2005 年版，第 1640 页。
②　朱彝尊、汪森编：《词综》卷首，《四部备要》本。
③　蒋景祁编：《瑶华集》卷首，康熙间天藜阁刻本，中华书局 1982 年影印。
④　许田：《屏山春梦词》卷首，墨澜楼旧藏原刻本。

为之者，俚鄙非可传之文。"① 卓长龄对词作情感表现提出原则与界限。这便是：他主张词作在表现人的情感范围上应该是没有什么拘限的，包括闺情春思、思妇怨归等都不必避却，但反对词作情感表现过于俗媚，强调要把握好创作取向与"度"的原则，主张在委婉蕴藉而内蕴寄托中呈现出艺术魅力。

晚清，黄承吉《冬巢词序》云："予尝臆说词有二义，曰严，曰宽而已。严非迫迮之谓，声律之切审也，体别之各判也，情思之适当也，是当严以持之者也。宽非疏驰之谓，意致之绵邈也，音节之折曲也，字句之舒散也，是当宽以赴之者也。"② 黄承吉对词作艺术表现从不同方面提出"宽""严"互异的要求。其中，他主张词作情感表现要自适有度，这寓意着有些情感内涵是不宜于在词作中加以言说的，惟其如此，才能有效地避免情感抒发的一味泛化。谢章铤《赌棋山庄词话》云："纯写闺襜，不独词格之卑，抑亦靡薄无味，可厌之甚也。然其中却有毫厘之辨。作情语勿作绮语，绮语设为淫思，坏人心术。情语则热血所钟，缠绵悱恻，而即近知远，即微知著，其人一生大节，可于此得其端倪。"③ 谢章铤从题材择选上论说词的创作。他论断词是表现个人之情的，个体的生活琐细、一己之私情都适合于用词这一艺术形式加以表现。但其在语言运用上仍有细致的分别，这便是"情语"与"绮语"的差异。谢章铤论断"绮语"秾丽纤巧、过度渲染，容易引人"淫思"，不合乎中和表现准则；而"情语"则生发于创作主体自然之性情，然又注重艺术表现的尺度分寸，它"即近知远""即微知著"，现一斑而隐全豹，合乎中和的表现原则，从一个侧面体现出创作主体之品格，因而是值得大力提倡运用的。谢章铤对"情语"与"绮语"的辨分，体现出其对词作情感表现的细致把握。钱斐仲《雨华庵词话》云："言情之作易于亵，其实情与亵，判然两途，而人每流情入亵。余以为好为亵语者，不足与言情。"④ 钱斐仲对词作的情感表现尺度予以论说。他肯定词作情感表现稍不留意便容易流于猥俗之途，认为言情与入亵是相异而又相续的。钱斐仲强调要别分言情与入亵的界

---

① 卓回编：《古今词汇初编》卷首，清康熙十八年刻本。
② 冯乾编校：《清词序跋汇编》，凤凰出版社2013年版，第1010页。
③ 唐圭璋编：《词话丛编》，中华书局1986年版，第3366页。
④ 同上书，第3012页。

线，批评一些人往往在情感表现中不经意地堕于猥亵之中，偏离了情感表现之正途。钱斐仲对词作情感表现的取向与尺度又一次予以了规范和引导。其时，沈祥龙在《论词随笔》中提出了"情欲其缠绵，其失也靡"[1]的论断，主张词作情感表现一方面要缠绵悱恻，另一方面又反对其入于淫靡俗媚之中，其论亦体现出对词情表现的中和之求。

二　词情表现含蓄蕴藉论的承衍

中国传统词学中词情表现特征与要求论承衍的第二条线索，是对词情表现含蓄蕴藉的探讨。这一方面论说大致出现于元代初年。张炎《词源》云："簸弄风月，陶写性情，词婉于诗。盖声出莺吭燕舌间，稍近乎情可也。若邻乎郑卫，与缠令何异也。"[2] 张炎将借景而发、抒写情性论断为诗词创作生发的共通本质之所在。他认为，相对于诗体而言，词体在抒写情性上更为委婉曲折，其突出的表现形式是情景相融、景中寓情，如此，创作主体的喜怒哀乐之情才能呈现出骚雅的面目。他反对词作言情过于媚俗，界断其与曲作之体无异。张炎较早对词作情感表现提出委婉含蓄的要求。

明代，张綖《诗余图谱》云："词体大略有二：一体婉约，一体豪放。婉约者欲见其词情醖藉，豪放者欲其气象恢宏。盖亦存乎其人。如秦少游之作，多是婉约；苏子瞻之作，多是豪放。大抵词体以婉约为正。"[3] 张綖将词界分为"婉约"与"豪放"两种体制，他论断，婉约之体的突出特征是情感表现含蓄蕴藉，而豪放之体的最大特点是气象面目宏大。他归结婉约之体为本色体制，是值得效仿与张扬的正统词体。张綖从辨分体制的角度对词作情感表现的婉转含蓄、蕴藉感人特征予以了强调。李葵生《兰皋明词汇选序》云："情非直致，贵托体于缠绵；衷以幽灵，愿分香于律吕。'细雨梦回'之什，齐梁逊此柔靡；'晓风残月'之篇，王、孟惭其温雅。诚宜贵纸，匪直轻侯。虽云艺苑之余声，实亦骚坛之胜事。"[4] 李葵生强调词作情感表现要尽量避却直露，应在适当的艺术形式护佑中加

---

①　唐圭璋编：《词话丛编》，中华书局1986年版，第4050页。

②　同上书，第263页。

③　张璋、职承让、张骅、张博宁编纂：《历代词话》，大象出版社2002年版，第228页。

④　顾璟芳、李葵生、胡应宸编选，曾昭岷审订，王兆鹏校点：《兰皋明词汇选》，辽宁教育出版社1998年版，第2页。

以委婉含蓄的传达；其对人的灵性幽情亦要通过言辞、声律的流转予以艺术化体现。李葵生之论，在对情感表现与曲调运用的张扬中体现出对词体的推尊之意。顾璟芳在《兰皋明词汇选》之"小令一"总评中云："词之小令，犹诗之绝句，字句虽少，音节虽短，而风情神韵，正自悠长。"①顾璟芳将词作小令之体类比为诗之绝句，他论断，两者在形式体制与审美特征上是甚为相似的，其中，在审美特征上都体现为风姿绰约、情韵悠长，以追求写意化为审美理想。

清代，吴宝崖、顾彩、吴骐、吴锡麒、钱斐仲、陈廷焯、裘廷桢、沈祥龙等人，对词情表现含蓄蕴藉的要求继续予以论说，他们将这一审美表现之求不断倡扬开来。

清代前期，吴宝崖《浣雪词话》② 云："今人作词有二病。言情之作，徒学涪翁、屯田之俚鄙，少清真、淮海之含蓄蕴藉远矣；感兴之作，徒学改之、竹山之顽诞，去稼轩、放翁之沉雄跌宕远矣。《浣雪词》独免此两失，撮有众长。"③ 吴宝崖批评清代当世一些人作词在情感表现上如黄庭坚、柳永一样，过于鄙俚俗化、浅切直露，他主张词作情感表现还是要向周邦彦、秦观一样，委婉含蓄，蕴藉深长，给人以长久的回味。此论明确体现出对词情表现的含蓄之求。顾彩在《草堂嗣响·凡例》中对词的艺术表现、题材驾驭及具体技巧包括命意、下字、用语、润色、言情、吊古、咏物、赠答、写景、拟古、押韵等都予以规范，其中有云"言情欲深长，淫亵不可"。④ 顾彩对词作言情提出深致委婉、悠长细切的要求，反对入乎俗媚淫亵之中。吴骐云："文章专论才，词兼论情。才贵广大，情贵微密，苏长公词有气势而少缠绵，才大而情疏也。柳耆卿、周美成缠绵矣，而乏气势，情长而才短也。"（聂先、曾王孙编《百名家词钞》引）⑤ 吴骐将词体与文章之体创作所需主体因素加以比照。他论断，词的

---

①　顾璟芳、李葵生、胡应宸编选，曾昭岷审订，王兆鹏校点：《兰皋明词汇选》，辽宁教育出版社 1998 年版，第 1 页。

②　《浣雪词话》选入朱崇才《词话丛编续编》时署为"佚名"，谭新红《清词话考述》据《浣雪词话》末注"西泠后学吴陈琰宝崖谨识"，署为"吴宝崖"，此从谭书署名，后文一如此处。

③　朱崇才编纂：《词话丛编续编》，人民文学出版社 2010 年版，第 729 页。

④　顾彩编：《草堂嗣响》卷首，清康熙刻本。

⑤　孙克强编著：《唐宋人词话》，南开大学出版社 2012 年版，第 173 页。

创作是需要主体才情兼善的。吴骐对词作情感表现提出委婉细致的要求，他通过论评苏轼、柳永、周邦彦之词优长与缺欠，将情感表现的细密与绵长强调到了极致。清代中期，吴锡麒《屈羖园竹沪渔唱序》云："词之道，情欲其幽，而韵欲其雅。摹其履舄则病在淫哇；杂以筝琶则流为伧楚。"① 吴锡麒强调词作情感表现要含蓄深幽，韵致呈现要典则雅正，他反对作词追步于人，倡导避却"淫哇"与"伧楚"。其论体现出鲜明的反对浅俗化的批评取向。

晚清，钱斐仲《雨华庵词话》云："迷离惝恍，若近若远，若隐若见，此善言情者也。若忒煞头头尾尾说来，不为合作。竹垞先生《静志居词》，未免此病。"② 钱斐仲主张词作情感表现要化实入虚、委婉含蓄、取其神致，而反对过于入实，以叙述之言原原本本据实而来。他批评朱彝尊《静志居词》便不免此病。这里，钱斐仲将对词作言情的委婉含蓄之求进一步予以了强调。陈廷焯《白雨斋词话》云："情以郁而后深，词以婉而善讽。故朴实可施于诗，施于词者百中获一耳。朴实尚未必尽合，况鄙陋乎？"③ 陈廷焯倡导词作言情要沉郁深致，思想旨向表达要委婉含蓄、入乎诗教。他认为朴实之笔并不适合于词的创作，更反对鄙陋之词风。陈廷焯对词作情感表现与思想旨向的表达体现出较高的要求。裴廷桢《海棠秋馆词话》云："诗词一道，不外乎道情写景，寄托兴怀。然作者总要做到黯然魂消处，使阅者不知从何处著笔，其情景宛如游丝一缕，摇漾碧空，其用笔要如剑侠入道，一往一来，使人不知行迹，方算得一个骚人韵士。若不讲词之作法用笔，徒以音调为事者，呆汉耳。古人云：作词须以声调为主。此种说话，对能者而言，非对初学而言也。初学者，必须先讲作法，须讲用笔，俟其于作法用笔之中，明白透彻，然后讲音调。音调一明白，不愁不成好词矣。"④ 裴廷桢将诗词创作的旨归论断为情感表现、景物描绘与寄托心怀，他强调，词作入妙便是要情景表现委婉细腻然却荡人心神，同时，其用笔也要求破空而入、不留痕迹。裴廷桢对词作言情、写景与用笔提出很高的要求。沈祥龙《论词随笔》云："写景贵淡远有

---

① 陈良运主编：《中国历代词学论著选》，百花洲文艺出版社 1998 年版，第 509 页。
② 唐圭璋编：《词话丛编》，中华书局 1986 年版，第 3012 页。
③ 陈廷焯著，杜未末校点：《白雨斋词话》，人民文学出版社 1959 年版，第 220 页。
④ 朱崇才编纂：《词话丛编续编》，人民文学出版社 2010 年版，第 1345 页。

神，勿堕而奇险。言情贵蕴藉有致，勿浸而淫亵。晓风残月，衰草微云，写景之善者也。红雨飞愁，黄花比瘦，言情之善者也。"① 沈祥龙分别对词作写景与言情提出要求。他主张词作写景要由貌而神、化实入虚、淡远有致，不以所写景致的是否奇特新异而论；词作言情则要含蓄蕴藉、避免直露，更要避却过度与流于猥俗。沈祥龙称扬柳永、秦观、僧如晦、李清照等人善于写景言情，以自然物象烘托与映照创作主体情感表现，意象含蓄优美，富于审美意味。

民国时期，对词情表现含蓄蕴藉要求之论，在朱光潜、赵尊岳等人的论说中得到进一步的张扬。朱光潜《关于王静安的〈人间词话〉的几点意见》云："写景不宜隐，隐易流于晦；写情不宜显，显易流于浅。"② 朱光潜对词作写景与言情提出不同的要求，其中，他强调词作情感表现要含蓄深致，而不应流于肤浅暴露，缺乏审美的纵向深入性与横向延展性。赵尊岳《珍重阁词话》云："词无非言情言景。言情者婉约以达意，词之正规也。言情多半得力于天分，天分不高，作者之情，何由而达？能有妙语。其次赋景，流连风物。赋景者但撷取耳闻而目见之事，停匀位置，天分稍逊者，犹可以学力拯之。有天分者作妙词，非词笔胜也，词心之慧，百位词笔，信手拈来，直不自知其何自而得之。其徒以学力胜者，则同于苦吟矣。"③ 赵尊岳对词的创作中情景表现分别予以论说。他论断词作情感表现要求委婉细腻、含蓄深致，此乃词作艺术表现之正途。词作情感表现的自如巧妙更多地缘于创作者之天分才气，它与景物描绘更多地依凭于创作者识见学力是很不相同的，后者只能创作出类似于"苦吟"之词，是缺乏灵心慧性、难以感人的。其又云："言情须含蓄之情，多于文字，似以吾满心所蕴蓄，寄托于此数十百字之间，回环而不能尽之，为事正不易易。其胸无所有，以强填一调者，必失之空，殆无疑义。"④ 赵尊岳对词作情感表现仍然提出凝练含蓄的要求。他主张词作艺术表现应在尺幅短制之中融含创作者"满心所蕴蓄"之情，让情感充溢于所创造的有限艺术时空中；反对胸中少情韵而强为之说的创作之语，界定其必使词作堕入

① 唐圭璋编：《词话丛编》，中华书局 1986 年版，第 4057 页。

② 张璋、职承让、张骅、张博宁编纂：《历代词话续编》，大象出版社 2005 年版，第 784 页。

③ 同上书，第 774 页。

④ 同上书，第 776 页。

虚空之地。

三 词情表现真实自然论的承衍

中国传统词学中词情表现特征与要求论承衍的第三条线索，是对词情表现真实自然的探讨。这一方面论说主要呈现于清代与民国时期。周在浚、李渔、王晫、胡应宸、朱彝尊、赵维熊、吴锡麒、宋翔凤、王源、姚燮、王崇鼎、陈廷焯、张崇兰、裘廷桢、沈祥龙、郑文焯、李灼华、碧痕、况周颐、张尔田、宣雨苍、赵尊岳、詹安泰、陈运彰、徐兴业等人，对词情表现的真实之求不断展开阐说，将词情表现真实自然之论不断倡扬开来。

清代前期，周在浚《借荆堂词话》云："余谓巨源之论词之源于乐府，是矣。独所言子夜、懊侬，善言情者也，唐人小令，尚得其意，是词贵于言情矣。余意所谓情者，人之性情也。上自三百篇以及汉魏三唐乐府诗歌，无非发自性情。故鲁不可同于卫，卿大夫之作，不能同于闾巷歌谣。即陶、谢扬镳，李、杜分轨，各随其性情之所在。古无无性情之诗词，亦无舍性情之外别有可为诗词者。若舍己之性情强而从人，则今日饾饤之学，所谓优孟衣冠，何情之有。唐人小令，善于言情，然亦不为懊侬、子夜之情。太白《菩萨蛮》，为千古词调之祖，又何尝不言情，又何尝以懊侬、子夜为情乎？余故言，凡词无非言情，即轻艳悲壮，各成其是，总不离吾之性情所在耳。"（徐釚《词苑丛谈》记）① 周在浚在界定情感为诗词艺术表现之本的基础上，明确提出抒写创作主体之真性实情的主张与要求。他论析如果在抒情上也盲从于他人，人云亦云，便会失却自身独特的面目与风格特征。他称扬唐人小令与李白《菩萨蛮》在抒情方式上深受汉代《子夜四时歌》等的影响，却都有自己独特的情感内涵与艺术意味，乃善于抒写自身之真情的典范。李渔《窥词管见》云："作词之料，不过情景二字，非对眼前写景，即据心上说情，说得情出，写得景明，即是好词。情景都是现在事，舍现在不求，而求诸千里之外，百世之上，是舍易求难，路头先左，安得复有好词！"② 李渔将情与景视为词的创作的本质要素。他提出，词作写景要写眼前之景，词人抒情要抒心中之

---

① 徐釚撰，唐圭璋校注：《词苑丛谈》，上海古籍出版社1981年版，第79—80页。
② 唐圭璋编：《词话丛编》，中华书局1986年版，第554页。

情，如果创作者能将所即见之景和当下之情很好地加以表现，那便是绝妙好词。李渔反对"舍现在"而"求诸千里之外，百世之上"的做法，认为其在创作取向上体现出失误，必使词作显得区隔，缺乏艺术魅力。

王晫《兰思词话》云："词固以含蓄蕴藉为工，然爽直至真，亦是一派。如遹声'对镜自憎憔悴，如何尚要瞒他'，如'若是郎心长似昔，便不得成双'，如'是我误他他误我，毕竟当初儿戏'，如'索性梦清灵，也算一场佳会'，皆深情苦语，不得以径露少之。"① 王晫在词作情感表现上倡导自然真诚、自如抒发。他通过详细例举词句，对蕴含深致之情而艺术表现直切之作体现出甚为推尚之意，认为其并不能以浅直径露简单视之。王晫之论，在一定程度上也体现出对词作情感表现含蓄蕴藉为本论的消解。在《兰皋明词汇选》中，胡应宸评林鸿《摸鱼儿·寄红桥》云："词以情胜，而真者为难。宜红桥发亟感念成疾也。"② 胡应宸借评点林鸿《摸鱼儿·寄红桥》一词，肯定词作以情感表现为本位，而词作情感表现又提倡以自然真实为最高准则。由此，他评断《摸鱼儿·寄红桥》一词在艺术发生上体现出自然性，是词人真情实感表现的产物。朱彝尊《孟彦林词序》云："词虽小道，为之亦有术矣。去《花庵》《草堂》之陈言，不为所役，俾滓窳涤濯，以孤技自拔于流俗。绮靡矣，而不戾乎情；镂琢矣，而不伤夫气，然后足下古人方驾焉。"③ 朱彝尊主张作词要尽量避免《花间集》与《草堂诗余》中所用过的陈辞习语，不为所拘，主张创作主体要不断濯洗自身的性情，在迥拔于流俗中求取自身词作的艺术魅力。他提出，词的创作必须遵循两个普泛性原则，一是在绮丽的审美表现中要不有损情感的传达；二是在言辞修饰中要不有伤气脉的流贯，如此，才可能看齐古代优秀词作。朱彝尊将情感表现的真率自然作为了词作的本质要求。

清代中期，赵维熊《曙彩楼词钞序》云："古之言诗者云：'在心为志，发言为诗。'其言词则曰：'词者，意内而言外也。'然则诗与词固异流而同源，大抵情以真而弥永，音以雅而益和，诗如是，词亦如是，古今

---

① 孙克强、杨传庆、裴喆编著：《清人词话》，南开大学出版社 2012 年版，第 483 页。

② 顾璟芳、李葵生、胡应宸编选，曾昭岷审订，王兆鹏校点：《兰皋明词汇选》，辽宁教育出版社 1998 年版，第 184 页。

③ 朱彝尊：《曝书亭集》卷四十，影印文渊阁《四库全书》本。

来诗人即词人也。"① 赵维熊在诗词渊源之论上持"本"同而"流"异的看法，但在诗词艺术表现上，他强调两者的共通性，其中之一便是要求情感表现真挚自然，惟其如此，词作才能入乎高妙之中。吴锡麒《陈雪庐词序》云："词以韵流，当效玉田之雅；词以情胜，须谦竹屋之痴。"② 吴锡麒强调词作艺术表现要以韵致与情感为本位，其中，他主张，词作情感表现要像高观国之词一样始终体现出一种痴情，真情实意尽在词中。吴锡麒对词作情感表现实际上强调了真诚的要求。宋翔凤《论词绝句》云："南宋风流近未存，浙西词客欲销魂。沉吟可奈情俱浅，片片空留襞积痕。"③ 宋翔凤评说浙西词人在承衍南宋姜夔、史达祖等人创作的过程中，多有其表而少有其里，认为他们在情感表现上多流于浅近，而在艺术形式创造上则更多呈现出人为的痕迹，其在创作取向上是有所偏颇的。宋翔凤通过评说浙西词人创作，体现出对真挚深沉情感表现的呼唤。王源《蒋度臣长短句序》云："且夫真者，性情耳。度臣友谊最挚，凡赠寄酬答之作，真气缠绵盎溢。夫诗变为骚，古诗变为律，为词，为曲，体虽殊，而其传于后不殊者，岂有他哉?"④ 王源将真挚自然论断为一切文学包括词作之体在内的情感表现的本质要求。他推扬蒋进之词无论抒写何种题材，都体现出情感真挚的特点，甚为感人。正由此，王源归结情感表现的真挚自然是古往今来一切文学之体所共同拥有的本质特征。姚燮《张次柳词序》云："若夫词之为旨，意内而辞外，思婉而情真。"⑤ 姚燮也简洁地将情感表现的真实与意致表现的含蓄委婉一起，论断为词的创作的基本要求，体现出对情感表现真挚自然的推尚。

晚清，王崇鼎《饮绿楼诗余序》云："古无词也，自唐宋以来，诗人好为长短句，而词始行。后之学步者，必辨其音之清浊、声之阴阳、韵之高下，有数日而成一解，数月而成一解者。甚矣！词之难也。然余谓吟咏之道，贵自适其性情。兴之所到，自鸣天籁，正不必为胶柱之鼓也。"⑥ 王崇鼎针对一些人在词的创作中拘泥于声律表现之道而难有成就与创获的

---

① 冯乾编校：《清词序跋汇编》，凤凰出版社 2013 年版，第 655 页。
② 吴锡麒：《有正味斋骈体文》卷八，清道光刊本。
③ 宋翔凤：《洞箫楼诗纪》（三），《浮溪精舍丛书》本，清道光十年刻本。
④ 同上书，第 342 页。
⑤ 同上书，第 814 页。
⑥ 冯乾编校：《清词序跋汇编》，凤凰出版社 2013 年版，第 1565 页。

现象，提出诗词等吟咏之体的创作，贵在让主体情感得到自如自适的表达，在兴会神到中，词作自然入乎其妙。他归结，自适性情乃创作成功的上上之道，也是至为根本的创作法则之一。陈廷焯《白雨斋词话》云："李后主、晏叔原皆非词中正声，而其词则无人不爱，以其情胜也。情不深而为词，虽雅不韵，何足感人？"①陈廷焯通过论评李煜与晏殊词作，将情感的真挚深致标树为词的创作的本质所在。他论断，如果情感不深挚，则所作词即便雅致亦缺乏韵味，是难以感人的。陈廷焯将情感表现的真挚感人作为词创作的首要前提。其《云韶集》云："词贵以情胜，情到至处，其词无有不工，如华峰词是也。"②陈廷焯将情感表现论断为词作的本质所在。他强调创作主体情感表现要真实自然，认为其乃词作富于艺术魅力的根本所在。其又云："频伽词纯以情胜，情之至者，词无不工，故落笔便令人神往。"③陈廷焯通过评说郭麔之词以情感表现见长，提出情感表现真挚则词作自然工致与感人的主张，他将情感表现的自然真实之求也承传言说了开来。

张梅庐（张崇兰）云："词者，诗之余裔。其情婉以笃，其思密以切，其气和以柔，其趣博而不过于物，其致曲而不纡，其绪引而不放，其境坦夷而可悦，其味咀之而油然以长，其指远而其文近。"（李恩绶《静园词钞序》记）④张崇兰对词作艺术表现多方面提出要求，其中，他主张词作情感抒写要婉曲真挚，它与意致表现的具体细密、境界呈现的优美巧妙等一起，成为词的创作不可或缺的要素系统。裴廷桢《海棠秋馆词话》云："一气呵成，明白如话，此八字，为千古作诗古文词者绝妙评语。余谓作诗古文词，若能如是者，岂非好到绝顶处。请观大家古文，无一句不如话，无一篇不一气，与诗词稍异者，不过多几个者也之乎虚字耳。作词亦然。词家须要认定此八字下笔，则无难解之病矣。况诗词类，原为道情写景而设，非以之作碑版古奥文字看也。余作词十余年，以此八字，奉为金针良药，每填一阕，有言余尖俏者，有言余情致缠绵明白如话者，有言余音节和谐者。尖俏，得力于问答言语；情致缠绵明白如话，得力于体贴

---

① 陈廷焯著，杜未末校点：《白雨斋词话》，人民文学出版社 1959 年版，第 196 页。

② 陈廷焯：《云韶集》卷十五，南京图书馆藏未刊本。

③ 陈廷焯：《云韶集》卷二十三，南京图书馆藏未刊本。

④ 冯乾编校：《清词序跋汇编》，凤凰出版社 2013 年版，第 1959 页。

人情；音节和谐，得力于四声。词之短者难尖俏，词之长者难条达。无论说景言情，作法总是一样。不过言情要确切，说景要风雅。如作词家要说景，即对景而说，欲言情，即向情而言。宛如交朋友一般，遇张三，则与张三说话，见李四，则与李四闲谈，与别人毫无干涉。此作词一定之法也。若能守此法者，不第无杂凑之病，抑且能明白如话矣。"① 裘廷梫对诗、文、词的创作从总体上提出"一气呵成，明白如话"的要求。他主张词作情感表现要有的放矢、真切动人，景物描绘要雅致而富于韵味。他强调词作写景言情要富于针对性与单纯性，力避糅杂，如此，才更便于将"一气呵成，明白如话"的创作原则落到实处。裘廷梫将情感抒发的真实生动与艺术表现的流畅自如加以有机联系，道出了情感表现对词作面目呈现的内在影响，是甚富识见的。

沈祥龙《论词随笔》云："古诗云：'识曲听其真。'真者，性情也，性情不可强。观稼轩词知为豪杰，观白石词知为才人。其真处有自然流出者，词品之高低，当于此辨之。"② 沈祥龙提倡词的创作要真实自然，他将"真"的涵义解说为性情的自然流露，是不可力强而致的。他评断读辛弃疾词可知其为豪杰之人，读姜夔词可识其为才子之性，此皆缘于其词作乃至情至性的自然流露。沈祥龙论断词作品格的高低，应据依于创作是否"真"及其程度如何来加以辨分，他将情感的真实界断为对词作的本质要求。其又云："词之言情，贵得其真。劳人思妇，孝子忠臣，各有其情。古无无情之词，亦无假托其情之词。柳、秦之研婉，苏、辛之豪放，皆自言其情者也。必专言懊侬，子夜之情，情之为用，亦隘矣哉。"③ 沈祥龙强调词作情感抒发一定要真实自然，论断不同身份之人及人在各异的境遇下都有不同的情感，这是自古以来一切优秀词作得以感人并呈现出艺术魅力的关键所在。沈祥龙反对狭隘地理解"情"的内涵，特别是把"情"仅仅局限于指个人之私情甚或男女之情，强调要将"情"的内涵大众化与社会化。郑文焯《手批石莲庵刻本乐章集》云："近索词境于柳、周清空苍浑之间，益叹此诣精微，不独律谱格调之难求，即著一意、下一语，必有真情景在心目中，而后倾尽才力以赴之，方能令人歌泣出地，若

---

① 朱崇才编纂：《词话丛编续编》，人民文学出版社 2010 年版，第 1336 页。
② 唐圭璋编：《词话丛编》，中华书局 1986 年版，第 4053 页。
③ 同上书，第 4053 页。

有感触于境之适然，如吾胸中所欲言者。太白所谓'眼前有境道不得'，岂易言哉。"① 郑文焯通过论说词作意境的创造触及词的情感表现论题。他主张词作下字用语及抒情写意时，一定要有真实情感贮存于心中，有真切景致呈现于眼前，在全方位倾注艺术才力的基础上，才可能创作出"适然"之境界。郑文焯将情感的真实视为词的创作的最重要前提。李灼华《梦罗浮馆词题识》云："诗以言志，惟词亦然。顾非有真挚之性情，则辞虽腴而意易竭，乌足耐人玩味?"② 李灼华肯定词体与诗体一样，同为"言志"之体，在此基础上，他也提出了创作主体思想情感表现真挚自然的要求，并将其归结为词作动人的最根本所在。

民国时期，碧痕《竹雨绿窗词话》云："黯然销魂者，惟别而已矣。春草碧色，春水绿波，有情者无不伤情。古人别情词甚多，大底既有真情，便不乏佳句。柳永云：'多情自古伤离别。更那堪、冷落清秋节。今宵酒醒何处，杨柳岸、晓风残月。'秦观云：'此去何时见也，襟袖上、空染啼痕。伤情处，高城望断，灯火已黄昏。'辛弃疾曰：'芳草不迷行客路，垂杨只碍离人目。'吴棠祯曰：'若看城头山色，何如镜里眉湾。'皆一唱三叹，曲尽《阳关》之妙。周美成善作情语淡语，如'马滑霜浓，不如休去，直是少人行'，为世所盛称。语淡意浓，洵不愧为词坛主将。明时女冠王休微，有'休送。休送。今夜月寒珍重'，是美成一样笔法。清顾贞观，亦有'伲俄延也，只一声珍重。如梦。如梦。传语晓寒休送'，此拾王氏牙慧，不及王氏多矣。予又记宋人有'樽前只恐伤郎意，阁泪汪汪不敢垂'，又'不如饮待奴先醉，图得不知郎去时'，意新语俊，亦别词佳构。"③ 碧痕通过详细论说与例列临别题材之词，也提出词作情感表现真实动人的要求，将真情视为了催生文学佳句的源泉所在。由此，他对柳永、秦观、辛弃疾、吴棠祯、周邦彦、王休微等人抒写临别之词句甚为推崇，认为其对临别之情的表现真切细腻，甚富于艺术魅力。况周颐《餐樱庑词话》云："真字是词骨，情真景真，所作必佳。金章宗《咏聚骨扇》云：'忽听传宣须急奏，轻轻退入香罗袖。'此咏物兼赋事，写出廷臣人对时情景。确是咏聚骨扇，确是章宗咏聚骨扇。它题它人，挪移不

---

① 郑文焯：《手批石莲庵刻本乐章集》卷首，台湾广文书局影印本。
② 冯乾编校：《清词序跋汇编》，凤凰出版社 2013 年版，第 2018 页。
③ 朱崇才编纂：《词话丛编续编》，人民文学出版社 2010 年版，第 2263 页。

得，所以为佳。"① 况周颐极力倡导真实自然，将之标树为词的创作的骨髓所在。他提出，词作之"真"主要表现在情感的真实与景象描叙的真实，惟其如此，词作才富于艺术魅力。况周颐例举金章宗《咏聚骨扇》中"忽听传宣须急奏，轻轻退入香罗袖"一句述事极见其真，细腻地表现出臣下报事时为人之君的动作变化，其词句是不为人君者所难以写出的，活脱生动，吻合特定情境，是"情真""景真"的佳句。张尔田《与夏瞿禅书》云："词之为道，无论体制，无论宗派，而有一必要之条件焉，则曰真。不真则伪（真与实又不同，不可以今之写实派为真也），伪则其道必不能久。"② 这里，张尔田实际上也对词作情感表现提出真实自然的要求。他论断，在词的创作中，体制与宗派等因素与标签都是外在的，先可撇却不论，其本质的要求便是真实自然，它是一切词作之所以成就与感人的内在根本原因。张尔田并将情感表现的自然真实与题材叙写的写实之义予以区分，强调情感表现的是否真实乃词作能否传之久远的根本所在。宣雨苍《词谰》云："世以姜史并称，梅溪细腻运贴，允称作家。而考其根柢，实不逮姜远甚。盖白石风度，如孤云野鹤，高致在诗人陶孟之间，岂彼权门堂吏所可希及。人有真性情而后有真文字，彼搔首弄姿者，虽工亦奚为。"③ 宣雨苍通过评说史达祖与姜夔虽齐名于词坛然在词作艺术成就上存在差异，对词作情感表现亦提出真实动人的要求。他论断注重于形式雕琢之人，其词作即便工致异常然却缺乏艺术魅力，是毫无社会价值的。

赵尊岳《珍重阁词话》云："情有数种，其以浓为深者最肤浅，以淡为深者最至挚。"④ 赵尊岳将艺术辩证法运用到对词作情感表现的论说之中。他论断，词作情感表现以浓郁为深致者最显肤浅，而以平淡为深致者最见真挚。很显然，他是主张于平淡闲静中而含寓山高水深的。其又云："言情之空实，不可强求。盖情本吾心所发，蕴诸寸衷，磅礴弥漫，然后登之楮墨，挥转自如，自然佳胜。其强求之者，心本无情，貌为情语，纵

---

① 张璋、职承让、张骅、张博宁编纂：《历代词话续编》，大象出版社 2005 年版，第 89页。

② 孙克强、杨传庆、裴喆编著：《清人词话》，南开大学出版社 2012 年版，第 1477 页。

③ 朱崇才编纂：《词话丛编续编》，人民文学出版社 2010 年版，第 2456 页。

④ 张璋、职承让、张骅、张博宁编纂：《历代词话续编》，大象出版社 2005 年版，第 770页。

笔力可胜，句字停匀，是哲匠耳，何名为情？"① 赵尊岳对词作情感表现提出自然而发的要求。他反对强作词作情感表现的或空灵或切实之求，认为情感本是人们内心自然而成的东西，其或深蕴于内，或弥漫于外，都是不可强求的。因此，创作者应充分尊重情感的自然本性，因其势而利其导，而切不可强为之。其又云："词之空质，在文字谓之泛，谓之实，在吾心谓之直，谓之伪。情真则所蕴自深，情伪则本无所蓄，谓之泛实，无宁谓之真伪。"② 赵尊岳将词作艺术表现的空灵与质实和创作者情感蕴含的真实与伪饰加以联系。他强调词作者情感表现要真实自然，如此，则其词作蕴含自然深致。正由此，他论断，词作艺术的空灵或质实便缘于创作者情感蕴含的真实或伪饰。总之一句话，情感质性从内在决定着词作的艺术表现。其还云："一气呵成之作，未尝不可精研字面。盖零玑碎锦、酝酿胸中，但有真情，便可驱策，随意运用，不致板滞。"③ 赵尊岳对词的创作强调以情感的真实性为本，"宜由胸中发出"，在气脉自然流转的基础上加以传达。他推尚真情为词作艺术表现之源，认为其从内在激活着创作素材，影响着词作艺术技巧的运用，同时也鲜活着词作的面目呈现。其《填词丛话》云："不必言情而自足于情，一字一句，落落大方，能得天籁，斯即为词中之圣境，《珠玉》是矣。"④ 赵尊岳对词作情感表现提出很高的要求。他深受司空图以来传统文论对含蓄之美的倡导，强调情感表现的极致境界便是"不著一字，尽得风流"，亦即在字语运用上似乎并不注重情感流露，但内在却处处充蕴创作主体之情，其艺术表现自然天成，如盐溶于水，毫无做作的痕迹。

祝南（詹安泰）《无庵说词》云："令词最重情意。情深意厚，即平淡语亦能沉至动人。否则镂金错采无当也。"⑤ 詹安泰论断小令之词的创作以主体情感与意旨表现为本，他论析如果创作主体情感表现深挚，那么其词作即使字面平淡亦感人至深。蒙庵（陈运彰）《双白龛词话》云：

① 张璋、职承让、张骅、张博宁编纂：《历代词话续编》，大象出版社 2005 年版，第 776 页。

② 同上书。

③ 同上书，第 782 页。

④ 刘梦芙编校：《近现代词话丛编》，黄山书社 2009 年版，第 273 页。

⑤ 张璋、职承让、张骅、张博宁编纂：《历代词话续编》，大象出版社 2005 年版，第 1322 页。

"俳词与雅词,仅隔之间,俳词非不可作,要归醇厚。情景真,虽庸言常景,自然惊心动魄,本不暇以文藻为之妆点也。第一须避俗,俗不在乎字面,而在乎气骨,此不可以言传也,多读古人名作,自能辨之。"① 陈运彰通过论说俗词与雅词之异别,也对词的创作提出情感表现真实自然的要求。他将"情真"界定在"景奇"与"文藻"的艺术层次之上,认为这是词作富于艺术魅力的关键所在。徐兴业《凝寒室词话》云:"作词当尚情真,不当夸才大。惟其情真,而后有板拙语、至性语。惟其才大,而后有敷衍语、堆砌语。北宋诸家,除东坡外,才实不逮后人,但以其情真,遂觉脱语天籁,自有浑璞之诣。南宋诸词人,才大而气密,故能独创词境,不剿袭前人。然以其真挚之情稍逊,味之终觉隔一层。"② 徐兴业强调词作情感表现要真实自然,而不以一味逞才为贵。他论断创作者惟其情真,词作言辞运用才有朴拙之语与至性之语的名称出现;而相对地,如果一味逞才,则便有敷衍之语与堆砌之语的名称出现。他评断北宋词人在创作上的共通之处便体现为情感表现真挚,所以其词作用语自然而意境天成;而南宋词人在情感表现的真挚上则稍逊一筹,其成就主要体现在对词境的开拓创新之上。徐兴业对传统文学创作情真之求予以了重申与张扬。

第三节　词情表现与创作因素关系之论的承衍

一　"情"与"景"关系之论的承衍

中国传统词情论承衍的第三个维面,是对词情表现与创作因素关系的论说。这一维面内容最突出的体现为对情景关系的探讨,此一方面论说大致出现于南宋末年。沈义父《乐府指迷》云:"结句须要放开,含有余不尽之意,以景结尾最好。如清真之'断肠院落,一帘风絮',又'掩重关,遍城钟鼓'之类是也。或以情结尾,亦好。往往轻而露,如清真之'天便教人,霎时厮见何妨',又云:'梦魂凝想鸳侣'之类,便无意思,亦是词家病,却不可学也。"③ 沈义父对词作收结提出含不尽之意的要求。

---

① 张璋、职承让、张骅、张博宁编纂:《历代词话续编》,大象出版社 2005 年版,第1353—1354 页。

② 同上书,第 1360 页。

③ 唐圭璋编:《词话丛编》,中华书局 1986 年版,第 279 页。

他认为，词作收结有"以景结"和"以情结"两种方式，其中，以景收结为好，因为以景传情，委婉曲折，富于言外之意，创作主体之情融化于景物的审美意味中；以情收结当然亦可，但因其体现为直接切入，故往往显示出词意裸露之缺失，正因此，以情收结词作便特别需要注意艺术表现上的含蓄深致，力避轻浮直露。沈义父将以景结情界断为词作收结的最佳选择。元代初年，张炎《词源》云："离情当如此作，全在情景交炼，得言外之意。"① 张炎对词作抒写离情别绪明确提出要求。他主张，离别词的创作要特别注重情与景的相融相生，在以景写情中体现出言外之意、意外之味。张炎之言，是传统词学中较早触及情景相融命题的论说。明代后期，钱允治《〈国朝诗余〉序》云："然词者诗之余也，词兴而诗亡。诗非亡也，事理填塞，情景两伤者也。"② 钱允治在词的起源上持"诗余"说。他论断词是在诗的基础上替变而来的，两者的不同主要体现在内在审美质素的构合变化上。其具体体现为：在事理表现上，词不如诗充蕴灵彻；在情景构合上，词则比诗更趋向彼此依存又相互独立，亦即写景与抒情更体现出各自的独立性。钱允治见出情景表现在词作中比在诗作中更具有相对的分离性，其论是富于识见的。

清代，在词学理论批评中阐说到情景关系之论的词论家很多，主要有董以宁、尤侗、聂先、彭孙遹、李渔、毛先舒、徐喈凤、丁勖庵、李符、田同之、吴衡照、黄燮清、徐士丞、刘熙载、黄苏、裘廷桢、沈祥龙、张德瀛、王国维等。他们将对词作情景关系的探讨不断拓展、充实与深化开来。

清代前期，董以宁云："金粟谓近人诗余能作景语，不能作情语。仆则谓情语多，景语少，同是一病。但言情至色飞魂动时，乃能于无景中着景，此理亦近人未解。"（王又华《古今词论》引）③ 董以宁针对彭孙遹之论予以阐说。他提出，擅长写景而不善于抒情固然是近世人词作之弊，但反过来，如果作词一味用言辞抒情而少描写景致亦是词作一病。董以宁之论寓意着言情与写景不能各自为用，而应相互融合、彼此映托。他进一步提出，当创作主体情感表现至真至诚、浑然不觉之时，其词作便能在无

---

① 唐圭璋编：《词话丛编》，中华书局 1986 年版，第 264 页。
② 张璋、职承让、张骅、张博宁编纂：《历代词话》，大象出版社 2002 年版，第 494 页。
③ 唐圭璋编：《词话丛编》，中华书局 1986 年版，第 603 页。

中生景，亦即景自情而生。董以宁之论，道出在一定意义上情感在艺术生成中具有原发作用，其将词作情感表现中的写景与造景加以了辨分，这隐约可见出后世王国维"写境"与"造境"之论的影子。尤侗《南耕词序》云："故填词家务令阴阳开阖，字字合拍，方无鳌拗之病。然律协而语不工，打油钉铰，俚俗满纸，此伶人之词，非文人之词也。文人之词，未有不情景交集，声色兼妙者。"① 尤侗论说到"伶人之词"与"文人之词"的不同创作路径。他推尚"文人之词"，认为其最大的特征便是情感表现与景致描写相互融合，景中生情，情中见景，在创作发生与艺术构合中，主客体和谐一体。聂先《喷霞阁词题词》云："言情者每拘牵于理致，言景者又熟习于浮靡。所贵情景相须，为词家极则。即刻划纤巧，为第二义。能有若是，一唱三叹，上不侵唐音，下不流元曲者哉。"② 聂先对词的创作中情景二体较早提出"相须为用"的原则。他批评一些人作词时情感表现为意致思理所拘束，而景致描绘又常常流于虚化与熟泛，内在缺乏动人心魂的艺术构成因素。聂先主张词的创作一定要情景相融、相依相生，而避免在用笔上流于雕饰与逐巧，强调其要在与诗、曲之体的别分中呈现出独特的艺术魅力。

彭孙遹《旷庵词序》云："历观古今诸词，其以景语胜者，必芊绵而温丽者也；其以情语胜者，必淫艳而佻巧者也。情景合则婉约而不失之淫，情景离则俔浅而或流于荡，如温、韦、二李、少游、美成诸家，率皆以秾至之景写哀怨之情，称美一时，流声千载；黄九、柳七，一涉俔薄，犹未免于淳朴变风之讥，他尚何论哉！"③ 彭孙遹分别对"以景语胜"和"以情语胜"词作风格特征予以描述。他论断，情景交融，词作便会呈现出婉约含蓄的风格特征；而情景相离，词作便会呈现出浅俗、直荡、流靡的风格特征。正由此，他称扬温庭筠、周邦彦等人之词而批评黄庭坚、柳永词作。彭孙遹对词作情景交融的强调，是立足在对词人词作例说之上的，富于说服力。李渔《窥词管见》云："词虽不出情景二字，然二字亦分主客。情为主，景是客，说景即是说情，非借物遣怀，即将人喻物。有全篇不露秋毫情意，而实句句是情，字字关情者。切勿泥定即景咏物之

---

① 冯乾编校：《清词序跋汇编》，凤凰出版社2013年版，第248页。
② 同上书，第327页。
③ 孙克强编著：《唐宋人词话》，南开大学出版社2012年版，第21页。

说，为题字所误，认真做向外面去。"① 李渔探讨到词的创作中情景主宾的论题。他界定，写景实际上便是说情，借景言情，借物寓怀，这是统摄词的创作灵魂之所在。他批评拘泥于景物，执着于"向外面去"的创作路径，认为这在词的创作中是不得要领的。毛先舒《与沈去矜论填词书》云："又情景者，文章之辅车也。故情以景幽，单情则露；景以情妍，独景则滞。仆观高制，恒情多景少，当是写及月露，使真意浅耳。然昔之善述情者，多寓诸景，梨花榆火，金井玉钩，一经染翰，使人百思，哀乐移神，故不在歌哭也。"② 毛先舒对词的创作中抒情与写景的内在关系予以论说。他将情与景界定为词的创作的两个质性要素，认为词作言情以通过写景映衬而显幽致，直接言情则见发露；词作写景以寄托性情而见鲜活，单纯为写景而写景则词作必然显得呆滞而缺少灵动之意味。毛先舒论断善于言情者总是寓情于景，在对不同景致的描绘中凸现创作主体内在的情思。他并且论断情多景少必然导致词作意致浅俗，难以具有经久的艺术魅力。

徐喈凤《荫绿轩词证》云："弇州谓：'美成能作景语，不能作情语。'愚谓：词中情景，不可太分。深于言情者，正在善于写景。"③ 徐喈凤在前人王世贞所论周邦彦善于运用言辞写景而不长于言情的基础上，提出词作中情景二体是难分彼此的，善于情感表现之人也必然体现为长于描绘景物。徐喈凤对情与景相互渗透、相互创生的关系较早予以了阐明。在《柳烟词评》中，丁勗庵评郑景会之词时云："作词必须情中兼景，景内生情，斯为上乘，然亦不多觏也。清真能作景语，不能作情语；淮海能作情语，不能作景语。今读郑子《柳烟词》，情景皆得，洵称词坛一大作手。"④ 丁勗庵对词作情景关系强调一定要相融相生，情为景中之情，景为情中之景，两者是不能彼此割裂的。他批评周邦彦与秦观在词的创作中分别擅长于"景语"与"情语"，而在情景要素的通贯生发上则有所欠缺。丁勗庵将情景相生视为词作艺术创造的最关键所在。李符《罗裙草题跋》云："填词不离乎情，情又因境而发，若无情未可与言词，即有情

① 唐圭璋编：《词话丛编》，中华书局 1986 年版，第 554 页。
② 陈良运主编：《中国历代词学论著选》，百花洲文艺出版社 1998 年版，第 61 页。
③ 朱崇才编纂：《词话丛编续编》，人民文学出版社 2010 年版，第 103 页。
④ 郑景会：《柳烟词》卷末，清红萼轩刻本。

矣，而居非其地，词亦未能工也。我吴越间饶佳山水，本有情之乡，故宋词自南渡以后，类多缠绵幽婉，胜于汴京，岂非地使然乎？"① 李符将情感表现论断为词的创作的本质所在，在此基础上，将对词作情感表现的认识进一步衍化开来。他论断，主体情感因外在景象而生发，是深受外在事物触引与主体内在感受所影响的，外在环境对词作情感表现具有很大的影响。李符进一步认为，南宋偏安江南吴越之地、多情温柔之乡，因而，其词作在主体上呈现出情感浓郁、缠绵幽婉的特征，这与北宋以中原为中心地域的词的创作在情感表现上确是有所异别的。总之，词作情感表现是深受外在地域因素与具体景象作用与影响的。

田同之《西圃词说》云："弇州谓美成能作景语，不能作情语。愚谓词中情景不可太分，深于言情者正在善于写景。"② 田同之针对前人王世贞评断周邦彦词作善用"景语"而不善用"情语"之论，提出词作写景与抒情切不可过于分割。他论断，善于抒情者便善于写景，在很大意义上，抒情与写景实际上是同一事物的不同方面。田同之之论，从创作主体角度深化了情景交融的创作思想。其又云："作长调最忌演凑。须触景生情，复缘情布景，节节转换，秾丽周密，譬之织锦家，真窦氏回文梭矣。"③ 田同之改造贺裳在《皱水轩词筌》中对苏庠词作的论评，将其上升为长调之词情景表现的普遍性原则。他认为，创作长调贵在触景生情，而不应流于敷衍；在结构布局方面，应在触景生情的基础上再据依于情感表现的需要而艺术化地设置景致，逐渐流转与审美泛化。田同之比譬写景与抒情如穿梭织锦，须来回往复，围绕题材与意旨不断经营布置与审美化展开，如此，才能使词作情景因素相互生发，从而创作出富于艺术魅力的词作。

清代中期，吴衡照《莲子居词话》云："言情之词，必藉景色映托，乃具深宛流美之致。白石'问后约，空指蔷薇，叹如此溪山，甚时重至'。又'想文君望久，倚竹愁生步罗袜。归来后翠尊双饮，下了珠帘，玲珑闲看月'。似此造境，觉秦七、黄九尚有未到，何论余子。"④ 吴衡照

---

① 孙克强、杨传庆、裴喆编著：《清人词话》，南开大学出版社 2012 年版，第 77 页。

② 唐圭璋编：《词话丛编》，中华书局 1986 年版，第 1455 页。

③ 同上书，第 1470 页。

④ 同上书，第 2423 页。

强调词作抒情要通过外在景物加以烘托映衬，他认为，惟其如此，词作艺术表现才能深具婉转含蓄之美。吴衡照推尚姜夔《解连环》与《八归·湘中送胡德华》二词，认为前者通过蔷薇、溪山意象映托词人之情，后者通过卓文君当垆望归及倚竹、下帘、看月等景致与事象的描画，表现出词人情感与心绪的细微变化，是以景传情的典范。

晚清，黄燮清《寒松阁词题评》云："词宜细不宜粗，宜曲不宜直，宜幽不宜浅，宜沉不宜浮，宜蓄不宜滑，宜艳不宜枯，宜韵不宜谷，宜远不宜近，宜言外有意不宜意尽于言，宜属情于景不宜舍景言情。"① 黄燮清对词的创作的笔法运用、布局着色、艺术表现特别是情景运用多方面提出要求。其中，他强调词作言情要寓托于景，从所写景致的审美意味中表现创作主体之情性，反对舍景言情、过于直露的创作取向。黄燮清将情与景的相融相生视为词作合乎自身质性的本质特征。徐士丞《离角闲吟序》云："情与景融，句由心织，能屈曲以达志，诚莫善于填词。"② 徐士丞论断词作之体在艺术表现上是最擅长于情景相融的，在此基础上，通过审美化构造，委婉深致地传达出主体之情志。刘熙载《词概》云："词或前景后情，或前情后景，或情景齐到，相间相融，各有其妙。"③ 刘熙载论说词作情景的构合，认为其无非有三种模式：一为先写景后言情，二为先言情后映景，三为写景与言情相互掺合、不时互置。他肯定这几种艺术表现方式各有独特之处，内中并无高下之分。刘熙载赋予不同情景表现方式以平正的视点，是难能可贵的。黄苏《蓼园词评》评韩子苍《念奴娇》（海天向晚）时云："比兴深切，含而不露，斯为情景交融者。凡写景而不寓情，则意尽言中，便少佳致。"④ 黄苏通过评说韩子苍《念奴娇》（海天向晚）一词，对词作景物描绘与情感表现的关系予以论说。他重申景中寓情的主张，强调意在言外、含而不露，从而将艺术情景表现模式抬升到极致层次。其评张孝祥《念奴娇》（洞庭青草）时又云："写景不能绘情，必少佳致。此题咏洞庭，若只就洞庭落想，纵写得壮观，亦觉寡味。"⑤ 黄苏通过评说张孝祥《念奴娇》（洞庭青草）一词，又一次道出景中融情

---

① 陈良运主编：《中国历代词学论著选》，百花洲文艺出版社 1998 年版，第 570 页。

② 冯乾编校：《清词序跋汇编》，凤凰出版社 2013 年版，第 1309 页。

③ 唐圭璋编：《词话丛编》，中华书局 1986 年版，第 3699 页。

④ 张璋、职承让、张骅、张博宁编纂：《历代词话》，大象出版社 2002 年版，第 1820 页。

⑤ 同上书，第 1821 页。

的主张。他论析描绘洞庭湖之景，如果仅仅停留于叙写外在景象，而不立足于融含作者情感意绪于其中，则词作便必缺少滋味。

裘廷桢《海棠秋馆词话》云："作词之料，不离乎情景二字。眼中所见之景，与心上欲言之情，合而成之，即是好词。舍此之外欲与古字古书中另开别样门径，吾愿作词家不必作词，制古典书可也。"① 裘廷桢从词作审美构合的角度，强调创作主体必须将眼前所见之景致与内心所蕴蓄之情感加以有机地融合，如此，才可创作出美妙的词作。裘廷桢对传统词学中的情景交融之论进一步予以了张扬。沈祥龙《论词随笔》云："词虽浓丽而乏趣味者，以其但知作情景两分语，不知作景中有情、情中有景语耳。'雨打梨花深闭门'、'落红万点愁如海'，皆情景双绘，故称好句，而趣味无穷。"② 沈祥龙反对在词的创作中将情景加以分置的艺术表现方式，论断单纯的运用"情语"或"景语"，即使着色秾丽亦缺乏艺术趣味。他主张，词作艺术表现要景中寓情、情中有景、情景相融、相互生发，认为只有这样的词句才具有无尽的意味。沈祥龙将情景的有机交融视为词作审美的本质特征。张德瀛《词徵》云："词之诀曰情景交炼。宋词如李世英'一寸相思千万绪，人间没个安排处'，情语也。梅尧臣'落尽梨花春又了，满地斜阳，翠色和烟老'，景语也。姜尧章'旧时月色，算几番照我，梅边吹笛'，景寄于情也。寇平叔'倚楼无语欲销魂，长空黯淡连芳草'，情系于景也。词之为道，其大旨固不出此。"③ 张德瀛论断词的创作关键在情景交融。他详细地对词作的写景与言情予以例举，认为写景、言情大致体现为四种方式：一是专有言情之语，二是专有写景之语，三是写景寄于言情，四是言情系于写景。前两种方式表面情景相离而实有寓托，后两种方式情景直接相融、相互生发。张德瀛对词作写景与言情方式的探讨，切实地展开了传统情景关系之论，是甚具理论意义的。王国维《人间词话》云："昔人论诗词，有景语、情语之别。不知一切景语，皆情语也。"④ 王国维针对有人将词作"景语"与"情语"加以别分的做法，强调一切写景之语都是融含着创作主体情感意绪的。其论寓意着所谓

---

① 朱崇才编纂：《词话丛编续编》，人民文学出版社 2010 年版，第 1336 页。

② 唐圭璋编：《词话丛编》，中华书局 1986 年版，第 4056 页。

③ 同上书，第 4081 页。

④ 况周颐著，王幼安校订：《蕙风词话》；王国维著，徐调孚注，王幼安校订：《人间词话》，人民文学出版社 1960 年版，第 225 页。

的"景语"与"情语"之分，实际上只是艺术表现的偏重不同，而并无内在本质的差异。王国维重申了情景相融的不可分割性，对"情"在词作艺术生成中的原发作用极致地予以了标树。

民国时期，词作情景关系之论在陈匪石、况周颐、蒋兆兰、赵尊岳、詹安泰等人的言说中仍然得到承衍、拓展与深化。陈匪石《旧时月色斋词谈》云："词固言情之作，然单以情言，薄矣。必须融情入景，由景见情。温飞卿之《菩萨蛮》，语语是景，语语即是情。冯正中《蝶恋花》亦然，此其味所以醇厚也。然求之北宋，尚或有之；求之南宋，几成广陵散矣。"① 陈匪石在肯定情感表现为词的创作之本的基础上，主张情感表现必须融合于景物呈现中，通过外在景致而映现主体内在情感意绪。他由此称扬温庭筠、冯延巳之词景中见情、韵味醇厚，批评南宋词人之作情景相离，刻削而不见浑融，将情景相融的命题置之到了脑后。况周颐《餐樱庑词话》云："盖写景与言情非二事也。善言情者，但写景而情在其中。此等境界，唯北宋人词往往有之。"② 况周颐界定写景与言情在本质上是一致的。他认为，善于表达感情之人，是一定能够通过写景而言情的，由此视点出发，他推尚北宋人之作大多情景交融，合乎词作情感表现的本质要求，是以景写情的典范。蒋兆兰《词说》云："词宜融情入景，或即景抒情，方有韵味。若舍景言情，正恐粗浅直白，了无蕴藉，索然意尽耳。"③ 蒋兆兰从情景构合的角度论说词作意旨表现。他提倡要"融情入景""即景抒情"，将情与景两种创作质性因素紧密结合，如此，词作才富于审美意味。如果"舍景言情"、情景相离，则词作情感表现很可能流于直白浅俗，意旨表现必然缺乏含蓄蕴藉、索然寡味。蒋兆兰之论，进一步深化了传统词论对情景表现的探讨，具有探本的意义。

赵尊岳《珍重阁词话》云："情景杂糅之作，所见者景，所思者情。以有所见，方有所思，以有所思，遂似更有所见，遂似所见者益生感会，此中正有不少回环。故此等语，言景质实，言情清空者，初乘也。言景清空，言情质实者，中乘也。清空质实，蕴之于字里行间，而不见诸于文字

---

① 张璋、职承让、张骅、张博宁编纂：《历代词话续编》，大象出版社 2005 年版，第 643 页。

② 同上书，第 48 页。

③ 唐圭璋编：《词话丛编》，中华书局 1986 年版，第 4639 页。

者，更上乘也。并二者而超空之，言景不言其实，言情不嫌其空，所语不在情景，而实合二者于一体，最上乘也。"① 赵尊岳对词的创作中情景相融时，其间的相因相生予以具体的描述与界分。他论析其最初层次为景物描写切实具体，而所表现情感趋向虚灵；第二层次为景物描写趋向虚灵，而所表现情感切实具体；第三层次为词作写景言情并不拘泥于具体字句，然字里行间却体现出切实具体与清虚灵化的相融并生之感；而其最高层次则为写景抒情二者都趋向清虚灵化，词作字语似乎并不在写景抒情，然确又不离乎情景相融之境。赵尊岳对词作情景相融层次的界分与描述，虽不免显得有些玄虚，但却富于一定的启发性。祝南（詹安泰）《无庵说词》云："写景言情，分之为二，合之则一。善言情者，但写景而情在其中；善写景者亦然，景中无情，感人必浅，其能摇荡心魂者，即景亦情也。温飞卿之'江上柳如烟，雁飞残月天'，孙孟文之'片帆天际闪孤光'，冯正中之'细雨湿流光'，何尝不是景语，而情味浓至，使人低徊不尽。作令词固当会此，读令词亦当会此。唐五代人小词之不可及多在此等处，不独写情之拙重而已。"② 詹安泰界定景物描绘与情感表现在本质上是同一事物的不同方面。他论断善于情感表现之人，即使词作表面纯粹写景，而情感亦融含于其中。景中寓情，景中生情，化景为情，是词作感动人心的关键所在。他评断温庭筠、冯延巳等人词作写景而深寓主体之情，认为唐五代小令之所以富于艺术魅力，便在于其情感表现深寓与浑融于景物描绘之中。

二 "情"与"意"关系之论的承衍

中国传统词学对词情表现与创作因素关系探讨的第二条线索，是"情"与"意"关系之论的承衍。这一维面内容主要呈现于晚清与民国时期，其主要体现在刘炳照、陈廷焯、李佳、况周颐、郑文焯等人的论说中。

晚清，刘炳照《青蕤庵词题跋》云："盖人惟能甘澹泊之境，始有沈

---

① 张璋、职承让、张骅、张博宁编纂：《历代词话续编》，大象出版社2005年版，第776页。

② 同上书，第1322页。

挚之言。情愈至，品愈高，诣愈纯，蕴抱愈厚，激发愈雄。"① 刘炳照倡导人的生命存在要以淡泊宁静为本真，如此才可能倾吐出自然真挚之言语。他论断，人的情感表现越真挚，则其意致呈现便越显纯净，其所含蕴内涵便越见厚实，艺术品格也自然入乎高妙。"情"与"意"是成内在正比关系的两样东西。陈廷焯《白雨斋词话》云："所谓沉郁者，意在笔先，神余言外。写怨夫思妇之怀，寓孽子孤臣之感。凡交情之冷淡，身世之飘零，皆可于一草一木发之。而发之又必若隐若见，欲露不露，反复缠绵，终不许一语道破。匪独体格之高，亦见性情之厚。"② 陈廷焯论词以沉郁深致为审美理想。他解说"沉郁"的涵义为"意在笔先，神余言外"，强调词人创作命意要在用笔之前便有胚胎，以此作为统贯整个词作的灵魂所在；同时词作艺术表现又要在言语之外体现出创作主体的精神面目。陈廷焯主张创作主体将深沉的社会现实之感与丰富的人生情怀通过词的形式加以表现，强调艺术表现要含蓄委婉，在令人回味中体现出主体丰富深厚的性情与寄托。他特别强调词作艺术表现要意尽而语不破，由此，凸显出词作格调的超拔与创作主体情性的深挚敦厚。李佳《左庵词话》云："词以写情，须意致缠绵，方为合作。无清灵之笔意致，焉得缠绵。彼徒以典丽堆砌为工者，固自不解用笔。"③ 李佳对词作抒情与写意的内在关系予以阐说。他主张以缠绵之意致表现创作主体内心之深情，而要写出缠绵之意致，又须有清空灵动之笔法，这与追尚雕饰是不相关涉的。李佳主张词作情感表现要与意致呈现相结合，他论断，如果没有清虚灵动之笔法，其词作意致是难以呈现出婉转曲折之情状的，也就谈不上言情的婉切深细。李佳对词作抒情与写意强调其紧密相联之论，进一步充实了对词作情感表现的要求。

民国时期，况周颐《玉栖述雅》云："词笔微婉深至，往往能状难状之情。关秋芙女弟绮字侣琼，《清平乐》歇拍云：'却又无愁无病，等闲过到今朝。'曩丙辰重九，蕙风《紫萸香慢》云：'最是无风无雨，费遥山眉翠，镇日含颦。'夫无愁无病，无风无雨，岂不甚善。然而其辞若有

---

① 冯乾编校：《清词序跋汇编》，凤凰出版社 2013 年版，第 1819 页。
② 陈廷焯著，杜未末校点：《白雨斋词话》，人民文学出版社 1959 年版，第 5—6 页。
③ 唐圭璋编：《词话丛编》，中华书局 1986 年版，第 3110 页。

憾焉，古之伤心人，别有怀抱。翠袖天寒，青衫泪湿，其揆一也。"① 况周颐甚为主张词的创作笔法要细腻深致，认为惟其如此，才能充分地表现出主体内心之幽情。他提出"古之伤心人，别有怀抱"的著名论断，将对词作情感表现与笔致运用的关系概括地予以总结归纳，这成为词作情感蕴含与意致呈现的经典之论。郑文焯《郑大鹤先生论词手简》云："夫文者，情之华也，意者，魄之宰也。故意高则以文显之，艰深者多涩；文荣则以意贯之，涂附者多庸。"② 郑文焯论断言辞为人之情感表现的外在形式，意致为词作的灵魂之所在。他肯定以"文"传"意"之径，主张表意与用辞要相互契合，认为在言辞华丽时要特别注重以意脉穿贯，以避免雕琢不畅之病。

三　"情"与"辞"关系之论的承衍

中国传统词学对词情表现与创作因素关系探讨的第三条线索，是"情"与"辞"关系之论的承衍。这一维面阐说主要体现在管贞乾、陈鼎、黄苏、丁绍仪、吕耀斗、陈运彰等人的言论中。

明代末年，管贞乾《诗余醉附言》云："溯未有文字之先，文字藏性情间。既有文字之后，性情沁文字间。今人庄语、雄语、经济语、金华殿中语，毕竟不如情致语为流畅。"③ 管贞乾论断情感表现是始终含寓在字语之中的，他推尚包含真实性情与意致之语，认为其胜过其他任何风格之语言。

清代，陈鼎《同情集词选·发凡》云："词多寄托，大抵本情而生。情深者无浅语，其有工丽中带风刺，亦大雅之音。"④ 陈鼎大力肯定词的创作生发于人之情感。他认为主体情感表现真挚，则其语言运用自然无浅俗之患，即便其于工巧绮丽中寓含讽刺之意，亦不失为雅正之音。黄苏《蓼园词评》云："蔡伯世云：'子瞻辞胜乎情，耆卿情胜乎词，情辞相称者，惟少游而已。'其推重如此。"⑤ 这段话中，蔡兴宗通过评说苏轼、柳

① 唐圭璋编：《词话丛编》，中华书局1986年版，第4607页。
② 张璋、职承让、张骅、张博宁编纂：《历代词话续编》，大象出版社2005年版，第38页。
③ 潘游龙选评：《精选古今诗余醉》卷末，明崇祯丁丑十年海阳胡氏十竹斋刊本。
④ 《词学季刊》，创刊号，上海民智书局1933年。
⑤ 张璋、职承让、张骅、张博宁编纂：《历代词话》，大象出版社2002年版，第1814页。

永与秦观词作在情感表现与言辞运用上的特征，体现出倡导情感表现与言辞运用相协相融的主张，见出两者的正态构合关系。而黄苏通过引述蔡兴宗之言，也体现出其所推尚"情"与"辞"相协相融的主张。丁绍仪《听秋声馆词话》云："世人动以词为小道，且以情语艳语为深戒，甚或以须有关系之论，概及于词。……词之旨趣，实本风骚，情苟不深，语必不艳，惜后人不能解不知学耳。"① 丁绍仪驳斥"词为小道"之论，他推本词作之体源于风骚，认为其与诗体是相趋相通的。由此，他论断，词作情感表现也要自然真实、深挚感人，惟其如此，词作用语也才可能更趋近本色之秾丽。丁绍仪之论，脱却开一般以"艳语"为戒之论，从词作本色体性入手，阐说出其情感表现与语言运用的内在正比关系，张扬了词体艺术质性。吕耀斗《泥雪堂词钞跋》云："自古词章皆关比兴，性之至者，体自雅；情之至者，音自余。固不必寄托，自有悠然缭然之思流于简外。"② 吕耀斗论断词的创作在生发于兴会的基础上，是以情性表现为本的。他界断创作主体情性表现与言辞运用的关系是成正比的，情至而言必感人，其寄托之意也自现于言外，富于艺术魅力。

民国时期，蒙庵（陈运彰）《双白龛词话》则云："以婉曲之笔，达难言之情；以寻常之语，状易见之景。此闺襜中人，所独擅其长。其病也，或患于浅，或伤于薄。然情真则语挚，意足乃神全。"③ 陈运彰论说到词作情感表现与语言运用的关系。他界定创作主体情感真挚，则其语言运用便必然真切动人，两者之间是呈正态对应关系的。陈运彰将情感表现与语言运用的正态对应关系予以了简洁而到位的阐明。

---

①　唐圭璋编：《词话丛编》，中华书局 1986 年版，第 2688—2689 页。

②　冯乾编校：《清词序跋汇编》，凤凰出版社 2013 年版，第 1644 页。

③　张璋、职承让、张骅、张博宁编纂：《历代词话续编》，大象出版社 2005 年版，第 1353 页。

第四章 中国传统词兴论的承衍

"兴"是中国传统词学创作论的重要范畴，它与"情""意""理"等一起，被用来概括词的创作的不同命题，阐说词的创作的内在之理。在中国传统词学史上，有关"兴"的论说是不少的，形成多维面的承衍阐说线索，富于理论观照的意义。

第一节 对"兴"作为词的创作本质要素标树之论的承衍

一 从词作体制角度对"兴"标树之论的承衍

中国传统词兴之论大致孕育于南宋初期。黄大舆在《〈梅苑〉序》中曾叙说自己病居无聊，"于是录唐以来词人才士之作，以为斋居之玩。目之曰'梅苑'者，诗人之义，托物取兴。屈原制《骚》，盛列芳草，今之所录，盖同一揆。"[①] 黄大舆在选编唐以来词作时，阐说到其选编缘由与择取原则，亦即选取有兴会寄托之意的词作于其中。此序从某种程度上体现出词的创作与兴会具有内在紧密的联系。

明代，传统词兴之论正式出现，对其的标树主要体现在王象晋、周逊、周永年、沈际飞等人的言说中。王象晋《重刻诗余图谱序》云："诗余一脉，肇自赵宋，列为规格，填以藻词。一时文人才士，交相矜尚，或发抒独得，或酬应鸿篇，或感慨今昔，或欣厌荣落。或柔态腻理，宣密缔而寄幽情；或比物托兴，图节序而绘花鸟。忆美人者盼西方，思王孙者怨芳草，望西归者怀好音，抱孤愤者赋楚些。譬照乘之珠，连城之玉，散在几席，晶光四射，为有目人所共赏，有心人所共珍，岂不脍炙一时，流耀

---

① 张璋、职承让、张骅、张博宁编纂：《历代词话》，大象出版社 2002 年版，第 42 页。

来裔哉！然可谓唐诗之余，非周诗之余也。"①王象晋论断词作之体出现于宋代，具有多方面的艺术表现功能与社会作用，其中，他肯定词体可通过外在物象而比附主体之心与托寄兴会之意，明确肯定兴会在词作艺术生成与结撰中具有突出的意义。周逊《刻词品序》云："故夫词成而读之，使人恍若身遇其事，怵然兴感者，神品也。意思流通无所乖逆者，妙品也。能品不与焉。宛丽成章，非辞也。"②周逊将词的创作界分为不同的层次，他仿前人品评书画之例，以"神品""妙品""能品"界分词作层次。其中，他认为，最高层次的词作是使人在吟咏玩味时，仿佛身遇其事、身临其境，自然而生发出兴会感触。周逊之论，将兴会论题有机地纳入到词的创作与审美范围中，较早显示出对"兴"作为词的创作本质要素标举之意。周永年《艳雪集原序》云："从来诗与诗余，亦时离时合。供奉之《清平》，助教之《金荃》，皆词传于诗者也。玉局之以快爽致胜，屯田之以柔婉取妍，皆词夺其诗者也。大都唐之词则诗之裔，而宋之词则曲之祖。唐诗主情兴，故词与诗合；宋诗主事理，故词与诗离。士不深于比兴之义，音律之用，而但长短其诗句，以命之曰词，徒见其不知变耳。"③周永年论断诗词之体时而相通、时而相离，他评说李白、温庭筠之词在体制上皆与诗相通，而苏轼、柳永之词在体制上则与诗有所相离。唐人之词大致与诗体相通，而宋人之词则与诗体有所相离。从唐代诗词相通的视点而言，它们皆缘于创作主体情感心绪与兴会之意而加以生发，而宋诗的创作则更多地缘于深见事理之故。这里，周永年实际上将兴会生成与情感抒发一起，视为诗词创作共通的本质所在。沈际飞《〈草堂诗余新集〉评笺》评严惟中《百字令》（玉署仙翁缘底事）云："词之为用，至贺送侯答而不幸矣。各徇体面，忌讳多端，限格限韵，兴会才情，了无着处，虽名手难佳。惟中本质平等，一调数词，纯步东坡韵，恣意谀人河下隶驿中卒供给生活，为彼藏拙可也。"④沈际飞评说词的创作自用于应酬交际以来，在创作层面上人为地增加了很多规范与拘限，这体现在词体创造与音律运用等方面，它使词人们兴会才情缺少充分发挥的艺术空间。他

---

① 陈良运主编：《中国历代词学论著选》，百花洲文艺出版社 1998 年版，第 302 页。

② 张璋、职承让、张骅、张博宁编纂：《历代词话》，大象出版社 2002 年版，第 313 页。

③ 陈良运主编：《中国历代词学论著选》，百花洲文艺出版社 1998 年版，第 260 页。

④ 张璋、职承让、张骅、张博宁编纂：《历代词话》，大象出版社 2002 年版，第 704 页。

界定，沿着这种创作路径，即使是善词者也难以创作出佳作。沈际飞批评严惟中本来就资质平平，却深受音律表现拘限的影响，盲目追和苏轼词作之韵，这先在地决定了其词作只能流于拙劣之层次，在前人框定的范围中讨生计，是不得要领的。沈际飞之论，将艺术兴会与音律规范视为难以兼容的东西，显示出对词作兴会之艺术特征的独特认识。

清代，从词作体制角度对"兴"作为创作本质要素的标举之论较多，其主要体现在刘体仁、纳兰性德、吴宝崖、傅燮詷、宋翔凤、王崇鼎、谢章铤、蒋敦复、刘熙载、江顺诒、吕耀斗、谭献、杜文澜、庄棫、陈廷焯、李佳、沈祥龙、许兆桂、郑文焯、王国维等人的论说中。他们从不同方面对"兴"在词的创作中的本体地位予以了标树与阐明。

清代前期，刘体仁《七颂堂词绎》云："文长论诗曰：如冷水浇背，陡然一惊，便是兴观群怨，应是为佣言借貌一流人说法。温柔敦厚，诗教也。陡然一惊，正是词中妙境。"① 刘体仁承徐渭论诗"陡然一惊"之语加以阐说。他认为，在"兴""观""群""怨"亦即各种艺术功能的有效发挥中，词作接受者内心在突然间受到触动或震撼，这便是词的创作入乎妙处之所在。这里，刘体仁内在地将兴会概括进词作艺术功能中，寓含对"兴"作为词作本质要素的标树之意。纳兰性德《填词诗》云："诗亡词乃盛，比兴此焉托。往往欢娱工，不如忧患作。……古人且失风人旨，何怪俗眼轻填词。词源远过诗律近，拟古乐府特加润。不见句读参差三百篇，已自换头兼转韵。"（张德瀛《词徵》记）② 纳兰性德以论词诗的形式，阐说到诗词之体与兴会比附的内在联系。他将"比兴"界定为诗词之体在创作过程中所必须共同遵循与利用的东西，道出欢悦之词难工而忧患之作容易感人的特征。其论寓含着艺术兴会往往是与人之情感的极致状态相联系的，明确将"兴"标树为词的创作的本质要素。纳兰性德肯定诗词相因相替，认为两者的共通之处就在于都以比附与兴会的形式予以表现，其艺术生发机制内在是相同的。吴宝崖《浣雪词话》云："词犹诗也，非江山之助，不能工。昔人称张燕公谪岳州以后诗，视其少作，风格殊进。近日新城王学士赏评《邝湛若集》云：'诗多在潇湘洞庭间，那得

---

① 唐圭璋编：《词话丛编》，中华书局1986年版，第623页。
② 同上书，第4181页。

不佳。先生楚游诸词亦然。'"① 吴宝崖在创作生发上持诗词相通之论。他论断诗词之体艺术生发都要依托于"江山之助",亦即借助外在自然景致与事物加以生发与托寄。他评说张说贬谪岳州之后诗作因受山川之助而日益精进,风格有变,此便有力地证明了审美兴会对文学创作及其转变的内在影响,见出"兴"在词作艺术生发中的本体地位。傅燮词《声影集小引》云:"夫词,寄兴耳。兴至则然,必曰此调因何事而摛,此语为何人而发,起古人于今日,宁无怪其嚣嚣乎?"② 傅燮词论断词的创作是以兴会寄托为艺术生发基点的。他认为,有兴会则必然有创作,一些人在词作中盲目地局限于选调用韵,拘泥于其始发何时,始用于何人,这是很不得要领的,是不真正懂得创作真谛与艺术生发内在机制的表现。

清代中期,宋翔凤《乐府余论》云:"词家之有姜石帚,犹诗家之有杜少陵,继往开来,文中关键。其流落江湖,不忘君国,皆借托比兴,于长短句寄之。如《齐天乐》,伤二帝北狩也。《扬州慢》,惜无意恢复也。《暗香》《疏影》,恨偏安也。盖意愈切,则辞愈微,屈宋之心,谁能见之。乃长短句中,复有白石道人也。"③ 宋翔凤对姜夔之词极意推崇。他立足于姜词长于比兴寄托的视点,认为其善于经营意象,兴发情感,由此而极致地表现出对国家民族之事的关切与对现实人生的丰富感受。他界定姜夔词作上继屈宋楚骚的创作传统,将比兴寄托之艺术机制予以了发扬光大。

晚清,王崇鼎《饮绿楼诗余序》云:"古无词也,自唐宋以来,诗人好为长短句,而词始行。后之学步者,必辨其音之清浊、声之阴阳、韵之高下,有数日而成一解,数月而成一解者。甚矣!词之难也。然余谓吟咏之道,贵自适其性情。兴之所到,自鸣天籁,正不必为胶柱之鼓也。"④ 王崇鼎之论体现出对艺术兴会的极意标树。他批评一些人作词,喜欢在词调运用与声律表现方面大做文章,将大量精力与丰盈才情花费于此道中,舍本逐末,使词的创作之道日见局促。王崇鼎提出,吟咏之道是要以情性自然抒发为本位的,兴会所到,自然天成,而不必胶柱鼓瑟,惟其如此,

① 朱崇才编纂:《词话丛编续编》,人民文学出版社 2010 年版,第 730 页。
② 冯乾编校:《清词序跋汇编》,凤凰出版社 2013 年版,第 221 页。
③ 唐圭璋编:《词话丛编》,中华书局 1986 年版,第 2503 页。
④ 冯乾编校:《清词序跋汇编》,凤凰出版社 2013 年版,第 1565 页。

才能使创作之道得到很好的发扬。谢章铤《赌棋山庄词话》云："亦知词固有兴观群怨，事父事君，而与雅颂同文者乎。……盖古来忠孝节义之事，大抵发于情，情本于性，未有无情而能自立于天地间者。……故凡托兴男女者，和动之音，性情之始，非尽男女之事也。得此意以读词，则闺房琐屑之事，皆可作忠孝节义之事观。又岂特偎红倚翠，滴粉搓酥，供酒边花下之低唱也哉。"① 谢章铤一方面肯定词体具有"兴""观""群""怨"的多方面艺术功能；另一方面又张扬其具有政教之性的特点；同时，还大力肯定词作对人之情感的表现，将情感界定为词作艺术生发的本质所在。这之中，谢章铤也触及兴会的论题。他将兴会寄托与男女情性之事加以联系，认为正是基于兴会寄托的内在机制，才能使男女情事艺术地移置与升华，从而内在地呈现出教化之性。谢章铤实际上将兴会寄托视为艺术转化的关节所在，充分见出兴会在词的创作生发中的意义。蒋敦复《芬陀利室词话》云："昔人论作诗必有江山书卷友朋之助，即词何独不然。不读万卷书，不行万里路，不交万人杰，无胸襟，无眼界，嗫嚅龌龊，絮絮效儿女子语，词安得佳。"② 蒋敦复论断诗词创作都受到外在自然事物与创作主体学养识见与周遭亲人故旧的影响，这之中，他将不行万里之路、不得江山之助视为影响词的创作的最重要因素之一，简洁而有力地张扬了兴会在词的创作中的重要价值。

刘熙载《词概》云："词莫要于有关系，张元干仲宗因胡邦衡谪新州，作《贺新郎》送之，坐是除名，然身虽黜而义不可没也。张孝祥安国于建康留守席上，赋《六州歌头》，致感重臣罢席。然则词之兴观群怨，岂下于诗哉。"③ 刘熙载以张元干、张孝祥二人词作为例，对词之兴会予以标举。他肯定词的创作与社会现实的内在联系，将词作所表现兴会之意、幽怨之情提高到与诗体表现并列的层次。刘熙载之论，在对词体所具有多种艺术功能的标举中，也体现出对词体的推尊之意。江顺诒《词学集成》评杨芸士《洺州唱和序》云："词之言情，乃诗之赋体也。词一作赋体，则直陈其事，有是词乎。比兴二体，不外体物赋景二事。是序论

---

① 唐圭璋编：《词话丛编》，中华书局1986年版，第3465—3466页。
② 同上书，第3645页。
③ 同上书，第3709页。

二事，亦可谓无妙不臻，极词人之能事矣。"① 江顺诒将词作情感表现与兴会比附之法有机地联系起来。他大力肯定词作情感表现的自然性，在此基础上，又倡导融以兴会比附，强调将情感意绪更为细致幽微地表现出来，从而极致地呈现出词作体制之妙。吕耀斗《泥雪堂词钞跋》云："自古词章皆关比兴，性之至者，体自雅；情之至者，音自余。固不必寄托，自有悠然缭然之思流于简外。"② 吕耀斗将"比兴"论说为词作之道的常态化艺术表现方法。他论断，有性情则词作必然显雅致，其声律表现也必然富于吸引力。在"寄托"与"兴会"两个命题中，他判定"兴会"是更为根本的，有"兴会"则必然有"寄托"，也必然使词作富于言外之意与韵外之致。吕耀斗之论，从创作发生角度对"兴"予以更切实的标树。

　　谭献《复堂词录序》云："愚谓词不必无颂，而大旨近雅。于雅不能大，然亦非小，殆雅之变者欤。其感人也尤捷，无有远近幽深，风之使来。是故比兴之义，升降之故，视诗较著，夫亦在于为之者矣。"③ 谭献在词作思想旨向上是持风教之论的。他提出词要有比兴之义，由兴会比附而及于风雅统绪。他坚决反对词作一味追求形式之美，强调要以中和化原则导引词作艺术表现。谭献之论，在对词作政教之性的张扬中，对其比兴之道也予以了彰显。杜文澜《憩园词话》云："文章通丝竹之微，歌曲会比兴之旨。使茫昧于宫商，何言节奏。苟灭裂于文理，徒类喝啾。爰自分驰，所滋流弊。"④ 杜文澜肯定词曲之体内在地融合兴会比附之义，如此，才不至于使言辞表现之意味流于虚空境地。很明显，杜文澜是主张比兴之旨与音律表现之意味相容相生的。庄棫《复堂词叙》云："自古词章，皆关比兴，斯义不明，体制遂舛。狂呼叫嚣，以为慷慨，矫其弊者，流为平庸。风诗之义，亦云渺矣。"（陈廷焯《白雨斋词话》记）⑤ 庄棫从艺术体制表现的角度，提出词体是关乎兴会比附之法的，他论断，这直接关系到词作旨意表现与体性特征。庄棫反对过于散体化、议论化的词作，判评其为平俗庸致，于风人比兴之义全无了涉，从本质上背离了词体创作的内在审美要求。

---

①　唐圭璋编：《词话丛编》，中华书局 1986 年版，第 3289 页。

②　冯乾编校：《清词序跋汇编》，凤凰出版社 2013 年版，第 1644 页。

③　唐圭璋编：《词话丛编》，中华书局 1986 年版，第 3987 页。

④　同上书，第 2858—2859 页。

⑤　陈廷焯著，杜未末校点：《白雨斋词话》，人民文学出版社 1959 年版，第 115 页。

　　此时期，陈廷焯对"兴"作为词的创作本质要素予以较多的标举与阐明，将传统词学对"兴"的推尚发展到一个高峰。其《白雨斋词话自叙》云："夫人心不能无所感，有感不能无所寄，寄托不厚，感人不深，厚而不郁，感其所感，不能感其所不感。伊古词章，不外比兴，谷风阴雨，犹自期以同心，攘诟忍尤，卒不改乎此度，为一室之悲歌，下千年之血泪，所感者深且远也。后人之感，感于文不若感于诗，感于诗不若感于词。"① 陈廷焯对词体甚为推尊。他从传统"物感"说的角度加以论说，认为自古以来之词都是与兴会比附紧密联系的。他认为，词在本质上是人们有感于自然、历史与现实人生的产物，从感发寄托的角度而言，文不如诗，诗不如词，在细致深远地表现人的兴会寄托之意上，确是没有任何的文学形式能超越于词体的。陈廷焯之论，内在地将兴会界定为有助于艺术感发与寄托之物，道出其与词作寄托的内在联系，是甚富于识见的。其《白雨斋词话》云："感慨时事，发为诗歌，便已力据上游。特不宜说破，只可用比兴体，即比兴中亦须含蓄不露，斯为沉郁，斯为忠厚。"② 陈廷焯通过论说姜夔词作善于兴发感慨与寄托加以立论。他认为，诗词之体在艺术生发上要依据于社会现实与人生事象，这内在地影响着诗词的格调，而其在艺术表现中，则应大量运用兴会比附之法，以"不说破"为旨归，亦即要委婉含蓄，留有艺术回味与想象拓展的空间，如此，才可谓沉郁深致与赤诚醇厚。陈廷焯将兴会论定为诗词创作的有机组成部分，并对其提出含蓄不露的要求，这在传统词兴论中是甚为典型的。其又云："中白先生《叙复堂词》有云：'……'又曰：'自古词章，皆关比兴，斯义不明，体制遂舛。狂呼叫嚣，以为慷慨，矫其弊者，流为平庸。风时之义，亦云渺矣。'先生此论，实具冠古之识，并非大言欺人。"③ 陈廷焯持同庄棫之言，他肯定词作之体亦关乎比附之法与兴会之意，强调比兴在词作艺术表现中具有重要的生发与架构作用。陈廷焯反对一味叫嚣怒张的议论化之法，认为这必使传统诗体所蕴含的风人之义消失殆尽。其又云："古人为词，兴寄无端，行止开合，实有自然而然，一经做作，便失古意。世人好为叠韵，强己就人，必竞出工巧以求胜，争奇斗巧，乃词中下品，余所深

---

① 陈廷焯著，杜未末校点：《白雨斋词话》，人民文学出版社 1959 年版，第 1 页。
② 同上书，第 28 页。
③ 同上书，第 115 页。

恶者也。"① 陈廷焯对唐五代之词甚为称扬，界定其最大的特征体现在兴会寄托，无所不合，一切纯任自然，绝不有意而为；相比照而言，他批评当世不少人作词拘限于音律运用，一味凑合或迁就他人之律，或流于细碎工致，或追求新异奇巧，在不经意中降低了词作品格。陈廷焯此论实际上也从创作论角度对兴会之道予以了标举。其又云："风骚有比兴之义，本无比兴之名，后人指实其名，已落次乘，作诗词者，不可不知。"② 陈廷焯论说到兴会比附缘起于先秦诗骚之体，他告诫诗词作者要努力继承好这一传统创作之法，使其有效地得到弘扬。其还云："古人词大率无题者多，唐五代人，多以调为词，自增入'闺情'、'闺思'等题，全失古人托兴之旨；作俑于《花庵》《草堂》，后世遂相沿袭，最为可厌。至《清绮轩词选》，乃于古人无题者妄增入一题，诬己诬人，匪独无识，直是无耻。"③ 陈廷焯在对古今词题与创作旨意的比照中，论及兴会寄托的命题。他认为，唐五代人作词多以音调为题，是很少有具体题目的，词作者全凭兴会寄托意旨；延展到宋代的《花庵词选》与《草堂诗余》，选编者妄自在词作前添加题目，这窜改了古代词作的本来面貌，也很可能歪曲词作的意旨。陈廷焯通过对宋人妄添词作题名的批评，实际上将兴会论定为词体创作的质性要素。

其时，李佳《左庵词话》云："古词人制腔造谱，各调多由自创，固非洞晓音律不能。今人倘自制一调，世罔不笑其妄者。虽解音理，亦不过依样画胡卢耳。故近日倚声一事，仅以陶瀹灵性，寄兴牢骚。风雅场中，尚遑云协于歌喉，播诸弦管，自度腔所由罕也。"④ 李佳批评近世词人多不通音律之道，在词的创作中仅仅抒写性灵，托寄兴会，是根本谈不上音律表现的。此论在对近世词人的批评中，实际上从一个方面张扬了兴会乃词作本质要素之意。沈祥龙《论词随笔》云："诗有赋比兴，词则比兴多于赋。或借景以引其情，兴也。或借物以寓其意，比也。盖心中幽约怨悱，不能直言，必低徊要眇以出之，而后可感动人。"⑤ 沈祥龙从诗词体制的细微差异出发阐说到词兴的论题，他切中地道出词中多用比兴之法而

---

① 陈廷焯著，杜未末校点：《白雨斋词话》，人民文学出版社 1959 年版，第 131 页。
② 同上书，第 158 页。
③ 同上书，第 179—180 页。
④ 唐圭璋编：《词话丛编》，中华书局 1986 年版，第 3171 页。
⑤ 同上书，第 4048 页。

少用铺叙展衍手段的特征。他解说"兴"的涵义为以景引情，亦即通过对外在自然事物与社会人事的叙说而导引与兴发出创作主体内在情感意绪，它与借景而寓意的"比"同为委婉深致之艺术表现手段，在有效地推动词作感人上具有十分重要的作用。沈祥龙之论，对兴会之于词作的意义予以了切实的标举。许兆桂《词苑萃编序》云："夫兴观群怨，匪独诗也。诗余为词，凡幽人迁客，春女秋士，抚今思古，唱予和汝，其致一焉。"① 许兆桂从诗词同源的角度，将"兴""观""群""怨"界定为词作艺术表现的根本所在。他判定自古以来在艺术的多方面表现功能上，词体与诗体确是并没有什么太大差异的。

　　郑文焯云："近之作者，思如玉田所云妥溜者，尚不易得，况语以高健邪。其故在学人则手眼太高，不屑规规于一艺。不学者又专于此中求生活，以为豪健可以气使，哀艳可以情喻，深究可以言工。不知比兴，将焉用文。元、明迄今，迷不知其门户，噫亦难已。"（陈锐《褒碧斋词话》记）② 郑文焯通过评说近世人们学词之弊，也对词作兴会之道予以标树。他认为，词的创作确是有着不同层次与境界的，学词者不能一味地手眼太高，如此则难入其门墙；但也不能止步于某一层次，在同一水平上讨生计，在拘限之识中求取艺术境界。词的创作的关键还是在兴会比附，只有把握好这一艺术生发机制，才能在或追求豪健之风格，或追求情感之深致，或追求描绘之工巧上做文章，这也是元明以来不少人作词入门不当的真正原因之所在。郑文焯对兴会的标举，切中词体的本质属性，对消解晚清词坛所出现的学人化创作取向具有一定的作用。王国维（托名樊志厚）《人间词甲稿序》云："叔本华曰：'抒情诗，少年之作也。叙事诗及戏曲，壮年之作也。'余谓：抒情诗，国民幼稚时代之作也。叙事诗，国民盛壮时代之作也。故曲则古不如今。（元曲诚多天籁，然其思想之陋劣，布置之粗笨，千篇一律令人喷饭。至本朝之《桃花扇》《长生殿》诸传奇，则进矣。）词则今不如古。盖一则以布局为主，一则须仁兴而成故也。"③ 王国维在叔本华论说抒情诗与叙事诗及戏曲之异别的基础上加以立论。他比譬，抒情诗为人们思想幼稚时期之产物，其在本质上是与人的

---

① 唐圭璋编：《词话丛编》，中华书局 1986 年版，第 1701 页。
② 同上书，第 4200 页。
③ 姚柯夫编：《〈人间词话〉及评论汇编》，书目文献出版社 1983 年版，第 62 页。

天性更切近的；相比照而言，叙事诗则是人们思想不断成熟与深化的产物，其与人的童真天性是有所隔离的。由此，王国维评断杂剧（类于叙事诗）之创作"古不如今"，而词（类于抒情诗）之创作则"今不如古"；体现在艺术体制创造的关键环节上，前者重在组织结构之布局，而后者则纯任艺术兴会之生发，两方面确是有着内在差异的。王国维对词曲创作中艺术表现的比照，进一步凸显出兴会在词的创作中的重要意义，其实际上也对"兴"作为词的创作本质要素予以了标树。

二　从词作咏物角度对"兴"标树之论的承衍

中国传统词学从词作咏物角度对"兴"的标树之论，主要体现在刘体仁、蒋敦复、李佳、蔡桢等人的论说中。清代前期，刘体仁《七颂堂词绎》云："咏物至词，更难于诗。即'昭君不惯风沙远，但暗忆江南江北'，亦费解。放翁'一个飘零身世，十分冷淡心肠'，全首比兴，乃更遒逸。"① 刘体仁从词作咏物的角度，较早提出咏物词要善于运用兴会比附之法。他认为，这样创作出来的词作才更见充实而飘逸，也更富于艺术魅力。晚清，蒋敦复《芬陀利室词话》云："词原于诗，即小小咏物，亦贵得风人比兴之旨。唐、五代、北宋人词，不甚咏物，南渡诸公有之，皆有寄托。"② 蒋敦复从诗词同源角度论说到咏物词的创作。他界定，词作咏物的关键在于深得风人比兴之义，亦即要将兴会比附之法巧妙地导入词作意旨的呈现中，如此，才能以小见大，由物及意，有效地将咏物之本事加以艺术化拓展与深化。蒋敦复之论，将兴会界定为生发词作咏物的最关键因素之一。李佳《左庵词话》云："咏物体，须不即不离，有议论，有兴会，有寄托，能组织生新，自佳。"③ 李佳对咏物词的创作要求与特征展开论说。他主张词作咏物要在不脱不系、不即不离中寓含兴会与寄托之意，并要能灵活变化、不断生新，如此，才能创作出优秀的咏物之词。这里，李佳直接将兴会标树为词作咏物的内在关节之一。民国时期，蔡桢也从词作咏物角度对"兴"予以标树。其《柯亭词论》云："咏物词，贵有寓意，方和比兴之义。寄托最宜含蓄，运典尤忌呆诠，须具手运五弦目送

---

① 唐圭璋编：《词话丛编》，中华书局1986年版，第621页。
② 同上书，第3675页。
③ 同上书，第3116页。

飞鸿之妙，方合。"① 蔡桢论说咏物词的创作要在兴会比附中寓托意旨，他认为惟其如此，才能使词作富有意致。蔡桢强调咏物词表现寄托之意要委婉含蓄，寓事用典要力避呆滞，整个词作艺术表现呈现出言在此而意在彼的特征，寓含可意会而难以言说的意味，这才是咏物词艺术表现的至高之境。

第二节　对"兴"与其他创作因素关系之论的承衍

中国传统词学对"兴"与其他创作因素关系的考察，主要体现在四个方面：一是"兴"与词作体制关系之论，二是"兴"与情感表现关系之论，三是"兴"与词作用辞关系之论，四是"兴"与艺术教化关系之论。我们对其承衍线索分别勾勒与论说之。

一　"兴"与词作体制关系之论的承衍

中国传统词学对"兴"与词作体制关系之论，主要体现在彭孙遹、焦循、陆蓥、王国维、蔡桢等人的论说中。清代前期，彭孙遹《金粟词话》云："长调之难于小调者，难于语气贯串，不冗不复，徘徊宛转，自然成文。今人作词，中小调独多，长调寥寥不概见，当由兴寄所成，非专诣耳。"② 彭孙遹分析词之长调与短调在创作上的不同特征。他概括长调之词的特点在于意脉潜贯、委婉流转，短调之词的特点在于立足兴会寄托，以兴会为艺术生发点，以寄托为兴会之旨归，其与长调之词在创作运思上是有所不同的。彭孙遹将兴会作为了词之短调创作的最关键所在。清代中期，焦循《雕菰楼词话》云："词韵无善本，以《花间》《尊前》词核之，其韵通叶甚宽，盖寄情托兴，不比诗之严也。"③ 焦循从诗词用韵角度论说到艺术兴会的命题。他界定，词作情感寄托与兴会生发比诗体相对要灵便活脱些，寄托情兴是词的创作的最显著特征。晚清，陆蓥《问花楼词话自序》云："词虽小道，范文正、欧阳文忠尝乐为之。考亭大

---

① 唐圭璋编：《词话丛编》，中华书局 1986 年版，第 4907 页。
② 同上书，第 725 页。
③ 同上书，第 1492 页。

儒，亦间有作。盖古人流连光景，托物起兴，有宜诗者，有宜词者。"①
陆蓥从范仲淹、欧阳修、朱熹乐于为词而论及寓情于物与兴会寄托的命
题。他见出诗词之体在兴会寄托上有所偏重与差异的特征，但遗憾的是未
作展开论说。王国维《人间词话》云："近体诗体制，以五七言绝句为最
尊，律诗次之，排律最下。盖此体于寄兴言情，两无所当，殆有均之骈体
文耳。词中小令如绝句，长调似律诗，若长调之《百字令》《沁园春》
等，则近于排律矣。"② 王国维从诗词体制相类相近的角度，论说到词体
与兴会寄托的关系。他认为，词体与近体诗在体性上是一致的，其小令如
绝句，长调如律诗，它们在本质上都受到音律表现的规范与影响，因此，
在通过兴会寄托表现情感上都是有着先在拘限的。王国维之论，寓意着艺
术兴会之道与词作音律运用体制在质性上是相隔的，必须设法予以规避与
逾越。

民国时期，蔡桢《柯亭词论》云："词尚空灵，妙在不离不即，若离
若即，故赋少而比兴多，令引近然，慢词亦然。曰比曰兴，多从反面侧面
着笔。赋者，敷陈其事而直言之，便是从正面说。至何者宜赋，何者宜比
兴，则须相题而用之，不可一概论。"③ 蔡桢从词作艺术表现推尚虚空灵
妙的角度出发，阐说到词兴的论题。他认为，词作之极致艺术境界体现为
不粘不脱，强调在可望而不可即中表现出词作意旨。因此，所运用兴会比
附之法较多，其艺术表现多从反面映衬或从侧面烘托，而少从正面叙说。
但从总体而言，也不可一概排斥铺叙展衍之笔法。"赋""比""兴"三
者，必须遵循"相题而用"的原则，亦即根据题材抒写的需要而有选择
地运用。蔡桢之论，将艺术兴会与词作体制关系之论予以了深化与完善。

二　"兴"与情感表现关系之论的承衍

中国传统词学对"兴"与情感表现关系之论，主要体现在孙麟趾、
谢章铤、刘熙载、陈廷焯、张德瀛、张祥龄、郑文焯、夏敬观等人的论说
中。他们主要从词的创作角度，对艺术兴会与情感表现的相承相生关系予

---

① 唐圭璋编：《词话丛编》，中华书局 1986 年版，第 2537 页。

② 况周颐著，王幼安校订：《蕙风词话》；王国维著，徐调孚注，王幼安校订：《人间词
话》，人民文学出版社 1960 年版，第 219 页。

③ 唐圭璋编：《词话丛编》，中华书局 1986 年版，第 4905 页。

以了展开阐说。

晚清，孙麟趾《词径》云："高澹婉约，艳丽苍莽，各分门户。欲高澹学太白、白石。欲婉约学清真、玉田。欲艳丽学飞卿、梦窗。欲苍莽学蘋洲、花外。至于融情入景，因此起兴，千变万化，则由于神悟，非言语所能传也。"① 孙麟趾对词的创作所呈现出的多样风格特征持甚为开放通脱的态度。他分别标树四种不同风格代表性词人词作，在此基础上，归结词的创作关键在于融情入景，兴会生发。他并论断这一艺术生发机制内在之理是很难用话语所能够传达的，关键在创作主体自身的心领神会。孙麟趾之论，实际上将词作起兴与情景因素及主体心神贯注有机地联系起来。谢章铤《赌棋山庄词话》云："大抵文字无才情，便无兴会。所以古人论诗，比之张弓，须有十分力，方开得到十分。否则勉强钩弦，筋怒面赤，一再发，敬谢不敏矣。吾读迦陵长调，庶几绰有余勇哉。"② 谢章铤将创作主体才华情性与艺术兴会有机联系起来。他论断，在诗词创作中，创作主体才气的充盈与情感的丰沛，是艺术兴会得以引发与高涨的前提。他比譬词的创作如张弓射箭，必须运用十分的气力才能起到最大的功效，而决不是虚张声势所能够成就的。谢章铤之论，切实地将创作主体才情界定为艺术兴会的必要前提，道出了主体才气情性对艺术兴会的内在决定性影响。

刘熙载《词概》云："词深于兴，则觉事异而情同，事浅而情深。故没要紧语，正是极要紧语，乱道语正是极不乱道语。固知'吹皱一池春水'，干卿甚事，原是戏言。"③ 刘熙载标树兴会为词的创作的最关键因素之一。他界定其内在地影响着词作情感表现，有兴会则情感生，兴会浓郁则情感表现深致，在兴会维持与有效延伸的基础上，外在事物只不过是一个表象引发而已；词作语言运用也不必在乎是否合乎现实逻辑，借此喻彼，指东道西，都成妙处，而这些都是源于兴会的结果。刘熙载之论，从创作生发机制上，对艺术兴会中诸创作因素的关系及其所呈现出的特征予以了展开，是甚富于识见的。陈廷焯《白雨斋词话》云："或问比与兴之别，余曰：'宋德佑太学生《百字令》《祝英台近》两篇，字字譬喻，然

---

① 唐圭璋编：《词话丛编》，中华书局 1986 年版，第 2557 页。

② 同上书，第 3379 页。

③ 同上书，第 3704 页。

不得谓之比也。以词太浅露，未合风人之旨。如王碧山《咏萤》《咏蝉》诸篇，低回深婉，托讽于有意无意之间，可谓精于比义。……若兴则难言之矣。托喻不深，树义不厚，不足以言兴。深矣厚矣，而喻可专指，义可强附，亦不足以言兴。所谓兴者，意在笔先，神余言外，极虚极活，极沉极郁，若远若近，可喻不可喻，反覆缠绵，都归忠厚。"① 陈廷焯甚为细致地对"比"与"兴"的内在涵义及其呈现特征予以解说与例举。他认为，"比"的关键在"托讽于有意无意之间"，亦即创作主体在内心执着于某一意旨的过程中，通过艺术事象总是"有意无意"地触及本质层面，其创作与审美表征体现为低徊要渺、委婉深致。相对于"比"而言，"兴"的涵义更难以理解与把握。从总体而言，兴会是要以托义深厚为前提与基础的，它相对于"比"更少人为的因素与痕迹，更强调艺术生发的内在自然性，不是人为因素所容易激发的。兴会的关键在于"意在笔先，神余言外"，亦即艺术意旨并不是后来生成于创作主体之笔端的，而是先在地出现于创作主体与外在自然社会事象的相触相融中。兴会之意自由灵便，虚灵而切近，可望而难以置于眉睫之前，其意蕴与兴味是难以用具体话语所形容与表现的。陈廷焯对词的创作中"比"与"兴"内涵及特征的辨说，甚为细致入理，在传统词兴论中具有十分重要的意义。

张德瀛《词徵》云："曾丰谓苏子瞻长短句，犹有与道德合者，缺月疏桐一章，触兴于惊鸿，发乎情性也，收思于冷洲，归乎礼义也。"② 张德瀛通过评说苏轼词作，揭示出艺术兴会在时效上具有短暂性，如惊鸿一现，之后便难以把握与找寻。他又论及兴会与人之情感的内在联系，界定乃因情感的孕育而生发出兴会之意。张德瀛之论，在导引教化之求的过程中，对词作兴会的生发及其特征予以了简洁的论说。张祥龄《词论》云："尚密丽者失于雕凿。竹山之鹭曰琼丝，鸳曰绣羽。又霞铄帘珠，云蒸篆玉，翠簌翔龙，金枨跃凤之属，过于涩炼，若整正绫罗，剪成寸寸。七宝楼台，盖薄之之辞。吴中七子，流弊如此。反是者又复鄙俚，山谷之村野，屯田之脱放，则伤雅矣。作者自酌其才，与何派相近，一篇之中，又不可杂合，不配色。意炼则辞警辟，自无浅俗之患。若夫兴往情来，召曰

---

① 陈廷焯著，杜未末校点：《白雨斋词话》，人民文学出版社 1959 年版，第 158 页。
② 唐圭璋编：《词话丛编》，中华书局 1986 年版，第 4159 页。

命律，吐纳山川，牢笼百代，又非钉饾所知矣。"① 张祥龄反对词的创作过于雕琢与讲究，评断其创作面貌如七宝楼台，虽表面炫目，然虚空不实；也反对词作过于俚俗朴陋而失却雅正之性。他认为，一个人作词应该先掂量自己的才性，而不可盲目地趋从于他人，词的创作关键主要体现在两个方面：一是锤炼意旨，即通过对所表现词意的提炼而使字句警人，并在格调上脱却浅俗；二是把握好艺术生发机制，"兴往情来"，自如通脱，在艺术兴会与主体情感的有机交融中实现创作的有效发挥与良性循环。张祥龄之论，对艺术兴会与主体情感表现的内在联系进一步予以了张扬。郑文焯《大鹤山人论词遗札》云："周、柳词高健处惟在写景，而景中人自有无限凄异之致，令人歌笑出地。正如黄祖叹祢生，悉如吾胸中所欲言，诚非深于比兴，不能到此境也。"② 郑文焯通过称扬周邦彦、柳永作词善于写景，由景而及情，归结其在创作生发机制上乃深于比兴的结果，亦即善于有效地利用兴会比附等表现手段对外在景物加以渲染与烘托，从而创造出独特的艺术境界。郑文焯之论，实际上道出比兴乃写景、言情及创境的前提与基础。

民国时期，夏敬观《蕙风词话诠评》在阐释"真字是词骨。情真景真，所作必佳，且易脱稿"一句时云："处当前之境界，怅触于当前之情景，信手拈来，乃有极妙之词出，此其真，乃由外来而内应之。若夫以真为词骨，则又进一层，不假外来情景以兴起，而语意真诚，皆从内出也。"③ 夏敬观论说到词之创作的两条路径：一是由外而内的兴会生发之途，二是由内而外的真情表现之道。他阐说前一路径体现为即景生情，当下兴会，信手拈来，自然便辟，其最显著的特征表现为外来而内应；后一路径体现为以赤诚之心体悟与观照外物，不借助于外在情景二体而内心自然兴发，其艺术生发的关键完全在于"真"字，最显著的特征表现为"皆从内出"。夏敬观之论，对艺术兴会与情景表现的关系作出更细致深入的分析，是甚富于启发性的。

---

① 唐圭璋编：《词话丛编》，中华书局 1986 年版，第 4213 页。

② 张璋、职承让、张骅、张博宁编纂：《历代词话续编》，大象出版社 2005 年版，第 36 页。

③ 唐圭璋编：《词话丛编》，中华书局 1986 年版，第 4588 页。

三　"兴"与词作用辞关系之论的承衍

中国传统词学对"兴"与词作用辞关系之论，主要体现在先著、碧痕等人的论说中。清代前期，先著《词洁》评苏轼《水调歌头》（明月几时有）云："凡兴象高，即不为字面碍。此词前半，自是天仙化人之笔。惟后半'悲欢离合'、'阴晴圆缺'等字，苛求者未必指此为累。然再三读去，抟捖运动，何损其佳。少陵《咏怀古迹》诗云：'支离东北风尘际，漂泊西南天地间。'未尝以风尘、天地、西南、东北等字窒塞，有伤是诗之妙。诗家最上一乘，固有以神行者矣，于词何独不然。"① 先著在具体评说苏轼词作之前，提出兴会之意的生发与意象的择取是不为具体字语所拘泥与阻碍的主张，见出艺术兴会在词的创造中具有超越字句运用的更为重要地位。民国时期，碧痕《竹雨绿窗词话》云："作词与作诗等。大底兴之所至，真情流露，不自知为佳句，若深入其境，尽知其中曲折，所出之语，必在意想以外，否则即多牵强扯杂，不存本色矣。龙洲道人《天仙子》（三十里别妾）云：'宿酒醺醺浑易醉。回过头来三十里。马儿不住去如飞，牵一憩。坐一憩。断送煞人山与水。是则青山终可喜。不道思情拼得未。雪迷村店酒旆斜，去则是。住则是。烦恼自家烦恼你。'此种词，非身临其景，不得如是之情致。"② 碧痕大力肯定诗词创作理路相通。他论说两种文学之体都缘于自由之审美兴会标举与真情实感的自然流露，如此，则入乎诗词创作的本色当行之道。此论阐说出词作言辞运用在更本质的意义上，是深受审美兴会与情感表现影响的，言辞运用的好坏归根结底都缘于主体之创作兴会与情感表现。碧痕对兴会自由在词作艺术表现中的作用予以了大力的标树与张扬。

四　"兴"与艺术教化关系之论的承衍

中国传统词学对"兴"与艺术教化关系之论，主要体现在田同之、谢章铤、陈廷焯等人的论说中。他们结合诗教之义，对词作兴会的生发及其特征有所论说。

清代前期，田同之《西圃词说》云："王元美论词云：'宁为大雅罪

---

① 唐圭璋编：《词话丛编》，中华书局 1986 年版，第 1356 页。
② 朱崇才编纂：《词话丛编续编》，人民文学出版社 2010 年版，第 2270 页。

人.'予以为不然。文人之才，何所不寓，大抵比物流连，寄托居多。国风、骚、雅同扶名教。即宋玉赋美人，亦犹主文谲谏之义，良以端之不得，故长言咏叹，随指以托兴焉。必欲如柳屯田之'兰心蕙性'，'枕前言下'等言语，不几风雅扫地乎。"① 田同之针对前人王世贞所大胆吐露的宁为诗教之罪人的言说加以立论。他大力张扬诗词创作要以寄托为旨，在此基础上而有补于教化。他提出，诗词创作在整体上并不能有违教化之义，像柳永等一些猥俗之作是必须摒弃的，其创作的关键在于要以兴会寄托为根柢，在与外在自然事物与社会现实的有机融合中，自然地呈现出教化之性。田同之之论，对王世贞所持词作思想旨向之论予以了纠正，将"托兴"与"风教"有机地结合起来，体现出对词作兴会内涵的引导之求。

晚清，谢章铤《赌棋山庄词话》云："虽然，词本于诗，当知比兴，固已。究之尊前花外，岂无即境之篇，必欲深求，殆将穿凿。夫杜少陵非不忠爱，今抱其全诗，无字不附会以时事，将漫兴遗兴（笔者按：此处有误，应为"《漫兴》《遣兴》"）诸作，而皆谓其有深文，是温柔敦厚之教，而以刻薄讥讽行之，彼乌台诗案，又何怪其锻炼周内哉。"② 谢章铤肯定词体与诗体一样，应以兴会比附为艺术生发的内在机制。他批评无端将杜诗无限地政教化、时事化之论，认为这一批评取向在本质上是错误的，它曲解了杜诗意旨，无视杜诗中兴会之创作因素，将杜甫《漫兴》《遣兴》之作附会为刻意而为、深意藏纳，这视偏了杜诗创作取向，在客观上也将兴会因素排斥在艺术创作之外，是甚不可取的。陈廷焯《白雨斋词话》则云："庄中白叙复堂词云：'仲修年近三十，大江以南，兵甲未息，仲修不一见其所长，而家国身世之感，未能或释，触物有怀，盖风人之旨也。世之狂呼叫嚣者，且不知仲修之诗，乌能知仲修之词哉。礼义不愆，何恤乎人言。吾窃愿君为之而蕲至于兴也。'盖有合风人之旨，已是难能可贵，至蕲至于兴，则与风人化矣。自唐迄今，不多觏也。求之近人，其惟庄中白乎？"③ 陈廷焯对庄棫之词甚为推尚。他论断其在创作上合乎风人之旨，这本已超拔于时俗，是难能可贵的，在此基础上，它还善

① 唐圭璋编：《词话丛编》，中华书局1986年版，第1452页。
② 同上书，第3486页。
③ 陈廷焯著，杜未末校点：《白雨斋词话》，人民文学出版社1959年版，第114页。

于兴会，能有机地将艺术兴会与风人之旨加以融合生发，为唐人以来所少见。陈廷焯通过对庄棫词作的推扬，切中地道出词作兴会必须立足于风雅之道的基础上才容易成就的特征。

　　值得补充的是，中国传统词学对"兴"与其他创作因素关系之论，还涉及艺术兴会与意象运用的关系论题。这方面论说如，沈祥龙《论词随笔》云："榛苓思美人，风雨思君子，凡登临吊古之词，须有此思致，斯托兴高远，万象皆为我用，咏古即以咏怀矣。"① 沈祥龙具体论说到词作登临怀古题材抒写与兴会寄托的内在关系。他强调怀古实为咏怀，词人在创作中应追求自如地驱遣意象，在兴会蕴含中寄托深远之思致，惟其如此，才可以有效地升华与深化怀古之词的创作境界。沈祥龙对艺术兴会驱遣意象运用的论说是很富于识见的。但令人遗憾的是，这一方面论说甚为少见，未能形成承衍阐说的线索。

---

①　唐圭璋编：《词话丛编》，中华书局 1986 年版，第 4057 页。

第五章　中国传统词意论的承衍

"意"是中国传统词学创作论的重要范畴，它与"情""兴""理"等一起，被用来概括词的创作的本质所在，标示词的创作所涉不同因素。在中国传统词学史上，对"意"的论说源远流长、甚为丰富。其内容，主要体现在三个维面：一是对"意"作为词作之本的标树，二是对词意表现特征与要求的探讨，三是对"意"与其他创作因素关系的考察。在这几个维面中，有些内容被历代词论家反复论及，不断充实、张扬或拓展、深化，成为传统词意论的主体声音。它们形成前后相续相成的承衍线索，从一个视点将对词的创作与艺术表现的探讨呈现出来。

第一节　词作之本"意内言外"论的承衍

中国传统词意论承衍的第一条线索，是对词作之本"意内言外"论的标树。这一维面论说大致孕育于南宋中期。汪莘《方壶诗余自序》云："唐宋以来，词人多矣，其词主乎淫，谓不淫非词也。余谓词何必淫，顾所寓何如尔！"① 汪莘针对唐宋以来词的创作在审美取向上一味倡导入乎秾丽柔媚的主张予以驳斥。他强调，词的创作在根本上应视其意致表现如何，而不在乎是否以柔媚的面目加以呈现。汪莘在这里实际上对以"意"为本论较早予以了张扬。元代前期，陆文圭《词源跋》云："词与辞字通用，《释文》云，意内而言外也。意生言，言生声，声生律，律生调，故曲生焉。"② 陆文圭在阐说"词"作为文学之体所体现出的语义学内涵时，将"意内言外"较早界定为词体表现的本质所在。他勾勒出由"意"到

---

① 孙克强编著：《唐宋人词话》，南开大学出版社 2012 年版，第 913 页。
② 唐圭璋编：《词话丛编》，中华书局 1986 年版，第 269 页。

"言"、最终到"调"的生成路径，对"意"作为词作之本予以了阐明。明代末年，徐士俊《古今词统序》云："考诸《说文》曰：词者，意内而言外也。不知内意，独务外言，则不成其为词。"① 徐士俊也论说"词"作为文学之体所体现出的语义学内涵。他在肯定"意内言外"为词作之本的同时，更强调"意内"在词之创作中的本体性，认为只有在"内有所意"的基础上，才能探讨"外有所言"的论题。徐士俊将意致表现视为言辞运用的旨归所在，从创作生发角度对"意"作为词作之本予以了标树。

清代，论说到"意内言外"为词作之本的词论家，主要有刘然、张惠言、包世臣、项廷纪、姚燮、蒋敦复、丁至和、刘熙载、谢章铤、谢逢源、沈祥龙、张仲炘、张德瀛、沈泽棠、谭恩闿等，他们将"意内言外"作为词作之本的论说不断充实与张扬开来。

清代前期，刘然《独鹤往还楼诗余跋》云："填词家动以风韵标胜，此特浅之乎论词也，余谓词中高手，断必有幽思密致与夫旷远之识，溢于声调兴会之表，而后可传。"② 刘然针对将风致与情韵标树为词作审美本质所在之论予以批评。他认为，在词作艺术表现中，思致与意旨才是更为重要的因素，更具有本体性，它们通过字语与声律等形式加以表达出来，成为艺术魅力的核心所在，相对而言，风致与情韵则是非实体性的审美所在。

清代中期，张惠言《词选序》云："词者，盖出于唐之诗人，采乐府之音以制新律，因系其词，故曰词。传曰：意内而言外谓之词。"③ 张惠言从词的源起论说其本质所在。他认为，词是源于唐人沿袭古乐府体制而增作新律的结果，其与诗的不同便在于讲究曲调与声律，它在本质上仍然是讲究"意内言外"的，其体现韵律之"言"始终要以"意"来加以拴系。包世臣《月底修箫谱序》云："意内而言外，词之为教也。然意内不可强致，言外非学不成。是词说者，言外而已，言成则有声，声有则有色，色成而味出焉。三者具，则足以尽言外之才矣。"（江顺诒《词学集

---

① 卓人月编：《古今词统》卷首，明崇祯刻本。
② 冯乾编校：《清词序跋汇编》，凤凰出版社2013年版，第234页。
③ 陈良运主编：《中国历代词学论著选》，百花洲文艺出版社1998年版，第513页。

成》引）① 包世臣将"意内言外"界定为词体艺术表现的本质所在，论断其为词作之本。在此基础上，他提出，词作主体之意是不可以力强而致的，它缘于创作者自身的性情气质，其意致对象化于言辞则通过习学可以成就，可逐渐培养出通过言辞予以艺术表现的才力。包世臣强调作词与写诗一样，就是要有言外之意、意外之味，在"言""声""色"的有机统一与相互生发中，体现出意致表现的独特性。项廷纪《忆云词甲稿自序》云："词者，意内而言外也，意生言，言成声，声分调，亦犹春庚秋蟀，气至则鸣，不自知其然也。生幼有愁癖，故其情艳而苦，其感于物也郁而深，连峰巉巉，中夜狷啸，复如清湘戛瑟，鱼沉雁起，孤月微明，其窗宦复幽凄，则山鬼晨吟，琼妃暮泣，风鬟雨鬓，相对支离，不无累德之言，抑亦伤心之极对致矣。"② 项廷纪大力肯定"意内言外"为词作之本。他进一步论断词之声调运用的不同，源于创作主体感于自然之情的差异，人们面对不同的时令与景致，其内心相应变化，必然对象化于词作的声律与曲调之中，从而使词作意旨得到充分的艺术化彰显。

晚清，姚燮《叶谱滴竹露斋词序》云："夫意内言外谓之词，必其意之纡回往复，郁焉而无由自达；以言之纡回往复者达之，然后谓之词。"③ 姚燮论断"意内言外"是指词作主体内心具有丰富深曲的意致，不通过一定的艺术载体就不可能传达出来，此时，借助于言辞这种传达中介，创作主体之意致才得以在"纡回往复"中艺术化地表现出来，"意内言外"乃在此意义上而言的，其最本质的特征便在于委婉含蓄而又切近意旨。蒋敦复《离角闲吟跋》云："意内言外四字，词家真实本领，近来却借作口头禅，饰声绘调，求工于一字一句间，去风人之旨远矣。蒙尝论浙派病刻削太甚，吴音病纤软无力，均归于薄而已。"④ 蒋敦复将"意内言外"论断为词的创作的真实本质之所在。他批评其时不少人作词，过于在字句运用与声律表现等方面作文章，致使词作少见风人之意，与风雅之道见出偏离。蒋敦复概括浙西派创作之失便体现在过于讲究雕饰，而吴中派词作又呈现出过于纤弱柔媚的面目，它们在意致呈现上都体现出不够深致幽远的

---

① 唐圭璋编：《词话丛编》，中华书局 1986 年版，第 3283 页。
② 项廷纪：《忆云词》卷首，清光绪癸巳钱塘榆园丛刻本。
③ 姚燮：《复庄骈俪文榷》卷六，《续修四库全书》本。
④ 冯乾编校：《清词序跋汇编》，凤凰出版社 2013 年版，第 1310 页。

特征，是应该努力避却的。丁至和《荇绿词续编序》云："意内言外谓之词，大率郁结难伸之隐，托为咏歌，非仅刻翠裁红，作儿女喁喁私语也。又须情景交炼，出以自然，如凭虚御风，绝无迹相。此中三昧，于诗有别。"①丁至和将"意内言外"界定为词作艺术表现的本质所在。他进一步将"意"的内涵概括为种种郁结于人心中的难以言说出来的幽隐之情，而并非仅指某些极具个人化、闺阁化的意绪。丁至和强调，意致的呈现必须在情景要素的有机融合中共构而出，如此，才能有效地避免流于虚化之地。丁至和将"意内言外"之论进一步展衍开来。

刘熙载《词概》云："《说文》解词字曰：'意内而言外也。'徐锴《通论》曰：'音内而言外，在音之内，在言之外也。'故知词也者，言有尽而音意无穷也。"②刘熙载在许慎论说意为言之本、言为意之表的基础上，重申词作言辞运用与意致表现的内在要求，这便是以有限的言辞表现无限的意致，使词作富于艺术容量，充满审美弹性。谢章铤《双邻词钞序》云："词也者，意内而言外者也。言胜意，翦彩之花也；意胜言，道情之曲也。顾与其言胜，无宁意胜，意胜则情深。"③谢章铤在词作之本上持"意内言外"说。他论断，在词的创作中，言辞修饰与意致表现的构合呈现出两种趋向：或者以言辞修饰偏胜，或者以意致表现见长，他主张词作艺术表现还是要以意致为本，意致凸显则创作主体情感表现便必然深致。谢章铤将以意为本之论进一步承纳与衍化开来。谢逢源《北海渔唱序》云："且夫词之为学也，意内而言外，尽其学者，言外而已。若夫意内之旨，不在理法气机也，必其人温厚和平，合乎风雅之旨，斯为得也。"④谢逢源在将"意内言外"标树为词作艺术表现本质所在的同时，进一步论断"言外"乃其旨归所在。他解说"意内之旨"的关键，并不在创作中所体现出的那些理致、法度、气脉与灵心等，而在主体情性表现之温柔敦厚，其发抒合乎风雅之道。谢逢源将以意为本的内涵进一步予以了解说与阐发。

沈祥龙《论词随笔》云："《说文》，意内而言外曰词。词贵意藏于

①　冯乾编校：《清词序跋汇编》，凤凰出版社2013年版，第1334页。
②　唐圭璋编：《词话丛编》，中华书局1986年版，第3687页。
③　孙克强、杨传庆、裴喆编著：《清人词话》，南开大学出版社2012年版，第605页。
④　冯乾编校：《清词序跋汇编》，凤凰出版社2013年版，第1601页。

内，而迷离其言以出之，令读者郁伊怆怏，于言外有所感触。"① 沈祥龙极力肯定"意"为词作之本。他强调，作词贵在有意致深寓于内，而后通过言辞艺术化地表现出来，其最终的效果是使读者在获得审美愉悦的同时，也引发所感所思。张仲炘（瞻园）云："填词以意为主，意浅则语浅，意少则不必强填。意贵新而造语宜圆熟，不可生硬；意贵远而造语宜冲淡，不可晦涩。"（陈匪石《旧时月色斋词谈》记）② 张仲炘对词的创作提出以意为本、言随意转的主张。他认为，词作用语在本质上是因意而变的，意致表现浅至则用语亦须浅切，而意致表现新颖独特时就最好用圆熟之语与其相适应，意致表现深致悠远时则用冲和平淡之语加以表现为好，其两方面是一定要讲究相适相应的。总之，言随意用，意致为词作艺术表现之本，它从内在决定和影响着词作言辞的择取与运用。

张德瀛《词徵》云："词与辞通，亦作词。《周易孟氏章句》曰：意内而言外也。《释文》沿之。《小徐说文系传》曰：音内而言外也。《韵会》沿之。言发于意，意为之主，故曰意内。言宣于音，音为之倡，故曰音内。皆旨同矣。"③ 张德瀛承前人对"词"作为文学之体语义学内涵的解说，进一步肯定"意内言外"确为词作之本。他认为，意致显现为言辞，言辞发而为声调，词的创作便是由"声"到"言"、再到"意"的艺术表现与传达过程。沈泽棠在《忏庵词话》之"自识"中云："窃思词虽小道，然言外而意内，无论长阕小令，其抑扬顿挫、微窈纡曲处，皆如蛛丝马迹，最耐寻绎。"④ 沈泽棠亦持"意"为词作之本的创作观念。他论断词作之体无论长短，其共通的特征都体现为艺术表现委婉含蓄，声调运用抑扬顿挫，是经得起人们反复寻绎、长久吟味的文学形式之一。谭恩闿云："词者，意内而言外者也。必将状微妙之旨，达深湛之思，如古人之托于香草美人，非漫为艳情而已。"（谭延闿《灵鹊蒲桃镜馆词书后》记）⑤ 谭恩闿在将"意内言外"论断为词作艺术表现本质所在的基础上，对"意"的内涵也予以解说。他界定，创作主体内心微婉的意致与深远

---

① 唐圭璋编：《词话丛编》，中华书局 1986 年版，第 4048 页。
② 张璋、职承让、张骅、张博宁编纂：《历代词话续编》，大象出版社 2005 年版，第 644 页。
③ 唐圭璋编：《词话丛编》，中华书局 1986 年版，第 4075 页。
④ 朱崇才编纂：《词话丛编续编》，人民文学出版社 2010 年版，第 1395 页。
⑤ 冯乾编校：《清词序跋汇编》，凤凰出版社 2013 年版，第 2054 页。

的思绪，都是"意"的应有内容，其不仅仅指个人化的男女之情而已。谭恩闿之论，强调"意内"的广阔社会历史性内涵，拓展了"意"的涵括范围。

民国时期，对词作之本"意内言外"论的标树，主要体现在闻野鹤、况周颐、刘毓盘、蒋兆兰、郭则沄、顾随等人的论说中。他们在传统文论与现代美学思潮相互交替、融合与转型的时代背景下，将传统词学以意为本论继续承衍与张扬开来。

闻野鹤在《恫篹词话》中将"命意""立局""选辞"概括为"词之三要"，其中有云："词有三要，略同于诗：其一命意。百尺之楼，基于壤土，繁英之发，荣于一芽，故其意须具。不则辞胜于情，失之也虚。辞情俱短，失之也俗。"① 闻野鹤将立意视为词作"三要"之首，他比譬词的创作中以意为本之事如壤土之上搭建高楼，树木由萌芽而衍发繁盛，其在词的创作中具有基础性、关键性作用。它从本质上影响着词作的情感表现与言辞运用。一旦词作建基于以意为本之上，则情感表现与言辞运用的关系亦便能得到很好的协调，可有效地避免词作或流于虚化，或失之浅俗，意致表现确成为词的创作之根本。况周颐《餐樱庑词话》云："窃尝谓昔人填词，大都陶写性情，流连光景之作。行间句里，一二字之不同。安在执是为得失？乃若词以人重，则意内为先，言外为后，尤毋庸以小疵累大醇。"② 况周颐通过论说往昔人们作词以情性表现为本，而不拘泥与执着于某一字句运用，实际上触及词作意致表现与创作主体人品气质的关系论题。他认为，词的创作是深受主体人品气质影响的，意致表现应顺乎人之品格气质，切不应因迁就字句运用而忽视人品之重与词意之本。其《词学讲义》云："词，说文：'意内而言外也。'意内者何？言中有寄托也。所贵乎寄托者，触发于弗克自已。流露于不自知，吾为词而所寄托者出焉，非因寄托而为是词也。有意为是寄托，若为吾词增重，则是骛乎其外，近于门面语矣。苏文忠'琼楼玉宇'之句，千古绝唱也。设令似此意境，见于其他词中，只是字句变易，别无伤心之怀抱，婉至激发之性真，贯注于其间，不亦无谓之耶？寄托犹是也，而其达意之笔，有随时逐

① 朱崇才编纂：《词话丛编续编》，人民文学出版社 2010 年版，第 2323 页。
② 张璋、职承让、张骅、张博宁编纂：《历代词话续编》，大象出版社 2005 年版，第 110 页。

境之不同，以谓出于弗克自已，则亦可耶。"① 况周颐在前人反复所论
"意内言外"为词作之本的基础上，将"意内"的涵义解说为在言辞中有
寄托，亦即界定创作主体之情志乃词作艺术表现的核心内涵。他进一步论
断词之"寄托"生发于"无意"的创作态度中，是"不自知"的产物，
它与"有意而为"的创作态度是截然有别的。这里，况周颐界划出"不
自知"而为与"有意"而作，乃别分词作是否有"寄托"的基准线，将
"寄托"之义切实予以了阐明。他推崇苏轼《水调歌头》中词句为"千古
绝唱"，认为其充分表现出主体之"伤心怀抱"，彰显出主体之真情实性，
是上千年来词中深寓"寄托"的典范。况周颐对"寄托"之义的阐析与
例证，将传统词论对"意"的标树予以了具体落实，是甚具理论意义的。
刘毓盘《〈词史〉自序》云："词则源出于诗，而以意为经，以言为饰，
意内言外，交相为用；意为无定之意，言亦为无定之言；且也意不必一
定，言不必由衷，美人香草，十九寓言，其旨隐，其辞微；言之不足，故
长言之，长言之不足，故嗟叹之，后人作词之法，即古人言乐之法也。"②
刘毓盘在持论词作之体源于诗体的基础上，大力肯定意致为词作艺术表现
的本质所在，强调意内而言外，因意而为言。他倡导词作意致表现不必过
于具体，而应有一定的游移之度与审美张力性；同时，词作言辞运用也不
必在指称上过于坐实，而应让其保持一定的艺术张力性，如此，则更有利
于词作意致的审美生发与艺术传达。

蒋兆兰《词说》云："《说文》云：'词者意内而言外也。'当叔重著
书之时，词学未兴，原不专指令慢而言。然令慢之词，要以意内言外为正
轨，安知词名之肇始，不取义于叔重之文乎。"③ 蒋兆兰承传统"意内言
外"之论继续予以阐说。他论断，许慎撰著《说文解字》之时，确未出
现"词"这一体制，然而"词"作为文学之体的本质要求却是以"意内
言外"为正则的。他认为，许慎之言，先在地道出"词"作为文学之体
的本质所在，这是不无巧合的。蒋兆兰之论，将"意内言外"作为词作
之本予以了特别的强调。其又云："填词之法，首在练意。命意既精，副

<hr/>

① 张璋、职承让、张骅、张博宁编纂：《历代词话续编》，大象出版社 2005 年版，第 45
页。
② 同上书，第 182 页。
③ 唐圭璋编：《词话丛编》，中华书局 1986 年版，第 4631 页。

以妙笔，自成佳构。次曰布局。虚实相生，顺逆兼用，抟扼紧凑，或离或即，波澜老成，前有引喤，后有妍唱，方为极布局之能事。"① 蒋兆兰继续将锤炼意致论断为词的创作之本。他认为，词作意致表现精粹则自成佳作，笔法运用与结构布局都是在锤炼意致之后方可言及的事情。它们乃锦上之花，都是在强基固本之后的雕梁画栋而已。郭则沄《清词玉屑自序》云："意内言外之谓词。故若危栏烟柳，大抵言愁；缺月疏桐，非无寓感。然皆芳悱其旨，微眇其音，其隐也犹幼娖之辞，其婉也若美人之思。"② 郭则沄论断"意内言外"为词的创作的本质所在。他倡导词作意致表现要借助外在自然物象，在丰富多样而委婉含蓄的艺术表现氛围中传达出内在的思致与意蕴。顾随《驼庵词话》云："柳耆卿《八声甘州》有句'误几回、天际识归舟'，若写作'江头误认几人船'，词填到这样就成刻板文字了。竹山这首词，结句曰'误人日望归舟'，死板，少情意。韵文要有感情，而不但要有感情，还要有思想。"③ 顾随通过对柳永《八声甘州》与蒋捷词作中所填词句的分析，重申了词的创作要注重情感表现与意致凸显的原则，他将情感真挚、意致丰颖视为词作富于艺术魅力的根本所在。

在中国传统词学中，对词作之本"意内言外"论予以过标树的大致还有：包世臣《金筐伯竹所词序》，姚燮《张次柳词序》，张修府《绛跗山馆词录跋》记张金镛之言，沈传桂《清梦庵二白词序》，吴新铭《墨憨词存题辞》，谢章铤《叶辰溪我闻室词叙》，郑文焯《大鹤山人词话》《留云借月庵词赠言》，孙德谦《鹜音集序》，等等。上述篇什之论说大都甚为简单，我们不作论述了。

第二节　词意表现特征与要求之论的承衍

中国传统词意论承衍的第二个维面，是对词意表现特征与要求的探讨。在这一维面，词论家们对词意表现特征提出多方面的要求，如词意表现要求新颖独创、含蓄深致、合乎中和准则、真实自然、圆融浑成、不可

---

① 唐圭璋编：《词话丛编》，中华书局 1986 年版，第 4635 页。

② 朱崇才编纂：《词话丛编续编》，人民文学出版社 2010 年版，第 2502 页。

③ 同上书，第 3276 页。

取巧、超拔高迈、清虚空灵，等等。这之中，对词意表现要求新颖独创、含蓄深致与合乎中和准则的论说较多，形成前后相续相成的承衍线索。它们成为传统词意表现之论的主体声音，将对词意表现特征与要求的论说凸显了出来。

一　词意表现新颖独创论的承衍

中国传统词学对词意表现新颖独创要求的论说，大致出现于南宋后期。杨缵《作词五要》云："第五要立新意。若用前人词意为之，则蹈袭无足奇者，须自作不经人道语。或翻前人意，做一日和尚撞一天钟觉出奇；或只能炼字，诵才数过，便无精神，不可不知也。更须忌三重四同，始为具美。"① 杨缵较早对词意表现提出要求。他提倡作词要富有新意，反对蹈袭前人语意，或者翻弄前人词意。他认为，流于蹈袭与翻弄之人作词如和尚撞钟，毫无自身精神面目，其词作是难以给人美感的。明代后期，俞彦《爰园词话》云："遇事命意，意忌庸、忌陋、忌袭。立意命句，句忌腐、忌涩、忌晦。意卓矣，而束之以音。屈意以就音，而意能自达者，鲜矣。句奇矣，而摄之以调，屈句以就调，而句能自振者，鲜矣。此词之所以难也。"② 俞彦对词作的立意、用句与运调都予以论说。其中，他反对词作命意平庸、浅陋与蹈袭前人，而主张词意要新颖、深远、富于独创性。俞彦对词意表现原则的倡导，成为传统词学艺术表现之论的重要中介点。

清代，对词意表现新颖独创的要求，主要体现在李渔、沈谦、仲恒、陈椒峰、孙麟趾、刘熙载、裴廷桢、陈星涵、况周颐等人的论说中。他们在传统词学不断走向兴盛与成熟的时代背景下，将对词意表现新颖独创要求的论说不断拓展与深化开来。

清代前期，李渔《窥词管见》云："文字莫不贵新，而词为尤甚。不新可以不作，意新为上，语新次之，字句之新又次之。所谓意新者，非于寻常闻见之外，别有所闻所见，而后谓之新也。即在饮食居处之内，布帛菽粟之间，尽有事之极奇，情之极艳，询诸耳目，则为习见习闻，考诸诗词，实为罕听罕睹。以此为新，方是词内之新，非齐谐志怪，南华志诞之

---

① 张璋、职承让、张骅、张博宁编纂：《历代词话》，大象出版社 2002 年版，第 178 页。
② 唐圭璋编：《词话丛编》，中华书局 1986 年版，第 400 页。

所谓新也。"① 李渔努力倡导词的创作要追求"意新""语新""字句之新"，他将意致的新颖独创界定为词作之"新"的最高层次。他阐说"意新"的涵义为其所写乃在人们的平常耳目闻见之内，然所表现却给人以陌生化的审美感受。它叙写的乃不离乎人的日常现实生活，但所表现出的却是在日常现实生活中所得到的新的感受意绪，而并非指表现怪异荒诞之事的所谓"新"而已。李渔对"意新"的解说甚富于理论意味，将对词意表现新颖独创的论说予以了深化。其又云："意新语新，而又字句皆新，是谓诸美皆备，由武而进于韶矣。然具八斗才者，亦不能在在如是。以鄙见论之，意之极新，反不妨词语稍旧，尤物衣敝衣，愈觉美好。且新奇未睹之语，务使一目了然，不烦思绎。若复追琢字句，而后出之，恐稍稍不近自然，反使玉宇琼楼，堕入云雾，非胜算也。如其意不能新，仍是本等情事，则全以琢句炼字为工。然又须琢得句成，炼得字就。虽然极新极奇，却似词中原有之句，读来不觉生涩，有如数十年后，重遇古人，此词中化境，即诗赋古文之化境也。"② 李渔对词作言辞运用与意致表现有着深刻的解会。他认为，从高标准、严要求而言，当然是词意与词语都能给人以新鲜之美为妙，但能达此境界的创作者甚少。他提出，相对于"语新"而言，"意新"更为重要，这便好比绝美的女子有时偶然穿一件很随意、很普通的衣服，反而给人一种强烈的反差、新鲜之美。李渔提出，追求用语的新奇有一个重要的原则，那就是要自然，让人容易接受；如果一味地雕琢字句，则会本末倒置，使人如坠五里云雾之中。李渔崇尚的创作境界是让新鲜之意从写作功力的积聚但又不见雕饰的文字中自然地流出。他界定，这才是文学创作语言运用与意致表现的"化境"，亦即高层次的自由自如创作之境。沈谦《填词杂说》云："词要不亢不卑，不触不悖，蓦然而来，悠然而逝。立意贵新，设色贵雅，构局贵变，言情贵含蓄，如骄马弄衔而欲行，粲女窥帘而未出，得之矣。"③ 沈谦提倡作词要自如抒写、"蓦然而来"，避却勉强与生造。在此基础上，他对词作立意、着色、构思、言情都提出要求，其中，主张词作命意要新颖有致，在不断的表现新鲜之意中体现出词作的艺术魅力。仲恒云："作词用意，须出人

---

① 唐圭璋编：《词话丛编》，中华书局1986年版，第551—552页。

② 同上书，第552—553页。

③ 同上书，第635页。

想外，用字如在人口头。创语新，炼字响，翻案不雕刻以伤气，自然远庸熟而求生。再以周清真之典丽，姜白石之秀雅，史梅溪之句法，吴君特之字面，用其所长，弃其所短，规模研揣，岂不能与诸公争雄长哉。"（王又华《古今词论》记）① 仲恒对词作表意、用字与造语多方面提出要求。他强调，词作表意要出乎人的预想之外，给人以新鲜陌生的感受；而用字造语则应运用人们的口头习语，但要讲究用之有新意，炼之使其朗畅，如此，词作自然避却庸熟而给人以新鲜之感。仲恒主张融合周邦彦、姜夔、史达祖、吴文英等人词作之优长，在融炼诸家中超乎其上。

清代中期，陈椒峰《苍梧词序》云："杨诚斋论词六要：一曰按谱，一曰出新意是也。苟不按谱，歌韵不协，歌韵不协，则凌犯他宫，非复非调，不出新意，其必蹈袭前人。即或炼字换句，而趣旨雷同，其神味亦索然易尽。"② 陈椒峰在宋人杨万里之论的基础上，甚为强调词意以新颖独特为妙。他认为，如果词作之意不能创异出新，即使创作者挖空心思，在字句运用上反复斟酌，其词作神髓亦索然寡味。陈椒峰将不断追求意致的新颖视为词作审美的最重要特征。

晚清，孙麟趾《词径》云："用意须出人意外，出句如在人口头，便是佳作。"③ 孙麟趾提倡词作表意要出人预想之外，词作用语要如在人口头，富于大众传播意味，如此，在意新语熟中才可以成就佳作。其论与仲恒所言是完全一致的。刘熙载《词概》云："词要清新，切忌拾古人牙慧。盖在古人为清新者，袭之即腐烂也，拾得珠玉，化为灰尘，岂不重可鄙笑。"④ 刘熙载对词意表现提出清丽新鲜的要求。他论断词作意致表现容易堕入因袭之途，变"珠玉"为"灰尘"，这是在词的创作中所应该努力避免的。裘廷桢《海棠秋馆词话》云："尝见千人作此一词，千人未必雷同，各有各巧思，各有各用笔，各有各说法。有同此一句话，出之张三之口则玲珑，出之李四之口则笨滞。作词亦然。有同用一典，同用一语，而说来不同者，此全在用笔之巧。有见人正用，而我反用者；有见人直用，而我曲用者；有见人顺用，而我逆用者。其中妙处，不可思议，若说

---

①　唐圭璋编：《词话丛编》，中华书局1986年版，第610—611页。
②　董元恺：《苍梧词》卷首，清康熙刻本。
③　唐圭璋编：《词话丛编》，中华书局1986年版，第2557页。
④　同上书，第3707页。

他人说过，而我不能再说，他人用过，而我不能再用，则是千古以来作文作诗作词作赋者，车载斗量，不可胜数，那一句话不说尽，那一典故不用完，世人多可搁笔矣，何待今之作者，翻新出奇，拾古人之牙慧，供我一家之著作，为天下后世人窃笑哉。而今之人足不肯已，欲与古人抗衡者，皆以前人亦有见不到、说不著、用不完之处。或见前人说不透，而我说透之；或见前人有见不到之处，而我能看破之。亦以此类推，不仅可以服今人，抑且能胜古人矣。"① 裘廷桢从用笔之巧的角度对词作下字用语及意致表现追求创新予以论说。他从创作主体个性气质各异入手，提出不同的创作者其词作面貌确乎应是迥然有异的，这体现在下字、用语、寓事、运笔等各个方面。善于作词之人就是要在他人所作、所用的基础上，从自身所面对的不同情景与事象出发，承衍转接，化用生新，以成自家之独特面貌。在这方面，首先要有超越前人的勇气与胆识，其次有善于驱遣的素质与能力，如此，词的创作才能代代相承相衍，不断推陈出新，从而将词作之道有效地发扬开来。陈星涵《洞仙词序》云："词不难于句工，而难于律协，不难于辞丽，而难于意新。"② 陈星涵将意致呈现的新颖独创，论断为词作艺术表现的难点所在，体现出对超越庸常化、套板化的审美追求。况周颐《香海棠馆词话》云："词贵意多。一句之中，意亦忌复。如七字一句，上四是形容月，下三勿再说月。或另作推宕，或旁面衬托，或转进一层，皆可。若带写它景，仅免犯复，尤为易易。"③ 况周颐提倡作词要有繁富新鲜之意。他反对在同一句话之中意旨重复，主张词作句语构成应该或逐渐宕开、字字推进，或从不同侧面烘托照应、凸显意旨，或在表意上更进一层，不断深化意旨，如此等等，才能使词作在整体上表现出繁复的意致。况周颐将对词作意致呈现新鲜之求的论说进一步予以了深化。

民国时期，词意表现新颖独创之论仍然得到承衍与倡扬，其主要体现在碧痕、蔡桢的论说中。碧痕《竹雨绿窗词话》云："作词须自标旗帜，别立新意，使人读之属目，余味袅袅，如翻成意成句，须食古而化，若徒

---

① 朱崇才编纂：《词话丛编续编》，人民文学出版社 2010 年版，第 1341 页。
② 冯乾编校：《清词序跋汇编》，凤凰出版社 2013 年版，第 1514 页。
③ 张璋、职承让、张骅、张博宁编纂：《历代词话续编》，大象出版社 2005 年版，第 115 页。

拾其牙慧唾余，为有识者所讥矣。"① 碧痕对词作意致表现重申新颖独到
的要求。他强调词的创作一定要在独自开辟中呈现出艺术魅力，即便是翻
弄前人经典作品之意致与字语，亦须参融化用，因事而变，即景成趣，为
己所用，而切忌拾人牙慧，人云亦云，停留于他人所创设的格套之中。蔡
桢《柯亭词论》云："作词之法，造意为上，遣辞次之。欲去陈言，必立
新意。若换调不换意，纵有佳句，难免千篇一律之嫌。"② 蔡桢将意致表
现视为词的创作之本，将"造意"置于"遣辞"之上。他倡导词作意致
表现要追求新颖独创，认为这是从本质上使词作用语脱却陈腐的关键所
在。蔡桢将意致新颖视为言辞运用真正脱却陈腐的有效手段。其又云：
"陈言务去，乃词成章后所有事，非所论于初学。初学缚于格调，囿于声
韵，成章已不易，遑论及此。杨守斋言：词忌三重四同，去陈言自是其中
一事。但好语都被古人说尽，欲其不陈甚难。惟有立新意、造新境，庶可
推陈出新耳。"③ 蔡桢在杨缵所论词作用语须避却陈腐的基础上加以立论。
他认为，词作推陈出新的根本点便在于立意新颖、造境新奇，如此，便可
不拘泥于运用前人已道过的言辞而从内在本质上化用生新。蔡桢将意致表
现与词境创造的新颖独到视为创新词作之道的关键所在。

二 词意表现含蓄深致论的承衍

中国传统词学中对词意表现特征与要求论说的第二条线索，是主张词
意表现含蓄深致。这一维面论说大致出现于南宋末年。沈义父《乐府指
迷》云："结句须要放开，含有余不尽之意，以景结尾最好。如清真之
'断肠院落，一帘风絮'，又'掩重关，遍城钟鼓'之类是也。或以情结
尾亦好。往往轻而露，如清真之'天便教人，霎时厮见何妨'，又云：
'梦魂凝想鸳侣'之类，便无意思，亦是词家病，却不可学也。"④ 沈义父
对词作收结较早提出含不尽之意的要求。他概括词作收结有"以景结"
和"以情结"两种方式，其中，以景收结为好，因为以景传情委婉曲折，
富于言外之意；以情收结当然亦可，但因其体现为直接表现与抒发，故往

---

① 朱崇才编纂：《词话丛编续编》，人民文学出版社 2010 年版，第 2263 页。
② 唐圭璋编：《词话丛编》，中华书局 1986 年版，第 4903 页。
③ 同上书，第 4903 页。
④ 同上书，第 279 页。

往显示出词意裸露之缺失，正因此，以情收结词作便需要特别注意艺术表现上的含蓄深致。

元代初年，张炎《词源》云："词之难于令曲，如诗之难于绝句，不过十数句，一句一字闲不得。末句最当留意，有有余不尽之意始佳。当以唐《花间集》中韦庄、温飞卿为则。"① 张炎对词之小令的创作特征予以论说。他认为，小令是词作体制中最难创作的，其关键在要求字字精心斟酌，其中，特别是收句要有言尽而意不尽之味。张炎将富有余意视为小令之体的最大创作特征。由此，他标树《花间集》中韦庄、温庭筠之词为言有尽而意有余的典范。其又云："离情当如此作，全在情景交炼，得言外意。"② 张炎从创作题材上论说词作艺术表现。他主张，渲染离情别绪要通过主体情感与外在景物的交融来加以表现，在言语之外体现出其旨趣与意味。陆行直《词旨》云："命意贵远。用字贵便。造语贵新。炼字贵响。"③ 陆行直对词的创作提出多方面的要求，其中，他也主张词意表现要深致悠远，反对浅俗直白的表现模式。这与沈义父、张炎对词意表现富于含蓄之美的倡导是一致的。

清代，沈谦、李东琪、张星耀、柴绍炳、郭麐、黄承吉、欧声振、陆以湉、谢章铤、姚燮、刘熙载、裘廷桢、李佳、沈祥龙、陆志渊等人，对词意表现含蓄深致之论展开反复的阐说，他们将对词意表现含蓄深致的要求不断充实与张扬开来。

清代前期，沈谦《填词杂说》云："小调要言短意长，忌尖弱。中调要骨肉停匀，忌平板。长调要操纵自如，忌粗率。能于豪爽中，著一二精致语，绵婉中著一二激厉语，尤见错综。"④ 沈谦比照词之小令、中调与长调的创作。他认为，小令之体的最大特征是言辞精粹而容量不小，在言有尽而意有余中体现出艺术魅力。为此，他反对小令创作中的尖新纤弱之习，认为其缺乏艺术弹性，是不利于词作意旨表现的。李东琪云："小令叙事须简净，再着一二景物语，便觉笔有余闲。中调须骨肉停匀，语有尽而意无穷。长调切忌过于铺叙，其对仗处，须十分警策，方能动人。设色

---

① 唐圭璋编：《词话丛编》，中华书局 1986 年版，第 265 页。
② 同上书，第 264 页。
③ 同上书，第 301 页。
④ 同上书，第 629 页。

既穷，忽转出别境，方不窘于边幅。"（王又华《古今词论》记）① 李东琪对词之小令、中调与长调的创作分别提出要求。他主张，创作中调要讲究结构匀称，语尽而意不尽，给人留有无穷的余味；创作长调亦不能一味铺叙展衍，在铺排中要有警策之处，艺术化地让"点"与"面"相互结合，这样的词作才容易感动人心。李东琪提倡长调要在意致的呈现上有繁复纷呈之势，其所表现之意体现出一定的容量，如此，才极尽体制之优势。

张星耀《词论》云："词之前后两结，最是要紧。通首命脉，全在于此。前结如奔马收缰，要勒得住，还存后百余地，仍有住而不住之势。后结如众流归海，要收得尽，足完通首脉络，仍有尽而不尽之意。"② 张星耀对词作上下片的收结予以论说。他强调，上片的收结关键在要有"势"的张力，似收而实未收；下片的收结关键在留有余意，实收而似未收，其体制形式上应如江河入海，结穴而尽，但意蕴表现上却应语尽而意不收，给人以无尽的回味。张星耀将留有意味作为词作收结的本质要求。其又云："词贵蕴藉。如留人之词云：'马滑霜浓，不如休去，直是少人行。'何等蕴藉。而相留之意正在个中。如作挽手牵衣，便同村妇矣。"③ 张星耀主张词意表现含蓄蕴藉，他以留人之词不直言留人之意而以相关景致物象侧面映托与表现为例，认为词意表现的含蓄与否是关乎词作格调与雅致呈现的大问题，是甚为重要的。柴绍炳云："词家意欲层深，语欲浑成。作词者大抵意层深者，语便刻画，语浑成者，意便肤浅，两难兼也。"（王又华《古今词论》记）④ 柴绍炳提倡词作表意要呈现出"层深创构"。之后，他对词作表意与用语的内在关系展开论说，认为词作如果表意过于追求"层深创构"，则其用语很可能雕琢，而用语浑然天成则其词作表意又很可能流于浅显浮泛，创意与造语在某种程度上具有背离性。

清代中期，郭麐《灵芬馆词话》云："倚声家以姜、张为宗，是矣。然必得其胸中所欲言之意，与其不能尽言之意，而后缠绵委折，如往而复，皆有一唱三叹之致。近人莫不宗法雅词，厌弃浮艳，然多为可解不可

---

① 唐圭璋编：《词话丛编》，中华书局 1986 年版，第 606 页。
② 朱崇才编纂：《词话丛编续编》，人民文学出版社 2010 年版，第 198 页。
③ 同上书，第 199 页。
④ 唐圭璋编：《词话丛编》，中华书局 1986 年版，第 608 页。

解之语，借面装头，口吟舌言，令人求其意旨而不得，此何为者耶？昔人以鼠空鸟即为诗妖，若此者，亦词妖也。"① 郭麐论断词的创作要以姜夔、张炎为宗，他推尚词意表现委婉曲折与富于韵致，批评不少近人词作流于晦涩难懂的所谓曲折之意，这曲解了传统词学之求，将词的创作引向歧途，是很不应该的。郭麐之论，体现出对词作委婉含蓄之意表现的极致推尚。

晚清，黄承吉《冬巢词序》云："予尝臆说词有二义，曰严，曰宽而已。……宽非疏驰之谓，意致之绵邈也，音节之折曲也，字句之舒散也，是当宽以赴之者也。"② 黄承吉对词作意致呈现提出细致幽远的要求。他认为，意致呈现一事是需要"宽以赴之"的，亦即要使词作审美表现更富于张力，更具有艺术生发性。欧声振《东陂渔父词跋》云："夫词，乐府之裔，谓意必婉曲，情必深至，语必秀雅，则可。"③ 欧声振也倡导词作意致呈现要委婉曲折，论断其与情感表现的深致幽远，字语运用的秀丽典雅等一起，是词作艺术表现的最重要原则。陆以湉《冷庐杂识》云："作小词贵含蓄，言尽意不尽。"（况周颐《历代词人考略》记）④ 陆以湉承衍前人之论，倡导词意表现含蓄蕴藉、言有尽而意有余，他将词意表现的含蓄蕴藉之求予以了简洁的言说。谢章铤《赌棋山庄词话》云："长调要转折矫变，短调要词意惝恍。"⑤ 谢章铤对词之长调与小令的创作特征予以比照，他强调小令之体贵在词意表现含蓄委婉、曲折有致，给人留有无尽的回味。

姚燮《疏影楼词自题》云："词，小道也。然均不骚雅则俚，旨不微婉则直。过炼者气伤于辞，过疏者神浮于意。而叫噪积习，淫曼为工者尤弗取。"⑥ 姚燮对词作意致呈现强调委婉细腻，反对过于质直的艺术表现之法。他论断，此与言辞运用的雅致、气脉流转的通贯以及主体精神的积聚等一起，成为词的创作的最重要方面。他对一味叫嚣怒张的创作之法是坚决反对的。刘熙载《词概》云："元陆辅之《词旨》云：'对句好可

---

① 唐圭璋编：《词话丛编》，中华书局 1986 年版，第 1524 页。
② 冯乾编校：《清词序跋汇编》，凤凰出版社 2013 年版，第 1010 页。
③ 同上书，第 967 页。
④ 朱崇才编纂：《词话丛编续编》，人民文学出版社 2010 年版，第 1911 页。
⑤ 唐圭璋编：《词话丛编》，中华书局 1986 年版，第 3337 页。
⑥ 冯乾编校：《清词序跋汇编》，凤凰出版社 2013 年版，第 947 页。

得，起句好难得，收拾全藉出场。'此盖尤重起句也。余谓起收对三者，皆不可忽。大抵起句非渐引即顿入，其妙在笔未到，而气已吞。收句非绕回即宕开，其妙在言虽止，而意无尽。对句非四字六字，即五字七字，其妙在不类于赋与诗。"① 刘熙载承元人陆行直之论予以阐说，对词的创作之"起""对""收"三个环节都提出要求。其中，他认为，词作收结大致有两种方式：或"绕回"照应开头，呼应整个词作；或"宕开"更深入一层，艺术地升华词作，但不论以何种形式收结，其关键都在于言有尽而意无穷。刘熙载将言有尽而意有余视为词作收结的最本质要求。裘廷桢《海棠秋馆词话》云："言语贵直爽，词意要曲折。言语直爽，使听者可以易明；词意曲折，使读者可以寻味。"② 裘廷桢对意致表现倡导委婉曲折。他比较词作用语与表意的不同，强调言辞运用要以直截明白为上，但所表现意致却应有一定的迂回往复，留有展开探寻与审美想象的空间，从而让读者能长久沉浸回味其中，呈现出永长的艺术魅力。李佳《左庵词话》云："作词结处，须有悠然不尽之意，最忌说煞，便直白无趣。古人集中讲究结束者不少，求之自见。"③ 李佳强调词作收结要有悠远不尽的意味，他反对语尽而意尽、浅俗直白毫无回味的艺术表现方式，主张多向古人学习，在不断的效仿中入乎其妙。

沈祥龙《论词随笔》云："词当意余于辞，不可辞余于意。东坡谓少游'小楼连苑横空，下窥绣毂雕鞍骤'二句，只说得车马楼下过耳，以其辞余于意也。若意余于辞，如东坡'燕子楼空，佳人何在，空锁楼中燕'，用张建封事。白石'犹记深宫旧事，那人正睡里、飞近蛾绿'，用寿阳事。皆为玉田所称。盖辞简而余意悠悠不尽也。"④ 沈祥龙对词作用语与表意的关系予以阐说与例证。他主张"意余于辞"，反对"辞余于意"，亦即要在有限的言辞中体现出丰富的意致，而反对在丰富的言辞中却表现出有限的旨趣。正由此，沈祥龙深为赞同苏轼对秦观"小楼"一句的论评，归结其所缺失在语丰而意少，称扬苏轼"燕子楼空"句及姜夔"犹记深宫旧事"句语简而意丰，给人以不尽的回味。其又云："含蓄

① 唐圭璋编：《词话丛编》，中华书局 1986 年版，第 3698 页。
② 朱崇才编纂：《词话丛编续编》，人民文学出版社 2010 年版，第 1341 页。
③ 唐圭璋编：《词话丛编》，中华书局 1986 年版，第 3105 页。
④ 同上书，第 4053 页。

无穷，词之要诀。含蓄者意不浅露，语不穷尽，句中有余味，篇中有余意，其妙不外寄言而已。"① 沈祥龙极力提倡词作艺术表现含蓄委婉。他解说"含蓄"的涵义是要在言与意之间作文章，以有"余意""余味"为艺术表现的追求，其关键在寄意于言，在语浅而意深、语有尽而意有余中充分体现出词作的艺术魅力。沈祥龙之论，将对词意表现含蓄深致的倡导又一次予以了拓展与深化。陆志渊《兰纫词自序》云："作词之妙，须句丽而意曲，字新而韵峭。"② 陆志渊也主张词作意致呈现要委婉曲折，在字语运用的柔美新颖、音律表现的美妙动人中，使词作显现出美的极致。

民国时期，对词意表现含蓄深致要求之论，主要体现在陈荣昌、张百禧、碧痕、陈匪石、吴梅、唐圭璋等人的论说中。他们对词意表现的含蓄深致之求仍然不断予以了张扬。

陈荣昌《虚斋词自识》云："词以曲名，知曲之一字，则可与言词矣。不浅露，则隐曲之谓也；不直率，则曲折之谓也。用意宜隐，用笔宜折，言在此而意在彼，是之谓隐。气求其贯，而语善于转，是之谓折。……即东坡、幼安以气胜，其用意用笔，亦未有直而不曲者，他家可以隅反。"③ 陈荣昌将词体的审美特性界定在"曲"之一字上，他论断，这包括两个层面的内涵：一谓之"隐曲"，亦即指词作意致呈现的深致幽远；二谓之"曲折"，亦即指创作取径与运思用笔的含蓄委婉。总之，词作艺术表现追求意在言外，彼此之间呈现出很大的张力性。陈荣昌将词意呈现的含蓄委婉进一步言说开来。张百禧《重刻词选序》云："诗者，持也，厥体丽而有节。词者，意内而言外也，厥体婉而多讽。"④ 张百禧概括诗词两体艺术表现有其共通之处，这便是都要求合乎中和化的原则，追求含蓄委婉的审美效果。碧痕《竹雨绿窗词话》云："陈晋公曰：制词贵于布置停匀，气脉贯串。予以为还须层次清楚，词意婉回。如片玉之《早梅芳》（别情）一词，兼布置、气脉、层次、转侧之妙。"⑤ 碧痕论断词作在结构匀称、气脉贯串的基础上，还需讲究词意表现的委婉曲折。他

---

① 唐圭璋编：《词话丛编》，中华书局 1986 年版，第 4055 页。
② 冯乾编校：《清词序跋汇编》，凤凰出版社 2013 年版，第 1479 页。
③ 同上书，第 2000 页。
④ 施蛰存主编：《词籍序跋萃编》，中国社会科学出版社 1994 年版，第 797—798 页。
⑤ 朱崇才编纂：《词话丛编续编》，人民文学出版社 2010 年版，第 2266 页。

例举周邦彦《早梅芳》一词在结构、气脉及词意表现等方面都甚见其妙，成为后世抒写离情别绪词作之典范。

陈匪石《声执》云："愚始学时，瞻园先生诏之曰：'意浅则语浅，意少切勿强填。'此为基本之论。惟既须有意，而意亦有择。意贵深，而不可转入翳障。意贵新，而不可流于怪谲。意贵多，而不可横生枝节。或两意并一意，或一意化两意，各相所宜以施之。以量言，须层出不穷。以质言，须鞭辟入里。而尤须含蓄蕴藉，使人读之，不止一层，不止一种意味。且言尽意不尽，而处处皆紧凑、显豁、精湛，则句意交炼之功，情景交炼之境矣。"① 陈匪石在其师张仲炘（瞻园先生）力主填词以意为本之论的基础上，对词作意致表现重申多方面的要求，这包括意致表现要深致、新颖、富于层次性。他论说道，词作意致表现贵在深致，但不可流于意障之漩涡中；词作意致表现贵在新颖独到，但不可流于一味求奇炫怪；词作意致表现贵在富于层次性，但不可随意添枝加叶，一味任其蔓状生长而导致词意混乱不清。这之中，陈匪石甚为倡导词作意致表现的含蓄蕴藉，强调在含蓄蕴藉中将词意表现不断推向深致幽远，从而最终使词作形成情景交融、浑然一体而又富于审美生发的艺术张力结构，体现出立体性与交互性。吴梅《词学通论》云："至用字发意，要归蕴藉。露则意不称辞，高则辞不达意。二者交讥，非作家之极轨也。故作词能以清真为归，斯用字造意，皆有法度矣。"② 吴梅倡导词作用字造语与意致表现都要含蓄蕴藉。他论断词作用字造语与意致表现应相符相称，避免因过于直露或过于超拔而导致的辞意不称现象。他主张词的创作还是要以清丽真切为其风格呈现的旨归所在，从而有效地引导词作用字造语与意致表现。唐圭璋《梦桐词话》云："词为长短句，故句法变化极多。有单句，有对句，有叠句，有领句。又有设想句、层深句、翻案句、呼应句、透过句、拟人句，其用意深，用笔曲，皆足以促进词之美妙也。"③ 唐圭璋从词作为文学之体其句法变化丰富多样的角度，进一步重申词作用笔与意致表现委婉深致的要求。他论说用笔表意的委婉深致极有益于词作整体艺术魅力的生成，其在词的创作中成为最为重要的环节与要求。

---

① 唐圭璋编：《词话丛编》，中华书局 1986 年版，第 4949 页。

② 吴梅：《词学通论》，上海古籍出版社 2006 年版，第 3 页。

③ 朱崇才编纂：《词话丛编续编》，人民文学出版社 2010 年版，第 3341 页。

三　词意表现合乎中和准则论的承衍

中国传统词学中对词意表现特征与要求论说的第三条线索，是主张词意表现合乎中和准则。这一维面内容主要体现在沈义父、李东琪、彭孙遹等人的论说中。南宋末年，沈义父《乐府指迷》云："盖音律欲其协，不协则成长短之诗。下字欲其雅，不雅则近乎缠令之体。用字不可太露，露则直突而无深长之味。发意不可太高，高则狂怪而失柔婉之意。"① 沈义父对词作声律运用、下字用语及意致蕴含等提出要求。其中，他主张词作立意不可过于高张突兀，否则，其意旨容易流于张狂怪奇而失却温柔委婉之味。沈义父主张词作面目要雅正，艺术表现要委婉有致，不迫促，不发露。他将中和的审美原则运用到对词作艺术表现与意致呈现的要求之中，这是中国传统词学史上较早对词意表现提出中和化要求的论断。清代前期，李东琪云："诗庄词媚，其体元别。然不得因媚辄写入淫亵一路。媚中仍存庄意，风雅庶几不坠。"（王又华《古今词论》记）② 李东琪从诗词体性之别的角度展开论说。他认为，词体审美质性虽能趋尚绮丽柔美，但不能因此而堕入猥俗一途。他主张词作在绮丽中仍然要体现出庄重之意，如此才不至于脱却古代以来的优秀风雅传统。李东琪对词作表意绮丽与庄重并融的要求，体现出其对词体审美质性比一般人有着更为深入的认识。彭孙遹《金粟词话》云："词以自然为宗，但自然不从追琢中来，便率易无味。如所云绚烂之极，乃造平淡耳。若使语意淡远者，稍加刻画，镂金错绣者，渐近天然，则骎骎乎绝唱矣。"③ 彭孙遹提倡作词要以"自然"为审美理想，但他所倡导的"自然"之美并不是一味摈弃修饰、简易直率，而是"追琢"之后的"率易"，"绚烂"之后的"平淡"。正因此，他主张词作意致表现要在平淡的基础上稍加修饰，在讲究艺术修饰的平台上凸显天然之面貌，此乃词意表现的极致。彭孙遹的词作审美理想及对词意表现的要求，明显体现出艺术辩证法的精神及崇尚中和之美的特征。

此外，值得补充的是，民国时期，有几位词论家对词作意致表现还提

---

① 唐圭璋编：《词话丛编》，中华书局 1986 年版，第 277 页。

② 同上书，第 606 页。

③ 同上书，第 721 页。

出了其他的要求，切中词作艺术表现之要害，富于理论意义。因其论说较为具体细致，我们特作提及。

闻野鹤对词作意致表现反复提出真实自然的要求。其《恫簃词话》云："夔笙称：'词须实，实则易佳。'此语诚然。盖实则意真，意真则辞易好也。昔人称北宋人有词而后有题，南宋人有题而后有词，亦即此意。至于今日，则俗陋之子争以风流自命，于是矫揉造作，讹为歌离吊影之词，春怨秋愁之什，实则所为伊人者，皆一篇虚话也。意既若是，词复安得而佳。"① 闻野鹤在况周颐所论词的创作须以实为佳的基础上，对词作意致表现提出真实自然的要求。他概括词作内容表现丰实是意致呈现真实自然的前提，而词作意致呈现真实自然又有助于其言辞运用之妙。闻野鹤批评近世不少词人在言辞运用上过于追逐与讲究，而在意致表现上则矫揉造作，缺少真实性，导致词作流于虚化之地。闻野鹤将词作意致表现的真实自然强调到一个很重要的地位。其又云："尝谓古人作词之先，胸中已有真确意绪，关山之感，时序之思，乃至咏物作酬，亦的然有见。是故一下笔则语语真实，按之有骨，节节紧凑，而不见其迫，声律之辨，不足以缚之。夫然，故精光湛然，再三玩诵，弥有真味。若近人作词，则恒下均与上均断，是气短也。下句与上句断，是意失也。下半与上半断，是节疏也。质言之，则真意不足，而空设间架也。又或故为乖巧，虚作幻语，以能新异，是愈见其语疏也。故事獭祭，以为凝重，是愈见其才短也。上述诸病，患者益多，即南宋诸家，亦不能免，与近人乎何尤。"② 闻野鹤对词作意致表现进一步阐说真实自然之求。他称扬古人作词有真情实感，其因事即景，自然而成，所表现意致确乎体现出真实性，由此，词作艺术面貌亦呈现出高度的自由性。闻野鹤批评近人词作，或伤于"气短"，或见于"意失"，或显于"节疏"，而究其由都是在意致表现的真实性上有所欠缺之故。闻野鹤通过对古今词人创作之意致表现的比照，鲜明地体现出对真情实意之创作表现的推尚。

赵尊岳反复论说到意致表现圆融浑成的主张。其《珍重阁词话》云："浑成之境，更非一日所可及。纤巧或为浑成之言，而语纤者意固可以浑

① 朱崇才编纂：《词话丛编续编》，人民文学出版社 2010 年版，第 2330 页。
② 同上书，第 2339 页。

成也。语贵（疑有误）则贵圆，意体贵浑成，消息至微，不可不辨。"①
赵尊岳对词作字语运用与意致表现分别提出要求。他甚为强调词作浑成之
意境创造的不易性，为此，对词作用语主张圆融而反对纤弱奇巧，对词作
意致表现主张自然浑成而反对突兀，他将词作艺术表现中的用语之"圆"
与表意之"浑"细致地加以了别分。其论在词意表现特征与要求的探讨
上是甚具意义的。其又云："词有层次，而不在勾勒，所谓意方而笔圆，
及其至也，意圆而笔方。"② 赵尊岳对词作艺术表现进一步展开论说。他
肯定词作艺术表现有层次之分，认为在较低的层面上，意致表现与用笔的
关系是前者凸显而后者体现出圆熟之境，而在更高的层面上，则是前者自
然浑成而后者突兀奇峭，富于个性特征。赵尊岳从艺术创造辩证法的角度
对词作圆融浑成之意致表现予以了推扬。

　　祝南（詹安泰）对词作意致表现提出不可取巧与精粹凝练的要求。
其《无庵说词》云："写令词不可立意取巧。一经取巧，即陷尖纤，必无
深长之情味。尤西堂、李笠翁辈即犯取巧之病，骤看煞有意致，按之情味
索然。好逞小慧，终身无悟入处也。"③ 詹安泰对小令之词意致表现提出
反对取巧的要求。他认为，一旦词作意致表现流于取巧之路径，则其在审
美上必然缺乏深远绵长之情味，其词作最终是难以吸引人的。他批评尤
侗、李渔等人小令之词即犯此弊，而缺乏经久的艺术魅力。其又云："令
词非铺叙之具。写令词不可立意铺叙，须立意精炼；精炼而觉晦昧时，则
当力求其自然。精炼而能出之以自然，则进乎技矣。古来令词之精炼无过
飞卿者，试读飞卿词，有不自然之句不？温词最丽密，人惊其丽密，遂目
为晦昧，失之远矣！"④ 詹安泰承衍前人之论，对小令之词意致表现重申
精致凝练与自如自然的主张。他反对词作立意或过于散碎，或过于晦涩，
力倡词作意致表现之自然精练。他强调，乃文体的独特要求决定其意致呈
现，在这方面，温庭筠词作，其意致表现与结构凝练而细密，是后人学习
的典范。

　　吴庠对词意表现则提出切实充蕴的要求。其《清空质实说》云："质

---

　　① 张璋、职承让、张骅、张博宁编纂：《历代词话续编》，大象出版社 2005 年版，第 770
页。

　　② 同上书，第 771 页。

　　③ 同上书，第 1322 页。

　　④ 同上。

之对待字为文，非清也。质者，本质也，即词家之命意也。惟质故实，所谓意余于辞也。文者，文饰也，即词家之遣辞也。惟文故空，所谓辞余于意也。予故以为梦窗词，正是文而空，不是质而实；白石词，正是质而实，不是文而空。不过梦窗文中有质，白石质外有文，而其传诵之作，又皆有清气往来，此其所以为名家也。"① 吴庠对词作文质命题予以细致的辨说。他论断，其所谓"质"乃词作立意之谓，强调其艺术表现要切实充蕴；其所谓"文"乃词作下字用语之谓，强调其艺术表现要清空灵动，从而产生言不尽意、余味无穷的效果。吴庠推尚吴文英词作在清空灵动的言辞表现中含寓切实之意致，姜夔词作在切实之意致呈现中含寓清丽之气脉，他们一同成为后世词人创作之典范。吴庠对词作立意的要求是甚为辩证而高标的。

第三节 "意"与其他创作因素关系之论的承衍

中国传统词意论承衍的第三个维面，是对"意"与其他创作因素关系之论的考察。这一维面内容主要体现在四条线索中：一是词作构思、用笔与表意关系之论的承衍，二是词作用语与表意关系之论的承衍，三是词作用韵与表意关系之论的承衍，四是词作表意与面目呈现关系之论的承衍。我们分别勾勒与论说之。

一 词作构思、用笔与表意关系之论的承衍

这一维面论说大致出现于南宋末年。沈义父《乐府指迷》云："大抵起句便见所咏之意，不可泛入闲事，方入主意。咏物尤不可泛。"② 沈义父主张作词起句要以"意"为本，要围绕词作立意加以展开，不可拉杂述事。其中，咏物词尤其应该注重以命意为本，不可泛泛而作。其又云："过处多是自叙，若才高者方能发起别意。然不可太野，走了原意。"③ 沈义父继续对词的创作与表意展开论说。他认为，词作结构过片与展衍应以自叙为主，笔致不可放得太开、走得太远，以免疏离了原有创作之意。沈

① 孙克强编著：《唐宋人词话》，南开大学出版社 2012 年版，第 903—904 页。
② 唐圭璋编：《词话丛编》，中华书局 1986 年版，第 279 页。
③ 同上书，第 279 页。

义父是主张词的创作自始至终都以立意为本的。其还云："作大词，先须立间架，将事与意分定了。第一要起得好，中间只铺叙，过处要清新。最紧是末句，须是有一好出场方妙。作小词只要些新意，不可太高远，却易得古人句，同一要炼句。"① 沈义父就慢词与小令之体的创作展开阐说。他提出，创作慢词要以确立结构为第一要务，在此基础上，才便于具体考虑述事与命意的问题，词作结构在展开中，其"起""过""收"三个环节各有讲究。小令创作则以命意为第一要务，要有新颖别致之意，但命意又不可过于超拔高远，以至于模糊了诗词之别。

元代初年，张炎《词源》云："作慢词，看是甚题目，先择曲名，然后命意。命意既了，思量头如何起，尾如何结，方始选韵，而后述曲。最是过片，不要断了曲意，须要承上接下。"② 张炎专门针对慢词的创作展开论说。他概括慢词的创作过程是由先择选词之曲调到考虑词作立意，再到思考如何结构词作，最后到考虑如何用韵。张炎甚为强调词作立意与结构的内在联系，主张词作上下片之间的过渡要注重以意串联，做到语不接而意连。他将命意视为结构词作之根本所在。陆行直《词旨》云："制词须布置停匀，血脉贯穿。过片不可断曲意，如常山之蛇，救首救尾。"③ 陆行直主张词作结构布局要均匀，内在血脉要一以贯之，过片之间要语不连而意接，整个词作首尾相应，从而成为一个有机的整体。陆行直将意脉相连视为词的创作最重要审美质性之一。明代末年，陈子龙《王介人诗余序》云："以沈挚之思而出之必浅近，使读之者骤遇如在耳目之表，久诵而得隽永之趣，则用意难也。"④ 陈子龙对词作的命意与用辞予以论说。他认为，词的创作其思致要深沉真挚，然其艺术表现应浅切近人，要在浅切的艺术表现中体现出沉挚之思致与隽永之意趣，这便是词作在用意上的难点所在。陈子龙见出了词作命意与艺术表现的辩证转化关系。

清代，词作构思、用笔与表意关系之论，主要体现在周济、陈廷焯、李佳、沈祥龙等人的论说中。周济《宋四家词选目录序论》云："笔以行意也，不行须换笔。换笔不行，便须换意。玉田惟换笔不换意。"⑤ 周济

① 唐圭璋编：《词话丛编》，中华书局 1986 年版，第 283 页。
② 同上书，第 258 页。
③ 同上书，第 303 页。
④ 陈良运主编：《中国历代词学论著选》，百花洲文艺出版社 1998 年版，第 344 页。
⑤ 唐圭璋编：《词话丛编》，中华书局 1986 年版，第 1644 页。

认为，用笔是为表意服务的，在表意不畅的情况下就要考虑转换笔法，而如果转换笔法还表意不畅，便要考虑转换命意了。他评断张炎作词往往转换笔法而不改变命意，这是缘于其具有高超的创作才力之故。周济对词的创作表意与用笔的关系予以了辩证的阐明。陈廷焯《白雨斋词话》云："所谓沉郁者，意在笔先，神余言外。写怨夫思妇之怀，寓孽子孤臣之感。凡交情之冷淡，身世之飘零，皆可于一草一木发之。而发之又必若隐若现，欲露不露，反复缠绵，终不许一语道破。匪独体格之高，亦见性情之厚。"① 陈廷焯论词以"沉郁"为审美理想。他解说"沉郁"的涵义为"意在笔先，神余言外"，强调词人创作命意要在用笔之前便有胚胎，以此作为统贯整个词作的灵魂所在；同时词作艺术表现又要在言语之外体现出创作主体的精神面目。陈廷焯主张，创作主体要将深沉的社会现实之感与丰富的人生情怀通过词作的形式加以表现，强调艺术表现要含蓄委婉，在令人回味中体现出主体丰富深厚的性情与寄托。李佳《左庵词话》云："词以写情，须意致缠绵，方为合作。无清灵之笔意致，焉得缠绵。彼徒以典丽堆砌为工者，固自不解用笔。"② 李佳对词作抒情与写意的关系也予以阐说。他主张以缠绵之意致表现创作主体内心之深情，而要写出缠绵之意致，又须有清空灵动之笔法，这与追尚雕饰是不相关涉的。沈祥龙《论词随笔》云："词当于空处起步，闲处著想，空则不占实位，而实意自笼住。闲则不犯正位，而正意自显出。若开口便实便正，神味索然矣。"③ 沈祥龙主张词的创作要笔法空灵，艺术性虚化词作。他认为，惟其如此，才能因"空"而"实"、因"闲"而"正"，从而凸显出词作所表之意旨，在艺术化的烘托与映衬中充分表现出词作之意。沈祥龙归结词的创作如果一入乎其中便过于实化与趋入正位，则其艺术表现必然索然寡味，毫无审美意趣。

民国时期，蒋兆兰、宣雨苍继续对词作构思、用笔与表意的关系予以论说。蒋兆兰《词说》云："词宜融情入景，或即景抒情，方有韵味。若舍景言情，正恐粗浅直白，了无蕴藉，索然意尽耳。"④ 蒋兆兰从情景构

①　陈廷焯著，杜未末校点：《白雨斋词话》，人民文学出版社 1959 年版，第 5 页。
②　唐圭璋编：《词话丛编》，中华书局 1986 年版，第 3110 页。
③　同上书，第 4055 页。
④　同上书，第 4639 页。

合的角度论说到词作意旨表现。他提倡要"融情入景""即景抒情",将"情"与"景"两种创作质性因素紧密结合,如此,词作才富于审美意味。如果"舍景言情"、情景相离,则词作情感表现很可能流于直白浅俗,意旨表现必然缺乏含蓄蕴藉、索然寡味。蒋兆兰之论,进一步深化了传统词学对词作构思与意旨创造的探讨,具有探本的意义。宣雨苍《词谰》云:"文字以立意为主。意立而后选词,词修而后运笔。意犹生气,词犹骨肉,笔犹血脉,三者有一或缺,不能成文。倚声乃有韵文字而最精密者,安可不求其美备邪。盖有意无词,其病枯燥;有意无笔,其病沉闷。有笔无意,其病空衍,有笔无词,其病浮滑。有词无意,其病支离,有词无笔,其病板滞。三者缺一,其病已及于此。缺二,非散漫即隔阂。甚则复冗敷廓,芜秽而不能成章矣。"① 宣雨苍综合性地论说到词作立意、修辞与运笔的关系。其中,在运笔与表意的关系方面,他提出,如果只注重立意而忽视运笔,则词作必然令人感到沉闷不悦与滞塞不畅;反之,如果只注重运笔而忽视立意,则词作必然呈现出空泛虚化之态,是令人可厌的。宣雨苍对词作立意与运笔相互影响、相互生成的关系予以了切中深入的阐说。

二 词作用语与表意关系之论的承衍

这一维面论说也大致出现于南宋末年。沈义父《乐府指迷》云:"作词与诗不同,纵是花卉之类,亦须略用情意,或要入闺房之意。然多流淫艳之语,当自斟酌。如只直咏花卉,而不着些艳语,又不似词家体例,所以为难。又有直为情赋曲者,尤其宛转回互可也。如怎字、恁字、奈字、这字、你字之类,虽是词家语,亦不可多用,亦宜斟酌,不得已而用之。"② 沈义父从诗词体制之别的角度论说词作之意。他认为,词作咏物关键在以情意贯串,这与诗体形成细微的区别;词作咏物也多用绮艳之语,但其要注意"度"的把握与运用的分寸。沈义父对词作咏物与表情写意,是主张要体现词体本身审美质性的。

清代,词作用语与表意关系之论,主要体现在李渔、柴绍炳、吴衡照、王韬、徐其志、张祥龄等人的论说中,他们从不同的角度对此论题予

---

① 朱崇才编纂:《词话丛编续编》,人民文学出版社 2010 年版,第 2458 页。
② 唐圭璋编:《词话丛编》,中华书局 1986 年版,第 281 页。

以了展开与深化。

　　清代前期，李渔《窥词管见》云："意之曲者词贵直，事之顺者语宜逆，此词家一定之理。不折不回，表里如一之法，以之为人不可无，以之作诗作词，则断断不可有也。"① 李渔对词作语言运用与意致表现予以论说。他主张词意婉曲深致之时，言辞表现应相对取其直畅的一面；所叙事情平常熟泛之时，其用辞应相对取其突兀引人的一面，如此，词作才能更好地艺术化中和与生发。李渔归结为，人和作词在立身与创作取向上是截然不同的，为人讲究表里如一，然而作词则追求审美化的对立统一，讲究艺术相生的效果，两者是有着内在质性之别的。柴绍炳云："词家意欲层深，语欲浑成。作词者大抵意层深者，语便刻画，语浑成者，意便肤浅，两难兼也。或欲举其似，偶拈永叔词云：'泪眼问花花不语。乱红飞过秋千去。'此可谓层深而浑成，何也，因花而有泪，此一层意也。因泪而问花，此一层意也。花竟不语，此一层意也。不但不语，且又乱落，飞过秋千，此一层意也。人愈伤心，花愈恼人，语愈浅，而意愈入，又绝无刻画费力之迹，谓非层深而浑成耶。然作者初非措意，直如化工生物，笋未出而苞节已具，非寸寸为之也。若先措意便刻画，愈深愈堕恶境矣。此等一经拈出后，便当扫去。"（王又华《古今词论》引）② 柴绍炳论说词作表意与用语的关系。他提出，词作表意与用语往往是难以呈正态对应的。当意致表现追求"层深创构"时，其用语便可能流于雕琢；而当用语自然浑成时，其意致表现又可能流于肤浅。他例举"泪眼问花花不语，乱红飞过秋千去"之句（按：非为欧阳修词句，应为冯延巳《鹊踏枝》词句），称扬其用语极为自然便辟，然其在词意表现上却能逐层深入、不断生发，形成彼此串联而又递进的张力结构，甚富于艺术魅力。柴绍炳批评命意在先、主题先行而后围绕命意反复修饰雕琢的创作取向，认为其意致表现愈追求所谓的深致，则词作便愈堕入创作之"恶境"中。柴绍炳将词作表意与用语及词境呈现有机联系起来。

　　清代中期，吴衡照《莲子居词话》云："词忌堆积，堆积近缛，缛则伤意。词忌雕琢，雕琢近涩，涩则伤气。"③ 吴衡照从词作的字语运用论

---

① 唐圭璋编：《词话丛编》，中华书局 1986 年版，第 554 页。
② 同上书，第 608 页。
③ 同上书，第 2403 页。

说到显意与行气，他反对作词用笔过于修饰雕琢，认为其必然损伤词作意旨的表现与气脉的贯通。吴衡照将立意视为词作艺术表现的根本之一。其又云："言情以雅为宗，语丰则意尚巧，意亵则语贵曲。顾敻《诉衷情》云云，张泌《江城子》云云，直是伧父唇舌，都乏佳致。"① 吴衡照提倡词作言情要崇尚雅正。在用语与表意的关系上，他认为，应在字语丰富时，其意致便追求新巧；在所表意旨难以避免俗化的情况下，其用语则应曲折委婉，如此，创作主体情意表现才能避免直露与媚俗。吴衡照对词作用语与表意关系的探讨是甚具识见的。王韬《芬陀利室词话序》云："余亦谓词之一道，易流于纤丽空滑，欲反其弊，往往变为质木，或过作谨严，味同嚼蜡矣。故炼意炼辞，断不可少，炼意所谓添几层意思也。炼辞所谓多几分渲染也。"② 王韬既反对词作一味纤巧绮丽，又反对其质木无文、过于实化，缺乏空灵之意味。他主张作词要锤炼旨意与用语，认为不断锤炼词意，其意致便繁富有致，整个词作意致表现便成为"层深创构"；而不断锤炼句语亦可以使词作朗润，富于审美意味。

晚清，徐其志《瑞云词自序》云："意内言外谓之词，使内外不融，意言皆舛矣。填词不知此义，非意无专诣，则言无伦绪。或隐约其意，作模糊影响之谈；或乖互其言，为缪辍支离之状。而识侧之意，鄙陋之言，又其次也。意不能副言，言不能协律，又非所论也。"③ 徐其志从"意内言外"作为词作本质所在的角度，论说到"言"与"意"相互关系，他极为强调"言"与"意"相融相合，言为意用，意由言出，以避免"意无专诣"或"言无伦绪"的现象。徐其志对支离为言是甚为反对的，甚为强调言语表现的立足之所在，其论是富于识见的。张祥龄《词论》云："尚密丽者失于雕凿。竹山之鹭曰琼丝，鸳曰绣羽。又霞铄帘珠，云蒸篆玉，翠簨翔龙，金枞跃凤之属，过于涩炼，若整疋绫罗，剪成寸寸。七宝楼台，盖薄之之辞。吴中七子，流弊如此。反是者又复鄙俚，山谷之村野，屯田之脱放，则伤雅矣。作者自酌其才，与何派相近，一篇之中，又不可杂合，不配色。意炼则辞警辟，自无浅俗之患。"④ 张祥龄论说到词

---

① 唐圭璋编：《词话丛编》，中华书局 1986 年版，第 2423 页。

② 同上书，第 3627 页。

③ 冯乾编校：《清词序跋汇编》，凤凰出版社 2013 年版，第 1236—1237 页。

④ 唐圭璋编：《词话丛编》，中华书局 1986 年版，第 4213 页。

的创作笔法。他论断，笔法绵密者容易失于雕琢，笔法疏放者又容易流于鄙俚浅俗。"吴中七子"等人之词便是绵密绮丽而过于雕饰的代表，而黄庭坚与柳永之词则是有伤雅正的样板。张祥龄主张词作者要全面衡量自己的才力，而切不可盲目求近于人，要在不断的对词意的锤炼中使词作言辞警辟，从而避却浅俗之病。

民国时期，秦遇赓、陈匪石、郑文焯、蔡桢等人对词作用语与意致呈现关系继续予以了论说。秦遇赓《征声集序》云："大抵古人无意为词，意偶到而辞随之，如风行水上，自然成文，乃臻高妙。今人有意为词，义旨茫昧，而兢兢乎惟辞之求。譬诸无病而呻，纵尽力呼号，亦安得而动人之听哉？"① 秦遇赓对"言"与"意"的关系进一步予以论说。他称扬辞随意到的创作之道，强调以意致呈现为本位，辞为意用，言随意转，如此则自然成文；反之，如果以言辞运用为求，则意致呈现易入于虚化之地，其词作是难以感人的。秦遇赓对传统言意关系予以了很好的阐扬。陈匪石《声执》云："炼之之法如何，贵工贵雅、贵稳贵称。戒饾饤、戒艰涩。且须刊落浮藻，必字字有来历，字字确当不移。以意为主，务求其达意深，而平易出之。意新而冲淡出之。驱遣古语，无论经史子与夫骚、选以后之诗文，俸色揣称，使均化为我有。即用古人成句，亦毫无蹈袭之迹，而其要归于自然。所谓自然，从追琢中来。吾人读陶潜诗、梅尧臣诗，明白如话，实则炼之圣者。珠玉、小山、子野、屯田、东山、淮海、清真，其词皆神于炼，不似南宋名家，针线之迹未灭尽也。然炼句本于炼意。"② 陈匪石对词作字语锤炼与运用提出多方面的要求。他强调词作字语锤炼要追求精工、雅致、稳当与适宜等原则，而切忌流于纠缠琐细或艰深晦涩之中，同时也要力避浮华虚妄，应坚持以意致表现为本的宗旨，务求辞达与直致。陈匪石大力提倡词作语言运用与意致呈现相随相应，以平易之语而表现深致之意，以冲淡之语而表现新颖独到之意，以创作主体之气质性情而化用前人或他人之语。总之，要以相适相应与自然通俗为原则，最大限度地避却着意为之的人工雕琢痕迹，将言辞运用与意致呈现最大限度地统一起来。陈匪石之论，从字语锤炼的角度将辞为意用的原则予以了深入的阐明。郑文焯《论词手简》云："夫文者，情之华也，意者，魄之宰也。

① 冯乾编校：《清词序跋汇编》，凤凰出版社 2013 年版，第 1987 页。
② 唐圭璋编：《词话丛编》，中华书局 1986 年版，第 4949 页。

故意高是以文显之，艰深者多涩；文荣则以意贯之，涂附者多庸。"① 郑文焯论断言辞为人之情感表现的外在形式，意致为词作的灵魂所在。他肯定以"文"传"意"之径，主张表意与用辞要相互契合，认为在言辞华丽时要特别注重以意脉穿贯，以避免雕琢不畅之病。

蔡桢《柯亭词论》云："慢词行文，现分二派，一从里面做出，一从外面做入。从里面做出，便是以意遣辞。此派作法，以布局为先务。下手时，须先立定主意，通篇即抱定此意做去。敷藻下字，均有分寸。如何起、如何结、如何过变、如何铺叙，均须意在笔先。故词成后，语无泛设，脉络分明，一气卷舒。宋贤矩矱，本应如是。此即以意遣辞，所谓从里面做出者也。从外面做入，便是因辞造意。此派作法，以琢句为先务，字面务取华美，随其组织以造意。贴切与否，在所不顾。全词无中心，凑合成篇。承接贯串，起伏照应，更所不讲。故词成后，其佳者，亦只有好句可看，无章法脉络可言。其劣者，堆砌粉饰，支离破碎，一加分析，疵颣百出。此即因辞造意，所谓从外面做入者也。从里面做出之词，譬如内家拳，外表不必如何动人，真实工夫，全在里面。词之练意、练章、行气、运笔者似之。惟工力深者，一见能知其佳处。此类词，若仅从字面求之，毫厘千里矣。从外面做入之词，譬如外家拳，其至者，亦有身法手法步法可看，工夫全在表面。如仅以句法见长之词，其未至者，花拳绣腿而已。饾饤獭祭之词流似之。可以骇俗目，未能逃法眼也。今世词流如鲫，以句法见长者，尚车载斗量。讲究章法者，二三老辈外，几如凤毛麟角，洵可慨已。"② 蔡桢对词作言辞运用与意致表现的关系予以甚为细致而条理清晰的论说。他具体将长调的创作之法划分为两种模式，归结为一乃"从里面做出"，一乃"从外面做入"，前者以意为本，因意遣辞，后者随辞流转，因辞造意，它们相互间是有着本质不同的。具体地说便是，以意遣辞创作之法要以词作结构布局为第一要务，始终以意致表现为中心与辐射源，以此统帅整个词作的下字用语与结构创设，讲究立定一个中心，极致地追求言为意用；而相对地，因辞造意创作之法则以字句运用为第一要务，始终讲究字句的择取与语言及结构的组织安排，它并不着意考虑词作

---

　　① 张璋、职承让、张骅、张博宁编纂：《历代词话续编》，大象出版社 2005 年版，第 38 页。

　　② 唐圭璋编：《词话丛编》，中华书局 1986 年版，第 4908—4909 页。

之意致呈现，而是随辞流转，即兴成篇。这之中，很可能佳言妙语不时闪现或令人目不暇给，然意致呈现却不一定鲜明紧凑，惟随辞句流转松散生发而已。蔡桢比譬概括以意遣辞创作之法如习练"内家拳"，注重以内在功力为胜，而不讲究外在之招式与修饰，故此类词作辞不胜意，外表相对平淡而内寓风花雪月；与其相对，因辞造意创作之法则如习练"外家拳"，注重从外在招式入手，其身形手法很可能煞是好看，然其欠缺却在于未能在核心关键上取得突破，以至于只能取悦于人之眼目而已，这使其创作相对缺少艺术魅力。蔡桢批评当世词坛习"外家拳"者居多，而练"内家拳"者却少，这使词作之道走向偏途，是令人遗憾的。相比较而言，他推尚第一种创作之法，由内而外，言随意遣，辞为意用，浑然一体。蔡桢确乎将言为意用、意随辞转之创作原则极致地张扬开来。

三　词作用韵与表意关系之论的承衍

中国传统词学中对词作用韵与表意关系之论，主要体现在张炎与李渔的言说中。元代初年，张炎《词源》云："词不宜强和人韵，若倡者之曲韵宽平，庶可赓歌。倘韵险又为人所先，则必牵强赓和，句意安能融贯，徒费苦思，未见有全章妥溜者。东坡次章质夫杨花《水龙吟》韵，机锋相摩，起句便合让东坡出一头地，后片愈出愈奇，真是压倒今古。我辈倘遇险韵，不若祖其元韵，随意换易，或易韵答之，是亦古人三不和之说。"[①] 张炎对作词立意与和韵的关系予以论说。他反对强和他人之韵，认为如果倡韵者所用词韵较宽，则不妨随其声韵"和词"，但如果倡韵者以押险韵为奇，韵路甚窄，则不必勉强随其声韵，因为这必然影响词作意致表现的自如畅达。张炎称扬苏轼《次章质夫杨花水龙吟韵》一词，随对方之险韵而押，然愈押愈奇，极显才情；但他主张一般人还是要避却押险韵，或随词意而用韵，或在对方最初所用之韵的基础上不断变换韵字。张炎在词作用韵与表意的关系上，明确体现出以"意"为本的创作观念。清代前期，李渔《窥词管见》云："不用韵之句，还其不用韵，切勿过于骋才，反得求全之毁。盖不用韵为放，用韵为收，譬之养鹰纵犬，全于放处逞能。常有数句不用韵，却似散漫无归，而忽以一韵收住者，此当日造词人显手段处。彼则以为奇险莫测，在我视之，亦常技耳。不过以不用韵

---

① 唐圭璋编：《词话丛编》，中华书局1986年版，第265—266页。

之数句，联其意为一句，一直赶下，赶到用韵处而止。其为气也贵乎长，其为势也利于捷。若不知其意之所在，东奔西驰，直待临崖勒马，韵虽收而意不收，难乎其为调矣。"① 李渔认为词作是否用韵要根据艺术表现的具体需要而定，不应一味骋才逞能，不应该用韵处也以韵为收，而应该以韵收结处却又一味"显手段"地以放为收。他认为，词作是否用韵与表意是紧密联系在一起的，用韵一定要围绕表意而展开，该用时用，不该用时则放，要努力做到收放自如，以显意为本。在词作用韵上，李渔推尚一气而行、由放到收，他认为，这样才能使词作体现出悠长之气脉与流转之势态。其用韵为表意所制，而表意为用韵所本，力避盲目用韵，如此，才能做到用韵与表意相融相切，从而创作出富于艺术魅力的词作。

四　词作表意与面目呈现关系之论的承衍

中国传统词学中对词作表意与面目呈现关系之论，主要体现在卓长龄、吴锡麒、孙麟趾、陈廷焯、陈运彰的论说中。

清代前期，卓长龄《羡门臆说》云："大抵意胜则曲，词胜则直；意胜则灵活，词胜则呆板；意胜则转折靡穷，词胜则铺排易尽。"② 卓长龄对词作意致表现与面目呈现关系展开多方面的论说。他论断，词作意致表现丰盈便会使词作呈现出婉转蕴藉、鲜活而富于灵性的面貌，反之，如果言辞表现偏胜，则会使词作表面铺张华丽而内在体现出浅近、呆板的面目特征，两者之间是存在着反比关系的。清代中期，吴锡麒《忆月楼分类词选自序》云："窃谓字诡则滞音，气浮则滑响，词俚则伤雅，意亵则病淫。"③ 吴锡麒对词之创作的下字、用辞、行气及命意都予以论说，他反对下字奇诡、行气浮泛、用辞俚俗及命意猥亵。吴锡麒将命意的猥亵视为词作入乎淫靡的内在缘由，也是词作最根本的禁忌之一。晚清，孙麟趾《词径》云："天之气清，人之品格高者，出笔必清。五采陆离，不知命意所在者，气未清也。清则眉目显，如水之鉴物无遁影，故贵清。"④ 孙麟趾将"清"视为词作审美的理想所在。他论断，创作主体人品高洁则

①　唐圭璋编：《词话丛编》，中华书局 1986 年版，第 558—559 页。
②　卓回编：《古今词汇初编》卷首，清康熙十八年刻本。
③　陈良运主编：《中国历代词学论著选》，百花洲文艺出版社 1998 年版，第 501 页。
④　唐圭璋编：《词话丛编》，中华书局 1986 年版，第 2555 页。

其笔致清远超迈；但如果创作主体不深切了解词作命意所在，则其词作气蕴就未必能体现出清远超迈之特征。孙麟趾将创作立意与词作面目呈现有机串联起来。陈廷焯《白雨斋词话》云："言近旨远，其味乃厚；节短韵长，其情乃深；遣词雅而用意浑，其品乃高，其气乃静。"① 陈廷焯通过称扬姜夔等人词作及批评元代以后之词，对词作审美表现进一步予以阐说。他认为，醇厚之味产生于言近旨远之中，深远之情体现于节短韵长之中，在用词雅致、表意浑融的基础上，词作品格自然高妙，其气蕴呈现自然宁静致远。陈廷焯从词的审美质素构成角度揭橥对其艺术表现的要求，他将表意浑融作为了词之创作的本质特征。

民国时期，蒙庵（陈运彰）《双白龛词话》则云："以婉曲之笔，达难言之情；以寻常之语，状易见之景。此闺襜中人，所独擅其长。其病也，或患于浅，或伤于薄。然情真则语挚，意足乃神全。"② 陈运彰通过评说闺阁词人创作之优长，论及词作表意与面目呈现的关系命题。他概括创作主体情感表现真挚则其言辞运用便随意自如而感人至深，意致表现充实丰富则其整个词作面目便呈现出生动多彩的样态。总之，意致表现乃词作面貌呈现之统帅与灵魂。

---

① 陈廷焯著，杜未末校点：《白雨斋词话》，人民文学出版社 1959 年版，第 217 页。

② 张璋、职承让、张骅、张博宁编纂：《历代词话续编》，大象出版社 2005 年版，第 1353 页。

第六章　中国传统词学用事论的承衍

用事论是中国传统词学创作论的重要命题。它是指在词的创作中，择取前人或他人所言说过的各种话语及在社会历史发展中所出现过的不同事象有机地化入于作品中，从而起到有效延伸或深化词作内容，拓展或强化词作艺术表现力的作用与效果。在中国传统词学中，用事之论曾较多地出现，在多维面上形成相承相续的承衍阐说线索，富于历史观照的意味。它从一个独特的视域为人们不断拓展与丰富词作艺术表现提供了平台。

第一节　肯定与主张词作用事之论的承衍

中国传统词学用事之论承衍的第一个维面，是肯定与主张词作用事。这一维面线索，主要体现在黄庭坚、刘辰翁、张炎、张绠、宗元鼎、邹祗谟、吴衡照、沈祥龙、文廷式、沈泽棠、况周颐等人的论说中，他们从不同的方面体现或阐说出词作寓事用典的必要性之意。

北宋中期，黄庭坚《跋东坡乐府》云："东坡道人在黄州时作，语意高妙，似非吃烟火食人语。非胸中有万卷书、笔下无一点尘俗气，孰能至此！"[1] 黄庭坚评断苏轼黄州时期词作立意高远、格调超迈，称扬其融含丰厚学养于词作中，化学力于词，达到了很高的艺术境界。黄庭坚之论是中国传统词学中较早体现出主张词作用事的论断。黄庭坚又云："诗词高胜，要从学问中来。"[2] 黄庭坚肯定以学问为词的创作路径，推扬化学力于词中的用事之法，他归结这有助于词作入乎高妙之境。黄庭坚较早将诗

---

[1]　陈良运主编：《中国历代词学论著选》，百花洲文艺出版社1998年版，第47页。

[2]　胡仔纂集，廖德明校点：《苕溪渔隐丛话（前集）》，人民文学出版社1962年版，第320页。

歌创作中对学力化用的要求移入到词论中，见出诗词两体在创作之道上的共通性。南宋末年，刘辰翁《辛稼轩词序》云："词至东坡，倾荡磊落，如诗如文，如天地奇观，岂与群儿雌声学语较工拙，然犹未至用经用史，牵雅颂入郑卫也。自辛稼轩前，用一语如此者必且掩口。及稼轩横竖烂漫，乃如禅宗棒喝，头头皆是；又如悲笳万鼓，平生不平事并厄酒，但觉宾主酣畅，谈不暇顾。词至此亦足矣。"① 刘辰翁对辛弃疾词作寓事用典推崇备至。他比较苏轼虽以诗为词，驰骋才力，然犹少用经史之语入于词中；而辛弃疾在寓事用典中纵横驰骋，自如烂漫，他将通过寓事用典之道拓展与加强词作艺术表现力推到极致，确是词之世界中自如运用的典范。刘辰翁之论体现出对寓事用典之道的肯定与推扬。

元代初年，张炎《词源》云："元遗山极称稼轩词，及观遗山词，深于用事，精于炼句，有风流蕴藉处，不减周、秦。如双莲、雁邱等作，妙在模写情态，立意高远，初无稼轩豪迈之气。"② 张炎称扬元好问词作善于寓事用典，在用字造语上甚为精练，其含蓄婉约之境直追周邦彦、秦观词作。张炎之论体现出对词作寓事用典之法的肯定。明代中期，张綖《草堂诗余别录》云："词人佳句，多是翻案古人语。如淮海此词，'便做春江都是泪，流不尽，许多愁'，可谓警句。虽用李密数隋檄语，亦自李后主'问君都有几多愁，却似一江春水向东流'变化。名家如此类者不可枚举，亦一法也。"③ 张綖肯定词的创作中对前人佳言妙语的化用。他以秦观"便做春江都是泪"之句巧妙化用李密讨隋檄文与李煜词句为例，对运用前人语典之举予以大力肯定，他并概括此为有效拓展与加强词作艺术表现力的有效手段。

清代前期，宗元鼎云："词以艳丽为工，但艳丽中须近自然本色方佳。近日词家极盛，其卓然命世者，如百宝流苏，千丝铁网。世人不解，谓其使事太多，相率交诋，此何足怪。盖寻常菽粟者，不知石砝海月为何物耳。"（田同之《西圃词说》记）④ 宗元鼎针对一些人批评词作寓事用典加以论说。他以不同种类与层次的食物作譬，认为用事之法属于较高层

---

① 陈良运主编：《中国历代词学论著选》，百花洲文艺出版社 1998 年版，第 190 页。
② 唐圭璋编：《词话丛编》，中华书局 1986 年版，第 267 页。
③ 朱崇才编纂：《词话丛编续编》，人民文学出版社 2010 年版，第 85 页。
④ 唐圭璋编：《词话丛编》，中华书局 1986 年版，第 1459 页。

次的艺术创作之境，是一般不深于词艺者所难以理解与赏悟的。它加大了词作的艺术容量，提高了词作审美表现的品味，是应该值得肯定与倡导的。邹祗谟《远志斋词衷》云："词至稼轩，经子百家，行间笔下，驱斥如意。近则娄东善用南北史，江左风流，惟有安石，词家妙境，重见桃源矣。"[1] 邹祗谟称扬辛弃疾善于在词的创作中寓事用典，以词意自如驱遣，他评断清初当世则有吴伟业善于创造性地寓史实于词作中，较好地承扬辛弃疾善于寓事用典的创作传统，将从学力上开拓词境与词艺之风发扬开来。清代中期，吴衡照《莲子居词话》云："辛稼轩别开天地，横绝古今。论、孟、诗小序、左氏春秋、南华、离骚、史、汉、世说、选学、李杜诗，拉杂运用，弥见其笔力之峭。"[2] 吴衡照极力称扬辛弃疾作词善于驰骋学力，古往今来与南北事典入手便用，自然便当，他概括这有力地加强了词作的艺术表现力，是运用独特手段开拓词意与词境的典范。

　　晚清，沈祥龙《论词随笔》云："词不能堆垛书卷，以夸典博，然须有书卷之气味。胸无书卷，襟怀必不高妙，意趣必不古雅，其词非俗即腐，非粗即纤。故山谷称东坡《卜算子》词，非胸中有万卷书，孰能至此。"[3] 沈祥龙反对在词作中极意堆砌事典以显学力，但他主张词的创作要融以学力，通过化学力于词以高拔其格调，丰盈其意趣。沈祥龙对词作中适度用事是持以肯定与推扬态度的。文廷式《纯常子词话》云："黄山谷言：诗词高胜，要从学问中来。后来学诗者，虽时有妙句，譬如合眼摸象，随所触体，得一处非不即似，要且不是。若开眼全体见之，合古人处不待取证也。"[4] 文廷式通过引证黄庭坚之言，肯定融学力于词中的创作主张。他批评一些创作者缺乏学力与识见，难以体悟古人词作之妙处，这必然会影响到词境的创造与词格的显现。沈泽棠《忏庵词话》云："刘潜夫云：'放翁、稼轩，一扫纤艳，不事穿凿，高则高矣，但时时掉书袋，要是一癖。'今人则更无书袋可掉矣。"[5] 沈泽棠针对宋人刘过对陆游、辛弃疾词作过于寓事用典的批评，反其论而言之，他认为当世人作词所缺少的便是不能很好地运用事典，这在一定程度上降低了词格，是不利于词作

---

①　唐圭璋编：《词话丛编》，中华书局 1986 年版，第 652 页。

②　同上书，第 2408 页。

③　同上书，第 4058 页。

④　朱崇才编纂：《词话丛编续编》，人民文学出版社 2010 年版，第 1351 页。

⑤　同上书，第 1400 页。

艺术境界的拓展与深化的。

民国时期，况周颐《餐樱庑词话》云："填词之难，造句要自然，又要未经前人说过。自唐五代以还，名作如林，那有天然好语，留待我辈驱遣。必与得之，其道有二：曰性灵流露，曰书卷酝酿。性灵关天分，书卷关学力。学力果充，虽天分少逊，必有资深逢源之一日。书卷不负人也。中年以后，天分便不可恃。苟无学力，日见其衰退而已，江淹才尽，岂真梦中人索还锦囊耶？"① 况周颐详细地论说到创作出好词的两种途径：一是通过主体自然性情与灵性的表现，二是通过融含学力于词中。前者有赖于词作主体之天分，是可遇而不可求的，尤其是人在中年以后更不易维系，后者则与人的后天修为紧密相联，只要辛勤累积，便可充盈学力，拓展词境。由此可见，融学力于词中的寓事用典之法是加强其艺术表现力的有效手段，它比之张扬才性无疑是更为持久的拓展与提高创作层次和水平的道路。

第二节　词作用事要求之论的承衍

中国传统词学用事论承衍的第二个维面，是对词作寓事用典要求的论说。这一维面内容主要体现在两个方面：一是要求词作用事自然妥帖圆融之论的承衍，二是要求词作用事灵活、事为意用之论的承衍。此两方面论说相承相映，共构出传统词学用事要求之论的主体空间。

一　用事自然妥帖圆融之论的承衍

中国传统词学对寓事用典要求的论说，首先体现在自然妥帖圆融的主张之上。这一方面承衍线索，主要体现在王楙、沈义父、张炎、陈霆、贺裳、彭孙遹、孙原湘、谢章铤、钱斐仲、刘熙载、陈廷焯、裘廷桢、沈祥龙、沈泽棠、陈匪石、宣雨苍、配生、郑文焯、赵尊岳、冒广生、顾随、朱庸斋等人的论说中。他们将对词作用事自然浑融的要求在不同历史条件下不断倡扬开来。

南宋中期，王楙《野客丛书》云："大抵词人用事圆转，不在深泥出

---

① 张璋、职承让、张骅、张博宁编纂：《历代词话续编》，大象出版社 2005 年版，第 59 页。

处，其纽合之工，出于一时自然之趣。"① 王楙较早对词作用事提出自然化入的要求。他反对寓事用典拘泥于出处，强调要随所遇合、用之自如，体现出自然之意趣。南宋末年，沈义父《乐府指迷》云："凡作词，当以清真为主。盖清真最为知音，且无一点市井气。下字运意，皆有法度，往往自唐宋诸贤诗句中来，而不用经史中生硬字面，此所以为冠绝也。"② 沈义父主张作词要以周邦彦为典范，他评断周邦彦作词寓事用典自然圆融，从唐宋诸贤诗句中自然拈出，而不盲目地运用经史中生硬之字语，达到很高的艺术层次。其又云："梦窗深得清真之妙。其失在用事下语太晦处，人不可晓。"③ 沈义父称扬吴文英作词较好地继承周邦彦之优长，深得妙处，但批评其寓事用典过于晦涩，在自然圆融上有所欠缺，导致人们对其词意难以理解与接受。

元代初年，张炎《词源》云："词用事最难，要体认著题，融化不涩。如东坡永遇乐云：'燕子楼空，佳人何在，空锁楼中燕。'用张建封事。白石疏影云：'犹记深宫旧事，那人正睡里，飞近蛾绿。'用寿阳事。又云：'昭君不惯胡沙远，但暗忆江南江北。想珮环月下归来，化作此花幽独。'用少陵诗。此皆用事，不为事所使。"④ 张炎对词作寓事用典提出妥帖圆融的要求，强调用事一定要紧扣词题，因题使事。他对苏轼《永遇乐》、姜夔《疏影》中所用之事甚为称扬，认为它们较好地体现出因题用事的原则，是值得后人学习的典范。其又云："诗难于咏物，词为尤难。体认稍真，则拘而不畅，模写差远，则晦而不明。要须收纵联密，用事合题。一段意思，全在结句，斯为绝妙。"⑤ 张炎对咏物词的创作多方面提出要求，其中，提出寓事用典切合题意的主张，将用事切合与妥帖的原则明确地拈取出来。

明代中期，陈霆《渚山堂词话》云："辛稼轩词，或议其多用事，而欠流便。予览其琵琶一词，则此论未足凭也。贺新郎云：'凤尾龙香拨，自开元霓裳曲罢，几番风月。最苦浔阳江上路，画舸亭亭催别。记出塞黄云堆雪。马上离愁三万里，认孤鸿没处分胡越。弦解语（抄本误作说），

---

① 程毅中主编：《宋人诗话外编》，国际文化出版公司1996年版，第1070页。
② 唐圭璋编：《词话丛编》，中华书局1986年版，第277—278页。
③ 同上书，第278页。
④ 同上书，第261页。
⑤ 同上。

恨难说。辽阳驿使音尘绝。琐窗寒，轻挑谩捻，泪珠盈睫。推手含情还却手，一抹梁州哀彻。千古事、云飞烟灭。贺老定场无消息，悄沈香亭北繁华歇。弹到此，为呜咽。'此篇用事最多，然圆转流丽，不为事所使，称是妙手。"① 陈霆针对一些人对辛弃疾词作用事在自然便辟上有所缺欠的批评，认为这并不能概括辛词的共同特征，其中有些词作如《琵琶》便并非如此；有些词作如《贺新郎》（凤尾龙香拨）寓事用典圆转自如，因题使事，妙合无垠，其用事虽多，却不见拘泥斗凑之迹，是吻合自然妥帖圆融原则的。陈霆通过对词作用事的论评，将自然圆融的要求又一次彰显开来。

　　清代前期，贺裳《皱水轩词筌》云："作词不待用事，用之妥切，则语始有情。刘叔安《水龙吟·立春怀内》曰：'双燕无凭，尺书难表，甚时回首。想画阑倚遍东风，闲负却、桃花咒。'此用樊夫人刘纲事，妙在与己姓暗合。若他人用之，虽亦好语，终减量矣。"② 贺裳对词作寓事用典提出妥帖切合的原则。他以刘镇《水龙吟·立春怀内》之词用樊夫人刘纲之事与作者之姓暗合为例，对创作用事妥帖之求予以了很好的阐明。彭孙遹《金粟词话》云："咏物词，极不易工，要须字字刻画，字字天然，方为上乘。即间一使事，亦必脱化无迹乃妙。"③ 彭孙遹对咏物词的创作提出寓事用典自然入妙、毫无做作痕迹的主张，他将寓事用典的自然之求运用到对词作题材抒写的具体要求之中。清代中期，孙原湘《玉壶山房词跋》云："《咏鹰》作收纵联密，能用事，不为所使，尤为奇构。"④ 孙原湘通过论评改琦《咏鹰》之词在寓事用典时所体现出的创作特征，实际上也肯定了灵活运用事典的原则，强调要用之适当，不为用事而用。

　　晚清，谢章铤《张惠言词选跋》云："然自浙派盛行，大抵挹流忘源，弃实佩华，强者踞呿，弱者涂泽，高者单薄，下者淫猥，不攻意，不治气，不立格，而咏物一途，搜索芜杂，漫无寄托，点鬼之薄，令人生厌。呜呼！其盛也，斯其衰也。岂知竹垞、樊榭之所以挺持百辈，掉鞅词

　　① 唐圭璋编：《词话丛编》，中华书局 1986 年版，第 363 页。
　　② 同上书，第 701 页。
　　③ 同上书，第 725 页。
　　④ 冯乾编校：《清词序跋汇编》，凤凰出版社 2013 年版，第 904 页。

坛，在寄意遥深，不在用事生涩。舍其闲情逸韵，而师其襞积，学者何取焉？"① 谢章铤对清代当世声势浩大的浙西派创作展开论评。他批评浙西派中的一些人不在词意深致、意脉流贯与词格超拔上做文章，其词作题材与艺术表现杂乱无章、毫无寄托，这背离了浙西派开创者朱彝尊、厉鹗二人的创作之道，在词作寓事用典上呈现出晦涩生僻的特征，在艺术技巧表现上襞积重重、架床叠屋，不见自然流畅，毫无直致之意趣，此必将浙西派创作之路引向末途，是应该努力避却的。钱斐仲《雨华庵词话》云："吾乡朱竹垞先生自题其词曰：'不师黄九，不师秦七，倚新声，玉田差近。'余窃以为未然。玉田词清高灵变，先生富于典籍，未免堆砌。咏物之作，尤觉故实多而旨趣少。咏物之题，不能不用故实。然须运化无迹，而以虚字呼唤之，方为妙手。"② 钱斐仲针对朱彝尊自题之词予以具体论说。他认为，朱彝尊词作多寓事用典，在自然妥帖圆融上有所欠缺。钱斐仲对咏物词作用事也提出自然浑融的要求，主张化实入虚、虚灵而用是词作寓事用典的良方。刘熙载《词概》云："词中用事，贵无事障。晦也，肤也，多也，板也，此类皆障也。姜白石词用事入妙，其要诀所在，可于其《诗说》见之。曰：僻事实用，熟事虚用。学有余而约以用之，善用事者也。乍叙事而闲以理言，得活法者也。"③ 刘熙载对词作用事首次提出避却事障的要求，他把寓事用典中的晦涩、肤浅、杂多与呆板等都归之于事障之列，其论体现出对词作用事自然妥帖圆融的推尚。他称扬姜夔词作寓事用典之妙便在于灵活而用、生熟结合、虚实相生、繁简有变、择取有度，极大地拓展、深化与激活了词作艺术表现之道。

陈廷焯《词坛丛话》云："稼轩词非不运典，然运典虽多，而其气不掩，非放翁所及。"④ 陈廷焯通过论评辛弃疾词作，对词作用事实际上也提出自然流畅的要求。他以词气流贯为本，而以盲目寓事用典为末，将事典运用置放到了较低的"技"之层面。裴廷桢《海棠秋馆词话》在反对词作有粗豪之气、书本之气、道学之气的基础上，其云："今之作词家，粗豪之气绝无，道学之气亦少，惟书本之气不能无。每见长调短调，往往

---

① 陈良运主编：《中国历代词学论著选》，百花洲文艺出版社 1998 年版，第 618 页。

② 唐圭璋编：《词话丛编》，中华书局 1986 年版，第 3013 页。

③ 同上书，第 3705 页。

④ 同上书，第 3724 页。

有写古字、用古事，使人不能尽知者，岂算得一词博士乎。吾闻古人有言，作文作诗，不外乎清真二字，况作词乎。词之为道最浅。"① 裘廷桢针对清代当世词坛创作无粗豪之气、少道学之气与书本之气的现状，主张词人在创作中寓事用典要追求浅切妥帖，以利于读者的接受领悟与弘扬词作之体性。他批评当世一些人的词作运用古人话语与事典过于生僻晦涩，将词作艺术表现之道放置到了脑后。裘廷桢之论，强调事典的运用要以合乎词作艺术体性为前提与本位，这是甚具理论识见的。沈祥龙《论词随笔》云："用成语，贵浑成，脱化如出诸己。贺方回'旧游梦挂碧云边，人归落雁后，思发在花前'，用薛道衡句。欧阳永叔'平山栏槛倚晴空。山色有无中'，用王摩诘句，均妙。李易安'清露晨流，新桐初引'，用《世说新语》，更觉自然。稼轩能合经史子而用之，自其才力绝人处，他人不宜轻效。"② 沈祥龙具体对化用语典提出自然浑成的要求。他称扬贺铸、欧阳修、李清照词句运用语典之妙，也推尚辛弃疾才力过人，善于运用经史子集中语，在自如驱遣上确有过人之处；同时也警示人们不应盲目地效仿辛弃疾作词，强调要以才力充盈为词作事典运用的必要前提。沈泽棠《忏庵词话》云："梦窗《高阳台》（落梅）云：'南楼不恨吹横笛，恨晓风、千里关山。'换头处：'寿阳宫里愁鸾镜，问谁调玉髓，暗补香瘢。'隶事如盐著水，得未曾有。谁谓词不宜用典，实不易用耳。"③ 沈泽棠以吴文英《高阳台》（落梅）之词为例，也提出词作用事自然浑融的要求，他以此驳斥不宜用典之论，对词作妙用事典体现出推尚态度。其又云："白石《暗香》云：'何逊而今渐老，都忘却、春风词笔。'《疏影》云：'昭君不惯胡沙远，但暗忆、江南江北。想佩环、月下归来，化作此花幽独。'均属用事而神乎变化者，自与獭祭迥别。且姜词实为汴工北徙而言也。"④ 沈泽棠以姜夔《暗香》《疏影》之词寓事用典为例，对词作用事自如神妙体现出倾心推赏，而对獭祭鱼式的堆砌事典之举则体现出极意的贬抑。

　　词作用事自然妥帖圆融要求之论，在民国时期的词学中仍然得到承衍

---

① 　朱崇才编纂：《词话丛编续编》，人民文学出版社 2010 年版，第 1335—1336 页。
② 　唐圭璋编：《词话丛编》，中华书局 1986 年版，第 4059 页。
③ 　朱崇才编纂：《词话丛编续编》，人民文学出版社 2010 年版，第 1404 页。
④ 　同上书，第 1404 页。

阐说。词论家们在现代文学理论批评视野下，将此方面论说进一步充实与张扬开来。

陈匪石《旧时月色斋词谈》云："玉田（按：应为沈义父）《乐府指迷》，于词中用事之法，标题紧著题融化不涩七字。余谓融化固难，不涩则尤难。盖词之运用固实，无直用者，无明用者。且地名人名随意砌入，则生硬而不圆熟，凌杂而不纯粹。故融化之法最重。取其意者不妨变其面目，仍不能失其本真。使造作太过，令人不解其所隶何事，则晦涩矣。固故免其病，须有一番研炼功夫。"① 陈匪石对沈义父在《乐府指迷》中所提出的用事妥帖圆融不滞涩之论持以议论。他认为，运用事典至圆融之境本就是一件不容易的事情，在此基础上要达到不滞涩之境就更不容易了。他主张词作用事实中有虚、虚中显实，两者相融相生，在反复凝练中体现出事典之道的艺术魅力。陈匪石将浑融化入与流转自如作为了词作事典运用的最关键，也是最高致之所在。宣雨苍《词斓》云："内典入文字，最为高尚。然必用之适当，方称合作。万一不求甚解，草率拈来，不第不能成词，且不成语，如前载以'窣波'名词代塔者是矣。唐人多通佛学，其运梵典，绝少讹谬。两宋以后，已有强作解事者，不可为训。前清以来，至于今日，其自号著作者，尤喜用之，然十人而误者八九，亦可知今不逮古矣。"② 宣雨苍对在词作中运用事典持以大力推扬的态度，肯定对事典的运用可提高词作的格调。对于如何运用事典，他也提出用之自然妥帖的要求，反对草率从事，用之不当，认为其必然会有损于词作的艺术表现力。宣雨苍以唐宋人在诗词创作中对佛典的运用为例，认为唐人寓事用典便见切合妥帖，而两宋以后则出现不少用之不当、"强作解事"之词，这实际上损害了词作艺术表现，于拓展与深化词艺之道是背道而驰的。配生《醉月楼词话》云："词中用典，以不着痕迹为妙，不然，便足为清空之累。而用典亦自有律，后主'沈腰潘鬓消磨平'，用沈腰潘鬓律也。梅溪'白发潘郎宽沈带'，既云'潘郎'，又云'沈带'，未免驳杂，斯害于律矣。"③ 配生对词作寓事用典主张自然浑融，以巧妙天成为贵。他强

---

① 张璋、职承让、张骅、张博宁编纂：《历代词话续编》，大象出版社 2005 年版，第 644 页。

② 朱崇才编纂：《词话丛编续编》，人民文学出版社 2010 年版，第 2466 页。

③ 张璋、职承让、张骅、张博宁编纂：《历代词话续编》，大象出版社 2005 年版，第 1370 页。

调词作寓事用典不能有损于清洁空灵的艺术表现，也要合乎声律流转的内在要求，其将寓事用典与声律表现之道有机结合起来。

郑文焯《郑大鹤先生论词手简》云："词之难工，以属事遣词，纯以清空出之。务为典博，则伤质实，多著才语，又近昌狂。至一切隐僻怪诞、禅缚穷苦、放浪通脱之言，皆不得著一字，类诗之有禁体，然屏除诸弊，又易失之空疏，动辄蹁躚……其实经史百家，悉在熔炼中，而出以高澹，故能骚雅，渊渊乎文有其质。"① 郑文焯对词作寓事用典予以较为细致的论说，对词作用事提出把握好"度"的原则。他认为，词作中盲目一味地运用事典与完全摒弃事典都是不对的，前者使词作易流于晦涩之境地，后者使词作易失之空疏，我们所做的应该是在自如浑融中恰到好处地运用事典，以进一步扩大词作艺术表现的容量，提高词作艺术表现的品格。其《梦窗词跋》云："词意固宜清空，而举典尤忌冷僻。梦窗词高隽处固足矫一时放浪通脱之弊，而晦涩终不免焉。至其隶事，虽亦渊雅可观，然锻炼之工，骤难索解，浅人或以意改窜，转不能通，此近世刻本讹变之甚于诸家，当时流传所为不广也。"（《大鹤山人词话》附录）② 郑文焯对词作寓事用典提出避却生涩冷僻的要求。他以吴文英之词为例，批评其用事虽丰富深致，然却存在过于精工而导致晦涩的弊端，这在一定程度上影响了对其词作的欣赏与传播，是令人惋惜的。

赵尊岳《珍重阁词话》云："词中用经史成语，必先锤炼，使就我范围。其用久也，须人一见知其意在言内，情融言中，而无从见其斤斧为要。"③ 赵尊岳对词作寓事用典提出切题与锤炼的原则。他倡导寓事用典与作者之情、词作之意要相融相生，从而在不同程度上拓展词作的艺术表现力，反对用之牵强，不见自然与浑融。其又云："用经史成语之法，须择与题面合者用之，厥有四法：一、摭取其字面吻合者用之，人且浑不见其类经史语。二、因其原文稍为穿插，使就词笔。三、用其一二字，人人知其为经史之字，而以造句得法，遂不嫌其方刚。四、取经史之意熔铸之，此在先能熟览，使供驱策，便成活著，随意位置，无往不合。总之，

① 张璋、职承让、张骅、张博宁编纂：《历代词话续编》，大象出版社 2005 年版，第 40 页。

② 唐圭璋编：《词话丛编》，中华书局 1986 年版，第 4335—4336 页。

③ 张璋、职承让、张骅、张博宁编纂：《历代词话续编》，大象出版社 2005 年版，第 771 页。

无心用者，胜于有心，一有心，便患斤斧之有痕迹。"① 赵尊岳对词作如何选用事典提出具体的原则与方法，这便是，或用其字语，或用其意致，或直接用经史俗语中之字语，或衍化开去以进一步延伸词意，或创造性地化用经史之意重加锤炼，等等。总之，他对词中事典运用的原则是强调要用之于无心，用之于自如，在自然天成中不自觉地提高词作的格调，拓展词作的艺术表现力。赵尊岳将无心而用的随所遇合作为词作寓事用典的最根本原则。他努力将寓事用典从有意而"技"的层面提升到无意而"化"的高度，是甚具创作识见的。

　　冒广生《疚斋词论》云："欲以用事下语艰晦之词，使人阅之犹不能了了者，歌者如何上口，听者如何能声入心通耶！"② 冒广生对词作寓事用典持以易于理解的原则。他强调用事要避却晦涩，在有利于拓展艺术表现中使人易于传播与接受，否则便是本末倒置。顾随《驼庵词话》云："胸中有书可，作词时却不可卖弄他；胸中书来奔赴腕下可，若搜寻他却又不可。《鹧鸪天》是搜寻来地，故不佳。"③ 顾随对词的创作中不同的寓事用典予以区分。他主张作词寓事用典要自然自如、水到渠成，反对人为地极意用典寓事，对卖弄事典之举提出切实的批评，体现出作为一个词学名家对用事之论的深入认识与辩证把握。

二　用事灵活、事为意用之论的承衍

　　中国传统词学对寓事用典要求论说的第二个方面，是用事灵活、事为意用之论。这一方面承衍线索，主要体现在姜夔、徐士俊、沈际飞、彭孙遹、周济、孙麟趾、谢章铤、沈祥龙、裘廷梫、碧痕、陈匪石、蔡桢、顾随等人的论说中。他们将灵性化的用事之论不断张扬开来。

　　南宋末年，姜夔《白石道人诗说》云："僻事实用，熟事虚用。"④ 姜夔较早提出词作用事灵活为之的原则。他主张，要根据不同事典的实际情况有区别地加以对待，在审美性实化与艺术虚灵化之间把握好尺度，如此，才便于适应与契合词作艺术表现的需要。明代末年，徐士俊《〈古今

----

①　张璋、职承让、张骅、张博宁编纂：《历代词话续编》，大象出版社 2005 年版，第 776 页。

②　同上书，第 344 页。

③　朱崇才编纂：《词话丛编续编》，人民文学出版社 2010 年版，第 3314 页。

④　何文焕辑：《历代诗话》，中华书局 1981 年版，第 680 页。

词统〉词评》评刘克庄《沁园春》（一卷阴符）云："用人用物用事用言，愈实愈空，正如善用剑者，但见寒光一片，不见剑，亦不见身。"①徐士俊通过论评刘克庄之词，对词作寓事用典强调要善于灵活运用，化实为虚，在充满灵性化的审美表现过程中体现出词作的艺术魅力。沈际飞在《〈草堂诗余正集〉评笺》中评苏轼《南柯子》（山与歊眉敛）一词时，提出"援引古事，不为古用"②的主张，强调寓事用典要以词题词意为本，不拘泥，不胶着，灵活运用，以故为新，从而拓展与加强词作的艺术表现力。

　　清代前期，彭孙遹《金粟词话》云："作词必先选料，大约用古人之事，则取其新颖，而去其陈因。用古人之语，则取其清隽，而去其平实。用古人之字，则取其鲜丽，而去其浅俗。不可不知也。"③彭孙遹对运用古人字语与事典提出具体的原则与方法。他主张要区分不同种类的事典运用，这便是：用古人之事要注意化取新颖之意致；用古人之语要注意化实入虚，以彰显其富于艺术化、审美性的一面；而用古人之字则要避免陈旧浅俗，而彰显其新颖富于生机活力的一面。彭孙遹对词作中不同种类事典运用的论说，体现出灵活把握、区别对待的要求。彭金粟又云："用古人之事，则取其新僻而去其陈因。用古人之语，则取其清隽而去其平实。用古人之字，则取其轻丽而去其浅俗。然用事亦不宜太新僻，恐有狐穴诗人之诮。熟事能生，旧事能新，更为妙手。盖辞有限，意无穷，以意运辞，何熟非生，何旧非新。"（谢章铤《赌棋山庄词话》引）④彭孙遹对词作寓事用典进一步提出多方面的要求。他主张，用前人之事典要注重择取新颖之意处，用前人之语典要注重择取清新隽永之方面，而用前人之字典则要注重择取轻倩韶丽之意致。从总体而言，他主张寓事用典不宜太生僻与奇巧，以避免不为大多数人所接受。彭孙遹强调熟泛之事典要用之凸显陌生与鲜活，陈旧之事典要用之凸显新颖与趣味。总之，对事典的运用要立足于以意致表现为本，坚持"以意运辞"的原则，如此，才能将事典用之灵活而恰到好处。

① 张璋、职承让、张骅、张博宁编纂：《历代词话》，大象出版社2002年版，第483页。
② 同上书，第511页。
③ 唐圭璋编：《词话丛编》，中华书局1986年版，第724页。
④ 同上书，第3327页。

清代中期，周济《宋四家词选目录序论》云："咏物最争托意隶事处，以意贯串，浑化无痕，碧山胜场也。"① 周济认为寓事用典是有效拓展与提高咏物词艺术表现力的最有效手段之一。他主张要以词意表现为本，以词意串联事典，事为意用，灵活把握，浑融无迹。在这点上，他是甚为推崇王沂孙寓事用典艺术的。

晚清，孙麟趾《词径》云："牛鬼蛇神，诗中不忌，词则大忌。运用典故须活泼。"② 孙麟趾对诗词寓事用典从题材上予以区分，他认为，诗中可用俗典俗事，而词中则应尽力避却，以免有伤雅致之体性。他提出寓事用典活泼自如的主张，将前人灵性化用事之意简洁地概括出来。谢章铤《赌棋山庄词话》云："近秀水冯柳东（登府）好用僻典，然观其词，意为辞掩，颇觉晦涩，乃叹范赟之记云仙，陶谷之录清异，稍资谈柄，不是仙才。"③ 谢章铤通过评说冯柳作词喜好运用生僻事典之习，对寓事用典生吞活剥、不见化入之习予以批评与指责。他与彭孙遹等人一样，强调事典运用要以意致表现为本，辞随意转，从而将事典运用提升到灵活化入的高度。其又云："僻事实用，熟事虚用。'那人正睡里，飞近蛾绿。'此即熟事虚用之法。"④ 谢章铤在姜夔所论"僻事实用，熟事虚用"的基础上，对词作用事活用之法予以具体的例证。他也主张生僻之事典要平实而用之，熟知之事典则要虚灵而用之，如此，才能更好地有利于词作艺术表现。沈祥龙《论词随笔》云："运用书卷，词难于诗。稼轩《永遇乐》，岳倦翁尚谓其用事太实。然亦有法，材富则约以用之，语陈则新以用之，事熟则生以用之，意晦则显以用之，实处间以虚意，死处参以活语，如禅家转法华，弗为法华转，斯为善于运用。"⑤ 沈祥龙肯定词作寓事用典难于诗作，他和谢章铤等人一样，对词作用事提出更为细致的原则与方法。这主要体现在四个方面：一是所备用事典材料多时就择取而用之，二是语典陈旧时就化取其新意而用之，三是事典熟泛时就以新鲜陌生化的面目而用之，四是事典本意隐晦时就以其浅俗之意而用之。总之，要化实为虚，变死板为活络，通过对词作之体的创造性运用，以达到有效地拓展与加强

①　唐圭璋编：《词话丛编》，中华书局 1986 年版，第 1644 页。

②　同上书，第 2554 页。

③　同上书，第 3327 页。

④　同上书，第 3478 页。

⑤　同上书，第 4058 页。

艺术表现力的效果。沈祥龙之论，将灵性化用事之论进一步推向了深入。

裴廷桢《海棠秋馆词话》云："言语贵直爽，词意要曲折。言语直爽，使听者可以易明；词意曲折，使读者可以寻味。尝见千人作此一词，千人未必雷同，各有各巧思，各有各用笔，各有各说法。有同此一句话，出之张三之口则玲珑，出之李四之口则笨滞。作词亦然。有同用一典，同用一语，而说来不同者，此全在用笔之巧。有见人正用，而我反用者；有见人直用，而我曲用者；有见人顺用，而我逆用者。其中妙处，不可思议，若说他人说过，而我不能再说，他人用过，而我不能再用，则是千古以来作文作诗作词作赋者，车载斗量，不可胜数，那一句话不说尽，那一典古不用完，世人多可搁笔矣，何待今之作者，翻新出奇，拾古人之牙慧，供我一家之著作，为天下后世人窃笑哉。而今之人足不肯已，欲与古人抗衡者，皆以前人亦有见不到、说不著、用不完之处。或见前人说不透，而我说透之；或见前人有见不到之处，而我能看破之。亦以此类推，不仅可以服今人，抑且能胜古人矣。"① 裴廷桢对词作寓事用典展开甚为详细的论说。他认为，寓事用典全在"灵活"二字，关键便在于用之巧妙。他人正用我则反用，他人直用我则曲用，他人顺用我则逆用，并不能因为他人用过而自己便不能用，如此则用事之道便会走向末路，其关键便在于立足于词作本身，在翻新出奇、有效地延伸与拓展中呈现出事典之道的艺术魅力。因此，有效地避却熟泛，在艺术表现上不断创新，追求陌生化的审美效果是开拓事典运用之道的唯一途径。

民国时期，碧痕《竹雨绿窗词话》云："作词须自标旗帜，别立新意，使人读之属目，余味嬝嬝，如翻成意成句，须食古而化，若徒食其牙慧唾余，为有识者所讥矣。"② 碧痕对词作意致表现强调新颖别致，使人眼目一亮，他批评泥古不化的事典运用之道，对捡拾前人牙慧的创作之径甚为唾弃。其论体现出灵活用事、事为意用的要求。陈匪石《旧时月色斋词谈》云："夔子语余，一般词人，无一字无来历，无一字不新颖。余谓造句琢字，不外一'化'字。用一故实，必有数故实以辅佐之，意取于此，用字不妨取于彼，合数典为一典，自新颖而有来历。如白石词中'昭君不惯胡沙远，但暗忆、江南江北'之类，即将此诀；而梦窗尤擅用

---

①　朱崇才编纂：《词话丛编续编》，人民文学出版社 2010 年版，第 1341 页。
② 　同上书，第 2263 页。

之，甲乙丙丁稿中，举不胜举。"① 陈匪石对词作中寓事用典提出化取而用的原则，他主张寓事用典的极致之境是几个事典融合而用，意在此而言在彼，或指东而言西，使其词意新颖别致而又让词作字语似曾相识。陈匪石推尚姜夔、吴文英词作中此类事典运用之例不胜枚举，是后人学习的典范。蔡桢《柯亭词论》云："咏物词，贵有寓意，方合比兴之义。寄托最宜含蓄，运典尤忌呆诠，须具手挥五弦目送飞鸿之妙，方合。"② 蔡桢对咏物词创作的意致表现与事典运用都提出要求，他与前人一样，反对事典运用拘泥呆板，不见灵性化转之性，强调寓事用典要在浑化无迹中体现出独特的艺术魅力。

顾随《驼庵词话》云："柳耆卿《八声甘州》有句'误几回、天际识归舟'，若写作'江头误认几人船'，词填到这样就成刻板文字了。竹山这首词，结句曰'误人日望归舟'，死板，少情意。韵文要有感情，而不但要有感情，还要有思想。平常人用典都是再现，用典该是重生，不是再现，要活起来。如同唱戏，当时古人未必如此，而我们要他活，就得如此活。这好不好。好，不就得了么。竹山《喜迁莺》有句：'车角生时，马足方后，才始断伊飘泊。闷无半分消遣，春又一番担阁。''车角'之'车'字不好。《古意诗》：'君心莫淡薄，妾意正栖托。愿得双车轮，一夜生四角。'（唐陆龟蒙）车轮生四角，笨，但笨得好玩。竹山之'车角'便不通，该说'轮角'。古人有'郎马蹄不方'之句，竹山用典不当。这样用典瘟极了，只是再现，纵非点金成铁，也是冷饭化粥。"③ 顾随用"重生"一语对词作寓事用典提出要求。他针对一般人在创作中用典喜欢用其原意而论，认为寓事用典的关键在于要"活"起来，他以戏曲表演与演唱中的虚拟性与艺术化为例，强调寓事用典也未必照实而用、依样而唱，而应事为意用，灵活化转，努力追求点铁成金的艺术表现效果。顾随批评蒋捷一些词作寓事用典不见活脱，只是流于据本而用的层面，这在很大程度上削弱了词作的艺术表现力，是应该予以避却的。

---

① 张璋、职承让、张骅、张博宁编纂：《历代词话续编》，大象出版社 2005 年版，第 648 页。

② 唐圭璋编：《词话丛编》，中华书局 1986 年版，第 4907 页。

③ 朱崇才编纂：《词话丛编续编》，人民文学出版社 2010 年版，第 3276 页。

第三节　反对词作过于用事之论的承衍

在肯定与推扬词作用事及展开词作用事要求之论的同时，中国传统词学中也出现有反对词作过于用事或主张不用事的声音，这主要体现在刘克庄、汪懋麟、华长卿、郑文焯、王国维、蒋兆兰、《续修四库全书总目提要》作者、夏敬观等人的论说中。他们将避却与反对词作用事之论有所倡扬开来，与肯定和推扬词作用事之论形成一定的交锋，这从一个视点提醒人们对寓事用典命题作出更细致深入的反思观照。

南宋后期，刘克庄《跋刘叔安感秋八词》云："长短句昉于唐，盛于本朝，余尝评之：耆卿有教坊丁大使意态；美成颇偷古句，温、李诸人，困于挦扯，近岁放翁、稼轩，一扫纤艳，不事斧凿，高则高矣，但时时掉书袋，要是一癖。"① 刘克庄对其前一些代表性词人词作予以简要的论评。他反对过于寓事用典，批评陆游、辛弃疾词作事典运用过多，成为其创作的一大弊端。刘克庄明确反对盲目炫弄学问于词的创作中，体现出对文学创作之道的自然之求。

清代前期，汪懋麟《棠村词序》云："予尝论宋词有三派：欧、晏正其始，秦、黄、周、柳、史、李清照之徒备其盛，东坡、稼轩，放乎其言之矣。其余子非无单词只句可喜可诵，苟求其继，难矣哉！若今之专事故实，蠹窃幽险，神韵索然，予莫知其派之所由矣。"② 汪懋麟从宋代词作演变发展的角度，推扬欧阳修、晏殊、秦观、黄庭坚、周邦彦、柳永、史达祖、李清照、苏轼、辛弃疾等人之词。他论断，上述诸人在创作上前后相承相生、发展创新，引导与代表了宋代词作的主体创作之路。汪懋麟反对堆砌故实、专用事典的创作路径，认为这必然使词作艺术表现流于仄径而导致神采全无，韵味缺乏，是需要努力避却的。他论断宋代代表性词作中是不见这一艺术体制与创作路径的。

晚清，华长卿《论词绝句》云："剑南词笔辟仙根，修月全无斧凿痕。却怪时时掉书袋，惊他枵腹过雷门。"③ 华长卿一方面称扬陆游等人

---

① 陈良运主编：《中国历代词学论著选》，百花洲文艺出版社1998年版，第166页。
② 冯乾编校：《清词序跋汇编》，凤凰出版社2013年版，第145—146页。
③ 孙克强编著：《唐宋人词话》，南开大学出版社2012年版，第734页。

在词作艺术表现上另辟蹊径，自然流转；另一方面又批评其过多地寓事用典，以学问入词，加大了词作接受的障碍，在一定程度上也影响词作的艺术感染力。郑文焯《清真词校后录要》云："自元以来，大晟余韵，嗣音阒然。学者但赏其文藻，率于其举典隶事，强作解人，虽习见者，亦多所笺释。要之词原于比兴，体贵清空，奚取典博。"① 郑文焯通过评说元以后词在艺术表现方面喜尚寓事用典之习，对词作用典之道也表达出主张。他强调词的创作要缘发于兴感际会，其在艺术体制上推尚清虚空灵、隽永含蓄，这与寓事用典的多少相互间是没有必然联系的。郑文焯反对过于寓事用典以炫博赡，认为其舍本逐末，将艺术比兴之道忘置到了脑后。郑文焯又云："词中举典至难，其妙处欲理隐而文贵，志微而辞显。若朱、厉雕缋满纸，便是撮囊。"（龙榆生《忍寒庐零拾》引）② 郑文焯论说词中寓事用典确是一件不容易把握的事情。他倡导隐而无迹，有效化入，事典之意与言辞表现如水中着盐，但知其味而不见其形。郑文焯反对朱彝尊、厉鹗等人过于用事之习，判评其少见浑融，以至于有损词作艺术表现。王国维《人间词话》云："人能于诗词中不为美刺投赠之篇，不使隶事之句，不用粉饰之字，则于此道已过半矣。"③ 王国维对词中寓事用典持以批评态度。他推尚自然直致的主体情感抒写与艺术表现，对过于旨向直露与重笔修饰的创作路径不为称赏。王国维是传统词学史上少有的对用事之习提出反对意见的词论家，其论说视点在传统词学批评中是颇为独特的。

　　民国时期，蒋兆兰《词说》云："古文贵洁，词体尤甚。方望溪所举古文中忌用诸语，除丽藻语外，词中皆忌之。他如头巾气语、南北曲中语、世俗习用熟烂典故及经传中典重字面皆宜屏除净尽。务使清虚骚雅，不染一尘，方为笔妙。至如本色俊语，则水到渠成，纯乎天籁，固不容以寻常轨辙求也。"④ 蒋兆兰强调词作体性贵在清雅洁净，在寓事用典上，他主张摒弃熟泛而以鲜活面目呈现，以从内在契合词作雅致之体性。《续修四库全书总目提要》评张云璈《三影阁筝语》云："又集中广注典实，

---

　　① 孙克强编著：《唐宋人词话》，南开大学出版社 2012 年版，第 502 页。

　　② 孙克强、杨传庆、裴喆编著：《清人词话》，南开大学出版社 2012 年版，第 799 页。

　　③ 况周颐著，王幼安校订：《蕙风词话》；王国维著，徐调孚注，王幼安校订：《人间词话》，人民文学出版社 1960 年版，第 219 页。

　　④ 唐圭璋编：《词话丛编》，中华书局 1986 年版，第 4630 页。

不知词之佳处，不必尽以书卷见长，搬运类书，最无益于词境也。"① 《提要》作者通过批评张云璈作词过于寓事用典，对盲目用典之习及运用典故而不能有效化入的现象予以指责，其实际上将典故运用的自然性、适切性原则道了出来。夏敬观《蕙风词话诠评》云："词固不可多用典，用典充塞，非佳词也。清初竹垞、迦陵犯此弊，后人为之笺注，阅之尚可厌，自注则尤鄙陋。"② 夏敬观主张在词的创作中不宜过多地寓事用典。他批评朱彝尊、陈维崧在创作中亦多用事典，这使词作有时显得滞塞不灵，令人读之生厌，其与清丽虚灵的词作审美质性显现是相背离的。

　　总结中国传统词学用事之论的承衍，可以看出，其主要体现在三个维面：一是肯定与主张词作用事之论的承衍，二是词作用事要求之论的承衍，三是反对词作过于用事之论的承衍。其中，在第二个维面，又包括两条线索，一是要求词作用事自然妥帖圆融之论的承衍，二是要求词作用事灵活、事为意用之论的承衍。上述几个维面，从主体上展开了词学用事论的空间，将传统词学用事之论的内涵较为完整地呈现出来。

---

① 孙克强、杨传庆、裴喆编著：《清人词话》，南开大学出版社 2012 年版，第 959 页。
② 唐圭璋编：《词话丛编》，中华书局 1986 年版，第 4592 页。

第七章　中国传统词味论的承衍

"味"是中国传统词学审美论的重要范畴，它与"韵""趣""格""气""境"等范畴一起，被用来概括词的审美本质特征，标示词的不同审美质性。在我国文论史上，"味"是一个相对出现和成熟得较早的审美范畴。它确立于魏晋南北朝时期，发展于唐宋，承传于元代，完善于明清，成为传统文学理论批评最重要的范畴之一。

第一节　"味"作为词作审美之本标树之论的承衍

中国传统词学对"味"作为词作审美之本的标树，主要呈现于清代及民国时期。其主要体现在刘体仁、孙麟趾、蒋敦复、刘熙载、沈祥龙、王国维、赵尊岳等人的批评言论中。他们主要从词作艺术魅力融含的角度，对"味"在词作审美中的本体地位予以了标举与阐明。

清代前期，刘体仁《七颂堂词绎》云："晏叔原熨帖悦人，如'为少年湿了，鲛绡帕上，都是相思泪'，便一直说去，了无风味，此词家最忌。"① 刘体仁通过评说晏殊词作将"相思"之题和盘倒出，过于直白浅露，对词作较早提出含蓄有味的要求。他把缺乏滋味论断为词的创作之大忌，体现出对含蓄之美的推尚。

晚清，孙麟趾《词径》云："学问到至高之境，无可言说。词之高妙在气味，不在字句也。能审其气味者，其唯储丽江乎。"② 孙麟趾明确将"味"标树为词作审美的本质所在。他界定，"气味"是使词作显示出"高妙"的东西，它具有非实体性特征，要通过字句加以体现但又并不完

---

① 唐圭璋编：《词话丛编》，中华书局1986年版，第618页。
② 同上书，第2554页。

全体现在字句之上。蒋敦复《芬陀利室词话》云："诗至咏古，酒杯块垒，慷慨激昂，词亦有之。第如迦陵之叫嚣，反觉无味。"① 蒋敦复具体论说到怀古词的创作，他对陈维崧怀古之词过于呈现出议论化的色彩不以为然。其论对"味"作为词作审美的本质所在实际上予以了标树。其又云："若入李氏、晏氏父子手中，则不期厚而自厚，此种当于神味别之。"② 蒋敦复对李璟、李煜和晏殊、晏几道之词都甚为推崇，论断他们的词作含蕴丰厚的思想内涵与不尽的艺术意味，人们应该注重从词作的"神味"上对其加以辨析。蒋敦复进一步将"味"视为词作审美的质性范畴。

刘熙载《词概》云："词之为物，色香味宜无所不具。"③ 刘熙载将"味"与艺术表现中的"色""香"一起，论断为词作最重要的审美质素，见出词作审美展开的多维面性。其又云："桓大司马之声雄，以故不如刘越石。岂惟声有雌雄哉，意趣气味皆有之。品词者辨此，亦可因词以得其人矣。"④ 刘熙载通过评说桓温与刘琨诗作高下之别又触及词味的论题。他主张品词应从"意趣""气味"入手，品其词，知其人，体现出切实地将是否有味视为词作审美的首要准则，见出"味"在词作审美中的本体地位。沈祥龙《论词随笔》云："词之蕴藉，宜学少游、美成，然不可入于淫靡；绵婉宜学耆卿、易安，然不可失于纤巧。雄爽宜学东坡、稼轩，然不可近于粗厉。流畅宜学白石、玉田，然不可流于浅易。此当就气韵趣味上辨之。"⑤ 沈祥龙在别分不同词人词作风格特征中，将"味"与"气""韵""趣"一起，标树为词作审美最重要的东西。他强调，要从审美质性的深层次上界分词人词作，趋正而离变。沈祥龙之论，在清人将"味"作为词作审美之本的标树中论说最为明确，显示出重要的意义。王国维《人间词话》云："北宋名家以方回为最次。其词如历下、新城之诗，非不华赡，惜少真味。"⑥ 王国维通过评说贺铸之词，对"味"在词

① 唐圭璋编：《词话丛编》，中华书局1986年版，第3640页。
② 同上书，第3671页。
③ 同上书，第3706页。
④ 同上书，第3710页。
⑤ 同上书，第4058页。
⑥ 况周颐著，王幼安校订：《蕙风词话》；王国维著，徐调孚注，王幼安校订：《人间词话》，人民文学出版社1960年版，第224页。

作审美中的本体地位也予以标举。他批评贺铸词作与朱彝尊、王士禛之诗一样,在表现形式上尽管华美富赡,但在艺术魅力呈现上仍然是有所不足的。

民国时期,对"味"作为词作审美之本的标树之论仍然有所承扬。如,赵尊岳《珍重阁词话》云:"作词首贵神味,次始言理脉字句。神味佳则胡帝胡天,亦成名作,而神来之笔,又往往在有意无意之间,其中消息,最难诠释。"[1] 赵尊岳承扬前人之论,继续将"味"标树为词作审美的最重要所在。他界定,"神味"是词作艺术表现中最核心的东西,与词作的理脉、字句不处于同一层面,它在最本质的意义上影响与决定着词作的优劣高下。

第二节　词味表现要求之论的承衍

中国传统词学对词味表现要求之论,大致出现于元代前期。程钜夫《题晴川乐府》云:"苏词如诗,秦诗如词,此益意习所遣,自不觉耳。要之情吾情,味吾味,虽不必同人,亦不必强人之同,然一往无留如戴晋人之映,则亦安在其为写中肠也哉。"[2] 程钜夫在词作艺术表现上提倡要有个性。他认为,苏轼之词如诗,秦观之诗如词,这都缘于创作者所禀气质与个性的结果。他提倡,词作应抒写创作主体自身独特的情致,表现自身独特的意味。

明代,对词味表现要求之论并未见到。延展至清代,宋征璧、周济、孙麟趾、刘熙载、陈廷焯、沈祥龙等人,从不同视点对词味表现要求予以了阐说。但这一维面论说视域较为零散,并未形成什么像样的专题承衍线索,我们放在一起略作勾勒与论述。

清代前期,宋征璧《倡和诗余诗》认为词"虽正变不同,流滥各别,要有取乎言简而味长,语近而指远,使览而有余,诵而不穷,有耽玩留连终不能去者焉。"[3] 宋征璧将词作韵味的涵咏悠长与意旨呈现的深致幽远

---

① 张璋、职承让、张骅、张博宁编纂:《历代词话续编》,大象出版社 2005 年版,第 769 页。

② 程钜夫:《雪楼集》卷二十五,影印文渊阁《四库全书》本。

③ 冯乾编校:《清词序跋汇编》,凤凰出版社 2013 年版,第 11 页。

等一起，论断为词作艺术表现的本质要求，体现出对传统词味之论的积极弘扬。清代中期，周济《宋四家词选目录序论》云："雅俗有辨，生死有辨，真伪有辨，真伪尤难辨。稼轩豪迈是真，竹山便伪。碧山恬退是真，姜、张皆伪。味在酸咸之外，未易为浅尝人道也。"① 周济在评说宋代几位代表性词人词作艺术表现真伪的同时，承扬司空图论诗之意，提出"味在酸咸之外"的论断，其论寓含着词味具有含蓄朦胧与不断发散的审美特征。

晚清，孙麟趾《词径》云："陈言满纸，人云亦云，有何趣味。若目中未曾见者，忽焉睹之，则不觉拍案起舞矣，故贵新。"② 孙麟趾对词味表现提出应追求有新鲜之味的要求。他强调，要在艺术陌生化的过程中使词作审美具有触人心神的特征，这与袁枚在《随园诗话》中对诗歌新鲜趣味的提倡是一致的。刘熙载《词概》云："词淡语要有味，壮语要有韵，秀语要有骨。"③ 刘熙载提出词作的语言运用可以趋淡，但必须淡而有味。他将"味"与"韵""骨"一起，视为词作艺术创造与审美的最质性东西。谢章铤《赌棋山庄词话》云："纯写闺襜，不独词格之卑，抑亦靡薄无味，可厌之甚也。然其中却有毫厘之辨。作情语勿作绮语，绮语设为淫思，坏人心术。情语则热血所钟，缠绵恻悱，而即近知远，即微知著，其人一生大节，可于此得其端倪。"④ 谢章铤从艺术表现的内容上论说词味。他反对一味抒写闺中生活之细碎，认为这容易导致词格卑陋，绮靡无味。他将词作艺术表现的"情语"与"绮语"加以别分，提倡以情感化语言加以抒写，表现人生的真情实感。谢章铤将词味生成落足到鲜活的现实生活之中，其论体现出对承承相因以词叙写个人之私情题材的厌倦，对不断开拓词作新题材的呼唤与倡导。陈廷焯《白雨斋词话序》云："诗有韵，文无韵，词可按节寻声，诗不能尽被弦管。飞卿、端己，首发其端，周、秦、姜、史、张、王，曲竟其绪；而要皆发源于风雅，推本于骚辩。故其情长，其味永，其为言也哀以思，其感人也深以婉。"⑤ 陈廷焯从文体质性与艺术表现上别分诗、文、词三种文学形式。他认为，词与

---

① 唐圭璋编：《词话丛编》，中华书局1986年版，第1645页。
② 同上书，第2555页。
③ 同上书，第3707页。
④ 同上书，第3366页。
⑤ 陈廷焯著，杜未末校点：《白雨斋词话》，人民文学出版社1959年版，第1页。

诗不同，它要依照音乐节拍来选词用语，其追求的审美效果是情感悠长、韵味深永，这与诗作艺术表现形成细微的区别。沈祥龙《论词随笔》云："词不能堆垛书卷，以夸典博，然须有书卷之气味。胸无书卷，襟怀必不高妙，意趣必不古雅，其词非俗即腐，非粗即纤。故山谷称东坡《卜算子》词，非胸中有万卷书，孰能至此。"① 沈祥龙对词的创作提出有书卷气味的要求。他反对作词时一味堆砌书本知识，一味寓事用典，逞才使气，而提倡适度地运用所学知识与所识事理，化入于词中，使词作显示出浓郁的书卷气味，如此，才能使词作更好地入乎雅致之中。

对词味表现要求之论，在民国时期词学中也有体现。如，赵尊岳《珍重阁词话》云："作词之神味云者，盖谓通体所融注，所以率此理脉字句，而又超于理脉字句之外。若以王阮亭所谓神韵释之，但主风韵，则或失之俳浅，非吾所谓神味矣。"② 赵尊岳之论，道出"味"是浑融地体现于整个词作之中的，它具有非实体性、被含寓性的特征。它存在于具体字句之中然而又超拔于具体字句之上，是词作艺术表现中深层次魅力之所在。

第三节 词味生成与创作因素关系之论的承衍

中国传统词味生成与创作因素关系之论，在以下几方面形成相互承衍的线索：一是字语运用与词味关系之论，二是词作用笔与词味关系之论，三是艺术表现与词味关系之论。我们分别勾勒与论说之。

一 字语运用与词味关系之论的承衍

这一线索主要体现在沈义父、包世臣、陈椒峰、王韬、陈廷焯、顾宪融等人的论说中，他们对字语运用与词味关系之论不断予以了阐明。

南宋末年，沈义父《乐府指迷》云："盖音律欲其协，不协则成长短之诗。下字欲其雅，不雅则近乎缠令之体。用字不可太露，露则直突而无

---

① 唐圭璋编：《词话丛编》，中华书局 1986 年版，第 4058 页。

② 张璋、职承让、张骅、张博宁编纂：《历代词话续编》，大象出版社 2005 年版，第 769 页。

深长之味。发意不可太高，高则狂怪而失柔婉之意。思此，则知所以为难。"① 沈义父较早从字语运用角度论说到词作之味的创造。他反对词作用字造语过于直白浅露，认为这与词味创造的要求是背道而驰的。

清代，包世臣《月底修箫谱序》云："意内而言外，词之为教也；然意内不可强致，言外非学不成。是词说者言外而已，言成则有声，声成则有色，色成而味出焉。三者具，则足以尽言外之才矣。"② 包世臣从艺术表现角度论说到词味的创造。他以"意内言外"为词作艺术表现的本质模式，以此为基点，主张词的创作在根本上要对字语运用加以认真琢磨，反复斟酌，如此，由字语运用而决定音律表现，由音律表现而决定艺术技巧，最终创造出富于审美魅力的词作。陈椒峰《苍梧词序》云："杨诚斋论词六要：一曰按谱，一曰出新意是也。苟不按谱，歌韵不协，歌韵不协，则凌犯他宫，非复非调，不出新意，则必蹈袭前人。即或炼字换句，而趣旨雷同，其神味亦索然易尽。"③ 陈椒峰在宋人杨万里论词提出"六要"的基础上，把"神味"作为词作审美最本质的东西。他提出，词作应在音律协和的基础上出以新意，如此，才可避免所表旨趣相同，导致神味全无之弊。王韬《芬陀利室词话序》云："余亦谓词之一道，易流于纤丽空滑，欲反其弊，往往变为质木，或过作谨严，味同嚼蜡矣。故炼意炼辞，断不可少，炼意所谓添几层意思也，炼辞所谓多几分渲染也。"④ 王韬见出词作艺术表现往往有流于偏执化的特征。他明确提出锤炼词意与字语的要求，认为惟有通过锤炼词意，才能使词作呈现出"复调"式结构与深度表现模式；也惟有通过锤炼字语，才能使词作面貌摇曳多姿，更富于艺术意味，蒋敦复之论，体现出对无味之词的坚决摒弃态度。陈廷焯《白雨斋词话》云："元以后词，则清者失真味，浓者似火酒矣。言近旨远，其味乃厚；节短韵长，其情乃深；遣词雅而用意浑，其品乃高，其气乃静。"⑤ 陈廷焯通过评说元代以降词作审美特征，也阐说到字语运用与词味表现的关系论题。他认为，词人用字造语要浅近直切，而意旨表现则要深远有致，如此，才能使词味醇厚无垠。陈廷焯对词味创造的要求与传

---

① 唐圭璋编：《词话丛编》，中华书局 1986 年版，第 277 页。
② 朱铉：《月底修箫谱》卷首，道光十七年刊本。
③ 董元恺：《苍梧词》卷首，清康熙刻本。
④ 唐圭璋编：《词话丛编》，中华书局 1986 年版，第 3627 页。
⑤ 陈廷焯著，杜未末校点：《白雨斋词话》，人民文学出版社 1959 年版，第 217 页。

统词论是一致的。

民国时期，顾宪融《论词之作法》云："词中要有艳语，语不艳则色不鲜；又要有隽语，语不隽则味不永；又要有豪语，语不豪则境地不高；又要有苦语，语不苦则情不挚；又要有痴语，语不痴则趣不深。"① 顾宪融从语言运用的角度论说到词味的创造。他主张词作用语要丰富多样，"艳语""隽语""豪语""苦语""痴语"，各有艺术魅力，其中，要想使词作呈现出永长的滋味，就最好多用清新隽永之语词。顾宪融将对词作用语的要求与词味的生成从深层次上加以了融会贯通。

二　词作用笔与词味关系之论的承衍

这一线索主要出现于清代及民国时期，其主要体现在沈谦、彭孙遹、沈祥龙、宋育仁、陈洵、赵尊岳、蔡桢、唐圭璋等人的论说中。他们将词作用笔与词味关系的命题不断予以了揭橥。

清代前期，沈谦云："中调长调转换处，不欲全脱，不欲明粘，如画家开合之法，须一气而成，则神味自足，以有意求之不得也。"（田同之《西圃词说》记）② 沈谦从用笔角度论说到词味的生成。他主张词作字语转换及过片之处，都要注意艺术表现的似断实连之法，在外在形式上确乎体现为有所转换与断开，而在内在行气与意脉上则紧密勾连与承衍，如此，才能使词作富于艺术意味。沈谦并界定这一艺术表现特征是在不经意中造就的，其与有意为之是背道而驰的。彭孙遹《金粟词话》云："词以自然为宗，但自然不从追琢中来，便率易无味。如所云绚烂之极，乃造平淡耳。若使语意淡远者，稍加刻画，镂金错绣者，渐近天然，则骎骎乎绝唱矣。"③ 彭孙遹对词的创作提出"以自然为宗"的要求。他主张词作艺术表现自然天成，既不盲目追仿与雕琢，也不流于率性与随意，如此，才能使词作具有艺术意味，富于审美魅力。彭孙遹将中和化原则运用到词风呈现与词意表现的要求之中，体现出对传统儒家文学批评精髓的继承与弘扬。

---

① 张璋、职承让、张骅、张博宁编纂：《历代词话续编》，大象出版社2005年版，第689页。

② 唐圭璋编：《词话丛编》，中华书局1986年版，第1460页。

③ 同上书，第721页。

晚清，沈祥龙《论词随笔》云："词当于空处起步，闲处著想，空则不占实位，而实意自笼住。闲则不犯正位，而正意自显出。若开口便实便正，神味索然矣。"① 沈祥龙是深谙词作艺术辩证之法的。他提倡词的创作要追求清虚空灵，强调由"空"而"实"，由"闲"而"正"，亦即从看似无关之处起笔，从貌似闲笔之处入手，惟其如此，才能更好地凸显词作之意致，也才能更好地使词作呈现出艺术魅力。沈祥龙将词作用笔的空灵与词味融含的深层次关系很好地道了出来。宋育仁《半箧秋词跋》云："夫词太疏则失味，太密则伤韵，疏密得矣而意不深，则不能感人。"② 宋育仁论断词作用笔与韵味融含有着紧密的联系。他认为，如果词作用笔太过疏放或细密，则其滋味融含必不丰厚，韵致呈现必有伤隽永。宋育仁推尚韵味隽永而意旨深婉之作，界定其极致地感动于人。

民国时期，陈洵《海绡说词》云："词笔莫妙于留，盖能留则不尽而有余味。离合顺逆，皆可随意指挥，而沉深浑厚，皆由此得。虽以稼轩之纵横，而不流于悍疾，则能留故也。"③ 陈洵从艺术表现论说到词味的生成。他提出"留"的审美要求，认为艺术表现的留白可使词作审美更为自由，所表词意与词境更为深沉浑厚，更具有含蕴不尽的意味。陈洵例说辛弃疾词作之所以能纵横捭阖而又具有永久的魅力，其关键便在善于艺术留白所致。赵尊岳《珍重阁词话》云："词主清而不主瘦，瘦腴是用笔第一要义。清而瘦，寡然无味。清而腴，则厚永之音，回朔篇幅，清在字里，腴在行间。"④ 赵尊岳主张词作用笔以外表清瘦而内在丰腴为上，要呈现出清新丰腴的审美风格特征，在此基础上，呈现出永长的滋味，给人以无尽的美感。赵尊岳之论，将词作用笔与词味生成关系之论进一步予以凸显，体现出对词作艺术辩证法的深谙之功。蔡桢《柯亭词论》云："小令以轻、清、灵为当行。不做到此地步，即失其宛转抑扬之致，必至味同嚼蜡。慢词以重、大、拙为绝诣，不做到此境界，落于纤巧轻滑一路，亦不成大方家数。小令、慢词，其中各有天地，作法截然不同。"⑤ 蔡桢强

---

① 唐圭璋编：《词话丛编》，中华书局 1986 年版，第 4055 页。
② 冯乾编校：《清词序跋汇编》，凤凰出版社 2013 年版，第 1789 页。
③ 唐圭璋编：《词话丛编》，中华书局 1986 年版，第 4840 页。
④ 张璋、职承让、张骅、张博宁编纂：《历代词话续编》，大象出版社 2005 年版，第 780 页。
⑤ 唐圭璋编：《词话丛编》，中华书局 1986 年版，第 4905 页。

调小令之词的创作，在用笔上要以轻盈、纯化、灵动为本色当行之径。他界定，惟其如此，才能使词作更好地呈现出委婉流转的特征，富于艺术意味，其与体制较长的慢词在艺术追求上是截然不同的。唐圭璋《梦桐词话》云："拟人句，以物拟人，使无情之物，化做有情之人，此修辞法也。用此法入词，饶有韵味。"① 唐圭璋也从笔法运用的角度论说到词味的生成。他推尚化无情为有情的拟人之法，认为其从内在激活了词作构成因素，鲜活了词作魅力融含，是甚有助于词作艺术创造的。

三　艺术表现与词味关系之论的承衍

这一线索主要出现于晚清及民国时期，其主要体现在蒋敦复、陈廷焯、沈祥龙、况周颐、王国维、沈泽棠、顾宪融、夏敬观等人的论说中。他们从不同的视点对艺术表现与词味关系之论展开了阐说。

晚清，蒋敦复《芬陀利室词话》云："诗至咏古，酒杯块垒，慷慨激昂，词亦有之。第如迦陵之叫嚣，反觉无味。"② 蒋敦复一方面肯定怀古词的创作要以气脉贯注，另一方面又评说陈维崧词作过于议论化、直露化，这导致其词作艺术魅力的丧失。蒋敦复之论，体现出对词作艺术表现的适度含蓄之求，将"味"视为了词作审美的核心范畴。陈廷焯《白雨斋词话》云："词至美成，乃有大宗，前收苏、秦之终，后开姜、史之始，自有词人以来，不得不推为巨擘，后之为词者，亦难出其范围。然其妙处，亦不外沉郁顿挫。顿挫则有姿态，沉郁则极深厚。既有姿态，又极深厚，词中三昧亦尽于此矣。"③ 陈廷焯对周邦彦词作评价甚高，认为其承前启后，富于独创性，其词作获得成功的"妙处"，即在于思想内涵与情感表现极为深厚，在艺术形式与技巧表现上声情扬抑，如此，才充分表现出词家对于社会人生体悟的千般滋味。陈廷焯从"沉郁顿挫"论说词作之味，注重词人词作情感表现的真挚深婉与艺术形式的相符相切，这为王国维最终拈出"意境"论词奠定了基础。沈祥龙《论词随笔》云："含蓄无穷，词之要诀。含蓄者意不浅露，语不穷尽，句中有余味，篇中有余

① 朱崇才编纂：《词话丛编续编》，人民文学出版社 2010 年版，第 3342 页。
② 唐圭璋编：《词话丛编》，中华书局 1986 年版，第 3640 页。
③ 陈廷焯著，杜未未校点：《白雨斋词话》，人民文学出版社 1959 年版，第 16 页。

意，其妙不外寄言而已。"① 沈祥龙在将含蓄之美论断为词作艺术表现本质所在的同时，对"含蓄"的美学内涵及艺术呈现模式予以阐说。他界定，含蓄之美主要体现在两个方面：一是词作表意要避却浅白直露，二是词作用语要留有回旋的余地，其旨归是创塑出令人回味不尽的艺术空间，而这都要通过"寄意于言"的表现模式来加以传达。沈祥龙将"寄言"论断为词作有"余味"的必然途径。其又云："词虽浓丽而乏趣味者，以其但知作情景两分语，不知作景中有情、情中有景语耳。'雨打梨花深闭门'、'落红万点愁如海'，皆情景双绘，故称好句，而趣味无穷。"② 沈祥龙将"趣味"作为词作审美的首要准则。他反对词作一味追求秾丽，反对将"情"与"景"这两个重要审美生发质素加以机械分割，认为两者是紧密联系在一起的，具体说来就是，"景"是情感贯注的"景"，"情"是通过外物加以体现的"情"，词作只有做到情景交融，才能产生出趣味无穷的审美效果。况周颐《香海棠馆词话》云："初学作词，只能道第一义，后渐深入。意不晦，语不琢，始称合作。至不求深而自深，信手拈来，令人神味俱厚。"③ 况周颐从学习作词上论说到用语造意与词味融含的关系。他道出词的创作是有层次之分的，当主体到达一定的创作层次之后，其词意表现并不追求繁富，字语运用也不追求修饰，但词作却在"不求深"中而"自深"，融含醇厚无垠之神味。况周颐将词味的深浅厚薄与主体创作层次的正比关系揭橥了出来。

王国维《人间词话》云："古今词人格调之高，无如白石。惜不于意境上用力，故觉无言外之味，弦外之响，终不能与于第一流之作者也。"④ 王国维之论，明确从意境创造上论说词味，把意境的有无视为是否有言外之味的唯一生发源。他在前人以意境论说诗味的基础上，进一步论断意境乃诗词等表现性艺术之本，它与"格调"等审美范畴相比，更具有原在的生发性，故强调"于意境上用力"而得"言外之味"。此论在传统词学对词味创造与生成的论说中具有十分重要的意义。其《人间词话附录》

---

① 唐圭璋编：《词话丛编》，中华书局 1986 年版，第 4055 页。

② 同上书，第 4056 页。

③ 张璋、职承让、张骅、张博宁编纂：《历代词话续编》，大象出版社 2005 年版，第 117 页。

④ 况周颐著，王幼安校订：《蕙风词话》；王国维著，徐调孚注，王幼安校订：《人间词话》，人民文学出版社 1960 年版，第 212 页。

云："至乾嘉以降，审乎体格韵律之间者愈微，而意味之溢于字句之表者愈浅。岂非拘泥文字，而不求诸意境之失欤?"① 王国维批评清代乾隆、嘉庆以来不少人作词拘限于在体制、格调与音律运用等方面做文章，舍本而逐末，斤斤于细枝末节，在不经意中忽视了对意境的努力创造，这使他们的词作意味浅薄，缺乏动人的艺术魅力。王国维之论，标志着传统词学对词味生成论说的最高成就，乃探本之论。沈泽棠《忏庵词话》云："词忌平直，透过一层，自觉味永。"② 沈泽棠也论断词的创作要避却过于直露所导致的平面化，而倡导词作艺术表现的委婉深致，他界定，如此之词才自然地富于艺术意味。

民国时期，顾宪融在《填词百法》之"自序"中云："诗浅而词深，诗宽而词隘，诗易而词难"，学词者如"苟得之矣，虽深亦浅，虽隘亦宽，虽难亦易。且惟愈深、愈隘、愈难，而其味亦愈永"。③ 顾宪融阐说到词作艺术表现与词味的生成创造论题。他倡导词作艺术表现要合乎内在体制质性，在创作的"深""隘""难"中做文章，亦即在词意表现的含蓄深致、创作路径的相对狭窄及创作所遇一定难度中，使其词作富于长久的吟味，呈现出永久的艺术魅力。夏敬观《蕙风词话诠评》云："矜者，惊露也。依黯与静穆，则为惊露之反。而依黯在情，静穆在神，在情者稍易，在神者尤难。情有迹也，神无迹也。惊露则述情不深而味亦浅薄矣，故必依黯以出之。能依黯，已无矜之迹矣。神不静穆，犹为未至也。"④ 夏敬观归结"惊露"与"依黯"及"静穆"是截然相反的，前者在艺术表现上体现为缺乏涵咏吟味，下字用语过于直切浅白，其直接导致的结果是使创作主体情感表现不深致，词作韵味不见醇厚。夏敬观提倡词作情感表现要含蓄深致，在无声中述说；其精神气质呈现要宁静肃穆，在静穆中给人以震撼。其又云："对偶句要浑成，要色泽相称，要不合掌。以情景相融，有意有味为佳。"⑤ 夏敬观对词作造句用语提出多方面的要求，其中，强调"以情景相融，有意有味为佳"，亦即在情感表现与写景状物高

---

① 况周颐著，王幼安校订：《蕙风词话》；王国维著，徐调孚注，王幼安校订：《人间词话》，人民文学出版社 1960 年版，第 257 页。

② 朱崇才编纂：《词话丛编续编》，人民文学出版社 2010 年版，第 1400 页。

③ 顾宪融《填词百法》卷首，上海崇新书局民国十四年。

④ 唐圭璋编：《词话丛编》，中华书局 1986 年版，第 4588 页。

⑤ 同上书，第 4595 页。

度融合的基础上，创造出富于艺术魅力的词作。夏敬观将富于审美意味作为了词作艺术技巧运用与语言表现的首要原则。

值得补充的是，中国传统词学对词味创造与生成之论的内容，还涉及词人性情陶养与词味创造关系。这方面之论，主要体现在民国时期蒋兆兰、赵尊岳的批评言说中。蒋兆兰《词说》云："欧阳、大小晏、安陆、东山，皆工小令，足为师法。词家醉心南宋慢词，往往忽视小令，难臻极诣。鄙意此道，要当特致一番功力于温韦李冯诸作，择善揣摩，浸淫沉潜，积而久之，气韵意味，自然醇厚不复薄索。"① 蒋兆兰强调要在对五代北宋优秀小令作家的反复学习与吸收中，使自身词作的气韵、意味不断醇厚。这里，他和况周颐一样，对词作提出意味醇厚的要求，见出创作主体性情陶养对词味创造的深层次作用。赵尊岳《珍重阁词话》则云："神可自至而不可强求。求致力于神味，但当就常日性习问学为陶熔，若谓每日整挈其神，协力声律，万无此理。"② 赵尊岳之论道出词作"神味"的获得是一个甚为自然的过程。它不可强求，与刻意的人工追求是背道而驰的，其所对应的是创作主体日积月累的习效与体悟。总之，词人日常性情陶养乃词味生成与充蕴的必要前提。

---

① 唐圭璋编：《词话丛编》，中华书局 1986 年版，第 4637—4638 页。
② 张璋、职承让、张骅、张博宁编纂：《历代词话续编》，大象出版社 2005 年版，第 769 页。

第八章　中国传统词韵论的承衍

"韵"是中国传统词学审美论的重要范畴，它与"味""趣""格""气""境"等范畴一起，被用来概括词的审美本质特征，标示词的不同审美质性。在中国文论史上，"韵"是一个相对出现和成熟得较早的审美范畴。它孕育于魏晋南北朝时期，确立于唐代，发展于宋代，深化于明代，完善于清代，成为传统文学理论批评最重要的范畴之一。

第一节　"韵"作为词作审美之本标树之论的承衍

中国传统词学对"韵"作为词作审美之本的标树，大致出现于北宋中期。李之仪《跋吴思道小词》云："至柳耆卿，始铺叙展衍，备足无余，形容盛明，千载如逢当日，较之《花间》所集，韵终不胜，尤是知其为难能也。"① 李之仪通过对柳永词长于铺叙展衍之法的论评，较早将"韵"标树为词作审美的本质所在。他评断柳词叙说过多，含蓄蕴藉不够，与《花间集》中词作相比，其在韵味融含上实有所不足。之后，王灼通过对词人词作的论评，也将"韵"标树为词作审美的重要范畴。其《碧鸡漫志》评晏殊"如金陵王谢子弟，秀气胜韵，得之天然，将不可学"；评李邴"富丽而韵平平"；评赵明发、赵伯山"久从汝洛名士游，下笔有逸韵，虽未能一一尽奇，比国贤、圣褒则过之"；评沈公述、李景元、孔方平、万俟咏等人"皆有佳句，就中雅言又绝出。然六人者，源流从柳氏来，病于无韵"。② 王灼将"韵"切实作为了其论评词人词作的最重要审美视点之一。

---

① 陈良运主编：《中国历代词学论著选》，百花洲文艺出版社 1998 年版，第 63 页。
② 唐圭璋编：《词话丛编》，中华书局 1986 年版，第 83 页。

　　清代，对"韵"作为词作审美之本的标树，主要体现在孙麟趾、谢章铤、刘熙载、郭麐、沈祥龙、徐琪等人的论说中。他们对"韵"作为词作审美的重要范畴予以了不断的张扬与阐说。

　　孙麟趾《词径》提出"作词十六要诀"："清""轻""新""雅""灵""脆""婉""转""留""托""澹""空""皱""韵""超""浑"。之后，其又云："韵即态也，美人之行动，能令人销魂者，以其韵致胜也。作词能摄取古人神韵必传矣。"① 孙麟趾将"韵"论断为词作的审美追求与艺术理想之一。他对"韵"的美学内涵予以形象的描述，归结"韵"本指人的富于审美魅力的神情与姿态，引入于论词，即指词作的风致、情态、韵味之义。孙麟趾强调词的创作要以神韵为尚，他首次从理论阐说的角度将"韵"标树为词作审美的本质所在，其论在传统词学史上具有十分重要的地位。谢章铤《赌棋山庄词话》云："设色，词家所不废也。今试取温尉与梦窗较之，便知仙凡之别矣。盖所争在风骨，在神韵，温尉生香活色，梦窗所谓七宝楼台，拆碎不成片段。又其甚者，则浮艳耳。"② 谢章铤从词作修饰的角度论说到"神韵"命题。他极力主张词的创作还是要注重修饰，例举温庭筠与吴文英词作有天壤之别，认为其关节点便在于两者色彩呈现上的不同：温词秀美在骨，"生香活色"，灵动异常；吴词讲究设色，虽表面炫人眼目，但内在风神韵致有所不足，流于秾丽浮艳。谢章铤之论，也将"韵"标树为词作审美的本质所在。刘熙载《词概》云："词淡语要有味，壮语要有韵，秀语要有骨。"③ 刘熙载针对不同词作用语提出要求，其中，他主张，词作中所用豪迈之语，不能一味逞性使气，而应有所回旋，要能体现出一定的韵致，如此，才能使词作刚柔相济、中和融通，在审美上呈现出较大的张力性。刘熙载从词作用语的角度，实际上对"韵"作为词作审美的本质所在予以了标树。

　　之后，郭麐创作有《词品》，共十二则，其中，"神韵"即为一品。其云："杂花欲放，细柳初丝。上有好鸟，微风拂之。明月未上，美人来迟。却扇一顾，群妍皆嬉。其秀在骨，非铅非脂。渺渺若愁，依依相

---

① 唐圭璋编：《词话丛编》，中华书局 1986 年版，第 2556 页。
② 同上书，第 3421 页。
③ 同上书，第 3707 页。

思。"① 郭麐以意象性的话语，对"神韵"的美学内涵及其所呈现出的特征予以甚为形象的描述。他从倡导典范性艺术风格角度，将"韵"标树为词作审美的本质所在之一，体现出对词作所融含韵致的推尚。沈祥龙《论词随笔》云："词之蕴藉，宜学少游、美成，然不可入于淫靡。绵婉宜学耆卿、易安，然不可失于纤巧；雄爽宜学东坡、稼轩，然不可近于粗厉。流畅宜学白石、玉田，然不可流于浅易。此当就气韵趣味上辨之。"②沈祥龙通过辨分宋代不同词人词作，将"韵"与"气""趣""味"一起，标树为词作审美的最质性范畴。他推扬秦观、周邦彦之词为含蓄蕴藉的典范，柳永、李清照之词为绵密婉丽的典范，苏轼、辛弃疾之词为雄放豪迈的典范，姜夔、张炎之词为流畅入律的典范。这之中，他强调对不同词作风格的把握，应注重从词作的内在艺术质性上去加以细致辨分，切实体现出对"韵"作为词作审美本质所在的标树之意。徐琪《闻妙香室词钞序》云："余自少喜为词，而不立宗派。或问余学词之道安在，余答以四字诀，曰静，曰隽，曰正，曰韵。……何谓韵？词藻多则乏流丽之致，铺叙甚则蹈质直之嫌，惟以韵胜，则清者见其不竭，华者见其生腴。犹花月之有真光，琴瑟之有泛声，不以迹象拘也。明乎此，始可与言词。世之人仅以秦柳、苏辛为二宗，不知秦柳之胜处何尝不入苏辛之室？苏辛之妙处何尝不得秦柳之神？是在人之善体会耳。独白石超乎畦町之外，自树一帜，其长处亦不出此四字范围，而惟韵独胜。"③ 徐琪在破解以体派论词的基础上，将"静""隽""正""韵"一同标树为学词之道的关键所在。这之中，他概括"韵"乃赋予词作以生命力的东西，它不一定是实体性的存在，而呈现为非实体性，但其在词作艺术表现中至为重要。徐琪论断姜夔词作之妙，其最为独特之处便在于富有韵致，是韵致的独特性造就了姜夔词作的非凡艺术魅力。徐琪对词作韵致的标树态度极见鲜明，在中国传统词学史上显示出重要的价值与意义。

　　对"韵"作为词作审美之本的标树，在民国时期的词学中也得到承衍，其主要体现在况周颐、吴梅、蔡桢等人的论说中。况周颐《蕙风词话》云："填词先求凝重。凝重中有神韵，去成就不远矣。所谓神韵，即

① 张璋、职承让、张骅、张博宁编纂：《历代词话》，大象出版社 2002 年版，第 1304 页。
② 唐圭璋编：《词话丛编》，中华书局 1986 年版，第 4058 页。
③ 冯乾编校：《清词序跋汇编》，凤凰出版社 2013 年版，第 1824 页。

事外远致也。即神韵未佳而过存之，其足为疵病者亦仅，盖气格较胜矣。若从轻倩入手，至于有神韵，亦自成就，特降于出自凝重者一格。若并无神韵过存之，则不为疵病者亦仅矣。"① 况周颐将"神韵"界定为词作审美最重要的东西。他将词作划分为三个层次，其理想的创作境界是"凝重中有神韵"，亦即在充蕴的现实内涵中呈现出美的风致与韵味。况周颐对"神韵"的美学内涵予以解说，界定其体现为在词作本体之外显示出深远的思致，有令人回味的艺术空间，这是词作得以成就的根本因素之一，它较之以气脉、格调为胜更高一层次。况周颐之论，在传统词韵论史上显示出重要的意义。吴梅《词学通论》云："作词之难，在上不似诗，下不类曲，不淄不磷，立于二者之间，要须辨其气韵。大抵空疏者作词，易近于曲；博雅者填词，不离乎诗。浅者深之，高者下之，处于才不才之间，斯词之三昧得矣。"② 作为词曲研究大家的吴梅，对词曲之体的审美质性有着深入细致的认识与解会。他从诗、词、曲作为不同文体质性差异的角度来把握词体，把"气韵"视为辨分词作的切入点，这体现出对"韵"作为词作审美本质所在的标树之意。吴梅强调作词既要力避空疏，融以才学；同时又要避免一味求取"博雅"，以炫正体与庄重的质性。他主张要灵活地把握好艺术表现的浅深、高下之间的"度"，在既张扬才情但又不一味惟才情而动中求取词作的独特韵致。吴梅对词韵的阐说，将传统词学"韵"审美范畴的内涵进一步予以了充实与完善。蔡桢《柯亭词论》云："填词即舍律而论文，亦正难言。意境神韵无论矣，字法句法章法，一毫松懈不得。字法须讲侔色揣称，句法须讲层深浑成，章法须讲离合顺逆贯串映带。如何起，如何结，如何过变，均须致力。否则不成佳构。"③ 蔡桢在论说词的创作之法须从具体字句入手时，将"神韵"与"意境"一起，标树为词作审美的本质所在。他归结"神韵"是在有效地灵活运用字法、句法、章法的基础上创塑出来的，见出了"韵"在词作审美表现中的深层次特征。

---

　　① 况周颐著，王幼安校订：《蕙风词话》；王国维著，徐调孚注，王幼安校订：《人间词话》，人民文学出版社 1960 年版，第 7 页。

　　② 吴梅：《词学通论》，上海古籍出版社 2006 年版，第 1—2 页。

　　③ 唐圭璋编：《词话丛编》，中华书局 1986 年版，第 4902—4903 页。

第二节　词韵表现要求之论的承衍

中国传统词学对词韵表现要求之论，主要呈现于清代。其主要体现在顾宋梅、吴锡麒、周济、姚燮、王耕心、沈祥龙等人的论说中。这一维面内容，主要在深远悠长与入雅避俗两方面形成相互承衍的线索，我们略作勾勒与论说。

一　词韵表现深远悠长要求之论的承衍

这一承衍线索主要体现在顾宋梅、周济、王耕心等人的论说中。顾宋梅云："词之小令，犹诗之绝句，字句虽少，音节虽短，而风情神韵，正自悠长。作者须有一唱三叹之致，淡而艳，浅而深，近而远，方是胜场。"（冯金伯《词苑萃编》记）① 顾宋梅从文学体制角度论说到小令的创作。他类比词之小令如诗之绝句，认为两者的共同之处显现为体制短小但都要求具有风情神韵悠长的特征。顾宋梅从审美质性上道出小令之词的独特艺术魅力所在，将深远悠长之美界定为词作艺术的本质特征。周济《宋四家词选目录序论》云："草窗镂冰刻楮，精妙绝伦。但立意不高，取韵不远，当与玉田抗行，未可方驾王吴也。"② 周济通过评说周密词作善于精雕细琢，但存在意韵不够高迈深远之弊，实际上也对词作韵致表现提出深致高远的要求。王耕心为陈廷焯《白雨斋词话》所作序云："所谓词者，意内而言外，格浅而韵深，其发摅性情之微，尤不可掩；而世乃欲以锲薄求之，藻绘揉之，抑末已。"③ 王耕心对词的创作提出"格浅而韵深"的原则，亦即要求词作格调浅切而韵致深远。他批评当世一些人无视词为性情发抒之体，以雕琢之功入于词道，过于注重藻饰，这与词作审美本质之求是背道而驰的，倒置了本末。

二　词韵表现入雅避俗要求之论的承衍

这一承衍线索主要体现在吴锡麒、姚燮、陈廷焯等人的论说中。吴锡

---

① 唐圭璋编：《词话丛编》，中华书局 1986 年版，第 1793 页。

② 同上书，第 1644—1645 页。

③ 陈廷焯著，杜未末校点：《白雨斋词话》，人民文学出版社 1959 年版，第 224 页。

麒《屈戣园竹沪渔唱序》云："大抵词之道，情欲其幽，而韵欲其雅，摹其履舄则病在淫哇，杂以筝琵则流为伧楚。"① 吴锡麒对词作情感表现与韵致呈现提出要求。其中，他提出"韵欲其雅"的主张，强调词作韵致表现要呈现出雅化的面目，努力脱却鄙俚俗化之习气。其《陈雪庐词序》云："词以韵流，当效玉田之雅；词以情胜，须谦竹屋之痴。"② 吴锡麒甚为推崇张炎骚雅之词，他认为，这种词作风格特征是富于韵致的。吴锡麒将词作韵致充蕴与骚雅的审美质性从内在有机联系起来。姚燮云："词，小道也，然韵不骚雅则俚，旨不微婉则直。过炼者气伤于辞，过疏者神浮于意，而叫嚣积习，淫曼为工者，尤弗取。"（谢章铤《赌棋山庄词话》记）姚燮对词的创作提出多方面的原则与要求，其中，他强调词作韵致表现应入乎骚雅，要尽量避免俚俗而呈现出雅致的特征，如此，才更吻合词体之审美质性。他坚决反对过于在词作用语上作文章，或毫不在意"炼辞"而一味以议论入词等作派，从维护词体艺术质性的角度对词韵骚雅之性予以了张扬。陈廷焯《云韶集》云："写秋去春来，意亦犹人，而笔法自别，雅韵欲流。视《花间》、秦、柳如皂隶矣。笔力劲绝，是美成独步处，所谓'清真'。"③ 陈廷焯对周邦彦词作甚为推崇，评断周词的风格特征就像其名号一样，确可用"清真"二字来加以形容与概括。他论断周邦彦词法、词意迥异于人，处处充蕴着骚雅的风致和情味，是超拔于前人之上的，确乎值得后人不断学习与效仿。

此外，值得提及的是，沈祥龙对词韵表现提出飘逸灵动与自然天成的要求。其《论词随笔》云："词有三要，曰情、曰韵、曰气。情欲其缠绵，其失也靡。韵欲其飘逸，其失也轻。气欲其动宕，其失也放。"④ 沈祥龙将"韵"与"情""气"一起，标树为词的创作与审美的三个质性要素。他倡导词作韵致表现要飘逸灵动，同时又应努力避免过于轻虚浮华，如此，才能使词作富于艺术魅力。其又云："长调须前后贯串，神来气来，而中有山重水复、柳暗花明之致。句不可过于雕琢，雕琢则失自然。采不可过于涂泽，涂泽则无本色。浓句中间以淡语，疏句后接以密

---

① 吴锡麒：《有正味斋骈体文续集》卷二，清嘉庆刻本。
② 吴锡麒：《有正味斋骈体文》卷八，清道光刊本。
③ 陈廷焯：《云韶集》卷四，南京图书馆藏未刊本。
④ 唐圭璋编：《词话丛编》，中华书局1986年版，第4050页。

语，不冗不碎，神韵天然，斯尽长调之能事。"① 沈祥龙对长调之词的创作提出具体的要求。其中，他主张，长调在语词运用上要浓淡相间、疏密相生，以韵致自然天成为妙。沈祥龙对词的创作是坚决反对过于雕琢的，而倡导以本色当行为贵，其论体现出对自然天成之词作艺术魅力的推尚。

第三节　词韵创造与生成之论的承衍

中国传统词学对词韵创造与生成之论的承衍，主要出现于清代及民国时期。其主要体现在胡应宸、陈廷焯、沈祥龙、况周颐等人的批评言论中。这一维面论说数量较少，观照视域较为零散，实际上并未形成什么像样的专题承衍线索。我们略作论说。

胡应宸、沈祥龙论说到词作风格与韵致呈现的关系命题。胡殿臣（胡应宸）云："卧子论廉访诗如三吴少年，轻俊可喜，所乏庄雅。予谓庄雅固诗人首推，轻俊实词家至宝。盖诗不庄雅必无风格，词不轻俊必无神韵。况其苍雅幽艳，又有不屑以轻俊见者，然则孟载之诗与词，未易同日语矣。"（冯金伯《词苑萃编》记）② 胡应宸在陈子龙论评杨基之诗"轻俊可喜"的基础上，将"轻俊"论断为"词家至宝"，亦即认为轻灵俊俏的风格是词作韵致融含的决定性因素。沈祥龙《论词随笔》云："白石诗云：'自制新词韵最娇'，娇者如出水芙蓉，亭亭可爱也。徒以嫣媚为娇，则其韵近俗矣。试观白石词，何尝有一语涉于嫣媚。"③ 沈祥龙在宋人姜夔论诗的基础上，将词作风格与韵致呈现也加以联系。他主张词作要自然天成、秀气在骨，反对"以嫣媚为娇"，亦即反对在外在表征上追逐华美秾丽。沈祥龙判评其必使词作呈现出俗化的韵味与思致，是必须坚决予以脱却的。

陈廷焯论说到创作主体情感与词作韵致呈现的关系命题。其《白雨斋词话》评李煜、晏殊云："皆非词中正声，而其词则无人不爱，以其情胜也。情不深而为词，虽雅不韵，何足感人？"④ 陈廷焯通过对李煜和晏

---

① 唐圭璋编：《词话丛编》，中华书局 1986 年版，第 4050—4051 页。

② 同上书，第 1918 页。

③ 同上书，第 4056 页。

④ 陈廷焯著，杜未末校点：《白雨斋词话》，人民文学出版社 1959 年版，第 196 页。

殊词作的论评，触及词作情感表现与韵致呈现的关系之论。他认为，情感为韵致之本，创作主体情感表现深挚，其词之韵致便自然充蕴，两者间是正态对应的，情感深致是词作充蕴风致韵味的必要前提，也是感动人心的关键所在。其又云："元以后词，则清者失真味，浓者似火酒矣。言近旨远，其味乃厚；节短韵长，其情乃深；遣词雅而用意浑，其品乃高，其气乃静。"① 陈廷焯对元代以后词作持以批评的态度。他认为，元以后之词或失"真味"，或似"火酒"，在词作韵味融含上确有所欠缺，脱却了词作审美的康庄大道。他主张，词作应在"言近旨远""节短韵长""遣词雅""用意浑"中表现出醇厚的韵味、深挚的感情与高妙的词品，真正从审美质性上提升词作的艺术表现层次。

民国时期，况周颐则论说到词作用笔与韵致呈现的关系命题。其《蕙风词话》云："改词须知挪移法。常有一两句语意未协，或嫌浅率。试将上下互易，便有韵致。或两意缩成一意，再添一意，更显厚。此等倚声浅诀，若名手意笔兼到，愈平易，愈浑成，无庸临时掉弄也。"② 况周颐提倡词作艺术创造的"挪移"之法，亦即主张根据所表现意旨适当地互置字语，使词作意致不断顺畅与趋向丰厚，如此，才能更好地使词作富于韵味与思致。况周颐见出下字用语对密集词作意旨表现的重要性，主张由此而不断醇厚词作意致与韵味，他将词作修改与韵致呈现的命题从深层次上沟通起来。

---

　①　陈廷焯著，杜未末校点：《白雨斋词话》，人民文学出版社 1959 年版，第 217 页。
　②　况周颐著，王幼安校订：《蕙风词话》；王国维著，徐调孚注，王幼安校订：《人间词话》，人民文学出版社 1960 年版，第 14 页。

第九章 中国传统词趣论的承衍

"趣"是中国传统词学审美论的重要范畴，它与"味""韵""气""格""境"等一起，被用来概括词的审美本质特征，标示词的不同审美质性。在中国文论史上，"趣"是一个相对出现和成熟得较晚的审美范畴。它衍化于唐前，成型于宋代，承传于金元，盛兴于明代，深化于清代，成为封建社会后期文学理论批评最重要的范畴之一。

第一节 "趣"作为词作审美之本标树之论的承衍

中国传统词学对"趣"作为词作审美之本的标树，主要出现于清代。其主要体现在田同之、焦循、吴衡照、周济、孙麟趾、谢章铤、沈祥龙、李佳等人的论说中。他们从不同方面将"趣"标树为词作审美的质性范畴。

清代前期，田同之《西圃词说》云："词与诗体格不同，其为摅写性情，标举景物，一也。若夫性情不露，景物不真，而徒然缀枯树以新花，被偶人以衮服，饰淫靡为周、柳，假豪放为苏、辛，号曰诗余，生趣尽矣，亦何异诗家之活剥工部，生吞义山也哉。"① 田同之从诗词体制不同的角度出发，在倡导其写景言情要真实自然的同时，阐说到"生趣"的命题。他持异诗作艺术表现缺少鲜活之生气，也反对词作艺术表现盲目追仿形式因素，对前人某一艺术风格特征偏执地予以张扬。他论断，这都是流于"生吞活剥"的做法，而并未入乎神髓之中，更没有识见到词作艺术表现的本质所在。田同之将"趣"实际上标树为词作艺术表现的本质所在之一。

---

① 唐圭璋编：《词话丛编》，中华书局 1986 年版，第 1450 页。

　　清代中期，焦循《雕菰楼词话》云："诗词是以移其情而豁其趣，则有益于经学者正不浅。"① 作为经学家的焦循对诗词之道甚具识见。他强调，诗词审美表现要以引人兴趣、移人性情为旨归，这正是文学可补经学的关节之处。此论体现出其将"趣"作为词作艺术表现的本质所在。吴衡照《莲子居词话》云："咏物如画家写意，要得生动之趣，方为逸品。"② 吴衡照对咏物词的创作提出生动有趣的要求，见出咏物词的独特审美质性之所在。此论虽针对词作咏物而言，然其在传统词趣之论中也显示出独到的意义。之后，周济在词学批评中多处运用到"趣"，将"趣"作为了词学批评的重要审美视点之一。其《介存斋论词杂著》评柳永词"为世訾謷久矣，然其铺叙委宛，言近意远，森秀幽淡之趣在骨"；评卢祖皋小令"时有佳趣。长篇则枯寂无味，此才小也"。③ 其《宋四家词选目录序论》评苏轼"天趣独到处，殆成绝诣。而苦不经意，完璧甚少"，评北宋词人"主乐章，故情景但取当前，无穷高极深之趣"。④ 周济在清代词坛创作繁盛的背景下，将"趣"作为了词作审美的重要切入点，这对引导词作艺术表现更好地脱却学人之意而呈现本色特征是有所助益的。

　　晚清，孙麟趾《词径》云："陈言满纸，人云亦云，有何趣味。若目中未曾见者，忽焉睹之，则不觉拍案起舞矣，故贵新。"⑤ 孙麟趾对词作提出有"趣味"的审美要求，为此，他主张词作用语要新，要道人所未曾道，从而产生陌生化的审美效果。谢章铤《赌棋山庄词话》云："然而文则必求称体：诗不可似词，词不可似曲，词似曲则靡而易俚，似诗则矜而寡趣，均非当行之技。"⑥ 谢章铤从词与诗、曲的区别及应求本色当行的角度论及词趣。他指出，如果词像曲一样，则必然流于浮靡而俚俗；像诗一样，则会显得矜持而少情趣，在艺术表现上缺乏伸展扩张与引人兴趣的特征。谢章铤对词体与诗趣相互关系的论说，将清人对词趣的标树推到一个甚具理论意味的层面，也将"趣"标示为了词作审美的最质性所在。其又云："词宜雅矣，而尤贵得趣。雅而不趣，是古乐府。趣而不雅，是

----

①　唐圭璋编：《词话丛编》，中华书局 1986 年版，第 1491 页。
②　同上书，第 2476 页。
③　同上书，第 1631、1635 页。
④　同上书，第 1643—1644、1645 页。
⑤　同上书，第 2555 页。
⑥　同上书，第 3425 页。

南北曲。李唐、五代多雅趣并擅之作。雅如美人之貌，趣是美人之态。有貌无态，如皋不笑，终觉寡情。有态无貌，东施效颦，亦将却步。"① 谢章铤抓住词雅与词趣的辩证关系详细地展开阐说。他认为，"雅"是词作在格调上所追求的，"趣"则是词作在主旨与意蕴表现上所必然伴随的。他从两者的偏胜上来界定古乐府、南北曲与唐五代词的差别，认为古乐府格调雅正但意趣不显，南北朝歌谣俚曲趣味盎然但却格调欠雅，惟唐五代词作雅、趣兼擅互融。谢章铤并比譬词雅如"美人之貌"，即目可见；词趣则如"美人之态"，惟通过感知体察可知。此论形象而切中地道出词趣的特征，将对词趣的认识与标树往前推进一步。

　　沈祥龙《论词随笔》云："宋人选词，多以雅名，俗俚固非雅，即过于秾艳，亦与雅远。雅者，其意正大，其气和平，其趣渊深也。"② 沈祥龙在高倡词格须雅的同时，对词雅的美学内涵予以界定。他认为，"雅"是建立在词旨取向中正、词气冲和、词趣深远的基础之上的。这里，沈祥龙将作为词格的"雅"与作为词作审美质素的"趣"联系起来。他将"趣"作为词学审美范畴的论说，提升到一个深具理论意味的层面。其又云："词之蕴藉，宜学少游、美成，然不可入于淫靡。绵婉宜学耆卿、易安，然不可失于纤巧；雄爽宜学东坡、稼轩，然不可近于粗厉；流畅宜学白石、玉田，然不可流于浅易；此当就气韵趣味上辨之。"③ 沈祥龙在联系宋人词作，论评学习作词从风格入手所应秉持的原则时认为，应从所呈现的"气韵趣味"上分辨，这才是辨析词作的根本。沈祥龙将"趣"与"气""韵""味"一起，标树为词作审美的本体，这在传统词论史上显示出重要的意义。李佳《左庵词话》云："词以意趣为主，意趣不高不雅，虽字句工颖，无足尚也。意能迥不犹人最佳。东坡词最有新意，白石词最有雅意。"④ 李佳高倡作词以崇尚意趣为旨，强调由"意"而"趣"。他标示出"趣"为词作之本，字句为词作之表，概括意趣的审美本质特征要高雅。李佳又一次对"趣"作为词作审美的本质所在予以标树，对词趣审美特征明确提出要求。

---

①　唐圭璋编：《词话丛编》，中华书局 1986 年版，第 3461 页。

②　同上书，第 4055 页。

③　同上书，第 4058 页。

④　同上书，第 3104 页。

民国时期，朱光潜对"趣"作为词作审美之本仍然予以论说与标树。其《关于王静安的〈人间词话〉的几点意见》云："我以为诗的要素有三种：就骨子里说，它要表现一种情趣；就表面说，它有意象，有声音。我们可以说，诗以情趣为主，情趣见于声音，寓于意象。这三个要素本来息息相关，拆不开来的；但是为正名析理的方便，我们不妨把他们分开来说。"① 朱光潜这里所说的"诗"，当然是包括"词"在内的。他界断诗词之体要以情致与意趣表现为本，创作主体将内心所含孕的情感通过以意象为载体、以声音为传达之径加以有序地表现，这之中，艺术情致与趣味表现成为其创作的旨归所在，它从内在影响着意象的运用与字语的择取。一句话，情感发抒与意趣表现是抒情性文体的艺术本质之所在。

第二节　词趣创造与生成之论的承衍

中国传统词学中的词趣创造与生成之论，主要出现于明清时期。其主要在词作用笔与词趣呈现的关系之论方面形成一定的承衍线索。我们略作勾勒与论说。

明代后期，钱允治《国朝诗余序》云："词者，诗之余也。词兴而诗亡，诗非亡也，事理填塞，情景两伤者也。曲者，词之余也。曲盛而词泯，词非泯也，雕琢太过，旨趣反蚀者也。"② 钱允治从不同文学之体艺术表现的旨趣上，来论析词与诗、曲相互间的递变与差异。他指出，词衰的原因之一便在用语及声律等方面过于讲究雕饰，这使词作为文学之体的旨趣被消弭了，最终被富有生趣的曲所替代。钱允治之论，显示出对文学历时发展的辩证认识。陈子龙《王介人诗余序》云："宋人不知诗而强作诗，其为诗也，言理而不言情，故终宋之世无诗焉。然宋人亦不可免于有情也，故凡其欢愉愁怨之致，动于中而不能抑者，类发于诗余，故其所造独工，非后世可及。盖以沈至之思而出之必浅近，使读之者骤遇如在耳目之表，久诵而得沈永之趣，则用意难也。"③ 陈子龙将宋人之诗词加以别

---

① 张璋、职承让、张骅、张博宁编纂：《历代词话续编》，大象出版社 2005 年版，第 783页。

② 卓人月编：《古今词统》卷首，明崇祯刻本。

③ 陈子龙：《陈忠裕公全集》卷三，清嘉庆刊本。

分，论断言说情性是宋词艺术表现的本质所在。在此基础上，他提倡词作艺术表现要运用好辩证之法，以内在深致沉郁而外在表征浅近可人之笔加以呈现，努力在感性形式层面上更好地切近于人之审美感官，给人以涵咏深致的艺术意趣。

晚清，陈廷焯《白雨斋词话》云："美成词，有前后若不相蒙者，正是顿挫之妙。如《满庭芳·夏日溧水无想山作》……沉郁顿挫中别饶蕴借。后人为词，好作尽头语，令人一览无余，有何趣味？"① 陈廷焯对词的创作提出有"趣味"的审美要求。他借论评周邦彦之词，道出词作为文学之体必须具备两方面审美的系统特征：一是在词律上应具"顿挫"之妙，二是在情感寄托上应"沉郁"，如此，才可使词作委婉蕴藉、含蓄深致。陈廷焯将词作趣味的生成定位在"沉郁顿挫"的艺术原则之上，显示出对词作用笔的独特追求。李佳《左庵词话》云："作词结处，须有悠然不尽之意，最忌说煞，便直白无趣。古人集中讲究结束者不少，求之自见。"② 李佳从作品收结用笔的角度论说词趣表现。他道出词作收结要以含而不露为高，而对篇末点明题旨之笔不以为然，论断这会导致词作过于直露而缺少艺术趣味。李佳在词作艺术表现上是提倡向诗体靠拢的。

此外，值得提及的是，陈子龙论说到词作情感表现与词趣生成的关系命题。其《三子诗余序》云："代有新声，而想穷拟议，于是以温厚之篇，含蓄之旨，未足以写哀而宣志也，思极于追琢而纤刻之辞来，情深于柔靡而婉变之趣合，志溺于燕媛而妍绮之境出，态趋于荡逸而流畅之调生。"③ 陈子龙肯定不同时代有各异的词作，但认为温厚中和的词作是无论如何都不足以宣志达情的。他一方面强调人对外物的感触中趋于极端的一面，另一方面又反对人情过分柔靡，认为此与"婉变之趣"相触相生，必使词作呈现出异常唯美与柔弱的面貌。

陈椒峰论说到词作新意与词趣生成的关系命题。其《苍梧词序》云："宋之能词者六十余家，如秦少游、高竹屋、姜白石、史邦卿、吴梦窗数子，始可称以新意合古谱者。杨诚斋论词六要：一曰按谱，一曰出新意是也。苟不按谱，则歌韵不协，歌韵不协，则凌犯他宫，非复非调；不出新

---

① 陈廷焯著，杜未末校点：《白雨斋词话》，人民文学出版社 1959 年版，第 17 页。
② 唐圭璋编：《词话丛编》，中华书局 1986 年版，第 3105 页。
③ 陈子龙：《陈忠裕公全集》卷三，清嘉庆刊本。

意，则必蹈袭前人，即或炼字换句，而趣旨雷同，其神味亦索然易尽。"①
陈椒峰在论词上强调"新意"与"按谱"并重。他认为，如果词作缺乏
新意，那么，即使在字句运用上大作文章，也会使词作意趣、主旨相同，
缺乏"神味"。陈椒峰之论，道出新颖之意旨在词趣生成与表现中的重
要性。

沈祥龙论说到词作情景表现及主体学识与词趣生成的关系命题。其
《论词随笔》云："词虽浓丽而乏趣味者，以其但知作情景两分语，不知
作景中有情、情中有景语耳。'雨打梨花深闭门'、'落红万点愁如海'，
皆情景双绘，故称好句，而趣味无穷。"② 沈祥龙通过例说具体作品对词
之趣味的生成予以探讨。他认为，词作趣味是建立在情景相融相生的基础
之上的，绘景时须景中有情，言情时则应情中有景，这才是词中"趣味"
产生的根本；而相对地，追求秾丽的艺术表现只不过是皮毛，难以具有经
久的艺术魅力。其又云："词不能堆垛书卷，以夸典博，然须有书卷之气
味。胸无书卷，襟怀必不高妙，意趣必不古雅，其词非俗即腐，非粗即
纤。"③ 沈祥龙从词作意趣应求古雅的审美原则出发，阐述出"堆垛书卷"
与胸有书卷和意趣古雅相互之间的辩证关系。他揭橥出胸有书卷与襟怀高
妙是词作意趣入于古雅的必要条件，见出创作主体学识修养对词作意趣呈
现的决定性影响。

词趣创造与生成之论，在民国时期顾宪融的论说中也得到承扬。其
《论词之作法》云："词中要有艳语，语不艳则色不鲜；又要有隽语，语
不隽则味不永；又要有豪语，语不豪则境地不高；又要有苦语，语不苦则
情不挚；又要有痴语，语不痴则趣不深。"④ 顾宪融主张词作用语要丰富
多样、风格各异，"艳语""隽语""豪语""苦语""痴语"，各有独特的
审美表现魅力。他认为，词作中多用"痴语"，亦即一厢情愿式的单独言
说和情感表白，可以使词作更呈现出深长悠远的意趣。顾宪融这一对词作
用语的论说是甚富于艺术识见的。

---

① 董元恺：《苍梧词》卷首，清康熙刻本。
② 唐圭璋编：《词话丛编》，中华书局1986年版，第4056页。
③ 同上书，第4058页。
④ 张璋、职承让、张骅、张博宁编纂：《历代词话续编》，大象出版社2005年版，第689
页。

第十章　中国传统词格论的承衍

　　"格"是中国传统词学审美论的重要范畴，它与"味""韵""趣""气""境"等一起，被用来概括词的审美本质特征，标示词的不同审美质性。在我国传统文论史上，"格"的涵义，主要有作为格调、品格之义，作为风格、风致之义及作为体式、法则之义。我们通常所说的作为审美范畴的"格"，主要是在前两种涵义上使用的。

第一节　"格"作为词作审美之本标树之论的承衍

　　中国传统词学对"格"作为词作审美之本的标树，大致出现于晚清时期。其主要体现在江顺诒、王耕心、王国维等人的论说中，他们从不同角度对"格"作为词作审美的本质所在作出标树与阐明。

　　江顺诒《词学集成》云："蔡小石《拜石词序》云：'夫意以曲而善托，调以杳而弥深。始读之则万萼春深，百色妖露。积雪纡地，余霞绮天。此一境也。再读之，则烟涛颃洞，霜飙飞摇。骏马下坂，泳鳞出水。又一境也。卒读之，而皎皎明月，仙仙白云。鸿雁高翔，坠叶如雨。不知其何以冲然而澹，翛然而远也。'（诒）案：始境情胜也，又境气胜也，终境格胜也。"① 江顺诒在蔡宗茂论说词的创作所呈现不同境界层次的基础上，将其分别概括为以情感表现偏胜，以气脉运行偏胜及以格调呈现偏胜。其论寓含着在词作艺术表现中，格调呈现比情感表现及气脉运行层次更高。江顺诒之论，体现出"格"在词作艺术表现中的本体地位及深层次性特征。王耕心为陈廷焯《白雨斋词话》所作序云："所谓词者，意内而言外，格浅而韵深，其发掘性情之微，尤不可掩；而世乃欲以锲薄求

---

　　① 唐圭璋编：《词话丛编》，中华书局1986年版，第3293页。

之，藻绘揉之，抑末已。"① 王耕心在界定"意内言外"为词作艺术表现本质模式的基础上，道出其多方面的审美特征，其中，格调呈现浅至亲切即为之一，它与韵味融含深致、情感表现细腻是相互联系与生发的。为此，王耕心坚决反对作词过于雕琢与修饰，论断其舍本逐末，是不得要领的。王国维《人间词话》云："词以境界为最上。有境界则自成高格，自有名句。五代北宋之词所以独绝者在此。"② 王国维以"境界"为词作审美的最高、最质性范畴。他提出，词作格调是随着境界而定的，词作有境界，便自有高迈的格调，自成为名章迥句。王国维推崇五代北宋之词，认为其高妙之处便在善于创造意境。王国维将"格"视为与"境界"相伴生的一个审美范畴，其论在传统词学史上具有十分重要的意义。

对"格"作为词作审美之本的标树，在民国时期的词学中不断得到承衍与张扬，其主要体现在况周颐、夏敬观、赵尊岳、梁启勋等人的论说中。

况周颐《蕙风词话》云："重者，沉著之谓。在气格，不在字句。于梦窗词庶几见之，即其芬菲铿丽之作，中间隽句艳字，莫不有沉挚之思，灏瀚之气，挟之以流转。令人玩索而不能尽，则其中之所存者厚。"③ 况周颐对词的创作提出"重""拙""大"的美学要求，其中，他界定，"重"为沉郁深致之意，认为其并不体现在字句层面，而体现在词作气蕴与格调之上。况周颐将气格的沉郁视为词作的审美理想之一，间接地将"格"标树为了词作审美的质性范畴。他推崇吴文英词作既有芬芳之外秀，又有沉挚之思致、流畅之气格，故以吴词为"重"之典范。其又云："作词至于成就，良非易言。即成就之中，亦犹有辨。其或绝少襟抱，无当高格，而又自满足，不善变。不知门径之非，何论堂奥？然而从事于斯，历年多，功候到，成就其所成就，不得谓非专家。凡成就者，非必较优于未成就者。若纳兰容若，未成就者也，年龄限之矣。若厉太鸿，何止成就而已，且浙派之先河矣。"④ 况周颐在阐说如何成就词作之道时亦论及词格的话题。他提出创作主体要具有高致之品格的主张，认为这是词作

---

①　陈廷焯著，杜未末校点：《白雨斋词话》，人民文学出版社 1959 年版，第 224 页。

②　况周颐著，王幼安校订：《蕙风词话》；王国维著，徐调孚注，王幼安校订：《人间词话》，人民文学出版社 1960 年版，第 191 页。

③　同上书，第 48 页。

④　同上书，第 11 页。

获得成功的必要条件之一，其与有襟抱、善创新、有门径一起，成为入乎词作成功之道的重要因素。其还云："余尝谓宋人文词虽游戏通俗诸作，亦不无高异处，盖气格使然。元人即已弗逮。明已下不论也。"[1] 况周颐通过对宋代文人之词的评说，也将"格"标树为词作审美的质性所在。他认为，宋代文人词中不少虽表面显示出游戏之趣味，然实有高致之处，这主要体现在词作的气脉与格调之上。

夏敬观.《蕙风词话诠评》云："按况氏言，重、拙、大为三要，语极精粲。盖重者轻之对，拙者巧之对，大者小之对，轻巧小皆词之所忌也，重在气格。若语句轻，则伤气格矣，故亦在语句。但解为沉着，则专属气格矣。盖一篇词，断不能语语沉着，不轻则可做到也。一篇中欲无轻语，则惟有能拙，而后立得住，此作诗之法。一篇诗，安得全是名句。得一二名句，余皆恃拙以扶持之，古名家诗皆如此也。名家词亦然。"[2] 夏敬观在诠释况周颐所倡"重""拙""大"美学原则时，间接地对"格"予以标树。他界定，词作审美表现之"重"，主要体现在气脉与格调之上，其与词作下字用语是直接关涉的。夏敬观肯定一首词之中，不可能语语都沉着深致，其中，要想避却"轻巧"之弊，则惟有通过朴拙之语来加以体现与映衬，以朴拙衬托沉着，便更能使词作显示出独特的艺术魅力。赵尊岳《珍重阁词话》云："就词言词，当先研考其体制、品格、风度、气度。体格，即章法也，品格则辨其高下，为厚为佻，风度求其雅洁摇曳，气度求其雍容和粹，然后更及炼字琢句、起应承合，词之工拙，于此尽之。"[3] 赵尊岳将"品格"与"体制""风度""气度"一起，标树为词中最重要的几种审美质素。他肯定词作品格有高下之分，认为高者可为沉郁敦厚，下者则流于纤佻轻浅，这成为影响词作艺术表现的核心要素。梁启勋《曼殊室词话》云："词不幸而产生于五季，风尚委靡，文艺之士，多用作镂月裁云、牵愁惹恨之工具，甚焉者用以调情。苟世无东坡，则词之品格将日就衰落矣。"[4] 梁启勋对词作的源起、艺术特征及其中新变予以

---

① 况周颐著，王幼安校订：《蕙风词话》；王国维著，徐调孚注，王幼安校订：《人间词话》，人民文学出版社 1960 年版，第 158 页。

② 唐圭璋编：《词话丛编》，中华书局 1986 年版，第 4585 页。

③ 张璋、职承让、张骅、张博宁编纂：《历代词话续编》，大象出版社 2005 年版，第 775 页。

④ 朱崇才编纂：《词话丛编续编》，人民文学出版社 2010 年版，第 2980 页。

论说。他论断，词在最初很长的一个历史时期内都是用来表现人的一己之心情愁怨的，更有甚者拘限到仅表现男女之情，词作品格日见低靡俗化，苏轼开创性地提高了词品，升华了词格，对词作历史发展作出突出的贡献。这里，梁启勋之论实际上也体现出对"格"作为词作审美之本的标树。

第二节　词格呈现与创作因素关系之论的承衍

中国传统词学中词格呈现与创作因素关系之论，萌芽于宋代而主要呈现于清代及民国时期。其在词作用笔与格调呈现关系之论方面形成一定的承衍线索。其主要体现在李之仪、邹祗谟、周济、孙麟趾、陈廷焯、沈祥龙、况周颐、夏敬观、赵尊岳等人的论说中。我们略作勾勒与论说。

北宋中期，李之仪《跋吴思道小词》云："长短句于遣词中最为难工，自有一种风格，稍不如格，便觉龃龉。"① 李之仪较早从语言运用的角度论及词的格调。他认为，作词是最难工致的一件事情，其遣词造句自会体现出一种风致与格调。他主张词作应有一定的法式与规则，否则便会显得毫无章法、猥俗低下。李之仪之论，是传统词学中较早对词格予以理论探讨的声音。

清代前期，邹祗谟《梅村词序》云："然而诗之格不坠，词曲之格不抗者，则下笔之妙，古人所不及也。"② 邹祗谟提倡作词应有超迈的格调。他从词与诗、曲的分置角度，对词格创造提出"不坠""不抗"的要求。其论道出词作格调超拔，其用笔自然有入乎巧妙之处。清代中期，周济《介存斋论词杂著》云："初学词求空，空则灵气往来。既成格调求实，实则精力弥满。初学词求有寄托，有寄托则表里相宣，斐然成章。既成格调，求无寄托，无寄托则指事类情，仁者见仁，知者见知。"③ 周济将学词分为"初学"和"既成格调"两个阶段。他提出，初学词时要以"清空"而有"寄托"为艺术追求；既成体格与声调之后，便要"求实""求无寄托"，亦即在对社会现实的感发中体现出"不寄之寄"，如此，词

① 陈良运主编：《中国历代词学论著选》，百花洲文艺出版社1998年版，第63页。
② 同上书，第408页。
③ 唐圭璋编：《词话丛编》，中华书局1986年版，第1630页。

作便会显示出充实的内涵和饱满的张力。周济从创作与审美的辩证法角度，对词的创作提出要求，其论是甚具识见的。其《宋四家词选目录序论》云："梅溪才思，可匹竹山。竹山粗俗，梅溪纤巧，粗俗之病易见，纤巧之习难除。颖悟子第，尤易受其熏染。余选梅溪词多所割爱，盖慎之又慎云。梅溪好用偷字，品格便不高。"① 周济通过评说史达祖与王沂孙词作之缺失，论及词作用字与格调呈现的内在关系。他申言自己所选史达祖词作，态度是甚为审慎的，此乃因其词作喜用前人之字句，有流于模拟仿效之弊。周济较早将下字用语视为影响词作格调呈现的内在因素之一。

晚清，孙麟趾《词径》云："天之气清，人之品格高者，出笔必清。五采陆离，不知命意所在者，气未清也。清则眉目显，如水之鉴物无遁影，故贵清。"② 孙麟趾以"清"作为其论词的审美理想，他主张作词要气清、笔清、意清，道出词作之"清"是与人的品格之高紧密相联的。孙麟趾从创作主体人品的角度论说词作质性，这影响到其后的王国维等人之论。陈廷焯《白雨斋词话》云："所谓沉郁者，意在笔先，神余言外。写怨夫思妇之怀，寓孽子孤臣之感。凡交情之冷淡，身世之飘零，皆可于一草一木发之。而发之又必若隐若见，欲露不露，反复缠绵，终不许一语道破。匪独体格之高，亦见性情之厚。"③ 陈廷焯以沉郁深致为论词的准则与审美理想，主张词作在思想内涵上应具有深沉的寄托，在艺术表现上应含蓄委婉，要求将深挚的情感寓于"若隐若现，欲露不露"的艺术形式中。他认为，如果能够做到这样，则词作必然呈显出高妙的体格，凸显出温厚的性情之寄托。沈祥龙《论词随笔》云："词于古文诗赋，体制各异。然不明古文法度，体格不大，不具诗人旨趣，吐属不雅，不备赋家才华，文采不富。王元美《艺苑卮言》云：'填词虽小技，尤为谨严。'贺黄公《词筌》云：'填词亦兼辞令议论叙事之妙。'然则词家于古文诗赋，亦贵兼通矣。"④ 沈祥龙从词与古文、诗、赋的相异相趋角度论说其体性特征。其中，他论断词体也要像古文一样，融含创作法度于其中，如此，才能使词作呈现出较为宏大的体制与格调。沈祥龙之论，也道出词作用笔

---

① 唐圭璋编：《词话丛编》，中华书局1986年版，第1644页。

② 同上书，第2555页。

③ 陈廷焯著，杜未末校点：《白雨斋词话》，人民文学出版社1959年版，第5—6页。

④ 唐圭璋编：《词话丛编》，中华书局1986年版，第4059页。

之法乃影响其格调呈现的内在重要因素。

民国时期，况周颐《蕙风词话》云："曲有煞尾，有度尾。煞尾如战马收缰，度尾如水穷云起。（见董解元《西厢记》眉评。）煞尾犹词之歇拍也。度尾犹词之过折也。如水穷云起，带起下意也。填词则不然。过拍只须结束上段，笔宜沉着。换头另意另起，笔宜挺劲。稍涉曲法，即嫌伤格。此词与曲之不同也。"① 况周颐论说到曲与词都有"煞尾"与"度尾"两种结束之法，但他强调两者在用笔上相互之间其实是不同的，曲体过拍讲究承上启下，而词体过拍更注重彼此隔断。他认为，如果以曲体过拍入乎词体之中，则必然有损于词作格调呈现，这是由词曲的不同体制质性所决定的。夏敬观《蕙风词话诠评》在阐说《蕙风词话》中"词人愁而愈工"一条时云："读书多，致身为士大夫，自不俗。其所占身分，所居地位，异于寒酸之士，自无寒酸语。然柳耆卿、黄山谷好为市井人语，亦不俗不寒酸。史梅溪一中书堂吏耳，能为士大夫之词，以笔多纤巧，遂品格稍下。于此可悟不俗不寒酸之故矣。况氏以纤为俗，俗固不止于纤也。"② 夏敬观强调作为创作主体的词人要多读书，以从内在提升自身的修养，增扩自身的识见，如此，自然可脱却俗化之境界。他评断史达祖词作用笔多流于纤弱与巧致，这有伤于词作格调呈现。夏敬观主张作词一定要脱却俗化与寒苦之气，在有效地用笔展开中提高其格调。赵尊岳《珍重阁词话》云："词最尚风格高骞，不妨侧艳。然侧艳语宜有分际，少逾即便伤格。"③ 赵尊岳主张词作风格呈现应高远超迈。他认为，这并不妨碍作词用仄纤秾丽之语，但用仄纤秾丽之语要有"度"的把握，要有所拘限，有所尺度，否则，便会有损于词作的风致与格调。其论亦呈现出对词作用笔与格调呈现的探求。

此外，值得提及的是，纪昀论说到词作格调与创作主体学力的关系命题。其所主持编纂的《四库全书总目提要》针对陆游对《花间集》所作"跋"语云："不知文之体格有高卑，人之学历有强弱。学力不足副其体格，则举之不足。学力足以副其体格，则举之有余。律诗降于古诗，故

① 况周颐著，王幼安校订：《蕙风词话》；王国维著，徐调孚注，王幼安校订：《人间词话》，人民文学出版社 1960 年版，第 18 页。
② 唐圭璋编：《词话丛编》，中华书局 1986 年版，第 4588 页。
③ 张璋、职承让、张骅、张博宁编纂：《历代词话续编》，大象出版社 2005 年版，第 782 页。

中、晚唐古诗多不工，而律诗则时有佳作。词又降于律诗，故五季人诗不及唐，词乃独胜。"① 纪昀通过论说文体替变，阐说到创作主体学力与词作体格呈现的内在联系。他认为，创作者学力与词作体格如果相符，那么，词的创作就会呈现出和谐一致、相融相生的状态；如果创作者学力与词作体格不符，则词的创作就会呈现出萎靡不能驾驭的状态。纪昀将前人从创作主体才性学力阐说格调之论引入到词学理论中，并予以了拓展与深化。

江顺诒论说到词作格调与气脉运行及情感表现的关系命题。其《词学集成》云："蔡小石（宗茂）《拜石词序》云：'词胜于宋，自姜、张以格胜，苏、辛以气胜，秦、柳以情胜，而其派乃分。然幽深窅眇，语巧则纤，跌宕纵横，语粗则浅，异曲同工，要在各造其极。'（诒）案：此以苏、辛、秦、柳与姜、张并论，究之格胜者，气与情不能逮。"② 江顺诒在蔡宗茂评说宋代几位代表性词人之作分别以格调、气脉及情感表现偏胜的基础上，论断苏轼、辛弃疾、秦观、柳永、姜夔、张炎之作确乎各有所长，是难分优劣高下的。他并且指出以格调偏胜之作，在气脉运行与情感表现上难以兼顾，见出"格"与"气""情"之间不易兼容的一面。

谢章铤论说到词作题材与词格呈现的关系命题。其《赌棋山庄词话》云："纯写闺襜，不独词格之卑，抑亦靡薄无味，可厌之甚也。然其中却有毫厘之辨。作情语勿作绮语，绮语设为淫思，坏人心术。情语则热血所钟，缠绵悱恻，而即近知远，即微知著，其人一生大节，可于此得其端倪。"③ 谢章铤对词的创作提出避免"纯写闺襜"的主张，倡导作词要有"格"、有"味"，为此，他详细地辨分词作中"情语"与"绮语"的不同，认为词作用"绮语"流于一己私情，词格卑媚；而用"情语"则动人心魂，引人思致，词作必然呈现出独特的格调。谢章铤从词作题材择选论说到语言表现，再论说到词格呈现，这在清人对词格的探讨中是甚为细致的。

在民国时期词学中，况周颐论说到词作用韵与词格呈现的关系命题。其《蕙风词话》云："作咏物咏事词，须先选韵。选韵未审，虽有绝佳之

---

① 永瑢等：《四库全书总目》卷一百九十九，中华书局 1965 年版。
② 唐圭璋编：《词话丛编》，中华书局 1986 年版，第 3272 页。
③ 同上书，第 3366 页。

意、恰合之典，欲用而不能。用其不必用、不甚合者以就韵，乃至涉尖新、近牵强、损风格，其弊与强和人韵者同。"① 况周颐在论说咏物词与咏事词的创作中，阐说到词作用韵与格调呈现的紧密联系。他主张词作用韵要有所择选，应避免过于尖新以至牵强凑合，不为用韵而用韵，而将用韵建立在意旨表现与格调彰显的宗旨之上。况周颐之论，摆正了"格"在词作用韵中的本体地位。

李冰若论说到创作主体人品与词作格调呈现的关系命题。其《栩庄漫记》云："鹿太保词不多见，其在《花间集》中者约有二种风格，一为沉痛苍凉之词，一为秀美疏朗之词，不惟人品之高，其词格亦高。由此可知虽处变乱之世，人格高尚者终有以自立。词虽小道，亦可表现之也。"② 李冰若通过论评鹿虔扆词作，论说到人品与词格的联系。他道出人品与词格存在内在正比关系，倡导以高尚之人品而创作出超迈之词格。

---

① 况周颐著，王幼安校订：《蕙风词话》；王国维著，徐调孚注，王幼安校订：《人间词话》，人民文学出版社 1960 年版，第 15 页。

② 张璋、职承让、张骅、张博宁编纂：《历代词话续编》，大象出版社 2005 年版，第 888 页。

第十一章　中国传统词气论的承衍

"气"是中国传统词学审美论的重要范畴，它与"味""韵""趣""格""境"等一起被用来概括词的审美本质特征，标示词的不同审美质性。在中国文论史上，"气"是一个出现和成熟得较早的审美范畴，它孕育于先秦时期、凸现于秦汉、确立于魏晋南北朝，发展于唐宋，承传于元代，完善于明清，成为传统文学理论批评最重要的审美范畴之一。

第一节　"气"作为词作审美本质
因素标树之论的承衍

中国传统词气论承衍的第一个维面，是其作为词作审美本质因素标树之论。这一维面论说大致孕育于南宋末年。刘克庄《跋刘澜乐府》云："刘君澜尝请方蒙仲序其诗以示余。余曰：诗当与诗人评之，蒙仲文人，非诗人，安能评诗。今又请余评其词，余谢曰：词当叶律，使雪儿春莺辈可歌，不可以气为色，君所作未知叶律否？前辈惟耆卿、美成尤工。读余此评者必笑曰：君谓蒙仲不能评诗，君顾能评词乎？"① 刘克庄在文体质性上持诗词有别的观念，其论体现出严分诗词界限的批评取向。他将合乎声律作为词作本色当行的质性要求，而将词作中所含寓气脉作为次要的东西。这里，刘克庄已从理论阐说的角度触及"气"范畴，识见到"气"是标示词作审美特征的范畴，但可以看出，他还未将"气"上升为词作审美的最核心因素，而把合乎音律作为词作本色当行的最本质体现。

明代中期，张綖《诗余图谱》云："词体大略有二：一体婉约，一体豪放。婉约者，欲其词情蕴藉；豪放者，欲其气象恢宏。盖亦存乎其人。

---

① 刘克庄：《后村先生大全集》卷一〇九，影印文渊阁《四库全书》本。

如秦少游之作，多是婉约；苏子瞻之作，多是豪放。大抵词体以婉约为正，故东坡称少游为今之词手。"① 张綖明确从体制与风格上将词划分为"婉约"与"豪放"两种类型。他论断豪放之词的最大特征是"气象恢宏"，亦即在所呈现气象面目上给人以"力"与"势"的审美冲击力。张綖在这里实际上肯定"气"是词作审美最重要的质性要素之一。

清代，对"气"作为词作审美本质因素的标树，主要体现在毛奇龄、黄图珌、曹禾、田同之、吴锡麒、江藩、孙麟趾、谢章铤、沈祥龙、张祥龄、王国维等人的论说中。他们从不同的视点与方面，将"气"作为词作审美本质因素的标树不断充实与推扬开来。

清代前期，毛奇龄《西河词话》云："大抵词必有意、有调、有声、有色，人人知之；若别有气味在声、色之外，则人罕知者。"② 毛奇龄在词作艺术表现注重"意""调""声""色"的基础上，道出词气与词味一样，是超越于声色之表的，它突出地具有非实体性特征。黄图珌《看山阁集闲笔》云："词之有气，如花之有香，勿厌其浓艳，最喜其清幽，既难其纤长，犹贵其纯细，风吹不断，雨润还凝。是气也，得之于造物，流之于文运，缭绕笔端，盘旋纸上，芳菲而无脂粉之俗，蕴藉而有麝兰之芳，出之于鲜花活卉，入之于绝响奇音也。"③ 黄图珌对词中之气甚为推尚。他对词气的审美表现要求较为融通，既欣赏"清幽"之气，也不避"浓艳"之气；既主张要"纤长"，亦看重其"纯细"。黄图珌在总体上把"气"视为流贯于词中的、使词作充满生命气息、最终使词作感人的东西。曹禾《珂雪词话》云："词以神气为主，取韵者次也，镂金错彩其末耳。本朝士大夫词笔风流，几上追南唐北宋。彭、王、邹、董，夙擅微声，近来同人中，惟锡鬯、蛟门、方虎、实庵，超然并胜。实庵不为闺襜靡曼之音，我视之更觉妩媚，其神气胜也。"④ 曹禾将"神气"标树到词作审美的本体地位，他一反宋人刘克庄对作词以"叶律"为本的倡导，而以韵律为次、辞采为末，重视词作神髓而轻视艺术表象，简明扼要地对词气的审美本体地位予以推扬。他称扬清代当世词人中，彭孙遹、王士

---

① 张璋、职承让、张骅、张博宁编纂：《历代词话》，大象出版社 2002 年版，第 228 页。

② 同上书，第 891 页。

③ 中国戏曲研究院编：《中国古典戏曲论著集成》（七），中国戏剧出版社 1959 年版，第 140 页。

④ 朱崇才编纂：《词话丛编续编》，人民文学出版社 2010 年版，第 140 页。

禛、邹祗谟、陈维崧等人之作脱却抒写闺阁之题材与表现媚曼之音声，而令人更觉柔美鲜活，便在于他们的词作以精神蕴含与气脉流转见长。之后，田同之几乎全部因承曹禾之言而又稍融以自己之心得与论评，其《西圃词说》云："词以神气为主，取韵者次也，镂金错采，其末耳。"①又云："本朝士夫，词笔风流，自彭、王、邹、董，以及迦陵、实庵、蛟门、方虎、并浙西六家等，无不追宗两宋，掉鞅后先矣。而其间惟实庵先生，不习闺襜靡曼之音，既细咏之，反觉妩媚之致，更有不减于诸家者，非其神气独胜乎。由是知词之一道，亦不必尽假裙裾，始足以写怀送抱也。"② 田同之在承扬曹禾之言的基础上，认为词的创作"不必尽假裙裾"，亦即一味地在模仿与追步前人中兜圈子。他极力肯定与称扬曹贞吉能脱却追步前人的格套，"写怀送抱"，其词作在气脉与神理上超拔于诸家之上。田同之进一步将"气"视为词作审美的至高层次东西。

　　清代中期，吴锡麒《董琴南楚香山馆词钞序》云："词之派有二：一则幽微要眇之音，宛转缠绵之致，戛虚响于弦外，标隽旨于味先，姜、史其渊源也。……一则慷慨激昂之气，纵横跌宕之才，抗秋风以奏怀，代古人而贡愤，苏、辛其圭臬也。"③ 吴锡麒承张绂等人之论，肯定有两种词体词风，所不同的是，他将张绂的词体之辨转变为词派之论。他认为，苏轼、辛弃疾一派的特点是词作在气脉上呈现出"慷慨激昂"的特征，在才情彰显上呈现出"纵横跌宕"的意味，在情性襟怀上呈现出以报国为怀或悲士不遇的意蕴。这之中，不同之气的张扬成为其观照与把握词派的最重要视点之一。江藩《梦隐词叙》云："予谓近日词人有二病：一则专工刻翠雕红，揉脂搓粉，无言外之意。深婉惜之，此乃不宗姜、张之故。姜、张之为词家龙象者，以气胜耳。"④ 江藩批评当世不少人作词过于雕琢字句、局促题材，导致词作缺乏言外之意，难以动人。他标树南宋姜夔、张炎二人为历代词家之"龙象者"，认为他们的创作成功便得益于以气为胜，注重气脉的内在蕴含与潜伏流贯，这使词作由内而外地呈现出充颖丰沛的生命力。

---

① 唐圭璋编：《词话丛编》，中华书局 1986 年版，第 1456 页。

② 同上书，第 1473 页。

③ 吴锡麒：《有正味斋骈体文》卷八，清道光刊本。

④ 冯乾编校：《清词序跋汇编》，凤凰出版社 2013 年版，第 631 页。

晚清，孙麟趾《词径》云："词之高妙在气味，不在字句也。能审其气味者，其唯储丽江乎。"① 孙麟趾和曹禾、田同之等人一样，也将"气"标树为词作审美的本质所在。他论断"气味"与"字句"不在同一层面，界定词的美学意味更本质地体现在气脉之中。谢章铤《赌棋山庄词话》云："宋人歌词，犹今人之歌曲，走腔落调，知者颇多。若论词于今人，则犹宋人论绝句，歌法虽极考究，终鲜周郎，而谓老伶俊倡能窃笑哉。声音既变，文字随之，正不得轩轾太甚。至今日词学所误，在局于姜、史。斤斤字句气体之间，不敢拈大题目，出大意义，一若词之分量不得不如是者，其立意盖已卑矣，而奚暇论及声调哉。"② 谢章铤持通变的词作历史发展观。他论断"宋人歌词"与"今人歌曲"，"正不得轩轾太甚"。正由此出发，他认为，今人学词局囿于姜夔、史达祖等人体制，拘限于在词作字句和气脉、体制之中讨生新，以至于不能选择重大的、能较深广地反映社会现实生活的题材进行创作，因而，其词作的意义也显得很有限度。不少人在词的立意上显得卑陋，声调运用也追步前人，缺乏创新。此论体现出谢章铤既看到"字句气体"在词的创作中的意义，但又不将其视为最本质的东西，而更强调词作立意的本体性，其论是甚为辩证的。沈祥龙《论词随笔》云："长调须前后贯串，神来气来，而中有山重水复、柳暗花明之致。句不可过于雕琢，雕琢则失自然。采不可过于涂泽，涂泽则无本色。浓句中间以淡语，疏句后接以密语，不冗不碎，神韵天然，斯尽长调之能事。"③ 沈祥龙对长调之词的创作予以具体的论说。他认为，"神来""气来"是长调创作入乎化境的根本。其中，在艺术表现的流程上，要给人以"山重水复，柳暗花明"之感，让词作主体之气始终潜伏流贯于婉转曲折的艺术流程中。其又云："词宜清空，然须才华富，藻采缛，而能清空一气者为贵。清者不染尘埃之谓，空者不著色相之谓。清则丽，空则灵，如月之曙，如气之秋，表圣品诗，可移之词。"④ 沈祥龙对词的创作提出"清空"的要求。他概括"清"即"不染尘埃之谓"，亦即情感表现的真实诚挚；"空"即"不著色相之谓"，亦即艺术表现的涵咏有

---

① 唐圭璋编：《词话丛编》，中华书局 1986 年版，第 2554 页。
② 同上书，第 3423 页。
③ 同上书，第 4050—4051 页。
④ 同上书，第 4054 页。

致、不露不张，在艺术表象的选择运用上分寸感拿捏得恰到好处。正由此，沈祥龙提出"清空一气者为贵"的主张，认为在"清空"的艺术氛围和词作意境中，必然呈现出词气一贯的审美特征。其还云："词之蕴藉，宜学少游、美成，然不可入于淫靡。绵婉宜学耆卿、易安，然不可失于纤巧。雄爽宜学东坡、稼轩，然不可近于粗厉。流畅宜学白石、玉田，然不可流于浅易。此当就气韵趣味上辨之。"① 沈祥龙分别从不同词作风格入手，标树学习效仿的典范，他以秦观、周邦彦词为深具"蕴藉"之美，以柳永、李清照词为深具"绵婉"之美，以苏轼、辛弃疾词为深具"雄爽"之美，以姜夔、张炎词为深具"流畅"之美。在此基础上，他强调要从词作的"气韵"与"趣味"上去辨分词风间的细致差异，将"蕴藉"与"淫靡"、"绵婉"与"纤巧"、"雄爽"与"粗厉"、"流畅"与"浅易"别分开来。沈祥龙进一步把"气"视为从深层次上观照与把握词作差异的本质属性之一。

张祥龄《词论》云："辞章一道，好尚各殊，如讲学家各分门户。词有南北，出主入奴，喜疏快者，丽密以为病，主气行者，烹炼以为嗤，求悦于人难矣。予言不问人论何如，自叩用工甘苦，深造有得，天下非之而不顾。况知者愈少，传也必远，焜耀一时希贵哉。"② 张祥龄论词视点较高，他超脱于一般常论，认为主"辞章"或者主"气行"都必然体现出不同的偏好。词的创作要想能满足所有人的审美需求，这是任何人都做不到的。作词的关键在于"自叩用工甘苦，深造有得"，而不必顾及他人之好尚，这样的词作，即使当世人赏之甚少，也是能传之久远的。张祥龄之论，肯定以气行词的合理性与必要性；同时，也对一味标树"气"为词作审美本质所在之论予以了一定程度的消解，是富于理论意义的。其《半箧秋词序录》云："龙川《水调歌头》云：'尧之都，舜之壤，禹之封，于今应有、一个半个耻和戎。'《念奴娇》云：'因笑王谢诸人，登高怀远，世学英雄涕。'世谓此等为洗金钗钿盒之尘，不知洗之者在气骨，非在选字。周、姜绮语，不患大家，若以叫嚣粗犷为正雅，则未之闻。"③ 张祥龄具体从对陈亮《水调歌头》和《念奴娇》的辨析入手，论断人们

---

① 唐圭璋编：《词话丛编》，中华书局1986年版，第4058页。
② 同上书，第4211页。
③ 张璋、职承让、张骅、张博宁编纂：《历代词话》，大象出版社2002年版，第1900页。

欣赏陈亮之词，并非仅仅是张扬慷慨豪放之风的结果，实际上，关键在于"气骨"，是其词作的内在气韵、旨趣与意味吸引了接受者。张祥龄认为，词的创作并不在乎用"豪语"还是"绮语"，二者都可入乎雅致，重要的在于"气骨"如何。张祥龄之论，肯定"气骨"在词作审美中的核心地位，对少数人以粗豪为雅正之误识予以了纠正。王国维《人间词话》云："言气质，言神韵，不如言境界。有境界，本也。气质、神韵，末也。有境界而二者随之矣。"① 在传统文论史上，王国维是"境界"说的明确提出者，也是"意境"说的最终完善者。他拈出"气质""神韵""境界"三个美学范畴加以比照，认为"境界"才是更具艺术质性的范畴，"气质""神韵"的美学内涵最终都可落足于意境理论之中，词作有"境界"，便必然有"气质"，现"神韵"。由此，可以看出，王国维对传统词气论的贡献，在于既甚为标树"气"在词作审美当中的本体地位，又深刻地意识到"气"虽然也是一个富于实体性的美学范畴，但其在对艺术作品的更深入概括与把握上，并不如"境界"来得到位和洞彻。王国维的"境界"说，发展了传统词气之论，标示出词气论与意境论的内涵最终得到有机的交融。

民国时期，况周颐、郑文焯、詹安泰、陈匪石等人，对"气"作为词作审美本质因素继续予以标树与张扬。况周颐《蕙风词话》云："近人学梦窗，辄从密处入手。梦窗密处，能令无数丽字，一一生动飞舞，如万花为春，非若雕瑶蹙绣，毫无生气也。如何能运动无数丽字？恃聪明，尤恃魄力。如何能有魄力？唯厚乃有魄力。梦窗密处易学，厚处难学。"又云："重者，沉著之谓。在气格，不在字句。于梦窗词庶几见之，即其芬菲铿丽之作，中间隽句艳字，莫不有沉挚之思，灏瀚之气，挟之以流转。"② 况周颐推尚吴文英词作，概括其具有两方面的突出特点：一是"从密处入手"，十分讲究笔法的细腻，但不同于常人之处在于始终有生机气蕴贯穿与鼓荡其中，充满艺术意象的纷呈动态之美；二是词作呈现出"厚"的特征，亦即有沉郁之意蕴体现于其中，这点，更是一般人所难以学到的。况周颐归结词作意蕴的"沉著"，并不在乎字句如何，而关键在

① 况周颐著，王幼安校订：《蕙风词话》；王国维著，徐调孚注，王幼安校订：《人间词话》，人民文学出版社1960年版，第227页。
② 同上书，第47—48页。

"气格"。他把气格之美视为词作超拔的关节所在，张扬了以"气"为词作审美本质因素之论。其又云："如衡论全体大段，以骨干气息为主，则必举全首而言，而中即无如右等句可也。由是推之全卷，乃至口占、漫兴之作，而其骨干气息具在此。须溪之所以不可及乎？"① 况周颐提出衡量词作应从总体上加以把握的原则，识其"骨干"，辨其"气息"，正由此出发，他推尚刘克庄词作"骨干"俱在，"气息"浓郁。况周颐进一步将意蕴、气味视为词作审美的本质所在。

郑文焯《郑大鹤先生论词手简》云："若夫学文英之秾，患在无气，学龙洲之放，又患在无笔，二者洵后学所厚诚，未可率拟也。"② 郑文焯论断吴文英词作过于秾丽而缺乏流转之气脉，陈亮之词过于粗豪而笔性不够雅正。他告诫后学者作词要有"气"、有"笔"，亦即在流转的气脉中表现出创作主体的雅正之意。此论也表明，郑文焯将"气"置放到作词的本体地位。祝南（詹安泰）《无庵说词》云："突如其来，戛然而止，不粘不脱，若即若离，此词中甚高境界，应于气格神味中求之。"③ 詹安泰将词的创作的最高境界描述为"突如其来，戛然而止，不粘不脱，若即若离"，亦即灵机孕育、含蓄透彻之境，他认为，这主要体现在词作气脉、格调、精神、韵味等非实体性审美因素中。詹安泰也将"气"标树为词作审美的本质因素。陈匪石《声执》云："读昔人词评，或曰拗怒，或曰老辣，或曰清刚，或曰大力盘旋，或曰放笔为直干，皆施于屯田、清真、白石、梦窗，而非施于东坡、稼轩一派。……故词之为物，固衷于诗教之温柔敦厚，而气实为之母。但观柳、贺、秦、周、姜、吴诸家，所以涵育其气，运行其气者即知。东坡、稼轩音响虽殊，本原则一。"④ 陈匪石将"气"界定为词作之"母"，是第一位的东西，也是孕育化生词作其他审美质性的根本。他认为，其相比于诗教的"温柔敦厚"之义更具有本体性，陈匪石将"气"论断为了词作艺术表现的本质所在。他又认为，气脉从本体上影响着词作的面貌呈现与风格特征，宋代名家中，柳永、贺

① 况周颐著，王幼安校订：《蕙风词话》；王国维著，徐调孚注，王幼安校订：《人间词话》，人民文学出版社1960年版，第53页。

② 张璋、职承让、张骅、张博宁编纂：《历代词话续编》，大象出版社2005年版，第41页。

③ 同上书，第1330页。

④ 唐圭璋编：《词话丛编》，中华书局1986年版，第4950页。

铸、秦观、周邦彦、姜夔、吴文英及苏轼、辛弃疾等人，虽然词作面目各异，然其在行气上都具有相似性。他们的词作之所以入妙，便在善于涵养与发抒主体之气所致。

第二节　词气审美特征与要求之论的承衍

中国传统词气论承衍的第二个维面，是词气审美特征与要求之论。这一维面内容，主要体现在三个方面：一是词气免俗要求之论的承衍，二是词气潜伏流贯与运转自如之论的承衍，三是反对有书本迂腐之气论的承衍。我们分别勾画与论说之。

一　词气免俗要求之论的承衍

中国传统词气审美特征与要求之论承衍的第一条线索，是词气免俗要求之论。这一方面内容主要体现在沈义父、徐渭、胡应宸等人的论说中。南宋末年，沈义父《乐府指迷》云："凡作词，当以清真为主。盖清真最为知音，且无一点市井气。下字运意，皆有法度，往往自唐宋诸贤诗句中来，而不用经史中生硬字面，此所以为冠绝也。"① 沈义父主张作词应以周邦彦为效仿的典范。他评断周邦彦词作清虚骚雅，毫无市井俗化之气，认为其词在下字、用句、运意等方面都承扬了唐宋优秀诗人的创作传统，以入乎雅正为审美原则，以脱却生涩避奥为创作追求。沈义父在这里实际上对词气提出免俗的要求。明代，徐渭《南词叙录》云："晚唐、五代，填词最高，宋人不及。何也？词须浅近，晚唐诗文最浅，邻于词调，故臻上品；宋人开口便学杜诗，格高气粗，出语便自生硬，终是不合格，其间若淮海、耆卿、叔原辈，一二语入唐者有之，通篇则无有。"② 徐渭推崇晚唐五代之词而低视宋人之作，其原因便在于：他认为，词要以"浅近"为贵，"浅近"即可入"上品"；而宋代一些词人试图向杜甫学习，在词作中也融以杜诗的创作取向与思想旨向，这使他们的词作呈现出"格高气粗"的特征，背离了词体的本色。徐渭肯定柳永、秦观、晏殊等人词

---

① 唐圭璋编：《词话丛编》，中华书局 1986 年版，第 277—278 页。

② 中国戏曲研究院编：《中国古典戏曲论著集成》（三），中国戏剧出版社 1959 年版，第 244 页。

中也有一些可入乎晚唐五代的句子，但整体上还达不到晚唐五代词作浅切而富于艺术意味的水平。徐渭之论，从创作角度提出了反对词气粗劣的主张。之后，在《兰皋明词汇选》中，胡应宸评杨夫人《满庭芳·旅思》云："论闺阁手，贵洗脂粉气，此则并无儒生酸寒气矣。"① 胡应宸通过评点杨夫人《满庭芳·旅思》一词，实际上对词气艺术表现也提出避却脂粉俗化与寒酸之气的要求，而主张词作要在气象面目的呈现上体现出超迈不凡的特征。

二　词气潜伏流贯与运转自如之论的承衍

中国传统词气审美特征与要求之论承衍的第二条线索，是词气潜伏流贯与运转自如之论。这一方面内容，主要体现在俞彦、朱承爵、陈继儒、沈谦、彭孙遹、沈祥龙、沈泽棠、张素、闻野鹤、宣雨苍、徐兴业、赵尊岳、夏敬观、陈匪石等人的论说中。他们将对词气自如流贯的要求不断倡扬开来。

明代后期，俞彦《爰园词话》云："小令佳者，最为警策，令人动褰裳涉足之想。第好语往往前人说尽，当从何处生活。长调尤为亹亹，染指较难。盖意窘于侈，字贫于复，气竭于鼓，鲜不纳败。比于兵法，知难可焉。"② 俞彦具体论说到词之小令与长调的创作。在总体上，他认为，小令以警策为上，而长调的创作更难，其词意要有繁复多变之旨，用字要避免熟泛，而流畅于词中的气脉则要不暴不露、潜伏流贯。他比譬创作长调犹如熟稔兵法，两者有着许多相似之处。俞彦这里对词中之气的蕴含提出忌暴露及以潜伏流转的形式加以贯通的要求。朱承爵《存余堂诗话》云："诗词虽同一机杼，而词家意象亦或与诗略有不同。句欲敏，字欲捷，长篇须曲折三致意，而气自流贯乃得。"③ 朱承爵具体从诗词相通相似而又确有分别的视点上来论说词的创作。他提出，词的创作特点应该是，在下字用语上讲究准确生动，在句子构造上追求灵活自如，在整个词作的表达上有曲折婉转之意，其词气更要流贯自如，在词意与词气的曲折而自如的

---

① 顾璟芳、李葵生、胡应宸编选，曾昭岷审订，王兆鹏校点：《兰皋明词汇选》，辽宁教育出版社 1998 年版，第 137 页。

② 唐圭璋编：《词话丛编》，中华书局 1986 年版，第 401 页。

③ 何文焕辑：《历代诗话》，中华书局 1981 年版，第 794 页。

流转中，才能尽呈词之长调创作的体制优势。朱承爵将气脉的流转自如视为词与诗在体制要求上的本质差异之一。陈眉公（陈继儒）云："制词贵于布置停匀，气脉贯串。其过叠处，尤当如常山之蛇，顾首顾尾。"（王又华《古今词论》记）① 陈继儒对词的创作结构与气脉予以论说，他也提出气脉流转自如的要求，将词气的通贯作为了词的创作的基本立足点。

　　清代前期，沈谦《填词杂说》云："学周、柳，不得见其用情处。学苏、辛，不得见其用气处。当以离处为合。"② 沈谦具体从学习词的创作入手论说到"情"与"气"两种美学质素，他认为，周邦彦、柳永之词以情致表现偏胜，苏轼、辛弃疾之词以气脉流贯见长。入乎词道的坦途应该是在"情"与"气"两种美学质素中间寻找到平衡点，在对"情"与"气"两者的不即不离、若即若离中走向创作的坦途。沈谦之论，实际上从创作论的角度对词作用气提出潜伏流转的要求。彭孙遹《金粟词话》云："长调之难于小调者，难于语气贯串，不冗不复，徘徊宛转，自然成文。今人作词，中小调独多，长调寥寥不概见，当由兴寄所成，非专诣耳。"③ 彭孙遹对长调与短调的创作予以简洁的比照。他认为，长调的创作特征在于要以"气"穿贯，不滞涩，不呆顿，婉转自如，给人以流转贯通之美；而短调乃感会兴寄之产物，其在词气上是不同的。彭孙遹将"气"界定为词之长调创作最关键的东西，将对词气的重视切实落到了实处。

　　晚清，沈祥龙《论词随笔》云："词有三要，曰情、曰韵、曰气。情欲其缠绵，其失也靡。韵欲其飘逸，其失也轻。气欲其动宕，其失也放。"④ 沈祥龙将"情""韵""气"界定为词的创作与审美的三个最质性要素，对"气"在词的创作与审美中的本体地位予以了阐明。之后，他对词气提出潜伏流贯的要求，反对过于显露与张扬，既强调词气的动态运行，又反对过分张扬。其论说是甚为中的的。沈泽棠《忏庵词话》云："填词最忌落套，人皆知之。而便易蹈故辙，其病在无真气贯串，惟用好言语敷衍成篇，遂至神气散漫，全无筋节。长调起结，更须神回气合，否

---

① 唐圭璋编：《词话丛编》，中华书局 1986 年版，第 596 页。
② 同上书，第 635 页。
③ 同上书，第 725 页。
④ 同上书，第 4050 页。

则游骑无归。"① 沈泽棠从易落入俗套的角度，对词的创作提出真气贯串的要求。他认为，如果词的创作只停留于驱遣警词妙语，则整个词作必然呈现出精神、气脉散漫不收的气象，毫无艺术冲击力。他主张长调之词的创作更需要守定精神，通贯气脉，如此才可入乎其妙。

民国时期，张素《珏庵词序》云："夫格者，显露于外，有目所易知。气者，潜蓄于内，浅人所难晓。梦窗词之眇曼而幽咽，皆气为之，万非可以袭取者。"② 张素对词作中"格"与"气"的审美表现特征予以比照，概括词气审美表现具有内在潜伏流贯而不易为人所识见的特征。他推扬吴文英词作内在气脉贯注，声律表现幽细而流转，情感传达细腻而深致，其艺术境界是他人所不易达到的。闻野鹤《恫簃词话》云："词有怨而不哀，如荡妇哭亲，泪雨千点，而邻里不动，以其情非真也。又有浓而不媚，如村女明妆，异脂琼粉，而生意不属，以其体不高也。又有弱而不雄，如孺子辨论，声声入理，而闻者不快，以其气不盛也。又有奇而不妙，如牛鬼蛇神，怪云缭绕，而见者不适，以其道不正也。"③ 闻野鹤对词的创作提出多方面的要求，其中，他通过比譬书生论辩，虽句句入理然终因身体羸弱而不显气势与力量，提出了词气应充蕴旺盛的要求。它与创作主体之情感真挚、词作体制之入乎高妙及词作内涵表现之入乎大道一起，成为词的创作中所应关注的主要内涵。宣雨苍《词谰》云："填词须通首词气匀配。或前虚后实，前实后虚，或前远后近，前近后远。实字过多，则嫌堆砌，否亦隔阂。虚字过多，则嫌薄弱，否亦弛懈。故必均匀支配。太促，则用排荡之笔以疏其气；太散，则用研练之笔以紧其机。务以一气呵成者为上，次亦必求通体疏达，饶有余味。若仅以字面工丽，从事妆点，是非我所敢取也。"④ 宣雨苍对词的创作提出整体匀称的要求。他主张词作气脉流转要虚实相映、远近相融，反对过多地一味使用实字或虚字而导致词作气脉或滞塞或柔弱。宣雨苍强调词的创作"务以一气呵成者为上"，他将气脉的整体通贯与均匀流转作为词作艺术表现的至高要求，坚决反对仅停留于字句妆点修饰的创作之径。

---

① 朱崇才编纂：《词话丛编续编》，人民文学出版社 2010 年版，第 1402 页。
② 冯乾编校：《清词序跋汇编》，凤凰出版社 2013 年版，第 2038 页。
③ 朱崇才编纂：《词话丛编续编》，人民文学出版社 2010 年版，第 2342 页。
④ 同上书，第 2473 页。

徐兴业《凝寒室词话》云："南宋诸词人，才大而气密，故能独创词境，不剽袭前人。然以其真挚之情稍逊，味之终觉隔一层。"① 徐兴业通过评说南宋词人才华横溢，词作气脉充盈而使境界创造呈现出独特性，实际上也体现出对气脉充盈的倡导。赵尊岳《珍重阁词话》云："作词宜由胸中发出，一气呵成。若就心目所思者，强为雕琢，无论如何工谏，终少真气。近人之以词名者，未尝不中此弊。一气呵成之作，未尝不可精研字面。盖零玑碎锦、酝酿胸中，但有真情，便可驱策，随意运用，不致板滞。"② 赵尊岳对词的创作提出气脉贯注、一气呵成的要求。他反对词作流于字句雕饰之途，判评其无论如何工致，终少真气。赵尊岳将气脉的自然流转视为词作成功的最重要条件。夏敬观《蕙风词话诠评》云："今人以清真、梦窗为涩调一派，梦窗过涩则有之，清真何尝涩耶？清真造句整，梦窗以碎锦拼合。整者元气浑仑，碎拼者古锦斑斓。不用勾勒，能使潜气内转，则外涩内活，白石、玉田一派，勾勒得当，亦近质实，诵之如珠走盘，圆而不滑。二派皆出自清真，乃其至，品格亦无高下也。今之学梦窗者，但能学其涩，而不能知其活。拼凑实字，既非碎锦，而又扞格不通，其弊等于满纸用呼唤字耳。"③ 夏敬观通过评说周邦彦与吴文英之词，对词作之"涩"展开论说。他认为，周邦彦之词是不能以"涩"来加以归结的，亦即其毫无滞塞不灵之意味，吴文英之词倒是有拼凑的痕迹。大凡词作之妙者，都具有"外涩"而"内活"的特征，内在始终有充蕴的气脉潜伏流贯于词作中，超拔于"碎拼""勾勒"的层面，使词作呈现出活脱圆融的面貌。夏敬观将"元气浑仑"与"潜气内转"界定为使词作"入活"的关键所在。

陈匪石《宋词举》云："南宋善学柳者，惟梦窗一人。特意须极多，否则非竭即复；气须极盛，否则非断即率耳。"④ 陈匪石通过论说吴文英学习柳永，阐说到词作贯气的论题。他认为，要想使词作入妙，一方面，要使词意具有繁复多变的特征；另一方面，则应使词气充盈丰沛，始终流

---

① 张璋、职承让、张骅、张博宁编纂：《历代词话续编》，大象出版社 2005 年版，第 1360 页。

② 同上书，第 782 页。

③ 唐圭璋编：《词话丛编》，中华书局 1986 年版，第 4592 页。

④ 陈匪石编著，钟振振校点：《宋词举（外三种）》，江苏古籍出版社 2002 年版，第 42—43 页。

注于词中。如果气脉不接，词作也必然会显示出仓促随意之态。陈匪石之论，体现出对词气流转自如的强调与推尚。其《声执》云："故劲气直达，大开大阖，气之舒也。潜气内转，千回百折，气之敛也。舒敛皆气之用，绝无与于本体。"① 陈匪石概括词作气脉的流转运用主要有"大开大阖"与"潜气内转"两种方式，它们作为词作行气的具体表现，与词作之体制是并没有内在必然联系的。

三　反对有书本迂腐之气论的承衍

中国传统词气审美特征与要求之论承衍的第三条线索，是反对有书本迂腐之气论。这一方面内容出现于李渔、裘廷桢、沈泽棠、碧痕等人的论说中。他们主要结合词作真切清丽的艺术表现要求，对因过于寓事用典而导致的书本迂腐之气予以了否定。

清代初年，李渔《窥词管见》云："词之最忌者有道学气，有书本气，有禅和子气。吾观近日之词，禅和子气绝无，道学气亦少，所不能尽除者，惟书本气耳。每见有一首长调中，用古事以百纪，填古人姓名以十纪者，即中调小令，亦未尝肯放过古事，饶过古人。岂算博士、点鬼簿之二说，独非古人古事乎。何记诸书最熟、而独忘此二事，忽此二人也。若谓读书人作词，自然不离本色，然则唐宋明初诸才人，亦尝无书不读，而求其所读之书于词内，则又一字全无也。文贵高洁，诗尚清真，况于词乎。"② 李渔从词的创作上提出忌讳"三种气"的主张，即"道学气""书本气""禅和子气"。他结合其时词的创作实际，认为在清初词坛上，"道学气"与"禅和子气"较少，但"书本气"却太多、太浓，一些人在创作中，不论长调、中调还是小令，都"未尝肯放过古事，饶过古人"，一味盲目地在词作中寓事用典，将所谓的一点社会历史"知识"悬挂与张贴于词作的艺术表象中，令人难以接受与获得审美愉悦。李渔认为，以前的词人未尝不读书，但他们能将所读之书与所识之理艺术地消隐与融化于词的创作中，有其理而少其事，有其意而少直致之字句，知其意味而不见其字语，这是前人的高明之处。李渔并且提出，词与诗文一样，要以清雅率真为本，由此而论，"书本气"的过多、过浓是与词的创作背

---

① 唐圭璋编：《词话丛编》，中华书局 1986 年版，第 4950 页。
② 同上书，第 553—554 页。

道而驰的。李渔对词体审美要求与词作"三种气"的论说是甚具理论意味的。

晚清，裴廷桢《海棠秋馆词话》云："词之最忌者，有粗豪气，有书本气，有道学气。有粗豪气者，词必俗；有书本气者，词必杂；有道学气者，词必晦。今之作词家，粗豪之气绝无，道学之气亦少，惟书本之气不能无。每见长调短调，往往有写古字、用古事，使人不能尽知者，岂算得一词博士乎。吾问古人有言，作文作诗，不外乎清真二字，况作词乎。词之为道最浅。作词之料，不离乎情景二字。眼中所见之景，与心上欲言之情，合而成之，既是好词。舍此之外欲与古字古书中另开别样门径，吾愿作词家不必作词，制古典书可也。"① 裴廷桢几乎承袭前人李渔之论而加以言说，对词的创作也提出反对粗豪之气、书本之气与道学之气的要求。他论断，粗豪之气使词作流于俗化，书本之气使词作内涵表现显得杂乱不纯，而道学之气则使词作艺术表现隐晦难懂，因此，都是应该避却的。裴廷桢批评清代当世不少人作词不能脱却书本之气，在词作中盲目寓事用典，与传统词作清丽真切的艺术表现背道而驰，将作为艺术之道的词的创作与学问之道混淆起来，这必使词的创作走向末路，是应该坚决反对的。沈泽棠《忏庵词话》云："词以言情，不贵有头巾气，然专学此种，则易入佻薄，终非雅奏。"② 沈泽棠从词作言情为本的角度，提出"不贵有头巾气"的主张，他倡导去除词作艺术表现中的书本之气与道学之气，而回归清丽真切之艺术本真。

民国时期，碧痕《竹雨绿窗词话》云："词所忌者为酸腐，为怪诞，为粗莽，为艰涩。宋人词险丽秾密，读之柔声曼然，有余音绕梁之趣。李渔谓有道学风、书本气者，不可以为词，当是确论。"③ 碧痕对李渔所倡词作不可有书本之气持以赞同与倡扬，他从词作本色之艺术表现要求立论，将迂腐、怪奇、粗豪与晦涩等都论断为词的创作所应避却的。其又云："李渔谓，有道学风、书本气者，不可以为词。余谓，除道学风、书本气而外，有寒酸态者，亦不可以为词。何则？词以婉约为宗，纤巧绮丽，必如风流自赏之人，然后始得其正，豪健沉雄则次之。如带寒酸之

---

① 朱崇才编纂：《词话丛编续编》，人民文学出版社 2010 年版，第 1335—1336 页。
② 同上书，第 1414 页。
③ 同上书，第 2251 页。

气，必腐涩质实，非词矣。大若李杜为诗家之宗，李能词而杜不能，盖二人一则豪情自放，一则悲感苍凉，是以词家有李无杜也。"① 碧痕对词的创作提出不可有寒酸之气的要求。他在李渔所论词的创作不可有书本之气的基础上，认为词的创作与审美是以婉约之体与风格特征为正宗的，而创作主体的寒酸之气必使词作呈现出滞塞不名、过于坐实的特征，这与词作的艺术本质要求是相背离的。

值得提及的是，针对在词的创作中对书本迂腐之气的反对，也有个别词论家从相对的视点提出肯定书卷之气的主张，从而，在一定意义上对反对有书本迂腐之气论予以了补充与完善。沈祥龙《论词随笔》云："词不能堆垛书卷，以夸典博，然须有书卷之气味。胸无书卷，襟怀必不高妙，意趣必不古雅，其词非俗即腐，非粗即纤。故山谷称东坡《卜算子》词，非胸中有万卷书，孰能至此。"② 沈祥龙从词的创作角度提出有书卷气的主张。他将作词"堆垛书卷"和"有书卷之气味"加以别分，强调要以对自然、社会、历史的多向度认识与把握为前提，在久之化入主体襟怀情性的基础上进行创作，如此，词作才能体现出古雅之意趣。沈祥龙对作词有书卷气的倡导，对消解一些人创作一味炫耀典博或一味追求浅易都具有纠偏的意义。

第三节　词气呈现与创作因素关系之论的承衍

中国传统词气论承衍的第三个维面，是词气呈现与创作因素关系之论。这一维面主要涉及四个方面的内容：一是词作用笔与行气关系之论，二是词人性情与词气关系之论，三是创作境界与词气关系之论，四是词人入乎宇宙人生与词气关系之论。其中，在第一、二两个方面形成承衍论说的线索，我们分别勾勒与论说之。

一　词作用笔与行气关系论的承衍

中国传统词气呈现与创作因素关系之论承衍的第一条线索，是词作用笔与行气关系论。这一方面内容大致出现于南宋时期。汤衡《于湖词序》

---

① 朱崇才编纂：《词话丛编续编》，人民文学出版社 2010 年版，第 2260 页。
② 唐圭璋编：《词话丛编》，中华书局 1986 年版，第 4058 页。

云："夫镂玉雕琼，裁花剪叶，唐末词人非不美也，然粉泽之工，反累正气。"① 汤衡通过对晚唐人作词的论评，实际上触及词气流转与词作用笔的内在联系，道出词作气脉流转与用笔雕饰是背道而驰的。元代前期，陆行直《词旨》云："古人诗有翻案法，词亦然。词不用雕刻，刻则伤气，务在自然。周清真之典丽，姜白石之骚雅，史梅溪之句法，吴梦窗之字面。取四家之所长，去四家之所短，此翁之要诀。"② 陆行直从诗词创作同用"翻案法"的角度来论说词体。他提出作词忌雕琢刻削的主张，认为雕琢刻削必使词作气脉不畅，不见自然。他称扬张炎词作，认为其继承创新了周邦彦、姜夔等人之优长，其词作呈现出典丽骚雅、自然流转的审美特征。陆行直之论，从词的创造角度阐说出雕饰与行气是背道而驰的。

之后，词作用笔与行气关系之论，主要体现在朱彝尊、陈孝纶、吴衡照、刘熙载、陈廷焯、周曾锦、碧痕、陈匪石、夏敬观、赵尊岳等人的言论中，他们对词气呈现与不同创作因素的关系予以了多样的阐说。

清代前期，朱彝尊《孟彦林词序》云："词虽小道，为之亦有术矣。去《花庵》《草堂》之陈言，不为所役，俾浮窳涤濯，以孤技自拔于流俗。绮靡矣，而不戾乎情；镂琢矣，而不伤夫气，然后足下古人方驾焉。"③ 朱彝尊对词的创作原则予以论说。他并不一味反对运用技巧，但主张要以"缘情"为本；也不一味反对修饰，然强调要"不伤夫气"，在"辞""情""气"的辩证统一中，词作便能走向美的极致。陈孝纶《杏春词剩序》云："作词有清笔，有浊笔，清者语秀而空灵，浊者气粗而沉滞。"④ 陈孝纶概括词作笔法运用有清丽与浊俗两种，他认为，浊俗之笔会导致词作气脉运行显得粗浮而滞停，毫无灵颖之气，是应该努力避免的。清代中期，吴衡照《莲子居词话》云："词忌堆积，堆积近缛，缛则伤意。词忌雕琢，雕琢近涩，涩则伤气。"⑤ 吴衡照从词的技巧运用论说到词意与词气。他反对作词过于堆砌辞藻、雕琢字句，认为这必然使词作面貌繁缛，词境滞涩，有伤词的整体气脉。吴衡照把雕琢堆砌与词作行气视为难以兼容的东西。

---

① 陈良运主编：《中国历代词学论著选》，百花洲文艺出版社 1998 年版，第 116 页。

② 唐圭璋编：《词话丛编》，中华书局 1986 年版，第 301—302 页。

③ 朱彝尊：《曝书亭集》卷四十，影印文渊阁《四库全书》本。

④ 冯乾编校：《清词序跋汇编》，凤凰出版社 2013 年版，第 584 页。

⑤ 唐圭璋编：《词话丛编》，中华书局 1986 年版，第 2403 页。

晚清，刘熙载《词概》云："元陆辅之《词旨》云：'对句好可得，起句好难得，收拾全藉出场。'此盖尤重起句也。余谓起收对三者，皆不可忽。大抵起句非渐引即顿入，其妙在笔未到，而气已吞。收句非绕回即宕开，其妙在言虽止，而意无尽。对句非四字六字，即五字七字，其妙在不类于赋与诗。"① 刘熙载承元人陆行直之论，对词的创作中的"对""起""收"三个环节都予以论说。他认为，作词起句大致有两种方式，或者由远而近地慢慢引入，或者不经意间突兀而起，其总的原则是"笔未到，而气已吞"，亦即在直接的、正面的描写或叙述还未出现的情况下，词作所营造的艺术氛围和情境便已凸现在接受者面前。刘熙载将气势的充蕴夺人视为词作成功的先决条件之一。陈廷焯《白雨斋词话》云："读白石、梅溪、碧山、玉田词，如饮醇醪，清而不薄，厚而不滞。元以后词，则清者失真味，浓者似火酒矣。言近旨远，其味乃厚；节短韵长，其情乃深；遣词雅而用意浑，其品乃高，其气乃静。"② 陈廷焯论词重视意味、情韵、品格、气脉，对此四个方面都予以独到的论述。其中，他强调要在字句的雅正和词意的浑融中使词作的气脉宁静致远。陈廷焯从词学创作论角度，将影响词作的几种因素相互间关系予以了很好的总结。周曾锦《卧庐词话》云："《白石道人诗说》有云，雕琢伤气。予谓非第说诗而已，惟词亦然。梦窗诸公，恐正不免此。"③ 周曾锦在词的创作上深为赞同姜夔"雕琢伤气"之论，他论断吴文英等人之作在这方面也有所缺失，有损于词作艺术表现的完整浑融性，是令人遗憾的。周曾锦借姜夔之言，重申了反对因雕饰而导致词作气脉不畅的创作倾向。

民国时期，碧痕《竹雨绿窗词话》云："词为诗之变体，作词原须本乎诗。予观五代之词，镂玉雕琼，裁花翦翠，如娇女子施朱粉，非不美艳，惜乎专工粉泽，有失正气。"④ 碧痕在这里通过论评五代之词，对词的创作实际上提出有"正气"的要求。他从诗词异体而同源的视点出发，持论词为诗之变体，其言志抒情都应大致合乎诗之体制与规范，因此，过于雕饰之作便不合乎词作体制的内在要求。陈匪石《旧时月色斋词谈》

---

① 唐圭璋编：《词话丛编》，中华书局 1986 年版，第 3698 页。
② 陈廷焯著，杜未末校点：《白雨斋词话》，人民文学出版社 1959 年版，第 217 页。
③ 唐圭璋编：《词话丛编》，中华书局 1986 年版，第 4653 页。
④ 朱崇才编纂：《词话丛编续编》，人民文学出版社 2010 年版，第 2254—2255 页。

云："典博宜加以微婉，浓丽宜进之深厚，此当于气息上作工夫。"① 陈匪石之论实际上触及词作用笔与行气关系的论题。他主张词作艺术表现应在丰富博赡中糅以微婉合度，在秾纤柔美中寓含深致浑厚，而此艺术面貌的生成，都有赖于创作主体之气的蓄养与调整。其《声执》云："行文有两要素，曰气、曰笔。气载笔而行，笔因文而变。昌黎曰：'气盛则言之短长与声之高下者皆宜。'长短高下，与笔之曲直有关。抑扬垂缩，笔为之，亦气为之。就词而言，或一波三折，或老干无枝，或欲吐仍茹，或点睛破壁。且有同见于一篇中者，百炼刚与绕指柔，变化无端，原为一体，何也。志为气之帅，气为体之充。直养而无暴，则浩气常存，惟所用之，无不如志。"② 陈匪石将"气"界定为驾驭文学创作与艺术表现过程的两大因素之一。他概括"气"与"笔"的关系为：笔因气而行，气随笔而生，两者是相因相生的，但归根结底，气脉流转影响和决定着笔法的运用。进一步，陈匪石又论说到词的创作中"志""气""体"的关系，他概括创作主体内在思想情感是词作气脉之统帅，而气脉又充盈蓄养着词作之体制与艺术表现。总之，气脉是词的创作中最本质的因素之一，它显现着创作主体的思想情感，丰盈着词作的体制建构。陈匪石之论，将用笔之变与词气运行及心志所在三个方面有机串联起来。

夏敬观《蕙风词话诠评》云："清真非不用虚字勾勒，但可不用者即不用。其不用虚字，而用实字或静辞，以为转接提顿者，即文章之潜气内转法。"③ 夏敬观通过论说吴文英词的创作特征，对"潜气内转"之法实际上予以了阐说。这便是，在作词中，要主要依靠实字之间相互连贯，而尽量少用或不用虚字，内在以一定的气脉加以穿贯，使整个词作环环相扣，从而成为一个有机的艺术整体。赵尊岳《珍重阁词话》云："作词宜由胸中发出，一气呵成。若就心目所思者，强为雕琢，无论如何工谏，终少真气。近人以词名者，未尝不中此弊。一气呵成之作，未尝不可精研字面。盖零玑碎锦，酝酿胸中，但有真情，便可驱策，随意运用，不致板滞。然成词之后，字字琢磨，改易再三，以求妥洽，又恐因改易而失全体

---

① 张璋、职承让、张骅、张博宁编纂：《历代词话续编》，大象出版社 2005 年版，第 644 页。

② 唐圭璋编：《词话丛编》，中华书局 1986 年版，第 4949—4950 页。

③ 同上书，第 4592 页。

之神，违全体之格，不可不将慎也。"① 赵尊岳对词的创作提出有真气的要求。他强调词的创作要避却雕饰，不论工拙，一气呵成，从更本体的层面上加以驾驭与控制，如此，才可避免流于字句讲究之中。

二　词人性情与词气关系论的承衍

中国传统词气呈现与创作因素关系之论承衍的第二条线索，是词人性情与词气关系论。这一方面内容主要出现于徐喈凤、毛奇龄、焦循、孙麟趾、谢章铤、刘熙载、陈廷焯、陈匪石等人的论说中，他们从不同的方面对创作主体情性与词气流转的关系予以了探究。

清代前期，徐喈凤《荫绿轩词证》云："词虽小道，亦各见其性情。性情豪放者，强作婉约语，必竟豪气未除。性情婉约者，强作豪放语，不觉婉态自露。故婉约固是本色，豪放亦未尝非本色也。后山评东坡词'如教坊雷大使舞，虽极天下之工，要非本色'，此离乎性情以为言，岂是平论。"② 徐喈凤从人的性情论说词的风格特征。他认为，人之性情乃本质的东西，是难以改变的，因此，体现于词风上，有什么样的性情就必然会呈现出什么样的词性，豪放之气是与婉约之性情难以融合在一起的。其论寓含着词人性情与词作之气脉具有内在紧密的联系。毛甡（毛奇龄）《柯亭词序》云："词为词气，必欲蓄志以蕴气，使气不横泄，比之诗歌，庶几免于苏、黄之暴劣，辛、蒋之顽诞，然其失也宛而不舒。"③ 毛奇龄论断词作气脉的蕴含是要以创作者思想情感的含寓为前提条件的。他认为，两者间是成正比的，有性情志向则必然蕴含气脉，性情志向充蕴则必使词作气脉内在丰颖而潜伏流转。毛奇龄批评苏轼、黄庭坚作诗有露筋骨，辛弃疾、蒋捷作词过于无题不入，有失意致，他们的创作共同体现出气脉流转不够自如舒放的特点。

清代中期，焦循《雕菰楼词话》云："谈者多谓词不可学，以其妨诗、古文，尤非说经尚古者所宜。余谓非也。人禀阴阳之气以生，性情中所寓之柔气，有时感发，每不可遏。有词曲一途分泄之，则使清纯之气，

---

① 张璋、职承让、张骅、张博宁编纂：《历代词话续编》，大象出版社 2005 年版，第 782 页。

② 朱崇才编纂：《词话丛编续编》，人民文学出版社 2010 年版，第 102 页。

③ 冯乾编校：《清词序跋汇编》，凤凰出版社 2013 年版，第 177 页。

长流行于诗古文。且经学须深思默会，或至抑塞沉困，机不可转。诗词是以移其情而豁其趣，则有益于经学者正不浅。古人一室潜修，不废啸歌，其旨深微，非得阴阳之理，未足与知也。朱晦翁、真西山俱不废词，词何不可学之有。"① 焦循针对有人所言"词不可学"之论，反其道而行之，从诗词的相通点上提出"词何不可学之有"的主张。他认为，诗词之体在内在本质上是相近相通的，都秉受人的"性情中所寓之柔气"，要抒发人的性情，表现人的生命情趣，都有益于社会与人生之道，即使像朱熹、真德秀这样的理学大家，也不放弃和轻视词的创作。这里，焦循肯定词乃人之体气的艺术化产物，亦即把"气"视为词的创作的生发源之一，从创作本体上对"气"予以了肯定与张扬。

晚清，孙麟趾《词径》云："天之气清，人之品格高者，出笔必清。五采陆离，不知命意所在者，气未清也。清则眉目显，如水之鉴物无遁影，故贵清。"② 孙麟趾对词的创作提出有"清气"的要求。他论断，创作主体如果气清格高，则词作必然呈现出清雅之意味，其词作命意也必然由此而得以彰显。谢章铤《赌棋山庄词话》云："词家讲琢句而不讲养气，养气至南宋善矣。白石和永，稼轩豪雅。然稼轩易见，而白石难知。史之于姜，有其和而无其永。刘之于辛，有其豪而无其雅。至后来之不善学姜、辛者，非懈则粗。"③ 谢章铤在词的创作中提出"养气"的论题，强调通过蓄养创作主体之气而使词作入乎其妙。他标树姜夔词作呈现出柔和隽永之气，辛弃疾词作呈现出豪迈雅致之气，其创作之境都是他人所难以企及的。刘熙载《词概》云："桓大司马之声雌，以故不如刘越石。岂惟声有雌雄哉，意趣气味皆有之。品词者辨此，亦可因词以得其人矣。"④ 刘熙载从"声有雌雄"之分，论及词作的"意""趣""气""味"亦有此分别。他肯定张绠以来对词作"豪放"与"婉约"风格的辨分，强调可从词作的"意""趣""气""味"的辨分中，探寻词作主体之质性。陈廷焯《词坛丛话》云："每读其年词，则诸家尽皆披靡。以其情胜，非以其气胜也。盖有气以辅情，而情愈出。情为主，贵得其正；气为辅，贵

---

① 唐圭璋编：《词话丛编》，中华书局 1986 年版，第 1491 页。
② 同上书，第 2555 页。
③ 同上书，第 3470 页。
④ 同上书，第 3710 页。

得其厚。后人徒学其矜才使气，殊属无谓。"① 陈廷焯对陈维崧之词甚为推崇，论断其以情感表现偏胜，而不以气脉贯注见长。在此基础上，他又主张要以气脉贯注之途径而辅助词作情感表现，使其愈见真挚感人。陈廷焯对词作情感表现提出雅正的要求，对气脉贯注则强调沉厚，反对一味逞才使气，最终使词作流于虚化或无谓之境地。

民国时期，陈匪石《声执》在论说词作境界创造关键在于"高处立，宽处行"之后，其云："叫嚣儇薄之气皆不能中于吾身，气味自归于醇厚，境地自入于深静。此种境界，白石、梦窗词中往往可见，而东坡为尤多。若论其致力所在，则全自养来，而辅之以学。"② 陈匪石在论及"词境"时进一步阐说到词气的命题。他认为，要想使词的创作入乎"佳境"，其中，重要的一点便是要避却"叫嚣儇薄之气"，使创作主体自身之"气味"进入到醇静柔厚的境地，从静养中而出，辅之以学识为根底，其"气"自然有益于词之佳境的艺术创造。陈匪石之论，将词人情性修养与词作气脉运行及词境创造有机联系与贯通起来。

①　唐圭璋编：《词话丛编》，中华书局 1986 年版，第 3732 页。
②　同上书，第 4951 页。

第十二章 中国传统词境论的承衍

"境"是中国传统词学审美论的重要范畴，它与"味""韵""趣"
"格""气"等一起被用来概括词的审美本质所在，标示词的不同审美质
性。在中国传统词学史上，"境"是一个出现和成熟得很晚的审美范畴。
它大致出现于明代中后期，最初只见于词作论评；发展到清代尤其是晚
清时期，始出现对"境"的理论阐说，这使其成为传统词学的最重要审
美范畴。它在落实与深化"味""韵""趣""格""气"等范畴的美学内
涵上，体现出极端的重要性与独具的理论涵纳特色。

第一节 "境"作为词作审美之本标树之论的承衍

中国传统词学中，对"境"作为词作审美之本的标树之论出现很晚，
其首先体现在王国维的论说中。处于古典美学概括、总结与接通、转型时
期的他，对"境"作为词的创作与审美的本质所在予以了不遗余力的阐
说与标树。

王国维《人间词话》云："词以境界为最上。有境界则自成高格，自
有名句。五代北宋之词所以独绝者在此。"① 王国维最早将境界标树为词
的创作与审美的最本质东西，界定其在词作艺术表现中具有本体性。他认
为，词作有境界，则自显高妙之格调，自有引人之秀句。他评断五代北宋
词之所以富于艺术魅力，其关节便在境界的创造上着了力。王国维将
"境界"视为一个甚具涵容性的词学审美范畴。其又云："《严沧浪诗话》
谓：'盛唐诸公，唯在兴趣。羚羊挂角，无迹可求。故其妙处，透澈玲

---

① 况周颐著，王幼安校订：《蕙风词话》；王国维著，徐调孚注，王幼安校订：《人间词
话》，人民文学出版社1960年版，第191页。

珑，不可凑拍。如空中之音、相中之色、水中之影、镜中之象，言有尽而意无穷。'余谓：北宋以前之词，亦复如是。然沧浪所谓兴趣，阮亭所谓神韵，犹不过道其面目，不若鄙人拈出'境界'二字，为探其本也。"①王国维创造性地承扬前人之论，明确拈出"境界"这一美学范畴。他认为，严羽所提出的"兴趣"、王士禛所提出的"神韵"两个范畴，都不能从根本上准确而深刻地概括以盛唐诗歌和北宋五代之词为代表的文学美的内涵。他将这种意象纷呈、透彻玲珑、言有尽而意无穷之美概括为"境界"之美，亦即特定的艺术境象与时空之美，认为相对于"兴趣""神韵"等美学范畴，其道出文学之美的本质所在。王国维这里将意境界定为具有本体性的美学范畴，这是极富于理论识见的，在传统文论史上具有划时代的意义。其又云："古今词人格调之高，无如白石。惜不于意境上用力，故觉无言外之味，弦外之响，终不能与于第一流之作者也。"② 王国维将境界的创造与词味的生成联系起来加以论说，把境界的有无视为词作是否有言外之味的唯一生发源。他在明代朱承爵以意境立论诗味的基础上，进一步论断境界乃诗词等表现性艺术之本，它与"格调"等审美属性相比，更具有原在的生发性，故强调"于意境上用力"而得"言外之味"。此论又一次体现出王国维把"境"视为一个极具涵纳性与生发性的本体范畴。其又云："南宋词人，白石有格而无情，剑南有气而乏韵。其堪与北宋人颉颃者，唯一幼安耳。近人祖南宋而祧北宋，以南宋之词可学，北宋不可学也。学南宋者，不祖白石，则祖梦窗，以白石、梦窗可学，幼安不可学也。学幼安者率祖其粗犷、滑稽，以其粗犷、滑稽处可学，佳处不可学也。幼安之佳处，在有性情，有境界。即以气象论，亦有'横素波、干青云'之概，宁后世龌龊小生所可拟耶？"其《人间词话删稿》还云："言气质，言神韵，不如言境界。有境界，本也。气质、神韵，末也。有境界而二者随之矣。"③ 王国维通过论评宋代不同词人词作，又一次把话题引申到对词作境界的探讨与标树之上。他论评姜夔之词讲究格律而情致不丰、陆游之词气脉充蕴而韵致不显；又评说近世之人学南宋

---

　　① 况周颐著，王幼安校订：《蕙风词话》；王国维著，徐调孚注，王幼安校订：《人间词话》，人民文学出版社 1960 年版，第 194 页。

　　② 同上书，第 212 页。

　　③ 同上书，第 213、227 页。

词而不学北宋词，而在南宋词人中，又学姜夔、吴文英之词而不学辛弃疾之词。他论断辛弃疾词作有"性情"、有"境界"、有气概。在此基础上，他将"气质""神韵""境界"三个词学审美范畴加以比照阐说，归结在词学审美范畴系统中，"气质""神韵"处于相对次要与边缘的位置，而"境界"更具有本体性，是一个原生性范畴，极富于艺术生成与审美生发性。它融含与落实着"气质"与"神韵"等范畴的美学内涵，因此，在文学审美范畴系统中是本根。王国维之论，简洁而深刻地道出"境界"在整个传统文论审美范畴系统中的极端重要性，将"境界"标树为词作艺术表现最质性的东西，是极为醒人耳目的。

王国维《人间词话附录》云："文学之事，其内足以摅己，而外足以感人者；意与境二者而已。上焉者意与境浑，其次或以境胜，或以意胜。苟缺其一，不足以言文学。原夫文学之所以有意境者，以其能观也。出于观我者，意余于境。而出于观物者，境多于意。然非物无以见我，而观我之时，又自有我在。故二者常互相错综，能有所偏重，而不能有所偏废也。文学之工不工，亦视其意境之有无，与其深浅而已。"① 王国维继续对文学意境展开细致的阐说。他认为，文学之体得以陶养创作者自身情感与感动读者心灵的最根本之处，便在于"意"与"境"两种审美质素。他进一步论断，"意"与"境"的审美构合有不同的层次，其中，最高一层为两者相互融合、浑然一体；其下，便是或以"意"胜，或以"境"胜，前者所融含的审美机制落足于"观我"，后者所体现的审美本质缘起于"观物"。相比照而言，前一方面缘于以"我"观"物"，故"物"皆显现主体之意绪色彩，后一方面缘于"我"消隐于"物"的背后，故更多自然境象的呈现。它们的不同在于主体情感色彩贯注的多少与艺术表现的差异，其相互间并不存在截然的分野。王国维归结作品是否工致，便在于视其"意境"创造的有无与审美表现的深浅。他一如既往地将文学的审美表现之本落足到意境的理论内涵中。其又云："至乾嘉以降，审乎体格韵律之间者愈微，而意味之溢于字句之表者愈浅。岂非拘泥文字，而不求诸意境之失欤？"② 王国维通过批评乾隆、嘉庆以后词作之弊，进一步

---

① 况周颐著，王幼安校订：《蕙风词话》；王国维著，徐调孚注，王幼安校订：《人间词话》，人民文学出版社1960年版，第256页。

② 同上书，第257页。

阐说要在意境创造的基础上生发词味的论题。他反对作词时拘泥于在体格、韵律之间作文章的做法，把意境的创造置放到词作审美表现的首位，此乃对词味创造与生发的探本之论，切实地深化与完善了传统词味之论，将"味"这一描述性审美范畴的理论内涵予以了根本性的落实。

王国维之后，对"境"作为词作审美之本的标树之论，在蔡桢、梁启勋、顾随等人的言论中得到承衍。他们在现代文学理论批评风起云涌的时代背景下，进一步将传统词学"境"范畴的审美本体地位不断张扬开来。

蔡桢《柯亭词论》云："学词切勿先看近人词。近人词多重敷浮字面，不尚意境，不讲章法，不守格律。从此入手，以后即不能到宋名贤境界。清词亦只末季，王、朱、郑、况等数家可以取法，余不足观也。"① 蔡桢通过对近人之词注重言辞修饰与追求面目华美的批评，将"意境""章法""格调"标树为词作艺术表现的内在质性东西，又一次将"境"标树为词作艺术表现的本质所在。他认为，宋代名家之词与近人词的根本区别，便在于在意境创造、章法结撰及格律表现等方面有其所长，而于字句修饰之功夫则不太注意。他极力主张词的创作要有章法可循，有格律可依，有意境可宗尚，对宋词所体现出的创作境界，表现出倾心领赏的态度。梁启勋《曼殊室词话》云："婉约之作品，首重意境；意境之有无，即文章厚薄之所攸分。上文所谓弦外之音，所谓纳深意于短幅，即意境是已。"② 梁启勋在王国维多方位标举"境"范畴之本位论的基础上，也将意境论断为词作审美的本质所在。他论说意境的有无，直接关涉着作品审美呈现的质量与特征，认为人们所推尚的作品含蓄之美与深婉之意致，在根本上都缘于意境的有无与创造，两者之间是单向催生的关系。梁启勋对"境"作为词作审美之本予以了简洁而到位的揭橥。

顾随《驼庵词话》云："静安先生论词可包括一切文学创作。余谓'境界'二字高于'兴趣'、'神韵'二名。"③ 顾随对王国维所提出的"境界"一词的理论内涵层次予以界划。他论断其高于"兴趣"与"神

① 况周颐著，王幼安校订：《蕙风词话》；王国维著，徐调孚注，王幼安校订：《人间词话》，人民文学出版社1960年版，第4907页。

② 朱崇才编纂：《词话丛编续编》，人民文学出版社2010年版，第3006页。

③ 同上书，第3228页。

韵"二词，这实际上见出"兴趣"与"神韵"乃艺术概括的非实体性范畴，并不具实体性特征；而"境界"则为艺术概括的实体性范畴，富于实在性与本根性特征。其又云："王渔洋所谓神韵与严同意，亦'玄'。而神韵亦非诗。神韵由诗生。饭有饭香而饭香非饭。严之兴趣在诗前，王之神韵在诗后，皆非诗之本体。诗之本体当以静安所说为是。"① 顾随将严羽所倡导的"兴趣"与王士禛所倡导的"神韵"都归结为皆非诗词等抒情性艺术表现之本，他以"饭"之本体与"饭香"之依附而有之物为譬，明确将"境界"论断为诗词审美表现之本，是艺术实体性范畴。其又云："境界者，边境、界限也，过则非是。诗有境界，即有范围。其范围所有之'含'（包藏含蓄），如山东境界内有山有水有人……合言之为山东。"② 顾随对词作艺术境界的空间性特征予以形象的阐明。他道出词作艺术境界的界域性、整体边际性，论断一切艺术境界都是有着边际界限的，而这有限的边际界限中则浑融无垠、包孕丰富，成为完整的艺术统一体。其还云："诗大无不包，细无不举，只要有境界则所谓兴趣及神韵皆被包在内。且兴趣、神韵二字，'玄'而不'常'，境界二字则'常'而且'玄'，浅言之则'常'，深言之则'玄'，能令人抓住，可作为学诗之阶石、入门。"③ 顾随进一步从理论涵纳上将"境界"阐说为诗词等抒情性艺术之体审美表现的本质所在。他论断"兴趣""神韵"等理论术语内涵显得含糊不易理解，而"境界"一语更见出包容性、层次性与周延性，其内涵亦更体现出稳定性，确道出诗词等抒情性艺术之体审美表现的本质所在。

第二节　词境表现特征与要求之论的承衍

中国传统词学对词境表现特征与要求之论的承衍，主要体现在五条线索中：一是词境与诗境互有差异论的承衍，二是词境表现含蓄浑融论的承衍，三是词境表现深致静穆论的承衍，四是词境表现真实自然论的承衍，五是词境表现新颖别致论的承衍。我们分别勾勒与论说之。

① 朱崇才编纂：《词话丛编续编》，人民文学出版社 2010 年版，第 3228—3229 页。
② 同上书，第 3229 页。
③ 同上。

一　词境与诗境互有差异论的承衍

中国传统词境表现特征与要求论承衍的第一条线索，是词境与诗境互有差异之论。这一方面内容主要体现在刘体仁、江顺诒、陈廷焯、沈曾植、蒋兆兰等人的论说中，他们将对诗词之体艺术境界表现的探讨不断张扬开来。

清代前期，刘体仁《七颂堂词绎》云："词中境界，有非诗之所能至者，体限之也。大约自古诗'开我东阁门，坐我西间床'等句来。"① 刘体仁较早从诗词体制的细微差异论说到有些词境是诗作所难以表现的命题。他例举北朝乐府民歌《木兰辞》之句"开我东阁门，坐我西阁床"为例，寓意着词大致导源于古诗之体，故意境创造与古诗更为亲近。其用语相对浅切显白，意境表现相对明彻朗畅。刘体仁从诗词体制之别阐说其意境表现的细微不同，是富于启发性的，体现出理论思考的原创性。

晚清，江顺诒《词学集成》云："王阮亭云：'或问诗词分界，余曰：'无可奈何花落去，似曾相识燕归来'，定非香奁诗。'良辰美景奈何天，赏心乐事谁家院'，定非草堂词。'诒案：会真记之'碧云天，黄花地'，非即范文正之'碧云天，红叶地'乎。诗词曲三者之意境各不同，岂在字句之末。"② 江顺诒在王士禛所云诗词分界的基础上予以论说。他认为，王士禛以具体的例句解说诗词之别，其道出它们在艺术表象上的差异。实际上，诗、词、曲的不同并不仅仅体现在字句的运用上，它们在意境表现的深层次上更存在差异。江顺诒将意境视为辨分不同抒情性文学之体的本质属性。陈廷焯《白雨斋词话》云："诗词一理，然亦有不尽同者。诗之高境，亦在沉郁，然或以古朴胜，或以冲淡胜，或以巨丽胜，或以雄苍胜。纳沉郁于四者中，固是化境；即不尽沉郁，如五七言大篇，畅所欲言者，亦别有可观。若词则舍沉郁之外，更无以为词。盖篇幅狭小，倘一直说去，不留余地，虽极工巧之致，识者终笑其浅矣。"③ 陈廷焯努力倡导词作意境表现要沉郁深致。他比较诗词之体在意境表现上的分别，认为诗歌意境可或以"古朴"为胜，或以"冲淡"为胜，或以"巨丽"为胜，

---

① 唐圭璋编：《词话丛编》，中华书局 1986 年版，第 619 页。
② 同上书，第 3285 页。
③ 陈廷焯著，杜未末校点：《白雨斋词话》，人民文学出版社 1959 年版，第 4 页。

或以"雄苍"为胜，在此基础上，如果能将沉郁深致藏纳于多种风格特征之中，则固然是诗之艺术表现的妙境。但词的创作却不同，它必须要以沉郁深致为艺术表现的本质特征，其在短小的体制中要尽量追求艺术表现的凝练与深致，而切勿流于浅俗直白，以致毫无进一步发挥与回味的余地。陈廷焯从诗词之异对意境表现特征的论说及所提出的不同要求，深刻地揭橥出词作意境表现的独特性所在。其又云："诗有诗境，词有词境，诗词一理也。然有诗人所辟之境，词人尚未见者，则以时代先后远近不同之故。一则如渊明之诗，淡而弥永，朴而愈厚，极疏极冷，极平极正之中，自有一片热肠，缠绵往复，此陶公所以独有千古，无能为继也。求之于词，未见有造此境者。一则如杜陵之诗，包括万有，空诸依傍，纵横博大，千变万化之中，却极沉郁顿挫，忠厚和平，此子美所以横绝古今，无与为敌也。求之于词，亦未见有造此境者。若子建之诗，飞卿词固已讥之。太白之诗，东坡词可以敌之。子昂高古，摩诘名贵，则子野、碧山，正不多让。退之生凿，柳州幽峭，则稼轩、玉田，时或过之。至谓白石似渊明，大晟似子美，则吾尚不谓然。然则词中未造之境，以待后贤者尚多也。（皆境之高者，若香山之老妪可解，卢仝、长吉之牛鬼蛇神，贾岛之寒瘦，山谷之桀骜，虽各有一境，不学无害也。）有志依声者，可不勉诸！"① 陈廷焯对诗境与词境的创造详细地展开比照与阐说。他概括诗境与词境的创造各有不同，各有其内在独特的艺术表现空间与美学内涵，此乃缘于不同创作者及其作品所产生的时代有先后及地域有分轻之故。他例说陶渊明与杜甫诗作所表现之境皆"独有千古""横绝古今"；又例举曹植与温庭筠，李白与苏轼，陈子昂、王维与张先、王沂孙，韩愈、柳宗元与辛弃疾、张炎，认为他们在所创造的诗境与词境上倒是相互间似曾相识、不相上下，但始终未见有词人所创造之意境能追步陶、杜二人的，这是值得深入思考的现象。陈廷焯倡导后世词作者，要随着时代的发展而不断开辟新的意境，将词作意境的呈现不断推向丰富多样。他提出，词之意境的创造与表现不可学白居易之浅俗，卢仝、李贺之怪异，贾岛之寒瘦，黄庭坚之标新立异，而应紧密结合词体艺术质性，在继承与熔炼他人的基础上独自开辟、自成一家。陈廷焯之论，深刻地揭橥出词境随社会历史发展而不断变化、拓展与延伸的特征，体现出辩证的文学历史发展观念。沈

---

① 陈廷焯著，杜未末校点：《白雨斋词话》，人民文学出版社 1959 年版，第 221—222 页。

曾植《菌阁琐谈》云："厄言谓花间犹伤促碎，至南唐李主父子而妙。殊不知促碎正是唐余本色，所谓词之境界，有非诗之所能至者，此亦一端也。"① 沈曾植也论说到词境与诗境艺术表现的差异。他针对王世贞在《艺苑厄言》中对《花间集》艺术表现局促细碎的指责，认为局促细碎正是唐五代词艺术表现的本色所在。它们在题材择选上细致入微，多表现生活琐细；在艺术化展开方面，则制短幅小、玲珑剔透。这是其优长而非缺失，它是诗歌意境表现所难以传达出的，从一个方面体现出诗词之体意境表现的细微差异，表明有些词作意境确是诗体所难以表现出的。沈曾植将对诗词意境表现之异别的论说进一步予以了充实与展开。

民国时期，蒋兆兰《词说》云："大抵诗境宽，家数多，故不易自立。词境窄，家数虽多，而可宗者少，故易于成就。"② 蒋兆兰从取法仿效的视点对诗词意境表现的特征及其创造予以比照。他认为，相比较而言，诗歌意境表现之途相对更宽，其创作所可取法仿效的对象也较多，由此，创作者便不容易成就自身的创作个性与艺术风貌，因为诗坛大家与名作众多，个性风格呈现已趋于密布，这样，给后来者所预留的空间就较小；相对于诗境创造而言，词作意境表现之径虽然相对更窄，但因其创作所可取法仿效的对象较少，所以，创作者倒更容易成就自身的创作个性与艺术风貌。蒋兆兰之论，道出词作意境表现相对易于自成一家的特征。这从诗词之体相互比照的角度，将对意境创造特征的论说更深入地予以了展开。

二 词境表现含蓄浑融论的承衍

中国传统词境表现特征与要求之论承衍的第二条线索，是词境表现含蓄浑融之论。这一方面内容主要出现在陈子龙、柴绍炳、刘熙载的论说中，他们将对传统诗作艺术表现的要求移入词学之论中。

明代末年，陈子龙云："其为境也婉媚，虽以惊露取妍，实贵含蓄不尽，时在低回唱叹之余，则命篇难也。"（冯煦《蒿庵论词》引）③ 陈子龙较早论说到词境的创造命题。他对其提出含蓄婉媚的要求，主张在避却

① 唐圭璋编：《词话丛编》，中华书局1986年版，第3606—3607页。
② 同上书，第4629页。
③ 同上书，第3588页。

直露中呈现出独特的艺术意味。清代初年，柴绍炳云："语境则咸阳古道，汴水长流。语事则赤壁周郎，江州司马。语景则岸草平沙，晓风残月。语情则红雨飞愁，黄花比瘦。"（王又华《古今词论》引）① 柴绍炳以意象性的话语从意境创造、寓事用典、景物描写及情感表现四个方面阐说词作"雅畅"之义。其中，他主张词作意境创造要如"咸阳古道，汴水长流"一般，呈现出古朴美、含蓄美的特征，此乃词作"雅畅"的首要美学内涵。晚清，刘熙载《词概》云："司空表圣云：'梅止于酸，盐止于咸，而美在酸咸之外。'严沧浪云：'妙处透彻玲珑，不可凑泊，如水中之月，镜中之象。'此皆论诗也，词亦以得此境为超诣。"② 刘熙载在唐代司空图所论诗之美"在酸咸之外"与宋代严羽所论诗之妙在"透彻玲珑，不可凑泊"，亦即含蓄浑融之美的基础上，提出词作意境的表现也应以此为审美理想，使词作境象玲珑纷呈、词意浑融圆润、言有尽而意有余，含蕴丰富多样的艺术意味。刘熙载将对诗作艺术表现的要求移入词作意境之论中。

三　词境表现深致静穆论的承衍

中国传统词境表现特征与要求之论承衍的第三条线索，是词境表现深致静穆之论。这一方面内容主要出现于晚清及民国时期。江顺诒、陈廷焯、况周颐、梁启勋对此有所论说，他们将对词作意境的"层深创构"要求之论不断充实与张扬开来。

晚清，江顺诒《词学集成》云："蔡小石《拜石词序》云：'夫意以曲而善托，调以杳而弥深。始读之则万萼春深，百色妖露。积雪缟地，余霞绮天。此一境也。再读之，则烟涛澒洞，霜飙飞摇。骏马下坂，泳鳞出水。又一境也。卒读之，而皎皎明月，仙仙白云。鸿雁高翔，坠叶如雨。不知其何以冲然而澹，翛然而远也。'诒案：始境情胜也，又境气胜也，终境格胜也。"③ 江顺诒针对蔡宗茂以意象性话语所描述的词作艺术表现的不同层境，将它们分别归结为以情感表现偏胜、以气脉流转偏胜及以格调超拔偏胜。这之中，前者艺术特征主要体现为曲调优美、托意微婉；中

---

①　唐圭璋编：《词话丛编》，中华书局1986年版，第608页。

②　同上书，第3708页。

③　同上书，第3293页。

者艺术特征主要体现为意象纷呈、动态流转；后者艺术特征主要体现为宁静幽玄、一派天然。江顺诒认同蔡宗茂所作的描述区划，他从审美质性的角度对上述词作意境予以进一步的总结，对不同词境的美学内涵予以概括归纳，这是甚具理论意义的。

　　陈廷焯《白雨斋词话》云："渔洋词含蓄有味，但不能沈厚，盖含蓄之意境浅，沈厚之根柢深也。彼力量薄者，每以含蓄为深厚，遂自谓效法北宋，亦吾所不取。"① 陈廷焯通过论评王士禛词作含蓄蕴藉、富于艺术意味，但其艺术表现不见沉郁深厚的特征，对"含蓄"与"深厚"之境予以辨分。他认为，"含蓄"的艺术表现实际上仍然呈现出浅显的意境，而词作艺术表现在更高层次上应追求沉郁深厚之境界与意味。他批评一些人误以"含蓄"为"深厚"，强调词之意境创造的深厚，更多的是源于创作主体思想情感的深度与艺术表现才力的丰实。陈廷焯对词作艺术表现与意境创造的内在关系予以了纠偏。其又云："迦陵雄劲之气，竹垞清隽之思，樊榭幽艳之笔，得其一节，亦足自豪。若兼有众长，加以沉郁，木诸忠厚，便是词中圣境。"② 陈廷焯对清代几位代表性词人陈维崧、朱彝尊、厉鹗的词作风格特征持以肯定与称扬。在此基础上，他认为，如果能兼善众长，艺术表现上再出以沉郁深致，创作取向与思想旨向上归于忠厚，这便是词作创造的至高之境。陈廷焯表达出自己的词境理想是要将沉郁深致之情感内涵藏纳于忠荩敦厚之创作风貌中。其又云："温厚和平，诗教之正，亦词之根本也。然必须沉郁顿挫出之，方是佳境；否则不失之浅露，即难免平庸。"③ 陈廷焯对词作意境表现进一步展开阐说。他肯定词在创作取向与艺术表现上要合乎诗教之义，体现出中和的审美原则，但他更强调词意表现要"沉郁顿挫"，亦即以深致微婉的笔调表现创作主体内心丰富深沉的情感意绪。他界定，惟其如此，词作艺术表现才能入乎上佳之境，而避却浅切直露之弊。陈廷焯将艺术表现的沉郁深致视为值得提倡的词作境界，这体现出拒绝浅俗化、平庸化的艺术趣味。其又云："词有信笔写去，若不关人力者，而自饶深厚，此境最不易到。"④ 陈廷焯从艺术

---

① 陈廷焯著，杜未末校点：《白雨斋词话》，人民文学出版社 1959 年版，第 61 页。

② 同上书，第 172 页。

③ 同上书，第 181 页。

④ 同上书，第 190 页。

表现论说到词作意境。他崇尚脱却雕饰，在自如抒写中而表现出丰厚深致的意蕴，归结这种创作境界是最不易到的。此论体现出陈廷焯深谙文学创作的辩证之法。其又云："诗之高境在沉郁，其次即直截痛快，亦不失为次乘。词则舍沉郁之外，即金氏所谓俚词、鄙词、游词，更无次乘也。（非沉郁无以见深厚，唐、宋诸名家不可及者正在此。）"① 陈廷焯进一步从诗词之体艺术表现要求的不同论说意境表现与风格特征。他认为，沉郁深致当然是诗歌创作的至高之境，除此之外，明白晓畅的意境亦不失为入乎等次之词境。但词的创作则不入沉郁便无以见深厚，他归结唐宋诸名家词人的成功便在于此，认为词之意境离开沉郁深致之外，其余便大致可归入金应珪所概括的"俚词""鄙词""游词"之中，亦即都不入乎艺术表现的等次，都是不入流的，与"沉郁"之词相互间有着本质的区别。陈廷焯之论体现出对沉郁深致之境界的极致推扬。

民国时期，况周颐《餐樱庑词话》云："词境以深静为至，韩持国《胡捣练令》过拍云：'燕子渐归春悄，帘幕垂清晓。'境至静矣。而此中有人，如隔蓬山。思之思之，遂由静而见深。盖写景与言情非二事也。善言情者，但写景而情在其中。此等境界，唯北宋人词往往有之。持国此二句，尤妙在一渐字。"② 况周颐提倡词作意境表现要以深幽宁静为尚。他例举韩持国《胡捣练令》中"燕子渐归春悄，帘幕垂清晓"一句，认为其通过一个"渐"字，细腻地写出景致的动态变化，化静为动，通过写景而表现出主体之情，是以景写情、以景造境的典范。况周颐对词境表现深幽宁静的要求，与王国维所揭橥的"无我之境"在审美表现特征上甚为相似，其在内在本质上是相通的。其《蕙风词话》云："词有穆之一境，静而兼厚、重、大也。淡而穆不易，浓而穆更难。知此可以读花间集。"③ 况周颐提出词的创作中有静穆之一境界。他界定，静穆之境涵容宁静、柔厚、深致、宏大等美学意蕴，是一种包容众多风神韵味的集合体。他进一步论断平淡而静穆之境固然不易创造，然而，浓郁深致而静穆之境则更难以表现。况周颐之论，体现出对词作深致静穆之境的极致推

---

① 陈廷焯著，杜未末校点：《白雨斋词话》，人民文学出版社1959年版，第209页。

② 张璋、职承让、张骅、张博宁编纂：《历代词话续编》，大象出版社2005年版，第48页。

③ 况周颐著，王幼安校订：《蕙风词话》；王国维著，徐调孚注，王幼安校订：《人间词话》，人民文学出版社1960年版，第22页。

尚。梁启勋《曼殊室词话》云："吾尝谓意境宜曲折，最忌一览无余。若用障眼法而貌为曲折，识破仍是一览无余。殊非深文周纳之言。"① 梁启勋对词作意境创造提出曲折含蓄、委婉深致的要求，他并将表面的貌似之曲折含蓄与真正艺术表现上的曲折含蓄予以区划，对词作意境表现的含蓄深致之义切中地予以了揭橥。

四　词境表现真实自然论的承衍

中国传统词境表现特征与要求之论承衍的第四条线索，是词境表现真实自然之论。这一方面内容也呈现于晚清及民国时期。郑文焯、王国维、况周颐、梁启勋等人对此有所承衍论说，他们将对词作意境自然本真之求不断张扬开来。

晚清，郑文焯《手批石莲庵刻本乐章集》云："近索词境于柳、周清空苍浑之间，益叹此诣精微，不独律谱格调之难求，即著一意、下一语，必有真情景在心目中，而后倾春才力以赴之，方能令人歌泣出地，若有感触于境之适然，如吾胸中所欲言者。太白所谓'眼前有境道不得'，岂易言哉。"② 郑文焯对词作意境创造予以论说。他感叹词作意境表现是一件甚为精妙难言的事情，认为其不仅体现在曲调、声律运用的高妙方面，更为重要的，其下字用语一定要有真情充蕴于创作主体心中作为前提，一定要有真切之景致艺术地化入于主体心中，在充分发挥艺术才力的基础上，才可能创造出富于魅力的审美境界。郑文焯将情感表现与景物描写的自然真切界定为词之意境创造的必要前提。此论从词作内在质性构成及特征上对词之意境予以了阐说，具有探本的意义。

王国维《人间词话》云："境非独谓景物也。喜怒哀乐，亦人心中之一境界。故能写真景物、真感情者，谓之有境界。否则谓之无境界。"③ 王国维将景物描写及情感表现与词作境界联系起来加以阐说。他不同于人地提出境界并不仅仅指由外在景物组构而成的艺术空间，也包括由人们心中的喜怒哀乐之情所创设出的情感界域。这一论说扩大了艺术境界的涵括

---

① 朱崇才编纂：《词话丛编续编》，人民文学出版社 2010 年版，第 2981 页。

② 郑文焯：《手批石莲庵刻本乐章集》卷首，台湾广文书局影印本。

③ 况周颐著，王幼安校订：《蕙风词话》；王国维著，徐调孚注，王幼安校订：《人间词话》，人民文学出版社 1960 年版，第 193 页。

范围，明确地将创作主体的情感表现纳入到境界内涵之中。进一步，王国维还对境界的创造提出要求。他认为，艺术境界是依托于真景物、真感情创设出来的，这样才叫作"有境界"；反之，如果写景不真切，言情不动人，即使创造出独特的时空，那也属"无境界"。王国维立足于"真"的基点，从情景表现角度对词作境界内涵予以深入的探讨，是极具理论开拓意义的。其又云："境界有大小，不以是而分优劣。'细雨鱼儿出，微风燕子斜。'何遽不若'落日照大旗，马鸣风萧萧'。'宝帘闲挂小银钩'，何遽不若'雾失楼台，月迷津渡'也。"① 王国维界定词作境界呈现有大小之别，但强调其艺术表现水平的高低却不以词作境界所表现时空的大小来加以界分。他例举杜甫《水槛遣心二首》与《后出塞五首》、秦观《浣溪沙》与《踏莎行》中句子所表现之境界，认为它们有的只是所体现出的艺术风格不同而已，确无境界表现的优劣与高低之分。王国维之论体现出甚为平正的论说态度，对一些人盲目地将某种特定的词境、词风标树为审美典范之论是一个有力的消解。其《人间词话附录》云："山谷云：'天下清景，不择贤愚而与之，然吾特疑端为我辈设。'诚哉是言！抑岂独清景而已，一切境界，无不为诗人设。世无诗人，即无此种境界。夫境界之呈于吾心而见于外物者，皆须臾之物。惟诗人能以此须臾之物，镌诸不朽之文字，使读者自得之。遂觉诗人之言，字字为我心中所欲言，而又非我之所能自言，此大诗人之秘妙也。境界有二：有诗人之境界，有常人之境界。诗人之境界，惟诗人能感之而能写之，故读其诗者，亦高举远慕，有遗世之意。而亦有得有不得，且得之者亦各有深浅焉。若夫悲欢离合、羁旅行役之感，常人皆能感知，而惟诗人能写之。故其入于人者至深，而行于世也尤广。"② 王国维甚为细致地论说到文学的生发与境界的创造。他在黄庭坚之言的基础上，提出"一切境界，无不为诗人设"之论，表达出现实世界的一切是无不会被主体染上各异色彩的。他认为，"境"乃"呈于吾心而见于外物"的东西，其存在具有主客观交融性，也具有当下性、即逝性。他提出，诗人与常人的不同，便在于他们能将这种"须臾之物"诉诸语言文字加以表现出来，使其得以长久地、物态化地存

---

① 况周颐著，王幼安校订：《蕙风词话》；王国维著，徐调孚注，王幼安校订：《人间词话》，人民文学出版社 1960 年版，第 193 页。

② 同上书，第 252 页。

在，而读者在接受领悟语言文字时，感觉似乎每一个字都道出自己心中所想，然而又明显感觉到自己确难以表达。这便是诗人之所以成就为诗人的最关键所在，他们能道出人人心中所有，而又为一般人不曾能道的东西。王国维最后从创作主体的角度将文学境界划分为"诗人之境"与"常人之境"，论断"诗人之境"在一般意义上是超拔于常人对自然现实与社会生活的所感所思的，它或更为细腻，或更为深致，或更为出奇，等等，正因此，"诗人之境"便更能入乎人心，更能广行于世，它们是文学境界中的精粹之所在。王国维对词作境界生成与创造的论说，内容甚为丰富，识见甚是深刻，将词境生成与创造之论极致地予以了展衍与深化。

民国时期，况周颐《蕙风词话》云："词笔固不宜直率，尤切忌刻意为曲折。以曲折药直率，即已落下乘。昔贤朴厚醇至之作，由性情学养中出，何至蹈直率之失。若错认真率为直率，则尤大不可耳。又曰：词能直，固大佳。顾所谓直，诚至不易，不能直，分也。当于无字处求曲折，切忌有字处为曲折。诗境以直质为上，词境亦然。此云直，当谓直质也。直质者，真之至也。曲直之直，又是一义。此二条措辞甚不明白，当分别说之，方能明显。"① 况周颐对词境表现提出"以直质为上"的要求，他将"直质"的涵义解说为"真之至"，亦即真实、真切之义，强调词作意境表现要真实自然、切实可感。况周颐将词作意境表现的"直质"与词作言辞表现的"直率"加以别分，界定后者是从笔法运用所体现出的曲直而言的，前者则指词境表现的真切与否，两者是截然不同的。其又云："涩之中有味、有韵、有境界，虽至涩之调，有真气贯注其间。其至者，可使疏宕，次亦不失凝重，难与貌涩者道耳。"② 况周颐在论说"涩"这一词学审美范畴时，也触及词作意境的创造与特征。他概括词之"涩"味，其美学意蕴表现为有韵致，有意境，有主体之真气贯注于词中。况周颐将"涩"标树为词作艺术创造的一种较高理想之域。他认为，"涩"的极致表现是即使词作疏宕有致，又使其凝重深致，它与词作外在面貌上所体现出的滞塞不灵完全不是一回事。况周颐将意境表现与"涩"范畴有机联系起来，这也从一个侧面映照出词境具有通彻空灵的特征。梁启勋

---

① 况周颐著，王幼安校订：《蕙风词话》；王国维著，徐调孚注，王幼安校订：《人间词话》，人民文学出版社 1960 年版，第 5 页。

② 同上书，第 128 页。

《曼殊室词话》云："'残雪无多，莫教容易成流水'，此顾梁汾词句也，语甚平常，但似未经人道，此其所以为佳。盖新意境只应在眼前觅取，随手拈来，便成佳构，方是上乘。"① 梁启勋通过评说顾贞观词作用语平常及境界呈现新颖独妙，对词作意境创造提出随所触遇、自然而成的要求。他认为，词作意境的创造其上乘之境是不需要精思巧构的，而应就眼前景，取当下意，主客观两方面自然地相融，构合天成，如此，其意境创造便可体现出鲜活之趣，入乎至上之境界。其又云："盖天然界本是平淡，浓丽终属人为。既以浓丽相尚，则去天然渐远，势使然也。天然日以远，意境日以窘，唯赖人为之雕琢，貌为深沉，则舍堆垛更有何法。是故南宋末流之晦涩，亦势使然也。"② 梁启勋将自然万物的本质所在界定为"平淡"，体现出自然主义的宇宙观、人生观与审美观。他概括人们的艺术创作离自然平淡愈远，其意境创造便会日见窘迫，这也便是南宋词坛末流词作之弊形成的内在缘由之一。

五　词境表现新颖别致论的承衍

中国传统词境表现特征与要求之论承衍的第五条线索，是词境表现新颖别致论。这一方面内容出现更晚，其主要体现在民国时期蔡桢、梁启勋的论说中。他们在前人多方位地论说词境表现的基础上，又对其加上新的时代要求。

蔡桢《柯亭词论》云："词以意境为上。但意贵清新，境贵曲折。若换调不换意，或境只表面一层，则一览无余，一二读便同嚼蜡。"③ 蔡桢对词作意境创造提出新颖别致、委婉深致的要求。他将意致的清新、境界的婉曲视为词作艺术表现之极致，坚决反对流于熟泛化、平面化的创作取向。其又云："陈言务去，乃词成章后所有事，非所论于初学。初学缚于格调，囿于声韵，成章已不易，遑论及此。杨守斋言：词忌三重四同，去陈言自是其中一事。但好语都被古人说尽，欲其不陈甚难。惟有立新意、造新境，庶可推陈出新耳。"④ 蔡桢在宋人杨缵所论作词要力去陈辞旧调

---

①　朱崇才编纂：《词话丛编续编》，人民文学出版社 2010 年版，第 2922 页。
②　同上书，第 2981 页。
③　唐圭璋编：《词话丛编》，中华书局 1986 年版，第 4903 页。
④　同上。

的基础上进一步论说。他认为完全脱却陈旧之辞确是很困难的，惟其如此，便需在词作意旨表现与境界创造上不断生新，化俗为雅，推陈出新，将词艺之道不断承传张扬开来。蔡桢从文学历史发展的必然要求角度将词境表现新颖别致之论予以了洞彻的阐明。

梁启勋《曼殊室词话》云："作品须有意境，尤须有新意境。若意境虽非不佳，但彷佛曾在某人集中见过，则无味矣。然而文艺之发达，已经过相当之长时期，那有如许新意境留待你来发现，固也。但翻旧为新，是亦一法。如朱服之《渔家傲》，'恋树湿花飞不起'，湿花飞不起，虽属陈旧，但加'恋树'二字，则未经人道矣。"① 梁启勋对词作艺术表现强调要以意境为本，以新颖鲜活之意境呈现为艺术表现的本质所在。他认为，一些词作意境呈现也并非不佳，但如果其在他人词作中已经出现过，则便显得毫无趣味可言。但鉴于文学历史发展时间之长，新意境创造之难，他赞同"翻旧为新"的化用生新之法，主张通过对他人词作用语的借用化转，从而凸显出陌生化的艺术效果。其又云："人类生息于宇宙间，境界即在宇宙内，我见得到，他人亦必见得到。且彼先而我后，若下笔定欲作未经人道语，其事实难，但食人之余，实所不甘。然而文艺乃精神生活之粮，又不能不写。其法只有努力求新而已。俯拾即是者虽或有人用过，但埋藏者亦未或必无。或则用翻新法，将原属正方形之质料，改为多角形。或用特别观察力，改正视而为侧视，则景物自然改观。"② 梁启勋对词作境界的创造予以多方面的论说。他进一步肯定词境创造求新求异之难，认为此乃因千百年来文学历史发展累积之故。但文学作品又不能不以抒写与表现新颖鲜活之意境为创作宗旨与艺术追求，为此，梁启勋提出求取新颖鲜活之意境的三种方法，这便是：一要努力寻找与酝酿，开拓出前人所未曾"埋藏者"；二要化用故境，不断生新；三要通过不同艺术视点，在甚富于审美观察力的基础上求取新境。梁启勋对词作新颖鲜活之意境创造的论说，是甚为全面而入理的。

---

① 朱崇才编纂：《词话丛编续编》，人民文学出版社 2010 年版，第 2982 页。
② 同上书，第 2983 页。

第三节　词的创作中词境与词意关系之论的承衍

中国传统词学对词境创造之论，主要体现在词境与词意的关系命题中。这一方面承衍线索，主要呈现在民国时期。蔡桢、梁启勋等人有所论说，他们对词境创造与词意含蕴的关系予以了不同的阐析，共构出传统词学的"意"与"境"关系之论。

蔡桢《柯亭词论》云："文心何物，换言之，即意匠也。词境之构成如何，全视意匠之工拙。设喻以明之。"① 蔡桢从创作主体意绪结撰论说词境之生发，从意象的选择论说词境的呈现，他切中地解说出词作境界的生成与呈现在本质上是有赖于创作主体意绪结撰的，亦即创作主体之心志意绪的如何展开是词境创造的关键。蔡桢之论将词意表现视为了词境生发与构成的基础。其又云："《河传》调，创自飞卿。其后变体甚繁，《花间集》所载数家，圆转宛折，均逊温体。此调句法长短参差相间，温体配合最为适宜。又换叶极难自然，温体平仄互叶，凡四转韵，无一毫牵强之病，非深通音律者，未易臻此。又温体韵密多短句，填时须一韵一境，一句一境。换叶必须换意，转一韵，即增一境。勿令闲字闲句占据篇幅，方合。"② 蔡桢通过评说温庭筠词的创作，对词境创造与词意表现提出相映相生的要求。他主张词作用语造句、意致呈现与境界创造相互之间要层叠化，相随相映。他推尚密集型词作意境层次的表现，强调在不同词境的相叠相生中使词作呈现出独特的艺术魅力。

梁启勋《曼殊室词话》云："纯文艺之分门别类，曰赋曰比曰兴。综合诸家释此三字之定义，大约写实之作谓之赋，因物以喻己志谓之比，借事以舒所怀谓之兴。即僧皎然所云：'取象曰比，取义曰兴'，其言克允。可见赋体属于叙事，而比兴属于幻想，幻想居文艺总分类三之二。尤其是中国人，其头脑乃孕育于东洋哲学，幻想乃其特长。是以古今来之文艺名作，叙事少而比兴多，非无因也。即以诗词作品所最崇尚之'意境'二字而论，境则境矣，更何'意'之云，可见意境殆与实景殊。"③ 梁启勋

---

① 唐圭璋编：《词话丛编》，中华书局1986年版，第4904页。

② 同上书，第4915—4916页。

③ 朱崇才编纂：《词话丛编续编》，人民文学出版社2010年版，第3035页。

通过评说传统"赋""比""兴"三种艺术表现方式，将善于联想、嫁接、虚化、生发等界断为中国艺术表现的主要特征，他认为，这是体现民族传统艺术思维的独特性之所在。他概括中国古典以诗词为代表的抒情性艺术以意境为审美表现之本，便是缘于上述民族传统艺术思维与审美生发。其具体体现为意境是立体性的、有层次的，可不断审美生发，它与创作主体所实见之景致是判然有别的。可以说，前者是对后者的不断艺术生发与升华、超越。此论也蕴含着词境与词意的关系命题为：词境乃富于涵纳性的艺术范畴，有着多方位、多向度审美生成的潜在性，某一意致呈现只不过是其中的审美生成之一，"境"相对于"意"而言，无疑是更为本体性的东西。

第四节　对词境类型划分之论的承衍

中国传统词境论承衍的第四个维面，是对词境类型的划分之论。这一维面承衍线索起初体现在晚清时期王国维的言论中。他针对词境构成与呈现的特征，对词作境界划分予以细致的论说和辨析，从一个独特的视点将对词境艺术表现的认识予以了拓展与深化。

王国维《人间词话》云："有有我之境，有无我之境。'泪眼问花花不语，乱红飞过秋千去。''可堪孤馆闭春寒，杜鹃声里斜阳暮。'有我之境也。'采菊东篱下，悠悠见南山。''寒波澹澹起，白鸟悠悠下。'无我之境也。有我之境，以我观物，故物皆著我之色彩。无我之境，以物观物，故不知何者为我，何者为物。古人为词，写有我之境者为多，然未始不能写无我之境，此在豪杰之士能自树立耳。"① 王国维从创作主体情感投射及其运行方式的视点，将词作境界划分为"有我之境"与"无我之境"。他分别例举冯延巳《鹊踏枝》、秦观《踏莎行》与陶渊明《饮酒》、元好问《颖亭留别》之句，认为前者是立足于创作主体视点而予以艺术化生发的结果，外在物象在主体情感投射与移注的作用下，都染上鲜明的主观色彩。后者则是创作主体"躲藏""消隐"于外在物象的背后，始终以"同一外物"的眼光与态度来观照与把握外在事物，故更多自然境象

---

① 况周颐著，王幼安校订：《蕙风词话》；王国维著，徐调孚注，王幼安校订：《人间词话》，人民文学出版社1960年版，第191页。

的呈现。王国维肯定自古以来，文学作品表现"有我之境"者为多，而表现"无我之境"者较少，但他肯定两类境界表现各有所长，它们据依于创作主体不同的性情与艺术表现才力，相互间并无高下之分。王国维对"有我之境"与"无我之境"的辨分，体现出对词作境界表现特征有着甚为细致深入的认识。其又云："无我之境，人惟于静中得之。有我之境，于由动之静时得之。故一优美，一宏壮也。"① 王国维对"有我之境"与"无我之境"的创作生成展开论析。他界定，"无我之境"是创作主体在宁静的艺术观照与把握中生成的，而"有我之境"则是创作主体在动态化"亲近"外在事物、情感强烈运动与趋向事物的过程中产生的，但它强调由动而静、化动为静，亦即艺术生成的过程由动态而走向静态，在"静"中体现出创作主体情感意绪的内在变化。正因此，"无我之境"的审美形态体现为"优美"，是偏于静态和谐之美；而"有我之境"的审美形态体现为"宏壮"，是偏于动态的、对立统一的和谐之美。其又云："有造境，有写境，此理想与写实二派之所由分。然二者颇难分别。因大诗人所造之境，必合乎自然，所写之境，亦必邻于理想故也。"② 王国维从创作路径上对词作境界创造予以界分。他将境界创造类分为"造境"与"写境"两种方式。认为前者在创作主体审美理想的烛照下，"无"中生"有"，虚中生实，是为"造境"；后者在创作主体对自然事物观照与把握的基础上，"有中而取"，亦即从"现有"中进一步"摄取"，是为"写境"。两者在艺术生成上是有着质性不同的。王国维论断"造境"与"写境"颇难分别，因"造境"必须合乎艺术真实，"写境"又必渗透着审美理想，它们都是主客体和谐交融的产物，只不过艺术表现的偏重不同而已。王国维之论，细致地阐说出词作境界创造的类型及特征，将作品境界的生成创造与近现代文论中的现实主义、浪漫主义创作原则予以了接通。

之后，针对王国维在《人间词话》中将词作境界划分为"有我之境"与"无我之境"等的论说，梁启勋、顾随、唐圭璋等人展开不断的辨析。他们从不同的视点对词作境界类型划分提出各异的看法，极大地丰富了对

---

① 况周颐著，王幼安校订：《蕙风词话》；王国维著，徐调孚注，王幼安校订：《人间词话》，人民文学出版社1960年版，第192页。

② 同上书，第191页。

词作境界呈现的认识。

梁启勋《曼殊室词话》云："王静安先生之词话，分境界为二：曰有我之境，曰无我之境。以'泪眼问花花不语，乱红飞过秋千去'、'可堪孤馆闭春寒，杜鹃声里斜阳暮'，为有我之境。以'采菊东篱下，悠然见南山'、'寒波澹澹起，白鸟悠悠下'，为无我之境。其论断曰：'有我之境，以我观物，故物皆著我之色彩；无我之境，以物观物，故不知何者为我，何者为物。'议论自是精警。然吾则以为，有我无我，有物无物，皆是主观。'万物静观皆自得'，静观是主，自得是反主为客。物之自得不自得，孰能知之，我自得则见其自得矣。'辛苦最怜天上月'，怜是主，辛苦是反主为客，月之辛苦不辛苦，孰能知之，我见其可怜斯可怜矣。如带雨春锄，夕阳牛背笛等，文学家认为美不胜言，乐不可支，但农夫与牧童之身心，为苦为乐，旁人那得知，彼固非专为供他人作诗料来也。是则所谓以物观物，犹是以我观物而已。读《琵琶记》（赏月）数折，最可以证明此意。"① 梁启勋针对王国维将词境划分为"有我之境"与"无我之境"加以论说。他认为，王国维从创作主体是否介入及如何介入的角度，将词作境界划分为"有我之境"与"无我之境"两种类型，这一划分应该说是甚为简洁而启人的。但实际上，这一界分又存在着一定问题，只具有相对的意义，这便是从创作与欣赏主体而言，外在自然物象的"有我""无我"，它们都缘于主体情感投射的结果。任何自然之物与社会事象在艺术表现中都是通过人们的主观感受而加以呈现的，外在自然之物与社会事象是否果真如此，与人们对其的感受并不一定是一回事。文学创作与欣赏中所出现的情况往往是主体以自身实际而"建构"他者，反客为主，使外在事物染上各异的主观色彩。因此，从根本上说，"以物观物"的纯粹之境界是不存在的，它只不过是"有我之境"中的一种独特类型罢了，其在对创作者"我"之显现上更体现出曲折性与微妙性。梁启勋这一对词境划分的论析，从另一个视点上加深了对词境分类的认识，启发人们认识到王国维对词境的划分只不过具有相对的意义，两者在本质上并不形成分轻，而是相因相成的。

顾随《驼庵词话》云："静安先生云：'有有我之境，有无我之境。'此语余不赞成。有我之境、无我之境不能成立，不能自圆其说。若认为

---

① 朱崇才编纂：《词话丛编续编》，人民文学出版社 2010 年版，第 3006 页。

'假名'尚无不可，若执为实则有大错。盖王先生总以为是心即物，是物即心，即心即物，即物即心，亦即非心非物，非物非心，心与物混合为一，非单一之物与心。余以为心是自我而非外在，自为有我之境，而无我之境如何能成立。盖必心转物始成诗，心转物则有我矣。"① 顾随从词境划分能否成立的角度，对王国维所提出的"有我之境"与"无我之境"加以辨说。他界断这一分类是不能成立的，只是帮助我们认识诗词艺术表现具有相对的意义，而并不能作为划分诗词境界呈现之类别的准绳。他认为，王国维将"心""物"二元混为一体，即心即物，即物即心，将心与物的差异予以了消弭，完全从心物融合及其所呈现偏重的角度来加以类分，这是不太合理的。正确的概括应该是有"有我之境"而无"无我之境"，因为一切诗词境界的生成都需要创作主体将"心转物"，亦即将自我主观的情感意绪投射、注入于外，通过外在物象的呈现而加以成就。真正意义上的"无我"之境界是不能成就的。顾随之论，进一步丰富了人们对诗词境界划分的认识，启发人们对艺术境界构成及分类作出更深入的思考。其又云："《人间词话》曰：'有有我之境，有无我之境。……有我之境，以我观物，故物皆著我之色彩。无我之境，以物观物，不知何者为我，何者为物。'评点曰：'有我者，以自己生活的经验注入于物，或借物以表现之。无我者，以我与大自然化合浑融也。非绝对的无我也。'"② 顾随对王国维所提出的"有我之境"与"无我之境"进一步予以解说。他诠释"有我之境"是创作主体移情于自然外物，将"我"对社会历史与现实生活的体验通过外物加以表现出来，而"无我之境"则是创作主体与自然外物浑合无垠，融为一体，而并不是真正的没有创作主体之情感意绪在其中，只不过是不易被一般人知觉罢了。顾随之论，将"无我之境"的涵义更清晰地予以了阐明。

唐圭璋在《评〈人间词话〉》中则针对王国维所倡词境"隔"与"不隔"之论予以承衍阐说。其云："王氏既倡境界之说，而对于描写景物，又有隔与不隔之说，此亦非公论。推王氏之意，在专尚赋体，而以白描为主，故举'池塘生春草'，'采菊东篱下'为不隔之列。夫诗原有赋、比、兴三体，赋体白描，固是一法，然不能谓除此一法外，即无他法。

---

① 朱崇才编纂：《词话丛编续编》，人民文学出版社 2010 年版，第 3232 页。

② 同上书，第 3238 页。

比、兴从来亦是一法，用来言近旨远，有含蓄，有寄托，香草美人，寄慨遥深，固不能谓之隔也。东坡之《卜算子》咏鸿，放翁之《卜算子》咏梅，碧山之《齐天乐》咏蝉，咏物即以喻人，语语双关，何能以隔讥之？若尽以浅露直率为不隔，则亦何贵有此不隔？后主天才卓越，吐属自然，纯用白描，后人难以企及；吾人若不从凝炼入手，漫思效颦，其不流为浅露直率者几希！"①唐圭璋对王国维所言艺术境界"隔"与"不隔"之论展开细致的辨说。他破解王国维所崇尚与提倡的词作艺术表现直致浅切之境，认为从作为艺术表现之法的"赋""比""兴"自古以来便同时存在而言，其相互间实际上是不存在艺术层次高低之分的，如果一味地以"赋"这一"敷陈其事而直言之"手法为艺术表现极致，则有违几千年来中国文学创作与审美传统，是与文学发展与批评历史不相符的。唐圭璋并界定运用"赋"与白描之法应从凝重简练入手，如此，才不至于流为浅露直率、一览无余而导致词作缺乏应有的艺术魅力。唐圭璋对王国维词作"境界"层次之分论予以了破解、充实与修正，其论对传统词境划分与层次之别有着极为重要的意义，将对词境呈现的论说推上一个新的平台。

　　值得补充的是，对词境类型划分的承衍阐说，实际上也体现在民国时期闻野鹤的论说中。其《恫簃词话》云："词境有四。其一，如新桐始叶，嫩翠若滴。柳梢月上，娟娟欲波。天机灵活，生意潆窅。□无丝毫迹象可寻。东坡所谓'空山无人，水流花开'者也。此境惟飞卿、正中、小山诸公具之。其二，如巨室闺襜，范律严肃。入其闼者，微闻幽馨。仙帷飘渺，檀屏掩映。弦声微作，不可端倪。此境惟少游、美成诸公具之。其三，如深山侠士，环抱恢奇。酒酣起舞，剑芒腾跃。抚髀一啸，林木悉靡。呫云掷月，不可一世。此境惟东坡、稼轩诸公具之。其四，如霓羽仙人，神光姚冶。云房露阙，瞬息万变。龙绡之带，凤羽之裳，织华组绮，迥非凡手。此境惟梦窗、草窗诸公具之。上下千古，不出四者。自于曹埔不复成邦，可无讥已。"②闻野鹤对词境类型的划分，表面上看，并不承衍王国维之论而来，但其在本质上是受到王氏之论影响的，是以王国维的词境可以划分之举作为内在理据的。闻野鹤以喻象譬说的方式将词作意境

　　①　张璋、职承让、张骅、张博宁编纂：《历代词话续编》，大象出版社2005年版，第921页。

　　②　朱崇才编纂：《词话丛编续编》，人民文学出版社2010年版，第2340页。

显现主要划分为四种：大致说来，一是生机初现，灵气充蕴之意境；二是法度气象已成，内在甚富于蕴含，别有洞天而外在山水尺幅不见彰显之意境；三是主体情性表现豪放自如，词作气脉流转之意境；四是艺术表现万取一收、出神入化之意境。四者之中，他标树第一类意境系列以温庭筠、冯延巳、晏几道等人为代表，第二类意境系列以秦观、周邦彦等人为代表，第三类意境系列以苏轼、辛弃疾等人为代表，第四类意境系列以吴文英、周密等人为代表。闻野鹤这一对词作意境表现的感性描述，实际上也是对词作主体风格的界划，是甚为形象而具有一定启发性的。它将王国维以来对词作境界的分类进一步丰富开来，在一定意义上可视为对其前词境划分之论的延伸与拓展。

第五节　对王国维"境界"说消解之论的承衍

中国传统词境论承衍的第五个维面，是对王国维"境界"说消解之论。这一维面线索主要体现在民国时期顾随、唐圭璋的论说中，他们针对王国维在理论总结与批评创新中所难免出现的不周延之处，予以大力的反思、补充与修正，使传统词学"境界"说得到更为完善的建构。

顾随《驼庵词话》云："《人间词话》开篇曰：'词以境界为最上。有境界，则自成高格，自有名句……'评点曰：'境界之定义为何。静安先生亦尝言之。余意不如代以'人生'二字，较为显著，亦且不空虚也。'"① 顾随针对王国维在《人间词话》中所提出的"词以境界为上"一句予以论说。他认为，从词作内涵表现而言，其是以人生意蕴为本的，因此，将"人生"界定为词作艺术表现的本质所在，这便实化了其艺术内涵。顾随之论虽然与王国维之言并不在同一个视点上阐说，并不形成聚焦点，但其论从词作内涵的角度对"境界"说予以了充实与建构，实际上从一定意义上对"以境界为最上"论予以了消解。

唐圭璋《评〈人间词话〉》云："海宁王静安氏，曾著《人间词话》，议论精到，夙为人所传诵。然其评诸家得失，亦间有未尽当者，因略论之。王氏论词，首标'境界'二字。其第一则即曰：'词以境界为上，有境界则自成高格，自有名句，五代、北宋之词，所以独绝者在此。'予谓

境界固为词中紧要之事，然不可舍情韵而专倡此二字。境界亦自人心中体会得来，不能截然独立。五代、北宋之所以独绝者，并不专在境界上。而只是一二名句，亦不足包括境界；且不足以尽全词之美妙。上乘作品，往往情境交融，一片浑成，不能强分，即如《花间集》及二主之词，吾人岂能割裂单句，以为独绝在是耶？"① 唐圭璋对王国维在《人间词话》中所标树的"词以境界为上"之论展开辨说。他认为，这一论说是不全面与不准确的，词的创造是不可能离开创作主体情性韵致的，并且，词之境界的构合与生成亦须由创作主体内在情感意绪融合于其中才得以成就。他进一步辨析五代北宋词之妙，也并不全体现在境界呈现上，而很多为后人所传诵，其实往往是因了名句效应。唐圭璋极为强调词的创作中"情""境"二体的交融，他从创作主客体融合的角度，进一步充实了王国维"境界"说的内涵，将情感发生与表现在意境生成中的作用凸显出来。其又云："严沧浪专言兴趣，王阮亭专言神韵，王氏专言境界，各执一说，未能会通。王氏自以境界为主，而严、王二氏又何尝不各以其兴趣、神韵为主？入主出奴，孰能定其是非？要之，专言兴趣、神韵，易流于空虚；专言境界，易流于质实，合之则醇美，离之则不免偏颇。"② 唐圭璋进一步对严羽所倡"兴趣"说、王士禛所倡"神韵"说与王国维所倡"境界"说加以批评。他界断其"各执一说"，不能有效地融合会通，均不为辩证之论。其中，他认为，王国维所言"境界"说仍然过于质实，未能有效地阐说出词作艺术表现的非实体性方面内涵与特征，仍然给人以美中不足之感。唐圭璋之论，是王国维"境界"说所提出以来少有的对其辨说批评之声，体现出不迷信权威的学术精神与敢于理论对话的勇气，是难能可贵的。它对于全面地认识与把握词作"境界"说的本体地位及其与相关理论命题之关系纽结具有十分重要的意义。

---

① 张璋、职承让、张骅、张博宁编纂：《历代词话续编》，大象出版社 2005 年版，第 920 页。

② 同上书，第 920—921 页。

下　编

中国传统词学重要批评命题及
批评体式的承衍

第一章　中国传统词学尊体之论的承衍

词体论是中国传统词学批评的基本命题。这一命题主要从词与诗、曲之体的联系与区别角度，来辨析词体的内在艺术质性，论说其创作特征，以便人们对词体本身有更为清晰的认识把握。在中国传统词学史上，对词体的论说显示出两种相对的批评取向，一是对词体持贬抑态度之论，二是对词体持推尊态度之论。此两方面论说或此起彼伏，或相互掺杂，形成交集，贯穿于传统词学历史发展的始终。它们从深层次上影响着词学批评的发展，也内在地作用着词学理论的建构，成为影响词学历史发展及铸就其面貌特征的重要因素。

第一节　从文学发展与自然存在角度
对词体推尊之论的承衍

中国传统词学尊体之论承衍的第一个维面，是从文学发展与自然存在角度予以论说。这一线索大致起始于元代前期，主要呈现于清代而流衍于民国时期。其主要体现在刘将孙、毛先舒、陆进、谢章铤、郑文焯、谢之勃、唐圭璋等人的论说中，他们从词体自身存在的合理性角度将其的推尊不断张扬开来。

元代前期，刘将孙《胡以实诗词序》云："文章之初惟诗耳，诗之变为乐府。尝笑谈文者，鄙诗为文章小技，以词为巷陌之风流，概不知本末至此。余谓诗人对偶，特近体不得不尔。发乎情性，浅深疏密，各自极其中之所欲言。若必两两而并，若花红柳绿、江山水石，斤斤为格律，此岂复有情性哉！至于词，又特以涂歌俚下为近情，不知诗词与文同一机轴，果如世俗所云，则天地间仅百十对，可以无作；淫哇调笑，皆可谱以为宫

商。此论未洗，诗词无本色。"① 刘将孙对视诗词之体为文章"小技"之
论予以批评。他论断，诗词之体虽然属于音乐性文学体制，但其都以性情
表现为本，以性情含蕴作为艺术生发的基点，由此而自然地布局与结构全
篇，声调择选与音律表现在诗词之体的创作中确也是重要的事情，但还不
是最本质的东西。诗词创作与文章写作的机制一样，以情为本，它们与文
章在体制存在上是无所谓优劣高下之分的。刘将孙较早直接从词体存在的
合理性角度对其予以了推尊。

　　清代前期，毛先舒《词辩坻》云："《诗薮》云：'宋以词自名，宋
所以弗振也；元以曲自喜，元所以弗永也。'予以为非也。夫格由代降，
体弯日新，宋、元词曲，亦各一代之盛制。必谓律体以下，举属波流，则
汉宣论赋，已比郑卫；李白举律，亦目俳优。是则言必四，而篇必三百，
乃为可耳。且嗣宗斥三楚秀士，亦云荒淫，是楚辞且应废，况下此耶。"②
毛先舒从文体流变与自然生成的角度对词体予以推尊。他批驳前人胡应麟
所持词曲"卑体"之论，认为文学的体制和形式是"代降"与"日新"
的，其会随着时代的发展而不断变化，因而，词曲作为宋元时期具有代表
性的文学体制，它们乃文学之流不断衍生与创变的产物，而并非"波
流"。毛先舒对文学退化之论予以反诘，对词曲存在所内含的合理性与创
变性予以大力肯定与推扬。其《填词名解》云："填词虽属小道，然宋世
明堂、封禅、虞主、袥庙之文，皆用之；比于周汉雅颂、乐府，亦各一代
之制也。既巨典攸存，故毋宜轻置矣。"③ 毛先舒继续从词体自身所发挥
功用的角度对其予以推尊。他认为，虽然词作体制短小，然也具有祈颂、
表奏等社会功能，因此，相对于先秦汉魏诗骚与乐府之体而出，它也是一
种具有典型性的文学形式，是同样不应轻视的。陆进《东白堂词选序》
云："夫诗之不得不变而为词者，其势也。余于诸词选序中论之详矣，更
不远引。唐以诗取士，且定为例，以成一代制作，何以忽变而为词，盖乐
府亡而审音之道息，天地自然之声，有终非律之所能绳束者，于是郁勃于
心，而流畅于声调，特假仙才之供奉，以发其端。继此而作者日繁，惊
才绝艳，尽变极妍。数百年来，引商刻羽，未之或绝。余故谓唐《花间》

---

① 陈良运主编：《中国历代词学论著选》，百花洲文艺出版社 1998 年版，第 236 页。
② 朱崇才编纂：《词话丛编续编》，人民文学出版社 2010 年版，第 203 页。
③ 张璋、职承让、张骅、张博宁编纂：《历代词话》，大象出版社 2002 年版，第 809 页。

一选，则词之发源也，宋之《草堂》《尊前》《绝妙》诸选，则放而为江河也。"① 陆进也从文体嬗变的角度对词作之体予以推尊。他认为，由诗而词乃"势"使然，亦即由文学的内在历史发展所决定。他论断，唐代时期人们在诗歌创作尤其是近体诗创作不断繁荣兴盛的同时，由汉魏乐府诗之渊薮中自然地衍生出词作之事，这种内含的历史必然性被"偶然地"由李白等人拈出，这导引了后世词的创作。由此，注重声调择选与音律表现之道的词之创作逐渐蔚为兴盛，其艺术形式亦不断创新求变，最终描画出数百年绵延不绝的历史流程。

晚清，谢章铤《赌棋山庄词话》云："或曰，词者诗之余，然自有诗即有长短句，特全体未备耳。后人不究其源，辄复易视，而道录佛偈，巷说街谈，开卷每有《如梦令》《西江月》诸调，此诚风雅之蟊贼，声律之狐鬼也。"② 谢章铤持异词为"诗余"之说。他认为，诗词之体其实是共时出现的，不存在所谓"衍生"的问题，只不过词的发展与成熟一时没有诗歌之体自然顺畅与明显罢了。他批评一些人无所知见而盲目轻视词体，将一些不着边际的道听途说之内容对象于词的创作中，这走偏了词道，低化了词格，是对风雅之道的背离，是必须坚决摒弃的。谢章铤也从词作之体自身存在的合理性角度对其予以了直接的推扬。郑文焯《大鹤山人词话》云："唐五代及两宋词人，皆文章尔雅，硕宿耆英，虽理学大儒，亦工为之，可徵词体固尊，非近世所鄙为淫曲篆弄者可同日而语也。"③ 郑文焯论断唐宋时期的很多词人，其实都是在道德修养、文章写作或学术研究等方面卓有追求或成就之人，然其也都致力或涉足于词的创作，由此可知，词体并不是一些人所视为的淫亵或游戏之体，反之，却是应引起人们充分重视的文学体制。郑文焯之论亦对词体予以了直接的推尊。

民国时期，谢之勃《论词话》云："今人动斥词章为小道，而不知学问本无所谓大道小道，但求好而已；今人动言词为诗余，而不知词与诗性质同而不相属；词与诗同为吾国文学上之放异像的光芒者，又乌可以小道

① 朱崇才编纂：《词话丛编续编》，人民文学出版社 2010 年版，第 203 页。
② 唐圭璋编：《词话丛编》，中华书局 1986 年版，第 3346 页。
③ 陈良运主编：《中国历代词学论著选》，百花洲文艺出版社 1998 年版，第 689—699 页。

及附属品而屈之。"① 谢之勃针对视词体为 "小道" 之论予以驳斥。他认为，学问之道包括创作在内是无所谓 "大道" 与 "小道" 之分的，其关键在 "求好" 与入妙；有人动不动就喜欢以 "诗余" 之名而称词，这实际上是不完全符合诗词之体关系属性的。谢之勃论断，诗词之体在艺术质性上是相通而不趋同的，它们作为不同的文学体制，各包含广阔的艺术空间，都在中国传统文学史上绽放出夺目的光彩。唐圭璋《论词之作法》云："夫文章各有体制，而一体又各有一体之作法。不独散文与韵文有异，即韵文中之诗歌词曲亦各有特殊作风，了不相涉。苟不深明一体中之规矩准绳，气息韵致，而率意为之，鲜有能合辙者。昔曾子固、王介甫，为文高古，可追西汉；但偶为小词，则人必绝倒。秦少游为词，出色当行，独步一时，但诗则靡弱，大类女郎。至若元曲本以白描见长，而明人则施以丽藻，失其精诣。此皆文人好奇务胜，不尊文体之故也。"② 唐圭璋论断不同文学之体，各有独特的创作取向、笔法运用与风格呈现等。他认为，这不仅表现在散文之体与韵文之体间存在差异，就是同为韵文之体的诗、词、曲之间，其差异也是甚为明显的。唐圭璋叙说宋代曾巩、王安石作文高迈古朴，其艺术境界与创作成就直追西汉名家，然他们却不擅长于作词；秦观善于作词，然其作诗却太过柔弱，被人讥为 "女郎诗"；至于明代之人，他们又在散曲创作中过多地雕饰词藻，有伤以白描为本之道，是有悖于其艺术质性之求的。唐圭璋对不同文体的创作，强调当行本色之求，体现出对不同文体内在艺术质性与审美要求的充分尊重。

第二节　从创作实践之难角度对词体推尊之论的承衍

中国传统词学尊体之论承衍的第二个维面，是从创作实践之难角度予以论说。这一线索起始于宋元，主要呈现于清代而流衍于民国时期。历代众多词论家从具体创作层面将对词体的推尊不断拓展、充实与张扬开来。

南宋末年，沈义父《乐府指迷》云："余自幼好吟诗。壬寅秋，始识

---

① 张璋、职承让、张骅、张博宁编纂：《历代词话续编》，大象出版社 2005 年版，第 898 页。

② 同上书，第 899 页。

静翁于泽滨。癸卯，识梦窗。暇日相与倡酬，率多填词，因讲论作词之法。然后知词之作难于诗。盖音律欲其协，不协则成长短之诗。下字欲其雅，不雅则近乎缠令之体。用字不可太露，露则直突而无深长之味。发意不可太高，高则狂怪而失柔婉之意。"① 沈义父较早提出词的创作难度大于诗体之论。他从用韵、下字、用语、表意四个方面展开阐说，认为词作艺术表现相对于诗体而言，体现出更大的难度，它追求音律的协和、下字的雅致、用语的含蓄及意致表现的微婉合度，其在综合性构造上是难于诗体的。沈义父之论，开启后世从创作实践之难角度对词体的推尊之道。

元代前期，仇远《山中白云词序》云："世谓词者诗之余，然词尤难于诗。词失腔犹诗落韵，诗不过四五七言而止，词乃有四声、五音、均拍、重轻、清浊之别，若言顺律舛，律协言谬，俱非本色。或一字未合，一句皆废；一句未妥，一阕皆不光采，信戛戛乎其难。又怪陋邦腐儒，穷乡村叟，每以词为易事，酒边兴豪，即引纸挥笔，动以东坡、稼轩、龙洲自况，极其至四字沁园春、五字水调，七字鹧鸪天、步蟾宫，拊几击缶，同声附和，如梵呗，如步虚，不知宫调为何物，令老伶俊倡，面称好而背窃笑，是岂足与言词哉！"② 仇远持词的创作难于诗体之论。他认为，词作更讲究细微的声调运用与音律表现，这当然是其本色与否的重要体现，也是衡量词作者艺术水平高低的重要标准。仇远批评一些缺乏音律素养的诸如"陋邦腐儒，穷乡村叟"之人，认为他们常常不以作词为难事，容易即兴挥毫，动辄吟咏，而不知宫商协韵、均拍清浊为何物，这无疑从艺术表现上降低了词品，矮化了词格，不啻如十足的词道之门外汉。仇远之言对引导后人从创作之难角度推尊词体亦起到一定的作用。

明代，词的创作在社会生活中的地位有所下降，词学理论批评也相对冷寂，对词体的推尊之音少有所见。但发展到清代，随着词的创作与理论批评的不断繁荣，对词体的推尊之声蔚为大盛。李起元、唐允甲、李渔、胡兆凤、王隼、陆奎勋、吴允嘉、厉鹗、胡师鸿、保培基、许宝善、施鸿瑞、叶以倌、王昶、邹文炳、赵怀玉、汪甲、朱绶、蒋湘南、张应昌、叶湘管、蒋如洵、谢章铤、吴蔚、陈庆溥、俞樾、袁翼、王柏心、黄文琛等人，结合对不同词人词作的论评，将对词体的推尊不断展衍开来，词作之

---

① 唐圭璋编：《词话丛编》，中华书局 1986 年版，第 277 页。
② 施蛰存主编：《词籍序跋萃编》，中国社会科学出版社 1994 年版，第 391 页。

体在他们手中获得极大的地位抬升与价值肯定。

　　清代前期，李起元《董澹子诗余小序》云："世谓填词，乐府之变也。昉于李白《清平调》《忆秦娥》，而不知隋炀《望江南》亦既倡之矣。盖词取其婉娈而近情也，有景语、快语、情语、浅语、澹语、恒语，而浅、澹、恒尤不易。又用字有雅、丽之分，叶韵有四声之别。字雅为最，丽则亚之。一语之艳，便可色飞，一韵未谐，徒资捧腹。词之为言，谭何容易也。"① 李起元持同词体源于乐府诗之论，认为其属于音乐性文学体制，这显示出一定的独特性。他将词之艺术质性归结为委婉柔媚、据情而发，认为它在音律运用上甚为丰富多样，在选字用韵上有着诸多讲究，在创作上所呈现出的活动空间是受一定拘限而又相当大的，由此而形成的艺术张力场也值得苦心经营，因而绝不是一件容易的事情。在清人中，李起元较早从创作之难的角度对词体予以了推尊。唐允甲《衍波词序》云："词者，乐府之变也。小道云乎哉？悲慨用壮者，时邻于伧武；靡曼近俗者，或似于俳优。两者交讥，求其工也难已。"② 唐允甲从词源于乐府的角度对词体予以推尊。他论断词作艺术表现与风格呈现是件不容易把握的事情，"悲慨"与"伧武"，柔曼与靡俗，其界限何在？这些都是需要细心领会的，确非易事。李渔《窥词管见》云："盖词之段落，与诗不同。诗之结句有定体，如五七言律诗，中四句对，末二句收，读到此处，谁不知其是尾。词则长短无定格，单双无定体，有望其歇而不歇，不知其歇而竟歇者，故较诗体为难。"③ 李渔对诗词之体在结构展开与收束上的不同予以比照。他论断，诗的结构展开相对更具有固定性，一般都呈现为由"对"到"收"的样式，程式化色彩比较明显；而词在结构展开上相对少固定性，其收束也更富于变化，常常表现为当结束时而未结束，不当结束时却戛然而止，给人以多样的审美体味。正由此，他归结词的创作比诗体更难以驾驭和把握。李渔之论，从笔法运用角度将对词体的推尊进一步具体化了。

　　胡兆凤《柯亭词题词》云："词非诗比也。诗格无定，任人驰骋，故有才者得自展焉。词有一定之调，修短必循其步，多寡必准其数，清浊高

---

① 冯乾编校：《清词序跋汇编》，凤凰出版社2013年版，第3页。
② 同上书，第15页。
③ 唐圭璋编：《词话丛编》，中华书局1986年版，第556页。

下必叶其故。苟非敏妙之才，踽踳而不堪矣。"① 胡兆凤抓住诗词之体在创作规制中的"有定"与"无定"，其主体才力呈现上的一般与特殊予以比照，简洁而清晰地道出词体创作的难度所在，其在客观上也体现出对词体的推尊之意。王隼《骚屑序》云："夫词曲一道，严于诗赋，撰语清新香丽，谐律四声阴阳。近代作者，或词乖于义，或字戾于声，不审高低，不辨清浊。刻意求工者，以过泥失真；师心作解者，以率俚欠雅。"② 王隼界断词曲之道与诗赋之道相比更见严苛，其规范性更强，内在拘限更多，体现在字语运用与声律表现上，词曲创作更要求细心择取与笔墨落实，以免其失于本色之道。陆奎勋《白蕉词序》云："夫词者，诗之余也。其道较难于诗，诗可直可质，可拙可硬；词必曲若穿珠，华若铺锦，巧若缝云，软若滚絮，后乃得其三昧，堪与宋人争席。"③ 陆奎勋从创作取径、艺术技巧与风格面貌等方面比照诗词创作。他论断，诗体是比较灵活自由的，而词的创作则要求笔法传达委婉曲折，艺术技巧天然细密，面目呈现柔媚华美，审美意味优雅沉醉，这些都与诗作之道有所异别，其创作难度系数是超过诗体的。吴允嘉《秋林琴雅序》云："词调六百六十，体凡千一百八十有奇。一调有一调之章程，一体有一体之变化，作法既殊，音响亦异，殆难于诗远矣。"④ 吴允嘉从创作之中声调运用的角度推尊词体。他概括词调的数量有 600 多种，而其中不同的创作体式多达1800 多样，这之中，每一种词调的结构之法，其在创作上都是有着特定规则的，其创作之难度远在诗体之上。

清代中期，厉鹗《樗叶词序》云："词为诗余，而词倍难工于诗。调叶宫商，有小令慢曲之不同，旨远辞文，一唱三叹，非别具骚姿雅骨，诚不能窥姜、史诸公堂奥也。"⑤ 厉鹗在肯定词体源于诗体的同时，认为两者相比，词的创作在两方面更体现出难度：一是在声调择选与音律运用上更为讲究，二是在意旨表现上更注重吟咏含蓄之道。他认为，只有"别具骚姿雅骨"亦即才情充蕴、格调与品味拔俗之人，才可入乎词作之至境。厉鹗把词的创作视为一项高难度的事情。胡师鸿《香草词跋》云：

---

① 冯乾编校：《清词序跋汇编》，凤凰出版社 2013 年版，第 178 页。
② 同上书，第 216 页。
③ 同上书，第 426 页。
④ 同上书，第 415 页。
⑤ 孙克强、杨传庆、裴喆编著：《清人词话》，南开大学出版社 2012 年版，第 738 页。

"赋为古诗之流，能赋者必能诗，而词亦古乐府之余，善诗者多不善词。专之难，兼之尤难。"① 胡师鸿从古诗与词体分别源于赋与古乐府之体的角度，论说到其相互间的差异。他判断诗词体制确是有异的，擅诗不一定能词，胡师鸿也将词的创作视为一件难度系数很大的事情。保培基《蓉湖渔笈词序》云："或曰：'词，诗余也。能诗者必能词。'又曰：'诗余，文艺之下乘，决作之，亦勿涉妇人儿女子语。'此与妇人小子之见何异？如韩冬郎即亦可谓志节之士矣，而集有《香奁》；如六一居士亦可谓抱道德而能文章矣，而有艳情绮语；其他大人君子，一笺半牍之道闺阁中意者，难以悉数，曷尝少损其志得功德于万一耶？且诗人文士，学问至足之余，溢于音韵，叶为长短句者有矣，然不习尚不能工也，更有言与律协，意以调行，勤一世以尽心于词者，语词则声色并工矣，情辞兼至矣，至诗则莫之或知也。"② 保培基对轻视词体之论予以批评与驳斥，判评其乃毫无识见。他提出，韩偓、欧阳修等人，皆可谓道德节义与文章垂伟之士，但他们在政事与文章之余也都从事词的创作，托寄情性，陶冶心意，并不见对其功德之业有何损害，可见，那些指责词体"下乘"之人是毫无根据的；并且，词的创作要求句与律相协、意与调相和，其情辞声色之工是需要花费相当心力与才气的，这并不是一般人所能轻易成就的，词的创作确是一件专业化色彩很浓的事情。

许宝善《自怡轩词选自序》云："夫词者，诗之余，其为抒写性情，与诗无二。然诗不过四、五、七言而止，词则自一言、二言至八、九言，其中句断意联，尽而不尽，加以四声五音，移宫换羽，阴阳轻重，清浊疾徐之别，其难更倍于诗。"③ 许宝善论断词作为"诗余"之属，其与诗体一样，将抒写人之性情作为自身艺术表现的本质所在，在此基础上，他论断词的创作更讲究句式的变换，更注重句不接而意联，更强调音律表现的内在之美，其创作难度是更大的，因而需要受到特别的训练。许宝善从创作之难角度对词体予以了推尊。施鸿瑞《养山词草序》云："词者，诗之余，长于诗固难，而工于词亦未易易也。盖韵必叶乎阴阳，曲必衷于律

---

① 冯乾编校：《清词序跋汇编》，凤凰出版社 2013 年版，第 208 页。

② 同上书，第 404—405 页。

③ 施蛰存主编：《词籍序跋萃编》，中国社会科学出版社 1994 年版，第 766 页。

吕。按谱填阕，合调谐声，始足以信今而传后。"① 施鸿瑞论断作词之难并不亚于写诗。他从曲调择选与音律运用的角度，论说其创作要求及审美特征，其对词作声律表现的内在要求予以了简洁的揭橥。叶以偘《洗心书屋诗余自序》云："倚声之学，言情赋物，较诗尤尚纤新，而限于格调，拘于四声，良难自鸣天籁。至炼意、炼词、炼句、炼字，真有裁月缝云之妙，非专家不窥三昧。"② 与许宝善一样，叶以偘归结词的创作具有相当的难度。他概括，相对于诗体而言，其情感表现更见细致，笔法运用更求巧妙，而声律传达更受拘限，这些结合在一起，对词作者便提出了很高的要求，非有别样才情与细密心思而难以成就。王昶《赵升之昙华阁词序》云："夫词小技尔，然非覃生平之才与力，则不克以工，故其道鲜有与诗兼擅焉者。"③ 王昶论断词作之体虽名为"小技"，然实际上其创作是需要相当艺术才能的，其在创作过程中是存在不小难度的，因而，自古以来很少有诗词两体同时兼善者出现。

邹文炳《弹指词序》云："今之谭风雅者，辄左词而右诗，谓诗固抒发才藻，咏歌性情，而词特野田草露、闺门衽席鄙俚之音，君子弗尚。且诗必上下《骚》《选》，出入三唐，敝毕生之精力，犹苦不工，而词则甫解操觚，粗按声律，长句短句，便可按谱而得。于是始之左词而右诗者，继复难诗而易词。不知词于古乐府开其源，厥后发轫于唐，蕃衍于宋。秦、晁诸子，号称最工，当其取材敷藻，亦未尝不上下《骚》《选》，出入三唐，敝毕生之精力。诗固难，词亦何易邪？"④ 邹文炳针对一些人盲目地贬抑词体而推扬诗体之言加以论说。他认为，诗体要以才情驱遣，以吟咏性情而见流动飘逸，确不是件容易的事情；但作词更是件难事，其在题材择取与抒写上与诗体并无异致，甚见广阔；而在字语运用与声律表现方面则显见拘限，需要高超的艺术才力才可能成就，因而，其创作更体现出难度。赵怀玉《王葆初洞阳乐府序》云："世之言诗者，几于家有一集，词为诗之余，宜乎为之易而工之者众，顾未尝数数觏，何欤？岂非以诗有别肠，词则尤根夙慧？举凡辨体审音、循声赴节、疾徐轻重，在不容

---

① 冯乾编校：《清词序跋汇编》，凤凰出版社 2013 年版，第 541 页。
② 同上书，第 749 页。
③ 陈良运主编：《中国历代词学论著选》，百花洲文艺出版社 1998 年版，第 479—480 页。
④ 冯乾编校：《清词序跋汇编》，凤凰出版社 2013 年版，第 289 页。

掉以轻心，固非率尔操觚所能一蹴至也。"① 赵怀玉指出，诗词创作都要有"别肠"为之，亦即有别样的生命情趣与主体情怀来驱使创作发生。在此基础上，他更强调词的创作生发于主体之灵心慧性，强调其对音律之美的追求与把控确是一件甚为不易的事情，并不是在短期内所容易习效和掌握的。汪甲《煮石山房词钞叙》云："词，诗之苗裔也。词之异于诗，人知之矣，而人不尽知也。诗本天籁以出之，以意为程，而辞之多寡赴焉。《记》曰言之不足，则长言之。长言之不足，则嗟叹之。乐之谓诗之谓也。至于词则有律、有调、有谱，如穴斯在，投之而实，以臆见增损焉不能。而又必命意远，用字便，造语新，炼句响，清气溢乎其中，余味包乎其外，此词之所以难也。"② 汪甲在持论词的创作源于诗体的基础上，论断诗体在创作上相对更见自由，其艺术表现自然，以意致表现为本，言随意遣，律由辞生，音律表现在其中并不是根本性的因素；而词的创作则不然，其在本质上属于音乐性文学体制，讲究音律、声调与谱式，其创作过程好比将实物投掷于事先挖好的洞穴之中，其艺术表现之拘限是显而易见的。并且，词的创作讲究命意的深致悠远，下字用语的流便新颖，字语锤炼的朗畅以及清丽之气脉的贯注洋溢和余味的缭绕其中，这些都是词的创作难于诗体之处。汪甲之论，将从创作之难角度对词体的推尊进一步展衍开来。

晚清，朱绶《玉壶买春轩乐府序》云："文章之体，至填词而最卑。然限以声律，制以节族，不过百字数十字，而天时、人事、物候、缘情比类，窈然而深。其源出三百篇，而有比兴而无赋，有风雅而无颂，此其大较也。读书万卷，窘于一言，盖才人、学人，两无所用，而襟灵之胜者独师怀抱，穷力追新，则文章之体，又以填词为最难也。"③ 朱绶虽然认为在文章诸体中，词之社会地位甚见低下，但他从创作之难的角度仍对其予以推尊。他论断，词作虽然体制短小，但其所表现题材范围却不见狭窄，举凡自然物候与社会人事都可入乎其中；在艺术表现方面，词作之体更见独持，体现为多用比譬、兴会之法而少见铺叙之笔，多显风雅之义而少见颂扬之法。它与读书问学的多少相互间是关系不大的，其成就之途体现出

---

① 冯乾编校：《清词序跋汇编》，凤凰出版社 2013 年版，第 671 页。
② 孙克强、杨传庆、裴喆编著：《清人词话》，南开大学出版社 2012 年版，第 1140 页。
③ 冯乾编校：《清词序跋汇编》，凤凰出版社 2013 年版，第 933 页。

很大的差异，这里，才气与学力都并不显太重要，相反，性灵抒发则成为最关键的事情，词作艺术魅力就体现在不断的性灵独抒之中。蒋湘南《三一山房诗余序》云："世之诗人，往往薄填词为小技，不屑道。其为之者又不别词于曲，误以度曲当歌词，不知词之律细于诗，而格高于曲。其入谱也，与唐诗人所为乐府，金元人所称南北调者，差毫厘而谬千里。"① 蒋湘南对轻视词体之论予以批评。他认为，词体既有别于诗体又有异于曲体，其体现为：相对于诗体而言，词的创作在音律表现上精致细微、甚为讲究；而相对于曲体，其格调呈现又更见典雅脱俗，它始终在诗曲之间保持一定的游移之度与艺术张力。其与唐人乐府诗与金元人所创作的南北散曲，在声调择取与音律表现上是存在很大差异的。蒋湘南实际上也从词作之难的角度体现出对词体的推尊之意。张应昌《咏秋轩词集序》云："词虽小道，特有别肠。自唐以来，由诗之长短句而一变者也。其境界虽不若诗之大，而其为之之难，则有什伯于诗者。律束缚之，宜平宜仄，宜去宜上，不可疏也。韵又束缚之，生者涩者，僻者险者，不能安也。用字又束缚之，理语腐语，平易语，俚俗语，不得入也。必也裁云缕月，玉艳金清。由流丽婀娜，以至高妙峭深，盖夐夐乎其难之哉！"② 张应昌强调词的创作须以"别肠"为之，亦即有特别的灵性与情怀作为创作发生的根基。他论断，词作境界呈现虽可能不如诗体广阔，但其在艺术表现上确见其难。这具体体现在选调、用韵及字语运用等方面都存在诸多的规范与拘限，确具有"戴着镣铐跳舞"的表现特征。张应昌认为，词的创作贵在意象玲珑、婉转华美，在婀娜多姿中尽显艺术魅力，其在创作上是甚为不易的。

叶湘管《漱芳斋词自序》云："词为诗余，似不得与诗并重。而实则较诗尤难。诗可抒写从心，词须敛才就范也。自李太白有《菩萨蛮》《忆秦娥》诸作，香山、飞卿辈出，踵增华美。沿及宋元，不无绮靡之弊，而要其音之中正和平者，谱为乐章，被之管弦，直将与雅颂乐府相埒，谓可率尔操觚耶？故必审其格调，叶其平仄，辨其律吕，谐其音韵，乃可无憨于规矩准绳。余习于放逸，惮于拘束，词非余所乐为，亦非余所能为

① 冯乾编校：《清词序跋汇编》，凤凰出版社2013年版，第1055页。
② 同上书，第1073页。

也。"① 叶湘管在承认词体在社会地位上似乎不能与诗体相提并论的同时，从创作之难的角度推尊词体。他论断诗体在艺术表现上更显自由，而词的创作则规范更多，主体才情须更多地受到约束。叶湘管认为，自词作产生以来的演变发展历史，成就了其更多地以华美为尚的特征，其在审美表现上以平和中正为原则，在声律运用上以富于美感为宗旨，人们讲究选格定调、抑扬平仄，花费很多的才力于声律之道中，这些都是不容易成就的。蒋如洵《绿雪馆词钞二集序》云："词之一艺，肇始于李唐，极盛于赵宋，为诗家之余技，作乐府之先声。长短调于律法最严，五七言与歌咏不犯。求其奄有众长，悉除群颣，戛戛乎其难之。"② 蒋如洵将词视为"诗余"与"倚声"相结合之体。他大力肯定词作声调择选与音律表现甚为严苛，认为其在艺术传达上是存在诸多讲究的，正因此，要想创作出"奄有众长"之词，无疑是甚为困难的事情。蒋如洵也从创作之难的角度对词体予以切实的推尊。谢章铤《眠琴小筑词序》云："诗以道性情，尚矣。顾余谓言情之作，诗不如词，参差其句读，抑扬其音调，诗所不能达者，宛转而寄之于词，读者如幽香密味，沁入心脾焉。诗不宜尽，词虽不必务尽，而尽亦不妨焉。诗不宜巧，词虽不在争巧，而巧亦无碍焉。其设辞愈近，其感人愈深。"③ 谢章铤从情感表现与技巧运用角度比照诗词之异并进而推尊词体。他认为，词的创作的突出特点是语句长短不一、相互参差，声调运用讲究抑扬顿挫，这两方面特征使其甚有利于主体情感表现，其艺术表现突出地具有扣人心弦、细致入微的特点。谢章铤进一步论说在表现方式与技巧运用上，诗词两体也是有所区别的，这便是：诗不宜说尽，以含而不露为极致；而词则"尽亦不妨"，亦即可以在适当之时、之处将所表现主旨和盘托出。诗的创作不宜过于追求艺术技巧，而词的创作却"巧亦无碍"，其对艺术技巧的运用更具有涵容性与张力性，这使词体更具有感动人心的审美效果。很显然，谢章铤通过比较诗词体制形式与审美特征，对词体是表现出倾心推尊的。

吴蔚《餐花吟馆词序》云："骚坛接踵，诗宁有余；乐府倚声，艳宜无侧。词虽小道，亦贵别裁；作者端人，不搀理语。盖其言情绮靡，较诗

---

① 冯乾编校：《清词序跋汇编》，凤凰出版社 2013 年版，第 1136 页。
② 同上书，第 923 页。
③ 谢章铤《赌棋山庄全集》卷二，《续修四库全书》本。

有加；即事流连，与曲为近。雅俳易判，离即尤微。绝唱空传，古人不作。"① 吴熊论断词作之体接承诗骚而来，其情感表现细致幽深，比诗作之体更见艳丽，其触景即事更显敏感缠绵，而其在雅俗离合之间更显示出微妙，确是一种不易操作与把控的文学体式。陈庆溥《樗洲词序》云："填词者厥病有二：清词丽句，则声律不谐；引商刻羽，又葩采不流。人惮其难，而目为小道，其实欲为之而不能，非能之而不为也。"② 陈庆溥之论亦从创作之难角度体现出对词体的推尊之意。他论断词作艺术之道在音律表现与文采风流之彰显两方面都是存在诸多讲究的，不容易兼善，这是很多人不善于作词的内在缘由所在，词名为"小道"而实为"大艺"。俞樾《绿竹词序》云："词莫盛于宋。元曲兴而词学稍衰。有明一代非无作者，而不尽合律，毛公所谓徒歌曰谣者也。至我朝万红友《词律》出，而填词家始知有律。然榛芜初辟，疏漏犹多。道光间，吴门有戈顺卿先生，又从万氏之后，密益加密。于是阴平、阳平及入声、去声之辨细入豪芒。词之道尊，而填词亦愈难矣。"③ 俞樾论断，在不同的历史时期，词作音律表现呈现出"合律"与"不尽合律"的现象，近人万树、戈载等人结合词的创作特点，将词作音律表现之道不断予以规范，这在使词作艺术表现不断精致化的同时，也进一步加大了其创作难度，当然，词作之道由此更受到推尊。俞樾之论从创作之难的角度对词体予以了推尊。

袁翼《小清容山馆词钞自序》云："余于大晟乐章九宫八十四调未得贯通，而词家命意所在，时领略一二。其体则似诗非词，似曲非词，调有定格，字有定数，韵有定声。虽小道，而造诣甚难焉。"④ 袁翼论说词之体制似诗似曲而又非诗非曲，其虽然篇幅短小，但声调音律甚为讲究，是丝毫都马虎不得的，其在创作上确呈现出很大的难度系数。其《雪香庵词钞序》云："余谓词虽小道，造诣甚难。才大气盛者，铜琵铁板，学苏辛之豪迈，而入于诗；才高心细者，晓风残月，学秦柳之旖旎，而流于曲。失诸累黍，藐若山河，有终身由之而不得其径者矣。"⑤ 袁翼继续从创作之难角度对词体予以推尊。他论断，如果创作者有过人之才情与气

---

① 冯乾编校：《清词序跋汇编》，凤凰出版社 2013 年版，第 690 页。
② 同上书，第 1448 页。
③ 同上书，第 924 页。
④ 同上书，第 1705—1706 页。
⑤ 同上书，第 1288—1289 页。

力，在以苏轼、辛弃疾豪放词为学习对象时，其词作往往有流于诗化的现象；而如果创作者有过人之才情与细致之心思，在以秦观、柳永之词为习效对象时，其词作又往往有流于曲化的特点。袁翼界定，词的创作是深受风雅之道影响的，其创作取径独特，意象择选甚为讲究，这些都不是容易处理的。袁翼将对词的创作难度的描述拔到了一定的高度。王柏心《研雨轩词序》云：“填词虽文艺之一体，然与风雅乐章相出入，其深婉挚厚者，可以宣忠孝之怀，见性情之正。非才性具而加以嗜好之笃者，不能至是。”① 王柏心论断词的创作与诗的创作之间有同有异，体现在内涵表现上，它可与诗看齐，劝善忠孝，发抒情性；然而体现在对创作主体的要求上，词的创作则对主体才力与性情更为倚重，对个人好尚也更为依赖，其在实际上是一件不容易成就的事情。黄文琛《疏篁待月词自序》云：“诗者，文之余，词又诗之余，古人所谓雕虫小技也。昔长洲王绥之先生云：‘词尚声律，凡阴阳清浊、九宫八十一调之变，必能辨别疑似，剖析毫芒，方可下笔。’是词虽诗余，较难于诗。”② 黄文琛批驳所谓“雕虫小技”之论。他引述王绥之之言，肯定词的创作在声调择选与音律运用上是存在诸多讲究的，须细心体会方能把握，其在创作难度上确大于诗体。王柏心、黄文琛之论在客观上也都体现出对词体的推尊之意。

　　民国时期，汪兆镛承衍前人之论，仍然从创作实践之难角度对词体予以推尊。其《题黛香馆词钞》云：“词虽小道，而义旨深微，音律幽眇，非可率尔操觚。近世为词者，非香奁脂盋，失之于靡；即粗头乱服，失之于龙。雅正之音戛戛其难。”③ 汪兆镛论断词作之体虽在表面看来为“末技”“小道”，似不登大雅之堂，然其所表现意旨深细幽微，音律运用精妙难言，确乎不是可随意为之的。他批评近人作词，或过于脂腻绮靡，或过于粗糙无饰，都有悖于词体的雅正之求，是必须努力避却的。汪兆镛之论，在现代词学理论批评视域中，将从创作之难角度对词体的推尊又一次倡扬开来。

---

① 冯乾编校：《清词序跋汇编》，凤凰出版社2013年版，第1386页。
② 同上书，第1977页。
③ 孙克强、杨传庆、裴喆编著：《清人词话》，南开大学出版社2012年版，第1438页。

第三节　从诗词同源或同旨角度对词体推尊之论的承衍

中国传统词学尊体之论承衍的第三个维面，是从诗词同源或同旨角度加以展开的。这一线索主要呈现于清代而流衍于民国时期。其主要体现在谢良琦、查涵、陆世楷、王士禛、鲁超升、汤叙、陈聂恒、陈阿平、黄图珌、陈沆、王昶、王文治、李调元、汪端光、江沅、张维屏、王鸿年、汤成烈、汪宗沂、谭献、吴敏树、沈祥龙、周銮诒、陈克劬、张体刚、文廷式、郑文焯、李岳瑞、左运奎、康有为、蒋兆兰、徐沅、冒广生等人的论说中。他们从诗词之体一同作为传统文学体制的产生及其所发挥社会功用的角度，对词作之体予以了推尊。

清代前期，谢良琦《醉白堂诗余自序》云："诗余虽小，亦文之一体。既已为之，则亦不敢漫然以从事矣。而况诗余亡而后歌曲作，歌曲作而后诗亡，则诗余不亡，诗犹未亡也。诗余之所系，又岂渺少也哉？凡事不足传天下、示后世，则不为之，不则终其身皆以其暇日学之矣。"① 谢良琦较早从诗词同源角度体现出对词体的推尊之意。他论说词作为文学形式之一，虽然体制短小，却有其历史渊源与内在规制，它上承于诗体，下启于歌曲，是联系与沟通诗曲之体的桥梁和中介。在创作形式上，其创造性地继承与发展了诗歌创作的特点，推陈出新，独成一体，广为人们所喜爱，确是需要通过不断学习才可以有所成就的。查涵云："词者，诗之变，而非诗之降也。尽乎技，可以上薄风雅。病世人之品词者，苏辛、周柳，迭相訾毁，视南北宗如水火，而词亡矣。"（潘思齐《西庄词钞序》记）② 与不少词论家一样，查涵也论断词体乃由诗体衍化而来的东西，其为"诗之变"，而非"诗之降"，亦即从艺术表现功能而言，它并不比诗体更见弱化，相反，其在艺术表现上几可与诗骚之体相提并论，有效地承扬了风骚之道。

陆世楷《东溪诗余题词》云："诗之变而为词，犹古之变而为律。盖与世代为升降者也。论者以律之体方，不若古之圆，词之调曲，不若诗之

---

① 冯乾编校：《清词序跋汇编》，凤凰出版社2013年版，第122页。
② 同上书，第35页。

直，殆屡变而愈下矣。余谓不然。古至陈隋，体已弱矣。有唐诸君子范之
以律，而始归于正大。诗至五代，调已卑矣。有宋诸君子衍之以词，而后
返于和平。盖分律于古，所以存古之正也；别词于诗，所以存诗之正
也。"① 陆世楷从文体替变的角度，大力肯定词体很好地承扬了诗作之道，
"存诗之正"。他以古体之诗自然衍化为律诗为例，认为乃因前体诗作中
已蕴含衰变的因子，才会出现新的形式对其予以创变。词体的出现也是这
样，在与世升降中，其有效地发展与创新了诗体艺术表现的优势，推陈出
新，体现出"变"中显"正"的特征，是值得大力肯定和推扬的。王士
禛《怀古词评》云："填词小道也，然鲁直谓晏叔原乐府为《高唐》《洛
神》之流，张文潜谓贺方回幽洁如屈宋，悲壮如苏李。夫屈宋，三百之
苗裔，苏李，五言之鼻祖，而谓晏、贺之词似之，世亦无疑二公之论为过
情者，然则填词非小道可知也。"② 王士禛在肯定词作体制短小的同时，
从黄庭坚推扬晏殊之词近于《高唐》《洛神》之赋，张耒推扬贺铸之词风
格多样，可媲美屈原、宋玉、苏武、李陵之作，论说到词作之体亦不可小
觑，是不能以"小道"视之的。其论亦体现出从诗词同旨角度对词体的
推尊之意。

　　鲁超升《绝妙近词题辞》云："诗三百篇音节参差，不名一格。至汉
魏，诗有定则，而长短句乃专归之乐府。此《花间》《草堂》诸词所托始
欤？词与乐府有同其名者，如《长相思》《乌夜啼》是也；有同其名亦同
其调者，如《望江南》是也。溯其权舆，实在唐人近体以前，而后之人
顾目之为诗余，义何居乎？吾友梁汾常云：'诗之体，至唐而始备，然不
得以五七言律绝为古诗之余也。乐府之变，得宋词而始尽，然不得以长短
句之小令、中调、长调为古乐府之余也。词且不附庸于乐府，而谓肯寄闰
于诗耶？'"③ 鲁超升对词体之源及诗词之体的关系予以细致的论说。他认
为，古诗与词体最早都是源于《诗三百》的，诗体发展到汉魏时期形成
一定的规制；而词体与民间乐府诗并未能清晰地离合出来，它们往往是融
合在一起的。后来的人们常将词体之源界定为近体诗，这是很不确切的，
实际上在唐人近体诗形成与成熟之前，词体便已经存在了，并且与民间乐

---

① 冯乾编校：《清词序跋汇编》，凤凰出版社 2013 年版，第 170 页。
② 同上书，第 165 页。
③ 同上书，第 179—180 页。

府诗始终处于时近时离的趋合之中。他引述其友顾贞观之言，认为不能将唐人近体诗视为古诗之余绪。总之，词体既不依附于民间乐府诗，也不衍化于近体之诗，它与后来发展起来的诸多诗体是同源而并流的，彼此之间既存在相互影响的关系，但更多地却具有自身独立演变发展的内在历程。鲁超升的这一论说甚见独特，它从词体的先期存在与独立发展角度，对词作之体予以了推尊，富于一定的启发性。

汤叙《翠羽词序》云："词之道，于今鲜矣。岂以其为诗之余而忽之哉。古之以诗文名者，未有不工于词。李太白，诗人正宗也，而工于词；欧阳永叔、苏子瞻，文章大家也，而工于词。则词亦安可忽耶？"① 汤叙针对其时词作之道流于衰敝现象予以论说。他批评轻视词体的偏向，认为自古以来以诗文创作而名者，很多都是擅长于作词的，如李白、欧阳修、苏轼便同时在诗文与词的领域做出巨大的成就，由此而论，词体确乎是不应该被轻视的。陈聂恒《栩园词弃稿自序》云："十余年来，当代之君子，薄填词为小道，而知其解者益鲜。往往俳优之习，与铜琵琶、铁绰板交讦。又其甚者，求新不得，而好为涩体，一物而必美其名，识者笑之。夫古人之词，即古人之乐府，其宫调虽不传，而志气之和平、音节之微婉顿挫，及今犹可知也。情之发也，必有所止，不淫不伤，风人之旨也。"② 陈聂恒对以词为"小道"之论予以批评与辨说。他叙说其时一些人对词体之性与词作之旨仍然缺乏认识，他们或以俳优之习为词，导致词作鄙俗粗化；或趋好新变，以致词作艺术表现滞塞不灵，这都是流于偏途的。陈聂恒认为，词是源于古乐府之体的，虽然东晋时期乐律失传，古乐府之音律未能得到承继，但乐府诗中所融含的微婉平和之旨意表现、其抑扬顿挫音律形式之美等，都有效地在词体中得到承纳与张扬。由此而言，词体是不能以"小道"视之的。陈阿平《榻花亭词稿诗》云："诗有赋有比兴，赋则叙述其事，比则连类属辞，兴则触物感发。然皆温厚和平，含蓄蕴藉，有留余不尽之致，使人自得于意象之表。若夫填词，则其体制铺陈鳞砌，句梳字栉，以新颖组绣透发为工。大抵兴之意少，而赋、比之意多。故诗之往复流连，一唱三叹，遗音未竟，悉于词发之，故词为诗之余。然

---

① 冯乾编校：《清词序跋汇编》，凤凰出版社2013年版，第23页。
② 同上书，第380页。

非俯仰古今，自抒情性，实大声宏，浩然有得者不能。"① 陈阿平从"赋""比""兴"三种艺术手法的运用上比照诗词之体。他论断，诗作之体于"赋""比""兴"三者都适于运用，其相互间流转自如，而词作之体与其有所异别，体现为运用叙述之笔与比譬之法相对较多，而运用触物兴会之法相对较少，人们往往将在诗中所不易表现的内容对象化于词体中，由此而称之为"余"。词的创作对主体也有着多方面的要求，它讲究识见古今过往，自如抒写性灵与情感意绪，音律表现优美流畅，意致呈现切实启人。陈阿平之论，从主体才情贮备与具体创作手法两方面对词体予以了推尊。

清代中期，黄图珌《看山阁诗余自序》云："词者，诗之余也。寻声协律，刻翠剪红，借雪儿之口，赏莫愁之音，字句生香，心神怡悦，宁非笔墨游戏，为雕虫之末技邪？然宋世名家，辄用为明堂封禅、虞主祔庙之文，清宣雅颂，则又非笔墨游戏、雕虫之末技比也。"② 黄图珌对词体艺术功能的认识甚为辩证。他一方面肯定词体具有"游戏"的社会功能，这主要是指其具有张扬人之艺术才能、愉悦人之心神的功效；另一方面，又评断宋代词人将雅颂之义引入于词体中，常常通过词作而表现出诗教之义与引导社会风习的旨向，而这又远远超越了"游戏"的层面与"末技"的范畴。黄图珌之论，实际上从不同层面上界划出词作愉悦心神与导引风习的社会功能，是饱含对词体推尊之意的。陈沆《小波词钞序》云："或曰：谈艺而至词，文字之品陋矣。凡诗中长语，大抵入词，丛谈褒事，拉杂写之，都无抉择，去南北曲一间耳；引喉而歌，反不若曲之易晓。诗人不为此。噫！然乎哉？长短句韵语见于《书》、于《诗》《楚骚》。变而为汉魏乐府，辞意尚古质。六朝诸弄曲，骎骎乎词矣。唐伶所歌皆五七言近体诗，开、宝后词亦并丽教坊。两宋词学大盛，极工变之能事。金、元、初明作者亦正不乏。词固均出诗人手也，第超才绝艺，语妙天下，所为融情景于一家，会句意于两得，安有不从温柔中来，而可称尤雅者？"③ 陈沆针对一些人鄙视词体之言加以论说。他界断，一是引入长句这一表达之法其实并不是词体所独有的，早在先秦时期的《诗经》《楚辞》之中便

---

① 冯乾编校：《清词序跋汇编》，凤凰出版社 2013 年版，第 389 页。
② 同上书，第 459 页。
③ 同上书，第 469 页。

己存在，其实质是从诗体中衍化而出的；二是自唐代以来，诗词二体并呈于艺坛，词的创作更显工致与变化，这体现出历史发展的必然性；三是词作艺术表现并不入俗，它讲究情景交融，言外有意，其风格表现委婉柔美，实是典型的雅正之体，其与"品陋"之说是相距甚远的。王昶《姚苣汀词雅序》云："词，《三百篇》之遗也，然风雅正变，王者之迹，作者多名卿大夫，庄人正士。而柳永、周邦彦辈不免杂于俳优。后惟姜、张诸人以高贤志士放迹江湖，其旨远，其词文，托物比兴，因时伤事，即酒食游戏，无不有黍离周道之感，与诗异曲而同工。"① 王昶论说词体源于先秦诗骚，其创作非庄人雅士不可为。北宋柳永、周邦彦等人在词的创作中掺杂进谑戏的因素，这使词的创作路径有所脱轨风雅之路，但发展到姜夔、张炎等人，其因时感事、托物寓兴，又将创作路径拉回到传统风骚之道中。他们努力在词作中托寓社会现实与历史内涵，这弘扬了传统诗歌创作之径，词与诗之体在本质上确是异途而同归的。王昶又云："世以填词为小道，此扪篇扣槃之见，非真知词者。词至碧山、玉田，伤时感事，上与风骚合旨，小道云乎哉。"（吴衡照《莲子居词话》记）② 王昶针对轻视词体的传统文学观念加以论说。他认为，词作历史发展到南宋中后期，其在题材抒写与艺术表现上已完全脱却狭隘的儿女之情范围，而与社会历史与现实人生显示出十分亲近的内在联系，在所表现思想旨向上与风雅之道甚为合拍。此论又一次从诗词同源与同旨角度体现出其对词体的推尊之意。

王文治《自怡轩词稿序》云："诗词曲其体不同，其得风人旨趣而播诸乐，一而已。词至元以后，不可复歌，而元明迄今之词，亦与宋之诗无以异，盖风人之意微矣。"③ 王文治大力肯定词曲之体与诗体一样，都以表现风人之意为旨归，体现出创作主体对自然、历史与社会人生的审美体验与现实感悟。他批评元明时期词作，与宋人之诗一样注重于意致凸现而少见主体灵性与生命情趣，这导致风人之意的衰微，诗词之体独特的审美魅力由此而受到影响。李调元《雨村词话自序》云："词非诗之余，乃诗之源也。周之颂三十一篇，长短句居十八。汉郊祀歌十九篇，长短句居

---

① 王昶：《春融堂集》卷四十一，《续修四库全书》本。
② 唐圭璋编：《词话丛编》，中华书局 1986 年版，第 2467 页。
③ 冯乾编校：《清词序跋汇编》，凤凰出版社 2013 年版，第 550 页。

五。至短箫铙歌十八篇，篇皆长短句。自唐开元盛日，王之涣、高适、王昌龄绝句流播旗亭，而李白菩萨蛮等词亦被之管弦，实皆古乐府也。诗先有乐府而后有古体，有古体而后有近体。乐府即长短句，长短句即古词也。故曰：词非诗之余，乃诗之源也。"① 李调元之论在传统词学史上甚见孤拔，不同于人地提出了词为诗之渊源所在。他认为，先秦两汉诗骚之体中，其最初便存在很多长短不一的篇什；发展到唐代，其古体诗、近体诗之划分，实皆由"古乐府"系统衍化而来，都体现出"入乐"的特征。因此，无论从外在形式还是内在声律承衍而言，词作都不为"诗余"之属，乃诗体之源。李调元之论虽不一定为人所认同，但从一个独特的视点体现出对词体的推尊之意。

汪端光《梦玉词序》云："长短句，古乐府之遗意。觇风化而含讽誉，言近旨远，有至道焉。故风人之外，即重词人。不徒夸裁云镂月、滴粉搓酥也。"② 汪端光之论实际上也寓含对词体的推尊之意。他论断词体渊源于古乐府之诗，其乃先在地蕴含"风化"之道，言近旨远，意在言外，成为诗词之体共通的本质特征所在。由此，汪端光界断词人与诗人一样，应该同样得到充分尊重，而不应以"虚化"之名符号之。江沅《剑光楼词序》云："倚声之体，滥觞唐人。当时多言男女之私，以别于诗，盖乐府之遗也。窃谓古人风雅比兴之作，往往假诸男女，以伸其为子为臣、缠绵悱恻之思。……当时所以分立此体，或亦因于此也。北宋渐恢其体，南宋加之动荡，遂以唐人之所为诗者为之，而所为忠孝之思托于比兴者，亦往往而寓焉。"③ 江沅肯定词作之体常常以其所写男女之情而表现风雅比兴之义。他认为，虽然诗词之体质性有异，但在托寓兴寄、引导风化这点上却是一致的，由唐而宋，此创作旨向不断承衍与开拓，最终为造就出词的创作的繁荣昌盛提供了重要动力。江沅从诗词同旨的角度也对词体予以了推尊。

晚清，张维屏《粤东词钞序》云："词一名诗余，谈艺者多卑之。余谓词家所填之词有高有卑，而词之本体则未尝卑，何也？词与诗皆同本于《三百篇》也。说者谓诗有定体，而词之字则或多或少，词之句则或短或

---

① 施蛰存主编：《词籍序跋萃编》，中国社会科学出版社1994年版，第867—868页。

② 冯乾编校：《清词序跋汇编》，凤凰出版社2013年版，第881页。

③ 同上书，第930—931页。

长，是以不能与诗并，而不知此即本于《三百篇》。"① 张维屏对贬抑词体之论予以驳斥。他认为，人们在创作词的过程中，其艺术表现水平确是有高下之别的，但词的体制本身却无卑下之论。因为，后世诗词之体都同本于先秦《三百篇》之中，只不过在表现形式上体现出差异而已，即一为相对严整，一为长短不一，其内在本质上是并无不同的。张维屏例举《三百篇》中的不少句子，指出它们都为长短不一、相互参差之句式，这有力地证明了其为后世词体之源，由此，也力证出诗词之体渊源相同，是无高低尊卑之分的。总之，词体乃中国自古以来文学传统继承与发展的必然产物，是应该努力承扬的。王鸿年《南华词存前集序》云："今之词即古之诗，其识见实高出寻常万万，而为精确不刊之论。试读《诗》三百篇，及《离骚》、乐府，其中用长短句者居其半。盖非是则无以播以管弦，发之声歌。词与诗实一而二、二而一者也。若夫托美人香草之辞，以写其幽绝隐微之志，所谓意内而言外者，则求之三百篇中，比比皆是，何独于词而视为淫艳之作哉？"② 王鸿年论断诗词之体在本质上是没有什么差异的，词体即源于古诗之体，先秦时期《诗经》《楚辞》中都有着大量长短不一的句式，这即是词的萌芽与胚胎，其存在乃源于合乐歌唱的需要。在内容表达上，词体也与诗体一样，讲究意内言外，通过丰富的意象组合而传达出创作主体内心婉曲深致的情感意绪，是绝不能以"淫艳"之名而称的。王鸿年从诗词同源与同旨的角度对词体予以了推尊。汤成烈《鸥汀词草序》云："夫词之为道，采乐府之新声，传文人之幽怨。肇于有唐，迄于两宋。类多比兴之义，不乏风骚之旨。其尤雅者，上可继十五国之风，下可媲《九歌》《十九首》之作，固非浅人所能窥也。"③ 汤成烈主要从两个方面对词体予以推尊：一是肯定词作之道表达人的幽怨之情，有着丰富充实的思想内涵；二是在艺术表现上多用比譬、兴会之法，它有效地弘扬了自先秦以来的风雅传统，呈现出婉曲深致的审美表现特征，其艺术奥妙是不容忽视的。

汪宗沂《莲漪词跋》云："余尝考唐诗、宋词、元曲之由来，而知词格之尊也。夫宋词基于南唐小令，南唐小令托始于唐人乐府，唐人乐府以

---

① 许玉彬、沈世良编：《粤东词钞》卷首，清道光二十九年艺芸斋刻本。
② 冯乾编校：《清词序跋汇编》，凤凰出版社 2013 年版，第 1496 页。
③ 同上书，第 1451 页。

绝句为可被管弦，其音节出于齐梁乐府。自周秦汉魏遗声亡于东晋，太白、飞卿，肇造词格。至有宋，而燕乐之二十八调由词得存。后人因是可考见一代之乐。视今诗之徒歌者，其格固高已。"① 汪宗沂从词之渊源的角度对词体予以推尊。他论断，宋人之词是从唐人乐府诗中直接衍生而来的，而唐人乐府诗又源出于齐梁乐府，在古乐亡佚的背景下，李白、温庭筠等人广泛吸取各种传统音乐元素，努力创制，因而，词作之体在本质上乃音乐性文学体制，其在创作上是存在诸多讲究的。正由此，词体乃中国传统文学百花园中的独特体制，理应受到人们的普遍推重。谭献《愿为明镜室词稿序》云："词为诗余，掌之乐府。声音之道，入人最深。唐人敛其吟叹歌行之才，滥觞厥制。至于五代，竞好新声。顾其音抗坠，其旨阔约，如五言之有苏李矣。缠令慢调，宋世日出，遂极其变。然而大晟协律之奏，施诸朝庙，《花间》《草堂》，诗教最近，故不得目为小文也。"② 谭献在词体之源上持"诗余"与"乐府"相结合之论。他论断词作之体最富于动人的艺术魅力，其衍生于唐五代时期，至宋代而不断变化创新，臻于极致。谭献将词的创作旨向归结为甚合于诗教之义，评说像《花间集》《草堂诗余》这样的词集、词选与诗教之旨至为切近，由此而推尊词体。谭献之论在论说理据上虽见出欠缺，不一定能服人，但其对词体的推尊之意是甚为明显的。吴敏树《鹤茗堂百二词自序》云："余独喜诵古人如苏、黄、辛幼安之作，虽小词，声动人心，及柳耆卿辈晓风残月，亦自有旗亭渭城之意。乃知词之一道，故不后于诗也。"③ 吴敏树通过论评宋代苏轼、黄庭坚、辛弃疾、柳永等代表性词人词作，体现出对词体的推尊之意。他评断上述词人之作情感表现细腻生动，深入人心，富于艺术魅力，其审美表现功能并不在诗体之下，是值得大力实践的。

沈祥龙《论词随笔》云："以词为小技，此非深知词者。词至南宋，如稼轩、同甫之慷慨悲凉，碧山、玉田之微婉顿挫，皆伤时感事，上与风骚同旨，可薄为小技乎。"④ 沈祥龙对贬抑词体之论予以大力驳斥，批评其持论者并非深识词作之道。他对南宋词甚为推重，认为无论在豪放抑或

---

① 冯乾编校：《清词序跋汇编》，凤凰出版社 2013 年版，第 1526—1527 页。
② 同上书，第 1505 页。
③ 同上书，第 1555 页。
④ 唐圭璋编：《词话丛编》，中华书局 1986 年版，第 4059 页。

婉约词风的创制中，其艺术路径都与风骚相合，创作旨向皆因时感事，甚富于社会历史与现实内涵，确不可以"小道""末技"等而轻薄之。周銮诒《冰壶词序》云："词者，诗之苗裔，且以补诗之穷也。自明以来，以词为诗余，或以小技目之，其不知诗之源流，亦已俱矣。三百篇有一二字为句，至于八九字者。盖诗本于乐，乐本乎音，非声有长短，无以宣其气而达其音。唐宋以后，以词入乐府，所以合乐也。知此而词非小道矣。"① 周銮诒否定明代以来以"诗余"而称词之论，认为词体之源是在先秦《诗三百》之中的。因为《诗三百》中早就存在长短不一的句式，以音律表现而言，这种长短不一的句式实际上是更适合于宣导人的内在之气的。唐宋时期，长短句的创作走上更为音乐化的道路，这使其形式创造更显精致，由此而论，词作之道确非"小技""小道"之属，其与诗体同源而异流，是有着补充诗作艺术表现功能的。陈克劢《红豆帘琴意自序》云："降诗而言词，抑又卑矣。然观昔人传作，窃爱好之。以为委婉言情，义兼比兴，正得风雅遗意。自来作者，不特秦郎、小晏艳绝一时。即如欧阳文忠、司马温公，一代伟人，亦工绮语。岂非兴之所寄，有不关语言文字者乎？"② 陈克劢实际上对"卑体"论予以驳斥。他肯定词作言情写意以比譬与兴会为高，认为其有效地承扬了诗骚传统，在这点上，欧阳修、司马光等人于政事、文章之余亦多作词，其关键便在于此，兴会寄托乃词作之体的艺术表现本质所在，因而其是富于艺术内涵的。

张体刚《青田山庐词钞序》云："昔人谓柳屯田词只可令十七八女郎执红牙歌'晓风残月'，若东坡则关西大汉铜琵铁板唱'大江东去'，此非笃论也。夫词与诗无二致，所贵相题命意，见景生情。使玉局写儿女娇憨、闺秀燕婉，必不出关西大汉以吓人；使耆卿凭吊孤忠、咏怀古迹，亦断不肯当场柔媚，妆十七八女郎也。窃持此意以相衡，其柔脆轻圆、无晦涩之病，淋漓悲壮、有跌宕之神，古今名家，指不胜屈。"③ 张体刚通过评说柳永与苏轼词作风格呈现之异，触及对词体的推尊之论。他强调，词体与诗体之间其实是并无太大差异的，其共通的本质在于根据不同题材与主题的需要而立定意致呈现，在艺术表现中则要求触景生情、情景相融，

---

①　冯乾编校：《清词序跋汇编》，凤凰出版社 2013 年版，第 1691—1692 页。
②　同上书，第 1697 页。
③　莫庭芝：《青田山庐诗钞》卷首，清光绪十五年日本使署刻黎氏家集本。

两者在艺术质性上是一致的，词体与诗体一样应该得到推尊，彼此间在体制呈现上是毫无高下之分的。文廷式《云起轩词自序》云："词者，远继风骚，近沿乐府，岂小道欤。自朱竹垞以玉田为宗，所选《词综》意旨枯寂，后人继之，尤为冗漫，以二窗为祖祢，视辛、刘若仇雠，家法若斯，庸非巨谬，二百年来，不为笼绊者，盖亦仅矣。曹珂雪有俊爽之致，蒋鹿潭有沈深之思，成容若学阳春之作，而笔意稍轻，张皋文具子瞻之心，而才思未逮，然皆斐然有作者之意，非志不离于方罫者也。余于斯道无能为役役，而志之所在，不尚苟同。"① 文廷式论断词作上承风骚之旨及其统绪，近接汉魏乐府体制，是不能以"末技""小道"视之的。他批评朱彝尊论词以张炎为宗，认为其所编选《词综》之中不少作品意致表现枯寂瘦硬，风格呈现亦见单调乏味，不仅难以成为后人习效的范本，而且可能成为后人学词之羁绊。他称扬在清代词人中，曹贞吉、蒋春霖、纳兰性德等人词作在思致蕴含或才思表现上各有所长，较好地凸显出主体心志，是值得后人学习的。他们从不同方面丰富了词的创作，提高了词的品格，是以实际行动彰显对词体的推尊之意。郑文焯《花间集题记》云："词者，意内而言外，理隐而文贵，其源出于变风、小雅，而流滥于汉魏乐府、歌谣。皋文所谓'不敢同诗赋而并诵之'者，亦以风、雅之馨遗，文章之流别；其体微，其道尊也。"② 郑文焯对词之体制表现出甚为推尊的态度。他认为，词体源出于先秦诗骚而衍生于汉魏乐府诗之中。他评说张惠言所谓不敢将词体与诗赋"并诵"之论，认为这仅仅是从体制衍变角度加以论说的，而并非指词的文体价值及创作意义不能与诗赋之体相提并论。郑文焯界断词体虽然形式短小，然其创作内涵丰富，确是应该受到推尊的文学体制。

李岳瑞《郢云词自序》云："儒者率卑填词为小道，几于俳优畜之。然其体肇始于三百篇，滥觞于汉魏乐府，由风雅颂而五七言，由古而律，由律而长短句，此亦三统质文叠嬗之故，非人力所能为者。周、秦、欧、柳、辛、姜、吴、王诸大家，皆能以忠君爱国之感、微词讽谏之义，自尊其体，非可以一二侧艳之辞，狭邪之语，摈诸文章之外也。"③ 李岳瑞对

---

① 施蛰存主编：《词籍序跋萃编》，中国社会科学出版社1994年版，第610页。
② 同上书，第639—640页。
③ 冯乾编校：《清词序跋汇编》，凤凰出版社2013年版，第1863页。

词作"卑体"之论予以驳斥。他论断,词体生发于先秦《诗三百》之中,乃循文学历史演变之迹逐渐发展起来的,其形成与出现具有深刻的社会历史之因,这是"不卑"的表现之一;其二,宋代诸词作大家,都将家国之感与讽谏之义对象于词作艺术表现中,他们在极大地丰富与厚实词作内涵上作出引导,这也是使词作受到推尊的另一大缘由。总之,词并非或淫艳、或狭邪,或虚妄之体,其有着历史存在的合理性与必要性,是理应得到人们充分推重的。左运奎《迦厂词自序》云:"嗟乎!有韵之文,逮词而止。鄙为小道,目为诗余,里儒之言,比比然矣。不知烟柳斜阳之句,琼楼玉宇之歌,其缠绵忠爱,与美人香草有殊致哉!感事以生情,丽情而传物,以予观之,直骚之余耳。"[①] 左运奎从情感抒发与艺术表现的角度对词体予以推尊。他论断,人们往往将词体视为诗之余事,判评其为"小道"之业,这是很不正确的。他认为,词作情感表现常常通过艳丽柔媚的字句与意象运用等而表达深意,在这点上,它与诗作之体是毫无二致的,情感同样成为词的创作的内在动力之源与核心内容。正由此,左运奎论断词体在实际上是源于先秦诗骚之体的,在因事生情和以情感人这两点上,它创造性地继承与发展了诗骚之体的优良传统。

民国时期,康有为《味梨集序》云:"为文辞者,尊诗而卑词,是谬论也。四、五、七言长短句,其体同肇始于三百篇,墨子称'歌诗三百,舞诗三百,弦诗三百',故三百篇皆入乐之章也。乐章以咏叹淫佚、感移人心为要眇,故其为声高下、急曼、曲折,亦以长短句为宜。三百篇之声既亡,于是汉之《将进酒》《艾如张》《上之回》,亦以长短句为章。六朝时,汉铙歌、鼓吹曲既废,于是《清波》《白鸠》《子夜》《乌栖》之曲,亦以长短句为章。中唐时,六朝之曲废,于是合律绝句'黄河远上'曼声之调出。爰暨晚唐,合三、五、七言古律,增加附益,肉好眇曼,音节泠泠,俯仰进退,皆中乎《桑林》之舞、《经首》之会。暨宋人益变化作新声,曼曼如垂丝,飘飘如游云,划绝如斫剑,拗折如裂帛,幽幽如洞谷。龙吟凤啸,莺啭猿啼,体态万变,实合诗骚、乐府、绝句而一协于律。盖集辞之大成,文之有滋味者也。"[②] 康有为的这段论说篇幅甚长,对历来的推尊诗体而贬抑词体之言予以大力驳斥,对词体的渊源、衍生及

---

① 冯乾编校:《清词序跋汇编》,凤凰出版社 2013 年版,第 1991 页。
② 同上书,第 1801—1802 页。

流变等展开了甚为具体细致的探讨。他认为，长短不一的形式最初便是渊源于《诗三百》之中的，作为“诗、歌、舞”的三位一体，《诗三百》在最初便具有“入乐”的特点，体现出鲜明的音乐性特征。这种内含的音乐性通过长短不一的形式是甚有利于得到艺术呈现的。向后延展，汉魏六朝乐府诗及唐人歌行之体，都呈现出长短不一的形式而内在体现出合乎声律的特点。发展到宋代，人们进一步将这种长短不一的形式加以变化，其笔法运用相对于前人更见丰富，其风格呈现亦更见多样，然其在本质上与先秦诗骚、汉魏乐府及唐人歌诗一样，仍然是入乎乐律的文学之体。康有为界断词体为“集辞之大成，文之有滋味者”，从形式表现与内容蕴含两个方面对词体予以高度推尊，体现出对词体的极端重视态度。康有为之论，将从诗词同源与同旨角度对词体的推尊提升到一个极致的高度。其又云：“古诗朴，律体雅，词曲冶，如忠质文之异尚，而郁郁彬彬，孔子从文。以词视诗，如以周视夏，周为胜也。或讥其体艳冶靡曼，盖词祢律绝而祖乐府，以风骚为祖所自出，与雅颂分宗别谱。然雅颂远裔为铙歌、鼓吹，皆用长短句，则亦同祖黄帝也。”① 康有为从不同文体质性及词之渊源的角度，对词体进一步予以推尊。他论断不同文体之艺术质性及审美特征是各异的，对词曲之体而言，其艺术质性是趋尚艳丽柔媚的，这是无可厚非的，是由其演变发展历程及所承纳的艺术因子影响和决定的。康有为将诗词之体关系比譬为中国上古时期的夏周二代，认为词体远在诗体之上。此观点当然肯定是值得商榷的，过于抬高了词体之地位，然其对词体的推尊之意是显而易见的。

蒋兆兰《词说》云：“词虽小道，然极其至，何尝不是立言。盖其温厚和平，长于讽谕，一本兴观群怨之旨，虽圣人起，不易其言也。周止庵曰：诗有史，词亦有史，一语道破也。”② 蒋兆兰从圣人所谓“三不朽”之一的“立言”角度，论断词体与诗体一样，其在艺术表现上也长于讽喻，寓含传统诗体所具有的“兴”“观”“群”“怨”等艺术表现功能，并且其面貌呈现温厚和平，确是另一种甚有价值的文学形式，理应得到人们的普遍推重。蒋兆兰从诗词同旨角度体现出对词体的推尊之意。徐沅《瀼溪渔唱序》云：“北宋以来，诗人多寓声为词，陈季陆谓苏子瞻词如

① 冯乾编校：《清词序跋汇编》，凤凰出版社 2013 年版，第 1802 页。

② 唐圭璋编：《词话丛编》，中华书局 1986 年版，第 4638 页。

诗。其后元祐诸公嬉弄乐府，寓以诗人句法，无一毫浮靡之气，实自坡公发之。即至运往风微，而玉田、碧山诸彦，犹皆播为雅歌，以寄其禾黍之感。固知诗词同源，皆足以继三百篇之旨，非小道也。"① 徐沅也从诗词同源与同旨的角度对词体予以推尊。他论断，北宋以来词的创作日益兴盛，以苏轼为代表，元祐时期的不少人在创作取径上以诗为词、运诗入词，延展至宋末元初的张炎、王沂孙等人，特别注重将黍离之感与兴会之意寄托于词中，这有效地承起和弘扬了《诗三百》以来的创作传统，其体制虽然短小而意旨却见深远，是不能以"小道"视之的。冒广生《草间词序》云："夫词者，诗之余也。本忠爱之思，以极其缠绵之致。寻源骚辩，托体比兴，自其文字而观之，不过曰蹇修，曰兰荃耳。世无解人，而急功近利之徒盈天下，此天下所以乱，而《春秋》不得不因诗亡而作也。然则谓词之不亡，即诗之不亡可也。"② 冒广生肯定词为"诗余"之属。他论断，人们在词的创作中常常将忠君爱国之思寄托与体现于缠绵悱恻的情感抒发与意绪表现中，这有效地承扬了诗骚之体的兴会比譬之法，其创作旨向与诗体是相趋相通的。冒广生也从诗词同旨的角度对词体予以了推尊。

第四节 从有补于诗歌艺术表现角度 对词体推尊之论的承衍

中国传统词学尊体之论承衍的第四个维面，是从有补于诗歌艺术表现角度予以切入的。这一线索也主要呈现于清代与民国时期。其主要体现在任绳隗、朱彝尊、屈大均、先著、吴秋、王岱、孔传铦、沈德潜、顾诒禄、张云璈、焦循、鲍印、刘珊、陈文述、董思诚、张曜孙、廖平、周焌圻、杨岘、杨福臻、王闿运、仇垛、程适、夏敬观、许泰等人的论说中。他们主要从创作主体情感表现范围及其细腻性呈现方面对传统词体所具有的优势予以论说，并由此对词体予以推尊。这在传统词学理论批评史上是独具特色的。

清代前期，任绳隗《学文堂诗余序》云："夫诗之为骚，骚之为乐

---

① 冯乾编校：《清词序跋汇编》，凤凰出版社 2013 年版，第 2140 页。
② 同上书，第 2030 页。

府，乐府之为长短歌，为五七言古，为律，为绝，而至于为诗余，此正补古人之所未备也，而不得谓词劣于诗也。"① 任绳隗从诗体渊源演变角度论说到词之由来，他强调词体是有补于诗体的，我们不得对其持"卑体"观念。任绳隗之言较早从有补于诗歌艺术表现角度开启对词体的推尊之道。朱彝尊《紫云词序》云："词者，诗之余，然其流既分而不可复合。有以乐章语入诗者，人交讪之矣。虽然，良医之主药藏，金石草木，燥隰寒热之宜，采营各别，而后处方合散，不乱其部，要其术则一而已。自唐以后，工诗者每兼工于词，宋之元老若韩、范、司马，理学若朱仲晦、真希元，亦皆为之，由是乐章卷帙，几与诗争富。昌黎子曰：'欢愉之言难工，愁苦之言易好。'斯亦善言诗矣。至于词，或不然，大都欢愉之辞工者十九，而言愁苦者十一焉耳。故诗际兵戈俶扰，流离琐尾，而作者愈工；词则宜于宴嬉逸乐，以歌咏太平，此学士大夫并存焉而不废也。"② 朱彝尊肯定词为"诗余"之属，他论断诗词同源而异流，相互间有不可复合性。他针对韩愈"欢愉之言难工，愁苦之言易好"之论，认为这一论断对词的创作而言是不太适用的，词的创作大多以抒写欢愉嬉乐之事为题材，诗歌创作所往往体现出的"国家不幸诗家幸"原则在词的创作中往往难以体现，正由此，词体有效地补充了诗歌艺术表现的不足，在很大程度上，开拓与延展了其艺术表现上的功能，它与诗体是并存不废的。其《陈纬云〈红盐词〉序》云："词虽小技，昔之通儒钜公往往为之。盖有诗所难言者，委曲倚之于声，其辞愈微而其旨益远。善言词者，假闺房儿女子之言，通之于《离骚》、变雅之义，此尤不得志于时者所宜寄情焉耳。"③ 朱彝尊继续从有补于情感表现的角度对词体予以推尊。他认为，在艺术功能上，人们往往通过作词来传达在诗中所难以言说的东西。善于作词之人，总是通过抒写生活琐细与儿女之情，却表现出如诗体一般所具有的变风变雅之义。在这个意义上，词体往往成为失意之人宣泄郁闷与抒写情性的有效工具，其在艺术表现上无疑具有内在的优势。屈大均《红螺词序》云："诗所不能言者，以词言之。词者，济诗之穷也。诗至唐而

① 冯乾编校：《清词序跋汇编》，凤凰出版社 2013 年版，第 98 页。
② 同上书，第 240 页。
③ 朱彝尊：《曝书亭集》卷四十，影印文渊阁《四库全书》本。

亡，有宋之词而唐之诗乃不亡。"① 屈大均肯定词体与诗体的相通及对其的补充之功效。他从内涵表现的角度，提出词体可以有效地延伸诗歌艺术表现的触角，弥补诗体某些艺术表现之不足，并认为有些不便以诗歌形式言说的内涵，可以艺术化地置入于词体中。正因此，屈大均认为，宋词乃对唐诗的有效承衍，它将唐诗的生命之流以另一种艺术形式鲜活地呈现出来。

先著《劝影堂词自记》云："词虽小技，有乖有合，其浅深高下之故，殆不减于诗。诗所不能尽者，以长短句出之，名以诗余，固与诗同源而别体也。风、骚、五七字之外，乃另有此一境。当其缠绵宛转，激壮悲凉，尤觉易于感人。然有染不掩姿，雕不病骨，浓不损灵，美不伤薄者，仅以为艳情所托，则末矣。"② 先著论断诗词两者有相趋也有相离之处，他认为，词作内在可发挥的艺术空间是可与诗体相类的。他持同传统"诗余"之论，认为人们往往将在诗作中所难以表现的情感意绪对象化于词体中，通过长短不一的形式而加以艺术化呈示。因此，词体与诗体同源而异趋，其在诗体之外又打开一个广阔的艺术空间，它往往以情感表现的或细腻委婉，或豪放悲壮而深刻地打动于人。先著从有补于诗歌情感表现的角度将对词体的推尊发挥开来。吴秋《枞左堂集原序》云："读文章而有情，知其忠孝之人也。自左徒美人香草而后，后之忠孝之士若杜工部、李供奉、苏端明、黄涪州、辛制置之属，或托于诗歌，或见于诗余小令。体裁不同，此物此志尔。故文章之道最尊，上自谟训疏奏笺表之类，降而至于诗余小令，何异公侯五等之尊，下视舆台皂隶之贱也哉？若夫宣其忠孝恳恻不得已而安之若命之心，则疏奏笺表犹之冠冕黼黻之尊且华，而诗余小令犹之中裙单绞之贱且亵也。夫其服愈媟，去体愈亲，其服愈贱，其被愈广，此诗余小令之作虽亵且贱，而其制有不可废耳。"③ 吴秋大力肯定诗词之体乃有情之属。他论断自古以来，屈原、杜甫、李白、苏轼、黄庭坚、辛弃疾等人都托物寓情，将自己对社会人事的体验感悟与喜怒哀乐之情都对象化于诗中或词中，它们极致地感动人心，因此，诗词之道与文章体现出同样受尊的地位。吴秋进一步论道，在对忠孝节义、安身立命等思

---

① 屈大均撰，陈永正笺校：《屈大均全集》，人民文学出版社1996年版，第81页。
② 先著：《劝影堂词》卷首，北京出版社1998年影印。
③ 冯乾编校：《清词序跋汇编》，凤凰出版社2013年版，第315页。

想内容的宣扬方面，实用之文犹如人身上的华服与冠盖，其价值与地位似更尊贵；相对而言，词作之体犹如人身上的花边裙裾，不容易扎眼，但这些东西与人们的生活更见亲近，其传布的范围也更为广泛，因而，实是不容小觑的文学之体，应该引起人们充分关注与传扬。

王岱《了庵诗余自序》云："诗至于余而诗亡，余至极妙，而诗复存。是薄诗之气者余也，救诗之腐者亦余也。诗以温厚和平、含蓄不尽、怨不怒、哀不伤、乐不淫为旨。词则极伤、极怒、极淫而后已。六朝《子夜》靡靡之音，几有欲词之势。唐时诸公振起，气运一归大雅，词始不盛于唐，留于宋元。然青莲于郊庙雍穆中忽为变调，名《菩萨蛮》，遂为千古词祖。是词虽盛于宋元，实始于唐。今观唐以后之诗，芜蔓酸涩，反不如词之清新俊伟，使人移情适性，快口宕胸。嘻！气运至此不容不变，人心灵巧至此不容不剖露，即作者亦不自知其故也。是诗之不至于尽亡，实余有以存之也。"① 王岱论断词的创作是对诗体的有效承扬。与诗体相比，词体在气韵呈现上更显柔弱，但其在艺术表现上更见清新；诗体审美表现以合乎儒家中和准则为旨归，追求温柔敦厚，不过度，不尖露，而词作则有所差异，它追求在极表哀怒中尽现主体情怀，以说破为贵。王岱认为，词的创作因子其实早在六朝乐府诗中便已存在，只不过，唐代时期诗歌创作以雅正为尚，一时抑制了其词性因子的发育，他论断词体实际上是真正从唐代开始就有的。王岱进一步论说词作之体风格表现清新典雅，移人性情，荡人胸臆，他认为，这是时代社会发展所必然造就的。正由此，他归结，相对于诗体而言，词体的出现确不意味着诗体表现功能的丧失，而彰显出其乃以新的面目存在，这是甚富于社会功能与历史价值转换之辩证观照的。孔传铄《清涛词自识》云："盖吾之情，诗所不能尽写者，词皆足以伸之。诗所一写无余者，词又足以留之。单之而不觉其简；复之而不病其烦；累而续之，不病其长；剪而断之，不虞其短。盖古人先以小调当泓下之一吟，以其中调当峡中之三泪，而长调则众窍怒号，无所不可。"② 孔传铄亦从情感表现的角度对词体予以推尊。他论说词作在情感表现上有补于诗体之功，其抒写更为狭深、更为细腻；而有时在诗体中容易表露无余的东西，在词作中又往往可以得到更含蓄、更委婉的传达。

---

① 冯乾编校：《清词序跋汇编》，凤凰出版社 2013 年版，第 31 页。
② 同上书，第 392 页。

孔传铦判评词体长短各宜，创作笔法多样而富于互补性，其小令、中调、长调的不同体式各有优长，共同拓展了词体艺术表现的空间。

清代中期，沈德潜《碧箫词序》云："夫词之为道，其辞微，其旨远，诗所难于达者，假闺房儿女子之言，长短其句，而以委曲通之，准诸《离骚》二十五之义，往往相合。前人之体制不可逾也，一定之律吕不可混也。"① 沈德潜肯定词的创作有补于诗体之功，肯定它们在创作旨向上往往相通，强调一些在诗作中所难以表现的情感内涵在词体中却可以得到很好的艺术呈现，这从深层次上见出诗词之体的内在相通性。但即使如此，沈德潜仍然强调词之体性与规制是不可随意逾越的，其内在声调与音律准则是不可随意混淆的，体现出对词之体性观念的谨守态度。顾诒禄《归愚诗余序》云："词者，诗之余。诗所难言，假闺房儿女子之语，通之于《离骚》变雅之义，其辞益微，其音益远。肇自开元、天宝以及五代十国，作者众多，元老若韩、范、司马，理学若朱仲晦、真希元诸公，亦皆为之。"② 顾诒禄在肯定词为"诗余"的同时，论说诗词创作旨向相通，词体常常具有补充诗体的功效，它往往以闺情艳语而表达风雅之义，正因此，宋代韩琦、范仲淹、司马光、朱熹、真德秀诸大家都创作有词。顾诒禄也从有补于诗体艺术表现的角度对词体予以了推尊。张云璈《沈秋卿梦绿山庄词序》云："诗以道性情，而词又性情之易为道者也。举凡羁人秋士、忧深思远，诗所不能达者，则藉词之曲折以达之，愈曲愈达，愈达愈曲，故见性情之真者，词较诗为尤甚。词名诗余，实有以补诗所不足，岂云余而已哉？"③ 张云璈在大力肯定诗歌以情感表现为本的基础上，认为相对于诗体而言，词体是更利于表现人的情感的，因此，古往今来举凡诗中所不易表现的情感都在词作中得到很好的艺术呈现。他认为，词作中情感表现突出地体现出两方面的特征：一是在曲折含蓄与切中人位上达到和谐的统一，二是其情感表现显示出更为真挚深切的特点。张云璈反驳词为"诗余"之名，在此基础上，他界断诗词之体所表现意旨与思致确有所分别，一些更为细腻幽深的情感与人生体验之内涵，通过词体这一形式是更有利于得到充分表现的，词体在很大程度上对诗体艺术表现功能具

---

① 张埙：《碧箫词》卷首，清乾隆刻本。
② 冯乾编校：《清词序跋汇编》，凤凰出版社 2013 年版，第 515 页。
③ 孙克强、杨传庆、裴喆编著：《清人词话》，南开大学出版社 2012 年版，第 903 页。

有巨大的延伸与拓展作用。

焦循《雕菰楼词话》云:"谈者多谓词不可学,以其妨诗、古文,尤非说经尚古者所宜。余谓非也。人禀阴阳之气以生,性情中所寓之柔气,有时感发,每不可遏。有词曲一途分泄之,则使清纯之气,长流行于诗古文。且经学须深思默会,或至抑塞沉困,机不可转。诗词是以移其情而豁其趣,则有益于经学者正不浅。"① 焦循对轻视词体之论予以驳斥。他论断词体与诗文之体一样,缘于人之性情,是人们对自然社会有感而发的产物,更是艺术化地表现主体性情与气蕴的有效形式。他进一步提出,诗词创作有着自身独特的社会功用与现实价值,它旨在动人性情、引人意趣,是有益于社会人生的东西。焦循从长于表情与呈趣的角度对词体予以推尊,对其社会现实价值予以大力张扬。鲍印《韫玉楼词跋》云:"顾以词虽号为诗余,而实有与诗分道并驰者。盖声音之道入人也深,故绸缪幽迥之思,千变而百折,诗之所必不能达者,词则达之。"② 鲍印也从有补于诗歌艺术表现的角度对词体予以推尊。他论断诗词之体"分道并驰",认为词作之道情感表现更为深入人心,其幽远细微之思致丰富而更富于变化,其艺术表现的触角是富于伸展性与灵活性的。刘珊《餐花吟馆词钞序》云:"倚声虽小道,要其单微婉挚,一往情深,有诗人极写所不能到者。况夫按谱寻声,移宫换羽,驯至自然合拍,几于天籁,其感人为尤深。故自唐人创为小令,宋元衍为中调、长调,体凡屡变。虽若近于纤璅,然而流丽铿锵,哀感顽艳,卒亦无悖于诗人之旨,则词固亦未可遽废也。"③ 刘珊论断词作情感表现有诗体所不能与不易传达的,其情感表现深挚幽细,容易触及人心的最细微之处;并且其音律表现甚为讲究,流转自如,天然巧妙,因而感人至深。其作为一种文学体制确有着自身独特的优势之处。

晚清,陈文述《紫鸾笙谱序》云:"词虽小道,抒写怀抱,宣导湮郁,言情最婉,感人最深,非他诗文可及也。"④ 陈文述肯定词作之体虽然短小,但他认为其在情感表现方面最见细腻深致,也最容易入乎人心,

---

① 唐圭璋编:《词话丛编》,中华书局1986年版,第1491页。
② 冯乾编校:《清词序跋汇编》,凤凰出版社2013年版,第745页。
③ 同上书,第698页。
④ 同上书,第938页。

在这点上，其他诗文之体是难以相比的。陈文述之论，体现出从有补于情感表现角度对词体的推尊之意。董思诚《香草溪乐府后序》云："诗以言情，情之所不能达者，词足以达之。其为文约而赅，婉而多风，故词者诗之余，亦诗之辅也。"[①] 董思诚从情感表现的角度大力肯定词体有补于诗体之功。他认为，词作之体短小精粹，艺术表现婉曲而尽显风致，它实体现出对诗体艺术功能的有效补充，其名为"诗余"而实高于"诗余"。张曜孙《同声集序》云："夫诗者，思也。思者，志之所发。故曰在心为志，发言为诗。太史公曰：'诗三百篇，大抵皆贤人君子发愤感激之所为也。'故其文则情辞相比，其法则比兴互用，其用归于兴观群怨，而极于履中蹈和，各得其性情之正。是故诗有六义，一不足以达其志，故六之。志之隐、情之挚、思之沈微幽眇而不可已。质言不达也，文言之；文言不达也，寓言之。拟之、议之、错之、综之、委曲以将之、优柔以喻之。上以风化下，下以风刺上。美善恶恶，异而善入，于以感发，惩创通于神明，词亦犹是也。然而其文小，其体近，其志愈隐，其思愈深，于是抑扬以曼其声，假借以丽其辞，短长以流其韵。凡以达其难言之志而发其难显之思，故诗所不能达者，词达之。其旨近于风，其用长于比兴。"[②] 张曜孙的这一长段论说甚为具体细致地从有补于诗体的角度，表达出对词体的推尊之意。他论断，词体与诗体一样，其在内容表现上是以言说志意为本的，所抒发的是人们心中所含蕴的喜怒哀乐之情；其艺术表现之法甚为丰富，彼此间转换、共构与生发，形成多样的审美表现效果；其面貌风格讲究平和中正，合乎风化，入乎雅正，是值得努力张扬的文学之体。在此基础上，张曜孙归结词作之体更有独特之处，其形式体制更见短小精粹，思想情感更见含蓄深致，字语运用更显华美生动，音律表现更显婉转引人。诗作中所不易表达的思想内涵与所难以传达的情感意绪，通过词的形式大都能得到较好的呈示。总之，词体以更长于比譬与兴会之法表现出传统诗骚之旨趣，确乎是值得大力推尊的。

廖平《丽瞩亭词序》云："词者，诗之余，亦诗之变也。然源流出于古乐府，依永而和声，一唱而三叹，其移情于诗为烈，顾可以雕虫忽之

---

① 冯乾编校：《清词序跋汇编》，凤凰出版社 2013 年版，第 891 页。
② 同上书，第 1085 页。

哉?"① 廖平肯定词体衍生于古乐府诗之中,他认为,其艺术表现甚为讲究音律之美,而情感抒发甚为浓烈真挚,确是不可以轻视的文学之体。廖平之论虽然简短,却从内容表达与形式创造两个方面同时对词体予以推尊。周焌圻《拜梅书屋词钞自序》云:"词者,诗人之余。是说也,人习闻之。予谓称诗余者,殆本诗中音节变换言之也。夫诗有五言,有七言,有长短杂言。今观词中《生查子》,则纯乎五言也;《浣溪沙》《玉楼春》,则纯乎七言也。其他长短龉错,腔调各别,其音节无不从诗出。而较诗柔和,其字法句法亦较诗细腻。凡诗中所不能觎述者,以词写之,反觉委诎详尽。是其品略卑于诗,而却为诗之辅,故曰诗之余也。"② 周焌圻对词为"诗余"之义予以新的解说。他认为,诗词之异别其实是并不在形式上的,诗作之体中有五言、七言、杂言,而词作之体中除以长短不一句式为主外,也有五言与七言之体的。其真正的异别乃在于题材叙写更见狭深,艺术表现更为细致生动,风格呈现更显委婉柔媚,在有些时候,词体可以起到弥补诗作艺术表现之不足,具有艺术补充之功效,"诗余"之名正是从这一方面而言的。周焌圻之论,在体制存在上,肯定词品低于诗品,但从功效发挥上又对词体予以大力肯定与推扬,体现出颇为丰富复杂的词体观念。杨岘《留云借月庵词叙》云:"夫词者,诗之余也。孔子论《诗》曰:'可以怨。'谓贤豪之士,委曲抑塞之情,历言之不能终,赖诗以达之,故当日有辀轩之采。自齐梁而下,以格律欲达者,仍不尽达。而词乃长短以导之,抑扬以究之,于是乎盛行焉。则词所以补诗之穷也。"③ 杨岘之言,实际上仍从有补于诗歌艺术表现的角度对词体予以推尊。他认为,诗词之体都有"可以怨"的艺术表现功能,但有些"怨情"在形式相对严整、格律相对整饬的诗之体制中,并不能得到完整的表现,但通过词体之长短不一的句式、抑扬高下的音律流转等形式因素却可以得到更好、更细致地传达,由此而言,在一定程度上,词体对诗体是有着补充之功效与价值的,理应受到推扬。

杨福臻《时晴斋词钞序》云:"词,诗之附庸也。体卑于诗,而情实过之。登山临水,惜别怀人。蝶瘦螀寒,花开叶落。孤怀有托,灵绪独

---

① 冯乾编校:《清词序跋汇编》,凤凰出版社 2013 年版,第 1678 页。
② 同上书,第 1790 页。
③ 同上书,第 1740—1741 页。

抽。摹写幽微，诗家或未能到。"① 杨福臻在将词作视为诗之衍生体制的同时，也从有补于情感表现的角度对词体予以推尊。他论断词作情感抒写内容广泛，举凡自然之思与怀人之情等内容都可对象于其中，并且，其艺术表现细腻幽致，灵动异常，这是诗体所难以达到的。王闿运《论词宗派》云："诗所能言者，词皆能之；诗所不能言者，词独能之。皆所以宣志达情，使人自悟，至其佳处，自有专家。短令长调，各有曲折，作者自知，非可言也。"② 王闿运将言说志意与抒发情性论断为诗词之体共通的本质所在。他甚为推尊词体，认为其比诗体更富有艺术表现力，所涉艺术表现范围更广，所及艺术表现层次更深，对人之情志的表现更为细致幽约。王闿运从诗词比照角度对词体的推尊，将词作的言志抒情功能进一步予以了放大，体现出对入清以来传统词学功能之论的有效继承与发扬。

民国时期，仇埰《蓼辛词叙》云："词为诗余，蓄性情，摅怀抱，与诗同其用，而殊其境。盖其婉曲绵邈，诗所不能到者，而词通之。故词亦本乎天，极乎人，而周乎万物也。"③ 仇埰论断词作之体在内涵表现上可与诗体相类，它表现人的心性情愫，抒写人之怀抱志意，所不同的在于其面目呈现更见委婉深致，在一些内容的表现上对诗体有补充之功效。正由此，仇埰充分肯定词体出现的必然性，概括其艺术表现范围甚为广泛，其论充分体现出对词体的推尊态度。程适《乐府补题后集乙编序》云："人生之乐，无逾友朋，友朋之叙，莫若文字。文字而极之倚声，意内言外，悱恻芬芳，往往能深入人心，缠绵固结而不自解，小道云乎哉？"④ 程适界定词作乃文字中最富于魅力之体，其以"意内言外"为本质所在，艺术表现婉曲细腻，风格呈现华美秀丽，它极易感动人心，往往使人沉醉其中而难以自拔，确是不能以"小道"视之的。程适同时从有助于意致凸显与有补于情感表现的角度对词体予以了推尊。夏敬观《半樱词续序》云："骚赋所讽谏，极诡辞，至阂丽繁衍，无以复加，而词能约之。诗人悃悃之情，欲茹而不能止，欲吐则未甘。五七言句所莫克蕴而宣者，而词能过之。予尝谓文体之兴，有今不逮古，亦有后优于前者。词虽晚出，盖

---

① 冯乾编校：《清词序跋汇编》，凤凰出版社 2013 年版，第 1798 页。
② 张璋、职承让、张骅、张博宁编纂：《历代词话续编》，大象出版社 2005 年版，第 1 页。
③ 冯乾编校：《清词序跋汇编》，凤凰出版社 2013 年版，第 2126 页。
④ 同上书，第 2069 页。

其于骚赋歌诗，益补其所不能，而为至高无上之一体也。自宋以来，作者辈出，名其家者韵味、气息，各有不同。其音响曲折，既节之以句调，意义广狭，章阕限之，顾犹能人尽其才，邦树一帜。然则昔之人命曰诗余，目为小道，岂其然哉！岂其然哉！"① 夏敬观从有补于诗文之体艺术表现的角度极力推尊词体。他论断，词作以简约之体而表现丰富的内涵，实有过于骚赋；诗人们所不易表达的婉曲深致之情感意绪，也在词中得到很好的艺术表现，这也是词体优于诗体之处。夏敬观概括古今文体间大致存在两种关系：一是古胜于今，二是今优于古，他界定，词作之体因其对各种文体都具有补充之功效而成为甚具优势的形式。正因此，我们切不可将词的创作视为"小道"之举，它实是转益而来的、独具个性与不断创新的特殊文体，理应引起我们的高度重视。许泰《梦罗浮馆词自序》则云："其为体也，调有定格，句有定字，声有定律，稍一纰缪，便违法度，非如诗律之宽也。其为用，则宣幽忧，导湮郁，凡诗所不能道者，于词辄能以婉约窅眇之语达之。"② 许泰论断词作之体在字语运用与音律表现等方面都有讲究，存在拘限，他认为，与诗体相比而言，其艺术表现之径似较为狭窄。但他大力肯定词体艺术表现内容丰富多样和细腻异常，认为其以绵邈之字语运用、委婉之风格呈现等，有效地起到延伸与拓展诗歌艺术表现的效果，确是值得大力推尊的文学形式。

总结中国传统词学尊体之论的承衍，可以看出，其主要体现在四个维面：一是从文学发展与自然存在角度予以推尊，二是从创作实践之难角度予以推尊，三是从诗词同源或同旨角度予以推尊，四是从有补于诗歌艺术表现角度予以推尊。上述几个维面，彼此间是相互联系、相互区别、相互依存与相互生发的。其中，第三个维面是立足在以诗歌艺术表现为本位而展开的，而第一、二、四个维面则立足在以词作艺术表现为本位而切入的。它们共同标示出中国传统词学尊体之论走过一条不断拓展、充实与深化、完善的道路，其从主体层面上将传统词学批评中尊体之论的基本面目清晰地呈现出来。

---

①　冯乾编校：《清词序跋汇编》，凤凰出版社 2013 年版，第 2076 页。

②　同上书，第 1939 页。

第二章　中国传统词学政教之论的承衍

政教之论是中国传统词学的基本批评观念之一。它是指在开展词学批评时，批评主体从儒家教化及其审美原则的角度对词人词作所进行的具体论说。在中国传统词学史上，政教之论在总体上数量是不算多的。其内容主要围绕诗词同道，词的创作旨向要具有讽谏劝惩之义、入乎雅正、合于风雅之道及遵循温柔敦厚、平和中正的艺术原则等而展开。它形成源远流长的承衍阐说线索，从一个视角映现出传统文学理论批评的特色，具有独特的观照意义。

第一节　政教思想旨向之论在传统词学中的承衍

中国传统词学政教思想旨向之论大致出现于元代前期。吴澄《张仲美乐府序》云："风者，民俗之谣；雅者，士大夫之作，故风葩而雅正。后世诗人之诗，往往雅体在而风体亡。道人情思，使听者悠然而感发，犹有风人遗意者，其惟乐府乎？宋诸人所工尚矣。"① 吴澄从"风""雅"之体不同质性特征角度论说词的创作，他推尚具有风人之意的词作，亦即主张词的创作寓含讽谏劝惩之义。他批评一些人的创作在"风""雅"之体上有所偏胜，即偏于"雅体"之性而失却"风体"之意，这直接导致诗词创作中政教思想旨向的迷失。吴澄对词的创作中"风人遗意"的倡导，从一定视点上凸现出词学政教批评的观念。

明代，词学政教思想旨向之论很少见到。但发展到清代，这一方面出现不少阐说。其主要体现在卢纮、丁澎、徐釚、默存、田同之、尤侗、爱新觉罗·玄烨、王昶、汤大奎、许宗彦、周济、蒋敦复、谢章铤、刘熙

---

① 吴澄：《吴文正公集》卷十一，影印文渊阁《四库全书》本。

载、谭献、廖平、陈廷焯、沈祥龙、张祥龄等人的言论中。他们从不同的方面展开与深化了对词作思想旨向的探讨和要求。

清代前期，卢绋《四照堂诗余集自序》云："虽或稍近柔靡，必本之至情，揆其大旨所存，仍归诸维持风化，激劝人心，出乎忠臣孝子、劳人思妇之苦心，与三百篇之美刺讽谕究不相远也。由是知词为诗之余，乃有补于诗，而非离诗为二者也。"① 卢绋论断词作艺术表现要合于风雅之义，其思想内涵虽从自然真挚的情感取向中生发而出，但其旨意表现要有益于现实风化，在化育人心时，起到与《诗三百》一样的美刺讽谕之功效。正由此，卢绋从艺术功能上强调词乃有补于诗之体制，两者在本质上是一致的。丁澎《定山堂诗余序》云："然则诗余者，三百篇之遗，而汉乐府之流系也，其源出于诗。诗本文章，文章本乎德业，即谓诗余为德业之余，亦无不可者。"② 丁澎从艺术渊源之论的角度肯定词为"诗余"，由此出发，他强调词体与诗文之体一样，也应该纳入到道德教化的行列中，他标树词的创作为"德业"之举，体现出对词作有益于社会人生的强调。徐釚《隔帘词序》云："或以词为流荡旖旎，近于郑卫之音。余窃以为不然。盖美人香草，自古骚人迁客，皆有所托而逃焉。今词曰诗余，则词固诗之余，而诗则未有不本于忠孝者也。故《蓼莪》本乎孝，'繁霜'本乎忠。下而至于《白华》《由庚》，以及寺人、巷伯之类，皆有忠孝之心油然生焉。"③ 徐釚从词作上承于诗体的角度，对词的内涵表现提出要求。他认为，也许有人以为词体之性呈现为柔媚华美，其艺术表现追求形式之美与俗化之气，其实不然，词的创作在本质上是由诗体中分化与衍生而出的，其艺术表现讲究合乎中和之旨，蕴含传统儒家思想文化之义，其是通过相对华美柔媚的形式而表达庄重之意致的。默存④《禅异语序》云："填词一道，长短其句，宛转声韵以缠绵情致，果诗之靡也。向之持论格调，诗人多不肯为，于今大异，家习谱而人按声，时为之哉。独是方幅老生，屋愚释子，每以为淫艳，靳之至于稍一染指，则引黄鲁直绮语之戒，訾议其后。噫！何未达声诗之道欤？如三百篇中，清庙明堂之外，不废闺

---

① 冯乾编校：《清词序跋汇编》，凤凰出版社 2013 年版，第 80 页。
② 同上书，第 141 页。
③ 同上书，第 152 页。
④ 作者名佚，序后钤"默存"印。

阁。《桃夭》《柏舟》之什，兼及城隅、桑中。善劝恶惩，诗余宁独异是？"① 默存论断词作思想旨向和艺术表现与诗作之道无异。他批评一些人所指责词体入乎"淫艳"之论，认为这是甚为狭隘的观点。词作艺术表现注重抒发个人情致，讲究细腻缠绵，这与黄庭坚等少数人作词有失"绮靡"是存在分别的。词乃"声诗之道"，其通过更音律化的艺术形式而表现出与诗体相趋相类的讽谏劝惩之义，其亦体现出对有益于世教的社会功能的注重，与诗体在本质上是相通的。

　　田同之《西圃词说》云："王元美论词云：'宁为大雅罪人。'予以为不然。文人之才，何所不寓，大抵比物流连，寄托居多。国风、骚、雅，同扶名教。即宋玉赋美人，亦犹主文谲谏之义。良以端之不得，故长言咏叹，随指以托兴焉。必欲如柳屯田之'兰心蕙性'，'枕前言下'等言语，不几风雅扫地乎。"② 田同之针对王世贞论词所大胆吐露的欲为风雅罪人的言论展开阐说。他认为，风雅谲谏在中国古代是具有悠久历史传统的，《诗经》中的"风""雅""颂"有功于名教自不必说，就连宋玉这样的才子，也以美人之喻托言谲谏之义，较好地将文人之才性与传统政教的要求结合在一起。但像柳永这样的词人则创作旨向相反，从创作主体而言，他具有灵心妙舌，但遗憾的是出语猥俗，不合风雅之义，其将作词之道引向脱轨风雅的道路，是应该大力摒弃的。尤侗《〈梅村词〉序》云："词在季孟之间，虽不多作，要皆合于国风好色、小雅怨诽之致，故予尝谓先生之诗可谓词，词可为曲。"③ 尤侗在论评吴伟业之词时，对词作思想旨向提出合于风雅之义的要求，其论寓含着吴伟业词作在某种程度上有失于风雅之性。此为传统词学史上较早从正面阐说政教之求的言论。爱新觉罗·玄烨（康熙皇帝）《历代诗余序》云："朕万机清暇，博综典籍，于经史诸书，有关政教而裨益身心者，良已纂辑无遗。因流览风雅，广识名物，欲极赋学之全，而有《赋汇》；欲萃诗学之富，而有《全唐诗》，刊本宋、金、元、明四代诗选。更以词者，继响夫诗者也，乃命词臣辑其风华典丽，悉归于正者，为若干卷，而朕亲裁定焉。"④ 爱新觉罗·玄烨坦

---

① 冯乾编校：《清词序跋汇编》，凤凰出版社 2013 年版，第 222 页。
② 唐圭璋编：《词话丛编》，中华书局 1986 年版，第 1452 页。
③ 吴毓华编：《中国古代戏曲序跋集》，中国戏剧出版社 1990 年版，第 349 页。
④ 施蛰存主编：《词籍序跋萃编》，中国社会科学出版社 1994 年版，第 758 页。

言自己组织编选《历代诗余》的目的，是要"有关政教而裨益身心"。他与其前不少统治者将词体视为有伤风化的绮语艳体观念很是不同，而把词体与传统载道的诗、赋同样视为有关娱情、教化的工具大力提倡。爱新觉罗·玄烨不惜花费国家大量的人力物力，对历代诗、词、曲、赋予以择选汇编，这当然一方面体现为对民族传统文化遗产的保护与弘扬之意，另一方面则体现出企图以此作为典则，起到引导人心及醇厚社会风化的作用。

清代中期，王昶云："世以填词为小道，此扪籥扣槃之见，非真知词者。词至碧山、玉田，伤时感事，上与风骚合旨，小道云乎哉。通人之言，识解自卓。"（吴衡照《莲子居词话》记）① 王昶针对轻视词体的传统文学观念予以论说。他认为，词作历史发展到南宋中后期，其在题材抒写与艺术表现上已完全脱却狭隘的儿女之情范围，而与社会历史与现实人生显示出十分亲近的内在联系，在所表现思想旨向上与风雅之道甚为合拍。王昶之论，在对词体的推尊中体现出对政教思想旨向的倡导之意。汤大奎《石帆词序》云："词为诗余，非易于诗也。必诗材有余，乃能为词耳。古来词人未有不工诗者，苟不深明乎比兴之义，而率尔操觚，纵极按宫协律，不过《折扬》《皇荂》，俗工鼓吹而已，大雅无取焉。"② 汤大奎论断词的创作并不比诗容易，相反，其认为只有诗才有余之人才能创作出好词。他对词的创作提出"深明乎比兴之义"的要求，强调将诗的创作中常见的引类比譬与连类而起的艺术表现方法用之于词作实践中，如此，才能真正体现出雅正之貌。汤大奎也适时地将诗教之义引入到词学批评中。许宗彦《莲子居词话序》云："文章体制，惟词溯至李唐而止，似为不古。然自周乐亡，一易而为汉之乐章，再易而为魏晋之歌行，三易而为唐之长短句。要皆随音律递变，而作者本旨，无不滥觞楚骚，导源风雅，其趣一也。故览一篇之词，而品之纯驳，学之浅深，如或贡之。命意幽远，用情温厚，上也。辞旨僄薄，冶荡而忘反，醨其性命之理，则大雅君子弗为也。"③ 许宗彦肯定词体导源于古诗，又认为其在音律表现上深受乐府之体的影响。由此出发，他提出词的创作以风骚为尚的主张，强调词的创作要入乎风雅之道。他认为，诗词在内在本质上是一致的，因此，词

---

① 唐圭璋编：《词话丛编》，中华书局1986年版，第2467页。

② 冯乾编校：《清词序跋汇编》，凤凰出版社2013年版，第765页。

③ 唐圭璋编：《词话丛编》，中华书局1986年版，第2388页。

作意旨表现也必须合乎风雅之义,其情感表现要合于温柔敦厚之体性。他坚决反对浅俗浮腻之作,认为其偏离了人的内在心性之求。许宗彦之论,综合性地阐说到词作政教思想旨向与艺术原则两方面论题,凸显出对词体的推尊与雅化之求。周济《介存斋论词杂著》云:"感慨所寄,不过盛衰,或绸缪未雨,或太息厝薪,或已溺已饥,或独清独醒,随其人之性情学问境地,莫不有由衷之言。见事多,识理透,可为后人论世之资。诗有史,词亦有史,庶乎自树一帜矣。若乃离别怀思,感士不遇,陈陈相因,唾沈互拾,便思高揖温、韦,不亦耻乎!"① 周济从词作所表现思想情感和主题意蕴入手,肯定不同的创作情境、各异的创作主体,其艺术表现的方式是会有不同的,但他对流于熟泛、缺少审美陌生化效果的诸如"离别怀思""感士不遇"的"陈陈相因"的词作艺术表现与思想内蕴甚为烦腻。周济之论实际上寓意着要脱却常熟之道,而以对事理的深切把握与独特艺术表现来赢得读者,其对词的创作旨向的要求是宽容与严苛并行的。

晚清,蒋敦复《芬陀利室词话》云:"词原于诗,即小小咏物,亦贵得风人比兴之旨。唐、五代、北宋人词,不甚咏物。南渡诸公有之,皆有寄托。"② 蒋敦复从正面提出词须有"风人比兴"之义的要求,强调在对事物凡俗和日常生活的吟咏中,体现出深致的寄托。他称扬南宋词人大都能于物有寄,创造性地继承和发展古代以来的"风人比兴"传统。谢章铤《赌棋山庄词话》云:"亦知词固有兴观群怨,事父事君,而与雅颂同文者乎。……故凡托兴男女者,和动之音,性情之始,非尽男女之事也。得此意以读词,则闺房琐屑之事,皆可作忠孝节义之事观。又岂特偎红倚翠,滴粉搓酥,供酒边花下之低唱也哉。(《词林纪事序》)是真不愧知言矣。虽然,吾窃见后世之说诗者,风雨怀人之作,子衿忧时之篇,尚以桑中濮上疑之,则谓填词为轻薄子,夫复何辞。而以意逆志,谁知以风人之旨,求之长短句哉。"③ 谢章铤提出词体与诗体一样,也以"兴""观""群""怨"为艺术旨归,在创作取向上体现出多方面政教思想特征。他大力肯定词作对人之情感的表现,肯定男女之情为人伦之本。在此基础上,他认为,即便是所描写闺房儿女之事,也可艺术地透视出创作主体之

---

① 唐圭璋编:《词话丛编》,中华书局1986年版,第1630页。
② 同上书,第3675页。
③ 同上书,第3465—3466页。

社会伦理道德观念。其词作在实质上也并非就真正地局限于男女之情事本身，而很可能包孕着丰富的社会历史与现实人生状况。由此，谢章铤论断词亦表现"风人之旨"，其体性并非"轻薄"，而实亦庄整肃容，它是以婉丽柔媚的外在形式因素而寓含丰富深致之思想旨向，其与诗体在本质上确是没有什么区别的。

刘熙载《词概》云："词导源于古诗，故亦兼具六义。六义之取，各有所当，不得以一时一境尽之。"① 刘熙载从词体源于诗体的角度，论说词要以"风""雅""颂""赋""比""兴"为创作取向。他肯定"六义"虽然不可能同时都体现在词作中，也不可能在任何情境下都得到体现，但其批评倡导却是内在地包含讽谏劝惩之义的。其又云："词莫要于有关系，张元幹仲宗因胡邦衡谪新州，作《贺新郎》送之，坐是除名，然身虽黜而义不可没也。张孝祥安国于建康留守席上，赋《六州歌头》，致感重臣罢席。然则词之兴观群怨，岂下于诗哉。"② 刘熙载通过例说张元幹、张孝祥二人词作，阐说出诗词同道之理和词作艺术表现亦具有审美兴发、认识观照、议论交流与情感抒发等效果。他在词的创作旨向上是坚决主张要有丰厚社会历史与现实人生内涵的。其还云："词进而人亦进，其词可为也。词进而人退，其词不可为也。词家殻到名教之中，自有乐地，儒雅之内，自有风流，斯不患其人之退也夫！"③ 刘熙载对词品与人品的关系予以简洁的论说。他强调词品与人品的相互一致，为此，主张词的创作要入乎名教，合乎儒家人伦纲常，如此，创作主体浸淫其中，其人品自然不至于降格。刘熙载对词作思想旨向的论说，明显地凸现出政教思想旨向之企求。

谭献《复堂词录序》云："愚谓词不必无颂，而大旨近雅。于雅不能大，然亦非小，殆雅之变者欤。其感人也尤捷，无有远近幽深，风之使来。是故比兴之义，升降之故，视诗较著，夫亦在于为之者矣。上之言志，永言次之。志洁行芳，而后洋洋乎会于风雅。雕琢曼辞，荡而不反，文焉而不物者，过矣靡矣，又岂词之本然也哉。"④ 谭献将词作思想旨向

---

① 唐圭璋编：《词话丛编》，中华书局 1986 年版，第 3687 页。
② 同上书，第 3709 页。
③ 同上书，第 3711 页。
④ 同上书，第 3987 页。

与先秦风雅之道中的"雅"相联系。他界定，词作思想旨向在切近风雅之道的过程中，要注意把握好内在尺度与艺术原则，在颂扬与美刺之间求取立足点和平衡点，如此，才能真正地起到关注社会历史与现实人生的艺术作用。他反对追求雕饰、少见节制和内容虚化的创作取径，界断其与词之本性是背道而驰的。谭献之论体现出对词之艺术表现的风雅之求。沈祥龙《论词随笔》云："词导源于诗，诗言志，词亦贵乎言志。淫荡之志可言乎哉？'琼楼玉宇'，识其忠爱，'缺月疏桐'，叹其高妙，由于志之正也。若绮罗香泽之态，所在多有，则其志可知矣。"① 沈祥龙从诗词同源的角度，界定词体贵在言说创作主体之心志。他论断，苏轼等人词作所言说心志入乎雅正，体现出对国家民众的一往情深。沈祥龙反对一些词人创作一味注重藻饰与渲染，在不经意中偏离了词作艺术的内在本质要求。张祥龄《词论》云："词主谲谏，与诗同流。稼轩《摸鱼儿》，《酒边》，《阮郎归》，鹿虔扆之《金锁重门》，谢克家之《依依宫柳》之属，所谓《国风》好色而不淫，《小雅》怨悱而不乱，此固有之。但不必如张皋文胶柱鼓瑟耳。"② 张祥龄从诗词同源的视点，提出词体要以"谲谏"为本，亦即以讽喻劝谏为艺术旨归。他例举并称扬辛弃疾等人词作合乎中和审美原则，恰到好处地表现出其内在意旨与思想取向。张祥龄对词作政教之性的论说，虽然较为狭隘，但并不拘泥，显示出通达灵活的特点。廖平《丽瞩亭词序》云："盖词义以比兴为主，寄托为工。一代之盛衰，往往见于言表，所谓言者无罪，闻者足戒，固不仅镂刻云霞，揄扬风月，遂谓极词人之能事也。"③ 廖平主张词作意致呈现要有比譬与兴会之义，以追求寄托为旨归。他强调将词作之意置于合乎儒家温柔敦厚的原则与范围之内，而反对仅仅嘲风弄月、歌吟风华的创作路径。廖平对词作之体的社会价值功能是甚为重视的。

与刘熙载一样，陈廷焯对词作政教思想旨向也予以较多的论说。其《白雨斋词话自序》云："倚声之学，千有余年，作者代出；顾能上溯风骚，与为表里，自唐迄今，合者无几。窃以声音之道，关乎性情，通乎造化，小其文者不能达其义，竟其委者未获沂其源。揆厥所由，其失有六：

---

① 唐圭璋编：《词话丛编》，中华书局 1986 年版，第 4047 页。

② 同上书，第 4213 页。

③ 冯乾编校：《清词序跋汇编》，凤凰出版社 2013 年版，第 1679 页。

飘风骤雨，不可终朝，促管繁弦，绝无余蕴，失之一也。美人香草，貌托灵修，蝶雨梨云，指陈琐屑，失之二也。雕镂物类，探讨虫鱼，穿凿愈工，风雅愈远，失之三也。惨戚憯凄，寂寥萧索，感寓不当，虑叹徒劳，失之四也。交际未深，谬称契合，颂扬失实，遑恤讥评，失之五也。情非苏窦，亦感回文，慧拾孟韩，转相斗韵，失之六也。……夫人心不能无所感，有感不能无所寄，寄托不厚，感人不深，厚而不郁，感其所感，不能感其所不感。"① 陈廷焯这一论说甚为精粹而内容繁多。他批评自有词作历史以来，很多人的创作都脱却风雅之道。他接着详细列举词作历史与当今词坛所出现的多方面缺失，认为很多词人之作或失于在风雨飘摇的社会现实中追求声色之用，缺少深切的寄托之意；或失于关注生活之琐细，而忘却托兴讽谏，在创作取向上有偏；或在题材抒写上流于无谓之物事，艺术表现上过于追求精细工致，在不经意中偏离了风雅之道；或一味悯己伤人而有失中和之艺术准则；或过于粉饰颂扬而忘却忠荩诚实之讽谏；或在词的创作中捡拾前人牙慧，逐韵斗险，舍本逐末，如此等等，使词的创作呈现出驳杂而委靡不振的面貌。为此，陈廷焯提出要将"寄托"作为词作艺术表现的本质所在，并希图以此而振兴词道。他接承先秦以来的"感物"之说，强调词作寄意要沉郁深致、醇厚而令人回味，真正从思想内容和创作旨向上感动人心。其《白雨斋词话》云："作词之法，首贵沉郁，沉则不浮，郁则不薄。顾沉郁未易强求，不根柢于风骚，乌能沉郁？十三国变风、二十五篇楚词，忠厚之至，亦沉郁之至，词之源也。不究心于此，率尔操觚，乌有是处？"② 陈廷焯将沉郁深致标树为词之创作的首要法则，认为其从内在决定着词作的艺术面貌。他进一步论断沉郁深致之情感意绪，归根结底是来自于风雅之性的。由此，他极力主张词人与诗人一样，也要有一颗忠荩赤诚与醇厚之心，认为惟其如此，才能创造出优秀的词作。陈廷焯还叙说自己初学作词时，流于对宋代一些词人创作形式与外在体貌的习效追仿，舍其本而逐其末，"自丙子年，与希祖先生遇后，旧作一概付丙，所存不过己卯后数十阕，大旨归于忠厚，不敢有背风骚之旨。过此以往，精益求精，思欲鼓吹蒿庵，共成茗柯复古之志。"③ 陈廷

---

① 陈廷焯著，杜未末校点：《白雨斋词话》，人民文学出版社 1959 年版，第 1 页。
② 同上书，第 4 页。
③ 同上书，第 123 页。

焯直言自己与朱希祖相互切磋论词之后，所作之词思想旨向追求入乎风雅之道，其论充分体现出对词作教化的推尚。陈廷焯将所谓的外在政教之求已内化为自身艺术创作的准则，体现出超拔于时俗的创作态度与艺术追求。

　　民国时期，蒋兆兰、陈洵、郑文焯等人对传统词学政教思想旨向续有论说，他们将政教思想旨向之求进一步倡扬开来。蒋兆兰《词说》云："词虽小道，然极其至，何尝不是立言。盖其温厚和平，长于讽谕，一本兴观群怨之旨，虽圣人起，不易其言也。周止庵曰：诗有史，词亦有史，一语道破也。"① 蒋兆兰将词作之道推尊到"立言"的高度。他大力肯定词体与诗体一样，同样具有讽谕的艺术功能，同样寓含"兴""观""群""怨"之旨，体现出对社会历史与现实人生的多维面触及。蒋兆兰也将儒家政教思想旨向衍化到词体之论中。陈洵《海绡说词》云："有志然后有学，学所以成志也。学者诚以三百廿五为志，则温柔敦厚其教也，芬芳悱恻其怀也。人心既正，学术自明，岂复有放而不返者哉。"② 陈洵将词作主体心志与学养修为联系起来加以论说。与对诗歌创作的要求一样，他主张词作者也要以讽谏与寄托为本，以温柔敦厚为审美表现原则，真正地怀有对万事万物的"同情"体验与领悟之心，在"人心既正"中求取创作之阳关大道，如此，便能无所而不成、无往而不胜。郑文焯《郑大鹤先生论词手简》云："自宋迄今将千年，正声绝，古节陵，变风小雅之遗，骚人比兴之旨，无复起其衰而提倡之者；宜夫朱厉雕琢为工，后进驰逐，几欲奴仆命骚矣。"③ 郑文焯对自宋代以来不少人作词脱却风雅之道表现出不满。他批评朱彝尊、厉鹗等人作词过于讲究雕饰，竞艳斗奇，在对形式美的追求中不经意地忘却创作之本旨。郑文焯在词作思想内容表现上将骚人比兴之旨予以了重倡。

第二节　政教审美原则之论在传统词学中的承衍

　　中国传统词学政教审美原则之论，也大致出现于元代。甘楚材《存

① 唐圭璋编：《词话丛编》，中华书局1986年版，第4638页。
② 同上书，第4839页。
③ 张璋、职承让、张骅、张博宁编纂：《历代词话续编》，大象出版社2005年版，第40页。

中词稿序》云："词者诗之余，作诗难，作词尤难。词欲媚而正，艳而不淫。高宗南渡以来，辛稼轩为词人第一，正而不淫也。余读存中词，诸词意深远、媚而正者，《南乡子·咏春闺》有态度，艳而不淫者，使杂诸稼轩词中，孰知其为存中哉？"① 甘楚材从诗词同源的角度，较早在词学批评中标树艺术中和原则。他倡导词作要在柔媚之性中体现出庄正之态，在对华美的追求中而不流于秾艳俗媚。他称扬辛弃疾和沈括，标树二人词作旨意深远，媚而持正，合于儒家微婉含蓄、温柔敦厚之义。甘楚材将中和原则引入到词人词作论评中，其论对后世词学批评具有一定的影响。

明代，词学政教审美原则之论很少见到。此时，宋孟清对词的创作提出中和化的审美要求。他在所辑《诗学体要类编》中云："词贵清新婉丽，乐而不淫，假喻达事，发乎情，而止乎礼义也"。② 宋孟清强调词作要入乎儒家中和化审美准则，他也较早将传统诗学政教审美观念转置到了词学批评之中。

延展至清代，这一方面出现不少阐说，其主要体现在彭孙遹、李东琪、查香山、陈鼎、沈德潜、朱绶、赵新、张积中、谢章铤、俞樾、冯煦、陈钟岳、王以敏、沈祥龙、陈廷焯等人的言论中。其中，尤以陈廷焯对词学政教审美原则的论说为多。清代词论家们从不同的方面，展开了对词作政教审美原则的倡导与探讨。

清代前期，彭孙遹《旷庵词序》云："历观古今诸词，其以景语胜者，必芊绵而温丽者也；其以情语胜者，必淫艳而佻巧者也。情景合则婉约而不失之淫，情景离则僿浅而或流于荡，如温、韦、二李、少游、美成诸家，率皆以秾至之景，写哀怨之情，称美一时，流声千载。黄九、柳七，一涉僿薄，犹未免于淳朴变浇风之讥，他尚何论哉！……不知填词之道，以雅正为宗，不能冶淫为诲，譬犹声之有雅正，色之有尹邢，雅俗顿殊，天人自别，政非徒于闺襜巾帼之余，一味僿俏无赖，遂窃窃光草兰苓之目也。"③ 彭孙遹从词的创作对情景运用的角度详细展开论说。他认为，词与诗一样，也有"以景语胜"和"以情语胜"艺术表现的偏重，相对来说，"以情语胜"更容易流于不合风雅之义的艺术表现情态中；同时，

①　李修生主编：《全元文》（第13集），凤凰出版社2005年版，第230页。

②　宋孟清：《诗学体要类编》，明弘治刻本。

③　王镇远、邬国平选注：《清代文论选》，人民文学出版社1999年版，第336—337页。

词作艺术表现也有情景交融和情景相离两种审美表现的不同情态，相对而言，情景相离容易使词作流于浅俗浮荡的艺术情味中。为此，他将宋代一些具有代表性的词人词作划分为两类，对黄庭坚、柳永词作予以了讥斥。彭孙遹最后归结填词之道应以典则雅正为宗尚，在创作旨向的入乎雅正中尽辨"雅"与"俗"的内在本质不同。彭孙遹之论，体现出深受宋人执着辨分雅俗和贯通雅俗的思想影响，在传统词学政教审美原则之论中是甚具典型意义的。李东琪云："诗庄词媚，其体元别。然不得因媚辄写入淫亵一路。媚中仍存庄意，风雅庶几不坠。"（王又华《古今词论》引）①李东琪从诗词体性之别的角度论说其艺术表现。他认为，词体虽然在本质上取婉媚一途，但并不能因此而流于猥亵之中，必须把握好艺术审美表现的原则，在婉媚之体性中仍然凸现出庄重雅正义，如此，才能从创作源流上接承风雅之道。李东琪在这里实际上对词作艺术表现提出了合乎中和原则的要求。查香山云："古今诗余，前辈评骘甚多。然好尚不同，取舍互异，未尝确有定见。以余论之，其命名本意，贵乎骨格风雅，声调卓越，非可以传奇谱曲，一味靡曼，如妖童冶女抹粉涂脂，悦人观听而已。"（王又华《古今词论》引）②查香山也从体性角度对词作艺术表现提出要求。他反对词的创作在形式上过于讲究，在格调上过于萎靡。他明确将"骨格风雅"作为词作的本质所在，亦即要求词作艺术表现内容充实、格调雅正，真正从本质上脱却萎靡之气。陈鼎《同情集词选·发凡》云："词以言情，填词而不温柔敦厚以立意，扬风摛藻以为语，循声按节以成格调，概从芟薙。"③陈鼎在大力肯定词作以情感表现为本的基础上，对词的创作提出多方面的要求。其中，他强调词作意致蕴含要以温柔敦厚的美学原则为旨归，在合乎中和化的尺度中求取艺术魅力。

清代中期，沈德潜在为夏秉衡编选《清绮轩词选》所作序中言："少陵论诗云：'别裁伪体亲风雅。'见欲亲风雅，必先去其风雅为仇者也。唯词亦然。"④沈德潜将"温柔敦厚"的诗论原则运用于论词。他以"风雅骚人之旨"的要求来规范词作，以诗律词，典型地体现出运用传统诗

① 唐圭璋编：《词话丛编》，中华书局1986年版，第606页。
② 同上书，第611页。
③ 《词学季刊》创刊号，上海民智书局1933年。
④ 夏秉衡编：《清绮轩词选》卷首，清光绪乙未年刻本。

学观念而论说词体质性的特征。

晚清，朱绶《翠浮阁词序》云："词之为言，尤纤徐而善入，盖有言在于此而义通于彼者。好色不淫，怨悱不乱，如斯之作，殆合古说矣。"① 朱绶对词作言辞运用与意旨表现提出合乎儒家政教审美原则的要求。他将微婉合度的艺术表现原则重新拈取出来，强调其要与对古诗之旨的要求相吻合。赵新《婆梭词序》云："然余闻词之作也，如诗之有比兴。不善为之，或至于淫荡靡曼，莫适所归。要其至者，又未尝不低徊要眇，以尽其致；恻隐盱愉，以尽其情。古人比之变风之末，骚人之歌，庶乎近之。盖非有性情者不能为也。"② 赵新实际上对词之艺术表现提出适度把控的中和化要求。他一方面反对词作入于"淫荡靡曼"之中，另一方面又主张创作主体情感意绪要得到很好的表达与呈现。赵新是主张作词也要像写诗一样，善用比譬与兴会之法的，在委婉合度中以尽其致。张积中《题浅碧山房词选后》云："词者，乐府之遗也。青莲工乐府，而结体适得乎是，遂名曰词，晚唐偶为之，李唐后主善之，而词学遂兴。乐府之旨婉而风，怨而不怒，曲而尽，杂而不俚。含一致于无穷，可以见性情之端焉。降至于词，妖淫愁怨，导欲增悲，不能自止，非盛德所尚已。然含意无穷，可以适情，可以通性。再降而曲，而词遂亡矣。"③ 张积中在持词源于乐府之论的基础上，认为词作之体与乐府之诗在艺术表现取向上存在很大的差异。这便是：乐府诗讲究委婉含蓄、怨而不怒，注重雅俗相融，合乎儒家中和审美准则；而词作之体则泄导淫欲，一味表现所谓个人化之愁怨，不合乎儒家中和之旨。张积中之论，体现出其持有鲜明的儒家政教批评观念，然又表现出一定的片面性。谢章铤《赌棋山庄词话》云："夫词始于太白，盛于飞卿，何尝不是唐季。宋人亦何尝不尚艳词，功业如范文正，文章如欧阳文忠，检其集，艳词不少。盖曼衍绮靡，词之正宗，安能尽以铁板铜琶相律。惟其艳而淫而浇而俗而秽，则力绝之。"④ 谢章铤从对艳词的论说加以生发，他肯定自唐以来，艳词便是主要的词作题材与创作类型。谢章铤例举范仲淹、欧阳修等人都创作有不少艳词，归结其在体

---

① 魏谦升：《翠浮阁词》卷首，清咸丰四年刻本。

② 冯乾编校：《清词序跋汇编》，凤凰出版社 2013 年版，第 1241 页。

③ 同上书，第 1412 页。

④ 唐圭璋编：《词话丛编》，中华书局 1986 年版，第 3465 页。

性上乃属本色体制。他认为，词的创作其实并不在是否可作艳词的问题，而关键在如何有效地避却秾腻低俗与浮荡污秽，努力脱却品次低下、格调猥俗之病。谢章铤之论，将政教中和原则导入到对艳词创作的规范之中，从一个侧面体现出其对词作的典则雅正之求。

俞樾《玉可庵词存序》云："温柔敦厚，诗教也。词为诗之余，则亦宜以四字为主。近世诗人多好黄山谷诗，余雅不以为然。至山谷之词，尤多俚俗语，以此为词，词之道卑矣。"① 俞樾对词作艺术表现提出合乎儒家政教审美原则的要求。他持论诗词体制相承相通，故温柔敦厚的诗作呈现原则也必然适用于词作之道，其审美风格呈现要合于中和化的艺术原则。俞樾批评黄庭坚词作下字用语俚俗卑下，他认为这降低了词格，使词作之道流于末途，是必须坚决摒弃的。冯煦《蒿庵论词》云："剑南屏除纤艳，独往独来，其遒峭沈郁之概，求之有宋诸家无可方比。《提要》以为诗人之言，终为近雅，与词人之冶荡有殊，是也。"② 冯煦通过对陆游词作脱却纤艳之体的论说，体现出对词作雅正艺术表现的推尚。他持同纪昀等人以雅正论词的观念，坚决反对词作艺术表现流于纤秾浮荡之中。其又云："《金谷遗音》小调，间有可采。然好为俳语，在山谷、屯田、竹山之间，而隽不及山谷，深不及屯田，密不及竹山，盖皆有其失，而无其得也。今选于此数家，披拣尤严，稍涉俳诨，宁从割舍。非刻绳前人也，固欲使世之谈艺者，群晓然于此事，自有正变，上媲骚雅，异出同归。而淫荡浮靡之音，庶不致布觍颜自附于作者，而知所返哉。"③ 冯煦通过对《金谷遗音》中之词与黄庭坚、柳永、蒋捷等人词作用语及艺术表现的比照，进一步表达出对浮靡之音的摒弃及对雅正之风尚的倡导。他持有鲜明的正变观念，强调词作思想旨向要上溯风雅，在艺术表现上入乎中和雅正之道。冯煦对像《金谷遗音》中的不少词作流于谐戏俗化甚为不满，认为其隔断了与风雅之道的内在联系，是必须严格择取的。

陈钟岳《听枫词自叙》云："词者，诗之余也。文人卑之，多不措意。粤自三百之变，风尚殊轨；唐人乐章，已导先路。讫乎南渡，作者辈出。然吾观当时诸君子，率皆有禾黍之悲、荃荪之感生于其心，而又举足

---

① 冯乾编校：《清词序跋汇编》，凤凰出版社 2013 年版，第 1645 页。
② 唐圭璋编：《词话丛编》，中华书局 1986 年版，第 3593 页。
③ 同上书，第 3594 页。

触忌，振喉盈哀，隐事类情，一托之于词。其发端也悲壮而苍凉，其致思也缠绵而怨悱，要不失乎风人温厚之旨。"① 陈钟岳从词为"诗余"的角度，针对"卑体"之论展开阐说。他认为，唐宋时期的很多词人，其创作皆立足于社会历史与现实人生，有感而发，他们将在现实生活中所体悟与感受到的丰富思想情感都对象化在词作中，尽见寄托之义。但其情感表现悲怨而缠绵，苍凉而悱恻，体现出儒家所倡导的温柔敦厚之质性，较好地承扬了自古以来的优秀文学表现传统。王以敏《济游词钞序》云："温柔敦厚，诗教也，词亦何独不然？词祖诗而宗骚、乐府，与古律绝同源异流，其体较古律绝为丽，而其径益幽折往复而不可踪。惟言之不足，故长言之，长言之不足，故反复嗟叹之。自非性情中人，具芬芳悱恻之忱，而有闳深美约之思者，殆未易敷畅襟灵，神明律吕也。"② 王以敏所言与俞樾之论甚为相似，也界断词体艺术表现要合乎温柔敦厚的审美原则。他认为，词体与诗体相比而言，其创作路径更显曲折幽细，艺术呈现更见柔美委婉，但两者在本质上是相趋相通的。沈祥龙《论词随笔》云："词者诗之余，当发乎情，止乎礼义，《国风》好色而不淫，《小雅》怨悱而不乱，《离骚》之旨，即词旨也。"③ 沈祥龙从词体与诗体同源的视点，论说其艺术创作与审美原则。他将"发乎情，止乎礼义"论定为词作艺术表现所必须遵循的内在准则。沈祥龙重申先秦诗骚之体所秉持的艺术中和原则，强调词作也要以中正平和为准绳，如此，才能真正上继传统风雅之统绪。

　　陈廷焯在词学批评中反复阐说到政教审美原则的论题，将词学政教审美原则之论极致地张扬开来，在晚清词坛产生不小的影响。其《词坛丛话》云："言情之作，易流于秽。宋人选词，以雅为主。法秀道人语涪翁曰：作艳词当堕犁舌地狱，正指涪翁一等体制而言耳。是集于马浩澜辈所作，去取特严，宁隘勿滥。未始非挽扶风教之一助云。"④ 陈廷焯表达出其选词有助于"风教"的艺术原则与审美理想。他认为，词作为言情之体，本来就是容易流于猥俗的，正因此，他推尚宋人选词以雅正为标准，并引述法秀道人对黄庭坚所作艳词的批评，认为黄庭坚词作从体性上偏离

---

① 冯乾编校：《清词序跋汇编》，凤凰出版社 2013 年版，第 1492 页。
② 同上书，第 1828 页。
③ 唐圭璋编：《词话丛编》，中华书局 1986 年版，第 4047 页。
④ 同上书，第 3740 页。

了雅正之属，确是应该受到严厉指责的。其又云："词虽不避艳冶，亦不可流于秽亵。……是集所选艳词，皆以婉雅为宗。"① 陈廷焯进一步从风格呈现上对词作艺术表现提出要求。他极力反对词作堕于猥俗之中，强调要将秾丽与俗媚真正地别分开来。其《白雨斋词话》云："张绠云：'少游多婉约，子瞻多豪放，当以婉约为主。'此亦似是而非、不关痛痒语也。诚能本诸忠厚，而出以沉郁，豪放亦可，婉约亦可；否则豪放嫌其粗鲁，婉约又病其纤弱矣。"② 陈廷焯在张绠界分婉约与豪放并判评其何为本色之体的基础上加以论说，其批评张绠之论"似是而非"，未着到要害。他顺势拈出"本诸忠厚，而出以沉郁"的论题，强调词的创作关键在生发于主体赤诚敦厚之心志，而以沉郁深致为其艺术表现的最佳模式，如此，则婉约与豪放之论便只不过是皮相而已。陈廷焯之论，切实体现出将忠荩敦厚作为词作的最根本前提。其又云："词至两宋而后，几成绝响。古之为词者，志有所属，而故郁其辞，情有所感，而或隐其义，而要皆本诸风骚，归于忠厚。"③ 陈廷焯提倡词作要真正地言说创作主体之心志，表现出创作主体内心真实的情感意绪，但其在艺术表现上须合乎两个基本准则，这便是：一要入乎风雅统绪之中，二是所表意旨要入乎赤诚纯正与温柔敦厚之中，如此，词作才能入乎大道。其又云："迦陵雄劲之气，竹垞清隽之思，樊榭幽艳之笔，得其一节，亦足自豪。若兼有众长，加以沉郁，本诸忠厚，便是词中圣境。"④ 陈廷焯在标树陈维崧、朱彝尊、厉鹗词作艺术特征的同时，又提出词作艺术表现要本之于赤诚醇厚的命题。他将由创作主体赤诚醇厚之心志所表现出的沉郁深致之境界概括为"词中圣境"，体现出对主体创作态度与思想取向的极端重视。其又云："温厚和平，诗教之正，亦词之根本也。然必须沉郁顿挫出之，方是佳境；否则不失之浅露，即难免平庸。"⑤ 陈廷焯将温柔敦厚与平和中正界定为词作艺术表现的根本所在。在此基础上，他提出"沉郁顿挫"的艺术表现要求，强调词作以沉郁深致之意旨为本，以抑扬顿挫、起伏变化之手段加以表现，如此，才能有效地避免浅化与直白，脱却平庸之艺术层

---

① 唐圭璋编：《词话丛编》，中华书局 1986 年版，第 3741 页。
② 陈廷焯著，杜未末校点：《白雨斋词话》，人民文学出版社 1959 年版，第 14 页。
③ 同上书，第 130 页。
④ 同上书，第 172 页。
⑤ 同上书，第 181 页。

次。陈廷焯的这一论说，将对词教的倡导切实落足到具体细致的步骤之中。其又云："入门之始，先辨雅俗；雅俗既分，归诸忠厚；既得忠厚，再求沉郁；沉郁之中，运以顿挫，方是词中最上乘。"① 陈廷焯具体论说到词的创作过程中所应注意的几个关节点。其中，他将创作主体赤诚醇厚之心志作为连通雅正与沉郁深致的桥梁，也是词作入乎至上之境的关键环节之一。其又云："作词气体要浑厚，而血脉贵贯通。血脉要贯通，而发挥忌刻露。居心忠厚，托体高浑，雅而不腐，逸而不流，可以为词矣。"② 陈廷焯在论说词作运气与意脉潜贯的同时，阐说到"忠厚"的命题。他努力提倡创作主体之心志要入乎赤诚纯正，认为这是保证词作充分体现出雅正浑朴的必要前提。其还云："温厚和平，诗词一本也。然为诗者，既得其本，而措语则以平远雍穆为正，沉郁顿挫为变，特变而不失其正，即于平远雍穆中，亦不可无沉郁顿挫也。词则以温厚和平为本，而措语即以沉郁顿挫为正，更不必以平远雍穆为贵。诗与词同体异用者在此。"③ 陈廷焯从诗词同源而异体的角度，论说到艺术表现的本质所在。他始终倡导词作思想旨向表现要温柔敦厚、中正平和，外化于字语运用及艺术风格方面，则要努力体现出沉郁深致之意味及亲和而不失庄整之风格特征，在这点上，它与诗体一味追求"平远雍穆"是稍有所别的。陈廷焯实际上从词作艺术表现的角度强化了其风教之性。

民国时期，舍我《天问庐词话》云："予论词颇宗宛邻，以其能抉出词之奥旨，使读者能恍然大悟，不复以小道视词，且知词之为物，出于中正，非仅止于游冶赠答也。"④ 舍我通过评说与称扬清代词人张镃之作，实际上也对词作艺术表现提出合乎中和准则的审美要求，反对词作入乎艳冶与浮靡之中。他将传统词学政教审美原则之求继续予以了张扬。

---

① 陈廷焯著，杜未末校点：《白雨斋词话》，人民文学出版社 1959 年版，第 186 页。
② 同上书，第 195 页。
③ 同上书，第 211 页。
④ 朱崇才编纂：《词话丛编续编》，人民文学出版社 2010 年版，第 2288 页。

第三章　中国传统词学雅俗之论的承衍

雅俗之论是中国传统词学的基本批评观念之一。它是指从词作所呈或雅或俗的质性及入雅或趋俗的风格特征角度来观照词人词作，体现批评者对词人词作和词学历史与现实认识的一种批评形式。在中国传统词学史上，有关雅俗的论说是很多的，形成源远流长的承衍阐说线索，富于理论观照的意义。

第一节　去俗崇雅之论在传统词学中的承衍

中国传统词学雅俗观念大致出现于北宋前期。此时，受诗文雅俗批评的影响，词学批评中也萌生判评雅俗的意识，最终促成去俗崇雅之论的产生。有宋一代，从雅俗观念入手开展对词人词作批评的词论家不少，主要有苏轼、黄庭坚、陈师道、李清照、王灼、鲖阳居士、严有翼、徐度、陈振孙、张直夫、黄升、张镃、沈义父等。他们围绕对不同词人词作的论评，多方面地呈现出去俗崇雅观念。在这方面，以对柳永词作的论评为例，便有较为集中的体现。宋代词论家大多将柳永之词归入到鄙俚俗化的序列中，体现出对柳词过于俗化的低视之意。南宋末年，沈义父较早对去俗崇雅命题予以理论上的倡导与阐说。其《乐府指迷》云："盖音律欲其协，不协则成长短之诗。下字欲其雅，不雅则近乎缠令之体。用字不可太露，露则直突而无深长之味。发意不可太高，高则狂怪而失柔婉之意。思此，则知所以为难。"① 沈义父对词的创作入乎雅致予以倡导。他从下字用语的角度论说到词雅之性，认为词作用字要追求雅致，如其不雅，则会使词体流于如俗令时调之类的东西。沈义父将用字的雅致与音律的协调及

---

① 唐圭璋编：《词话丛编》，中华书局 1986 年版，第 277 页。

用字的藏露，一同视为词的创作的基本要求，明确应和词作用字追求雅正的主张。其又云："古曲谱多有异同，至一腔有两三字多少者，或句法长短不等者，盖被教师改换。亦有嘌唱一家，多添了字。吾辈只当以古雅为主，如有嘌唱之腔不必作。且必以清真及诸家目前好腔为先可也。"[1] 沈义父从曲律运用的角度提出词的创作应以古雅为尚的命题。他认为，词是要讲究选字用调的，为此，其从正面标树出周邦彦词作为雅正之体，将苏轼以来人们对词作入雅的观念予以了拓展与强化。

元代，词学去俗崇雅论题在张炎、陆行直等人的言说中得到承衍，他们主要从词作体制运用的角度加以阐说。张炎《词源》云："古之乐章、乐府、乐歌、乐曲，皆出于雅正。粤自隋、唐以来，声诗间为长短句。至唐人则有《尊前》《花间》集。"[2] 张炎从词作源流论说其雅正之性。他论断词在最初为音乐性文学之体，其由先秦两汉至隋唐以来，都一直呈现出雅致庄整的面貌。陆行直《词旨》云："对句好可得，起句好难得。收拾全藉出场。凡观词须先识古今体制雅俗。脱出宿生尘腐气，然后知此语，咀嚼有味。"[3] 陆行直从论说词作下字用语的角度入手，提出判评词作应"先识古今体制雅俗"的主张。他强调词的创作应脱却尘腐之气，通过下字用语等细微之处来表现出体制的雅正质性，如此，词作才会具有经久的艺术意味。

明代，徐渭、俞彦、陈继儒等人承传前人继续对去俗崇雅观念予以倡导与论说。徐天池（徐渭）云："作词对句好易得，起句好难得，收拾全藉出场。凡观词当先辨古今体制雅俗，脱尽宿生尘腐气者，方取咀味。"（王又华《古今词论》记）[4] 徐渭几乎照旧搬说前人陆行直之言。他也主张观照词作首先要从体制入手，倡导词作体制呈现的雅致之性，强调作为欣赏者要脱却书生陈腐之气，从而让自己获得长久的吟味。俞彦《爱园词话》在比较古歌谣与词作之体时，认为"古可入乐府，而今不可入诗余者，古拙而今佻，古朴而今俚，古浑涵而今率露也。然今世之便俗耳者，止于南北曲。"[5] 俞彦从古乐府与词体在审美表现和风格特征上的差

---

① 唐圭璋编：《词话丛编》，中华书局1986年版，第283页。

② 同上书，第255页。

③ 同上书，第302页。

④ 同上书，第596页。

⑤ 同上书，第399页。

异来辨分文体质性，其论也寓含词作入雅的观念。他从审美质性上将词体与古乐府加以了分置。陈眉公（陈继儒）云："幽思曲想，张柳之词工矣。然其失则俗而腻也。伤时吊古，苏辛之词工矣，然其词失则莽而俚也。两家各有其美，亦各有其病。"（徐喈凤《荫绿轩词证》记）① 陈继儒通过评说张炎、柳永与苏轼、辛弃疾词作成就与缺失，体现出去俗崇雅的思想主张。他论说张炎、柳永之词虽以所表现主题意蕴的深幽与含蓄见长，然其面目俗化而令人腻味；而苏轼、辛弃疾之词虽在题材的开拓与意蕴的深化上显示出实绩，然其缺失仍在过于粗豪与俗化，这是他们的美中不足之处。上述诸人之说，为清代词学中去俗崇雅之论的兴盛与深化作出铺垫。

清代，词学批评中的去俗崇雅之论，主要体现在唐梦赉、沈谦、张祖望、邹祗谟、徐沁、朱彝尊、张星耀、蒋景祁、查慎行、吴宝崖、陈撰、厉鹗、胡应宸、李如金、谢启昆、吴锡麒、周济、吴衡照、程受易、朱绶、汤璥、欧声振、孙麟趾、黄曾、谢章铤、刘熙载、郭传璞、陈廷焯、陈星涵、沈祥龙、沈曾植、王国维、沈泽棠等人的言说中。他们从不同的视点与方面，对去俗崇雅观念予以了不断的理论标树与论说展开。

清代前期，唐梦赉《聊斋词序》云："词家有二病：一则粉黛病。柔腻殆若无骨，李清照为之则是，秦淮海为之则非矣。此当世所谓上乘，我见亦怜，然为之则不顾也。一则关西大汉病，黄齿蝟须，暗哑叱咤。四平弋阳之板，遏云裂石者也。此当时所共非之，然须眉如戟有丈夫气者，于此殆不能免。免是二病，其惟峭与雅乎？峭如雪后晴山，岵嶏皆出，一草一石，皆带灵气。雅如商彝汉尊，斑痕陆离，设之几案间，令人游神三代以上。"② 唐梦赉对婉约与豪放两种创作路径在总体上都是持以肯定的，但他将过于柔婉细腻与粗豪放旷都视为词家之病。他认为，避免上述创作弊端的方法有两种：一是以灵气贯注，使词作意致出新或在韵致的呈现上留有回味；二是求雅，使词作从通体透出典雅之气息，从面貌与风格呈现上给人以纯净的感受。沈谦《填词杂说》云："词要不亢不卑，不触不悖，蓦然而来，悠然而逝。立意贵新，设色贵雅，构局贵变，言情贵含

---

① 朱崇才编纂：《词话丛编续编》，人民文学出版社 2010 年版，第 104 页。
② 冯乾编校：《清词序跋汇编》，凤凰出版社 2013 年版，第 410—411 页。

蓄，如骄马弄衔而欲行，粲女窥帘而未出，得之矣。"① 沈谦从词体内在质性出发，对词的创作提出要求。他主张，词作的风格特征还是要人乎雅致，这与立意新颖、构思善变、言情含蓄是相辅而行的。张祖望《掞天词序》云："词虽小道，第一要辨雅俗，结构天成。而中有艳语、隽语、奇语、豪语、苦语、痴语、没要紧语，如巧匠运斤，毫无痕迹，方为妙手。"（王又华《古今词论》记）② 张祖望明确提出辨分雅俗的主张。他强调词的创作要从辨分雅俗入手，将雅俗之分视为决定词作能否入妙的最关键所在。他界定其从内在决定着词作的质性，而不论其所用言辞的色彩、技巧与情感取向等。张祖望推尚自然天成、大化入妙之作，其在实际上将自如通脱之词视为真正的雅化之作。邹讨士（邹祗谟）云："词不难于浓艳，要须雅洁。蛟门故以淡语入妙。"（曹尔堪《锦瑟词话》记）③ 邹祗谟论断词的创作在语言运用上不应以秾丽鲜艳为尚，而须以雅致洁净为贵。他称扬汪懋麟词作造语平淡而入乎其妙，富于艺术辩证之美。

　　徐沁《空翠集序》云："词虽小道，境有雅俗之分，要必以柔脆香艳为主。若《尊前》《花间》，固无伦已。宋人伎筵传唱，取于悦耳谐声。柳屯田、周清真、康伯可俱饶本色，而以取使伶坊，不无伤雅。故文人学士触感寄情，必以欧、晏、晁、秦为法，其他澹荡如谢无逸，壮采如程正叔，雕缋如吴梦窗，瑰琢如姜白石，风致如蒋竹山，泻染如史梅溪，此皆大雅遗音，宗风具在。曼仙究心词学，格力高华，虽当风雅之变，然能审格抒才，去俗就雅，即此一端，可以征其造诣矣。"④ 徐沁肯定词作艺术表现有雅俗之分，强调其风格呈现要以柔婉为本色。他批评柳永、周邦彦、康与之等人词作虽见当行，但在付之于歌伶传唱时却有伤雅致。徐沁推扬欧阳修、晏殊、晁补之、秦观、吴文英、姜夔、蒋捷、吴文英等人的创作，论评它们虽然艺术路径各异、表现风格不同，但在承扬以雅致为尚这点上都是一致的，较典型地代表了宋人对风雅之音的传扬。徐沁的词学主张是非常明确的，就是倡导去俗崇雅，以雅为旨，其对雅致的追求是坚定不变的。朱彝尊《秋屏词钞题词》云："《花间》《尊前》而后，言词

---

① 唐圭璋编：《词话丛编》，中华书局1986年版，第635页。
② 同上书，第605页。
③ 朱崇才编纂：《词话丛编续编》，人民文学出版社2010年版，第119页。
④ 冯乾编校：《清词序跋汇编》，凤凰出版社2013年版，第37页。

者多主曾端伯所录《乐府雅词》。今江淮以北称倚声者辄曰雅词。甚矣，词之当合乎雅矣。自《草堂》选本行，不善学者流而俗不可医。"① 朱彝尊坚决主张词的创作要以雅致为本。他叙说当世论词者多称扬曾慥所编选《乐府雅词》，而批评《草堂诗余》在词作择选上精审不足，不少过于俗化之作也入乎其中，这在一定程度上导引了后世的俗化之习气，是应该努力避却的。

张星耀《词论》云："词有四种：曰风流蕴藉，曰绵婉真致，曰高凉雄爽，曰自然流畅。风流蕴藉而不入于淫亵，绵婉真致而不失之鄙俚，高凉雄爽而不近于激怒，自然流畅而不流于浅易，斯皆词之上乘也。尘黩者、堆垛者、纤巧者、议论者、诡谲者，皆非词也，皆词之厄也。"② 张星耀论断词作艺术表现有四种主体性风格。他强调每一种风格追求都要注意中和适度的艺术原则，其中，尤为强调柔婉真致的风格表现要不流于俚俗浅直，真正区分开艺术情感表现的"真"与日常言说的"直"，他界定，这两者间是有着本质之别的。蒋景祁《瑶华集词话》云："艳情冶思，贵以典雅出之，方不落《黄莺》《挂枝》声口。如竹垞《沁园春》诸作，摹画刻露，庶几靖节《闲情》之遗，非他家可到。"③ 蒋景祁针对词作表现过于私人化的情感，提出以典则雅致之性加以表现的原则，强调要不落入猥俗之格套。他评断朱彝尊《沁园春》词作，外表平淡雅致而内寓风花雪月之情思，确乎可上追陶渊明《闲情赋》之作境界。查慎行《余波词序》云："余少不喜填词，丁巳秋，朱竹垞表兄寄示《江湖载酒集》，偶效矉焉。已而偕从兄韬荒楚游，舟中多暇，遍阅唐宋诸家集，如知词出于诗，要归于雅，遂稍稍究心。"④ 查慎行叙说自己受到表兄朱彝尊所寄《江湖载酒集》的影响，始关注于词。他通过大量阅读唐宋诸家词集，切实感悟到词的创作是要以雅致为尚的。查慎行从阅读实践的角度拈出其持论，深具自身体会，也更富于批评说服力。

吴宝崖《浣雪词话》云："今人作词有二病。言情之作，徒学涪翁、屯田之俚鄙，少清真、淮海之含蓄蕴藉远矣。感兴之作，徒学改之、竹山

① 冯乾编校：《清词序跋汇编》，凤凰出版社 2013 年版，第 293 页。
② 朱崇才编纂：《词话丛编续编》，人民文学出版社 2010 年版，第 199 页。
③ 同上书，第 602 页。
④ 冯乾编校：《清词序跋汇编》，凤凰出版社 2013 年版，第 422 页。

之顽诞，去稼轩、放翁之沉雄跌宕远矣。《浣雪词》独免此两失，撮有众长。"①吴宝崖通过论说当世不少词人言情与感兴之作缺失，体现出崇尚雅正的思想主张。他批评当世不少词人之作情感表现过于俚俗浅直，缺少含蓄蕴藉的艺术特征。陈撰《琢春词序》云："词学精微，要归于雅。此之不可以力雄，不可以材致，不可以思得，不可以意求。或者刻饰以几，不则佻滑是骋，去之逾远矣。"②陈撰将雅致论断为词的创作追求最终的归宿之一。他认为，这与单纯或以气力，或以才情，或以意致为胜等都是不易达到的层境，其与一味追求修饰更相距甚远。厉鹗《群雅词集序》云："词之为体，委曲啴缓，非纬之以雅，鲜有不与波俱靡而失其正者矣。"③厉鹗将"雅"张帖为其所择选词作的共同标识。他强调词作面貌与风格呈现以雅致为宗尚，如此，才能有效地保证词作始终在本色当行之道上运行。

　　清代中期，胡殿臣（胡应宸）云："予谓庄雅固诗人首推，轻俊实词家至宝。盖诗不庄雅必无风格，词不轻俊必无神韵。"（冯金伯《词苑萃编》记）④胡应宸论断庄重雅致为诗歌创作的首要艺术追求，而柔媚秀丽则为词作的最终审美旨归。他界定，如果诗歌创作不见庄重雅致，则一定缺乏风致与格调；而如果词的创作不见柔媚秀丽，则必然缺乏神采与韵致，是毫无艺术魅力的。李如金《味尘轩诗余题辞》云："词以雅正为主，苏辛粗豪，尚非正体，何论柳七、黄九？"⑤李如金倡导词的创作要入乎雅正之道，反对流于变径之中。他将柳永、黄庭坚甚至苏轼、辛弃疾之创作都归入变径，体现出较为严苛的词体正变观念。谢启昆《腾啸轩词钞序》云："厉太鸿曰：词源于乐府，乐府源于诗。昔曾端伯选词名《乐府雅词》，周公谨善为词，题其堂曰志雅。盖由诗而乐府而词，必企夫雅之一言，而后可以卓然自命为作者。……樊谢征君后出，直与小长芦争胜于毫厘，其词折衷两宋词派，而曰必纬之以雅，则倚声家奉为准的，千载不易之至论也。"⑥谢启昆论说曾慥将所择选词作选本取名为《乐府

---

①　朱崇才编纂：《词话丛编续编》，人民文学出版社 2010 年版，第 729 页。

②　冯乾编校：《清词序跋汇编》，凤凰出版社 2013 年版，第 446 页，。

③　同上书，第 419 页。

④　唐圭璋编：《词话丛编》，中华书局 1986 年版，第 1918 页。

⑤　冯乾编校：《清词序跋汇编》，凤凰出版社 2013 年版，第 975 页。

⑥　同上书，第 618 页。

雅词》，周密将自己所作词定名为《志雅堂词》，这都体现出其对雅致的崇尚。谢启昆又推扬厉鹗之词，认为其艺术成就与朱彝尊相比大致在伯仲之间。他推尚厉鹗以雅致为准的创作原则，标树其为千载不易之论，充分体现出对词作雅致的崇尚。吴锡麒《戴竹友银藤花馆词序》云："大抵倚声之道，雅正为难。质实者连蹇而滞音，浮华者苟缛而丧志。甚或猛起奋末，徒规乎虎贲；阴淫案衍，渐流为爨弄，翩其反矣。"① 吴锡麒从词的艺术创造论说到雅俗命题。他反对用奇诡之字句，凸显浮虚之气势；反对用俚俗之词句，表现猥亵之意旨。周济《宋四家词选目录序论》明确提出认真辨分雅俗的主张，其云："雅俗有辨，生死有辨，真伪有辨，真伪尤难辨。"② 周济据此具体地辨分周邦彦与柳永的差异、蒋捷和史达祖的不同，他切实地将去俗崇雅作为词学批评的展开面之一。

吴衡照《莲子居词话》云："张玉田云：词贵雅正，如周美成'最苦今宵，梦魂不到伊行'。'天便教人，霎时厮见何妨'，'许多烦恼，只为当时，一晌留情'，所谓变淳泊为浇漓矣。韪哉是言。雅俗正变之殊，学者诚不可不辨。"③ 吴衡照在接承张炎"词贵雅正"之论的基础上，持同辨分雅俗的主张。他将宋人以来去俗崇雅观念进一步予以了强化。程受易《杏岑词稿序》云："夫词虽小技，亦必神思高旷，酝酿者深，而后措词风雅，不入俗派。近今文士都醉心于绮罗脂粉中，酒楼歌馆，箸鸟狼籍，其品卑，其辞陋矣。"④ 程受易主张词的创作要在运思独特、意致深远中体现出艺术魅力，而后，其用语要求以雅致为尚，不显俗气。他批评当世不少人作词，在叙写上局囿于闺阁情致或文人谑戏等，题材甚见狭窄，所抒写内容也见细碎俗化，这使其词作呈现出品格不高之缺欠，是值得警惕的。朱绶《翠浮阁词序》云："夫文章之家，词为小道，而言情委挚，合风雅者为难。必其辞约而志芳，乃不同于凡猥。求诸南宋名家，尧章、君特、公谨、叔夏并协斯旨，乃称作家。"⑤ 朱绶对词作艺术特质有着切中的认识。他判评词作之体情感表现委婉细腻、真挚自然，其与诗体所要求的合于温柔敦厚的教化之义是有一定出入的。但即使如此，他仍然强调词

---

① 戴延介：《银藤花馆词》卷首，清嘉庆戊辰刻本。
② 唐圭璋编：《词话丛编》，中华书局1986年版，第1645页。
③ 同上书，第2417页。
④ 冯乾编校：《清词序跋汇编》，凤凰出版社2013年版，第905页。
⑤ 魏谦升：《翠浮阁词》卷首，清咸丰四年刻本。

作之体言辞运用要简约，意旨表现要洁净，其在整体格调与风致上要呈现出雅化的面貌。由此，朱绶甚为推崇南宋姜夔、周密、张炎等人之词，判评其为创作入乎雅致而避却俗化的典范。

晚清，汤璹《双红豆室稿序》云："曩与董君子远论词，以为志和音雅、托体骚辨者，词之上；浑逸雄厚、潜气内转者，词之上；超脱高远、蕴蓄不尽者，词之上；深曲微至、缠绵百折者，词之上。若粗犷，若浮荡，若纤俗，若庸近，乃词之沉痼，非所论已。……凡此诸蔽，宜塞其流，欲自湔除，以造雅正。"① 汤璹从多方面对词作艺术表现与面貌呈现予以论说，并提出创作标准。其中，他推尚艺术表现摇曳生动、情感抒发体现风雅之道、语言运用尽显雅致之作，将纤靡俗化视为词作艺术表现之痼疾。汤璹概括词的创作应堵塞偏道，剪除弊漏，努力在求取雅正中呈现出永久的艺术魅力。欧声振《东陂渔父词跋》云："夫词，乐府之裔，谓意必婉曲，情必深至，语必秀雅，则可。若必宗词家之言，曾见有不流于纤靡，即失之芜杂者。而犹曰：此所谓惝恍迷离，则又何如横放不羁为得性情之正耶？"② 欧声振对词作用语提出秀丽雅致的要求，界定其与意致表现的委婉曲折、情感抒发的真挚深致一起，成为词的创作中最重要的构成因素。孙麟趾在《词径》中将"雅"与"清""轻""新""灵""脆""婉""转""留""托""澹""空""皱""韵""超""浑"等一起，概括为作词的"十六要诀"，他将入乎雅致视为词作获得成功的关键环节之一。其又云："座中多市井之夫，语言面目，接之欲呕，以其欠雅也。街谈巷语，入文人之笔，便成绝妙文章。一句不雅，一字不雅，一韵不雅，皆足以累词，故贵雅。"③ 孙麟趾详细地论说到雅化在词作艺术表现中的重要性。他从市井之人的语言面目有失雅致，阐说到"文人之笔"，见出文人化俗为雅的内在之功，强调从下字用句到使语用韵，都要以雅致为最高准则。孙麟趾之论，实际上对历来从下字用语角度论说雅俗之言予以了阶段性总结。

黄曾《瓶隐山房词钞·凡例》云："词宜艳冶，亦贵以雅音为宗。范文正、赵忠简之道学，犹有'酒入愁肠，化作相思泪'，'梦回鸳帐余香

---

① 冯乾编校：《清词序跋汇编》，凤凰出版社 2013 年版，第 1016 页。

② 同上书，第 967 页。

③ 唐圭璋编：《词话丛编》，中华书局 1986 年版，第 2555—2556 页。

嫩'等句，艳冶极矣，而要无伤于雅。是编无题诸作写情而不着迹，惧以绮语为法秀所诃。"① 黄曾在肯定秾丽柔媚为词的创作之本色风格与面目呈现的同时，强调其要以雅致为尚。他例举范仲淹、赵鼎等人虽然也有不少秾丽柔媚之句，然却无伤于词作雅致之貌，是值得后人学习效仿的。黄曾将词作风格与面目的雅致之求承衍论说开来。谢章铤《赌棋山庄词话》云："大抵今之揣摩南宋，只求清雅而已，故专以委夷妥帖为上乘。而不知南宋之所以胜人者，清矣而尤贵乎真，真则有至情，雅矣而尤贵乎醇，醇则耐寻味。若徒字句修洁，声韵圆转，而置立意于不讲，则亦姜、史之皮毛，周、张之枝叶已。虽不纤靡，亦且浮腻，虽不叫嚣，亦且薄弱。"② 谢章铤界定清虚骚雅为南宋词的普遍审美本质特征。他认为，南宋大多数词人之作贵在有至情至性，所以呈现出清醇的质性，在抒情立意上有不尽的余味。他反对只从下字用语与声律运用角度论说雅俗，高标姜夔、史达祖、周邦彦、张炎等人词作。谢章铤之论，在将雅俗彰显与情感表现相互联系的基础上，进一步倡导至情至性，这在传统词学雅俗之论中显示出重要的意义。

刘熙载《词概》云："乐中正为雅，多哇为郑。词乐章也，雅郑不辨，更何论焉。"③ 刘熙载持论词作音律表现以平和中正为雅，以杂乱无序为俗。他极力强调要在对音律表现雅俗内涵的辨分中张开词学批评的维面。其又云："词尚风流儒雅，以尘言为儒雅，以绮语为风流，此风流儒雅之所以亡也。"④ 刘熙载以张扬艺术情韵和凸显儒雅风格为词作审美的本质要求，他继续从正面标树词作入雅的主张，将用"尘言""绮语"界定为入乎雅正的反面，主张词作要以风流儒雅为其旨归与格调。他将词作内在真正的雅致与承袭效用他人之经典言论别分了开来。郭传璞《寒松阁词跋》云："昔者慈溪叶小谱先生之论词也，曰清，曰空，曰骚，曰雅。传璞齿犹未也，窃心识之。及从镇海姚复庄先生游，大旨亦不外是。盖清则不淤，空则不砌，骚则不露，雅则不俚。顾尝执是以绳古作者，亦惟白石、白云、草窗、梦窗数家能兼之耳。"⑤ 郭传璞针对叶小谱之言加

---

① 黄曾：《瓶隐山房词钞》卷首，清道光二十七年刻本。
② 唐圭璋编：《词话丛编》，中华书局 1986 年版，第 3460 页。
③ 同上书，第 3688 页。
④ 同上书，第 3709 页。
⑤ 冯乾编校：《清词序跋汇编》，凤凰出版社 2013 年版，第 1199 页。

以论说。他叙说自己逐渐认识与体会到郭氏所标树"清""空""骚""雅"作为词作审美标准的切中性，强调词作在创作运思与面目呈现上，要清丽而不淤塞、空灵而不滞顿、含蓄而不浅露、雅致而不俚俗。由此，郭传璞将姜夔、周密、吴文英等人标树为词家之典范，充分体现出其对雅致的崇尚。

此时期，陈廷焯在词学批评中广泛运用到"雅""俗"二字，立足于去俗崇雅的艺术原则，他对历代词人词作作出丰富多样而又极显识见的判析，将传统词学雅俗批评极致地运用开来。与此相联系，陈廷焯对词学去俗崇雅观念也予以反复的论说，将传统词学中的雅俗之论推向高潮。

其《白雨斋词话》云："词法莫密于清真，词理莫深于少游，词笔莫超于白石，词品莫高于碧山，皆圣于词者。而少游时有俚语，清真白石，间亦不免，至碧山乃一归雅正。后之为词者，首当服膺勿失；一切游词滥语，自无从犯其笔端。"① 陈廷焯在宋代词人中甚为推尚周邦彦、秦观、姜夔、王沂孙之词，其中，尤为称扬王沂孙词作呈现出雅正醇厚的面貌。他认为，王沂孙词作在语言运用上避却俚俗之字，在题材抒写与艺术表现上则与无谓无聊之词无缘，确是词中"圣品"。陈廷焯通过对王沂孙等人词作的推扬，体现出去俗崇雅的审美理想。其又云："赠妓之词，亦以雅为贵。"② 陈廷焯从词作题材表现角度阐说到崇雅的论题。他归结赠妓词的创作也要以雅致为尚，而与俗化相区隔，以有效地提高品格。其又云："词欲雅而正，故国初自秀水后，大半效法南宋，而得其形似。谷人先生，天生一枝大雅之笔，益以才藻，合者可亚于樊榭，微嫌才气稍逊。"③ 陈廷焯不断标树词的创作要雅正典则。他评断清初很多词人自朱彝尊力倡以南宋词为宗尚之后，盲目趋从，却只学得南宋词之体制形式而少其神髓。他称扬吴谷人作词才气充盈，在创作旨向上以雅正为尚，在词作境界上真可追步厉鹗之词。其又云："皋文《词选》，精于竹垞《词综》十倍，去取虽不免稍刻，而轮扶大雅，卓乎不可磨灭。古今选本，以此为最。若黄朴存《词选》，则兼采游词，于《风》《骚》真消息，何尝梦见。"④ 陈

---

① 陈廷焯著，杜未未校点：《白雨斋词话》，人民文学出版社 1959 年版，第 47 页。
② 同上书，第 99 页。
③ 同上书，第 105 页。
④ 同上。

廷焯标树张惠言《词选》为历代词作选本之典范，评析其审美落足点便在于以雅致典则为尚，其去取态度虽体现得甚为严苛，然在创作旨向上尽显风骚之统绪，是值得后人大力学习仿效的。他同时批评黄宾虹《词选》，间有无谓无聊之词掺杂于其中，在一定程度上脱却传统风骚统绪，是令人惋惜的。其又云："无论作诗作词，不可有腐儒气，不可有俗人气，不可有才子气。人第知腐儒气、俗人气之不可有，而不知才子气亦不可有也。尖巧新颖，病在轻薄，发扬暴露，病在浅尽。腐儒气，俗人气，人犹望而厌之；若才子气，则无不望而悦之矣，故得病最深。"① 陈廷焯提出诗词创作不可有三种"气"的主张。其中，他界定，庸俗市侩之气便是其中之一，它与腐儒迂化之气及才子轻薄之气，同为诗词创作所应力避的。当然，相比照而言，陈廷焯对才子轻薄之气更深恶痛疾，判定其乃隐藏最深而不易改之病。其又云："入门之始，先辨雅俗；雅俗既分，归诸忠厚；既得忠厚，再求沉郁；沉郁之中，运以顿挫，方是词中最上乘。"② 陈廷焯在以沉郁深致为词作审美的本质特征中，也提出学词应首先辨分雅俗的主张。他强调，只有在辨分雅俗的基础上，才能追求忠厚之旨与沉郁之气。陈廷焯将入乎雅致视为词作进入上乘之境的先决条件，其论进一步发展了张祖望、周济等人的观点。其又云："词家之病，首在一俗字，破除此病，非读樊榭词不可。"③ 陈廷焯将俗化界定为词的创作的首要之忌，极力标树去俗崇雅的审美理想。在清代当世词人中，他甚为推尚厉鹗之词，界定其为引导后世之人作词脱却俗化的典范。其又云："作词气体要浑厚，而血脉贵贯通。血脉要贯通，而发挥忌刻露。居心忠厚，托体高浑，雅而不腐，逸而不流，可以为词矣。"④ 陈廷焯以人的生命体征为譬，主张词的创作落实于主体创作之心上要赤诚醇厚，呈现于体制显现上要高远浑融，体现于气脉运行上要追求跌宕飘逸而避却油滑，表现在风格气貌上则要入乎雅致而避却陈旧习滥。其又云："白石，仙品也；东坡，神品也，亦仙品也；梦窗，逸品也；玉田，隽品也；稼轩，豪品也；然皆不离于正，故与温、韦、秦、周、梅溪、碧山同一大雅，而无傲而不

---

① 陈廷焯著，杜未末校点：《白雨斋词话》，人民文学出版社 1959 年版，第 139 页。
② 同上书，第 186 页。
③ 同上书，第 188 页。
④ 同上书，第 195 页。

理之诮。后人徒恃聪明，不穷正始，终非至诣。"① 陈廷焯对姜夔、苏轼、吴文英、张炎、辛弃疾词作都甚为推崇，他仿古人品书论画之例，分别以"仙品""神品、仙品""逸品""隽品""豪品"称扬之。他认为，这些人的词作虽然风格各不相同，"然皆不离于正"，与传统词论所视为正体、正宗的温庭筠、韦庄、秦观、周邦彦、史达祖、王沂孙一样，他们的词作一同可入"大雅"之列。陈廷焯在极力标举词作入乎雅正的同时，对词作雅正涵义的理解是甚为开放而通变的。

　　陈廷焯《词坛丛话》又云："词虽不避艳冶，亦不可流于秽亵。尝见赵忠简词，有'梦回鸳帐余香嫩'之句。……数公勋德才望，昭昭千古，而所作小词，非不尽态极妍，然不涉秽语，故不为法秀道人呵。"② 这里，和前人有异的是，陈廷焯在努力倡导词作入乎雅致的同时，又肯定"艳冶"的风格也是作词所难以避免的。但即便如此，他仍然提出"不可流于秽亵"的原则，主张词的创作还是要坚守一定的品性格调。陈廷焯在词学雅俗之论中确乎显示出通达而又分明的原则。其《云韶集》还云："词虽小道，未易言矣。低唱浅斟，不免淫亵；铜琶铁板，见笑粗豪，舍是二者，一以雅正为宗。又动涉沉晦迂腐之病，必兼之乃工。然兼之实难。余谓圣于词者有五家：北宋之贺方回、周美成，南宋之姜白石，国朝之朱竹垞、陈其年也。"③ 陈廷焯概括词作艺术表现与风格呈现有流于媚俗猥亵与粗糙豪旷两种面貌。他强调，不同艺术表现与风格呈现都要以雅致庄正为尚，注重内在的审美格调与艺术品位。为此，他将贺铸、周邦彦、姜夔、朱彝尊、陈维崧标树为历代词人之典范。

　　陈星涵《杨花春影序》云："词固宜乎艳冶，亦贵以雅音为宗。以范文正、赵忠简之道学，犹有'酒入愁肠，化作相思泪'、'梦回鸳帐余香嫩'等句，艳冶极矣，而要无伤于雅。"④ 陈星涵肯定词作艺术表现可入乎艳丽柔媚，但提出其要以不伤雅致为宗旨。他例举范仲淹、赵鼎二人内心有道，为人处事方正有称，但其词句甚见艳丽柔媚，然却无碍雅致之面貌的呈现，其艺术表现之巧妙是值得后人学习的。沈祥龙《论词随笔》

---

①　陈廷焯著，杜未末校点：《白雨斋词话》，人民文学出版社 1959 年版，第 205 页。

②　唐圭璋编：《词话丛编》，中华书局 1986 年版，第 3741 页。

③　陈廷焯《云韶集》卷十六，南京图书馆藏未刊本。

④　冯乾编校：《清词序跋汇编》，凤凰出版社 2013 年版，第 1521 页。

云：“宋人选词，多以雅名，俗俚固非雅，即过于秾艳，亦与雅远。雅者，其意正大，其气和平，其趣渊深也。”① 沈祥龙通过对宋人编选词作选本大都喜爱以“雅”命名，对词雅之性予以标树，并对其美学内涵予以解说。他将“雅”与“俚俗”予以别分，也将“雅”与“秾丽”加以界划。他认为，“雅”之美学内涵主要体现在三个方面，即词作所表意旨的中正宏大，所显气脉的平和中正以及所表现意趣的沉郁深致。沈祥龙对词雅之性与内涵的揭橥，是甚为切中而全面的。他以对“雅”之内涵的诠释，从一个侧面切实地体现出去俗存雅的词学审美理想。沈曾植《菌阁琐谈》云：“刘公勇谓词须上脱香奁，下不落元曲，乃称作手，亦为一时名语。然不落元曲易耳，浙派固绝无此病。而明季诸公宗花间者，乃往往不免。若所谓上脱香奁者，则韦庄、光宪既与致光同时，延巳、熙震亦与成绩并世，波澜不二，风习相通，方当于此津逮唐余，求欲脱之，是欲升而去其阶已。（国初诸公，不能画《花间》、《草堂》界线，宜有此论。）”② 沈曾植在刘体仁之言的基础上加以论说。他持同刘氏所倡词体向上一路不宜与香艳软媚之诗体过分相拈，向下一路不宜与元曲为伍之论，评断在清代当世词坛上，浙西派词作便不流于曲体过于俗化之弊，但明代末年以来不少词人之作往往在习仿《花间集》的过程中又流于绮靡俗化，沈曾植认为这都是不得要领的。总之，他认为，词的创作正途就是要划断与过于香艳俗化的界限，在雅俗合度中呈现出其艺术魅力。

王国维《人间词话》云：“词之雅郑，在神不在貌。永叔少游虽作艳语，终有品格。方之美成，便有淑女与倡伎之别。”③ 王国维强调辨分词之雅俗要注重神髓而不看重面目。他认为，如秦观、欧阳修等人作词，虽表面看来，其用语秾丽，但却显示出高雅的品性与格调；相比照而言，周邦彦之词则流于猥俗，其与秦观、欧阳修之词实有着本质的区别。其又云：“读东坡、稼轩词，须观其雅量高致，有伯夷、柳下惠之风。白石虽似蝉脱尘埃，然终不免局促辕下。”④ 王国维高标苏轼、辛弃疾之词有“雅量高致”，批评姜夔词作虽表面脱尽“尘埃”，然却在情感的漩涡中执

---

① 唐圭璋编：《词话丛编》，中华书局1986年版，第4055页。

② 同上书，第3606页。

③ 况周颐著，王幼安校订：《蕙风词话》；王国维著，徐调孚注，王幼安校订：《人间词话》，人民文学出版社1960年版，第205页。

④ 同上书，第213页。

着于缠绵，局促内敛，终使人感觉流于俗化。王国维此论，实际上将词作去俗崇雅之论推进到重视神髓的层面。其还云："唐五代北宋之词家，倡优也。南宋后之词家，俗子也。二者其失相等。但词人之词，宁失之倡优，不失之俗子。以俗子之可厌，较倡优为甚故也。"① 王国维通过比较唐五代北宋词与南宋词，又体现出去俗崇雅的审美理想。他强调"宁失之倡优，不失之俗子"，极致地表现出对词作一味追求形式因素与音律技巧等的低视。在南北宋之词中，他始终是站在推扬北宋一边的，其关节便在于北宋词情性之"真"，而南宋词在艺术表现上显"俗"之故。沈泽棠《忏庵词话》云："张叔夏云：'词欲雅而正。'二字填词宗旨。"② 沈泽棠承扬宋人张炎所主张词的创作要雅致庄整的思想，将其界断与发挥为词的创作的基本原则。

民国时期，词学批评中的去俗崇雅之论，主要体现在况周颐、赵尊岳、唐圭璋、陈运彰等人的言说中。他们在新的时代背景下，将词作追求雅致的审美原则进一步倡扬与彰显开来。

况周颐《蕙风词话》云："词中求词，不如词外求词。词外求词之道，一曰多读书，二曰谨避俗。俗者，词之贼也。"③ 况周颐从词的创作路径上阐说到去俗崇雅的论题。他主张创作主体要将视界拓宽，不要仅仅停留于词作艺术之道的既有空间之中。这主要体现在两个方面：一是要通过多读书以深厚其修为，丰富其情性，增扩其识见；二是要在创作过程中避弃俗化。况周颐把俗化界定为词的创作之"贼"，是人见人恨，必须坚决摒弃的。其又云："填词要天资，要学力。平日之阅历，目前之境界，亦与有关系。无词境，即无词心。矫揉而强为之，非合作也。境之穷达，天也，无可如何者也。雅俗，人也，可择而处者也。"④ 况周颐强调词的创作是词人先天与后天相结合的产物。他认为，先天的才情资质是无法选择的，但后天的因素则是可以改变与选择的，这当然包括创作者的人生经历、现实处境与对自然、社会及历史的认识解会等。他主张，词人们要辨

① 况周颐著，王幼安校订：《蕙风词话》；王国维著，徐调孚注，王幼安校订：《人间词话》，人民文学出版社1960年版，第240—241页。

② 朱崇才编纂：《词话丛编续编》，人民文学出版社2010年版，第1399页。

③ 况周颐著，王幼安校订：《蕙风词话》；王国维著，徐调孚注，王幼安校订：《人间词话》，人民文学出版社1960年版，第4页。

④ 同上书，第4—5页。

分与择取雅俗，从而有效地熔铸主体之"词心"。况周颐之论明确寓含去俗崇雅的审美理想。其还云："真正作手，不愁亦工，不俗故也。不俗之道，第一不纤。"① 况周颐将词的创作的真正成功之道论断为脱却俗化，如此，则词作自然工致而富于艺术魅力。他进一步论断脱却俗化之道首先在于不纤弱、不萎靡，将词作笔法运用与面目呈现从内在有机联系起来。其又云："词学程序，先求妥帖、停匀，再求和雅、深（此'深'字只是'不浅'之谓。）秀，乃至精稳、沉著。精稳则能品矣。沉著更进于能品矣。精稳之'稳'与妥帖迥乎不同。沈著尤难于精稳。"② 况周颐具体论说到学词的几个步骤与阶段，其中，他将平和雅正与深致秀逸作为沟通词的创作层次由浅入深的中介环节。他认为，词作高层次的境界应追求精粹稳当、沉郁深致。况周颐从创作风格角度，将词学雅正之求有效地纳入到其审美理想之中。况周颐在《蕙风词话》中又叙说到自己爱好词学之道近五十年，但所做校雠词作之事甚少时云："昔人有校雠之说，而词以和雅温文为主旨，心目中有雠之见存，虽其佳胜，非吾意所专注。"③ 这里，况周颐将追求平和雅正、温婉秀逸作为词的创作主导性理想，进一步凸显出去俗崇雅之意。其《词学讲义》还云："词于各体文字中，号称末技。但学而至于成，亦至不易（不成何必学）。必须有天分，有学力，有性情，有襟抱，始可与言词。天分稍次，学而能之者也，及其能之，一也。古今词学名辈，非必皆绝顶聪明也。其大要曰雅，曰厚，曰重、拙、大。"④ 况周颐从创作主体素质要求的角度展开论说。他既认为作为词人要"有天分"，"有学力"，"有性情"，"有襟抱"，又强调古今词坛名家并非都有很高的艺术秉赋与先天资质，他们之所以能成就，其关键便在"雅""厚""重""拙""大"等审美范畴上下足了功夫。"雅"即雅正、雅致、婉雅之义，"厚"即沉郁、顿挫、柔厚之义，此两方面是相互联系、相互渗透与相互成就的。这里，况周颐将追求雅致典则作为了成就词作之道的有机组成要素。

---

① 况周颐著，王幼安校订：《蕙风词话》；王国维著，徐调孚注，王幼安校订：《人间词话》，人民文学出版社 1960 年版，第 6 页。

② 同上书，第 7—8 页。

③ 同上书，第 20 页。

④ 张璋、职承让、张骅、张博宁编纂：《历代词话续编》，大象出版社 2005 年版，第 43 页。

　　赵尊岳《珍重阁词话》云:"词须知雅入而厚出,则无轻纤之弊。雅入由外而内,用文字以写吾心于外,谓之词藻。厚出由内而外,寓吾心于文字,谓之骨干。不雅入,其失在表,不厚出,其纤在骨,尤犯大忌。"① 赵尊岳从词作艺术表现的形式与内容两方面论说。他论断词作在形式表现上要入乎雅致,由外而内,而在内容呈现上强调"厚出",由内而外;前者体现为词作用语的典雅工致,后者体现为词作内容的饱满沉郁,两方面是相互联系、彼此促进的。赵尊岳以"出入"说来阐发词的创作的内外之需,倡导字语运用一定要入乎雅致,避却俗媚,其论体现出崇雅的词学审美观念。其《惜阴堂汇刊明词提要》评杨旦《偲庵词》云:"词虽酬应之作,然尚凝重典雅,要为可取。"② 赵尊岳对词作面目呈现重申典雅的要求,他将格调庄正、面貌雅致视为词作最重要的特征之一。

　　唐圭璋《论词之作法》云:"词之作风,略分四点论之:一曰雅。二曰婉。三曰厚。四曰亮。古人名作,无不具此四种作风。而后人词之所以不为人所称道,或竟遭人斥责者,亦以违反此四种原则也。"③ 又云:"词之所以异于曲者,即在于雅。曲不避俗,词则决不可俗。故《蕙风词话》谓俗乃词之贼也。观宋人词集,有乐府雅词,复雅歌词,典雅词,宝文雅词,书舟雅词,紫薇雅词。知宋人为词,皆以雅相尚。山谷耆卿,好作俗语,最不可学。词自避俗外,尤须避熟。盖熟亦俗也。予所谓清新者,即在不熟。"④ 唐圭璋对词作风格提出"雅""婉""厚""亮"的要求,归结自古以来优秀词作无不暗合"此四种作风"。他将"雅"概括为"清新纯正",论断求雅是词作不同于戏曲的审美本质特征之一,两者在雅俗的求取向度上是截然不同的。唐圭璋概括在中国传统词学史上,去俗崇雅有着悠久的传统,而黄庭坚、柳永等人好用俗语,因此不断得到批评。这段话中更为重要的是,唐圭璋还从"避熟"的角度来阐说"避俗",强调作词要在不断艺术陌生化的过程中求取魅力。此论在传统词学雅俗之论史上具有重要的意义,它进一步扩展了雅俗论的空间,深化了雅俗表现之论。

---

　　① 张璋、职承让、张骅、张博宁编纂:《历代词话续编》,大象出版社 2005 年版,第 774 页。

　　② 孙克强、岳淑珍编著:《金元明人词话》,南开大学出版社 2012 年版,第 443 页。

　　③ 张璋、职承让、张骅、张博宁编纂:《历代词话续编》,大象出版社 2005 年版,第 916 页。

　　④ 同上。

其《梦桐词话》云："词忌俗，故俗字亦当深恶痛绝之。宋沈伯时《乐府指迷》云：'下字欲其雅，不雅则近缠令之体。'宋人当筵游戏，爱作俳词，爱用俗字，即大家不免。然吾人作词，当取古人胜处，勿取古人最劣之作。"① 唐圭璋承衍传统词学去俗崇雅之论加以言说，他重申词作脱却俗化的主张，将字语运用的鄙俚俗化视为词作之大病。他论析宋人常常当筵作乐、以词为戏，由此，词作中俗字俗语的运用在所难免。对于古代词作传统，唐圭璋主张去芜存真，将游戏为词从创作之道中清除出去。唐圭璋还对词作之俗予以简洁深入的辨析、界分与论说。其《梦桐词话》云："庸俗是低级趣味，通俗是明白如话。"② 唐圭璋简洁地对"通俗"与"庸俗"予以界分，强调两者之间是有着本质区别的。其又云："词自避俗外，尤须避熟。盖熟亦俗也。予所谓清新者，即不熟。即如范希文云'都来此事，眉间心上，无计相回避'，意固清新而沉着。"③ 唐圭璋对词作去俗崇雅之论予以新的阐说。他界定，词作艺术表现之熟泛亦是俗化的具体体现之一。他倡导词作意致显现的清丽雅洁与新颖生动，由此，词作俗化之弊便可从内在得以有效地消弭。其还云："若怪词、淫词，亦不可作。怪则不纯，淫则不正。不纯不正，亦非雅词。"④ 唐圭璋进一步对"雅词"的美学内涵展开界说。他将思虑清纯、平和中正视为词作雅致之性的核心内涵，力避怪奇与过度化之词的出现。

蒙庵（陈运彰）《双白龛词话》云："俳词与雅词，仅隔之间，俳词非不可作，要归醇厚。情景真，虽庸言常景，自然惊心动魄，本不暇以文藻为之装点也。第一须避俗，俗不在乎字面，而在乎气骨，此不可以言传也，多读古人名作，自能辨之。"⑤ 陈运彰论断词作有"俳词"与"雅词"之分，他肯定"俳词"也有存在的合理性与必要性，关键便在于其创作要入乎醇雅敦厚，情景表现真切动人。陈运彰将避却俗化论断为"俳词"之作的首要准则，强调俗化的表现其实并不在字语运用，而更本质地在于词作之气脉与骨相，这些是词作内在的东西，创作者通过多赏读

---

① 朱崇才编纂：《词话丛编续编》，人民文学出版社 2010 年版，第 3340 页。

② 同上书，第 3328 页。

③ 同上书，第 3328 页。

④ 同上。

⑤ 张璋、职承让、张骅、张博宁编纂：《历代词话续编》，大象出版社 2005 年版，第 1353—1354 页。

古人优秀之作，便更能入乎其辨。

第二节　雅俗相融相生之论在传统词学中的承衍

中国传统词学中的雅俗相融相生之论，大致出现于元代前期。陆行直《词旨》云："夫词亦难言矣，正取近雅，而又不远俗。予从乐笑翁游，深得奥旨制度之法，因从其言，命韶暂作《词旨》，语近而明，法简而要，俾初学易于入室云。"① 陆行直与宋人论词一味崇尚雅正有异的是，他独到地见出雅俗的内在相近性与相生性，倡言词作要以雅正为内在审美追求，但同时又不能"远俗"。其论寓含词作为对现实的审美表现之体，其在题材抒写及形式表象呈现等方面是难以脱却世俗化的，这是由所表现内容本身所决定的。陆行直在从雅俗的内在张力性来把握词体质性上是甚为独到的，其论在一定意义上体现出艺术辩证法的精神。

清代，词学中的雅俗相融相生之论，主要体现在李渔、先著等人的言说中。李渔《窥词管见》云："诗有诗之腔调，曲有曲之腔调，诗之腔宜古雅，曲之腔调宜近俗，词之腔调，则在雅俗相和之间。如畏葸摹腔炼吻之法难，请从字句入手。取曲中常用之字，习见之句，去其甚俗，而存其稍雅，又不数见于诗者，入于诸调之中，则是俨然一词，而非诗矣。"② 李渔从不同文体艺术质性要求的角度论说到雅俗。他提出，诗、词、曲之体各有内在不同的审美要求，相对于诗之风格崇尚古雅，曲之腔调追求近俗，词则应在雅俗之间保持必要的艺术张力，雅中有俗，俗中见雅，雅俗有机糅合、相应相生。他主张运用戏曲中常用之字句，稍去除其过于俗化的一面，而张扬其俗中寓雅的内涵，则便成为词中好的字句。李渔之论，将不同文体艺术质性之别与词的创作有机联系起来，在传统词学雅俗之论中显示出十分重要的意义。其又云："词既求别于诗，又务肖曲中腔调，是曲不招我，而我自往就，求为不类，其可得乎。曰，不然，当其摹腔炼吻之时，原未尝撇却词字，求其相似，又防其太似，所谓存稍雅，而去甚俗，正谓此也。有同一字义，而可词可曲者。有止宜在曲，断断不可混用于词者。……一字一句之微，即是词曲分歧之界，此就浅者而言。至论神

---

① 唐圭璋编：《词话丛编》，中华书局 1986 年版，第 301 页。
② 同上书，第 549—550 页。

情气度，则纸上之忧乐笑啼，与场上之悲欢离合，亦有似同而实别，可意会而不可言诠者。"① 李渔从诗、词、曲三种文体细微差异的角度，阐说到把握好雅俗的论题。他认为，词与曲确是有所分轻的，可用于曲中之词却不一定能用于词中，曲可务俗，而词却必须在"存稍雅而去甚俗"之间，其雅俗准则的不同从表面上看，是体现在下字用语上，其实，更深层次上体现在词曲的神情气度中，而对其雅俗之别的感受也确是可意会而难以言传的。李渔此论，将词学雅俗相融相生之论进一步予以了拓展与深化。先著《词洁》评毛开（毛奇龄）《满江红》（泼火初收）云："《满江红》《沁园春》，词家相戒以为俗调，不宜复填。予谓有俗词无俗调。若咏物写景，非苦心人不辨，固当择调。至于即事即地高会言情，使人入耳赏心，词工足矣，虽俗调又何害焉。"② 先著通过评说毛奇龄《满江红》（泼火初收）一词，对词作运用俗调予以论说。他认为，从词的创作而言，是无所谓俗化声调不可用之论的。词的创作有雅俗的区别却无雅俗之声调的别分，任何词作只要咏物即事即景，表现出创作者当下之真情实感，则便入乎雅致，与其是否运用俗调是不太关涉的。先著从声调运用的角度论说出雅俗相融相生的主张。

民国时期，蒋兆兰《词说》云："次曰炼字。字生而炼之使熟，字俗而炼之使雅。"③ 蒋兆兰强调词的创作要通过锤炼字句，达到很好的艺术表现效果。他主张将生字炼之使熟，将俗字而炼之使雅，从而起到糅合与贯通雅俗的目的。此论体现出蒋兆兰深谙词作艺术表现的化入转出之法，是一个深切地把握了艺术创作之道的词论家。

第三节　雅俗呈现之论在传统词学中的承衍

中国传统词学对雅俗之貌呈现的论说，主要体现为将其与词的一些主要创作因素加以联系，考察它们相互之间的影响及所包含的相关创作论内涵。这一维面内容的承衍，主要体现为从词作情感表现、创作主体学养、语言运用及艺术表现技巧等方面加以展开。我们分别勾画与论说之。

---

① 唐圭璋编：《词话丛编》，中华书局 1986 年版，第 550 页。
② 同上书，第 1355 页。
③ 同上书，第 4635 页。

一　对雅俗呈现与情感表现关系的承衍阐说

中国传统词学对雅俗呈现与情感表现关系的论说，主要体现在张炎、王世贞、朱彝尊、吴衡照、刘熙载、陈廷焯、况周颐等人的批评言论中。元代初年，张炎《词源》云："词欲雅而正，志之所之，一为情所役，则失其雅正之音。耆卿、伯可不必论，虽美成亦有所不免。如'为伊泪落'，如'最苦梦魂，今宵不到伊行'，如'天便教人，霎时得见何妨'，如'又恐伊，寻消问息，瘦损容光'，如'许多烦恼，只为当时，一晌留情'，所谓淳厚日变成浇风也。"① 张炎从词作审美表现内涵论说雅俗，明确提出词要追求雅正的主张。他认为，词作追求雅正是其所表现思想旨向的内在要求，一旦创作主体为情感表现所控制，沉迷于情感的羁绊而不能艺术地加以导引，词作便会脱却雅正之途。张炎首次从创作内涵角度探讨到词作雅俗的生成论题，这在词学雅俗之论中是富于新意的。明代中期，王世贞《艺苑卮言》云："即词号称诗余，然而诗人不为也。何者，其婉娈而近情也，足以移情而夺嗜。其柔靡而近俗也，诗啴缓而就之，而不知其下也。之诗而词，非词也。之词而诗，非诗也。"② 王世贞立足"婉娈近情"的词体质性，认定"之诗而词，非词也"，他强调词作为文学之体，要在委婉细腻地表现人的情感世界中求取体性本色与所长。他不仅评断苏轼、辛弃疾之词为变体，连温庭筠、韦庄之作也包括在内，持论甚为严苛，表现出极力维护词体本真的企求。王世贞之论，从词体情感表现与审美质性的角度，对词作雅致气貌的形成予以了很好的论说与导引。

清代前期，朱彝尊《孟彦林词序》云："词虽小道，为之亦有术矣。去《花庵》《草堂》之陈言，不为所役，俾淬窳涤濯，以孤技自拔于流俗。绮靡矣，而不戾乎情；镂琢矣，而不伤夫气，然后足下古人方驾焉。"③ 作为浙西派之宗的朱彝尊，其论词倡导以"醇雅"为审美崇尚，他在承传前人之论的基础上，进一步提出言情之作易流于猥俗、雕琢之作有伤气脉的论断。朱彝尊对不顾艺术形式而一味宣泄情感之作是其持异议的。其《词综·发凡》云："言情之作，易流于秽。此宋人选词多以雅为

① 唐圭璋编：《词话丛编》，中华书局1986年版，第266页。
② 同上书，第385页。
③ 朱彝尊：《曝书亭集》卷四十，影印文渊阁《四库全书》本。

目。法秀道人语涪翁曰：'作艳词当堕犁舌地狱。'正指涪翁一等体制而言耳。填词最雅无过石帚，《草堂诗余》不登其只字……可谓无目者也。"① 朱彝尊极力主张填词以雅正为本色。他认为，词作为用来言说情性的文学体制，确是容易流于俗化的，这也是宋人选词多以雅致为求的内在根源。他引述法秀道人对黄庭坚之语，主张作艳词应在审美表现上下一番功夫，使其体制不变而质性有异。朱彝尊最为推尊姜夔之词，将其标树为雅正之体的典范。朱彝尊之论，对词作雅俗与言情的关系予以较深入的探讨，是甚富于启发性的。清代中期，吴衡照《莲子居词话》云："言情以雅为宗，语丰则意尚巧，意亵则语贵曲。顾敻《诉衷情》云云，张泌《江城子》云云，直是伧父唇舌，都乏佳致。"② 吴衡照对词作言情直接提出雅致的要求。他将词作言情的入乎雅致与用语及意旨表现的婉曲加以联系互渗，其批评旨趣便在于避却浅俗直露而使词作富于艺术意味。

晚清，刘熙载《词概》云："词之为物，色香味宜无所不具。以色论之，有借色，有真色，借色每为俗情所艳，不知必先将借色洗尽，而后真色见也。"③ 刘熙载从词作艺术面貌的呈现论说到其与创作主体情感表现的关系。他将词作面貌界分为两种，即"借色"与"真色"，前者指词作所呈现出的艺术表象，后者指词作所包含的本来面目。刘熙载论断词作的艺术表象常常为俗情表现而张扬与强化。其词论寓含着创作主体的真情实感表现，才能使词作面貌得到真正的呈现之意。陈廷焯《白雨斋词话》云："李后主、晏叔原皆非词中正声，而其词则无人不爱，以其情胜也。情不深而为词，虽雅不韵，何足感人？"④ 陈廷焯通过对李煜、晏殊词作"无人不爱"的论说，将词作情感表现与雅致面目的呈现进一步联系起来。他见出情感深挚自然有助于词作雅化之面貌形成的特征，道出创作主体情感真实与词作雅正气貌相互促进的正态关系。

民国时期，况周颐《蕙风词话》云："读前人雅词数百阕，令充积吾胸臆，先入而为主，吾性情为词所陶冶，与无情世事，日背道而驰。其蔽

---

① 朱彝尊、汪森编：《词综》卷首，《四部备要》本。
② 唐圭璋编：《词话丛编》，中华书局1986年版，第2423页。
③ 同上书，第3706页。
④ 陈廷焯著，杜未末校点：《白雨斋词话》，人民文学出版社1959年版，第196页。

也，不能谐俗，与物忤。自知受病之源，不能改也。"① 况周颐之论，道出自身情感内涵及取向与接受、体悟前人词作的内在紧密联系。他明言，是前人优秀的词作不断陶冶自己的情性，厚积自己的修养，使之日益真挚、纯化与趋向雅致，这与世俗之物事在本质上形成区隔，也成为他不愿曲就现实世俗而坚持自己秉性的内在根本缘由。况周颐之论，进一步将创作主体情感表现与词作雅俗之面貌从内在有机地联系起来。

二　对雅俗呈现与主体学养关系的承衍阐说

中国传统词学对雅俗呈现与主体学养关系的承衍阐说，主要呈现于晚清及民国时期，其主要体现在陈廷焯、沈祥龙、陈洵、夏敬观等人的批评言论中。

晚清，陈廷焯《白雨斋词话》云："《清绮轩词选》（华亭夏秉衡选），大半淫词秽语，而其中亦有宋人最高之作。泾渭不分，雅郑并奏，良由胸中毫无识见。选词之荒谬，至是已极。"② 陈廷焯直言批评夏秉衡所编选《清绮轩词选》雅俗并置、泾渭不明，并未体现出什么像样的审美理想与选编原则。他论断，此乃缘于选编者毫无学养识见之故，才会使其词选良莠杂陈，不见宗趣。陈廷焯从选词的角度，将主体学识修为与词作雅俗呈现之道有机地联系起来。沈祥龙《论词随笔》云："词不能堆垛书卷，以夸典博，然须有书卷之气味。胸无书卷，襟怀必不高妙，意趣必不古雅，其词非俗即腐，非粗即纤。故山谷称东坡《卜算子》词，非胸中有万卷书，孰能至此。"③ 沈祥龙从创作主体学识襟怀的角度论说到雅俗呈现之道。他认为，作词不能一味求显学力，但须有书卷之气味，如果创作主体胸中无书卷藏纳于内，则必不能呈现出高妙的襟怀，凸显出古雅的意趣。这样的话，其词作在风格特征上必或流于俗化，或流于庸腐，或流于粗俗，或流于纤弱。沈祥龙将词作所表现意趣的古朴雅致与创作主体的学识襟怀紧密联系起来。

民国时期，陈洵《海绡说词》云："词莫难于气息，气息有雅俗，有

①　况周颐著，王幼安校订：《蕙风词话》；王国维著，徐调孚注，王幼安校订：《人间词话》，人民文学出版社1960年版，第9页。

②　陈廷焯著，杜未末校点：《白雨斋词话》，人民文学出版社1959年版，第126页。

③　唐圭璋编：《词话丛编》，中华书局1986年版，第4058页。

厚薄，全视其人平日所养，至下笔时则殊，不自知也。"① 陈洵从词作气脉运行论说到雅俗之貌。他认为，从根本上而言，词作气貌的雅俗是由创作主体的学为修养所决定的，创作主体学为修养深厚高洁，便自然会使词作呈现出雅致之气貌，反之亦然。陈洵从词作面貌呈现的角度，对主体情性修养实际上提出很高的要求。夏敬观《蕙风词话诠评》在阐说况周颐《蕙风词话》中"词中求词"一条时云："多读书，始能医俗，非胸中书卷多，皆可使用于词中也。词中最忌多用典故，陈其年、朱彝尊可谓读书多矣，其词中好使用史事及小典故，搬弄家私，最为疵病，亦是词之贼也，不特俗为词之贼耳。"② 夏敬观在况周颐持论作词之道与读书及避俗关系的基础上，进一步诠释与阐说读书以增加才学修为与词作面貌弃俗入雅的内在联系。他主张，要将胸中之丰厚学识，巧妙地化入词作艺术表现中，而切不可像陈维崧、朱彝尊一样，大量在词中使事用典，一味驰骋与张扬才学。他认为，其在无形中实有碍于词作艺术表现，这就像词作气貌流于俗化一样，是人见人恨的词家之"贼"，在本质上是违背词作审美要求的。夏敬观又在阐说《蕙风词话》中"词人愁而愈工"一条时云："读书多，致身为士大夫，自不俗。其所占身分，所居地位，异于寒酸之士，自无寒酸语。然柳耆卿、黄山谷好为市井人语，亦不俗不寒酸。史梅溪一中书堂吏耳，能为士大夫之词，以笔多纤巧，遂品格稍下。于此可悟不俗不寒酸之故矣。况氏以纤为俗，俗固不止于纤也。"③ 夏敬观论断要通过读书养学蓄才以脱却俗化的气貌与格调，将多读书以增扩识见视为从内在改变人之性情与品格的主要手段。他例举柳永、黄庭坚词作虽表面多用市井俗化之语，但却并不显示出俗化的气象面目；相反，史达祖虽身为朝廷大吏，却因为用笔纤弱取巧，而终使其词作格调显示出趋俗之面貌。夏敬观纠正补充况周颐"以纤为俗"之论，认为俗化并不仅仅体现在纤弱取巧上，而更多地体现在词作内涵的浅直与虚化上。夏敬观之论，将主体才学修为与词作雅俗呈现的关系进一步予以了深化。

三 对雅俗呈现与语言运用关系的承衍阐说

中国传统词学对雅俗呈现与语言运用关系的论说，大致出现于元代初

---

① 唐圭璋编：《词话丛编》，中华书局1986年版，第4840页。
② 同上书，第4586页。
③ 同上书，第4588页。

年。张炎《词源》云："词与诗不同，词之句语，有二字、三字、四字，至六字、七、八字者，若堆叠实字，读且不通，况付之雪儿乎。合用虚字呼唤，单字如正、但、任、甚之类，两字如莫是、还又、那堪之类，三字如更能消、最无端、又却是之类，此等虚字，却要用之得其所。若使尽用虚字，句语又俗，虽不质实，恐不无掩卷之诮。"① 张炎较早论说到用字下语与词作雅俗呈现的关系。他具体对实字与虚字的运用予以例说及提出要求。他论断，在词的创作中，实字与虚字要相需而用、相映相衬，如此，才能有效地避免过于质实或虚化之病。他认为，多用虚字容易使词作句语呈现出俗化面目，缺少让人掩卷回味的余地。张炎对词作用字下语的论说与要求，从一个侧面体现出崇尚雅正的审美理想。

　　清代，对词作雅俗呈现与语言运用关系的阐说，主要体现在彭孙遹、吴锡麒、陈廷焯、沈祥龙、张祥龄等人的批评言论中。清代前期，彭孙遹《金粟词话》云："作词必先选料，大约用古人之事，则取其新颖，而去其陈因。用古人之语，则取其清俊，而去其平实。用古人之字，则取其鲜丽，而去其浅俗。不可不知也。"② 彭孙遹具体对词作用典、造语与用字予以论说。他主张用前人所习用之字，一定要避却浅直俗化而择取新鲜之意，如此，才能富有艺术意味。彭孙遹对词作用字造语的论说，体现出追求艺术陌生化的审美理想。清代中期，吴锡麒《伫月楼分类词选自序》云："窃谓字诡则滞音，气浮则滑响，词俚则伤雅，意亵则病淫。"③ 吴锡麒之论，多维面地道出词的创作中所难以避免的矛盾对立关系，见出词作追求雅正的多方面影响因素。他警惕人们，如果稍不留神，词作便会流于浮华猥俗，其与大雅之道便会相去甚远。

　　晚清，陈廷焯对词作雅俗呈现与语言运用关系予以反复的论说，多方面地阐说出其内在所包含之理。他并对字语运用提出不少具体要求，将词作雅俗呈现与语言运用关系的论说推向一个高峰。其《白雨斋词话》云："人情不能无所寄，而又不能使天下同出一途，大雅不多见，而繁声于是乎作矣。猛起奋末，诚苏辛之罪人；尽态逞妍，亦周姜之变调。外此则啸傲风月，歌咏江山，规模物类；情有感而不深，义有托而不理，直抒所

---

① 唐圭璋编：《词话丛编》，中华书局 1986 年版，第 259 页。
② 同上书，第 724 页。
③ 吴锡麒：《有正味斋骈体文》卷八，清道光刊本。

事，而比兴之义亡，侈陈其盛，而怨慕之情失，辞极其工，意极其巧，而不可语于大雅，而亦不能尽废也。"① 陈廷焯在论说词作情感表现的基础上，阐说到用语与表意的命题。他论断，如果作词一味追求言辞工致与造意奇巧，其在本质上实与大雅之道背道而驰。当然，陈廷焯也肯定必要的修辞技巧是不能绕开的，其论显示出对言辞运用与词作雅俗呈现的辩证认识。其又云："炼字琢句，原属词中末技，然择言贵雅，亦不可不慎。古人词有竟体高妙，而一句小疵，致令通篇减色者。如柳耆卿'对萧萧暮雨洒江天'一章，情景兼到，骨韵俱高；而有'想佳人妆楼长望'之句，'佳人妆楼'四字，连用俗极，亦不检点之过。"② 陈廷焯进一步论说到字语运用与词作雅俗呈现的关系。他提出词作选字用语贵在入雅的主张，坚决反对在词中入以哪怕个别的俗化之句。他例举柳永《雨霖铃》之词，认为从整体而言，其实可谓情景交融、入乎高妙，但却因个别字语运用过于表现俗化之情，而使整首词有所减色。陈廷焯对词作字语运用的要求是甚为坚持高标准、严要求的。其又云："词中如佳人、夫人、那人、檀郎、伊家、香腮、心儿、莲瓣、双翘、鞋钩、断肠天、可怜宵、莽乾坤、哥、奴、姐、耍等字面，俗劣已极，断不可用。即老子、玉人、则个、好个、那个、拌个、原是、娇瞋、兜鞋、恁、些、他、儿等字，亦以慎用为是。盖措词不雅，命意虽佳，终不足贵。"③ 陈廷焯具体例说到词中俗字运用的规避对象与原则。他坚决反对在词的创作中多用俗字俗语，概括俗字的运用有伤词作的雅致之情，并最终影响到词作所表现意旨，是在词的创作中所应该努力避却的。其又云："词人好作精艳语，如左与言之'滴粉搓酥'、姜白石之'柳怯云松'、李易安之'绿肥红瘦'、'宠柳娇花'等类，造句虽工，然非大雅。"④ 陈廷焯对李清照、姜夔等人广为流传的所谓精警秾艳之句也有所不满，论断其工致而非入于大雅之道。他对词作字语运用的要求确是甚为严苛的。其又云："遣词贵典雅，然亦有典雅之事，数见不鲜，亦宜慎用。如'莲子空房'、'人面桃花'等字，久已习为套语，不必再拾人唾余。"⑤ 陈廷焯对词作遣词造语反复标树雅正典则

---

① 陈廷焯著，杜未末校点：《白雨斋词话》，人民文学出版社 1959 年版，第 131 页。

② 同上书，第 143 页。

③ 同上书，第 161 页。

④ 同上书，第 163 页。

⑤ 同上书，第 164—165 页。

之求。他认为，即使是一些在开初时颇有新意的造语，在为人所常用后，也要努力避免再随手拈来，如此，才能有效地脱却俗化之习。其又云："山歌樵唱，里谚童谣，非无可采，但总不免俚俗二字，难登大雅之堂。好奇之士，每偏爱此种，以为转近于古，此亦魔道矣。（钟、谭《古诗归》之选，多犯此病。）《风》《骚》自有门户，任人取法不尽。何必转求于村夫牧竖中哉？"① 陈廷焯论说到词作用语对民间山歌童谣的吸收与化用。他认为，从某种意义而言，民间山歌童谣确可谓词的创作的有机养料，但其缺点在于免不了俚俗，是难入雅致之堂奥的。他反对"转近于古"的创作仄径，归结其入门不正、取径不当，是词的创作之"魔道"。他主张，词作用语对前人字语的化用，还是要上溯"风""雅"之中，惟其如此，才能入乎大雅之道。其还云："言近旨远，其味乃厚；节短韵长，其情乃深；遣词雅而用意浑，其品乃高，其气乃静。"② 陈廷焯对词作语言运用不断重申雅致的要求。他主张将词作字语运用的雅致与意旨表现的浑厚相互融合，如此，才能使词作格调超拔、气闲体舒，进入到创作的极致境界。

沈祥龙《论词随笔》云："词之用字，务在精择。腐者、哑者、笨者、弱者、粗俗者、生硬者、词中所未经见者，皆不可用。而叶韵字，尤宜留意。"③ 沈祥龙对词作用字提出多方面的要求，其中，将粗俗语词的运用作为了主要反对内容之一。他强调用字要入乎雅正，贵在精择细选，如此，才可能创造出优秀的词作。张祥龄《词论》云："尚密丽者失于雕凿。竹山之鹭曰琼丝，鸳曰绣羽。又霞铄帘珠，云蒸篆玉，翠簧翔龙，金枢跃凤之属，过于涩炼，若整疋绫罗，剪成寸寸。七宝楼台，盖薄之之辞。吴中七子，流弊如此。反是者又复鄙俚，山谷之村野，屯田之脱放，则伤雅矣。作者自酌其才，与何派相近，一篇之中，又不可杂合，不配色。意炼则辞警辟，自无浅俗之患。若夫兴往情来，召吕命律，吐纳山川，牢笼百代，又非饤饾所知矣。"④ 张祥龄从分析具体词作艺术表现入手，对一味密丽者和一味鄙俚者都持以否定。他批评蒋捷、吴文英之词

①　陈廷焯著，杜未末校点：《白雨斋词话》，人民文学出版社 1959 年版，第 177 页。
②　同上书，第 217 页。
③　唐圭璋编：《词话丛编》，中华书局 1986 年版，第 4052 页。
④　同上书，第 4213 页。

"失于雕凿"，也指责黄庭坚、柳永之词流于"鄙俚"，有伤雅致。为此，他主张词作应从炼意入手，词意精粹，词语自然警辟，词作才会显示出无浅俗之病，创作主体兴会之意也就自然融注于其中。张祥龄之论，从炼辞炼意的角度论说词作雅俗之道，将雅俗呈现与语言运用的关系予以了深化。

民国时期，对词作雅俗呈现与语言运用关系的论说，在蒋兆兰、吴梅等人的言论中仍然得到承衍与发挥。蒋兆兰《词说》云："古文贵洁，词体尤甚。方望溪所举古文中忌用诸语，除丽藻语外，词中皆忌之。他如头巾气语、南北曲中语、世俗习用熟烂典故及经传中典重字面皆宜屏除净尽。务使清虚骚雅，不染一尘，方为妙笔。至如本色俊语，则水到渠成，纯乎天籁，固不容以寻常轨辙求也。"① 蒋兆兰在前人反复论说与规范词作用语的基础上，仍从此角度论说雅俗及提出要求。他倡导词体贵在洁净，虽可用秾丽华美之辞，但"头巾气语""南北曲中语""世俗习用熟烂典故"及"经传中典重字面"等务必一概不用。他主张词作应在注重"清虚骚雅"中入乎高格。蒋兆兰之论，虽体现出传统词体本色论的特征，但其从词语、词体角度规范词之质性的做法，将宋代以来的去俗崇雅之论进一步予以了落实。吴梅《词学通论》云："至于南北曲，与词格不甚相远，而欲求别于曲，亦较诗为难。但曲之长处，在雅俗互陈，又熟谙元人方言，不必以藻缋为能也。词则曲中俗字，如'你我'、'这厢'、'那厢'之类，固不可用；即衬贴字，如'虽则是'、'却原来'等，亦当舍去。……由是类推，可以隅反，不仅在词藻之雅俗而已。宋词中尽有俚鄙者，亟宜力避。"② 吴梅在承传前人所论的基础上，重申词曲是两种在创作体制上既相近又相异的文学形式。他比较词曲之体中对雅俗的运用及其艺术表现特征，认为戏曲表现的长处之一便在于雅俗渗透融合，方言俗语的运用可以极大地增强艺术表现力，它在用语上无须作过多的打磨；而词的创作中最好避免使用俗语，即使是无法绕开时，也要讲究字语艺术表现的化入转出之法，亦即如何化俗为雅，这是由词曲之体的内在审美质性所决定的。吴梅之论，将词作用语崇尚典雅的观念又一次予以了张扬与强化。

---

① 唐圭璋编：《词话丛编》，中华书局1986年版，第4630页。
② 吴梅：《词学通论》，上海古籍出版社2006年版，第2页。

四　对雅俗呈现与词的其他创作因素关系的承衍阐说

中国传统词学对雅俗呈现与词的其他创作因素关系的论说，大致出现于宋代。这一维面内容承衍线索主要体现在四个方面，即从词作体制、音律表现、艺术技巧及审美境界创造方面展开考察。我们稍作缕分。

在对雅俗呈现与词作体制关系的论说方面，清代词论家查礼、沈祥龙有所阐说。查礼《铜鼓书堂词话》云："词不同乎诗而后佳，然词不离乎诗方能雅。……（施岳《水龙吟》）其声韵辞华，大雅不群，脱尽绮腻纤秾之态。"① 查礼从词体艺术质性的角度论及雅俗。他肯定词与诗是不同的文体，认为词只有不同于诗才富于艺术生命力，词也只有不离乎诗才能呈现出雅致的本色。查礼称扬施岳《水龙吟》"大雅不群"，脱尽腻俗之味，便在于其与诗体的内在亲近性。沈祥龙《论词随笔》云："词于古文诗赋，体制各异。然不明古文法度，体格不大，不具诗人旨趣，吐属不雅，不备赋家才华，文采不富。"② 沈祥龙也从不同文体质性的角度论说到词之雅俗。他提出词作应具有"诗人旨趣"的主张，亦即认为词作为文学之体，其思想旨向只有在切近于诗体的过程中，才会显示出雅致的气象和面目。沈祥龙强调优秀的词人应将"明古文法度""具诗人旨趣"与"备赋家才华"三者融为一体，如此，才能创造出优秀的词作。

在对词作雅俗呈现与音律表现关系的论说方面，王灼、焦循、陈廷焯有所阐说。南宋初年，王灼《碧鸡漫志》云："或问雅郑所分。曰，中正则雅，多哇则郑。至论也。……中正之声，正声得正气，中声得中气，则可用。中正用，则平气应，故曰，中正以平之。若乃得正气而用中律，得中气而用正律，律有短长，气有盛衰，太过不及之弊起矣。"③ 王灼从音律运用与气脉运行的角度，对词作雅俗内涵及其呈现予以论说。他界定，音律表现中和平正为雅，杂乱无序则为俗。他主张，词作音律表现的中和平正与创作主体的内在气脉运行要相通相承，两方面呈现出正态对应关系，惟其如此，才能更好地有助于雅致面貌的形成与强化。清代中期，焦循《雕菰楼词话》云："词调愈平熟，则其音急，愈生拗，则其音缓。急

---

① 唐圭璋编：《词话丛编》，中华书局 1986 年版，第 1482 页。
② 同上书，第 4059 页。
③ 同上书，第 80 页。

则繁，其声易淫，缓则庶乎雅耳。如苏长公之大江东去，及吴梦窗、史梅溪等调，往往用长句。同一调而句或可断若此，亦可断若彼者，皆不可断。而其音以缓为顿挫，字字可顿挫而实不必断。倚声者易于为平熟调，而艰于为生拗调。明乎缓急之理，而何生拗之有。"① 焦循从音律运用角度触及词的雅俗呈现论题。他认为，词调要避却急促、繁拗，以免词作流于熟滑。他主张词调应舒缓顿挫，在悠远的音律表现中显示出词雅之性。晚清，陈廷焯《白雨斋词话》云："词中如《西江月》《一剪梅》《钗头凤》《江城梅花引》等调，或病纤巧，或类曲唱，最不易工。（难得大雅。）善为词者，此类以不填为贵。"② 陈廷焯具体论说到如《西江月》等一些词调的创作，或容易流于纤弱小巧，或容易类于俗曲时调。他判评对它们的创作不易入乎大雅之道，是一般创作者所不易把握的，不要轻易为之。

在对词作雅俗呈现与艺术技巧关系的论说方面，沈谦、陈廷焯、沈祥龙、况周颐、蒋兆兰、周曾锦有所阐说。清代初年，沈谦《填词杂说》云："白描不可近俗，修饰不得太文，生香活色，在离即之间，不特难知，亦难言。"③ 沈谦对词作描写提出不可过于俗化的要求。他强调，词作技巧表现要在合乎中和化原则中求取艺术魅力，在雅俗呈现的不即不离、若即若离之间保持审美张力性。晚清，陈廷焯《白雨斋词话》云："西河经术湛深，而作诗却能谨守唐贤绳墨，词亦在五代宋初之间。但造境未深，运思多巧，境不深尚可，思多巧则有伤大雅矣。"④ 陈廷焯通过评说毛奇龄作词"造境未深，运思多巧"的特征，触及词作雅俗的命题。他认为，词作意境创辟不够深致沉郁，尚还是情有可原的，但如果在创作运思中多流于取巧逐奇，则必然有损于雅正之面目，是必须坚决摒弃的。其又云："回文、集句、叠韵之类，皆是词中下乘，有志于古者，断不可以此眩奇，一染其习，终身不可语于大雅矣。若友朋唱和，各言性情，各出机杼可也，亦不必以叠韵为能事。"⑤ 陈廷焯将一些独特艺术表现技巧的运用与词作雅俗呈现有机联系起来。他反对创作如回文词、集句词、叠

① 唐圭璋编：《词话丛编》，中华书局 1986 年版，第 1491 页。
② 陈廷焯著，杜未末校点：《白雨斋词话》，人民文学出版社 1959 年版，第 186 页。
③ 唐圭璋编：《词话丛编》，中华书局 1986 年版，第 629 页。
④ 陈廷焯著，杜未末校点：《白雨斋词话》，人民文学出版社 1959 年版，第 67 页。
⑤ 同上书，第 131 页。

韵词之类的东西，判评其流于"词中下乘"，与大雅之道相隔甚远。他主张，人们以词相交还是要立足于真实性情的独特抒发，只有以此为基础，才能脱却饾饤之习而入乎雅正。沈祥龙《论词随笔》云："词不宜过于设色，亦不宜过于白描。设色则无骨，白描则无采，如粲女试妆，不假珠翠而自然浓丽，不洗铅华而自然淡雅，得之矣。"① 沈祥龙也论说到词作艺术表现与风貌呈现的关系。他主张词作艺术表现不要过于追求某方面极致，或一味讲究色彩秾丽，或一味讲究质朴无文。他提倡，词的创作要在自然天成中显示出应有的秀丽，在洗尽铅华中呈现出素淡雅致之情态。

民国时期，况周颐《蕙风词话》云："词人愁而愈工。真正作手，不愁亦工，不俗故也。不俗之道，第一不纤。"② 况周颐道出具有沉郁顿挫情感意蕴的词作在艺术表现上是不求工致而自然工致的，深刻地识见到词人情感内涵对词作艺术表现的内在决定作用。他论断，脱却俗化的关键在于不纤弱，不萎靡，体现在艺术表现上便是，即使创作主体内心愁怨苦楚孕蕴积聚，也能以较完美充实的艺术形式加以表现出来。蒋兆兰《词说》云："填词以到恰好地位为最难，太易则剽滑，太难则晦涩，二者交讥。至如浅俗之病，初学尤易触犯。第浅俗之病，人所易见，醒悟不难。惟纤佻之病，聪颖子弟不特不知其为病，且认为得意之笔。此则必须痛改，范以贞正，然后克跻大雅之林。"③ 蒋兆兰从学词的几个阶段论说到词之雅俗。他认为，浅俗之病是初学者最容易"触犯"的，但相对于"纤佻之病"，浅俗之病还是较容易知见的，故作词必须在创作旨向上注重入乎贞正，如此，词作才能"克跻大雅之林"。周曾锦《卧庐词话》云："柳耆卿词，大率前遍铺叙景物，或写羁旅行役，后遍则追忆旧欢，伤离惜别，几于千篇一律，绝少变换，不能自脱窠臼。词格之卑，正不徒杂以鄙俚已也。"④ 周曾锦通过评说柳永词作，实际上提出词的卑俗并不仅仅来自于下字用语的鄙俚浅俗，也来自于艺术表现的程式化。他将柳永之词界定为"千篇一律，绝少交换"，体现出对艺术表

---

① 唐圭璋编：《词话丛编》，中华书局 1986 年版，第 4054 页。

② 况周颐著，王幼安校订：《蕙风词话》；王国维著，徐调孚注，王幼安校订：《人间词话》，人民文学出版社 1960 年版，第 6 页。

③ 唐圭璋编：《词话丛编》，中华书局 1986 年版，第 4630 页。

④ 同上书，第 4648 页。

现独创性、新颖性的崇尚与呼唤。周曾锦将词作的雅俗与艺术表现是否具有独创性有机联系起来，这在词学雅俗呈现之论中又是富于新意的。

在对词作雅俗呈现与审美境界创造关系的论说方面，张炎、陈廷焯、况周颐、唐圭璋有所阐说。元代初年，张炎《词源》云："词要清空，不要质实。清空则古雅峭拔，质实则凝涩晦昧。姜白石词如野云孤飞，去留无迹。吴梦窗词如七宝楼台，眩人眼目，碎拆下来，不成片段。此清空质实之说。"① 张炎力主词的创作要清彻空灵，而不要过于朴质实在。他论断，如能在艺术表现上入乎清彻空灵之境界，则词作必然会呈现出古朴雅致而迥拔于世俗之貌。张炎见出词作艺术表现及审美境界呈现与雅俗之气貌的内在紧密联系。晚清，陈廷焯《白雨斋词话》云："雄阔非难，深厚为难；刻挚非难，幽郁为难；疏逸非难，冲淡为难；工丽非难，雅正为难；奇警非难，顿挫为难；纤巧非难，浑融为难。古今不乏名家，兼有众长鲜矣。词岂易言哉！"② 陈廷焯从两两对应的角度论说到一系列创作追求与风格呈现命题。其中，他提出"工丽非难，雅正为难"的主张，对词作崇雅之中所包孕的复杂艺术机制与内涵予以了简洁的醒示。民国时期，况周颐《词学讲义》云："古今词学名辈，非必皆绝顶聪明也。其大要曰雅，曰厚，曰重、拙、大。厚与雅，相因而成者也，薄则俗矣。轻者重之反，巧者拙之反，纤者大之反，当知所戒矣，性情与襟抱，非外铄我，我固有之。"③ 况周颐反对词作艺术表现缺乏审美的深度模式，认为艺术内涵上的单薄、浅化必然导致词的俗化。他力主将词作审美境界创造的绵厚与雅致之性加以融合、相映相生，如此，才能有效地避免浅薄俗化之病。况周颐这一对词作雅俗的论说，是从词的思想内涵与艺术表现相结合之处着眼的，在传统词学雅俗之论中显示出十分重要的意义。唐圭璋《论词之作法》则云："厚与雅婉二者，皆相因而生。能婉即厚，能厚即雅也。盖厚者薄之反，薄则俗矣。"④ 唐圭璋论说到"雅""婉""厚"三者的审美特征及其相互因成与相互生发的关系。他进一步概括词作如果能

---

①　唐圭璋编：《词话丛编》，中华书局1986年版，第259页。

②　陈廷焯著，杜未末校点：《白雨斋词话》，人民文学出版社1959年版，第195—196页。

③　张璋、职承让、张骅、张博宁编纂：《历代词话续编》，大象出版社2005年版，第43页。

④　同上书，第918页。

在审美表现上体现出委婉典丽、沉郁顿挫，那么，其也就必然入乎雅致，会同时给人以纯正高华的美感享受。唐圭璋之论，体现出他一贯所反对的词作艺术表现浅直俗化的主张。

第四章　中国传统词学本色之论的承衍

本色之论是中国传统词学的基本批评观念之一。它是指从词作所呈体制、形式及风格特征等角度，对其加以观照与考量的一种批评形式，其宗旨在于辨识词作的内在艺术质性，综论其面貌特征，抑或为更细致深入地认识与把握词作提供一个入射点，其对判评词人词作的价值属性体现出重要的意义。在中国传统词学史上，有关本色的论说是不少的，其中一些内容形成源远流长的承衍阐说线索，富于历史观照的意义。

第一节　从词作体性角度所展开本色之论的承衍

中国传统词学本色之论承衍的第一个维面，是从对词作体性辨析角度来加以展开的。这一维面主要包括两条线索：一是维护与持守传统词体本色之论的承衍，二是对传统词体本色观念予以破解之论的承衍。此两方面论说相反相成，共构出传统词体本色之论的主体空间。

一　维护与持守传统词体本色之论的承衍

在中国传统词学中，维护与持守传统词体本色之论线索，大致出现于北宋中期。苏轼《答陈季常书》云："又惠新词，句句警拔，诗人之雄，非小词也。但豪放太过，恐造物者不容人如此快活。"[1] 苏轼在创作中以诗为词，打破传统词作之体原有的形式、格调与意味，其词作在人们中引起不少的异议。这里，他评断陈慥之词与自己一样寓以诗人句法，在意致蕴含与风格面貌上呈现出过于豪迈放旷的特征。苏轼明了其可能有悖于传统词体之质性，不容易得到人们的接受认可。苏轼之言，为传统词体本色

---

① 苏轼：《东坡续集》卷五，《四部备要》本。

之论的出现作出导引。其时，作为"苏门四君子"之一的晁补之云："黄鲁直作小词，固高妙，然不是当行家语，是著腔子唱好诗。"（吴曾《能改斋漫录》记）① 晁补之在肯定黄庭坚词作呈现出入乎高超的艺术层境时，对其词作用语予以批评。他评断黄氏作词时还留有矜持之态，拿腔作调，词意虽然高妙但不是自然流出，少见本色与当行。联系晁补之对苏轼词"横放杰出，自是曲子中缚不住者"的论评来看，其论实际上寓意着：他既肯定诗化是词作艺术发展的重要一途，同时，又对这一路径强调自然而出、水到渠成。之后，李清照《词论》云："至晏元献、欧阳永叔、苏子瞻，学际天人，作为小歌词，直如酌蠡水于大海，然皆句读不葺之诗尔。……王介甫、曾子固，文章似西汉，若作一小歌词，则人必绝倒，不可读也。乃知词别是一家，知之者少。"② 李清照对晏殊、欧阳修、苏轼之词都不以为然。他评断其虽然饱含学养识力，但所作词都呈现出诗化的痕迹，是少见妥当的。他同时对王安石、曾巩所作词也持以批评，认为两人虽然以古文写作擅名，可上追西汉贾谊等名家，但在词的创作上仍然不敢恭维。由此，李清照提出著名的"别是一家"论断，强调词的艺术质性与散文等体制有别，有着自身独特的审美本质特征。这一论断直接开启了后世的词体本色之论。

中国传统词体本色之论，明确出现在陈师道的言说中。其《后山诗话》云："退之以文为诗，子瞻以诗为词，如教坊雷大使之舞，虽极天下之工，要非本色。今代词手，惟秦七黄九尔，唐诸人不逮也。"③ 陈师道批评苏轼以诗歌创作之法作词，模糊与混淆了诗词之体的界限，这便好比唐代教坊中雷大使的舞蹈，其以男儿之身而演绎女子之情态，无论如何都是难见本色与当行的。在北宋当世词人中，陈师道推崇秦观与黄庭坚，评断他们的词作是唐五代词家所难以比拟的。陈师道之论，拈出"以文为诗"和"以诗为词"论题，并将这一论题与诗词创作的是否本色当行直接联系起来，此论成为从词作体性角度所展开本色论之嚆矢。此时期，在北方的金源，王若虚对陈师道之论予以辨驳。其《滹南诗话》云："陈后山云：'子瞻以诗为词，虽工非本色。今代词手，唯秦七黄九耳。'予谓

---

① 陈良运主编：《中国历代词学论著选》，百花洲文艺出版社 1998 年版，第 51 页。
② 同上。
③ 何文焕辑：《历代诗话》，中华书局 1981 年版，第 309 页。

后山以子瞻词如诗，似矣，而以山谷为得体，复不可晓。晁无咎云：'东坡词小不谐律吕，盖横放杰出，曲子中缚不住者。'其评山谷则曰：'词固高妙，然不是当行家语，乃著腔子唱好诗耳。'此言得之。"① 王若虚持异陈师道之论。他虽然也认同苏轼之"词如诗"，但通过引述晁补之之言，其对苏轼独自创辟的创作路径基本上还是持以肯定，其论评取向与陈师道有所异别。而对于黄庭坚词作，王若虚则持同晁补之之言，评断其乃真正的流于以诗入词之径，内在缺乏艺术理想与创作追求的烛照，是不见本色当行之词。王若虚对苏轼创作取向的肯定与对黄庭坚持以批评的态度，体现出其对词体内在艺术质性的更细腻维护，自然、本色、当行等语汇成为其词学批评的最重要关键词。

元代，张炎、仇远等人将词体本色之论纤细地承衍下来。张炎《词源》云："辛稼轩、刘改之作豪气词，非雅词也。于文章余暇，戏弄笔墨，为长短句之诗耳。"② 张炎批评辛弃疾、刘过一味将豪旷之气打并入词，认为这有损于词作的雅致之性，在不经意中将词体变成只在形式上有别于诗的艺术之体，而在内在并未体现出本质的区别。张炎之论，寓含辛弃疾与刘过词作不见本色的持论，亦体现出对词体独特质性的持守态度。仇远《玉田词题辞》云："世谓词者诗之余，然词尤难于诗。词失腔犹诗落韵，诗不过四五七言而止，词乃有四声五音、均拍重轻清浊之别，若言顺律舛、律协言谬，俱非本色。或一字未合，一句皆废；一句未妥，一阕皆不光采。信戛戛乎其难。"③ 仇远在诗词两体相互比照的视野中，对词的创作特征予以论说。他在创作论上持"词难于诗"的观点，认为相对而言，词的创作更受到腔调与声律的拘限，更体现出"戴着镣铐跳舞"的特征，因此，词调选择是否得宜，声调运用是否和谐乃词作本色与否的最主要表现。仇远之论，体现出较为传统的词体本色观念。

明代，对传统词体本色观念的维护与持守之功，主要体现在杨慎、刘凤、何良俊、王世贞、谭元春、毛晋等人的批评言论中，他们进一步将词体本色之论凸显出来。杨慎《词品》云："大率六朝人诗，风华情致，若

---

① 张璋、职承让、张骅、张博宁编纂：《历代诗话续编》，大象出版社 2005 年版，第 516—517 页。

② 唐圭璋编：《词话丛编》，中华书局 1986 年版，第 267 页。

③ 陈良运主编：《中国历代词学论著选》，百花洲文艺出版社 1998 年版，第 201 页。

作长短句，即是词也。宋人长短句虽盛，而其下者，有曲诗、曲论之弊，终非词之本色。予论填词必溯六朝，亦昔人穷探黄河源之意也。"① 杨慎在词作艺术表现方面主张上溯六朝。他评断六朝诗歌情致氤氲、风华绝代，批评宋代词坛所出现的"以诗为词"及"以文为词"创作现象，认为这使词作脱却本色当行之道，与"风华情致"的艺术表现要求是相距甚远的。杨慎之论，体现出对词的传统创作路径的坚定维护。刘凤《词选序》云："夫词发于情，然律之风雅，则罪也。以绸缪婉娈、怀思绵邈、蕴藉风流、感结凄怨、艳冶宕逸为工，虽有以激枭挢健、雄举典雅为者，不皆然也。元人概名之乐府，非也。乐府，雅也，古也；调，郑也，今也，何得同特就而取裁焉，亦不废夷昧之意也。"② 刘凤从词作之体艺术生发据依于人的情感表现而论。他肯定与张扬婉约蕴藉为词作艺术表现的本色之途，评断慷慨雄放之风格为词的创作变径。他批评元人以"乐府"之名而称"词"，认为其中区别是明显的，这便是：乐府之体更显雅致、凸显古意；而词作之体更见俗化，更体现出作为新的艺术形式的特征，两者在创作取向与风格呈现上是有所不同的。何良俊《草堂诗余序》云："乐府以畹径扬厉为工，诗余以婉丽流畅为美。如周清真、张子野、秦少游、晏叔原诸人之作，柔情曼声，摹写殆尽，正词家所谓当行，所谓本色者也。"③ 何良俊对乐府诗之体与词体各自不同的艺术质性加以归结。他论断词作之体就是要以委婉绵丽、流转自如为其艺术表现之极致，正由此，周邦彦、张炎、秦观、晏殊等人词作，便极致地体现本色当行之道，他们的作品成为宋人词作中的典范。何良俊之论，亦体现出对传统词体艺术质性的维护与张扬。王世贞《艺苑卮言》云："元有曲而无词，如虞、赵诸公辈，不免以才情属曲，而以气概属词，词所以亡也。我明以词名家者，刘诚意伯温，秾纤有致，去宋尚隔一尘。杨状元用修，好入六朝丽事，似近而远。夏文愍公谨最号雄爽，比之辛稼轩，觉少精思。"④ 王世贞对元明词坛予以简要的论评。他评断元代词人大都喜欢贯注气格与力道于词作实践中，这有悖于传统词作委婉绵丽之艺术质性，导致词作之道的

① 唐圭璋编：《词话丛编》，中华书局 1986 年版，第 425 页。

② 刘凤：《刘子威集》卷三十七，明万历刻本。

③ 张璋、职承让、张骅、张博宁编纂：《历代词话》，大象出版社 2002 年版，第 347 页。

④ 唐圭璋编：《词话丛编》，中华书局 1986 年版，第 393 页。

偏离与萎靡；而明代词人中，刘基、杨慎、夏公瑾等人亦各有所欠缺，难以复兴词道。王世贞之论，体现出对传统词体艺术质性的持守及对词作现实发展的不满。他与杨慎、何良俊等人一起，共同将词学本色之论放置到维护词作体性的界面之上。谭元春《辛稼轩长短句序》云："诗不可如词，词不可如曲，唐、宋、元所以分。予又谓：曲如词，词如诗，亦非当行，要皆有清冽无欲之品，肃括弘深之才，潇洒出尘之韵，始可以擅绝技而后名世。"①谭元春论断诗、词、曲之体相互间是不能过于渗透与融通的，否则，便会使其面目过于杂糅与变形，而不见本色当行。他论断只有超世拔俗人品、才气与情致兼擅之人，才能创作出优秀的作品，从而将不同文学之体创作都向前推进。谭元春之论，亦体现出对不同文学之体内在质性的维护与持守。毛晋《〈花间集〉跋》云："近来填词家辄效柳屯田，作闺帏秽媟之语，无论笔墨劝淫，应堕犁舌地狱。于纸窗竹屋间，令人掩鼻而过，不惭惶无地耶。若彼白眼骂座，臧否人物，自诧辛稼轩后身者，譬如雷大起舞，纵使极工，要非本色。"②毛晋一方面批评近世一些人作词盲目习效柳永，下字用语鄙俚俗化，毫无劝惩讽谏之意，令人低视；另一方面，又论断一些自谓效仿辛弃疾者，过于寓议论化笔法于词作实践中，毫无蕴藉吟咏之味，其词作终不见本色当行，是有悖于词体内在艺术质性的。

清代，黄宗羲、毛先舒、彭孙遹、李渔、王次公、聂先、丁澎、王士禄、吴宝崖、钱芳标、佟世南、沈曾植、汪兆镛等人，从不同的批评视点与层次出发，对词体本色之论予以多样的阐说，将对传统词体本色观念的维护与持守极大地张扬开来。

清代前期，黄宗羲《胡子藏院本序》云："诗降而为词，词降而为曲。非曲易于词，词易于诗也。其间各有本色，假借不得。近世为诗者，窃词之妩媚；为词者，侵曲之轻佻。徒为作家之所俘剪耳。"③黄宗羲从文学替变的角度，论说到诗、词、曲三种体式及其相互间的内在演变。他大力肯定不同文学之体各有审美本质特征，相互间是不能过于渗透与交融的。他批评明末清初一些人作词流于曲体之直露与俗化，一定程度上偏离

---

① 辛弃疾撰，徐汉明校注：《辛弃疾全集校注》卷末附，华中科技大学出版社 2012 年版。
② 赵崇祚编：《花间集》卷末，明汲古阁毛氏景宋本。
③ 黄宗羲：《黄宗羲全集》（第 11 册），第 61 页，浙江古籍出版社 1993 年版。

了词作之体柔婉绵丽的内在质性。黄宗羲之论，体现出对不同文学体制内在质性的维护，反对过于体制性杂糅的文学形式。毛先舒云："填词长调，不下于诗之歌行。长篇歌行，犹可使气，长调使气，便非本色。高手当以情致见佳。盖歌行如骏马蓦坡，可以一往称快。长调如娇女步春，旁去扶持，独行芳径，徙倚而前，一步一态，一态一变，虽有强力健足，无所用之。"（王又华《古今词论》记）① 毛先舒将词之长调与诗之歌行加以比照。他见出长调之词创作的内在艺术特性，这便是不能一味依凭气脉而行，而应立足于主体情致表现，在婉转回复、轻重有度中展开其用笔。毛先舒将使以气力之词界定为非本色之作，道出"使气"与长调之词创作的内在相离性。彭孙遹《金粟词话》云："词以艳丽为本色，要是体制使然。如韩魏公、寇莱公、赵忠简，非不冰心铁骨，熏德才望，照映千古。而所作小词，有'人远波空翠'，'柔情不断如春水'，'梦回鸳帐余香嫩'等语，皆极有情致，尽态穷妍。乃知广平梅花，政自无碍。竖儒辄以为怪事耳。司马温公亦有宝髻松一阕，姜明叔力辨其非，此岂足以诬温公，真赝要可不论也。"② 彭孙遹倡导词的创作要以柔美秾艳为本色当行之面貌，他界断这是词体的独特艺术质性使然，正由此，一代名臣韩琦、寇准、赵鼎、司马光等人所作词都呈现出情致氤氲之态，充分体现出个人化的情感与生活空间，有的甚至显得有些俗媚，以至于出现后人所谓的"辨诬"现象，而这恰恰体现出他们对词体艺术质性的切中认识与把握。彭孙遹以具体例证道出作词与为人在一定程度上的不一致性，对传统词体本色观念体现出维护态度。

李渔《窥词管见》云："若谓读书人作词，自然不离本色，然则唐宋明初诸才人，亦尝无书不读，而求其所读之书于词内，则又一字全无也。文贵高洁，诗尚清真，况于词乎。"③ 李渔从论说读书人作词的角度出发，对词的创作提出入乎本色当行的要求。他评断唐、宋、明三代之初期的一些人作词，都能融含学养识力于创作实践中，如盐溶于水，只知其味而不见其迹，呈现出高超的艺术表现才力。李渔所推尚的词作境界是品宜贵、格宜高，而外在呈现出自然纯朴之面貌。其对词体本色内涵的理解在承衍

---

① 唐圭璋编：《词话丛编》，中华书局 1986 年版，第 609 页。

② 同上书，第 723 页。

③ 同上书，第 553—554 页。

他人的基础上融以自己的阐释，在对传统词学本色之论的持守中体现出一定的新意。王次公云："词曲家非当行本色，虽丽语博学无用。丽语而复当行，不得不以此事归之云间诸子。至娄东惟夏次谷二君，善能作本色语，揆之乃祖，可谓大小美复出。"（邹祗谟《远志斋词衷》记）①王次公推尚词作呈现出本色当行之面目。他论断追求语言运用的秾丽及融含学力于词作中这些艺术表现因素，都必须立足在本色之径的艺术基点上，否则便会本末倒置。王次公称扬云间派词人创作用语秾丽而面貌呈现本色当行，成为清代当世词坛的一道亮丽风景。

聂先云："词本以艳情丽质为宗，而出语天然蕴藉，始号作手。才如秋水，可谓秾纤合度，泼墨淋漓，足称当代大家。"（聂先、曾王孙编《百名家词钞》引）②聂先将情感表现与面目呈现的秾艳清丽论断为词体艺术表现的本色所在，强调其言辞运用的自由自如，含蓄委婉。他将传统词体本色之论简洁地承衍言说开来。丁澎云："刘幼功论乐府以矅径扬厉为工，诗余以婉丽流畅为美。故作词者，率取柔音曼声，尊张、柳之清俊为当行，抑苏、辛之豪放非本色。如宋伶人所论《雨淋铃》《酹江月》之优劣，遂为填词科律。今晋人选一代名词，以老眼次第阅之，当首推张襄平独得其法，后人可以奉为科律。何辽海之多才也。"（聂先、曾王孙编《百名家词钞》引）③丁澎承衍刘幼功之言加以阐说，其论体现出以婉约之风格为词作本色当行的持论。他持同以张炎、柳永词作为本色，而以苏轼、辛弃疾词作为非当行之论，认为宋代伶人对以《雨霖铃》《酹江月》二词为代表的婉约与豪放高下之界分，确应成为规范与引导词之创作的金科玉律。丁澎之言，体现出甚为传统而拘守的词风本色观念。

王士禄云："词固以艳丽为工，尤须蕴藉，始号当行。才如季用，方可谓秾纤合度。"④王士禄一方面肯定词作以富艳柔美为创作追求；另一方面，又顺应时代审美思潮的变化发展，将对含蓄蕴藉的强调加进到本色当行的理论内涵中，这在对词体本色内涵的理解中体现出有所坚守的中和化特征。吴宝崖《浣雪词话》云："坡公词纵横豪放，自是曲子缚不住

---

① 唐圭璋编：《词话丛编》，中华书局1986年版，第656页。
② 孙克强、杨传庆、裴喆编著：《清人词话》，南开大学出版社2012年版，第196页。
③ 同上书，第617页。
④ 朱崇才编纂：《词话丛编续编》，人民文学出版社2010年版，第118页。

者。然任意增减字句，终非当行。如《念奴娇》换头以下'小乔初嫁了，雄姿英发'，又云'多情应笑我，早生华发'，皆宜四字、五字句，而此作五字、四字句，误也。后人牵强附会者，或指此为又一体，殊可笑。"①吴宝崖通过对苏轼词作下字用语不合于本色当行的论评，体现出对传统词体本色之道的维护与持守。他批评苏轼《念奴娇》一词中，将"四、五字句"随意变成"五、四字句"，错置了传统句式，不合词作艺术表现之原则，是应该坚决反对的。在《名家词钞评》中，钱芳标评董俞《玉凫词》云："诗变而为词，盖滥觞于《香奁》诸什。至宋人而其制大备。当时匠哲，咸推秦、柳，皆以旖旎缠绵之思，运其风艳。是知柔情冶语，原属当行；爽致雄裁，终非本色。即是以读樗亭之作，其于词家三昧无剩伎矣。"②钱芳标论断词作体制发展至宋代而大成，这之中，他界定，以秦观、柳永为代表的柔婉一体在艺术表现上体现出本色当行之径，而凸现雄豪直致之意气的词作，他则判定为非本色之属。钱芳标所论与李清照以来等人之论如出一辙，将传统词体本色观念承衍与张扬开来。佟世南《东白堂词选初集小引》云："至故明惟《写情》《湘真》二集，高朗秀艳，得两宋轨则，余如瞿、王、二杨诸子，惟以追琢字句点染为工，求其风流蕴藉、句韵天然者，渺难观矣！下此，非叫噪怒骂，则淫亵俚俗，不知词之立体何如忽一变至此，真词之厄也。"③佟世南从对明代具体词人词作之评触本色正变之论。他评断《写情集》《湘真集》承衍两宋词作之正，入乎大道，而瞿佑、王世贞、杨慎等人之词则过于追求雕饰，与自然含蓄之美相距甚远，更有甚者一味以议论为词，或一味鄙俚俗化，脱却词作体性的内在本质要求，词作之道由此而趋向末途。

晚清，沈曾植《菌阁琐谈》云："厄言谓花间犹伤促碎，至南唐李主父子而妙。殊不知促碎正是唐余本色，所谓词之境界，有非诗之所能至者，此亦一端也。五代之词促数，北宋盛时啴缓，皆缘燕乐音节蜕变而然。即其词可悬想其缠拍。花间之促碎，羯鼓之白雨点也，乐章之啴缓，玉笛之迟其声以媚之也。庆历以前词情，可以追想。唐时乐句，美成、不

---

①　朱崇才编纂：《词话丛编续编》，人民文学出版社 2010 年版，第 729 页。

②　同上书，第 657 页。

③　佟世南编：《东白堂词选》卷首，影印文渊阁《四库全书》本。

伐以后，则大晟功令，日趋平整矣。"① 沈曾植从对《花间集》与南唐二主词的不同，论说到诗词两体异同及词作历史发展。他大力肯定小巧细碎的艺术表现正体现出晚唐时期词作的本质特征，并认为这是由时代所造就的。因为此时期词作深受隋唐燕乐的影响，其节拍表现细密而紧凑，融合更多民间音乐的元素；而发展到北宋尤其是中期以降，词的创作音乐背景在各方面都发生很大的变化，从乐器的运用到具体节拍的流行，这些都影响到词风的呈现。其风格面貌由"促碎"而演变为"啴缓"，亦即由小巧细碎而发展为低徊柔媚，这在周邦彦、田不伐等人的词作中开始得到较充分的体现。沈曾植通过对特定时期词作风格发展的论说，对诗词之体分界体现出明确的维护态度。他对不同历史时期词律表现的细致分析与比照，有力地阐明诗词两体间的先在纠葛与后来之异趋。汪兆镛《题黛香馆词钞》云："词虽小道，而义旨深微，音律幽眇，非可率尔操觚。近世为词者，非香奁脂盝，失之于靡；即粗头乱服，失之于尨。雅正之音戛戛其难。"② 汪兆镛强调词作之体有内在的本色当行之性。他认为，其意旨传达一定要讲究深致微婉，音律表现一定要追求细腻绵缈，并不是可随意为之的事情。汪兆镛批评近世一些词人在题材抒写与风格呈现上或过于柔媚绮靡，或过于粗糙鄙俗，前者表现出精致奢靡的特征，后者呈现出全不讲究的面目，使词作之体距离真正的雅正之性愈来愈远，是必须坚决摒弃的。

民国时期，对传统词体本色观念的维护与持守，主要体现在卓拣、吴梅、顾宪融、蔡桢等人的批评言论中。作为词学名家的他们，在现代词学理论批评视野下，仍然坚持与固守传统之见，这显得颇富于历史观照意味。

卓拣《水西轩词话》云："词宁轻勿重，宁薄勿厚，故有'曲子相公多轻薄'之诮，顾亦体格应尔与？"③ 卓拣对词体内在艺术质性予以简要的论说。他界定词作用笔与面貌呈现宁可显得轻柔而勿使之凝重，宁可显得浅俗而勿使之滞塞不灵，这是由其归属于"媚体"的艺术质性所决定的。吴梅《词学通论》云："晁无咎谓山谷词，不是当行家，乃着腔唱好

---

①　唐圭璋编：《词话丛编》，中华书局 1986 年版，第 3606—3607 页。

②　孙克强、杨传庆、裴喆编著：《清人词话》，南开大学出版社 2012 年版，第 1438 页。

③　卓拣：《水西轩词话》，乙稿，福建图书馆藏抄本。

诗。此言洵是。陈后山乃云：'今代词手，惟秦七与黄九。'此实阿私之论。山谷之词，安得与太虚并称？较耆卿且不逮也。即如《念奴娇》下片，如'共倒金尊家万里，难得尊前相属。老子平生，江南江北，爱听临风曲'，世谓可并东坡，不知此仅豪放耳，安有东坡之雄俊哉！"① 吴梅在宋人晁补之所评黄庭坚词作不见本色当行的基础上加以论说。他持同晁氏之言，而批评陈师道对黄庭坚的称扬，界定黄庭坚与秦观之词并不在同一个艺术层面。其《念奴娇》之作亦难以媲美苏轼之词，因为它在内涵表现与风格呈现上更体现出单一性，缺少更丰富多样的艺术内涵与风格特征。吴梅通过对黄庭坚词作的辨析，体现出对传统词体本色观念的维护与坚守。此时期，顾宪融几乎将毛先舒对词之长调与诗之歌行的分析比较搬说一遍之后，其云："此东坡所以有铜琶铁板之讥，而屯田之晓风残月，所以卓绝千古也。转折之妙，为词家所独重，宜已。"② 顾宪融批评苏轼创作长调之词过于运转气脉与运用力道，这难免引起人们的讥讽；而称扬柳永作词善于在低徊中流转，其如曲径通幽，大道顿现，故为后世词家所普遍推重。顾宪融之论，体现出对传统词体本色观念的护佑。蔡桢《柯亭词论》云："小令以轻、清、灵为当行。不做到此地步，即失其宛转抑扬之致，必至味同嚼蜡。慢词以重、大、拙为绝诣，不做到此境界，落于纤巧轻滑一路，亦不成大方家数。小令、慢词，其中各有天地，作法截然不同。"③ 蔡桢对小令与慢词之体的创作特征予以比较论说。他界定，小令的创作要追求"轻""清""灵"，亦即以轻巧、清新、灵性为宗尚；而慢词的创作要追求"重""拙""大"，亦即在内涵表现上要体现出较强的感染力，在面貌呈现上要显示出一定的堂庑气概，在笔力运用上要表现出古致之意味，娓娓道来，似不经意而内寓周密精心的安排。蔡桢通过对两种词作体制内在艺术质性的论说，明确体现出其词体本色观念的传统性。上述几位词学家对传统词体本色观念的维护与坚守，从一个侧面体现出词作为文学之体，确乎有其内在的自足性与特殊性，是应该予以足够重视的。

---

① 吴梅：《词学通论》，上海古籍出版社 2006 年版，第 58 页。

② 张璋、职承让、张骅、张博宁编纂：《历代词话续编》，大象出版社 2005 年版，第 689 页。

③ 唐圭璋编：《词话丛编》，中华书局 1986 年版，第 4905 页。

二　对传统词体本色观念予以破解之论的承衍

中国传统词体本色之论承衍的第二条线索，是对其保守观念予以破解之论。这一线索主要由胡仔、刘将孙、孟称舜、冯班、蒋景祁、何嘉延等人所论连缀而成。他们从不同的视点与角度出发，对传统词体本色之论予以多样的消解与冲击，在传统词学史上显示出融通正变、消弭分歧、推动词作之道不断向前发展的价值与意义。

南宋前期，胡仔《苕溪渔隐丛话》云："《后山诗话》谓：'退之以文为诗，子瞻以诗为词，如教坊雷大使之舞，虽极天下之工，要非本色。'余谓后山之言过矣。子瞻佳词最多，其间杰出者，如'大江东去，浪淘尽千古风流人物'，赤壁词；'明月几时有，把酒问青天'，中秋词；……凡此十余词，皆绝去笔墨畦径间，直造古人不到处。真可使人一唱而三叹。若谓以诗为词，是大不然。子瞻自言，平生不善唱曲，故间有不入腔处，非尽如此。后山乃比之教坊司雷大使舞，是何每况愈下？盖其缪耳。"① 胡仔针对陈师道批评苏轼以诗为词、不见本色之论加以辨驳，其持论与陈氏意见相左。他具体例析苏轼10余首词作，如《念奴娇·赤壁怀古》《水调歌头》（明月几时有）等，认为其皆笔法独特，词意词境迥拔于流俗，确是前人所难以道出的。它新人耳目，一唱三叹，余味无穷，而并不仅仅只是简单的以诗歌创作之法入乎词中。另一方面，虽然苏轼自言"平生不善唱曲"，其词作也偶有"不入腔处"，但并不能以此就评断苏词不见本色当行。事实上，苏轼之词是甚富于创造性的，他不肯拘限于在前人及他人笔法中兜圈子，而追求独自开辟，自得其乐，这是应该值得大力肯定的。胡仔之论，在传统词学史上较早体现出顺时适世的通变观念，见出词作历史发展中需要不断注入新鲜的营养与血液，从而使之不断创新，永葆生生不息的动态化流程，是难能可贵的。

元代前期，刘将孙《胡以实诗词序》云："文章之初惟诗耳，诗之变为乐府。尝笑谈文者，鄙诗为文章之小技，以词为巷陌之风流，概不知本末至此。余谓诗人对偶，特近体不得不尔。发乎情性，浅深疏密，各自极其中之所欲言。若必两两而并，若花红柳绿、江山水石，斤斤为格律，此

---

① 胡仔纂集，廖德明校点：《苕溪渔隐丛话（后集）》，人民文学出版社1962年版，第192—193页。

岂复有情性哉！至于词，又特以涂歌俚下为近情，不知诗词与文同一机轴。果如世俗所云，则天地间仅百十对，可以无作；淫哇调笑，皆可谱以为宫商。此论未洗，诗词无本色。"① 刘将孙从文源论的角度展开诗词体性与本色之论。他大力肯定诗、词、文在以情感表现为本上具有内在的相通性，反对狭隘地将诗文经世化、道德伦理化，认为在对人的情感表现上，诗词与散文确是属于"同一机轴"的，人们生活中的喜怒哀乐都可以通过不同的文学形式加以传达与表现。从这一视点出发，诗词等文体显然没有什么本色与非本色之分。刘将孙之论，超越于从一般形式表现因素着眼，而努力从不同文学体制的共通性入手加以观照与把握，体现出执着于文学情感表现的本色观念，在一定视点上，也具有消解传统词体本色之论的意义。

明代末年，孟称舜《古今词统序》云："盖词与诗曲，体格虽异，而同本于作者之情。古来才人豪客，淑姝名媛，悲者喜者，怨者慕者，怀者想者，寄兴不一：或言之而低徊焉，宛栾焉；或言之而缠绵焉，凄怆焉；又或言之而嘲笑焉，愤怅焉，淋漓痛快焉。如是者皆为当行，皆为本色。宁必姝姝媛媛，学儿女之语而后为词哉？故幽思曲想，张、柳之词工矣；然其失，则俗而腻也，古者妖童冶妇之所遗也。伤时吊古，苏、辛之词工矣；然其失，则莽而俚也，古者征夫放士之所托也。两家各有其美，亦各有其病。然达其情而不以词掩，则皆填词者之所宗，不可以优劣言也。"② 孟称舜对词作本色当行的内涵予以超乎时代发展识见的论说。他大力肯定词体与诗、曲之体形式各异而内在本质相通，肯定它们都生发于人的情感传达与表现。孟称舜认为，自古以来，人们情感表现的内涵与层度是不一样的，这决定其所采用的艺术表现形式等便会出现各异，或"宛栾"，或"凄怆"，或"愤怅"，都对应于主体内在的创作动力或外在机缘。只要创作主体能寻觅到适合自身的表现方式，并加以完满的艺术传达，其作品便是合乎本色当行的。事实上，根本不存在所谓某一途先在的，或者一成不变的本色当行之径说。他对以张炎、柳永为代表的"幽思曲想"之径及以苏轼、辛弃疾为代表的"伤时吊古"之途都持以高度肯定，而批评其中的"失"者与"过"者，认为其相互之间是不能以优劣来加以比照的，

---

① 刘将孙：《养吾斋集》卷十一，《四库全书珍本》本。
② 张璋、职承让、张骅、张博宁编纂：《历代词话》，大象出版社 2002 年版，第 365 页。

它们都为后世词作艺术表现所承衍与崇尚。孟称舜之论，对传统词作艺术表现优劣之论予以有力的破解，将传统词作本色之论的内涵予以拓展与深化，是甚富于理论批评价值的，在传统词学史上具有重要的意义。

清代，对传统词体本色观念的消解之论得到进一步的深化与完善。冯班《叙词源》云："词家名手称秦七、黄九，东坡居士以盖世之气发为磊落慷慨之言，时谓铜将军、铁绰板，'当行'、'本色'或未之许，近代之论如此。以余言之殆不然也。长短句肇于唐季，脂粉轻薄，端人雅士盖所不尚。和鲁公作相，有'曲子相公'之言，一时以为耻。坡公谓秦太虚言久不相见，乃学柳七作曲子，秦愕然，以为不至是。'针线慵拈伴伊坐'，晏元献讥之。艳词非宋人所尚也。坡公大笔，岂曰不如秦、黄乎？其词体琐碎，入宋而文格始昌，名人大手集中皆有宫商之语。辛稼轩当宋之南，抱英雄之态，有席卷中原之略，厄于时运，势不得展，长短句如涛涌雷发，坡公以后，一人而已。"① 冯班针对传统词体本色之论加以辨说。他持异一味推扬秦观、黄庭坚而贬抑苏轼之词的论断，认为词的创作自晚唐以来，闺阁之气太浓，格调亦不见高拔，逐渐不为有识之士所推尚，其中，一些词人之作更受到人们的戏称与讥讽，这有力地表明秾丽之词并不为宋代士人所广泛推尚。冯班称扬苏轼以"大手"运词，一改词的创作繁琐细碎之貌，而提升其格调与品味；发展到辛弃疾，更以壮士英雄之气概贯注于词格，使词作之体艺术表现如波涛汹涌，变化自如。他们倡扬了词体，提升了词格，变化了词法，顺应时代历史发展，将词作之道推陈出新、发扬光大。冯班之论，对传统词体本色之论又一次予以有力的消解，将词学本色论的内涵提升到新的高度。蒋景祁评徐惺《横江词》云："词于文章家为一体。而今作者率趋焉，纵横凌厉，往往举其全力赴之，固不必专尊词人之词为当行本色也。"（聂先、曾王孙辑《名家词钞评》记）② 蒋景祁在对词作本色当行的理解上体现出通达的识见。他顺应词作历史发展趋势，看到清代当世词人之多、词作之众及不少人全力于词作之道的现实状况，认识到这势必破解传统的"词人之词"类属，见出传统本色之论已不能适应当世词坛的发展。正由此，蒋景祁主张对词体本色内涵的理解不可故步自封，拘泥于所谓"词人之词"而论，而应不断拓展与修正

---

① 孙克强编著：《唐宋人词话》，南开大学出版社 2012 年版，第 322 页。
② 朱崇才编纂：《词话丛编续编》，人民文学出版社 2010 年版，第 692 页。

观念以顺应词作历史的发展。蒋景祁之论，为清代词作的多样化及其繁荣发展从理论依托上进一步提供了理据。何嘉延《秋屏词钞题辞》云："词家狃于本色当行之说，多以柔情曼语标新竞异，然宜于小令而不宜于长调，宜于闺情春思而不宜于登临、感遇、咏物、怀人诸作。故自《香奁》之外，求其合作者难矣。"① 何嘉延对小令与长调之词的艺术质性进一步予以比照，对传统词风之论予以辨析与驳斥。他界断传统词体本色观念只适应于小令之词的创作与抒写个人情感化生活之题材；而长调之词的创作与抒写登临感遇、咏物怀人等较大时空范围的题材，则不适宜采用"柔情曼语"之艺术表现方式。其论也寓意着，传统词体本色之论具有狭隘性与片面性，是应该努力破解与修正的。

第二节　从词作风格角度所展开本色之论的承衍

中国传统词学本色之论承衍的第二个维面，是从词作风格角度来加以展开的。这一维面论说主要包括三条线索：一是以婉约词风为本色之论的承衍，二是以自然真实词风为本色之论的承衍，三是对传统婉约词风本色观念予以破解之论的承衍。上述一、三两个方面论说在传统词学发展过程中形成一定的交集，对推动不同历史时期词的创作及其风格的多样化产生一定的影响。我们分别勾画与论说之。

一　以婉约词风为本色之论的承衍

中国传统词学中以婉约词风为本色之论的承衍线索，主要呈现于明代，至清代而少有流衍。这与此时期的词学伸正绌变观念是紧密相联的，两者一同成为明代词学批评的最重要着力面，体现出其时词学批评的鲜明特征。

张綖《诗余图谱·凡例》云："词体大略有二：一体婉约，一体豪放。婉约者欲其词情蕴藉，豪放者欲其气象恢弘。盖亦存乎其人。如秦少游之作，多是婉约；苏子瞻之作，多是豪放。大抵词体以婉约为正，故东坡称少游今之词手；后山评东坡词虽极天下之工，要非本色。"② 在中国

---

① 冯乾编校：《清词序跋汇编》，凤凰出版社 2013 年版，第 293—294 页。
② 陈良运主编：《中国历代词学论著选》，百花洲文艺出版社 1998 年版，第 275 页。

传统词学史上，张綖首次将词作风格界分为"婉约"与"豪放"两种类型。他论析，婉约词的审美本质特征体现为主体情感表现含蓄蕴藉，豪放词的审美本质特征体现为气象面目宏大，内在充蕴着气势与格力。他界定，词作艺术表现还是要以婉约之风格呈现为正道，而避免入于豪放之变径。张綖之论，首开从词作风格呈现角度论说本色之维面，其对后世产生很大的影响。徐师曾《文体明辨序说》云："至论其词，则有婉约者，有豪放者。婉约者欲其辞情蕴藉，豪放者欲其气象恢弘，盖虽各因其质，而词贵感人，要当以婉约为正。否则虽极精工，终乖本色，非有识之所取也。"① 徐师曾与张綖一样，也从婉约与豪放两种风格呈现来论说词作。他虽然肯定创作主体先天气质各异必然影响到词作风格呈现，但从"词贵感人"的原则出发，他仍然持论词作艺术表现要以婉约之风为其大道与正途，否则便属非本色当行之径，是容易受到人们诟病的。徐师曾与张綖有异的是，他从词作艺术表现的角度入手阐说"本色"内涵，这在对以婉约词风为本色之论的标树上更显示出说服力。王世贞《艺苑卮言》云："故词须宛转绵丽，浅至儇俏，抉春月烟花于闺幨内奏之，一语之艳，令人魂绝，一字之工，令人色飞，乃为贵耳。至于慷慨磊落，纵横豪爽，抑亦其次，不作可耳。作则宁为大雅罪人，勿儒冠而胡服也。"② 王世贞主张词的创作要归于婉约风格一途。他倡导词作在艺术表现上要善于使用自然之意象，在现实内涵抒写上宜多表现个人情感化生活之题材，在字语运用的精致凝练中呈现出内在的艺术魅力。王世贞将豪放风格之词归于第二等次，判评其如读书人戴"儒冠"而穿"胡服"，无序杂糅，不伦不类，其在本质上是有悖于词作体性的。

李濂《碧云清啸序》云："逮宋盛时，欧阳永叔、苏子瞻、黄鲁直、秦少游、晏同叔、张子野诸子，咸富填腔之作，要之以酝藉婉约者为入格。故陈无己评子瞻词高才健笔，虽极天下之工，然终非本色，以其豪气太露也。而子瞻独称少游为今之词手，岂非取其酝藉婉约尔耶。"③ 李濂在词作风格呈现上持以婉约为本色之论。他评断宋代词坛名家辈出，词作

---

① 吴讷著，于北山校点：《文章辨体序说》；徐师曾著，罗根泽校点：《文体明辨序说》，人民文学出版社1962年版，第165页。

② 唐圭璋编：《词话丛编》，中华书局1986年版，第385页。

③ 李濂：《嵩渚文集》卷五十六，北京图书馆《古籍珍本丛刊》本。

昌盛，艺术风格丰富多样，但归根到底，其认为还是要以婉约蕴藉之风格
为本色当行之途。李濂持同陈师道对苏轼词作不见本色的批评，认为其豪
旷之气太盛，这使他本人对自身创作取向都显示出缺乏自信，而称扬秦观
词作妙于天下，此皆缘于以婉约词风为本色的观念所致。陈继儒《诗余
图谱序》在论说词为"诗余"的基础上，肯定词与诗文一样"发乎情而
止乎礼义"，揭橥出词的创作"所谓提不定、撩不住，谑浪游戏"的情感
表现与艺术情态呈现特征。之后，其云："故晏元献公未尝作妇人语点入
词中，而苏眉山遂欲一洗绸缪宛转之度，及香泽绮罗之态。然铜将军、铁
绰板、教坊雷大使舞袖，终非本色。故晁补之独推秦七、黄九，与张三
影、柳三变为当行家词。盖难言哉！"① 陈继儒肯定晏殊词作艺术表现呈
现出雅致之态。他评断苏轼意欲脱却传统而独自创新之作虽有其存在的历
史必然性，但终归不合本色当行之途，而肯定晁补之对张先、柳永、秦
观、黄庭坚词作合乎本色的持论，认为其合乎词作情感表现的质性，是入
乎正道的。茅一相《题词评曲藻后》云："虽然，即是数者，惟词曲之品
稍劣，而风月烟花之间，一语一调，能令人酸鼻而刺心，神飞而魄绝，亦
惟词曲为然耳。大都二氏之学，贵情语不贵雅歌，贵婉声不贵劲气。夫各
有其至焉。览是编者，可以参二氏之三昧矣。"② 茅一相持论词曲在文学
体制中是显得相对俗化的，但他并不以此而贬抑词曲，相反，他认为，词
曲之体善于在短制中充分表现人的情性襟怀，对人最具有艺术冲击力。他
概括这两种文学体制的共同特征体现为推尚情感表现，崇尚委婉流转，而
与过于雅致呈现及以气脉贯注是相隔离的。茅一相之论，在对词体艺术质
性的推扬中，体现出对以婉约词风为本色的维护与持守。

　　鲻溪逸史《历代名贤词府叙略》之"凡例"云："长短句名曰曲，取
其曲尽人情，惟婉转妩媚为善，不以豪壮语为尚，如岳武穆、文文山、汪
文节公、谢叠山诸公之作，则又忠义所发，感激人心，不可以常例编也，
为别集。"③ 鲻溪逸史之论体现出以婉约词风为本色当行的观念。他论断
词体突出的特征有二：一要充分表现人的情感意绪，二要呈现出委婉秾丽

---

　　① 陈良运主编：《中国历代词学论著选》，百花洲文艺出版社 1998 年版，第 255 页。

　　② 中国戏曲研究院编：《中国古典戏曲论著集成》（四），中国戏剧出版社 1959 年版，第
38 页。

　　③ 鲻溪逸史编：《汇选历代名贤词府全集》卷首，上海图书馆藏明万历刊本。

的风格特征，而反对过于以豪旷雄放之语入乎其中。虽然如此，鲼溪逸史并不一概而论，他对一些虽呈现豪旷雄放之风格，但却尽显词人性情与品格的词作也甚为称赏，列入"别集"以另作推扬，这体现出谨守原则而又有所别分的词学批评观念，其与单纯的以婉约风格为本色之论是有所不同的。秦士奇在《古香岑草堂诗余序》中亦表现出持婉约词风为本色的观念。他论断"大约词婉娈而近情，燕颔莺吭，宠柳娇花，原为本色"，主张"但屏浮艳，不邻郑卫为佳"。① 秦士奇对词作艺术表现一方面倡导以委婉妍丽为尚，另一方面又深受儒家中和审美观念的影响，强调词风呈现要摒弃浮华俗艳，入乎雅韵，这体现出其作为文化士人的审美追求。顾璟芳在《兰皋明词汇选》中评说陆深《南乡子·冬闺拟冯延巳》一词云："文裕词，大抵高华，有轩冕气象。予意其必薄流艳一派，及观自记云：'闲于箧中，得此一阕，乃数十年前为诸生时作也。反复睇玩，深叹少年情思，今已减尽，予因之益信流艳为词家本色。'《词笺》：流艳尤秀才时本色也。"② 顾璟芳通过评说陆深之词及回顾自身作词经历与体会，体现出视婉转艳丽为词作本色风格的持论，这与张綖以来以婉约为本色词风之论是一脉相承的。

　　清代，以婉约词风为本色之论较少见到。究其原因，大致一方面与此时期词的创作形式与风格呈现的日益多样化有关；另一方面，也与整个词学批评视野的扩展与理论观念的融通有关，这促使人们已不太拘限于立足某一特定风格而论，而将对本色内涵的论说更多地转移到自然真实之义上。这一时期，持论以婉约词风为本色之论的主要有徐缄、梁清标、杜诏等。徐缄《水云集诗余序》云："盖诗余造端一绪，流别多门，耽婉娈者尊周、柳，乐雄放者附苏、辛。然学耆卿不得，不失为靡丽之音；学稼轩不得，其敝如村巫降神，里老骂坐，与本色相去万里。"③ 徐缄通过对以周邦彦、柳永、苏轼、辛弃疾为代表的创作路径的论评，体现出以婉约词风为本色当行的持论。他认为，如果习效辛弃疾词而不得其道，或者在题材书写与艺术表现等方面过于俗化或议论化，都会使词作呈现出可怖的面

---

① 顾从敬类选，沈际飞评正：《古香岑草堂诗余》卷首，明末刻本。

② 顾璟芳、李葵生、胡应宸编选，曾昭岷审订，王兆鹏校点：《兰皋明词汇选》，辽宁教育出版社1998年版，第64页。

③ 冯乾编校：《清词序跋汇编》，凤凰出版社2013年版，第409页。

目，是应该努力避却的。梁清标在《名家词钞评》中评杨通佺《竹西词》云："意绪缠绵，词章婉丽，自是词家当行。英妙之年，造诣如此，驾周轶柳，吾未能测其所至。"① 梁清标通过评说杨通佺《竹西词》，体现出视婉约之风格为词作本色的持论。他对杨通佺词作评价甚高，判评其艺术水平与层次在周邦彦、柳永之上，这当然在某种程度上不过为友朋间的溢美之词而已。杜诏《弹指词序》云："夫弹指与竹垞、迦陵埒名。迦陵之词，横放杰出，大都出自辛、苏，卒非词家本色。"② 杜诏通过评说顾贞观《弹指词》与陈维崧之词，认为其皆源于苏轼、辛弃疾豪放之词的创作路径，此论亦表现出判评其为非本色当行的立场。

二　以自然真实词风为本色之论的承衍

中国传统词学中以自然真实词风为本色之论的承衍线索，主要呈现于清代与民国时期。其主要体现在贺裳、朱彝尊、曾王孙、高二鲍、沈谦、徐喈凤、宗元鼎、尤侗、谢章铤、刘熙载、沈祥龙、碧痕、梁启勋等人的论说中。我们择取其中的主要言论略作勾勒与论说。

清代前期，贺裳《皱水轩词筌》云："词虽以险丽为工，实不及本色语之妙。"③ 贺裳在词作审美观念上，将"本色"与"险丽"加以对置，较早体现出将"本色"界定为自然真实之义。沈谦《填词杂说》云："男中李后主，女中李易安，极是当行本色。"又云："秦少游'一向沈吟久'，大类山谷《归田乐引》，铲尽浮词，直抒本色，而浅人常以雕绘傲之。此等词极难作，然亦不可多作。"④ 沈谦通过评说李煜、李清照及秦观词作极见本色当行，而批评模仿者只流于词句雕饰，不见清新自然之弊，也体现出对自然真实之风格的倾心推尚。徐喈凤《荫绿轩词证》云："贺黄公《词筌》云：'词虽以险丽为工，实不及本色语之妙。'盖本色语能以意胜，便览而有余，诵而不穷。若专以险丽胜，恐一字之工，终属雕虫小技。"⑤ 徐喈凤承衍贺裳之言加以论说。他界断自然本色之语更能凸显创作主体对意致的表现，给人以长久的吟味；而奇巧秾丽之语终归流于

---

① 朱崇才编纂：《词话丛编续编》，人民文学出版社 2010 年版，第 705 页。
② 顾贞观：《弹指词》卷首，清光绪四年刻本。
③ 唐圭璋：《词话丛编》，中华书局 1986 年版，第 716 页。
④ 同上书，第 631 页。
⑤ 朱崇才编纂：《词话丛编续编》，人民文学出版社 2010 年版，第 102 页。

字面工夫，是最终缺乏艺术魅力的。宗元鼎云："词以艳丽为工，但艳丽中须近自然本色方佳。近日词家极盛，其卓然命世者，如百宝流苏，千丝铁网。世人不解，谓其使事太多，相率交诋，此何足怪。盖寻常菽粟者，不知石砝海月为何物耳。"（田同之《西圃词说》记）① 宗元鼎在词风本色之论上体现出对自然真实风格的倾心推赏。他崇尚自然浅易之作，批评词作过于寓事用典与接受者相离甚远，确见其"隔"。在《菊庄词话》中，尤侗评徐釚之词云："词之佳者，正以本色，渐近自然，不在缕金错采为工也。"② 尤侗将本色风格与极意雕琢修饰加以对置，体现出其对词作自然纯净之风格的推尚，他将以"自然"为本色之论承扬开来。

晚清，谢章铤《赌棋山庄词话》云："'一曰理高妙，二曰意高妙，三曰想高妙，四曰自然高妙。'自然高妙，词家最重，所谓本色当行也。"③ 谢章铤在宋人姜夔所论四种"高妙"的基础上，将其与本色当行之论加以联系。他界定在词的创作中，只有内在包蕴丰富而入乎自然天成之境界，才是真正的本色当行，其创作层境亦历来为词家所看重。谢章铤对词作本色内涵的理解在承衍前人以自然为尚的基础上，与他人又有所异别。他推尚的"本色当行"乃高层次的自然真实，是在艺术创作中经过千锤百炼之后而不见踪迹的"化工"之境。谢章铤这一对词作风格本色之义的论说，具有返本开新的意义。刘熙载《词概》云："古乐府中，至语本只是常语，一经道出，便成独得。词得此意，则极炼如不炼，出色而本色，人籁悉归天籁矣。"④ 刘熙载将艺术辩证法原则充分运用到对词作的论评中。他将"至语"与"常语"，"极炼"与"不炼"，"出色"与"本色"，"人籁"与"天籁"打并为一炉，将其中所蕴含的自然而妙的艺术辩证法精髓简洁地道了出来，体现出对自然本色创作路径的极致推尚。沈祥龙《论词随笔》云："长调须前后贯串，神来气来，而中有山重水复、柳暗花明之致。句不可过于雕琢，雕琢则失自然。采不可过于涂泽，涂泽则无本色。浓句中间以淡语，疏句后接以密语，不冗不碎，神韵天然，斯尽长调之能事。"⑤ 沈祥龙对长调之词的创作明确反对字语运用

① 唐圭璋编：《词话丛编》，中华书局1986年版，第1459页。
② 徐釚：《菊庄词》卷末，清康熙三十四年刻本。
③ 唐圭璋编：《词话丛编》，中华书局1986年版，第3479页。
④ 同上书，第3708页。
⑤ 唐圭璋编：《词话丛编》，中华书局1986年版，第4050—4051页。

过于雕琢与粉饰，而主张在自然真实中凸显本色，以神采韵致自然天成为创作的最高境界。

民国时期，碧痕《竹雨绿窗词话》云："作词与作诗等，大底兴之所至，真情流露，不自知为佳句。若深入其境，尽知其中曲折，所出之语，必在意想之外。否则即多牵强拉杂，不存本色矣。"① 碧痕之论极力强调诗词创作要以意兴为本，在自然真实中而入乎本色当行，他反对尽为"曲折"之言，认为其与"兴之所至"的本色之途是背道而驰的。梁启勋《曼殊室词话》云："词由五代之自然，进而为北宋之婉约，南宋之雕镂，入元复返于本色。本色之与自然，只是一间，而雕镂之与婉约，则相差甚远。婉约只是微曲其意而勿使太直，以妨一览无余，雕镂则不解从意境下工夫，而唯隐约其辞，专从字面上用力，貌为幽深曲折，究其实只是障眼法，揭破仍是一览无余，此其所以异也。"② 梁启勋详细地论说到五代、北宋、南宋、元代四个不同历史时期词作艺术表现的共同特征。他概括五代与元代之词自然本色、不假雕饰、纯净而富于意味，北宋之词主体风格呈现为委婉柔媚，南宋之词主体风格呈现为精雕细琢。梁启勋判评雕饰之法与意境创造之功背道而驰，其貌似幽深曲折而实为隐约其词，不见本色当行。梁启勋实际上从词作用笔角度对自然本色之词作风格予以了推扬。

三　对传统婉约词风本色观念予以破解之论的承衍

中国传统词学中，从词作风格角度所展开本色之论承衍的第三条线索，是对以婉约词风为本色观念予以破解之论。这一线索主要呈现于清代。聂先、曾灿、汪琬、王士禛、邹祗谟、张星耀、徐喈凤、卓回、蒋景祁、张奕枢、王鸣盛、陈廷焯、木石居士等人从不同的视点与角度出发，结合对具体词人词作的论评，对传统婉约词风本色观念予以不遗余力的破解与匡正，在传统词学史上体现出在消解与颠覆中修正和建构的独特意义。

清代前期，聂先在《名家词钞评》中评吕洪烈《药庵词》云："海内词家林立，而当行者最少。好婉变则摹秦柳，乐雄放则仿辛陆。近来浙西

---

① 张璋、职承让、张骅、张博宁编纂：《历代词话续编》，大象出版社2005年版，第1393页。

② 朱崇才编纂：《词话丛编续编》，人民文学出版社2010年版，第2944页。

一派，独嗜姜史，追尊南宋。殊不知倚声之道，不可执一而论，如《药庵词》，不即不离，酌乎其中，可以陶我性情。播之弦管，便是词家三昧。"① 聂先之言乃较早对以婉约为本色风格之论的破解声音。他评断清代前期词人众多，而创作入乎本色当行者却少，这之中，有人一心模仿秦观、柳永为代表的婉约风格，有人一意仿效辛弃疾、陆游为代表的雄放风格，而浙西派词人则一味推崇姜夔、史达祖，盲目尊奉南宋词作，他归结这都是片面的，有失公允。聂先通过评说吕洪烈《药庵词》，实际上提出判评词作优劣的标准，便在于是否"陶我性情"，亦即将能否情感共鸣及其内在的契合度作为考量词作是否本色的唯一准则。聂先之论，立足于词作艺术表现的本质属性而加以展开，对消解以某一种独特词风定评是否本色之论具有重要的价值，在传统词风之论中体现出探本的意义。曾灿《题辞小引》云："盖天资豪放者，其词易粗；而才妩媚者，或至伤于流荡，二者虽皆得其性之所近，要亦视其人之生平际遇耳。当景祐、庆历间，天下升平，委巷教坊，竞工歌板，故屯田有'风暖繁弦脆管，万家竞奏新声'之句，而苏学士则江村海甸皆作空花去国流离之思，不胜登高望远之感，两人之境遇不同，故其词亦自有异也。"② 曾灿论说词的创作是深受创作者才情及生平遭际影响的。他界断性情豪放者，其词风相对粗犷；而性情细腻者，其词风相对委婉流丽。同时，词作风格呈现与创作主体所处时代背景与生平际遇是紧密相联的。他例举柳永处承平之世，多接触市井里巷与歌楼妓院，故词作体现出俗化与更为讲究声律的特征；而苏轼中年以后人生不断受穷，漂泊天涯，故词作充满流离之思与登高望远情怀。曾灿之论，立足于创作主体先天基质与后天之现实生活而论说词作内涵及艺术特征，是甚为辩证的。其论对消解从某一特定风格而界断是否本色之论显示出重要的意义。汪琬《耒边词原序》云："往在都门与武曾论词，必以少游、美成为当行家，然窃谓闺阁脂粉气太胜。如东坡、稼轩所作，虽非词人本色，然犹不失英雄面目也。四家词原未可优劣。"③ 汪琬在友人武曾持论秦观、周邦彦词作为当行本色之论的基础上，认为其在题材抒写与风格表现上女性化色彩太浓，词作艺术表现过于秾纤柔媚。他

---

① 朱崇才编纂：《词话丛编续编》，人民文学出版社 2010 年版，第 683 页。
② 曾灿青黎《六松堂集》卷十三，《豫章丛书》本。
③ 孙克强、杨传庆、裴喆编著：《清人词话》，南开大学出版社 2012 年版，第 547 页。

称扬苏轼、辛弃疾词作虽表面看来不入本色之径，但却合乎创作主体情性与身份特征，是以气脉贯注于词作的典范。正由此，汪琬认为其相互间是没有优劣高下之分的。汪琬之言，对盲目地以婉约词风为本色之论又一次予以有力的消解。

王士禛《花草蒙拾》云："名家当行，固有二派。苏公自云：'吾醉后作草书，觉酒气拂拂，从十指间出。'黄鲁亦云：'东坡书挟海上风涛之气。'读坡词当作如是观。琐琐与柳七较锱铢，无乃为髯公所笑。"① 王士禛肯定词的创作中有两种主体性风格，即：一以苏轼等人为代表，追求创作中的兴意盎然，一气呵成，呈现出豪迈奔放的面貌；一以柳永等人为典范，善于在细节把握与渲染上下功夫，呈现出委婉细腻的特征。王士禛对苏轼等人豪迈奔放之词体现出称赏之意，这实际上对传统词风本色观念也予以了突破。邹祗谟《远志斋词衷》云："稼轩雄深雅健，自是本色，俱从南华冲虚得来。然作词之多，亦无如稼轩者。中调短令亦间作妩媚语，观其得意处，真有压倒古人之意。"② 邹祗谟通过对辛弃疾词作风格特征的论说，体现其对传统词风本色观念的突破。他界断辛弃疾雄放深远、雅致劲健的词作亦为本色之风格，对辛弃疾不同词作之体所呈现出的多样风格都甚为推扬，显示出对不同风格兼融并取的批评原则。张星耀《词论》云："词有四种：曰风流蕴藉，曰绵婉真致，曰高凉雄爽，曰自然流畅。风流蕴藉而不入于淫亵，绵婉真致而不失之鄙俚，高凉雄爽而不近于激怒，自然流畅而不流于浅易，斯皆词之上乘也。尘黷者、堆弾者、纤巧者、议论者、诡谲者，皆非词也，皆词之厄也。"③ 张星耀提出词作有四种主体性风格，他对每一种风格都提出中和化的要求，并将之界断为词作之上乘境界。他批评词作艺术表现或过于纤弱，或过于议论化，或过于诡谲奇崛等，都有悖于传统词体之性，必然导致词作走向偏途。张星耀之论，实际上从词风呈现的角度，对单纯地以婉约风格为本色之论予以破解，同时也对传统词作风格呈现予以了新的阐说与维护。

徐喈凤《荫绿轩词证》云："魏塘曹学士作《峡流词序》云：'词之为体如美人，而诗则壮士也；如春华，而诗则秋实也；如夭桃、繁杏，而

---

① 唐圭璋编：《词话丛编》，中华书局 1986 年版，第 681 页。

② 同上书，第 652 页。

③ 朱崇才编纂：《词话丛编续编》，人民文学出版社 2010 年版，第 199 页。

诗则劲松、贞柏也。'罕譬最为明快。然词中亦有壮士,苏、辛也。亦有秋实,黄、陆也。亦有劲松、贞柏,岳鹏举、文文山也。选词者兼收并采,斯为大观。若专尚柔媚绮靡,岂劲松贞柏,反不如夭桃繁杏乎。"① 徐喈凤承衍曹尔堪之论加以阐说。他称扬曹尔堪对诗词两体内在质性的形象化比照,认为词作之体亦如诗体一样,其风格呈现是多种多样的,这在宋代一些典范词人身上都得到体现。由此,徐喈凤反对一味独尊婉约之风,对雄放直切等艺术风格也持以高扬,此论体现出其对以婉约之风为本色之论的消解。其又云:"词虽小道,亦各见其性情。性情豪放者,强作婉约语,必竟豪气未除。性情婉约者,强作豪放语,不觉婉态自露。故婉约固是本色,豪放亦未尝非本色也。后山评东坡词'如教坊雷大使舞,虽极天下之工,要非本色',此离乎性情以为言,岂是平论。"② 徐喈凤立足于创作主体性情表现而论。他论断婉约与豪放作为两种主体性词作风格呈现,其对应的都是不同创作者的先天基质与内在性情,相互间是难以交替对应的。创作主体具有什么样的性情,词作便必然呈现出什么样的风格特征,由此而论,婉约与豪放是无所谓本色与非本色之别的。这寓意着,凡能充分表现创作主体之性情的词作,便都可归入本色之列;而凡不能充分表现创作主体之性情的词作,便都可划入非本色之属。徐喈凤之论,明确对传统词风本色观念予以破解,其在修正中亦掷出自身的词风本色之论,显示出立足于词作深层次艺术本质而加以阐说的特征,是甚为难能可贵的。

卓回《词汇缘起》云:"品填词者,有本色当行之目。予初不解,及观张于湖、钱功父诸君持论,大概倾倒于香奁软美之文,而义心风调,似非魂梦所安,乃犹未敢竟斥其非,恐为诸方捡点耳。至王元美则直云:'慷慨磊落,纵横豪爽,不作可耳。作则宁为大雅罪人。'此岂有识之言耶?予意作词,何尝尽属无题,如遇吊古、感遇、旅怀、送别,及纵目山川,惊心花鸟等题,安得辄以软美付之。可知香奁自有香奁之本色当行,吊古诸题自有吊古诸题之本色当行,倘概以软美塞填词之责,必非风雅之笃论也。"③ 卓回对词作风格呈现的本色之论详细的展开论说。他申说自

---

① 朱崇才编纂:《词话丛编续编》,人民文学出版社 2010 年版,第 101—102 页。
② 同上书,第 102 页。
③ 卓回编:《古今词汇初编》卷首,清康熙十八年刻本。

己初学作词时并不懂得有何本色与非本色之别，及至看到张綖、钱允治等人之论后，才意识到自己大致对委婉柔美一路词作风格更为称赏，但内心对此偏赏始终不能心安，也未敢以此而臧否他人词作之优缺；之后，又读到王世贞对豪放词作全盘否定之论，这唤起自己对此论题的更深层次思考。这便是很多所涉时空范围更大的创作题材之词，是难以用委婉柔媚的风格来加以呈现的，因为这一类词作所叙写其艺术发生过程更为丰富复杂，所表现思想内涵更体现出深广度，其中，还有更多创作者感性与理性因素的渗透、参与和建构。正因此，不同创作题材的词作便必须有各异的本色当行之准则，这是完全不能以某一种特定风格来加以衡量的。卓回之论极富于理论辨析性，对传统意义上狭隘的词风本色之论予以了更深入的破解，在传统词学史上体现出独特的价值与意义。蒋景祁《横江词题词》云："词于文章家为一体，而今作者率趋焉。纵横凌厉，往往举其全力赴之，固不必专尊词人之词为当行本色也。"① 蒋景祁从词的创作者众多、词的创作路径日益丰富的角度，也提出突破传统已有当行本色观念的持论。他对蕴蓄气力、纵横豪放的创作之径是持以肯定的。

清代中期，张奕枢《白蕉词跋》云："世传铜喉铁板，谓为非词家本色，固也。然悲凉忼慨与婉丽绵挚，岐而二之，殆未必尔。观弘蓬、陆堂两先生后先序《白蕉》，或矜其审音精核，或赏其体裁雅正，大致婉丽，而仍不乏忼慨，激楚和畅，各极其至，斯其论词得之矣。"② 张奕枢在婉约与豪放之别上，仍然体现出传统的本色观念。但他反对将两者人为地对立起来，反对舍此即彼的批评思维模式。他例举陆培《白蕉词》艺术表现丰富多样，其中，既有音律表现甚为讲究之作，也有风格面目绵婉雅正之作，还有慷慨激昂之作，如此等等。张奕枢对不同创作路径与艺术风格都是持以称赏的，这在持守传统观念的基础上，又体现出甚为融通开放的态度，实际上在很大程度上突破了自身所持的当行本色观念。其论是甚富于历史观照意味的。王鸣盛云："词之为道最深，以为小技者乃不知妄谈，大约只一细字尽之，细者非必扫尽艳与豪两派也。北宋词人原只有艳冶、豪荡两派。自姜夔、张炎、周密、王沂孙方开清空一派，五百年来，以此为正宗。然金荃、握兰本属国风苗裔。即东坡、稼轩英雄本色语，何

① 冯乾编校：《清词序跋汇编》，凤凰出版社 2013 年版，第 309 页。
② 同上书，第 428 页。

尝不令人欲歌欲泣。文章能感人，便是可传，何必净洗艳粉香脂与铜琶铁板乎。"（谢章铤《赌棋山庄词话》引）① 王鸣盛之论也具有破解与颠覆传统词风本色之论的价值与意义。他论说北宋词坛原只有香艳柔媚与豪放自然两种主体性风格，发展到南宋中期，姜夔等人开创出清新空灵的词作风格，此风格一直影响到清代当世，成为传统词学所谓的正宗、本色面目。王鸣盛界定，词导源于《诗三百》中的"风"诗之体，是深寓社会历史与现实生活情感内涵的，正由此，词作是否本色便不在于其所呈现的是何种风格类型，只要能从情感上打动人、感染人之作，便都可归入本色之属。王鸣盛之论，承聂先、徐喈凤等人之言进一步予以引申发挥。它以诗词同源为依据，以情感表现为本位，对传统词风本色之论予以了切中的破解与阐说，是甚富于启发意义的。

晚清，陈廷焯《白雨斋词话》云："张綖云：'少游多婉约，子瞻多豪放，当以婉约为主。'此亦似是而非、不关痛痒语也。诚能本诸忠厚，而出以沉郁，豪放亦可，婉约亦可；否则豪放嫌其粗鲁，婉约又病其纤弱矣。"② 陈廷焯针对张綖之论加以辨说。他批评张綖以婉约词风为本色当行之论"似是而非，不关痛痒"，认为其论并未着到词作艺术表现的关键所在。他提出观照与判评词作艺术层次高下的标准，这便是：一要在思想内涵上表现出忠荩深厚之意致，二要在艺术形式上体现出沉郁深致之面目，如此，则不论词作风格呈现如何，均无伤于其艺术层次。陈廷焯之论，从词作艺术表现的本质层面而论，脱却开一般对词风呈现的泛泛之谈，在传统词作本色之论中也体现出探本的意义。木石居士在《名媛词选题辞十首》中则有云："粗豪婉约各翻新，本色当行自有人。听罢双鬟花底唱，李朱端合匹苏辛。"③ 木石居士在词学体派之宗与词风本色之论上体现出甚为辩证的持论。他论断婉约与豪放之词在演变发展过程中都后继有人，不断追求创新，对于整个词史演变发展而言，它们都是合乎本色当行之路径的。他判评李清照、朱淑真之词与苏轼、辛弃疾之词各有所长，一同为后世词作之典范。木石居士以论词绝句的形式将以婉约词风为本色之论简洁而形象地予以了破解。

---

① 唐圭璋编：《词话丛编》，中华书局 1986 年版，第 3549 页。
② 陈廷焯著，杜未末校点：《白雨斋词话》，人民文学出版社 1959 年版，第 14 页。
③ 孙克强编著：《唐宋人词话》，南开大学出版社 2012 年版，第 704 页。

总结中国传统词学本色之论的承衍，可以看出，其主要体现在两大维面：一是从词作体性角度所展开本色之论的承衍，二是从词作风格角度所展开本色之论的承衍。在这两个维面中，都各自包括几条相互对立又相互联系、相互生成的线索，即一方面是对传统词体、词风本色之论的维护、持守与凸显、张扬；另一方面，则是对传统词体、词风本色观念的不断消解、冲击与反思、修正。这两方面持论不断出现于传统词学演变发展的历史过程中。它们从一个独特的视点展开了词学批评的维面，丰富了其理论内涵，对传统词学发展起到推波助澜的作用，成为推动词学发展的内在助动力之一。

第五章　中国传统词学正变之论的承衍

正变之论是中国传统词学的基本批评观念之一。它是指在对词学历史发展的描述批评中，通过从思想旨向、艺术表现、体制运用、流派归属、创作兴衰等方面来辨析正宗、正道、正体与变径、变调、变体的方式，体现批评者对词学历史与现实发展的认识形式。在中国传统词学史上，有关正变的论说是很多的，形成源远流长的承衍阐说线索，富于历史观照的意义。

第一节　从词作风格角度所展开正变之论的承衍

中国传统词学从作品风格角度所展开正变之论，是与从体制角度所展开本色之论紧密相联的，或者基本上可以说，是词体本色之论派生出词风正变之论；同时，两方面又是相互渗透、相互依托与相互生发的。

中国传统词学从风格角度所展开正变之论，大致出现于明代中期。张綖《诗余图谱》云："词体大略有二：一体婉约，一体豪放。婉约者，欲其词情蕴藉；豪放者，欲其气象恢宏。盖亦存乎其人。如秦少游之作，多是婉约；苏子瞻之作，多是豪放。大抵词体以婉约为正，故东坡称少游为今之词手。后山评东坡，如教坊雷大使舞，虽极天下之工，要非本色。"①张綖在承扬宋人以"本色"论词的基础上，明确将词划分为"婉约"与"豪放"两种风格。他认为，"婉约"之词的特征是含蓄蕴藉，"豪放"之词的特征是气象恢宏，他从风格学的角度对两种词体艺术特征予以界划与辨分。张綖分别以秦观与苏轼为代表，在词作体制的辨分中首次将"本色"之论转替为"正变"之辨，强调"婉约"之词体词风为"正"，"豪

---

① 张璋、职承让、张骅、张博宁编纂：《历代词话》，大象出版社 2002 年版，第 228 页。

放"之词体词风为"变",这开启明代词风正变之论的主流取向,在传统词学正变之论史上显示出重要的意义。之后,茅暎《词的》之"凡例"中云:"幽俊香艳为词家当行,而庄重典丽者次之。故古今名公悉多巨作,不敢阑入。匪曰偏徇,意存正调。"① 茅暎之论亦体现出从词作风格呈现角度所展开正变之论。他以"幽俊香艳"为词之本色风格,以"庄重典丽"为其次,对不入乎此两种风格之词都不选入《词的》中,并高标其选编宗旨为"匪曰偏徇,意存正调",亦即并不意在偏赏某一种特定词风,而在于弘扬词的创作正途与大道之意。茅暎之论,体现出比较狭隘的词风正变观念。徐师曾《文体明辨序说》云:"至论其词,则有婉约者,有豪放者。婉约者欲其辞情酝藉,豪放者欲其气象恢弘。盖虽各因其质,而词贵感人,要当以婉约为正。否则虽极精工,终乖本色,非有识之所取也。"② 徐师曾受传统词体本色观念的影响,论断婉约词为正,他并提出,婉约词之所以为正,这不仅仅在于含蓄蕴藉,更在于其容易感动人心的特征。徐师曾将对词体正变的辨析放置在能否以情感人的视点之上,这比张綖单纯地从词体风格表现入手判分正变之途更见入理,是富于理论辨识意义的。王骥德《曲律》云:"词曲不尚雄劲险峻,只一味妩媚闲艳,便称合作,是故苏长公、辛幼安并置两庑,不得入室。"③ 王骥德也与张綖等人一样,表现出视苏轼、辛弃疾豪放词风为"变"的批评取向。他推尚柔媚闲雅而又华美之作,对雄奇奔放之词作风格不以为然,对苏轼、辛弃疾豪放之词风予以低视。其论是显见偏颇的。

与前述几人不同,卓人月对词作风格正变之论体现出较为平正的批评立场。其云:"昔人论词曲必以委曲为体,雄肆其下乎。然晏同叔云:'先君生平不作妇人语。'夫委曲之弊,入于妇人,与雄肆之弊,入于村汉等耳。"(王又华《古今词论》引)④ 卓人月对一味提倡词作风格应求委婉曲折之论不以为然。他认为,"委曲"与"雄肆"作为两种艺术风格都各有所长,也各有所短,不可盲目尊尚。其论给热衷婉约词风者可以说

---

① 茅暎编选:《词的》卷首,明万历四十八年刻本。

② 吴讷著,于北山校点:《文章辨体序说》;徐师曾著,罗根泽校点:《文体明辨序说》,人民文学出版社 1962 年版,第 165 页。

③ 中国戏曲研究院编:《中国古典戏曲论著集成》(四),中国戏剧出版社 1959 年版,第 179 页。

④ 唐圭璋编:《词话丛编》,中华书局 1986 年版,第 602 页。

泼了一盆冷水，在明代词风正变之论中显示出超拔于时俗的通达识见，是难能可贵的。

清代，从词作风格角度所展开正变之论，主要体现在沈亿年、吴绮、黄云、田同之、李元、郑燮、王鸣盛、瞿颉、戈载、吴展成、戴廷玠、单为锁、蒋师辙、谢章铤、廖平、陈廷焯、沈祥龙、俞樾等人的言论中。他们大都仍持以婉约词风为正、豪放词风为变的观念，但分析论说更注重显示以理服人的特征，个别论说能将词风正变之辨与词作艺术表现之论相互联系起来，体现出较高的理论批评水平。

清代前期，沈亿年《支机集·凡例》云："温丽者，古人之酝藉；疏放者，后习之轻佻。诗道且然，词为尤盛。我师三正，征引其端，敢申厥旨，以明宗尚。"① 沈亿年之言体现出对词风呈现正变之属的持论。他推尚委婉温丽而贬抑疏放轻佻的词风，认为前者乃正道，后者为变径，其选词之旨便在于明了宗尚以别正变之途，从而影响后学。吴绮云："宋词宗尚秦柳，以其缠绵旖旎，不求藻绘，自有余妍也。苏辛之词，调极高迈，语极流畅，当时犹有訾议，谓如诗之有变风变雅。后之填词家，动辄持铁绰板唱'大江东去'，直如使酒骂坐，与此道奚啻河汉哉？"② 吴绮在词风正变之论上亦体现出传统观念。他推尚秦观、柳永之词细腻缠绵、不求雕饰而华美自现，认为苏轼、辛弃疾之词虽声调豪迈、流转自如，但仍流于创作变径。其后世效仿者更一味以议论为词，随意展衍与化转词径，粗豪叫嚣，将词作之道引向偏途，是应该努力避却的。黄云《小红词集序》云："昔人云词之体二：曰婉约，曰雄豪，然东坡称少游为今之词手，以秦多婉约也；后山评东坡词'虽极天下之工，要非本色'，以苏多雄豪也。故体虽有二，大抵以婉约为正。"③ 黄云在词风正变之论上体现出以婉约为正的持论。他在肯定词作主体风格呈现有婉约与豪放之分的同时，认为即使是以豪放之词创作著称的苏轼也称扬秦观为词坛"大手"，此乃基于其词作委婉含蓄之故。他持同陈师道所评苏词为非本色之论，认为豪放之风乃词体趋变的结果，其在本质上是不入正道的。田同之《西圃词说》云："词自隋炀、李白创调之后，作者多以闺词见长。合诸名家计

---

① 蒋平阶、周积贤、沈亿年：《支机集》卷首，清刻本。
② 朱崇才编纂：《词话丛编续编》，人民文学出版社 2010 年版，第 686 页。
③ 冯乾编校：《清词序跋汇编》，凤凰出版社 2013 年版，第 374 页。

之，不下数千万首，深情婉至，摹写殆尽，今人可以不作矣。即或变调为之，亦须别有寄托，另具性情，方不致张冠李戴。"① 田同之在论说词的创作中，体现出以婉约为词风之正宗的持论。他强调，随着词的历史发展，当世人作词可能不一定谨守婉约之路径与风格特征，而可能以其他变径别途为之，但词的创作始终要据依于主体性情加以生发，始终要以寓意寄托为旨归，如此，才能使词作蕴藉丰实而富于审美意味，这是不变的艺术原则。田同之在张扬以婉约词风为正宗的同时，体现出对词作艺术表现的通达之识。

清代中期，李元《学福斋词序》云："词源于《香奁》，唐末五代人习为纤艳之体。至东坡而以雄壮出之，词体为之一变，然而佳句之传者乃在'晓风残月'、'山抹微云'、'红杏枝头春意闹'、'云破云来花弄影'，殊觉'大江东去'终是别调。"② 李元以柔媚艳丽为词之本色，他将以苏轼为代表的"雄壮"之词界断为"别调"，亦体现出对传统词风正变观念的持守。郑燮《与江宾谷、江禹九书》云："词与诗不同，以婉约为正格，以豪宕为变格。燮窃以剧场论之：东坡为大净，稼轩外脚，永叔、邦卿正旦，秦淮海、柳七则小旦也；周美成为正生，南唐后主为小生，世人爱小生定过于爱正生矣。蒋竹山、刘改之是绝妙副末，草窗贴旦，白石贴生。"③ 郑燮也从词风呈现的角度论说正变之属，大力肯定与张扬婉约为正、豪放为变的批评观念。他具体以戏曲中的"生""旦""净""末"等角色为喻，来譬说两宋时期的代表词人，认为：苏轼、辛弃疾大致分别如"大净"与"外脚"，属于戏曲表演中的次要与外围角色；欧阳修、史达祖、秦观、柳永分别如"正旦"与"小旦"，周邦彦、李煜分别如"正生"与"小生"，属于戏曲表演中的主要与关键角色；围绕在上述词人周围的，还有蒋捷、刘过与周密、姜夔等人，他们犹如戏曲表演中的"副末"与"贴角"，更是相对次要与烘托主体的角色。以上诸人之词艺术表现分别呈现出不同的审美特征，这之中，郑燮推尚的是柔媚雅正、细腻哀怨的风格面目，他努力将其标树为词之正体。

瞿颉《秋水阁诗余序》云："余初未谙词律，读东坡'大江东去'之

---

① 唐圭璋编：《词话丛编》，中华书局 1986 年版，第 1455 页。

② 冯乾编校：《清词序跋汇编》，凤凰出版社 2013 年版，第 463 页。

③ 郑燮：《郑板桥集》补遗，上海古籍出版社 1962 年版。

阕，辄心醉焉。然东坡此词于法律实未尽合，特其雄杰之气笼罩一切，故至今脍炙人口，遂为名作。论其工者，不在此也。夫词莫盛于宋，而辛、苏之豪迈与柳、周之旖旎，迥不相若。识者以柳、周为正派，而辛、苏为变调，良不诬也。顾余索性伉爽，读柳、周靡曼之音，辄有羯鼓解秽之想；又自丁未客雁门，以抑塞磊落之胸，居惨澹风烟之地，咏怀吊古，悲壮凄凉，虽欲不为辛、苏，其可得乎？"① 瞿颉持同以婉约为正、豪放为变之论，体现出传统词作风格正变观念。其与他人有异的是，他不仅不轻视"变体"，反而直言自己生性直率，因而，以苏轼、辛弃疾为代表的慷慨豪放之词甚为适合自己，由此坚定践行，这体现出其在很大程度上并不拘泥于所谓的正变之分，而张扬以性灵为本的创作追求。戈载云："词以空灵为主，而不入于粗豪。以婉约为宗，而不流于柔曼。意旨绵邈，章节和谐，乐府之正轨也。"（江顺诒《词学集成》引）② 戈载倡导词的创作要清空灵动，在风格呈现上委婉含蓄，而切不可或流于粗豪浅直，或流于柔媚轻薄。他主张，词作艺术表现要在音律运用的自如谐和与意旨表现的含蓄深远中入乎正道，从而彰显体制本色。戈载在词作风格上亦体现出以婉约为正宗之观念。吴展成《兰言萃腋》云："填词家例举周、柳温柔，苏、辛豪放，二者分道而驰，然毕竟以温柔为主，豪放为别派，犹之禅家，毕竟临济是正宗，曹洞是旁宗也。"③ 吴展成在词风呈现上持传统正变观念，他以婉约词风为正宗、豪放词风为变调，并将其比譬为禅学中的临济与曹洞二宗。吴展成倡扬词的创作还是要以婉约蕴藉为其大道与正途的。戴廷祎《问红轩词题辞》云："芬芳悱恻，词之心也；清空绵邈，词之境也；洁净精微，词之原也；苍凉激越，词之变也。"④ 戴廷祎将纯净精致、幽微深切的表达方式视为词之创作本色之道，而将慷慨豪放之风格界断为词作显现之变途，亦体现出传统词风正变观念。

晚清，单为锪《怀香草堂词序》云："太史公曰：'国风好色而不淫。'扬子云云：'词人之赋丽以淫。'故古今以词名者率多靡曼。耆卿、易安，风斯下矣。变而为清刚，为豪放，然非词正格也。"⑤ 单为锪引述

---

① 冯乾编校：《清词序跋汇编》，凤凰出版社 2013 年版，第 455—456 页。

② 唐圭璋编：《词话丛编》，中华书局 1986 年版，第 3265 页。

③ 吴展成：《兰言萃腋》卷二，复旦大学图书馆藏清抄本。

④ 冯乾编校：《清词序跋汇编》，凤凰出版社 2013 年版，第 992 页。

⑤ 同上书，第 1087 页。

前人司马迁与扬雄之论，论断词作的体制本色便在柔媚华美，柳永、李清照将此创作风格予以了发扬光大；但演变发展出豪放慷慨之风，他认为则并非词之创作正道，与本色之路径是相距甚远的。蒋师辙《青溪词钞自序》云："予年十四五时，喜学为古近体诗，顾尤喜为词。诗多作豪放语，词尤甚。初得迦陵词稿，心爱好，把玩不释手。间有作，辄摹拟之。其粗豪处，正如健儿横长槊，出入十万军中，飒爽酣战，无复纪律。又如五陵年少，射猎南山，回饮黄獐血一斗，扣剑镡，歌荆卿《易水歌》，跌宕自喜，不知其不可也。嗣得尽读诸家词选暨宋元诸名家集，始知此道固以细腻为主，虽间有雄放之作，不为正宗也。"① 蒋师辙叙说自己早年的创作经历与心性特点，道出其对豪放词的甚为喜爱之情与创作之求。他述说对豪放词的赏读与创作曾给予自己以极大的快感，及至遍读诸名家词集后，才体悟到词作之道原以委婉细腻为本，在极尽人情中呈现出无尽的艺术魅力，而雄豪放旷之道毕竟与此有所偏离，是应归入变径的。谢章铤《赌棋山庄词话》云："夫词多发于临远送归，故不胜其缠绵恻悱。即当歌对酒，而乐极哀来，扪心渺渺，阁泪盈盈，其情最真，其体亦最正矣。"② 谢章铤从词的题材创作角度，论说到词体与词风之正的命题。他主张，词的创作要在立足于情感表现的自然中呈现出本真之态。这样的词作，其情感抒发必然含蓄蕴藉，艺术表现必然委婉细腻，也才是值得推尚的。其又云："盖曼衍绮靡，词之正宗，安能尽以铁板铜琶相律。惟其艳而淫而浇而俗而秽，则力绝之。"③ 谢章铤进一步论说以婉约为正宗的论题。他针对其时豪放词创作有所衍盛之势加以辨说，并以中和化原则对婉约词艺术表现予以规范与要求，显示出有别于常人的识见。

廖平《冷吟仙馆诗余序》云："词家相沿以来，体派大略有二。一婉约，一豪放。大抵以婉约为正，取其不失诗人温柔敦厚之旨也。"④ 廖平将婉约风格论断为词作之正途，他归结其缘由乃在婉约风格凸显出温柔敦厚的中和化特征，是合乎自古以来的传统审美准则的。陈廷焯《白雨斋词话》云："激昂慷慨，原非正声。然果能精神团聚，辟易万夫，亦非强

---

① 冯乾编校：《清词序跋汇编》，凤凰出版社 2013 年版，第 1558 页。
② 唐圭璋编：《词话丛编》，中华书局 1986 年版，第 3451—3452 页。
③ 同上书，第 3465 页。
④ 冯乾编校：《清词序跋汇编》，凤凰出版社 2013 年版，第 1749 页。

有力者，未易臻此。国朝为此调者，迦陵尚矣，后来之隽，必不得已，仍推板桥。若蒋心余黄仲则辈，丑态百出矣。"① 陈廷焯在词作正变之论上持甚为融通开放的观念，但其在词作风格方面，仍主张以含蓄委婉为正，而以慷慨雄放为变。他与之前不少人有异的是，其持论不是将婉约与豪放加以对立与相互排斥，而主张两种词风相映相生，各创至境。他大力肯定与称扬豪放词创作至境的不易，由此甚为推尚陈维崧之词，对蒋士铨、黄景仁等人似豪而婉之作不以为然，判评其不伦不类、"丑态百出"。陈廷焯对词作风格既持有鲜明的正变之别，同时又对不同词风呈现提出很高的要求，显示出一个富于理论追求词论家的独特识见。俞樾《玉可庵词存序》云："余于词非所长，而遇好词辄喜诵之。尝谓吴梦窗之七宝楼台，照人眼目，苏学士之天风海雨，逼人而来。虽各极其妙，而词之正宗则贵清空，不贵饾饤；贵微婉，不贵豪放，《花间》《尊前》，其矩矱固如是也。"② 俞樾在词风正变之论上仍然体现出传统观念。他评断吴文英与苏轼词作，虽然极显才华情致，富于艺术魅力，但它们在创作路径上却不见本色与当行。俞樾强调词的创作还是要以婉约为正宗，而以豪放为变调，他将传统词风正变观念进一步张扬开来。

民国时期，以婉约词风为正宗之论续有流衍。如，徐珂《近词丛话》论"后七家"时云："七家中莲生、海秋、鹿潭之作，大都幽艳哀断，而鹿潭尤婉约深至，流别甚正，家数颇大，人推为倚声家老杜。"③ 蒋兆兰《词说》云："词家正轨，自以婉约为宗。"④ 等等。徐珂、蒋兆兰在时代变化风起云涌的背景下，仍然持守着以婉约之风格为正道的传统词学观念，这是富于历史观照意味的。

与以婉约词风为正宗之论相对，清代词学中出现有对传统词风正变观念予以破解的论说，其主要体现在王鸣盛和沈祥龙的言论中，他们将词风正变之论提升到一个较高的理论水平。清代中期，王鸣盛《评王于阳〈罍墼山人词集〉》云："词之为道最深，以为小技者乃不知妄谈，大约只一细字尽之，细者，非必扫尽艳与豪两派也。北宋词人原只有艳冶、豪荡

---

① 陈廷焯著，杜未末校点：《白雨斋词话》，人民文学出版社 1959 年版，第 133 页。
② 俞樾：《春在堂杂文三编》卷三，清同治十八年曾国藩署检本。
③ 唐圭璋编：《词话丛编》，中华书局 1986 年版，第 4223—4224 页。
④ 同上书，第 4632 页。

两派。自姜夔、张炎、周密、王沂孙方开清空一派，五百年来，以此为正宗。然金荃、握兰本属国风苗裔。即东坡、稼轩英雄本色语，何尝不令人欲歌欲泣。文章能感人，便是可传，何必净洗艳粉香脂与铜琶铁板乎。"（谢章铤《赌棋山庄词话》引）① 王鸣盛在词风正变观念上体现出超越传统之论的批评取向。他针对历来所划分的"艳冶""豪荡""清空"及所标树的所谓"正宗"与"变调"之论，提出不管词作风格如何，只要能感人，便是"可传"，而不必计较其细腻还是豪放。王鸣盛将对词风正变的判分落足到词作艺术表现的本质之上，对历来以风格、体派判分正变的传统词学批评取向予以了有力的破解。晚清，沈祥龙《论词随笔》云："词有婉约，有豪放，二者不可偏废，在施之各当耳。房中之奏，出以豪放，则情致绝少缠绵。塞下之曲，行以婉约，则气象何能恢拓。苏、辛与秦、柳，贵集其长也。"② 沈祥龙在传统词风正变之辨中持论甚为平正。他提出，婉约与豪放各有所长，也各有所短，是不可偏废的，不同的现实审美属性，需要对应于各异的词体风格特征，其相互间是不可以错位而对应的。沈祥龙之论，实际上将词风正变之辨落足到词作具体艺术表现的视点之上，体现出对词作风格辩证观照与把握的特征。

第二节　从词学流派角度所展开正变之论的承衍

中国传统词学从流派分属角度所展开正变之论，主要呈现于清代与民国时期。其主要体现在吴骐、周大枢、李调元、凌廷堪、吴锡麒、杨芳灿、许藏臣、蔡宗茂、谢章铤、谭献、陈廷焯、徐珂、王蕴章等人的批评言论中。他们从不同视点展开了对词学流派孕育形成与衍生变化的正变观照。

清代前期，吴骐《月中箫谱序》云："余尝谓诗词俱源本三百篇，但词家专宗郑卫尔。顾其体，大约有三：唐及五代，势险节短，极淫艳中自然峻洁，盖《子夜》《读曲》之遗音，真词家正宗，而变态未极。子瞻、稼轩以经济之才，悒郁挫折，忠爱悱恻，寄情小词，龙象蹴踏，何暇计步植木哉？故比兴闳肆，而词体则疏。南宋诸名公咏物写景，以词代诗，细

---

① 唐圭璋编：《词话丛编》，中华书局1986年版，第3549页。
② 同上书，第4049页。

润缜密，浏亮畅满。虽锋颖逊唐，而自开蹊径，为昔人所未有。唐词结构如南北朝短乐府，苏、辛结构如歌行，南宋结构如小赋。"① 吴骐与他人有所不同的是，将词体源起归为《诗三百》中的郑卫之音，强调词体很好地承扬了风骚之习与艳丽之求的创作传统。在此基础上，他从创作取径的角度，将唐五代两宋之词界划为三种类型：一是唐五代时期甚见本色当行的短小词作，其艺术表现柔媚艳丽、自然真挚，体现出词统之正的特征；二是以苏轼、辛弃疾为代表的词体，他们注重驱遣才力，通过大量运用比譬与兴会的形式将主体喜怒哀乐之情充分表现出来，这体现出趋变的特点；三是南宋诸词人，他们在艺术表现上不断追求，使词作体制不断细密圆润，有效地创新与完善了词作之道。吴骐之论，既从词作体制论及正变，亦从词史发展角度对正变之迹予以了很好的解说。周大枢《调香词自序》云："词家两派，秦柳、苏辛而已。秦、柳婉媚，而苏、辛以宕激慷慨变之，近于诗矣。"（谢章铤《词话纪余》引）② 周大枢认为，苏轼、辛弃疾等人将委婉柔媚之风衍化为慷慨豪放之词，这在文体质性上是趋近于诗体的，因而呈现出入乎变径的特征。周大枢在词作体派之论上亦体现出传统正变观念。

清代中期，李调元《雨村词话序》云："鄱阳姜夔郁为词宗，一归醇正。于是辛稼轩、史达祖、高观国、吴文英师之于前，蒋捷、周密、陈君衡、王沂孙效之于后，譬之于乐，舞箾至于九变，而叹观止矣。"③ 李调元对以姜夔为核心的醇雅词派的源流线索予以简要的勾勒。他溯源别流，前后绾接，具体例列出南宋中后期醇雅词派的代表人物，将其一并归入到词作之正宗的序列中。凌廷堪云："填词之道，须取法南宋，然其中亦有两派焉。一派为白石，以清空为主，高、史辅之。前则有梦窗、竹山、西麓、虚斋、蒲江，后则有玉田、圣与、公谨、商隐诸人，扫除野狐，独标正谛，犹禅之南宗也。一派为稼轩，以豪迈为主，继之者龙洲、放翁、后村，犹禅之北宗也。"（谢章铤《赌棋山庄词话》记）④ 凌廷堪对南宋词坛甚为推崇。他将其主要词人缕分为两大流派：一是以姜夔为代表的清空

---

① 冯乾编校：《清词序跋汇编》，凤凰出版社 2013 年版，第 260 页。
② 谢章铤：《赌棋山庄全集》卷三，《续修四库全书》本。
③ 唐圭璋编：《词话丛编》，中华书局 1986 年版，第 1377 页。
④ 同上书，第 3510—3511 页。

醇雅派，二是以辛弃疾为代表的豪迈放旷派。他论断，前一词派源远流长，人数众多，前后相继，在南宋词坛处于绝对正宗的地位；后一词派人数相对较少，但尤如北宗之禅，在创作宗系上仍属正体之统绪。凌廷堪之论，在对清空醇雅与豪迈放旷两派词作的同时标树中，仍然体现出有所偏重的特征。吴锡麒《董琴南楚香山馆词钞序》云："词之派有二：一则幽微要渺之音，宛转缠绵之致，戛虚响于弦外，标隽旨于味先，姜、史其渊源也。……一则慷慨激昂之气，纵横跌宕之才，抗秋风以奏怀，代古人而贡愤，苏、辛其圭臬也。……一陶并铸，双峡分流，情貌无遗，正变斯备。"① 吴锡麒承扬传统词学批评以正变辨分体派的观念，但其对词学正变的理解与传统观念明显不同。他把"幽微要渺之音"的所谓"正"派与"慷慨激昂之气"的所谓"变"派并列，认为"一陶并铸，双峡分流"，主张两派并进，各展所长，相互间是没有什么地位高下与质性雅俗之别的。吴锡麒的词学流派之论，表面上似乎承继前人而实则创新发展，显示出平正宏通的批评视点与观念，确乎是难能可贵的。

杨芳灿《松花庵诗余跋》云："裁云缝月，妙合自然；刻楮镂冰，意惟独造。有稼轩之豪迈，兼白石之清疏，此词家之最上乘也。尝论小词秦、柳固为正宗，姜、辛亦非别派。与其摹写闺帷，千手一律，何如行吾胸臆，独开生面为之得乎？"② 杨芳灿在词的创作与艺术追求上崇尚独抒胸臆、不趋于人。他在肯定秦观、柳永婉约柔媚之作为词之正宗的同时，也张扬姜夔、辛弃疾等人之词并非别支余脉，而同样为词统之正。杨芳灿高度肯定姜夔、辛弃疾等人作词以情性表现为本，不拘泥于个人生活之狭小题材，而追求独自开辟、直抒胸臆。他们打破一味抒写闺阁题材与个人化生活的局面，也破解千篇一律的抒情化模式，有力地脱却与消解了摹拟之习，将词的创作推向一个新的高度。也正由此，杨芳灿判评其异途并趋，相互间实际上是没有正变之别的。许夔臣《泼墨轩词序》云："词为诗之余，即乐府之遗意也。诗亡而后有乐府，乐府阙而后有诗余。或以为文人小技者，殆末溯其源流耳。杨用修以青莲《忆秦娥》《菩萨蛮》二首为开山词祖，不知陶弘景有《寒夜怨》、梁武帝有《江南弄》、陆琼有《饮酒乐》、隋炀帝有《望江南》，六朝时已多佳制。厥后自唐至宋，其风

---

① 吴锡麒：《有正味斋骈体文》卷八，清道光刊本。
② 吴镇：《松花庵诗余》卷末，清乾隆刊本。

益盛，随分艳冶、豪荡两派，而姜白石、张玉田、史梅溪、蒋竹山诸人又洗尽繁秾，归于冷艳。五百年来，此为正宗也。"① 许奭臣在论说词源于汉魏乐府诗的基础上，认为词体实际上在六朝时期便已初具规模，出现有不少佳作，只是当时并未以"词"这一称呼加以冠名而已。发展到唐宋时期，呈现出两种主体性风格：一为秾艳柔媚，一为豪放畅达。许奭臣推尚姜夔、张炎、史达祖、蒋捷等人之词，认为其脱却繁富秾丽而归于凄冷绮美。他将这一派词作推尊为词体之正道，体现出对南宋风雅派词人的极致崇尚之意。许奭臣对宋代词作流派之正变发展的叙论，体现出独特性。

晚清，蔡宗茂《拜石山房词钞序》云："词盛于宋代，自姜张以格胜，苏辛以气胜，秦柳以情胜，而其派乃分。然幽深窅眇，语巧则纤；跌宕纵横，语粗则浅。异曲同工，要在各造其极而已。"② 蔡宗茂概括宋代词作中，以姜夔、张炎为代表之作以格调呈现偏胜；以苏轼、辛弃疾为代表之作以气脉贯注见长，以秦观、柳永为代表之作以情韵表现显优，它们各有其审美表现之优长，由此也铸就出所谓的体派之分别。蔡宗茂强调，词作艺术表现要注重语言运用与风格呈现的有机统一，他对不同体派之作都甚为称扬，体现出平正融通的批评观念。蔡宗茂之论显示出对婉约与豪放之宗的消解意义。谢章铤《赌棋山庄词话》云："宋词三派，曰婉丽，曰豪宕，曰醇雅。今则又益一派曰饾饤。宋人咏物，高者摹神，次者赋形，而题中有寄托，题外有感慨，虽词实无愧于六义焉。至国朝小长芦出，始创为征典之作，继之者樊榭山房。长芦腹笥浩博，樊榭又熟于说部，无处展布，借此以抒其丛杂。然实一时游戏，不足为标准也。"③ 谢章铤认为，清人在继承宋代词作"婉丽""豪宕""醇雅"三派的基础上，出现"饾饤"一派。此派以朱彝尊、厉鹗为代表，热衷于征典用事，掇拾细碎，词作生涩繁奥，不见通达，背离了词作审美的质性。他将之视为游戏之作，寓含着视浙西词派为"变体"之意，体现出对合乎艺术规律的词作的呼唤。谢章铤通过对清代当世浙西派之词的批评，从词派之论角度进一步张扬了崇尚自然本色的审美理想。谭献《复堂词话》云："文字无大小，必有正变，必有家数。《水云楼词》，固清商变徵之声，而流

① 戴鉴：《泼墨轩词》卷首，清道光二十三年刻本。

② 顾翰：《拜石山房词钞》卷首，清光绪十五年刻本。

③ 唐圭璋编：《词话丛编》，中华书局 1986 年版，第 3443 页。

别甚正，家数颇大，与成容若、项莲生二百年中，分鼎三足。咸丰兵事，天挺此才，为倚声家杜老。而晚唐两宋一唱三叹之意，则已微矣。或曰：'何以与成项并论。'应之曰：'阮亭、葆馚一流，为才人之词。宛邻、止庵一派，为学人之词。惟三家是词人之词，与朱厉同工异曲，其他，则旁流羽翼而已。'"① 谭献肯定词作有正变之别。他认为，不论什么人的创作，一定有其所受渊源流别的影响，也就必然呈现出"正"与"变"的创作路径。谭献将清代前中期活跃在词坛上的词人之作大致划分为三类，即"才人之词""学人之词"与"词人之词"。他推尚纳兰性德、项鸿祚、蒋春霖之作为"词人之词"，亦即本色之词，是属于词家之正体的；而相对的，王士禛、周济等人之词则具有变体的意味，他将之归入"旁流羽翼"。谭献之论，明显体现出从创作路径上辨分词派正变归属的特征。其又云："岭南文学，流派最正，近代诗家张黎大宗，余韵相禅。填词有陈兰甫先生，文儒蔚起，导扬正声。叶南雪为春兰，沈伯眉为秋菊，婆娑二老，并秀一时。约梁君将合二集，益以寓贤汪玉泉，为《粤三家词》云。"② 谭献从文学流派源流正变的角度，进一步界定岭南三家词的创作入乎正途。他评断陈澧之词雅正隽秀，叶衍兰、沈世良辅之以左右，三人同声相应，同气相求，创作追求相近相切，在岭南这片沃土上共同创造出晚清词坛的一道亮丽风景。

其时，陈廷焯《白雨斋词话》云："唐宋名家，流派不同，本原则一。论其派别，大约温飞卿为一体（皇甫子奇南唐二主附之），韦端己为一体（牛松卿附之），冯正中为一体（唐五代诸词人以暨北宋晏欧小山等附之），张子野为一体，秦淮海为一体（柳词高者附之），苏东坡为一体，贺方回为一体（毛泽民晁具茨高者附之），周美成为一体（竹屋草窗附之），辛稼轩为一体（张陆刘蒋陈杜合者附之），姜白石为一体，史梅溪为一体，吴梦窗为一体，王碧山为一体（黄公度陈西麓附之），张玉田为一体。其间惟飞卿端己正中淮海美成梅溪碧山七家，殊途同归。余则各树一帜，而皆不失其正。"③ 陈廷焯对唐宋词坛流派予以细致的勾画，概括出活跃在唐宋词坛的十四种体派，大都各分宗主与从属词人。陈廷焯对唐

---

① 唐圭璋编：《词话丛编》，中华书局 1986 年版，第 4013 页。

② 同上书，第 4019 页。

③ 陈廷焯著，杜未末校点：《白雨斋词话》，人民文学出版社 1959 年版，第 206 页。

宋词坛体派的勾画，继承前人对唐宋词的划分而又有创造性发挥，其细致程度超过之前的任何一位词论家。他在以人分体论派中，并不简单地将词人分属，而是针对具体词人的创作，有区别地加以分属。如云"秦淮海为一体，柳词高者附之"，"贺方回为一体，毛泽民、晁具茨高者附之"，这充分表现出其体派之分的细致性与独特性。这段论说，体现出陈廷焯将对词学正变观念的理解置于广阔历史视域的特点。在他心目中，"正"已不再是某种唯一的东西，而是词人词作在符合词体艺术质性和创作规律中所体现出来的某一类共性，不同的审美取向、创作路径、艺术体制、词学流派均有其典范，也就各有其正宗、正体、正调。这一论说显见辩证，在传统词学流派正变之论中具有十分重要的意义。

民国时期，徐珂《近词丛话》云："乾嘉之际，作词者约分浙西、常州二派。浙西派始于厉鹗，常州派始于武进张惠言。鹗词宗彝尊，而数用新事，世多未见，故重其富，后生效之，每以捃摭为工，后遂浸淫，而及于大江南北，然钞撮堆砌，音节顿挫之妙，未免荡然。惠言乃起而振之，与其弟琦选唐、宋词四十四家，百六十首，为词选一书，阐意内言外之旨，推文微事著之原，比傅景物，张皇幽渺，约千篇为一简，蹙万里于径寸，诚为乐府之揭橥，词林之津逮。故所撰作，亦触类修畅，悉臻正轨。"① 徐珂详细地对乾嘉词坛两大流派的源流渊承予以勾勒与论说。他归结以厉鹗为代表的浙西派，在词的创作中追求寓事用典，十分讲究艺术技巧，其创作弊端随之日益显露。之后，以张惠言为代表的常州派词人见出其缺欠，对之不断消解与修正。他们论词提倡"意内言外"，在艺术表现上追求寓意寄托、幽微深致。张惠言与其弟张琦并通过编辑《词选》推衍创作主张，这影响到其左右的一大批词人。他们的创作一同可入乎词作之正，都体现出对传统诗学创作旨向的继承与弘扬，是值得推尚的。徐珂对浙西词派与常州词派的论说，注重其相互之间的比照与替变，分析其内在因缘，揭橥其外在特征，将"变而复趋于正"的词作发展线索予以了很好的呈现，在一定意义上深化了传统词学体派正变之论。

王蕴章《梦坡词存序》云："有清一代，作者辈起，粤在初叶，宗尚小令，犹是《花间》余韵。竹垞、樊榭出，一以姜张为主，清空婉约，遂开浙派宗风，及其弊也，饾饤琐屑。张皋文、周止庵救之以拙直重大，

① 唐圭璋编：《词话丛编》，中华书局1986年版，第4223页。

而常州一派爰继浙派而代兴。光宣之间，王半塘、郑叔问、况夔笙、朱沤尹喁于互唱，笙馨迭和，造诣所及，圭臬两宋，道源风雅，极体正变。后有作者，莫之或逾矣。"① 王蕴章对有清一代词学流派的发展变化大致予以勾勒与梳理。他概括清初词坛主流宗尚《花间集》；之后，朱彝尊、厉鹗等人倡导以清空婉约为旨，浙西派由此而来；再后，张惠言、周济等人又努力消解与补救浙西派之失，由此而常州派盛行于词坛；发展到晚清，王鹏运、郑文焯、况周颐、朱祖谋"四大家"唱响于词坛，他们倡导风雅之求，穷究正变之途，很好地导引了晚清词坛的创作走向，成为后人推尚的词学大家。王蕴章对清词流派替变的勾勒虽见简略，但为我们认识清词演变发展轨迹提供了较为清晰的线索。

第三节　从词人词作角度所展开正变之论的承衍

中国传统词学从具体词人词作角度所展开正变之论，大致出现于明代中期。其批评语例如，王世贞《艺苑卮言》认为"词至辛稼轩而变，其源实自苏长公，至刘改之诸公极矣"。② 但总体来看，明代对词人词作正变之属的论说还不很常见。

清代，从具体词人词作角度所展开正变之论甚多，其主要体现在王士禛、邹祗谟、沈谦、刘体仁、纪昀、储国钧、凌廷堪、郭麐、戈载、赵函、谢章铤、刘熙载、杜文澜、谭献、江顺诒、潘曾莹、冯煦、俞樾、陈廷焯、林象鸾等人的批评言论中。他们结合对不同词人词作的论评，将词学正变批评在不同关节点上予以了落实，从一个维面具体细致而丰富多样地呈现出词史正变之辨。

清代前期与中期，邹祗谟《远志斋词衷》评辛弃疾词"雄深雅健，自是本色，俱从南华冲虚得来"。③ 沈谦《填词杂说》评李煜、李清照词"极是当行本色"。④ 计南阳《棣华堂词题词》评冯瑞词"婉宕多风，艳冶有则，真大雅之遗音，词家之正体也"。⑤ 厉鹗《玲珑帘词序》评周邦

---

① 冯乾编校：《清词序跋汇编》，凤凰出版社 2013 年版，第 2120 页。
② 唐圭璋编：《词话丛编》，中华书局 1986 年版，第 391 页。
③ 同上书，第 652 页。
④ 同上书，第 631 页。
⑤ 冯乾编校：《清词序跋汇编》，凤凰出版社 2013 年版，第 107 页。

彦词"婉约隐秀，律吕谐协，为倚声家圭臬"。① 纪昀评毛奇龄《西河词话》"无韵"一条"最为精核，谓辛、蒋为别调，深明源委"。（江顺诒《词学集成》引）② 储国钧评史承谦，"其于南渡诸家，不屑屑句摩篇仿，而一种幽情逸韵，流于笔墨之外，盖能自出杼轴而又得体裁之正者"。（冯金伯《词苑萃编》引）③ 凌廷堪认为"北曲填词以关汉卿诸人为至，犹词家之有姜、张。后之填词家，如文长、粲花、笠翁，皆非正宗"。（郭麐《灵芬馆词话》引）④ 郭麐《灵芬馆词话》评吴绮、吴伟业"诗笔擅一时，而词皆非本色。梅村词虽比红豆较工，亦沿明人熟调，然于曲独工"。⑤ 戈载《宋七家词选序》认为宋词中，"欲求正轨以合雅音，唯周清真、史梅溪、姜白石、吴梦窗、周草窗、王碧山、张玉田七人，允无遗憾"。⑥ 赵函《碎金词叙》论评"宋词以清真、白石、草窗、玉田四家为正宗。清真典掌大晟，白石自订词曲，草窗词名笛谱，玉田《词源》一书，所论律吕最精"。（江顺诒《词学集成》引）⑦ 其《纳兰词序》又评朱彝尊、陈维崧、厉鹗三家"才情横溢，般演太多"，认为其"胸中积轴，未尽陶熔，借词发挥，唯恐不极其致。可以为词家大观，其实非词家正轨也"。⑧ 戈载《横经堂诗余序》评张炎之词"以空灵为主，而不入于粗豪；以婉约为宗，而不流于柔曼。意旨绵邈，音节和雅，洵乐府之正轨也"。⑨ 等等。

晚清，汤璬《双红豆室稿序》评王安石之词"气清绝尘滓，笔俊无俗艳，得词之正趋，近贤之高手也"。⑩ 陈世庆《凤箫集跋》评蔡寿祺："诸作皆得清空婉约之旨，的是正格，可以蹑樊榭之后尘矣"。⑪ 归曾祁《洞仙词序》评陈星涵《洞仙词》，"小令密丽，声慢隽永，不率不琢，情

---

① 冯乾编校：《清词序跋汇编》，凤凰出版社 2013 年版，第 432 页。

② 唐圭璋编：《词话丛编》，中华书局 1986 年版，第 3252 页。

③ 同上书，第 1954 页。

④ 同上书，1508—1509 页。

⑤ 同上书，第 1534 页。

⑥ 戈载编：《宋七家词选》卷首，清光绪十二年刻本。

⑦ 唐圭璋编：《词话丛编》，中华书局 1986 年版，第 383 页。

⑧ 冯乾编校：《清词序跋汇编》，凤凰出版社 2013 年版，第 197 页。

⑨ 同上书，第 978 页。

⑩ 同上书，第 1017 页。

⑪ 同上书，第 1126 页。

真景真。且复惊句迭出，倚声正轨，斯为得之"。① 张曜孙《清淮词跋》评汤成烈作词"声情激越，感遇深远，尤为可歌可泣，真词家之正宗、继轨之轶迹也"。② 刘熙载《词概》评文天祥之词"有风雨如晦、鸡鸣不已之意，不知者以为变声，其实乃变之正也"。③ 杜文澜《憩园词话》评万树《词律》"虽不免尚有遗漏舛误，而能于荆棘之内，力辟康庄，实为词家正轨"。④ 谭献《复堂词话》评冯煦《蒙香室词》，"趋向在清真、梦窗，门径甚正，心思甚邃，得涩意，惟由涩笔"；评吴锡麒"名德清才，矜式后起。诗规渔洋，词学樊榭，可云正宗。而骨脆才弱，成就甚小"；评刘炳照之词"有轨循姜、史，制规秦、柳，源溯冯、韦语，既撷心得，亦表正宗，庶乎不愧"。⑤ 江顺诒《词学集成》评朱彝尊、厉鹗之词"清真雅洁，似犹不足为正声"；评辛弃疾、蒋捷"以豪迈之语，为变徵之音。如今弦笛，腔愈低则调愈促，声高则调高，何碍吟叹之有"；又认为常州派"近为词家正宗，然专尊美成。今取美成词读之，未能造斯境也"。⑥ 潘曾莹《花影吹笙词钞序》评叶英华词"洪纤合度，高下在心。洵大雅之遗音，南宋之正轨也"。⑦ 冯煦《唐五代词选序》评冯延巳"鼓吹南唐，上翼二主，下启欧、晏，实正变之枢纽，短长之流别"。⑧ 俞樾《太素斋词序》评勒方锜之词，"辞美而律又谐，虽紫霞翁见之，不能更易一字，是固词家之正轨也"。⑨ 其《纯飞馆词序》评徐珂所作《纯飞馆词》"清丽芊绵，词家正轨也"。⑩ 林象銮《耕烟词跋》评张德瀛之词"冥心孤往，一以南宋之宗。含宫咀商，精研入细，倚声正轨，舍是安归"。⑪ 等等。

　　这一时期，陈廷焯大量从具体词人词作角度展开正变批评，将传统词

① 冯乾编校：《清词序跋汇编》，凤凰出版社 2013 年版，第 1514 页。

② 同上书，第 1420 页。

③ 唐圭璋编：《词话丛编》，中华书局 1986 年版，第 3696 页。

④ 同上书，第 2852 页。

⑤ 同上书，第 4000、4008、4020 页。

⑥ 同上书，第 3222、3252、3273 页。

⑦ 冯乾编校：《清词序跋汇编》，凤凰出版社 2013 年版，第 1281 页。

⑧ 冯煦编：《唐五代词选》卷首，清光绪十三年冶城山馆刻《蒙香室丛书》本。

⑨ 冯乾编校：《清词序跋汇编》，凤凰出版社 2013 年版，第 1449—1450 页。

⑩ 同上书，第 1781 页。

⑪ 同上书，第 1840 页。

学正变之论推上前无古人而后无来者的平台，在词学正变之论史上占有极
为重要的地位。其《白雨斋词话》评苏轼词"寓意高远，运笔空灵，措
语忠厚，其独至处，美成白石亦不能到"，认为"昔人谓东坡词非正声，
此特拘于音调言之，而不究本原之所在，眼光如豆，不足与之辩也"；评
李白诗与苏轼词"皆是异样出色。只是人不能学，乌得议其非正声"；评
苏轼词"纯以情胜，情之至者词亦至，只是情得其正，不似耆卿之嗫嚅
儿女私情耳"；评秦观"自是作手，近开美成，导其先路；远祖温韦，取
其神不袭其貌，词至是乃一变焉。然变而不失其正，遂令议者不病其变，
而转觉有不得不变者"；[1] 评黄思宪小令"洵《风》《雅》之正声，温、
韦之真脉也"；评张惠言《词选》"独不收梦窗词，以苏、辛为正声，却
有巨识"；评陈允平词"和平婉雅，词中正轨"；[2] 又比照周密、陈允平、
王沂孙、张炎四家之词，认为"草窗虽工词，而感寓不及三家之正。本
原一薄，结构虽工，终非正声也"；评元好问词"刻意争奇求胜，亦有可
观。然纵横超逸，既不能为苏辛；骚雅清虚，复不能为姜史。于此道可称
别调，非正声也"；评张仲举词"规模南宋，为一代正声。高者在草窗、
西麓之间，而真气稍逊"；评曹贞吉《珂雪词》"在国初诸老中，最为大
雅。才力不逮朱、陈，而取径较正"；评顾华峰《贺新郎·寄吴汉槎宁古
塔，以词代书》两词，认为其"只如家常说话，而痛快淋漓，宛转反覆，
两人心迹，一一如见，虽非正声，亦千秋绝调也"；评陈维崧、朱彝尊词
"固非正声"，厉鹗词"亦属别调"；评陈维崧作词"兕吼熊啼，悍然不
顾，虽非正声，不得谓非豪杰士"；评史承谦词"稍得其正，而才气微
减"；评朱彝尊、陈维崧、厉鹗三家，"可谓极词之变态；以云《骚》
《雅》，概未之闻"；评辛弃疾"有吞吐八荒之概，而机会不来，正则可以
为郭李、为岳韩，变则即桓温之流亚，故词极豪雄，而意极悲郁"；评陈
维崧词"以雄阔胜，可药纤小之病"，朱彝尊词"以隽逸胜，可药拙滞之
病"，厉鹗词"以幽峭胜，可药陈俗之病"，归结他们"不可谓之正声，
不得不谓之作手"；又比照宋代苏轼、辛弃疾与本朝陈维崧、朱彝尊，认
为"然苏辛自是正声，人苦学不到耳；陈朱则异是矣"；认为"僧之能词
者，除西湖老僧《点绛唇》一阕外，鲜有佳者（此词亦非正声，然其中

---

① 陈廷焯著，杜未末校点：《白雨斋词话》，人民文学出版社 1959 年版，第 11—13 页。
② 同上书，第 26、34、36 页。

有一片化机，未可浅视)"；评辛弃疾作词"运用唐人诗句，如淮阴将兵，不以数限，可谓神勇。而亦不能牢笼万态，变而愈工，如腐迁《夏本纪》之点窜《禹贡》也"；评李煜、晏殊词"皆非词中正声，而其词则无人不爱，以其情胜也"；① 等等。

在清代从具体词人词作角度所展开正变之论中，有几则正变批评辨析甚为细致深入，显示出对传统词学正变批评的深化与提升。我们单独例列论说。

清代前期，刘体仁在《七颂堂词绎》中类比词与诗一样，"亦有初盛中晚，不以代也"，他论评牛峤、和凝、张泌、欧阳炯、韩偓、鹿虔扆等人词作"不离唐绝句，如唐之初未脱隋调也"；又论评周邦彦、张炎、柳永、康与之"蔚然大家"；还论评姜夔、史达祖"则如唐之中"，而将明代初期词坛类比为晚唐，"盖非不欲胜前人，而中实枵然，取给而已，于神味处，全未梦见"，② 体现出立足于具体词人词作而判分正变归属的做法。王士禛《花草蒙拾》云："弇州谓苏、黄、稼轩为词之变体，是也。谓温、韦为词之变体，非也。夫温、韦视晏、李、秦、周，譬赋有《高唐》《神女》，而后有《长门》《洛神》。诗有古诗录别，而后有建安黄初三唐也。谓之正始则可，谓之变体则不可。"③ 王士禛针对前人王世贞对婉约与豪放两种词体代表性人物的判分予以辨析。他同意将苏轼、黄庭坚、辛弃疾之词视为"变体"，但持异将温庭筠、韦庄之词一同归结为"变体"之论。王士禛具体以赋体的承衍与发展为譬，提出温、韦之词乃"正宗之始"，它们孕育与创生着两宋词体，与"变体"是截然不同的两码事。王士禛之论，见出作为不同文学统系的"正"与"变"之体，各有内在的渐变轨迹。他将温、韦之作从词作体制上标树到正途、正调的范围之中，是富于对词体源流之识见的。

晚清，谢章铤《赌棋山庄词话》云："北宋多工短调，南宋多工长调。北宋多工软语，南宋多工硬语。然二者偏至，终非全才。欧阳、晏、秦，北宋之正宗也。柳耆卿失之滥，黄鲁直失之伧。白石、高、史，南宋

---

① 陈廷焯著，杜未末校点：《白雨斋词话》，人民文学出版社 1959 年版，第 51、55、62、66、82、90—91、159、166、171—172、187、193、196 页。

② 唐圭璋编：《词话丛编》，中华书局 1986 年版，第 618 页。

③ 同上书，第 673 页。

之正宗也。吴梦窗失之涩，蒋竹山失之流。若苏、辛自立一宗，不当侪于诸家派别之中。"① 谢章铤有不少论说都涉及词学正变之论，从总体上看，他一方面继承以正变判分词作的传统批评观念；另一方面，对词学正变的理解又与前人有异。他从特定时代主流词作审美特征及艺术要求出发来论析词人词作之正变，肯定同一时代之中，既有合于词学之正的，也有流于词学之变的词人词作，不可一概而论。在南北宋词坛中，他便以此进行了具体的判分。谢章铤之论，虽然仍然表现出偏爱婉媚雅正之体的审美取向，但批评视点较前人更为融通，实际上把从不同时代主流词作审美特征出发判分正变之论辩证化了。陈廷焯《白雨斋词话》云："白石，仙品也；东坡，神品也，亦仙品也；梦窗，逸品也；玉田，隽品也；稼轩，豪品也；然皆不离于正，故与温、韦、秦、周、梅溪、碧山同一大雅，而无傲而不理之消。后人徒恃聪明，不穷正始，终非至诣。"② 陈廷焯对姜夔、苏轼、吴文英、张炎、辛弃疾等人词作都甚为推崇，他仿古人品书论画之例，分别以"仙品""神品、仙品""逸品""隽品""豪品"称扬之。他认为，这些人的词作虽然风格各不相同，"然皆不离于正"，与传统词论所视为正体、正宗的温庭筠、韦庄、秦观、周邦彦、史达祖、王沂孙等人一样，他们的词作一同可入"大雅"之列。陈廷焯对词作之"正"含义的理解是甚为融通开放的。它寓示着不论什么人、什么体、什么时期的词作，只要"无傲而不理之消"，亦即能较好地体现出词的创作与审美的规律与特征，便为好词，也便可入乎词史之正位。杨希闵《词轨》云："吾谓词学当从汉魏六朝乐府入，而以温、韦、二晏、秦、贺为正宗，欧、苏、黄为大家（原注：此仿高廷礼论定唐诗之说），屯田诸子为附庸，则途辙不谬矣。欧、苏、黄似为词之一变，此如近体，原于六朝，唐初皆沿之，李、杜数公出，摧破壁垒，旗帜改观，变而得正。后世为近体者，转不能舍李、杜数公，专尚六朝矣。欧、苏、黄于词亦然，跌宕潇洒，轩豁雄奇，一洗绮罗之泪，此正变而正，得正者，奈何断断奉花间为帜志乎？"③ 杨希闵在词体正变之论上仍大致持婉约体为正宗、豪放体为变调之论，但其对词作正变的理解及对正变转替线索的勾画与别人甚为不同。

---

① 唐圭璋编：《词话丛编》，中华书局1986年版，第3470页。
② 陈廷焯著，杜未末校点：《白雨斋词话》，人民文学出版社1959年版，第205页。
③ 孙克强编著：《唐宋人词话》，南开大学出版社2012年版，第26页。

他仿明人高棅《唐诗品汇》对唐诗源流正变勾画的做法，将词人划分为
"正宗""大家""附庸"等，肯定"变"不是衰退蜕变，而是创新发展。
他把欧阳修、苏轼、黄庭坚视为"大家"，寓含这几人的词作有创新而取
得较大成就之意，是值得大力肯定的。杨希闵又将正变之道予以贯通，具
体以诗歌历史发展为喻，力倡欧阳修、苏轼、黄庭坚之词是"变而得
正"，对此由词作正变衍化与转替历程中而出现的"正"予以了高标。此
论在清代词学正变之论中是很富于辩证色彩的，显示出晚清词学正变之论
的高水平、高层次特征。

　　在这一维面词学正变批评中，值得提及的还有清代中期的周济，其所
编《词选》第一、二卷明确以"正""变"加以界分，这从一个视点标
示出正变观念在清代词学批评中的牢固确立。周济所用的"正"，固为正
声、正体之意，然而，"变"却不指变体、别格，而指"正声之次"，是
指富于创新且取得一定成就的词人词作，并不在排斥摈弃之列。周济将平
正融通的正变观念具体落实到词作选编实践中，体现出对具体词人词作辩
证分析的态度，这在传统词学正变批评史上是颇为独特的。

　　从具体词人词作角度所展开正变之论，在民国时期词学中仍然有所体
现，其主要出现在胡薇元、陈洵、卓揆、冒广生、蔡桢等人的论说中。胡
薇元《岁寒居词话》评秦观《淮海词》为"词家正音也。故北宋惟少游
乐府语工而入律，词中作家，允在苏、黄之上"；评蒋捷"《水龙吟》招
落梅魂一阕，通首用些字，《瑞鹤仙》寿东轩一阕，通首用也字煞，忽作
骚体，亦自适其意，终非正格也"；评纳兰性德《饮水词》，认为"侧帽
数章，为词家正声。散璧零玑，字字可宝"。① 陈洵《海绡说词》认为学
词者"由梦窗以窥美成，犹学诗者由义山以窥少陵，皆涂辙之至正者
也"。② 卓揆《水西轩词话》评周邦彦、秦观、张炎、柳永之作"为词正
宗"，苏轼、辛弃疾之词"斯为别体"，并认为"宋伶人评《雨霖铃》
《酹江月》之优劣，遂为填词定律"。③ 冒广生《小三吾亭词话》评蒋春

---

　　① 张璋、职承让、张骅、张博宁编纂：《历代词话》，大象出版社 2002 年版，第 4029、
4035、4038 页。
　　② 唐圭璋编：《词话丛编》，中华书局 1986 年版，第 4839 页。
　　③ 卓揆：《水西轩词话》，乙稿，福建图书馆藏抄本。

霖《水云楼词》"多清商变徵之音，而流别甚正"。① 蔡桢《柯亭词论》评郑文焯之词"吐属骚雅，深入白石之室。令引近尤佳。学清真，升堂而已。辛亥以后诸慢词，长歌当哭，不知是声是泪是血，殆所谓亡国之音哀以思欤。此则变徵之声，不可以家数论者"。② 等等。

第四节 从词史发展角度所展开正变之论的承衍

中国传统词学从词史发展角度所展开正变之论，主要呈现于清代与民国时期。其主要体现在田同之、张惠言、杨希闵、刘熙载、陈衍、陈廷焯、江顺诒、陈洵、郑文焯、夏承焘等人的批评言论中。他们从不同视点展开了对词作历史承衍与创辟的正变之论。

清代前期，田同之《西圃词说》云："词始于唐，盛于宋，南北历二百余年，畸人代出，分路扬镳，各有其妙。至南宋诸名家，倍极变化。盖文章气运，不能不变者，时为之也。于是竹垞遂有词至南宋始工之说。惟渔洋先生云：'南北宋止可论正变，未可分工拙。'诚哉斯言，虽千古莫易矣。"③ 田同之论断南北宋词坛人才辈出，词作繁盛，创作路径丰富多样，各有其妙。他持异朱彝尊以南宋词为宗之说，而赞同王士禛并论南北宋之言，界定南北宋词相互间在创作路径与艺术成就上并无高下之分，而只有正途与变径之别。田同之之论，较早体现出从词史发展角度论说正变的批评路径。清代中期，张惠言《词选序》云："故自宋之亡而正声绝，元之末而规矩隳。以至于今，四百余年，作者十数，谅其所是，互有繁变，皆可谓安蔽乖方，迷不知门户者也。"④ 张惠言持论宋代以后词作均由"正"趋"变"，他对由元代至清代数百年间词道不畅甚为感慨，体现出以时代判分正变的批评路径及今不如昔的末世之叹。其所编《词选》一书，便希冀在对具体词人词作的标树中，能较好地起到引领词坛创作复归于正道的作用。

晚清，杨希闵《词轨序》云："吾谓词家，亦当从汉魏六朝乐府入，

---

① 张璋、职承让、张骅、张博宁编纂：《历代词话续编》，大象出版社 2005 年版，第 201 页。

② 唐圭璋编：《词话丛编》，中华书局 1986 年版，第 4914 页。

③ 同上书，第 1454 页。

④ 张惠言编：《词选》卷首，清道光十年宛邻书屋刻本。

而以温、韦为宗，二晏、贺、秦为嫡裔，欧、苏、黄则如光武崛起，别为世庙，如此则有祖有祢，而后乃有子有孙。彼截从南宋梦窗玉田人者，不啻生于空桑矣。故伐材近而创意浅，雕琢文句以自饰，心力瘁于词，词外无事在，而词亦卒不高胜也。"① 杨希闵在词作正变之论上体现出宏观历史观照的眼光。他倡导后世学词者应从汉魏六朝乐府而入，在寻源溯流中入乎其门径，而后，以温庭筠、韦庄为词之正宗。他反对择取南宋吴文英、张炎等人之词加以效仿的主张，认为此不啻如截断众流，独标孤诣，以变为正，是不得要领的。刘熙载《词概》云："太白忆秦娥声情悲壮，晚唐、五代惟趋婉丽，至东坡始能复古。后世论词者，或转以东坡为变调，不知晚唐、五代乃变调也。"② 刘熙载从对词作源流的上溯及对苏轼词作的判分入手，不同于人地论断晚唐五代词脱却唐人词作的最初传统，实乃为"变调"。其论体现出超拔于时俗的独特之见，虽不一定能令人信服，但将传统词史正变之论予以了刻意的转换，是有所启发的。陈衍《灯昏镜晓词叙》云："余少日曾学为词，喜北宋。以为词之有唐五代，诗之汉魏六朝也；至北宋，而唐之初盛矣；东坡、二安，则元和也；白石、梦窗为元祐；余则江湖末派耳。"③ 陈衍之言体现出对由唐至宋词史发展的正变之论。他以汉魏至宋末诗歌历史比譬唐五代词的发展轨迹，道出词体也存在由成长到成熟再到衰变的过程，这是社会发展的历史规律使然。

其时，陈廷焯对词史正变之属予以多方面的论说。其《白雨斋词话》云："词也者，乐府之变调，《风》《骚》之流派也。温韦发其端，两宋名贤畅其绪，《风》《雅》正宗，于斯不坠。金元而后，竞尚新声，众喙争鸣，古调绝响。操选政者，率昧正始之义，媸妍不分，《雅》《郑》并奏，后之为词者，茫乎不知其所从。"④ 其又云："自温、韦以迄玉田，词之正也，亦词之古也。元、明而后，词之变也。茗柯、蒿庵，其复古者也。斯编若传，轮扶大雅，未必无补。"⑤ 陈廷焯从词史发展的角度论说词作正变，反复阐说到唐五代两宋词为正、金元词为变的观点。他从词体孕育与

---

① 杨希闵编：《词轨》卷首，中国国家图书馆藏稿本。

② 唐圭璋编：《词话丛编》，中华书局 1986 年版，第 3690 页。

③ 冯乾编校：《清词序跋汇编》，凤凰出版社 2013 年版，第 1884 页。

④ 陈廷焯著，杜未末校点：《白雨斋词话》，人民文学出版社 1959 年版，第 129 页。

⑤ 同上书，第 185 页。

演变着眼，评断唐五代两宋词上溯风雅统绪，金元以降之词则逐奇尚巧，淡薄了古诗之创作旨向，致使后之为词者茫然不知所从，词作之道萎靡不振。陈廷焯界断唐五代两宋词为词之正体、正道，而元明词则为词之变体与别调，在清代当世词人中，他称扬张惠言、冯煦之作能追摹古人之词体词风，格调雅正，意味醇厚，实有补于词道。陈廷焯之论，体现出从词史阶段性发展判分正变归属的特征。其还云："温韦创古者也。晏欧继温韦之后，面目未改，神理全非，异乎温、韦者也。苏辛周秦之于温韦，貌变而神不变，声色不开，本原则一。南宋诸名家，大旨亦不悖于温韦，而各立门户，别有千古。元明庸庸碌碌，无所短长，至陈朱辈出，而古意全失，温韦之风，不可复作矣。贞下起元，往而必复，皋文唱于前，蒿庵成于后，风雅正宗，赖以不坠，好古之士，又可得寻其绪焉。"① 陈廷焯进一步从词史演变发展的角度展开词作正变之论。他高倡词作以温庭筠、韦庄为宗，之后，由五代而两宋，名家辈出，虽然创作路径各有所异，气貌各有所别，但其神理宗趣始终未变，在创作之途上始终体现出本色之正。但延展到元明乃至清代当世，能在创作路径上接承古代风雅统绪的词人甚少，词作之道大多变而失正。陈廷焯以正变为绾接理据，对词史演变发展关节点的揭橥与线索的勾勒，是甚富于批评启发性的。

在清代词史正变之论的承衍线索中，值得特别提及的是江顺诒的词史正变之论。他在立足于从词史发展论说正变的基础上，显示出超越于单纯以历史时代论词的局限，而从对不同词人词作的具体分析入手，有的放矢，具体而微地加以标树与批评，将从词作历史发展立论正变之事推到更为平正的台面。其《词学集成》云："比词于诗，原可以初盛中晚论，而不可以时之后先分。如南唐二主似唐之初，秦、柳之琐屑，周、张之纤靡，已近于晚。北宋惟李易安差强人意。至南宋白石、玉田，始称极盛，而为词家之正轨。以辛拟太白，以苏拟少陵，尚属闰统。竹山、竹屋、梅溪、碧山、梦窗、草窗，则似中唐退之、香山、昌谷、玉溪之各臻其极。"② 江顺诒对单纯地以历史时代判分词作正变予以有力的批评。他具体运用唐诗的历史发展为譬，提出不可以时代先后判分正变之属，先出之词也有"变"体，后出之词也有"正"体，关键还是看其艺术表现如何。

---

① 陈廷焯著，杜未末校点：《白雨斋词话》，人民文学出版社 1959 年版，第 208 页。

② 唐圭璋编：《词话丛编》，中华书局 1986 年版，第 3227 页。

他将姜夔、张炎视为词家"正轨",将秦观、柳永、周邦彦、张先等人视为词家之"变",又将史达祖、王沂孙、吴文英等人词作视为各有其独特之处,体现出对以词作历史判分正变归属的极意破解。江顺诒之论,显示出词学发展成熟时期人们对从词史角度判分正变的更深层次思考,是甚富于理论批评之观照意义的。

民国时期,陈洵、郑文焯、夏承焘对词史正变之论仍然有所承扬,显示出对词作历史发展宏观观照与微观把握相结合的鲜明特征。陈洵《海绡说词》云:"词兴于唐,李白肇基,温岐受命。五代缵绪,韦庄为首。温韦既立,正声于是乎在矣。天水将兴,江南国蹙,心危音苦,变调斯作,文章世运,其势则然。宋词既昌,唐音斯畅。二晏济美,六一专家。爰逮崇宁,大晟立府,制作之事,用集美成。此犹治道之隆于成康,礼乐之备于公旦,监殷监夏,无间然矣。东坡独崇气格,箴规柳秦。词体之尊,自东坡始。南渡而后,稼轩崛起,斜阳烟柳,与故国月明相望于二百年中,词之流变,至此止矣。"①陈洵以骈文的论说形式,对从唐五代至南宋末年的词作历史发展线索予以勾画,其论在源流勾勒中呈现出浓厚的正变之论内涵。他视唐五代温庭筠、韦庄之作为词之"正声",南唐李璟、李煜之后词作则为"变调"。但其与一般人所论不同的是,他肯定词道之变,认为不断地"变体"与"创格",使宋代词作的历史盛期持续了二百多年。陈洵之论,将词学正变观念与词史承衍及创新发展流程两方面有机结合起来,体现出对传统词史演变发展的独特辨识。郑文焯《郑大鹤先生论词手简》云:"自宋迄今将千年,正声绝,古节陵,变风小雅之遗,骚人比兴之旨,无复起其衰而提倡之者;宜夫朱厉雕琢为工,后进驰逐,几欲奴仆命骚矣。"②郑文焯归结自宋之后几百年词作历史发展不断呈现出衰退的特征,于风雅比兴之统绪愈走愈远,在正变之貌上呈现出正声少而变声多的特征,脱却了词体之正的路径,是令人惋惜的。夏承焘《红鹤山房词序》云:"论词以温韦为正,苏辛为变,虽常谈,亦至论也。夫词,蜕于诗,而非诗之余。迹其运化,如水生冰,其初兴也。灵虚要渺,不涉执象。温韦所作,虽晖露盈珠,不切于用,固天下之至宝也。柳

---

① 唐圭璋编:《词话丛编》,中华书局1986年版,第4837页。

② 张璋、职承让、张骅、张博宁编纂:《历代词话续编》,大象出版社2005年版,第40页。

永、秦观稍稍铺叙，犹未违其宗。范仲淹、王安石乃浸寻，以之咏史、怀古矣。至苏轼、黄庭坚则禅机诨理，纵横杂出，不复可被声律，所谓句读不葺之诗。虽云质文通变，势不能终古为温韦，然昔之求蜕于诗者，至此复与诗合。其用犹冰泮为水，神象复浑矣。故词至苏轼而大，亦至轼始渐离其朔，不谓之变，可乎？"① 夏承焘对"以温韦为正，苏辛为变"之论予以细致的阐说。他持同传统词人词体正变之论，认为词体与诗体虽然同源同根，但毕竟是两种具有不同艺术质性的文学体制，其如"水"与"冰"一样，是不可以混为一谈的。夏承焘论断，温庭筠、韦庄之作，其叙情写景，充分表现出词作之体的内在审美特征；之后，经过柳永、秦观、范仲淹、王安石，一直到苏轼、黄庭坚，他们的创作逐渐脱却词作之体的内在理路，其在题材抒写上不断扩大，在笔调运用上纵横杂出，在不经意间消弭了词作之体的内在特性，将其复趋于诗作体制之中了，从而未与诗体拉开一定的距离。总体来看，这便如走过一个圆周运动，又回到诗词体制不分的原点之上。从维护词作之体本真的角度来看，确乎可谓之为"变"，这是甚富于历史观照意味的。夏承焘将词学正变之论很好地落实到对唐五代北宋词作历史发展过程的描述之中了，其论说是极富于启发性的。

　　总结中国传统词学正变之论的承衍，可以看出，其从词作风格、词学流派、具体词人词作、词史演变发展等方面都展开了辨析与论说。上述四条线索相依相辅而又相生相成，从不同维面上呈现出对词作历史发展及其多方面艺术特征与体貌呈现的认识，共构出传统词学正变批评观念的主体空间，为后人更全面深入地观照与把握词作立体流程及其面貌作出坚实的铺垫。

---

　　① 　孙克强、杨传庆、裴喆编著：《清人词话》，南开大学出版社 2012 年版，第 2094 页。

第六章　中国传统词学体派之宗的承衍

体派宗尚是中国传统词学批评的核心论题。这一论题主要从词作艺术表现与风格特征的探讨入手，考察词在创作取径与审美取向等方面的不同。在中国传统词学批评史上，体派宗尚主要体现在对婉约与豪放两种主导性风格与体派的推扬上。这一方面论说很多，形成相互承衍的阐说线索，建构出传统词学审美风格之论的主体空间。

中国传统词学中的婉约与豪放之论最初出现于南宋后期。俞文豹《吹剑续录》记："东坡在玉堂，有幕士善讴，因问：'我词比柳词何如？'对曰：'柳郎中词，只好十七八女孩儿，执红牙拍板，唱"杨柳岸晓风残月"。学士词，须关西大汉执铁板，唱"大江东去"。'公为之绝倒。"① 在这段纪事中，"幕士"以形象的话语描述出苏轼与柳永之词在艺术表现与风格呈现上的不同特征，即：柳词更多地体现为婉约细腻，而苏词更多地体现为豪放粗犷。这实际上概括出词作艺术表现的两种主导性风格与体派创作特征，为传统词学体派宗尚之论确立了最初的平台。

第一节　偏于推扬婉约之体的承衍

中国传统词学批评偏重对婉约词的推扬萌芽于北宋中期，其最初是与词体本色观念紧密相联的。陈师道《后山诗话》云："退之以文为诗，子瞻以诗为词，如教坊雷大使之舞，虽极天下之工，要非本色。今代词手，惟秦七、黄九尔，唐诸人不逮也。"② 陈师道较早对苏轼以诗为词创作取径持以批评，归结其为非本色之举。在北宋当世词人中，他更推尚秦观、

① 陶宗仪：《说郛》卷二十，涵芬楼藏板。
② 何文焕辑：《历代诗话》，中华书局 1981 年版，第 309 页。

黄庭坚之词，认为他们才真正为唐五代词人所不及。陈师道对苏轼以诗为词审美取向与创作路径的批评，主要是从词之体性加以论说的。其论开启后世对合乎本色体性之词的推尚，为推扬婉约词之论的出现奠定了基础。南宋，王炎《双溪诗余自叙》云："今之为长短句者，字字言闺阃事，故语懦而意卑，或者欲为豪壮语以矫之。夫古律诗且不以豪壮语为贵，长短句命名曰曲，取其曲尽人情，惟婉转妩媚为善，豪壮语何贵焉。不溺于情欲，不荡而无法，可以言曲矣。"① 王炎从创作题材上论说词作艺术表现特征。他肯定豪放之语与风格对卑弱之词的补充之功，但同时又指出，词的创作应立足于对人之情性的细致表现，应以婉转柔美为尚，既不一味沉溺于情欲宣泄的俗化路径之中，也不直露无余而毫无艺术表现之准则可依。王炎之论，寓含对词作婉约之体的推尚之意。柴望《凉州鼓吹自序》云："大抵词以隽永委婉为上，组织涂泽次之，呼噪叫啸抑末也。"② 柴望在词作艺术表现与风格呈现上主张以婉约隽永为尚，他推扬清新自然而富于吟味之作，对一味粗豪叫嚣、以议论见长之词不以为然。其论体现出对词作婉约之体制的宗尚。

明代，偏重于推扬婉约词之论正式出现，其主要体现在张綖、徐师曾、王世贞等人的论说中。张綖《诗余图谱》云："词体大略有二，一体婉约，一体豪放。婉约者，欲其词情蕴藉；豪放者，欲其气象恢弘。盖亦存乎其人，如秦少游之作，多是婉约；苏子瞻之作，多是豪放。大抵词体以婉约为正，故东坡称少游为之词手。后山评东坡，如教坊雷大使舞，虽极天下之工，要非本色。"③ 在传统词论史上，张綖首次提出"婉约"与"豪放"之名，并将其界定为词作的两种基本体制。他概括婉约之词的主要特征为情感表现含蓄蕴藉、委婉细腻，豪放之词的主要特征为气势恢宏、面目凸显；前者以秦观词为代表，后者以苏轼词为典范。张綖持同陈师道之论，论断以苏轼为代表的豪放词并非词之本色体制，而实属变体。张綖在对"婉约"与"豪放"之体的正变定位中，体现出对婉约词体的推尚之意。其《草堂诗余别录》云："词体本欲精工酝藉，所谓'富丽如登金张之堂，妖冶如揽嫱施之祛'者，故以秦淮海、张子野诸公称首。

---

① 王鹏运辑：《宋元三十一家词·双溪诗余》，四印斋版，第1页。
② 陈良运主编：《中国历代词学论著选》，百花洲文艺出版社1998年版，第179页。
③ 张璋、职承让、张骅、张博宁编纂：《历代词话》，大象出版社2002年版，第228页。

六一翁虽尚疎畅自然，而温雅富丽尤夫体也。至东坡，以许大胸襟为之，遂不屑绳墨。后来诸老，竞相效之，至多用'也者之乎'字样，词虽佳，亶亶殆若文字，如此词之类。回视本体，迥在草昧洪荒之外矣。是知词曲自是小技，专门不为高贤傍夺。"① 张綖继续倡导词的创作要精致委婉、含蓄蕴藉。他推扬秦观、张先等人之词，对于欧阳修词作，他则认为其在温婉雅致中体现出富贵之气与华美之态，与"精工酝藉"尚有一段距离；至于苏轼词作，他又在肯定其不受拘束、直抒胸臆的同时，批评其过于以议论为词，呈现出散体化的特征，在很大程度上脱却了词体的本色。张綖归结词作为文学之体，其在审美质性上确有独特性，而这与创作主体是否为雄才贤士不一定有着很大的关系。

其时，徐师曾《文体明辨序说》云："至论其词，则有婉约者，有豪放者。婉约者欲其辞情蕴藉，豪放者欲其气象恢弘，盖虽各因其质，而词贵感人，要当以婉约为正。否则虽极精工，终乖本色，非有识之所取也。"② 徐师曾明显承衍张綖之论加以言说。他肯定词作"婉约"与"豪放"之体的不同，是与创作主体才性气质紧密相联的。他拈出"词贵感人"作为艺术表现的旨归所在，由此，在是否本色之论上主张以婉约为本。徐师曾之论，将对婉约之词的推扬落足到词作审美表现的本质之上，是富于说服力的。王世贞《艺苑卮言》云："故词须婉转绵丽，浅至儇俏，挟春月烟花于闺幨内奏之，一语之艳，令人魂绝，一字之工，令人色飞，乃为贵耳。至于慷慨磊落，纵横豪爽，抑亦其次，不作可耳。作则宁为大雅罪人，勿儒冠而胡服也。"③ 王世贞在词的体性与风格表现之论上，也体现出对婉约词的推尚。他论断其选字造语工致秾丽，甚为感人并给人以美感；相比照而言，豪放词在艺术表现上则显得较为粗糙，一味凭气力而行，已落入"第二义"。为此，王世贞对豪放词创作旨向提出要求，主张入于风雅之道。其又云："之诗而词，非词也。之词而诗，非诗也。言其业，李氏、晏氏父子、耆卿、子野、美成、少游、易安至也，词之正宗也。温韦艳而促，黄九精而险，长公丽而壮，幼安辨而奇，又其次也，词

---

① 朱崇才编纂：《词话丛编续编》，人民文学出版社 2010 年版，第 88 页。

② 吴讷著，于北山校点：《文章辨体序说》；徐师曾著，罗根泽校点：《文体明辨序说》，人民文学出版社 1962 年版，第 165 页。

③ 唐圭璋编：《词话丛编》，中华书局 1986 年版，第 385 页。

之变体也。"① 王世贞从诗词体性之辨及正变之论的角度论及宋代代表性词人词作。他认为，以李氏父子、晏氏父子、柳永、张先、周邦彦、秦观、李清照为代表的婉约之体是词的创作正途，而温庭筠、韦庄、黄庭坚、苏轼、辛弃疾等人的创作则为词之变调。这之中，苏轼词作一味追求气象宏大，辛弃疾词作执着于散体化与求奇之道，它们在不同程度上都脱却了词之正道，因而是不太值得推尚的。王世贞从艺术风格与词作体性表现的视点对婉约词的大力肯定，将明人对婉约词的普遍推扬进一步体现出来。

清代，偏重于推扬婉约词之论，主要体现在吴绮、余怀、梁清标、钱芳标、聂先、黄澄之、徐士俊、储国均、徐喈凤、黄云、厉鹗、纪昀、孙麟趾、蒋敦复、俞樾、李佳、廖平等人的言论中。他们主要从词之体性的视点继续展开对婉约词的推扬。

清代前期，吴绮云："宋词宗尚秦柳，以其缠绵旖旎，不求藻缋，自有余妍也。苏辛之词，调极高迈，语极流畅，当时犹有訾议，谓如诗之有变风变雅。后之填词家，动辄持铁绰板唱'大江东去'，直如使酒骂座，与此道奚啻河汉哉。"（聂先、曾王孙辑《名家词钞评》记）② 吴绮在词作体派与正变之论上体现出传统观念。他推尚秦观、柳永之词细腻缠绵、不求雕饰而华美自现，认为苏轼、辛弃疾之词虽声调豪迈、流转自如，但仍流于创作之变径，其不仅在当世引发热议与强烈批评，也直接影响到后世过于散体化的创作，其效仿者更一味诗化，粗豪叫嚣，以议论为词，将词作之道引向偏途，是应该努力避却的。余怀评唐梦赍《志壑堂词》云："词家以缠绵婉丽为宗。其次，则凄清萧瑟。又次，则古直悲凉。兼斯三者，其惟淄川乎。读先生词，如观绛云在霄，如听宫莺百啭，如闻商女之琵琶，如送孤臣之去国，如击渐离之筑，如吹吴市之箫。仙才逸品，怀古情深。尝与泛小舠于西子湖头，衰柳阴中，谈论今古，分题啸咏，快绝平生。惜乎。少十七八女郎，按红牙檀板歌之，至今尚为阙事。"（聂先、曾王孙辑《名家词钞评》记）③ 余怀也体现出以婉约为宗尚的批评取向，他将其标树为多种风格之首，体现出对细腻缠绵、含蓄委婉之词风的偏

---

① 唐圭璋编：《词话丛编》，中华书局 1986 年版，第 385 页。
② 朱崇才编纂：《词话丛编续编》，人民文学出版社 2010 年版，第 686 页。
③ 同上书，第 676 页。

好。他界定"缠绵婉丽"为词作艺术表现之上品，其次则"凄清萧瑟"，再次则"古直悲凉"，其论体现出将词作细腻委婉之风格呈现置放到富于悲情性的艺术感染之上，显示出识见。梁清标云："意绪缠绵，词章婉丽，自是词家当行。"（聂先、曾王孙辑《名家词钞评》记）① 梁清标从词作意旨表现与风格呈现两方面，论说到其对词作本色当行的判评，他界断婉约华美的艺术形式才是词作本色体制的必然要求。钱芳标云："诗变而为词，盖滥觞于《香奁》诸什。至宋人而其制大备。当时匠哲，咸推秦、柳，皆以旖旎缠绵之思，运其风艳。是知柔情冶语，原属当行；爽致雄裁，终非本色。即是以读樗亭之作，其于词家三昧无剩伎矣。"（聂先、曾王孙辑《名家词钞评》记）② 钱芳标从词作体制渊源而论。他认为，词作的本色体制，体现为在情感表现上柔媚委婉，在语言运用上绮丽华美，一味凭才气与性情发抒的散体化创作并不是词体的本色要求。其论体现出将婉约与豪放之体加以对照与高下判分。聂先在《名家词钞评》中云："词本以艳情丽质为宗，而出语天然蕴藉，使号作手。才如秋水，可谓秾纤合度，泼墨淋漓，足称当代大家。"③ 聂先之言也体现出对以婉约之体为宗尚的持论。他界定词作在所表现内涵与艺术气质上要以秾丽为尚，在语言表现上要讲究自然含蓄，两方面有机融合，秾丽委婉，方寸有度，如此，才能成就词坛一流大家。

黄澄之《南浦词引》云："填词以婉丽情至为宗，然必有别才天赋，始能擅场臻妙。余少好效颦，偶一为之，开口便成伧父。自知赋才有限，从此不复措意。"④ 黄澄之论断词的创作要以婉约柔美为其艺术宗尚之所在。他认为，这是需要独特的创作才能与天性秉赋的。黄澄之叙说自己年少时便喜好作词，但由于才情所限，下笔终显粗鄙，婉雅不足，令人遗憾。徐士俊《兰思词序》云："词之一道，多温丽柔香、缠绵宛转之致。盖其初则隋炀帝《望江南》数阕，实启其端；李青莲《草堂》两词，复衍其派。他如《竹枝词》《阿那曲》之类，蹊径渐与诗殊。至于西昆才子、南阳侍郎，其所为诗，皆成奁体，浸浸乎势不得不为词矣。因而南唐

---

① 朱崇才编纂：《词话丛编续编》，人民文学出版社 2010 年版，第 705 页。
② 同上书，第 657 页。
③ 同上书，第 659 页。
④ 冯乾编校：《清词序跋汇编》，凤凰出版社 2013 年版，第 110 页。

北宋，大阐新声。沿至于今，弥争逸响。虽手笔各有参差，断以清新婉媚者为上，非情之近于词，乃词之善言情也。"① 徐士俊从词体的衍生和演变论说到其面貌与风格呈现。他论断，词体大致产生于隋代，隋炀帝杨广所作《望江南》即开启后世词作体制，经过唐五代如李白等人的不断因承与创变，逐渐形成与诗体不同的创作路径，也慢慢呈现出与诗体有异的面貌特征，其柔性化色彩甚为明显，正由此，徐士俊大力肯定词作之体是以婉约柔媚为本的，这当然与其擅长于情感表现的特点是紧密联系在一起的。总之，词体的产生背景与所表现内容，决定了其体制与面貌呈现特征。储国均《小眠斋词序》云："余少喜填词，窃谓诗歌词曲各有体制，风流婉约，情致缠绵，此词之体制也，则小山、少游、美成诸君子其人矣。降自南宋，虽不乏名家，要以梅溪为最。"② 储国均论断不同文学之体各有其艺术表现特征。他也将词作本色之美界定在风格呈现婉约华美、情感表达与意致呈现含蓄幽远的涵义之内。由此，标树晏几道、秦观、周邦彦、史达祖等人乃后世之创作典范，体现出对婉约之美的极致推尚。

清代中期，厉鹗《张今涪红螺词序》云："尝以词譬之画，画家以南宗胜北宗。稼轩、后村诸人，词之北宗也；清真、白石诸人，词之南宗也。"③ 厉鹗以中国传统文人画譬之于不同风格的词作。他以文人画中南宗胜于北宗为据，评断以周邦彦、姜夔为代表的婉约之词胜过以辛弃疾、刘克庄为代表的豪放之词。厉鹗在词作风格审美上是持以婉约为宗的。之后，纪昀《四库全书总目提要》评《东坡词》云："词自晚唐五代以来，以清切婉丽为宗，至柳永而一变，如诗家之有白居易。至轼而又一变，如诗家之有韩愈，遂开南宋辛弃疾等一派。寻源溯流，不能不谓之别格。然谓之不工则不可。故至今日，尚与《花间》一派并行而不能偏废。"④ 纪昀在判分词作正变之论中，体现出以婉约之体为正宗的持论。他将柳永、苏轼、辛弃疾等人归结为另类，认为其虽独自成体，但终与词之正宗本色体制相隔一层，实际上是并不值得继承与发扬的。

晚清，孙麟趾《艺云词评》云："欲言不尽言，言愈有余，听之者愈

① 冯乾编校：《清词序跋汇编》，凤凰出版社 2013 年版，第 139 页。

② 同上书，第 444 页。

③ 厉鹗：《樊榭山房文集》卷四，清刻本。

④ 永瑢等：《四库全书总目》，中华书局 1965 年版，第 1808—1809 页。

销魂矣。作词之法，只婉约二字。"① 孙麟趾从笔法运用角度论说到词作
艺术宗尚的论题。他将委婉曲折归结为词作中最具本体性的表现之法，判
评其具有无尽的艺术魅力。蒋敦复《芬陀利室词话》云："同叔于词，才
性最近，出笔便饶秀均。余初刻绿箫、碧田二卷，同叔一见深嗜。时余方
从事南宋，以空灵婉约为主。同叔以余为前马，所作亦从碧山玉田入
手。"② 蒋敦复在述说陈升词作特征及作词之旧事时，表达出自己的词作
宗尚观念，即在历史时段上推尚南宋之词，在词之体性与风格特征上则推
扬婉约之词。他申言，自己的创作取向影响陈升等人，使王沂孙、张炎之
作在晚清时风背景下有一定的仿效市场。俞樾《玉可庵词存序》云："尝
谓吴梦窗之七宝楼台，照人眼目；苏学士之天风海雨，逼人而来。虽各极
其妙，而词之正宗则贵清空，不贵饾饤；贵微婉，不贵豪放。《花间》
《尊前》，其规矩固如是也。"③ 俞樾评断吴文英与苏轼词作各有其妙处，
但与词作艺术表现的本色之求还是有出入的。他标树词的创作要以清丽空
灵、委婉幽细为宗尚，而不应一味以细碎琐屑或豪放粗犷为求，应在委婉
清丽的道路上健步向前。

　　李佳《左庵词话》云："辛稼轩词，慷慨豪放，一时无两，为词家别
调。"④ 李佳在称扬辛弃疾豪放词风格超拔、举世无双的同时，仍然将之
归入"别调"之列，体现出对婉约之体性的推尚。他在评说女词人钱孟
钿《长亭慢·咏杨花》一词时，认为其"清虚婉约，词家正派"，也体现
出以婉约之体为宗尚的观念。廖平《冷吟仙馆诗余序》云："词为乐府之
遗，兴于隋，盛于宋，非谐音协律，难为歌咏。黄钟不可先商调，商调不
可与仙吕相出入，此定法也。至于体派，则因性而成。温韦艳而促，黄九
精而刻，长公丽而壮，幼安辨而奇，皆各擅一家之长。不必拘体派而体派
自成。词家相沿以来，体派大略有二。一婉约，一豪放。大抵以婉约为
正，取其不失诗人温柔敦厚之旨也。"⑤ 廖平对词之体派宗尚予以较为细
致的论说。一方面，他持有宏通开放的词体观念，肯定不同词体词风有其
存在的合理性，都缘于创作主体独特的情性，是不必强为一体的；另一方

① 冯乾编校：《清词序跋汇编》，凤凰出版社 2013 年版，第 1158 页。
② 唐圭璋编：《词话丛编》，中华书局 1986 年版，第 3673 页。
③ 冯乾编校：《清词序跋汇编》，凤凰出版社 2013 年版，第 1645 页。
④ 唐圭璋编：《词话丛编》，中华书局 1986 年版，第 3107 页。
⑤ 冯乾编校：《清词序跋汇编》，凤凰出版社 2013 年版，第 1749 页。

面，他仍然倡导以婉约为正的传统词体词风观念，认为其较好地体现出儒家温柔敦厚的中和审美准则，是吻合中国传统文化精义的，因而值得大力倡扬。

民国时期，偏重于推扬婉约词之论，在碧痕、徐珂、徐完亮、顾宪融、唐弢、蔡桢、梁启勋、唐圭璋等人的论说中继续得到呈现与倡扬。他们在传统词学与现代审美观念相互糅杂与交融的时代背景下，仍然持论以婉约词为宗尚，这体现出对传统词学审美观念的坚持与守望，甚富于历史观照的意味。

碧痕《竹雨绿窗词话》云："李渔谓有道学风、书本气者，不可以为词。余谓除道学风、书本气而外，有寒酸态者，亦不可以为词。何则？词以婉约为宗，纤巧绮丽，必如风流自赏之人，然后始得其正，豪健沉雄则次之。如带寒酸之气，必腐涩质实，非词矣。"① 碧痕在李渔之论的基础上，持论词不可有寒酸之气。他将其理论生发立足于以婉约体为正宗之论上，道出寒衲酸腐之气与词体之风华绮丽审美质性是背道而驰的。总之，他认为，惟词体以婉约为宗，便不允许其充蕴滞塞腐朽之气脉。碧痕将词之体性与词气呈现有机联系起来。徐珂《近词丛话》云："后七家者，张惠言、周济、龚自珍、项鸿祚、许宗衡、蒋春霖、蒋敦复也。惠言字皋文，济字保绪，号止庵，自珍字定庵，鸿祚字莲生，宗衡字海秋，春霖字鹿潭，敦复字剑人。七家中莲生、海秋、鹿潭之作，大都幽艳哀断，而鹿潭尤婉约深至，流别甚正，家数颇大，人推为倚声家老杜。"② 在清代中后期词人中，徐珂甚为推尚张惠言等"后七家"之词。其中，尤为推尚蒋春霖词作，评断其柔婉细腻、深挚感人，在创作取径上入乎大道，因而成为清代当世大词人之一，被推尊为"词中老杜"，获得广泛的赞誉。徐珂之言，体现出以婉约为宗尚的观念，显示出对传统词体正变观念的坚持与维护。徐完亮《洁园绮语跋》云："词以清空婉约为上，豪放者非，倩丽者亦非。姜石帚所以为千古第一人也，本朝厉樊榭实足继之。"③ 徐完亮将"婉约"界定在"豪放"与"倩丽"之上，判评其在词作艺术表现

---

① 张璋、职承让、张骅、张博宁编纂：《历代词话续编》，大象出版社 2005 年版，第 1387 页。

② 唐圭璋编：《词话丛编》，中华书局 1986 年版，第 4223—4224 页。

③ 冯乾编校：《清词序跋汇编》，凤凰出版社 2013 年版，第 2027 页。

中更见当行本色，更体现出艺术魅力。由此，他标树姜夔、厉鹗为婉约词创作之典范。

顾宪融《论词之作法》云："诗词虽同一机杼，而词家气象自与诗略有不同。诗以雄直为胜，宜若长江大河，一泻千里。词以婉转为上，宜若九曲湘流，一波三折。"① 顾宪融从诗词体性与艺术表现的细微不同来加以立论。他论断相对于诗作之体以雄放直致、呈现阔大气象为胜，词作之体则宜以委婉含蓄、曲折流转为尚，以细腻深致的艺术表现为词作之本色。顾宪融之论，虽有流于非此即彼的机械分界之嫌，然却体现出对词作婉约之体的偏尚。唐弢《读词闲话》云："词贵婉约，与诗不同。然诗人作词，往往不能脱尽诗腔。"② 唐弢批评不少诗人在作词的时候，常常会不自觉地以诗入词，不脱"诗腔"，这模糊了诗词的差异，消弭了诗词的分界，是不值得提倡的。唐弢之论也体现出对词作婉约体性的张扬。其又云："才如子瞻，犹不免有铜琶铁板之讥，盖词固以婉约为上品也。"③ 唐弢通过对苏轼作词不见当行本色的批评，进一步将委婉含蓄论断为词作艺术表现的内在本质要求。他视婉约为词之"上品"，极致地体现出对词之婉约体性的宗尚。

蔡桢《柯亭词论》云："自来治小令者，多崇尚《花间》。《花间》以温韦二派为主，余各家为从。温派秾艳，韦派清丽，不妨各就所嗜而学之。若性不喜《花间》，尚有二途可循。或取清丽芊绵家数，由漱玉以上规后主，参以后唐之韦庄，辅以清初之纳兰，此一途也。或取深俊婉约家数，由宋初珠玉、六一、淮海诸家，上溯正中，更以近代王静庵之《人间词》扩大其词境，此亦一途也。"④ 蔡桢就小令的创作展开论说。他当然更推尚以温庭筠、韦庄为代表的《花间集》之词，认为其或秾情富丽，或清丽韶秀，学词者可根据自身性情气质择选而从之。与此相联，他提出两条学词之道：一是走清丽绵密之路，这一途径须远取李清照、李煜、韦庄，近法纳兰性德而入；二是取婉约深致之道，这一途径要远韶晏殊、欧阳修、秦观，一直上溯至冯延巳，近效王国维而进。蔡桢之论，无论是对

---

① 张璋、职承让、张骅、张博宁编纂：《历代词话续编》，大象出版社 2005 年版，第 689 页。

② 同上书，第 1299 页。

③ 同上。

④ 唐圭璋编：《词话丛编》，中华书局 1986 年版，第 4904 页。

《花间集》清丽韶秀的直接提倡，还是对李清照等人清丽绵密与晏殊等人婉约深致的极力荐举，其在整体上都体现出对婉约之体的推扬。他在词作审美取向上确乎是偏于推扬婉约之体性的。梁启勋《曼殊室词话》云："词及近体诗，大都以婉约为正宗。盖一则上承三百篇之遗风，而格律之拘束亦有以致之也。汉魏乐府，无篇幅之制限，长言咏叹，了无拘管。唯近体诗则以二十字至五十六字为限，若不采含蓄蕴藉之技术，取弦外之音，纳深意于短幅，则作品将薄而寡味矣。唯词亦然，且以其格律愈谨严，故婉约之技术亦愈巧。苏辛以前，几无以词作工具而表示亢进之情感者。苏辛以后，词风虽略有转变，然犹是以高亢为别派，婉约为正宗。或则此种工具特宜于婉约，未可知耳。"① 梁启勋持以婉约之体为词作正宗之论。他论析这一方面缘于传统诗歌之源头《诗三百》的影响；另一方面，则缘于词作体制短小精粹之故，是词的浓缩之体从内在决定了其必然以含蓄婉约为词之正宗。梁启勋在不盲目排斥豪放之体的同时，对婉约之性为词之正体予以了强调与凸显。

唐圭璋《梦桐词话》云："词之所以异于诗者，在于婉。诗有婉，有不婉，词则非婉不可。诗过婉嫌弱，词则不婉嫌率。故少游以婉为诗，则为元遗山所讥；而以婉为词，则为一代正宗。"② 唐圭璋从诗词体性之异角度强调词的审美质性便在于委婉含蓄。他认为，诗作之体有可委婉与不委婉的选择自由，然词作之体却不能这样，它非入于委婉含蓄之艺术表现境地不可，否则便堕于仓率之创作境地。正因此，他持同元好问对秦观诗作的批评，认为其在艺术表现上过于委婉细腻，而其词作却成为词体之正宗。其又云："若豪放而不尚婉，则不免粗犷之失。此陈其年所以被人讥为粗才也。冯梦华论稼轩《摸鱼儿》《西河》《祝英台近》诸作，摧刚为柔，缠绵悱恻，尤与粗犷一派，判若秦越，可谓深知稼轩矣。"③ 唐圭璋对豪放之体持以低视态度，他批评豪放词失之于粗豪叫嚣，认为这也是陈维崧被人讥讽的内在原因。他持同冯煦论断辛弃疾词作化刚健入于阴柔之论，界定辛词于内在审美表现质性上体现出委婉含蓄、余味悠长的特征，其与一味粗豪之体是迥然有异的。其还云："厚与雅、婉二者，皆相因而

---

① 朱崇才编纂：《词话丛编续编》，人民文学出版社 2010 年版，第 3029 页。
② 同上书，第 3329 页。
③ 同上书，第 3330 页。

生。能婉即厚，能厚即雅也。盖厚者，薄之反，薄则俗矣。自常州派起，盛尊词体，谓词上与诗、骚同风，即侧重厚之一字。其后谭复堂所标柔厚之旨，陈亦峰所标沉郁之旨，冯梦华所标浑成之旨，况蕙风所标重、拙、大之旨，实皆特重厚字。惟拙故厚，惟厚故重、故大，若纤巧、轻浮、琐碎，皆词之弊也。"① 唐圭璋又论说到"婉"与"厚""雅"之词学审美范畴的联系。他论断三者是相互依托、相互联系与相互生成的，其中，委婉含蓄是词作旨趣与意味绵长深厚、呈现出雅致之性的前提条件。唐圭璋确乎对词作婉约之体性予以了切实的推扬。

第二节　偏于推扬豪放之体的承衍

中国传统词学批评偏重于对豪放之体的推扬一般体现得较为间接，论说数量也相对少一些，这与传统词学以婉约为宗尚观念之根深蒂固是紧密相关的。

这一维面线索大致萌芽于南北宋之交。胡寅《题酒边词》云："眉山苏氏，一洗绮罗香泽之态，摆脱绸缪婉转之度，使人登高望远，举首高歌，而逸怀浩气超然乎尘垢之外。于是《花间》为皂隶，而柳氏为舆台矣。"② 胡寅较早称扬苏轼词作脱却传统词体创作路径，在题材抒写上开拓创新，在曲调运用上不拘于成式，完全以创作主体自身襟怀情性作为艺术生发的立足点。它超拔于时流，将以《花间集》、柳永为代表的传统词作置放于自身艺术视界之下。胡寅对苏轼词的称扬，间接体现出对豪放之词体词风的肯定。南宋，陆游云："世言东坡不能歌，故所作乐府多不协律。晁以道谓：绍圣初与东坡别于汴上，东坡酒酣，自歌阳关曲。则公非不能歌，但豪放不喜剪裁以就声律耳。试取东坡诸词歌之，曲终，觉天风海雨逼人。"（王弈清《历代词话》记）③ 陆游对苏轼作词是否"能歌"展开辨说。他针对不少人持论苏轼作词不通音律予以驳斥，以晁以道之言为证，说明苏轼作词之不入唱曲，并不是其不通音律之故，而是性情豪放不喜拘束之结果。事实上，苏轼作词重在艺术表现之"势"与"力"的

---

① 朱崇才编纂：《词话丛编续编》，人民文学出版社 2010 年版，第 3331 页。
② 毛晋编：《宋六十名家词·酒边词》卷首，中华书局聚珍仿宋版。
③ 唐圭璋编：《词话丛编》，中华书局 1986 年版，第 1176 页。

张扬，致力于从词作思想内容与内在气韵的创造上感染读者。陆游之论，亦间接体现出对豪放之词的推扬。陈模《论稼轩词》云："近时作词者只说周美成、姜尧章等，而以稼轩词为豪迈，非词家本色。潘紫岩坊云：'东坡为词诗，稼轩为词论。'此说固当，盖曲者曲也，固当以委曲为体；然徒狃于风情婉娈，则亦不足以启人意。回视稼轩所作，岂非万古一清风也哉。"① 陈模针对南宋当世词坛不少人一味推扬周邦彦、姜夔词作，而贬抑辛弃疾豪放词非本色之论予以辨说。他认为，以"词诗""词论"分别界定苏轼与辛弃疾词作，这当然可谓扣住苏轼、辛弃疾之词的本质特征。词作为艺术之体，其体制本色确乎要求委婉曲致，但如果一味地在题材抒写上局囿于儿女之情，在风格呈现上拘限于柔婉妩媚，其在启人思致上则会显示出不足。陈模肯定辛弃疾词超拔于时俗，具有独特的艺术价值。陈模之论，在张扬以婉约词为本色体制的同时，对豪放之体也予以了肯定。他与同时期不少词论家相比，在词体宗尚批评视点上体现出更为融通开放的特征。

明代，偏重于对豪放词的推扬之论极少。此时，词坛创作相对萎靡，词学不振，词的创作多学南宋。但个别词论家对豪放之体还是有所推扬。如，毛晋《稼轩词跋》云："词家争斗秾纤，而稼轩率多抚时感世之作，磊落英多，不作妮子态，宋人以东坡为词诗，稼轩为词论，善评也。"② 毛晋承宋人"词诗""词论"之说加以立论。他甚为推扬辛弃疾豪放之词，认为其立足于从社会历史与现实人生中加以艺术生发，在意旨表现上深沉丰富，在风格呈现上落落大方，它与一些词作之小巧细碎形成鲜明的对照。毛晋将宋人对苏轼、辛弃疾词作寓含贬抑的"词诗""词论"之评转变为对其创作特征的肯定，其论寓含着对豪放词的推尚之意。

清代，对豪放词的肯定与推扬，主要寓含或间接地体现在张贞、纪昀、英和、瞿颉、金孝柏、谢章铤、俞樾、刘熙载、冯煦等人的言论中。他们针对传统词学以婉约为本色与正宗之论，从自身所持审美观念或批评立场出发予以了不同程度的驳斥或辨析。

清代前期，张贞《怀古词评》云："昔人论词，以七郎、清照为当家，以其缠绵旖旎，动人情思耳。余谓不如东坡、稼轩慷慨雄放，为不失

---

① 邓广铭：《稼轩词编年笺注》，中华书局 1962 年版，第 564 页。

② 毛晋编：《宋六十名家词·酒边词》卷首，中华书局聚珍仿宋版。

丈夫本色。"① 张贞针对前人以柳永、李清照词为当行本色之论予以阐说。他认为，其词作实际上比不上苏轼、辛弃疾之豪放词，后者才不失创作主体气质才性之本色，是更见自然的。张贞对以婉约词为本色之论予以明确的否定。

清代中期，纪昀《四库全书总目提要》评《稼轩词》云："稼轩词慷慨纵横，有不可一世之概，于倚声家为变调；而异军特起，能于剪红刻翠之外，屹然别立一宗，迄今不废。"② 纪昀对辛弃疾及以其为代表的豪放词持以肯定。他虽局囿于传统词学正变观念，论断辛词仍为"变调"，但大力肯定其如异军突起，在秾丽雕刻之风中别立一体，令人高仰。纪昀之论，体现出对以辛弃疾代表的豪放词的推扬。英和《小庚词存序》云："余素不习倚声，而好读北宋词，以其豪壮可喜也。"③ 英和将自己喜好北宋词之缘由归结为乃在其风格面貌豪旷雄壮，这也从侧面体现出他对豪放之词的推扬。瞿颉《秋水阁诗余序》云："余初未谙词律，读东坡'大江东去'之阕，辄心醉焉。然东坡此词于法律实未尽合，特其雄杰之气笼罩一切，故至今脍炙人口，遂为名作。论其工者，不在此也。夫词莫盛于宋，而辛、苏之豪迈与柳、周之旖旎，迥不相若。识者以柳、周为正派，而辛、苏为变调，良不诬也。顾余索性伉爽，读柳、周靡曼之音，辄有羯鼓解秽之想；又自丁未客雁门，以抑塞磊落之胸，居惨澹风烟之地，咏怀吊古，悲壮凄凉，虽欲不为辛、苏，其可得乎？"④ 瞿颉叙说自己最初便对苏轼词作甚为倾心，喜其以雄豪之气与奇致之思对象化于词。与此同时，他也深知苏轼词作与传统词学观念有异，人们多以柳永、周邦彦为代表之作为词之正体，而视以苏轼、辛弃疾为代表之作为词之变体。但瞿颉通过述说自己之爽直性情及所在边地之经历，道出以苏轼、辛弃疾为代表的豪放之词与自己显见更为亲近，因而也甚为自然地成为自己从事创作的主导性词体词风。瞿颉以自身切实的生活经历与情感体验，对以豪放为宗之论予以了切实的阐明。金孝柏《守苏词自序》云："论词者必取姜而舍苏，以苏词豪放，非词家正宗也。夫东坡爽致雄裁，独辟蚕丛，铜琵琶，

---

① 冯乾编校：《清词序跋汇编》，凤凰出版社 2013 年版，第 166 页。

② 邓广铭：《稼轩词编年笺注》，中华书局 1962 年版，第 566 页。

③ 冯乾编校：《清词序跋汇编》，凤凰出版社 2013 年版，第 939 页。

④ 同上书，第 455—456 页。

铁绰板,按诸四声二十八调,未尝有毫发之谬,才大心细,与夫白石之缠绵凄惋,工力悉敌,并称词圣。若不求其音韵之响亮,字句之倜傥,惟描头画角,诩诩焉自谓白石遗音,而又欲强定姜苏之高下,此适见其门外而已,乌足以言词?"① 金孝柏对苏轼词作至为推崇。这首先体现在行动上,他将自己所作词集取名为《守苏词》。而在"自序"中,他批评盲目推扬姜夔之词而贬抑苏轼词作之论,认为苏轼之词艺术表现自然直致而富于匠心,独辟蹊径,其在表面上似不注重音律表现,然语言运用却无一不合乎声律之求,苏轼实际上才情丰盈、心思细密,与姜夔一样,是可以"词圣"之名而称的。我们切不可拘泥于字句择取与音律之求,而妄评苏轼与姜夔之高下,否则,不啻为十足的词学批评之门外汉,是不足以言词的。金孝柏之论,以对苏轼词作的评说为切入点,间接体现出对豪放词的坚定推扬。

晚清,谢章铤《赌棋山庄词话》云:"晏、秦之妙丽,源于李太白、温飞卿。姜、史之清真,源于张志和、白香山。惟苏、辛在词中,则藩篱独辟矣。读苏、辛词,知词中有人,词中有品,不敢自为菲薄,然辛以毕生精力注之,比苏尤为横出。"② 谢章铤在词学批评的总体观念上是持婉约与豪放不可偏废之论的。这里,他择取宋代婉约与豪放代表性词人予以论说。他认为,婉约派代表词人都有渊源可溯,惟豪放派代表词人苏轼、辛弃疾无所渊承。他们独自开辟,自创新路,其词作见性情,显品格,体现出与众不同的特征。这之中,辛词表现得尤为突出。谢章铤之论,在肯定婉约与豪放的同时,尤其体现出对以苏、辛为代表的豪放之词的推扬。俞樾《玉可庵词存序》云:"余于词非所长,而遇好词辄喜诵之。尝谓吴梦窗之七宝楼台,照人眼目,苏学士之天风海雨,逼人而来,虽各极其妙,而词之正宗则贵清空,不贵饾饤,贵微婉,不贵豪放。"③ 俞樾在评说吴文英、苏轼词作分别呈现出不同的风格特征、各有其妙处的同时,在审美正变观念上仍然表现出对婉约词风的推尚。他倡导词作艺术表现以清雅空灵为贵,以含蓄委婉为尚,体现出甚为传统的词作体派宗尚之论。刘熙载《词概》云:"太白《忆秦娥》,声情悲壮,晚唐、五代惟趋婉丽,

① 冯乾编校:《清词序跋汇编》,凤凰出版社 2013 年版,第 867—868 页。

② 唐圭璋编:《词话丛编》,中华书局 1986 年版,第 3444 页。

③ 施蛰存主编:《词籍序跋萃编》,中国社会科学出版社 1994 年版,第 591 页。

至东坡始能复古。后世论词者，或转以东坡为变调，不知晚唐、五代乃变调也。”[①] 刘熙载一反传统词史正变之论。他评断晚唐五代词作一味以柔婉秾丽为宗尚，苏轼词作却在思想旨向与创作路径上能接通古诗之统绪，因此，从这一点而言，晚唐五代词才是变体，而苏轼之词则入乎正道。刘熙载之论，在对苏轼词的抬高与归正中，体现出对豪放词的推扬。冯煦《蒿庵论词》云：“稼轩负高世之才，不可羁勒，能于唐宋诸大家外，别树一帜。自兹以降，词遂有门户主奴之见。而才气横轶者，群乐其豪纵而效之。乃至里俗浮嚣之子，亦靡不推波助澜，自托辛、刘，以屏蔽其陋，则非稼轩之咎，而不善学者之咎也。”[②] 冯煦对辛弃疾甚为推扬，评断其有“高世之才”，在创作上不拘成式，于唐宋诸家之外别立一宗，其词作情性表现至真至诚，才华充蕴其中，开阖自如，波澜纵横，而这些，往往是那些不认真学辛弃疾之词者所难以识见与悟入的。冯煦之论，亦间接体现出对以辛弃疾为代表的豪放之词的推尚。

第三节 主张婉约与豪放不可偏废之论的承衍

在中国传统词学批评中，主张婉约与豪放不可偏废之论的承衍线索，大致发端于明代后期、兴盛于清代而流衍于民国时期。其主要体现在陈继儒、林凤岗、陆进、曹贞吉、王士禛、沈谦、徐喈凤、余怀、张养重、吴绮、聂先、郑方坤、顾仲清、田同之、张奕枢、郑燮、李枝桂、王昶、凌廷堪、郭麐、孙兆溎、金菁茅、张体刚、梁龄增、谢堃、金鸿佺、袁学澜、谢章铤、瞿福田、高继珩、程秉钊、唐埙、陈廷焯、沈祥龙、何芳縠、罗道源、吴庠、徐琪、蒋兆兰、吉城、陈德谦、吴梅等人的论说中。他们在对婉约与豪放之体性与流派的观照上体现出不少辩证之论，将对词作体派之宗的论说不断推向历史的高度。

明代，陈眉公（陈继儒）云：“幽思曲想，张柳之词工矣。然其失则俗而腻也。伤时吊古，苏辛之词工矣，然其词失则莽而俚也。两家各有其美，亦各有其病。”（徐喈凤《荫绿轩词证》记）[③] 陈继儒较早对以柳永、

① 唐圭璋编：《词话丛编》，中华书局1986年版，第3690页。

② 冯乾编校：《清词序跋汇编》，凤凰出版社2013年版，第3592页。

③ 朱崇才编纂：《词话丛编续编》，人民文学出版社2010年版，第104页。

张炎为代表的婉约之词及以苏轼、辛弃疾为代表的豪放之词所体现出的缺欠持以论说。他认为，前者之失较多地体现在内涵表现上流于俗化，令人腻味；后者之失更多地体现在艺术表现上过于粗率而有伤情致与格调。他概括两种词体词风各有优长与不足，我们应平正地观照之。陈继儒之论，对导引后人对婉约与豪放宗尚的消解之论具有一定的作用。

清代前期，林凤岗《方定斋新词小序》云："词有二体，婉丽、豪放是矣。主此奴彼，均非至议。盖因题占体，缘事起情。时而缠绵，则'春归何处'自合温柔；时而忼慨，则'大江东去'便须雄壮。使曲称其题，情附其事，斯为协作。"① 林凤岗对词作艺术宗尚较早体现出平正通脱的看法。他概括，以婉约为宗或以豪放为尚，这都是体现出一定审美偏向的。他提出，词的创作是讲究缘事用题、因情而体的，到底择取何种音调，呈现何种风格特征，这些都是需要视具体情况而定的，切不可盲目地以婉约或豪放而妄评词作之优劣高下，词的创作之妙关键在曲与题合、情与事称，从而呈现出和谐的艺术面貌。林凤岗之论，开启清人对婉约与豪放偏尚的消解之论。陆进评姜垚《柯亭词》云："词有两体：闺襜之作，宜于旖旎；登临赠答，则又以豪迈见长。此秦柳之与苏辛并足千古也。"（聂先、曾王孙辑《名家词钞评》记）② 陆进对婉约与豪放两种词作之体与风格呈现持以融通的态度。他认为，表现个人之琐细生活与情致之题材，是适合于委婉曲折、含蓄细腻之艺术体制的，而表现登高临远、友朋赠答之题材，则适合于运用豪放直致之艺术体制。正由此，他归结作为婉约与豪放两种体制代表性词人的秦观、柳永与苏轼、辛弃疾对词作发展都作出重要的贡献，在词作历史上都有着崇高的地位。他将秦观、柳永与苏轼、辛弃疾一同标树为千古词人之典范，体现出对婉约与豪放一并推扬的鲜明批评取向。

曹贞吉《罗裙草题辞》云："今天下言词者，非辛、苏，则秦、柳，然亦袭其貌耳，至于神理，未都梦见。若语以南渡后诸家，舌挢而不下矣。"③ 曹贞吉对当世一些人盲目界分苏、辛与秦、柳之论予以批评，认为这是知其表而不知其里的做法，并未真正识见到词作艺术的内在神髓，

① 冯乾编校：《清词序跋汇编》，凤凰出版社 2013 年版，第 35 页。
② 朱崇才编纂：《词话丛编续编》，人民文学出版社 2010 年版，第 674 页。
③ 冯乾编校：《清词序跋汇编》，凤凰出版社 2013 年版，第 235 页。

是很不得要领的。王士禛《花草蒙拾》云："张南湖论词派有二：一曰婉约，一曰豪放。仆谓婉约以易安为宗，豪放惟幼安称首，皆吾济南人，难乎为继矣。"① 王士禛承前人张綖对婉约与豪放词派的划分，提出婉约派以李清照为宗，豪放派以辛弃疾称首，他自豪于两人与自己同为济南乡愿，认为其词作成就同为后人所高仰。王士禛之论，寓含婉约与豪放不可偏废的观点。沈谦《填词杂说》云："学周、柳，不得见其用情处。学苏、辛，不得见其用气处。当以离处为合。"② 沈谦主张在对以周邦彦、柳永为代表的婉约之体及对以苏轼、辛弃疾为代表的豪放之体词作的学习中，前者要努力避免沉溺于表现儿女之情，后者要努力脱却过于以气脉行词。他主张，要在对他们的学习中，恰当地处理好"离"与"合"之间的辩证关系，似而不似，不似而似。沈谦之论，简洁而切中地道出婉约与豪放之词各有缺欠的特点，体现出不可偏废与兼融并取的批评主张。

徐喈凤《荫绿轩词证》云："'词虽小道，亦各见其性情。性情豪放者，强作婉约语，必竟豪气未除。性情婉约者，强作豪放语，不觉婉态自露。故婉约固是本色，豪放亦未尝非本色也。后山评东坡词'如教坊雷大使舞，虽极天下之工，要非本色'，此离乎性情以为言，岂是平论。"③ 徐喈凤从创作主体气质性情论说婉约与豪放两种词作之体。他认为，词作体制运用与风格呈现是与人的内在情性紧密相联的，不应强为之合。婉约与豪放其实是不存在本色当行之分的，从对应于不同创作主体而言，两者都有其存在与张扬的必然性。他批评陈师道界断苏轼词为非本色之论，认为这是脱却开创作主体情性而言的，体现出脱离创作实践与无视词作历史发展的虚空性，是很不平正的。余怀云："词家盛推秦、柳为擅场，然其人率轻佻浮华，无事功可纪。若韩魏公、范文正、周平园诸钜公，皆以填词名，则词因人重，不必定以'杨柳外晓风残月'著声红牙白板间也。"（聂先、曾王孙编《百名家词钞》引）④ 余怀实际上从词人对社会历史贡献的角度，对偏执地张扬婉约词风之论予以了消解。他评断秦观、柳永在词坛上虽负盛名，但认为其为人体现出轻佻浮华之态，于社会之道少见事

---

① 唐圭璋编：《词话丛编》，中华书局 1986 年版，第 685 页。
② 同上书，第 635 页。
③ 朱崇才编纂：《词话丛编续编》，人民文学出版社 2010 年版，第 102 页。
④ 孙克强编著：《唐宋人词话》，南开大学出版社 2012 年版，第 401 页。

功，而韩琦、范仲淹、周必大等人词作多缘于兴治之道中，体现出充蕴的现实内涵与超拔的人格气质。因此，词作风格呈现只是表层的东西，切不可拘泥于某一特定风格而论。张养重《万青阁诗余跋》云："自将军、女郎之说起，词家专以香艳为正派。予尝不服其论。伟然丈夫，何至粉面脂唇、掩袖低声，尽态极妍作儿女形状耶？然有周、秦不可无辛、苏，自属两派，未得交讥，顾命题何如耳。今读天羽先生词，苍凉宕折，感慨系之，使我神情开涤、眉宇飞扬，自是英雄本色。"① 张养重对传统词学中的婉约与豪放偏尚之论努力予以破解。他批评专以香艳柔媚风格为宗尚之论，明确表明其持异之态。他从创作主体先天质素与自身性情立论，认为伟然男儿是难以作女子之口声的，因为这有悖于其先天气质与个性特征。张养重归结词作呈现出何种风格、分属于哪个流派，这只是表层的现象，实际上，词的创作在深层次上是需要"相题"而行的，亦即根据所抒写题材与所表现意旨而择取相应的体制形式与风格呈现，如此，才可谓探本之论。张养重之论，将传统词体词风宗尚论题较早予以了呈现。

　　吴绮《范汝受〈十山楼词〉序》云："夫词者，诗之余也。诗号三唐，极骚坛之变化；词称两宋，尽乐府之源流。然风雅所传，不能有王、韦而无温、李；岂声音之道，乃可右周、柳而左苏、辛？譬如五味之滋，并陈醯酱；若夫入音之奏，同具宫商。乃说者互有所持，而究之皆非通论也。"② 吴绮在肯定词为"诗余"与"倚声"相结合之体的基础上，对词作体派之宗体现出融通的态度。他肯定正如诗歌世界中不能只有王维、韦应物而无温庭筠、李商隐一样，词作之体也不能一味推崇周邦彦、柳永婉约之风格而贬抑苏轼、辛弃疾豪放之体制。吴绮以人之饮食五味并陈为喻，对不同词作体制与风格表现出一视同仁、多方并取的态度，体现出辩证的词作审美观念。聂先云："海内词家林立，而当行者最少。好婉栾则摹秦柳，乐雄放则仿辛陆。近来浙西一派，独嗜姜史，追尊南宋。殊不知倚声之道，不可执一而论，如《药庵词》，不即不离，酌乎其中，可以陶我性情。播之弦管，便是词家三昧。"（聂先、曾王孙辑《名家词钞评》记）③ 聂先对清代当世词坛予以论说。他评断清代前中期词家众多，流派

---

① 赵吉士：《万青阁诗余》卷末，《续修四库全书》本。
② 孙克强、杨传庆、裴喆编著：《清人词话》，南开大学出版社 2012 年版，第 201 页。
③ 朱崇才编纂：《词话丛编续编》，人民文学出版社 2010 年版，第 683 页。

纷呈，这之中，有摹仿秦观、柳永为代表的婉约之体的，也有趋追苏轼、辛弃疾为代表的豪放之体的，还有崇尚姜夔、史达祖词作，推扬南宋风雅之词的浙西派。他提出，词的创作之道是不可执一而论的。聂先通过称扬当世词人吕洪烈《药庵词》以主体情性表现为本，其艺术表现委婉中和、恰到好处，道出了他对词作本色当行之义的理解。这便是不盲目地以体制与风格呈现为依据，而应脱却外在因素干扰，以是否入乎词家三昧为准的，亦即以词作艺术表现之真实效果为根本，其论是甚具识见的。郑方坤《论词绝句》云："红牙铁板画封疆，墨守输攻各挽强。莫向此间分左祖，黄金留待铸姜郎。"① 郑方坤以论词诗的形式，形象地对婉约与豪放两派故步自守予以论说。他主张，不应片面地拘限与止步于婉约与豪放两派之艺术格局中，而应从更高的艺术视点上标树情格并高的姜夔词作。郑方坤之论，体现出视婉约与豪放不可偏废的持论。高佑釲《迦陵词全集序》云："（顾）咸三谓宋名家词最盛，体非一格，辛、苏之雄放豪宕，秦、柳之妩媚风流，判然分途，各极其妙。而姜白石、张叔夏辈，以冲澹秀洁，得词之中正。"② 顾仲清对词作面貌与风格呈现亦体现出通脱的态度。他对婉约与豪放之体都予以高度肯定，认为其创作路径各异，各有其高妙之处。在对各种体派与风格都持以推扬的基础上，顾仲清标树姜夔、张炎等人之作为词体之正，将平正的体派观念与分明的正变观念融合在了一起。

　　田同之《西圃词说》云："填词亦各见其性情，性情豪放者，强作婉约语，毕竟豪气未除。性情婉约者，强作豪放语，不觉婉态自露。故婉约自是本色，豪放亦未尝非本色也。"③ 田同之从人之性情不同的角度，论说词中婉约与豪放之体各有存在的合理性。他认为，不能有悖于人之性情而强为之，婉约与豪放之风格特征的呈现，在根本上是缘于人的不同性情与气质的，否则，便会显得体性杂糅，不伦不类。田同之针对传统词学以婉约为本色之论，提出"豪放亦未尝非本色"的论断，鲜明地体现出婉约与豪放不可偏废的主张。田同之之论，在传统词学体派宗尚之论中是极见平正的。张奕枢《白蕉词跋》云："世传铜喉铁板，谓为非词家本色，

　　① 张璋、职承让、张骅、张博宁编纂：《历代词话》，大象出版社 2002 年版，第 1185 页。

　　② 冯乾编校：《清词序跋汇编》，凤凰出版社 2013 年版，第 88 页。

　　③ 唐圭璋编：《词话丛编》，中华书局 1986 年版，第 1455 页。

固也。然悲凉忼慨与婉丽绵挚，岐而二之，殆未必尔。观弘蓬、陆堂两先生后先序《白蕉》，或矜其审音精核，或赏其体裁雅正，大致婉丽，而仍不乏忼慨，激楚和畅，各极其至，斯其论词得之矣。"① 张奕枢在持同豪放词为非本色体制与风格的基础上，提出婉约与豪放并不一定相互对立的观念。他以陆培《白蕉词》为例，认为其在两方面往往是相互糅合的，有时于柔婉中见出豪放，有时又于豪放中显示柔婉，我们不应妄自分开或妄辨其优劣高下，婉约与豪放是各自体现出不同审美价值的，我们应平正地视之，在努力融通中开拓创新。

清代中期，郑燮《板桥词钞序》云："少年游冶学秦、柳，中年感慨学辛、苏，老年淡忘学刘、蒋，皆与时推移而不自知者。人亦何能逃气数也！"② 郑燮概括随着人的年龄层次的不同，其所选择与习效的词人词作是会发生游移与变化的，如秦观与柳永之词大致适合于年少之人追摹，苏轼、辛弃疾之词大致适合于中年人学习，而刘过、蒋捷之词大致适合于老年人习效，这些都是很自然的事情，体现出事物本身的规律与特征，其相互间是难有优劣高下之分的。李枝桂《此木轩直寄词序》云："诗亡而后有乐府，乐府阙而后有诗余。诗余者，古乐府之流别，尤主于以音节婉约感人。《花间》五百阕后，名章继起，讽高历赏，至于胜代，此风浸微矣。本朝诸名公复振兴之，阳羡、秀水分道扬镳，一时响应，指不胜屈。其间工拙优劣，前辈业有定评，要之，各因其才姿所具，而至不至不可强焉，即古之作者已有然矣。"③ 李枝桂在肯定词源于乐府诗的基础上，强调词作艺术表现要以音律谐和、委婉细致而感动人心。他叙说自《花间集》以来，词的创作取径不断丰富，风格呈现日益多样，延展至清代当世，以陈维崧、朱彝尊分别为代表的词作词风又蔚为兴盛，各见其长亦各显其失。李枝桂归结词的创作关键缘于创作主体性情与才气，他认为这才是最为根本的事情，至于呈现出何种面貌与风格特征，那已是皮相之事了。李枝桂之论体现出对婉约与豪放之宗的消解意义。王昶《花韵馆词序》云："词章之径，千轨万辙，不可以一迹求，惟其循一途以行，久之遂有各擅其胜者。词虽小艺亦然。盖自五代十国而下，周、柳以绮旎工，

---

① 　冯乾编校：《清词序跋汇编》，凤凰出版社 2013 年版，第 428 页。
② 　同上书，第 461 页。
③ 　同上书，第 474—475 页。

苏、辛以豪宕工，至白石导其先，玉田、碧山衍其后，扫淫哇俚俗之习，归于闲雅。如孤云之出岫、寒泉之激石，故与苏、辛、周、柳分道扬镳，不可以同日语也。乃或低昂轩轾其间，岂通人之论欤？"[①]王昶大力肯定词的创作路径丰富多样，各有所长，是不可一概而论的。他称扬周邦彦、柳永之词以绮丽柔媚见长，苏轼、辛弃疾之词以豪迈放旷为胜，而姜夔、张炎、王沂孙等人之词则以闲淡雅致显优，都探索与创制出独具特色的艺术表现之途与面貌风格呈现，都是值得大力推扬与效仿的。王昶之论，在对不同创作路径与风格呈现的推扬中，也体现出对婉约与豪放之宗的消解意义。

凌廷堪云："填词之道，须取法南宋，然其中亦有两派焉。一派为白石，以清空为主，高、史辅之。前则有梦窗、竹山、西麓、虚斋、蒲江，后则有玉田、圣与、公谨、商隐诸人，扫除野狐，独标正谛，犹禅之南宗也。一派为稼轩，以豪迈为主，继之者龙洲、放翁、后村，犹禅之北宗也。"（谢章铤《赌棋山庄词话》引）[②]凌廷堪在主张以南宋词为宗尚的同时，将其主流词作勾画为两大体派，即：一是以姜夔为代表的"清空"派，这一派系人数众多，前后相续，尤如禅之南宗，占据着南宋词坛的主流地位；二是以辛弃疾为代表的"豪迈"派，这一派系人数相对较少，但似异军突起，尤如禅之北宗，亦属正本之统系。凌廷堪之论，体现出对婉约与豪放不可偏废的批评态度。郭麐《灵芬馆词话》云："词之为体，大略有四：风流华美，浑然天成，如美人临妆，却扇一顾，花间诸人是也。晏元献、欧阳永叔诸人继之。施朱傅粉，学步习容，如宫女题红，含情幽艳，秦、周、贺、晁诸人是也。柳七则靡曼近俗矣。姜、张诸子，一洗华靡，独标清绮，如瘦石孤花，清笙幽磬，入其境者，疑有仙灵，闻其声者，人人自远。梦窗、竹屋，或扬或沿，皆有新隽，词之能事备矣。至东坡以横绝一代之才，凌厉一世之气，间作倚声，意若不屑，雄词高唱，别为一宗。辛、刘则粗豪太甚矣。其余幺弦孤韵，时亦可喜。溯其派别，不出四者。"[③]郭麐将五代与两宋词坛创作格局主要界分为四大体派，即：一以《花间集》词人为代表的"风流华美"体派，二以秦观、周邦彦等

---

① 冯乾编校：《清词序跋汇编》，凤凰出版社 2013 年版，第 543 页。
② 唐圭璋编：《词话丛编》，中华书局 1986 年版，第 3510—3511 页。
③ 同上书，第 1503 页。

人为代表的"含情幽艳"体派，三以姜夔、张炎为代表的"独标清绮"体派，四以苏轼为代表的"雄词高唱"体派。他对每一体派创作特征、代表人物、周围及前后同仁等都予以概括述说。这之中，前三派在词作风格上都体现出婉约柔美的特征，后一派在词作风格上则体现出豪迈放旷的特征。郭麐对上述体派的论析，明显体现出婉约与豪放不可偏废的主张。孙兆溁《片玉山房词话》云："词以蕴蓄缠绵、波折俏丽为工，故以南宋为词宗。然如东坡之大江东去，忠武之怒发冲冠，令人增长意气，似乎两宗不可偏废。是在各人笔致相近，不必勉强定学石帚、耆卿也。今人谈词家，动以苏、辛为不足学，抑知檀板红牙，不可无铜琶铁拨，各得其宜，始为持平之论。"① 孙兆溁对传统观念以婉约含蓄为词作正宗之论予以阐说。他例举苏轼《水调歌头》（大江东去）与岳飞《满江红》（怒发冲冠）之词，认为它们感动人之意气，是甚富于艺术感染力的。他归结，词作艺术表现采用何种手法与呈现何种风格特征，关键在于其与创作主体之秉性气质吻合，而切不可一概以柳永、姜夔等人婉约之词为上。正确的批评态度应该是立足于创作主体情性表现，视其所近，论其所涉，评其所得，这才是所应持有的立场，而切不可执一端而衡全体，盲目排斥豪放之体。孙兆溁将婉约与豪放不可偏废的主张进一步张扬开来。金菁茅《海天霞唱序》云："尝谓词家苏、辛、秦、柳各有攸宜，轨范虽疏，不容偏废。又谓以情胜者恐流于弱，以气胜者惧夫于粗，殆甘苦深历之言也。"② 金菁茅对以苏轼、辛弃疾为代表的豪放之体及以秦观、柳永为代表的婉约之体词作，体现出一视同仁与分析论说的态度。他肯定其各有所宜、各有所长，只是创作路径与风格呈现不同而已，其相互间是不能偏废的。金菁茅并提出，以情感抒写偏胜之作很可能在艺术表现上流于纤弱，而以气脉贯注见长之作又很可能在艺术表现上流于粗豪。金菁茅之论，将婉约与豪放不可偏废之论进一步承纳与展衍开来。张体刚《青田山庐词钞序》云："昔人谓柳屯田词只可令十七八女郎执红牙歌'晓风残月'，若东坡则关西大汉铜琶铁板唱'大江东去'，此非笃论也。夫词与诗无二致，所贵相题命意，见景生情。使玉局写儿女娇憨、闺秀燕婉，必不出关西大汉以吓人；使耆卿凭吊孤忠、咏怀古迹，亦断不肯当场柔媚，妆十七八女郎也。

---

① 唐圭璋编：《词话丛编》，中华书局 1986 年版，第 1673—1674 页。
② 孙克强、杨传庆、裴喆编著：《清人词话》，南开大学出版社 2012 年版，第 1191 页。

窃持此意以相衡，其柔脆轻圆、无晦涩之病，淋漓悲壮、有跌宕之神，古今名家，指不胜屈。"① 张体刚极力破解对词人词风的拘执之论。他认为，一个人的创作及其风格呈现如何，这并不是天生所注定的，其关键在于所择选题材及所表现意致的相互一致上。诗词之体的创作都必须遵循"相题命意、见景生情"的原则，亦即根据题材叙写、意致表现及当下情景遇合来加以创构，其审美风格呈现是没有固定不变道理的。如果让苏轼叙写闺秀之题材，其词作可能不会呈现出雄放豪迈的风格特色；而让柳永叙写咏史怀古之题材，其词作亦肯定难以呈现出柔美婉约的面貌特征。总之，婉约与豪放之风格呈现，其内在是分别对应于不同创作题材与意致表现的，其于某一词人而言是没有固定不变套路的，各有呈现的内在必然性与必要性。张体刚之论，从文学审美表现的本质所在而论，对偏执地张扬婉约与豪放宗尚之论予以有力的破解，是甚富于理论意义的。

梁龄增《石舫园词自识》云："其体大略有二：曰婉约，曰豪放是也。苏长公之大江东去，柳耆卿之晓风残月，亦兴之所至，偶然得之，传为千古绝唱，岂有意而为之哉？知斯意而明之，则瓣香若接矣。"② 梁龄增对词的创作中婉约与豪放之宗尚论题予以独到的消解。他论断，词的创作是以兴会所至为艺术生发本质所在的，其关键在随遇而触、随触而发，事先是毫无"定法"的，正因此，词的创作以何种风格与面貌呈现，这要随主体性情与具体所遇而定，具有偶发性，确是难以"算计"的。梁龄增将艺术兴会置于审美宗尚命题之前，见出文学创作之事的本质所在，其论是甚具识见的。谢堃《春草堂词集自序》云："元人之于曲，分南界北，遂使词有姜柳、苏辛之门户，诗有台阁、香奁之体例。纷纷聚讼，贤者弗免。窃谓汉兴以来，有郊庙之歌，有房中之曲。夫人之技艺，能造精诣极，又何必以体例门户为哉？当我国家幅员之大，承平之久，英才竞出，无美不备，殆孔子所谓集大成者也。"③ 谢堃认为词学批评中的婉约与豪放之宗，更多地乃缘于元曲以来的南北界分之论所引发，其在理论批评中是没有什么太大价值与意义的。他概括文学的发展应该以创作取径的多样性与面貌呈现的丰富性为追求，切不应囿于门户之限而从事批评之

---

① 莫庭芝：《青田山庐诗钞》卷首，清光绪十五年日本使署刻黎氏家集本。

② 冯乾编校：《清词序跋汇编》，凤凰出版社 2013 年版，第 870 页。

③ 同上书，第 926—927 页。

业。谢堃倡导文坛要"英才兢出，无美不备"，如此，才能真正创造出百花齐放的艺术世界，引导出"体兼众妙"的文学大家。谢堃之论体现出甚为融通平正的批评特征，在对婉约与豪放之宗尚的消解历程中加上了浓重的一笔。

晚清，金鸿佺《藤香馆词跋》云："夫文人拈毫托兴，贵在遇诗即书，直胸臆，而无失唐宋清真之意，何必刻贤镂肝，始得为西昆词客乎？若乃红牙哲匠，致诮俳优，绮袖专门，共嗤轻薄，才士因此，激而改弦，力洗柔靡之习，亦安见铜琶铁板不与搓酥滴粉异曲而同工哉？"① 金鸿佺从词的创作原则论说到风格呈现命题。他认为，词的创作关键在标举兴会，抒写情性，是要努力避却刻意修饰习气的，而以清丽真切为艺术表现之极致。正因此，词作风格呈现是否婉约或豪放，便不是内在本质性的东西，其相互间是并无优劣高下之分的。它们异曲而同工，对应于不同的创作之体与题材抒写，都是词作艺术表现的形象化展示与呈现。金鸿佺之论，突出地体现出婉约与豪放不可偏废的批评主张。袁学澜《适园论词》云："词之起由于隋炀之《望江南》、青莲之《菩萨蛮》，为词源滥觞之始。其词多宛转绵丽，倩艳娟俏，挟春月烟花于闺幨内奏之，此其大较也。后人变本加厉，几于江河日下，其可砥柱矣。至于慷慨磊落、纵横豪爽，如东坡之'大江东去'一词，世称用铁板铜琶，使关西大汉高唱之，真觉浩气流行，虽非词之正源，然亦自当取法。"② 袁学澜论断词作之体衍生于隋唐之际，其在开初的形成与延展过程中，大多在风格面貌上表现出委婉含蓄、柔媚流转的特征；但发展至北宋中期，苏轼词作一改传统创作之径，将词风变革为慷慨豪放，以至人们用"铁板铜琶"之喻譬说其风格呈现特征。袁学澜持较为通变的批评观念，认为豪放作为词作的典范性风格之一，亦应当成为后世习效的对象。袁学澜之论，既表明其所持传统正变观念，又体现出较为融通的批评态度。谢章铤《赌棋山庄词话》云："述庵一生专师竹垞，其所著之书，皆若曹参之于萧何。然竹垞选词综，当时苏辛派未盛，故所登寥寥。至国朝，则'铁板铜琶'与'晓风残月'齐驱并驾，亦复异曲同工。划而一之，无怪有遗珠之叹。"③ 在词

① 薛时雨：《藤香馆词》卷末，清同治五年刻本。
② 孙克强编著：《唐宋人词话》，南开大学出版社 2012 年版，第 6 页。
③ 唐圭璋编：《词话丛编》，中华书局 1986 年版，第 3321 页。

学批评原则上，谢章铤明显体现出婉约与豪放不可偏废的态度。他分析朱彝尊编选《词综》少选豪放派词人词作之因，评断其以"清空骚雅"的艺术单一性原则为准的，所选词作不免有"遗珠之叹"，是令人遗憾的。

瞿福田《寄影轩词稿题辞》云："拍遍红牙字字娇，一回展卷一魂销。铜琶铁版寻常事，合付佳人试玉箫。"① 瞿福田以论词诗的形式题写张观美《寄影轩词稿》，表达出对婉约与豪放兼融并取的态度。他一方面肯定委婉细腻之词令人"魂销"，另一方面又视豪旷放达之词为"寻常事"，体现出开放而平正的批评立场。高继珩《海天琴趣词自序》云："词有三境：秦、柳则纤丽也；辛、苏则豪宕也；姜、张则清空也。非纤丽则涉于粗，非豪宕则流于靡，非清空则邻于滞。三境遍进，乃能通变。到熟境，乃化三为一。惟所纳之，无不如志矣。惟平分阴阳，仄严上去，此中消息，微乎微矣。且以文为词不可，以诗为词不可，以曲为词又不可，界划甚严。"② 高继珩将词的创作划分为三种主体风貌。他概括，以秦观、柳永为代表之词纤细柔美，以苏轼、辛弃疾为代表之词豪放跌宕，以姜夔、张炎为代表之词清丽空灵，它们作为词的创作的主体审美形态，都对后世词作历史发展产生很大的影响。高继珩认为，这三种主体性创作风貌与词作境界在不断创造与完善的过程中，相互间是可以融通的，甚或乃至创塑出一种新的风貌之词，使之兼具众美。总之，他主张任何的词体词风都不是凝固僵化的，而应不断吸纳、不断创新，如此则会使自身充满旺盛的生命力。高继珩之论，对不同词作体派予以平正的观照与更高审美层次的透视，体现出对婉约与豪放之宗甚为辩证融通的论说态度。

程秉钊《卖鱼湾词跋》云："有词人之词，有诗人之词。词人之词，炼句炼字，守声律，务合绳尺而已。诗人之词，出自机杼，不主故常，如大家女子，粗服乱头，其妩媚乃在肌里。二者境地别若黑白。颠翁诗人，非词人。计平生所历有三，早岁似苏斜川；中年似白香山；晚值流离，则如杜少陵、陆剑南。其悲天悯人之泪，诗有不能尽洒者，别于倚声传之。豪情朗韵，固自不与筝琶竞响。然非陶养性情，啸傲风月，数十年沉酣载籍，则亦不能本真意而为填词也。微乎！微乎！雅颂为之主，而骚辞其

---

① 冯乾编校：《清词序跋汇编》，凤凰出版社 2013 年版，第 1069 页。
② 同上书，第 1415—1416 页。

奴，奚秦柳？奚辛苏？"① 程秉钊论说"词人之词"与"诗人之词"的艺术特征为：前者比较讲究字句锤炼与音律表现，后者更为注重不主故常、收放自如，然内在深蕴"妩媚"之美。程秉钊论评齐学裘在诗词创作上经历了向不同人学习的几个阶段，其创作注重发抒情性，表现社会现实情怀，崇尚艺术表现的真挚自然，立足于弘扬风雅之道，他将作品以何种风格与面貌呈现之事放置到很末梢的地方。程秉钊之论，在一定程度上也显示出对婉约与豪放之宗尚的消解祈向，鲜明地体现出以主体性情表现为本的论说特征。唐埙《苏庵诗余自序》云："夫词以言情，半借闺襜以寓托讽。自欧、苏作丈夫语，以硬语盘空，亦洗五代绮靡之习，而就之谐声按节，仍有规矩运乎其间。则虽谓豪迈之风与温柔之韵，作沆瀣一家观可也。"② 唐埙通过评说词作情感表现与意致呈现的不同路径，体现出并视豪放与婉约之词体词风的批评观念。他肯定词作言情写意最初是以题材托寄与意象显现为特点的，认为北宋前中期以来，欧阳修、苏轼等人之作艺术表现直切自然，由此逐渐变化，豪旷放达之风格表现与委婉含蓄之形式体制取得了同样受尊的词坛地位。

陈廷焯《白雨斋词话》云："张绖云：'少游多婉约，子瞻多豪放，当以婉约为主。'此亦似是而非、不关痛痒语也。诚能本诸忠厚，而出以沉郁，豪放亦可，婉约亦可；否则豪放嫌其粗鲁，婉约又病其纤弱矣。"③ 陈廷焯针对前人张绖"以婉约为主"之语加以论说。他批评其不着要害，界定其不为探本之论。他拈出"忠厚"与"沉郁"两个审美范畴，主张词的创作要以忠厚之性情表现为本，在创作层次与风格呈现上则应入于"沉郁"之境，努力体现出创作主体对社会历史与现实人生的深切体验与细致感悟。他论断，如果词作能达此境地，则婉约与豪放之体性便只不过是皮相罢了。陈廷焯之论，在努力深化词风之论的同时，也体现出对婉约与豪放并视的特征。其又云："两宋词家，各有独至处，流派虽分，本原则一。惟方外之葛长庚，闺中之李易安，别于周、秦、姜、史、苏、辛外，独树一帜，而亦无害其为佳，可谓难矣。然毕竟不及诸贤之深厚，终

---

① 冯乾编校：《清词序跋汇编》，凤凰出版社 2013 年版，第 1366—1367 页。

② 同上书，第 1570 页。

③ 陈廷焯著，杜未末校点：《白雨斋词话》，人民文学出版社 1959 年版，第 14 页。

是托根浅也。"① 陈廷焯对婉约与豪放之体代表性词人词作并置地予以推扬。他在肯定葛长庚、李清照词作独树一帜的同时，极意推扬婉约与豪放两派代表性词人艺术根底深厚，创造性地发展和完善了不同词作体制，确乎值得后人高仰。

沈祥龙《论词随笔》云："词之体，各有所宜，如吊古宜悲慨苍凉，纪事宜条畅滉漾，言愁宜呜咽悠扬，述乐宜淋漓和畅，赋闺房宜旖旎妖媚，咏关河宜豪放雄壮。得其宜则声情合矣，若琴瑟专一，便非作家。"② 沈祥龙从词作体制与题材表现的相互联系上加以阐说。他例举怀古、纪事、言愁、述乐、叙写闺房之事及吟咏自然与社会人生等题材，宜分别对应于不同的词作艺术表现与风格特征，反对以艺术表现的单一性代替多样性。沈祥龙之论，体现出对包括婉约与豪放在内的各种艺术表现与风格特征的兼融并取态度。其又云："词有婉约，有豪放，二者不可偏废，在施之各当耳。房中之奏，出以豪放，则情致绝少缠绵。塞下之曲，行以婉约，则气象何能恢拓。苏、辛与秦、柳，贵集其长也。"③ 沈祥龙对婉约与豪放之体的优缺点及艺术适用范围予以辩证的论说。他提出两者各有所长、不可偏废的主张，认为内中的关键是在何处运用与如何表现的问题。他界定，豪放之体制是难以言说儿女私情的，而婉约之体制则是难以表现如边塞生活般广阔题材的，总之，婉约与豪放之体在艺术表现的范围与对象上各有所长，是无高下之分的。其还云："词调不下数百，有豪放，有婉约，相题选调，贵得其宜。调合，则词之声情始合。又有一调数体者，择古人通用之体填之，或字句参差，不必从也。"④ 沈祥龙在词的创作与艺术表现上提出"相题选调"的主张，亦即强调根据不同题材与主题表现选择相应的词调与音律。他极为主张两方面的相适相融，脱却开具体词作体性高下之别，显示出对词的创作之理的认真切实探讨。沈祥龙之论，也体现出对婉约与豪放之词体词风的平正观照。

何芳毅《藕船醉客词草序》云："余尝喜诵'大江东去，浪淘尽、千古英雄人物'，以为必如坡翁之豪壮，始可为词。继见元人之'报道先生

---

① 陈廷焯著，杜未末校点：《白雨斋词话》，人民文学出版社 1959 年版，第 149—150 页。

② 唐圭璋编：《词话丛编》，中华书局 1986 年版，第 4049 页。

③ 同上。

④ 同上书，第 4060 页。

归也，杏花春雨江南'，又婉丽之极。大抵词者，诗之余也。诗以言性情，词独不然乎？司空图著诗二十四品，词各有其品，岂必尽出于豪壮耶？今春，宗兄晴波印刷《藕船诗草》，余读之，大致多似白陆。更有《词草》二卷，虽鲜豪壮之观，却多婉转秀丽之致，能得性情之真。从来有真性情，必有真文章，有真文章，必有真识者。"[1] 何芳毅从自身读词赏词的经历出发，论及婉约与豪放之宗尚命题。他叙说自己在不同时期对各异体派与风格词作都甚见会心喜悦，又以司空图《二十四诗品》并列多种类型风格之美为据，提出文学表现是不能拘于一体的，而应众"品"并置，各呈其美。何芳毅据此提出判分词作优劣高下的最根本所在，乃在于其情感表现是否真实自然。他将情感表现作为了观照词人词作的最本质所在，这对消解一味地以婉约或以豪放为宗显示出重要的价值，乃为探本之论。罗道源《怀青庵词序》云："词之作也，由来已久。昔人谓其意内言外，能陶写幽渺难喻之旨，故动荡迷离，使人不倦。以此论词，不可为不得焉。然后之作者但取赵宋，或南或北，不一其人。抗高调者艳说苏辛，尚柔婉者竞言秦柳。其流弊之极，遂误以支涩为浑厚，浅率为清泚。夫以风月思怀之境，一变为门户积习之学，其为作者繁而佳者少，不待言矣。"[2] 罗道源从"意内言外"作为词作艺术表现的本质所在予以论说。他批评一些人惟以两宋之词为宗尚，在创作时段上或主北宋或主南宋，在风貌呈现上则或主婉约或主豪放，少数人甚至有严重之误识，或以支离滞停为浑厚之表象，或以浅薄率直为清丽之显现，人为地给自己画地为牢，紧闭门户，致使出现词作者众多而佳作甚少的现象。罗道源之论，对婉约与豪放之偏尚予以有力的消解，体现出对开放融通创作态度的深情呼唤。

吴清庠（吴庠）《啸叶庵词序》云："倚声非小道也。托体帷房，眷怀君国，通呼吸于风骚，契神明于乐府。飞卿、端己，美矣至矣，降及两宋，派别有二。一则以缠绵悱恻之思，达窈眇幽夐之旨。香草一束，赠之美人；垂杨千丝，怀彼夫婿。姜、史、张、王，弦管不绝矣。一则以欹奇历落之才，驭拂郁摧撞之气。弄桓伊之笛，于焉心伤；击处仲之壶，不觉口缺。东坡、稼轩、旗鼓别树矣。然而风骚之旨、乐府之音，听曲识真，

---

①　冯乾编校：《清词序跋汇编》，凤凰出版社 2013 年版，第 1703 页。
②　同上书，第 1782 页。

两各有当。"① 吴庠肯定词的创作发展到南北宋时期，呈现出两种不同的
风格与体派：一以姜夔、史达祖、张炎、王沂孙等人为代表，一以苏轼、
辛弃疾等人为典范。前者在艺术表现上更注重抒写个人情爱与日常生活之
题材，更注重张扬"香草美人"的比兴之义，十分注重运用丰富多彩的
意象，表达委婉细致的情思与意绪，它们很好地承扬了自先秦以来的诗骚
表现传统；后者在艺术表现上突出地体现出驰骋才情及注重以气脉穿贯的
特点，表现出真挚自然之情怀，对传统的创作取径予以了变化与创新。其
相互间在创作路径与艺术取向上是很不相同的。吴庠评断两派词作各见其
真、各有所长，其彼此间是没有优劣高下之别的，它们作为主体性词作体
派，都对后世词的创作与发展产生巨大而深刻的影响。吴庠从对词作体派
创作特征更细致比照分析的角度，将婉约与豪放不可偏废之论予以了发扬
光大。徐琪《闻妙香室词钞序》云："余自少喜为词，而不立宗派。或问
余学词之道安在，余答以四字诀，曰静，曰隽，曰正，曰韵。……何谓
韵？词藻多则乏流丽之致，铺叙甚则蹈质直之嫌，惟以韵胜，则清者见其
不竭，华者见其生腴。犹花月之有真光，琴瑟之有泬声，不以迹象拘也。
明乎此，始可与言词。世之人仅以秦柳、苏辛为二宗，不知秦柳之胜处何
尝不入苏辛之室？苏辛之妙处何尝不得秦柳之神？是在人之善体会耳。独
白石超乎畦町之外，自树一帜，其长处亦不出此四字范围，而惟韵独
胜。"② 徐琪之言，从美学范畴的更高层次上体现出对词学体派宗尚的消
解与超越祈求。他倡言学词应该"不立宗派"，超越相对拘泥而又具体繁
琐的体制形式讲究，努力进入到更高层次的艺术悟解之中。对世人所津津
乐道的婉约与豪放之词体词风，他认为，其在相互对照的同时又往往呈现
出交融与渗透的特征，彼此间并不是截然对立的，我们应深入其中细心体
会，如此，才能真正把握不同词作之神髓。徐琪称扬姜夔作词善于跳脱具
体仿效与摹拟之拘泥，"自树一帜"，独自成体，其关键便在宁和虚静、
隽永含蓄、当行本色与生气韵致等方面下足了功夫，因而取得公认的艺术
成就。徐琪之论，对学词的本质所在、关键环节及婉约与豪放之词体词风
的互补互通予以了特别的强调，极富于启发性，在传统词学理论批评史上
显示出十分重要的意义。

---

① 冯乾编校：《清词序跋汇编》，凤凰出版社 2013 年版，第 1934—1935 页。
② 同上书，第 1824 页。

　　民国时期，蒋兆兰《词说》云："宋代词家，源出于唐五代，皆以婉约为宗。自东坡以浩瀚之气行之，遂开豪迈一派。南宋辛稼轩，运深沉之思于雄杰之中，遂以苏辛并称。他如龙洲、放翁、后村诸公，皆嗣响稼轩，卓卓可传者也。嗣兹以降，词家显分两派，学苏辛者，所在皆是。至清初陈迦陵，纳雄奇万变于令慢之中，而才力雄富，气概卓荦，苏辛派至此可谓竭尽才人能事。后之人无可措手，不容作、亦不必作也。"① 蒋兆兰在词作体性上一方面坚持以婉约为宗，但同时又显示出通达的词作发展观念。他大力肯定以苏轼、辛弃疾为代表的豪放词派，认为其以气脉运词，能将深沉之思致融含于雄奇奔放的艺术表现中。他们的创作，有力地引导了同时代及之后的不少词人，发展到清初的陈维崧，各体兼善，自如驱遣，洋洋大化，可谓将豪放词创作推到极致。蒋兆兰之论，从立足于创新求变的角度，对豪放词派的创作特征与艺术成就予以了张扬。纵观蒋兆兰对婉约与豪放两派词作的论评，可以看出，他虽然在表面所持观念上仍脱不开"以婉约为宗"之论，但事实上，在具体的词学批评中，却已脱开人为的拘限，对婉约与豪放之词体词派都予以了推扬。蒋兆兰之论，似乎也体现出处于新旧变革时期的一些词论家自身的心理矛盾与批评作为，是很富于历史观照意味的。吉城《寄沤止广词合钞序》云："昔桐城姚惜抱之论文也，曰阴阳刚柔；湘乡曾文正循用其说，复从而推衍之。余以为文则然已，词亦有之。词家之温李，文家之子政、稚圭也，所为柔美者也；词家之苏辛，文家之相如、子云也，所谓刚美者也。体制殊别，其含蕴天地之菁英，艺近于道，则无不同。"② 吉城在姚鼐论文所持阴柔与阳刚之分别的基础上加以论说。他持同这一分类，并将其比譬于词作实践中。他将温庭筠、李煜比譬为刘向、匡衡，将苏轼、辛弃疾比譬为司马相如、扬雄，认为前二人可视为阴柔之美的代表，后两者则是阳刚之美的典范，他们的词作分别体现出自然界与社会生活中的不同类型之美，乃自然之"道"的不同显现，都是值得大力推扬的。陈德谦《蓻烟亭词跋》云："昔人平词，多以辛、刘为不可学，其实非不可学，特不易学耳，学之虑得其犷悍粗疏耳。能学其清雄沈挚之处，济以清真、淮海之婉约，斯为得

---

①　唐圭璋编：《词话丛编》，中华书局 1986 年版，第 4632 页。
②　冯乾编校：《清词序跋汇编》，凤凰出版社 2013 年版，第 2036 页。

之。"① 陈德谦评说人们多不学辛弃疾、刘过之缘由，乃在其词作不易学，易流于放旷粗豪之中。为此，他倡导将周邦彦、秦观等人的婉约之神髓融入其中，由此而创作出理想的词作形态。陈德谦之论，在客观上对消解婉约与豪放之偏尚显示出一定的意义。

吴梅《惜余春馆词钞序》云："词为诗余，根柢风雅，固无所谓宗派也。北宋如东坡、少游、方回、美成诸公，精诣所至，不囿一长。南宋如白石、稼轩、碧山、玉田、梦窗辈雄奇缜密，亦无可轩轾。明人无词，姑不具论。逊清初年，大氐多宗北宋，要不离《花》《草》余习。至竹垞独取南宋，分虎、符曾佐之，而风气为之一变。顾咏物诸作，往往摹《乐府补题》之体，有类于无病之呻吟焉。乾嘉以还，皋文、翰风出，研讨正变，返诸骚雅，于是毗陵之词遂与浙西相骖靳。实则二派之争，即苏辛、周秦之异趣也。道咸间，鹿潭以毗陵异军而步武姜史，仲修以西泠坠绪而执中苏秦。至是而学派之见稍息矣。……近世为词，习绮语者托言温韦，工敷叙者貌为姜张，扬湖海者标榜苏辛，盖不窥风骚之原，则缘情托兴，皆无所归宿。而欲与古作者相抗衡，犹却行而求前也。"② 吴梅从词为"诗余"之属、发端于风雅之体的角度予以论说。他认为，南北宋代表性词人词作各有所长，彼此间是难分轩轾的。延展至清代，词学兴盛，其开初之时人们各有所宗，于是衍生出以《花间集》《草堂诗余》为宗尚的云间派，以南宋为宗尚的浙西派和追求以骚雅为本的毗陵派等，而究其实质，乃在于或以苏轼、辛弃疾为宗，或以周邦彦、秦观为尚之结果。吴梅认为，道光、咸丰年间，蒋春霖、谭献等人在词的创作上树立榜样，注重多方吸收，化人为我，创作态度甚见平允，其创作实践对消除体派之偏尚起到很好的引导作用。他批评其时不少词作者，或一味习效温庭筠、韦庄，或一味追摹姜夔、张炎，或一味模仿苏轼、辛弃疾，总是停步与沉溺于某一创作路径或形式体制中找寻出路，此乃舍本逐末之举，将缘情托兴、追本风骚之旨忘置到了脑后，是应该大力批评的。吴梅之论，一方面从一般意义上就人们所习称的体派而论；另一方面又努力破解传统词学体派宗尚观念，强调探本溯源、融通变化、推陈出新。其论进一步完善了对婉约与豪放之宗的消解批评，在传统词学理论批评史上具有十分重要的价

---

① 冯乾编校：《清词序跋汇编》，凤凰出版社 2013 年版，第 1111—1112 页。
② 同上书，第 2080—2081 页。

值和意义。

值得说明的是，本章所勾画的中国传统词学体派宗尚的承衍线索，主要是从词作体性特征及流派划分角度总体而论的。这之中，婉约与豪放作为对不同词体、词风、词派的总体性概括，其中，当然包括很多具体的词体、词风、词派，如易安体、东坡体、清真体、稼轩体、"花间"词派、格律词派，等等，对它们批评宗尚的更细致承衍线索，我们就不具体涉及了。

第七章　中国传统词学南北宋之宗的承衍

南北宋之宗是中国传统词学批评的核心论题。这一论题主要从推尚北宋词或南宋词，或主张兼融并取的角度论说南北宋词的特点或优缺之处，比照其相互间的特征、异别及艺术价值等。在中国传统词学史上，有关南北宋之宗的论说是甚为丰富的，形成清晰的承衍阐说线索，在词作艺术宗尚及源流批评方面显示出重要的价值与意义。

第一节　偏重以北宋词为宗之论的承衍

中国传统词学中以北宋词为宗之论，最初源于对北宋词的推扬。这一维面言论大致出现于南宋后期。柴望《凉州鼓吹自序》云："词起于唐而盛于宋，宋作尤莫盛于宣靖间，美成、伯可各自堂奥，俱号称作者。近世姜白石一洗而更之，《暗香》《疏影》等作，当别家数也。……故余不敢望靖康家数，白石衣钵或仿佛焉。"① 柴望对北宋宣和、靖康年间词作体现出推尚之意。他称扬周邦彦、康与之等人之词，也肯定南宋姜夔之作，但两相比较，更体现出对北宋代表性词人词作的推尚之意。柴望称言自己学词趋近姜夔之创作路径，而不敢望北宋靖康间词人之项背，其论可视为以北宋词为宗尚之论的先声。

明代，杨慎、李元玉、陈子龙等人将对北宋词的推尚进一步拈取出来。杨慎《词品》评南宋词人冯伟寿"春风袅娜"词云："殊有前宋秦、晁风艳，比之晚宋酸馅味、教督气不侔矣。"② 杨慎通过论评冯伟寿词作

---

① 金启华、张惠民、王恒展、张宇声编：《唐宋词集序跋汇编》，江苏教育出版社1990年版，第284页。

② 唐圭璋编：《词话丛编》，中华书局1986年版，第499页。

特征，体现出对北宋词的推尚之意。他概括南宋词有酸腐之味与教化之气，与北宋词之纯正与本色当行相距甚远。李元玉《南音三籁序》云："赵宋时，黄九、秦七辈竞作新声，字戛金玉；东坡虽有'铁绰板'之诮，而豪爽之致，时溢笔端。南渡后，争讲理学，间为风云月露之句，遂逊前哲。"① 李元玉评说北宋黄庭坚、秦观、苏轼几位代表性词人之作各有特点，认为它们或在音律表现上字字珠玑，或在风格呈现上独自为胜。他批评南宋词作在整体上深受程朱理学之风的影响，刻意追求在审美意象中寓含所谓深刻之旨趣，这有损于词作艺术表现，使词作之道实堕于衰途。陈子龙《幽兰草词序》云："自金陵二主以至靖康，或秾纤婉丽，极哀艳之情；或流畅澹逸，穷盼倩之趣。然皆境由情生，辞随意启，天机偶发，元音自成。繁促之中，尚存高浑，斯为最盛也。南渡以还，此声遂渺，寄慨者亢率而近于伧武，谐俗者鄙浅而入于优伶。"② 陈子龙在比照的视域中论说南北宋词的审美表现特点及其差异。他认为，北宋中后期之词在艺术表现上丰富多彩、相映相生，在审美生发上则体现出共同的特征，这便是它们都以情感生发为本，以意旨表现为先，词境随创作主体情感变化而生，语言运用随词作主旨表现而择取，在艺术风貌上呈现出浑融天成之态，确乎体现出词作艺术表现的本色之美；但南宋词却多流于或叫嚣怒张，或鄙俗浅化，在创作路径与风格呈现上与北宋词是背道而驰的。陈子龙之论，较早从词作审美表现上辨分出南北宋词的差异及优劣，对后世之论具有一定的影响。

清代，对北宋词的推尚逐渐演变为以北宋词为宗之论。这一维面批评主要体现在宋征璧、毛先舒、曹贞吉、先著、吴衡照、焦循、宋翔凤、周济、潘德舆、许宗衡、陈廷焯、冯煦、谭献、文廷式、王国维等人的言论中。他们主要从词作体制本色与审美表现等方面对北宋词继续予以推扬。

清代前期，宋征璧云："吾于宋词得七人焉：曰永叔，其词秀逸。曰子瞻，其词放诞。曰少游，其词清华。曰子野，其词娟洁。曰方回，其词新鲜。曰小山，其词聪俊。曰易安，其词妍婉。……词至南宋而繁，亦至南宋而敝。作者纷如，难以概述。夫各因其资之所近，苟去前人之病，而

---

① 凌濛初：《南音三籁》卷首，《续修四库全书》本。
② 施蛰存主编：《词籍序跋萃编》，中国社会科学出版社1994年版，第505页。

务用其长，必赖后人之力也夫。"（江顺诒《词学集成》引）① 从以上所列可以看出，宋征璧所推尚的词人都处于北宋之世。他们在创作上百花争妍，风格各异，多方面地呈现出词的创作的繁荣之态。宋征璧归结词史发展至南宋，一方面创作路径日益多样化、纷繁复杂，另一方面则日益衰敝。其创作者大都"资之所近"，缺乏真正开辟及以意争胜的内在东西。他提倡脱却前人之病，在汲取他人所长中努力创辟。宋征璧之论，在推扬北宋词的同时，对南宋词予以了过度的贬抑。毛先舒云："北宋之盛也，其妙处不在豪快，而在高健。不在艳袭，而在幽咽。"（江顺诒《词学集成》引）② 毛先舒对北宋词也体现出推尚之意。他概括北宋词艺术表现以直致为上，不追求形式体制的高妙与用字造语的秾丽，词作意旨表现幽远深致，甚给人以审美吟味。曹贞吉《时贤词话》云："词以神气为主，取韵者次也，镂金错彩其末耳。本朝士大夫词笔风流，几上追南唐北宋。"③ 曹贞吉立足于从审美表现之本上论说词作高下。他提倡词的创作要以精神气质表现为本，以神韵表现为次，而以形式技巧表现为末事。以此为理据，他称扬清代前期不少人作词自如驱遣，以内在精神与气脉为上，直追南唐北宋词作之境界。曹贞吉之论，也体现出以北宋词为宗尚之意。先著《词洁》评贺铸《临江仙》（巧剪合欢罗胜子）云："南宋小词，仅能细碎，不能浑化融洽。即工到极处，只是用笔轻耳，于前人一种耀艳深华，失之远矣。读以上诸词自见。今多谓北不逮南，非笃论也。"④ 先著对南宋词持以批评态度，他评断南宋词小巧细碎，不见浑融，认为词人们在工笔描摹上虽甚见用功，但由于在内修之美上见出缺欠，因而其用笔终流于浮华轻巧。先著对北宋词不逮南宋词之论予以了否定。

清代中期，吴衡照《莲子居词话》云："词至南宋，始极其工。秀水创此论，为明季人孟浪言词者示救病刀圭，意非不足。夫北宋也，苏之大，张之秀，柳之艳，秦之韵，周之圆融，南宋诸老，何以尚兹。"⑤ 吴衡照持以北宋词为宗尚的观点。他针对朱彝尊推扬南宋词之言，认为其论确影响到不少人的词学批评取向，但实际上，南宋词是无法与北宋词相媲

---

①　唐圭璋编：《词话丛编》，中华书局1986年版，第3272—3273页。

②　同上书，第3266页。

③　张璋、职承让、张骅、张博宁编纂：《历代词话》，大象出版社2002年版，第999页。

④　唐圭璋编：《词话丛编》，中华书局1986年版，第1348页。

⑤　同上书，第2467—2468页。

美的。北宋词坛的苏轼、张先、柳永、秦观、周邦彦等人之作各具特色，从不同方面呈现出词作历史发展的繁盛之态，体现出词作艺术的多样之美。焦循《董晋卿绨雅词跋》云："词之有《花间》《尊前》，犹诗之有汉魏六朝也。其北宋则初盛也，其南宋则中晚也。盖乐府之义，至唐季而绝，遂遁而归于词。南宋之词，渐远于词矣，又遁而归于曲。"① 焦循以诗歌历史的演变比譬词的发展历程。他评断北宋词如初盛唐之诗，生机孕育、欣欣向荣；而南宋词则如中晚唐之诗，在渐趋老练成熟中衰象顿现，不见充蕴之活力。焦循界断南宋之词逐渐脱却词作艺术表现的康庄大道，将本色之义置放到脑后，其艺术生命力最终转移到元曲之中去了。宋翔凤《紫藤花馆词题辞》云："羡君著手即清圆，词笔才知赋自天。秦柳欧苏遗法在，好追太白与金荃。（填词当以北宋为宗。）"② 宋翔凤对廖基植所作《紫藤花馆词》甚为称赏，认为它创作自然，面目清丽圆润。他论断其很好地承扬了北宋秦观、柳永、欧阳修、苏轼等人的创作之法，其词境词风直追唐五代时期的李白和温庭筠。宋翔凤于诗后并自注"填词当以北宋为宗"，直接体现出对北宋词创作之道的努力推扬。周济《介存斋论词杂著》云："北宋词多就景叙情，故珠圆玉润，四照玲珑。至稼轩、白石，一变而为即事叙景，使深者反浅，曲者反直。"③ 周济在词学批评观念上是主张兼融并取南北宋之词的，但在审美取向上，却体现出崇尚北宋词之意。他评断北宋词情由景出、相融相生，词作整体气象面貌如珠玉在前、圆润玲珑；而以辛弃疾、姜夔为代表的南宋词在创作取径上则截然相反，其因事取景、景为事设，在艺术表现上或流于浅化，或失于直露，与北宋词相比，在艺术层次上是有距离的。

潘德舆《养一斋词自序》云："窃论词莫备于宋，莫高于北宋。词尊北宋，犹诗崇盛唐，皆直接'三百篇'、汉魏乐府者也。自竹垞以白石、玉田导人，已殊中声，迦陵师稼轩，凌厉有余，未臻虚浑。一代作手，悉数不审谁属。余中年颇泛滥于稼轩、玉田两家。数岁来，欲参北宋一唱三叹之旨，恨才思庸下，万万不足以追蹝也。"④ 潘德舆在词作历史发展中

① 焦循：《雕菰集》卷十八，《丛书集成初编》本。
② 冯乾编校：《清词序跋汇编》，凤凰出版社 2013 年版，第 1368 页。
③ 唐圭璋编：《词话丛编》，中华书局 1986 年版，第 1634 页。
④ 潘德舆：《养一斋词》卷首，清咸丰三年刊本。

整体上推尚宋人之词，这之中，又甚为推扬北宋之词。他将其类比为盛唐之诗，认为其在艺术渊源上皆发端于先秦诗骚与汉魏乐府，然在演变发展中却波澜自高，独标正谛，成为后人难以企及的艺术高峰。他评断清代当世朱彝尊词作以姜夔、张炎为宗尚，已落于取径不高的中间之层境；而陈维崧在以辛弃疾之词作为学习效仿的典范中，亦体现出劲健有余而少见返虚入浑的特征。由此，潘德舆对清代前期词坛创作表现出遗憾之意。他申言自己欲参悟北宋词作之妙，但遗憾的是才情平庸、思致俗下而难以入乎其中。潘德舆通过对当世词坛名家及自身创作的论评与叙说，将对北宋词的推尚细致地衍化开来。其《与叶生名澧书》云："窃谓词滥觞于唐，畅于五代，而意格之闳深曲挚，则莫盛于北宋。词之有北宋，犹诗之有盛唐，至南宋则稍衰矣。"（谭献《复堂词话》引）①潘德舆继续以诗之盛唐类比词之北宋，高倡以北宋为宗尚之论。他从"意格"范畴论词，评断北宋词作意旨表现婉曲深致，品格呈现宏通拔俗，确乎为词作历史发展之盛期。许宗衡《玉井山馆词自序》云："词莫高于北宋，至南宋则旨益畅。而学者取其跌宕，去北宋浑雅远矣。后此作者，纤屑淫曼，殆将日下。"②许宗衡从词作历史发展的角度论说两宋之词。他评断在创作层次上以北宋词为高，南宋词更注重意致表现，更讲究曲折摆弄与艺术技巧，这与北宋词以浑融雅致为艺术追求相去甚远；而后世学词之人，很多都沿此路径，琐屑细碎，过于柔媚，这使词作之道日益逼仄与没落。

　　晚清，陈廷焯《词坛丛话》云："词至于宋，声色大开，八音俱备，论词者以北宋为最。竹垞独推南宋，洵独得之境，后人往往宗其说。然平心而论，风格之高，断推北宋。且要言不烦，以少胜多，南宋诸家，或未之闻焉。南宋非不尚风格，然不免有生硬处，且太着力，终不若北宋之自然也。"③陈廷焯和周济一样，在批评观念上是主张兼融并取南北宋词的，但在审美取向上，也持以北宋为宗尚之论。他针对朱彝尊独推南宋词之言，提出北宋词在艺术表现上凝练含蓄、以少胜多，在风格呈现上天然自如、彰显本色；相对而言，南宋词时显繁复生硬，并且往往过于着力，不见以少胜多之功。陈廷焯从词作风格呈现上对南北宋词予以明确的抑扬。

①　唐圭璋编：《词话丛编》，中华书局 1986 年版，第 4010 页。

②　冯乾编校：《清词序跋汇编》，凤凰出版社 2013 年版，第 1403 页。

③　唐圭璋编：《词话丛编》，中华书局 1986 年版，第 3720 页。

其《白雨斋词话》云："北宋去温韦未远，时见古意，至南宋则变态极焉。变态既极，则能事已毕，遂令后之为词者，不得不刻意求奇，以至每况愈下，盖有由也。亦犹诗至杜陵，后来无能为继。而天地之奥，发泄既尽，古意亦从此渐微矣。"① 陈廷焯从承传古诗旨趣的角度比照南北宋之词。他论断北宋词常常更切近古诗之意旨，而南宋词则往往在创作路径变化与追求新巧上做文章，且愈变而愈下，与古诗之旨趣相去甚远。陈廷焯从词作旨趣表现方面实际上对北宋词予以了推尚。冯煦《蒿庵论词》云："北宋大家，每从空际盘旋，故无椎凿之迹。至竹坡、无住诸君子出，渐于字句间，凝炼求工，而昔贤疏宕之致微矣。此亦南北宋之关键也。"② 冯煦对北宋词表现出推尚之意。他评断北宋词无斧凿痕迹，不少词在创作上仿佛破空而来，去留无迹，至北宋后期，周紫芝、陈与义等人逐渐在词的创作中追求工致，这使主流词作取径逐渐由虚入实，由自然通达而至渐变为凝练工致，这便是南北宋词在创作取径上的一大区别。冯煦之论，体现出对词作艺术本色及浑成无迹之美的追求。

谭献《复堂词话》云："南宋词敝，琐屑饤饾。朱厉二家，学之者流为寒乞。枚庵高朗，频伽清疏，浙派为之一变。而郭词则疏俊少年尤喜之。予初事倚声，颇以频伽名隽，乐于风咏。继而微窥柔厚之旨，乃觉频伽之薄。又以词尚深涩，而频伽滑矣，后来辨之。"③ 谭献对南宋词评价甚低，他认为，其在题材抒写上流于琐屑，在艺术表现上过于注重细节表现。他联系清代当世以朱彝尊、厉鹗为代表的浙西派词学，认为学之者在词作风格上容易流于或寒衲，或油滑，在创作旨向上则与温柔敦厚之旨有所区隔。谭献通过对浙西词人习效南宋词作所显示缺失的论评，间接体现出对北宋词的推尚之意。文廷式《云起轩词序》云："词家至南宋而极盛，亦至南宋而渐衰。其衰之故可得而言也：其声多啴缓，其意多柔靡，其用字则风云月露红紫芬芳之外，如有戒律，不敢稍有出入焉。迈往之士，无所用心。沿及元明而词遂亡，亦其宜也。"④ 文廷式之论，可视为在宋征璧之论基础上的衍伸，将清代前期词学批评话题重新捡拾与张扬开

---

① 陈廷焯著，杜未末校点：《白雨斋词话》，人民文学出版社 1959 年版，第 59 页。
② 唐圭璋编：《词话丛编》，中华书局 1986 年版，第 3591 页。
③ 同上书，第 4009 页。
④ 陈乃乾编：《清名家词》第 10 册，上海书店 1982 年版。

来。他详细分析南宋词"渐衰"之因，主要归结为三个方面：一是声律运用多流于平和低徊，缺少激动人心的艺术效果；二是意旨表现柔媚近俗，在思想情感上缺乏令人眼目一亮的冲击力；三是在用字造语上过于讲究循声律而用，这拘限了人的才思，遏制了词作主体的艺术创造力，最终影响到词作的审美表现力。延至元明时期，词作之道走向衰落便成为必然。文廷式之论深寓对北宋词的推尚之意。

王国维《人间词话》云："词以境界为最上。有境界则自成高格，自有名句。五代北宋之词所以独绝者在此。"① 王国维创造性地将"境界"论断为词作审美表现的最质性范畴，认为其在本质上决定着词作的格调表现，影响着词作的秀句生成。由此视点出发，他极为推尚五代北宋之词。其又云："严沧浪《诗话》谓：'盛唐诸公，唯在兴趣。羚羊挂角，无迹可求。故其妙处，透彻玲珑，不可凑泊。如空中之音、相中之色、水中之影、镜中之象，言有尽而意无穷。'余谓北宋以前之词，亦复如是。"② 王国维从严羽所倡"兴趣"说角度对北宋词继续予以推扬。其论寓意着北宋词在艺术表现上直通盛唐之诗，兴象玲珑而含蓄无垠，可望而不可即，确见"言有尽而意无穷"艺术表现之极致。其《人间词话删稿》云："唐五代北宋词，可谓生香真色。若云间诸公，则彩花耳。"③ 王国维简洁地概括北宋词的特点，认为其主要体现在四个方面：一是富于生气，二是显示出浓郁的艺术气息，三是真实自然，四是风格表现丰富多样。他批评云间派诸人词作虽追奉北宋，但都流于表层，实未体现出艺术真谛与当行本色之美。其（托名樊志厚）《人间词乙稿序》云："君词之所以为五代、北宋之词者，以其有意境在。若以其体裁故，而遽指为五代、北宋，此又君之不任受。"④ 王国维对自己心仪北宋词的内在缘由及其中所关涉论题予以简要的辩说。他明言乃因以意境为词作审美之本，由此视点出发才推崇五代北宋之词的。此论寓意着王国维对不同时期与各异体裁文学的推尚，并不着意于其各方面艺术体制与风貌呈现的完整性、成熟性，而关键在审美本质、审美生发与审美表现。这确乎体现出其词学批评的独特之

---

① 况周颐著，王幼安校订：《蕙风词话》；王国维著，徐调孚注，王幼安校订：《人间词话》，人民文学出版社 1960 年版，第 191 页。

② 同上书，第 194 页。

③ 同上书，第 231 页。

④ 陈鸿祥：《〈人间词话〉〈人间词〉注评》，江苏古籍出版社 2002 年版，第 433 页。

见，在传统词学以北宋词为宗尚之论中显示出十分重要的意义。

偏重以北宋词为宗尚之论，在民国时期词学中也得到承衍与张扬。其主要体现在陈匪石、闻野鹤、宣雨苍、陈洵、《续修四库全书总目提要》作者、郑文焯、赵尊岳、陈运彰、梁启勋等人的论说中。他们在中西方美学思潮日益交融及传统与现代文学观念相互碰撞与渗透的时代背景下，仍然体现出对北宋词的倾心推赏。

陈匪石《旧时月色斋词谈》云："竹垞有言，世人言词，必称北宋；然词至南宋，始极其工，至宋季始极其变。此在竹垞当时自有两种道理，一则词至明季，尽成浮响，皆由高谈《花间》《尊前》，鄙南宋而不观之过，故以此语矫之。二则竹垞专宗乐笑翁，遂开二百年浙西词派，其得力正在宋季，自言其所致力也。若律以读词之眼光，清真包括一切，绝后空前，实奄有南宋各家之长。姜、史、吴、王、张诸人，故皆得清真之一体，自各其家，即稼轩之豪迈，亦何尝不从清真出；则至变者宜莫如美成，而屯田、子野、东坡，其超脱高深处，词境亦在南宋之上。小山、淮海、方回，则工秀绝伦，更不得谓南宋始极其工也。乔笙巢曰：'词至北宋而大，至南宋而深。'余于其论南宋之言，亦未敢以为惬心贵当也。"[①]陈匪石在朱彝尊推尚南宋词的基础上加以论说。他认为，朱氏推尚南宋词大致缘于两方面的原因：一是针对明词衰落，其论词无视南宋而上溯晚唐北宋之现状，力矫前人之偏；二是他本人创作上受豪放词影响很大，故有"词至南宋，始极其工"之论。陈匪石极为推尚周邦彦词作，认为后来南宋诸家中，无论是婉约一宗的姜夔、吴文英、张炎等人，还是豪放一宗的辛弃疾等人，其创作因子很多都是从周邦彦词作中化转而出的。他评断北宋之柳永、张先、苏轼，认为其词作意境创造都在南宋人之上；而晏几道、秦观、贺铸，其艺术表现的工致秀美也都在南宋人之上。针对乔笙巢持论南北宋词艺术表现各有所长之言，陈匪石亦表现出不满意的态度。陈匪石之论，体现出对北宋词的多方面推尊之意，这在现代词学已发展到对传统词学辩证观照的视野下，是颇为耐人寻味的。闻野鹤《悃簃词话》云："无病呻吟，词家通病。大抵南宋以后渐多。《山鬼》《阳河》，非出

---

① 张璋、职承让、张骅、张博宁编纂：《历代词话续编》，大象出版社2005年版，第642—643页。

逐客;《哀时》《秋兴》,身非杜陵。浮词既多,枵响杂出矣。"① 闻野鹤痛斥无病呻吟为词家之通病。他批评南宋词人创作便多缘于此艺术发生机制,而非立足于社会历史与现实情状有感而发,因而,隔靴搔痒,着不到要害,呈现出浮声泛词、乱杂无章的整体面貌。宣雨苍《词调》云:"世既知倚声之重于修词矣,而涩体亦于是羼入。涩体为南宋一时风尚,文气艰涩怪诞,以词害意,不独为祸倚声,实千古文字之大劫运,可谓南宋亡国文字之妖孽。而近人亦多崇尚此体者,盖同为亡国之余,固应有此亡国之咎征也。"② 宣雨苍在词的创作构成因素中明确持声律谐和重于语词修饰之论。他批评南宋词坛竞尚"涩体",作词过于崇尚语句修饰、气脉不畅,一些人甚至以词害意,将词作甚至文学之道引向偏途。他声言此真乃亡国之征兆,而近人盲目推尚亦有不可推卸之责任。宣雨苍从文学创作之道甚至论说到国运之事,体现出对艰涩怪诞词风的深恶痛疾。

陈洵《海绡说词》云:"唐五代令词,极有拙致,北宋犹近之。南渡以后,虽极名隽,而气质不逮矣。"③ 陈洵崇尚"拙致"之作,主张词作在自由朴素的艺术表现中尽现丰神意致。他最为推崇唐五代之词,称扬其极有朴拙之意致与趣味,评断北宋词与唐五代词为近,而南宋词在外在形式上虽见刻意讲究,但内在思想情感与气脉流动上见出不足,与唐五代词相距甚远,其在质朴之气与充实之质上仍然是有所缺欠的。《续修四库全书总目提要》评陈良玉《梅窝词钞》云:"要而论之,词效朱、厉,取法乎下也;效南宋,取法乎中也;效唐余、北宋,取法乎上也。良玉专效朱、厉之词,宜其不纯粹也。"④《提要》作者将效仿清代当世朱彝尊、厉鹗之词界定为取法乎下,将效仿南宋之词界定为取法乎中,而将效仿唐五代北宋之词界定为取法乎上。其三个层次界分之论,体现出对北宋词的极致推尚之意。郑文焯《大鹤山人论词遗札》云:"北宋词之深美,其高健在骨,空灵在神。而意内言外,仍出以幽窈咏叹之情。故耆卿、美成,并以苍浑造耑,莫究其托谕之旨。卒令人读之,歌哭出地,如怨如慕,可兴可观。有触之当前即是者,正以委曲形容所得感人深也。"⑤ 郑文焯从多

---

① 朱崇才编纂:《词话丛编续编》,人民文学出版社 2010 年版,第 2344 页。

② 同上书,第 2455 页。

③ 唐圭璋编:《词话丛编》,中华书局 1986 年版,第 4840 页。

④ 孙克强、杨传庆、裴喆编著:《清人词话》,南开大学出版社 2012 年版,第 1522 页。

⑤ 唐圭璋编:《词话丛编》,中华书局 1986 年版,第 4342 页。

方面对北宋词给予很高的评价。他拈出"骨""神""意内言外"等审美范畴与命题，评断北宋词格调健朗、神韵空灵、缘情造端、由意而言、所触而是。这之中，尤以柳永、周邦彦等人最为突出，他们的词作不刻意于关注比兴寄托，然在浑融无垠之美中极表人的深幽之情，感人至深，确是后世词人学习的典范。

赵尊岳《珍重阁词话》云："词于文字，一代有一代之成规。唐主蕃艳，南唐因之。北宋尚骨干清遒，南宋尚丽密雕饰。元承南宋，又少少间以疏朗。明最靡陋。清初主绮靡，既尚雄犷。茗柯出则推北宋，发事外言内之旨。其后至于半唐，冲澹沉着，力规于古，差复两宋之旧观。此可以论列者也。"① 赵尊岳从文学审美替变的角度对词作风格历史发展作出论说。他概括北宋词坛推尚骨干遒劲、风力清迈之作，而南宋词坛推尚讲究雕饰、结构绵密之作。他叙说自从张惠言推崇北宋之词，讲究意内言外之旨以来，其审美取向与批评主张一直影响到后人，由此，深蕴骨干与风力而外表呈现出平淡清丽面目的北宋之词，便成为人们所学习与效仿的对象。赵尊岳之论体现出对北宋词的推尚之意。蒙庵（陈运彰）《双白龛词话》云："读古诗十九首，不外伤离怨别，忧生年之短迫，冀为乐之及时。其志愈卑下，而其情弥真切。为伪道学家所万不敢言者，此其所以为千古绝唱也。自有寄托之说兴，诗词遂成隐谜。自有派别之说起，语言乃不由衷情。故南宋以下，遂无真文字矣。"② 陈运彰通过评说《古诗十九首》的创作特征，引申出对南宋词的低视与贬抑之意。他认为，《古诗十九首》艺术表现情真意切，真实地叙写了现实社会的生存状态与传达出创作者的思想观念及情感意绪。它与单纯地以"寄托"为旨归的文学创作是相背离的，而后者与情真意切有隔，言难由衷，将文学之"真"的精神忘置到了脑后。梁启勋《曼殊室词话》云："盖天然界本是平淡，浓丽终属人为。既以浓丽相尚，则去天然渐远，势使然也。天然日以远，意境日以窘，唯赖人为之雕琢，貌为深沉，则舍堆垛更有何法。是故南宋末流之晦涩，亦势使然也。吾尝谓意境宜曲折，最忌一览无余。若用障眼法

---

① 张璋、职承让、张骅、张博宁编纂：《历代词话续编》，大象出版社 2005 年版，第 779 页。

② 同上书，第 1352 页。

而貌为曲折，识破仍是一览无余。殊非深文周纳之言。"① 梁启勋论断"平淡"为自然界与社会人生之本色。他认为，秾丽是人为的、暂时的，是与自然本色相背离的。他批评南宋词坛末流艺术表现流于晦涩之境地，一味在艺术技巧表现中玩弄花样、舍本逐末，其意境创造与艺术表现日见窘迫。梁启勋主张词作意境表现应以含蓄曲折为尚，但反对貌似曲折的词作之法，他将词作艺术表现的真正含蓄与貌似曲折界分了开来。

第二节　偏重以南宋词为宗之论的承衍

中国传统词学批评以南宋词为宗尚之论的承衍线索，主要呈现于清代。起初，曹溶以辑编词作的方式推扬南宋之词。据朱彝尊为其《静惕堂词》所作"序"云："忆壮日从先生南游岭表，西北至云中，酒阑灯灿，往往以小令慢词更迭唱和，有井水处辄为筝檀板所歌。念倚声虽小道，当其为之，必崇尔雅，斥淫哇，极其能事，则亦足以宣昭六义，鼓吹元音。往者明三百祀，词学失传，先生搜辑南宋遗集，尊曾表而出之。数十年来，浙西填词，家白石而户玉田，春容大雅，风气之变，实由先生。"② 朱彝尊回顾自己年青时期随其师曹溶南北游历的往事，描述出当时词的创作与传播接受情况，道出曹溶鉴于前代词学不振、词脉微弱而致力于通过搜辑南宋人之作以恢复词的创作及其统绪的努力。朱彝尊对其师曹溶推扬南宋词之举给予很高的评价，认为浙西派之创作取径与风格特征都肇端于其师。曹溶以切实的词作辑编实践为后人推扬南宋之词较早作出导引。

之后，朱彝尊将对南宋词的推扬从理论批评上明确拈取出来。其《词综·发凡》云："世人言词，必称北宋，然词至南宋，始极其工，至宋季而始极其变，姜尧章氏最为杰出。"③ 朱彝尊针对明末清初以陈子龙、宋征璧为代表的云间派词人为主流的崇北宋之论持以异见。他力主以南宋词为宗尚，认为南宋词在艺术表现上极见工致，在创作取径上不断变化生新，这之中，以姜夔之作最为突出，其"清空骚雅"，成为后世词人学习

---

① 朱崇才编纂：《词话丛编续编》，人民文学出版社 2010 年版，第 2981 页。

② 朱彝尊：《曝书亭集》卷五十三，影印文渊阁《四库全书》本。

③ 张璋、职承让、张骅、张博宁编纂：《历代词话》，大象出版社 2002 年版，第 919 页。

的典范。其又云："言情之作，易流于秽，北宋人选词，多以雅为目。法秀道人语涪翁曰'作艳词当堕犁舌地狱'，正指涪翁一等体制而言耳。填词最雅无过石帚，《草堂诗余》不登其只字，见胡浩立春吉席之作，蜜殊咏桂之章，亟收卷中，可谓无目者也。甚而易静兵要寓声于《望江南》，张用成悟真篇按调为《西江月》，词至此亦不幸极矣。是集于黄九之作，去取特严，不敢曲徇后山之说。"① 朱彝尊阐说到自己编选《词综》的一些相关论题。他立足于以"骚雅"标准观照与择取词作，认为词作为言情之体，是很容易流于俗媚之中的。正因此，他对北宋黄庭坚所作"艳词"持以批评，去取甚严，而推扬姜夔之作乃雅词极致。朱彝尊指责《草堂诗余》不收姜词，其选词是不显识见的。从以上所论可以看出，朱彝尊通过对黄庭坚的批评及对姜夔词作的推尚，进一步从内在理据上凸显出对南宋"雅体"之词的推扬。其《咏物词评》云："词至南宋始工，斯言出，未有不大怪者，惟实庵舍人意与予合。今就咏物诸词观之，心慕手追，乃在中仙、叔夏、公谨诸子，兼出入天游、仁近之间，北宋自方回、美成外，慢词有此幽细绵丽否？若读者仍谓不如北宋，则舍人亟藏之，俟后世子云论定可矣。"② 朱彝尊进一步倡导词的创作以南宋为宗尚，他述说自己所论为很多人难以理解，而只有曹贞吉等少数人持同。朱彝尊以咏物词的创作为例，认为南宋王沂孙、张炎、周密等人的创作体现出很高的水平，而北宋除秦观、周邦彦等少数词家外，能达此层境者甚少。由此，他坚定地论断南宋词乃后世习效的典范，在词作历史发展史上具有永恒的价值。在朱彝尊的倡导下，当时浙西派诸人多表现出对南宋词的一味推尚之意，一时之间，南北宋宗尚形成一定的交锋。对此，谢章铤《赌棋山庄词话》曾云："至朱竹垞以姜、史为的，自李武曾以逮厉樊榭，群然和之，当其时亦无人不南宋。"③ 陈廷焯《白雨斋词话》亦云："国初多宗北宋，竹垞独取南宋，分虎、符曾佐之，而风气一变。然北宋南宋，不可偏废。"④ 谢章铤、陈廷焯之论，道出朱彝尊一反时论及独标南宋词之举。以他为旗帜与中心，有李符、李良年、厉鹗等人群起附之，相互唱和与标

---

① 张璋、职承让、张骅、张博宁编纂：《历代词话》，大象出版社 2002 年版，第 922 页。

② 冯乾编校：《清词序跋汇编》，凤凰出版社 2013 年版，第 164 页。

③ 唐圭璋编：《词话丛编》，中华书局 1986 年版，第 3530 页。

④ 陈廷焯著，杜未末校点：《白雨斋词话》，人民文学出版社 1959 年版，第 59 页。

举，对改变词坛一味宗尚北宋之风气起到重要的消解作用。

此时期，邹祗谟《倚声初集序》云："南宋诸家，蒋、史、姜、吴，集迈瑰奇，穷姿构彩，而辛、刘、陈、陆诸家，乘间代禅，鲸唅鳌掷，逸怀壮气，超乎有高望远举之思。譬诸篆籀变为行草，写生变为效劈，而云书穗迹，点睛益颊之风颓焉不复。非前工而后拙，岂今雅而昔郑哉！"① 邹祗谟对南宋诸家词作都甚为推扬，大力肯定其各具特色，富于艺术价值。他认为，南宋诸家之词在创作主体情性抒写、结构运思、艺术技巧、语言表现及风格呈现等方面都有自身鲜明的特征。它们顺应时代的变化发展，不断开拓生新，有力地推动了词作历史的发展。邹祗谟在这里实际上批评了一味以本色论词及单纯以北宋词为宗尚的做法，认为南宋词与其之前词作相比，在工致与骚雅方面确有长足的发展。其《溪南词序》云："予少习为词，每以欧、晏、秦、黄为正风。最后读南宋诸家词，乃知能摆落故态，而意气跌宕者，惟陆务观为善，能自道其与驰骋上下者，庶几子瞻、幼安其人乎？而务观自序乃云少有所为，晚而悔之。然犹未能止者，何也？岂非乐府歌谣之变，固非此不足以抒永言，发逸思耶？"② 邹祗谟自叙，他少时为词曾极意向北宋欧阳修、晏殊、秦观、黄庭坚等人学习，及至入乎词学之道更久，乃知南宋之词才真正体现出脱却前人面目，具有独自创辟的特征，这之中，他尤为推崇陆游词作，将其标树为发抒逸兴、驰骋思致的典范。邹祗谟之论亦体现出推尚南宋词的主张。柯煜《东斋词序》云："词莫高于南宋，若稼轩之豪、石帚之雅、玉田之清，皆词苑第一流也。"③ 柯煜也持以南宋词为宗尚之论。他评断辛弃疾词之豪放、姜夔词之雅致、张炎词之清丽，皆为词中极品，具有很高的艺术水平，是最值得后人学习效仿的。汪绎《梦香词序》云："词家以南宋为嫡派，梅溪、白石、梦窗、竹山滴粉搓酥，铿金琢玉，莫不寄情绵缈，寓意遥深，未尝以柔声媚骨作艳冶态也。"④ 汪绎在南北宋之宗择选中倡导以南宋词为尚。他评断其代表人物如史达祖、姜夔、吴文英、蒋捷等人在题材抒写上虽仍不脱个人生活及闺阁交往，在词句修饰与技巧运用上较为讲

---

① 邹祗谟、王士禛编：《倚声初集》卷首，清顺治十七年刻本。
② 孙克强、杨传庆、裴喆编著：《清人词话》，南开大学出版社 2012 年版，第 189 页。
③ 冯乾编校：《清词序跋汇编》，凤凰出版社 2013 年版，第 395 页。
④ 孙克强、杨传庆、裴喆编著：《清人词话》，南开大学出版社 2012 年版，第 586 页。

究，但他们情感表现细致绵缈，意旨寄托深致幽远，其与偏于秾艳之体貌与柔媚之气骨的词作是有着本质区别的。

沈树本《云川阁集词序》云："北宋之词，能事未尽。匪独铜将军铁绰板唱'大江东去'，不免粗豪，即十七八女郎唱'杨柳岸、晓风残月'，尚嫌子直少味。南渡后，姜尧章、张叔夏辈出，谐声选字，微婉顿挫，常含不尽之意于言外，然后词之能事始尽。无如世之言词者，但奉《花庵》《草堂》为科律，词家真面目晦盲久矣。"① 沈树本对南宋词表达出甚为推扬之意。他论评北宋词之不足，并不仅在其豪放之词不免粗疏，婉约之词不免单调乏味，而更重要的在其未臻成熟。沈树本认为南宋词在艺术表现上臻于极致，注重择选字语，讲究音律之美，追求言外之意，将词的创作推向一个很高的标度，是值得充分推尊的。吴尺凫（焯）云："临安以降，词不必尽歌，明庭净几，陶咏性灵，其或指称时事，博征典故，不竭其才不止。且其间名辈斐出，敛其精神，镂心雕肝，切切讲求于字句之间。其思泠然，其色荧然，其音铮然，其态亭亭然，至是而极其工，亦极其变。"（冯金伯《词苑萃编》引）② 吴焯认为，南宋词虽然不一定都合乎音律、入乎俗唱，但它们普遍以咏写性灵为本，注重生发于时事，融学力于词，体现出词作者才华卓著的特征；他们在创作技巧与字句运用上极意讲究，刻意经营，这使其词作在思致、色彩、音律及丰神情态等方面都呈现出丰沛充蕴之美。吴焯归结南宋词在艺术工致与形式创变上将词作之道推向高峰，确乎是值得推尚的。陈撰《山中白云词疏证序》云："词莫尚于南宋，景淳、德祐间，要以白石为宗主，其嗣白石起者，无逾于玉田《白云》一集，可按而知也。"③ 陈撰推尚南宋之词，其中，他高标姜夔、张炎词作，认为两人前后嗣响，将南宋词坛的创作推向一个后人难以企及的高峰。陈撰又云："词于诗同源而殊体，风骚五七字之外，另有此境。而精微诣极，惟南渡德祐、景炎间，斯为特绝。吾杭若姜白石、张玉田、周草窗、史梅溪、仇山村诸君所作，皆是也。"（冯金伯《词苑萃编》记）④ 陈撰在持论词源于诗体的基础上，对南宋之词进一步予以推扬。其

---

① 冯乾编校：《清词序跋汇编》，凤凰出版社 2013 年版，第 401 页。
② 唐圭璋编：《词话丛编》，中华书局 1986 年版，第 1787 页。
③ 孙克强编著：《唐宋人词话》，南开大学出版社 2012 年版，第 1186 页。
④ 唐圭璋编：《词话丛编》，中华书局 1986 年版，第 1950 页。

中，他特别推崇德祐、景淳、建炎年间词作，将姜夔、张炎、周密、史达祖、仇远等人之词一同标树为后世的典范。

清代中期以降，以南宋词为宗尚之论的承衍线索，主要体现在王昶、余集、凌廷堪、郭麐、陈文述、沈涛、姚椿、戈载、朱绶、徐元润、张应昌、仲湘、张尔田等人的批评言论或词作编选实践中，他们主要从词作旨趣与艺术表现方面对南宋词予以了推扬。

清代中期，王昶《江宾谷梅鹤词序》云："姜氏夔、周氏密诸人始以博雅擅名，往来江湖，不为富贵所熏灼，是以其词冠于南宋，非北宋之所能及。暨于张氏炎、王氏沂孙，故园遗民，哀时感事，缘情赋物，以写闵周、哀郢之思，而词之能事毕矣。世人不察，猥以姜、史同日而语，且举以律君。夫梅溪乃平原省吏，平原之败，梅溪因此受黜，是岂可与白石比量工拙哉？譬犹名倡妙伎，姿首或有可，以视瑶台之仙、姑射之处子，臭味区别，不可倍蓰矣。"① 王昶论断南宋词在艺术表现方面整体上高于北宋之词。他推尚姜夔、周密、张炎、王沂孙等人品行高洁，不趋于富贵，处身于江湖，缘情写物，极表词人之思致，确乎体现出对社会现实的执着探求。但相比较而言，他更推扬史达祖以身抗元，将对社会历史之变与人事沧桑的更深切之感艺术地对象化于词作中。王昶之论，从词人人生态度、题材抒写和创作旨向上拔高了南宋风雅之词，将对南宋词的推扬更多地转置到思想内容之上，这与朱彝尊等人从艺术表现方面对南宋词的推扬形成一定的异别。其《琴画楼词钞自序》云："自元明以来，三四百年，往往以诗为词，粗厉媟亵之气乘之，不复能如南宋之旧。而宋末诗人于社稷沧桑之故、江湖萍梗之意，隐然见于言外，岂非变而复于正，与骚雅无殊者欤。"② 王昶从元代以降几百年词作历史发展立论。他论断元明词人在创作取径上大多以诗为词，在不同程度上背离了词体之性。王昶称扬南宋后期词人在创作上入乎词体之本色，在创作旨向上则将对社会人生的深切感念艺术对象化于词作中，深幽细致而自现于言外。他们在创新求变中复兴了传统风雅之道，直接承扬《诗三百》以来的风雅统绪，是值得后人多方面学习吸收的。

余集《绝妙好词续钞序》云："词至南宋而工，词律亦至南宋而密，

---

① 王昶：《春融堂集》卷四十一，清嘉庆四年刻本。
② 同上。

此绝妙词之所以独传也。"① 余集从词作艺术表现的工致与词律运用的细密合度上推尚南宋之词。他将对南宋词的推扬之意，体现在对周密所编选以南宋词为择取对象的《绝妙好词》称扬之中。凌廷堪云："填词之道，须取法南宋，然其中亦有两派焉。一派为白石，以清空为主，高、史辅之。前则有梦窗、竹山、西麓、虚斋、蒲江，后则有玉田、圣与、公谨、商隐诸人，扫除野狐，独标正谛，犹禅之南宗也。一派为稼轩，以豪迈为主，继之者龙洲、放翁、后村，犹禅之北宗也。"（谢章铤《赌棋山庄词话》引）② 凌廷堪主张词的创作须取法南宋。他将南宋主流词作界分为两个派系：一是以姜夔为代表的"清空"词派，这一派系人数众多，前后相续，犹如禅之南宗，透彻玲珑，兴旺发达，占据着南宋词坛的主流地位；二是以辛弃疾为代表的"豪迈"词派，这一派系人数相对较少，但似异军突起，犹如禅之北宗，亦属正本之统系。凌廷堪认为，两主流词学派系相对相映，共构出南宋词坛的七彩绚烂，都是值得后人认真宗尚与效仿的。其又云："词以南宋为极，能继之者竹垞。至厉樊榭则更极其工，后来居上。北曲填词以关汉卿诸人为至，犹词家之有姜、张。后之填词家，如文长、粲花、笠翁，皆非正宗。"（郭麐《灵芬馆词话》记）③ 凌廷堪论词努力推尚以南宋为宗尚。他认为，在清代当世词人中，惟有朱彝尊、厉鹗创造性地承扬南宋词之优长，后来而居上，又批评徐渭、李渔等人作词皆非正宗，没有将前人词作的精髓有效地承扬开来。

郭麐《灵芬馆词话》云："词之为体，盖有诗所难言者，委曲倚之于声，竹垞之论如此。真能道词人之能事者也。又言世之言词者，动曰南唐、北宋，词实至南宋而始极其能。此亦不易之论也。"④ 郭麐持同朱彝尊以南宋词为宗尚之论。他论说词体在艺术表现上比诗体更为丰富复杂，它在本质上为"倚声"之体，属于音乐性文学体制。郭麐评断朱彝尊推尚南宋词之论，在本源上契合词的艺术本质所在，确乎为真知灼见。其《灵芬馆词自序》云："余少喜为侧艳之辞，以《花间》为宗，然未暇工也。中年以往，忧患鲜欢，则益讨沿词家之源流，藉以陶写阨塞，寄托清

---

① 施蛰存主编：《词籍序跋萃编》，中国社会科学出版社 1994 年版，第 687 页。
② 唐圭璋编：《词话丛编》，中华书局 1986 年版，第 3510—3511 页。
③ 同上书，第 1508—1509 页。
④ 同上书，第 1504 页。

微，遂有会于南宋诸家之旨。为之稍多，其于此事不可谓不涉其藩篱者已。"① 郭麐以自身切实的人生经历与学词实践，论说学词必须以南宋为宗尚之理。他述说道：其年轻时学词是以《花间集》为宗趣的，注重于词的语言运用与形式表现；但随着年龄的增长，人生所遭遇困厄的增多，逐渐寻求在词作中寄托意旨，表现人生之喜怒哀乐，在不经意中遂与南宋诸家创作路径欣然相合。正由此，他主张学词还是应从南宋以入为探本之径。郭麐之论，从词作思想旨向上论说以南宋词为宗尚之理，将对南宋词的推扬理据进一步予以了充实。陈文述《葛蓬山蕉梦词叙》云："词家之轨，南宋为宗。……国朝以来，樊榭清真，独标宗旨；南湖花隐，远过长芦。近日则谢庵吏部，托兴深微；穀人祭酒，独涵正味。三家并立，未之或先。"② 陈文述在传统词学南北宋之宗中明确主张以南宋为尚。由此，他对清代词坛上以南宋为宗的厉鹗等人之词亦甚为推扬，予以高标，认为其兴会寄托深幽高远，富于涵咏吟味。

晚清，沈涛《空青馆词稿引》云："盖词以南宋为正宗，北宋诸公犹不免有粗豪处。稼轩、龙洲、后村，流派原本东坡居士，但别有寄托，未可以一例视也。"③ 沈涛也主张以南宋词为宗尚。他论断北宋词仍不免有粗豪之处，在艺术表现的典雅性、精致性上仍存在不足。进一步，沈涛论断南宋辛弃疾、刘过、刘克庄等人之词渊源于北宋苏轼，但更见寄托之意，他们将北宋以来豪放词的创作推向更高的层次。姚椿《万竹楼词引》云："词之义至南宋而正，至国朝而续。国朝之言词者尤宗浙西，盖皆以南宋为归也。"④ 姚椿视南宋词为正宗统绪之所在，对浙西词人主张效仿南宋持以大力称扬的态度，其论亦体现出对南宋词的宗尚之意。其时，戈载以选编实践的方式，继续对南宋词予以推扬。其《宋七家词选》，所择选七家词人分别为周邦彦、史达祖、姜夔、吴文英、周密、王沂孙、张炎，皆为南宋风雅派或格律派词人。作为清代中期吴中词派的一部重要选本，《宋七家词选》明显体现出标举词家准的与推扬南宋词之意。戈载以切实的选编实践方式对南宋词予以有力的推尚，从一个维面显示出浙西后

---

① 陈乃乾编：《清名家词》第 6 册，上海书店 1982 年版。
② 孙克强、杨传庆、裴喆编著：《清人词话》，南开大学出版社 2012 年版，第 948 页。
③ 冯乾编校：《清词序跋汇编》，凤凰出版社 2013 年版，第 1016 页。
④ 同上书，第 1153 页。

劲对自身流派词学审美理想与准则的坚持和守望。朱绶《玉壶买春轩乐府序》云："蒙尝论两宋之词，南胜于北，北宋多欢愉之音，南宋如尧章、君特、公谨、叔夏皆有忧思抑郁，若不得已而为言，又不敢尽言。"① 朱绶从词作思想内涵与情感表现的角度比照南北宋词，并进而推尚南宋之词。他认为，北宋词多言欢愉，容易流于戏谑；而南宋词则充蕴忧思，其思想内涵更见深致，情感表现更见沉郁，它们将词的创作发生的内在因子与过程机制更为丰富生动地呈现出来。徐元润《桂留山房词集序》云："言词者必南宋，犹言诗者必盛唐也。南宋词人不下数十家，惟白石道人以称诗著，而不免为词所掩。他如玉田、竹屋、梦窗、草窗，皆以倚声擅绝，而不以诗名。"② 徐元润比譬南宋词如盛唐诗，代表了宋词的面貌与格调。他称扬南宋代表性词人众多，其中，有诗词兼擅者如姜夔，有独擅词作者如张炎、高观国、吴文英、周密等，其创作都体现出很高的水平，都是值得后人学习的。张应昌《咏秋轩词集序》云："词肇于唐，至南宋姜、张、周、史乃臻其极，而国朝词学之盛，特与南宋相颉颃，如竹垞、樊榭、迦陵、纳兰而下，足以媲美姜、张、周、史者，指不胜屈，于斯盛矣，于斯难矣。"③ 张应昌极为推扬姜夔、张炎、周邦彦、史达祖等人之词，评断其时朱彝尊、厉鹗、陈维崧、纳兰性德等人之词可与南宋代表性词人之作相媲美，而要达到上述诸人境界则是甚为困难的事情，其中有着诸多的难度。张应昌之论亦体现出对南宋词的宗尚。仲湘《紫藤花馆词题辞》云："玉叔以俊爽之笔为长短句，始擅粗豪，近多婉约。再能句锻月炼，不难与南宋诸贤争席。"④ 仲湘通过对廖基植之词的论评，间接体现出对南宋词的宗尚之意。他评断廖基植之词在创作路径与风格呈现上由粗豪而渐趋婉约，其经过不断的习练之后，是最终能达到南宋人艺术层次与境界的。

民国时期，张尔田继续对南宋词予以推扬。其《词莂序》云："倚声之学，导源晚唐，播而为五季，衍而为北宋，流波竞响，南渡极矣。"⑤ 张尔田在对词作历史发展的简要叙论中，体现出偏尚南宋之词的批评取

---

① 冯乾编校：《清词序跋汇编》，凤凰出版社 2013 年版，第 933 页。
② 同上书，第 1014 页。
③ 同上书，第 1073 页。
④ 同上书，第 1370 页。
⑤ 陈良运主编：《中国历代词学论著选》，百花洲文艺出版社 1998 年版，第 722 页。

向，他评断南宋词坛创作极盛，承前启后，将词学之道推向一个高峰。

第三节　主张兼融并取南北宋词之论的承衍

中国传统词学批评中主张兼容并取南北宋词的思想，大致出现于明代后期。俞彦《爰园词话》云："唐诗三变愈下，宋词殊不然。欧、苏、秦、黄，足当高、岑、王、李。南渡以后，矫矫陡健，即不得称中宋、晚宋也。惟辛稼轩自度粱肉不胜前哲，特出奇险为珍错供，与刘后村辈俱曹洞旁出，学者正可钦佩，不必反唇并捧心也。"① 俞彦将唐诗与宋词的高下演变加以比照，他概括南北宋词的发展各有所长，其历程并不是愈变愈下、后不如前。他认为，南宋词在艺术表现上更见充实，这之中，辛弃疾、刘过等人之词如异军突起，从不同艺术表现方面创新了词的创作路径。俞彦之论，体现出对宋词历史发展的较深入辨识，导引了后人对南北宋词的兼容并取之论。

清代，主张兼融并取南北宋词的词论家甚多。其承衍线索，主要体现在王士禛、沈暤日、宋荦、曹禾、曹贞吉、蒋景祁、先著、田同之、王时翔、马荣祖、娄严、周济、蒋方增、宋翔凤、赵怀玉、顾广圻、贾敦艮、郭晋超、于昌遂、谢章铤、刘熙载、杜文澜、陈廷焯、张德瀛、李东沅、王国维等人的批评言论中。他们从不同的方面对兼容并取南北宋词做出多样的论说、辨析与概括、总结。

清代前期，王士禛《花草蒙拾》云："宋南渡后，梅溪、白石、竹屋、梦窗诸子，极妍尽态，反有秦、李未到者。虽神韵天然处或减，要自令人有观止之叹。正如唐绝句，至晚唐刘宾客、杜京兆，妙处反进青莲、龙标一尘。"② 王士禛对南宋代表性词人词作持以大力肯定的态度。他虽认为南宋词与北宋词相较，在精神气韵上有所差别，但肯定有自身独特之处，比譬其如晚唐绝句，在某些方面反而高出盛唐诗一筹。王士禛之论，在清初词坛很多人以北宋词为宗尚的时风背景下，体现出对南宋词的较平正分析与努力推扬之意。沈暤日《瓜庐词序》云："近代词家林立，指不胜屈。阳羡宗北宋，秀水宗南宋，北宋以爽快为主，南宋以幽秀为主，好

---

① 唐圭璋编：《词话丛编》，中华书局1986年版，第401页。

② 同上书，第682页。

尚或有不同。而秀水《词综》一书，二者并收，未尝有所独去而独存也。爽快之弊或近于粗，或入于滑，而泛滥极于鄙且俚，幽秀则无弊，秀水之意盖如是乎？虽然，一代有一代之风气，一人有一人之性情，既不可强之使合，亦不可强之使分。得乎心，应乎手，各自吐其所怀，自成其一家所言，以待后来之论定而已矣。”① 沈暤日在词学南北宋之宗尚论题上较早体现出平正的认识。他评断在清代当世词坛上，阳羡派诸人以北宋为宗，而浙西派诸人以南宋为尚，他们或推尚自然直致的创作路径，或张扬委婉清丽的词作风格。沈暤日称扬朱彝尊所编选《词综》一书，在一定程度上能跳脱对南北宋的偏尚，而兼融并取两宋之词，这是甚具择取眼目与批评识力的。沈暤日立足于不同历史时期及各异创作主体立论，认为词的创作与前代之词间确乎是不可强为之“分”与“合”的，其关键在创作主体得之于心而顺之于手，自如地抒发与倾吐心声，自然地成就一家之言，此乃词的创作的根本所在。这与渊承好尚之“末事”相比乃更本质之属。沈暤日将传统词学批评中的南北宋之宗论题较早予以提升，将其论争所融含的理论价值与批评意义予以了揭橥。宋荦《红萼词序》云：“诗余主两宋尚矣，而世之学者顾各有所偏，学北宋则易入于粗豪，学南宋则渐流于靡曼，是皆知其一不知其二者也。夫词以温柔为原本，以雅淡为工夫。才大如东坡翁，而有词家诗之目，常不若秦、柳为当行。至奇狮、白石，异曲同工，而辛之颓唐，亦多出姜之秀洁下。古人得力处，自有浅深，岂真划南北宋而鸿沟之欤？昔吾友朱十竹坨，陈大其年俱以词名海内。竹坨词主南宋，而《江湖载酒集》大雅不群，能脱去闺房脂粉语。其年词主北宋，而《乌丝集》一唱三叹，绝不蹈伧父骂坐之习。余每读而爱之，以为后来者无其匹敌。”② 宋荦通过对清代当世词人习效南北宋词作之弊及对两宋代表性词人词作的论评，也体现出消解南北宋之偏尚的努力。他论断，习效北宋词易入于粗豪之径，而习效南宋词则易入于萎靡之途，究其根本便在于效仿者不能从根本上理解词体之性与把握词作之正。宋荦强调，词的创作还是要以婉约雅致为其质性所在，立足于本色当行之艺术表现路径，融合南北宋词之优长，从而多方兼取，成就自我。宋荦将兼融并取南北宋词优长与独自创辟词道有机联系起来。

① 孙克强、杨传庆、裴喆编著：《清人词话》，南开大学出版社 2012 年版，第 544 页。

② 冯乾编校：《清词序跋汇编》，凤凰出版社 2013 年版，第 382 页。

曹禾《珂雪词话》云：“云间诸公，论诗宗初盛唐，论词宗北宋。此其能合而不能离也。夫离而得合，乃为大家。若优孟衣冠，天壤间只生古人已足，何用有我。实庵与予意合，其词宁为创不为述，宁失之粗豪，不甘为描写。妍媸好丑，世必有能辨之者。”① 曹禾对云间派诸人一味以北宋为宗尚提出批评，他比照与其论诗只倡扬初盛唐一样，归结这都缘于能效仿而不善于创辟所导致的结果。他认为，善于文学创造的大家，肯定是能效仿而又能开辟的，能将与他人之间的“似”与“不似”恰到好处地结合起来，从而超越前人。曹禾推尚曹贞吉在词的创作追求上与自身之审美理想相吻合，立足于开辟与创新，宁可在具体艺术技巧运用与风格呈现上有所欠缺，也决不停留于对前人词作的一味趋附与效仿之中。曹禾对云间派诸人偏取北宋词的批评，一定意义上寓含对南宋词人善于创辟的肯定，其论体现出对偏持南北宋之宗的努力破解。蒋景祁《刻瑶华集述》云：“今词家率分南北宋为两宗，歧趋者易至角立。究之臻其堂奥，鲜不殊途同轨也。犹论曲，亦分南浙（注：“浙”为“北”之讹），吾皆不谓之知音。”② 蒋景祁对妄分南北宋词的做法继续予以批评与指责。他认为，这是只见其异不见其同、只知其表而不知其里的简单化方式，南北宋词在艺术本质上是异途同趋的，它们在艺术创作取径上都体现出与时俱进、不断创新的特征，任何简单地判评两者优劣与高下的做法都是不见平正的。蒋景祁之论，将并论南北宋词的批评取向进一步予以了凸显。

先著《若庵集词序》云：“四十年前，海内以词名家者，指屈可数，其时皆取涂北宋，以少游、美成为宗。迨《山中白云词》晚出人间，长短句为之一变。又皆扫除秾艳，问津姜、史。时贤辈出，竞尚诗余，浙西则有六家，颇为清拔，而阳羡陈其年于此道独优，《迦陵集》行，遂传衣钵，由是而宋末一派几遍东南矣。夫宋人之于词，固风会使然，天授之技也。于诗自一二大家外多不免于见拙，于词即微而不甚著者亦足以见长。虽南北体制稍有不同，而后因于前，其为工妙绝伦则一。昔人之评《古诗十九首》也，曰‘惊心动魄，一字千金’，维词亦复如之，宁有古今高下之判哉？”③ 先著通过叙说清代前期词坛宗尚，对南北宋之偏尚论题予

① 朱崇才编纂：《词话丛编续编》，人民文学出版社 2010 年版，第 141 页。
② 陈良运主编：《中国历代词学论著选》，百花洲文艺出版社 1998 年版，第 448 页。
③ 冯乾编校：《清词序跋汇编》，凤凰出版社 2013 年版，第 411 页。

以有力的消解。他论说清初之时，人们普遍习效北宋之词，以秦观、周邦彦词作为尚；稍后，以浙西派为代表，人们又多宗尚南宋之词，以姜夔、史达祖词作为尚；而延展至陈维崧等人，又导引出阳羡词派，他们多以南宋末年词人为宗尚，呈现出所宗尚时段与对象不断变化的特征。先著在总体上对宋人词作推崇备至，评断其乃"天授之技"，认为它们各有所长。他引述钟嵘评《古诗十九首》"惊心动魄，一字千金"之语，评断宋人词作具有动人心魂的艺术魅力，其相互间是难有高下优劣之分的。先著这里对南北宋之偏尚论题的消解，立足在"风会使然"的论说理据之上，强调不同的社会历史背景与文化趣尚造就出各异的词体词风，其论是甚为服人的。

　　田同之《西圃词说》云："词始于唐，盛于宋，南北历二百余年，畸人代出，分路扬镳，各有其妙。至南宋诸名家，倍极变化。盖文章气运，不能不变者，时为之也。于是竹垞遂有词至南宋始工之说。惟渔洋先生云：'南北宋止可论正变，未可分工拙。'诚哉斯言，虽千古莫易矣。"①田同之大力肯定南北宋词坛人才辈出，创作路径与艺术价值各显其妙。他秉持通变的词作历史发展观念，认为时代运会必然引发词的创作路径变化，正由此，南北宋词是不能盲目界分高下的，而只能从正变路径来加以观照与评说。田同之之论，既对宋词发展有较为整体宏通的眼光，又联系清代当世词坛审美宗尚与创作状况予以观照，是甚为难得的。王时翔《小山全稿自跋》云："词至南宋始称极工，诚属创见。然笃而论之，细丽密切，无如南宋。而格高韵远，以少胜多，北宋诸君，往往高拔南宋之上。"（谢章铤《赌棋山庄词话》引）②王时翔针对朱彝尊所倡导的"词至南宋始工"之论予以辨说。他肯定朱氏之论甚富于创见，认为其见出南宋词在创作技巧上善于创辟衍生，在词作用笔上呈现出肌理细密的面貌特征，但虽然如此，他判评北宋词在艺术表现上善于以少胜多、凝练传神，蕴含着巨大的艺术生发性，体现出高拔的格调与深远的韵致。王时翔之论，清晰地体现出南北宋词各具特色、艺术表现难分高下的持论，亦是甚见辩证的。

　　马荣祖《红雨斋词序》云："至于南北宋之作，人以时分，尤不容以

---

　　①　唐圭璋编：《词话丛编》，中华书局1986年版，第1454页。
　　②　同上书，第3458页。

意为轩轾。南宋一倡百和，人自标新，诚拓出于北宋境地之外。然北宋诸公之小词，有约至十余字为一调者，正犹汉魏五言诗，气韵天成，不容置力。南宋苦思追琢，痕迹未融，虽长调极工，于此不免敛手。迨朱竹垞专主南宋，不知子野为白石之先驱，美成即宋末之蓝本，南北宋未可以优劣论也。"① 马荣祖极力倡导"南北宋未可优劣"之论。他认为，南北宋之词作只有时代不同的差异，我们不应以某种特殊的批评观念来对其加以抑扬。他论断南宋词人大多善于开拓创新，于北宋词之外另开境界、另标意趣；但北宋词人所作气韵天成、自然入妙，这又是南宋词人所难以追摹的。马荣祖强调，南北宋词是相通相承的，其相互间有着内在承纳与创新的诸多因子，确是不可盲目地以优劣高下而论的。娄严《蜕兰绮语自引》云："昔云间论词，谓当从香艳入手，故《湘真》《幽兰》集中绝无吴、史诸调。评者谓如襄阳、左司不能李、杜歌行，未害雅人深致。至竹垞始尊南宗，学者翕然从之，耳食者遂并易安、秦、晏皆指为靡靡之论，斯则不通之论。善乎，兰泉先生曰：'长调以南宋为极，中小令则南唐五代较胜。离之两美，合之互伤。'斯不易之语。"② 娄严细致地分析云间派与朱彝尊之词学批评主张。他评说云间派论词主张从香艳入手，而以"雅人深致"为审美原则，这其实是承扬了唐五代北宋的词作主体审美观念；而朱彝尊倡导以南宋词为宗尚，一时从之者甚众，以至于少数盲目追随者对李清照、秦观、晏殊之作，亦指责为柔媚淫靡，这当然也是难以服人的。娄严持同王昶之言，认为南北宋词人在不同词体创作上各有所长，因此，正确的态度应该是充分尊重彼此所形成的个性特色，而不可盲目地强调趋合。娄严将兼融并取南北宋词之论进一步言说开来。

清代中期，周济《介存斋论词杂著》云："两宋词各有盛衰，北宋盛于文士，而衰于乐工，南宋盛于乐工，而衰于文士。"③ 周济肯定南北宋词在不同的方面各有强弱与盛衰。他从或偏于辞才表现，或偏于音律运用的方面对南北宋词优缺之处予以简洁的比照，论断北宋词在张扬创作主体才性上有其所长，呈现出文士化的特点；而南宋词在音律运用上见其优势，体现出乐工化的特点，南北宋词在艺术表现上确乎是各有所长，也各

---

① 冯乾编校：《清词序跋汇编》，凤凰出版社 2013 年版，第 453 页。
② 同上书，第 669—670 页。
③ 唐圭璋编：《词话丛编》，中华书局 1986 年版，第 1629 页。

有所偏的。其《宋四家词选目录序论》云："北宋主乐章，故情景但取当前，无穷高极深之趣。南宋则文人弄笔，彼此争名，故变化益多，取材益富。然南宋有门径，有门径故似深而转浅。北宋无门径，无门径故似易而实难。"① 周济从创作路径上对南北宋词所显示出的艺术特征进一步予以比较。他概括北宋词在艺术表现上更见本色当行，其以自然之音律表现为本，言为音用，故情景表现中取当下之景象，抒当下之意绪，体现出自然天成的特点，在浅切中显示出深致；而南宋词坛因文人争胜，词人争奇斗艳，其词作在艺术表现上体现出追求技巧运用的特点，注重变化创新，不断开拓词作题材与创作取径。前者即景生情，无创作门径可循，创作效仿上似易而实难；后者因有门径可循，故创作效仿上体现为似深致而实际上流于浅切之境地，其相互间的异别是甚为明显的。

蒋方增《浮筠山馆词钞自序》云："词之为道，自唐衍于五代，至宋而大盛，逞妍抽秘，无美弗臻。世人好言北宋，要非通论。分镳并骋，南宋始极其工，宋季始极其变，金元间如蔡伯坚、吴彦高、元裕之、萧竹屋、曾舜卿、虞伯生辈，骎骎乎入宋人之室。"② 蒋方增论断词作之体至宋代而大盛，其创作技巧不断丰富多样，各种词作风格竞相呈现。他批评一味推扬北宋词之论，认为南北宋词并驾齐驱，应该是各有所长的。南宋词在追求创作技巧的多样性与面目呈现的工致性上体现出特色，其与北宋词相较确是各有千秋的。蒋方增之论，显示出对南北宋之宗消解的努力，进一步强化了兼融并取南北宋词的批评主张。宋翔凤《乐府余论》云："北宋所作，多付筝琶，故啴缓繁促而易流，南渡以后，半归琴笛，故涤荡沈渺而不杂。"③ 宋翔凤对南北宋词在俗唱上的差异予以比照。他概括北宋词俗唱多伴之以弦乐，南宋词俗唱多伴之以管乐，故而，在音律表现上，北宋词大都彰显出音律丰富而变化自如的个性，而南宋词则大都体现出音律深幽而纯正的特点。宋翔凤之论，进一步丰富了对南北宋词的观照，拓展了南北宋之宗尚的比较空间。

赵怀玉《秋蓼亭词草序》云："词肇于唐而盛于宋，宋词之自北而南，犹唐诗之由初盛而中晚也。秦、黄、周、柳，温丽芊绵；苏、陆、

① 唐圭璋编：《词话丛编》，中华书局1986年版，第1645页。
② 蒋方增：《浮筠山馆词钞》卷首，南京图书馆藏稿本。
③ 唐圭璋编：《词话丛编》，中华书局1986年版，第2498页。

辛、刘，沈雄顿挫。所趋虽别，异曲同工，固不以时代之先后为轩轾也。"① 赵怀玉将宋词由北入南比譬为唐诗之由初盛而中晚之历程。他论断绮丽婉曲与沉郁豪放作为两种代表性词作风格，其创作路径各异、艺术追求互别，但它们殊途同归，我们切不可以所出现的时代先后而对词作妄加判评，这是不得要领的。顾广圻《玉琴斋词题辞》云："填词宗派，五代、南北宋各极其妙。近人惟持扯玉田、附会竹西六家，自外皆未之寓目，乌足与知此事耶？观梅村题中举放翁、金荃、清真，而归之学富才隽，无所不诣其胜，可以知前辈诚不可轻及矣。"② 顾广圻对南北宋词都持以称扬与推重的态度。他肯定南北宋词各其妙处，批评一些人学词只知道以南宋张炎为宗，于近人则习效浙西诸人，囿于一隅而不能兼容。他推扬吴伟业对陆游、温庭筠、周邦彦等人的论评，认为他们在才情与学力等创作因素方面各有所长，都是值得学习的榜样。顾广圻之论，体现出广阔而辩证的词学批评观念。

晚清，贾敦艮《紫藤花馆词序》云："今之言词者曰：必以南宋为正宗，然则北宋诸家皆不正乎？噫！亦太甚矣。昔东坡訾少游效柳七，而少游愠之。盖耆卿之词，未免夹杂俗艳，若苏与秦，则一代雄才也。而亦可谓之不正乎？要之，北宋之词与诗合，南宋之词与诗分。北宋犹争气骨，南宋则专精声律。是南宋词虽益工，以风尚而论，则有《黍离》降而诗亡之叹矣。安得独指为正宗乎哉？"③ 贾敦艮对以南宋词为正宗之论极意地予以驳斥与辨析。他论断，北宋词坛苏轼、秦观等人乃一代大家，其词作与柳永相比是有着判然之别的。它们或以本色见长，或以创变显胜，其难道不可入乎正道吗？他概括北宋词在艺术质性上趋合于诗体，而南宋词在艺术质性上则与诗体分别更大；北宋词以充蕴气骨见长，而南宋词在声律表现方面更显出妙处，但它又与对社会生活的切实表现拉出有一段距离，其内涵呈现出相对虚化与浮泛的特点。贾敦艮之论，多方面道出南北宋词的艺术质性与审美特征，将南北宋词一同标树为词作之正道，显示出对南北宋词的更深入细致观照，体现出甚为融通开放的批评观念，将对偏取南北宋词的消解之论进一步引向深入。郭晋超《受辛词叙》云："词之

---

① 冯乾编校：《清词序跋汇编》，凤凰出版社 2013 年版，第 777 页。
② 同上书，第 123 页。
③ 同上书，第 1368 页。

宗旨，始于唐，昌于宋，至元明则窔窔不辟，门户遂迷。世之作者，非高张苏、辛、秦、柳，即持扯周、王、姜、张。不知南北宋之大分径庭，名大家各具香火，正未容浅窥疏测也。"① 郭晋超简洁地梳理词作演变发展的历史，在此基础上，其持词盛于两宋之说。他认为，两宋时期词坛名家众多，而并不仅仅是苏轼、辛弃疾、秦观、柳永、周邦彦、王沂孙、姜夔、张炎等人所可代表的，南北宋词人各有渊源承纳与艺术追求，创作路径各有不同，都是不容小觑的。郭晋超之论体现出对南北宋词的并重之意。于昌遂《卖鱼湾词跋》云："词分南北宋，犹诗云初盛中晚唐，不过纪其时代先后大概而已。派别不以此分，工拙岂以此论？即如我朝词家，首推小长芦长，次则樊谢老人，世所谓宗南宋者。而迦陵、珂雪二子，则铜琶铁板，唱大江东去，旗鼓相当，在当时亦推程不识部曲，未有以霍姚目之者。而近来倚声家则举苏、黄、辛、陆而鄙弃之，非曰粗豪，即曰不协律。比观其所作，不过取侧艳之题，传淫冶之语，袭《花间》《尊前》余习，初不似十八女郎声口，便自诩为柳七，不知闻者已作数日恶矣。"② 于昌遂对界分南北宋词的做法进一步予以论说。他认为，宋词分南北与唐诗分初盛中晚，其在划分理据上是一样的，都不过是人们为更好地认识文学历史发展的一个方便法门而已。仅以时间先后为界，而并不寓含抑扬高下之意。于昌遂论说朱彝尊、厉鹗等人作词以南宋为宗尚，而陈维崧、曹贞吉等人作词则推扬豪放之风，这都缘于创作者性之所近与趣之所在，并不能以此而对前人词作妄加批评，但当世一些词人却盲目指责豪放一路创作，而自诩为婉曲雅致，这实际上背离了以不同历史时期划分词作之初衷，是对词学批评之举的浅薄践踏。

　　谢章铤《赌棋山庄词话》云："北宋多工短调，南宋多工长调。北宋多工软语，南宋多工硬语。"③ 谢章铤对南北宋词的体制形式与字语运用予以比较。他论断，在体制形式上，北宋词以小令为主，而南宋词以长调为主；在字语运用上，北宋词相对香软温细，而南宋词相对健朗有度，它们在风格呈现上是存在很大差异的。接着，谢章铤又对南北宋代表性词人词作是否合于其特定时期主流词统予以论说，认为"欧阳、晏、秦，北

---

① 冯乾编校：《清词序跋汇编》，凤凰出版社 2013 年版，第 1244 页。
② 同上书，第 1365—1366 页。
③ 唐圭璋编：《词话丛编》，中华书局 1986 年版，第 3470 页。

宋之正宗也。柳耆卿失之滥，黄鲁直失之伧。白石、高、史，南宋之正宗也。吴梦窗失之涩，蒋竹山失之流"。① 此论显示出谢章铤视南北宋词各有正宗与旁流的批评观念，体现出其对南北宋代表性词人词作特征的更深入细致的辨分，也显示出对南北宋主流词统的极力维护态度，其论说是甚为辩证的。其又云："词至南宋奥窔尽辟，亦其气运使然，但名贵之气颇乏，文工而情浅，理举而趣少。善学者，于北宋导其源，南宋博其流，当兼善，不当孤诣。"② 谢章铤论说南宋词随着时代运会而流于路径不断开辟与探索之中。他对南宋词整体评价不高，认为其气质欠佳，在追求艺术技巧中情感表现流于浅化，相对而言，侧重事理昌明而少艺术意味。虽然如此，谢章铤仍然主张对南北宋词应源流并举、多方兼取，而不当仅入乎某一创作路径与艺术体制之中。刘熙载《词概》云："北宋词用密亦疏，用隐亦亮，用沉亦快，用细亦阔，用精亦浑。南宋只是掉转过来。"③ 刘熙载对南北宋词在笔法运用与艺术表现上的不同予以比较，他简洁地道出两者在审美特征上的差异，指出它们在笔法运用上的疏密与粗细，艺术表现上的显隐、浅深、精练与浑融等之间是截然相反的，呈现出互补性的特点。杜文澜《憩园词话》云："盖北宋为小令，重含蓄，继唐诗之后。南宋为慢词，工抒写，开元曲之先。"④ 杜文澜对南北宋词人分别所擅长体制及创作特征加以论说。他概括北宋人善于创作小令之词，以含蓄蕴藉美为追求；而南宋人善于创作长调之词，以铺叙展衍见长。前者承唐人诗歌之体自然而来，后者开启元人散曲之先声，在文体流变过程中明显体现出历史过渡性，它们内在承续与创生，相映而并美。杜文澜之论，体现出对文学历史发展的整体性观照眼光。

陈廷焯《词坛丛话》云："北宋词，诗中之风也。南宋词，诗中之雅也。不可偏废，世人亦何必妄为轩轾。"⑤ 陈廷焯从所切近诗骚源承上评说南北宋词。他认为，北宋词从创作取径而言近于《国风》，南宋词从创作取径而言近于《小雅》，它们相对相生，彼此间是不必也不可界分优劣高下的。其《白雨斋词话》反复论说到南北宋词非有高下、当兼融并取

---

① 唐圭璋编：《词话丛编》，中华书局 1986 年版，第 3470 页。

② 同上。

③ 同上书，第 3696 页。

④ 同上书，第 2945 页。

⑤ 同上书，第 3720 页。

的论题。如云："国初多宗北宋，竹垞独取南宋，分虎、符曾佐之，而风气一变。然北宋、南宋，不可偏废。南宋白石、梅溪、梦窗、碧山、玉田辈，固是高绝，北宋如东坡、少游、方回、美成诸公，亦岂易及耶？况周、秦两家，实为南宋导其先路。数典忘祖，其谓之何？"① 陈廷焯针对清初云间派词学所倡导的以北宋为宗及朱彝尊等人所倡导的以南宋为宗之论展开辨析。他倡扬南北宋词不可偏废之论，认为其代表性词人词作各擅所长，各自成就。但他同时也道出南北宋词的内在联系，大力肯定周邦彦、秦观对南宋风雅词创作的导夫先路之功，强调要在对词史演变发展的内在承传与创新视界中观照南北宋词。陈廷焯对清初云间派、浙西派对南北宋之宗尚持论的批评是甚为平正入理的。其又云："词家好分南宋北宋，国初诸老，几至各立门户。窃谓论词只宜辨别是非，南宋北宋，不必分也。若以小令之风华点染，指为北宋，而以长调之平正迂缓，雅而不艳，艳而不幽者，目为南宋，匪独重诬北宋，抑且诬南宋也。"② 陈廷焯对清初不少词人在流派门户意气之论中妄分南北宋的做法进一步予以批评。他反对单纯以时代为据对南北宋词的界分，主张从本质上而言要辨别其艺术表现的是非高下，而不必强分宗趣。陈廷焯指出，北宋词人之小令创作风华情致毕现，而南宋词人在长调创作方面更显示出实绩，其词作流转舒缓有致，风格表现秾丽雅致，我们切不可以个人好恶而妄辨南北宋词之优劣高下。陈廷焯在努力消解南北宋之偏尚论题上作出了超越前人的贡献。

　　张德瀛《词徵》云："两宋词离合张歙疏密，各具面目，其犹禅家之南宗北宗，书家之南派北派乎。然究其所造，则根情苗言，固未尝不交相为用。"③ 张德瀛比譬两宋词如佛家之南北禅及书法领域之南北两派，是各具创作取径、艺术体貌与风格特征的。但它们的相通之处都体现为依据于人的情感蕴含而生发，由"情"而"辞"，植根于情感积聚而显现于言语表象之中，故其在内在本质上是相融相渗的。张德瀛之论，将传统词学批评的南北宋之宗尚论题提升到更为辩证融通的层面，显示出探本性。李东沅《龚波词题识》云："乾嘉以前言填词者，莫不家玉田而户石帚。嗣

---

① 陈廷焯著，杜未末校点：《白雨斋词话》，人民文学出版社 1959 年版，第 59 页。
② 同上书，第 207 页。
③ 唐圭璋编：《词话丛编》，中华书局 1986 年版，第 4151 页。

一变而为中仙、梦窗，要皆于南宋止耳。以予观之，词犹诗也，资有厚薄，力有浅深，分量所限，未可相强。涧盟与予论词，谓泥于律则晦，失于律则野。至于专学一家，则尤迂拘而不化。讲求不可不精，下笔终须有我。斯言也，诗文何独不然？"① 李东沅之论，体现出对南北宋之尊的消解之意。他针对清代乾隆、嘉庆以前人们作词多以南宋为宗，推尚张炎、姜夔、王沂孙、吴文英等人的现象予以论说，认为词的创作与诗体一样，其创作主体生活积累是有厚薄之分的，艺术表现才力也是有深浅与大小之别的，这些都是难以通过外力而强求的。李东沅肯定，词的创作既要从习效某一家、某一体入手，但又不能专事某一家、某一体，应努力避免拘泥不化、自我封闭。他强调，文学创作的关键贵在"有我"，要以主体自身性情为文学创作之道的本质所在，从而摆正"本"与"末"的关系，在既张扬自我又多方兼取中入乎其妙。

　　王国维《人间词话删稿》云："词家时代之说，盛于国初。竹垞谓：词至北宋而大，至南宋而深。后此词人，群奉其说。然其中亦非无具眼者。周保绪曰：'南宋下不犯北宋拙率之病，高不到北宋浑涵之诣。'又曰：'北宋词多就景叙情，故珠圆玉润，四照玲珑。至稼轩、白石，一变而为即事叙景，使深者反浅，曲者反直。'潘四农（德舆）曰：'词滥觞于唐，畅于五代，而意格之闳深曲挚，则莫盛于北宋。词之有北宋，犹诗之有盛唐。至南宋则稍衰矣。'刘融斋（熙载）曰：'北宋词用密亦疏、用隐亦亮、用沈亦快、用细亦阔、用精亦浑。南宋只是掉转过来。'可知此事自有公论。虽止庵词颇浅薄，潘刘尤甚。然其推尊北宋，则与明季云间诸公，同一卓识也。"② 王国维详细地引述和评说清代一些对南北宋词比照与辩说的典型性言论。他认为，朱彝尊推尊南宋词之说，也并不是不具识见，影响到之后的不少词论家；而周济在审美取向上偏于宗尚北宋之词，原因在于其认为北宋词情由景生，自然便辟，艺术表现灵活圆融，含蓄深致；潘德舆亦推尚北宋词，在于认为其词作旨意表现含蓄深远，词格拔俗，从词史发展角度而言，正如诗之盛唐，如日中天；刘熙载则从创作技巧与艺术表现方面概括出北宋词具有辩证生发的特点，善于将对应的

---

　　① 冯乾编校：《清词序跋汇编》，凤凰出版社 2013 年版，第 1868 页。

　　② 况周颐著，王幼安校订：《蕙风词话》；王国维著，徐调孚注，王幼安校订：《人间词话》，人民文学出版社 1960 年版，第 230—231 页。

美学因素在艺术生发中运用得恰到好处，彼此融通，他将对北宋词艺术表现的推扬进一步铺展开来。王国维之论，择取有代表性的对南北宋词的推扬之言进行评说，体现出宏通深切的辨识，既借此间接地表现出自身以北宋为宗尚的审美理想，又辩证地体现出作为一个词论家的批评态度与立论准则，在传统词学南北宋之宗论中具有十分重要的意义。其又云："唐五代之词，有句而无篇。南宋名家之词，有篇而无句。有篇有句，唯李后主降宋后之作，及永叔、子瞻、少游、美成、稼轩数人而已。"① 王国维对唐五代南北宋词在字句提炼、篇章表现及相生相融方面予以概括对照。他道出唐五代词具有句子秀拔而篇什不够浑融的特点，而南宋词则具有词意词境相对浑融而缺乏精警之句的特点。他认为，只有李煜、欧阳修、苏轼、秦观、周邦彦、辛弃疾等不多的几人，可达到"有句有篇"之秀拔与浑融相统一的艺术表现层次。王国维之论，进一步破解对南北宋词的一味称扬或拔高之论，对南北宋词艺术表现特征之优缺予以切实的评说。其还云："唐五代北宋之词家，倡优也。南宋后之词家，俗子也。二者其失相等。但词人之词，宁失之倡优，不失之俗子。以俗子之可厌，较倡优为甚故也。"② 王国维将唐五代北宋之词比譬为"倡优"，南宋之词比譬为"俗子"，这实际上其为形象地对南北宋词的审美体貌与艺术气质作出判评。他主张词的创作宁可显得失于柔婉细碎，也不能在品格气质上显示出俗化之态，这体现出对词作品格的较高之求。王国维进一步分析清代一些词人宗尚南宋而贬抑北宋之因，概括为"近人祖南宋而祧北宋，以南宋之词可学，北宋不可学也"，见出南宋词似难而实易，内在有取径可循，而北宋词则似易而实难，内在少有章法可依的特点。王国维对南北宋词创作取径、艺术特征及面目呈现等所作的多维面比照分析，将对南北宋之偏尚的消解及兼融并取之论推向高峰，也从一个视点有力地标示出传统词学的批评层次与水平。

　　主张兼融并取南北宋词之论，在民国时期的词学批评中仍然得到承衍与倡扬。其主要体现在陈匪石、况周颐、龙榆生、《续修四库全书总目提要》作者等人的论说中，他们将对南北宋词的平正辨析与判分之论继续

---

　　① 况周颐著，王幼安校订：《蕙风词话》；王国维著，徐调孚注，王幼安校订：《人间词话》，人民文学出版社 1960 年版，第 240 页。

　　② 同上书，第 240—241 页。

发扬开来。

陈匪石《旧时月色斋词谈》云："竹垞有言：'世人言词，必称北宋。然词至南宋始极其工，至宋季始极其变。'此在竹垞当时，自有两种道理：一则词至明季，尽成浮响，皆由高谈《花间》《尊前》，鄙南宋而不观之过，故以此语矫之。二则竹垞专宗乐笑翁，遂开二百年浙西词派，其得力正在宋季，自言其所致力也。……竹垞此语，实为宗南宋而祧北宋者开其端。"① 陈匪石对朱彝尊推扬南宋之词予以分析论说。他归结其主要基于两方面的原因：一是明代词坛普遍宗尚唐五代《花间集》《尊前集》中之词，而对南宋词作不以为然；另一方面，则是朱彝尊在词作审美上推尚张炎之词，由此而扩展至于整个南宋词作。陈匪石之论，对传统词学南北宋之宗论题进一步作出剖析，其对消解南北宋之偏尚体现出重要的理论价值。况周颐《蕙风词话》云："两宋人词宜多读、多看，潜心体会。某家某某等处，或当学，或不当学，默识吾心目中。尤必印证于良师友，庶收取精用闳之益。……善变化者，非必墨守一家之言。思游乎其中，精骛乎其外，得其助而不为所囿，斯为得之。当其致力之初，门迳诚不可误。然必则定一家，奉为金科玉律，亦步亦趋，不敢稍有逾越。填词智者之事，而顾认筌执象若是乎？吾有吾之性情，吾有吾之襟抱，与夫聪明才力。欲得人之似，先失己之真。得其似矣，即已落斯人后，吾词格不稍降乎？"② 况周颐从习效作词的角度对南北宋之宗尚论题予以阐说。他主张学词的过程重在细心体会，多方兼取，逐渐悟入，反对拘守一家，坐井观天，沉溺其中而不能自拔。他进一步指出，初学作词确乎要有门径可寻，不着门墙是难入殿堂的，但坚执地奉某一家为不变之律，并对之"亦步亦趋"，而不敢越雷池半步，这并不是"智者"所为。况周颐大力肯定创作者一人有一人之性情，一人有一人之襟怀，一人有一人之才力。他论断，一味习学他人而必失己之本真，这使自己先在地落乎人后，其词作格调又怎能拔俗呢？况周颐从学词角度对拘泥之习的破解，将兼融并取前人与凸显创作主体自我本真的要求一同道了出来。龙沐勋（龙榆生）《两宋

---

① 陈匪石编著，钟振振校点：《宋词举（外三种）》，江苏古籍出版社2002年版，第211—212页。

② 况周颐著，王幼安校订：《蕙风词话》；王国维著，徐调孚注，王幼安校订：《人间词话》，人民文学出版社1960年版，第16页。

词风转变论》云："词以两宋为极则，而论者或主北宋，或主南宋。此皆域于门户之见，未察风气转变之由，而妄为轩轾者也。"① 龙榆生对南北宋词宗尚之论予以简洁而平正的论说。他概括偏于以北宋为宗还是偏于以南宋为尚，这完全是囿于门户意气的做法，是不能识见词作风气转变与词史整体演变发展的认识，是甚为缺少理性批评眼光的妄为之论。其又云："两宋词风转变之由，各有其时代与环境关系，南北宋亦自因时因地，而异其作风。必执南北二期，强为画界，或以豪放婉约，判作两支，皆'囫囵吞枣'之谈，不足与言词学进展之程序。吾人研究词学，不容先存门户之见，尤不可拘于一曲以自封。循吾说以观宋词，或可扫空障碍。"② 龙榆生进一步对南北宋之宗尚论题展开分析阐说。他发挥文艺社会学的理论，认为南北宋词风格之异乃缘于不同时代与环境之关系，两者之间确是不可强分界域与彼此割裂的。只有以宏观发展的眼光观照两宋词学的历史进程，才是我们所应持有的批评态度。龙榆生极力批评门户之见与拘泥之习，消解狭隘之批评眼光，其论将兼容并取南北宋词之论进一步予以完善与张扬，将传统词学批评论题予以了更具现代性的理性审视，在传统词学批评对南北宋之偏尚的消解历史上显示出夺目的光彩。

其时，《续修四库全书总目提要》评朱彝尊《江湖载酒集》云："自周邦彦以来，莫不以婉雅为正宗，实自淮海启之，玉田虽雅，往往流为滑易，彝尊但知玉田，而不知淮海，此其所以不能沉郁也。浙派之病，在于过尊南宋，而不能知北宋之大也。"③《提要》作者通过评说朱彝尊以张炎词作为宗尚，而不能进一步上溯秦观，界定此乃其词作入乎婉雅而不能进乎沉郁之境的深层次缘由。他批评清代浙西派词作缺失便在过于推扬南宋之词，而对北宋词作缺乏辩证观照之故。《提要》作者将兼融并取南北宋词的论题进一步予以了张扬。其评陈皋《吾尽吾意斋乐府》又云："词以南宋为宗，其间颇有可言。效南宋者，当知二事：梦窗词似凝质而实飞动，玉田词似流滑而实精深；学梦窗不成则近于滞，学玉田不成则近于浮。识此二者，可与言南宋之词矣。"④《提要》作者在持论有人以南宋词

---

① 张璋、职承让、张骅、张博宁编纂：《历代词话续编》，大象出版社 2005 年版，第 958 页。

② 同上书，第 975 页。

③ 孙克强、杨传庆、裴喆编著：《清人词话》，南开大学出版社 2012 年版，第 344 页。

④ 同上书，第 781 页。

为宗尚的基础上，将对南宋词的推扬与效仿分析进一步往前予以推进。他论断，以南宋为宗尚关键在把握好吴文英与张炎之词，因为，习效吴文英之词易入于窒塞不灵之境，而习效张炎之词则易流于浮泛不实之地。他们二人之词作为南宋的代表，充蕴灵性与含蓄精深，解此，方可谓真正的以南宋词为宗尚了。此论将以南宋为宗尚的分析进一步展衍开来，是其富于辩证识见的。

总结中国传统词学批评中南北宋之宗的承衍，可以看出，其在以北宋词为宗、以南宋词为宗及主张兼容并取南北宋词三条线索上都得到不断的阐说与辨证。相比较而言，主张或以北宋词为宗尚，或以南宋词为宗尚之论者，大都从其词作审美理想或所持词学批评取向而论，而主张兼容并取南北宋词之论者则大多从较为理性的批评立场或原则而论，因此，其词学批评视域更见宏通，批评主张更见圆融。也正由此，才会出现像陈廷焯、王国维等人既推尚北宋之词，又主张兼容并取南北宋词的现象。这一点，是我们应该予以细致辨识与深入把握的。

第八章　中国传统词话的承衍

　　词话是中国传统词学理论批评的主体形式之一。它是指以"条"或"则"为基本结构单位，通过"话"的散体化形式，自由灵活地对词人词作包括词本事及词学理论等进行录载与阐说的文学批评形式。在中国传统词学史上，词话的数量是很多的。它们在创作形式上前后相续，形成内在的承衍线索，从不同视域上展开了词学理论批评的丰富内涵，建构出传统词学的基本面貌与呈现格局。

第一节　偏于纪事与辨证之体的承衍

　　我国传统的偏于纪事与辨证之体词话，大致出现于北宋中期。最初，受诗话"论诗及事"创作体式的影响，词学批评领域中较多出现这一体式。其主要内容包括三个方面：一是记述词坛之事，二是录载词人之作，三是分析辨证相关词学史实。有宋一代，偏于这一维面词话成为创作的主体形式。其主要有：杨绘《时贤本事曲子词》、杨湜《古今词话》、吴曾《能改斋词话》、胡仔《苕溪渔隐词话》、王灼《碧鸡漫志》、周密《浩然斋词话》，等等。它们在批评形式与创作体制上，将词话中的"论词及事"之体初步呈现出来。

　　杨绘《时贤本事曲子集》，又名《本事曲》或《本事曲集》，是传统词学批评中最早仿孟棨《本事诗》之体而创作的词话。该书偏重记事与录载词作，所录上自唐五代，下讫宋神宗元丰初年，以宋之"时贤"为主，共140余则。但此书原本久佚。近人梁启超自欧阳修、苏轼词之宋人注辑得5则，赵万里于《苕溪渔隐丛话》《敬斋古今黈》增搜4则，计李璟、孟昶、林逋、范仲淹、欧阳修各1则，苏轼4则，合计9则。所记林逋《点绛唇》、范仲淹《定风波》、欧阳修《渔家傲·咏十二月》、苏轼

《满庭芳·游南山》等，均为本集所不载。杨湜《古今词话》，此书原本久佚，只散见于各书称引。初引者为胡仔《苕溪渔隐丛话》。近人赵万里从《岁时广记》《笺注草堂诗余》《花草粹编》《绿窗新话》等书中辑得67 则，合为一卷。所记多五代以来词林逸事，大半出于传闻，且多侧重冶艳故实。书中所记词人有唐庄宗李存勖、孟昶、韦庄、宋徽宗赵佶、潘阆、晏殊、司马光、王安石、张先、柳永、苏轼、黄庭坚、秦观、晁补之、曹组、赵君举、江致和、许将、杨师纯、杨端臣、张才翁、刘浚、任昉、陈子雍、虞策、阎咏、林外、聂胜琼、赵才卿、施酒监、无名氏等30 余家。吴曾《能改斋词话》，出于《能改斋漫录》之 16、17 卷，共 69则，为唐圭璋所辑，《词话丛编》冠以此名。该书所记多为五代北宋词人轶闻逸事。梅尧臣《苏幕遮》、欧阳修《少年游·咏草》、王安石《生查子》《谒金门》，均为本集所不载，都因是书引述得以流传。书中间涉考证，多博洽精审，也偶有疏于考辨之处。胡仔《苕溪渔隐词话》，出于《苕溪渔隐丛话》，全书四卷，共 48 则。唐圭璋《词话丛编》辑收冠以此名。是书所录多为词家名篇杰作、词坛轶闻趣事，以人为纲，以时代为序，凡有引述，均揭录书名于前；出于己说者，则标明"苕溪渔隐曰"，以资区别。该著作体例有法，于前人误论之处多加辨正。王灼《碧鸡漫志》，全书五卷。其中，卷一论乐，叙述上古至汉魏唐宋的声歌衍变缘由及发展过程；卷二论词，历评唐五代至宋南渡初期，兼及词坛掌故；对北宋词人 60 余家均有评骘；卷三至卷五，专论词调，其论调，重在考释曲名，包括曲调本事、作者与撰制年代；探究音律，包括所属宫调、音乐特点；阐述流变，包括曲调衍作词调的经过，对《霓裳羽衣曲》《凉州》《伊州》《甘州》等 20 余调，逐一溯其得名缘起及衍变过程，始创"词调溯源"之学。作者在"自序"中云："予客寄成都之碧鸡坊妙胜院，……客舍无与语，因旁缘是日歌曲，出所闻见。仍考历世习俗，追思平时论说，信笔以记。积百十纸，混群书中，不自收拾。今秋开箧偶得之，残脱逸散，仅存十七，因次比增广成五卷，目曰碧鸡漫志。"① 这段话，作者交代著作缘起及大致写作过程，表明其"信笔"之特点。该书可视为最早的一部体制成型的笔记性词话。周密《浩然斋词话》，出于《浩然斋雅

---

① 张璋、职承让、张骅、张博宁编纂：《历代词话》，大象出版社 2002 年版，第 101—102页。

谈》，唐圭璋《词话丛编》辑其下卷而名。该书所录词林掌故共 26 则，多为他书所不载。其中，有记录创作轶闻者，亦有考辨词语渊源者。所涉词人，除周邦彦、贺铸等少数名家外，多为名不彰者，有助于词作历史研究拓展与充实之功效。

元明时期，词话写作整体数量仍然比较偏少。此时，偏于纪事与辨证之体词话，主要有俞焯《诗词余话》、杨慎《词品》、陈霆《渚山堂词话》等。它们在较小的规模中将笔记性词话体制承纳延续下来。元代，俞焯《诗词余话》主要录载诗人诗事，然其中亦有词话 2 则，一记沈景高《沁园春》词，一记詹天游以词得粉儿"销魂"之事，甚为有趣。明代，杨慎《词品》，全书六卷，为体制很大的一部笔记性词话。其内容丰富复杂，足资词学研究之参证。其中，卷一 71 则，卷二 66 则，卷三 45 则，卷四 51 则，卷五 51 则，卷六 23 则，"拾遗"与"词品补"20 则，总计 327 则。全书多以词人之名或词作之名列目，内容主要包括录载词作、述评词人词事、诠释与辨证字句、辨析典事、考订名物等。作者"博物洽闻"，广引例证，保存了许多重要的词学史料。当然，是书也体现出作者一定的词学批评观念，如：标举"风华情致"，倡导"含蓄"，强调不同风格流派词人词作兼纳并容，主张既遵格律又不为其所拘限，等等。陈霆《渚山堂词话》，全书三卷，其中，卷一 20 则，卷二 26 则，卷三 15 则，总计 61 则。书中内容主要为辑录词家故实、轶事以及宋元明佚篇断句，有的本集已不传于世之作，赖此书以存。书中也体现出作者的词学理论主张，如：强调词境创新，肯定含蓄与用事，推崇反映民族意识及爱国思想的词作，等等。

清代是传统词话创作的繁盛时期。此时，词坛创作的内在要求与词学家写作水平的日益提高，使偏于批评与论理之体词话数量大增，词话创作更多地走上"论词及辞"的道路。但这一时期，仍有不少词话家或从掇拾身边生活点滴，或从丰富自身文化生活，或从留存词学史料等目的出发，写作了不少偏于纪事与辨证之体词话，为词学研究提供大量的材料。其主要有：毛奇龄《西河词话》、夏基《隐居放言》、徐釚《南州草堂词话》、徐涵《芙蓉港诗词话》、查礼《铜鼓书堂词话》、李调元《乐府侍儿小名》、毛大瀛《戏鸥居词话》、郭麐《灵芬馆词话》、宋翔凤《乐府余论》、孙兆溎《片玉山房词话》、丁绍仪《听秋声馆词话》、李佳《左庵词话》、刘泲年《寄渔词话》、文廷式《纯常子词话》、于右任《剥果词话》、杨钟羲《雪桥词话》、李宝嘉《南亭词话》、冒广生《小三吾亭词话》、况周颐《历代词人考略》，等等。清代词话家无论从创作形式、录载词本事容量还是展开辨证等方面，都将这一体制词话予以了发扬光大。我们略要述及。

清代前期与中期，毛奇龄《西河词话》，凡两卷37则，其中，卷一22则，卷二15则。其内容主要记述明末清初一些词坛本事，探讨词乐与词韵等。所记明末清初词人词作词事，多不见他书载录，有功于存人存事，其录词，惜不整首载录，故存词之功则少。夏基《隐居放言》，共十卷，其中，卷八为词话，凡40则，多记作者与当时名流交游酬唱时所作词及本事，涉及词人20余位、词作55首，其中不乏曹溶、陈椒峰、尤侗等名家，颇存当时词坛故实。体例为每则词话前均记相关本事，而后录载词人有关之作。全书所记交游唱和之作，亦偶涉评论。徐釚《南州草堂词话》，凡一卷66则。此书专记清初词人词事，如朱彝尊、陈维崧、王士禛、沈丰垣等，凡有词事可记者皆为采入，或因事及词，或因词及事，故录存当时词人纪事之作甚多；又于民间旧俗有词纪其事者及闺秀名媛之能词者，记存亦多。其于清初数十年间之词林掌故采录略备。徐涵《芙蓉港诗词话》，凡一卷23则，书中杂记并世前辈及友朋诗人词事，多涉书画。所记一些词人皆不名于世，赖此得以存世。查礼《铜鼓书堂词话》，凡一卷15则，多载纪事之文。前13则记宋代词家故实，后2则记时人郑燮、陈时若之事。书中绝少述一己论词之见，偶于纪事间穿插一二语而已。李调元《乐府侍儿小名》，此书向不为词界所注意，实乃专门记载歌妓之词话。全书凡两卷98则，卷上46则记53位歌妓，卷下52则记54位歌妓，合计107位。卷上所记以北宋为主，卷下所记以南宋为主。其记歌妓与苏轼、柳永相关者尤多，如与苏轼有关者有郑容、高莹、琵琶、懿懿、妩卿、胜之、庆姬、懿卿、小莲、素娘、柔奴、稔、采菱拾翠、秀兰14人，与柳永有关者有虫虫、酥娘、秀香、英英、心娘、佳娘、瑶卿7人。全书多从宋词及有关题序中拾掇歌妓本事，可视为反映歌妓活动与宋词创作关系之专题词话。毛大瀛《戏鸥居词话》，凡一卷38则。大多记述清代词人词作有关故实，所涉词人有吴锡麒、查慎行、陈维崧、宋琬、曹贞吉、尤侗、董以宁、朱彝尊等，其中大多为香艳情事，而议论绝少。间有引自他书者，则注明出处，所记多为他书所不载，为研究清初词坛提供了不少史料。郭麐《灵芬馆词话》，凡两卷76则，卷一35则，卷二41

则。卷中所录涉及理论者甚少，除有一二则因论述词体而评及唐宋词人外，余多记近词近事，其与友朋往来题咏之作，录载亦多，可供知人论世之资。宋翔凤《乐府余论》，凡一卷16则。是书皆记两宋词人词事，并附以己论，其论词主比兴寄托，但无派别成见，时见精彩。孙兆溎《片玉山房词话》，凡一卷51则。有9则记唐宋明词人词作，余皆记清代词人创作轶事，其中多为名不见经传者，其人其作皆赖此以存。

晚清，丁绍仪《听秋声馆词话》，凡二十卷308则，篇帙浩大，资料丰富，有清一代词话体制规模当以此为最。作者在"自序"中云："就见闻记忆所及，或因词及事，或因事及词，拉杂书之，藉以消耗岁月。"①故各卷所载，或论词旨，或言词韵；或述前代，或记近事，纷然杂陈。盖乃平时信手纪录，未曾厘订先后次第，及至刊行时始以卷帙之多而分为二十卷。是书辑存大量词人词作，共收唐宋元明词人195家、词作229首；收清代词人412家、词作695首，并提及清人词集131种，录存大量词学史料。李佳《左庵词话》，凡两卷178则，其中，卷上84则，卷下94则。其内容大体分为三类：一是对历代词人、词集的纪事与评述，二是对词体、词法、词韵等方面的述论，三是记叙晚清词坛交游酬唱事迹，此类词人交往逸事，为研究晚清词坛提供了有益的史料。刘炘年《寄渔词话》，凡两卷81则，上卷58则，下卷23则。其上卷多词论，系抄撮前人论词之语而成，多不注出处；下卷多记词人词事，所记以清代女性词人为多，有助于了解清代词坛构成及创作变化等情形。文廷式《纯常子词话》，系施蛰存从《纯常子枝语》中辑出而成。凡34则，杂论宋、清词人及声韵律谱，中间多所辨证，此外亦录载词人词作与涉及文字校正等。于右任《剥果词话》，凡一卷13则，多记近今词人词事，于谭献、朱祖谋、王鹏运、徐灿等都有记述。因相隔未远，有些词事甚至乃作者亲历、亲为，故所记所论更见切实可信。杨钟羲《雪桥词话》，系张璋从《雪桥诗话》中辑出而成。杨氏撰著此书实欲保存有清一代诗坛掌故与学术风貌，以寄故国之思。其词话共63则，专记清代词人词事，而绝少评论之语。所记以名家为多，颇具文献价值。李宝嘉《南亭词话》，乃唐圭璋从《南亭四话》中辑出而成，始冠此名。凡49则，所记多为清末谐趣词、俗词及相关词本事，绝少品评，亦有存词与窥见社会风习之功。冒广生《小三吾

---

① 唐圭璋编：《词话丛编》，中华书局1986年版，第2561页。

亭词话》,凡五卷 61 则,其中,卷一 11 则,卷二 10 则,卷三 13 则,卷四 15 则,卷五 12 则。这之中,每则词话容量都很大,内容多为清末民初词坛轶闻、交游纪实与词作评论。所载名家众多,有周星誉、叶衍兰、王鹏运、文廷式、汪琅、何兆瀛、朱祖谋、江标、郑文焯、易顺鼎、程颂、曹元忠、谢章铤、张景祁、张鸣柯、沈曾植、冯煦、潘飞声、钱振锽、陈衍、林纾、缪荃孙、夏孙桐、金武祥等。其间所记诸人学词经历及酬唱之作,多为他书所未载。况周颐《历代词人考略》,原拟书名为《历代词人汇考》,后经人删削,因名《考略》。全书拟目为五十七卷,惜未完成,已撰部分自唐五代至南宋王埜,卷三十八至卷五十七,仅有目录而无正文。全书构架为:唐五代六卷,宋代五十一卷。现存前半部,涉及唐五代两宋词人 591 人。作者于每一词人,除考其生平行述外,另立"词话""词评""词考"三门,收罗关于该词人的佚闻、评价、佚词等。全书征引繁富,共引书 400 余种,其中颇多珍贵罕见者。其以时代先后为序,以人例列,辑录与辨证了很多词人之作与相关词学史料,是典型的偏于纪事、录词与展开辨证之体词话,具有重要的文献资料价值。

民国时期,偏于纪事与辨证之体词话出现仍然不少。此时,这一体制词话创作在更切近与本质意义上所体现出的是留存史料与直接为词学研究搭建平台的作用。其主要有:王蕴章《然脂余韵》,雷瑨、雷瑊《闺秀词话》,龙榆生《忍寒庐零拾》《彊村本事词》,毕希卓《芳菲菲堂词话》,周曾锦《卧庐词话》,杨易霖《读词杂记》,张尔田《近代词人逸事》,武酉山《听鹃榭词话》,温匋《长兴词话》,潘飞声《粤词雅》,黄浚《花随人圣庵词话》,夏敬观《忍古楼词话》,郭则沄《清词玉屑》,唐圭璋《梦桐室词话》,等等。我们略要述及。

王蕴章《然脂余韵》,全书六卷,所记时代始于清初迄于近代,于清代女性文人采录尤富。每则大抵以叙其人、传其事、录评其诗词作品为序。所录诸人绝大多数属于中国本土,也间有南洋马来群岛之作。雷瑨、雷瑊《闺秀词话》,凡四卷 196 则,其中,卷一 52 则,卷二 42 则,卷三50 则,卷四 52 则。是书论述由宋至清百余名女性词人,重点论述清代女性词人,亦涉及男性词人所创作的女性之词,其内容包括作者生平事迹、创作活动、文本情况及作品评论诸方面,书中各卷所列闺秀词人并不尽依时代先后。该书是目前所见最为完整的"闺秀词话",对勾画与梳理中国古代女性词史具有重要的作用。龙榆生《忍寒庐零拾》,此书主要记载清末大词人郑文焯、朱祖谋逸事及词作本事，大致属于专人性词话之类。龙榆生又有《彊村本事词》，凡一卷 12 则，记朱祖谋《高阳台》《丹凤吟》等 12 首词的本事，为研究朱祖谋提供了资料。毕希卓《芳菲菲堂词话》，全书规模很小，只有 4 则词话，皆记词人潘飞声，或记其在德国时情事，或记其妇梁佩琼，或评其词作，亦属于专人性词话。周曾锦《卧庐词话》，凡一卷 20 则。多记清代词人词事，间杂宋人词作，不一定依时间先后顺序，盖随手而记也。所记清代词人中，一些人如李渔衫、勒少仲、李他山等皆声名不显，其人其作赖此得以传世。杨易霖《读词杂记》，凡一卷 10 则，内容多涉考证，而少有评论，如辨证米芾曾手书秦观《满庭芳》一词，而后人却误将秦观《满庭芳》归之于米芾所作，其考证类皆精审。张尔田《近代词人逸事》，共 4 则，人各 1 则，专记近代词人蒋春霖、郑文焯、况周颐、沈曾植逸闻佚事。武西山《听鹃榭词话》，凡一卷 14 则，多记时贤及师辈词事，如记朱祖谋临终前赋《鹧鸪天》自道身世，一字一泪，真可谓词史，皆有助于近代词史之研究。温㛃《长兴词话》，乃作者为配合丈夫王修所辑《长兴诗存》而作，凡一卷 11 则，内容主要为考述正文所存词人如朱晞颜、朱立齐等人行止及作词之事迹，于保存浙江长兴地方词学文献体现出重要的价值。潘飞声《粤词雅》，凡一卷 26 则，乃选辑粤人之词、之事且述其雅趣而成，故名之。其所辑有崔与之、刘镇、李昂英、赵必瑑、陈纪、葛长庚，记六家之事，录词作则以葛长庚为多。黄浚《花随人圣庵词话》，乃从《花随人圣庵摭忆》中辑出而成。凡一卷 8 则，每则前有小标题，分别为郑文焯、吴小城、庚子秋词、罗瘿公、樵枫别墅、粤两生、夏午诒词、王又点，皆记晚清民初词坛要闻轶事、风俗掌故，兼有评议考证。

夏敬观《忍古楼词话》，凡一卷 93 则。全书以人物为条目标题，然不按年代先后排列，而依《词学季刊》发表次序，所记清末民初至近代词家名流近百家，大多为作者昔时相从或共游唱和之人。其内容皆记友朋轶闻韵事，以保留晚近词坛之佳话故实，并各采词作以志之。所采词作或未见载于词人本集，或词人本身并未有词集刊行，皆赖此得以传世。是书亦间涉评论。郭则沄《清词玉屑》，凡十二卷 511 则，所呈规模很大，是传统词话写作中少有的大部头之作。其记载清代词林故实，搜采名章俊句，网罗断句残篇，资料相当丰富。其中，卷一 47 则，卷二 41 则，卷三40 则，卷四 44 则，卷五 47 则，卷六 41 则，卷七 38 则，卷八 36 则，卷九 42 则，卷十 46 则，卷十一 49 则，卷十二 41 则。汪曾武为之作序云："举凡朝野故实，耆彦流风，艳迹幽谈，佚闻遗俗，恢奇诡丽之观，清新闲婉之致，兼收富有，博采菁英。事以经之，词以纬之。"① 其各卷以时间先后为序。如卷一记顺治、康熙时期明代遗民之词，表达故国之思；卷四记林则徐赴广东禁烟，与邓廷桢以词唱和之事；卷六记戊戌六君子之一林旭殉难，时人以词记之；卷九记林纾译西方文学名著，每于卷首自题长短句；卷十一、卷十二多记晚清由西方传来的钟表、轮船等器物，好事者以词咏之。诸如此类，为后人更全面细致地认识有清一代词坛及词史演变发展提供了丰富的资料，是甚有功于传统词学研究事业的。唐圭璋《梦桐室词话》，全书 83 则，每则前均有小标题。其内容，主要体现在三个方面：一是录存词作，如"和番禺潘兰史词"条，"梅屋小品"条，"陆放翁《渔歌子》"条，"岳武穆又一首《满江红》"条，"补《大典》本《小亨诗余》"条；二是评说词人词作特点与得失，如"异曲同工之宋词"条，"宋代女词人张玉孃"条，"喻愁词"条；三是辨证词人词作词事，如"明人伪作陆放翁妻词"条，"钱塘苏小小词"条，"钟隐非李后主之号"条，"宋本《东山词》补阙"条，"误以父词为子词"条，"《破阵子》不始于晏殊"条，等等，以第三个方面内容为更多。唐圭璋为现当代词人与词学研究大师，其词话写作对多方面完善传统词史建构与推动词学研究事业具有十分重要的价值和意义。

第二节　偏于理论批评之体的承衍

一　偏于具体批评之体的承衍

我国传统的偏于理论批评之体词话承衍的第一条线索，是偏于具体批评之体。这一体制词话大致出现于宋末元初时期，其创作主要受"论诗及辞"诗话体式的影响，开初在数量上是并不多的。宋元明三代，所出现偏于这一线索词话大致有：张侃《拙轩词话》、吴师道《吴礼部词话》、王世贞《艺苑卮言》，等等。宋代，张侃《拙轩词话》，出于《拙轩集》，唐圭璋《词话丛编》辑收冠以此名。作者"跋"云："予监金台之次年，

---

① 朱崇才编纂：《词话丛编续编》，人民文学出版社 2010 年版，第 2501 页。

榷酒之暇，取向所录前人词，别写一通，及数年来议论之涉于词者附焉。"① 是书共 21 则，包括论词之起源 1 则，考索词牌源流 2 则，论述声律 2 则，评述语句 1 则，辨证 1 则，余 14 则皆评论南北宋词人，包括苏轼、叶梦得、秦观、晁端礼、辛弃疾、李邴、韦能谦、沈端节、徐伸、康与之、王琪等。元代，吴师道《吴礼部词话》，出于《吴礼部诗话》，唐圭璋《词话丛编》收辑冠以此名。该词话体制甚为短小，只有 8 则。所述评词人词作主要涉及对象有柳永、苏轼、韩元吉、欧阳修、夏竦、辛弃疾等。所论较为精审，如论及《木兰花慢》一调时，举柳永词作中"倾城""盈盈""欢情"为例，并与吴激、元好问同调词相较，谓柳永词最得音调之正。明代，王世贞《艺苑卮言》，其正文八卷，评论诗文；附录四卷，分论词曲书画。唐圭璋《词话丛编》辑收得词话 29 则。王世贞对宋、元、明三代词人词作及词史发展予以不少论评，如认为：周邦彦"能作景语，不能作情语；能入丽字，不能入雅字"；欧阳修、王安石"俱文胜词，词胜诗，诗胜书"；"词至辛稼轩而变，其源实自苏长公，至刘改之诸公极矣"；元人"以才情属曲"而不属词，词所以亡；等等。其中，也寓含一些词学思想主张，如认为词起源于隋，"词须宛转绵丽"，等等，其观点对后世具有一定的影响。

清代，词话创作数量大增，写作水平不断提高，不少词学家利用这一形式表达思想主张，对前人及同时代词人词作展开论评。此时，偏于具体批评之体词话很多。其主要有：王士禛《花草蒙拾》，曹禾《珂雪词话》，吴宝崖《浣雪词话》，王晫《兰思词话》《吴山草堂词话》，洪昇《兰思词评》，卓回《词汇缘起》，李调元《雨村词话》，丁繁滋《邻水庄词说》，邓廷桢《双砚斋词话》，蒋敦复《芬陀利室词话》，冯煦《蒿庵论词》，陈廷焯《词坛丛话》《白雨斋词话》，谭献《复堂词话》，沈曾植《菌阁琐谈》，胡薇元《岁寒居词话》，沈泽棠《忏庵词话》，等等。我们择取略要述及。

清代前期，王士禛《花草蒙拾》，凡一卷 59 则，大都为具体词人词作之评，且所评均比较细腻。其论评对象主要有温庭筠、韦庄、宋祁、苏轼、李清照、张安国、辛弃疾、史达祖、吴文英、俞彦、王恽、卓珂月等。其评词视域较宽，不拘泥于南北两宋，重在兼容各家之长，无论婉约

① 唐圭璋编：《词话丛编》，中华书局 1986 年版，第 189 页。

豪放都予以肯定。体现在词学主张上，主要寓含的命题有：持论词曲同源，强调以"正始"观替代"正变"观以别分词史，以李清照为婉约词之宗、辛弃疾为豪放词之首，等等。曹禾《珂雪词话》，凡一卷8则，全评曹贞吉词，其中，有直接评论曹氏之词者，也有通过记述词人词事来衬托曹氏词坛地位的，形式不拘一格。吴宝崖《浣雪词话》，凡一卷8则，为对毛际可词作的专门评论，属专人性词话。王晫《兰思词话》，乃作者评沈丰垣《兰思词》而称词话者，篇帙无多，仅3则。该词话结合沈氏具体作品分析其风格特征，多为摘句式批评。王晫又有《吴山草堂词话》，乃评吴仪一《吴山草堂词》而称词话者，凡6则。洪昇《兰思词评》，为作者评沈丰垣《兰思词》而称词话者，凡5则。亦多摘句式批评，评其善于炼句，颇多佳句之类。李调元《雨村词话》，凡四卷165则，其中，卷一55则，卷二53则，卷三33则，卷四24则，体制规模不小。其卷一至卷三论唐宋人词，卷四论明清人词，如王世贞、朱彝尊、王士禛等。书中内容多为对词人词作使字、用句的辨析与欣赏，校雠辨正之处亦不少，其中多有可采者。整体内容给人感觉比较本色而细碎，相对而言，"述"的成分多而"评"的成分少，但在本质上仍偏于具体批评之体，只不过并未体现出多少有新见的批评观点罢了。

晚清，邓廷桢《双砚斋词话》，凡一卷15则，以品评词人词作为主。其品评两宋词家有苏轼、秦观、李清照、邓肃、辛弃疾、姜夔、史达祖、王沂孙、张炎、周密。编排依传统之例，以闺媛李清照置于文末。邓氏品评词家能折中前人之说，皆平允精审。蒋敦复《芬陀利室词话》，现存三卷中卷一26则，卷二24则，卷三26则，合计76则，共评及46位同时代词人及两宋词人。是书论词要旨乃"有厚入无间"一语，其品评词人则主南唐北宋。冯煦《蒿庵论词》，乃唐圭璋《词话丛编》过录《宋六十名家词》之"例言"而成，始名之。凡一卷45则，评及37位词人。其论词，一主婉约，一主比兴寄托之说。在评两宋词人时，于柳永、秦观、姜夔三家评价颇高。谭献《复堂词话》，共130则，涉及词之本事、品藻、议论，而以品藻与议论为主。其论词贬抑浙西派而称扬常州派，其品评词人，则于清代词人中最喜蒋春霖、纳兰性德、项鸿祚三家。沈曾植《菌阁琐谈》，凡一卷21则，多评述前人词话及论词之语。所评述词话有王世贞《艺苑卮言》、贺裳《皱水轩词筌》、王士禛《花草蒙拾》、刘熙载《艺概》等；所评词人中则推尚李清照、董士锡，其中，也多评说欧阳修之词。胡薇元《岁寒居词话》，凡一卷 38 则。所评词人，宋代有晏殊、柳永、苏轼、李清照、朱淑真等 28 家，元代有仇远、张翥、张羽、吴澄、汪元量 5 家，明代有杨慎、王世贞 2 家，清代有吴伟业、朱彝尊、陈维崧、纳兰性德等 17 家，少数条目亦涉及词人词事及考证诸方面。沈泽棠《忏庵词话》，凡 86 则，其中，有 80 则乃专门品评具体词人词作，所评对象主要有吴潜、吴文英、罗椅、方岳、赵汝茪、许棐、萧泰来、翁元龙、谭宜子、陈逢辰、奚淢、赵闻礼、陈允平、周端臣、潘希白、赵希迈、李肩吾、陈策、周密、姜夔、辛弃疾、刘过、真德秀、岳珂、真山民、潘妨、刘仙伦、高观国、王嵎、萧闲、王同祖、仇远、张炎、王沂孙、吴琚、翁孟寅等。每则词话篇幅都不太长，重在拈取具体词句加以简要分析与评说，亦间有论及词旨词法者。

　　这一时期，值得特别提及的是陈廷焯，他将对具体词人词作的批评广泛而又精致地运用开来，在词学批评中显示出夺目的光彩，可谓晚清词学批评第一人。陈廷焯对词人词作的批评，主要体现在《词坛丛话》和《白雨斋词话》中。我们略作述及。《词坛丛话》共 101 则，其中，前 91 则论述词的发展及综评《云韶集》中所选历代名家词作，所涉词人为唐代 5 家、五代 3 家、两宋 34 家、金元 4 家、明代 8 家、清代 59 家，合计 113 家。后 19 则类如编选凡例，从选择范围、方式、风格等方面阐述编选大旨。其所品评词人词作甚为广泛，上自唐五代，下迄清代当世，对不同历史时期词作都有比照辨析，甚给人以启发。如云："北宋间有俚词，间有亢语；南宋则一归纯正，此北宋不及南宋处。""北宋词，诗中之风也；南宋词，诗中之雅也。不可偏废，世人亦何必妄为轩轾。"[①] "词至国朝，直追两宋。而等而上之，作者如林，要以竹垞、其年为冠。朱、陈外，首推太鸿。譬之唐诗，朱、陈犹李、杜，太鸿犹昌黎。作者虽多，无出三家之右。"[②] 等等。该词话完全以评说为主，不见多少述事成分，是典型的偏于具体批评之体词话。其《白雨斋词话》，凡八卷 669 则，评及 195 位词人词作，计唐代 9 家、宋代 76 家、金代 3 家、元代 7 家、明代 9 家、清代 91 家。是书于唐五代词人特推温庭筠、冯延巳、韦庄，于两宋词人特推周邦彦、姜夔、王沂孙、秦观，于清代词人特推张惠言、庄棫、

---

① 张璋、职承让、张骅、张博宁编纂：《历代词话》，大象出版社 2002 年版，第 1691 页。
② 同上书，第 1696 页。

谭献。其论词本于温柔敦厚，上溯国风、离骚之旨。既尊周邦彦、王沂孙，亦尊姜夔；既重沉郁，亦重性情，融合浙西、常州二派为一体。全书绝大多数篇幅为对词人词作的品评，但对于词的旨趣、音韵，亦有探源别流之论。作者在书中提出不少重要的词学批评命题，如"诗词一理"说、"沉郁"说、"忠厚"说、"词品"说、南北宋并尊说、婉约与豪放并重说，等等，在传统词学史上具有很大的影响。此书体制甚为宏大，批评切中肯綮，识见深刻独到，在清人词话中可谓凤毛麟角，堪称有清一代理论批评词话之善本。

民国时期，偏于具体批评之体词话仍然得到大量承衍。这大致一方面缘于晚清民初时期词学再度昌盛之流风余韵影响所致，另一方面，与现代词学研究对批评开展的推波助澜也不无关系。其主要有：方延楷《习静斋词话》，舍我《天问庐词话》，陈去病《病倩词话》，闻野鹤《恓簃词话》，况周颐《织余琐述》《玉楼述雅》，李慈铭《越缦堂诗话》，徐珂《近词丛话》，林花榭《读词小笺》，林庚白《孑楼诗词话》，关仲濠《屯田词话》，干因《诗词丛谈》，梁启勋《曼殊室词话》，叶恭绰《遐庵词话》，朱保雄《还读轩词话》，徐兴业《凝寒室词话》，伊鹃《醉月楼词话》，等等。我们择取略要述及。

方延楷《习静斋词话》，凡一卷，品评对象以南社成员为主，包括程善之、庞树柏、刘师培、柳亚子、黄人、潘飞声、吴梅、王蕴章、陈巢南、姚鹓雏等人，所评简洁精确。况卜娱（况周颐）《织余琐述》，包括上下两卷，朱崇才据上海图书馆藏民国刻本收录其上卷，并辑录其下卷话词之语若干则，重分为两卷，其卷一58则，卷二60则。是书多品评宋代词人词作，后数则也论及清代顾太清之词。所评颇多新奇之语，如评阮逸女词"情移画里，景赴笔端。纯任性灵，不假雕饰"；① 评李清照词"如初蓉迎曦，娇杏足雨"；② 评李祁词"如微风振箫，幽鸣可听"；③ 等等。况周颐又有《玉楼述雅》，凡一卷33则。主要述评黄月辉、钱餐霞、顾太清等24位清代女性词人词作，其间评语有通论闺秀词者，也有评论具体词人词作者。该词话乃以专著形式而表彰女性词人，具有别开风气的

---

① 朱崇才编纂：《词话丛编续编》，人民文学出版社2010年版，第2362页。
② 同上书，第2363页。
③ 同上书，第2363页。

作用。李慈铭《越缦堂诗话》，系蒋瑞藻辑录《越缦堂日记》中论诗之语而成。凡三卷175则，其中，共得词话12则。均评清代词人，所涉词人除王兰泉、周稚圭尚属名人外，余多不名于世。徐珂《近词丛话》，凡一卷27则，因多丛谈近人近词近事，故名之。其内容，主要包括三个方面：一是多述评女性词人词事与词作，涉及顾太清、程蕙英、吴蘋香、徐紫仙等30位女性词人；二是述评同时期词人创作，如谭献、王鹏运、郑文焯、易顺鼎、王梦湘等；三是"词学名家之类聚"，简评有清三百年间一些代表性词人词作及词坛状貌。

　　林花榭《读词小笺》，凡一卷24目，前有作者小记云："闲读长短句，偶有会心，辄复识之，得若干则。着眼不在博大，然亦或不无一得耳！题曰'小笺'，非敢拟于前贤'词话'也。"① 是书第1则论诗词有别，第2、3、4则分别为话谈词调、辨析词中地名及记述"春社"词句。从第5则起皆为词人词作之评析，所评涉及词人有冯延巳、温庭筠、韦庄、薛昭蕴、张泌、王雱、晏殊、欧阳修、柳永、晁补之、苏轼、黄庭坚、秦观、李清照、辛弃疾、周邦彦、岳飞、吴文英、纳兰性德等，大都紧密结合具体词作与词句加以展开，论评风格比较细致。林庚白《孑楼诗词话》，此书以诗话为主，间以词话，全书94则，其中，13则诗词合论，9则论词。多评说近代词人，间亦论及清人，于清代词人中最为推重纳兰性德。梁启勋《曼殊室词话》，系从《曼殊室随笔》中辑出而成。"随笔"原分五卷，分别为词论、曲论、宗论、史论、杂论，词论一卷即成"词话"，凡47则，内容多为辨证与赏析词作字句、评论词人词作，亦录载词作词句等。该词话主要对词人词作的优缺之处作出论评与导引，体现出细部批评的特征。叶恭绰《遐庵词话》，系张璋从《广箧中词》中辑录叶恭绰评词之语而名，共51则。此编多评晚近词人，于近代词学研究甚具价值。其评语皆精湛，颇具宏观意识。徐兴业《凝寒室词话》，此编仅3则。第1则从"作词当尚情真，不当夸才大"之论出发，评说苏轼、周邦彦等人词作；第2则评朱祖谋晚年作词极少，然以之自道身世；第3则评纳兰性德等清词名家。伊鹍《醉月楼词话》，仅2则，第1则评说"温韦并称，似非平允"；第2则评说宋代"真解音律之词家"乃寇

① 张璋、职承让、张骅、张博宁编纂：《历代词话续编》，大象出版社2005年版，第1292页。

准、韩琦、司马光、范仲淹等人。林丁《蕉窗词话》,共 7 则,论评的内容主要有:宋词最高的两把交椅让济南人李清照和辛弃疾坐了,清词最高的两把交椅让满洲人纳兰性德和郑文焯坐了,帝王能词者当推李后主与宋徽宗,唐诗人中李白与白居易工词,李煜、冯延巳、晏殊、欧阳修、苏轼、李清照、辛弃疾、纳兰性德为中国八大词人。

二 具体批评与理论阐说相融之体的承衍

中国传统的偏于理论批评之体词话承衍的第二条线索,是具体批评与理论阐说相融之体。这一线索链条上的词话在整个偏于理论批评之体词话中所占比重为大。因为毕竟,具体批评展开与理论阐说及持论是彼此相融相生、难以分开的。历代词话家在展开对具体词人词作及词史演变发展的论评时,对词学义理也大都有所阐说。

上文已述,传统词话在发展的初期受诗话"论诗及事"的影响很大,相对而言,很少出现偏于理论批评之体。宋元明三代,大致可划入这一线索链条的词话惟见元人陆行直所作《词旨》,算是初步将具体批评与理论阐说相融之体运用开来。陆行直《词旨》,为作者早年师事张炎时所闻教示之笔录。其"自识"云:"予从乐笑翁游,深得(一作达)奥旨制度之法,因从其言,命韶暂作《词旨》,语近而明,法简而要,俾初学易于入室云。"① 全书包括"词说""属对""乐笑翁奇对""警句""乐笑翁警句""词眼""单字集虚""两字集虚""三字集虚"9 目,其中,"两字集虚""三字集虚"仅存其目,而无其文,余 7 目共 232 则,容量较大。作者理论主张集中体现在"词说"中,条目并不多,7 则中有 5 则属于此,主要论说命意、用字、造语、化用、对句、起句、结句、雅俗、出新、结构布置、过片、穿贯等。每则论说都简洁明了,直入主张与要求,一般不作展开。但自"属对"以下全以例列词句形式以示人作词之法,其具体为:"属对"一目共例列田不伐、吴叔等人词句共 38 对;"乐笑翁奇对"一目共例列张炎《扫花游》《琐窗寒》等之中词句共 23 对;"警句"一目共例列徐伸、张绒等人词句共 92 句;"乐笑翁警句"一目共例列张炎《南浦·春水》《解连环·孤雁》等之中词句共 13 句;"词眼"一目共例列潘元质《倦寻芳》、李清照《如梦令》等之中单句共 26 句;"单

---

① 唐圭璋编:《词话丛编》,中华书局 1986 年版,第 301 页。

字集虚"一目共例列"任""看"等共 33 字。全书意在标示作词规范，例析丰富具体，乃对张炎词学思想主张的推广衍伸与例证发挥。此编在体制安排上类似于唐人诗格之例，这是富于历史观照意味的。

清代，大致可划入具体批评与理论阐说相融之体的词话不少，其主要有：贺裳《皱水轩词筌》，沈谦《填词杂说》，邹祗谟《远志斋词衷》，刘体仁《七颂堂词绎》，彭孙遹《金粟词话》，许田《屏山词话》，沈雄《柳塘词话》，周济《介存斋论词杂著》，吴衡照《莲子居词话》，谢章铤《赌棋山庄词话》，刘熙载《词概》，张祥龄《词论》，张德瀛《词徵》，陈锐《裒碧斋词话》《词比》，王国维《人间词话》，等等。我们择取略要述及。

清代前期，贺裳《皱水轩词筌》，凡一卷 67 则，为唐圭璋补辑而成。此编意在示人以学词法门。其论词之旨，以含蓄雅洁为贵，谓必语淡而情浓，事浅而言深，乃得词家之三昧。书中对唐宋以来词人词作多所论评，其特征体现为入手较为细致，相对而言，每条目述多而评少，但不时也有能将所持主张与具体批评展开很好相融在一起的，亦录词家之断章佚句。沈谦《填词杂说》，凡一卷 32 则。内容或申述词法词旨，或品评词人词作，或记述词林逸事，故云"杂说"。其中，纯粹理论阐说 9 则，具体词学批评 23 则。提出与承传论说了一些重要的词学主张，如：词体"上不可似诗，下不可似曲"；"词不在大小浅深，贵在移情"；"词要不亢不卑"；"立意贵新，设色贵雅，构局贵变，言情贵含蓄"；等等。所评对象主要有李煜、范仲淹、欧阳修、宋祁、晏殊、柳永、苏轼、黄庭坚、秦观、李清照、贺铸、康与之、徐俯、辛弃疾、张綖等。其对词人词作的批评，大致是作者词学思想主张的具体例证与形象阐说。邹祗谟《远志斋词衷》，凡一卷 64 则。所论内容主要有四：一是词的体制与声律，包括"长调音节有出入""词中一调多名""诗词有别""诗词各有格""小调换韵""入声最难分别""填词当以近韵为法""词韵宽于诗韵""词不宜和韵""用韵须遵成法"等 30 余则；二是词的流派与作法，包括"词有闲淡一派""柳州词派""长调需一气流贯""咏物须神似""咏古词须有寄托""集句词不必多作"等 10 余则；三是古今名家词的风格特征与艺术成就，包括"子山其年词情景兼得""稼轩词雄深雅健""彭金粟词""广陵诸子词""云华词""夏贵溪词"等 10 余则；四是前代词论家的偏失与讹误，包括"胡元瑞意见有偏""张程二谱多并误"等数则。该书于辨调别体用力为多，亦论及词法，品评词人词作亦有新意。刘体仁《七颂堂词绎》，凡一卷33则，其中，论说词学主张与命题22则，评说词人词作11则。作者论词，主张诗词相通而相异，词作艺术表现要婉转，词中要有警句，词作要有境界，词亦有初盛中晚之别，崇周、张而抑苏、辛，赞赏李清照为"本色当行第一人"，强调"温柔敦厚，诗教也；陡然一惊，正是词中妙境"，等等。全书立论比较集中，展开简洁明了。彭孙遹《金粟词话》，凡一卷18则。其论词之旨，乃以自然为宗、以艳丽为本色，亦重视词法，强调才学；其品评词人，喜于比较长短中见词人之高下，于两宋词人中推崇秦观、李清照、史达祖、辛弃疾诸人。许田《屏山词话》，凡一卷9则。其论词强调"以言情为宗""原本风骚"，倡导当行本色；其品评词人，不以时代高下论，于北宋推重柳永、秦观、周邦彦等，对金、元、明词均有评价，体现出欣赏情真意足、风格雅致之作的特征。沈雄《柳塘词话》，全书四卷，其中，卷一、卷三、卷四汇录前人及当时人佳篇隽句，搜罗词家逸篇散句颇为广泛；卷二泛论词旨，并论及词中隐字、叠句、集句、藏韵、转韵、起结、衍词，等等。

清代中期，周济《介存斋论词杂著》，凡一卷31则。其中，第1至4则为总论，第5至7则集中论述学词之法，可视为常州词派之创作论。第8至31则为词人词作之论。其论词旨以"词史说"为最著，论词法最重"寄托"，所树立的典范词人则为周邦彦。其词评，大体按时代顺序分别论述温庭筠、韦庄、冯延巳、欧阳修、柳永、周邦彦、陈克、史达祖、李煜、苏轼、辛弃疾、蒋捷、周密、王沂孙、张炎、陈允平、卢祖皋、唐珏、李清照等26位词人。其中，少数几则为引述张惠言、董士锡等人言论。该著作条目简洁明了，理论批评性很强。如：论南北宋词之别，论"学词求空"与"有寄托"的辩证关系等，都为精辟之见。吴衡照《莲子居词话》，凡四卷230则，其中，卷一67则，卷二59则，卷三55则，卷四49则。其内容主要包括：校正万树《词律》讹缺，考订词韵分并，评定词家优劣，折衷古今词论等，之中，以辨证词律与录载词人之作为多，间记遗闻轶事，博征明辨。

晚清，谢章铤《赌棋山庄词话》，凡十九卷，并不以时间先后分卷，而是随录随分，正集十二卷录词话208则，续篇五卷录词话122则，共330则，体制甚见宏大。谢氏此书议论评骘之语甚多，且所涉范围很广，凡纪事、品藻、论断、考订、探讨词旨、网罗散佚、裙撷遗闻、旁采近什，皆所措意。其论词之旨主要有：主张诗词同源；重视性情之真；折中常州派与浙西派词学观念，既主寄托亦讲清空，既主雅趣亦讲意味；在立意上要求拈大题目、出大意义；主张"铁板铜琶"与"晓风残月"齐驱并驾；等等。其品评词人，以欧阳修、晏殊、秦观、姜夔、高观国、史达祖为正，亦推崇苏轼、辛弃疾，于柳永、黄庭坚、吴文英、蒋捷等颇多贬抑，清代词人中则推崇朱彝尊、陈维崧、纳兰性德，对闽人词作大力推许以求繁荣乡土词坛，等等。其品评取径较宽，少门户派别成见，于历代创作成就较大之词人都甚为推崇。刘熙载《词概》，凡一卷 115 则，前 5 则为总论，点明本源，揭示要义；次 48 则按时间顺序评论唐、宋、金、元词人词作，大家惟不及李煜与李清照；余 62 则论词旨词法，举凡炼字、炼句、构章、用韵、点染、寄托之法，多有精辟之论。在词学义理方面，如提出有：词导源于古诗，兼具六义，"词之章法，不外相摩相荡"，"情景齐到，相间相融，各有其妙"，词作贵在"一转一深"，"词深于兴"，"词中用事，贵无事障"，"词有点有染"，"词有尚风，有尚骨"，"词尚清空妥溜"，"词尚风流儒雅"，等等。在具体批评中，高度评价苏轼、辛弃疾的高风亮节和豪放词风，批评浙西派承衍温庭筠、冯延巳、柳永、周邦彦"绮罗香泽之态"，词品不高；且一反常论，把前者列为"正调"，后者列为"变调"；等等，显示出有别于他人的识见。作者在书中以简练的话语而论，通过触类引申，显示出丰富深刻的理论批评内涵。张祥龄《词论》，规模较小，凡一卷 10 则。其内容涉及词旨、品评词人及论说词风递变的历史轨迹等。在词学思想上，主张"词有谲谏，与诗同流"，然诗词体格又有异；于评词论人，则推尚姜夔清空雅正一派。张德瀛《词徵》，凡六卷 273 则，其中，卷一 79 则，卷二 25 则，卷三 35 则，卷五 82则，卷六 52 则。其内容，卷一多考辨词调原始及补注徐釚《词苑丛谈》引文出处之缺漏；卷二、卷三论述乐律、宫调、韵书沿革及各家词韵得失；卷四罗列今存五代至明代诸家词集及词选，所列词集 135 种、词选 16 种，每条下均附注版本；卷五品评唐宋词人，亦或记述词家故实，间加考辨；卷六为杂论、纪事之属，多记述历代词人之事，但内中亦有不少评论，如均以八字对句的喻象批评综论张惠言等 75 家之词，并各以小字附注其人之籍贯及所作词集之名，甚富于形象性与新颖性，将传统词学喻象批评运用到极致。陈锐《褒碧斋词话》，凡一卷 42 则。在内容上，或论词法，或品评词人词选，或考辨疏误。其对词律的论说大多精审可取，品评词人则重唐宋，偏尚格律派与婉约派词人词作，如柳永、秦观、周邦彦、姜夔、吴文英等。陈锐又作有《词比》，其"自序"中云："泛览既多，随手摘取，比而同之，间附鄙意。世竞新学，独此咬文嚼字，不敢轻蔑古人。使党人得志，开词学堂，其必以此为初级教科书矣。"① 于此可见创作宗旨。是书凡 3 目，分别为：字句第一，韵协第二，律调第三。其体制为在每一总目之下均分别列出不同创作技巧，之后全以例句、例调、例证的形式加以呈示，而并不作任何阐释说明。该词话很大程度上呈现出唐人诗格的面貌特征。其意便在分别通过对比论证词的字句、韵协、律调，以作为词学入门之书。此书除示人以填词津筏之外，还具有词话形式革新的意义，字句、韵协、律调分门别类，层次井然，实具自传统条目式结构向近代章节式专著结构之过渡形态，从一个关节点上体现出传统词学的形式替变与内在转型。王国维《人间词话》，包括本编 64 则，"删稿" 49 则，"附录" 29 则，共 142 则。全书分理论与批评两大部分，词话前 9 则为"境界"之论，自第 10 则至第 52 则按时代先后，对李白至纳兰性德等历代名家名作进行品评，由后人辑录的另两卷词话也都可视为品评之补充。此书提出一系列重要的理论批评命题，如："词以境界为最上"，"造境"与"写境"，"有我之境"与"无我之境"，"境界有大小，不以是而分优劣"，"赤子之心"，"客观之诗人"与"主观之诗人"，"词之雅郑，在神不在貌"，"隔"与"不隔"，"入乎其内"与"出乎其外"，"一切景语，皆情语也"，"生香真色"，等等。在批评层面上，王国维则推尚李白之词纯以气象胜，李煜之词眼界大、性情真，欧阳修之词豪放中有沉着，秦观之词意境凄婉，辛弃疾之词有性情、有境界且豪迈，苏轼之词放旷，纳兰性德之词自然真切，等等；批评周邦彦词创意之才少，姜夔之词写景终隔一层，格调虽高但意境纤弱且局促辕下，白朴之词粗浅，贺铸之词少真味，周密与张炎之词枯槁，史达祖之词气格凡下，等等。王国维努力在对词学传统的继承中创新与发展其理论批评，沟通中西文论视界。他从创作体制上将传统词话更完美地提升到理论阐说与具体批评展开有机结合的层面，标志着古典词话创作的最高水平，在传统词学史上具有十分重要的地位。

---

① 张璋、职承让、张骅、张博宁编纂：《历代词话续编》，大象出版社 2005 年版，第 141 页。

　　民国时期，大致可划入具体批评与理论阐说相融之体的词话主要有：碧痕《竹雨绿窗词话》、况周颐《蕙风词话》、蒋兆兰《词说》、宣雨苍《词谰》、陈洵《海绡说词》、唐弢《读词闲话》、蔡桢《柯亭词论》、陈匪石《声执》、祝南（詹安泰）《无庵说词》、顾随《驼庵词话》、蒙庵（陈运彰）《双白龛词话》、刘德成《一苇轩词话》，等等。我们亦择取略要述及。

　　碧痕《竹雨绿窗词话》，全书不分卷，共 72 则。作者云："自幼迄今，攻索殆疲，不敢言升堂入室，而已略见门户，故将平日所读古今之词，稍有心得者，漫笔记之，非敢与声律家攀谈也"。① 此编亦颇有可取者，如主张："作词原须本乎诗"，"词重纤巧而忌秽淫"，"有寒酸态者，亦不可以为词"，"作词须自标旗帜，别立新意"，"词之足以感人，是词之功用"，等等。其对词人词作的述评内容则相对比较零散，自唐五代至当世甚至亲友、同乡等无所不有，以对当世词人词作的述评为多。况周颐《蕙风词话》，全书五卷，续词话两卷，共 325 则。卷一多论作词法则，卷二以下，或品评，或纪事。其中，卷二宋人居多，卷三金元人居多，卷四多涉辨证，卷五多记明清词人。该书属常州派系统的一部词学批评著作。况周颐在书中提出与承衍阐说到不少重要的理论批评命题，如："意内言外"，"词境以深静为至"，"词笔丽与艳不同"，"作词有三要：重、拙、大"，"词中转折宜圆"，"词人愁而愈工"，"真字是词骨"，等等。其品评，则于唐宋词人着墨不多，惟于柳永、苏轼、辛弃疾、吴文英等有所论评，而品评重点在金元明词，并且为明词鸣不平。此书对后世产生很大的影响。蒋兆兰《词说》，凡一卷 32 则。其"自序"云："故推本屈、宋、徐、庾之旨，甄别家数选本之精，阐述前贤时彦相承之统绪，撰为一书，名曰《词说》。要使本末兼修，古今同化。"② 该书重在阐释与发挥前贤余论，如主张：初学作词应从诗作入手，作词当以读词为权舆，作词先从小令入手，词欲浑厚非积学不能至，等等，都体现出对词作之道的深切体悟与认识。陈洵《海绡说词》，凡一卷，包括"通论""宋吴文英梦窗词""宋周邦彦片玉词""宋辛弃疾稼轩词"四部分内容。"通论"部分共 12 则，包括"本诗（谓三百篇也）""源流正变""师周吴""志学"

---

① 朱崇才编纂：《词话丛编续编》，人民文学出版社 2010 年版，第 141 页。
② 唐圭璋编：《词话丛编》，中华书局 1986 年版，第 4625 页。

"严律""贵拙""贵留""以留求梦窗""由大几化""内美""襟度"等
11 个条目，意在发挥常州派周济之说"问途碧山，历梦窗、稼轩以还清
真之浑化"，倡导词作有余味，词笔无雕琢，创作主体善于养气等。之
后，专评吴文英词 67 首、周邦彦词 16 首，另外，亦评辛弃疾词 2 首。

　　唐弢《读词闲话》，共 15 则，其中，偏于义理阐说 9 则，具体批评 5
则，词调辨证 1 则。多就前人所论而申说之，所持词学主张主要有："词
贵婉约，与诗不同"，词的创作中"起"难于"结"，"学词需先胡诌"；
在追求工致方面，"长调易于小令"；等等。在具体批评方面，则评及李
煜、宋祁、秦观、苏轼、岳飞、周邦彦、杨慎、刘体仁等。此编乃作者
"算是给我自己一点纪念"，但所评所论不为无理。蔡桢《柯亭词论》，凡
一卷 47 则。其于词学理论方面，大凡词旨、词律、词法皆有论说，体现
为重意境、尚寄托、破守律、讲词法等；在词学批评方面，多品评唐、
宋、清三代词人词作，如推崇柳永、周邦彦，分清词发展为三期：即浙西
派与阳羡派为第一期、常州派为第二期、临桂派为第三期，等等。陈匪石
《声执》，凡两卷 48 则，意在示人以作词法门。上卷主要论词律、词韵、
词谱、词法等，兼及比兴、字句、境界、结构，或辨析成说，或出以己
意，多有可采；下卷评说词集，包括《花间集》《词综》《宋词三百首》
等 24 种，以唐宋词选集为主，论及版本、价值、体例、讹误等。此书有
助于词学研究者参考，其尤以近一半篇幅论述词律声韵及相关问题，对传
统词律研究贡献尤大。祝南（詹安泰）《无庵说词》，此书在批评层面以
品评唐宋词人为主，共评及孙光宪、温庭筠、韦庄、冯延巳、李煜、范仲
淹、欧阳修、晏殊、张先、柳永、贺铸、苏轼、秦观、晁补之、黄庭坚、
周邦彦、滕宗谅、李清照、陈师道、辛弃疾、姜夔、史达祖、吴文英、王
沂孙、张炎等 26 人。每人或一则或数则不等，亦有几人合评的条目，形
式不拘一格。词话前后为义理阐说部分，各有近 10 则论说不同词学命题，
如：作词重在情深意厚，小令不可立意取巧、不可铺叙，写景言情应相融
为一，轻清微妙境界不易到，词中高境应于气格神味中求之，词人创作要
善于"留"，等等。全书由义理阐说到具体批评，又由具体批评到义理阐
说，"总分总"的结构脉络甚为清晰。顾随《驼庵词话》，为其《驼庵诗
话》中之话词条目，共 50 则。其主要内容包括：评辛弃疾、蒋捷、李之
仪、秦观、周邦彦、苏轼、朱敦儒、张炎、王国维等人之词，而以对辛弃
疾、蒋捷、王国维的评说为多。也有少数条目论说到词的创作与欣赏之

理，如论"自在"与"当行"、论很多词的创作都源于"无可奈何"的艺术生发机制，论王国维《人间词话》所独标"境界"说的审美构成及特征等，都体现出独特的识见。蒙庵（陈运彰）《双白龛词话》，凡一卷21则。其立论与批评并融，所论说命题主要有："小题大做"与"大题小做"，词作选本之束缚，"雅正"之义，作词"在乎自养"，作词有别于"研经考史"与"语录话头之言"，初学作词要以不看论词之书为好，学词要从相信自己起，作词"要归醇厚"，等等，其词学思想充满辩证之法。在具体批评方面，所评及词人有李清照、王沂孙、张炎、周密、尤侗、项鸿祚、王鹏运等，所论颇多新见。刘德成《一苇轩词话》，共7则，其中，3则偏于论理，4则偏于批评。论理内容主要包括："词立意固重，而协律亦未可忽视"，词作中不宜多用白话，"填词不妨稍涉轻佻"。其具体批评所涉词人有李白、晏几道、黄庭坚、蒋捷、石孝友、苏轼、周邦彦、晁补之、辛弃疾、温庭筠、韦庄。所评均简洁明了，言之中的。

三 偏于理论之体的承衍

中国传统偏于理论批评之体词话承衍的第三条线索，是偏于论理之体。这一线索词话的特点是，其内容多针对不同词学命题展开论说，词话家们往往结合对具体词人词作的分析加以持论，体现出较浓厚的理论色彩与内在逻辑推理性。它们更为集中地体现出传统词话的"论词及辞"特征。

元代初年，张炎《词源》首开这一条线索。此书共两卷，上卷14目，详考律吕，阐述词乐；下卷15目，论述词之风格、音乐特性及创作方法等。其论词，远祧周邦彦而近师姜夔，主清空，倡高远，求柔婉，贬质实，反软媚，鄙豪雄，以"雅正"为旨归，意在推尊词体。张炎对词的音律、章法与句法，均有较详细的阐述，并特列音谱、拍眼、制曲、句法、字面、虚字、清空、意趣、用事、咏物、节序、赋情、离情、令曲、杂论条目，于词之体性特别是其音乐性特征认识甚为深刻。此书可视为传统词学史上首部着力从词作体制内部来展开阐说的著作，体现出浓厚的理论色彩。之后，沈义父《乐府指迷》承衍其"话"词传统与风格，对词的创作原则与技巧运用作出多方面的阐说。该书共28则。书中称述吴文英论词之法，之后，以此为准则详细阐明吴氏家法，最后以周邦彦词作为旨归。书中讲论作词起结、字面、炼句、用事、命意、协律等，均立足于义理阐说，所评述词人词作乃服务于所持之论。与张炎一样，沈义父也努力从词作体性层面与创作技巧角度展开其持论，在传统词学史上留下值得述及的一笔。张、沈二人所处为传统词话产生之初期，他们以词话这一散体化形式而多方面阐说词学之专门命题，这在传统词学史上是难能可贵的。

延展至明代，俞彦《爰园词话》算是在极有限的篇幅中将这一词话论说形式承纳下来。《爰园词话》篇幅不大，只有 15 则，但大多以阐说义理为主，当然亦间杂有批评。如：论说词为乐府之体，"词全以调为主"，词之立意，小令与长调之别，"唐诗三变愈下，宋词殊不然"，古人好词"未易改"，"子瞻词无一语着人间烟火"，"诗词皆绮语，词较甚"，"词中对句，须是难处"，等等，显示出作者对词的创作与词史发展有异于他人的持论。

清代，传统词学进入到昌盛时期。此时，词的创作与词学批评的繁荣有力地促使词话中偏于论理之体的较多出现。词学家们在广泛开展批评活动的基础上，对词学中的很多命题如词源论、词体论、词律论、词风论、词史正变发展论等都积聚了自己的思考与体会，这些，多通过词话的形式加以表现出来。此时期，承衍偏于论理之体的词话主要有：董以宁《蓉渡词话》、李渔《窥词管见》、张星耀《词论》、徐喈凤《荫绿轩词证》、卓长龄《羡门臆说》、孙麟趾《词径》、方成培《香研居词麈》、陆莹《问花楼词话》、谢元淮《填词浅说》、朱彦臣《片玉山庄词略》、沈祥龙《论词随笔》，等等。清代词话家们在较大的空间中将偏于论理之体词话发挥与张扬开来。

清代前期，董以宁《蓉渡词话》，共 6 则，其论词之体性主张介于诗曲之间，论词中情景关系强调要以"景"为根基，既承认"能于无景中着景"，又反对一味虚化等，所论多见精辟。李渔《窥词管见》，凡一卷 22 则，每则词话容量都不小，理论性与批评性很强。作者以曲论家的眼光，强调词意须"于浅近处求新"，词语贵于"自然"，主张"雅俗相和"，并重申与论证"词立于诗、曲二者之间"，侧重揭示出词体不同于曲体的审美特征。如：论词与诗、曲体性之别，作词之取法，"文字莫不贵新，而词为尤甚"，"词虽不出情景二字，然二字亦分主客"，"词内人我之分，切宜界得清楚"，"填词之难，难于拗句"，等等，均富于识见，体现出很高的理论水平。《窥词管见》在清初词话之作中算是超然独卓者，闪现出熠熠的光辉。张星耀《词论》，凡一卷 13 则。虽篇轶无多，然所涉颇广，议论亦精。张氏论词善取譬喻理，而言皆得中。如论词之体裁、篇法、下字、押韵、结句、面目、风格等，都富于启发性。如云："词之下字，前人词中所未经见者，不可妄着一字"；"词有重句，是其中最紧要处"；等等，体现出对词的创作原则与面目呈现的多方面思考。徐喈凤《荫绿轩词证》，凡一卷 15 则。其论旨如：主张词近于"国风"，于婉约、豪放二体强调并重，持论情景应相融相生，等等，都体现出辩证论说的特征。卓长龄《羡门臆说》，凡 5 则。其论词重意重情，还论及词法，如用虚字呼唤，有勾魂摄魄之妙，但也主张不宜多用，否则词不类词反近于曲，于寓事用典则强调化用，等等，是书亦体现出清代初期词话写作中喜尚创作原则框定之论的特征。

清代中期，方成培《香研居词麈》，全书五卷，泛论音律，每卷若干项，分别论列。如，卷一有"论词曲宫调之理"，卷二有"论变宫"，卷三有"论中原音韵"，卷四有"论丝竹金石有自然之声"，卷五有"宫调发挥"，等等。此书在对词之音律理论与运用的探讨上阐说甚是深入、特色甚为鲜明，乃"论词及辞"之体中的专门性词话。孙麟趾《词径》，旨在论述作词途径，故名之。全书一卷 33 则，每则都短小精粹，无任何述事成分。作者于道光、咸丰间以词闻名，故所论深得词中三昧。如论："作词十六要诀：清、轻、新、雅、灵、脆、婉、转、留、托、淡、空、皱、韵、超、浑。"① 之后，又分别对其涵义予以阐释，对词作艺术表现真可谓精到之论。整体来看，孙氏论词不重韵律而重旨趣，轻豪放激越之作，其词论主张对后世具有不小的影响。陆蓥《问花楼词话》，凡一卷 16则，其具体标目为：原始、命题、寄调、换头、小令、长调、南北曲、古今韵、苏辛周柳、唐宋元明、叠字、录要、诙嘲宜戒、传闻须慎、菉斐轩、草堂本。作者由词之原始、命题，渐次论至词之韵书及选本，次序井然，从条目本身便可看出对词作之径的探求。体现在词学主张上，作者则多发挥王世贞、杨慎、王士禛论词之余绪。

晚清，谢元淮《填词浅说》，凡一卷 26 则。作者乃因时人于倚声之学，舍声律而专求文字之习，丧失古道，遂就宫调、格律、平仄、阴阳立

---

① 唐圭璋编：《词话丛编》，中华书局 1986 年版，第 2555 页。

论，溯本求源，冀复古意，以维护词之本色当行。如云："是知词之为
体，上不可入诗，下不可入曲。要于诗与曲之间，自成一境。守定词场疆
界，方称本色当行。至其宫调、格律、平仄、阴阳，尤当逐一讲求，以期
完美。"① 立论甚为有度而周全。朱彦臣《片玉山庄词略》，凡一卷 12 则。
每则词话前均有小标题，分别为词律词韵、配隶三声、落腔、五声论阴阳
清浊、五音、律吕、四声表、填腔押韵、方音、借音、工尺、板眼式。其
对词作声律运用的原则多方面予以阐说。如"词律词韵"条云："填词大
要有二：一曰律。律不协，则声音之道乖。以万红友《词律》为准的，
即无虑律之不协。一曰韵。韵不审，则宫调之理失。以《词林正韵》为
准的，即无虑韵之不审。"② 所论皆精审。沈祥龙《论词随笔》，凡一卷
61 则。作者在"小序"中云："余偶学倚声，未谙格律，乃取宋元以来
诸家词，探究其旨。又历询先辈之能词者，偶有可得，则笔而存之。顾于
词终未能工，亦不欲求得工也。"③ 这明确表明了创作态度。是书多研讨
词之主旨、风格、流派、作法及格律等，而少品评词人词作之语，亦不录
原词与本事。沈祥龙在书中论说到一系列理论批评命题，如："词导源于
诗"，"词出于古乐府"，"词贵意内言外"，"词之比兴多于赋"，"唐词分
二派"，"言情贵真"，"词之妙在神不在迹"，"词须情景双绘"，"词须有
书卷气"，等等。该著作以知见的深刻性、论说的切中性在词学研究中被
广泛引用，在清代词话大家庭中占有甚为重要的一席。

　　民国时期，偏于论理之体词话仍然得到比较多的承衍，这顺理成章地
体现出时代发展的内在趋势与本质要求，凸现出传统词学的内在提升与多
方面超越。其主要有：陈匪石《旧时月色斋词谈》，顾宪融《填词百法》，
况周颐《词学讲义》，易孺《韦斋杂说》，佚名《词通》，干因《杂碎词
话》，吴梅《词学通论》《论词法》，徐昂《诗词一得》，赵尊岳《珍重阁
词话》《填词丛话》，冒广生《疚斋词论》，梁启勋《词学》，刘永济《词
论》，等等。我们亦择取略要述及。

　　陈匪石《旧时月色斋词谈》，共 40 则。在词学主张上，提倡浑厚之

　　① 唐圭璋编：《词话丛编》，中华书局 1986 年版，第 2509 页。
　　② 张璋、职承让、张骅、张博宁编纂：《历代词话续编》，大象出版社 2005 年版，第 597
页。
　　③ 张璋、职承让、张骅、张博宁编纂：《历代词话》，大象出版社 2002 年版，第 1843 页。

境，主张有寄托，论词法重"拙"，在推崇北宋的同时也不废南宋，体现出多方兼取、融通正变而又有所持守的批评主张。顾宪融《填词百法》，全书两卷。上卷论作词法，下卷论词派研究之法，各50目，合为100目，故曰"填词百法"。上卷论作词法关涉音韵格律、填词入门、词中句法、作词法则、填词技巧以及各体之作法，每目先明其方法，后引古人名作分析精妙之处；下卷论词派，从唐至清每代皆有论列。先总论，后举词人分论。由唐至清共列词人49家，各家先陈其人出处，继采各家评语，并参以己意评论之，最后录其词作。此书多采他人之说，为初学者示以填词之法，甚是浅易可循。况周颐《词学讲义》，凡一卷9则，虽篇帙无多，然所涉较广，其论词之旨主要如：主"重、拙、大"，讲求雅与厚的相反相成，重"寄托"，主"意内而言外"，以时代言，以南宋词为高，但于元明词也予以公允评价，而独轻清词。况氏论词精要略见于是编。易孺《韦斋杂说》，共8则，专论词之唱法。此书乃作者有感于传统词乐失传，不复能唱，遂欲借西洋五线谱以谱词，使之重新可歌，实属创见。其后有依此法而使传统佳词传诸人口者，易氏实导夫先路。佚名《词通》，为赵尊岳于上海坊肆偶得《词律笺榷》手稿八册之一，刊于龙榆生《词学季刊》创刊号。其论词之字、韵、律、歌、名、谱，皆缜密精到。如"论字"门，通论词中添字、减字、衬字、虚声诸法；"论韵"门，通论词中换韵、叶韵、入声韵、闭口韵诸法。龙榆生附记还云《词通》有"论律""论歌""论名""论谱"诸门，惜《词学季刊》均未刊载，今已不知下落矣。干因《杂碎词话》，全书共六部分，每一部分中包含若干段落，基本围绕一两个中心论题而加以展开阐说，在表达形式上采用白话。其第一部分主要强调词是纯粹情感的产物，艺术质性介于诗曲之间；第二部分主要论说词是最具主观性的，易流于影像化；第三部分主要论说词的表现手段丰富复杂；第四、五部分主要论说词作艺术表现效果的"隔"与"不隔"及其相互间的辩证关系；第六部分主要论说"真"是词作艺术的生命所在，推崇"词的境域的纯洁"等。全书在体制形式上既体现出传统"话"的特点，而在所谈内容上则甚富于理论性与分析性，在简短的篇幅中体现出的是词学研究专著的内涵，在很大程度上呈现出传统词话向现代词学研究专著的过渡形态，是一部优秀的词话之作。

吴梅《词学通论》，共包括九章，分别为绪论、论平仄四声、论韵、论音律、作法、概论一（唐五代）、概论二（两宋）、概论三（金元）、概论四（明清）。全书较系统地介绍词与音乐的关系、词的作法以及历代代表性词人词作，并对唐五代至清季词学的源流承衍及诸大家词作的利弊得失作出精当的点评。此书以传统词话的面目出现，而实则为介绍词学基本知识及词学发展史之专著，在词学研究史上具有重要的地位。其又有《论词法》，全书包括五论：一曰结构，二曰字义，三曰句法，四曰结声字，五曰杂述。其精言胜义，所在多有。徐昂《诗词一得》，前为诗说，后为词说。词说凡 5 则，多分析词句乃由古近体诗变化而来等内容。赵尊岳《珍重阁词话》，凡一卷 111 则。其论词旨重神味，讲风度，重情境，多论词法，另外，如用字、用典、用律等皆有论说，对况周颐"重、拙、大"之论多有申说，间亦品评词人词作，率多精辟之论。之后，赵尊岳又有《填词丛话》，凡五卷 311 则，其中，卷一 67 则，卷二 70 则，卷三 56 则，卷四 42 则，卷五 76 则。其所涉内容多与《珍重阁词话》相同，盖以《珍重阁词话》为底本扩充而成者也。

　　冒广生《疢斋词论》，是编凡三卷，每则词话前均有小标题，卷上有论艳趋乱、论大遍解数、论折字、论鬲指、论近慢、论双调及过遍、论和声、论虚声、论官韵、论增减摊破、论声字相融等 11 目；卷中有论选韵、论选调、论平仄须注重遍尾、论唱法、论词有谜语、论词有徘体、论词有平仄通叶等 7 目；卷下有论词有集词、论词有联套、论摘遍、论歌头第一、论小令、论角徵二调等 6 目。附录敦煌舞谱释词、唐宋燕乐异名表 2 目。此书对词的声调运用与具体创作之法予以细致的探讨，论说甚见本色。梁启勋《词学》，包括上下编。上编分总论、词之起源、调名、小令与长调、断句、平仄、发音、换头煞尾、慢近引犯、衬音、宫调等十二个章节；下编分概论、敛抑之蕴藉法、烘托之蕴藉法、曼声之回荡、促节之回荡、融和情景、描写物态（节序附）、描写女性等八个章节。此书乃有特色的词学专著，性质近似于张炎《词源》，例举词作，皆有评语，又有自到之见。刘永济《词论》，凡两卷。卷上为通论，阐释词学基本知识，分为名谊、缘起、宫调、声韵、风会五部分；卷下为作法，有总术、取径、赋情、体物、结构、声采、余论七部分。卷上先申明己意，再以昔贤之语论证之。如论词体缘起，探其渊源则谓词为六代乐府之流变，并举朱弁《曲洧旧闻》、杨慎《词品序》、沈雄《古今词话》、王世贞《艺苑卮言》、徐世溥《悦安轩诗余序》、毛奇龄《西河词话》、徐釚《词苑丛谈凡例》予以证明。卷下则先荟萃昔贤各家论述，而后以己意引申证明之。

如论"赋情"，先引张炎《词源》、贺裳《皱水轩词荃》、吴衡照《莲子居词话》、况周颐《蕙风词话》中论情之语后，复断以己意。如此等等。是书颇具体系，发论精微，引证丰富，乃传统词话之佳品。

第三节　汇辑与类编之体的承衍

中国传统词话承衍的第三个维面，是汇辑与类编之体。在传统词话发展史上，随着词学批评的不断开展，词话写作数量的不断增加，出现一些专门对不同条目进行汇辑或类编的词话著作。它们前后相续、承纳创新，也建构出自身的承衍线索。

中国传统的汇辑与类编之体词话，最初出现于南宋前期。胡仔《苕溪渔隐词话》，大致可视为最早出现的汇编之体著作。该书系从《苕溪渔隐丛话》中辑出而成。"丛话"凡四卷，卷一、卷二不列目，汇录时人话词之语，也有胡仔自己之语列于其中；卷三、卷四列目，且多以人名为题。其关涉词话者，卷三列目有：六一居士、苏子美、张子野、东坡、山谷、秦少游、后山居士、晁无咎、洪觉范、秀老、戏词、神仙杂记；卷四列目有：唐人杂记、五季杂记、西湖处士、迂叟、东坡、山谷、晁无咎、李易安、溪堂居士、陈去非、本朝杂记、缁黄杂记、回仙、鬼诗。每一题目之下均有 1 则或几则词话不等，其中，也有胡仔自己之语列于其中。全书在体例上于所录材料前标示书名或人名所云，所辑主要为北宋诗话与笔记，如《后山诗话》《漫叟诗话》《西清诗话》《雪浪斋日记》《夷坚志》《南唐书》《复斋漫录》《艺苑雌黄》《古今诗话》《待儿小名录》《上庠录》《东轩笔录》《遁斋闲览》《冷斋夜话》《侯鲭录》《高斋诗话》《诗眼》《艺苑雌黄》《许彦周诗话》等。在所汇辑条目内容上，则以录载词事、述评词作与展开辨证为主。该书可视为传统词学史上首开汇辑之体的词话著作。之后，出现有魏庆之《魏庆之词话》。该书系从《诗人玉屑》中辑出而成，共 22 则。具体条目与所辑情况分别为："晁无咎评""李易安评"两则出于《复斋漫录》，"太白"一则出于《古今诗话》，"六一"一则出于《艺苑雌黄》，"东坡"一则出于《苕溪渔隐丛话》，"东坡卜算子""东坡蝶恋花"两则出于《古今词话》，"山谷隐括醉翁亭记"一则出于《风雅遗音》，"荆公山谷"一则出于《雪浪斋日记》，"聂冠卿"一则出于《复斋漫录》，"宇文元质"一则出于《树萱录》，"贺方回""秦少游"两则出于《冷斋夜话》，"林和靖"一则出于《云溪友议》，"晏叔原"一则出于《潜溪诗眼》，"晁无咎、朱希真"一则出于《苕溪渔隐丛话》，"柳耆卿"一则出于《艺苑雌黄》，"王逐客"一则出于《漫叟诗话》，"李景舒信道""章质夫"两则出于《漫叟诗话》，"旧词"一则出于《苕溪渔隐丛话》，"僧惠洪"一则出于《冷斋夜话》。书后附录有黄升《中兴词话》及其"补遗"，共16则。全书所汇辑词话以纪事与辨证为主，对方便人们了解宋代词坛具有一定的价值。

元明两代，汇辑与类编之体词话未见出现。究其原因，大致与时代风会不太重视资料辑录与文献积累有一定关系。延展到清代，随着词的创作的日益昌盛，理论批评的不断繁荣，词话之作日见增多，这促使汇辑与类编之体词话大量出现。这之中，其情况大致分为两种：一是在辑收他人词话条目时对原文出处不作注明，有的甚至任意增减或改变原文的；二是在辑收他人词话条目时对原文出处作出注明，有的甚至作出辨证或再论说阐释的。后一种形式所汇辑词话更为可信，质量更高，对推动词学的繁荣发展显示出不小的价值。

清代前期，汇辑与类编之体词话主要有：王又华《古今词论》，邹祗谟、王士禛《倚声词话》，潘永因《词品》，蒋景祁《名家词话》，徐釚、周在浚《词苑丛谈》，（题为）彭孙遹《词统源流》，沈雄、江尚质《古今词话》，田同之《西圃词说》。又有：《香严斋词话》《棠村词话》《咏物词评》《怀古词评》《菊庄词话》《柳烟词评》《锦瑟词话》，等等，均为无名氏所辑收。清代前期词学家们将词话的汇辑之体较多地运用开来。

王又华所辑《古今词论》，采录前人及时人论词之语而成。其收录杨缵、张炎、王世贞、杨慎、徐渭、陈继儒、张綖、徐伯鲁、俞彦、刘体仁、贺裳、卓回、顾贞观、彭骏孙、董以宁、邹祗谟、王士禛、沈谦、张祖望、李东琪、张星耀、李渔、毛先舒、仲恒、查香山等论词之个别言论，凡91则。26人中，南宋2人、明代8人、清初16人，因此，是书实以辑收清初诸家词论为多。其所收词论重在论述词的体制、作法与旨趣，至于专记词坛轶闻琐事之内容则一概不收。其编次征引之例，大抵依时代先后为序排列，凡引某家之说，即于所引第一则前称其姓名，而不云采自何书。此书辑编目的在于荟萃各家论词精华，以示后来者学习填词和探索词中旨趣之途径。邹祗谟、王士禛所辑《倚声词话》，凡四卷，辑录明末清初人词话及词韵之语，计选录俞彦、刘体仁、贺裳、毛先舒、彭孙遹、董以宁、王象晋、宋征璧、徐世溥、王岱、沈谦及邹、王二人自己论词之语。该书采录他人词话时皆为选录，惟编录自己之词话时则是全录。潘永因《词品》，凡28则，多涉宋代词人词事，绝少评论之语，以记柳永、辛弃疾、刘过之事为多。其所记均见于宋代词话笔记，显系潘氏辑录宋人词话笔记而成，然未注明出处，体现出随性而至、随意为之的特征。

之后，出现几部针对同一词人词作所汇编诸人论评之语的词话，它们将专人性汇评之体词话比较集中地呈现出来。其情况主要如下：一是《香严斋词话》，凡一卷13则，人各1则，计录彭孙遹、王西樵、毛大可、王士禛、吴弘人、邹祗谟、顾茂伦、陆孝山、计甫草、许竹隐、赵山、沈云步、喻非指论评龚鼎孳《香严斋词》之语，该词话首开多人针对同一对象合评之例。二是《棠村词话》，为清初一些词人评梁清标《棠村词》而成词话，所收话词之人有曹鉴平、顾贞观等，多称扬梁清标词作以韵致为胜，富于动态性艺术魅力。三是《咏物词评》，凡3则，人各1则，为清初词人王士禛、朱彝尊、宋荦评曹贞吉咏物词之语。四是《怀古词评》，共4则，人各1则，为清初词人高念东、王士禛、张潮、张崃评曹贞吉咏史怀古词之语。五是《菊庄词话》，凡一卷28则，辑录尤侗、毛大可、宋荦、纪伯紫、徐野君、董阆石、毛先舒、汪蛟门、梁云麓、李渔、程昆仑、梁冶眉、董苍水、梅宗岑、周雪客、曹掌公、周鹰岳、叶学山、宋楚鸿、吴虞升、吴超士、吴璨符、叶元礼、丁丹麓等人评徐釚《菊庄词》之语，其中，录尤侗词话4则，吴虞升词话2则，余皆1则。六是《柳烟词评》，凡一卷52则，人各1则，计收徐野君、王丹麓、丁晜庵、陆荩思、吴庆百、丁素涵、毛先舒、徐武令、王尊行、徐大文、张景龙、潘夏珠、沈弘宣、祝南誉、唐子翼、钱右玉、徐紫凝、沈方舟、蒋波澄、丁弋、蒋大鸿、卓有枚、毛大千、卓方水、佟梅岑、俞梦符、项韦庵、俞璈伯、沈遹声、易十庵、沈其杓、林鹿庵、于畏之、曾青藜、贾能千、吴右廉、张非珉、郑玉叔、俞楚材、王唐友、诸虎男、吴舒凫、王仲昭、谭悝园、冯山公、洪昇、唐苍甦、吴宝崖、李申及、陶大吕、周敷文、张具区等人评郑景会《柳烟词》之语。该词话所汇录词评者人数众多，前此仅见，这也从一个侧面显示出郑景会词作在当时具有不小的影响。七是《锦瑟词话》，凡一卷29则，人各1则，计收曹尔堪、王士禛、沈荃、彭孙遹、陈玉基、董以宁、叶舒崇、徐乾学、计东、王士禄、严我斯、施润章、徐倬、孙枝蔚、梁允植、沈胤范、邹祗谟、孙默、李良年、曹贞吉、曹禾、周在浚、乔莱、朱彝尊、徐釚、宗元鼎、陆进、丁澎、顾有孝等人评汪懋麟词之语。以上专人性汇辑之体词话的较多出现，一方面体现出词坛创作与词学批评的兴盛及相互间互动的紧密；另一方面，也体现出人们留存文学史料意识的增强。当然，这也从一个维面反映出时人文学创作的相互标榜之风气。

其时，所出现的汇辑与类编之体词话还有：蒋景祁《名家词话》，选录明末清初名家之词话而成。计选俞彦《爰园词话》3 则、刘体仁《七颂堂词绎》15 则、贺裳《皱水轩词荃》1 则、毛先舒《诗辩坻》3 则、彭孙遹《金粟词话》6 则、董以宁《蓉渡词话》1 则、邹祇谟《远志斋词衷》1 则、王士禛《花草蒙拾》4 则。蒋氏所选词话，只选关涉词旨者，且每则词话多截取其中精华，以完整面目示人者甚少。徐釚、周在浚《词苑丛谈》，凡十二卷 698 则，收录历代词人故实及词作评论。其分为"体制"一卷，共 84 则；"音韵"一卷，共 25 则；"品藻"三卷，其中，卷三 67 则，卷四 60 则，卷五 41 则；"纪事"四卷，其中，卷六 59 则，卷七 98 则，卷八 79 则，卷九 67 则；"辨证"一卷，共 46 则；"谐谑"一卷，共 28 则；"外编"一卷，共 44 则。此书乃作者钞撮群书而成，引书数量达 150 多种。其内容主要为：卷一体制，荟萃前人之说，以考离合正变，亦间附己见；卷二音韵，以沈谦《词韵略》为则，间采诸家之说，以备参考；卷三至卷五品藻，搜讨名人绪论，参以己意；卷六至卷九纪事，搜采前人逸事可传佳话者，其中多半取诸近事，于保存其时之词学文献甚具价值；卷十辨证，采录前人辨证之文细加分析考证；卷十一谐谑，采录前人打油、蒜酪之有关风化者，使览者警省；卷十二外编，取仙鬼神怪以及奇缘异耦载在野史传奇者，以资谈柄。全书所辑材料或词以人传，或人因事显，搜罗甚为繁富，援据详明，为推动清代词学繁荣发展起到一定的作用。此时，（题为）彭孙遹《词统源流》一书，其内容系从《词苑丛谈》卷一"体制"类中抄出而成，因内容多采择前人就词体、词调、词句所作溯源之论，故题作《词统源流》。该书汇编体例不显，材料也不注明出处，故不太便于使用。其后，沈雄、江尚质辑有《古今词话》，共八卷，包括"词话""词品""词辨""词评"各两卷。作为清初一部具有较大影响的词话汇编，其多采录前人论词话词之语，同时录载己说之处亦颇多，体例介于"编"与"撰"之间。其录前人之语时，或在其首加注书名，或注作者名；其出于己说者，则注"沈雄曰"或"《柳塘词话》

曰"，后者凡 245 则。其四个部分中，"词话"共 222 则，"词品"共 397 则，"词辨"共考辨词调 119 个，"词评"共节取古今词家评论之语 291 家。此书注引书名达 130 余种，注引作者名达 140 余人，辑录资料甚为丰富。其不足之处主要有二：一是"考订疏谬者难以枚举"，二是编者喜欢接续他人词话，然不加按语，遂使词话有失原来面目。田同之《西圃词说》，凡一卷 93 则，为田氏晚年追述昔日所见所闻，采择参酌他人之说而成。其所辑词话条目主要来自：徐喈凤《荫绿轩词证》，徐士俊《荫绿轩词序》，王士禛《花草蒙拾》《倚声初集序》，曹禾《珂雪词话》，朱彝尊《词综·发凡》《黑蝶斋诗余序》《孟彦林词序》《水村琴趣序》《群雅集序》，汪森《词综序》，高珩《珂雪词序》，邹祗谟《远志斋词衷》，沈谦《填词杂说》，毛先舒《诗辨坻》，马洪《花影集自序》，仇远《玉田词题辞》，等等。此书所引不加考辨，致误之处不少，也不太便于参酌利用。但作为一般性的了解认识，其提挈作用还是不容忽视的。

清代中期，汇辑与类编之体词话主要有：王奕清《历代词话》，王士禛、郑方坤《五代诗话》，张宗橚《词林纪事》，冯金伯《词苑萃编》，查随庵《词论》，叶申芗《本事词》，等等。它们将词话汇辑之体从形式体制上进一步予以了改进与完善。

王奕清《历代词话》，凡十卷 763 则。原附于王奕清、沈辰垣等奉旨所编《历代诗余》之后，唐圭璋辑录《词话丛编》时从总集中析出，冠以此名。所录词话，自唐至明，凡见于历代载籍论词、话词之语，皆广为搜采，以集词话之大成。全书体制结构为：卷一，"唐一"，共 52 目；卷二，"唐二"，共 70 目；卷三，"五代十国"，共 76 目；卷四，"宋一"，共 91 目；卷五，"宋二"，共 81 目；卷六，"宋三"，共 76 目；卷七，"南宋一"，共 63 目；卷八，"南宋二"，共 99 目；卷九，"金元"，共 88 目；卷十，"明"，共 66 目。此书采择精博，凡所辑录皆注明出处，或注书名，或注人名，便于人们寻源探本。卷中所引书目共 206 种，人名 68 个，以采自历代随笔杂著之史料最多，辑收很多的词作与词本事。杜文澜评其："自唐迄明，罔不荟萃类列。并采录词人姓氏里秩，别汇为篇，可谓集词话之大成，备骚坛之盛事矣。"① 与前此及同时期一些词话辑编之作相比，此书最大的特点在于体例比较明晰，以时代先后为序，便于人们

---

① 唐圭璋编：《词话丛编》，中华书局 1986 年版，第 2851 页。

运用相关材料与掌握不同时期词学理论批评的总体情况。王士禛、郑方坤所辑《五代诗话》，全书十卷，卷一国主、宗室，卷二中朝，卷三南唐，卷四前后蜀，卷五吴越、南汉，卷六闽，卷七楚、荆南，卷八宫闺、女仙鬼、缁流，卷九羽士、鬼怪，卷十杂缀。每卷以人名为目，下列有关诗话词话，每条之后，注名原文或补辑，并各注明出处。整个词话引书数量达326 种，征引可谓繁富。张宗橚《词林纪事》，作者在"序"中阐明其所秉汇辑之旨为"纪事者何？有事则录之，否则词虽工弗录。间有无事有前人评语，亦附入焉"。① 全书共二十二卷，辑录唐词一卷、五代词一卷、宋词十七卷、金词一卷、元词二卷，收词人 422 家，词作 1024 首，词之本事及评论 1302 则，自加按语 179 则。其大体以时代先后排比分列，条贯清晰，网罗唐、五代、宋、金、元凡六百多年间词之本事，旁及考证评论，所录词人附有生平事迹、轶闻以及有关词作评论，而征引本事间有考证，搜集资料甚为丰富。其引书数量达 395 种，前后历十载始成，甚为不易。此书向为词坛称道，对词学研究具有重要的价值与意义。

冯金伯《词苑萃编》，凡二十四卷1580 余则。编者在"自序"中云："予向读兹书（按：指《词苑丛谈》），更惜其序次错综，屡欲重加排纂，匆匆未果。甲子入秋后，枯坐于小舟，萧然无事，思了此愿。"② 可见，是书乃就《词苑丛谈》一书重加整理、再为补缀而成。比原书删者十分之一，而增者十分之三四，凡所征引，皆注明出处。自唐迄清千余年间，举凡词林之旧闻逸事，浅谈深论，无不搜采而备录之，汇辑可谓宏富。其基本结构为：卷一，"体制"，共92 目；卷二，"旨趣"，共87 目；卷三，"品藻一"，共78 目，主要述评唐五代词人词作；卷四，"品藻二"，共139 目，主要述评宋代词人词作；卷五，"品藻三"，共117 目，主要述评元代词人词作；卷六，"品藻四"，共59 目，主要述评明代词人词作；卷七，"品藻五"，共38 目，主要述评闺秀词人词作；卷八，"品藻六"，共137 目，主要述评清代词人词作；卷九，"指摘"，共77 目；卷十，"纪事一"，共50 目，主要记唐五代词本事；卷十一与卷十二为"纪事二"与"纪事三"，各为49 目，主要记北宋词本事；卷十三与卷十四为"纪事四"与"纪事五"，分别为56 目与50 目，主要记南宋词本事；卷十五，

---

① 张宗橚：《词林纪事》，成都古籍书店 1982 年版，第 1 页。
② 唐圭璋编：《词话丛编》，中华书局 1986 年版，第 1702 页。

"纪事六"，共 41 目，主要记金元词本事；卷十六，"纪事七"，共 29 目，主要记明代词本事；卷十七与卷十八为"纪事八"与"纪事九"，分别为 45 目与 56 目，主要记清代词本事；卷十九，"音韵"，共 30 目；卷二十，"辨证一"，共 43 目；卷二十一，"辨证二"，共 61 目；卷二十二，"谐谑"，共 47 目；卷二十三，"余编一"，共 68 目；卷二十四，"余编二"，共 74 目。以上各卷所辑，大抵依时代先后编次，莫不井然有序，较之《词苑丛谈》原书纷然杂陈之面目，条理甚为清晰明了。该书体系周全宏大，材料丰富充实，有功于词学事业不浅。

以上几部词话汇编之作，显示出一个共同的特征，便是都在辑收他人词话条目时对原文出处尽量作出注明，所汇辑材料大致依时间先后排次，这有力地提高了传统词话汇辑的质量与水平，完善了词话汇辑的环节与体制。

此时期，所出现汇辑之体词话还有查随庵所辑《词论》，所辑录词话情况为：张炎 5 则、杨慎 1 则、徐渭 1 则、陈继儒 1 则、张綖 1 则、俞彦 2 则、刘体仁 7 则、贺裳 3 则、彭孙遹 2 则、邹祗谟 2 则、沈谦 3 则、张星耀 2 则、李渔 1 则、毛先舒 3 则、查香山 1 则。所辑多为明清间论词名家，且多有词话专书存世者，亦有无词话专书而赖此以存论词片语者，其于词学研究亦有保存文献之功。又有：叶申芗《本事词》，乃仿孟棨《本事诗》之例，集唐、宋、辽、金、元词作及相关本事编录而成的漫谈词家掌故之书。全书两卷，上卷 96 则，记唐、五代、北宋词家本事；下卷 99 则，记南宋、辽、金、元词人故实。各依时之先后为序，上卷末述闺媛、方外之佳话；下卷南宋末述遗民汪元量、詹天游之事；卷末附以女流掌故。所辑内容多属创作本事或轶闻，间附词人评述。所搜采逸事纪闻，大都依据宋人词话及笔记，如《苕溪渔隐丛话》等，然辑录不尽依宋人原文，也不注明出处，在辑录资料中间有自己之辨正。从搜集范围与编录方式看，此书文献价值要逊于《历代词话》《词林纪事》或《词苑萃编》。

晚清，江顺诒《词学集成》在承衍清代中期词话汇辑之体优长的基础上，显示出努力将这一体制词话向精致的类编方向导引的特征。编者在"凡例"中云："此书积之数十年，有见必录。"可见用功良久。宗山之序亦称其"寻源竟委，审律考音，取诸说之异同得失，旁通曲证。折衷一是。所以存前人之正轨，示后进之准则。心苦矣，功亦伟矣"。① 事实确乎如此。全书共八卷，其分列子目，卷一为"源"，共 18 目；卷二为"体"，共 16 目；卷三为"音"，共 21 目；卷四为"韵"，共 17 目；卷五为"派"，共 25 目；卷六为"法"，共 25 目；卷七为"境"，共 25 目；卷八为"品"，共 3 目；末有附录 3 目。此书卷一至卷七皆杂引诸家之说，以论述词源、词体，辨析词中音韵，分明词之源流，指示作词之要法，论说词中之意境；卷八则辑录清代所出现的几种《词品》，意在将另一种词学理论批评形式汇辑于一炉。此书征引虽不及《古今词话》《词苑丛谈》等浩博，然亦颇为可观，且所引前人之书，或词序，或词话，或专论词，或不专论，率皆有关词旨者，内容可称精审。其异于《词林纪事》等书者，便在于所引条目之下编者率皆抒以论断，悉列于所辑某家之说条下，并加"诒案"二字以别之。论断后再引他人之说，亦加某以别之，以清眉目。书中征引各家之说，有删节其字句者，有全篇载录者。江顺诒在所引他人词话之后，大都按以已见，述评结合，承衍阐说，在很大意义上体现出专题词学理论批评的"集成"性质。该词话汇辑之著在卷目上以类相从，所汇辑资料体现出专题性、系统性，条目之间并显示出内在的逻辑性与学理性，它对晚清词学的繁荣发展、对传统词学研究都具有十分重要的价值和意义。

民国时期，汇辑与类编之体词话仍然时有出现。如，夏敬观《汇辑宋人词话》一书，乃编者从 50 种宋代诗话笔记中辑录论词、话词之语而成。其所汇辑词话本事及相关材料主要从以下笔记或诗话中而来。它们是：张世南《游宦纪闻》，叶绍翁《四朝闻见录》，陈鹄《耆续闻》，沈括《梦溪笔谈》，洪迈《容斋随笔》《夷坚志》，岳珂《桯史》，张邦基《墨庄漫录》，刘克庄《后村诗话》，周辉《清波杂志》《清波别志》，四水潜夫《武林旧事》，等等。夏敬观为现代词学大家，其钩索汇辑之举已更多地具有努力推动词学研究事业的意思了。

值得说明的是，以上对传统词话承衍所勾画的几个维面，只是相对而言的，尤其是在对偏于理论批评之体词话承衍线索的勾勒中更是如此。因为词话本身的散体性及所"话"内容的丰富性，使我们的工作多少显得有些无力，故特予以说明。

---

① 唐圭璋编：《词话丛编》，中华书局 1986 年版，第 3207 页。

第九章　中国传统词学评点的承衍

评点是中国传统词学批评的重要形式之一。它是指以圈点划抹或赏析评说、或两者有机结合的形式对具体词人词作或词选、词集所开展的批评活动。在中国传统词学史上，曾出现过不少评点著作。它们在内在点划与评说上虽然并未呈现出什么像样的承衍线索，但从体制而言，一些评点形式在历时视域中前后相续，还是勾连出一定的承纳演变与发展创新轨迹，从一个侧面呈现出传统词学批评的丰富性与多样性，为词学理论批评的繁荣发展作出重要贡献。

第一节　单一评点之体的承衍

中国传统词学评点最初是受到诗文评点影响而出现的。早在唐代，"唐人选唐诗"中便出现在诗人名下对其诗作特征、艺术成就及创作优劣得失等予以总体评说的条目。之后，发展到宋代，诗文批评中正式运用到评点这一形式。受此影响，宋末元初的刘辰翁对词人别集及他人所编词集较早进行批点，这开启后世词学批评中单一评点之体的大门。

作为中国第一位文学评点大师，刘辰翁曾"以全副精神，从事评点"，对诗歌、散文及小说都进行过比较广泛的批点，在文学评点方面做出显著的贡献。刘辰翁对词作评点的涉足，因受传统文学观念轻视词体的影响，可能是不经意的。其所评点过的词集有三种，即《苏黄词钞》《无住词》和《水云词集》，这之中，共有对苏轼、黄庭坚、陈与义、汪元量4人25首词作的批点。在《苏黄词钞》中，批点苏轼10首词，具体为，评《水龙吟·次韵章质夫杨花词》云："'梦随风万里'俱写杨花纷荡之神。"评《水调歌头》（安石在东海）云："语其失态，弥觉疏达。"评《西江月·梅花》云："不必有所指托，即梅花固自。"评《鹧鸪天》（笑捻红梅弹翠翘）云："自是李益、韩竑辈绝句。"评《卜算子·感旧》云："吴蜀语出杜诗，非公杜撰。"评《十拍子·暮秋》云："风流跌宕。"评《蝶恋花·春景》云："寒食春游之日，不堪多诵，能恼人怀。"评《蝶恋花·送潘大临》云："风流浪宕之甚。"评《江城子·猎词》云："从子相邺西记中来，入词尤工。"评《哨遍》（为米折腰）云："只增减数句，浑似坡翁另出新意，所以耐读。"又批点黄庭坚 7 首词，具体为，评《浣溪沙》（飞鹊台前晕翠蛾）云："铁骨人语柔曼如此。"评《减字木兰花》（旋揎玉指著红靴）云："'愁黛不须多'一语足敌易安。"评《阮郎归·效福唐独木桥体作茶词第三》云："'余清揽夜眠'，得茶之风神类甚。"评《西江月》（断送一生唯有）云："旷达特甚。"评《鹧鸪天·重九日集句》云："从杜诗翻出，亦不厌。"① 评《木兰花令》（庚郎二九常安乐）云："其甚跌宕。"评《望远行》（自见来）云："风流放诞。"② 在《无住词》中，批点陈与义 6 首词，具体为，评《虞美人·亭下桃花盛开作长短句咏之》（上阕）云："读之宛然当日之痛。"评《忆秦娥·五日移舟明山下作》（上阕）云："隐约浓淡。"（下阕）云："调意各称。"评《临江仙》（高咏楚词酬午日）（下阕）云："婉娩纶至，诗人之词也。"评《虞美人·大光祖席醉中赋长短句》（下阕）云："不犯坡翁句否。"评《渔家傲·福建道中》（上阕）云："妙语复非邪淫绮语之比。"评《临江仙·夜登小阁忆洛中旧游》（下阕）云："词情俱尽，俯仰如新。"③ 在《水云词集》中，批点汪元量词及所附录王昭仪词各 1 首，具体为，评汪元量《忆王孙》第一首云："集句数首，甚婉娩，情至可观。"评王昭仪《满江红》（太液芙蓉）云："尾句欠商量。"④ 总体来看，刘辰翁对词这一文学形式的评点，与其诗文及小说评点相比，数量是不太相称的。他似乎没有充分关注到词这一文学体裁，在批评形式层面上还未给予更多的重视。其次，在具体批点上，所评话语也十分简短，不作过多展开，或概说一下总体印象，或对其中某一字句作简要点拨。再次，在批评形式上，它更多地体现出随意而及的特征，这与其诗文评点相对注重阐发而

---

① 黄嘉惠等编：《苏黄词抄》附录，中华图书馆石印本。

② 同上。

③ 吴书荫、金德厚校注：《陈与义集》，中华书局 1982 年版，第 585 页。

④ 汪元量撰，孔凡礼辑校《增订湖山类稿》卷五，中华书局 1984 年版。

比，显得在批评挖掘上并不见太着意。但刘辰翁在评点中将圈点划抹与赏析评说有机结合起来，这开创出传统词学评点的基本模式。

明代是传统词学评点的展开与深化期。这一时期，虽然词坛创作并不很繁盛，但受整个时代文学批评昌明之风的影响，所出现词学评点著作却不少。此时，承衍单一评点体制的词学批评著作主要有：杨慎评点《草堂诗余》和《花间集》，汤显祖评点《花间集》，沈际飞《〈古香岑草堂诗余四集〉评笺》，徐士俊评点《古今词统》，李廷机评点《草堂诗余》，董其昌《新锓订正评注便读草堂诗余》，李攀龙《新刻李于麟先生批评注释草堂诗余隽》《南唐二主词汇笺》，王嗣奭评点《唐词纪》，吴从先选评《草堂诗余隽》，翁正春《新刻分类评释草堂诗余》，等等。明人将单一评点体制在词学批评中较多地运用与拓展开来。我们择要述及。

杨慎评点《草堂诗余》，是有明以来第一部词集评点本。全书五卷，有评点361条，或眉批，或夹批，或旁批，形式较为灵活。如，评《菩萨蛮》词调，题下双行夹批为："西域妇人，编发垂髻，如中国佛像璎珞，曰'菩萨蛮'，词名本此。"评李煜《浣溪沙》（菡萏香消翠叶残）云："绮丽委宛，后主此词为第一。"① 评《梅花引·冬怨》，尾批为："雅言精于音律，自号词隐，观此可见。"评秦观《踏莎行·春旅》，眉批为："古人有谓'斜阳暮'三字重出，然因斜阳而知日暮，岂得为重出乎？"② 评《苏幕遮》词调，题下双行夹批为："《唐书》吕元济上书：'比见方邑相率为浑脱队舞，骏马胡服，名曰"苏幕遮"。'词名本此。"评曹组《蓦山溪·早梅》，眉批为："曹元宠《梅词》：'竹外一枝斜，想佳人天寒日暮。'用东坡'竹外一枝斜更好'之句也。徽宗时禁苏学，元宠又近幸之臣，而暗用苏句，其所谓'掩耳盗铃'者。噫！奸臣丑正恶直，徒为劳尔。"③ 评王观《天香·冬景》，眉批为："一派俚俗之谈，全不成调。"在"矮钉明窗，侧开朱户，断莫乱教人到"一句旁，夹批为："俗不成话。"评史达祖《双双燕》（过春社了）云："史邦卿词奇秀清逸，有李长吉之韵，盖能融情景于一家，会句意于两得者。形容想象极是轻婉纤软。"评秦观《水龙吟》（小楼连苑横空）"天还知道，和天也瘦"

---

① 杨慎批点、闵映璧校订：《草堂诗余》卷一，明闵映璧刻朱墨套印本。
② 杨慎批点、闵映璧校订：《草堂诗余》卷二，明闵映璧刻朱墨套印本。
③ 杨慎批点、闵映璧校订：《草堂诗余》卷三，明闵映璧刻朱墨套印本。

一句，旁批为："情极之语，纤软特甚。"评辛弃疾《金菊对芙蓉·重阳》，在"除非腰佩黄金印"一句旁夹批为："此等情况便陋，岂堪入选？"在"红粉娇容"一词旁夹批为："更陋而俚。"① 等等。《草堂诗余》本是一部以择选婉约词为主的选本，杨慎选择对其进行评点，这本身便体现出对婉约之词体词风的偏爱。事实上，在具体批点中，他也的确表现出喜爱纤软、藻丽、婉转词风的特点。但可贵的是，杨慎又能脱却时论，对豪放词也予以不低的评价。如评苏轼《念奴娇》（大江东去），其眉批云："古今词多脂软纤媚取胜，独东坡此词感慨悲壮，雄伟高卓，词中之史也。'铜将军铁拍板唱公此词'，虽优人谑语，亦是状其雄卓奇伟处。"② 杨慎对词作的评点，内容上较为繁杂，往往夹杂有对词作背景的述说或对相关历史文化内涵的解说，一定程度上体现出博学多闻的特征，这当然与其作为博学家的身份是分不开的。

汤显祖《评点〈花间集〉》，全书不分卷。所评具体情况为：温庭筠16条、皇甫松7条、韦庄23条、薛昭蕴7条、牛峤11条、张泌10条、毛文锡9条、牛希济3条、欧阳炯2条、和凝2条、顾敻8条、孙光宪11条、魏承班5条、鹿虔扆2条、阎选3条、尹鹗1条、毛熙震1条、李珣5条，共有评点126条。如，评牛希济《临江仙》（洞庭波浪飐晴天）云："冷字下得妙，便觉全句有神。"评欧阳炯《南乡子》（翡翠鵁鶄）云："短词之难，难于起得不自然，结得不悠远。诸词起句无一重复，而结语皆有余思，允称合作。"评鹿虔扆《临江仙》（金锁重门荒苑静）云："'曲终人不见，江上数峰青。'似有神助。以此方之，可谓勍敌。"评阎选《河传》（秋雨）云："三句皆重叠字，大奇，大奇。宋李易安《声声慢》，用十叠字起，而以'点点滴滴'四字结之。盖用此法，而青于蓝。"评李珣《酒泉子》（秋月婵娟）云："一意空翻到底，而点缀古雅，不强人意。似富于才而贫于学者。"③ 等等。汤显祖对《花间集》中词人词作的评点，大都比较简短，但相对于刘辰翁之评有所加长。在评点内容上，主要扣住词作下字、用语、造句、表意及具体创作技巧等而展开，在随意

---

① 杨慎批点、闵映璧校订：《草堂诗余》卷四，明闵映璧刻朱墨套印本。

② 同上。

③ 张璋、职承让、张骅、张博宁编纂：《历代词话》，大象出版社2002年版，第355、358—359页。

自如的评点风格中显示出注重艺术表现之评的特征，从一个侧面体现出作为戏曲家对词曲艺术的深切把握。还有一个特点便是，汤显祖花费不少笔墨在对"情"的探讨上，大力肯定词作对人之情感意绪的艺术表现，强调词作情感的动人之处。如，评温庭筠《梦江南》（千万恨）云："风华情致，六朝人之长。"评韦庄《菩萨蛮》（洛阳城里春光好）云："可怜可怜，使我心恻。"评韦庄《谒金门》（春漏促）云："情不知所起，一往而深。"评孙光宪《更漏子》（今夜期）云："得情深江海，自不至断肠东西。其不然者，命也，数也。人非木石，那得无情。世间负心人，木石之不若也。"① 等等。汤显祖推尚以情为本，将情感表现作为艺术生发的本质所在，这一创作追求与审美理想，在词作评点中得到较多的体现。

沈际飞《〈古香岑草堂诗余四集〉评笺》，包括《〈草堂诗余正集〉评笺》《〈草堂诗余续集〉评笺》《〈草堂诗余别集〉评笺》《〈草堂诗余新集〉评笺》。其《〈草堂诗余正集〉评笺》，共六卷，其中，卷一评点词作 145 首，卷二评点 99 首，卷三评点 56 首，卷四评点 64 首，卷五评点 53 首，卷六评点 41 首。其《〈草堂诗余续集〉评笺》，共两卷，其中，卷上评点词作 122 首，卷下评点 92 首。其《〈草堂诗余别集〉评笺》，共四卷，其中，卷一评点词作 152 首，卷二评点 114 首，卷三评点 91 首，卷四评点 98 首。其《〈草堂诗余新集〉评笺》，共五卷，其中，卷一评点词作 111 首，卷二评点 121 首，卷三评点 116 首，卷四评点 78 首，卷五评点 68 首。"四集"合十七卷，共评点词作 1621 首。沈际飞在词作评点的数量上远超前人，他以大量精力致于词评事业，这在传统词学批评史上是甚为突出的。在具体评点中，其主要体现出三个方面的特征。一是词评条目绝大多数简洁明了，一般不作过多展开与延伸。如，评晏殊《如梦令》（楼外残阳红满）云："出语大方。"评冯延巳《长相思》（红满枝）云："哀而不伤。"评李煜《长相思》（一重山）云："冷艳。"评苏轼《浣溪沙》（风压轻云贴水飞）云："首句化腐为新。味远。"② 二是有些时候又会作一些展开与生发，偶尔也会引述前人的诗词或词评，这有力地展衍与深化了所评内容，给人以更多的批评信息量，似乎将评点作为真正

① 张璋、职承让、张骅、张博宁编纂：《历代词话》，大象出版社 2002 年版，第 349、351、357 页。

② 同上书，第 498、500 页。

的理论批评形式来做了。如，评李煜《虞美人》（春花秋月何时了）云：
"词家以山喻愁，以水喻愁，皆人情。'落红万点愁如海'，'一江春水向
东流'，以水喻也。方回云'试问闲愁知几许，一川烟草，满城风絮。梅
子黄时雨。'兼花木喻愁之多，更新特。"评苏轼《哨遍》（为米折腰）
云：'诗变而为骚，骚变而为词，皆可歌也。渊明以赋为词，故东坡云
然。'"《后山诗话》谓：'东坡以诗为词，如教坊雷大使之舞，极天下工
要非个色。'不知东坡自云：'平生不善唱曲，间有不入腔处，非尽如
此。'观此则东坡又善唱矣。后山何比况之下也！"① 三是在评点内容上，
侧重于对词作艺术表现方面的评说，包括下字、用语、造句、表意、显
情、所呈风貌及内中所含艺术机巧等，都择取而努力地予以点出，因而，
在简洁精评之路中又呈现出解会切中与深入的特征。如，评万俟咏《长
相思》（短长亭）云："此词发妙旨于律吕之中，运巧思于斧凿之外，工
而平，丽而雅，'要'字新刺。"评张先《青门引》（乍暖还轻冷）云：
"怀则多触，触则愈怀，未有触之，至此极者。"评秦观《鹊桥仙》（纤云
弄巧）云："七夕以双星会少别多为恨，独谓情长不在朝暮，化臭腐为神
奇。"评杜安世《渔家傲》（疏雨才收淡苎天）云："媚极，不媚不怨。"
评辛弃疾《汉宫春》（春已归来）云："无迹有象，无象有思，精于观化
者。"② 如此等等。

徐士俊评点《古今词统》，全书十六卷，为明末大型的对词作选本之
评点著作。该书为卓人月以顾从敬《类编草堂诗余》、长湖外史《草堂诗
余续集》、沈际飞《草堂诗余别集》及《草堂诗余新集》、钱允治《国朝
诗余》等为基础，汇录增删而成。所录词人，上起隋炀帝，下至明代朱
万年、舒缨等，共467家。依词调字数多少，逐卷分列：起16字之《十
六字令》，迄234字之《莺啼序》，共329调，词作2030首。徐士俊于所
选词作后多有笺注征引，又有圈点眉批。其中，卷一有评点42条，卷二
有85条，卷三有75条，卷四有86条，卷五有90条，卷六有84条，卷
七有80条，卷八有79条，卷九有84条，卷十有73条，卷十一有78条，
卷十二有92条，卷十三有68条，卷十四有70条，卷十五有63条，卷十

---

① 张璋、职承让、张骅、张博宁编纂：《历代词话》，大象出版社2002年版，第516、569
页。

② 同上书，第499、511、516、589、591页。

六有 60 条。徐士俊对词作的评点，大致体现出四个方面特征。一是整体数量较多，十六卷中共有评点 1209 条，这是一般词学评点著作中所少见的。二是评点话语大都简洁明了，一语中的，一般不作批评生发与例说展开，明显体现出"精评"的特征。如，评周邦彦《十六字令》（明月影）云："此竹一尺有万丈势。"评王建《三台令》（鱼藻池边射鸭）云："宫词之剩技。"评王世贞《望江南》（无个事，湘枕睡初酣）云："细俊。"评薛涛《阿那曲》（玉漏声长灯耿耿）云："寒风袭人。"① 三是评说视点多样，内容丰富，有对词作主旨、字语运用、具体技巧、风格特色及相关创作因素等多方面的评说，体现出评者对词作艺术特征全方位把握的能力。如，评顾敻《荷叶杯》（记得那时相见）云："调佳，则词易美。如此数阕，皆人所能言，然曲折之妙，有在诗句外者。"评王川叟《阿那曲》（平池碧玉秋波莹）云："与喷玉泉诗一样结法。"评白居易《竹枝》（瞿塘峡口冷烟低）云："凡泛言竹枝者，蜀词居多。"评卜舜年《竹枝》（无端秋雨打残荷）云："两章合而成篇，用诗经体。"评贺知章《柳枝》中"碧玉妆成一树高"云："此句亦似剪刀。"评寇准《江南春》（波渺渺）云："全拟花间。"评苏轼《点绛唇》（闲倚胡床）云："明月清风我，胜于举杯邀月对影成三客多矣。"② 四是在批评取向上，体现出对词作情感表现的大力肯定与张扬，对其所表现艺术趣味的欣然欢爱。如，评白居易《花非花　雾非雾》云："因情生文，虽高唐洛神，奇丽不及也。"评朱彬《西湖竹枝》（南北高峰作镜台）云："说得薄情郎胆寒。"评邵泰宁《西湖竹枝》（似郎年少妾殷勤）云："山崩水竭，两情乃绝。"评李煜《乌夜啼》（无言独上西楼）云："七情所至，浅尝者破，深尝者说不破，'别是'句甚深。"评无名氏《生查子》（闲倚曲屏风）云："浑无思却是极多情。"评孙光宪《酒泉子》（敛态窗前）云："嗔得奇。"评汤显祖《添字昭君怨》（昔日千金小姐）云："鬼趣宛然。"③ 等等。对情感表现的张扬及对生活趣味的追求，是明代文学创作与批评的普遍理想，这一点，在徐士俊的词作评点中体现得比较充分。

---

① 张璋、职承让、张骅、张博宁编纂：《历代词话》，大象出版社 2002 年版，第 366、368、370 页。

② 同上书，第 367、370、372、378—379、387 页。

③ 同上书，第 367、375、377、383、385—386、401 页。

　　清代，是传统词学评点的兴盛与成熟期。此时，词作评点之风大为昌盛，对前人及当时代人词作的评点有机交融，出现很多对词人词作总集、选集与别集的评点。据朱秋娟《清初清词评点的风尚成因与原生面貌》一文所述，仅顺治、康熙时期就有 120 多种清词评点本，再加上一些仅具圈点者，这个数目就更为庞大了。① 这一时期，所出现单一评点之体的词学批评著作，在对词人别集的评点方面，主要有对曹亮武《南耕词》、陈维崧《迦陵词》、越阎《春芜词》、尤侗《百末词》、董俞《玉凫词》、丁炜《紫云词》、金烺《绮霞词》、曹贞吉《珂雪词》、董元恺《苍梧词》、梁清标《棠村词》、董以宁《蓉渡词》、王士禛《衍波词》等的评点；也有对词作选集的评点，如许昂霄《词综偶评》、梁启超《评点〈艺蘅馆词选〉》等。对后一类，我们略作述要。

　　许昂霄《词综偶评》，全书不分卷。所评点内容包括唐词、五代十国词、宋词、金词、元词。其中，共评点唐词 9 条、五代十国词 19 条、宋词 197 条、金词 5 条、元词 14 条，"补遗" 37 条。后又有人从其《菈庐夫子杂记》中辑出评点南唐词 1 条、宋词 45 条、金词 2 条、元词 5 条，共 334 条。如对宋词的评点中，评潘阆《酒泉子》云："'长忆西湖湖上水。' 翛然自远，不愧语带烟霞之目。" 评秦观《黄金缕》云："仙才鬼才，兼而有之。" 评孙觌《菩萨蛮》云："含章句，暗用寿阳公主事。" 评王雱《眼儿媚》云："词固佳，嫌太软，媚似妇人耳。" 评周邦彦《点绛唇》（辽鹤）云："淡淡写来，深情无限，宜楚云为之感泣也。" 评陈与义《临江仙》云："神到之作，无容拾袭，渔隐称为清婉奇丽，玉田称为自然而然，不虚也。" 评陆游《采桑子》云："体格仿佛《花间》，但味较薄耳。南宋小令佳者，大抵皆然。" 评李清照《壶中天慢》云："此词造语固为奇俊，然未免有句无章。旧人不加评驳，殆以其妇人而恕之耶。" 评聂胜琼《鹧鸪天》云："风致如许，真所谓我见犹怜者也。"② 等等。许昂霄的评点长短不一，但大都以短评为主，内容多为赏悟辨析字句，评说词作艺术表现特点包括寓事用典及个中艺术技巧等，其在张扬词作艺术

---

　　① 朱秋娟：《清初清词评点的风尚成因与原生面貌》，《文艺研究》2008 年第 11 期，第 62 页。

　　② 张璋、职承让、张骅、张博宁编纂：《历代词话》，大象出版社 2002 年版，第 1309、1314—1316、1320—1321、1331—1332 页。

表现方面显示出一定的特色。

　　梁启超《评点〈艺蘅馆词选〉》，篇幅比较小，共品评词人词作 27 条。其评点对象为宋徽宗赵佶、欧阳修、晏几道、王安石、柳永、秦观、周邦彦、陈克、朱敦儒、李清照、辛弃疾、姜夔、陈允平、吴伟业、陈澧。如，评宋徽宗赵佶《燕山亭》（裁剪冰绡）云："昔人言宋徽宗为李后主后身。此词感均顽艳，亦不减'帘外雨潺潺'诸作。"评欧阳修《蝶恋花》（谁道闲情抛弃久）云："稼轩《摸鱼儿》起处，从此夺胎。文前有文，如黄河伏流，莫穷其源。"评王安石《桂枝香》（登临送目）云："李易安谓：介甫文章似西汉，然以作歌词，则人必绝倒。但此作却颉颃清真、稼轩，未可谩诋也。"评周邦彦《兰陵王》（柳阴直）云："'斜阳'七字，绮丽中带悲壮，全首精神提起。"评李清照《声声慢》（寻寻觅觅）云："此词最得咽字诀，清真不及也。"评辛弃疾《青玉案》（东风夜放花千树）云："自怜幽独，伤心人别有怀抱。"评吴伟业《贺新郎》（万事催华发）云："鸟之将死，其鸣也哀。梅村固知自爱者。"[1] 梁启超的评点大都简洁明了，主要针对词作情感表现与艺术特征而论，显示出直入目标而不随意生发的特点。在评点取向上，则体现出推尚富于悲情性、忧患性的词作，这与其大起大落与大开大阖的人生经历及心中所寓国家民族之情事是紧密相联的。

　　民国时期，传统词学评点的形式体现出努力创新与追求多样化的特征，正由此，词作单一评点之体也日益呈现出不断被消弭的景象。但即便如此，仍然有一些评点著作承衍这一形式，或为理论阐发之藉用，或为自慰自寄之求，或为授徒讲学之需，从而将传统词学评点的最基本形式延续下来。我们择取几种略作述要。

　　夏敬观曾手批《彊村丛书》中词籍多种，后张璋辑录为《映庵词评》，共有评点 171 条。其中，评《尊前集》1 条，评《金荃集》5 条，评张先词 10 条，评柳永《乐章集》15 条，评晏几道词 35 条，评《东山词》34 条，又评贺铸词 23 条，又评《东山词补》7 条，评陈克《赤城词》1 条，评周密《苹洲渔笛谱》4 条，评张炎《山中白云词》36 条。如，评张先《醉垂鞭》（朱粉不须）云："末二句体物微妙。"评《菩萨

---

　　①　张璋、职承让、张骅、张博宁编纂：《历代词话续编》，大象出版社 2005 年版，第 198—200 页。

蛮》（忆郎还上）云："古乐府作法。"评《少年游慢》（春城三二）云："八字句中对。"评晏几道《临江仙》（浅浅余寒）云："'放'字生而炼熟。"评《临江仙》（梦后楼台）云："吐属华贵，脱口而出。"评贺铸《璧月堂》（梦草池南）云："是唐人小令，却非温飞卿一派。"评《花想容》（南国佳人）云："'泪不供'颇新，却不甚妥。"① 等等。作为词学大师，夏敬观对词作的评点并不着意体现高明，而是非常简洁，多就词中某一字句加以点评，寥寥数语，不求延伸与生发，但讲究点到关键之处，让欣赏者自己去体会与悟解。他较好地承扬了文学评点的"精评"传统。

李冰若《〈花间集〉评注》，凡196条，分析评点《花间集》中18家词人170余首词作。其基本体制为在每一词人名下大都有一段总评文字，或长或短，惟温庭筠名下2则，薛昭蕴、欧阳炯名下则无总评文字。如评牛峤云："松柳词集不可见，今存《花间集》者尚有三十二首，大体皆莹艳缛丽，近于飞卿，微不及希济耳。"评牛希济云："希济词笔清俊，胜于乃叔，雅近韦庄，尤善白描。"评和凝云："和成积词自是花间一大家，其词有清秀处，有富艳处，盖介乎温、韦之间也。"② 如此等等，都能抓住所评词人创作特色予以总括点出。其词评，亦长短不拘，重在剖析与点明词作情感表现与艺术创造中的显著特色与不足之处，重在对词作艺术表现的揭橥。大都三言两语，不作过多展开，当然亦有评说较多的，但所在数量不多。如评温庭筠《归国谣》（香玉）云："此词及下一首，除堆积丽字外，情境俱属下劣。"评皇甫松《杨柳枝》（烂漫春归水国时）云："语浅意深而不病其直者，格高故也。"评薛昭蕴《小重山》（春到长门春草青）云："词无新意，笔却流折自如。"③ 等等。总体来看，李冰若的词作评点形式不拘一格，优缺之处并论，注重评析词作艺术表现中的细部特征，并善于将花间词人创作相互进行比较。

乔大壮《批〈片玉集〉》，乃作者为其门生黄墨谷讲授词学时，批于彊村丛书本《片玉集》之上。《片玉集》共十卷，收词作115首，乔大壮于每首词之后均有简短批语。其评点重在对词作声调运用与具体技巧的解

① 张璋、职承让、张骅、张博宁编纂：《历代词话续编》，大象出版社2005年版，第418—419、419、421、421页

② 同上书，第875、880—881页。

③ 同上书，第869、871、875页。

析，都简洁明了，只有极少数稍长者。如评《瑞龙吟》（大石调）云：
"此调是双拽头，四声，可参酌梦窗及杨泽民、方千里和作。近时作者多
即依此篇四声，其触韵处仍可依之。惟戒添出触韵之字耳。'事与'句用
杜牧句作提笔，重大之至。"① 评《南乡子》（商调）云："二声。词客当
行之笔。'会'者，解也。"② 评《红林檎近》（双调）云："四声。可参
次篇。此是古乐府作法，高浑难及。"③ 评《玉楼春》（大石调）第三首
云："不是率笔，乃老到也。"④ 评《虞美人》（正宫调）第二首云："'野
外'，内转可思。"⑤ 等等。乔大壮为现代词学名家，其对词的创作内在理
路具有切身的体会与把握，他以评点周邦彦《片玉集》为例对学生的施
教，体现出对词人词作从细部入手、由小而大、由浅入深加以领会与把握
的特征，对引导后学悟解入词之径十分具有作用。黄墨谷之后成为著名的
李清照与古典词学研究专家，这与乔氏的悉心教导与培养是分不开的。

第二节　选评结合之体的承衍

中国传统词学评点承衍的第二条线索，是选评结合之体的承衍。这一
线索最早出现于南宋时期黄升的手中。他受前人诗文选评风气的影响，将
对词作的择选与评点有机结合起来，这导引了后世词学批评中选评结合之
体的通道。

黄升《花庵绝妙词选》，全书二十卷，收词 1000 多首。前十卷名
《唐宋诸贤绝妙词选》，选录唐、五代、北宋词人 134 家，其中，卷一为
唐、五代词，收 26 家；卷二至卷九为宋词，收 108 家。后十卷名《中兴
以来绝妙词选》，选录南宋词人 88 家之作，末附黄升自己所作词 38 首。
书中所选各家，系以小传，间附有评语。此书开创了传统词学选评结合之
体的先例，在词学批评史上占有重要的地位。其前十卷《唐宋诸贤绝妙
词选》，所评具体情况为：总评唐词 1 条，评李白 2 条、白居易 1 条、张
志和 2 条、温庭筠 1 条、张泌 1 条、李珣 1 条、李煜 1 条、苏轼 4 条、王

---

① 朱崇才编纂：《词话丛编续编》，人民文学出版社 2010 年版，第 3046 页。
② 同上书，第 3051 页。
③ 同上书，第 3058 页。
④ 同上书，第 3066 页。
⑤ 同上书，第 3068 页。

安石 1 条、钱惟演 1 条、贾昌朝 1 条、宋祁 2 条、颜博文 1 条、陈尧佐 1 条、苏过 1 条、张耒 1 条、孙洙 1 条、晏几道 1 条、黄庭坚 1 条、秦观 3 条、贺铸 1 条、舒亶 1 条、晁补之 2 条、张先 2 条、王观 2 条、章质夫 1 条、聂冠卿 1 条、柳永 2 条、蔡挺 1 条、阮阅 1 条、毛滂 1 条、沈公述 1 条、周邦彦 2 条、鲁逸仲 1 条、宋齐愈 1 条、李玉 1 条、僧惠洪 1 条、僧仲殊 2 条、吴城小龙女 1 条、李清照 2 条、吴淑姬 1 条，共有评点 57 条。其后十卷《中兴以来绝妙词选》，所评具体情况为：评康与之 2 条、陈与义 1 条、叶梦得 1 条、曾觌 1 条、朱敦儒 1 条、赵鼎 1 条、王庭圭 1 条、张孝祥 1 条、范成大 1 条、陆游 1 条、张震 1 条、韩元吉 1 条、吴礼之 1 条、谢懋 1 条、赵善扛 1 条、刘过 1 条、刘仙伦 2 条、严仁 1 条、姜夔 1 条、高观国 1 条、史达祖 4 条、卢祖皋 1 条、张辑 1 条、吴文英 1 条、冯艾子 1 条、李芸子 1 条、共有评点 31 条。黄升的词学评点，主要体现出四个方面的特征。一是在总体数量上并不算多，不足所选词作的十分之一，共批点词作 88 首。二是在批评形式上有总有分，以分为主。如有对唐词的总评，也有对李白、白居易、张志和、温庭筠等词人的分评。如，评唐词云："凡看唐人词曲，当看其命意造语工致处。盖语简而意深，所以为奇作也。"评白居易云："《长相思》闺怨二词，非后世作者所及。"① 在对具体词人词作之评中，有对该词人的总评，也有对具体词作的评点。如，评史达祖云："有词百余首，张功父、姜尧章为序。尧章称其词奇秀清逸，有李长吉之韵，盖能融情景于一家，会句意于两得。"又评其《绮罗香》（春雨）云："'临断岸'以下数语，最为姜尧章称赞。"评其《东风第一枝》（春雪）云："结句尤为姜尧章拈出。"② 三是在评点话语上，可长可短，自由灵活，长者在评中有叙有引，述评结合；短者则扼要点明词作主旨或艺术特征。长者如，评僧仲殊《诉衷情》云："仲殊之词多矣，佳者固不少，而小令为最；小令之中，《诉衷情》一调又其最。盖篇篇奇丽，字字清婉，高处不减唐人风致也。"③ 短者如，评舒亶《菩萨蛮》云："此词极有味。"评章质夫《水龙吟》（柳花）云："'傍珠帘散漫'

---

① 张璋、职承让、张骅、张博宁编纂：《历代词话》，大象出版社 2002 年版，第 153 页。
② 同上书，第 163 页。
③ 同上书，第 160 页。

数语，形容尽矣。"① 四是在评点内容上较为简洁，多就词的整体或某方面特征予以简评。如，评王安石《渔家傲》云："极能道闲居之趣。"评陈与义云："词虽不多，语意超绝，识者谓其可摩坡仙之垒也。"评张震云："词甚婉媚，盖富贵人语也。"评冯艾子云："精于律吕，词多自制腔。"② 如此等等。

明代，文学批评从整体而言呈现出比较鲜明的个性化特征，理论之追求、审美之理想与意气化之色彩、门户之讲究等交织融合在一起，而这些都含寓于具体的文学创作与批评实践中。受此影响，词作评点中选评结合之体也更多的出现。此时期，承衍这一体制的著作主要有：张綖《草堂诗余别录》、茅暎选评《词的》、陆云龙选评《词菁》、潘游龙选评《精选古今诗余醉》，等等。编选者结合各自的择选标准，对所选词作进行多样的评说，将选评结合之体有效地运用与拓展开来。

张綖《草堂诗余别录》，其正文分两卷，分题《草堂诗余别录》《草堂诗余后集别录》。其卷一共品评黄庭坚《暮山溪》《鱼游春水》、秦观《满庭芳》、欧阳修《浣溪沙》等39首词作，卷二共品评柳永《倾酒杯》、周邦彦《解语花》、贺铸《临江仙》等40首词作。张綖在"序"中云："当时集本亦多，惟《草堂诗余》流行于世。其间复猥杂不粹，今观老先生砵笔点取，皆平和高丽之调，诚可则而可歌，复命愚生再校，辄敢尽其愚见，因于各词下漫注数语，略见去取之意，别为一录呈上，倘有可取，进教幸甚。"③ 张綖对《草堂诗余》中词作进行再次选录。他对其中词作的品评大多具体而微，注重对词作字句、声律运用及词意表现等的评说，形式长短不一，点到为止，绝不作大而无当的说解，总是紧密结合所评词作有的放矢，细部评说，启人心神。如卷一评黄庭坚《鱼游春水》（秦楼东风里）云："'云山万里'二句，意义不通，当是'万重'，与前'莺啭上林'方叶。"④ 评秦观《风流子》（东风吹碧草）云："通篇语太熟，稍近陈。结句虽有意致，亦是常语。"⑤ 卷下评柳永《倾酒杯》（禁苑花

---

① 张璋、职承让、张骅、张博宁编纂：《历代词话》，大象出版社2002年版，第157页。
② 同上书，第155、161、162、164页。
③ 朱崇才编纂：《词话丛编续编》，人民文学出版社2010年版，第55页。
④ 同上书，第57页。
⑤ 同上书，第66页。

深）云："词亦流畅，但稍似近俗。元宵词佳者甚多，此可以削。"① 评陈师道《西江月》（断送一生惟有）云："此词用退之诗句作歇后语，绝妙。人或怪之，以为虽奇，无此体。不知唐郑五以此入相，唐彦谦诗'耳闻明主提三尺，眼见愚民窃一抔'，古诗'何以解忧，唯有杜康'，其来远矣。"② 总体来看，张綖的品评甚为注重对词作细部的分析解说，同时又能勾连词作历时发展与共时创生，优缺之处并论，富于个性，对后世词作评点具有一定的影响。

茅暎选评《词的》，全书四卷。以调分列，卷一小令，选 31 调 124 首；卷二小令，选 48 调 120 首；卷三中调，选 35 调 92 首；卷四长调，选 38 调 55 首。所选为唐代至明代词作，尤以唐、宋为多。书中时见圈点，间著眉批。茅暎的评点，在表现形式上并未体现出太多的特色。在评点内容上，则主要体现出两方面特征。一是注重对词作艺术生发与构思的批点，一定程度上体现出对词的创作的细致解会与领悟。如，评汪藻《小重山》（月下潮生红蓼汀）云："景与情会，无限深怀。"评晏几道《踏莎行》（小径红稀）"东风不解禁杨花，蒙蒙乱扑行人面"一句云："杨花扑面，即见春思困人。"评杨基《青玉案》（平湖过雨清如鉴）云："于雨外有深情。"③ 评蒋捷《女冠子》（蕙花香也）云："丽景幽思，令人想杀。"④ 这一类评语，很能抓住外在景物与创作主体情感的共鸣之处，可谓着到抒情性文学创作的要害。二是与汤显祖对《花间集》的评点一样，也体现出对情感表现的注重与张扬。如，评顾敻《诉衷情》（永夜抛人何处去）云："到底是单相思。"评柳永《昼夜乐》（洞房记得初相遇），眉批云："回肠千结。"⑤ 等等。但《词的》中的评语较为凌乱，常常是直抒己意，较少品评优劣，对于词的鉴赏方面，影响应该并不是很大。

陆云龙选评《词菁》，全书两卷。编者从《草堂四集》中辑录自己所认为的"菁华"部分而编成。其具体情况为：自《草堂诗余正集》中辑录 121 首，自《草堂诗余续集》中辑录 38 首，自《草堂诗余别集》中辑

① 朱崇才编纂：《词话丛编续编》，人民文学出版社 2010 年版，第 72 页。

② 同上书，第 88 页。

③ 朱之藩编：《词坛合璧》卷三，明闾世裕堂刊本。

④ 朱之藩编：《词坛合璧》卷四，明闾世裕堂刊本。

⑤ 朱之藩编：《词坛合璧》卷一、卷四，明闾世裕堂刊本。

录 26 首，自《草堂诗余新集》中辑录 83 首，又增选无名氏《踏莎行》2 首，共从《草堂诗余四集》1600 余首词作中择取 270 首。全书仿宋人《草堂诗余》体例，分类征选。卷一分天文、节序、形胜、人物、宴集、游望、行役、称寿八类；卷二分离别、宫词、闺词、怀思、愁恨、寄赠、杂咏、题咏、居室、动物、植物、器具、回文十三类，始于李白，终于明末歌妓王修微，书中间有眉批。陆云龙对词作的评点，着重在兼容各家之长，无论婉约与豪放都予以肯定。如，评王世贞《满庭芳》（尖侧东风）云："是钟情人多中情语。"评沈际飞《风流子》（对洛阳春色）云："描摹酷至，极丽极尽。"评苏轼《酹江月》（大江东去）云："奇壮，与赤壁争险。"评杨慎《折桂令》（枕高冈坐占鸥沙）云："声宜铁绰。"① 前两条评语赞赏词中情感真致婉丽，后两条评语称扬词作豪迈雄壮。由此可看出，其意在兼融各家所长、去芜存菁之用心。在评点方式上，陆云龙比较喜欢逐字逐句地批点，解析字句佳处。如，评周邦彦《浣溪沙》，在"楼上晴天碧四垂"等句眉批云："远景满眼。"下半阕眉批云："岁月如流，可奈何。"评李清照《声声慢》（寻寻觅觅）前数句云："连下迭字，无迹能手。"又在"独自怎生得黑"一句评："黑字妙绝。"评辛弃疾《摸鱼儿》（更能消），在首句上方眉批云："下字有意。"然后在"何况落红无数"等句眉批云："痴情。"② 这种批评方式，非常注重解会词作艺术表现的细部性与微妙性，对读者细致深入地理解词作中的"妙处"甚为有益，是对传统"细评"方式的有效弘扬。

潘游龙选评《精选古今诗余醉》，全书十五卷。共录唐、五代、宋、金、元、明词 1346 首，以宋、明两代为多。按题材排列，自拟上巳、清明、踏青、中秋、旅思等题，题下小字附注所用词调，书中各词多有圈点批抹。潘游龙认为不论哪一种词作风格，都发乎作者之情，因此其选评词作，也都以情感真挚为艺术判评的标准。如，评秦观《鹊桥仙》（纤云弄巧）云："按七夕歌以双星会少别多为恨，独少游此词谓情长不在朝暮，是化腐为神奇，最能醒人心目。"评钱惟演《玉楼春》（城上风光莺语乱）云："芳樽恐浅，正断肠处，情极凄惋，不堪多读。"评岳珂《祝英台近》

---

① 陆云龙编：《词菁》卷一，明崇祯峥霄语馆刻本。

② 同上。

（澹烟横）云："激烈感愤，类辛幼安千古江山词。"①潘游龙也常常较为细致地品评词作艺术表现及手法技巧，揭橥其中妙处。如，评谢逸《玉楼春》（弄晴点点梨梢雨）云："飞破惹残，桃嗔柳妒，极推敲之致。"评李煜《蝶恋花》（遥夜亭皋闲信步）云："'没个安排处'，与'愁来无着处'并绝。"评蒋捷《霜天晓角》（人影窗纱）云："此词妙在淡而浓，俚而雅、雅而老，又在柳秦张周之上。"②等等。这些评点，展现出评者对词作的独特鉴赏能力。值得注意的是，潘游龙的评语以尾批为主，与其他词集评点眉批、夹批等多种形式并用的方式有所不同，他似乎意欲以"批注"来取代杂记、笔谈之类的批评模式。

　　清代，文学选评之习蔚然成风，追求创作实践与理论批评的相兼并融成为文士普遍的理想。此时期，承衍选评结合之体的词学评点著作主要有：先著选评《词洁》、谭献选评《箧中词》、陈廷焯选评《词则》、黄苏选评《蓼园词选》、王闿运评选《湘绮楼词选》、杨希闵选评《词轨》、梁令娴选评《艺蘅馆词选》、王官寿选评《宋词钞》，等等。我们择要述及。

　　先著选评《词洁》，全书六卷，所选以宋词为主，以调为序，时出评语，多论述词之源流体制，间以品藻。其中，卷一评寇准《江南春》（波渺渺）、姚宽《生查子》（郎如陌上尘）等15首，卷二评欧阳修《南歌子》（凤髻金泥带）、苏轼《南歌子》（山与歌眉敛）等23首，卷三评张先《师师令》（香钿宝珥）、晁冲之《传言玉女》（一夜东风）等19首，卷四评姜夔《长亭怨慢》（渐吹尽枝头香絮）、张炎《西子妆慢》（白浪摇天）等19首，卷五评唐珏《桂枝香》（松江舍北）、卢祖皋《木兰花慢》（汀莲凋晚艳）等20首，卷六评姜夔《解连环》（玉鞍重倚）、贺铸《望湘人》（厌莺声到枕）等6首。如，评寇准《江南春》（波渺渺）云："宋初去五代不远，莱公《江南春》《点绛唇》二调，体制高妙，不减《花间》。"评苏轼《浣溪沙》（山下兰芽短浸溪）云："坡公韵高，故浅浅语亦觉不凡。"评晏几道《减字木兰花》（长亭晚送）云："轻而不浮，

---

① 潘游龙选评：《精选古今诗余醉》卷一、卷四、卷十一，明崇祯丁丑十年海阳胡氏十竹斋刊本。

② 潘游龙选评：《精选古今诗余醉》卷一、卷二、卷十三，明崇祯丁丑十年海阳胡氏十竹斋刊本。

浅而不露。美而不艳，动而不流。字外盘旋，句中含吐。小词能事备矣。"评晏殊《清平乐》（金风细细）云："情景相副，宛转关生，不求工而自合。宋初所以不可及也。"① 等等。先著的词学评点体制不算宏大，数量也不多，但在对词人词作的批点中显示出较浓的理论色彩，不少条目似乎可当作偏于理论批评性的词话来读，体现出评者较为丰富扎实的理论修养与精深的领悟能力。

黄苏选评《蓼园词选》，全书不分卷。自《草堂诗余》择选而成，依调类列，得小令、中调、长调共 107 调，词 212 首。词下笺注词话，黄苏逐首为之批抹点评，共品评词人词作 207 条。其评点对象绝大多数为宋代词人，亦有极个别唐五代词人如李白等。黄苏的评点，在体制规模上一般较长，并且比较均匀，在内容上是甚为充实的。这与以前词学评点多以简评为主形成异别，其在解会词意、词艺上显示出更为深入细致的特征。如，评晏殊《生查子》（金鞍美少年）云："'去跃'三字，从妇人目中看出，深情挚语。末联'无处'二字，意致凄然，妙在含蓄。"评柳永《雨霖铃》（寒蝉凄切）云："送别词，清和朗畅，语不求奇，而意致绵密，自尔稳惬。"评周邦彦《六丑》（正单衣试酒）云："自叹年老远宦，意境落漠，借花起兴。以下是花是自己，比兴无端。指与物化，奇情四溢，不可方物。人巧极而天工生矣。结处意致尤缠绵无已，耐人寻绎。"②在具体评点中，它往往先引述前人对该词人词作的论评作为导引，然后再顺势道出自己的批评观点与理据，比较明显的标志是加一"按"字。黄苏在评点中所常常引述话语的批评家有黄庭坚、沈际飞、胡仔、黄升、苏轼、阮阅等，其中，尤以引述沈际飞之评点为多，显示出在依托前人观点基础上不断承衍评说的特征。如，评张志和（元真子）《渔歌子》（西塞山前白鹭飞）云："黄山谷曰：有远韵。按数句只写渔家之自乐，其乐无风波之患。对面已有不能自由者，已隐跃言外，蕴含不露，笔墨入化，超然尘埃之外。"评李重元《忆王孙》（萋萋芳草忆王孙）云："沈际飞曰：一句一思。因'楼高'曰'空'，因'闭门'曰'深'，俱可味。按高楼望远，'空'字已凄恻，况闻杜宇乎？末句尤比兴深远，言有尽而意无

---

① 张璋、职承让、张骅、张博宁编纂：《历代词话》，大象出版社 2002 年版，第 1027—1028 页。

② 同上书，第 1783、1827、1833 页。

穷。"评张先《青门引》（乍暖还轻冷）云："沈际飞曰：怀则愈触，触则愈怀，未有触之至此极者。按落寞情怀，写来幽隽无匹。不得志于时者，往往借闺情以写其幽思。角声而曰'风吹醒'，醒字极尖刻。至末句那堪送影，真是描神之笔，极希宕渺之致。"评秦观《鹊桥仙》（纤云弄巧）云："按七夕歌，以双星会少别多为恨。少游此词，谓'两情若是久长'，不在'朝朝暮暮'，所谓化臭腐为神奇。凡咏古题，须独出新裁，此固一定之论。少游以坐党被谪，思君臣际会之难，因托双星以写意。而慕君之念，婉恻缠绵，令人意远矣。"评秦观《八六子》（倚危亭）云："沈际飞曰：长短句偏入四六，何满子之外，复见此而已。寄托耶，怀人耶，词旨缠绵，音调凄婉如此。"① 等等。黄苏有时也会在评说前后，不厌其烦地罗列前人评点之语，甚给人以切实之感。他将传统词学评点在形式体制上有效地展衍开来。

王闿运评选《湘绮楼词选》，全书不分卷。其评李璟1条、李煜3条、韦庄1条、顾夐1条、孙光宪1条、范仲淹2条、欧阳修1条、王安石1条、苏轼4条、秦观2条、贺铸1条、周邦彦2条、徐伸1条、吕渭老1条、李清照2条、朱敦儒1条、王沂孙1条、邓剡1条、徐君宝妻1条、无名氏1条、文及翁1条、翁孟寅1条、余桂英1条、赵与仁1条、冯延巳1条、宋祁1条、苏轼1条、晁冲之1条、柳永1条、蒋捷1条、张孝祥1条、范成大1条、陆淞1条、韩元吉1条、辛弃疾1条、卢祖皋1条、徐照1条、姜夔4条、史达祖1条、张辑1条、周晋1条、赵汝茪1条、赵闻礼1条、周密1条，共有评点56条，体制相对比较短小。王闿运评词与明清以来不少人一样，注重对词作情感表现的大力肯定与张扬，将情感投入置放到词评的首位，体现中对情感本位及其艺术生发功能的极力标树。如，评李煜《浪淘沙》（帘外雨潺潺）云："高妙超脱，一往情深。"评孙光宪云："《思帝乡》如何，遣情情更多。"评无名氏《御街行》（霜风渐紧寒侵袂）云："纯乎浙调。透一层写法，却是真情真想。"评冯延巳《谒金门》（风乍起）云："言情之始，故其来无端。"评蒋捷《虞美人》（少年听雨歌楼上）云："此是小曲。情亦作凭，较胜。"评范成大《眼儿媚》（酣酣日脚紫烟浮）云："自然移情，不可言说，绮

---

① 张璋、职承让、张骅、张博宁编纂：《历代词话》，大象出版社2002年版，第1782、1794、1797、1812页。

语中仙语也，考上上。"评赵汝茪《恋绣衾》（柳丝空有万千条）云："初见杏花，情思入妙。"[①] 王闿运评词的另一比较明显特点是，注重对词作艺术作较细致深入的分析，与其前不少人相比，在评点上显得更为到位，在展开上也显得更充实些，显示出较高的鉴赏水平。如，评李煜《虞美人》（春花秋月何时了）云："常语耳，以初见故佳，再学便滥矣。"评李清照《声声慢》（寻寻觅觅）云："亦是女郎语，诸家赏其七叠，亦以初见故新，效之则可呕。"评王沂孙《高阳台》（残雪庭阴）云："此等伤心语，词家各自出新，实则一意，比较自知文法。"评姜夔《暗香》（旧时月色）云："如此起法，即不是咏梅矣。此二词最有名，然语高品下，以其贪用典故也。"[②] 等等。王闿运通过具体评说不同词作艺术创造技巧，确乎体现出迥异于他人的识见。

民国时期，词作选评结合之体不仅得到有效的承衍，而且在很大程度上还得以创新与完善。词评家与研究者们结合当下的词作普及需要与研究实践，对传统词作选评结合之体予以了多样的推陈出新。此时期，承衍这一体制的评点著作主要有：刘麟生选评《词洁》、欧阳渐选评《词品甲》、叶恭绰选评《广箧中词》、陈匪石编著《宋词举》，等等。我们略作述要。

叶恭绰选评《广箧中词》，是在谭献《箧中词》及《箧中词续》的基础上所编的一部词选。其编录范围与体例，悉依谭选之例，意在和《箧中词》及《箧中词续》成为合璧。其采录对象从清初以迄当时词人470余家，词作1030余首，以光绪、宣统以来词作为多，对道光、宣统以前为谭献所遗者，则别择从严，间加选录。叶恭绰选词注意雅致，凡杂俗语之词概予摒弃。对入选的部分作品，都附有简短的"评语"或"总评"，时显灼见。全书有评点54条。其评点对象为：王夫之《潇湘怨词》《鼓棹集》，陈廷焯《白雨斋词存》，王僧保《秋莲子词》，张德瀛《耕烟词》，李绮青《听风听雨词》《草间词》，潘之博《弱庵词》，谭献《复堂词》，郑文焯《樵风乐府》，王鹏运《半塘定稿》，况周颐《蕙风词》，刘毓盘《濯绛宦存稿》，等等。如，评王夫之《潇湘怨词》云："故国之思，体兼骚辨。船山词，言皆有物，与并时批风抹露者迥殊，知此，方可以言

---

① 张璋、职承让、张骅、张博宁编纂：《历代词话续编》，大象出版社2005年版，第3、5—7页。

② 同上书，第3、5、7页。

词旨。"评谭献《复堂词》云："仲修先生承常州派之绪，力尊词体，上溯风骚，词之门庭，缘是益廓，遂开近三十年之风尚。论清词者，当在不祧之列。"评陈洵《海绡词》云："述叔词，最为强村所推许，称为一时无两。述叔词固非椠积为工者。读之可知梦窗真谛。"评夏敬观《映庵词》云："鉴丞平生所学，皆力辟径途，词尤颖异，三十后，已卓然成家，今又廿余载矣。词坛尊宿，合继王、朱，固不徒为西江社里人也。"①等等。叶恭绰的评点，主要体现为就词人词作总体而评，并不追求面面俱到，而抓住所评对象某一富于特色的方面加以评说，在知人论世中显示出重点观照与深入把握的特征，体现出浓厚的词史意识与较强的批评辨识力。

陈匪石所编著《宋词举》，是"示宋词之径路"，"期导学者以先路"的一个词作选本。它择选宋代词人 12 家，其中，卷上选南宋 6 家，分别是张炎 3 首、王沂孙 4 首、吴文英 5 首、姜夔 8 首、史达祖 3 首、辛弃疾 4 首，卷下选北宋 6 家，分别是周邦彦 8 首、秦观 3 首、苏轼 2 首、贺铸 4 首、柳永 4 首、晏几道 5 首，凡 53 首。该词选具有鲜明的个性特征，体现出对传统词作选评结合之体的开拓与创新，其主要体现在三个方面。一是在"凡例"中，陈匪石交代择选之意及编著体例，如云："鄙意学词当先南宋，后北宋，而终于五代与唐。近人讲历史有用逆溯者，兹仿其例，起张炎，迄晏几道，依时代编次，后者居前，前者居后，庶乎由博返约，沿委求原。"②作者编著此书的目的就是要示人以"径路"，博观返约，沿委求原，以竟其业。其二，该选本在编注体例上颇有创新之处，"每家之前，载其爵里及版本源流，并昔贤评语。每首之后，先校记，次考律，继以论词。期每举一家即具其原委，每举一词即具其要领。"③从体例来看，编者在所选每一首词之后均设置有"校记""考律""论词"三部分内容，便于人们对该词创作特色、声调运用及用字造语等有较全面细致而切中深入的把握。其三，在"考律"和"论"部分中，选编者将历代选评批点之体运用到极致，其对词作的解说甚为细致合度、切中要

① 张璋、职承让、张骅、张博宁编纂：《历代词话续编》，大象出版社 2005 年版，第 603—604、606—607 页。
② 陈匪石编著，钟振振校点：《宋词举（外三种）》，江苏古籍出版社 2002 年版，第 3 页。
③ 同上书，第 3—4 页。

害。"评述其作法家数与夫命意用笔之方、造境行气之概、运典铸词之略，庶一经拈述即知其然，并知其所以然。"① 其所选与所论皆体现出编者独到的词学见解，所举词详析之作法，实开后人词作鉴赏之先河。陈匪石确乎将传统词作评点创新开来，其改变了词作评点的形式，丰富了选评的内涵，提升了词作选评之体的层次与水平，在词作选评史上具有重要的地位，成为传统词学选评之体向现代词学选评之体转型的重要关节点。

第三节　汇评之体的承衍

中国传统词学评点承衍的第三条线索，是汇评之体的承衍。这一线索主要呈现于清代以降。清代，属于这一体制的词学评点著作主要有：顾璟芳、李葵生、胡应宸（胡殿臣）《兰皋明词汇选》，王士禛等《珂雪词评》，聂先、曾王孙《名家词钞评》，等等。我们略要述及。

顾璟芳、李葵生、胡应宸（胡殿臣）《兰皋明词汇选》，全书八卷。录有明一代及明清易代之际词家 212 人，诸词后系有三家评语，书前有胡、李、顾三人各一序，"凡例" 13 则。其中，卷一总评小令 1 条，分评小令 100 首；卷二评点小令 66 首；卷三评点小令 73 首；卷四总评中调 1 条，分评中调 58 首；卷五评点中调 68 首；卷六总评长调 2 条，分评长调 50 首；卷七评点长调 58 首；卷八评点长调 48 首，共评点词作 521 首。胡、李、顾三人的词作评点，在总体上主要呈现出三个方面的特征。一是大都简洁明了，一般不作过多展开，相比较而言，顾评中有少数几处稍作了些展开。如，评顾士林《生查子·秋过田家》，胡云："意兴是彭泽，体格是稼轩。"评叶小鸾《浣溪沙·春思》，李云："'闷妆梳'三字确甚。"胡云："着意闲中。"顾云："看其声情，吞吐一种心事，似不欲流于纸上，方是名闺本色。他家拟作，恐伤大雅。"评顾璘《谒金门·雨声》，李云："妙处全在戆。"顾云："华玉一代词宗，读其全集，多潇洒不群。"② 二是三家评点都显示出较为精粹的特征，不见芜杂的成分，多给人以批评的纯正之感。如，评董宁《点绛唇·晓别》，李云："句有无

---

① 陈匪石编著，钟振振校点：《宋词举（外三种）》，江苏古籍出版社 2002 年版，第 3 页。

② 顾璟芳、李葵生、胡应宸编选，曾昭岷审订，王兆鹏校点：《兰皋明词汇选》，辽宁教育出版社 1998 年版，第 14、24、35 页。

数情事在内。"顾云："非促他去也，是五更留不住，苦语。"胡云："怯胆柔情。"评叶纨纨《菩萨蛮·秋思》，李云："寻常景色，说来正自惨人。"顾云："只是写景耳，然妙是情不是景。"胡云："读后半调，有尤生自吊语，想为昭齐病革之作。"① 三是三家评点有时往往相互补充或映证，或从较为相近的视点予以评说，或从不同的维面予以观照，为人们更好地理解有明一代词作提供了便利。如，评卓人月《如梦令·去问》，顾云："去则去耳，消魂在一'真'字。"胡云："汉魏人乐府，妙在不避俗，盖欲俗愈雅愈入情也。斯调实有古意。"顾云："殿臣此语，最有识。令揶揄者，不得启口。"评王微《忆秦娥·留谭友夏》，顾云："无限愁情。""古诗'如此风波不可行'，妙在'不可'二字。直直留他，绝不做一商量。此'石尤风急，去心或倦'，妙在一'或'字，极意留他反与作一商量，意较古人更为婉至。"胡云："留他反作不留语，见他反作怨见语，非情至人说不出。"② 等等。总体来看，胡、李、顾三家评点作为对有明一代词人词作的选评，对破解明词不振之论，对张扬明词的艺术价值起到一定的作用。三家评点在某种意义上亦可以相互发明与补充，有助于从不同维面上认识与把握词人词作。

王士禛等《珂雪词评》，共两卷，为清初词学同仁对曹贞吉之词的评论。其卷上品评《苍梧谣》（团扇旧）、《浣溪沙·步阮亭红桥韵》《浣溪沙·莲画》等83首词作，卷下品评《解语花·咏水仙词家弟作》《解语花·和人咏骊山温泉》《渡江云·欲雪》等81首词作。所列词评家有王士禛、彭孙遹、沈尔璟、陈维崧、曹禾、李良年、张潮、靳书樵、孙仲愚、修来、宋实颖、朱彝尊。该评本于每首词之下都列有一人或几人对其的品评，评语均十分简洁，寥寥数语，对词作特征画龙点睛地予以揭橥或解说。如卷上对《苍梧谣》（团扇旧）一词，王士禛评道："短阕最古，有汉魏乐府遗音。"彭孙遹评道："寄托遥深。"沈凤于（沈尔璟）评道："仿《惜香》《片玉》体，风致自佳。"③ 对《百字令·中秋和其年，时甫过地震》一词，陈维崧评道："老笔纷披。"张山来（张潮）评道："可

---

① 顾璟芳、李葵生、胡应宸编选，曾昭岷审订，王兆鹏校点：《兰皋明词汇选》，辽宁教育出版社1998年版，第20、34页。

② 同上书，第10、39页。

③ 朱崇才编纂：《词话丛编续编》，人民文学出版社2010年版，第151页。

与东坡《水调歌头》一阕颉颃千古。"① 卷下对《渡江云·欲雪》一词，陈维崧评道："结语傲睨。"张崃评道："句句是欲雪，妙甚。"② 对《水龙吟·咏腊梅》一词，彭孙遹评道："用蜡事僻而巧，典而新。"张山来（张潮）评道："工于赋物，千古独步。"③ 等等。《珂雪词评》在汇集诸家之评中，以王士禛、彭孙遹、陈维崧、朱彝尊为多，这从一个侧面体现出他们几人在当时词坛的影响更大、地位亦更高。总体来看，《珂雪词评》的特色更多地体现在对当时代词人词作的共时性评点之上，这在客观上具有促进词作传播与扩大词人影响的作用。当然，至于诸家所评之内容，则似未体现出更多的新意与创获。

康熙时期，聂先、曾王孙所辑《名家词钞评》，择选清初名人词 106 家，每家十数首、数十首不等，于每家后例列时人评论。聂先在"例言"中云："今国朝四十年来，词人蔚起，几几乎驾宋轶元。无论英才怒生，作者林立，但以稿本盈寸，自成一家，足供征选者，次第编入，以壮一代伟观。"④ 又云："其词话，每卷之后，略缀一二则，俱于原序原评，借为节录。缺者窃补一二，殊愧谫陋，幸赐谅焉。"⑤ 全书三卷，卷一评词人词集 33 家，卷二评词人词集 29 家，卷三评词人词集 34 家。聂先、曾王孙于每一家词集后都辑一二则或若干则对其的评说，而后出以己评，对认识清初词坛创作具有重要的价值。如卷一评吴伟业《梅村词》，便汇辑有熊雪堂、王士禛、丁澎的评论，而后出以己评。其中，熊雪堂评曰："情语不嫌其尽，终不露英雄儿女本色，似剑南老子晚年句。"⑥ 王士禛评曰："娄东祭酒长短句，能驱使《南》《北》史，为体中独创，且流丽稳贴，不徒直逼幼安。"⑦ 丁澎评曰："有以梅村比吴彦高曰：'吴郎近以乐府高天下。'余读其'十八年来如梦，万事凄凉'一语，又元之许祭酒也。词惟步稼轩，故无一字放逸。但见其得力句，唾壶欲碎，俯仰固是独绝。"⑧

---

① 朱崇才编纂：《词话丛编续编》，人民文学出版社 2010 年版，第 171 页。
② 同上书，第 173 页。
③ 同上书，第 176 页。
④ 同上书，第 643 页。
⑤ 同上书，第 644 页。
⑥ 同上书，第 646 页。
⑦ 同上。
⑧ 同上。

聂先自己则评曰："有欲合刻梅村、香严、棠村为《三大家词》者。以梅村骀宕，香严惊挺，棠村有柳欹花𡒄之致。或谓河北河南，代为雄视，未若三公之旨一也。意气遒上，感慨苍凉，当以梅村为冠。"① 该"钞评"与其他汇评本有所区别便在于，其所汇评论一般都具有总体评说与概括性，而并不重于对某一具体词作的品评，评说篇幅一般也相对长一些，更多地显示出词话的性质。

传统词学汇评之体在民国时期仍然得到承衍与发展。这主要体现在三个方面：一是所汇辑评点著作体制规模很大，在汇评对象与范围上，有对自唐五代至近现代词人的总体论评，也有对不同词人各异篇什的分评，汇评对象网罗甚为全面；二是所汇辑的评论材料极为丰富多样，举凡唐宋以来的文集、笔记、词话、词选、评论等无不辑录，体现出广大的覆盖面；三是对所汇辑的评论材料有辨正，有择取，有订补，显示出精心收罗与编纂之功。此时，汇评之著和具有汇评意义的著作主要有：徐珂《历代词选集评》，于寿田、丁亦飞选注《唐五代四大名家词》，余𪩘《唐宋词选注集评》，龙榆生《近三百年名家词选》，等等。如，徐珂《历代词选集评》，选唐、五代、宋、金、元、明词568首，补遗47首，均系以古今名人评语，并以有无评语作为选词标准。于寿田、丁亦飞选注《唐五代四大名家词》，选收温庭筠词35首、韦庄词28首、冯延巳词54首、李煜词22首，于各家词之前有作者小传及对其词作的评语集要，词后有注释。龙榆生《近三百年名家词选》，所选各家均缀小传。多数作品后附以诸家评语，又于每家词人后采诸家评语以为"集评"。有些作品，还据有关资料，附以"本事"。

总结中国传统词学评点的承衍，可以看出，其主要体现在三条线索中：一是单一评点之体的承衍，二是选评结合之体的承衍，三是汇评之体的承衍。它们相互映照、相互补充，构架出传统词学评点的基本模式。值得说明的是，上述三条线索的勾画，主要是从词作评点外在体制与表现形式而论的，至于其内在理路上有何承衍线索，则似乎并未有所彰显。整体来看，传统词作评点走的大都是"精评"之路，其与小说、戏曲评点中不时出现的任性发挥、随意而至的"散评"之径是有所异别的。

---

① 朱崇才编纂：《词话丛编续编》，人民文学出版社2010年版，第647页。

第十章 中国传统论词绝句的承衍

　　论词绝句是中国传统词学批评的重要体式之一。它是指运用诗歌绝句的形式对词人词作所开展的批评实践，或对词的创作、欣赏与批评之理所进行的论说阐释。它不同于一般的词学理论批评之体，注重感性化、张力性、悟解性是其基本特征。在中国词学理论批评史上，论词绝句的数量是不少的，其运用主要集中于清代。它在词学批评体式中占有重要的一席之地，在词学理论批评史上发挥过重要的作用，对传统词学的发展产生不小的影响。

第一节　在题名中未直接标示的论词绝句的承衍

　　我国传统的论词绝句大致出现于北宋中期，其最初呈现的是在题名中未直接标示的形式。这一形式的特点是创作者在实际上已经以论词绝句的体式在论说词人词作，但他们并未明确意识到这便是与论诗绝句一样的论说之体了。他们或在"无意"中以诗的形式论评到词人词作，或偶尔随意地以诗作之体写下自己读词、编词、选词的所感所想。这一创作形式在论说理念上突出地体现出"无意性"特征，它与清代中期出现的明确标示为论说之体的论词绝句，在创作理念上是有所区别的。

　　宋代，黄庭坚是较早创作这一类型论词绝句的人。其《寄方回诗》云："少游醉卧古藤下，谁与愁眉唱一杯？解道江南断肠句，只今唯有贺方回。"① 黄庭坚从词作题材与情感表现的角度，评断贺铸与秦观之词都体现为以情偏胜，以抒写愁情动人，呈现出相近的审美特征。他又创作有《赠子勉四首》，均为六言绝句，如其二云："张侯海内长句，晁子庙中雅

---

　　① 黄庭坚著，黄宝华点校：《山谷诗集注》，上海古籍出版社 2003 年版，第 442 页。

歌。高郎少加笔力，我知三杰同科。"① 黄庭坚评说张耒、晁补之、高荷三人在创作路径上相互间呈现出继承创新的特征，认为他们在创作取径上是一致的。南宋后期，刘克庄作有《自题长短句后二首》，其一云："青端帖子让渠侬，别有诗余继变风。压尽晚唐人以下，托诸小石调之中。"② 刘克庄在词作之源上持"诗余"说。他主张词应像诗一样，在独特的曲调声律运用中表现广阔的现实内涵。其二云："蜀公喜柳歌仁庙，洛叟讥秦堞上穹。可惜今世同好者，樽前忆杀老花翁。"③ 刘克庄倡导写诗作词应像杜甫、白居易一样，以艺术感性化的形式反映民生疾苦，表达人们的愿望，而不应如张先等人一样，于花前月下低吟浅唱，停留于一己之生活情趣与个人狭小圈子中。刘克庄的这两首绝句，体现出较浓厚的理论阐说意味，其在论词绝句运用的早期是颇为难得的。

元明两代，在题名中未直接标示的论词绝句数量仍不太多。元代前期，元淮作有《读李易安文》一诗。其云："绿肥红瘦有新词，画扇文窗遣兴时。象管鼠须书草帖，就中几字胜羲之。"④ 元淮对李清照锤炼字句之功表现出赏识之意，认为"绿肥红瘦"一词在《如梦令》中具有画龙点睛的作用，凸现出作者对生活的细腻感受与艺术表现的能力。明代，一些吟咏词人的诗作，勾画出在题名中未直接标示的论词绝句在其时的承衍线索。如以吟咏李清照为例，其诗歌绝句主要有：瞿佑《易安乐府》、吴宽《易安居士画像题辞》、张娴婧《读李易安〈漱玉集〉》、王象春《题〈漱玉集〉》，等等。瞿佑《易安乐府》云："清献名家厄运乖，羞将晚景对非才。西风帘卷黄花瘦，谁与赓歌共一杯。"⑤ 瞿佑对李清照的人生遭遇甚为痛心，他高度肯定其词作所表现出的悲情之美，对其词作情感内涵表现出强烈的共鸣。之后，吴宽《易安居士画像题辞》云："金石姻缘翰墨芬，文箫夫妇尽能文。西风庭院秋如水，人比黄花瘦几分。"⑥ 王象春《题〈漱玉集〉》云："京朝名迹此中稀，剗水黥山感异时。唯有女郎风雅

① 黄庭坚著，黄宝华点校：《山谷诗集注》，上海古籍出版社 2003 年版，396 页。

② 刘克庄：《后村大全集》卷三十四，《四部丛刊》本。

③ 同上书。

④ 褚斌杰、孙崇恩、荣宪宾编：《李清照资料汇编》，中华书局 1984 年版，第 27 页。

⑤ 同上书，第 31 页。

⑥ 同上。

在，又随兵舫泣江蓠。"① 张娴婧《读李易安〈漱玉集〉》云："从来才女果谁俦，错玉编珠万斛舟。自言人比黄花瘦，可似黄花奈晚秋。"② 上述几首诗，都以简洁的话语或对李清照的人生经历，或对其创作才能，或对其情感寄托等作出形象化的评说，具有一定的启发性。

清代，在题名中未直接标示的论词绝句的数量很多。这之中，主要包括两种情况：一是在他人或自己词集前后题写绝句内容，但不标示题目；二是既题写绝句内容，同时也标示题目以交代创作背景或写作缘由。以前一种情况数量更多，我们略作例列。

有清一代，未标示出题目的"无题"之论词绝句主要有：汪梣《翠羽词题辞》（1首），张琴《题玉琴斋词后》（2首），冷真《红藕庄词题词》（5首），钱德震、吴骐、计南阳、朱昆田《罗裙草题辞》（各1首），沈皞日、魏坤、邵瑸、龚翔麟、张大受《罗裙草题辞》（各2首），范咸《白蕉词跋》（2首），江声、金志章《白蕉词跋》（水调歌头）（4首），徐焕然《白蕉词跋》（2首），赵虹《吾尽吾意斋乐府题辞》（3首），汪俊、薛雪《碧箫词题辞》（各4首），汪沆《籽香堂词题辞》（5首），郑鼎《梦田词题辞》（1首），薛怀、闵宁《扪腹斋诗余题辞》（各2首），刘臻《花韵馆词题辞》（4首），王春煦、马恒锡《玉雨词题词》（各2首），袁枚《远春词题辞》（2首），朱文治《远春词题辞》（4首），严冠《远春词题辞》（3首），鲍延博《曼香词题辞》（4首），顾元晖、张思孝《曼香词题辞》（各2首），吕铃、曹尔堪《啖蔗词题辞》（各4首），张陵《啖蔗词题辞》（2首），李芳梅、吴麐、汪桂林、冯燨、吕玉《题红雪词集》（各2首），程应佐《题红雪词集》（5首），冯颍贤《题红雪词集》（2首），李华、顾金望《题红雪词集》（各1首），吴文溥《意香阁词题词》（2首），李毅《意香阁词题词》（5首），何国华《意香阁词题词》（3首），蒋宝龄《闹红一舸词选题辞》（2首），席佩兰《小湖田乐府题辞》（6首），赵同钰、屈秉筠《小湖田乐府题辞》（各3首），吴中奇、邵源、陆坊、倪稻孙、李毅、吴清泉《六花词题词》（各2首），马功仪《六花词题词》（4首），仲振猷《研北花南词题词》（3首），缪承钧、仲振猷《研北花南诗余合璧题词》（各2首），徐熊飞《双花阁词钞

---

① 褚斌杰、孙崇恩、荣宪宾编：《李清照资料汇编》，中华书局1984年版，第53页。
② 同上书，第64页。

题辞》（2 首），史麟、黄金《双花阁词钞题辞》（各 1 首），章雷《湘梦词题辞》（4 首），许淳《味无味斋外集题辞》（2 首），吴锡麒《秋蓼亭词草题诗》（2 首），吴翌凤、蒋宝龄、程步瀛、徐传埙《翠薇花馆词题词》（2 首），许其淉《翠薇花馆词题词》（3 首），陈凤孙、潘希甫《王洤词题赠诗》（各 4 首），潘遵祁《王洤词题赠诗》（2 首），顾云《吴山樽学士百萼红题词》（4 首），胡泉《守苏词题词》（4 首），梅植子《秋莲子词稿题辞》（2 首），谈怡曾《秋莲子词稿题辞》（3 首），孔继鑅《秋莲子词稿题辞》（4 首），汪农、赵莲《绿雪馆词题辞》（各 1 首），钱福昌《绿雪馆词题辞》（8 首），贾允明、贾敦临《绿雪馆词题辞》（各 2 首），高三祝《绿雪馆词题辞》（3 首），谭敬昭《剑光楼词题词》（2 首），石同福《小庚词存题辞》（4 首），陆继辂《小庚词存题辞》（2 首），和轩、云芝、古秋《蕃锦别谱题辞》（各 2 首），陈桂芳《松石斋词题词》（2 首），钱衡、戴熙《东陂渔父词题词》（各 1 首），黄钊、庄心庠、叶其英《东陂渔父词题词》（各 2 首），庄炘《藕船词题词》（2 首），曹言纯《吉雨词稿题辞》（2 首），黄树芝《寄影轩词稿题辞》（6 首），王晓《题裁云馆词》（4 首），沈传桂《清梦庵二白词题辞》（自题词卷）（1 首），陈裴之、邵堂、朱绶、吴慈鹤、褚逢椿、蒋志凝、王嘉禄、赵亚函、董国琛、潘曾沂、洪朴、舒位、沈沂曾、戈载、刘开、钦善、曹楙坚、孙义钧、史麟、沈亮、辛瑟婵《清梦庵二白词题辞》（和作，各 1 首），江人镜、张凤翥《游吴草题辞》（各 4 首），王鸿初、张修府《醒花轩词题识》（各 2 首），王杭《醒花轩词题识》（3 首），冬荣《醒花轩词题识》（4 首），王嘉福《万竹楼词题辞》（4 首），陈继勋《艺云词题词》（1 首），冯询、彭寿三《艺云词题词》（各 2 首），谈人格《青箱书屋余韵词存题辞》（4 首），毛梦兰《浣花阁词钞题词》（4 首），毛梦兰、刘瀚、杨云书、聂汝佶、孙宗礼、胡大镛《浣花阁词续钞题词》（各 2 首），周南《寒松阁词题辞》（2 首），张兴烈《寒松阁词题辞》（4 首），李恩树《听鼓词题辞》（3 首），韩崇、杨长年、蒋镕经、潘曾莹《香隐庵词题辞》（各 2 首），顾影《香隐庵词题辞》（1 首），赵銮《香隐庵词题辞》（集姜白石诗句）（4 首），许耀、刘梅《微波阁词题赠》（各 4 首），陈震升《微波阁词题赠》（2 首），金安澜、释星云《微波阁词题赠》（各 1 首），潘曾莹《香禅词题辞》（1 首），刘禧延《香禅词题辞》（2 首），宋翔凤《紫藤花馆词题辞》（3 首），祁隽藻、秦炳文、潘祖同、张开霁、孙衣言《抱山楼词题辞》（各2首），孙学驭《玉玲珑馆词存题辞》（1首），吴积鉴《玉玲珑馆词存题辞》（3首），毛俊《醉吟居词稿题辞》（2首），潘猷《随山馆词稿题辞》（2首），何霁光《征园词存题辞》（2首），潘尚志《莲漪词题辞》（4首），陆懋修、邹在衡、朱培源《宋浣花诗词合刻题辞》（各2首），冯应图、亢树滋《宋浣花诗词合刻题辞》（各3首），冯煦《青溪词钞题词》（2首），孙垓《蠹龛遗词序题辞》（2首），葛其龙《绿梅花庵词题辞》（4首），载滢《玉可词题词》（4首），臧毅《倚盾鼻词草题词》（4首）、《游丝词题词》（2首），汪朝桢《倚盾鼻词草题词》（4首），袁宝璜、程秉剑、王寿卿《红蕉词题词》（2首），屠寄《红蕉词题词》（3首），傅桐《缝月轩词录题辞》（2首），刘启瑞《缝月轩词录题辞》（4首），陈大受《双红豆词题词》（6首），鸿籞遗民《还山卧月轩词集题辞》（4首），黄韵眉《铸铁词题辞》（2首），瞿世瑛《铸铁词跋》（4首），万钊《青龀庵词题跋》（2首），金文田《西厢词集题词》（2首），胡薇仙《秋水词钞题词》（2首），赵藩《今悔庵词题辞》（2首），沈曾植《修梅清课题辞》（2首），潘飞声《梦罗浮馆词题诗》（3首），陆汶、半梅《梦罗浮馆词题诗》（各2首），野樵《梦罗浮馆词题诗》（1首），毛寿贻、唐鸿业《梦罗浮馆词题诗》（各2首），张麟年《竹廉馆词题辞》（4首），叶寿祺《竹廉馆词题辞》（3首），潘庚《竹廉馆词题辞》（2首），吴景毓《迦厂词题词》（4首），孙宝琦《半樱词题辞》（2首），叶惟善、诸宗元《兰锜词题辞》（各2首），夏敬观、李光、金树武《兰锜词题辞》（各1首），张白英《百花词草题词》（2首），朱庆瑸《哀逝集题词》（2首），铁龄、爰恩煦《檗邬词存题辞》（各2首），吕贞白、易孺《半舫斋诗余题词》（各2首），于右任《山阳笛语题词》（1首），等等。

此时期，标示出题目的"无题"之论词绝句主要有：曹溶《题周青士词卷四首》《武林徐生以〈衣锦山乐府〉见质戏题四首》，罗坤《寄题兰园词四断句》，陈聂恒《读宋词偶成绝句十首》，王时翔《酬姚鲁思太史枉题中州所制〈青绡乐府〉四绝句次原韵》，汪筠《读〈词综〉书后二十首》《校〈明词综〉三首》，李其永《读历朝词杂兴三十首》，赵执信《登州杂诗》（1首），李澄中《易安居士画像题辞》（1首），冯浩《题汪孟鋗〈理冰词〉四首》，吴孟鋗《题本朝词十首（丙辰）》，汪仲鈖《题陆南香〈白蕉词〉后四首》，陆锡熊《题〈问云词〉十二首》，吴蔚光《词人绝句九首》，陈石麟《书张皋文填词后二首》，石韫玉《读蒋心余彭相涵郭频伽词草各系一诗三首》，席佩兰《〈小湖田乐府〉题辞六首》，赵同钰《〈小湖田乐府〉题辞三首》，屈秉筠《〈小湖田乐府〉题辞三首》，郭麐《南唐杂咏》（1首），黄承吉《观史邦卿词》（1首），叶元礼《评朱彝尊词》（1首），仇元吉《题菊庄词》（1首），张兑和《京师与架山兄话旧，喜晤其存田、商言两郎，兼读商言〈碧箫词〉，途中作此奉寄言情，时乾隆戊寅七月八日》，周春《冬夜读白楼侄倩〈红杏词〉，奉题二首》，王崇本《古山内兄以所校尊外祖张思岩先生〈藕村词稿〉寄示，展读数过，谨题四裁句，以志仰慕之忱》，郑勉《丙寅秋九月，因家柳田得见小秋，并读词卷，奉题三绝》，杨夔生《随园酒次，奉题小秋词集》（1首），吴柯《壬申夏五，赋题小秋词集》（1首），陈鸿寿《丙子春，小秋来游濑上，出词稿索题，赋此应属》（4首），周铭鼎《己卯闰四月，奉题小秋词集，时行色匆匆，言不尽意》（4首），孙芹《题玉生餐花词集》（4首），李景启《己卯初冬，奉题小秋词集》（2首），陈起《读子骏词卷，感题二截句》，钱林《紫珊见示所著碧梧山馆词卷，读竟，题二绝句于后》，王敬之《翠薇花馆词题词》（又题十七卷后）（2首），周之琦《题〈心日斋十六家词〉十六首》，方熊《题李清照〈漱玉集〉朱淑真〈断肠集〉三首》，程恩泽《题周樨圭前辈〈金梁梦月词〉八首》，林则徐《甲申三月读竟，奉题四首》，雷莹《烺若以词集见视，奉题二截句》，毛梦兰《读青溪词丈〈问红轩词〉，奉题一截句》，明保《丙申春正月，奉题青溪词丈〈问红轩词集〉》（2首），释清恒《焦嵒寄题戊戌生〈楚云燕梦存稿〉》（2首），朱士龙《题清梦轩诗余》（4首），杨启《题韫庵上人词集》（4首），夏桢《题韫庵禅友词集》（3首），尹文浩《题清梦轩诗余》（4首），潘飞声《词家四咏》《题淮海词四首》《无锡王莼农蕴章明经出视吴兴钮西农先生〈亦有秋斋词〉，当夜读之，演其词意，成诗四首，奉题》，汪鋆《写〈井南填词图〉并题》（10首），蒋春霖《乙丑九月朔，捧读一过，如入波斯宝市，辄以眼福骄人。口占二绝，以志倾倒，时寓昭阳客舍志》，张端卿《丙秋游浙日，与慰农同年流连湖上，得读新词，时君有皖行，题此留别》（4首），盛孚泰《截句题诗余》（6首），朱寿康《读宋浣花残稿，感怀书二十八字》，懒云居士《题贞庵主人〈广小圃咏〉词册》（1首），沈世良《案头杂置诸词集戏题四绝句》，王鹏运《校刊稼轩词成率成三绝于后》，易顺鼎《成君著有

〈九经今义〉一书，又以〈泪影词〉属读，辄题一绝》，陈鼎、黄应逵《和观察韵题〈泪影词〉》（各 1 首），奕䜣《题孝妇郑太夫人〈莲因室集〉，应徐花农太史嘱》（3 首），诸宗元《五言二截句奉题寄尘女士词卷》（2 首），戴振声《读先生词存，敬书四截句志佩》，刘肇隅《病感自题〈阒伽坛词〉后》（4 首），朱应徵《七兄自维扬寄题〈哀逝集〉二绝，依韵却酬》，文廷式《读韦端己集慨然有作》（1 首），高旭《〈十大家词〉题词》，木石居士《〈名媛词选〉题辞十首》《重印〈名媛词选〉题辞》（1 首），等等。

　　这些论词绝句，大都为论说者在读词、编词或选词后有感而作，他们在题名中一般都标示有"题""戏题""题辞"（"题词"）、"寄题""奉题""赋题""感题""并题""敬书""偶成""杂兴""杂咏""率成"等字样，以表示尝试、探索与试验之意。这些论词绝句，表面上看似为偶作，有仓促草成或随兴创作之意，而实际上则不然，其更多体现的是创作者的自谦之意，题名似随意而内寓庄正之内容。它们在论说规模上有时往往不小，在论说形式上表现出自身的特色，在论说水平上体现出不低的层次。我们选择其中一些有代表性的绝句加以例说。

　　清代前期，陈聂恒是较早将诗歌绝句较多运用到词学批评中的人。其《读宋词偶成绝句十首》对词人词作及词的创作之理作出多方面论说，其内容主要体现在三个方面。一是对词人词作的论评。如评司马光云："赋就闲情瑕白璧，到今徵士尚垂声。小词只作闲情看，不为温公辨嫁名。"① 陈聂恒认为超尘脱俗的陶渊明尚有《闲情赋》，那么，又何须为司马光的言情小词辨伪呢？他从题材抒写的角度，肯定司马光言情之词存在的合理性。二是对词作艺术风格的论说。如云："敢言豪气全无与，诗论天然非所宜。千古风流归蕴藉，此中安用莽男儿。"② 陈聂恒虽然不完全排斥豪放风格的存在，但他倾心领赏的还是含蓄蕴藉之风，对粗豪直露之作不以为然。三是对词作之理的探讨。如云："张子论词先所志，不为物役正且平。乃知道也进乎技，书之座右箴诸生。"③ 陈聂恒反对以"志"役词，主张诗词有别；同时，在创作中倡导由技而进乎道，在自然中入乎其妙。

---

①　吴熊和主编：《唐宋词汇评（两宋卷）》，浙江教育出版社 2004 年版，第 4388 页。
②　同上。
③　同上。

又如："细意自然兼熨帖，象床玉手最相宜。裁缝须灭针线迹，不尔裂帛即可为。"① 陈聂恒一方面主张词的创作要细密针线，另一方面又强调消去人工的痕迹，把两方面有机结合起来。总起来看，陈聂恒的论词绝句虽然在论说内容上比较零散，艺术水平不甚高妙，个别诗作甚至缺乏论说的艺术性与批评的张力性，但其在表现形式上较为平实，论说的广泛尝试性与理论批评的价值是不容忽视的。它在论词绝句从"随兴而作"到"刻意而为"方面体现出过渡的意义。

汪筠《读〈词综〉书后二十首》，是论者明确标示作为读者以诗歌绝句形式所抒写的"读后感"。该组诗在论说形式上有一人一评的，也有两人甚至三人合评的，形式不拘一格，所论语句或多或少，这使其论说显示出甚为灵活的特征。其论评过的词人，主要有韦庄、李煜、柳永、晏几道、黄庭坚、秦观、毛滂、贺铸、周邦彦、李清照、魏夫人、张先、林逋、史达祖、陈允平、吴文英、高观国、辛弃疾、姜夔等。汪筠在论评中的突出特点，除了善于使用词作语典入诗之外，还体现为往往通过比照的方法来凸现词人词作。他总是将具有相似创作特征的词人巧妙组织在一起，从而为强化论评主旨起到独特的作用。如云："黄九何如秦七佳，莫教犁舌泥金钗。东堂略与东山近，风雨江南各恼怀。"② 汪筠从曲调声律运用上比照黄庭坚与秦观之词，又从创作题材上归结毛滂与贺铸词作的相似，四句诗，将对比与类比熔为一炉，容量很大，词人间的区别与相近由此可见一斑。又如："漱玉天才韵最娇，魏夫人亦解清谣。晦庵定不轻相许，闺阁能文属本朝。"③ 汪筠将李清照与魏夫人相提并论，评断她们的词作具有很高的艺术成就，又借助"第三者"朱熹论词的视点，将对两人词作的推重进一步予以强化。又如："梅溪白石漫声名，鼓吹王孙极胜情。西麓萧斋花外在，白云终竟云人清。"④ 汪筠在肯定史达祖、姜夔词作特征与创作风格的同时，对陈允平、周密之词也持以高标，认为他们的词作清丽洒脱，艺术成就并不在史、姜二人之下。还如："绮语流传也复豪，清真得替后来高。梦窗竹屋俱坛坫，未便梅溪得锦袍。"⑤ 汪筠评断

---

① 吴熊和主编：《唐宋词汇评（两宋卷）》，浙江教育出版社2004年版，第4388页。
② 同上。
③ 同上。
④ 同上。
⑤ 同上。

吴文英、高观国、史达祖三人在创作路径上一致，走的都是清真绮丽之道，相互间效仿创新，将"清真"之词风不断张扬开来。总体来看，汪筠的论词绝句，既有对单个词人词作的论评，更有对多个词人词作的比照与归纳，他灵活地加大论说的容量，多方位地表达出自己的词作审美理想与批评观念。

李其永《读历朝词杂兴三十首》，在论说形式上也明确体现出尝试与"随兴"之意，但其在论说内容与批评的张力性上却呈现出自身的特色。该组诗在论评形式上为一人一评，内容较为集中，评说亦见精粹，是较早在整体上体现出系统特征的论词篇什。其论评的词人，主要有李煜、柳永、宋祁、张先、苏轼、黄庭坚、贺铸、陆游、史达祖、周密等。李其永善于选择代表词人的典型性事象与词作语典入诗，较好地起到画龙点睛、突出论说或延伸拓展所论内容的作用。如评李煜云："无限思量去故宫，岂知双燕意难通。居然小令南唐好，一饷贪欢是梦中。"① 李其永针对李煜的人生经历及情感内涵加以描述形容。这之中，他择取词人富于典型性的事象与词作意象，将作为亡国之君与作为词人双重身份的李煜形象简洁传神地勾画出来。又如，评贺铸云："可堪时候又黄梅，无数闲愁得得来。直把年华等风絮，断肠宁独贺方回。"② 李其永巧妙地运用贺铸"一川烟草，满城风絮，梅子黄时雨"之语典论说其词作主题，在论说上显得凝练而富于张力性。又如，评张先云："风流八十尚书郎，花月吟多鬓亦香。扶杖归来忘已老，自穿红影入茅堂。"③ 四句诗，集中表现出张先的为人情性与生活面貌，在艺术渲染氛围中显现出其作为独特词人形象的与众不同，将张先遗忘世事、愉悦个体情性的生活态度与创作特征充分表现出来。还如，评陆游云："不惜貂裘换钓篷，一身来往绿波中。渔竿长在桃花树，春色山阴陆放翁。"④ 李其永又通过择取披篷垂钓、往来山林等意象，对陆游词作的主题内涵与艺术特征予以形象的评说，将陆游作为闲居之士形象的一面呈现出来。总之，李其永的论词绝句，在题名上虽标示为"杂兴"，但在论说内容上却体现出内在的系统性，评说的水平较

---

① 吴熊和主编：《唐宋词汇评（两宋卷）》，浙江教育出版社2004年版，第4390页。
② 同上书，第4389页。
③ 同上。
④ 同上。

高，批评的张力性较强，在传统词学批评史上具有一定的地位。

　　吴孟铟《题本朝词十首（丙辰）》，其论评的词人包括朱彝尊、陈维崧、顾贞观、曹溶、王士禛、李武曾、李分虎、严绳孙、吴绮、楼俨、汪森。该组诗为清代较早的对当时代词人词作论评的系列绝句，体现出作者对当时代词坛创作的熟稔与深入细致的把握。吴孟铟在具体论说中，善于抓住词人人生经历及创作特征加以描述概括，体现出较高的水平。如评朱彝尊云："落魄江湖载酒行，首低心下玉田生。洞仙歌冷平生梦，绮语尤工字字清。"① 前两句诗对朱彝尊的人生经历与创作推尚加以论说；后两句诗在进一步利用词作语典的基础上，描述论说其词作风格与语言运用特征。两方面相结合，简明扼要地道出朱彝尊对张炎清空骚雅创作路径的承扬与创新之功。又如，评陈维崧云："画壁旗亭意兴淹，青山泪墨一时沾。须眉傅粉人言激，谁个风骚似此髯。"② 吴孟铟对陈维崧作为具有独特创作风格的词人甚为称扬。他评断其善于寄托意兴，内心深处充蕴对家国民众的挂念，以作诗之道写词，作品表现出丰富深刻的社会现实内涵。还如，评吴绮云："红豆词人谱艺香，扬州花月尽商量。不知何预春闺女，酒视东风寸断肠。"③ 作者以优美的意象性话语评说吴绮之词特征，形象生动地道出其创作的细腻与多情的特色，前者表现为可与"扬州花月尽商量"，后者体现为"酒视东风寸断肠"，确具有自身鲜明的创作个性。

　　周之琦《心日斋十六家词录·附题》，是论者在所选唐五代至两宋十六家词人之作的基础上所附的题诗。它表面上看亦为"编后感"之类的诗作，然与汪筠所论一样，其批评水平却很高，大都言之中的，切近词人本色。其论评的词人，主要有温庭筠、韦庄、孙光宪、李珣、李煜、晏几道、秦观、贺铸、周邦彦、史达祖、吴文英、王沂孙、姜夔、张炎等，大多为唐五代至两宋时期呈现出典型婉约风格的词人。周之琦也善于选择代表词人创作特征的语典入诗，巧妙地起到凸显词人本色的作用。如评孙光宪云："一庭疏雨善言愁，傅笔荆台耐薄游。最苦相思留不得，春衫如雪

---

①　吴熊和主编：《唐宋词汇评（两宋卷）》，浙江教育出版社 2004 年版，第 4399 页。

②　同上。

③　同上书，第 4400 页。

去扬州。"① 作者运用孙光宪词作中"小庭""梧桐雨""春衫如雪""去扬州"等意象点化所论,将孙氏词作主题内涵与情感表现特征生动地道了出来。又如,评李煜云:"玉楼瑶殿枉回头,天上人间恨未休。不用流珠询旧谱,一江春水足千秋。"② 周之琦利用李煜"天上人间""一江春水"等意象生动地表现出现实生活中其亡国之恨的无谓;同时,高度肯定其抒发真情之作具有永恒的艺术价值。又如,评吴文英云:"月斧吴刚最上层,天机独茧自缫冰。世人耳食张春水,七宝楼台见未曾。"③ 周之琦抓住吴文英词作最突出的创作特征,在承扬前人之论的基础上,继续以"七宝楼台"喻其精雕细琢、炫人眼目之形式;又评说一些人对"七宝楼台"之喻的理解存在误读的一面,对吴文英独特的创作追求在总体上持以肯定。还如,评姜夔云:"洞天山水写清音,千古词坛合铸金。怪底纤儿诮生硬,野云无迹本难寻。"④ 周之琦对姜夔词作予以高度评价,认为其清丽自然、浑融天成,在词史上的地位是至为突出的。总之,周之琦对唐宋婉约词是大力称扬的,所附题诗对其批评倡导具有积极的展开与充实作用。

程恩泽《题周稚圭前辈〈金梁梦月词〉》,共八首,其突出的特点是每一首绝句都并不仅仅针对一位词人展开论说,而结合词的历史发展及特征,对不同的词人词作及特定历史时期创作状况进行评说。这使其体现出以下两方面的特征:一是每首诗的容量都较大,甚至其中的一句诗便论涉到几位词人;二是呈现出散点透视的论说特点,作者内心对词的历史发展有着细致的把握,因而,在所作论评中便往往能截取词人个案,凸显其与他人的联系及不同。如云:"高才延巳迫端巳,小令中唐溢晚唐。更用骚心为乐府,漫天哀艳李重光。"⑤ 程恩泽评说冯延巳与韦庄都是深具艺术才性之人;又论断中唐词作比晚唐之词水平要高,创作取向与路径更为纯正;又认为诗词同源异体,主张用创作诗歌的理路来写词;还评说到李煜词的主题内涵与情感表现特征。四句诗,分别论说四个方面的内容,彼此独立又相互联系,以择取典型个案与横断面的形式将唐五代词史的几个支

---

① 吴熊和主编:《唐宋词汇评(两宋卷)》,浙江教育出版社 2004 年版,第 4406 页。
② 同上。
③ 同上书,第 4407 页。
④ 同上。
⑤ 同上书,第 4411 页。

点予以了勾勒。又如："涩体清真掩抑弦，飞腾石帚五通仙。君能并作洪炉铸，更把余金范玉田。"① 第一句诗论说周邦彦词作艺术特征；第二句诗论说姜夔词作风格特点；第三句诗主张多方面借鉴、继承创新；第四句诗又回到对词人的论评上，认为张炎之词具婉约与格律之大成，是后人学习的榜样。还如："镂云缝月具心裁，不是庄严七宝台。竹屋梅溪都抹倒，胡应平睨贺方回。"② 第一句诗主张作词要胸有成竹、细密结撰；第二句诗在此基础上提出反对炫人眼目、雕琢修饰；第三句诗评断高观国、史达祖之词虽然艺术水平也不低，但不应该成为后人学习效仿的对象；第四句诗在称扬贺铸之词的同时，倡导超乎其上。总之，散点论说与大容量呈现是这八首论词绝句的突出特征，在传统论词绝句史上是少有的。

王鹏运《校刊稼轩词成率成三绝于后》，又表现出与上述论词绝句不一样的特征。它围绕同一对象从不同维面展开评说，以艺术感性化的形式将论评对象立体性地展现出来。其一云："晓风残月可人怜，婀娜新词竞管弦。何似三郎催羯鼓，凤醒余岁一时捐。"③ 诗作从相互比照的视点，称扬辛弃疾一扫柔媚之风，以豪放之体直人对时事的抒写，痛快淋漓。其二云："层楼风雨暗伤春，烟柳斜阳独怆神。多少江湖忧乐意，漫呼青兕作词人。"④ 王鹏运暗用"爱上层楼""斜阳""烟柳"等语典与意象，巧妙利用辛弃疾词作之意，生动地道出主人公理想情怀未能实现的苦闷。其三云："信州足本销沉久，汲古丛编亥豕多。今日雕镌拨云雾，庐山真面问何如？"⑤ 王鹏运又对辛弃疾隐居铅山石湖，空怀壮志、不为所用时所作之词表现出极为重视之意。他批评后人编注其词错讹甚多，主张要认真校核词人之作，将真实面目与本色特征呈现出来。三首绝句，从不同侧面对辛弃疾的人生经历、理想情怀、词作风格及创作本色等作出论说，各自独立又相互映照，多方位地表现出辛弃疾作为英雄、隐士与词人的形象。这在传统论词绝句史上也是颇为独特的。

高旭《〈十大家词〉题词》，其论评的词人包括李煜、苏轼、秦观、周邦彦、辛弃疾、姜夔、张炎、刘基、王夫之、龚自珍。他从五代至明清

---

① 吴熊和主编：《唐宋词汇评（两宋卷）》，浙江教育出版社 2004 年版，第 4410 页。

② 同上。

③ 辛更儒编：《辛弃疾资料汇编》，中华书局 2005 年版，第 391 页。

④ 同上。

⑤ 同上。

时期，择取 10 位所称赏的大词人予以论说与标树。这一组诗在体制上为六言绝句，在论词绝句史上是少有的。它出现于古典时代即将完成行程之际，从一定意义上标示出古代论词绝句的终结。高旭的这一组诗作，以简洁的叙说为突出特征，在批评的张力性上虽表现一般，但却简明扼要、切中要害，是富于启发性的。如评秦观云："耆卿晚风残月，十分名重当时。婉约该推秦七，红牙少女歌之。"① 高旭论断婉约之词应以秦观为最，他对宋代当世之人对柳永的推重明确持以消解，其所言主要是从曲调声律运用的本色角度来加以论说的。又如，评龚自珍云："难写回肠荡气，美人香草馨馨。定公是佛转世，几曾汩没心灵。"② 高旭对龚自珍词作甚为推崇。他论断其词作情感表现感人至深，具有深远的思致；又将龚自珍比譬为佛祖转世，对其以内心的灵性、情感的真切所表现出的词作持以高度的称赏之意。

民国时期，在题名中未直接标示的论词绝句类型仍然得到承衍运用与张扬。其篇什有吴灏《历代名媛词选题辞十首》、杨铁夫《题〈乐府补题〉》等，我们不作述及。

第二节　在题名中直接标示的论词绝句的承衍

中国传统论词绝句承衍的第二条线索，是在题名中直接标示的论词绝句的承衍。这一线索凸现于清代中期，其最早出现在厉鹗《论词绝句十二首》中。之后，承衍这一类型的诗歌绝句主要有：郑方坤《论词绝句三十六首》，江昱《论词绝句十八首》，章恺《论词绝句八首》，朱方蔼《论词绝句二首》，沈初《论词绝句十八首》，尤维熊《评词八首》《续评词四首》，孙尔准《论词绝句二十二首》，朱依真《论词绝句二十二首（附六首）》，沈道宽《论词绝句四十二首》，宋翔凤《论词绝句二十首》，张祥河《论词绝句十首专赋闺人》，王僧保《论词绝句三十六首》，谭莹《论词绝句一百首（附一首）》《三十六首专论岭南人》《四十首专论国朝人》，华长卿《论词绝句三十六首》，余云焕《论词绝句三首》，冯煦《论词绝句十六首》，姚燮《论词九绝句示杜煦汪全泰两丈》，陈澧《论词

---

① 吴熊和主编：《唐宋词汇评（两宋卷）》，浙江教育出版社 2004 年版，第 4438 页。
② 同上。

绝句六首》，潘飞声《论岭南词绝句二十首》，张峙亭《论词绝句三首》，宋于庭《论词绝句》，杨恩寿《论词绝句》，高旭《论词绝句三十首》，姚锡均《示了公论词绝句十二首》，等等。它们在传统词学繁荣昌盛的时代大背景下，将论词绝句之体从不同方面予以了发扬光大。

厉鹗《论词绝句十二首》，是传统词学批评史上明确标示所作诗歌为"论说"之体的系列绝句。其论清代以前词人词作 9 首，论清代词人 3 首，论评的对象包括《花间集》、张先、柳永、晏几道、贺铸、范成大、陆游、张炎、《中州乐府》、刘辰翁、朱彝尊、严荪友、万树。其论说的特点主要有三：一是在论说形式上，它基本上一人一评，这导引了后世论词绝句的基本创作路径。二是在论说体式上，它于诗下有注，12 首诗中有注的就有 7 首，超过总数的一半，其所注或对诗中所用事典、语典进行解说，或对诗作所涉及内容予以补充说明，为人们更好地把握诗作意旨提供方便。这也从一个方面导引了后来论词绝句体式的构成。厉鹗之后，在论说之后设注的论词绝句主要有郑方坤《论词绝句三十六首》、吴蔚光《词人绝句》、潘飞声《论岭南词绝句》、王僧保《论词绝句》及杨恩寿《论词绝句》等。三是在论说水平上，12 首绝句在整体上呈现出论说较为平正、识见较为深入的特征，能够抓住所评对象的特点从不同方面予以把握，为后人对论词绝句的运用开了好头。厉鹗在具体论说中主要体现出三个方面的词学观念。一是主张"诗余"说，强调作词要有"美人香草"之寓，以寄托深致、意在言外为旨归。如第一首云："美人香草本离骚，俎豆青莲尚未遥。颇爱花间肠断句，夜船吹笛雨潇潇。"① 厉鹗标举"美人香草"之意，主张作词要以意在言外为高格，他甚至从《花间集》中去发掘这种高格。二是推尚清婉醇雅的词作风格。如云："张柳词名枉并驱，格高韵胜属西吴。可人风絮堕无影，低唱浅斟能道无。"② 他肯定张先之词"格高韵胜"，从雅致的标准出发，排斥柳永之词俚俗的格调。又如："鬼语分明爱赏多，小山小令擅清歌。世间不少分襟处，月细风尖唤奈何。"③ 厉鹗提倡从语言运用上界分词人词作，他称扬晏几道之词用语清丽合律，认为其与用语偏擅之作是有很大差异的。三是重视词作曲调声

---

① 吴熊和主编：《唐宋词汇评（两宋卷）》，浙江教育出版社 2004 年版，第 4390 页。

② 同上书，第 4390—4391 页。

③ 同上书，第 4391 页。

律的运用。如最后一首云："去上双声子细论，荆溪万树得专门。欲呼南渡诸公起，韵本重雕菉斐轩。"① 通过对万树《词律》严分上、去的评价，强调声律音韵表现对于词的创作极为重要。此外，值得提及的是，厉鹗还提出"江西词派"的命题，为后人细致梳理传统词史发展提供了重要参考。其云："送春苦调刘须溪，吟到壶秋句绝奇。不读凤林书院体，岂知词派有江西。"② 厉鹗首次提出宋末元初以《凤林书院草堂诗余》为结集的江西遗民词人群体的概念，这对词史研究是甚富于启示意义的。总体来看，厉鹗《论词绝句十二首》在形式上甚为肃正，题名即标示出"论说"之意，在简要的论说中始终贯穿着自身独特的审美理想与批评观念。他将论词绝句之体的运用无论从外在形式还是内在论说方面都推上一个台阶，在论词绝句史上具有重要的地位。

郑方坤《论词绝句三十六首》论评的对象，主要有李白、温庭筠、和凝、李煜、柳永、宋祁、苏轼、秦观、贺铸、周邦彦、李清照、岳飞、朱熹、史达祖、辛弃疾、姜夔等。在论说形式上，它大都为一人一评。其论说特点是善于抓住所论词人的人生经历、创作特征及词作语典入诗，收到很好的论说效果。如评李煜云："梧桐深院诉情悰，夜雨罗衾梦尚浓。一种哀音兆亡国，燕山又寄恨重重。"③ 郑方坤利用李煜词中的"梧桐深院""夜雨""罗衾"等语典，巧妙地道出其词作的主题意蕴及情感表现特征，形象生动，维妙维肖。又如，评苏轼云："坡公余技付歌唇，摆脱秾华笔有神。浪比教坊雷大使，那知渠是谪仙人。"④ 郑方坤论断苏轼虽以"余事"作词，然下笔出神入化，流转自如，犹如李白之于诗的写作，其在词的创作上也不拘一格，开创出新的体制，在词的历史发展上作出突出的贡献。又如，评李清照云："黄花五字播闺吟，和笔真惭阁稿砧。谁嗣徽音向萝屋，海棠开后到而今。"⑤ 郑方坤抓住李清照"人比黄花瘦""海棠依旧"等词作语典与意象，对其词作的清新与情感的真挚表现出极为称赏之意。还如，评岳飞云："故山松竹梦难寻，半壁东南已陆沉。最

---

① 吴熊和主编：《唐宋词汇评（两宋卷）》，浙江教育出版社 2004 年版，第 4391 页。
② 同上。
③ 同上书，第 4392 页。
④ 同上书，第 4393 页。
⑤ 同上。

是鄂王写哀愤，欲将心事付瑶琴。"① 四句诗，紧密联系岳飞所处的社会历史时代，凸现出"渴望恢复"的主题内涵与哀怨悲愤的感情基调。总之，郑方坤《论词绝句三十六首》对唐、五代、两宋代表性词人进行了较为系统的论评，体现出较高的水平。其论说有别于厉鹗论词绝句较为杂乱的特点，呈现出词人词作专论的纯粹性与集中性特征。

江昱《论词绝句十八首》，论评的对象主要是宋代词人，如苏轼、秦观、晏几道、周邦彦、李清照、张先、贺铸、吴文英、刘克庄、陈允平、辛弃疾、姜夔、张炎等。在论说特点上，它与郑方坤的论词绝句甚为相近，多为一人一评，当然也有极少数多人合评的情形。在艺术表现上，则体现为善于择取所评词人的典型词句与事象论说创作特征，呈现出浓厚的意象化表现特色，批评的张力性较强。如评苏轼云："一埽纤秾柔软音，海天风雨共阴森。分明铁板铜琶手，半阕杨花冠古今。"② 江昱巧妙地化用前人对苏轼词作的论评之语，以意象化的语词高度肯定苏轼豪放风格对纤秾柔媚之词的消解之功，同时，又对苏词能兼融豪放与婉约予以极致称扬。又如，评李清照云："漱玉使娟态有余，赵家芝草梦非虚。最怜重九销魂句，吟瘦郎君总不如。"③ 江昱从锤炼字句的角度高度肯定李清照的艺术功力，对其善于渲染悲痛相思之情甚为称扬。又如，评宋祁、张先、秦观云："红杏尚书艳齿牙，郎中更与助声华。天生好语秦淮海，流水孤村数点鸦。"④ 江昱将秦观与宋祁、张先相提并论，择取典型性事象与词句论说他们的词作特征，相互映照，鲜明地呈现出三人创作的相类。后一句巧妙利用秦观词作"寒鸦数点""流水绕孤村"之语典，适切而富于张力性地言说出其词作的情感内涵与语言表现特征。又如，评周邦彦云："词坛领袖属周郎，雅擅风流顾曲堂。南渡诸贤更青出，却亏蓝本在钱塘。"⑤ 从格律词相互之间继承与创新角度肯定周邦彦领袖词坛的地位，探本溯源，一句"却亏蓝本在钱塘"，对周邦彦词作的开拓之功予以高度肯定。还如，评张炎云："落魄王孙可奈何，暮年心事泣山河。商量未是

---

① 吴熊和主编：《唐宋词汇评（两宋卷）》，浙江教育出版社 2004 年版，第 4394 页。

② 同上书，第 4396 页。

③ 同上书，第 4397 页。

④ 同上书，第 4396 页。

⑤ 同上。

人间调，一片凄凉不忍歌。"① 江昱从张炎所处历史时代论说到创作心态及词作情感基调，将其词作的最本质特征"哀怨凄凉"简洁而到位地言说出来。

沈初《论词绝句十八首》，其论评的词人，主要有李璟、温庭筠、和凝、晏殊、晏几道、欧阳修、柳永、李清照、秦观、苏轼、高观国、史达祖、吴文英、张炎、彭孙遹、朱彝尊、陈维崧等。该组诗在论说形式上有一人一评的，也有两人甚至三人合评的。如论秦观与柳永、张炎与吴文英为两人合评，而论晏殊、晏几道、欧阳修则为三人合评。二是在具体论说中，作者往往采取钩索历时线索的方法比照与辨析词人词作，这使其词人之评显示出较为宏通的视野。如云："南朝乐府最清妍，建业伤心万树烟。谁料简文宫体后，李王风致更翩翩。"② 沈初在对李璟词作的论评中，将渊源线索上溯至南朝乐府与宫体诗，认为李璟之词创造性地承扬上述传统因子，将具有浓郁民间情调的乐府诗与具有细致描画特征的宫体诗之创作传统从一定方位上予以了发扬光大。又如："晏家父子擅清华，欧九风神更足夸。若准沧浪论诗例，须从开宝数名家。"③ 沈初在称扬晏殊、晏几道与欧阳修词作成就的同时，又将线索上溯至唐代开元、天宝时期，认为早在唐人诗作中，便孕育了上述词人之作风神清迈动人的因子。三是个别诗作能在评说词人词作的基础上，提升与抽绎出词的创作之理，将批评与论理两个层面较好地融合起来。如云："山抹微云秦学士，露花倒景柳屯田。就中气韵差分别，始信文章品最先。"④ 沈初择取典型性的语词之意象将秦观与柳永二人相提并论，认为他们的创作在艺术表现与意象运用上呈现出甚为相似的特征，但两人词作终有分别，这便体现在所表现出的气韵品格之上，其相互间有高低雅俗的不同，这提醒人们评价词人词作要以所表现品格为首要元素。此论词绝句由个案论评入手，抽绎出"词品最先"的道理，富于启发性。四是对词人词作的论评呈现出辩证分析的特征，即使对大词人，作者也并不一味称扬，而切实地指出不足，给人以信服之感。如云："后来都爱玉田词，似水洮洮意态随。难得梦窗才调

---

① 吴熊和主编：《唐宋词汇评（两宋卷）》，浙江教育出版社 2004 年版，第 4397 页。
② 同上书，第 4400 页。
③ 同上书，第 4401 页。
④ 同上。

富，又教脂粉污天姿。"① 沈初肯定张炎之词对后世影响很大，但批评其
词作在意旨表现上不够凝练；称扬吴文英词作才情充蕴、曲调富丽，但同
时又指责其流于俗媚，格调不高。显然，这一批评眼力是难能可贵的。总
之，沈初对词人词作的论评，批评视界较宽，识见较为平正，在个案之论
中并有理论性抽绎，这都是很不容易的。

吴蔚光《词人绝句》，共9首，均为评述清代词人之作。其论评的词
人主要有吴锡麒、朱方儒、鲍受和、陈维崧、顾贞观、黄景仁等。该组诗
的突出特点是评说的近时性，它不同于大多数论词绝句论评的多是唐、五
代、两宋词人，而是选取当下时代有影响的词人进行论评，这更需要批评
识见。如评吴锡麒云："浙西词格胜于诗，歌吹琴言自得师。谏果甘回余
味好，薄寒肠断落花时。"② 吴蔚光评断吴锡麒之词艺术成就高于其诗作，
认为作为浙西派的生力军，其词作渊源有自，在艺术表现上讲究含蓄蕴
藉、余味深永，在情感内涵表现上则注重精心选择意象，在审美感性化载
体中呈现出艺术魅力。又如，评鲍受和云："减字偷声几系思，清新喜见
鲍家词。月明如水门深闭，可似小长芦钓师。"③ 吴蔚光从曲调声律与字
句运用的角度称扬鲍受和词作清新自然，认为其在艺术表现上确含蓄深
致，深得朱彝尊词作之神韵。又如，评陈维崧等人之作云："乌丝弹指剧
苍凉，豪隽今推江夏黄。却有南唐风韵在，晚霞一抹影池塘。"④ 吴蔚光
对陈维崧《乌丝词》、顾贞观《弹指词》及黄景仁等人的苍凉豪隽之作颇
为欣赏，评断它们在创作取向与情感表现上承扬南唐词作中所表现出的风
神韵味。他以历时视线将不同时期词作予以了类划，其论评视野是颇为开
阔的。吴蔚光的该组论词绝句主要体现出两个方面的特征：一是在论说形
式上，它承扬厉鹗的诗下作注做法，在每首诗下皆有小注，自笺其诗，将
诗歌的艺术感性化论说与笺注之解说形式相互结合，批评的张力性与解说
的确切性相互映照，有效地延伸与实化了批评效果；二是在对词人词作的
论评中，能在一定程度上融以对词学理论与批评观念的阐说，将批评与论
理两个层面有机结合起来。如云："琴画楼钞廿五家，金针绣线论无加。

---

① 吴熊和主编：《唐宋词汇评（两宋卷）》，浙江教育出版社2004年版，第4401页。
② 同上书，第4402页。
③ 同上书，第4403页。
④ 同上书，第4402页。

湖田欸乃都阑入，恐是先生老眼花。"① 吴蔚光引述友人王昶、许宝善两人关于诗词、词曲之辨的观点，表达出要从词与诗、词与曲的对比中确定其艺术体性的观点。此论对传统词学的"尊体"之论进一步作出阐说，富于理论意义。

朱依真《论词绝句二十二首（附六首）》，论述的对象古今各半。其论说的前代词人主要有李璟、苏轼、秦观、周邦彦、高观国、王沂孙、辛弃疾、刘过、史达祖、姜夔、周密、张炎等，论说的清代词人主要有厉鹗、贺裳、谢章琦、冷昭、梁月波、朱若炳、闺秀唐氏等。朱依真对历代词人的论评择取的多为词坛大家，而对当代词人的评说择取的则是比较熟识的词人，并不一定在词史发展上作出过很大的贡献，如对其父朱若炳的论评便典型地体现出这一特征。朱依真对词人的论评，体现出细致的辨分态度，不人云亦云，不盲从于人，显示出自身独具的特色。如对宋代几位显示出"清真"风格的词人，其论说态度就有所分轾。如评周邦彦云："词场谁为斩荆榛，双手难扶大雅轮。不独俳偕缠令体，铺张我亦厌清真。"② 对清人评价极高的周邦彦词，朱依真却斥之为"俳偕缠令体"，铺张可厌，呼唤当世词坛能出现"斩荆榛"之人，不遗余力地对词坛偏尚之风气予以框正。又如，评吴文英云："质实何须诮梦窗，自来才士惯雌黄。几人真悟清空旨，错彩镂金也不妨。"③ 朱依真对一些人讥讽吴文英词作持以不满，他指责有些人喜欢信口雌黄，认为吴文英所倡导的"清空"之意其实并没有多少人真正的理解。在此基础上，他论断如果真正悟解"清空"之意的话，那么，在词的创作中即使表面上精雕细琢，也无碍大妨。此论在一定意义上体现出辩证论说的特点。还如，评姜夔云："合是诗中杜少陵，词场牛耳让先登。暗香疏影精神在，夜月清寒照马塍。"④ 朱依真将姜夔比譬为诗中的杜甫，评断其乃南宋词坛执牛耳者，认为其以《暗香》《疏影》为代表的"清真"之词，对同时代及后人影响很大，成为引导后世一些人创作的指路明灯。在对清代词人的论评中，朱依真努力结合对词史发展与词坛现状的认识，评说创作特色与艺术成

① 吴熊和主编：《唐宋词汇评（两宋卷）》，浙江教育出版社2004年版，第4401页。
② 同上书，第4429—4430页。
③ 同上书，第4430页。
④ 同上。

就。如评厉鹗云"樊榭仙音未易参，追踪姜史复谁堪。一时甘下先生拜，合与词家作指南。"① 朱依真论断厉鹗词作乃承扬南宋姜夔、史达祖一脉而来，他对以厉鹗为代表的中期浙西词派的创作甚为推崇，将之论定为词的创作之指南。在论说数量上，朱依真对于个别甚为称赏之词人以两首诗作加以论评，如评苏轼便是如此。其云："柳绵吹少我伤春，杜宇声声不忍闻。十八女郎红拍板，解人应只有朝云。"② 诗作从苏轼词作语典"枝上柳绵吹又少"切入，高度肯定苏轼词作对人生情感的真切表达，在这点上，他认为恐怕只有朝云才能够深切地悟解。其又云："天风海雨骇心神，白石清空谒后尘。谁见东坡真面目，纷纷耳食说苏辛。"③ 朱依真提出姜夔词作的"清空"正从苏轼词中而来，认为世人只知苏、辛豪放之名目，却无人见到苏轼的真面目。他将苏轼与辛弃疾脱离开，而将姜夔的词风上溯到苏轼，这一论说视点是颇为独特的，显示出一定的启发性。

王僧保《论词绝句》，共 36 首，其内容可分为两个部分，第一部分为词人之论，包括 27 首诗，对唐、宋、元词人进行论评；第二部分为对词学理论批评抽绎之论，包括总论及另外 8 首诗，主要论及词的创作体验与欣赏旨趣等内容。在第一部分中，其论说的词人主要有李白、李煜、晏殊、晏几道、柳永、欧阳修、苏轼、黄庭坚、李清照、陈允平、周紫芝、曾觌、张孝祥、吴文英、辛弃疾、姜夔、蒋捷、张炎、张翥等。如评李煜云："落花流水寄嗟唏，如此才情绝世稀。谁遣斯人作天子，江山满目泪沾衣。"④ 王僧保巧妙利用词人"流水落花春去也"之语典，对李煜的艺术才情持以高度称扬；后两句诗联系词人现实人生的错位，对其人生所体现出的悲剧命运极表同情。又如，评柳永云："波翻太液名虚负，只博当筵买笑钱。不是晓风残月句，未应一代有屯田。"⑤ 王僧保认为柳词中若不是有《雨霖铃》这样感情真挚之作，而只是那些无聊的赠妓之词或媚圣献颂之词的话，则柳永的名声必定不会如此这般天下流传。又如，评苏轼云："慷慨黄州一梦中，铜弦铁板唱坡公。何人创立苏辛派，两字粗豪

① 吴熊和主编：《唐宋词汇评（两宋卷）》，浙江教育出版社 2004 年版，第 4430 页。
② 同上书，第 4429 页。
③ 同上。
④ 同上书，第 4432 页。
⑤ 同上书，第 4434 页。

恐未工。"① 前两句诗利用词作语典与前人对词人之评的事典，对苏词风格予以描述形容；后两句诗以设问形式驳斥以"粗豪"论苏词的观点，认为苏词于豪放中呈现出精致，其在对词体、词风、词派的开拓上真可谓名垂千古。还如，评元人张翥云："身世悲凉阅盛衰，关山梦里滋淋漓。苍茫独立谁今古，屈子离骚变雅遗。"② 王僧保高度肯定张翥以一身历元代盛衰，悯乱忧时，故其词作兼有风雅之气与悲凉之音，乃"离骚变雅"之遗。在第二部分中，其第一首总论云："消息直从乐府传，六朝风气已开先。审声定律心能会，字字宫商总自然。"③ 王僧保在词之体源上持"诗余"说。他论断早在六朝乐府诗中，便开启了词体创作的因子。他不反对词作为独特的文学之体要讲究曲调声律运用，但主张要用之自然，如同六朝乐府诗一样，在自然之声律的流转中呈现出艺术魅力。在后8首理论色彩较强的绝句中，如云："南北诸贤既渺然，寥寥同调最堪怜。瓣香未坠从人乞，吟断回肠悟秘诠。"④ 王僧保反对在创作上与他人相类，主张要有自己独特的路径。他论断"同调"之人为"从人乞"者，认为其词作是难以产生艺术魅力的。又如："人人弄笔强知音，孤负霜豪莫浪吟。千载春花与秋月，一经寄托便遥深。"⑤ 王僧保倡导词的创作要有深致的寄托之意，反对"人人弄笔"的无病呻吟，主张词的创作要在内容的充实与寄托的"遥深"中自然呈现出艺术魅力。还如："沈思渺虑窃通神，一片清光结撰成。岂许人间轻薄子，柔弦曼管写私情。"⑥ 王僧保主张词的创作要写深致之思，倡导词作者与欣赏者要在艺术表现的深层次上感会互通。他对"轻薄"为词持以批评，认为其一味叙写个人之"私情"，在对社会历史与现实内涵的表现上体现出虚化性，最终是难以具有经久艺术魅力的。

　　沈道宽《论词绝句四十二首》，其论评的词人，主要有李白、白居易、刘禹锡、李煜、范仲淹、欧阳修、柳永、晏殊、宋祁、张先、苏轼、秦观、黄庭坚、贺铸、周邦彦、李清照、史达祖、高观国、吴文英、赵介

①　吴熊和主编：《唐宋词汇评（两宋卷）》，浙江教育出版社2004年版，第4432页。
②　同上书，第4434页。
③　同上书，第4432页。
④　同上书，第4435页。
⑤　同上。
⑥　同上。

庵、张辑、刘克庄、王沂孙、赵彦端、张孝祥、辛弃疾、姜夔、周密、刘将孙等，大都是在词的历史发展上影响较大、做出过一定贡献的唐宋词人。其在论评形式上，有一人一评的，也有不少两人合评的，如论刘禹锡与白居易、宋祁与张先、秦观与黄庭坚、吴文英与周邦彦、周密与姜夔，便属于两两合评的形式。如云："六字犹人一字殊，春风红杏宋尚书。何当更遇张三影，好句交称一笑初。"① 沈道宽从善于锤炼字句、写作秀句的角度，将宋祁与张先二人类归到一起，简洁地道出两人词作的相似所在。又如："渔笛清歌付玉箫，天涯沦落寄情遥。杜郎旧事花能说，一梦扬州廿四桥。"② 沈道宽将作为宋遗民的词人周密与姜夔加以合评，巧妙利用二人词作语典，形象活脱地表现出两人词作"天涯沦落"的主题内涵与"往事堪哀"的情感表现基调。在论说数量上，沈道宽的论词绝句大多为一人一诗，极少数词人也有用两首诗加以论说的，如评李煜便是如此。其云："南朝令主擅风流，吹彻寒笙坐小楼。自是词章称克肖，一江春水泻春愁。"③ 沈道宽巧妙借用李煜词中"小楼吹彻玉笙寒"及"一江春水向东流"之话语意象，将词人晚年之作的主题内涵与情感取向充分表现出来。其又云："国胜身危赋小词，无愁天子写愁时。倚声本是相思调，除却宫娥欲对泣。"④ 沈道宽从李煜作为一国之君与作为词人的双重身份来论说其词作内涵，形象地指出词本为表现相思离愁之体，然发展到李煜手中，国破家亡的现实境况使其不自觉地拓展了词的创作题材与艺术表现力。其词作以抒写悲情动人，在以"小"映"大"中体现出深刻的社会历史内涵。在论说特点上，沈道宽也善于利用词作意象与词人语典入诗，确乎起到一般叙说所难以表达的效果，有效地加强了艺术感性化言说的内在张力。如评范仲淹云："相思清泪落悲笳，酒入愁肠叹髫华。谁识穷边穷塞主，心如铁石却赋花。"⑤ 沈道宽利用"穷塞主之词"的时评语典，对作为边塞大员的范仲淹，一方面是现实中的刚性十足，另一方面又是词心呈现的温柔细腻形象予以表现。四句诗，前后相贯，生动真切地表现出范仲淹的人格形象与词作特征。又如，评柳永云："浅斟低唱柳屯

---

① 吴熊和主编：《唐宋词汇评（两宋卷）》，浙江教育出版社 2004 年版，第 4408 页。

② 同上书，第 4409 页。

③ 同上书，第 4408 页。

④ 同上。

⑤ 同上。

田，肯把浮名换绮筵。身后清声谁会得，墓门红衰拜年年。"① 前两句诗巧妙利用词人"忍把浮名，换了浅斟低唱"之语典；然后在此基础上，后两句诗选取独特的论说视点，对柳永的人生追求与艺术成就予以肯定。整首诗，因词人语典的运用而显得形象通俗，富于艺术感染力。

宋翔凤《论词绝句》，其论评的词人主要有柳永、欧阳修、苏轼、秦观、朱淑真、俞国宝、陆子逸、周邦彦、李清照、史达祖、辛弃疾、姜夔等。宋翔凤在论评形式上大都一人一评，但对于个别特别称赏的词人则以两首绝句论评之，如评辛弃疾便属如此。其云："四上分明极声变，粗豪无迹胜缠绵。稼翁白发尊前泪，尽付云屏一枕边。"② 宋翔凤联系南宋后期词坛创作风气的变化，一方面道出其时豪放词风盛行的状况；另一方面，又点出在豪放词风兴盛的同时，辛弃疾词作常常以甚为婉约含蓄的手法表现功业无成、悲从心生的感慨。其又云："抱得胸中郁郁思，流莺消息不教知。伤春伤别总无赖，生面重开南渡词。"③ 宋翔凤形象地勾画出辛弃疾报国无门、郁郁寡欢，在伤春伤别中无言以寄的情形，对辛弃疾为代表的南渡词人以别开生面之功振兴词坛作出高度的评价。二是在具体论评中，宋翔凤与他人有别的是不太喜欢运用词人词作典型性意象与代表词人人生经历的事典进行艺术表现，而体现为多运用叙说的方式，这使其论词绝句显得较为平实，在确切地传达批评意旨上体现出一定的优势。如评欧阳修云："庐陵余力非游戏，小令篇篇积远思。都可诬成轻薄意，何论堂上簸钱时。"④ 宋翔凤评断欧阳修虽以"余力"作词，然其词意深远、思致清洁；他对少数人以轻薄之意评说欧阳修词甚为不满，认为他们误读了词作的本色内涵。整首诗以叙说为本，据事而论，娓娓道来。又如，评李清照云："易安豪居一时无，剑器公孙胜大夫。但是有才天已妒，却传晚景咏蘼芜。"⑤ 宋翔凤对李清照晚景寂寞的一生深致不平之意。他推尚李清照一生才气过人，情性中婉约与豪放并融，真可谓女中豪杰，然哀叹命运不济，老天无情，这凸显出其人生的悲剧性内涵。全诗叙议结合，在简洁的言辞中表现出作者内心深切的倾赏与惋惜之意。

---

① 吴熊和主编：《唐宋词汇评（两宋卷）》，浙江教育出版社 2004 年版，第 4408 页。
② 宋翔凤：《洞箫楼诗纪》（三），《浮溪精舍丛书》本，清道光十年刻本。
③ 同上。
④ 同上。
⑤ 同上。

　　晚清，谭莹将论词绝句的运用提升到一个新的高度。其论词绝句有《论词绝句一百首（附一首）》《又三十六首（专论岭南人）》《又四十首（专论国朝人）》，共 177 首。其论说的范围十分广泛，在传统论词绝句史上可谓空前绝后。在论评的具体对象上，其《论词绝句一百首（附一首）》论评的词人，主要有李白、白居易、张志和、韩翃、温庭筠、韩偓、孟昶、李璟、李煜、和凝、韦庄、宋徽宗赵佶、宋高宗赵构、寇准、晏殊、林逋、韩琦、范仲淹、司马光、宋祁、欧阳修、柳永、张先、晏几道、苏轼、黄庭坚、秦观、晁补之、张耒、贺铸、毛滂、王诜、舒亶、王安石、王观、聂冠卿、蔡挺、苏过、谢逸、周邦彦、徐伸、曹端礼、万俟咏、吕渭老、王安中、曾觌、詹天游、叶梦得、赵鼎、向子諲、陈与义、朱敦儒、张孝祥、辛弃疾、赵彦端、刘过、陈亮、张镃、陆游、廖莹中、俞国宝、黄机、刘克庄、卢祖皋、姜夔、戴复古、高观国、史达祖、张辑、吴潜、吴文英、万孝迈、黄升、蒋捷、张炎、陈允平、徐照、周密、孙惟信、王沂孙、李南金、文天祥、陈参政、李清照、朱淑真、郑文妻孙氏、严蕊等。其《又三十六首（专论岭南人）》论评的词人，主要有黄损、崔与之、李昴英、刘镇、陈纪、黎贞、陈献章、戴桷、祁顺、黄瑜、邱濬、霍韬、霍与瑕、张萱、卢龙云、区元晋、何绛、韩上桂、陈子升、屈大均、梁佩兰、陈恭尹、梁无技、陶鼎、许遂、王隼、易宏、何梦瑶、张锦芳、黎简、谭敬昭、倪济远、黄球、今释、张乔等。其《又四十首（专论国朝人）》论评的词人，主要有吴伟业、梁清标、宋琬、彭孙遹、王士禛、曹贞吉、尤侗、吴绮、顾贞观、纳兰性德、毛奇龄、徐釚、吴兆骞、朱彝尊、陈维崧、严绳孙、李武曾、李符、汪森、董以宁、沈岸登、龚翔麟、沈皞日、杜诏、厉鹗、张梁、查为仁、王时翔、江昱、江昉、张云锦、汪棣、蒋士铨、郑燮、赵文哲、张熙纯、黄景仁、杨芳灿、杨揆、吴锡麒、彭兆荪、徐灿等。谭莹在历时与共时两个维面将论词绝句极为广泛地运用到对词人词作的论评中。我们以《论词绝句一百首（附一首）》与《又四十首（专论国朝人）》为例予以分析。

　　谭莹《论词绝句一百首（附一首）》论评的对象，几乎涵盖唐宋时期在词史发展上值得一提的所有词人，一些仅有单篇只句传世、且地位不高的词人如严蕊等亦有评述，甚至无名氏作者也都有所论及，规模的庞大和全面是这一组论词绝句的首要特色。其次，在广泛论说的基础上，谭莹对少数极为称赏的、在词史发展上产生重要影响的词人，则以两首诗作加以论说，体现出有所侧重与有意凸显的特征。在这方面，他论评的词人有李白、李煜、柳永、苏轼、秦观、周邦彦、李清照、辛弃疾、周密、姜夔、张炎。如评李煜云："伤心秋月与春花，独自凭阑度岁华。便作词人秦柳上，如何偏属帝王家。"① 诗作由李煜词作语典"春花秋月何时了"切入，道出其晚期词作"独自伤怀"的主题内涵与情感特征；后两句诗笔调一转，对李煜身份展开评说，将其作为词人而偏偏为帝王的人生错位揭示出来。其又云："念家山破了南唐，亡国音哀事可伤。叔宝后身身世似，端如诗里说陈王。"② 诗作以类比与借代的方式，评说李煜词作对国破家亡之恨的表现，以南朝后主陈叔宝譬说李煜，十分恰当地表现出词人的可悲可哀。两首诗，从不同维面将李煜的人生错位及词作的独特价值与意义揭示出来。又如，评李清照云："绿肥红瘦语嫣然，人比黄花更可怜。若并诗中论位置，易安居士李青莲。"③ 谭莹从李清照词作语典入手，对其人生命运表现出深切的同情；之后，又以叙说的笔调将李清照类比为诗坛的李白，对其词作成就予以高度肯定。其又云："一瓶一钵可归来，觅觅寻寻亦写哀。自是百年锺间气，张秦周柳总清才。"④ 谭莹抓住李清照词作语典"寻寻觅觅"展开论说，评断其所失东西太多，无以言哀；后两句则对其词作清丽自然的艺术风格持以称扬，认为其一直影响到同时代及之后的词人。三是在具体论评中，谭莹对词人词作并不一味称扬，而是持以分析批评的态度，这使其论说在整体上呈现出较为平正的视点与特征。如作者对以《花间集》为代表的香艳词格就颇致不满，如评孟昶云："摩诃避暑有全词，花蕊风流恐愿师。何俟洞仙歌隐括，点金成铁使人疑。" 又评晏殊云："杨柳桃花调亦陈，三家村里住无因。歌词许似冯延巳，语语原因类妇人。"⑤ 上述两首诗作，分别从创作路径的取效与选词用语等方面，对孟昶与晏殊流于花间习气的创作特征予以批评，大致是切合词人创作实际的。

其《又四十首（专论国朝人）》所论说的，是清代一些较重要的词坛名家。谭莹该组诗在论说上的特点主要有三：一是以叙说为主，往往在简

---

① 吴熊和主编：《唐宋词汇评（两宋卷）》，浙江教育出版社 2004 年版，第 4412 页。

② 同上。

③ 同上书，第 4418 页。

④ 同上。

⑤ 同上书，第 4412 页。

明扼要中道出明确的批评判断。如评宋琬云："穷始能工到乐章，曼声哀艳越齐梁。诗文望重遭逢惨，凄绝莱阳宋荔裳。"① 谭莹评断宋琬工于词章，称扬其词作曲调自然合律，情感表现哀怨动人，他归结这是易代之际的时代社会大环境与词人周遭小环境综合作用的结果，概括其词作以悲为美，动人心魂。又如，评纳兰性德云："家世文章第一流，如猿啼夕雁吟秋。纵王内史生平似，何必言愁也欲愁。"② 谭莹对纳兰性德身世文章甚为推崇，论断其天生地具有独特的文学创作才能，比譬其写诗作词如猿猴啼鸣，如大雁吟秋，自然而发；进一步，又对其词作主题内涵与情感表现加以言说，高度肯定其词中所表现出的"无言之愁"。还如，评厉鹗云："大宗谁并曝书亭，盖代才同浙水灵。竟是我朝张叔夏，至今风法未凋零。"③ 谭莹对厉鹗在浙西词派创作中承前启后的作用予以大力肯定，对其艺术才能予以极致称扬。他将厉鹗类比为元代初期的张炎，论断其对后世影响深远，词风与词法一直影响至今。二是往往联系诗史发展与诗作承继来譬说词的创作，有效地表达出对词史发展的认识及词作审美与批评观念。如评王时翔云："论诗能废盛唐无，北宋何尝不可摹。颇爱太仓王抱翼，耻偕同社逐时趋。"④ 谭莹认为词之北宋如诗之盛唐，正如论诗不可废盛唐，论词也不可废北宋，此论明显表现出针对清代词坛"家白石而户玉田"风气的不满。他赞许王时翔的着眼点是其在举世皆摹仿南宋的潮流中，耻逐时趋，独宗北宋，这是难能可贵的。又如，评沈岸登云："词家人竞说尧章，端恐前明仿盛唐。买菜岂须求益者，无多著撰实姜张。"⑤ 谭莹将世人竞相效法姜夔比拟为明代前、后"七子"之效仿盛唐，认为其只能得一空廓的唐音之貌，而内在的精神实质是不可能效仿而来的，此乃对浙派末流深中其弊的批评。三是在对词人的论评中，作者有时能提升与抽绎出词的创作之理，将批评层面与论理层面较好地予以融合。如评顾贞观云："无情谁许作词人，情挚恶能语逼真。远寄汉槎金缕曲，山阳思旧恐难伦。"⑥ 谭莹借助对顾贞观词作的论评，甚富启发性地道出

---

① 吴熊和主编：《唐宋词汇评（两宋卷）》，浙江教育出版社 2004 年版，第 4422 页。

② 同上书，第 4423 页。

③ 同上书，第 4424 页。

④ 同上。

⑤ 同上。

⑥ 同上书，第 4423 页。

无情之人不得为词人，为情所缚之人亦不得为词人的论断，句意新警，很是耐人寻味。

冯煦《论词绝句十六首》，其论评的词人，主要有温庭筠、冯延巳、李煜、柳永、苏轼、秦观、周邦彦、李清照、史达祖、吴文英、王沂孙、姜夔、周密、张炎等，主要是唐、五代、两宋时期的一些著名词人。冯煦在论评形式上，全都为一人一评。在论说特点上，他与历代大多数论词之诗人一样，甚为善于运用词人事典与词作语典入诗，有效地强化了论说的内在张力，在艺术表现的水平上是很高的。如评李煜云："梦编罗衾夜未央，秦淮一碧照兴亡。落花流水春归去，一种销魂是李郎。"① 四句诗，几乎都化用李煜词句，既适切地表现词人的生活状况与创作心态，又以意象的形式道出其词作的情感内涵与艺术特征，对李煜以悲为美的创作予以高度称扬。又如，评苏轼云："大江东去月明多，更有孤鸿缥缈过。后起铜琶兼铁拨，莫教初祖谤东坡。"② 前两句诗巧妙利用苏轼词作"大江东去""孤鸿照影"等语典，后两句诗利用前人对词人词作风格之喻的事典，两方面相互结合，对苏轼开拓词作之功及兼融豪放与婉约之力体现出高度的张扬之意。又如，评姜夔云："垂虹亭子笛绵绵，吸露餐风解蜕蝉。洗尽人间烟火气，更无人是石湖仙。"③ 冯煦前两句诗通过对亭边吹笛、餐风吸露喻象的描画，在后两句诗中自然地导引出对姜夔之词的评价，认为其词作在清虚骚雅上确有洗尽人间烟火之气的特征，这在词作风格的呈现上是甚为独特的。还如，评张炎云："王孙风调极清遒，石老云荒眇眇愁。犹见贞元朝士否，空弹清泪下西州。"④ 前两句诗巧妙利用词人语典，表现出张炎作为遗民词人的情感取向与创作特征；后两句诗以艺术借代的手法，道出作为遗民词人内心坚执的可贵与现实境况中的无谓与悲哀，诗作在富于历史深度的叙说中对词人之作切实予以了高标。

潘飞声《论岭南词绝句》，共20首，为对历代广东词人词作的专论。它是继谭莹《又三十六首（专论岭南人）》之后的又一地域性论词绝句。其论评的词人，主要有黄损、崔与之、刘镇、李昴英、陈纪、葛长庚、陈

---

① 冯煦：《蒿庵类稿》卷七，金坛冯氏民国二年刻本。
② 同上。
③ 同上。
④ 同上。

献章、屈大均、梁佩兰、梁无技、张锦芳、黎简、吴兰修、陈澧、陈良玉、李龙孙、吴尚熹等。作者有意以论词绝句形式张扬家乡之词人词作，因而，所论大都择取优长之处，旨在将他们对词的创作的特色与贡献揭橥出来。如评屈大均云："剩水残山郁作诗，塞门骚屑又填词。秣陵吊古苍凉甚，可有金笳故国思。"[①] 潘飞声从作为明代遗民词人的角度，论说屈大均诗词的创作缘起。他论断体现在屈词中的是主体郁闷不得所通衍化而成的产物，其在情感表现上苍凉沉郁，在主题内涵上多为故国之思。诗作对屈大均之词的主题内涵与情感表现作出高度的肯定。又如，评梁佩兰云："烟渚灵旗对九峰，雅琴瑶瑟愧雷同。六莹诗有青莲笔，题句湘灵恨未工。"[②] 潘飞声运用优美的意象描述形容梁佩兰词作的艺术特征，将其比譬为如有屈原、李白等人之才力，对其词作艺术成就也作出高度的评价。还如，评黎简云："何人亭下采芙蓉，烟冷湘峨梦不逢。惆怅海天秋一曲，花枯月黑认樵踪。"[③] 潘飞声巧妙利用黎简词作语典，对其词作情感内涵与艺术表现特征予以形象的描述。他还分别以"南樵风调柳耆卿，梦断南湖载酒行"论说梁无技，以"采莲一曲罗敷媚，敢向桐花笑拍肩"论说吴兰修，以堪与"朱厉齐驱"论说陈澧、以"词句似苏辛"论说吴尚熹，等等。潘飞声的论词绝句体现出浓厚的乡情，对乡邦文化的倡导表现出不遗余力。它为人们认识与了解广东词坛的源流变化及其在不同时期词坛上的地位起到一定的作用，为广东地域词学的发展作出贡献。

高旭《论词绝句三十首》，其论评的词人，主要有李白、刘禹锡、温庭筠、李璟、李煜、韦庄、牛峤、鹿虔扆、范仲淹、欧阳修、苏轼、秦观、贺铸、黄庭坚、李清照、晏几道、苏过、陆游、高观国、史达祖、吴文英、辛弃疾、姜夔、张炎等，大都是唐、五代、两宋时期产生过较大影响的词人。在论说形式上，均为一人一评。在论说特点上，则体现为善于运用词作意象与语典入诗，有效地起到扩展论说张力的效果。如评李白云："残照西风着意愁，苍茫暝色入高楼。词家若论开山祖，端让青莲出一头。"[④] 高旭从词人之作意象切入，点化对其创作的概括，在此基础上，

---

① 吴熊和主编：《唐宋词汇评（两宋卷）》，浙江教育出版社 2004 年版，第 4428 页。
② 同上。
③ 同上。
④ 同上书，第 4435 页。

自然地导引出李白乃词家开山之祖的论断。又如，评欧阳修云："欧阳居士富风情，晚岁依然绮思横。痴绝文章老宗伯，水精枕畔听钗声。"① 高旭对晚年欧阳修才情依然充蕴、思致依然绮丽持以称扬，认为其在成为一代文宗的同时，所作之词婉约细腻，富于情致，这多方面地表现出其人格情性，是值得充分肯定的。还如，评姜夔云："白石当年善写生，人间从此有奇音。梅花清瘦荷花冷，再谱扬州蟋蟀声。"② 高旭极力称扬姜夔善于作词，巧妙利用词作意象，适切地道出其词作风格清幽深细、格律本色动人的审美特征。

　　值得指出的是，我国传统论词绝句在论说内容上应该也有不同的承衍类型，这主要体现在对词人词作的论评与对词的创作谈艺论理的不同上。但这两方面内容呈现出极不平衡的特征。我国传统论词绝句与论诗绝句的细微区别之一，就在于它之中的绝大多数都是词人词作之论，这从宋代中期开始一直到晚清的每个历史时期都呈现出这一状况，偏于谈艺论理的论词绝句数量极为少数。在以上所例述的论词绝句中，涉及这方面内容的主要有刘克庄、陈聂恒、厉鹗、沈初、王僧保等人的论词绝句，难以勾画出像样的承衍线索，故此略去这一方面的承衍线索不作叙论，特此说明。

---

①　吴熊和主编：《唐宋词汇评（两宋卷）》，浙江教育出版社 2004 年版，第 4436 页。
②　同上书，第 4437 页。

第十一章　中国传统词作选本的承衍

选本是中国传统词学批评的重要形式之一，它在词学的历史发展中发挥着甚为重要的作用。作为一种具有民族特色的批评体式，词作选本自身也有着内在的承纳接受与衍化创新历程，这一历程，从内在影响着词作选本的面貌，建构着词作选本的基本构架，也决定着传统词作选本作用的发挥。

第一节　分调选编之体的承衍

中国传统词作选本中首先较多采用的体制是分调选编之体。这一体制最早起源于宋代。宋坊间刊本《金奁集》大致是较早的一部。该书首分宫调编排词作，共收词 142 首，其中，选温庭筠词 62 首、韦庄词 48 首、张泌词 1 首、欧阳炯词 16 首。吴昌绶跋云："盖宋人杂取《花间集》中温、韦诸家词，各分宫调以供歌唱；欲为《尊前》之续。"① 之后，黄大舆《梅苑》也以词调编次，先慢词，后引、近、小令。该书所选皆咏梅之词，起于唐代，止于北宋末南宋初，是现存最早的专题咏物词选。当然，此书编排也有不以词调为序的情况，体例显得有些杂乱。之后，又有赵闻礼所编《阳春白雪》，全书九卷，以词调分卷，每卷中先列慢词，后列小令，共收词作 600 多首。

明代，承衍分调选编的词作选本主要有：顾从敬《类编草堂诗余》、陈耀文《花草粹编》、杨慎《百琲明珠》、茅暎《词的》、卓人月《诗余广选》、钱允治《国朝诗余》、长湖外史《续草堂诗余》，等等。顾从敬所

---

① 张璋、职承让、张骅、张博宁编纂：《历代词话续编》，大象出版社 2005 年版，第 1007 页。

编《类编草堂诗余》，该书依据宋人何士信《草堂诗余》所选篇目，改以题材分类为按词调长短分类。首次提出小令、中调、长调的划分之法，其卷一为小令，卷二为中调，卷三、卷四为长调。原篇目大加增删，共择选词作443首，较何士信《草堂诗余》多出76首。这种按从小令到中调再到长调的选编体制一直影响到后人。陈耀文所编《花草粹编》，主要选录唐宋词，亦间采元词。此编搜采广泛，援引繁富，大致以《花间集》《草堂诗余》为主，体例仿顾从敬《类编草堂诗余》，以小令、中调、长调分卷，其卷一至卷六为小令，卷七至卷八为中调，卷九至卷二十二为长调，共选800多调，词作3200多首。该书是明人选唐宋词数量最多的一部集子。杨慎所编《百琲明珠》，全书选录唐、宋、金、元词人100家，词作158首，依调编选，间有评语。茅暎所编《词的》，全书四卷，以调分列，卷一小令，选31调124首；卷二小令，选48调120首；卷三中调，选35调92首；卷四长调，选38调55首，所选词作以唐宋为多。卓人月所编《诗余广选》，全书十六卷，所选词人上起隋唐下至元明，自隋炀帝杨广、唐昭宗李晔至明人朱万年、舒缨，共467家，依词调字数多寡，逐卷分列：起16字之《十六字令》，迄234字之《莺啼序》，凡329调，词作2030首。此书是传统词作选本中最早以词调字数多少为依据而加以编排的选本。钱允治所编《国朝诗余》，全书五卷，卷一和卷二为小令，63调；卷三中调，37调；卷四和卷五为长调，53调，共选词作520首。长湖外史所编《续草堂诗余》，全书两卷，亦以小令、中调、长调分选，共选录词作225首。

　　清代，承衍分调选编体制的词作选本数量很多。其中，大部分以小令、中调、长调的顺序编排，也有不少以词调字数多少为依据编排的。其主要如：邹祗谟、王士禛《倚声初集》，陆进、俞士彪《西陵词选》《宦游词选》，陆次云、章旹《见山亭古今词选》，张渊懿、田茂遇《词坛妙品》，佟世南《东白堂词选初集》，卓回《古今词汇》，吴绮、程洪《记红集》，蒋景祁《瑶华集》，沈时栋《古今词选》，沈辰垣、王奕清等《御选历代诗余》，顾彩《草堂嗣响》，赵式《古今别肠词选》，先著、程洪《词洁》，陈溟《国朝诗余》，陈鼎《同情集词选》，许宝善《自怡轩词选》，黄承勋《历代词腴》，夏秉衡《历朝名人词选》，黄苏《蓼园词选》，王官寿《宋词钞》，等等。我们略要述及。

　　邹祗谟、王士禛所编《倚声初集》，全书二十卷，以小令、中调、长调的顺序排列。其中，小令十卷，选词作 1116 首；中调四卷，选词作 364 首；长调六卷，选词作 434 首。全书共选录词人 460 余家，词作 1914 首。卷帙繁富，开清人词选喜尚巨帙鸿编之风气。陆进、俞士彪所编《西陵词选》，全书八卷，选录清初杭郡词人 173 家，按调编排。其中，小令 78 调 295 首，中调 72 调 168 首，长调 67 调 194 首，共选录词作 657 首。此书之辑，实乃对西泠词坛形象的展示与总结。陆进、俞士彪还编有《宦游词选》，此书一卷，选录宋琬等 10 人之词，共 35 调 88 首词作。陆次云、章昹所编《见山亭古今词选》，全书三卷，从宋代周邦彦始，迄于清代王飏昌止，以词调为序。卷上为小令，卷中为中调，卷下为长调。张渊懿、田茂遇所编《词坛妙品》，全书十卷，前集未见，后集以词调编排。前五卷为小令，凡 137 调；次二卷为中调，凡 67 调；末三卷为长调，凡 92 调。佟世南所编《东白堂词选初集》，全书十五卷，选录明清两代词家 377 人，词作 358 调 1700 余首，以调类列。卓回所编《古今词汇》，初编十二卷，二编四卷，三编八卷。以唐以后词为初编，明词为二编，清词为三编，每编以调之字数多少为序。吴绮、程洪所编《记红集》，全书三卷，系程洪据吴绮《选声集》重加订正而成。全书所选词作小令、中调、长调各为一卷，共选 464 调，词作 464 首。蒋景祁所编《瑶华集》，全书二十二卷，为清初大型词选之一。其依词调之字数多寡排列，短者居前，长者居后，共选词人 507 家，词作 2467 首。沈时栋所编《古今词选》，全书十二卷，也依调之字数多寡为序，前短章后长篇，而不以小令、中调、长调的顺序排列，共选录 199 调，词人 286 家，词作 994 首。沈辰垣、王奕清等编《御选历代诗余》，全书一百二十卷，分为词选、词人姓氏、词话三部分。其词选一百卷，以词谱体选词，选录自唐五代迄明代词作 9009 首，按词调字数多寡编排，而不用小令、中调、长调之称，始 14 字，终 240 字，共 1540 调，各词牌并注明其异体与异名、详加考证，以备后人甄别取用。顾彩所编《草堂嗣响》，全书四卷，体例仿顾从敬《类编草堂诗余》。卷一小令、卷二中调、卷三长调，共选词人 150 家，词作 683 首。赵式所编《古今别肠词选》，全书四卷，选宋词至清词中出于"别肠者"赏析品题。卷一选小令 62 调 300 余词，卷二选小令 69 调 300 余词，卷三选中调 46 调 100 余词，卷四选长调 74 调 100 余词。同一调名，或列一体或列若干体，或选一首或选若干首不等。先著、程洪所编《词洁》，全书六卷，以调为序，时出评语，多论述词之源流体制，间以品藻。陈淏所编《国朝诗余》，全书一卷，选录清初词人之作 138 首，以小令、中调、长调排列，小令计 48 首，中调计 55 首，长调计 35 首。陈鼎所编《同情集词选》，全书十卷，体例仿《御选历代诗余》，根据调之字数多寡排列，共选 291 调，词作 1122 首。许宝善所编《自怡轩词选》，全书八卷，以调分列，选 199 调，词作 391 首。黄承勋所编《历代词腴》，全书两卷，依调之长短排列，卷上起《渔歌子》，迄于《惜黄花》，共 53 调，词作 101 首；卷下起《千秋岁》，迄于《多丽》，共 50 调，词作 75 首。夏秉衡所编《历朝名人词选》，全书十三卷，依小令、中调、长调编次，卷一至卷六为小令，卷七与卷八为中调，卷九至卷十三为长调，选录唐代至清代词作 847 首。黄苏所编《蓼园词选》，全书选小令、中调、长调 107 调，词作 212 首，依调类列。词下笺注词话，黄苏为之批抹点评。

民国时期，分调选编的体制形式在吴灏《历代名媛词选》、紫仙女士《十二楼艳体词选》、林大椿《词式》、吴遁生《宋词选注》等词作选本中得到体现。吴灏所编《历代名媛词选》，全书十六卷，依调排列，卷一至卷八为小令，卷九至卷十一为中调，卷十二至卷十六为长调。共选录历代女性词人 480 家，275 调，词作 1564 首。其中，隋代 1 人、唐代 6 人、五代 2 人、宋代 50 人、辽代 1 人、元代 3 人、明代 86 人、清代 331 人。紫仙女士所编《十二楼艳体词选》，全书共 103 调，前为小令，后为长调，起《南歌子》，终《八宝妆》，所选词人包括唐、五代、两宋、金、元，以五代和两宋之人为多。林大椿选编《词式》，全书十卷，选录 840 调，924 体，每调取一首常见的、规范之词作为示例，并附上关于该调的源流、宫调、种类等注释。吴遁生《宋词选注》，全书选录 115 调，136 体，词家 142 人，词作 300 余首，以词谱字数多寡为序次排列。如此等等。

第二节 分类选编之体的承衍

中国传统词作选本承衍的第二种体制，是分类选编之体。这一体制大致起源于南宋何士信所编《草堂诗余》。该书前后集各两卷，共四卷。书中选辑唐、五代、宋词 367 首，其中，唐五代词选录较少，宋代以柳永、苏轼、秦观、周邦彦词作选录为多。所选词作按内容分为四季、节序、天文、地理、人物、器皿等十一类。该词选对后世词作选评事业的开展产生很大的影响，不少词选都以其为底本进行再择选或注释，形成一个源远流长的承衍链条。之后，佚名所编《乐府补题》，亦为分类选编的词作选本。该书选录《天香》赋龙涎香 8 首，《水龙吟》赋白莲 10 首，《摸鱼儿》赋莼 5 首，《齐天乐》赋蝉 10 首，《桂枝香》赋蟹 4 首，共 37 首词作。

　　之后，承衍分类选编体制的词作选本，在明代主要有：陈钟秀《精选名贤词话草堂诗余》，董逢元《唐词纪》、陆云龙《词菁》，潘游龙《精编古今诗余醉》，吴从先《草堂诗余隽》，等等。陈钟秀所编《精选名贤词话草堂诗余》，系根据何士信《草堂诗余》改选整理而成。它打乱原书分类与次第，篇目亦有一定的增删，共择选词作 363 首，又附录 4 首，以合原书之数。该书上卷厘为时令一大类，春景等四小类；下卷厘为节序、怀古、人物、人事、杂咏五大类，立春、上元等四十一小类。董逢元所编《唐词纪》，全书十六卷，所选以唐代词作为名，而五代十国之词约占大半。此书也以类相从，分为景色、吊古、感慨、宫掖、行乐、别离、征旅、边戍、佳丽、悲愁、忆念、怨思、女冠、渔父、仙逸、登第十六门。陆云龙所编《词菁》，全书两卷，仿何士信《草堂诗余》体制，分类征选。卷一分为天文、节序、形胜、人物、宴集、游望、行役、称寿八类；卷二分为离别、宫词、闺词、怀思、愁恨、寄赠、杂咏、题咏、居室、动物、植物、器具、回文十三类，共选录唐代至明代词作 270 余首。潘游龙所编《精选古今诗余醉》，全书十五卷，共选录唐、五代、宋、金、元、明词 1346 首，以宋明两代选录为多。该书按题材分类编排，自拟上巳、清明、踏青、中秋、旅思等题。吴从先所编《草堂诗余隽》，全书四卷，亦为对何士信《草堂诗余》之改选重编本。全书共选词 433 首，分类排列，厘为春景类 222 首、夏景类 65 首、秋景类 92 首、冬景类 54 首，又将《草堂诗余》原书后半部分中警悟、钱塘、怀古、渔父、梅花、旅况、风情、离别等类附列于春夏秋冬四部。上述除董逢元《唐词纪》之外的几部词选，大致都可视为何士信所编《草堂诗余》之"后身"，在很大程度上显示出词作选本内在相承与衍生的意义。

　　清代，承衍分类选编体制的词作选本主要有：归淑芬等《古今名媛百花诗余》，徐树敏、钱岳《众香词》，佚名《蓉影词》，傅燮词《诗余类选》，等等。归淑芬等所编《古今名媛百花诗余》，全书四卷，收宋、元、明、清女词人之作，其中，宋代 15 人、元代 5 人、明代 26 人、清代 45 人，以春夏秋冬不同时令分卷。徐树敏、钱岳所编《众香词》，全书六集，所选皆明、清时期女子词作，以礼、乐、射、御、书、数分集类列。礼集为"笄珈"，皆夫人、恭人、孺人、小姐辈；乐集为"女宗"，皆姑媳、母女、姊妹之类；射集为"玉田"，如伉俪唱酬之作；御集为"珠浦"，乃寡妇、烈女诸作；书集为"云队"，为婢妾、女冠、宫女之流；数集为"花丛"，乃妓女之作。其在编类名目上显得有些独特。佚名所编《蓉影词》，全书选录词人 11 家，词作 168 首，依所咏题目分列，依次为：画芙蓉 8 首，题徐清蓉"落花人独立，微雨燕双飞"小照 10 首，为清蓉题洛神画像 5 首，秋海棠 8 首，和曾容有寄 6 首，罗浮蝶 10 首，赋雪 7 首，赋梅 7 首，最后为杂赋 107 首。傅燮词所编《诗余类选》，全书五卷，系从明人顾从敬所编《草堂诗余》中裁篇别出。它分类选录唐五代至明人词作，卷一天文类，卷二地理类，卷三人事类，卷四与卷五时序类。此书亦可入《草堂诗余》之"再编"系列中。

民国时期，属于分类选编体制的词作选本数量不多，所见有杨易霖所编《词范》。此书卷上收词 75 首，卷下收词 60 首，编次以字数多寡为先后，字数相同者则视作者时代而定。所选各调以格律较宽者列卷上，格律较严者列卷下，但《杨柳枝》《生查子》《浣溪沙》《木兰花》诸调，格律虽宽，实不易工，姑列卷下。

第三节　分人选编之体的承衍

中国传统词作选本承衍的第三种体制，是分人选编之体。这一选编体制出现较早。五代时期，后蜀赵崇祚所编《花间集》，选录后蜀广政三年以前的词家如温庭筠、皇甫松、韦庄等 18 家，词作 500 首，分为十卷。该书是中国最早分人选编的词集。之后，佚名所编《尊前集》也依照分人选编的体制，选录词人 36 家，词作 289 首。其中，大部分为五代词。其选词范围比《花间集》要广泛一些。

宋代，承衍分人选编体制的词作选本主要有：曾慥《乐府雅词》、黄升《花庵词选》、周密《绝妙好词》、（题为）铜阳居士《复雅歌词》，等等。曾慥所编《乐府雅词》，全书三卷，分人排列，选录欧阳修等 34 家词作；《拾遗》二卷，选词人 16 家。是书以"典雅"为选录标准，故不选柳永、晏殊、晏几道、秦观等人词作。黄升所编《花庵词选》,全书二十卷,收词作 1000 多首。前十卷为《唐宋诸贤绝妙词选》,选唐五代词26 家,宋词 108 家;后十卷为《中兴以来绝妙词选》,选南宋词人 89 家。书中所选各家,系以小传,间附评语。周密所编《绝妙好词》,全书七卷,专选南宋以来词作,始自张孝祥,终于仇远,共 132 家,词作 385首。其选录标准是偏重于格律形式的。

金元时期,分人选编体制的词作选本,主要体现在元好问《中州乐府》、庐陵凤林书院所编《名儒草堂诗余》、彭致中《鸣鹤余音》、周南瑞《天下同文》等线索承衍中。元好问所编《中州乐府》,乃金代唯一的词作选本。该书选录词人 36 家,词作 124 首。庐陵凤林书院所编《名儒草堂诗余》,自刘秉忠以下择选 62 家,词作 203 首,其中,绝大多数作者为宋季遗民词人,许多是江西人或在江西为官之人。彭致中所编《鸣鹤余音》,全书九卷,为道家所撰词作选集,共选录全真教中词人 36 家、女仙 2 家,词作 500 余首。周南瑞所编《天下同文》,全书五十卷,卷一至卷四十七为诗选,后三卷才是词选,选录卢挚、姚云文、王梦应、颜奎、罗志仁、詹至、李琳等 7 家 29 首词作,词选的规模很小。

明代,属于分人选编体制的词作选本主要有:张綖《草堂诗余别录》、杨慎《词林万选》、卓人月《古今词统》、周履靖《唐宋元明酒词》、董逢元《词原》,等等。张綖所编《草堂诗余别录》,全书一卷,前集选录词作 39 首,后集也选录词作 39 首。张綖自序称《草堂诗余》"流行于世","猥杂不粹",故选格调"平和高丽""可则而可歌"者别为一录,因此,名为"别录"。① 杨慎所编《词林万选》,全书四卷,所选词人自唐代温庭筠至明代高启,皆《草堂诗余》未收词作。周履靖所编《唐宋元明酒词》,全书两卷,选录唐五代至明代词人 31 家的咏酒词或与酒有关的词作 71 首。此书是继宋代黄大舆《梅苑》之后的又一部专题词选。

清代,承衍分人选编体制的词作选本甚多。其主要有:顾璟芳、李葵生、胡应宸《兰皋明词汇选》,柳如是《绛云楼历代女子词选》,周铭《林下词选》,顾贞观、纳兰性德《今词初集》,朱彝尊、汪森《词综》,吴绮、程洪《选声集》,王言慎《千秋雅调》,孔传铎《名家词选》,蒋

---

① 朱崇才编纂:《词话丛编续编》,人民文学出版社 2010 年版,第 55 页。

重光《昭代词选》，张惠言《词选》，王昶《明词综》《国朝词综》《国朝词综二集》，周济《词辨》《宋四家词选》，郑善长《词选》，陶梁《词综补遗》，叶申芗《天籁轩词选》，周之琦《心日斋十六家词录》《晚香室词录》，汤贻汾等《江东词社词选》，孙麟趾《国朝七家词选》《绝妙近词》，秦玉笙《词系》，杨希闵《词轨》，谭献《箧中词》，冯煦《宋六十一家词选》，成肇麐《唐五代词选》，陈廷焯《词则》，王闿运《湘绮楼绝妙好词》，樊增祥《微云榭词选》，徐乃昌《闺秀词钞》，朱祖谋《宋词三百首》，梁令娴《艺蘅馆词选》，等等。我们择要述及。

顾璟芳、李葵生、胡应宸（胡殿臣）所编《兰皋明词汇选》，全书八卷，录有明一代及明清易代之际词人 212 家。柳如是所编《绛云楼历代女子词选》，选收隋、唐、宋、辽、元、明词人 138 家，词作 407 首，以时代先后为序分人编排。周铭所编《林下词选》，全书十四卷，乃历代闺秀之词选。全书编排顺序为名门闺秀在前，平民妻女和宫人娼妓在后。顾贞观、纳兰性德所编《今词初集》，全书两卷，选录清初三十年间 184 位词人之作共 600 余首。该书体现出"变而谋新""舒写性灵"的选词宗旨。朱彝尊、汪森所编《词综》，全书三十六卷，共选唐、五代、宋、金、元诸家词三十卷，补人三卷，补词三卷。这之中，包括唐词 20 家 68 首，五代词 24 家 148 首，宋词 376 家 1387 首，金词 27 家 62 首，元词 84 家 257 首。后又加以增补，共选录词人 650 多家，词作 2250 多首。吴绮、程洪所编《选声集》，全书三卷，以温庭筠为首，选辑唐宋词人 96 家，夹杂明清词人如杨慎、汤显祖、徐渭等人。以词人时代先后为序，选词以周邦彦、柳永、秦观、辛弃疾、苏轼、张先等淳雅谐婉之作为主。孔传铎所编《名家词选》，全书六卷，选录清代顺治、康熙两朝 60 家词作，每家或一首或数十首不等。蒋重光所编《昭代词选》，为大型清人选清词选本，起自顺治，迄于乾隆当世，入选词人 500 余家，按时间先后排列，同一词人之作则按词调长短排列。王昶所编《明词综》，全书十二卷，为朱彝尊《词综》之续辑。全书选录明代词人 380 家，所选词人各系小传，间亦附有词话、笔记诸评语。秦玉笙所编《词系》，全书二十四卷，选录词人上自李白，下至马致远，共 200 多家，1029 调，2000 多种词体，所选词作以时代先后排列。周济《宋四家词选》，全书选录宋代词人 51 家（内有无名氏一家实系张炎所作），词作 230 首。该书以周邦彦、辛弃疾、王沂孙、吴文英为宋词流派代表，故名"四家词选"，其他各家以类相从者附于四家之后，其入选词作均有评笺。孙麟趾所编《绝妙近词》，全书六卷，选录时间上继王昶《国朝词综》，起自嘉庆四年至咸丰五年，包括五十余年间的词人词作，共 89 家 260 首词作。樊增祥所编《微云榭词选》，全书五卷，卷一选唐、五代词，卷二、卷三、卷四选宋词，卷五选宋、金、元词。各朝代大体据词人先后排列，共择选词人 144 家，词作 433 首。徐乃昌所编《闺秀词钞》，全书正集十六卷，补遗初为一卷，后再补四卷。共选录清代女词人 521 家，词作 1591 首。朱祖谋所编《宋词三百首》，全书不分卷，共选词人 87 家，词作 300 首。首于帝王宋徽宗，终于女流李清照，其他词人依时代先后排列。梁令娴《艺蘅馆词选》，全书五卷，选唐五代至近代词人 169 家，词作 665 首。其中，甲卷选唐五代词人 31 家，词作 111 首；乙卷选北宋词人 32 家，词作 129 首；丙卷选南宋词人 42 家，词作 190 首；丁卷选清代及近人 63 家，词作 176 首；戊卷补南宋词人 1 家 1 首及丙卷已选（2 位）词人之作 18 首、传奇私服补清代及近人 12 家 19 首及丁卷已选（7 位）词人之作 40 首。该词选通代取材，以尽词学正变之轨迹及观照千年词史之发展进化历程。

民国时期，分人选编体制的词作选本得到大量承衍并不断创新发展，成为传统词作选本中出现最为频繁，也最为人所常见的选编体制。其主要体现在两种形式中：一是多人词作合编在一起之选本，二是单人词作独自编次之选本。我们分别述及。

多人合编之词作选本主要如：胡适《词选》，林大椿选编《唐五代词》，龙榆生《唐宋名家词选》《唐五代词选注》，李辉群《注释历代女子词选》，张友鹤、关廉铭《注释白话词选》，李宗邺选编《满江红爱国词百首》，赵景深《民族词选注》，于寿田、丁亦飞选编《唐五代四大名家词》，孙人和《唐宋词选》，胡云翼《故事词选》《宋名家词选》《清代词选》《女性词选》，陈匪石选编《宋词举》，等等。我们择要述及。

胡适所编《词选》，以词人时代先后为序，选录唐、五代、两宋词人 39 家，词作 351 首。林大椿所选《唐五代词》，选唐、五代词人 81 家，词作 1148 首。所选主要为唐、五代文人词，民间词大多未选。龙榆生所编《唐宋名家词选》，选录唐、五代词人 25 家，词作 153 首；宋词人 69 家，词作 555 首。以李白词和唐人声诗冠于卷首，以见诗词递嬗之迹。其中，苏轼、辛弃疾词作 40 余首，晏几道、周邦彦词作 30 余首，入选最多。其所编《唐五代词选注》，选录自唐迄五代词人 37 家，词作 237 首，大体上囊括唐、五代时期重要词人代表性之作，以及虽非名家但广为流传脍炙人口的佳作。李辉群所编《注释历代女子词选》，辑选宋、明、清三代女词人之作 200 余首加以注释。张友鹤、关廉铭所编《注释白话词选》，择选唐、宋、元、明、清之浅近易读的词作 200 首，作者有李白等100 余人。李宗邺所编《满江红爱国词百首》，全书选宋词人 24 家、元词人 1 家、明词人 8 家、清词人 34 家。以岳飞《满江红》词冠于卷首，兼寓民族精神重御外侮之意。赵景深所编《民族词选注》，选收五代、宋、金、元、明、清及现代各家具有民族气节的词人 73 家，词作 128 首，作者有毛文锡、孙光宪、苏轼、岳飞、辛弃疾、陆游、姜夔、文天祥、孙承宪、夏完淳、梁启超、秋瑾、杨铨等。词前有作者简介，词后附注释。词人依世次先后排列，有小传和注释。于寿田、丁亦飞选注《唐五代四大名家词》，选收温庭筠 35 首、韦庄词 28 首、冯延巳词 54 首、李煜词22 首，各家词作之前有作者小传及对其词作的评语集要，词后有注释。孙人和选注《唐宋词选》，所选词家以唐代温庭筠始，终于南宋张炎。唐五代为上编，北宋为中编，南宋为下编。词人姓氏下附字号生平，撷集历代评语，词后有评注，并对词谱格律加以解说。胡云翼所编《故事词选》，择选唐五代至宋末元初重要词人 108 家，词作 159 首，所选词作题材以言情者居多。其所编《宋名家词选》，择选宋代重要词人 15 家，包括晏殊、欧阳修、柳永、张先、晏几道、苏轼、秦观、周邦彦、朱敦儒、陆游、姜夔、蒋捷、张炎，李清照、辛弃疾另刊单本。其所编《清代词选》，共择选吴伟业等词人 129 家，词作 228 首。其所编《女性词选》，择选女性文人、妓女、尼姑、寡妇、怨女之婉约词 91 首。陈匪石所编《宋词举》，择选宋代词人 12 家，词作 53 首。编排上采用逆溯法，时代较早的词人排在后面，时代较晚的词人排在前面。卷上选南宋 6 家，分别为：张炎 3 首、王沂孙 4 首、吴文英 5 首、姜夔 8 首、史达祖 3 首、辛弃疾 4 首；卷下选北宋 6 家，分别为：周邦彦 8 首、秦观 3 首、苏轼 2 首、贺铸 4 首、柳永 4 首、晏几道 5 首。

在单人分编之词作选本方面，民国时期所出现选本不算多，主要有：叶绍均选注《苏辛词》《周姜词》，贺扬灵编校《南唐二主诗词》，夏敬观选注《二晏词》，张寿林选注《清照词》，杨铁夫《清真词选笺释》，等等。我们不作述要。

第四节　分地域选编之体的承衍

中国传统词作选本中还有一类是以地域为择选原则的，这一维面也形成前后承衍的线索。五代时期，后蜀赵崇祚所编《花间集》，可视为第一部地域词作选集。该书选录后蜀词家如皇甫松、韦庄等 18 家（温庭筠作为初祖，并不是蜀人）。之后，体现出地域词作选本性质的是元好问所编《中州乐府》。该书选录金代中原词人 36 家，词作 124 首。但总的说来，地域词作选本在清代以前是较为少见的。

地域词选大量出现于清代，这与此时期词学的中兴及地域诗选大量出现的影响都是密不可分的。清代主要的地域词选有：戈元颖、钱士贲、钱煐、陈谋道《柳洲词选》，陆进、俞士彪《西陵词选》，陈维崧、曹亮武、潘眉《荆溪词初集》，汪之珩《东皋诗余》，侯晰《梁溪词选》，曹宗载《硖川词钞》，袁钧《四明近体乐府》，叶申芗《闽词钞》，林葆恒《闽词徵》，况周颐《粤东词钞》《粤西词见》，缪荃孙《国朝常州词录》，陈作霖《国朝金陵词钞》，徐乃昌《皖词纪胜》，陈去病《笠泽词徵》，周庆云《浔溪词徵》，朱祖谋《国朝湖州词录》《湖州词徵》，李国模《合肥词钞》，温翯《长兴词存》，等等。我们略要述及。

戈元颖、钱士贲、钱煐、陈谋道所编《柳洲词选》，全书六卷，选录柳洲（浙江嘉善）词人 162 家，词作近 500 首。其时代，限于明清之交及清初顺治、康熙两朝。以小令、中调、长调分卷列目，沿明人选词常规，入选词人分成先正、时贤两大部分。此编为清初重要词选之一，兼具开地域宗派门户的意义。明末清初词坛，除云间之外，地域中心有四：西泠（杭州）词坛、柳洲（嘉善）词坛、兰陵（常州）词坛、扬州词坛。其中，柳洲词坛较盛、也较早。《柳洲词选》的出现，是地域宗派崛起于词坛的产物，它影响到后来地域词选的编集。陈维崧、曹亮武、潘眉所编《荆溪词初集》，全书七卷，收江苏宜兴本邑词家，长官于此及流寓者亦间收入，共 83 家，词作 874 首，以小令、中调、长调排列。侯晰所编《梁溪词选》，汇辑清初江苏无锡籍词人 18 家。曹宗载所编《硖川词钞》，全书一卷，为浙江宁海大镇硖川之词钞。共选录清代硖川词人 19 家，词作 71 首。袁钧所编《四明近体乐府》，全书十四卷，选录浙江四明地区自唐代至清代乾隆、嘉庆并世词人 160 余家。叶申芗所编《闽词钞》，全书四卷，从《阳春白雪》《花草粹编》《词综》等旧选中搜罗宋元时期闽籍词人 61 家，词作 1141 首。词人各有小传，词后注明征引出处。林葆恒所编《闽词徵》，全书六卷，选录历代闽籍词人 250 余家，上起五代宋初，下迄清后期，外兼闺媛诸作，各系以小传，词作 1000 余首，前三卷为宋、元、明词，后三卷为清词。此编较叶申芗《闽词钞》之时代略晚，而收罗更为完备。况周颐所编《粤西词见》，全书两卷，选录粤西籍词人明代 1 家、清代 22 家、闺秀 1 家，共 24 家，词作 188 首。词人俱列有小传，兼附辑各种事迹记载并附按语。如此等等，清人将以地域为原则择选词作之体制广泛地运用开来。

　　值得说明的是，上述所勾画的四条词作选本的承衍线索，其划分是相对的。实际上，不少词作选本往往融合着几种选编理据，显示出几种划分原则交相辉映与互为补充的特征。这对传统词作选本更好地发挥传播、欣赏与批评的多方面功能和作用有着积极的意义。

第十二章　中国传统词学品说方式的承衍

　　品体批评是中国传统富有民族特色的文学理论批评形式。它是指运用喻象性话语与艺术感性化的形式，对作家作品所开展的独特批评实践，或对文学创作与欣赏之理所进行的形象化阐说。它不同于一般的理论批评之体，注重喻象性、张力性、审美性是其基本特征。在中国传统文论史上，品体批评源远流长，有着内在的承纳接受与演变发展历程，从一个视角映现出传统文学理论批评的特色，具有独特的观照意义。

第一节　喻象化品评方式的承衍

　　中国传统词学喻象化品评大致出现于北宋中期。有宋一代，运用过喻象化品评方式的词论家主要有张耒、李清照、王灼、范开、陈亮等。其品评语例主要如下：张耒《东山词序》评贺铸词"其盛丽如游金、张之堂，而妖冶如揽嫱、施之祛，幽洁如屈、宋、悲壮如苏、李"。① 李清照《词论》评欧阳修词"直如酌蠡水于大海，然皆句读不葺之诗尔"；评晏殊、贺铸、秦观词"譬如贫家美女，虽极妍丽丰逸，而终乏富贵态"；评黄庭坚词"即尚故实而多疵病，譬如良玉有瑕，价自减半矣"。② 王灼《碧鸡漫志》评晏殊词"如金陵王谢子弟，秀气胜韵，得之天然"；评谢无逸词"字字求工，不敢辄下一语，如刻削通草人，都无筋骨，要是力不足"。③ 范开《稼轩词序》评辛弃疾词"如张乐洞庭之野，无首无尾，不主故常；

---

① 陈良运主编：《中国历代词学论著选》，百花洲文艺出版社 1998 年版，第 59 页。
② 同上书，第 72 页。
③ 张璋、职承让、张骅、张博宁编纂：《历代词话》，大象出版社 2002 年版，第 109 页。

又如春云浮空，卷舒起灭，随所变态，无非可观"。① 俞文豹《吹剑续录》记"幕士"评柳永词"只好十七八女孩儿，执红牙拍板，唱'杨柳岸，晓风残月'"；评苏轼词"须关西大汉，执铁板唱'大江东去'"。② 陈亮评杜旟词"如奔风逸足，而鸣以和鸾"；评杜斿词"戈矛森立，有吞虎食牛之气"。③ 等等。宋人词学喻象化品评的内容，多表现为对词人词作艺术特征与风格内涵的评价，偶尔有对词人词作优劣的论评都含寓于对风格特征的描述形容之中，这开启后世词学喻象化品评的基本路径与论说取向。

元明时期，词学批评中运用过喻象化品评的词论家，主要有张炎、朱晞颜、张綖、汤显祖、李廷机、翁正春、毛晋、朱佐朝、陈子龙等。他们在词学相对中衰的历史背景下，将喻象化品评方式承衍运用开来。其品评语例主要如下：张炎《词源》评姜夔词"如野云孤飞，去留无迹"；评吴文英词"如七宝楼台，眩人眼目，碎拆下来，不成片断"。④ 朱晞颜：《跋周氏埙篪乐府引》评辛弃疾、周邦彦"各立门户，或清旷以为高，或纤巧以为美，正如桑叶食蚕，不知中边之味为如何耳"。⑤ 张綖《淮海集序》评陆游词"绰乎如步春时女，华乎如贵游子弟"。⑥ 汤显祖《评点〈花间集〉》评李白词"如藐姑仙子，已脱尽人间烟火气"；评温庭筠词"如芙蕖浴碧，杨柳挹青，意中之意，言外之言，无不巧隽而妙入"；比譬二人"珠璧相耀，正自不妨并美"。⑦ 李廷机在《新刻分类评释草堂诗余》中评俞克成《蝶恋花》（梦断池塘惊乍晓）一词，认为"此样词调，如驾轻车就熟路，无纤毫窒碍，一气滚来"。⑧ 翁正春在《新刻分类评释草堂诗余》中评苏轼《八声甘州·送参寥子》一词，认为其"轻清潇洒，如莲花出池，亭亭净植，无半点尘俗气"。⑨ 毛晋《竹坡词跋》借宋人周紫芝

① 陈良运主编：《中国历代词学论著选》，百花洲文艺出版社1998年版，第139页。
② 孙克强编著：《唐宋人词话》，南开大学出版社2012年版，第245页。
③ 同上书，第698页。
④ 张璋、职承让、张骅、张博宁编纂：《历代词话》，大象出版社2002年版，第192页。
⑤ 朱晞颜：《瓢泉吟稿》卷五，影印文渊阁《四库全书》本。
⑥ 周义敢、程自信、周雷编注：《秦观集编年校注》，人民文学出版社2001年版，第881页。
⑦ 张璋、职承让、张骅、张博宁编纂：《历代词话》，大象出版社2002年版，第348页。
⑧ 李廷机评释，翁正春类订：《新刻分类评释草堂诗余》卷二，明万历李良臣东壁轩刻本。
⑨ 李廷机评释，翁正春类订：《新刻分类评释草堂诗余》卷四，明万历李良臣东壁轩刻本。

评王次卿诗"如江平风霁，微波不兴，而汹涌之势，澎湃之声，固已隐然在其中"之语，认为"其词约略似之"。① 朱佐朝评秦观词"如花含苞，故不甚见其力量"。（周济《介存斋论词杂著》引）② 陈子龙《幽兰草题词》评杨慎作词"以学问为巧，便如明眸玉屑，纤眉积黛，只为累耳"；评王世贞作词"取境似酌苏柳间，然如凤凰桥下语，未免时堕吴歌"。③ 等等。总体来看，元明词论家对喻象化品评方式的运用，还基本停留于对词人词作风格特征的形象化喻示，但个别词论家对词体质性有所譬说，这表明它虽与宋人词学喻象化品评仍大体上处于同一层次，但其在词学喻象化品评的内容上开始有所拓展，这是难能可贵的。

清代，传统词学中兴，词的创作与词学理论批评都处于前所未有的繁荣兴盛之中。这一时期，在词学批评中运用过喻象化品评方式的词论家很多，他们结合对词人词作风格特征及创作优劣的论评，将喻象化品评方式甚为广泛地运用开来。其品评语例主要如下。

在词集序跋中，主要有：徐士俊《兰思词序》评沈丰垣词，"每读一首，如睹一琪花，每展一叶，如逢一艳女。若通斯集而观之，则纷红骇绿，惊魂动魄，又不啻巫峰之十二、离宫之三十六矣"；④ 评尤侗《三十二芙蓉集》"如名香美锦，郁然而新"；又评尤侗词"如花间美人，更觉妩媚"。⑤ 其《岸舫词序》评宋俊《岸舫词》"或缭绕如春云，或皎洁若秋月，其神彩焕发，不徒以艳冶为工"。⑥ 纪映钟《香严词序》评龚鼎孳词"如芙蕖出水，秀色天然；晓黛横秋，苍翠欲滴"。⑦ 杜濬《休园诗余题词》评郑侠如词"无当行习气，正如餐霞羽客，结屋深山，采术为粮，久不食人间烟火者"。⑧ 曹溶《弹指词题词》评顾贞观《弹指词》"有凌云驾虹之势，无镂冰剪彩之痕"。⑨ 余怀《志壑堂词题词》评读唐梦赍词，"如观绛云在霄，如听宫莺百啭，如闻商女之琵琶，如送孤臣之去国，如

① 施蛰存主编：《词籍序跋萃编》，中国社会科学出版社 1994 年版，第 137 页。
② 秦观著，杨世明笺：《淮海词笺注》，四川人民出版社 1984 年版，第 185 页。
③ 冯乾编校：《清词序跋汇编》，凤凰出版社 2013 年版，第 1 页。
④ 同上书，第 139 页。
⑤ 同上书，第 140 页。
⑥ 同上书，第 263 页。
⑦ 同上书，第 142 页。
⑧ 同上书，第 113 页。
⑨ 同上书，第 292 页。

击渐离之筑，如吹吴市之箫"。① 曹尔堪《柳塘词题词》叙说自己"与偶僧倡和小词，如按辔徐行于康庄大堤，不似矜奇斗险驰逐于巉岩峭壁以为工者"。② 王慎行《翠羽词序》评曹士勋词"意旨遥深，摛辞清绮，令读之者如闻江上琵琶，如听城头觱篥"。③ 尤侗《问鹏词序》评读丁澎词，"宛然如见空濛潋滟西子淡妆于湖上也，嫣然如睹夭斜婀娜苏小之油壁西陵也。其超腾浩森，踔然如伍相素车白马乘潮汐于钱塘也；其萧闲高旷，翩然如林处士放鹤于孤山也"。④ 其《春芜词序》评吴绮《庐山》诸作"搜奇抉奥，引入胜地，如坐香炉之峰，饮珠帘之谷，不止嘲风弄月作儿女子语"。⑤ 其《许漱石粘影轩词序》评读许漱石词，如"龙跳虎卧，鲸呿鳌掷，奇穿天心，险破鬼胆，直以仝、贺之诗，樵、蜕之文，合为填词之体，勿作《花》《草》《兰》《荃》观也"。⑥ 其《南溪词序》评曹尔堪作词"独以深长之思，发大雅之音，如桐露新流，松风徐举，秋高远唳，霁晚孤吹"。⑦ 吴绮《范汝受十山楼词序》评范汝受《十山词》"清而兼丽，直如霞引新桐；澹更多姿，有若云横古木"。⑧ 其《陈次山香亭词序》评陈次山《香亭词》，"或芊绵而不绝，如啭晓之啼莺；或奔放而难羁，如嘶秋之骏驷"。⑨ 其《付雪词序》评陆进《付雪词》"譬之珠树，总竞秀于华林；比以金盘，独含滋于宝露"。⑩ 其《桐扣词序》评读汪森《桐扣词》"譬见杨环，凭栏独笑；如逢郑旦，却扇自怜"。⑪ 其《澄晖词题词》评江尚质词"譬之奏细响于洪钟，赘奇葩于全锦，非十年养气者，不足以有此"。⑫ 魏际瑞《钞所作诗余序》评宋人词如"农人之布粟"，唐人词如"美人之珠玉"。⑬ 丁澎《蔬香词题词》评高士奇《蔬香词》，

①　冯乾编校：《清词序跋汇编》，凤凰出版社 2013 年版，第 320 页。
②　同上书，第 320—321 页。
③　同上书，第 26 页。
④　同上书，第 28 页。
⑤　同上书，第 38 页。
⑥　同上书，第 69 页。
⑦　同上书，第 71 页。
⑧　同上书，第 42 页。
⑨　同上书，第 45 页。
⑩　同上书，第 53 页。
⑪　同上书，第 212 页。
⑫　同上书，第 321 页。
⑬　同上书，第 176 页。

"比之菊英兰露，香沁心脾"。① 其《饮水词题词》评纳兰性德词，"读之如名葩美锦，郁然而新，又如太液波澄，明星皎洁。"② 其《香草词题词》评读何鼎《香草词》，"如遇藐姑仙子，雅奏霓裳。行云为之不流，白鹤闻而自舞。所谓今日得闻天上曲也"。③ 其《摄闲词题词》评吴秉仁词"如芙蕖出水，秀色天然。晓黛横秋，苍翠欲滴"。④ 其《紫云词序》评丁炜词，"写华丽则金阙琼楼，写悲凉则醋沟盐泽，写闺阁则海棠含雨，写独夜则永巷闻砧，写豪饮则涧底虹垂，写文谶则井边星聚，写慷慨则易水生风，写胜游则方壶晓渡，岂可与片檀尺锦同日语哉"。⑤ 吴焯《秋林琴雅序》评读厉鹗词，"质也灵虚，学也膏腴，才也伙飞。如玉光之陆离，剑花之参差"。⑥ 徐喈凤《岁寒词跋》评读曹亮武《岁寒词》，"如坐雪车冰柱，虽寒气逼人，而烦闷顿消，及倚枕卒读，又如对霜天松柏，矫矫于方卉凋残之后，劲挺特出"。⑦ 其《南耕词跋》评曹亮武《南耕词》，"如对名花倾国，香艳天然；又如岁寒松柏，矫矫于万卉凋残之后，劲挺特出"。⑧ 毛奇龄《柳烟词序》叙说自己年轻时读词"如闻清歌，如卫洗马渡江，如以王伯舆登茅山，心思靡烦，觉白日莽莽，而不知此身之何归"。⑨ 纳兰性德《渌水亭杂识》评《花间集》之词"如古玉器，贵重而不适用"。⑩ 秦恩复《日湖渔唱跋》评南宋风雅词人"并皆高挹前贤，别开生面，如五色之相宣，如八音之迭奏，洵平无美不备，有境必臻，洋洋乎钜观也"。⑪ 聂先《容斋诗余题词》评李天馥词"如秋宵闻篴，缥缈之声，沁人心腑，又如春晓舒兰，芳芬袭人"。⑫ 其《吴山籁音题词》评林云铭词"如芙蕖出水，秀色天然。晓黛横秋，苍翠欲滴"。⑬ 其《玉壶词

---

① 冯乾编校：《清词序跋汇编》，凤凰出版社 2013 年版，第 347 页。

② 同上书，第 200 页。

③ 同上书，第 208—209 页。

④ 同上书，第 329 页。

⑤ 同上书，第 241 页。

⑥ 同上书，第 416 页。

⑦ 同上书，第 254 页。

⑧ 同上书，第 252 页。

⑨ 同上书，第 313 页。

⑩ 王兆鹏主编：《唐宋词汇评（唐五代卷）》，浙江教育出版社 2004 年版，第 518 页。

⑪ 陈允平著，秦恩复编：《日湖渔唱》卷末，清道光己丑年享帚精舍刻本。

⑫ 冯乾编校：《清词序跋汇编》，凤凰出版社 2013 年版，第 79 页。

⑬ 同上书，第 320 页。

题词》评叶寻源《玉壶词》，"虚处如峨眉秋月，清光一轮；实处如浪击蛟门，顷刻千里"。① 其《粤游词题词》评吴之登《粤游词》"如王谢家富贵子弟，便极奢华，无裘马纨绔气；又如渴虹饮水，霜隼摩天，变幻夭矫，令人睫惊"。② 曾王孙《响泉词题词》评读徐允哲词，"觉长桥蜿蜒，虹亭开豁，皆不足以喻尽其胜矣"。③ 沈荃《百末词题词》评《悔庵词》"妙在流丽圆转，无一滞笔，如新莺啼树，细管临风，不须调笙鼓瑟，而已感沁心腑矣"。④ 桑豸《句云堂词题词》评郭士璟之词"清则云轻弱柳，怨则月堕烟沈"。⑤ 史可程《荫绿词题词》评徐喈凤之词"触绪停云，涤怀秋水。清彻如冰壶濯魄，奔腾如天马行空"。⑥ 龙光《棠村词题词》评梁清标过岭诸词"似从花田撷秀，觉翠羽明珰，交相映发"。⑦ 张丹《柯亭词题词》评姜垚"多婉丽之作。流风回雪，点缀映媚"。⑧ 魏芥《青城集序》评江元旭之词"如长空鹤唳，高亮薄天"。⑨ 汤思孝《南耕词跋》评曹亮武《南耕词》，"如龙跃天门，虎跳凤观。虽极冷淡凄清，俱有矫矫不群之概"。⑩ 其《岁寒词跋》评读曹亮武《岁寒词》"则如龙跃天门，虎跳凤观，所谓李青莲诗文生来富贵，唾欬皆香，较之陶、杜穷愁，正可破颜一笑也"。⑪ 陈之遴《寓言集题词》评曹溶"才大如斗，体苞众妙，当世罕俦"。⑫ 徐秉义《寓言集题词》评曹溶之词"如朝霞散彩，笙鹤瑶天"。⑬ 杨大鹤《画余谱题词》评华胥之词"虽须发星星，而姿媚之色胜于二十年前，正十七八女郎唱柳屯田杨柳岸时也"。⑭ 戈地宾《兰园词题词》评郁承烈之词"鲜妍如出水芙蕖，绰约如迎风杨柳，读之

---

① 冯乾编校：《清词序跋汇编》，凤凰出版社 2013 年版，第 328 页。
② 同上书，第 331 页。
③ 同上书，第 322 页。
④ 同上书，第 69 页。
⑤ 同上书，第 100 页。
⑥ 同上书，第 120 页。
⑦ 同上书，第 150 页。
⑧ 同上书，第 177 页。
⑨ 同上书，第 234 页。
⑩ 同上书，第 252 页。
⑪ 同上书，第 255 页。
⑫ 同上书，第 279 页。
⑬ 同上书，第 280 页。
⑭ 同上书，第 328 页。

心醉，允称绝世才情"。① 许孙蒥《芳草词序》评读龚士稚《芳草词》，
"当会心于翠袖云鬟、柳娇花媚时，如置身青溪桃叶、若耶苧萝之间，亦
不禁情之一往而深也"。② 毛际可《披云阁词序》评汪灏之词"或如深闺
之言情，或如青楼之写怨，或如壮夫鸣笳之曲，或如羁臣逐客摧弦断柱之
音"。③ 王士禛《咏物词评》评曹贞吉咏物词"神光离合，望之如蜃气结
成楼阁"。④ 徐釚《罗裙草题辞》评高不骞《罗裙草》"极其旖旎，如徐
熙画花，反侧背面，俱能宛肖"。⑤ 黄郑琚《红萼词序》评读孔传铎词，
"如登山之高焉；如泛海之深焉；如万乘之游，宏且丽焉；如将军之耀
兵，雄且壮焉；如公卿大夫之宴会，富而华焉；如闭关而静观，清而妙
焉；如孤舟之夜泊，凄凉而慷慨者有之焉；如读诸异书，离奇变化而不可
测焉"。⑥ 等等。

此外，在聂先、曾王孙所辑《名家词钞评》中，汇录有多人之喻象
化品评语例，须补充的还有：尤侗评曹尔堪"独以深长之思，发大雅之
音，如柯露新流，松风徐举，秋高远唳，晓霁孤吹"；⑦ 应㧑谦评孙枝蔚
《溉堂词》"如渴骥奔泉，怒猊下坂，想见南楼清啸，老子兴复不浅
也"；⑧ 顾有孝评陈大成《影树楼词》"意致深远，如皎月入怀，明珠在
握"；⑨ 周纶评高层云之词"力劈蚕丛，殊有五丁凿道之勇"；⑩ 汪俊评曹
贞吉《珂雪词》"如娇莺欲醉，花晓初舒"；⑪ 王炜《珂雪词序》评曹贞
吉《珂雪词》，"其融篇则如万顷澄湖，千重岩嶂，长涛细漪，随风而成，
瑰异秀冶，触目而得；琢句则如蹙金结绣，层剥蕉心，天成于初日芙蓉，
不尽于抽丝独茧；炼字则险丽摇曳而生香，隽逸蜿蜒而流奕"。⑫ 陈亮评

---

① 冯乾编校：《清词序跋汇编》，凤凰出版社 2013 年版，第 363 页。
② 同上书，第 379 页。
③ 同上书，第 296 页。
④ 同上书，第 164 页。
⑤ 同上书，第 236 页。
⑥ 同上书，第 386 页。
⑦ 朱崇才编纂：《词话丛编续编》，人民文学出版社 2010 年版，第 651 页。
⑧ 同上书，第 663 页
⑨ 同上书，第 700 页。
⑩ 同上书，第 701 页。
⑪ 同上书，第 702 页。
⑫ 冯乾编校：《清词序跋汇编》，凤凰出版社 2013 年版，第 162 页。

狄亿之词"爽处如啖哀梨,艳处如披蜀锦。春莺晓啭,秋蛩夜吟。才人伎俩,无所不至"。① 孔尚任《蘅皋词序》评读宫叙五之词,"如月楼酒醒,花筵灯炮,令人怅然有思,久之复不能自解"。② 王莘《顾曲亭词序》评魏允札之长调"慷慨疏越,如孙登苏门长啸,天风四起";其小令"悠扬容与,似幽弦初拨,相如手挥、文君目送时也"。③ 徐逢吉《秋林琴雅序》评读厉鹗之词"如入空山,如闻流泉,真沐浴于白石、梅溪而出之者"。④ 陈撰《琢春词序》评江炳炎之词"艳艳如月,亭亭若云,萧然遇之,清风入林,程物赋形,而无遗声焉"。⑤ 陇西蕉村氏《石笋溪湾小渔词叙》评陆士揆作词,"当其得意高吟,目之所触,兴之所会,辄摇笔成行,离奇古藻,飙发霞举,如僚之于丸,如秋之于奕,如伯伦之于酒,乐之终身不厌"。⑥ 等等。

李元《学福斋词序》评读费承勋《学福斋词》,"如闻湘灵鼓瑟,如听颖师弹琴,嘈嘈切切,使人兴起"。⑦ 邹方锷《听猿词序》评高贤林《听猿词》"波澜跌宕,奇恣雄佚,如江流出峡,历瞿塘,经滟滪,惊涛骇使,冲突而不可御也;如峻阁重关,深林窅冥,而云烟出内也。其怀亲思友,一唱三叹,又如鹃啼夜月,猿啸秋风,凄然以清,而慨然以悲也"。⑧ 陈孝纶《杏春词剩序》评宋梿《杏春词剩》词之用语,"有冶如春花者,有幽如蛩韵者,有摇曳若春山之出云,有空明若秋月之映水,有若疏雨之在树、旱莺之出谷者。牢笼万象,变幻不穷,是足以当清灵二字矣"。⑨ 郭麐《双红豆阁词序》评孙若霖《双红豆阁词》,"如春云之袅晴空也,如秋月之镜太清也,如时花美女之尽态极妍而自然丰韵也"。⑩ 吴锡麒《高伯阳愚亭词序》评读高伯阳《灵石樵歌》,"如闻天籁于空中,

---

① 朱崇才编纂:《词话丛编续编》,人民文学出版社 2010 年版,第 712 页。
② 冯乾编校:《清词序跋汇编》,凤凰出版社 2013 年版,第 333 页。
③ 同上书,第 394—395 页。
④ 同上书,第 415 页。
⑤ 同上书,第 446—447 页。
⑥ 同上书,第 449 页。
⑦ 同上书,第 463 页。
⑧ 同上书,第 474 页。
⑨ 同上书,第 584 页。
⑩ 同上书,第 780 页。

似奏琴声于海上，所谓求之无状，得之自然者钦"。① 其《研北花南词题词》评徐鸣珂《研北花南词》"如喷霜竹裂，黄叶乍飞飞。倏又春云荡，随风落画衣。珠穿一络索，锦制九张机"。② 释拙宜《梦影词叙》评王锡元《梦影词》，"秾丽如《高唐》、《洛神》，哀怨如《子夜》、《读曲》，每歌一阙，竟如美女欲活，低鬟浅诉，悦慌而不能已已"。③ 董国华《翠薇花馆词序》评戈载《翠薇花馆词》，"如行云然，蓬蓬停空也；如初花然，英英翘春也；如流波然，渺渺无际也；如清琴然，泠泠移人也"。④ 曹言纯《玉壶山房词跋》评改琦之词"清空处如冰壶映雪，飞动处如野鹤依云，读之使人神爽"。⑤ 三十三山真逸《梦玉词题辞》评陈裴之《梦玉词》，"读之如闻五夜鹃啼，三湘猿语。并剪哀梨，正堪作匹"。⑥ 徐渭仁《苦海杭题辞》评姚燮作《沁园春》词，"欲救普天下无万数淫魔色鬼于迷魂阵中，此中变相，如镜取形，如灯照影，读之使人毛发直竖"。⑦ 张金镛《梧叶秋声自序》评自己所作词，"露葩晨开，如睇如笑，不自知其色也；烟蛩夜吟，如泣如诉，而不自知其声也"。⑧ 周济《词辨序》评温庭筠、张炎等人"譬如匡庐衡岳，殊体而并胜，南威西施，别态而妍矣"。⑨ 其《介存斋论词杂著》评李煜词"如生马驹，不受控捉"；又以古代美妇人毛嫱、西施"严妆佳，淡妆亦佳，粗服乱头，不掩国色"为譬，认为温庭筠之词乃"严妆也"，韦庄之词乃"淡妆也"，李煜之词则"粗服乱头矣"。⑩ 戈载《宋七家词选》评姜夔之词"清气盘空，如野云孤飞，去留无迹"。⑪ 唐寿萼《蕉雪庵词钞跋》评王棠之词"有水碧金膏之气，有斜风细雨之声，疏而能隽，缛而不淫，想见平昔为学之勤，不音

---

① 冯乾编校：《清词序跋汇编》，凤凰出版社 2013 年版，第 509 页。
② 同上书，第 659 页。
③ 同上书，第 517 页。
④ 同上书，第 784 页。
⑤ 同上书，第 904 页。
⑥ 同上书，第 882 页。
⑦ 同上书，第 950 页。
⑧ 同上书，第 1039 页。
⑨ 陈良运主编：《中国历代词学论著选》，百花洲文艺出版社 1998 年版，第 552 页。
⑩ 张璋、职承让、张骅、张博宁编纂：《历代词话》，大象出版社 2002 年版，第 1488 页。
⑪ 孙克强编著：《唐宋人词话》，南开大学出版社 2012 年版，第 674 页。

瓦灯五千盏矣"。① 朱腾《种得山房词钞序》评张炎之词"如野云孤飞，去来无迹"。② 沈传桂《莺天笛夜新声自识》评自己所作《莺天笛夜新声》之词，"如闻峡猿，如泛湘瑟"。③ 殷慈祐《曙彩楼词钞跋》评顾澹园《曙彩楼词稿》，"固已字字编珠，行行戛玉者也"。④

　　姚燮：《玉泫词序》评潘曾莹之词"如么凤振筱，纤影扪烟"；评潘曾绶之词"如孤鹇在藋，疏香昵梦"。⑤ 但明伦《安事斋词录序》评贵徵之词"如春云浮空，卷舒起灭，随所变态，无非可观"。⑥ 龚润森《游吴草序》评袁起《游吴草》，"如丈人之承蜩也，如宜僚之弄丸也"。⑦ 施燕辰《香草词评》评陈钟祥《香草词》"奇才横逸，直如哀梨并剪，非格律所能束缚"。⑧ 张禄卿《岩泉山人词稿序》评严廷中《岩泉山人词稿》，"如藐姑射仙子，秀骨天然，肌肤若冰雪，绰约如处子"。⑨ 张鸿卓《铜鼓斋词题词》评秦耀曾《铜鼓斋词》，"其虚灵也，如月在水；其宕往也，如风过箫"。⑩ 陈璞《梅窝词钞序》评陈良玉《梅窝词》，"泠泠焉如秋林晚风，淅淅焉如空阶夜雨，聆之者不觉感怆而不能自已"。⑪ 黄金台《炙砚词序》评胡咸临《炙砚词》"缠绵运思，通入藕孔；清华炼骨，夺出梅胎。其幽也，则如莲底鸥眠，松荫鹤定；其韵也，则如春风语燕，秋夜吟蛩；其俊也，则如玉龙回雪，金鹨拖烟；其凄也，则如猿啸月岩，鹃啼云栈"。⑫ 孙第培《梅隐词跋》评读万立钹《梅隐词》"如饮醇醪，如听古琴"。⑬ 郑桂森《梅隐词跋》评万立钹《梅隐词》，"琼楼玉宇，如闻水调之歌；霓裳羽衣，如听月宫之曲。如坐梅花树下，觉有一种清逸之气，沁

①　冯乾编校：《清词序跋汇编》，凤凰出版社2013年版，第1021页。
②　同上书，第939页。
③　同上书，第1093页。
④　同上书，第657页。
⑤　同上书，第817页。
⑥　同上书，第1102页。
⑦　同上书，第1103页。
⑧　同上书，第1217页。
⑨　同上书，第1571页。
⑩　同上书，第1076页。
⑪　同上书，第1209页。
⑫　同上书，第1214页。
⑬　同上书，第1150页。

人心脾。如入桃源洞里，鸡犬桑麻，都非人世所有"。① 小书仓曹氏《苦海杭题辞》评读姚燮《沁园春》，"如聆清夜钟，痴聋皆醒"。吴嘉洤《香隐庵词序》评潘遵瑑《香隐庵词》中咏秋诸作，"其为嘹天之鹤与？如怨如慕，如泣如诉"。② 王庆勋《城北草堂诗余原序》评读顾爕《城北草堂诗余》，"如悬崖削立，惊涛怒飞，老鹤盘秋，孤猿叫月"。③ 归曾祁《洞仙词序》评读陈星涵《洞仙词》，"如听潇潇雨，如见湘春夜月，如登最高楼，望小桃红处，双双燕子，遂于飞之乐"。④ 觉罗耆龄《艺云词序》评俞敦培所作词"不规规前人，羞拾牙慧，吐辞敷采，如修竹笼云，如瘦石立雪，如古锦张壁，彩色离尘，瑶琴吐音，花月同艳"。⑤ 程庭鹭《萧材琴德庐词稿序》评当世词作，"或绮密如八宝流苏，或豪宕类铜琶激响"。⑥ 钟显震《梅隐词序》评万立篯《梅隐词》"缠绵幽艳，如绿窗季女，喁喁愁叹，情致一往而深，足与诗相为胜"。⑦ 谭仪《勉悥集序》评周星贻《勉悥词》"婉笃微至，如卫洗马渡江时，倾倒一世，令人怊怅不能自已"。⑧ 黄家绥《醉吟居词稿序》评清代一些词人，"倚声选韵者非靡即俚，迷而不知门户。真如轻烟一缕，裊空无际者不刃多觏"。⑨ 潘介繁《寒松阁词跋》评张鸣珂《寒松阁词》，"痛峭处如晴雪在林，一鹤独语；清丽处如香雾绕径，万花齐韵"。⑩ 如山《心庵词存序》评何兆瀛《立春作》《咏燕》二词，"飘然若春云之无痕，了然若明月之前身"。⑪ 沈世良《小游仙词跋》评叶英华《小游仙词》，"海风洗月，暖玉蒸云。如泛清霄瑶瑟，令人作碧天霞想"。⑫ 陈彬华《香禅精舍集词跋》评潘钟瑞《香禅精舍集词》，"清远处如空山无人，白云来往；秾丽处如奇花初

①　冯乾编校：《清词序跋汇编》，凤凰出版社 2013 年版，第 1151 页。
②　同上书，第 1251 页。
③　同上书，第 1296 页。
④　同上书，第 1513 页。
⑤　同上书，第 1157 页。
⑥　同上书，第 1326 页。
⑦　同上书，第 1148 页。
⑧　同上书，第 1438 页。
⑨　同上书，第 1486 页。
⑩　同上书，第 1199 页。
⑪　同上书，第 1568 页。
⑫　同上书，第 1280 页。

胎,鲜妍裹露"。① 周銮诒《冰壶词序》评张云骧《冰壶词》中,"慢词
多商羽之音,如惊飚急湍,哀震林壑。小令则如新筝乍调,精丽芊绵,不
减梅溪、片玉"。② 李慈铭《醉庵词别集跋》评王继香"以集白石句及词
之调名,独出新意,如天衣无缝,可谓善变而不离宗者矣"。③ 汪芑《香
禅精舍集词跋》评潘钟瑞《香禅精舍集词》,"读之亦觉如闻子野笛声,
辄唤奈何"。④ 韦光黻《和漱玉词评》评许禧蘋《和漱玉词》"措辞粲然,
如天女散花;和韵自然,似天衣无缝"。⑤ 顾文彬《和漱玉词跋》评许禧
蘋《和漱玉词》,"如出水芙蓉,绝去雕饰,天然娟秀。又如蛮吟鹤唳,
清越以凄"。⑥ 沈世良《随山馆词稿题词》评陈澧之词"如空山鼓琴,松
风鹤泉,间与相畣";评姚承恩之词"如霜天晓角,清响远闻,然不可与
管弦闲杂";评田名林之词"如琵琶出塞,凄怨动人";评乐钧之词"如
雁柱银筝,新声繁会"。⑦ 曾行淦《金溪词序》评魏鲣《金溪词》"清华
圆转,有如姑射仙人,不复食人间烟火"。⑧ 严学淦《铜梁山人词序》评
王沂孙、吴文英之词,"如霜吹空林,霰下秋草;如海雁嘶月,孤鹤翔
云。纤纤眉青,寸寸秋碧。荡魄悚志,吟风得天。可以破鹦笼于隔花,扫
秋蛇于空壁"。⑨ 陈钟岳《听枫词自叙》评自己所作《听枫词》,"如候虫
鸣秋,自寄其声于天地间耳"。⑩ 潘飞声《竹林词钞序叙》评吕洪之词
"清隽深婉,雅近玉田、小山。大令则雄豪清丽,如听铁板铜琶,高唱大
江东去,方之苏海韩潮"。⑪ 康有为《味梨集序》评宋人"益变化作新
声,曼曼如垂丝,飘飘如游云,划绝如斫剑,拗折如裂帛,幽幽如洞
谷"。⑫ 俞樾《眠琴阁词序》评张僖《眠琴阁词》,"圆美流转如弹丸,珠

①　冯乾编校:《清词序跋汇编》,凤凰出版社 2013 年版,第 1349 页。
②　同上书,第 1692 页。
③　同上书,第 1888 页。
④　同上书,第 1352 页。
⑤　同上书,第 1391 页。
⑥　同上书,第 1393 页。
⑦　同上书,第 1500 页。
⑧　同上书,第 1752 页。
⑨　同上书,第 617 页。
⑩　同上书,第 1492 页。
⑪　同上书,第 1784 页。
⑫　同上书,第 1801—1802 页。

零锦灿中有流风回雪，落花依草之致"。① 汪仪甫《秋影楼词草跋》评汪熙《秋影楼词草》，"其淡远处如空山鼓琴，清流答响；其旖旎处，如隋堤新柳，嫩叶含春"。② 等等。

在词话中，其主要有：贺裳《皱水轩词筌》评张炎词于"风流蕴藉之事，真属茫茫，如啖官厨饭者，不知牲牢之外，别有甘鲜也"。③《锦瑟词话》记徐乾学评汪懋麟之词"如秋桐滴露，清丽欲绝"。④ 彭孙遹《金粟词话》评周邦彦之词"如十三女子，玉艳珠鲜，政未可以其软媚而少之也"。⑤ 田同之《西圃词说》在曹尔堪评说"词之为体如美人，而诗则壮士也；如春华，而诗则秋实也；如夭桃繁杏，而诗则劲松贞柏也"的基础上，借其喻体比譬"然词中亦有壮士"，如苏轼、辛弃疾是也；"亦有秋实"，如黄庭坚、陆游是也；"亦有劲松贞柏"，如岳飞、文天祥是也。⑥ 李调元《雨村词话》评蒋捷之词"堆金砌玉，少疏宕"。⑦ 谢章铤《赌棋山庄词话》评学辛弃疾之词者，"胸中须先具一段真气、奇气，否则虽纸上奔腾，其中俄空焉，亦萧萧索索如牖下风耳"；又在黄瓯论说"词体如美人含娇掩媚，秋波微转，正视之一态，旁观之又一态，近窥之一态，远窥又一态"基础上，认为据此正可描述形容温庭筠、李煜、晏殊、秦观之词；至于苏轼、辛弃疾、刘过、蒋捷之词，"则如素娥之视宓妃，尚嫌临波作态"；评李白"如姑射仙人"，温庭筠如"王谢子弟"；评南宋词人"于水软山温之地，为云痴月倦之辞，如幽芳孤笑，如哀鸟长吟，徘徊隐约，洵足感人"。⑧ 杨希闵《词轨》评王安石之词"亦峭劲，如冬龄孤松，远霄鹤鸣"。⑨ 刘熙载《词概》评辛弃疾之词"龙腾虎掷，任古书中理语瘦语，一经运用，便得风流"；⑩ 评姜夔之词"幽韵冷香，

① 冯乾编校：《清词序跋汇编》，凤凰出版社2013年版，第1753页。
② 同上书，第1752页。
③ 张璋、职承让、张骅、张博宁编纂：《历代词话》，大象出版社2002年版，第1020页。
④ 朱崇才编纂：《词话丛编续编》，人民文学出版社2010年版，第117页。
⑤ 张璋、职承让、张骅、张博宁编纂：《历代词话》，大象出版社2002年版，第942页。
⑥ 同上书，第1233页。
⑦ 同上书，第1213页。
⑧ 唐圭璋编：《词话丛编》，中华书局1986年版，第3330、3408、3421、3561页。
⑨ 孙克强编著：《唐宋人词话》，南开大学出版社2012年版，第217页。
⑩ 张璋、职承让、张骅、张博宁编纂：《历代词话》，大象出版社2002年版，第1638页。

令人挹之无尽，拟诸形容，在乐则琴，在花则梅也"。① 李慈铭《越缦堂读书记》评李璟、李煜、欧阳修、秦观、晏几道、李清照等人深于词道，所作词"必若近若远，忽去忽来，如蛱蝶穿花，深深款款；又须于无情无绪中，令人十岁九回、如佛言食蜜，中边皆甜"。② 张德瀛《词徵》评李白、张子同、温庭筠之词，认为"唐人以词鸣者，惟兹三家，壁立千仞，俯视众山，其犹部娄乎"。③ 李佳《左庵词话》评辛弃疾之词"用笔如龙跳虎卧，不可羁勒，才情横溢，海天鼓浪"。④ 陈锐《袌碧斋词话》比较柳永与周邦彦之词，认为前者"在院本中如《琵琶记》"，后者"如《会真记》"；前者"在小说中如《金瓶梅》"，后者"如《红楼梦》"。⑤ 王国维《人间词话》评唐五代北宋之词"可谓生香真色"，认为若云间诸人之词"则彩花耳"。⑥ 等等。

在清代词学批评对喻象化品评的运用中，值得特别提及的是陈廷焯。他广泛地将喻象化品评方式运用到对词人词作的批评中，生动形象而细致切实地表达出词学审美观念及对词史发展的认识，在喻象化品评方式的运用上显示出鲜明的特色。如：其《白雨斋词话》评清代前期词坛"如五色朗畅，八音和鸣，备极一时之盛"；评姜夔词"如白云在空，随风变灭"；又评姜夔《石湖仙》一词"自是有感而作，词亦超妙入神。惟'玉友金蕉，玉人金缕'八字，鄙俚纤俗，与通篇不类。正如贤人高士中，着一伧父，愈觉俗不可耐"；评张炎词"如并剪哀梨，爽豁心目，故诵之者多。至谓可与白石老仙相鼓吹"；评陈维崧《秋怀》一词"字字精悍"，"正如干将出匣，寒光逼人"；评吴竹屿《昙香阁》一词"如水木之清华，云岚之秀润，高者亦湘云流亚"；评朱彝尊艳词"仙骨珊珊，正如姑射神人，无一点人间烟火气"，而赵文哲艳词"则如丽娟、玉环一流人物，偶堕人间，亦非凡艳"；认为"聪明纤巧之作，庸夫俗子每以为佳"，"正如蜣螂逐臭，乌知有苏合香哉"；评程垓与苏轼之词"一洪一纤，一深一

　　① 张璋、职承让、张骅、张博宁编纂：《历代词话》，大象出版社 2002 年版，第 1639 页。

　　② 孙克强编著：《唐宋人词话》，南开大学出版社 2012 年版，第 609 页。

　　③ 张璋、职承让、张骅、张博宁编纂：《历代词话》，大象出版社 2002 年版，第 1652 页。

　　④ 孙克强编着：《唐宋人词话》，南开大学出版社 2012 年版，第 607 页。

　　⑤ 张璋、职承让、张骅、张博宁编纂：《历代词话续编》，大象出版社 2005 年版，第 135 页。

　　⑥ 同上书，第 574 页。

浅，如水炭之不相入"；评辛弃疾词"运用唐人诗句，如淮阴将兵，不以数限，可谓神勇。而亦不能牢笼万态，变而愈工，如腐迁夏本纪之点窜禹贡也"；评向子諲《梅花引》（戏代李师明作）一词，"此作层层入妙，如转丸珠。又如七宝楼台，不容拆碎"；评秦观之词"义蕴言中，韵流弦外"，认为"得其貌者，如鼹鼠之饮河，以为果腹矣。而不知沧海之外，更有河源也"；评姜夔之词"如闲云野鹤，超然物外，未易学步"；评读姜夔、史达祖、王沂孙、张炎之词，"如饮醇醪，清而不薄，厚而不滞"，认为元以后之词"则清者失真味，厚者似火酒矣"。①其《云韶集》评周邦彦之词"开合动荡，包扫一切，读之如登太华之山，如掬西江之水，使人品概自高，尘垢尽涤"；评周密之词"纯是一片凄凉，如塞雁穿云，孤鸿呼月，无一快乐之句，盖性情所至，有不期然而然者"；评王沂孙之词"风流飘洒，如春云秋月，令人爱不释手"；评蒋捷之词"劲气直前，老横无匹，如秋风之扫败叶。斩绝，快绝"；又评蒋捷之词"句句如斩钉截铁，老绝横绝"；评每读晏殊、欧阳修之词后，再读周邦彦之词，"正如水逝云卷，风驰电掣，觉万汇哀鸣，天地变色"；评周邦彦长调"高踞峰颠，下视众山，尽属附庸"；评南宋词人中，辛弃疾"如健鹘摩天，为词坛第一开辟手"；评苏轼、辛弃疾"正如双峰雄峙，虽非正声，自是词曲内缚不住者"，评辛弃疾之词"如龙蛇飞舞，信手拈来，都成绝唱"；"纵横博大，痛快淋漓，风雨纷飞，鱼龙百变，真词坛飞将军"；"才大如海，只信手挥洒，电掣风驰，飞沙走石，直词坛第一开辟手"。②其《词坛丛话》评贺铸之词，"若论其神，则如云烟缥渺，不可方物"；评姜夔之词"如白云在空，随风变灭，独有千古"；又评姜夔之词"正如大江无风，波涛自涌"；评朱彝尊咏物之词如"杯水可以作波涛，一篑可以成泰山"；又认为其感怀诸词"意之所到，笔即随之。笔之所到，信手拈来，都成异彩。是又泰山不辞土壤，河海不择细流也"；归结朱彝尊可与姜夔"并峙千古，岂有愧哉"；评陈维崧"才大如海，其于倚声，视美成、白石，直若路人。东坡、稼轩，不过借径"；认为其"独开门径，别具旗

---

① 陈廷焯著，杜未末校点：《白雨斋词话》，人民文学出版社 1959 年版，第 3、29—30、48、74、95、98、139、168、193、197、202、206—217 页。

② 孙克强编著：《唐宋人词话》，南开大学出版社 2012 年版，第 386、857、879、898、387、612 页。

鼓，足以光掩前人，不顾后世。如神龙在天，变化盘屈。如鲸鱼掣海，杳冥恣肆"；评厉鹗之词"异色生香，正如万花谷中，杂以幽兰"；评辛弃疾之词"直似一座铁瓮城，坚而锐，锐而厚，凭你千军万马，也冲突不入"。① 其《词则·放歌集》评辛弃疾之词"魄力雄大，如惊雷怒涛，骇人耳目，天地钜观也"；又评辛弃疾、陆游并称"豪放"，"然陆之视辛，奚啻瓦缶之竞黄钟也"。② 等等。从以上所引可以看出，在从零散性角度对喻象化品评方式的运用上，陈廷焯之论确乎数量众多，可谓前无古人、后无来者。在具体批评中，他多运用情态喻象，以事为譬，在品评的适切性与生动性上甚为讲究，将词学批评中零散性喻象化品评推到一个新的标度。

　　这一时期，词学批评中出现集中性的喻象化品评，其所见体现在张德瀛的《词徵》中。处于晚清时代背景下的他，连评自嘉庆、道光以还的75 位词人。其品评对象主要有张惠言、恽敬、冯云鹏、邓嘉纯、杨燮生、钱季重、董国华、龚自珍、谭敬昭、彭兆荪、项鸿祚、王闿运、彭贻孙、谭献等。他从风格学角度，为清代中后期词坛描绘出一幅生动的词人词作图谱。其对连串喻象化品评方式的运用，继承唐代以来张说、皇甫湜、张舜民、蔡絛、敖陶孙、朱权、王世贞、胡维霖、洪亮吉、牟愿相等人的品评传统，将这一品评方式予以了发扬光大。其《词徵》云：

　　"张皋文词，如邓尉探梅，冷香满袖。孙平叔词，如落叶哀蝉，增人愁绪。冯晏海词，如鹿爪搊弦，别成清响。顾简唐词，如金丹九转，未化婴儿。刘赞轩词，如金丝间出，杂以洪钟。李申耆词，如承恩虢国，淡扫蛾眉。吴荷屋词，如穿谷谽谺，飞泉溅响。恽子居词，如瑶台月明，凤笙独奏。汪小竹词，如深闺少妇，畏见姑嫜。边袖石词，如静夜鸣蛩，助人叹息；谢枚如词，如古木拳曲，未加绳墨。汪紫珊词，如春蚕丝尽，奄奄无力。张南山词，如中郎瓶史，遍陈诸制。邓笏臣词，如圆荷小叶，因风卷舒。承子久词，如就驾銮仪，矜栗竦峙。黄香石词，如净几明窗，尽堪容膝。张翰风词，如雏莺调舌，宛转关情。陆祁生词，如谢家子弟，玉立森森。杨伯夔词，如绮窗花片，绰约可人。俞小甫词，如陈寿摛文，但取

　　① 张璋、职承让、张骅、张博宁编纂：《历代词话》，大象出版社 2002 年版，第 1692—1693、1697—1698、1700 页。

　　② 孙克强编著：《唐宋人词话》，南开大学出版社 2012 年版，第 612 页。

质直，钱季重词，如舜华在林，昼炕宵聂。顾涧苹词，如春水初涨，更染岚翠。吴石华词，如灵和新柳，三眠三起。董方立词，如秋花数丛，没人萧艾。黄春帆词，如蕲王奋战，箭瘢满身，董琴南词，如山斋清供，不厌清癯。龚定庵词，如琉璃砚匣，光采夺目。金朗甫词，如黄筌作画，婉约传神。谭康侯词，如野桃含笑，风趣独绝。许积卿词，如荷珠走盘，清光不定。彭甘亭词，如碧眼胡儿，贩采奇宝。陶凫乡词，如修桐初乳，清响四流。倪秋槎词，如女郎踏青，时闻娇喘。黄韵珊词，如齐烟九点，灭没空碧。鲍逸卿词，如桓溪鹳鸰，鼊鼻作音。姚梅伯词，如密香骑凤，碧城容与。汪白也词，如黑净登坛，直露本色。黄琴山词，如天半晴虹，蜿蜒有态。孙曙舟词，如田家游气，上透碧霄。仪墨农词，如中郎八方，波磔取势。黄花耘词，如舒锦临风，烂然入目。沈吉晖词，如桃花岩石，触手生温。陈棠溪词，如五色仙蝶，迎风善舞。边竺潭词，如六朝金粉，艳态迷人。汪绛人词，如筑石邀云，自含清致。赵秋舲词，如魏征妩媚，我见犹怜。萧子山词，如绿珠吹笛，惯作哀音。孙子余词，如女萝摆风，兔丝吹动。杜小舫词，如四壁秋蛩，助人叹息。周自庵词，如枯荷得雨，点滴分明。李舜卿词，如蜂脾酿蜜，有美中含。许龙华词，如浅渚平流，纤鳞不起。何青耜词，如春暮柳丝，瘦无一把。项莲生词，如元章冠服，酷肖唐贤。汪谢城词，如疏雨打窗，翛翛送响。叶莲裳词，如王家蜡凤，慧心独造。杨蓬海词，如新秧初插，流膏润润。张孟彪词，如风前障扇，不受尘污。周畇叔词，如仙人炼汞，九转初成。徐若洲词，如十笏茅庵，时闻清磬。刘子树词，如抱经老儒，棱角峭厉。汪谷庵词，如樾馆秋声，自含虚籁。王莲舟词，如劲弓五石，力求穿札。俞荫甫词，如帝女机杼，别出心裁。王壬秋词，如崇冈建楼，危檐陡立。杜仲丹词，如劲风满林，骤闻金箺。黄小田词，如灌园野叟，闲话斜阳。彭贻孙词，如隙地种桑，不宜兰蕙。尹仰衡词，如易水作歌，忽闻变征。樊嘉父词，如一缕游丝，空中荡漾。谭仲修词，如草根清露，融为夜光。闺秀吴苹香词，如眉楼小影，曼睩腾波。赵仪姞词，如新燕营巢，自能护体。郑娱清词，如瑶石含光，可鉴毛发。吴佩湘词，如篱落疏花，自饶幽韵。"①

张德瀛充分运用四言八字喻象比譬品评词人词作，所择选喻象通俗生动、寓意丰富，清晰地勾画出清代中后期词坛的多样创作路径与风格特

---

① 唐圭璋编：《词话丛编》，中华书局 1986 年版，第 4184—4187 页。

征。这之中，在品评内容上，它注重对词人词作风格特征的品评，对优缺之处及成就高下则少作判评。他将喻象化品评中注重以喻象比譬描述作家作品风格特征而回避评说创作优劣与成就高下的一脉传统予以了发扬。在品评对象上，张德瀛兼容并收，不倚重忽轻，值得特别指出的是，他对闺秀之词给予热情的品评，如篇末对吴苹香、赵仪姞、郑娱清、吴佩湘四位闺秀词人之作就予以不低的评价，从一个视点体现出对文化女性的尊重与欣赏之意。在对喻体的择选上，张德瀛更多以事为譬，大量运用情态喻象，很好地发挥了批评品说的效果。他将中国传统文学集中性喻象化品评划上漂亮而有力的一笔。

　　总体来看，清人词学喻象化品评大致体现出五个方面的特征。一是数量众多，大大地超过以前宋、元、明时期之总和，这从一个侧面标示出清代词学批评的兴盛。二是出现对词的体制、创作及艺术表现等方面的喻象化品说，这是此前词学喻象化品评中所未见的。其主要体现在毛奇龄、曹尔堪、张星耀、谢章铤、刘熙载等人的譬说中。如，曹尔堪云：“词之为体如美人，而诗则壮士也。如春华，而诗则秋实也。如夭桃繁杏，而诗则劲松贞柏也。”（田同之《西圃词说》引）① 曹尔堪以不同的人与物为喻，比较诗词体性之别，从不同的维面道出其内在的差异。归结起来，相对而言，大致诗庄而词媚，诗实而词虚，诗偏于阳刚之美而词偏于阴柔之美。又如，张星耀《词论》云：“词之前后两结，最是要紧。通首命脉，全在于此。前结如奔马收缰，要勒得住，还存后百余地，仍有住而不住之势。后结如众流归海，要收得尽，足完通首脉络，仍有尽而不尽之意。”② 张星耀分别以“奔马收缰”与“众流归海”譬说词的创作之“前结”与“后结”，甚为形象切中地道出词之创作的内在张力与相互映照之理。又如，谢章铤《赌棋山庄词话》云：“词宜雅矣，而尤贵得趣。雅而不趣，是古乐府。趣而不雅，是南北曲。李唐、五代多雅趣并擅之作。雅如美人之貌，趣是美人之态。有貌无态，如皋不笑，终觉寡情。有态无貌，东施效颦，亦将却步。”③ 谢章铤以美人之面貌与神态作譬，分别喻说词作艺术表现中的雅致与意味，甚为形象地道出词作艺术表现的雅致之求与审美

　　① 唐圭璋编：《词话丛编》，中华书局1986年版，第1450页。
　　② 朱崇才编纂：《词话丛编续编》，人民文学出版社2010年版，第198页。
　　③ 唐圭璋编：《词话丛编》，中华书局1986年版，第3461页。

意味是紧密相联、相互生发、互为制约的。其具体表现为：有貌无态，难以动人；有态无貌，则如无形而求神，终难得其意味。谢章铤将"词雅"与"词趣"的关系予以了辩证形象的阐明。还如，刘熙载《词概》云："词之为物，色香味宜无所不具。以色论之，有借色，有真色，借色每为俗情所艳。不知必先将借色洗尽，而后真色见也。"① 刘熙载以事物之着色比譬阐说词作面貌呈现，生动地表达出洗尽铅华、本色为贵的创作之理。其又云："昔人论词，要如娇女步春。余谓更当有以益之曰，如异军特起，如天际真人。"② 刘熙载针对传统词的创作讲究委婉妩媚之法，形象地道出打破常态、突兀而起、追求艺术陌生化的创作要求。三是出现博喻式品说。清人少数词学批评连续运用多个喻象反复譬说同一对象，给人以多样的感性体悟，其所列喻象之间动态流转，极富于批评与阐说效果。如，毛奇龄在《柳烟词序》中叙说自己年轻时读词，"如闻清歌，如卫洗马渡江，如以王伯舆登茅山，心思靡烦，觉白日莽莽，而不知此身之何归。逮老而幽崖凉潦不接，朝旭坏衣无暴色，散痹肢而沃之汤泉之间。疴疗不复相关，寒暖不得相知，虽日读新词何益。"③ 毛奇龄连续运用三个喻象表达自己年轻时读他人词作的感受，并将之与老年读词的心绪相比，他道出少年人对词这一文学之体充满艺术敏感与审美共鸣。又如，曾王孙《〈名家词钞评〉序》云："百家名词具在，每当抚琴饲鹤之余，展而观之，或如泛海游蓬莱阆苑，仙楼缥缈，金碧浮空；或如武库开张，森列戈戟；或如田僧超快马入阵，先为吹笛壮士之声；或如宵娘缠帛，飞燕牵裙，舞于莲心掌上；或如孟才人一声《河满》，泪落君前，时歌时泣，忽醉忽痴。观百家之词，即见百名公于一堂，如延陵季子观六代之乐，至于《箫韶》，观止矣，蔑以加矣。"④ 曾王孙连续运用五个动感化情态喻象，对清初《名家词钞》多方面的审美特征及给人的印象作出感性的描述，甚为生动而入人心脾，确多维面道出这一大型"词钞"所带给人扑面而来的美感。还如，谢章铤《赌棋山庄词话》云："梅伯好撰句，如汗充，（汗牛充栋也）。如凤么，（么凤也）。如狂牧，（狂杜牧也）。如天泛卵，

---

① 唐圭璋编：《词话丛编》，中华书局 1986 年版，第 3706 页。

② 同上书，第 3706 页。

③ 冯乾编校：《清词序跋汇编》，凤凰出版社 2013 年版，第 3706 页。

④ 朱崇才编纂：《词话丛编续编》，人民文学出版社 2010 年版，第 641 页。

（卵色天也）。如凸黄凹翠，如睄苦鞿酸，如醮初梦杪，如眉楚鬟凄，如颤红晕绿，如种龙蠡虎，（文种、范蠡也）。皆戛戛自造。"① 谢章铤连续运用十个喻象，或以人为譬，或以物为譬，或以事为譬，从不同视点与维面上来喻说姚燮作词用句的特点，给人以多样的启发，有效地强化了对词人词作品评的效果。四是出现排比式的集中性喻象批评，如，在《柳烟词评》中，潘夏珠评郑景会之词云："柳烟诸词，其妍处如晚霞映水，晓露沾花，而流光余艳，尚能眩人心目；其逸处如娇女凌波而欲行，韵士倚松而舒啸，令人兴彼美之思；其清处如新泉挂崖，初月出树，娟娟玲玲，直觉眺听无尽；其俊处如良马鉴涡，苍鹰蓦岭，虽复低徊宛转而瞬息有千里之势。"② 潘夏珠连续运用四个情态喻象，对郑景会词作多种风格特征予以比譬。他抓住郑词之"妍""逸""清""俊"四种风格，分别以八字动态性意象加以描述，给人以十分形象的体悟与认识。此论在传统词学批评史上是很少被拈取的。又如，陈孝纶《杏春词剩序》评宋楂词之用语，"有冶如春花者，有幽如蛩韵者，有摇曳若春山之出云，有空明若秋月之映水，有若疏雨之在树、早莺之出谷者。牢笼万象，变幻不穷，是足以当清灵二字矣"。③ 陈孝纶连续使用五个意象，对宋楂词作字语运用的变化性及所呈现风格的多样性，作出甚为形象生动的描述与论说。五是有的喻象化品评甚富于创意，精心择选喻象，将比譬与论说很好地融合起来，并从一定意义上体现出对词作历史发展的勾画。如，郭麐《灵芬馆词话》云："词之为体，大略有四：风流华美，浑然天成，如美人临妆，却扇一顾，《花间》诸人是也。晏元献、欧阳永叔诸人继之。施朱傅粉，学步习容，如宫女题红，含情幽艳，秦、周、贺、晁诸人是也。柳七则靡曼近俗矣。姜、张诸子，一洗华靡，独标清绮，如瘦石孤花，清笙幽磬，入其境者，疑有仙灵，闻其声者，人人自远。梦窗、竹屋，或扬或沿，皆有新隽，词之能事备矣。"④ 郭麐以事为譬，立足于从情态上比照不同的词作风格特征。他将宋代代表性词人词作划分为四种体制，对其创作特征与艺术风格予以描述概括与喻象比譬。其中，他并勾勒出简洁的承扬线

---

① 唐圭璋编：《词话丛编》，中华书局 1986 年版，第 3352 页。
② 郑景会：《柳烟词》卷末，清红尊轩刻本。
③ 冯乾编校：《清词序跋汇编》，凤凰出版社 2013 年版，第 584 页。
④ 唐圭璋编：《词话丛编》，中华书局 1986 年版，第 1503 页。

索，对不同词作体制的沿习因革有所交代。这实际上从风格论角度，对宋代词坛创作状况予以了描画，是甚富于启发性的。总之，上述五个方面，有效地标示出清代词学批评喻象化品评范围的拓展与水平的提升。

民国时期，词学喻象化品评方式仍然得到承衍运用。其品评语例主要如下：在词集序跋中，陈曾佑《百仙词序》评程先甲《百仙词》"神妙无迹，与美成之浑融暗合，而风格又极高雅，读之若藐姑射神人，乘风而下"。① 高树敏《青箱书屋两世词稿后序》评读王留福《青箱书屋词》，"觉泰山岩岩之象，如在目前"。② 邹式舆《啸农词钞题辞》评朱升华《啸农词钞》，"如话不俗，虽雅不文。清气流行，如山房秋晓；略施藻饰，如淡妆美人"。③ 曹家达《疏筤待月词序》评黄文琛《疏筤待月词》，"如烹松萝，泉冽凝香；如嚼橄榄，味涩乃旨"。④ 仇埰《蓼辛词叙》评王沂孙词，"如高鸟之幽鸣"，吴文英词"似仙花之怒发"，归结其"工力之胜，弥万物而无遗"。⑤ 邵瑞彭《趣园味莼词题辞》评汪曾武《味莼词》，"如精金良玉，照人眉宇。方之胜朝名手，足与鹿潭、莲生比肩"。⑥ 杨寿枏《趣园味莼词题辞》认为词之佳者，"如绝代美人，却扇一顾，百媚横生。若厌夷光之美眠，故为折腰龋齿之态，见者却走矣"。⑦ 其《辛庵词序》评许钟璐《辛庵词》，"其意境之幽邃也，如红蚕缲茧，绿蚁穿珠；其才华之清艳也，如晓霞绮天，晴雪缟地"。⑧ 郭则沄《趣园味莼词题辞》评汪曾武《味莼词》"风轩盥诵，如玄圃夜光，莲峰寒碧，天然幽隽，一洗浮埃"。⑨ 瞿鸿禨《西厢词集跋》评悔叟兰樵甫《陈言集》中词作如"五云璀璨，合律无舛。诚大匠之精心，如天衣之无缝。"⑩ 等等。在词话中，碧痕《竹雨绿窗词话》评五代词"镂玉雕琼，裁花剪翠，如

---

①　冯乾编校：《清词序跋汇编》，凤凰出版社 2013 年版，第 2056 页。

②　同上书，第 1170 页。

③　同上书，第 2055 页。

④　同上书，第 1977 页。

⑤　同上书，第 2127 页。

⑥　同上书，第 1836 页。

⑦　同上。

⑧　同上书，第 2134 页。

⑨　同上书，第 1836 页。

⑩　同上书，第 1891 页。

娇女子施朱粉，非不美艳，惜乎专工粉泽，有失正气。"① 况周颐（题为况卜娱）《织余琐述》评幽栖居士之词"如初月展眉，新莺弄舌"；② 评李清照之词"如初蓉迎曦，娇杏足雨"；③ 评李祁之词"如微风振箫，幽鸣可听"。④ 其《蕙风词话》评秦观之词"直是初日芙蓉，晓风杨柳，倩丽之桃李，容犹当之有愧色焉"。⑤ 顾随《驼庵词话》评晏殊的伤感"是凄绝，如秋天红叶"；⑥ 评欧阳修之词"如夏天的蝉，秋蝉是凄凉的，夏蝉是热烈的"；⑦ 又云："大晏词是秋天，欧词是春夏，所惜以春而论，则是暮春。艺术之能引人都不是单纯的，即使是单纯的也是复杂的单纯，如日光之七色，合而为白。如酒，苦、辣而香、甜，总之是酒味，有人喝酒上瘾，没人吃醋上瘾。六一词热烈而衰飒，衰飒该是秋天，而欧词是春天。"⑧ 等等。

　　这一时期，词学批评中运用集中性的喻象化品评，所见体现在闻野鹤的《恫簃词话》中。闻野鹤于 1917 年 9 月间在《民国日报》连续发表 74 则词话，其中，有 3 则连评宋代、清代与近代词人，有 1 则谈词境分类及其审美特征与风格表现，甚是简洁明了、形象生动，甚给人以感性美的悟解。闻野鹤比譬评说的宋代词人有寇准、苏轼、秦观、黄庭坚、欧阳修、张先、周邦彦、王安石、辛弃疾、蒋捷、柳永、康与之、史达祖、姜夔、吴文英、李清照、王沂孙、周密、朱淑真、陆游、张炎，清代词人有龚鼎孳、王士禛、彭孙遹、纳兰性德、尤侗、厉鹗、郭麐、吴锡麒、袁通，近代词人有文廷式、谭献、王鹏运、朱祖谋、樊增祥、易顺鼎，共 36 位。其云："寇莱公如春日园林，蔚然深秀。苏东坡如深山剑客，不娴俗礼。秦少游如花间丽色，却扇一笑，百媚横生。黄山谷如邨女媚客，简直乏致。欧阳公如豪家子弟，仪态大方。张子野如春花百树，浅深互见。周美成如周公制礼，大体略备。王荆公如蛮夷入贡，不谙礼数。辛稼轩如草野

---

①　朱崇才编纂：《词话丛编续编》，人民文学出版社 2010 年版，第 2254—2255 页。

②　同上书，第 2362 页。

③　同上书，第 2363 页。

④　同上。

⑤　况周颐著，王幼安校订：《蕙风词话》；王国维著，徐调孚注，王幼安校订：《人间词话》，人民文学出版社 1960 年版，第 26 页。

⑥　朱崇才编纂：《词话丛编续编》，人民文学出版社 2010 年版，第 3199 页。

⑦　同上。

⑧　同上书，第 3200 页。

人入掌枢密，动辄粗戾。蒋竹山如蓬门丽质，清秀有余。柳耆卿如通天老
狐，醉即露尾。康与之如春场笙歌，繁乐聒耳。史梅溪如剪采成花，细而
近纤。姜白石如江介澄波，悠然一往。吴梦窗如天孙云锦，一丝一缕，尽
发奇光，俗子庸夫，见之却步。李易安如中人举鼎，时虞绝脰。王碧山如
天家姬侍，神采幽馨，迥非凡艳。周公瑾如辞树红英，难免浮浪。朱淑真
如碧窗鹦鹉，略解语言。陆放翁如野僧说法，清而无味。张玉田如中郎凋
谢，典型尚存。"① 又云："清诸家词，龚芝麓如初日芙蓉，姱容秀
发。王阮亭如青春少妇，猫婭多致。朱秀水如乐师奏曲，声声入叩。彭羡门如北
里新姝，时嫌浮艳。成容若如孤山哀曲，遗响酸鼻，又如骏马走古坂，时
虞伤足。尤西堂如天半明星，流动自如。厉樊榭如孤山鸣琴，都非凡响，
又如幽泉漱石，泠泠高韵。郭苹伽如倚马速稿，时伤草率。吴穀人如大家
闺秀，步履端庄。袁兰邨如何郎傅粉，太嫌姣艳，却非本色。"② 又云：
"近世词人，文云起如空山侠士，剑光晔晔。谭仲修如宦家闺秀，步履矜
持。王鹜翁如海国珊瑚，不假磨琢；朱强村如郭熙作画，五日一水，十日
一石。樊身云如长安少年，流动有致。易实甫如关西大汉，时虑粗鄙，然
其放浪之作，则又如思光危滕，不可无一，不可有二。"③ 闻野鹤选择历
代一些具有代表性的词人词作进行点评赏鉴，对每位词人的创作特征及优
劣之处均用简洁的一句话加以归结，提纲挈领，相互比照，甚便于人们认
识与把握。这种评论形式极合乎报刊大众化传播的性质及特征，因此于文
艺普及工作无疑具有很好的作用与效果。

第二节 整体性诗化品说方式的承衍

中国传统词学品说方式承衍的第二个维面，是整体性诗化品说。此线
索导源于晚唐时期司空图的《二十四诗品》。司空图创造性地将"比物取
象，目击道存"的思维方式，运用于对诗歌境界与风格特征的概括描述
中。其《二十四诗品》并列 24 个品目，分别为："雄浑""冲淡""纤
秾""沉着""高古""典雅""洗炼""劲健""绮丽""自然""含蓄"

---

① 朱崇才编纂：《词话丛编续编》，人民文学出版社 2010 年版，第 2319—2320 页。
② 同上书，第 2321—2322 页。
③ 同上书，第 2319 页。

"豪放""精神""缜密""疏野""清奇""委曲""实境""悲慨""形容""超诣""飘逸""旷达""流动"。司空图于每一品都择选适切、优美的喻象表达不同美的内涵与形态，统一用四言十二句的韵文形式解说其美学意蕴及特征，在立意上极富于创造性。它在品说体制上不同于前人的特点主要有二：一是采用诗的形式，以艺术之体阐说诗学理论命题；二是使用一系列喻象与多种表达方式多视点地描述诗歌的某一种境界与风格特征，将对诗歌境界与风格特征的了悟以具体感性的形式表达出来，极富于张力性。司空图《二十四诗品》对传统文论诗性言说之道予以了有效的张扬，其品说方式对后世文学理论批评之体的诗性建构产生深远的影响。

司空图之后，宋、元、明三代，传统词学理论批评中未见有承衍《二十四诗品》体制的篇什。但延展至清代，大致缘于文学理论批评概括总结思潮及文论承传、反思与转型的时代大背景影响，涌现了不少继承创新之作。其中，体现在词学之论中，主要有郭麐《词品》、杨夔生《续词品》、陈文述《紫鸾笙谱序》、姚燮《鸥波词序》及江顺诒《词品》。它们或从词学风格之论角度，或从词学创作之论角度，将整体性诗化品说方式不断张扬开来。

郭麐在《词品序》中云："余少耽倚声，为之未暇工也。中年忧患交迫，廓落鲜欢，间复以此陶写，入之稍深，遂习玩百家，博涉众趣，虽曰小道，居然非粗鄙可了。因弄墨余闲，仿表圣《诗品》，为之标举风华，发明逸态，以其途较隘，止得表圣之半；用以轩翥六义之后，奋蛰四声之余，亦犹贤乎博奕。"① 这段叙说，郭麐表达出对司空图《二十四诗品》的仿效之意，道出其创作宗旨便在于"倚声"之道"标举风华，发明逸态"，亦即志在以诗的形式概括描述词的风格类型及特征。其《词品》共十二则，具体篇目为"幽秀""高超""雄放""委曲""清脆""神韵""感慨""奇丽""含蓄""遒峭""浓艳""名隽"。这些篇目，有些与司空图《二十四诗品》似乎相类，有些则为其所未列，它在文学风格品类上进一步作出开拓与挖掘。如，《幽秀》云："千岩巉巉，一壑深美。路转峰回，忽见流水。幽鸟不鸣，白云时起。此去人间，不知几里。路逢疏花，娟若处子。嫣然一笑，目成而已。"② 这一品目所概括描述的词作境

---

① 张璋、职承让、张骅、张博宁编纂：《历代词话》，大象出版社 2002 年版，第 1303 页。
② 同上。

界与风格特征是《二十四诗品》中所未列的，它通过描绘"千岩"中的深谷、峰回路转中所见流水、飞鸟、白云及路旁的野花等景象，整体而动态性地展示出深幽娟秀的美学境界与风格意味。又如，《雄放》云："海潮东来，气吞江湖。快马斫阵，登高一呼。如波轩然，蛟龙牙须。如怒鹘起，下盘浮图。千里万里，山奔雷驱。元气不死，乃与之俱。"① 这一品目看似与《二十四诗品》中的"雄浑"相类，然仔细体味，其境界与意味明显体现出差异。它通过对一系列宏大事象的描述，突出地渲染了内在的动态之势与生气。还如，《神韵》云："杂花欲放，细柳初丝。上有好鸟，微风拂之。明月未上，美人来迟。却扇一顾，群妍皆嫉。其秀在骨，非铅非脂。眇眇若愁，依依相思。"② 此十二句四言诗从表现内容上分为三组。前两组为动态相连的意象群，第一组通过杂花、细柳、小鸟、微风等景物相互映照，展现出一派宁静而富于生机的境象；第二组以月色朦胧中美人却扇、顾盼流彩点化上述景物与境界；之后，又自然地导引出后四句的叙说，一句"其秀在骨，非铅非脂"便道出"神韵"的本质所在，一句"眇眇若愁，依依相思"切中地表达出"神韵"的艺术特征及给人的丰富审美感受。郭麐上述各则对词作风格的描述，喻象选择是甚为讲究的，典雅而优美，无论在外在体制还是内在骨髓上都可谓得《二十四诗品》之神味。

此时，杨夔生又创作有《续词品》，亦十二则，具体篇目为"轻逸""绵邈""独造""凄紧""微婉""闲雅""高寒""澄澹""疏俊""孤瘦""精炼""灵活"。杨夔生对词作境界与风格特征的概括描述与郭麐又不相同，他们共同丰富与充实了传统词学风格之论的内涵。《续词品》在品说词作境界与风格特征时，对喻象的选择也十分讲究，形象性与情态感很强。如，《轻逸》云："悠悠长林，蒙蒙晓晖，天风徐来，一叶独飞，望之弥远，识之自微。疑蝶入梦，如花堕衣。幽弦再终，白云逾稀，千里飘忽，鹤翅不肥。"③ 杨夔生选择长林、晨曦、天风、落叶、蝴蝶、落花、幽弦、白云、鹤翅等一系列喻象的动态情状来形容描述词作的轻盈飘逸之境界与风格，是十分恰当的。又如，《闲雅》云："疏雨未歇，轻寒独知。

---

① 张璋、职承让、张骅、张博宁编纂：《历代词话》，大象出版社 2002 年版，第 1304 页。
② 同上。
③ 同上书，第 1290 页。

茶烟昼青，煮藤一枝。秋老茅屋，襜虫挂丝。叶丹苔碧，酒眠悟诗。饮真抱和，仙人与期。其曰偶然，薄言可思。"①用萧萧疏雨中独知轻寒、深秋茅屋中细看小虫结网及于山水碧丛中酒眠悟诗等事象与情态为譬，生动细致地道出"闲雅"之境的内中滋味。还如，《灵活》云："天孙弄梭，腕无暂停。麻姑掷米，走珠跳星。荷露入握，菊香到瓶。如泉过山，如屋建瓴。虚籁集响，流影幻形。四无人语，佛阁风铃。"②前四句运用"天孙弄梭""麻姑掷米"的典故喻象进行譬说；中四句又选择"荷露入握""菊香到瓶""如泉过山""如屋建瓴"四种情态喻象进一步譬说随遇而成、随机而行的艺术创作之理；后四句则在前八句的基础上进一步概括与升华，揭橥出"灵活"之境界与风格如"流影幻形"，如"佛阁风铃"，其本质意蕴在流转变换、动态生成，其内在精神是无所不寓、无所不在的。整首诗全为喻象比譬之语，甚富于张力性地将"灵活"之境界与风格的本质内涵呈现出来。完全可以说，没有对自然现实与社会生活的独到深细体验，是不可能描述概括得如此形象到位的。总之，郭麐、杨夒生二人从不同视点出发，所描述概括出的多样词作境界与风格特征，既是对词的创作的现实理论总结，也是对传统文学风格学的创造性继承与拓展，在词学风格之论上作出重要的贡献。

　　之后，陈文述《紫鸾笙谱序》云："昔吴江郭频伽、梁溪杨沅苨各为《词品》十二则，以继司空表圣《诗品》。余亦尝为《词苑闲评》云：浅月眉痕，微云卵色，词之天也；芳草天涯，垂杨古驿，词之地也；紫塞征人，翠楼思妇，词之人也；雕笼鹦鹉，锦水鸳鸯，词之物也；莎壁啼蛩，杏梁语燕，词之候也；水榭垂灯，画船载酒，词之境也；楼阁红情，阑干绿意，词之色也；花间摩篆，月底修箫，词之声也；流莺坐树，舞蝶行花，词之香也；梅雪烹茶，梨云酿酒，词之味也；同心佩合，如意珠圆，词之喜也；秋帐屯云，春涛卷雪，词之怒也；翠绡封泪，紫蕴吞声，词之哀也；鸟弄歌声，花开笑靥，词之乐也；上九采兰，初三赠药，词之风也；乌帽弹棋，貂裘换酒，词之雅也；莲漏昼长，桂宫秋早，词之颂也；雁字难工，蚕丝易断，词之比也；菖蒲忆远，豆蔻缄愁，词之兴也；永巷眉长，空房胆小，词之赋也；捣药林香，扫花坛静，词之品也；移花带

① 张璋、职承让、张骅、张博宁编纂：《历代词话》，大象出版社2002年版，第1291页。
② 同上。

月，种石生云，词之趣也；金谷移春，玉壶贮暖，词之适也；朝烟种术，夜雨栽兰，词之逸也；江镜澄霞，湖奁浸月，词之旷也；银汉黄姑，彩云白帝，词之远也；锦帐梦沉，绿窗醉浅，词之憨也；玉龙回雪，翠鹗拖秋，词之俊也；仙谱霓裳，天香紫袖，词之华也；蹋鞠翠圆，秋千红湿，词之丽也；银蜡泪残，玉炉香细，词之艳也；钟无近响，琴有余音，词之韵也；叶坠青虫，花啼翠鸟，词之纤也；银蒜一双，玉梅三九，词之柔也；峰回寺出，溪转湖开，词之曲也；云叠羽沈，潭空鳞见，词之深也；菱畔鸥眠，松阴鹤定，词之静也；海人浣月，溪女洗花，词之洁也；繁华压篱，丛柯碍涧，词之放也；桔槔井涩，碌碡声闲，词之朴也；铁拨声高，铜弦响急，词之豪也；青海射雕，玉关走马，词之壮也；长缨说剑，短褐吹箫，词之谲也；雁回峰远，凤去台空，词之怨也；云栈鹃啼，月峡猿啸，词之凄也；翁仲眠云，骷髅拜月，词之幽也；柳梦缠绵，花魂旖旎，词之魔也；红袖谭禅，黄绢人道，词之悟也。"① 陈文述倡言其创作《词苑闲评》便意在效仿郭麐和杨夑生，以喻象的形式表达对于词的创作方方面面的认识与体悟，包括艺术生发、创作运思、意象使用、审美表现、艺术特征、风格显现及给人的美感等多方面内容。整个"闲评"，共47 句，每句12 字，其中，都用8 个字比譬与描述，都对词的创作中的某个论题或方面予以形象化譬说，在给人以理性启发的同时，也给人以多样的审美体味。整篇评说，引类连譬，排比而成，可谓灵动异常，美之感受纷至沓来，其在中国传统词学批评史上有着突出的地位。

　　这一时期，在词学品体之论中，值得提及的还有姚夑《鸥波词序》。其中拟有"词品"五则，分别为"柔腻""疏秀""明润""俊逸""绵远"。其在论说形式上类似于赋体，以喻象比譬与叙述描绘相结合的形式加以道出，但充溢诗性阐说的意味。其《柔腻》云："观其揎袖整瑟，拈钗播簧。赚莺飞来，挂帘额之镜子。恐花睡去，拭屏角之烟痕。其柔腻也。"《疏秀》云："或复养麝半温，试酒微醉。远岫微霁，比浅翠于初苔。美人秋病，量窄腰以弱燕。其疏秀也。"《明润》云："若夫室白无滓，天青不云。素月到潭，濯彼姑射之魄。红玉在掌，温如太真之肤。其明润也。"《俊逸》云："至于顾影自怜，凝情移世。脱枫亭之荔壳，樱桃可奴。结苕溪之鸥盟，菡萏为佩。其俊逸也。"《绵远》云："抑且淑兮若思，迥乎无尽。关中行马之路，萧芜未黄。湘上夕阳之楼，栏杆有絮。其绵远也。"① 姚燮虽受词序形式的限制，仅列五则词品，但所论确有一定的特色。他以散句形式借助一系列相关景象加以描摹，富于张力性地描述和概括出新鲜的词作境界与风格特征。他不尚论之全面，惟以体悟领会真切细致为求，体现出一定的特色。其所论可与郭麐、杨夔生之论相互补充与发明，他们共同拓展、充实与丰富了对传统词学风格之论的探讨。

之后，又出现有江顺诒《词品》。江顺诒在《词品》之小序中云："昔随园补《诗品》三十二首，谓前人只标妙境，未写苦心，特为续之。诒于《词品》亦同此论，因仿其意得二十首。"② 江顺诒与袁枚一样，旨在以诗的形式道出词的创作之"苦心"。其论虽明确标示效仿袁枚，但实际上也是对司空图《二十四诗品》的承扬。江顺诒《词品》原本二十则，徐珂最早整理江氏文稿，实得十九则。其篇目为："崇意""用笔""布局""敛气""考谱""尚识""押韵""言情""戒亵""辨微""取径""振采""结响""善改""着我""聚材""去瑕""行空""妙悟"。上述篇什都以喻象化比譬与具体阐说相结合的形式论说词的创作，涉及主体的内在修养与词作艺术表现的多方面论题。它是中国传统词学史上唯一一篇集中对词的创作予以整体性诗化品说的文献。如，《崇意》云："诗尚讽谕，词贵含蓄。绮丽单辞，支离全局。七宝楼台，炫人耳目。叩厥本意，毫无归宿。其貌如花，其味如木。一览无余，奚庸三复。"③ 江顺诒紧密联系词体艺术质性与审美特征，强调作词要以意为本，词作表意要以含蓄委婉为贵，明确反对"其貌如花，其味如木"的炫丽而乏味之作。又如，《言情》云："是桓子野，是王伯舆。不知所起，人孰能无。如饮笃耨，如醉醍醐。楼头柳远，海上琴初。绵绵有恨，渺渺维余。蚕丝难割，春水何知。"④ 江顺诒倡导词的创作要以情感表现为旨归，肯定表现情感乃词之本性，主张情感表现要真挚深致、含蓄缠绵、不知所起、一往而终。还如，《聚材》云："群芳之英，酿而为蜜。邮亭之椽，截而为笛。白璧十双，黄金万镒。储之贵多，弃之不惜。一军皆惊，万花无色。落实已秋，

---

① 唐圭璋编：《词话丛编》，中华书局1986年版，第3291页。
② 同上书，第3299页。
③ 同上书，第3300页。
④ 同上书，第3301页。

制锦成匹。"① 江顺诒连续运用采花酿蜜、截竹为笛等事象,来譬说词的创作素材"储之贵多,弃之不惜"的道理,生动形象地道出惟能贮之故词作才可能丰盈,惟能取之故词作才可能切实精致的创作之理。整体来看,江顺诒主张词作表意以含蓄无垠为贵,词作言情要深致缠绵、避免淫亵,重视词作选材提炼、结构布局及技巧表现的各个环节,但又强调以识见为本,由妙悟而从深层次上接通创作之途,不落言荃,在创作中注重词体自身质性等。江顺诒在词的创作理论主张上与袁枚对诗歌创作的论说是甚为一致的,其所阐说内容,从不同视点上,对袁枚《续诗品》的诗歌创作论予以了补充与完善,亦可视为立足于词的创作角度,对《续诗品》所阐说文学创作之论的延伸。

---

① 唐圭璋编:《词话丛编》,中华书局 1986 年版,第 3302—3303 页。

结　语

　　本书主要从体制论、创作论、审美论、批评论、宗尚论及词学批评体式自身的承衍几大块内容入手，对中国传统词学中一些重要命题与批评体式的承衍予以了考察。

　　在词学体制论与创作论的承衍板块中，认为，（1）中国传统词源之辨的承衍，主要体现在三个维面：一是词为"诗余"论的承衍，二是词为"倚声"论的承衍，三是词为"诗余"与"倚声"相结合论的承衍。其中，在第一个维面，主要包括三条线索：一是从总体上阐说词源于诗体的承衍，二是论说词源于风骚之体的承衍，三是论说词源于唐人近体诗的承衍。在第二个维面，主要包括两条线索：一是侧重从音调渊承上论说词源于乐府之体的承衍，二是侧重从体制渊承上论说词源于乐府之体的承衍。（2）中国传统词体之辨的承衍，主要体现在两个维面：一是偏于辨分词与诗、曲体性之异论的承衍，二是偏于辨说词与诗、曲体性之通论的承衍。其中，在第一个维面，主要包括三条线索：一是偏于辨分诗词体性之异论的承衍。二是偏于辨分词曲体性之异论的承衍，三是综合性地辨分词与诗、曲体性之异论的承衍；在第二个维面，也主要包括三条线索：一是偏于辨说诗词体性之通论的承衍，二是偏于辨说词曲体性之通论的承衍，三是综合性地辨说词与诗、曲体性之通论的承衍。（3）中国传统词情论的承衍，主要体现在三个维面：一是"情"作为词作生发之本标树论的承衍，二是词情表现特征与要求论的承衍，三是词情表现与创作因素关系论的承衍。其中，在第二个维面，主要包括三条线索：一是词情表现合乎中和审美原则论的承衍，二是词情表现含蓄蕴藉论的承衍，三是词情表现真实自然论的承衍。在第三个维面，也主要包括三条线索：一是"情"与"景"关系之论的承衍，二是"情"与"意"关系之论的承衍，三是"情"与"辞"关系之论的承衍。（4）中国传统词兴论的承衍，主要体现在两个维面：一是"兴"作为词的创作本质要素标树论的承衍，二是"兴"与其他创作因素关系论的承衍。其中，在第一个维面，主要包括两条线索：一是从词作体制角度对"兴"标树之论的承衍，二是从词作咏物角度对"兴"标树之论的承衍。在第二个维面，主要包括四条线索：一是"兴"与词作体制关系之论的承衍，二是"兴"与情感表现关系之论的承衍，三是"兴"与词作用辞关系之论的承衍，四是"兴"与艺术教化关系之论的承衍。（5）中国传统词意论的承衍，主要体现在三个维面：一是词作之本"意内言外"论的承衍，二是词意表现特征与要求论的承衍，三是"意"与其他创作因素关系论的承衍。其中，在第二个维面，主要包括三条线索：一是词意表现新颖独创论的承衍，二是词意表现含蓄深致论的承衍，三是词意表现合乎中和准则论的承衍。在第三个维面，主要包括四条线索：一是词作构思、用笔与表意关系之论的承衍，二是词作用语与表意关系之论的承衍，三是词作用韵与表意关系之论的承衍，四是词作表意与面目呈现关系之论的承衍。（6）中国传统词学用事论的承衍，主要体现在三个维面：一是肯定与主张词作用事之论的承衍，二是词作用事要求之论的承衍，三是反对词作过于用事之论的承衍。其中，在第二个维面，主要包括两条线索：一是要求词作用事自然妥帖圆融之论的承衍，二是要求词作用事灵活、事为意用之论的承衍。

在词学审美论的承衍板块中，认为，（1）中国传统词味论的承衍，主要体现在三个维面：一是"味"作为词作审美之本标树论的承衍，二是词味表现要求之论的承衍，三是词味生成与创作因素关系之论的承衍。其中，在第三个维面，主要包括三条线索：一是字语运用与词味关系之论的承衍，二是词作用笔与词味关系之论的承衍，三是艺术表现与词味关系之论的承衍。（2）中国传统词韵论的承衍，也主要体现在三个维面：一是"韵"作为词作审美之本标树之论的承衍，二是词韵表现要求之论的承衍，三是词韵创造与生成之论的承衍。其中，在第二个维面，主要包括两条线索：一是词韵表现深远悠长要求之论的承衍，二是词韵表现入雅避俗要求之论的承衍。（3）中国传统词趣论的承衍，主要体现在两个维面：一是"趣"作为词作审美之本标树之论的承衍，二是词趣创造与生成之论的承衍。（4）中国传统词格论的承衍，也主要体现在两个维面：一是"格"作为词作审美之本标树之论的承衍，二是词格呈现与创作因素关系之论的承衍。（5）中国传统词气论的承衍，主要体现在三个维面：一是

"气"作为词作审美本质因素标树之论的承衍，二是词气审美特征与要求之论的承衍，三是词气呈现与创作因素关系之论的承衍。其中，在第二个维面，主要包括三条线索：一是词气免俗要求之论的承衍，二是词气潜伏流贯与运转自如之论的承衍，三是反对有书本迂腐之气论的承衍。在第三个维面，主要包括两条线索：一是词作用笔与行气关系之论的承衍，二是词人性情与词气关系之论的承衍。（6）中国传统词境论的承衍，主要体现在五个维面：一是对"境"作为词作审美之本标树论的承衍，二是对词境表现特征与要求之论的承衍，三是对词的创作中词境与词意关系之论的承衍，四是对词境类型划分之论的承衍，五是对王国维"境界"说消解之论的承衍。其中，在第二个维面，主要包括五条线索：一是词境与诗境互有差异论的承衍，二是词境表现含蓄浑融论的承衍，三是词境表现深致静穆论的承衍，四是词境表现真实自然论的承衍，五是词境表现新颖别致论的承衍。

在词学批评论与宗尚论的承衍板块中，认为，（1）中国传统词学尊体之论的承衍，主要体现在四个维面：一是从文学发展与自然存在角度对词体推尊之论的承衍，二是从创作实践之难角度对词体推尊之论的承衍，三是从诗词同源或同旨角度对词体推尊之论的承衍，四是从有补于诗歌艺术表现角度对词体推尊之论的承衍。（2）中国传统词学政教之论的承衍，主要体现在两个维面：一是政教思想旨向之论的承衍，二是政教审美原则之论的承衍。（3）中国传统词学雅俗之论的承衍，主要体现在三个维面：一是去俗崇雅之论的承衍，二是雅俗相融相生之论的承衍，三是雅俗呈现之论的承衍。其中，在第三个维面中，主要包括四条线索：一是对雅俗呈现与情感表现关系的承衍阐说，二是对雅俗呈现与主体学养关系的承衍阐说，三是对雅俗呈现与语言运用关系的承衍阐说，四是对雅俗呈现与词的其他创作因素关系的承衍阐说。（4）中国传统词学本色之论的承衍，主要体现在两个维面：一是从词作体性角度所展开本色之论的承衍，二是从词作风格角度所展开本色之论的承衍。其中，在第一个维面，主要包括两条线索：一是维护与持守传统词体本色之论的承衍，二是对传统词体本色观念予以破解之论的承衍。在第二个维面，主要包括三条线索：一是以婉约风格为本色之论的承衍，二是以自然真实风格为本色之论的承衍，三是对传统婉约词风本色观念予以破解之论的承衍。（5）中国传统词学正变之论的承衍，主要体现在四个维面：一是从词作风格角度所展开正变之论的承衍，二是从词学流派角度所展开正变之论的承衍，三是从词人词作角度所展开正变之论的承衍，四是从词史发展角度所展开正变之论的承衍。(6) 中国传统词学体派之宗的承衍，主要体现在三个维面：一是偏于推扬婉约之体的承衍，二是偏于推扬豪放之体的承衍，三是主张婉约与豪放不可偏废之论的承衍。(7) 中国传统词学南北宋之宗的承衍，也主要体现在三个维面：一是偏重以北宋词为宗之论的承衍，二是偏重以南宋词为宗之论的承衍，三是主张兼融并取南北宋词之论的承衍。

在词学批评体式的承衍板块中，认为，(1) 中国传统词话的承衍，主要体现在三个维面：一是偏于纪事与辨证之体的承衍，二是偏于理论批评之体的承衍，三是汇辑与类编之体的承衍。其中，在第二个维面，主要包括三条线索：一是偏于具体批评之体的承衍，二是具体批评与理论阐说相融之体的承衍，三是偏于论理之体的承衍。(2) 中国传统词学评点的承衍，主要体现在三个维面：一是单一评点之体的承衍，二是选评结合之体的承衍，三是汇评之体的承衍。(3) 中国传统论词绝句的承衍，在论评形式上，主要体现在两种类型中：一是在题名中未直接标示的论词绝句的承衍，二是在题名中直接标示的论词绝句的承衍。(4) 中国传统词作选本的承衍，主要体现在四个维面：一是分调选编之体的承衍，二是分类选编之体的承衍，三是分人选编之体的承衍，四是分地域选编之体的承衍。(5) 中国传统词学品说方式的承衍，主要体现在两个维面：一是喻象化品评方式的承衍，二是整体性诗化品说方式的承衍。

总体而论，本书认为：(1) 中国传统词学在上千年的历史生成中，其理论批评的建构、成型与丰富、完善不是一蹴而就的，它有着一个缓慢的、渐进的、细微的承纳接受与创衍发展过程；(2) 中国传统词学在体制论、创作论、审美论、批评论、宗尚论等方面都分别有着内在的承纳接受与创衍发展，这从质性上影响和规定着传统词学的理论构架及其批评展开；(3) 中国传统词学在批评体式方面也有着内在的承纳接受与创衍发展，它们在纵向上相续相成、创造生发，横向上影响互动，最终构建出传统词学的历史面貌及其承载方式；(4) 中国传统词学不同专题的承衍，细致丰满而又不平衡地体现在不同历史发展的平台之上，各异词学理论批评专题之间相互影响、彼此融通，最终共构出传统词学的承衍历史；(5) 中国传统词学理论批评的承衍是历时承纳与共时发生的必然结果，同时，中国传统词学理论批评的承衍又为现代词学的转型提供了思想与学殖养料。

　　需要特别说明的是，本书写作由于立足于对传统词学理论批评不同专题承衍线索的勾画，因此，将重点放在对传统词学历史发展的动态性描述与论说之上。正由此，其可能呈现出一些方面的不足与欠缺，就笔者所知而言：一是章节结构可能多流于平面性、历时性的资料排列与叙论，其分析论说是渗透与融化在分散的文献材料之后的，而难以作出更具有概括性的分析归纳，致使读者不容易寻绎其理性判断；二是由于书稿致力于对不同专题承衍维面的划分与历时线索的钩索，这势必给人造成止步于文献资料的归类与整理的印象，而缺乏更具深度的分析概括与更多的价值判断，而要克服这方面缺陷与跨越其"叙述"障碍，又因课题研究本身的性质而不容易做到。所以，在本书中，"梳理"与"概括"，"类归"与"判断"，"勾画"与"提炼"似乎成为了几对矛盾的关系命题。如何从更具学术辨识的高度，联系社会历史与文化发展等多方面因素，对不同理论批评专题承衍的历时流程作出尽可能多一些的分析、论说与评价、判断，而不仅仅停留于对词学理论批评本身内在理路的寻绎、梳理与概括、提炼，亦即将中国传统词学承衍研究的向度更"向外推"，这方面确是需要作出很大努力的。

附录一　本著作所涉主要词论家简介

1. 欧阳炯（896—971），四川华阳（今属成都）人；后蜀词人，"花间派"代表词人；著有《花间集序》等。

2. 苏轼（1037—1101），字子瞻，又字和仲，号东坡居士，四川眉山人；宋代文学家、书画家，"唐宋八大家"之一；著有《苏东坡全集》等。

3. 黄庭坚（1045—1105），字鲁直，自号山谷道人，晚号涪翁，又称豫章黄先生，江西分宁（今修水）人；宋代文学家、书法家，"江西诗派"开山之祖；著有《豫章黄先生文集》《山谷诗集》等。

4. 李之仪（1048—1117），字端叔，自号姑溪居士、姑溪老农，沧州无棣（今山东庆云）人；北宋词人；著有《姑溪词》《姑溪居士前集》《姑溪题跋》等。

5. 晁补之（1053—1110），字无咎，号归来子，山东巨野（今属济州）人；宋代文学家，"苏门四学士"之一；著有《鸡肋集》等。

6. 陈师道（1053—1101），字履常，一字无己，号后山居士，江苏彭城（今徐州）人；宋代诗人，"苏门六君子"之一；著有《后山先生集》等。

7. 曾慥（？—1155），字端伯，号至游子、至游居士，福建晋江（今泉州）人；宋代词人；著有《乐府雅词》等。

8. 王灼（1081—1162 后），字晦叔，号颐堂，四川遂宁人；宋代科学家、文学家、音乐家；著有《颐堂先生文集》《颐堂词》《碧鸡漫志》等。

9. 李清照（1084—1155），号易安居士，山东章丘（今属济南）人；宋代词人；著有《易安居士文集》等，已散佚，后人辑有《漱玉词》。

10. 朱弁（1085—1144），字少章，号观如居士，徽州婺源（今属江西）人；宋代诗人；著有《曲洧旧闻》《风月堂诗话》等。

11. 胡寅（1098—1156），字明仲，人称致堂先生，福建崇安（今武夷山市）人；宋代词人；著有《斐然集》等。

12. 鲖阳居士（生卒年不详）；宋代词人；著有《复雅歌词》等。

13. 王灼（生卒年不详），字晦叔，号颐堂，四川遂宁人；宋代词人；著有《碧鸡漫志》《颐堂先生文集》等。

14. 胡仔（1110—1170），字元任，自号苕溪渔隐，安徽绩溪人；宋代诗话家；著有《苕溪渔隐丛话》等。

15. 陆游（1125—1210），字务观，号放翁；浙江山阴（今绍兴）人；宋代诗人；著有《剑南诗稿》《渭南文集》《老学庵笔记》等。

16. 朱熹（1130—1200），字元晦、一字仲晦，号晦庵、晦翁、考亭先生、云谷老人、沧洲病叟、逆翁，祖籍徽州婺源（今属江西），生于福建三明；宋代思想家、哲学家、教育家、诗人；著有《四书章句集注》《楚辞集注》等。

17. 王炎（1138—1218），字晦叔，一字晦仲，号双溪，徽州婺源（今属江西）人；宋代词人；著有《双溪集》等。

18. 王楙（1151—1213），字勉夫，号分定居士，福建福清人，徙居湖南平江；宋代笔记家；著有《野客丛书》《巢睫稿笔》等。

19. 姜夔（1155—1221），字尧章，号白石道人，江西鄱阳（今波阳）人；宋代词人、音乐家；著有《白石诗集》《白石道人歌曲》《白石道人诗说》等。

20. 汪莘（1155—1227），字叔耕，号柳塘，自号方壶居士，安徽休宁人；宋代词人；著有《方壶存稿》《方壶集》等。

21. 刘克庄（1187—1269），字潜夫，号后村，福建莆田人；宋代诗人；著有《后村先生大全集》等。

22. 元好问（1190—1257），字裕之，号遗山，山西秀容（今忻州）人；金代文学家、历史学家；著有《遗山集》，编有《中州集》等。

23. 沈义父（生卒年不详），字伯时，号时斋，江苏吴江人；宋代词学家、音乐学家；著有《乐府指迷》等。

24. 杨缵（生卒年不详），字继翁，号守斋，又号紫霞翁，四川严陵（今属威远）人；宋代词人；著有《作词五要》《紫霞洞谱》等。

25. 柴望（1212—1280），字仲山，号秋堂，又号归田，浙江江山人；

宋代文学家；著有《道州台衣集》《咏史诗》《西凉鼓吹》等，已佚，后人辑为《秋堂集》。

26. 刘辰翁（1232—1297），字会孟，别号须溪，江西庐陵（今吉安）人；宋代诗人；著有《须溪先生全集》等。

27. 刘敏中（1243—1318），字端甫，山东章丘（今属济南）人；元代文学家；著有《中庵集》等。

28. 张炎（1248—1320），字叔夏，号玉田，又号乐笑翁，祖籍甘肃成纪（今天水），寓居浙江临安（今杭州）；宋代词人、音乐学家；著有《山中白云词》《词源》等。

29. 程钜夫（1249—1318），名文海，以字行，号雪楼，又号远斋，江西建昌（今南城）人；元代文学家；著有《雪楼集》等。

30. 吴澄（1249—1333），字幼清，晚字伯清，人称草庐先生，江西崇仁人；元代理学家、文学家、教育家；著有《吴文正集》等。

31. 元淮（生卒年不详），字国泉，号水镜，江西临川（今抚州）人；元代诗人；著有《金渊集》，后人改名为《金渊吟》或《水镜集》。

32. 陆文圭（1252—1336），字子方，人称"墙东先生"，江苏江阴人；元代文学家；著有《墙东类稿》等。

33. 刘将孙（1257—?），字尚友，江西庐陵（今吉安）人；元代诗人；著有《养吾斋集》等。

34. 朱晞颜（生卒年不详），字景渊，浙江长兴人；元代文学家；著有《瓢泉吟稿》等。

35. 陆行直（1275—?），字季衡，江苏吴江人；元代词学家；著有《词旨》等。

36. 杨维桢（1296—1370），字廉夫，号铁崖、铁笛道人，又号铁心道人、铁冠道人、铁龙道人、梅花道人等，晚年自号老铁、抱遗老人、东维子，浙江会稽（今诸暨）人；元代文学家；著有《东维子文集》《铁崖先生古乐府》等。

37. 王九思（1468—1551），字敬夫，号渼陂，陕西鄠县（今户县）人；明代文学家，"前七子"之一；著有《渼陂集》《沽酒游春》等。

38. 陈霆（约1477—1550），字声伯，号水南；浙江德清人；明代文学家；著有《水南稿》《渚山堂诗话》《渚山堂词话》等。

39. 杨慎（1488—1559），字用修，号升庵，自称博南山人、金马碧鸡老兵，四川新都（今属成都）人；明代诗人、博学家；著有《升庵集》等。

40. 谢榛（1495—1575），字茂秦，号四溟山人、脱屣山人，山东临清人；明代诗人，"后七子"之一；著有《四溟集》《四溟诗话》等。

41. 皇甫汸（1497—1582），字子循，号百泉、百泉子，江苏长洲（今苏州）人；明代诗人；著有《长洲艺文志》等，辑有《玉涵堂诗选》。

42. 何良俊（1506—1573），字元朗，号柘湖，江苏华亭（今上海松江）人；明代戏曲家；著有《柘湖集》《四友斋丛说》等。

43. 徐师曾（1517—1580），字伯鲁，号鲁菴，江苏吴江人；明代文章学家；著有《文体明辨》《大明文钞》《湖上集》等。

44. 顾起纶（1517—1587），字更生，号元名，一作玄言，江苏金匮（今无锡）人；明代诗人、书画家；著有《句漏集》《赤城集》《国雅》等。

45. 徐渭（1521—1593），初字文清，后改字文长，号天池山人，或署田水月、田丹水、青藤老人、青藤道人、青藤居士、天池渔隐、金垒、金回山人、山阴布衣、白鹇山人、鹅鼻山侬等别号，浙江山阴（今绍兴）人；明代文学家、书画家、军事家；著有《南词叙录》等。

46. 王世贞（1526—1590），字元美，号凤洲，又号弇州山人，江苏太仓人；明代文学家、史学家，"后七子"之一；著有《弇山堂别集》《弇州山人四部稿》等。

47. 钱允治（1541—?），名府，字允治，又字功甫；明代文学家、画家、藏书家；著有《少室先生集》，辑有《续选宋元诗余》《续选草堂诗余》《古香岑堂诗余》等。

48. 汤显祖（1550—1616），字义仍，号海若，自署清远道人，别号玉茗堂主人，晚号若士、茧翁等，江西临川（今抚州）人；明代戏曲家，有"东方莎士比亚"之称；著有《玉茗堂四梦》等。

49. 王骥德（?—1623），字伯良，一字伯骏，号方诸生，别署秦楼外史，浙江会稽（今绍兴）人；明代戏曲家；著有《题红记》《曲律》《南词正韵》等。

50. 陈继儒（1558—1639），字仲醇，号眉公、麋公，江苏华亭（今上海松江）人；明代文学家、书画家；著有《陈眉公全集》《小窗幽记》等。

51. 张綖（生卒年不详），字世文，自号南湖居士，江苏高邮人；明代文学家；著有《杜工部诗通》《诗余图谱》《淮海集》等。

52. 王象晋（1561—1653），字荩臣、子进，又字三晋，一字康候，号康宇，自号名农居士，山东新城人；明代文学家、学者；著有《群芳谱》等。

53. 陈耀文（生卒年不详），字晦伯，号笔山，河南确山人；明代文学家、学者；著有《天中记》《花草粹编》等。

54. 俞彦（生卒年不详），字仲茅，江苏上元（今属南京）人；明代词人；词集已佚。

55. 胡震亨（1569—1645），原字君鬯，后改字孝辕，自号赤城山人，晚号遁叟，浙江海盐人；明代诗人；著有《唐音统签》《唐诗丛谈》《赤诚山人稿》等。

56. 张慎言（1578—1646），字金铭，号藐山，人称藐山先生，山西阳城人；明代思想家、诗人；诗集已佚。

57. 周永年（1582—1647），字安期，江苏吴江人；明代诗人；著有《怀响斋集》等。

58. 谭元春（1586—1637），字友夏，号鹄湾，别号襄翁，湖北竟陵（今天门）人；明代文学家，"竟陵派"创始人；著有《谭友夏合集》等。

59. 邹式金（1596—1677），字仲悄，号木石、香眉居士，江苏金匮（今无锡）人；明清之际戏曲家；著有《香眉亭诗集》《香眉词录》《宋遗民录》等，编纂有杂剧总集《杂剧新编》，作有杂剧《风流》等。

60. 毛晋（1599—1659），字子晋，号潜在，原名凤苞，字子久，江苏常熟人；明代学者、藏书家、出版家、文学家；辑有《津逮秘书》丛书，著有《隐湖题跋》等。

61. 孟称舜（1599—1684），字子塞，又作子若、子适，号小蓬莱、卧云子、花屿仙史，浙江会稽（今绍兴）人；明代戏曲家；著有《桃花人面》《英雄成败》《曲录》等。

62. 宋征璧（1602—1672），原名存楠，字尚木，江苏华亭（今上海松江）人；清代文学家；著有《抱真堂诗稿》《三秋词》等。

63. 徐士俊（1602—1681），字三友，号野君，又号紫珍道人，浙江仁和（今杭州）人；清代文学家；著有《雁楼集》等，合编有《古今词统》。

64. 卓人月（1606—1636），字珂月，号蕊渊，浙江仁和（今杭州）人；明代文学家；著有《蕊渊集》等，合编有《古今词统》。

65. 唐梦赍（1607—1662），字济武，号豹岩，山东淄川人；清代诗人；著有《志壑堂诗集》《借鸽楼小集》《林泉漫录》等。

66. 陈子龙（1608—1647），字人中，更子卧子，号大樽，江苏华亭（今上海松江）人；明代文学家、民族英雄；著有《白云草庐居稿》《湘真阁稿》等。

67. 沈际飞（生卒年不详），字天羽，自署震峰居士，江苏昆山人；明代戏曲家；著有《草堂诗余正集》《草堂诗余新集》《独深居点定玉茗堂集》等。

68. 沈亿年（生卒年不详），字遹祈，浙江嘉兴人；清代词人；合编有《支机集》。

69. 金圣叹（1608—1661），名采，字若采，后改名人瑞，字圣叹，一说本姓张，名喟，江苏吴县人；明代文学家、评点家；著有《唱经堂外书》《唱经堂内书》《唱经堂杂篇》，多属未竣稿，曾评点《水浒》《西厢》等。

70. 李渔（1611—1680），初名仙侣，后改名渔，字谪凡，号笠翁，祖籍浙江兰溪，生于江苏雉皋（今如皋）；清代戏曲家、小说家；著有《凰求凤》《王搔头》《肉蒲团》《闲情偶寄》等。

71. 曹溶（1613—1685），字洁躬，又字秋岳，号倦圃，晚号金陀老人，浙江秀水（今嘉兴）人；清代藏书家、文学家；著有《静惕堂诗词集》《曹秋岳先生尺牍》等。

72. 邱维屏（1614—1679），字邦士，号松下先生，江西宁都人；清代文学家，"易堂九子"之一；著有《松下集》《邦士文集》等。

73. 秦士奇（生卒年不详），字公庸，山东金乡人；清代文学家、书画家；著有《吟云居稿》《濠上吟》等。

74. 朱一是（生卒年不详），字近修，浙江海宁人；清代文学家；著有《为可堂集》《梅里词》等。

75. 卓回（生卒年不详），字方水，号休园，浙江仁和（今杭州）人；清代文学家；著有《东皋集》等，编有《古今词汇三编》。

76. 余怀（1616—1695），字澹心，一字无怀，号鬘翁，又号鬘持老人，祖籍福建莆田，侨居江苏金陵（今南京）；清代文学家；著有《味外轩文稿》《秋雪词》《玉琴斋词》等。

77. 柴绍炳（1616—1670），字虎臣，号省轩，又号翼望山人，浙江仁和（今杭州）人；清代诗人；著有《青凤轩诗》《省轩诗》等。

78. 徐缄（？—1670），字伯调，浙江山阴（今绍兴）人；清代诗人，"云门五子"之一；著有《岁星堂集》。

79. 陆培（1617—1645），字鲲庭，浙江钱塘（今杭州）人；清代诗人；著有《旃凤堂集》。

80. 方孝标（1617—1697），本名玄成，因避玄烨（康熙）讳，以字行，别号楼冈，安徽桐城人；清代文学家；清代文学家；著有《纯斋文集》《纯斋诗集》《光启堂文集》等。

81. 曹尔堪（1617—1679），字子愿，号顾庵；江苏华亭（今上海松江）人；清代词人，"柳州派"代表词人；著有《南溪词》等。

82. 张养重（1617—1684），字斗瞻，号虞山，别号椰冠道人，江苏山阳（今淮安）人；清代诗人；著有《古调堂集》等。

83. 尤侗（1618—1704），字展成，一字同人，早年自号三中子，又号悔庵，晚号良斋、西堂老人、鹤栖老人、梅花道人等，江苏长洲（今苏州）人；清代词人；著有《西堂全集》等。

84. 钱尔复（1618—？），字仍始，浙江海盐人；清代诗人；著有《半完圃诗集》等。

85. 吴绮（1619—1694），字园次，一字丰南，号绮园，又号听翁，江苏江都（今扬州）人；清代词人；著有《林蕙堂集》，作有传奇《忠愍记》《啸秋风》《绣平原》，今无存。

86. 沈谦（1620—1670），字去矜，号东江子，原籍浙江湖州，生于浙江临平（今属杭州）；清代词人，"西泠十子"之一；著有《东江集》等。

87. 魏际瑞（1620—1677），原名祥，字善伯，号伯子，江西宁都人；清代散文家，著有《魏伯子文集》《杂俎》《四此堂稿》等。

88. 毛先舒（1620—1688），原名骙，字驰黄，后改名先舒，字稚黄，号蕊云，浙江钱塘（今杭州）人；清代文学家，"西泠十子"之一；著有《诗辨坻》《鸾情词话》《填词名解》等。

89. 梁清标（1620—1691），字玉立，号棠村、蕉林、苍岩，直隶真定（今河北正定）人；清代文学家；著有《蕉林诗集》《蕉林文稿》《棠村词》等。

90. 吴骐（1620—1695），字日千，号铠龙、铁崖、九峰遗黎、培桂斋主，江苏华亭（今上海松江）人；清代诗人；著有《颛颛集》等。

91. 宗元鼎（1620—1698），字定九，一字鼎九，号梅岑，又号香斋、东原居士、梅西居士、小香居士、芙蓉斋、卖花老人等，江苏江都（今扬州）人；清代文学家；著有《芙蓉集》《新柳堂集》《小香词》等。

92. 任绳隗（1621—？），字青际，号植斋，一度更名方斗，江苏宜兴人；清代文学家；著有《植木斋全集》等。

93. 顾景星（1621—1687），字赤方，号黄公，湖北蕲州（今蕲春）人；清代文学家；著有《白茅堂集》《白茅堂词》等。

94. 徐沁（约1621—1686），字冰浣，号茎公，别号委羽山人，浙江会稽（今绍兴）人；清代文学家；著有《明画录》等。

95. 李邺嗣（1622—1680），原名文胤，也作文允，字邺嗣，又字森亭，以字行，号杲堂，自号东洲遗老，浙江鄞县（今宁波）人；清代诗人；著有《诗钞》《西京节义传》《南朝语》等。

96. 丁澎（1622—1685），字飞涛，号药园；浙江仁和（今杭州）人；清代文学家；著有《扶荔堂集》《信美轩诗集》《药园集》等。

97. 徐喈凤（1622—1689），字鸣岐、竹逸，号荆南山人，江苏宜兴人；清代文学家；著有《荆南墨农集》《荫绿轩词证》等。

98. 缪泳（1623—1702），原名永谋，字天自，后更名泳，字于野，又字潜初，荇溪居士，浙江嘉兴；清代诗人；著有《荇溪文集》《荇溪诗集》《南枝词》等。

99. 毛奇龄（1623—1716），原名甡，又名初晴，字大可，又字于一、齐于，号秋晴，又号初晴、晚晴等，学者称"西河先生"，浙江萧山人；清代文学家；著有《西河诗话》《西河词话》等。

100. 夏基（1623—？），字乐只，号泊庵磊人，又号冰庵磊人，祖籍江南徽州，侨寓浙江杭州；清代文学家；著有《隐居放言》《西湖览胜》等。

101. 刘体仁（1624—1684），字公勇、公惠、公勔，号蒲庵，安徽颍川（今阜阳）人；清代诗人、藏书家；著有《七颂堂诗集》《七颂堂文集》《七颂堂随笔》《七颂堂词绎》等。

102. 谢良琦（1624—1671），字仲韩，一字石臞，广西全州人；清代文学家；著有《醉白堂诗文集》等。

103. 魏禧（1624—1680），字叔子、一字冰叔、一字凝叔，号裕斋，人称勺庭先生，江西宁都人；清代散文家，"易堂九子"之一；著有《魏叔子文集》等。

104. 汪琬（1624—1691），字苕文，号钝庵，初号玉遮山樵，晚号尧峰，学者称"尧峰先生"，小字液仙，江苏长洲（今苏州）人；清代学者、散文家；著有《尧峰诗文钞》《钝翁类稿》等。

105. 曾王孙（1624—1699），本姓孙，字道扶，浙江秀水（今嘉兴）人；清代文学家，著有《清风堂文集》等。

106. 陈维崧（1625—1682），字其年，号迦陵，江苏宜兴人；清代词人，"阳羡派"代表词人；著有《湖海楼词》等。

107. 曾灿（1625—1688），原名传灿，字青黎，一字止山，江西宁都人；清代文学家；著有《止山集》《六松堂文集》等。

108. 顾璟芳（生卒年不详），字宋梅，号铁崖，浙江嘉兴人；清代词选合辑有《兰皋明词汇选》。

109. 李葵生（生卒年不详），字西雯，号达庵，浙江嘉兴人；清代词选合辑有《兰皋明词汇选》。

110. 胡应宸（生卒年不详），字殿臣，浙江嘉兴人；清代词选合辑有《兰皋明词汇选》。

111. 张星耀（生卒年不详），字砥中，原名台柱，浙江钱塘（今杭州）人；清代词人，"东江八子"之一；著有《洗铅词》《词论》等，合编有《东白堂词选初集》。

112. 邹祗谟（1627—1670），字訏士，号程村、丽农山人，江苏武进人；清代词人，著有《远志斋集》《丽农词》等，合编有《倚声初集》。

113. 姜宸英（1628—1699），字西溟，号湛园，又号苇间，浙江慈溪人；清代文学家、书法家；著有《湛园未定稿》《苇间诗集》等。

114. 董以宁（1629—1669），字文友，号蓉渡，江苏武进人；清代文学家；著有《邃庵诗稿》《蓉渡词》《蓉渡词话》等。

115. 朱彝尊（1629—1709），字锡鬯，号竹垞，晚号小长芦钓师，又号金风亭长，浙江秀水（今嘉兴）人；清代词人，"浙西派"创始者；著有《曝书亭集》《曝书亭集外稿》等，编选有《词综》《明诗综》。

116. 屈大均（1630—1696），初名绍隆，或名邵龙，字介子，一字翁山、骚余，自号泠君、华夫、南海遗民、罗浮山人，法名今种，字一灵，广东番禺（今属广州）人；清代文学家；著有《道援堂集》《广东新语》等。

117. 万树（1630—1688），字花农，一字红友，江苏宜兴人；清代词人、音律学家；著有《堆絮园集》《香胆词》《词律》等。

118. 彭孙遹（1631—1700），字骏孙，号羡门，又号金粟山人，浙江海盐人；清代词人；著有《松桂堂全集》《金粟词话》等。

119. 史惟圆（生卒年不详），字云臣，号蝶庵，又号荆水钓客，江苏宜兴人；清代词人；著有《蝶庵词》等。

120. 毛际可（1633—1708），字会侯，号鹤舫，晚号松皋老人，浙江遂安人；清代文学家；著有《松皋文集》《安序堂文钞》《拾余诗稿》《会侯文钞》《浣雪词钞》等。

121. 王士禛（1634—1711），字子真，一字贻上，号阮亭，别号渔洋山人，因避讳，追改名士正，后复诏改为士禛，山东新城（今桓台）人；清代文学家；著有《带经堂全集》《渔洋山人精华录》《渔洋诗话》《香祖笔记》《池北偶谈》《花草蒙拾》等，合辑有《倚声初集》。

122. 曹贞吉（1634—1696），字升六，又字升阶、迪清，号实庵，山东安丘人；清代文学家；著有《珂雪集》《朝天集》《鸿爪集》等。

123. 宋荦（1634—1713），字牧仲，号漫堂，一号西陂，别号绵津山人，河南商丘人；清代文学家；著有《西陂类稿》《漫堂说诗》等。

124. 江闿（1634—1701），字辰六，号览古、青芜，别号垟牁生，晚号卤夫，安徽歙县人；清代文学家；著有《江辰六文集》《览古诗》等。

125. 钱芳标（1635—1679），初名鼎瑞，字葆酚，一作宝汾，号莼渔，江苏华亭（今上海松江）人；清代文学家；著有《金门稿》《湘瑟词》等。

126. 陆次云（1635—1690后），字云士，号北墅，浙江钱塘（今杭州）人；清代文学家；著有《澄江集》等。

127. 陈维岳（1635—1712），字纬云，晚号苦庵，江苏宜兴人；清代词人；著有《蜡凤集》《吹箫集》《红盐词》等。

128. 李良年（1635—1694），字武曾，一作符曾，号秋锦，初名法远，小字阿京，人呼李十九，浙江秀水（今嘉兴）人；清代文学家，"浙西三李"之一；著有《秋锦山房集》等。

129. 徐釚（1636—1708），字电发，号虹亭，又号菊庄，江苏吴江人；清代词人、画家；著有《南州草堂集》《菊庄词》《南州草堂词话》等，编纂有《词苑丛谈》。

130. 王晫（1636—1698 后），原名棐，字丹麓，一字木庵，号松溪子，自称松溪主人，浙江仁和（今杭州）人；清代文学家；著有《霞举堂集》《遂生集》等。

131. 张贞（1636—1712），字起元，号杞园，河南安丘人；清代学者、书法家、篆刻家；著有《渠亭山人半部稿》《渠丘耳梦录》《浮家泛宅图诗》等。

132. 万言（1637—1705），字贞一，号管村，浙江鄞县（今属宁波）人；清代学者；著有《尚书说》《明史举要》《管村集》等。

133. 顾贞观（1637—1714），原名华文，字远平、华峰，亦作华封，号梁汾，江苏金匮（今无锡）人；清代词人；著有《弹指词》《积山岩集》等。

134. 沈暤日（1637—1703），字融谷，号柘西，又号茶星，浙江平湖人；清代词人；著有《柘西精舍词》等。

135. 曹禾（1638—1700），字颂嘉，号未庵，江苏江阴人；清代文学家；著有《未庵初集》《蓉江曹氏仅存抄》等。

136. 郑方坤（1639—?），字则厚，号荔乡，福建长乐人；清代诗人；著有《蔗尾诗集》《蔗尾文集》《五代诗话》《全闽诗话》《国朝诗钞小传》等。

137. 李符（1639—1689），字分虎，号耕客，一号桃乡，初名符远，浙江秀水（今嘉兴）人；清代文学家，"浙西三李"之一；著有《香草居集》《来边词》等。

138. 汪懋麟（1640—1688），字季甪，号蛟门，江苏扬州人；清代诗人、经史学家；著有《百尺梧桐阁集》《锦瑟词》等。

139. 贺裳（生卒年不详），字黄公，号檗斋，别号白凤词人，江苏丹阳人；清代词人；著有《红牙词》《皱水轩词筌》《载酒园诗话》等。

140. 陆进（生卒年不详），字荩思，浙江余杭（今属杭州）人；清代词人；著有《巢青阁集》等。

141. 汪鹤孙（1643—?），字雯远，号梅坡，浙江钱塘（今杭州）

人；清代文学家；著有《延芬堂集》《蔗阁诗余》（一名《汇香词》）等。

142. 王隼（1644—1700），字蒲衣，又字辅垦，名古翼，广东番禺（今属广州）人；清代文学家、学者；著有《大樗堂初集》，《诗经正讹》《岭南诗纪》等。

143. 蒋景祁（1646—1695），字次京、京少，一作荆少，江苏宜兴人；清代词人；著有《东舍集》等，编有《瑶华集》《闺秀词钞》。

144. 王源（1648—1710），字昆绳，一字或庵，直隶大兴（今属北京）人；清代思想家；著有《平书》《居业堂文集》等。

145. 李应机（1649—1708 后），字环瀛，号密斋，别号晨霞道人，浙江嘉善人；清代诗人；著有《求志录》《敦艮堂草稿》《圃隐诗存》等。

146. 周在浚（1650—1707），字雪客，号梨庄，一号苍谷，又号耐龛，河南祥符（今开封）人；清代学者、藏书家、文学家；著有《黎庄集》《遗谷集》《秋水轩集》等。

147. 顾彩（1650—1718），字天石，号补斋、湘槎，别号梦鹤居士，江苏金匮（今无锡）人；清代诗人、戏曲家；著有《往深斋集》《辟疆园文稿》《鹤边词》等。

148. 查慎行（1650—1727），初名嗣琏，字夏重，号查田，后改名慎行，字悔余，号他山，赐号烟波钓徒，晚年居于初白庵，又称查初白，浙江海宁人；清代诗人、学者；著有《敬业堂诗集》《敬业堂诗续集》《他山诗钞》等。

149. 陈鼎（1650—?），原名太夏，字定九，又字九符、子重，号鹤沙，晚号铁肩道人，江苏江阴人；清代历史学家、文学家；编有《同情集词选》等。

150. 陈阿平（1651—1721），字献孟，号云士，别号钵山居士，晚号愚溪，广东东莞人；清代文学家；著有《钵山堂集》等。

151. 先著（1651—1721 后），字渭求，号蠡斋，自号迁夫，又号盍旦子，又号之溪老生，四川泸州人；清代词人；著有《之溪老生集》《劝影堂词》等，合编有《百名家词》、合著有《词洁辑评》。

152. 程洪（生卒年不详），字丹问，江苏广陵（今扬州）人；清代批评家；合编有《记红集》，合著有《词洁辑评》。

153. 佟世南（生卒年不详），字梅岑，汉军正蓝旗人，居江苏江宁

（今南京）；清代文学家；著有《东白堂词》等，合编有《东白堂词选》。

154. 汪森（1653—1726），字晋贤，号碧巢，浙江桐乡人；清代词人；著有《小方壶存稿》《桐扣词》等。

155. 许田（1653—?），字莘野，一名晶，字晶父，一字改邨，别号清塍，浙江钱塘（今杭州）人；清代词人；著有《春梦词》《水痕词》《屏山词话》等。

156. 爱新觉罗·玄烨（1654—1722），满族，清代皇帝，年号康熙，庙号圣祖；清代政治家、儒学家；著有《四书讲疏义序》等。

157. 纳兰性德（1655—1685），字容若，号楞伽山人，原名纳兰成德，满洲正黄旗人；清代词人；著有《纳兰词》等。

158. 吴允嘉（1657—?），字志上，又字石仓，号州来，浙江钱塘（今杭州）人；清代藏书家、文学家；著有《石甋山房诗集》《四古堂文钞》《石仓笺奏》等。

159. 卓长龄（1658—1710），浙江仁和（今杭州）人；清代诗人；著有《高樟阁诗集》《忆鸣诗集》等。

160. 徐旭旦（1659—1720），字浴成，号西泠，别暑圣湖渔父，浙江钱塘（今杭州）人；清代诗人；著有《世经堂初集》等。

161. 焦袁熹（1660—1735），字南浦，号广期，江苏金山（今属上海）人；清代词人；著有《此木轩直寄词》等。

162. 吕履恒（生卒年不详），字元素，号坦庵，河南新安人；清代诗人；著有《梦月岩诗集》等。

163. 陆奎勋（1663—1738），字聚猴，号星坡，又号陆堂，人称陆堂先生，浙江平湖人；清代诗人、学者。

164. 杜诏（1666—1736），字紫纶，江苏金匮（今无锡）人；清代词人；著有《云川阁集》《浣花词》《凤髓词》等，编有《叩弹集》《叩弹续集》。

165. 柯煜（1666—1736），字南陔，号实庵，浙江嘉善人；清代文学家，著有《石庵樵唱》《月中箫谱词》等。

166. 黄之隽（1668—1748），初名兆森，字若木、石牧，号痦堂，晚号石翁、老牧，原籍安徽休宁，生于江苏华亭（今上海松江）；清代诗人、藏书家；著有《痦堂集》《痦堂集续集》等。

167. 汪绎（1671—1706），字玉轮，号东山，江苏常熟人；清代诗人；著有《秋影楼诗》等。

168. 沈树本（1671—1743），字厚余，号操堂，晚号轮翁，浙江归安（今属湖州）人；清代诗人；著有《竹溪诗略》等。

169. 陆世楷（1672—1691），字英一，号孝山，浙江平湖人；清代诗人；著有《种玉亭词》《踞胜台词》。

170. 沈德潜（1673—1769），字确士，号归愚，江苏长洲（今苏州）人；清代诗人；著有《沈归愚诗文全集》，编选有《古诗源》《唐诗别裁》《明诗别裁》《清诗别裁》等。

171. 陈聂恒（1673—1723 后），原名鲁得，字秋田，一字曾起，江苏武进人；清代词人；著有《朴斋文集》等。

172. 王时翔（1675—1744），字皋谟，又字抱翼，号小山，江苏镇洋人；清代文学家；著有《小山全集》等。

173. 吴焯（1676—1733），字尺凫，号绣谷，别号蝉花居士，晚称绣谷老人，浙江钱塘（今杭州）人；清代藏书家、学者、文学家；著有《绣谷杂抄》《药园诗稿》《陆渚飞鸿集》《玲珑帘词》等。

174. 田同之（1677—1749），字砚思、西圃，号在田、小山姜，山东德州人；清代词人；著有《砚思集》《小山姜先生全集》《西圃诗说》《西圃词说》等。

175. 许昂霄（生卒年不详），字诵蔚，号蒿庐，人称蒿庐先生，浙江海宁人；清代词人；著有《晴雪雅词》《词综偶评》等。

176. 陈撰（1678—1758），字楞山，号玉几、玉几山人等，浙江鄞县（今宁波）人；清代画家、文学家、收藏家，"扬州八怪"之一；著有《绣绞集》《玉几山房诗集》《玉几山房画外集》等。

177. 马荣祖（1686—1761），字力甫，号石莲，江苏扬州人；清代诗人、画家；著有《亭云稿》等。

178. 厉鹗（1692—1752），字太鸿，又字雄飞，号樊榭、南湖花隐，浙江钱塘（今杭州）人；清代词人，"浙西派"代表词人；著有《宋诗纪事》《樊榭山房集》等。

179. 郑燮（1693—1765），字克柔，号理庵，又号板桥，人称板桥先生，江苏兴化人；清代文学家、书画家，"扬州八怪"之一；著有《板桥全集》等。

180. 杭世骏（1695—1773），字大宗，号堇浦，别号智光居士、秦亭老民、春水老人、阿骏，室名道古堂，浙江仁和（今杭州）人；清朝画家、藏书家、文学家；著有《道古堂集》《榕桂堂集》等。

181. 周大枢（1699—1770），字园牧，一字元木，号存吾，浙江山阴（今属绍兴）人；清代文学家；著有《存吾春轩集》等。

182. 沈大成（1700—1771），字学子，号沃田，江苏华亭（今上海松江）人；清代学者、文学家；著有《学福斋诗集》《学福斋文集》《近游诗钞》等。

183. 张宗橚（1705—1775），字永川，一字咏川，号思岩、藕村，浙江海盐人；清代词人、文献学家；著有《藕村词存》《词林纪事》等。

184. 江昱（1706—1775），字宾谷，一字松泉，原名旭，字子才，安徽歙县人，寓居江苏扬州；清代文学家、金石学家、音韵学家；著有《山中白云词疏证》《蘋州渔笛谱疏证》《松泉诗集》《梅鹤词》等。

185. 蒋重光（1708—1768），字子宣，号辛斋，江苏吴县人；清代藏书家。

186. 查礼（1716—1783），原名为礼，又名学礼，字恂叔，号榕巢，原籍浙江海宁，生于顺天宛平（今属北京）；清代词人；著有《铜鼓书堂遗稿》《铜鼓书堂词话》等。

187. 许昂霄（生卒年不详），字诵蔚，号蒿庐，学者称蒿庐先生，浙江海宁人；清代词人；著有《晴雪雅词》《词韵考略》《词综偶评》等。

188. 高宗元（生卒年不详），字伯扬，别署求诲居士，浙江山阴（今绍兴）人；清代戏曲家；著有《玉簪记》《南西厢》《续琵琶》等。

189. 汪孟铜（1721—1770），字康古，号厚石，祖籍浙江桐乡，寓居浙江秀水（今嘉兴）；清代诗人；著有《厚石斋诗集》等。

190. 王鸣盛（1722—1797），字凤喈，号礼堂，又号西庄，晚号西沚，江苏嘉定（今属上海）人；清代朴学家、史学家、文学家；著有《十七史商榷》《尚书后案》《耕养斋诗文集》等。

191. 方学成（1723—1795），字武工，号松台，安徽旌德人；清代文学家、方志家；著有《松华馆合集》《宛陵方氏著述八种》等。

192. 纪昀（1724—1805），字晓岚，一字春帆，晚号石云，道号观弈道人，世称文达公，直隶献县（今属河北）人；清代学者、笔记家；总编《四库全书》，著有《阅微草堂笔记》《玉溪生诗说》《纪文达公遗集》等。

193. 薛廷文（1724—1799），字鲁哉、卤斋，号春树，浙江嘉兴人；清代诗人、画家；著有《听雪斋诗钞》等，辑有《梅里词绪》《梅里词选》。

194. 王昶（1724—1807），字德甫，号述庵，一字兰泉，又字琴德，江苏青浦（今属上海）人；清代诗人，"江左七子"之一；著有《春融堂集》《湖海诗传》《琴画楼词》等，编有《明词综》。

195. 黄河清（生卒年不详），字浚如、号巽山，人称"野鹤进士"，海南儋县人，清代文学家。

196. 汤大奎（1728—1787），字曾辂，号纬堂，江苏武进（今属常州）人；清代诗人；著有《炙砚琐谈》。

197. 王初桐（1729—1821），原名丕烈，字于阳，又字赓仲、无言，号竹所，江苏嘉定（今属上海）人；清代词人；著有《罂务山人词集》《小嫏嬛词话》等。

198. 沈初（1729—1799），字景初，号萃岩，又号云椒，浙江平湖人；清代文学家、藏书家；著有《兰韵堂诗文集》《西清笔记》等。

199. 周永年（1730—1791），字书昌，一字书愚，山东历城（今属济南）人；清代学者、史学家；四库馆臣，任校勘《永乐大典》纂修兼分校官，负责子部辑录。

200. 王文治（1730—1802），字禹卿，号梦楼，江苏丹徒（今镇江）人；清代诗人、书法家；著有《梦楼诗集》《快雨堂题跋》等。

201. 吴骞（1733—1813），字槎客，号兔床，祖籍安徽休宁，生于浙江海宁；清代藏书家、文学家；著有《愚谷文存》《拜经楼诗话》《拜经楼诗文集》等，辑有《拜经楼丛书》。

202. 李调元（1734—1803），字羹堂，号雨村、童山、蠢翁等，四川罗江（今属德阳）人；清代文学家、藏书家；著有《童山诗集》《蠢翁词》《童山文集》《雨村词话》等。

203. 谢启昆（1737—1802），字蕴山、一字良璧，号苏潭，江西南康人；清代诗人、历史学家、方志学家；著有《树经堂集》《树经堂咏史诗》《山谷外集·别集补》《广西金石录》等。

204. 方成培（生卒年不详），字抑松，号后岩，又号岫云词逸，安徽歙县人；清代文学家；著有《味经堂词稿》《香研居词麈》等。

205. 吴蔚光（1743—1803），字执虚，一字悊甫，号竹桥、湖田外史，原籍安徽休宁，迁居江苏昭文（今常熟）；清代诗人；著有《素修堂诗集》《闲居诗话》《小湖田乐府》等。

206. 吴展成（1745—？），字庆咸，号螾巢，又号二瓢，晚号磨兜老人、元复子，浙江嘉兴人；清代文学家；著有《春在草堂集》等。

207. 吴锡麒（1746—1818），字圣征，号谷人；浙江钱塘（今杭州）人；清代词人；著有《有正味斋集》等。

208. 赵怀玉（1747—1823），字亿孙，又字印川，号味辛，江苏武进人；清代文学家、藏书家；著有《亦有生斋文集》《亦有生斋续集》等。

209. 张云璈（1747—1829），字仲雅，号复丁老人，浙江钱塘（今杭州）人；清代文学家；著有《简松草堂诗集》《三影阁筝语》等。

210. 汪端光（1748—1826），字剑潭，号睦丛，祖籍安徽歙县，生于江苏仪征；清代诗人；著有《汪剑潭诗稿》《丛睦山房未刻诗稿》等。

211. 杨㒜（1751—1833），字春圃，一字少晦，江西金溪人；清代学者、诗人；著有《经说》《云涛山房文集》《云涛山房诗集》等。

212. 杨芳灿（1753—1815），字才叔，一字香叔，号蓉裳，江苏金匮（今无锡）人；清代文学家；著有《直率斋稿》《芙蓉山馆诗稿》等。

213. 汪世隽（1754—？），字秋坪，一字丙庵，浙江钱塘（今杭州）人；清代诗人；著有《西湖棹歌》等。

214. 王芑孙（1755—1818），字念丰，号铁夫，又号惕甫，江苏长洲（今苏州）人；清代学者、文学家；著有《碑版广例》《渊雅堂集》等。

215. 凌廷堪（1755—1809），字次仲，一字仲子，安徽歙县人；清代学者、文学家；著有《校礼堂文集》《校礼堂诗集》《燕乐考源》等。

216. 吴鼒（1755—1821），字山尊，号及之，一号抑庵，安徽全椒人；清代文学家；著有《夕葵书屋诗文集》《学士遗集》《抑庵诗集》等。

217. 孙原湘（1760—1829），字子潇，一字长真，晚号心青，自署姑射仙人侍者，江苏昭文（今常熟）人；清代文学家、书画家，"江左三君"之一；著有《天真阁集》等。

218. 秦恩复（1760—1848），字近光，一字敦夫，号澹生；江苏江都（今扬州）人；清代文学家、藏书家、校勘家；著有《石研斋书目》《石研斋集》等。

219. 张惠言（1761—1802），原名一鸣，字皋文，号茗柯，江苏武进

（今常州）人；清代词人；著有《茗柯文编》《茗柯词》等。

220. 江藩（1761—1831），字子屏，号郑堂，晚号节甫，祖籍安徽旌德，生于江苏甘泉（今扬州）；清代经学家、目录学家、藏书家；著有《周易述补》《尔雅小笺》《炳烛室杂文》《江湖载酒词》等。

221. 陆烜（1761—?），字子章，一字梅谷、秋阳，号巢子，一号巢云子，浙江平湖人；清代藏书家、书画家；著有《梅谷掌书画史》《梅谷集》《耕余小草》等。

222. 尤维熊（1762—1809），字祖望，号二娱，江苏长洲（今苏州）人；清代诗人；著有《二娱小庐诗钞》等。

223. 焦循（1763—1820），字里堂，号仲轩，江苏甘泉（今扬州）人；清代词人、朴学家；著有《雕菰楼文集》《红薇翠竹词》《雕菰楼词话》等。

224. 黄苏（生卒年不详），原名道溥，字蓼园，广西临桂（今桂林）人；清代词人；编有《蓼园词选》等。

225. 冯金伯（生卒年不详），字冶亭，号墨香、南岑，江苏南汇（今属上海）人；清代文学家、书画家；著有《墨香居画识》《南村词略》等，编有《词苑萃编》。

226. 郭麐（1767—1831），字祥伯，号频迦，又号白眉生，江苏吴江人；清代词人；著有《灵芬馆全集》《灵芬馆词话》等。

227. 许宗彦（1768—1818），原名庆宗，字积卿（一字固卿），号周生，浙江德清人；清代批评家；著有《莲子居词话》等。

228. 朱珔（1769—1850），字玉存，一字兰坡，安徽泾县人；清代学者、藏书家、诗人；著有《说文假借义证》《经文广异》《文选集释》《小万卷斋诗文集》等。

229. 孙尔准（1770—1832），字平叔，号戒斋，一号莱甫，江苏金匮（今无锡）人；清代文学家；著有《泰云堂诗集》《泰云堂文集》等。

230. 钱之鼎（?—1832），字伯调，号鹤山，江苏丹徒人；清代诗人、书画家；著有《三山草堂集》《绣笙词》等。

231. 顾广圻（1770—1839），字千里，号涧薲，别号思适居士，以字行，江苏元和（今苏州）人；清代校勘学家、目录学家；著有《思适斋文集》《文选考异》《思适斋书跋》等。

232. 吴衡照（1771—1831），字夏治，号子律，自号辛卯生，浙江海昌（今海宁）人；清代诗人；著有《辛卯生诗》《莲子居词话》等。

233. 英和（1771—1840），初名石桐，字树琴、一字定圃，号煦斋，索绰络氏，满洲正白旗人；清代文学家、书法家；著有《恩福堂诗集笔记》《恩庆堂集》《卜略城赋》等。

234. 黄承吉（1771—1842），字谦牧，号春谷，江苏扬州人；清代文学家、经学家；著有《梦陔堂文集》《梦陔堂诗集》《经说》等。

235. 陈文述（1771—1843），初名文杰，字谱香，又字隽甫、云伯、英白，后改名文述，别号云龙、退庵、云伯，又号碧城外史、颐道居士、莲可居士等，浙江钱塘（今杭州）人；清代诗人；著有《碧城诗馆诗钞》《颐道堂集》等。

236. 沈道宽（1772—1853），字栗仲，顺天大兴（今属北京）人；清代文学家；著有《话山草堂遗集》等。

237. 王僧保（？—1853），字西御，江苏仪征人；近代词人；著有《秋莲子词》《论词绝句》等。

238. 陆蓥（1775—1850），字胜修，号艺香，江苏吴江人；清代诗人；著有《问花楼诗钞》《问花楼诗话》《问花楼词话》等。

239. 包世臣（1775—1855），字诚伯，号慎伯，安徽泾县人；清代词人；著有《白门倦游阁词》等。

240. 姚椿（1777—1853）；字子寿、春木，自称荦道人、樗寮病叟、东畬老民，江苏娄县（今上海松江）人；清代散文家、诗人、画家；著有《通艺阁诗录》《通艺阁诗续录》《通艺阁文集》《晚学斋文录》等。

241. 宋翔凤（1777—1860），字虞庭，一字于庭，江苏长洲（今苏州）人；清代词人、朴学家；著有《香草词》《洞箫词》《碧云庵词》《乐府余论》等。

242. 孙兆溎（生卒年不详），江苏昆山人；清代批评家；著有《片玉山房词话》等。

243. 刘珊（1779—1824），字介纯，号海树，又号亦政堂，湖北汉川人，一作湖北汉阳人；清代文学家；著有《亦政堂诗集》《亦政堂续集》《亦政堂文集》等。

244. 叶申芗（1780—1844），字维或，一作维郁，号小庚，又号其园，别号词颠、瀇壖词叟，福建闽县（今福州）人；清代学者、音韵学家；著有《本事词》《天籁轩词谱》等，辑有《闽词钞》。

245. 赵函（1780—1845），初名晋函，字符止，号艮甫，又号菊潭、菊潜，江苏震泽人；清代文学家；著有《飞鸿阁琴意》等。

246. 张维屏（1780—1859），字子村，一字子曙，号南山，又号松心子，别号珠海老渔，广东番禺（今属广州）人；清代诗人，"粤东三子"之一；著有《松心草堂集》《国朝诗人征略》《听松庐词钞》等。

247. 周济（1781—1839），字保绪、介存，号未斋、止庵；江苏荆溪（今宜兴）人；清代词人；著有《味隽斋词》《存审轩词》《词辨》《介存斋论词杂著》等，编有《宋四家词选》。

248. 杨夒生（1781—1841），初名承宪，字维政，改字伯夒，号浣芗，江苏金匮（今无锡）人；清代词人；著有《真松阁词》《续词品》等。

249. 周之琦（1782—1862），字稚圭，号耕樵，又号退庵，河南祥符（今开封）人；清代词人；著有《心日斋词集》，辑有《心日斋词选》等。

250. 谢元淮（1784—1884?），字钧绪，号默卿，又作墨卿，湖北松滋人；清代词人；著有《养默山房集》《填词浅说》《碎金词谱》等。

251. 谢堃（1784—1844），字佩禾，号春草词人，江苏扬州人；清代戏曲家；著有《春草堂集》等。

252. 陈沆（1785—1826），原名学濂，字太初，号秋舫，湖北蕲水人；清代文学家，"古赋七大家"之一；著有《简学斋诗存》《简学斋诗删》等。

253. 潘德舆（1785—1839），字彦辅，号四农，别号艮庭居士、三录居士、念重学人、念石人，江苏山阳（今淮安）人；清代诗人；著有《养一斋集》等。

254. 戈载（1786—?），字顺卿，一作润卿，江苏吴县人，一作浙江仁和（今杭州）人；清代词人；著有《翠薇花馆词》等。

255. 陈元鼎（?—1850），字荔裳，号实庵，浙江钱塘（今杭州）人；清代词人；著有《同梦楼词抄》等。

256. 梅曾亮（1786—1856）原名曾荫，字伯言，又字葛君，祖籍安徽宣城，迁于江苏上元（今南京）；清代散文家；著有《柏枧山房文集》等，编有《古文词略》。

257. 徐元润（1787—1848），字云伯，号秋士，江苏太仓人；清代诗人；著有《摘埴丛钞》《蓟门集》《北楼集诗》《壶口集》《灌园集》《观所养斋诗稿》等。

258. 朱绶（1789—1840），字仲环，一字环之，晚年更字仲洁，号酉生，江苏元和（今苏州）人；清代文学家，"吴中七子"之一；著有《知止堂文集》《知止堂诗录》《知止堂词录》等。

259. 陈克家（？—1860），字不详，江苏元和人；清代文学家。

260. 吴嘉洤（1790—1865），字清如，又字澄之，号退斋，室名退斋、新有轩、仪宋堂，江苏吴县人；清代文学家，"吴中七子"之一；著有《仪宋堂诗文集》《仪宋堂词》等。

261. 张应昌（1790—1874），字仲甫，一字寄庵，祖籍浙江钱塘（今杭州），生于浙江归安（今湖州）；清代诗人、学者；著有《国朝正气集》《国朝诗铎》《烟波渔唱》《彝寿轩诗钞》等。

262. 孙麟趾（1791—1860），字清瑞，号月坡，江苏长洲（今苏州）人；清代文学家；著有《长啸轩诗稿》《词径》等。

263. 沈传桂（1792—1849），字隐之，一字闰生，自号伽叔，江苏吴县人；清代文学家；著有《清梦盦二白词》《东云草堂古文集》《匏叶斋诗稿》等。

264. 沈涛（1792—?），字西雍，一字季寿，号匏庐，浙江嘉兴人；清代经学家、文学家；著有《十经斋文集》《匏庐诗话》《九曲渔庄词》等。

265. 蒋湘南（1795—1854），回族，字子潇，河南固始人；清代诗人、经学家；著有《鄂尔多乐府》《陕西通志》等。

266. 陈世庆（1796—1854），江西德化（今九江）人；清代诗人；著有《九十九峰草堂诗钞》等。

267. 项廷纪（1798—1835），原名继章，乡举名鸿祚，字莲生，改名廷纪，浙江钱塘（今杭州）人；清代词人；著有《忆云词甲乙丙丁稿》等。

268. 王柏心（1799—1873），字子寿，号筿亭，湖北监利人；清代学者、诗人；著有《枢言》《百柱堂全集》等。

269. 谭莹（1800—1871），字兆仁，号玉生，广东南海人；清代词人；著有《辛夷花馆词》《论词绝句》等。

270. 顾复初（1800—1893），字幼耕，一作幼庚，又字乐余、子远，号道穆、听雷居士，又号罗曼山人，晚号潜叟，江苏长洲（今苏州）人；清代文学家、书画家；著有《罗曼山人诗文集》《乐静廉余斋文集》等。

271. 袁翼（1801—1876），字毂廉，江苏宝山（今属上海）人，清代文学家；著有《邃怀堂文集》等。

272. 黄曾（1802—1850），字菊人，自号瓶隐生，浙江钱塘（今杭州）人；清代文学家；著有《瓶隐山房诗钞》《瓶隐山房词钞》等。

273. 陆以湉（1802—1865），字敬安，号定圃，一号冷庐，浙江桐乡人；清代文学家；著有《听秋声馆词话》等。

274. 张鸿卓（1803—1876），字伟甫，号筱峰，亦作小峰、啸峰，江苏娄县（今上海松江）人，清代文学家；著有《绿雪馆词钞》等。

275. 袁学澜（1804—1879），又名景澜，字文绮，号春巢居士，江苏元和（今吴县）人；清代文学家；著有《适园诗》《零锦集词稿》《吴郡岁华纪丽》等。

276. 汤成烈（1805—1880），字果卿，晚号确园，江苏常州人；清代学者、文学家；著有《古藤书屋文甲集》《古藤书屋文乙集》《诗集》《清淮词》等。

277. 华长卿（1805—1881），原名长懋，字枚宗，直隶天津人；清代文学家，"畿南三才子"之一；著有《梅庄诗钞》《黛香馆词钞》等。

278. 黄文琛（1805—约1881），字海华，晚号瓮叟，湖北汉阳人；清代诗人；著有《思贻堂诗草》《思贻堂诗草续存》《思贻堂诗草三集》《后永州集》《玩灵集》等。

279. 黄燮清（1805—1864），初名宪清，字韵甫，又作韵珊，自号吟香诗舫主人、茧情生、两园主人等，浙江海盐人；清代文学家；著有《倚晴楼诗》《倚晴楼诗余》，辑有《国朝词综续编》。

280. 姚燮（1805—1864），字梅伯，号复庄，又号野桥，别号大梅山民、二石生、东海生、疏影词史、复道人等，浙江镇海人；清代文学家；著有《复庄诗问》《疏影楼词》《续疏影楼词》等。

281. 吴敏树（1805—1873），字本深，号南屏，学者称南屏先生，湖南岳阳人；清代文学家、经学家、史学家，"木半湖文派"创始人；著有《木半湖文录》《木半湖诗录》《木半湖诗稿》《鹤茗词钞》等。

282. 张积中（1806—1866），字子中，号石琴，人称张七先生，江苏仪征人；清代学者；著有《张氏遗书》《白石山房文集》等。

283. 张曜孙（1808—1863），字仲远，又字昇甫，晚号复生，江苏阳湖人；清代诗人；著有《谨言慎好之居诗》《产朵集》等。

284. 蒋敦复（1808—1867），原名尔锷、字纯甫，一字克父，一字剑人，法名妙尘，号铁岸，江苏宝山（今属上海）人；清代文学家；著有《啸古堂诗文集》《芬陀利室词》《芬陀利室词话》等。

285. 钱斐仲（1809—1868 前），字餐霞，号雨花女史；浙江秀水（今嘉兴）人；清代词人；著有《雨花庵词余》《雨花庵词话》等。

286. 任兆麟（生卒年不详），原名廷麟，字文田，一字心斋，江苏震泽人；清代文学家；著有《竹居集》《毛诗通说》等。

287. 杨希闵（1809—1885），字铁镛，号卧云；江西新城（今黎川）人；清代文学家；著有《退憩山房诗》《诗榷》《词轨》等。

288. 陈澧（1810—1882），字兰甫，自号江南倦客，学者称东塾先生，广东番禺（今属广州）人；清代学者；著有《汉儒通义》《声律通考》等。

289. 徐鼒（1810—1862），字彝舟，号亦才，江苏六合人；清代文学家、学者；著有《未灰斋文集》《未灰斋外集》《未灰斋诗钞》等。

290. 庄受祺（1810—1866），字蕙生，一字卫生，江苏武进人；清代文学家、书法家、军事家；著有《维摩室随笔》《维摩室遗训》《枫南山馆遗集》等。

291. 许宗衡（1811—1869），字海秋，江苏上元（今江宁）人；清代文学家；著有《玉井山馆诗集》·《玉井山馆文略》《玉井山馆诗余》等。

292. 林大椿（1812—1863），字萱士，别字宏训，号恒轩，浙江柳市人；清代学者、文学家、方言学家；著有《求是斋诗抄》《垂涕集》《壬戌纪事诗》等。

293. 沈世良（？—1880），字伯眉，广东番禺（今属广州）人；清代词人，"粤东三家"之一；著有《楞华室词》等。

294. 刘熙载（1813—1881），字伯简，号融斋，晚号寤崖子，江苏兴化人；清代文论家、语言学家；著有《艺概》《昨非集》等。

295. 杜文澜（1815—1881），字小舫，浙江秀水（今嘉兴）人；清代词人；著有《采香词》《词律校勘记》《憩园词话》等。

296. 王拯（1815—1876），初名锡振，字定甫，号少鹤，亦作少和，别署忏甫、忏庵、茂陵秋雨词人，又号龙壁山人，广西马平人；清代古文家、书画家；著有《龙壁山诗文集》《茂陵秋雨词》等。

297. 汪元治（1816—1882），号珊渔，江苏镇洋（今太仓）人；清代文学家、书画家；著有《结铁网斋诗集》《结铁网斋诗稿》等。

298. 孙衣言（1817—1890），字克绳，又字劭闻，号琴西，浙江瑞安人；清代词人；著有《娱老词》等。

299. 潘曾玮（1818—1886），字宝臣，又字玉淦、季玉，江苏吴县人；清代文学家、书法家、学者；著有《自镜斋文钞》《自镜斋诗钞》《咏花词》《玉淦词》等。

300. 顾复初（1818—1894），字乐余，一字幼耕，又字子远，号道穆，晚号潜叟，别号曼罗山人，江苏吴县人；清代诗人、书画家；著有《罗曼山人诗文集》《乐静廉余斋文集》。

301. 朱鉴成（1820—1865），字眉君，号麋坰，四川富顺人；清代文学家；著有《朱眉君诗集》《题凤馆词稿》《题凤馆文稿》等。

302. 谢章铤（1820—1903），字枚如，号藤阴客；福建长乐人；清代文学家；著有《赌棋山庄全集》《赌棋山庄词话》等。

303. 俞樾（1821—1907），字荫甫，一字中山，号绚岩，晚号曲园居士，浙江德清人；清代朴学家、教育家、文学家；著有《春在堂全集》等。

304. 江顺诒（1822—1889），字子谷，号秋珊，别署明镜生、愿为明镜室主人；安徽旌德人；清代词人、词学家；著有《愿为明镜室词稿》《词学集成》等。

305. 丁绍仪（生卒年不详），字杏舲，江苏金匮（今无锡）人；清代批评家；著有《听秋声馆词话》等。

306. 叶衍兰（1823—1898），字南雪，号兰台，广东番禺（今属广州）人；清代文学家；著有《秋梦庵词》《海岳楼诗》等。

307. 沈世良（1823—1860），字伯眉，广东番禺（今属广州）人；清代词人；著有《楞华室词钞》《小摩围阁词钞》等。

308. 许增（1824—1903），字益斋，号迈孙，浙江仁和（今杭州）人；清代词人；著有《煮梦庵词》等，辑有《榆园丛刻》。

309. 黄彭年（1824—1890），字子寿，号陶楼，晚号更生，贵州贵筑（今贵阳）人；清代学者、文学家；著有《陶楼诗文集》《紫泥日记》等。

310. 朱依真（生卒年不详），字小岑，广西桂林人；清代文学家；著有《九芝草堂诗存》等。

311. 贾敦艮（生卒年不详），原名溥，字博如，号芝房，浙江平湖人；清代散文家；著有《采炎诗集》《采炎文集》《餐霞仙馆词》等。

312. 汪瑔（1828—1891），字芙生，号无闻子，浙江山阴（今绍兴）人，客居广东番禺（今广州）；清代学者；著有《随山馆集》等。

313. 吕耀斗（1828—1895），字庭芷，号定子，江苏阳湖（今常州）人；清代词人、画家；著有《鹤缘词》等。

314. 李慈铭（1830—1894），初名模，字式侯，更名后字炁伯，号莼客，晚号越缦，别署霞川花隐生，浙江会稽（今绍兴）人；清代经学家、史学家、文学家；著有《越缦堂诗集》《越缦堂文集》《越缦堂日记》等。

315. 李鸿裔（1831—1885），字眉生，号香严，晚号苏邻，四川中江人；清代文学家、书法家、藏书家；著有《苏邻诗集》等。

316. 谭献（1832—1901），初名廷献，字涤生，字仲修，号复堂，晚号半厂，浙江仁和（今杭州）人；清代文学家；著有《复堂类集》《复堂诗续》《蘼芜词》《复堂词》等。

317. 王闿运（1833—1916），初名开运，字纫秋，改字壬秋，又字壬父，号湘绮，世称湘绮先生，湖南湘潭人；清代文学家；著有《湘绮楼诗集》《湘绮楼文集》《湘绮楼日记》等。

318. 周天麟（1834—?），字石君，自号水流云在馆主人，江苏丹徒人；清代词人；著有《水流云在馆词钞》等。

319. 沈祥龙（1835—1905?），字讷生，号约斋，晚号乐志翁；江苏娄县（今上海松江）人；清代词人；著有《海上墨林》《论词随笔》《乐志簃词录》等。

320. 李恩绶（1835—1911），字丹叔，号亚白，晚号讷庵，江苏丹徒（今镇江）人；清代文学家；著有《读骚阁赋存》《讷庵骈体文存》《缝月轩词》等。

321. 谢逢源（1837—1885），又名谢平原，字石溪，号拳石山人，江苏扬州人；清代书画家；编有《李龙川年谱》。

322. 龚镇湘（1839—1921），派名运震，字子修，号省吾，又号静庵，湖南人。

323. 冯煦（1843—1927），原名冯熙，字梦华，号蒿庵，晚号蒿叟、蒿隐，江苏金坛人；清代文学家；著有《蒿庵类稿》《蒙香室词》《蒿庵论词》等。

324. 诸可宝（1845—1903），字迟鞠，号璞斋，浙江钱塘（今杭州）人；清代词人；著有《璞斋集》等。

325. 顾云（1845—1906），字子鹏，号石公，江苏上元（今南京）人，一作江苏扬州人；清代诗人、画家；著有《盋山诗录》等。

326. 谭宗浚（1846—1888），字叔裕，广东南海人；清代文学家；著有《希古堂文集》《荔村草堂诗钞》《于滇集》等。

327. 樊增祥（1846—1931），原名樊嘉、又名樊增，字嘉父，别字樊山，号云门，晚号天琴老人，湖北恩施人；清代诗人，"同光派"代表诗人；著有《樊山全集》等。

328. 沈泽棠（1846—1931），原名泽衡，字芷邻，号忏庵，广东番禺（今属广州）人；清代文学家；著有《忏庵词钞》《忏庵诗钞》《忏庵词话》等。

329. 成肇麐（1846—1901），字漱泉，号原卿，江苏宝应人；清代词人；著有《漱泉词》等，编有《唐五代诗选》《宋六十一家词选》。

330. 金鸿佺（生卒年不详），字希倔，号莲生，浙江秀水（今嘉兴）人；清代词人；著有《双柏词》等。

331. 蒋师辙（1847—1904），字绍由，一字少颖，号遁庵，亦号颖香，江苏上元人；清代文学家；著有《青溪诗选》《青溪词钞》《台游日记》等。

332. 刘炳照（1847—1917），原名铭照，字伯荫，一字光珊，号萤塘，又号语石，江苏阳湖人；清代词人；著有《留云借月盦词》等。

333. 王鹏运（1850—1904），字佑遐，一字幼霞，中年自号半塘老人，又号鹜翁，晚年号半塘僧鹜，广西临桂（今桂林）人；清代词人，"清末四大家"之一；著有《半塘定稿》，刻有《四印斋所刻词》等。

334. 胡薇元（1850—1925），字孝博，号诗舲，别号壶庵、跛翁，又署玉津阁主，顺天大兴（今属北京）人，寄籍浙江山阴；清代词人；著有《铁笛词》《天云楼词》《天倪阁词》《鹏华词集》《岁寒居词话》等。

335. 沈曾植（1850—1922），字子培，号巽斋，别号乙盦，晚号寐叟，晚称巽斋老人、东轩居士，又自号逊斋居士、癯禅、寐翁、姚埭老民、乙龛、余斋、持卿、李乡农、城西睡庵老人、乙岁、睡翁、东轩支离叟等，浙江秀水（今嘉兴）人；清代大儒、文学家、书画家；著有《汉律辑补》《海日楼诗集》《曼陀罗呓词》等。

336. 李佳（1852—1908），全名李佳继昌，字述之，号莲溪、莲畦、左庵、左厂，汉军正白旗人；清代词人；著有《左庵诗余》《左庵词话》等。

337. 廖平（1852—1932），初名登廷，字旭陔，后改名平，字季平，初号四益（译），晚年改号六译，四川井研人；清代经学家；著有《今古学考》《续今古学考》等。

338. 陈廷焯（1853—1892），字亦峰，又字伯与，原名世琨，江苏丹徒（今镇江）人；清代文学家；著有《白雨斋词存》《希声诗集》《白雨斋词话》，编有《云韶集》《词则》等。

339. 张祥龄（1853—1903），字子苾，一字子芾，号芝馥，四川汉州（今德阳）人；清代文学家；著有《受经堂文集》《子苾诗钞》《前后蜀杂事诗》《半簏秋词》《受经堂词》等。

340. 朱彦臣（1854—1929），字大正，号语绿，江苏华亭（今上海松江）人；晚清民国时期文学家；著有《片玉山庄诗存》《片玉山庄词存词略》等。

341. 王以敏（1855—1921），原名以慜，字子捷，号梦湘，晚年易名文悔，字古伤，湖南武陵（今常德）人；清代诗人；著有《檗隝诗存》等。

342. 张鸿猷（1855—1927），字彝夫，海南陵水人；晚清民国时期文学家。

343. 蒋兆兰（1855—1938?），字香谷，江苏宜兴人；晚清民国时期文学家；著有《青蕤庵文集》《青蕤庵诗集》《词说》等。

344. 郭传璞（1855—?），字晚香，号怡士，浙江鄞县（今宁波）人；清代文学家、藏书家、书画收藏家；著有《金峨山馆文酌》《金峨山馆文甲乙集》《吾梅集》《劫余随笔》等。

345. 文廷式（1856—1904），字道希（亦作道羲、道溪），号云阁（亦作芸阁），别号纯常子、罗霄山人、芗德，江西萍乡人；清代政治家、文学家；著有《云起轩诗录》《文芸阁先生全集》《纯常子词话》等。

346. 郑文焯（1856—1918），字俊臣，号小坡，又号叔问、瘦碧，晚号鹤、鹤公、鹤翁、鹤道人，别署冷红词客，自号石芝崦主及大鹤山人，奉天铁岭（今属辽宁）人；清代，"晚清四大家"之一；著有《大鹤山房全集》等。

347. 陈衍（1856—1937），字叔伊，号石遗，福建侯官（今福州）人；近现代诗人、经学家，闽派诗首领之一；编修有《福建通志》等。

348. 朱祖谋（1857—1931），字古微，后改名孝臧，一子雘生，号沤尹，又号彊村，浙江归安（今湖州）人；晚清民国时期词学家，"晚清四大家"之一；著有《彊村语业》《彊村弃稿》，编有《彊村丛书》《湖州词徵》等。

349. 宋育仁（1857—1931），字芸子，晚年号道复，四川富顺人；近现代思想家；著有《时务论》《采风记》等。

350. 康有为（1858—1927），原名祖诒，字广厦，号长素，一号更生，广东南海人；晚清民国时期政治家、思想家、学者、文学家；著有《万木草堂诗钞》等。

351. 潘飞声（1858—1934），字剑士、老兰，号兰史、说剑词人，广东番禺（今属广州）人；晚清民国时期词人；著有《海山词》《花语词》《长相思词》《说剑堂词》《饮琼浆馆词》等，编有《粤词雅》《粤东词钞三编》。

352. 周銮诒（1859—1885），字季譻，一字惠生，号譻斋，湖南永明（今江永）人；清代藏书家；合编有《共墨斋藏古鉨印谱》等。

353. 况周颐（1859—1926），原名周仪，因避讳，改名周颐。字夔笙，一字揆孙，别号玉梅、玉梅词隐，晚号蕙风词隐，人称况古，况古人，广西临桂（今桂林）人；晚清民国时期词学家，"清末四大家"之一；著有《蕙风词》《蕙风词话》等。

354. 陈锐（1859—1922），字伯弢，一字伯涛，号袌碧，湖南武陵（今常德）人；晚清民国时期文学家；著有《袌碧斋集》《梦鹤庵诗集》《秋出吟词稿》《袌碧斋诗话》《袌碧斋词话》等。

355. 胡玉缙（1859—1940），字绥之，江苏元和（今苏州）人；晚清民国时期学者、目录学家；著有《许庼学林》《许庼经籍题跋》等，编纂有《四库全书总目提要补正》《四库未收书目提要补正》等。

356. 陈荣昌（1860—1935），字筱圃，号虚斋，又号铁人、遁农、困叟、桐村，祖籍江苏上元（今南京），生于云南昆明；晚清民国时期诗人、教育家、书法家；著有《虚斋诗稿》《虚斋文集》《桐村骈文》《滇诗拾遗》《剑南诗抄》等。

357. 张德瀛（1861—1914？），字采珊，号禹麓，别号山阴道上人，广东番禺（今属广州）人；清代词人；著有《耕烟词》《词徵》等。

358. 汪兆镛（1861—1939），字伯序，号憬吾，自号慵叟，晚号今吾，人称微尚老人，祖籍浙江山阴（今绍兴），生于广东番禺（今属广州）；晚清民国时期经学家、史学家、文学家；著有《晋会要》《微尚斋诗文集》等。

359. 姚孟振（1862—1940），字慎思，安徽桐城人；清代诗人。

360. 罗道源（1864—1912），字逢甫，号蓬圃，浙江衢州人；清代书法家、收藏家。

361. 吴廷燮（1865—1947），本名承荣，字向之，室名景牧堂，江苏江宁（今南京）人；近现代史表学家；著有《明督抚年表》《唐方镇年表》《东三省沿革表》《晋方镇年表》等。

362. 周庆云（1866—1934），字景星，号湘舲，别号梦坡，浙江吴兴人；近现代文史学家、书画家、音乐学家、藏书家；著有《梦坡诗文》《历代两浙词人小传》《浔溪词征》《浔溪文征》《浔溪诗征》等。

363. 刘毓盘（1867—1928），字子庚，号掋禽，浙江江山人；晚清民国时期词学家；著有《中国文学史略》《诗心雕龙》《词话》《词学斠注》《词律斠注》《掋禽词》等，编有《词史》。

364. 吉城（1867—1928），字凤池、凤墀，别字经郛、更嬰，号曾甫、曾父，江苏东台人；清末民初学者；著有《楚辞甄微》《亭林诗补注》《鲁学斋读书杂志》《鲁学斋诗文钞》等。

365. 徐珂（1869—1928），原名昌，字仲玉、仲可，浙江杭县（今余杭）人；晚清民国时期文学家；著有《真如室诗》《纯飞馆词》《小自立斋文》《清稗类钞》《近词丛话》等。

366. 孙德谦（1869—1935），字受之，一字寿芝，一字益庵，号龙鼎山人，晚号隘堪居士，江苏吴县人；近现代经史学家、声韵学家；著有《太史公书义法》《六朝丽指》《诸子要略》《诸子通考》等。

367. 陈洵（1870—1942），字述叔，别号海绡，广东新会人；晚清民国时期词人；著有《海绡词》《海绡说词》等。

368. 王鸿年（1870—1946），字世玙，号鲁璠，浙江永嘉（今温州）

人；近现代外交家、文学家；著有《萝东诗文集》《南华词存》《南华诗存》等。

369. 卓揆（生卒年不详），原名组茂，字幼庭，号炎男，福建侯官（今福州）人；晚清民国时期文学家；著有《水西轩词话》等。

370. 邵章（1872—1953），字伯炯、伯絅，一作伯褧，号倬盦、倬安，浙江仁和（今杭州）人；近现代藏书家、版本目录学家、书法家、文学家；著有《云淙琴趣词》《倬庵诗稿》《倬庵文稿》《邵章遗墨》《云缪琴曲》等。

371. 梁启超（1873—1929），字卓如，号任公，又号饮冰室主人、饮冰子、哀时客、中国之新民、自由斋主人等，广东新会人；晚清民国时期思想家、社会活动家、文学家；著有《饮冰室合集》《中国近三百年学术史》《中国历史研究法》等。

372. 仇埰（1873—1945），字亮卿，一字述庵，江苏南京人；近现代教育家、书法家、词人；著有《鞠燕词》，辑有《金陵词抄续编》等。

373. 冒广生（1873—1959），字鹤亭，号疚斋，江苏如皋人；现当代文史学家、学者；著有《小三吾亭诗文集》《疚斋词论》《冒鹤亭诗歌曲论著述》等。

374. 张尔田（1874—1945），一名采田，字孟劬，号遁庵、遁庵居士，又号许村樵人，浙江钱塘（今杭州）人；民国时期词人、史学家；著有《史微》《遁庵乐府》《近代词人逸事》等。

375. 易孺（1874—1941），字韦斋、大厂，别署待公、花邻词客等，广东鹤山（今高鹤）人；民国时期词人、书画家；著有《大厂词稿》《韦斋曲谱》等。

376. 夏敬观（1875—1953），字剑丞，一作鉴丞，又字盥人、缄斋，晚号映庵，别署玄修、牛邻叟，祖籍江西新建，生于湖南长沙；民国时期词学家；著有《忍古楼诗集》《映庵词》《忍古楼词话》《词调溯源》等。

377. 王国维（1877—1927），字伯隅、静安，号观堂、永观，浙江海宁人；晚清民国时期学术巨子、国学大师；著有《观堂集林》《人间词话》《宋元戏曲考》等。

378. 许之衡（1877—1935），字守白，自号饮流斋主人，广东番禺（今属广州）人；民国时期学者、词人；著有《守白词》《词选及作法》等。

379. 徐昂（1877—1953），字益修，室名休复斋，江苏南通人；民国时期语言学家；著有《徐氏全书》。

380. 吴庠（1878—1961），原名吴清庠，字眉孙，别署寒芋、芋叟，号画研翁、双红豆斋主，江苏丹徒（今镇江）人；近现代藏书家、词人；著有《寒芋词》等。

381. 梁启勋（1879—1965），字仲策，广东新会人；民国时期学者、词学家；著有《词学》《词学铨衡》《中国韵文概论》《稼轩词疏证》《曼殊室随笔》《海波词》等。

382. 谭延闿（1880—1930），幼名宝璐，字组庵，或作祖庵、组安、祖安，号无畏、切斋，祖籍湖南茶陵，生于浙江杭州；近现代政治家、书法家、诗人；著有《祖庵诗集》等。

383. 徐沅（1880—?），字芷生，号姜盦，江苏吴县人；近现代诗人、笔记家；著有《珊村语业》《珊村笔记》《云到闲房笔记》《斗南老人诗集》等。

384. 李澄宇（1882—1955），原名李寰，别号瀛北，字瀛业，笔名洞庭，湖南岳阳人，晚清民国时期文学家；著有《万桑园诗》《未晚楼诗稿》《未晚楼日记》《未晚楼词》《未晚楼续文存》等。

385. 周曾锦（1882—1920），字晋琦，号卧庵，江苏通州人；晚清民国时期词人；著有《香草词》《藏天室诗》《卧庐词话》等。

386. 郭则沄（1882—1947），一字啸麓，一字蛰园，号雪坪，又号桂岩，别号龙顾山人，福建侯官（今福州）人；民国时期文学家；著有《龙顾山房诗余》《龙顾山房诗余续集》《十朝诗乘》《清词玉屑》等。

387. 陈匪石（1883—1959），名世宜，笔名匪石，号小树，又号倦鹤；江苏南京人；民国时期词人、教育家；著有《宋词举》《声执》《旧时月色斋诗》《倦鹤近体乐府》等。

388. 吴梅（1884—1939），字瞿安，一作癯庵，号霜厓，江苏长洲（今苏州）人；民国时期学者、词曲家、教育家；著有《霜厓文录》《霜厓诗录》《霜厓词录》《霜厓曲录》《顾曲麈谈》《词学通论》等。

389. 王蕴章（1884—1942），字莼农，号西神，别号窈九生、红鹅生，别署二泉亭长、鹊脑词人、西神残客等，江苏金匮（今无锡）人；近现代文学家、书法家、教育家；著有《碧血花传奇》《香骨桃传奇》《西神小说集》《秋平云室词》等。

390. 蔡桢（生卒年不详），字嵩云，号柯亭，江西上饶人；民国时期词学家；著有《柯亭长短句》《柯亭词论》《词源疏证》等。

391. 邵瑞彭（1887—1937），一名寿锓，字次公，浙江淳安人；民国时期学者、词人；著有《扬荷集》《山禽余响》《泰誓决疑》等。

392. 刘永济（1887—1966），字弘度，宏度，号诵帚，晚号知秋翁，湖南新宁人；现当代学者、文学家；著有《文学论》《十四朝文学要略》《微睇室说词》《诵帚词》《宋词声律探源》《云巢诗存》等。

393. 汪东（1889—1963），初名东宝，后改名东，字旭初，号寄庵、寄生、秋梦，江苏吴县人；现当代词人、音韵学家、文字学家；著有《秋梦词》《词学通议》等。

394. 李冰若（1899—1939），讳锡炯，晚号栩庄主人、飞仙桥杨柳冲人，湖南新宁人；民国时期学者、词人；著有《花间集评注》《苌楚轩诗》《栩庄漫记》《绿梦庵词》等。

395. 王易（1889—1956），原名朝综，字晓湘，号简庵，江西南昌人；现当代语言学家、词曲研究专家；著有《修辞学通诠》《乐府通论》《国学概论》《词曲史》等。

396. 胡适（1891—1962），原名嗣穈，学名洪骍，字希疆，后改名胡适，字适之，笔名天风、藏晖等，安徽绩溪人；现当代学者、诗人、史学家、文学家、哲学家；著有《胡适文荐》《胡适论学近著》《胡适学术文集》《胡适自传》等。

397. 乔大壮（1893—1948），原名曾劬，字大壮，以字行，号波外居士，四川华阳（今双流）人；民国时期诗人、词学家、书法家；著有《波外乐章》《波外楼诗集》等。

398. 顾随（1897—1960），本名顾宝随，字羡季，笔名苦水，别号驼庵，河北清河人；现当代学者、作家、禅学家、书法家；著有《稼轩词说》《东坡词说》《元明残剧八种》《揣籥录》《佛典翻译文学》等。

399. 朱光潜（1897—1986），笔名孟实、盟石，安徽桐城人；现当代美学家、文艺理论家、教育家、翻译家；著有《文艺心理学》《悲剧心理学》《谈美》《诗论》《谈文学》《西方美学史》《谈美书简》《美学拾穗集》等。

400. 赵尊岳（1898—1965），原名汝乐，字叔雍，别号高梧轩、珍重阁，江苏武进人；现当代词学家；著有《珍重阁词话》，后补定为《填词丛话》，辑有《明词汇刊》《惜阴堂辛亥革命记》等。

403. 舍我（1898—1991），原名成勋，后名成平，舍我为其笔名；湖南湘乡人；著名报人；著有《天问庐词话》。

404. 顾宪融（生卒年不详），字佛影，号大漠诗人，江苏南汇（今属上海）人；现当代词人、词学家；著有《红梵词》《红梵精舍词》《大漠词集》等。

405. 夏承焘（1900—1986），字瞿禅，晚年改字瞿髯，别号谢邻、梦栩生，室名月轮楼、天风阁、玉邻堂、朝阳楼，浙江温州人；现当代词人、词学家；著有《唐宋词人年谱》《唐宋词论丛》《姜白石词编年笺校》《夏承焘词集》《天风阁诗集》《天风阁学词日记》等。

406. 俞平伯（1900—1990），原名俞铭衡，字平伯，浙江德清人；现当代文学家、红学家，"新红学派"创始人之一；著有《冬夜》《西还》《忆》《杂拌儿》《燕知草》《古槐梦遇》《燕郊集》《读词偶得》《古槐书屋词》等。

407. 闻野鹤（1901—1985），即闻宥，字在宥，号野鹤；江苏娄县（今上海松江）人；现当代词学家；著有《恬簃词话》等。

408. 唐圭璋（1901—1990），字季特，满族人，生于江苏南京；现当代学者、词学家；著有《宋词三百首笺注》《南唐二主词汇笺》《宋词四考》《词苑丛谈校注》《词学论丛》等，编有《全宋词》《全金元词》《词话丛编》等。

409. 龙沐勋（1902—1966），即龙榆生，名沐勋，号忍寒公，别号忍寒居士、风雨龙吟室主，江西万载人；现当代学者、词学家；著有《词学论丛》《词曲概论》《唐宋词格律》《风雨龙吟室词》《忍寒庐词》等。

410. 詹安泰（1902—1967），祝南，号无庵，又曾署无想庵，广东饶平人；现当代学者、词学家、书法家；著有《花外集笺注》《碧山词笺注》《姜词笺解》《宋人题词集录》《温词管窥》《词学研究十二论》《无庵词》《鹪鹩巢诗》《宋词散论》等。

412. 蒙庵（1905—1955），即陈运彰，一作陈彰、运章，字君漠，一字蒙安、蒙庵、蒙父，号华西，广东潮阳人；现代词学家、收藏家；著有《双白龛词话》等。

413. 卢前（1905—1951），原名正绅，字冀野，号小疏，别号饮虹，后改此名，江苏南京人；现代学者、词人；著有《红冰词集》《词曲研究》等。

414. 胡云翼（1906—1965），原名耀华，字号南翔、北海，笔名拜苹女士，湖南桂东人；现当代学者、词学家、古典文学研究家；著有《宋词研究》《宋诗研究》《唐诗研究》《中国词史大纲》《新著中国文学史》等。

415. 唐弢（1913—1992），原名唐端毅，曾用笔名风子、晦庵、韦长、仇如山、桑天等，浙江镇海人；当代作家、文学史家、鲁迅研究专家；著有《推背集》《晦庵书话》等。

416. 徐兴业（1917—1990），浙江绍兴人；当代作家、词学家；著有《金瓯缺》《凝寒室词话》等。

附录二　本著作所涉部分词学文献撰著或刊行时间简列

1. 欧阳炯：《花间集叙》，作于 940 年（后蜀广政三年）。

2. 王灼：《碧鸡漫志》，作于 1145—1149 年（宋绍兴十五年至十九年）。

3. 曾慥：《乐府雅词》，成书于 1146 年（宋绍兴十六年）。

4. 胡仔：《苕溪渔隐丛话》，前集成于 1148 年（宋绍兴十八年），后集成于 1167 年（南宋乾道三年）。

5. 鲖阳居士：《复雅歌词》，作于 1151—1154 年（宋绍兴二十一年至二十四年）。

6. 范开：《稼轩词序》，作于 1188 年（宋淳熙十五年）。

7. 陆游：《跋花间集》，作于 1205 年（宋开禧元年）。

8. 汪莘：《方壶诗余自序》，作于 1208 年（宋嘉定元年）。

9. 沈义父：《乐府指迷》，作于 1243 年（宋淳祐三年）后。

10. 黄升：《花庵词选》，成书于 1249 年（宋淳祐九年）。

11. 杨维桢：《周月湖今乐府序》，作于 1347 年（元至正七年）。

12. 周瑛：《词学筌蹄自序》，作于 1494 年（明弘治七年）。

13. 陈霆：《渚山堂词话》，作于 1530 年（明嘉靖九年）。

14. 张綖：《诗余图谱》，刊于 1536 年（明嘉靖十五年）。

15. 张綖：《草堂诗余别录》，作于 1538 年（明嘉靖十七年）。

16. 皇甫汸：《桂洲诗余跋》，作于 1538 年（明嘉靖十七年）。

17. 任良干：《词林万选序》，作于 1543 年（明嘉靖二十二年）。

18. 何良俊：《草堂诗余序》，作于 1550 年（明嘉靖二十九年）。

19. 杨慎：《词品》，成书于 1551 年（明嘉靖三十年）。

20. 王九思：《碧山诗余自序》，作于 1551 年（明嘉靖三十年）。

21. 王世贞：《艺苑卮言》，成书于 1572 年（明隆庆六年）。

22. 顾起纶：《花庵词选跋》，作于 1576 年（明万历四年）。

23. 陈耀文：《花草粹编自序》，作于 1583 年（明万历十一年）。

24. 李衮：《花草粹编叙》，作于 1587 年（明万历十五年）。

25. 张东川：《草堂诗余后跋》，作于 1587 年（明万历十五年）。

26. 钱允治：《类编笺释国朝诗余序》，作于 1614 年（明万历四十二年）。

27. 沈际飞：《古香岑草堂诗余四集序》，作于 1614 年（明万历四十二年）。

28. 陈仁锡：《类选笺释草堂诗余叙》，作于 1614 年（明万历四十二年）。

29. 秦士奇：《古香岑草堂诗余序》，作于 1614 年（明万历四十二年）。

30. 杨肇祉辑：《词坛艳逸品》，刊于 1621 年（明天启元年）。

31. 孟称舜：《古今词统序》，作于 1629 年（明崇祯二年）。

32. 毛晋：《宋名家词》，刊于 1630 年（明崇祯三年）。

33. 陆云龙辑：《词菁》，刊于 1631 年（明崇祯四年）。

34. 王象晋：《重刻诗余图谱序》，作于 1635 年（明崇祯八年）。

35. 王象晋：《秦张两诗余合璧序》，作于 1635 年（明崇祯八年）。

36. 潘游龙辑：《古今诗余醉》，刊于 1636 年（明崇祯九年）。

37. 张慎言：《万子馨填词序》，作于 1637 年（明崇祯十年）。

38. 陈继儒：《诗余图谱序》，作于 1639 年（明崇祯十二年）。

39. 茅一相：《题词评曲藻后》，作于 1640 年（明崇祯十三年）。

40. 贺裳：《皱水轩词筌》，成书于 1644 年（清顺治元年），刊于 1660 年（清顺治十七年）。

41. 毛先舒：《词辩坻》，作于 1645—1652 年（清顺治二年至九年）。

42. 毛先舒：《与沈去矜论填词书》，作于 1650 年（清顺治七年）。

43. 沈亿年：《支机集·凡例》，作于 1652 年（清顺治九年）。

44. 王士禛：《花草蒙拾》，作于 1652—1662 年（清顺治九年至康熙元年）。

45. 李起元：《董澹子诗余小序》，作于 1656 年（清顺治十二年）。

46. 董以宁：《蓉渡词话》，成书于 1660 年（清顺治十七年）前。

47. 范柽、周采：《诗学鸿裁》，成书于1660年（清顺治十七年）。

48. 邹祇谟、王士禛选编：《倚声集》，刊于1660年（清顺治十七年）。

49. 邹祇谟：《远志斋词衷》，作于1660—1664年（清顺治十七年至康熙三年）。

50. 沈谦：《填词杂说》，作于1661—1664年（清顺治十八年至康熙三年）。

51. 彭孙遹：《金粟词话》，作于1661—1664年（清顺治十八年至康熙三年）。

52. 顾璟芳、李葵生、胡应宸：《兰皋明词汇选》，刊于1662年（清康熙元年）。

53. 刘体仁：《七颂堂词绎》，成书于1664年（清康熙三年）前。

54. 丁澎：《付雪词二集序》，作于1664年（清康熙三年）。

55. 卢纮：《四照堂诗余集自序》，作于1668年（清康熙七年）。

56. 谢良琦：《醉白堂诗余自序》，作于1671年（清康熙十年）。

57. 徐士俊：《兰思词序》，作于1672年（清康熙十一年）。

58. 丁澎：《定山堂诗余序》，作于1673年（清康熙十二年）。

59. 朱彝尊：《红盐词序》，作于1673年（清康熙十二年）。

60. 李渔：《窥词管见》，作于1673年（清康熙十二年）后。

61. 王又华：《古今词论》，辑于1673—1678年（清康熙十二年至康熙十七年）。

62. 曹禾：《珂雪词话》，作于1676年（清康熙十五年）。

63. 汪懋麟：《棠村词序》，作于1677年（清康熙十六年）。

64. 顾贞观、纳兰性德合选：《今词初集》，刊于1677年（清康熙十六年）。

65. 毛奇龄：《西河词话》，作于1677—1679年（清康熙十六年至康熙十八年）。

66. 鲁超升：《绝妙近词题辞》，作于1677年（清康熙十六年）。

67. 张星耀：《词论》，作于1678年（清康熙十七年）前。

68. 卓回：《词汇缘起》，作于1678年（清康熙十七年）。

69. 徐喈凤：《荫绿轩词证》，作于1678年（清康熙十七年）。

70. 朱彝尊选编：《词综》，刊于1678年（清康熙十七年）。

71. 徐釚：《词苑丛谈》，成书于 1678 年（清康熙十七年），刊于 1688 年（清康熙二十七年）。

72. 佟世南辑：《东白堂词选》，刊于 1678 年（清康熙十七年）。

73. 沈雄、江尚质：《古今词话》，作于 1678—1685 年（清康熙十七年至康熙二十四年），刊于 1689 年（清康熙二十八年）。

74. 沈亿年：《支机集·凡例》，作于 1681 年（清康熙二十年）。

75. 傅燮调：《声影集小引》，作于 1681 年（清康熙二十年）。

76. 赵宁：《岸舫词序》，作于 1685 年（清康熙二十四年）。

77. 汤叙：《翠羽词序》，作于 1685 年（清康熙二十四年）。

78. 吴骐：《月中箫谱序》，作于 1685 年（清康熙二十四年）。

79. 吴启元：《万石山房词自序》，作于 1685 年（清康熙二十四年）。

80. 宋荦：《瑶华集序》，作于 1686 年（清康熙二十五年）。

81. 朱彝尊：《紫云词序》，作于 1686 年（清康熙二十五年）。

82. 蒋景祁：《名家词话》，作于 1686 年（清康熙二十五年）。

83. 蒋景祁：《刻〈瑶华集〉述》，作于 1687 年（清康熙二十六年）。

84. 高佑钘：《迦陵词全集序》，作于 1690 年（清康熙二十九年）。

85. 先著、程洪合辑：《词洁》，刊于 1962 年（清康熙三十一年）。

86. 何嘉延：《秋屏词钞题辞》，作于 1693 年（清康熙三十二年）。

87. 夏基：《隐居放言》，刊于 1693 年（清康熙三十二年）。

88. 沈皞日：《瓜庐词序》，作于 1696 年（清康熙三十五年）。

89. 汪鹤孙：《坐花阁词序》，作于 1700 年（清康熙三十九年）。

90. 黄云：《小红词集序》，作于 1701 年（清康熙四十年）。

91. 李应机：《圃隐词自叙》，作于 1701 年（清康熙四十年）。

92. 陈聂恒：《栩园词弃稿自序》，作于 1704 年（清康熙四十三年）。

93. 王奕清：《历代词话》，成书于 1707 年（清康熙四十六年）。

94. 孔传铄：《清涛词自识》，作于 1707 年（清康熙四十六年）。

95. 圣祖仁皇帝（康熙皇帝）：《御选历代诗余》，刊于 1707 年（清康熙四十六年）。

96. 徐旭旦：《橘叟词引》，刊于 1708 年（清康熙四十七年）。

97. 顾彩编：《草堂嗣响》，成于 1709 年（清康熙四十八年）。

98. 徐缄：《水云集诗余序》，刊于 1712 年（清康熙五十一年）。

99. 先著：《若庵集词序》，作于 1717 年（清康熙五十六年）。

100. 陆奎勋：《白蕉词序》，作于 1718 年（清康熙五十七年）。

101. 查慎行：《余波词序》，作于 1724 年（清雍正二年）。

102. 杜诏：《弹指词序》，作于 1724 年（清雍正二年）。

103. 厉鹗：《玲珑帘词序》，作于 1729 年（清雍正七年）。

104. 吴启昆：《花草余音序》，作于 1731 年（清雍正九年）。

105. 厉鹗：《论词绝句十二首》，作于 1732 年（清雍正十年）。

106. 田同之：《西圃词说》，作于 1733 年（清雍正十一年）后。

107. 陈撰：《琢春词序》，作于 1737 年（清乾隆二年）。

108. 杭世骏：《吾尽吾意斋乐府叙》，作于 1739 年（清乾隆四年）。

109. 黄图珌：《看山阁诗余自序》，作于 1740 年（清乾隆五年）。

110. 李元：《学福斋词序》，作于 1745 年（清乾隆十年）。

111. 胡师鸿：《香草词跋》，作于 1747 年（清乾隆十二年）。

112. 陈沆：《小波词钞序》，作于 1748 年（清乾隆十三年）。

113. 王士禛、郑方坤：《五代诗话》，成书于 1748 年（清乾隆十三年）。

114. 吕履恒：《香草词序》，作于 1750 年（清乾隆十五年）。

115. 马荣祖：《红雨斋词序》，刊于 1752 年（清乾隆十七年）。

116. 李枝桂：《此木轩直寄词序》，作于 1752 年（清乾隆十七年）。

117. 瞿源洙：《储玉涵花屿词序》，刊于 1754 年（清乾隆十九年）。

118. 沈德潜：《碧箫词序》，作于 1756 年（清乾隆二十一年）。

119. 沈大成：《幻花庵词序》，作于 1759 年（清乾隆二十四年）。

120. 秦云：《香禅精舍集词序》，作于 1762 年（清乾隆二十七年）。

121. 沈大成：《江橙里〈练溪渔唱〉序》，作于 1766 年（清乾隆三十一年）。

122. 蒋重光：《昭代词选序》，作于 1767 年（清乾隆三十二年）。

123. 顾诒禄：《归愚诗余序》，作于 1767 年（清乾隆三十二年）。

124. 李如金：《味尘轩诗余题辞》，作于 1776 年（清乾隆四十一年）。

125. 施鸿瑞：《养山词草序》，作于 1778 年（清乾隆四十三年）。

126. 张宗橚：《词林纪事》，成书于 1778 年（清乾隆四十三年），刊于 1779 年（清乾隆四十四年）。

127. 王昶：《花韵馆词序》，作于 1779 年（清乾隆四十四年）。

128. 王文治：《自怡轩词稿序》，作于 1786 年（清乾隆五十一年）。

129. 王昶：《琴画楼词钞序》，作于 1788 年（清乾隆五十三年）。

130. 查礼：《铜鼓书堂词话》，刊于 1788 年（清乾隆五十三年）。

131. 任兆麟：《书浣纱词后》，作于 1789 年（清乾隆五十四年）。

132. 团维墉：《仿宋人五乐府词序》，作于 1791 年（清乾隆五十六年）。

133. 纪迈宜：《俭重堂诗余序》，作于 1795 年（清乾隆六十年）。

134. 张惠言：《词选序》，作于 1797 年（清嘉庆二年）。

135. 李符清：《铜梁山人词叙》，作于 1797 年（清嘉庆二年）。

136. 杨芳灿：《纳兰词序》，作于 1797 年（清嘉庆二年）。

137. 谢启昆：《腾啸轩词钞序》，作于 1798 年（清嘉庆三年）。

138. 王昶：《词雅序》，作于 1798 年（清嘉庆三年）。

139. 瞿颉：《秋水阁诗余序》，作于 1799 年（清嘉庆四年）。

140. 永瑢、纪昀等：《四库全书总目》，成书于 1782 年（清乾隆四十七年）。

141. 李调元：《雨村词话》，成书于 1784 年（清乾隆四十九年）前后。

142. 凌廷堪：《梅边吹笛谱自序》，作于 1800 年（清嘉庆五年）。

143. 赵维熊：《曙彩楼词钞序》，作于 1801 年（清嘉庆六年）。

144. 王昶：《明词综》，成书于 1802 年（清嘉庆七年）。

145. 娄严：《蜕阑绮语自引》，作于 1804 年（清嘉庆九年）。

146. 冯金伯：《词苑萃编》，作于 1804 年（清嘉庆九年）。

147. 钱之鼎：《酒边人语弁言》，作于 1805 年（清嘉庆十年）。

148. 史蟠：《橘亭词跋》，作于 1805 年（清嘉庆十年）。

149. 王昶：《赵升之昙华阁词序》，刊于 1806 年（清嘉庆十一年）。

150. 吴骞：《莲子居词钞序》，刊于 1807 年（清嘉庆十二年）。

151. 陈文述：《葛蓬山蕉梦词叙》，刊于 1807 年（清嘉庆十二年）。

152. 王昶：《江宾谷梅鹤词序》，刊于 1807 年（清嘉庆十二年）。

153. 王昶：《姚莒汀词雅序》，刊于 1807 年（清嘉庆十二年）。

154. 王昶：《国朝词综自序》，刊于 1807 年（清嘉庆十二年）。

155. 郭麐：《无声诗馆词序》，刊于 1807 年（清嘉庆十二年）。

156. 吴锡麒：《高伯阳愚亭词序》，刊于 1808 年（清嘉庆十三年）。

157. 吴锡麒：《仝月楼分类词选自序》，刊于 1808 年（清嘉庆十三年）。

158. 吴锡麒：《董琴南楚香山馆词钞序》，刊于 1808 年（清嘉庆十三年）。

159. 吴锡麒：《戴竹友银藤花馆词序》，刊于 1808 年（清嘉庆十三年）。

160. 吴锡麒：《屈弢园竹泸渔唱序》，刊于 1808 年（清嘉庆十三年）。

161. 史炳：《湘颂楼词序》，作于 1808 年（清嘉庆十三年）。

162. 徐兴文：《种月词序》，作于 1810 年（清嘉庆十五年）。

163. 李锡麟：《鸿爪集词序》，作于 1810 年（清嘉庆十五年）。

164. 鲍印：《韫玉楼词跋》，刊于 1811 年（清嘉庆十六年）。

165. 叶以倌：《洗心书屋诗余自序》，作于 1812 年（清嘉庆十七年）。

166. 周济：《介存斋论词杂著》，成书于 1812 年（清嘉庆十七年）。

167. 周济：《词辨》，刊于 1812 年（清嘉庆十七年）。

168. 汪世隽：《凭隐诗余序》，作于 1814 年（清嘉庆十九年）。

169. 郭麐：《灵芬馆词话》，作于 1815 年（嘉庆二十年）前，刊于 1816 年（清嘉庆二十一年）。

170. 邹文炳：《弹指词序》，作于 1816 年（清嘉庆二十一年）。

171. 赵怀玉：《秋蓼亭词草序》，作于 1816 年（清嘉庆二十一年）。

172. 许夔臣：《泼墨轩词序》，作于 1817 年（清嘉庆二十二年）。

173. 吴衡照：《莲子居词话》，成书于 1818 年（清嘉庆二十三年），刊于 1832 年（清道光十二年）。

174. 梅曾荫：《餐花吟馆词序》，作于 1819 年（清嘉庆二十四年）。

175. 刘珊：《餐花吟馆词钞序》，作于 1819 年（清嘉庆二十四年）。

176. 赵怀玉：《王葆初洞阳乐府序》，刊于 1821 年（清道光元年）。

177. 金孝柏：《守苏词自序》，作于 1823 年（清道光三年）。

178. 苏士枢：《石舫园词钞序》，作于 1823 年（清道光三年）。

179. 汪端光：《梦玉词序》，作于 1824 年（清道光四年）。

180. 汪甲：《煮石山房词钞叙》，作于 1825 年（清道光五年）。

181. 戈载：《横经堂诗余序》，作于 1825 年（清道光五年）。

182. 蒋敦复：《芬陀利室词话》，刊于 1825 年（清道光五年）。

183. 宋翔凤：《乐府余论》，刊于 1829 年（清道光九年）前。

184. 程受易：《杏岑词稿序》，作于 1829 年（清道光九年）。

185. 江沅：《剑光楼词序》，作于 1829 年（清道光九年）。

186. 谢堃：《春草堂词集自序》，作于 1830 年（清道光十年）。

187. 朱绶：《玉壶买春轩乐府序》，作于 1831 年（清道光十一年）。

188. 陈文述：《紫鸾笙谱序》，作于 1831 年（清道光十一年）。

189. 孙衍庆：《横经堂诗余评》，作于 1831 年（清道光十一年）。

190. 赵函：《纳兰词序》，作于 1832 年（清道光十二年）。

191. 周济：《宋四家词选目录叙论》，作于 1832 年（清道光十二年）。

192. 姚燮：《疏影楼词自题》，作于 1833 年（清道光十三年）。

193. 王僧保：《二波轩词选序》，作于 1834 年（清道光十四年）。

194. 蔡宗茂：《拜石山房词钞序》，作于 1834 年（清道光十四年）。

195. 李如金：《味尘轩诗余题辞》，作于 1836 年（清道光十六年）。

196. 潘德舆：《养一斋词自序》，作于 1836 年（清道光十六年）。

197. 戈载：《宋七家词选》，刊于 1837 年（清道光十七年）。

198. 黄承吉：《冬巢词序》，作于 1837 年（清道光十七年）。

199. 欧声振：《东陂渔父词跋》，作于 1838 年（清道光十八年）。

200. 汤璥：《双红豆室稿序》，作于 1838 年（清道光十八年）。

201. 徐元润：《桂留山房词集序》，作于 1838 年（清道光十八年）。

202. 沈涛：《空青馆词稿引》，作于 1838 年（清道光十八年）。

203. 董思诚：《香草溪乐府后序》，作于 1840 年（清道光二十年）。

204. 单为锪：《怀香草堂词序》，作于 1840 年（清道光二十年）。

205. 吴廷燮：《小梅花馆词集自序》，作于 1841 年（清道光二十一年）。

206. 张曜孙：《同声集序》，作于 1844 年（清道光二十四年）。

207. 陈澧：《忆江南馆词序》，作于 1844 年（清道光二十四年）。

208. 周之琦编：《心日斋十六家词选》，刊于 1844 年（清道光二十四年）。

209. 孙兆溎：《片玉山房词话》，成书于 1844 年（清道光二十四年）后。

210. 魏禧：《漱芳词序》，刊于 1845 年（清道光二十五年）。

211. 陈克家：《玉泩词序》，作于 1845 年（清道光二十五年）。

212. 魏际瑞：《钞所作诗余序》，刊于 1845 年（清道光二十五年）。

213. 沈传桂：《清梦庵二白词序》，作于 1845 年（清道光二十五年）。

214. 包世臣：《金筐伯竹所词序》，刊于 1846 年（清道光二十六年）。

215. 陈世庆：《凤箫集跋》，作于 1847 年（清道光二十七年）。

216. 张应昌：《咏秋轩词集序》，作于 1847 年（清道光二十七年）。

217. 陆蓥：《问花楼词话》，作于 1847—1848 年（清道光二十七至二十八年）。

218. 谢元淮：《填词浅说》，成书于 1848 年（清道光二十八年）前。

219. 叶湘管：《漱芳斋词自序》，作于 1848 年（清道光二十八年）。

220. 钱符祚：《凤箫词序》，作于 1849 年（清道光二十九年）。

221. 张维屏：《粤东词钞序》，刊于 1849 年（清道光二十九年）。

222. 孙麟趾：《艺云词评》，作于 1850 年（清道光三十年）。

223. 姚椿：《万竹楼词引》，作于 1850 年（清道光三十年）。

224. 谢章铤：《赌棋山庄词话》，初成于 1851 年（清咸丰元年），刊于 1884 年（清光绪十年）。

225. 蒋如洵：《绿雪馆词钞二集序》，作于 1852 年（清咸丰二年）。

226. 郑业本：《湘雨楼词跋》，作于 1853 年（清咸丰三年）。

227. 徐其志：《瑞云词自序》，作于 1854 年（清咸丰四年）。

228. 章树福：《竹坞词稿自序》，作于 1854 年（清咸丰四年）。

229. 赵新：《婆梭词序》，作于 1854 年（清咸丰四年）。

230. 归曾祁：《洞仙词序》，作于 1856 年（清咸丰六年）。

231. 吴嘉洤：《香隐庵词序》，作于 1856 年（清咸丰六年）。

232. 张道：《渔浦草堂诗余序》，作于 1856 年（清咸丰六年）。

233. 孙仁渊：《赋山堂词自序》，作于 1856 年（清咸丰六年）。

234. 朱鉴成：《蜀桐弦词序》，作于 1856 年（清咸丰六年）。

235. 徐士丞：《离角闲吟序》，作于 1856 年（清咸丰六年）。

236. 储国均：《小眠斋词序》，作于 1856 年（清咸丰六年）。

237. 钱尔复：《耒边词序》，作于 1856 年（清咸丰六年）。

238. 汪元治：《香隐庵词跋》，作于 1857 年（清咸丰七年）。

239. 吴嘉洤：《晓梦春红词序》，作于 1857 年（清咸丰七年）。

240. 徐鼐：《水云楼词序》，作于 1857 年（清咸丰七年）。

241. 贾敦艮：《紫藤花馆词序》，作于 1858 年（清咸丰八年）。

242. 吴新铭：《墨憨词存题辞》，作于 1858 年（清咸丰七年）。

243. 黄燮清：《寒松阁词题评》，作于 1858 年（清咸丰八年）。

244. 蒋敦复：《离角闲吟跋》，作于 1859 年（清咸丰九年）。

245. 瞿福田：《寄影轩词稿题辞》，作于 1859 年（清咸丰九年）。

246. 黄彭年：《香草词序》，作于 1860 年（清咸丰十年）。

247. 高继珩：《海天琴趣词自序》，作于 1861 年（清咸丰十一年）。

248. 蒋敦复：《芬陀利室词话》，作于 1861 年（清咸丰十一年）后，刊于 1885 年（清光绪十一年）。

249. 张曜孙：《清淮词跋》，作于 1862 年（清同治元年）。

250. 陈元鼎：《鸳鸯宜福馆吹月词自序》，作于 1862 年（清同治元年）。

251. 于昌遂：《卖鱼湾词跋》，作于 1862 年（清同治元年）。

252. 杨希闵：《词轨》，成书于 1863 年（清同治二年）。

253. 陈庆溥：《榑洲词序》，作于 1865 年（清同治四年）。

254. 庄受祺：《鸥汀词草跋》，作于 1865 年（清同治四年）。

255. 高隆谔：《艺云词序》，作于 1866 年（清同治五年）。

256. 郭传璞：《寒松阁词跋》，作于 1867 年（清同治六年）。

257. 钱裴仲：《雨花庵词话》，成书于 1868 年（清同治七年）。

258. 丁至和：《荇绿词续编序》，作于 1868 年（清同治七年）。

259. 陈良玉：《随山馆词稿序》，作于 1868 年（清同治七年）。

260. 王鸿年：《南华词存前集序》，作于 1868 年（清同治七年）。

261. 蒋湘南：《三一山房诗余序》，刊于 1869 年（清同治八年）。

262. 丁绍仪：《听秋声馆词话》，成书于 1869 年（清同治八年）。

263. 程秉钊：《卖鱼湾词跋》，作于 1869 年（清同治八年）。

264. 陈星涵：《洞仙词钞自序》，作于 1870 年（清同治九年）。

265. 张修府：《绛跗山馆词汞跋》，作于 1871 年（清同治十年）。

266. 汪宗沂：《莲漪词跋》，作于 1871 年（清同治十年）。

267. 汤成烈：《鸥汀词草序》，作于 1871 年（清同治十年）。

268. 谭宗浚：《梅窝词钞序》，作于 1872 年（清同治十一年）。

269. 蒋师辙：《青溪词钞自序》，作于 1872 年（清同治十一年）。

270. 吴敏树：《鹤茗堂百二词自序》，作于 1872 年（清同治十一年）。

271. 唐埙：《苏庵诗余自序》，刊于 1873 年（清同治十二年）。

272. 王崇鼎：《饮绿楼诗余序》，作于 1873 年（清同治十二年）。

273. 方浚颐：《玉溪云起楼词序》，作于 1873 年（清同治十二年）。

274. 吴敏树:《鹤茗堂百二词自序》，作于 1873 年（清同治十二年）。

275. 刘熙载:《词概》，刊于 1873 年（清同治十二年）。

276. 谭献:《愿为明镜室词稿序》，作于 1873 年（清同治十二年）。

277. 陈廷焯:《词坛丛话》，成书于 1874 年（清同治十三年）。

278. 陈廷焯选编:《云韶集》，成书于 1874 年（清同治十三年）。

279. 俞樾:《绿竹词序》，作于 1875 年（清同治十四年）。

280. 吕耀斗:《泥雪堂词钞跋》，作于 1877 年（清光绪三年）。

281. 潘曾莹:《花影吹笙词钞序》，刊于 1877 年（清光绪三年）。

282. 张鸿猷:《竹椒草堂词草序》，作于 1878 年（清光绪四年）。

283. 李鸿裔:《跨鹤吹笙谱序》，作于 1879 年（清光绪五年）。

284. 谢逢源:《北海渔唱序》，作于 1881 年（清光绪七年）。

285. 郭麐:《词品》，刊于 1881 年（清光绪七年）。

286. 杨伯夔:《续词品》，刊于 1881 年（清光绪七年）。

287. 江顺诒:《续词品》，刊于 1881 年（清光绪七年）。

288. 江顺诒辑:《词学集成》，刊于 1881 年（清光绪七年）。

289. 项廷纪:《忆云词甲稿自序》，作于 1883 年（清光绪九年）。

290. 郭晋超:《受辛词叙》，作于 1883 年（清光绪九年）。

291. 俞樾:《眉绿楼词序》，作于 1884 年（清光绪十年）。

292. 俞樾:《太素斋词序》，作于 1884 年（清光绪十年）。

293. 廖平:《丽瞩亭词序》，作于 1885 年（清光绪十一年）。

294. 周銮诒:《冰壶词序》，作于 1886 年（清光绪十二年）。

295. 陈星涵:《洞仙词序》，作于 1887 年（清光绪十三年）。

296. 冯煦:《蒿庵论词》，成书于 1887 年（清光绪十三年）。

297. 袁翼:《雪香庵词钞序》，刊于 1887 年（清光绪十三年）。

398. 袁翼:《小清容山馆词钞自序》，刊于 1887 年（清光绪十三年）。

399. 成肇麐编:《唐五代词选》，刊于 1887 年（清光绪十三年）。

300. 顾复初:《苾刍馆词集序》，作于 1887 年（清光绪十三年）。

301. 何芳毂:《藕船醉客词草序》，作于 1887 年（清光绪十三年）。

302. 陈星涵:《杨花春影序》，刊于 1888 年（清光绪十四年）。

303. 张联瑛:《湘影词序》，作于 1889 年（清光绪十五年）。

304. 廖平:《冷吟仙馆诗余序》，作于 1890 年（清光绪十六年）。

305. 陈廷焯:《白雨斋词话》，成书于 1891 年（清光绪十七年），刊于 1894 年（清光绪二十年）。

306. 谢章铤：《眠琴小筑词序》，作于 1892 年（清光绪十八年）。

307. 李东沅：《矕波词题识》，作于 1893 年（清光绪十九年）。

308. 王柏心：《研雨轩词序》，刊于 1893 年（清光绪十九年）。

309. 俞樾：《纯飞馆词序》，作于 1893 年（清光绪十九年）。

310. 罗道源：《怀青庵词序》，作于 1893 年（清光绪十九年）。

311. 许增：《忆云词跋》，作于 1893 年（清光绪十九年）。

312. 王耕心：《白雨斋词话序》，作于 1893 年（清光绪十九年）。

313. 宋育仁：《半箧秋词跋》，作于 1894 年（清光绪二十年）。

314. 杨岘：《留云借月庵词叙》，作于 1894 年（清光绪二十年）。

315. 钱枚：《灌花词序》，作于 1895 年（清光绪二十一年）。

316. 杨福臻：《时晴斋词钞序》，作于 1895 年（清光绪二十一年）。

317. 王以敏：《济游词钞序》，作于 1897 年（清光绪二十三年）。

318. 朱彦臣：《片玉山庄词略》，作于 1897 年（清光绪二十三年）前。

319. 王闿运：《湘绮楼词选》，成书于 1897 年（清光绪二十三年）。

320. 陈钟岳：《听枫词自叙》，作于 1898 年（清光绪二十四年）。

321. 沈祥龙：《论词随笔》，成书于 1898 年（清光绪二十四年）。

322. 杨朝庆：《凤篁馆玉龙词自叙》，作于 1899 年（清光绪二十五年）。

323. 林象鉴：《耕烟词跋》，作于 1899 年（清光绪二十五年）。

324. 谭献：《复堂词话》，成书于 1900 年（清光绪二十六年），刊于 1925 年（民国十四年）。

325. 徐喈凤：《荫绿轩词证》，刊于 1900 年（清光绪二十六年）。

326. 刘炳照：《青蕤庵词题跋》，作于 1901 年（清光绪二十七年）。

327. 李岳瑞：《郢云词自序》，作于 1901 年（清光绪二十七年）。

328. 李佳（李佳继昌）：《左庵词话》，作于 1902 年（清光绪二十八年）。

329. 文廷式：《云起轩词自序》，作于 1902 年（清光绪二十八年）。

330. 况周颐：《香海棠馆词话》，刊于 1904 年（清光绪三十年）。

331. 陈锐：《褒碧斋词话》，刊于 1905 年（清光绪三十一年）。

332. 陆志渊：《兰纫词自序》，作于 1906 年（清光绪三十二年）。

333. 王国维：《人间词甲稿序》，作于 1906 年（清光绪三十二年）。

334. 陈锐：《映庵词序》，作于 1907 年（清光绪三十三年）。

335. 王国维：《人间词乙稿序》，作于 1907 年（清光绪三十三年）。

336. 王国维：《人间词话》，刊于 1908 年（清光绪三十四年）。

337. 冒广生：《小三吾亭词话》，刊于 1908 年（清光绪三十四年）。

338. 梁令娴：《艺衡馆词选》，刊于 1908 年（清光绪三十四年）。

339. 梁启超：《饮冰室评词》，成书于 1908 年（清光绪三十四年）。

340. 高旭：《论词绝句三十首》，刊于 1908 年（清光绪三十四年）。

341. 吴清庠：《啸叶庵词序》，作于 1909 年（清宣统元年）。

342. 黄文琛：《疏篁待月词自序》，作于 1909 年（清宣统元年）。

343. 高旭：《〈十大家词〉题词》，刊于 1909 年（清宣统元年）。

344. 陈锐：《裒碧斋词话》，刊于 1909—1911 年（清宣统元年至宣统三年）。

345. 左运奎：《迦厂词自序》，刊于 1910 年（清宣统二年）。

346. 徐琪：《闻妙香室词钞序》，作于 1910 年（清宣统二年）。

347. 龚镇湘：《静园词钞自跋》，作于 1910 年（清宣统二年）。

348. 李恩绶：《静园词钞序》，作于 1910 年（清宣统二年）。

349. 陈衍：《灯昏镜晓词叙》，作于 1910 年（清宣统二年）。

350. 沈泽棠：《忏庵词话》，作于 1911 年（清宣统三年）。

351. 陈锐：《词比》，刊于 1911 年（清宣统三年）。

352. 王闿运：《湘绮楼评词》，刊于 1912 年（民国元年）。

353. 吴梅：《词学通论》，1912 年（民国元年）铅印，1932 年（民国二十一年）出版。

354. 陈荣昌：《虚斋词自识》，作于 1912 年（民国元年）。

355. 碧痕：《竹雨绿窗词话》，刊于 1915—1916 年（民国四至五年）。

356. 陈匪石：《旧时月色斋词谈》，刊于 1916 年（民国五年）。

357. 姚孟振：《梦罗浮馆诗余跋》，作于 1916 年（民国五年）。

358. 舍我：《天问庐词话》，刊于 1917 年（民国六年）。

359. 闻野鹤：《恸簃词话》，刊于 1917 年（民国六年）。

360. 周庆云：《浔溪词征序》，作于 1917 年（民国六年）。

361. 冒广生：《草间词序》，作于 1918 年（民国七年）。

362. 孙德谦：《鸳音集序》，作于 1918 年（民国七年）。

363. 吉城：《寄沤止广词合钞序》，作于 1918 年（民国七年）。

364. □灏孙：《红藕词跋》，作于 1918 年（民国七年）。

365. 邵瑞彭：《珏庵词序》，作于 1919 年（民国八年）。

366. 张素：《珏庵词序》，作于 1919 年（民国八年）。

367. 况周颐：《餐樱庑词话》，刊于 1920 年（民国九年）。

368. 李澄宇：《珏庵词序》，作于 1920 年（民国九年）。

369. 况周颐：《玉栖述雅》，成书于 1920—1921 年（民国九年至十年），刊于 1940 年（民国二十九年）。

370. 张尔田：《词莂序》，成书于 1921 年（民国十年）。

371. 胡薇元：《岁寒居词话》，作于 1921 年（民国十年）。

372. 张德瀛：《词徵》，刊于 1922 年（民国十一年）。

373. 况周颐：《蕙风词话》，成书于 1924 年（民国十三年）前。

374. 吴梅：《惜余春馆词钞序》，作于 1924 年（民国十三年）。

375. 顾宪融：《填词百法》，刊于 1925 年（民国十四年）。

376. 蒋兆兰：《词说》，成书于 1926 年（民国十五年）。

377. 宣雨苍：《词谰》，刊于 1926 年（民国十五年）。

378. 徐完亮：《洁园绮语跋》，作于 1926 年（民国十五年）。

379. 程适：《乐府补题后集乙编序》，作于 1928 年（民国十七年）。

380. 王鸿年：《南华词存前集序》，作于 1928 年（民国十七年）。

381. 郑振铎：《词的启源》，刊于 1929 年（民国十八年）。

382. 陈洵：《海绡说词》，作于 1929 年（民国十八年）。

383. 谭延闿：《灵鹊蒲桃镜馆词书后》，作于 1930 年（民国十九年）。

384. 邵章：《渌水余音序》，作于 1930 年（民国十九年）。

385. 唐弢：《读词闲话》，作于 1930 年（民国十九年），刊于 1935 年（民国二十四年）。

386. 配生：《酹月楼词话》，刊于 1931 年（民国二十年）。

387. 芮善：《霜草宦词自序》，作于 1932 年（民国二十一年）。

388. 王蕴章：《东坡词存序》，作于 1932 年（民国二十一年）。

389. 况周颐：《历代词人考略》，清稿本，1932 年（民国二十一年）左右删订。

390. 谢之勃：《论词话》，作于 1933 年（民国二十二年）。

391. 王易：《学词目论》，刊于 1933 年（民国二十二年）。

392. 龙沐勋：《词体之演进》，刊于 1933 年（民国二十二年）。

393. 况周颐：《词学讲义》，刊于 1933 年（民国二十二年）。

394. 胡云翼：《词的起源》，刊于 1933 年（民国二十二年）。

395. 陈锐：《词比》，刊于 1933 年（民国二十二年）。

396. 龙沐勋：《选词标准论》，刊于 1933 年（民国二十二年）。

397. 潘飞声：《阕伽坛词序》，作于 1933 年（民国二十二年）。

398. 邵瑞彭：《红树白云山馆词草序》，作于 1934 年（民国二十三年）。

399. 龙沐勋：《两宋词风转变论》，刊于 1934 年（民国二十三年）。

400. 朱光潜：《关于王静安的〈人间词话〉的几点意见》，刊于 1934 年（民国二十三年）。

401. 干因：《杂碎词话》，刊于 1934 年（民国二十三年）。

402. 憾庐：《谈词》，刊于 1934 年（民国二十三年）。

403. 憾庐：《怎样读词》，刊于 1935 年（民国二十四年）。

404. 唐弢：《读词闲话》，刊于 1935 年（民国二十四年）。

405. 林大椿：《词之矩律》，刊于 1935 年（民国二十四年）。

406. 王闿运：《论词宗派》，刊于 1935 年（民国二十四年）。

407. 徐兴业：《凝寒室词话》，刊于 1935 年（民国二十四年）。

408. 郭则沄：《清词玉屑》，刊于 1936 年（民国二十五年）。

409. 林花榭：《读词小笺》，刊于 1936（民国二十五年）。

410. 郑文焯：《郑大鹤先生论词手简》，刊于 1936 年（民国二十五年）。

411. 卢前：《饮虹簃论清词百家》，刊于 1936 年（民国二十五年）。

412. 夏敬观：《半樱词续序》，作于 1936 年（民国二十五年）。

413. 陈德谦：《葑烟亭词跋》，作于 1936 年（民国二十五年）。

414. 龙沐勋：《填词与选调》，刊于 1937 年（民国二十六年）。

415. 林丁：《蕉窗词话》，刊于 1937 年（民国二十六年）。

416. 唐圭璋：《评〈人间词话〉》，刊于 1938 年（民国二十七年）。

417. 赵尊岳：《珍重阁词话》，刊于 1940 年（民国二十九年）。

418. 况周颐：《玉栖述雅》，刊于 1941 年（民国三十年）。

419. 许泰：《梦罗浮馆词自序》，作于 1941 年（民国三十年）。

420. 冒广生：《疚斋词论》，刊于 1942 年（民国三十一年）。

421. 唐圭璋：《论词之作法》，刊于 1943 年（民国三十二年）。

422. 吴世昌：《论词的章法》，刊于 1943 年（民国三十二年）。

423. 唐圭璋：《梦桐室词话》，刊于 1944 年（民国三十三年）。

424. 蔡桢：《柯亭词论》，成书于 1944 年（民国三十三年）。

425. 庞俊：《清寂词录叙》，作于 1944 年（民国三十三年）。

426. 梁启勋：《曼殊室词话》，成书于 1946 年（民国三十五年）。

427. 乔大壮：《片玉集批语》，作于 1946 年（民国三十五年）。

428. 祝南（詹安泰）：《无庵说词》，刊于 1947 年（民国三十六年）。

429. 俞平伯：《诗余闲评》，刊于 1947 年（民国三十六年）。

430. 蒙庵（陈运彰）：《双白龛词话》，刊于 1947 年（民国三十六年）。

431. 陈匪石：《宋词举》，刊于 1947 年（民国三十六年）。

432. 陈匪石：《声执》，作于 1949—1950 年。

（说明：本附录所涉词学文献撰著或刊行时间，主要参考冯乾编校《清词序跋汇编》、谭新红《清词话考述》、陈良运主编《中国历代词学论著选》、张璋等编纂《历代词话》与《历代词话续编》及余意《明代词学之建构》中所附录"明人词学序跋、词话汇辑"、孙克强《清代词学》所附录"清代词学年表"等，综合汇录而成，特致谢忱。）

主要参考文献

永瑢等：《四库全书总目》，中华书局 1965 年版。

陈模：《怀古录》，清光绪六年刻本。

姜夔：《白石道人歌曲四卷别集一卷》，陆钟辉乾隆二年刊本。

程钜夫：《雪楼集》，影印文渊阁《四库全书》本。

赵师侠：《坦庵词》，影印文渊阁《四库全书》本。

白朴：《天籁集》，影印文渊阁《四库全书》本。

朱晞颜：《瓢泉吟稿》，影印文渊阁《四库全书》本。

杨慎：《升庵长短句》，明嘉靖刻本。

王晫：《峡流词》，清刻本。

许田：《屏山春梦词》，墨澥楼旧藏原刻本。

郑景会：《柳烟词》，清红尊轩刻本。

顾彩：《草堂嗣响》，清康熙刻本。

董元恺：《苍梧词》，清康熙刻本。

朱经：《小红词集》，清康熙刻本。

丁炜：《紫云词》，清康熙刻本。

郑熙绩：《蕊栖词》，清康熙刻本。

徐釚：《菊庄词》，清康熙三十四年刻本。

孔传铎：《清涛词》，清康熙三十九年刻本。

曹士勋：《翠羽词》，卧云书局清康熙五十八年刻本。

顾贞观：《弹指词》，陈乃乾《清名家词》本，上海书店 1982 年版。

沈缠：《浣纱词》，清刻本。

吴伟业：《吴梅村词》，扫叶山房民国五年石印本。

先著：《劝影堂词》，北京出版社 1998 年影印本。

朱一是：《梅里词》，《续修四库全书》本。

赵吉士：《万青阁诗余》，《续修四库全书》本。

边浴礼：《空青馆词》，《续修四库全书》本。

姚燮：《复庄骈俪文榷》，《续修四库全书》本。

张慎言：《泊水斋文钞》，《四库全书存目丛书》本。

史承谦：《小眠斋词》，清乾隆元年刻本。

张埙：《碧箫词》，清乾隆刻本。

何鼎：《香草词》，清乾隆刻本。

吴镇：《松花庵诗余》，清乾隆刊本。

吴宁：《榕园词韵》，清乾隆四十九年刻本。

陈维崧：《湖海楼词》，清乾隆六十年刻本。

李继燕：《摛花亭词稿》，《清词珍本丛刊》本，凤凰出版社 2007 年版。

宋俊：《岸舫词》，《清词珍本丛刊》本，凤凰出版社 2007 年版。

江昉：《练溪渔唱》，康山草堂清嘉庆九年刻本。

焦循：《雕菰集》，《丛书集成初编》本。

陈澧：《忆江南馆词》，《续修四库全书》本。

万立镕：《梅隐词》，《清词珍本丛刊》本，凤凰出版社 2007 年影印本。

吴蔚光：《小湖田乐府》，清嘉庆二年素修堂刻本。

戴延介：《银藤花馆词》，清嘉庆戊辰刻本。

蒋春霖：《水云楼词》，曼陀罗华阁刊本。

吴锡麒：《有正味斋骈体文》，清道光刊本。

宋翔凤：《洞箫楼诗纪》，《浮溪精舍丛书》本，道光间自刻本。

陈允平著，秦恩复编：《日湖渔唱》，清道光己丑年享帚精舍刻本。

朱铉：《月底修箫谱》，清道光十七年刊本。

戴鉴：《泼墨轩词》，清道光二十三年刻本。

黄曾：《瓶隐山房词钞》，清道光二十七年刻本。

潘德舆：《养一斋词》，清咸丰三年刊本。

魏谦升：《翠浮阁词》，清咸丰四年刻本。

刘履芬、刘观藻：《古红梅阁集（附紫藤花馆诗余）》，清光绪六年苏州刻本。

厉鹗：《秋林琴雅》，清光绪九年钱塘汪氏重刊本。

厉鹗：《樊榭山房文集》，清刻本。

顾文彬：《眉绿楼词》，清光绪十年刻本。

项廷纪：《忆云词》，清光绪癸巳钱塘榆园丛刻本。

郑文焯：《瘦碧词》，清光绪十四年刻本。

莫庭芝：《青田山庐诗钞》，清光绪十五年日本使署刻黎氏家集本。

顾翰：《拜石山房词钞》，清光绪十五年刻本。

周天麟：《水流云在馆词钞》，清光绪二十一年刊本。

诸可宝、邓瑜：《璞斋集诗　捶琴词》，玉峰官舍清光绪二十二年刻本。

张仲炘：《瞻园词》，清光绪间刻本。

徐琪：《玉可庵词存》，清光绪丁亥徐氏自刊本。

蒋方增：《浮筠山馆词钞》，南京图书馆藏稿本。

薛时雨：《藤香馆词》，清同治五年刻本。

俞樾：《春在堂杂文三编》，清同治十八年曾国藩署检本。

冒广生：《小三吾亭词》，清刻本。

张鸿绩：《枯桐阁词稿》，1910 年自刻本。

叶恭绰：《遐庵词》，民国铅印线装本。

史浩、朱祖谋：《鄮峰真隐大曲二卷　词曲二卷　校记一卷》，民国六年归
　安朱氏刻本。

严既澄：《初日楼诗　驻梦词》，北平人文书店民国二十一年线装版。

郑文焯：《手批石莲庵刻本乐章集》，台湾广文书局影印本。

施绍莘撰，来云点校：《秋水庵花影集》，上海古籍出版社 1989 年版。

黄庭坚著，黄宝华点校：《山谷诗集注》，上海古籍出版社 2003 年版。

刘克庄：《后村大全集》，《四部丛刊》本。

林景熙：《霁山文集》，影印文渊阁《四库全书》本。

刘敏中：《中庵先生刘文简公文集》，影印文渊阁《四库全书》本。

吴澄：《吴文正公集》，影印文渊阁《四库全书》本。

彭宾：《彭燕又先生文集》，《四库全书存目丛书》本。

陈子龙撰，孙启治校：《安雅堂稿》，辽宁教育出版社 2003 年版。

丁澎：《扶荔堂文集》，清康熙十九年刻本。

尤侗：《艮斋倦稿文集》，清康熙三十年刻本。

徐釚：《南州草堂集》，清康熙三十四年刻本。

朱彝尊：《曝书亭集》，影印文渊阁《四库全书》本。

李中麓：《闲居集》，《四库全书存目丛书》本。

王昶：《春融堂集》，清嘉庆四年刻本。

朱绶：《知止堂全集》，清道光刻本。

王拯：《龙壁山房诗文集》，清光绪七年河北分守道署刊本。

谢章铤：《赌棋山庄全集》，《续修四库全书》本。

曾灿青黎：《六松堂集》，《豫章丛书》本。

冯煦：《蒿庵类稿》，金坛冯氏民国二年刻本。

郑燮：《郑板桥集》，上海古籍出版社1962年版。

吴书荫、金德厚校点：《陈与义集》，中华书局1982年版。

汪元量撰，孔凡礼辑校：《增订湖山类稿》，中华书局1984年版。

屈大均撰，陈永正笺校：《屈大均全集》，人民文学出版社1996年版。

辛弃疾撰，徐汉明校注：《辛弃疾全集校注》，华中科技大学出版社2012年版。

毛晋编：《宋六十名家词》，中华书局聚珍仿宋版。

赵崇祚编：《花间集》，明汲古阁毛氏景宋本。

茅映编选：《词的》，明万历四十八刻本。

鳙溪逸史编：《汇选历代名贤词府全集》，上海图书馆藏明万历刊本。

李廷机评释，翁正春类订：《新刻分类评释草堂诗余》，明万历李良臣东壁轩刻本。

顾从敬编：《草堂诗余》，明嘉靖二十九年刻本。

杨慎批点，闵暎璧校订：《草堂诗余》，明闵映璧刻朱墨套印本。

凌濛初编：《南音三籁》，《续修四库全书》本。

顾从敬、钱允治辑，钱允治、陈仁锡笺释：《类编笺释国朝诗余》，《续修四库全书》本。

赵崇祚、温博编：《花间集·花间集补·尊前集》，辽宁教育出版社1998年版。

陈耀文编：《花草粹编》，影印文渊阁《四库全书》本。

朱之藩编：《词坛合璧》，明闿世裕堂刊本。

陆云龙编：《词菁》，明崇祯峥霄语馆刻本。

潘游龙选评：《精选古今诗余醉》，明崇祯丁丑十年海阳胡氏十竹斋刊本。

卓人月编：《古今词统》，明崇祯刻本。

卓回编：《古今词汇初编》，清康熙十八年刻本。

顾璟芳、李葵生、胡应宸编选，曾昭岷审订，王兆鹏校点：《兰皋明词汇选》，辽宁教育出版社1998年版。

朱彝尊、汪森编:《词综》,中华书局 1975 年影印。

邹祇谟、王士禛编:《倚声初集》,清顺治十七年刻本。

黄嘉惠等编:《苏黄词抄》,中华图书馆石印本。

蒋景祁编:《瑶华集》,康熙间天藜阁刻本,中华书局 1982 年影印。

蒋重光编:《昭代词选》,经鉏堂清乾隆三十二年刻本。

张惠言编:《词选》,清道光十年宛邻书屋刻本。

许玉彬、沈世良编:《粤东词钞》,清道光二十九年刊本。

蒋平阶、周积贤、沈亿年编:《支机集》,清刻本。

夏秉衡编:《清绮轩词选》,清光绪乙未年刻本。

戈载编:《宋七家词选》,清光绪十二年刻本。

冯煦编:《唐五代词选》,清光绪十三年冶城山馆刻《蒙香室丛书》本。

顾贞观、成德编:《今词初集》,雪浪山房清光绪二十三年刻本。

王鹏运编:《宋元三十一家词》,四印斋版。

成肇麐:《唐五代词选》,商务印书馆 1928 年版。

邹式金编:《杂剧三集》,1941 年武进董氏诵芬室刻本。

陈乃乾编:《清名家词》,上海书店 1982 年版。

陈匪石编著,钟振振校点:《宋词举(外三种)》,江苏古籍出版社 2002
　年版。

刘毓盘辑:《唐五代宋辽金元名家词集六十种辑》,北京大学排印本 1925
　年版。

林大椿选辑:《唐五代词》,北京文学古籍刊行社 1957 年版。

唐圭璋编:《全宋词》,中华书局 1965 年版。

孔凡礼:《全宋词补辑》,中华书局 1981 年版。

张璋、黄畲编:《全唐五代词》,上海古籍出版社 1986 年版。

曾昭岷、曹济平、王兆鹏编:《全唐五代词》,中华书局 1999 年版。

程千帆主编:《全清词·顺康卷》,中华书局 2002 年版。

饶宗颐辑编:《全明词》,中华书局 2004 年版。

周明初、叶晔:《全明词补编》,浙江大学出版社 2007 年版。

张宏生主编:《全清词·顺康卷补编》,南京大学出版社 2008 年版。

张宏生主编:《全清词·雍乾卷》,南京大学出版社 2012 年版。

中国戏曲研究院编:《中国古典戏曲论著集成》,中国戏剧出版社 1959
　年版。

何文焕辑:《历代诗话》,中华书局1981年版。

丁福保辑:《历代诗话续编》,中华书局1983年版。

唐圭璋编:《词话丛编》,中华书局1986年版。

金启华、张惠民、王恒展、张宇声编:《唐宋词集序跋汇编》,江苏教育出版社1990年版。

张惠民编:《宋代词学资料汇编》,汕头大学出版社1993年版。

施蛰存主编:《词籍序跋萃编》,中国社会科学出版社1994年版。

施蛰存、陈如江编:《宋元词话》,上海书店出版社1999年版。

张璋、职承让、张骅、张博宁编纂:《历代词话》,大象出版社2002年版。

张璋、职承让、张骅、张博宁编纂:《历代词话续编》,大象出版社2005年版。

邓子勉编:《宋金元词话全编》,凤凰出版社2008年版。

刘梦芙编校:《近现代词话丛编》,黄山书社2009年版。

朱崇才编纂:《词话丛编续编》,人民文学出版社2010年版。

邓子勉编:《明词话全编》,凤凰出版社2012年版。

冯乾编校:《清词序跋汇编》,凤凰出版社2013年版。

葛渭君:《词话丛编补编》,中华书局2013年版。

黎靖德编:《朱子语类》,中华书局1986年版。

陶宗仪辑:《说郛》,涵芬楼藏板。

宋孟清:《诗学体要类编》,明弘治刻本。

张綖:《诗余图谱》,《四库全书存目丛书》本。

周瑛:《词学筌蹄》,清初蓝丝阑钞本。

卓揆:《水西轩词话》,福建图书馆藏抄本。

吴展成:《兰言萃腋》,复旦大学图书馆藏清抄本。

杨希闵:《词轨》,中国国家图书馆藏稿本。

顾宪融:《填词百法》,上海崇新书局民国十四年。

陈廷焯著,杜未末校点:《白雨斋词话》,人民文学出版社1959年版。

况周颐著,王幼安校订:《蕙风词话》;王国维著、徐调孚注,王幼安校订《人间词话》,人民文学出版社1960年版。

胡仔纂集,廖德明校点:《苕溪渔隐丛话》,人民文学出版社1962年版。

吴讷著,于北山校点:《文章辨体序说》;徐师曾著,罗根泽校点:《文体

　　明辨序说》，人民文学出版社 1962 年版。

王若虚著，霍松林校点：《滹南诗话》，人民文学出版社 1962 年版。

龙榆生：《词曲概论》，上海古籍出版社 1980 年版。

徐𫖯撰，唐圭璋校注：《词苑丛谈》，上海古籍出版社 1981 年版。

张宗橚：《词林纪事》，成都古籍书店 1982 年版。

姚柯夫：《〈人间词话〉及评论汇编》，书目文献出版社 1983 年版。

李慈铭著，由云龙辑：《越缦堂读书记》，上海书店出版社 2000 年版。

陈鸿祥：《〈人间词话〉〈人间词〉注评》，江苏古籍出版社 2002 年版。

吴梅：《词学通论》，上海古籍出版社 2006 年版。

龚兆吉编：《历代词论新编》，北京师范大学出版社 1984 年版。

褚斌杰、孙崇恩、荣宪宾编：《李清照资料汇编》，中华书局 1984 年版。

金启华、张惠民、王恒展、张宇声编：《唐宋词集序跋汇编》，江苏教育
　　出版社 1990 年版。

吴毓华编：《中国古代戏曲序跋集》，中国戏剧出版社 1990 年版。

张惠民编：《宋代词学资料汇编》，汕头大学出版社 1993 年版。

施蛰存主编：《词籍序跋萃编》，中国社会科学出版社 1994 年版。

陈良运主编：《中国历代词学论著选》，百花洲文艺出版社 1998 年版。

胡经之主编：《中国古典文艺学丛编》，北京大学出版社 2001 年版。

王兆鹏主编：《唐宋词汇评（唐五代卷）》，浙江教育出版社 2004 年版。

吴熊和主编：《唐宋词汇评（两宋卷）》，浙江教育出版社 2004 年版。

李修生主编：《全元文》，凤凰出版社 2005 年版。

辛更儒编：《辛弃疾资料汇编》，中华书局 2005 年版。

孙克强编著：《唐宋人词话》，南开大学出版社 2012 年版。

孙克强、岳淑珍编著：《金元明人词话》，南开大学出版社 2012 年版。

孙克强、杨传庆、裴喆编著：《清人词话》，南开大学出版社 2012 年版。

叶朗：《中国美学史大纲》，上海人民出版社 1985 年版。

曾祖荫：《中国古代美学范畴》，华中工学院出版社 1986 年版。

杨海明：《唐宋词风格论》，上海社会科学院出版社 1986 年版。

陶尔夫：《北宋词坛》，山西人民出版社 1986 年版。

缪钺、叶嘉莹：《灵谿词说》，上海古籍出版社 1987 年版。

郭扬：《千年词史》，广西人民出版社 1987 年版。

杨海明：《唐宋词史》，江苏古籍出版社 1987 年版。

卢善庆：《王国维文艺美学观》，贵州人民出版社 1988 年版。

朱立元：《接受美学》，上海人民出版社 1989 年版。

张思齐：《中国接受美学导论》，巴蜀书社 1989 年版。

黄拔荆：《词史》，福建人民出版社 1989 年版。

吴熊和：《唐宋词通论》，浙江古籍出版社 1989 年版。

陈德礼：《中国艺术辩证法》，吉林人民出版社 1990 年版。

李存山：《中国气论探源与发微》，中国社会科学出版社 1990 年版。

叶嘉莹：《中国词学的现代观》，岳麓书社 1990 年版。

严迪昌：《清词史》，江苏古籍出版社 1990 年版。

刘庆云：《词话十论》，岳麓书社 1990 年版。

吴宏一：《清代词学四论》，台湾联经出版事业有限公司 1990 年版。

叶程义：《王国维词论研究》，台湾文史哲出版社 1991 年版。

顾祖钊：《艺术至境论》，百花文艺出版社 1992 年版。

金启华：《中国词史论纲》，南京出版社 1992 年版。

谢桃坊：《宋词概论》，四川文艺出版社 1992 年版。

陶尔夫、刘敬圻：《南宋词史》，黑龙江人民出版社 1992 年版。

周锡山：《王国维美学思想研究》，中国社会科学出版社 1992 年版。

林衡勋：《中国艺术意境论》，新疆大学出版社 1993 年版。

谢桃坊：《中国词学史》，巴蜀书社版 1993 年。

陈振濂：《宋词流派的美学研究》，江苏教育出版社 1994 年版。

马以鑫：《接受美学新论》，学林出版社 1995 年版。

韩林德：《境生象外》，生活·读书·新知三联书店 1995 年版。

孙立：《词的审美特性》，台湾文津出版社 1995 年版。

张惠民：《宋代词学的审美理想》，人民文学出版社 1995 年版。

陈良运：《中国诗学批评史》，江西人民出版社 1995 年版。

施议对：《宋词正体》，澳门大学出版中心 1996 年版。

王小盾：《隋唐五代燕乐杂言歌辞研究》，中华书局 1996 年版。

萧华荣：《中国诗学思想史》，华东师范大学出版社 1996 年版。

张利群：《词学渊粹——况周颐〈蕙风词话〉研究》，广西师范大学出版
　　社 1997 年版。

叶嘉莹：《王国维及其文学批评》，河北教育出版社 1997 年版。

李昌集：《中国古代曲学史》，华东师范大学出版社 1997 年版。

金元浦：《接受反应文论》，山东教育出版社 1998 年版。

杨海明：《唐宋词美学》，江苏教育出版社 1998 年版。

杨海明：《唐宋词史》，天津古籍出版社 1998 年版。

苗菁：《唐宋词体通论》，中州古籍出版社 1998 年版。

徐照华：《厉鹗及其词学之研究》，台湾复文图书出版有限公司 1998
　　年版。

刘扬忠：《唐宋词流派史》，福建人民出版社 1999 年版。

谢桃坊：《宋词辨》，上海古籍出版社 1999 年版。

严迪昌：《清词史》，江苏古籍出版社 1999 年版。

张宏生：《清代词学的建构》，江苏古籍出版社 1999 年版。

陈水云：《清代前中期词学思想研究》，武汉大学出版社 1999 年版。

佛雏：《王国维诗学研究》，北京大学出版社 1999 年版。

启功：《启功丛稿·诗词卷》，中华书局 1999 年版。

蒲震元：《中国艺术意境论》，北京大学出版社 1999 年版。

郁沅、张明高编选：《魏晋南北朝文论选》，人民文学出版社 1999 年版。

孙琴安：《中国评点文学史》，上海社会科学院出版社 1999 年版。

刘尊明：《唐五代词史论稿》，文化艺术出版社 2000 年版。

丁放：《金元明清诗词理论史》，安徽大学出版社 2000 年版。

张利群：《辨味批评论》，广西师范大学出版社 2000 年版。

葛兆光：《中国美学思想史》，复旦大学出版社 2001 年版。

陶然：《金元词通论》，上海古籍出版社 2001 年版。

孙克强：《词学论考》，延边大学出版社 2001 年版。

李康化：《明清之际江南词学思想研究》，巴蜀书社 2001 年版。

蒋永青：《境界之"真"：王国维境界说研究》中国社会科学出版社 2001
　　年版。

涂光社：《原创在气》，百花洲文艺出版社 2001 年版。

袁济喜：《和：审美理想之维》，百花洲文艺出版社 2001 年版。

袁济喜：《兴：艺术生命的激活》百花洲文艺出版社，2001 年版。

古风：《意境探微》，百花洲文艺出版社 2001 年版。

蒋哲伦、傅蓉蓉：《中国诗学史·词学卷》，鹭江出版社 2002 年版。

彭国忠：《元祐词坛研究》，华东师范大学出版社 2002 年版。

刘锋焘：《宋金词论稿》，中国社会科学出版社 2002 年版。

丁放：《金元词学研究》，中国社会科学出版社 2002 年版。

张仲谋：《明词史》，人民文学出版社 2002 年版。

张伯伟：《中国古代文学批评方法研究》，中华书局 2002 年版。

吴中杰主编：《中国古代审美文化论》，上海古籍出版社 2003 年版。

陈竹、曾祖荫：《中国古代艺术范畴体系》，华中师范大学出版社 2003
　年版。

陈文新：《中国文学流派意识的发生和发展》，武汉大学出版社 2003
　年版。

姜耕玉：《艺术辩证法》，江苏教育出版社 2003 年版。

黄拔荆：《中国词史》，福建人民出版社 2003 年版。

颜翔林：《宋代词话的美学研究》，湖南师范大学出版社 2003 年版。

陶子珍：《明代词选研究》，台湾秀威资讯科技有限公司 2003 年版。

皮述平：《晚清词学的思想与方法》，学苑出版社 2003 年版。

杨柏岭：《近代上海词学系年初编》，上海教育出版社 2003 年版。

李天道：《中国美学之雅俗精神》，中华书局 2004 年版。

郭锋：《南宋江湖词派研究》，巴蜀书社 2004 年版。

孙克强：《清代词学》，中国社会科学出版社 2004 年版。

朱德慈：《近代词人考录》，中国社会科学出版社 2004 年版。

朱德慈：《近代词人行年考》，当代中国出版社 2004 年版。

沙先一：《清代吴中词派研究》，人民文学出版社 2004 年版。

杨柏岭：《晚清民初词学思想建构》，安徽大学出版社 2004 年版。

刘文忠：《正变·通变·新变》，百花洲文艺出版社 2005 年版。

曹顺庆、李天道：《雅论与雅俗之辨》，百花洲文艺出版社 2005 年版。

胡建次：《归趣难求——中国古代文论"趣"范畴研究》，百花洲文艺出
　版社 2005 年版。

方智范、邓乔彬、周圣伟、高建中：《中国古典词学理论史》，华东师范
　大学出版社 2005 年版。

王兆鹏：《唐宋词史的还原与建构》，湖北人民出版社 2005 年版。

刘乃昌：《两宋文化与诗词发展论略》，山东大学出版社 2005 年版。

陈水云：《清代词学发展史论》，学苑出版社 2005 年版。

朱惠国：《中国近世词学思想研究》，上海古籍出版社 2005 年版。

苏珊玉：《〈人间词话〉审美观发微》，台湾复文图书出版有限公司 2005

年版。

林浩光：《词法与词统：周济词论研究》，香港玮业出版社 2005 年版。

蒋哲伦：《词别是一家》，上海社会科学院出版社 2005 年版。

邓乔彬：《词学廿论》，上海古籍出版社 2005 年版。

谭帆、陆炜：《中国古典戏剧理论史》，华东师范大学出版社 2005 年版。

王振复主编：《中国美学范畴史》，山西教育出版社 2006 年版。

黄念然：《中国古代文论研究的现代转型》，中国社会科学出版社 2006 年版。

李剑亮：《宋词诠释学论稿》，人民文学出版社 2006 年版。

莫立民：《晚清词研究》，中国社会科学出版社 2006 年版。

刘贵华：《古代词学理论的建构》，中国文史出版社 2006 年版。

朱崇才：《词话史》，中华书局 2006 年版。

剪伯象：《张炎词学研究》，中南大学出版社 2006 年版。

曹辛华：《20 世纪中国古代文学研究史·词学卷》，东方出版中心 2006 年版。

敏泽：《中国美学思想史》，中国社会科学出版社 2007 年版。

郑苏淮：《宋代美学思想史》，江西人民出版社 2007 年版。

汪涌豪：《中国文学批评范畴及体系》，复旦大学出版社 2007 年版。

谢桃坊：《词学辨》，上海古籍出版社 2007 年版。

徐安琪：《唐五代北宋词学思想史论》，人民文学出版社 2007 年版。

蒋哲伦、杨万里：《唐宋词书录》，岳麓书社 2007 年版。

姚蓉：《明清词派史论》，广西师范大学出版社 2007 年版。

谢旻琪：《明代评点词集研究》，台湾花木兰文化出版社 2007 年版。

鲍恒：《清代词体学论稿》，人民文学出版社 2007 年版。

叶嘉莹：《词之美感特质的形成与演进》，北京大学出版社 2007 年版。

木斋：《宋词体演变史》，中华书局 2008 年版。

邓子勉：《宋金元词籍文献研究》，上海古籍出版社 2008 年版。

黄雅莉：《宋代词学批评专题探究》，台湾文津出版社 2008 年版。

施议对：《词与音乐关系研究》，中华书局 2008 年版。

钟锦：《词学抉微》，华东师范大学出版社 2008 年版。

叶嘉莹：《词学新诠》，北京大学出版社 2008 年版。

沙先一、张晖：《清词的传承与开拓》，上海古籍出版社 2008 年版。

闵丰：《清初清词选本考论》，上海古籍出版社 2008 年版。

巨传友：《清代临桂词派研究》，上海古籍出版社 2008 年版。

迟宝东：《常州词派与晚清词风》，南开大学出版社 2008 年版。

叶嘉莹：《王国维及其文学批评》，北京大学出版社 2008 年版。

李旭：《中国诗学范畴的现代阐释》，上海古籍出版社 2009 年版。

宛敏灏：《词学概论》，中华书局 2009 年版。

吴丈蜀：《词学概论》，中华书局 2009 年版。

洛地：《词体研究》，中华书局 2009 年版。

夏承焘、吴熊和：《读词常识》，中华书局 2009 年版。

肖鹏：《群体的选择——唐宋人词选与词人群通论》，凤凰出版社 2009
　年版。

余意：《明代词学之建构》，上海古籍出版社 2009 年版。

谭新红：《清词话考述》，武汉大学出版社 2009 年版。

苏珊玉：《人间词话之审美观》，台湾里仁书局 2009 年版。

曾大兴：《词学的星空——20 世纪词学名家传》，河北人民出版社 2009
　年版。

王伟勇：《诗词越界研究》，台湾里仁书局 2009 年版。

龙榆生：《龙榆生词学论文集》，上海古籍出版社 2009 年版。

吴肃森：《敦煌歌辞通论》，黄山书社 2010 年版。

陈水云：《唐宋词在明末清初的传播与接受》，中国社会科学出版社 2010
　年版。

薛泉：《宋人词选研究》，黑龙江人民出版社 2010 年版。

莫立民：《近代词史》，人民文学出版社 2010 年版。

朱崇才：《词话理论研究》，中华书局 2010 年版。

曹艳春：《词体审美特征论》，巴蜀书社 2010 年版。

庄永平：《音乐词曲关系史》，台湾"国家"出版社 2010 年版。

任德魁：《词文献研究》，南开大学出版社 2010 年版。

邓嗣明：《中国词美学》，海天出版社 2011 年版。

李睿：《清代词选研究》，安徽大学出版社 2011 年版。

王晓雯：《清代谭莹"论词绝句"研究》，台湾花木兰文化出版社 2011
　年版。

曾大兴：《20 世纪词学名家研究》，中华书局 2011 年版。

木斋:《曲词发生史》,光明日报出版社 2011 年版。

赵树功:《气与中国文学理论体系建构》,人民出版社 2012 年版。

赵福勇:《清代"论词绝句"论北宋词人及其作品研究》,台湾花木兰文
化出版社 2012 年版。

谭新红主编:《词学档案》,武汉大学出版社 2012 年版。

彭玉平:《中国分体文学学史·词学卷》,山西教育出版社 2013 年版。

张仲谋:《明代词学通论》,中华书局 2013 年版。

苏利海:《晚清词坛"尊体运动"研究》,中国社会科学出版社 2013
年版。

傅宇斌:《现代词学的建立——〈词学季刊〉与 20 世纪三、四十年代的
词学》,商务印书馆 2013 年版。

陈水云:《中国古典诗学的还原与阐释》,中国社会科学出版社 2013
年版。

谭新红:《词学研究》,中国社会科学出版社 2013 年版。

周明秀:《词学审美范畴研究》,上海古籍出版社 2014 年版。

程郁缀、李静:《历代论词绝句笺注》,北京大学出版社 2014 年版。

张晖著,张霖编:《张晖晚清民国词学论文集》,南京大学出版社 2014
年版。

后　记

　　本书为2011年度国家社会科学基金项目"中国古典词学重要理论命题与批评体式承衍研究"的结项成果，也是在我第二站博士后工作报告的基础上，修改、充实、深化与完善而成的一项成果。

　　有必要做出如下交代。

　　2007年11月，在著名美学家曾繁仁先生的宽容接纳下，我有幸进入山东大学中国语言文学博士后流动工作站从事第二站博士后研究。在与曾师商量博士后报告选题时，曾师建议我将所从事第一站博士后课题"中国古代文论承传研究"进一步细化开来，从分体文论承传的角度尝试着加以考察，以进一步展开与深化对我国古代文论承纳接受与创衍发展的历史认识。在领会消化曾师意见时，我考虑到自己对中国古典词学理论批评相对较为熟悉，遂以"中国古典词学理论批评承传研究"为题进行考察。在曾师的辛勤指导下，经过近三年断续的写作，终于完成《中国古典词学理论批评承传研究》一书，顺利出站。

　　2011年初，为庆祝著名中国古典文学家、复旦大学黄霖先生七秩华诞，复旦宗系的师兄弟动议以出版一套丛书与一本纪念文集的形式表达对老师的颂寿之意。我作为处于学术边地的学生自然欢欣无限，遂以出站报告《中国古典词学理论批评承传研究》为名，拟在其中出版一本。经过半年多时间的编校，书稿于2011年8月由江苏凤凰出版社出版。与此同时，我也以"中国古典词学重要理论命题与批评体式承衍研究"为题，申报了当年的国家社会科学基金项目，不意获准立项。但好在课题获批在前，书稿出版在后，因此不至于违反国家科研管理的有关规定。由此，在随后的三年中，我便以《中国古典词学理论批评承传研究》一书为基础，进行拓展、充实、修改与完善，终于成为今天这个面貌。

　　其总体调整情况如下：1. 在结构上，将原有四大编即中国古典词学创作论的承传、中国古典词学审美论的承传、中国古典词学批评论的承传、中国古典词学批评体式的承传，修改为上下两编，即：上编——中国传统词学重要理论命题的承衍，下编——中国传统词学重要批评命题及批评体式的承衍，以避免分类过于细致而导致的拘泥或个别命题归属的糅杂，更好地体现出已有编、章之间的内在逻辑性与科学性。2. 在章节设置上有变化，一是在"上编——中国传统词学重要理论命题的承衍"中，增加"中国传统词学用事之论的承衍"一章，二是在"下编——中国传统词学重要批评命题及批评体式的承衍"中，增加"中国传统词学尊体之论的承衍"与"中国传统词学本色之论的承衍"两章，以进一步展示与凸显我国传统词学理论批评观念的丰富内涵。

其具体充实、修正、增加与补充情况如下：

1. 充实情况：对中国传统词源之辨的承衍、中国传统词体之辨的承衍、中国传统词情论的承衍、中国传统词兴论的承衍、中国传统词意论的承衍、中国传统词味论的承衍、中国传统词韵论的承衍、中国传统词趣论的承衍、中国传统词格论的承衍、中国传统词气论的承衍、中国传统词学政教之论的承衍、中国传统词学雅俗之论的承衍、中国传统词学体派之宗的承衍、中国传统词学南北宋之宗的承衍、中国传统论词绝句的承衍、中国传统词作选本的承衍、中国传统词学品说方式的承衍等章节，都进行了不同程度的充实完善，有些并予以了适当的删减。

2. 修正情况：（1）修正"中国传统词境论的承衍"一章。原认为其承传主要体现在三个维面：一是对词境表现特征与要求之论的承传，二是王国维对"境"作为词作审美之本的不断标树，三是王国维对词境划分的不断阐说。现认为其承衍主要体现在五个维面：一是"境"作为词作审美之本标树之论的承衍，二是词境表现特征与要求之论的承衍，三是词的创作中词境与词意关系之论的承衍，四是对词境类型划分之论的承衍，五是对王国维"境界"说消解之论的承衍。（2）修正"中国传统词学正变之论的承衍"一章。原认为其承传主要体现在六个维面：一是从词作体制角度所开展正变之论的承传，二是从词作风格角度所开展正变之论的承传，三是从词学流派角度所开展正变之论的承传，四是从具体词人词作角度所开展正变之论的承传，五是从词史发展角度所开展正变之论的承传，六是从词作艺术表现角度所开展正变之论的承传。现认为其承衍主要体现在四个维面：一是从词作风格角度所展开正变之论的承衍，二是从词学流派角度所展开正变之论的承衍，三是从词人词作角度所展开正变之论的承衍，四是从词史发展角度所展开正变之论的承衍。（3）修正"中国传统词话的承衍"一章。原认为其承传主要体现在三个维面：一是偏于录载词本事与述评词人词作之体的承传，二是偏于词学批评与阐说词学义理之体的承传，三是对单个词话条目汇辑与类编之体的承传。现仍然认为其承衍主要体现在三个维面，但修改为：一是偏于纪事与辨证之体的承衍，二是偏于理论批评之体的承衍，三是汇辑与类编之体的承衍。（4）修正"中国传统词学评点的承衍"一章。原书稿只是将词学评点的演变发展历程大致划分为四个历史时期，即：宋代为古典词学评点的孕育与出现期，明代为古典词学评点的展开与深化期，清代前中期为古典词学评点的兴盛与成熟期，晚清为古典词学评点的完善与延续期。现认为其承衍主要体现在三个维面：一是单一评点之体的承衍，二是选评结合之体的承衍，三是汇评之体的承衍。

3. 增加情况：（1）增加"绪论"部分，主要对国内外在此领域的研究成果予以概述，以明确课题的研究起点与需要系统论说的主要问题，对研究思路、研究目标、研究方式及在哪些方面希望有所突破等予以概述。（2）增加"中国传统词学用事论的承衍"一章，认为其承衍主要体现在三个维面：一是肯定与主张词作用事之论的承衍，二是词作用事要求之论的承衍，三是反对词作过于用事之论的承衍。（3）增加"中国传统词学尊体之论的承衍"一章，认为其承衍主要体现在四个维面：一是从文学发展与自然存在角度对词体推尊之论的承衍，二是从创作实践之难角度对词体推尊之论的承衍，三是从诗词同源或同旨角度对词体推尊之论的承衍，四是从有补于诗歌艺术表现角度对词体推尊之论的承衍。（4）增加"中国传统词学本色之论的承衍"一章，认为其承衍主要体现在两个维面：一是从词作体性角度所展开本色之论的承衍，二是从词作风格角度所展开本色之论的承衍。（5）增加"结语"部分，主要对书稿所列不同理论批评专题承衍线索予以总结，对所持总体观点予以概括，并说明书稿写作中所存在的不足及今后努力的方向等。

4. 补充情况：（1）补充"附录一：本著作所涉主要词论家简介"，共收入416位词论家的有关介绍；（2）补充"附录二：本著作所涉部分词学文献撰著或刊行时间简列"，共收入有关词学文献撰著或刊行时间，计432条；（3）"主要参考文献"也予以了补充。

　　另外，根据所补入与所掌握词论家的生平活动及有关词学文献撰著或刊行时间，对不同词学理论批评专题的承衍线索与演变发展历程进行重新审视，依时间先后顺序，对原有一些论说所处前后位置做出调整与修正，以更切近我国传统词学理论批评演变发展的内在历史逻辑。同时，对一些论述话语作出进一步理顺，或补充与完善其所表达意思，或修改其逻辑结构，或推敲其字语运用，都力所能及地多次予以了通贯与厘正。

　　著名词学家、中国词学会会长、武汉大学"珞珈学者"特聘教授、武汉大学中国文学传播与接受研究中心主任王兆鹏先生，在繁忙的教书育人与学术研究中，挤出宝贵的时间为小书作序。对书稿点滴收获期以赞许，对个中不足予以恳切批评，我们茅塞顿开，收益良多。中和之美、宽严之道、春风拂面、和衷共济，在王先生身上得到完美的呈现。在此，谨向王老师致以诚挚的谢意与敬意！

　　本书的出版，得到"南昌大学社会科学学术著作出版基金项目"资助，特致谢忱！

　　本书的出版，得到责任编辑罗莉女史的热情帮助与精心编校，也谨向罗老师致以诚挚的谢意！

　　是为记。

胡建次　邱美琼

2015 年 5 月 15 日于南昌红谷滩寓所